HEYNE <

Das Buch

Einst entfesselten die Zauberer der legendären Stadt Colossae die Kraft des Pirschgängers, der nichts anderes kann, als zu töten und zu zerstören. In einem Akt der Verzweiflung belegten sie ihn mit einem Bann – und opferten ihre Stadt und ihr Wissen. Doch noch immer sendet er seinen Schatten aus und sät Vernichtung.

Einzig die Clans der Reisenden tragen das Erbe der Magie in sich, um die Welt vor der Macht des Schattens zu beschützen. Doch die Menschen fürchten die Abkömmlinge der Zauberer und rotten die Reisenden aus. Auch Seraph, eine junge Raben-Magierin, gerät in die Fänge des Pöbels, der ihren Bruder auf dem Scheiterhaufen verbrannt hat. Tieragan, ein Soldat, der sich nach Jahren des Krieges auf dem Heimweg befindet, flieht mit ihr in sein Heimatdorf, wo er sie allen Anfeindungen zum Trotz heiratet. Seraph flüchtet sich in die Arbeit als Bäuerin, um sich ihrer Berufung und den qualvollen Erinnerungen zu entziehen. Eines Tages aber kehrt Tieragan nicht vom Fallenstellen zurück. Voller Trauer entfesselt sie ihre Kraft und folgt mit ihren Kindern seiner Spur. Doch Tieragan unterliegt längst der Macht eines gefährlichen Geheimbundes, der nach der magischen Kraft seiner Familie trachtet. In den Kerkern des Kaiserpalasts schmiedet er einen verzweifelten Plan zu ihrer Rettung, nicht wissend, dass ein weit mächtigerer Feind im Verborgenen lauert …

»Patricia Briggs ist eine begnadete Erzählerin!« *Midwest Book Review*

Die Autorin

Patricia Briggs, Jahrgang 1965, wuchs in Montana auf und interessiert sich seit ihrer Kindheit für Phantastisches. So studierte sie neben Geschichte auch Deutsch, denn ihre große Liebe gilt Burgen und Märchen. Neben erfolgreichen und preisgekrönten Fantasy-Romanen wie »Drachenzauber« widmet sie sich ihrer Mystery-Saga um Mercy Thompson (bisher sind bei Heyne »Ruf des Mondes« und »Bann des Blutes« erschienen). Nach mehreren Umzügen lebt die Autorin mit ihrem Mann und ihren drei Kindern in Washington State.

PATRICIA BRIGGS

RABEN ZAUBER

Roman

Deutsche Erstausgabe

WILHELM HEYNE VERLAG
MÜNCHEN

Titel der amerikanischen Originalausgaben
RAVEN'S SHADOW / RAVEN'S STRIKE
Deutsche Übersetzung von Regina Winter

FSC
Mix
Produktgruppe aus vorbildlich bewirtschafteten Wäldern und anderen kontrollierten Herkünften
Zert.-Nr. SGS-COC-1940
www.fsc.org
© 1996 Forest Stewardship Council

Verlagsgruppe Random House FSC-DEU-0100
Das FSC-zertifizierte Papier *München Super*
für Taschenbücher aus dem Heyne-Verlag
liefert Mochenwangen Papier.

Deutsche Erstausgabe 04/2008
Redaktion: Angela Kuepper

www.heyne.de
Printed in Germany 2008
Umschlaggestaltung: Nele Schütz Design, München
unter Verwendung eines Motivs von Geoff Taylor
Satz: C. Schaber Datentechnik, Wels
Druck und Bindung: GGP Media GmbH, Pößneck

ISBN: 978-3-453-52315-9

ADLER: HÜTER
FALKE: JÄGER
RABE: MAGIER
EULE: BARDE
KORMORAN: WETTERHEXER
LERCHE: HEILER

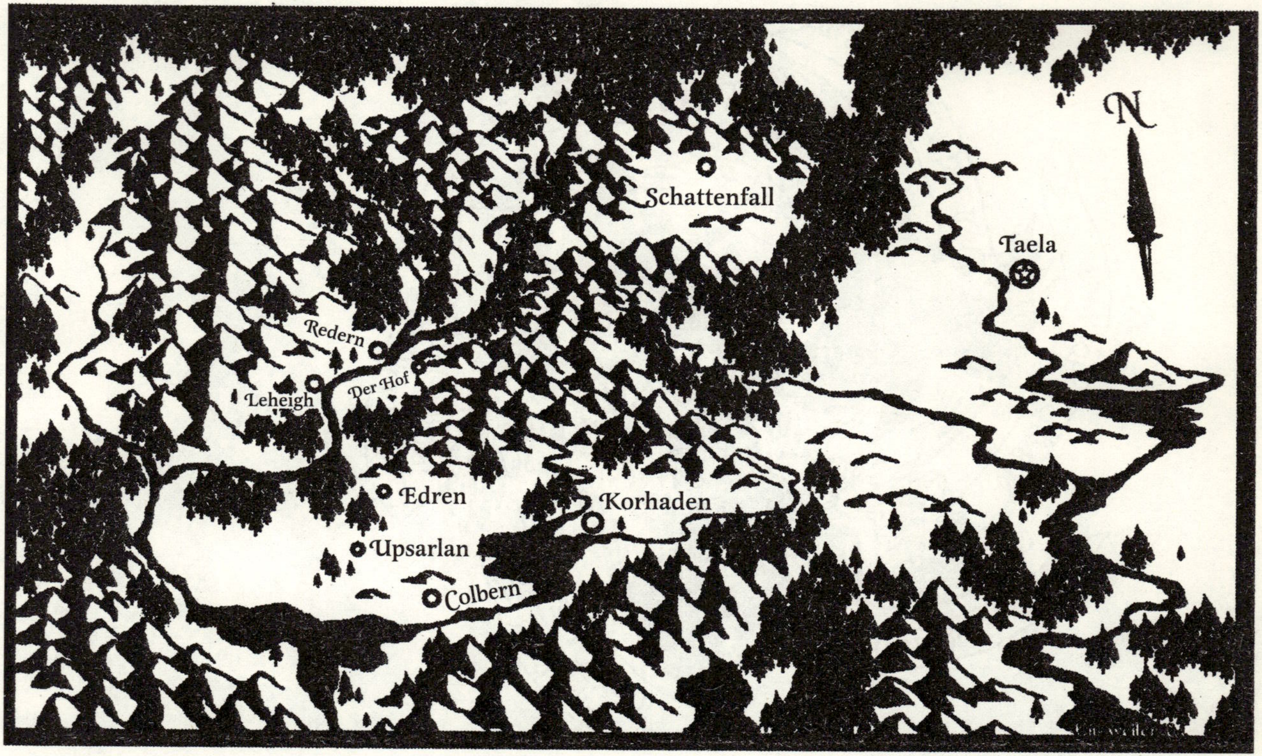
N
Taela
Schattenfall
Redern
Der Hof
Leheigh
Edren
Korhaden
Upsarlan
Colbern

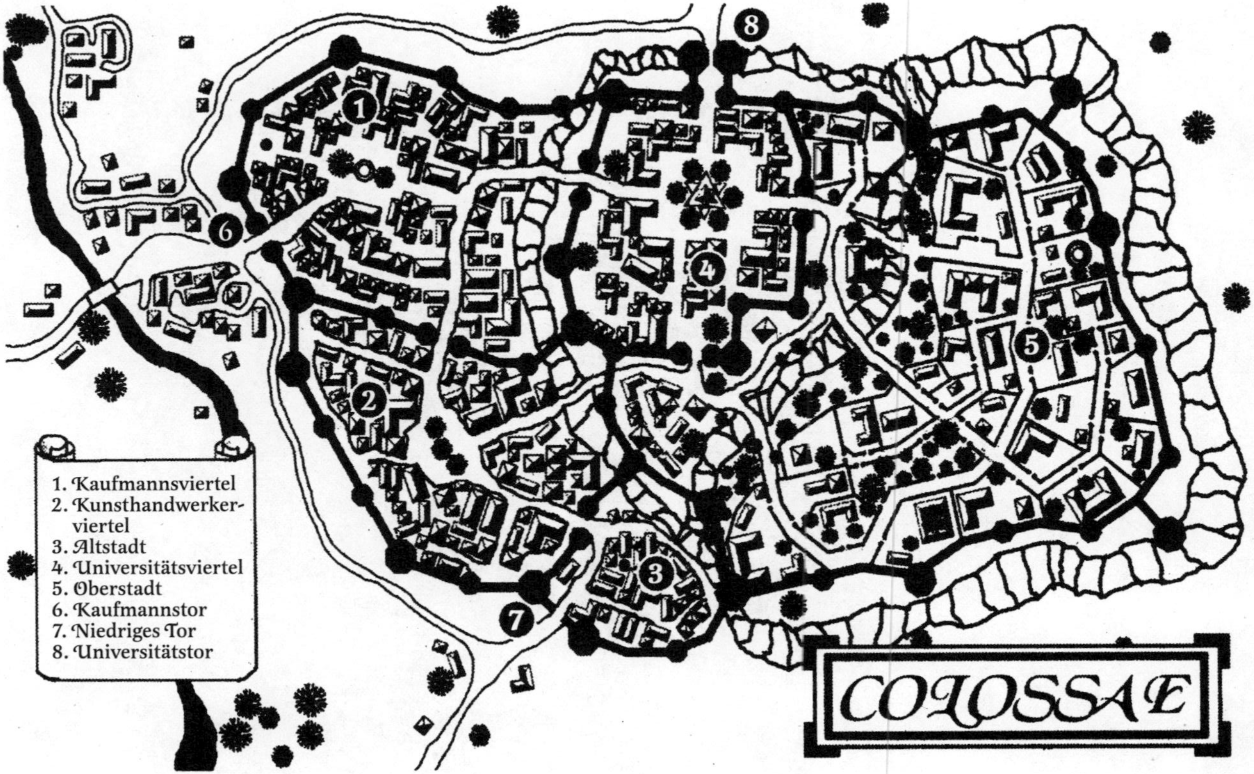
COLOSSAE
1. Kaufmannsviertel
2. Kunsthandwerker-viertel
3. Altstadt
4. Universitätsviertel
5. Oberstadt
6. Kaufmannstor
7. Niedriges Tor
8. Universitätstor

ERSTES BUCH

1

»Es ist jetzt nicht mehr weit, Junge«, sagte Tier. »Das da vorn ist Rauch und nicht bloß Nebel – wir werden ein gemütliches Dorfgasthaus finden, wo wir uns aufwärmen können.«

Sein Pferd schnaubte zur Antwort – oder war es nur wegen eines lästigen Regentropfens? – und trabte weiter.

Tiers Pferd war ebenso wie sein Schwert von erheblich besserer Qualität als seine Kleidung. Er hatte beides von Männern erbeutet, die er getötet hatte; das Schwert in seinem ersten Kriegsjahr, das Pferd in diesem Jahr, als sein eigenes Reittier unter ihm niedergestreckt worden war. Scheck war ein Schlachtross, gezüchtet und ausgebildet für einen adligen Offizier, aber er hatte Tier, den Sohn eines Bäckers, jetzt schon durch zwei Schlachten, sechs Scharmützel und grob gerechnet über tausend Wegmeilen getragen.

Er war ein wertvolles Pferd, aber in den ersten paar Wochen von Tiers Reise, die ihn durch vom langen Krieg verwüstete Regionen führte, hatte der Neid in den Augen der Menschen ebenso viel mit Hunger wie mit Gold zu tun gehabt. Tier hatte gespannt darauf gewartet, dass sie ihn überfielen oder ihn in einen Hinterhalt lockten. Aber etwas an seiner Haltung, vielleicht die Kampfbereitschaft, die immer noch hinter der ruhigen Fassade lauerte, musste sie abgeschreckt haben.

In den wohlhabenderen Regionen weiter entfernt von den Reichsgrenzen ließ die Gefahr eines Angriffs dann leider beträchtlich nach. Dabei hätte ein Kampf Tier vielleicht ein wenig Ablenkung von der Furcht verschafft, die er beim Gedanken an seine baldige Heimkehr empfand.

So viele waren tot. Die beiden jungen Männer aus seinem Dorf, die sich zusammen mit ihm für einen Krieg gemeldet hatten, der einen halben Kontinent von zu Hause entfernt stattfand, waren gefallen, ebenso wie viele andere junge Männer, die sich Gold, Ruhm oder eine Fluchtmöglichkeit erhofft hatten. Tier hatte überlebt. Er war sich immer noch nicht ganz sicher, wie es dazu gekommen war – denn geplant hatte er es ganz bestimmt nicht. Zwar hatte er den Tod nie gesucht, aber ein Soldat wusste, dass es ihn jederzeit treffen konnte.

Wenn der Krieg ewig gedauert hätte, hätte Tier bis zum Tod gekämpft. Aber nun war er vorbei, und er hatte den Posten, den sein kommandierender Sept ihm angeboten hatte, abgelehnt. Er hatte wirklich kein Bedürfnis, noch mehr junge Männer für den Kampf auszubilden.

Also ritt er nun nach Hause. Der Junge, der sich vor beinahe einem Jahrzehnt aus dem Heim seiner Familie geschlichen hatte, hätte sich nie träumen lassen, dass die Rückkehr so viel schwieriger sein würde als der Aufbruch.

Tiers massiger Wallach schüttelte die schwarz-weiße Mähne und übersprühte seinen Reiter mit Wasser. Er tätschelte dem Pferd den Hals.

»Was habe ich dir gesagt, Scheck?«, meinte er. »Da unten gibt es ein Dach; du kannst es zwischen den Bäumen sehen.«

Er freute sich auf einen warmen Schankraum, durchflutet von Lärm und Bier – etwas, womit er seine innere Leere füllen konnte. Vielleicht würde ein bisschen von der guten Laune an ihm hängen bleiben, bis er sein Dorf erreichte.

Er kam seiner Heimat näher. Selbst ohne Landkarte wäre der bittere Geschmack der Alten Magie, der die Berge hier erfüllte, vielsagend genug gewesen. Der Kampf selbst mochte lange vorüber sein, aber die Magie eines Zauberers blieb manchmal noch länger erhalten als die Erinnerung an ihn, und der Schatten war ein großer Zauberer gewesen. In der Nähe des Schlachtfelds von Schattenfall konnte es gefährlich sein, durch den Wald zu reiten. In Tiers Heimatdorf Redern wussten alle, dass man Orte, an denen die Magie des Schattens verharrte, lieber mied.

Der braun-weiß gescheckte Wallach interessierte sich nicht für Magie jedweder Art und trabte weiter den schmalen Bergweg hinunter, und als der Hang sanfter wurde, bog er auf einen Feldweg ein, der sich seinerseits bald schon in eine kopfsteingepflasterte Straße verwandelte. Kurz darauf tauchte das kleine Dorf, das Tier von den Hügeln aus gesehen hatte, zwischen den Bäumen auf.

Die nassen Steinhäuser, so anders als die Holzhäuser, an denen er in den letzten neun Jahren vorbeigeritten war, erinnerten ihn an zu Hause, obwohl der Baustil hier weniger schroff wirkte als in seinem eigenen Dorf. Es war noch nicht daheim, aber es war ein richtiges Dorf. Es würde einen Marktplatz geben, und dort würde das Gasthaus stehen.

Er stellte sich einen kleinen, warmen Raum vor, in das goldene Licht von Feuerstelle und Fackeln getaucht – einen Ort, wo ein Soldat eine gute warme Mahlzeit bekommen und im Trockenen sitzen konnte.

Als er näher zum Markplatz kam, nahm er den Geruch nach Rauch und gebratenem Fleisch war. Rein instinktiv lockerte er das Schwert und brachte den Wallach dazu, sich anzuspannen und zu schnauben: zu viel Krieg, zu viele verbrannte Dörfer. Rasch murmelte er Scheck ein paar beruhigende Worte zu und erinnerte ihn daran, dass sie mit diesem Teil ihres Lebens fertig waren, obwohl er sich nicht dazu durchringen konnte, das Schwert wieder zu sichern.

Als sie auf den Marktplatz einbogen, sah er einen brennenden Scheiterhaufen.

Der Abend war ein seltsamer Zeitpunkt für eine Beisetzung. Tier runzelte die Stirn. So nahe seiner Heimat würden sie ihre Toten begraben und nicht verbrennen. Er sah sich die Menge genauer an und bemerkte, dass keine Frauen und Kinder anwesend waren.

Das da war keine Beisetzung, sondern eine Hinrichtung.

An den meisten Orten, wo die Erinnerung an den Schatten erhalten geblieben war, verbrannte man Hexer. Nicht die hochgeborenen Zauberer, die nur für die Adligen arbeiteten, welche sie bezahlten – die standen oberhalb der Dorfjustiz –, aber Heiler, umherziehende Hexer und Reisende, die die falsche Person beleidigten oder verängstigten, konnten ernsthaften Ärger bekommen. Wenn so jemand brannte, schauten die Dorffrauen nur aus dunklen Fenstern zu, um vor dem Zorn der Toten sicher zu sein.

Auch Fremde wie Tier wurden manchmal für Reisende oder Hexer gehalten. Doch er war bewaffnet und hatte gutes Geld dabei – und wenn man nach dem Geruch von Rauch und Fleisch ging, hatte das Dorf seine Blutlust bereits gestillt. Er ließ die Hand am Schwertgriff, kam dann aber zu dem Schluss, dass es einigermaßen sicher sein würde, hier die Nacht zu verbringen.

Er gönnte dem Scheiterhaufen nur einen Seitenblick, als er an ihm vorbeiritt, und selbst der sagte ihm, dass der Mann inmitten des brennenden Holzes schon tot gewesen war, als man das Feuer entzündet hatte. Einem Toten konnte man nicht mehr helfen.

Die mürrischen Männer des Dorfs, die am Scheiterhaufen standen, wurden noch leiser, als er an ihnen vorbeiritt, aber als er keine Notiz von ihnen nahm, wandten sie sich wieder ihrer finsteren Unterhaltung zu.

Wie Tier erwartet hatte, lag das Gasthaus am Rand des Dorfplatzes. Es hatte auch einen Stall, aber niemand arbeitete darin. Der Stalljunge war vermutlich bei den anderen auf dem Platz.

Tier sattelte Scheck ab, rieb ihn mit einem rauen Tuch trocken und führte ihn in eine leere Box. Dann sah er sich nach Heu um und bemerkte dabei den Handwagen eines Reisenden mit Lederfransen und traurig verblasster bunter Farbe. Der Mann, den sie verbrannt hatten, war also ein Reisender gewesen.

Tier ging an dem Wagen vorbei und brachte Scheck eine Gabel voll Heu, doch seit er ins Dorf geritten war, freute er sich nicht mehr besonders auf den Abend im Schankraum. Es machte ihn nervös, solcher Gewalttätigkeit so nahe zu sein, und der stille Stall beruhigte ihn. Er blieb, bis es wirklich dunkel wurde, dann siegte schließlich der Gedanke an eine warme Mahlzeit über seinen Unwillen, anderen Menschen zu begegnen.

Als er aus dem Stall kam, zeichneten sich draußen nur noch ein paar Gestalten vor dem Feuerlicht ab – vermutlich waren es Wachen, die dafür sorgen sollten, dass der Mann nicht wieder zum Leben erwachte und floh. Er selbst hatte noch nie gesehen, dass ein Mann mit durchschnittener Kehle wieder aufgewacht wäre und Magie gewirkt hätte. Oh, er kannte die Geschichten, er hatte sogar selbst ein paar davon weitererzählt. Aber er hatte auch viel Tod gesehen, und der war nach seiner Erfahrung immer endgültig.

Als er das Gasthaus betrat, war er verblüfft über den Lärm im Schankraum. Ein schneller Blick sagte ihm, dass ihn niemand bemerkt hatte; also suchte er sich einen Platz zwischen der Treppe und der hinteren Wand, wo er den Raum gut beobachten konnte.

Er hätte sich eigentlich schon denken können, dass die

Menschenmenge sich nicht so schnell auflösen würde. Nach einer Hinrichtung verlangte es die meisten Männer nach Alkohol, und der Schankraum des Gasthauses war bis zum Bersten angefüllt mit Männern, von denen die meisten halb betrunken vom Bier und dem Wahnsinn von Menschenmengen waren. Tier dachte daran, lieber im Stall zu schlafen, aber er hatte Hunger. Er würde eine Weile warten und sehen, ob die Dinge sich wieder so weit beruhigten, dass es für einen Fremden wie ihn sicher sein würde, hier zu essen

Der Raum hallte wider von übertriebenem Lachen, was ihn an die Stimmung nach einer Schlacht erinnerte, wenn Männer verrückte Dinge taten, die sie dann den Rest ihres Lebens zu vergessen versuchten.

Er hatte immer noch Käse und Fladenbrot in der Satteltasche. Sicher, das war keine warme Mahlzeit, und der Käse hatte schon ein paar grüne Flecke, aber er würde in Ruhe essen können. Er machte einen Schritt auf die Tür zu.

Als wäre diese Bewegung ein Weckruf gewesen, wurde es plötzlich still. Tier erstarrte, aber er begriff sehr bald, dass niemand ihn beachtete.

In der Stille zog das Knarren von Holz seinen Blick zur nahen Treppe. Zuerst sah man schwere Stiefel, dann einen Stier von einem Mann, der in diesen Stiefeln steckte, und schließlich ein Mädchen, das er die Treppe hinunterzerrte. Der Mann trug eine fleckige Schürze und war wohl der Wirt, aber er hatte auch Schwielen an den Händen, die von einer Kampfaxt oder einem Breitschwert stammen mochten.

Der Wirt blieb vier oder fünf Stufen über dem Schankraum stehen, wo alle seine Gefangene sehen konnten. Tier, weiter hinten im Raum und ein Stück hinter der Treppe so gut wie unbemerkt, musste sich der wachsenden Gewissheit stellen, dass er an diesem Abend keine warme Mahlzeit und kein weiches Bett bekommen würde.

Das so vielsagende silbrig-aschfarbene Haar, das ihr in vom Schlaf zerzausten Zöpfen beinahe bis zur Taille hing, sagte ihm sofort, dass sie eine Reisende war, vermutlich eine Verwandte des toten jungen Mannes, der draußen briet.

Zunächst hielt er sie für ein Kind, aber ihr weites Nachthemd fing sich an einer gerundeten Hüfte, die ihn ein oder zwei Jahre zu ihrem Alter hinzuzählen ließ. Als sie zu der Menge aufblickte, konnte er sehen, dass ihre Augen von klarem Bernsteingrün waren und älter als ihr Gesicht.

Die Männer im Gasthaus waren überwiegend Bauern; einer oder zwei trugen ein langes Messer im Gürtel. Er hatte solche Leute im Heer gesehen und achtete sie. Es waren wahrscheinlich gute Männer, jedenfalls die meisten, mit Ehefrauen und Müttern, die zu Hause auf sie warteten, und sie fühlten sich unbehaglich angesichts der Gewalttätigkeit, zu der ihre Angst sie verleitet hatte.

Dem Mädchen würde nichts passieren, sagte sich Tier. Diese Männer würden ein Kind nicht so leicht verletzen, wie sie den Mann getötet hatten. Ein Mann, ein Reisender, stellte eine Gefahr für ihre Sicherheit dar. Ein Kind, ein Mädchen, war etwas, das diese Männer schützten. Tier blickte sich im Schankraum um und bemerkte, dass die Gesichter mehrerer Gäste weicher wurden, als sie den verwunderten Schrecken des Mädchens sahen.

Sein abschätzender Blick fiel auf einen bärtigen Mann, der gerade Eintopf aß. Gut geschneiderte Adligenkleidung unterschied ihn von den Dorfbewohnern. Solche Kleidung kam sicher aus Taela oder einer anderen größeren Stadt.

Etwas an den beiläufigen, präzisen Bewegungen, die der Mann beim Essen machte, warnte Tier, dass er in ihm vielleicht die gefährlichste Person im Raum vor sich hatte – dann schaute er wieder das Mädchen an und überlegte es sich noch einmal.

In den paar Augenblicken, in denen Tier sich umgesehen hatte, hatte sie ihren ersten Schrecken und die Furcht so eindeutig abgeworfen wie eine Schlange ihre Haut.

Die junge Reisende richtete sich auf wie eine Königin, ihre Miene ruhig und gefasst. Der Wirt war einen Fuß größer als sie, aber er machte nun plötzlich nicht mehr den Eindruck, als ob er sie wirklich festhalten könnte. Das Eis in den kalten Augen des Mädchens bewirkte, dass ein Schauder, aus Kindergeschichten erwachsen, über Tiers Rücken lief. In Jahren der Kämpfe geschliffene Instinkte sagten ihm, dass er nicht der Einzige war, den sie aus der Fassung brachte.

Dummes Mädchen, dachte er.

Ein kluges Mädchen hätte leise und entsetzt geschluchzt und wäre in sich zusammengesunken, um kleiner und noch jünger auszusehen und damit das Mitleid des Pöbels zu wecken. Das hier waren keine Söldner und keine erfahrenen Kämpfer, es waren Bauern und Kaufleute.

Wenn er in diesem Augenblick hätte gehen können, hätte er es getan – zumindest sagte er sich das, aber jede Bewegung seinerseits hätte jetzt die Aufmerksamkeit auf ihn gelenkt. Es war nicht gut, sich für die gleiche Behandlung anzubieten, die der tote Mann auf dem Platz erhalten hatte.

»Wo ist der Priester? Ich brauche ihn, um meine Aussage zu bezeugen«, sagte der Wirt, der selbstzufrieden und zugleich nervös klang. Wenn er das Mädchen angesehen hätte, das er immer noch festhielt, hätte er sich noch erheblich nervöser angehört.

Die Menge bewegte sich ein wenig und spuckte einen dünnen jungen Mann aus, der sich ein wenig überrascht umsah, als er plötzlich im Mittelpunkt der Aufmerksamkeit stand. Jemand brachte einen Hocker und einen wackligen Tisch von der Größe eines Tellers. Als ein grobes Stück Haut, ein Tintenfass und eine Feder aufgetrieben wurden, setzte sich der inzwischen ein wenig selbstsicherer gewordene Priester nieder.

»Also gut«, sagte der Wirt. »Drei Tage Unterkunft, vier Kupferstücke für jeden Tag. Drei Mahlzeiten am Tag für jeweils ein Kupferstück.«

Tier zog zynisch die Brauen hoch. Nichts wies darauf hin, dass das Gasthaus plötzlich nach Taela geflogen sein sollte, wo derartige Preise vielleicht gerechtfertigt waren. Für ein Gasthaus in diesem Dorf waren zwei Kupferstücke am Tag wahrscheinlicher, und das sollte die Mahlzeiten einschließen.

»Einundzwanzig Kupferstücke«, verkündete der Priester schließlich. Schweigen folgte.

»Ein Kupfer am Tag für die Unterbringung des Wagens«, warf der Adlige ein, und zwar, wie Tier bemerkte, ohne von seiner Mahlzeit aufzublicken. Seinem Akzent nach zu schließen kam er aus dem östlichen Teil des Landes, vielleicht sogar von der Küste. »Das sind noch drei weitere Kupferstücke, also insgesamt vierundzwanzig: ein Silberstück.«

Der Wirt lächelte selbstzufrieden. »Ah ja, danke, Lord Wresen. Das Gesetz sieht vor, wenn jemand eine Schuld von einem Silberstück verursacht und nicht *ausgleicht*« – so, wie der Mann das Wort betonte, war es für Tier offensichtlich, dass *ausgleichen* kein Wort war, das oft über seine Lippen kam –, »kann man diese Person verkaufen, um die Schuld zu begleichen. Wenn sich kein Käufer findet, dann soll der Schuldner auf dem Marktplatz fünfzig Peitschenhiebe erhalten.«

Auspeitschung war eine weit verbreitete Strafe. Tier wusste ebenso gut wie alle anderen im Raum, dass ein solches Kind wahrscheinlich keine fünfzig Hiebe überleben würde. Er ging weiter in den Raum hinein und setzte dazu an zu protestieren, hielt jedoch inne, als ihm klar wurde, was hier wirklich geschah.

Sein alter Kommandant hatte immer gesagt, dass Wissen mehr Schlachten gewann als Schwerter. Die Beweggründe des Wirts waren leicht zu verstehen. Das Mädchen zu verkaufen, würde ihm mehr einbringen, als er für gewöhnlich in einer ganzen Woche verdiente – immer vorausgesetzt, er *konnte* sie verkaufen. Kein Dorfbewohner würde ein ganzes Silberstück ausgeben, um eine Reisende zu kaufen. Tier hätte darauf gewettet, dass die juristischen Kenntnisse des Wirts von dem Adligen kamen – ›Lord Wresen‹ hatte er ihn genannt. Er bezweifelte, dass der Mann überhaupt ein Lord war; der Wirt wollte ihm wahrscheinlich wegen seines offensichtlichen Wohlstandes nur schmeicheln – so war es sicherer und profitabler.

Man brauchte nicht besonders intelligent zu sein, um zu erkennen, dass Wresen das Mädchen haben wollte und diese ganze Szene arrangiert hatte, damit er es auch bekam. Die Reisende würde als erwachsene Frau nicht schön sein, aber sie verfügte über den Liebreiz einer Jungfrau zwischen der Kindheit und dem Aufblühen des Frauseins. Wresen hatte nicht vor, sie totpeitschen zu lassen.

»Hast du ein Silberstück?«, fragte der Wirt das Mädchen und schüttelte es dabei grob.

Sie hätte sich fürchten sollen. Selbst jetzt ging Tier noch davon aus, dass ein wenig demonstrative Angst ihrer Sicherheit durchaus zuträglich gewesen wäre. Ein junges Mädchen in die Sklaverei zu verkaufen, gehörte nicht zum Alltag dieser Bauern und würde ihnen falsch vorkommen. Nicht einmal der Wirt schien sich bei dem Gedanken sonderlich wohlzufühlen. Wenn sie an sein Mitgefühl appellierte, würde ihn die Anwesenheit der anderen Männer zwingen, sie gehen zu lassen.

Stattdessen lächelte sie den Wirt verächtlich an und zeigte ihm, dass ihr und jedem anderen im Gasthaus klar war, wie er ihre Verwundbarkeit allein für seinen Profit auszubeuten gedachte. Das machte den Wirt aber nur wütender und brachte sein Gewissen vollkommen zum Schweigen – wusste dieses Mädchen denn überhaupt nichts über Menschen?

»Also, meine Herren«, sagte der Wirt mit einem Blick zu Wresen, der gerade die letzten Bissen aß. »Ein Toter kann seine Schulden nicht mehr zahlen, und sie fallen an seinen Erben. Die da schuldet mir ein Silberstück und kann nicht zahlen. Braucht einer von euch eine Sklavin, oder soll sie sich zu ihrem Bruder gesellen, der auf dem Marktplatz brennt?«

Ihre zornig roten Wangen wurden sofort blass. Offensichtlich hatte sie noch nicht gewusst, dass man den anderen Reisenden umgebracht hatte, ehe der Wirt es erwähnte, obwohl sie befürchtet haben musste, dass ihm etwas zugestoßen war. Sie atmete rascher und blinzelte angestrengt, aber dann riss sie sich zusammen, bis auf ihren Zügen nur noch Zorn und Verachtung zu sehen waren.

Dummes Mädchen, dachte er wieder – dann spürte er das Kribbeln sich sammelnder Magie.

Neun lange Jahre hatte er in der kaiserlichen Armee unter einem Sept gedient, dem sechs Zauberer unterstanden – das war zweifellos der Grund, wieso Tier tatsächlich in Betracht zog, der Reisenden zu helfen und nicht wie ein anständiger Rederni davonzurennen. Diese Jahre hatten ihn gelehrt, dass Magier Menschen waren wie alle anderen auch; dieses Mädchen würde sich kaum vor einem Mob verängstigter Männer retten können. Wenn die Dorfleute erst erlebt hatten, wie es Magie wirkte, würde das auch sonst niemand tun können.

Die Reisende bedeutete ihm nichts.

»Ein Silberstück«, sagte er.

Wresen zuckte zusammen und wurde plötzlich viel aufmerksamer. Seine Hand berührte das Schwert, und er starrte

Tier an. Tier wusste, was der Adlige vor sich sah: einen Mann in von der Reise verschmutzten Kleidern, hochgewachsen und zu dünn, mit einem Schwert am Gürtel und Jahren in der Armee des Kaisers, die sich in den unzähligen kleinen Narben auf Gesicht und Händen abzeichneten.

Tier öffnete den Beutel, den er am Gürtel trug, und ging ein paar kleinere Münzen durch, bevor er ein Silberstück herauszog, das aussah, als wäre ein Dutzend Heere darüber hinweggetrampelt.

»Nimm die Kapuze ab«, sage der Wirt. »Ich will das Gesicht eines Mannes sehen und seinen Namen und seine Abstammung kennen, bevor ich sein Geld annehme.«

Tier warf den Kopf zurück und ließ zu, dass sie sein dunkles Haar und die dunklen Augen sahen, um daraus zu schließen, dass er kein Reisender war. »Tieragan aus Redern. In den letzten Jahren diente ich in der kaiserlichen Armee unter dem Sept von Gerant. Ich bin der Sohn eines Bäckers, aber ich habe dies gegen ein Schlachtfeld getauscht, als ich noch jung und dumm war. Der Kaiser hat den Krieg mit einem Dekret beendet, und jetzt bin ich auf dem Weg nach Hause.«

Die Magie des Mädchens erstarb zu einer trägen Kraft. *Genau,* dachte er, *nimm dir die Zeit, die ich dir verschaffe, um zu verstehen, dass du mit einem einzigen Mann leichter zurechtkommen wirst als mit einem ganzen Raum voll. Du willst nicht wirklich Rache; du willst fliehen.* Er wusste nicht einmal, ob er sie tatsächlich vor diesen Männern rettete oder eher die Männer vor ihr.

»Wenn du sie nimmst, wirst du nicht hierbleiben«, tönte der Wirt. »Ich will solche wie die da nicht in meinem Gasthaus.«

Tier zuckte die Achseln. »Ich habe mein Lager schon öfter im Freien aufgeschlagen, und mein Pferd wird mich noch ein paar Stunden tragen.«

»Zwei Silberstücke«, sagte Wresen plötzlich. Der Adlige schlug heftig genug mit den Händen auf den Tisch, dass sein Schwert hüpfte und der große Silberring an seiner linken Hand die Worte mit einem Knall unterstrich. Als alle sich zu ihm umdrehten, fuhr er fort: »Ich wollte immer schon einmal das Brot der Reisenden essen – und die da sieht jung genug aus, dass man sie noch erziehen kann.«

Tier konnte sich nicht leisten, viel mehr zu bieten als Wresens zwei Silberstücke. Nicht, weil er nicht mehr besaß – der größte Teil von neun Jahren Sold und Beute waren sicher in seinen Gürtel eingenäht –, sondern weil niemand glauben würde, dass er, ein Bäckerssohn und Soldat, so viel Geld für eine seltsame Kindfrau ausgeben würde, so exotisch sie auch sein mochte. Er glaubte es ja selbst kaum. Falls die Dorfleute zu dem Schluss kamen, dass er sich mit der Reisenden zusammengetan hatte, würde er sich auf dem Scheiterhaufen draußen wiederfinden. Ein gelangweilter Adliger andererseits konnte so viel ausgeben, wie er wollte, ohne dass sich jemand darüber Gedanken machte.

Tier warf Wresen einen verächtlichen Blick zu.

»Ihr wäret tot, bevor Eure Hose die Knie erreicht hätte, Adliger«, sagte er. »Ihr kommt nicht aus diesen Bergen, sonst wüsstet Ihr über Magie Bescheid. Mein Waffengefährte war wie Ihr an zahme Zauberer gewöhnt, die das Gold des Sept nahmen. Er rettete mir dreimal das Leben und überlebte fünf Jahre Krieg, nur um sich dann von einem Reisenden-Zauberer in einer dunklen Gasse umbringen zu lassen.«

Die Stimmung im Raum veränderte sich, als Tier die Dorfbewohner erinnerte, wieso sie den Mann, der draußen brannte, getötet hatten.

»Wir« – er schloss sich selbst und jeden anderen Mann im Raum ein – »wir kennen uns mit diesen Dingen aus. Man spielt nicht mit Feuer, *Lord* Wresen, man löscht es mit Wasser, bevor es das Haus niederbrennt.« Er sah den Wirt an. »Nachdem der Reisende meinen Kampfesbruder getötet hatte, verbrachte ich Jahre damit zu lernen, wie man mit solchen Leuten fertig wird – ich freue mich schon darauf, mein Wissen zu prüfen. Zwei Silberstücke und vier Kupfer.«

Der Wirt nickte schnell, wie Tier erwartet hatte. Ein Wirt kannte die Stimmungen seiner Gäste und begriff, dass er überhaupt nichts bekommen würde, wenn Tier noch mehr über diese Dinge sagte. Die Männer im Raum standen dicht davor, das Mädchen sofort nach draußen zu zerren und es zu seinem Bruder zu werfen. Es war viel besser, die Auktion vorzeitig zu beenden, solange er noch etwas für das Mädchen bekommen konnte.

Tier reichte dem Wirt die Silbermünze und begann in seinem Beutel zu suchen, wo er schließlich die achtundzwanzig Kupferstücke fand, die es zu einem weiteren Silberstück und vier Kupfern brauchte. Er achtete sorgfältig darauf, einige in seiner Nähe sehen zu lassen, dass ihm nur noch wenige Kupferstücke blieben. Von dem Geld in seinem Gürtel brauchten sie nichts zu erfahren.

Wresen lehnte sich zurück, als kümmere ihn nicht mehr, was aus der Reisenden wurde. Seine Reaktion machte Tier nur noch misstrauischer – nach seiner Erfahrung gaben gelangweilte Adlige selten so leicht auf. Aber zumindest im Augenblick musste er sich nur um das Mädchen kümmern.

Er ging zur Treppe und ignorierte die Männer, die vor ihm zurückwichen. Dann zerrte er das Mädchen am Handgelenk an dem Wirt vorbei.

»Wir nehmen mit, was ihr gehört«, sagte Tier. »Ich werde alles verbrennen, wenn wir im Wald sind – du solltest vielleicht das Gleiche mit dem Bett und der Bettwäsche in ihrem Zimmer tun. Ich habe schon erlebt, wie Zauberer solche Dinge mit einem Fluch belegt haben.«

Er ging in einer Geschwindigkeit die Treppe hinauf, mit der die Kleine so, wie er ihren Arm verdrehte, auf keinen Fall Schritt halten konnte. Als sie stolperte, riss er sie mit einer Gewaltsamkeit hoch, die mehr Theater war als echt. Denn er wollte alle davon überzeugen, dass er mit jeder Gefahr, für die sie stand, zurechtkommen konnte.

Oben an der Treppe befanden sich vier Türen, aber nur eine stand offen. Also zerrte er sie in den Raum dahinter und schloss schnell die Tür.

»Beeilt Euch, Mädchen«, sagte er und ließ sie los. »Nehmt Eure Sachen, bevor sie auf die Idee kommen, dass sie das Silber behalten und uns beide umbringen können.«

Als sie sich nicht rührte, versuchte er es noch einmal. »Was Ihr nicht gepackt habt, bis ich bis dreißig gezählt habe, überlasse ich dem Wirt, damit er es verbrennen kann.«

Sie mochte stolz und mutig sein, aber sie war auch jung. Mit raschen, ruckartigen Bewegungen zog sie zwei abgewetzte Rucksäcke unter dem Bett vor. Sie band den ersten zu und holte Kleidung aus dem anderen. Dann nutzte sie ihr Nachthemd, um sich zu verbergen, und zog darunter eine weite Hose und ein langes, dunkles Hemd an. Nachdem sie ihr Nachthemd in den zweiten Rucksack gepackt hatte, band sie auch den zu. Sie stand auf, sah sich um und erstarrte.

»Ushireh!«, sagte sie und fügte dringlicher hinzu: »Er lebt!«

Tier schaute nach draußen und bemerkte, dass das Zimmer auf den Marktplatz hinausging und einen klaren Blick auf den Scheiterhaufen bot, wo sich die Leiche des Mannes in der Hitze der Flammen deutlich sichtbar aufsetzte – was, wie es sich anhörte, auch die Männer zu Tode erschreckte, die zurückgeblieben waren, um den Scheiterhaufen zu bewachen.

Er hielt das Mädchen fest, bevor es nach draußen rennen konnte. »Bei meiner Ehre, Jungfer, er ist tot«, sagte er leise und eindringlich. »Ich sah ihn, als ich ins Dorf kam. Sie hatten ihm die Kehle durchgeschnitten, und er war tot, bevor sie ihn ins Feuer warfen.«

Sie kämpfte weiterhin gegen seinen Griff an, die Aufmerksamkeit auf das Feuer draußen gerichtet.

»Hätten sie nur so wenige Männer zurückgelassen, um einen Lebenden zu bewachen?«, fragte er. »Ihr habt doch sicher zuvor schon Scheiterhaufen gesehen, wenn jemand beigesetzt wurde. Wenn die Flammen die Leiche erhitzen, bewegt sie sich.«

In den östlichen Teilen des Reiches verbrannten sie ihre Toten. Die Priester behaupteten, wenn eine Leiche sich in den Flammen bewegte, spräche das vom Wunsch des Geistes, die Welt noch einmal zu sehen. Tiers alter Arbeitgeber, der Sept, der für Priester so viel übrig gehabt hatte wie ein Reisender – also nicht viel –, war davon ausgegangen, dass die Hitze das Gewebe schneller schrumpfen ließ als die Knochen, wenn die Leiche brannte. Was immer zutreffen mochte, die Toten blieben tot.

»Er ist tot«, sagte Tier noch einmal. »Das schwöre ich.«

Sie riss sich los, aber nur, um zum Fenster zurückzueilen. Sie atmete nun keuchend und zitterte davon am ganzen Körper. Wenn sie das unten auf der Treppe getan hätte, dachte er säuerlich, hätte er jetzt einen besseren Abend vor sich, als ohne Abendessen in den Regen hinausreiten zu müssen.

»Sie hatten Angst vor ihm und seiner Magie«, sagte sie mit tiefer Stimme, die vor Zorn und Kummer bebte. »Aber sie haben den Falschen umgebracht. Diese dummen *Solsenti* glauben, dass ein Reisender immer ein Magier ist und ich harmlos bin, weil ich jung bin und ein Mädchen.«

»Wir können es uns nicht leisten, noch länger hierzubleiben«, sagte er forsch, obwohl sein Herzschlag sich beschleunigt hatte. Er war vertraut mit Magie, aber das würde ihm nicht viel helfen, falls er in der Nähe sein sollte, wenn sie wütend wurde. »Seid Ihr fertig?«

Sie fuhr vom Fenster herum, und ihre Augen glühten noch ein wenig von der Magie, die sie gesammelt hatte, während sie beobachtete, wie die Leiche ihres Bruders brannte.

Wahrscheinlich hätte Tier noch mehr Angst vor ihr gehabt, wenn er genau gewusst hätte, wozu sie fähig war.

»Es sind zu viele Leute hier«, sagte er. »Nehmt, was Ihr braucht, und kommt mit.«

Das Glühen verschwand aus ihren Augen, und sie sah nur noch leer und verloren aus, bevor sie sich wieder aufrichtete, entschlossen nach beiden Rucksäcken griff und nickte.

Er legte ihr eine Hand auf die Schulter und folgte ihr nach draußen und die Treppe hinunter. Der Schankraum war erheblich leerer – zweifellos hatte man alle herausgerufen, damit sie sich die zuckende Leiche ansahen.

»Geht lieber, bevor sie zurückkommen«, sagte der Wirt säuerlich. Er machte sich wahrscheinlich Gedanken, was seinem Gasthaus geschehen würde, wenn die Männer nach ihrem neuesten Schrecken zurückkamen und feststellten, dass die Reisende immer noch da war.

»Verbrennt vorsichtshalber auch die Vorhänge«, erwiderte Tier. Der Inhalt des Raums war vollkommen in Ordnung, aber er fand, dass es dem Wirt nur recht geschähe, wenn er mehr von Tiers Geld ausgeben musste, um neuen Vorhangstoff zu kaufen.

Das Mädchen, gesegnet sollte es sein, war vernünftig genug, den Blick niederzuschlagen und zu schweigen.

Sobald sie das Gasthaus verlassen hatten, führte er das Mädchen zum Stall, wo der Stalljunge den Wallach bereits aus der Box geholt und gesattelt hatte. Auch der Wagen der Reisenden war da. Sie war leicht, also würde Scheck sie beide leicht bis zum nächsten Dorf tragen können, wo Tier vielleicht ein zweites Reittier kaufen würde – aber der Handwagen stellte ein Problem dar.

»Wir lassen den Wagen hier«, sagte er zu dem Jungen, nicht zu der Reisenden. »Ich will nicht nur so weit reiten, wie dieses Kind einen solchen Wagen ziehen kann.«

Der Junge hob das Kinn. »Mein Vater sagt, Ihr müsst alles mitnehmen. Er will nicht, dass noch irgendwelche Flüche übrig bleiben.«

»Er hat Angst, dass sie die Scheune anstecken werden«, sagte das Mädchen ins Nichts.

»Das geschähe ihm nur recht«, erwiderte Tier in einem östlichen Dialekt, den ein Stalljunge, der in diesem Dorf zur Welt gekommen und aufgewachsen war, nicht kennen würde. Das rasche Nach-Luft-Schnappen des Mädchens sagte ihm, dass es den Dialekt durchaus beherrschte.

»Gib mir eine Axt«, sagte Tier stirnrunzelnd. Sie hatten wirklich keine Zeit für diese Dinge. »Ich werde den Wagen verbrennen, bevor wir gehen.«

»Das Pferd kann ihn ziehen«, sagte das Mädchen. »Unter dem Boden sind Deichseln angebracht.«

Tier schnaubte, aber er schaute gehorsam unter den Wagen und sah, dass sie recht hatte. Ein Gabelkopfbolzen und ein Kipphebel erlaubten, den Hangriff unter den Wagen zu schieben. Und auf beiden Seiten gab es feste Deichseln, die man herausziehen und befestigen konnte.

Tier sprach noch einmal mit dem Jungen. Das Gasthaus hatte keine überzähligen Pferde und auch kein Geschirr.

Tier schüttelte den Kopf. Wie er es schon ein- oder zweimal getan hatte, wenn auch nicht mit Scheck, baute er aus seinem Kriegssattel ein Geschirr zusammen. Das Brustblatt funktionierte recht gut als Kummet, da es nur um ein leichtes Gewicht ging.

Er passte die Steigbügel an, um die Deichseln aufzunehmen, und nahm einen alten Zügel, den ihm der Junge brachte, als Zuggurt.

»Welch ein Abstieg für ein Schlachtross, mein Freund«, sagte Tier, als er Scheck ein paar Schritte führte.

Der Wallach schnaubte nur einmal über das Ding, das ihm folgte. Nein, er war kein Wagenpferd, aber man hatte ihn ausgebildet, selbst im Schlachtengetümmel ruhig zu bleiben, und so war Scheck auch vernünftig genug, den Wagen zu ziehen.

Während Tier das Pferd ein Stück durch den Stall führte, war das Mädchen zum Tor gegangen, den Blick auf den Scheiterhaufen gerichtet.

»Du wirst später Zeit haben, ihn zu betrauern«, versprach er. »Im Augenblick sollten wir lieber verschwinden, bevor sie ins Gasthaus zurückkehren. Du wirst Scheck leicht reiten können – halte nur die Füße von seinen Rippen fern.«

Sie kletterte irgendwie hinauf und mied dabei Tiers Berührung, so gut sie es vermochte. Das konnte er ihr nicht übel nehmen, sagte aber lieber nichts Tröstliches, damit der Stalljunge es nicht hörte.

Er behielt Schecks Zügel in der Hand und führte ihn aus dem Stall in die Gegenrichtung zu der, aus der er eingetroffen war. Das Mädchen drehte sich um und betrachtete den Scheiterhaufen, so lange es konnte.

Tier führte Scheck im Schritt durch das Dorf. Sobald sie das Kopfsteinpflaster hinter sich hatten und sich auf einem breiten Feldweg befanden, begann er mit einem schnellen Schritt, den er lange Zeit durchhalten konnte. Allerdings brauchte er dabei jedes bisschen Atem, und es war nicht angenehm zu reden – also sprach er nicht mit dem Mädchen.

Scheck trabte an seiner Seite wie ein gut erzogener Hund, die Nase an Tiers Schulter, so wie sie schon etliche Meilen hinter sich gebracht hatten. Der Regen, der eine Weile aufgehört hatte, begann erneut, und Tier wurde langsamer, um nach einer möglichen Zuflucht Ausschau zu halten.

Schließlich fand er eine Stelle, wo ein toter Baum sich gegen zwei andere lehnte und dadurch einen kleinen trockenen Bereich schuf, den er vergrößerte, indem er ein Stück Ölhaut darüberhängte.

»Ich würde es noch besser machen, wenn es nicht vollkommen dunkel wäre und regnen würde«, sagte er zu dem Mädchen, ohne es anzusehen. »Aber unter der Ölhaut wird es auf jeden Fall trockener sein als draußen.«

Er nahm Scheck Sattel und Geschirr ab und rieb ihn schnell trocken, bevor er ihn an einen Baum in der Nähe anpflockte. Scheck richtete das Hinterteil in den Wind und zog eine Hüfte hoch. Wie jeder Veteran wusste das Pferd, dass es sich ausruhen musste, wann immer Gelegenheit dazu bestand.

Tier wandte sich dem Mädchen zu, den schweren Kampfsattel in der Hand.

»Wenn Ihr mich anfasst«, sagte sie kühl, »werdet Ihr diesen Tag nicht überleben.«

Er betrachtete einen Augenblick ihre zierliche Gestalt. Nass und verfroren sah sie noch weniger beeindruckend aus als zuvor als Gefangene des Wirts.

Tier war tatsächlich noch nie einer Reisenden begegnet. Aber er hatte Erfahrung im Umgang mit verängstigten jungen Geschöpfen – in der Armee hatte es viele junge Männer gegeben. Selbst so nass und müde, wie er war, dachte er nicht im Traum daran, direkt auf diesen Satz einzugehen – warum sollte sie ihm auch nur ein einziges Wort glauben? Aber wenn er sie nicht in die Unterkunft brachte, wo sie seine Wärme teilen konnte, würde sie wahrscheinlich Lungenfieber bekommen. Dann hätte er sie umsonst gerettet.

»Guten Abend, meine Dame«, sagte er mit einer recht guten Imitation der Verbeugung eines Adligen, obwohl er immer noch den schweren Sattel trug. »Ich bin Tieragan aus Redern – die meisten Leute nennen mich Tier.« Dann wartete er.

Sie starrte ihn an; er spürte ein Schmetterlingsflattern von Magie – und dann riss sie ungläubig die Augen auf, als hätte sie mehr gehört, als er gesagt hatte. »Ich bin Seraph, Rabe des Clans von Isolda der Schweigsamen. Ich grüße Euch, Barde.«

»Seid ebenfalls gegrüßt, Seraph«, sagte er. Ihre Antwort hätte anderen Reisenden wahrscheinlich mehr gesagt. Vielleicht hätten sie sogar gewusst, wieso sie ihn als *Barde* angesprochen hatte – wahrscheinlich ein weiterer Bestandteil der Reisenden-Etikette. »Ich bin auf dem Rückweg nach Redern. Wenn meine Landkarte zutrifft – und bisher hat sie sich als bemerkenswert korrekt erwiesen –, liegt es etwa zwei Reisetage nordwestlich von hier.«

»Mein Clan, der nur aus Ushireh und mir bestand, war unterwegs zu dem Dorf, das wir gerade verlassen haben«, erwiderte sie und schauderte nun. »Ich weiß nicht, wohin Ushireh hinterher gehen wollte.«

Tier hatte damit gerechnet, sie zu ihren Leuten zurückbringen zu können. »Ihr wart nur zu zweit?«

Sie nickte und beobachtete ihn so misstrauisch wie eine Henne den Fuchs.

»Habt Ihr Verwandte in der Nähe? Jemanden, zu dem Ihr gehen könntet?«, fragte er.

»Die Clans der Reisenden meiden diese Region«, sagte sie. »Es ist bekannt, dass sich die Leute hier vor uns fürchten.«

»Warum ist Euer Bruder also hierhergekommen?« Er packte den Sattel ein wenig bequemer und ließ ihn an der Hüfte ruhen.

»Das Oberhaupt eines Clans spürt oft, wo sich Umschattete aufhalten«, erwiderte sie düster. »Mein Bruder folgte einem von ihnen.«

Tiers Erfahrung mit Magiern hatte dazu geführt, keine Fragen zu stellen, wenn sie über Magie sprachen – im Allgemeinen wusste man nach ihren Antworten weniger als zuvor. Was immer den jungen Mann hierhergeführt hatte, er hatte Seraph alleine zurückgelassen.

»Was ist dem Rest Eures Clans zugestoßen?«, fragte er.

»Die Pest«, sagte sie. »Eines Abends hießen wir einen fremden Reisenden an unseren Feuern willkommen. Am nächsten Abend hatte einer der Säuglinge Husten – und am Morgen darauf waren drei von uns tot. Der Clanführer versuchte, die Kranken zu isolieren, aber es war zu spät. Nur mein Bruder und ich überlebten.«

»Wie alt seid Ihr?«

»Sechzehn.«

Das war jünger, als er aus ihrer Haltung geschlossen hatte, aber dem Aussehen nach hätte sie ebenso gut dreizehn sein können. Er hob sich den Sattel auf die Schulter, um den Arm auszuruhen. Als er das tat, hörte er ein dumpfes Geräusch, und der Sattel ruckte in seinem Griff. Ein Pfeil bebte in dem dicken Leder des Seitenblatts, das über seine Brust hing.

Er warf sich nach vorn und drückte seine Begleiterin unter sich auf den schlammigen Boden. Obwohl sie verzweifelt versuchte, sich zu befreien, hielt er sie fest und sagte in einem tonlosen Flüstern: »Still jetzt, Liebes. Jemand da draußen schießt mit Pfeilen auf uns. Seht Euch meinen Sattel an.«

Als sie sich beruhigte, glitt er von ihr herunter. Das Gras war ziemlich hoch und hatte ihre Bewegungen hoffentlich verborgen. Sie rollte sich auf den Bauch, bewegte sich aber nicht weiter von ihm weg. Er legte die Hand auf ihren Rücken, damit sie blieb, wo sie war, bis er ihren Angreifer gefunden hatte. Ihre Rippen bebten im Gleichklang mit ihrem heftig klopfenden Herzen.

»Er ist zwei Dutzend Schritte hinter Eurem Pferd«, flüsterte sie. »Ein wenig nach rechts.«

Er fragte nicht, wieso sie ihren Angreifer in der Dunkelheit der Waldnacht sehen konnte, sondern schlich vorwärts, bis er vor Scheck hockte, wo er kurz verharrte und dabei hoffte, dass der Schlamm, der ihn am ganzen Körper bedeckte, verhindern würde, dass er zum Ziel für einen anderen Pfeil wurde.

Er warf einen Blick zurück, um sich zu überzeugen, dass Seraph sich immer noch versteckte, dann verbiss er sich einen Fluch.

Sie stand aufrecht und hatte den Blick auf eine Stelle hinter Scheck gerichtet. Er nahm an, sie beobachtete ihren Angreifer. Ihre Kleidung war dunkel genug, um kaum sichtbar zu sein, aber ihr helles Haar fing das schwache Mondlicht ein.

»Seraph«, sagte eine leise Stimme. Sie sprach in einer fließenden Sprache weiter, die Tier noch nie zuvor gehört hatte.

»Sprecht die Allgemeine Sprache«, antwortete Seraph mit kalter, klarer Stimme, die eher nach einer Kaiserin klang als nach einem zerschlagenen, schlammigen, halb erwachsenen Mädchen. »Die Sprache der Reisenden passt nicht zu Eurer Zunge. Ihr klingt wie eine Henne, die zu quaken versucht.«

Nun gut, dachte Tier. *Wenn unser Verfolger Seraph töten wollte, hätte er das schon getan.* Inzwischen hatte er eine recht gute Vorstellung, wer da versucht hatte, ihn mit einem Pfeil zu treffen. Er hatte nicht gesehen, dass Lord Wresen einen Bogen besaß, aber wahrscheinlich hatte er sich beim Gepäck des Mannes befunden.

»Ich habe den, der dir wehtun wollte, getötet«, fuhr die leise Stimme fort.

Wahrscheinlich sah es für den Mann wirklich so aus, als wäre Tier tot. Er hatte sich einen halben Atemzug nach dem Einschlagen des Pfeils zu Boden geworfen, und der Sattel und die Decke bildeten einen Schatten, der aus der Ferne durchaus eine Leiche hätte sein können.

»Komm mit mir, Kleines«, sagte Tiers Möchtegernmörder. »Ich habe in der Nähe Unterkunft und Essen. Du kannst hier draußen nicht allein bleiben. Bei mir wirst du sicher sein.«

Tier konnte genau hören, dass der Mann log, aber er glaubte nicht, dass Seraph ebenfalls dazu imstande war. Er wartete darauf, dass der andere nahe genug kam, um sichtbar zu werden, und hoffte, dass Seraph ihm nicht glaubte. Nachdem Tier zwei Silberstücke und vier Kupfer für sie ausgegeben und sein Abendessen verpasst hatte, hatte er ein gewisses Interesse an ihrem Wohlergehen.

»Ein Rabe ist nie allein«, sagte das Mädchen.

»Seraph«, tadelte der Mann. »Das weißt du doch besser. Komm, Kind, ich habe ein sicheres Lager, in dem du übernachten kannst. Und am Morgen bringe ich dich zu einem Clan, den ich kenne und der sich hier in der Nähe aufhält.«

Tier konnte ihn jetzt sehen – ein Schatten, dunkler als die Bäume, unter denen er hervorkam. Etwas an der Art, wie der Schatten sich bewegte, verriet zusammen mit der Stimme seine Identität: Es handelte sich tatsächlich um Wresen.

»Was ist das denn für ein Clan?«, fragte Seraph.

»Ich …« Sein Instinkt veranlasste Wresen, sich umzudrehen, bevor Tier zuschlug. Das Schwert traf auf Metall.

Tier warf sein ganzes Gewicht gegen den anderen Mann und schob Wresen von sich, um Distanz zwischen ihnen zu schaffen – so würde seine größere Reichweite ihm zupasskommen.

Sie kämpften ein paar Minuten, wobei sie einander überwiegend prüften und nach Schwächen suchten. Der ältere

Mann erwies sich als schneller, als Tier erwartet hätte, aber er war es nicht, der seinen Gegner unterschätzte. Wenn man nach dem Grunzen ausging, das Wresen ausstieß, als er Tiers Schwert zum ersten Mal abfing, hatte er Tier nicht für so stark gehalten – etwas, das häufig geschah. Tier war hochgewachsen, und man hatte ihn oft geneckt, er sei so schlaksig wie ein Junge.

Als sie sich ein wenig voneinander zurückzogen, um sich wieder zu sammeln, hatte Tier einen nicht besonders tiefen Schnitt am Wangenknochen und einen anderen an der Unterseite des rechten Unterarms. Der andere Mann hatte einen festen Schlag von Tiers Schwertgriff am Handgelenk hinnehmen müssen, und Tier war ziemlich sicher, dass er ihm auch eine Kopfwunde verursacht hatte, die seinem Gegner ins Auge blutete.

»Was wollt Ihr mit dem Mädchen?«, fragte Tier. Das hier war ein wenig zu viel Anstrengung für eine Bettgefährtin, ganz gleich, ob sie nach Wresens Geschmack sein mochte.

»Nichts als ihre Sicherheit«, erklärte Wresen. Die Lüge hallte in Tiers Ohren wider. »Und das ist mehr, als ich für dich sagen kann.«

Er machte eine seltsame Geste mit den Fingern, und Tier ließ das Schwert mit einem Schrei fallen, als es so heiß wurde, dass er es nicht mehr halten konnte.

Ein Zauberer, dachte er, aber Schreck und Überraschung hielten ihn nicht zurück. Er ließ sein Schwert, wo es lag, und sprang seinen Feind an, rammte ihm die Schulter in den Bauch und ließ sie beide ins Unterholz taumeln.

Der überraschte Wresen stolperte und fiel. Tier schlug fest zu und zielte auf die Kehle seines Gegners, doch der Mann rollte sich zu schnell herum. Rasch wie ein Wiesel kam Wresen wieder auf die Beine. Zweimal musste Tier wegspringen, um der Klinge des anderen zu entkommen. Aber er war nicht dumm; unbewaffnet hatte er keine großen Aussichten.

»Lauft, Seraph«, sagte er. »Nehmt das Pferd und verschwindet.«

Mit ein wenig Glück sollte er ihren Verfolger lange genug aufhalten können, damit sie ihn im Wald abhängte. Wenn er Wresen gut beschäftigt hielt, würde er keine Zeit für seine Magie haben.

»Stellt Euch nicht dümmer an als nötig, Barde«, sagte sie kalt.

Der andere Mann fluchte, und Tier sah, dass Wresens Schwert angefangen hatte zu glühen, als befände es sich immer noch im Schmiedefeuer. Dampf stieg von der Schwerthand des Adligen auf, und er versuchte ungeschickt, es mit der freien Hand loszureißen. Er achtete nicht mehr auf Tier – und das war sein letzter Fehler.

Tier zog sein Stiefelmesser aus dem Hals des Mannes und säuberte es an dessen Umhang. Als er fertig war, sah er Seraph an.

Ihre helle Haut und ihr Gesicht waren im Dunkeln leicht zu finden. Sie erinnerte ihn an hundert Legenden: So musste Loriel dagestanden haben, als sie dem Schatten mit nichts als ihrem Lied entgegentrat, oder Terabet, bevor sie sich lieber von den Mauern von Anarogehn warf, als ihr Volk zu verraten. Sein Vater hatte sich immer beschwert, sein Großvater habe ihm zu viele Geschichten erzählt.

»Warum habt Ihr Euch für mich entschieden und nicht für ihn?«, fragte Tier.

»Ich habe ihn im Gasthaus gehört. Er war kein Freund von mir.«

Tier kniff die Augen zusammen. »Ihr habt mich im Gasthaus ebenfalls gehört. Er hat dem Wirt nur geholfen, ein paar Kupferstücke hinzuzufügen – ich dachte, Ihr wolltet Rache.«

Sie hob das Kinn. »Ich bin nicht dumm. Ich bin Rabe – und Ihr seid Barde. Ich habe gesehen, was Ihr getan habt.«

Sie benutzte die allgemeine Sprache, aber die Worte waren für ihn dennoch unverständlich.

Er sah sie stirnrunzelnd an. »Wie meint Ihr das? Jungfer, ich war Bäcker und dann Soldat, also Schwertkämpfer, Spurenleser und Spion, und sogar Schneider, Waffenschmied und hin und wieder Grobschmied und wahrscheinlich noch ein halbes Dutzend Berufe. Aber ich behaupte nicht von mir, ein Barde zu sein. Und selbst wenn ich einer wäre, wüsste ich nicht, was das mit Euch zu tun hätte. Oder was es bedeutet, ein Rabe zu sein.«

Sie starrte ihn an, als hätte er etwas ziemlich Unverständliches gesagt. »Ihr seid ein Barde«, sagte sie wieder, aber diesmal lag ein Beben in ihrer Stimme.

Er sah sie forschend an. Es war vielleicht Regen, der ihre Wangen benetzte, aber er hätte sein gutes Messer verwettet, dass sich in diesem Wasser auch Salz befand. Sie war kaum älter als ein Kind und hatte gerade ihren Bruder unter schrecklichen Umständen sterben sehen. Es war mitten in der Nacht, sie zitterte vor Kälte, und sie hielt sich besser als mancher erfahrene Soldat.

»Ich schaffe die Leiche weg«, sagte er. »Wir werden beide nicht schlafen können, wenn sie hier liegen bleibt und Aasfresser anlockt. Und Ihr seht zu, dass Ihr aus dem Regen kommt, und zieht trockene Sachen an. Wir reden morgen weiter. Ich verspreche, dass Euch zumindest bis zum Morgen niemand etwas tun wird.«

Während sie das Gepäck aus dem Wagen holte, führte er Scheck zu der Leiche, und es gelang ihm irgendwie, sie auf den Rücken des Wallachs zu schieben. Er hatte nicht vor, den Mann zu begraben, er wollte ihn nur weit genug wegbringen, dass die Raubtiere, die er womöglich anzog, sie nicht belästigen würden. Dann fiel ihm ein, dass Wresen vielleicht nicht allein gewesen war – es wäre tatsächlich seltsam für einen Adligen, ohne Diener unterwegs zu sein.

Aber er fand nur eine graue Stute, die etwa hundert Schritt den Weg entlang an einen Baum gebunden war, und es gab kein Anzeichen von einem zweiten Pferd in der Nähe.

Tier blieb neben Scheck stehen und ließ die Leiche vom Rücken des Pferdes in den Schlamm fallen, das Schwert immer noch fest in der Hand. Scheck, der alles zuvor ruhig ertragen hatte, sprang drei Schritte zur Seite, als die Leiche aufklatschte, und schnaubte unglücklich. Die Graue wich zurück und schüttelte den Kopf. Sie versuchte sich loszureißen, aber die Zügel hielten. Als nichts weiter geschah, beruhigte sie sich wieder und knabberte nervös an einem Büschel Blätter.

Tier durchsuchte die Satteltaschen des Mannes, aber es gab dort nichts außer den Zutaten für ein paar Mahlzeiten und einem Beutel mit Silber- und Kupfermünzen. Die steckte er mit der Sparsamkeit eines Soldaten in seinen eigenen Beutel und nahm auch den Proviant. An der Leiche fand er nichts außer einem klotzigen Silberring mit einem kleinen, dunklen Stein. Er ging davon aus, dass der Ring ebenso wie das Pferd und das Schwert des Mannes zu leicht zu identifizieren seien, und ließ sie, wo sie waren.

Am Ende fand Tier keinen Hinweis darauf, wer Wresen gewesen war oder warum er Seraph so unbedingt hatte haben wollen. Ein Magier hätte allerdings nicht diese unvernünftige Angst vor Reisenden wie die Dorfbewohner.

Er nahm sein Messer und schnitt die Zügel der Grauen nahe dem Gebiss zum größten Teil durch. Wenn sie genug Hunger hatte, würde sie sich losreißen, aber so schnell würde das noch nicht geschehen.

In sich zusammengesackt vor Müdigkeit, ritt Tier zum

Lager zurück. Seraph hatte seinen Rat befolgt: Er fand sie unter dem Baum, wo sie sich zusammengekauert hatte.

Eine zweite Ölhautplane, größer und noch abgetragener als seine, vergrößerte ihre Zuflucht, sodass er vielleicht sogar trockene Füße haben würde. Sein Sattel befand sich ebenfalls in der behelfsmäßigen Unterkunft, und der größte Teil des Schlammes war abgewischt. Er holte andere Kleidung aus den Satteltaschen und zog sie an. Die Sachen waren nicht sauber, aber im Augenblick war es ihm wichtiger, trocken zu sein.

Seraph hatte sich abgewandt, als er sich umzog. Tier wusste, sie würde nicht schlafen können, weil sie so fror, sich aber auch ganz bestimmt nicht an einen Fremden schmiegen – besonders nicht unter den derzeitigen Umständen –, also sagte er nichts dazu. Er legte einfach den Arm um sie, ignorierte ihren bestürzten leisen Aufschrei und streckte sich zum Schlafen aus.

Sie versuchte, sich von ihm zu lösen, aber es gab nicht viel Platz. Dann schwieg sie sehr lange, und Tier döste schließlich ein. Irgendwann später weckte ihn ihr leises Weinen, und er zog sie dichter an sich und tätschelte ihr den Rücken, als wäre sie seine kleine Schwester, die mit einem aufgeschürften Knie zu ihm gekommen war und nicht mit dem Verlust ihrer Familie.

Als er erwachte, sah er zwei seltsam helle Augen, die ihn anstarrten und in dem Sonnenlicht, das durch die morgendlichen Wolken fiel, noch heller wirkten.

»Ich hätte das hier nehmen können«, sagte Seraph.

Er sah die Klinge, die sie in ihren schmutzigen Händen hielt – sein bestes Messer. Sie hatte offenbar seine Satteltaschen durchsucht.

»Ja«, stimmte er zu und nahm es ihr aus der Hand. Sie leistete keinen Widerstand. »Aber ich habe Euer Gesicht gesehen, als Ihr letzte Nacht unseren toten Freund vor Euch hattet. Ich war ziemlich sicher, dass Ihr es nicht so schnell mit einer weiteren Leiche zu tun haben wolltet.«

»Ich habe schon viele Tote gesehen«, sagte sie, und er erkannte an ihren Augen, dass sie nicht log.

»Aber keinen, den Ihr selbst umgebracht habt«, vermutete er.

»Wenn ich nicht geschlafen hätte, als sie meinen Bruder umbrachten, hätte ich sie alle getötet, Barde.«

»Das mag sein.« Tier streckte sich und kroch unter dem Baum hervor. »Aber dann hättet Ihr mich ebenfalls umgebracht. Und wie ich schon letzte Nacht sagte, ich bin kein Barde.«

»Nur ein Bäckerssohn«, sagte sie. »Aus Redern.«

»Wohin ich zurückkehre«, fügte er hinzu.

»Ihr seid kein *Solsenti*«, widersprach sie selbstzufrieden. »Es gibt keine *Solsenti*-Barden.«

»Solsenti?« So langsam bekam er das Gefühl, dass sie zwei vollkommen unterschiedliche Sprachen sprachen, die nur einige wenige Wörter gemeinsam hatten.

Ihre Selbstsicherheit ließ ein wenig nach, als hätte sie von ihm eine andere Reaktion erwartet. »*Solsenti* ist unser Wort für Leute, die keine Reisenden sind.«

»Dann bin ich leider ganz bestimmt *Solsenti.*« Er wischte sich die Kleidung ab, aber nichts konnte die Flecken zum Verschwinden bringen, die vom Reisen kamen. Zumindest waren seine Sachen nicht nass. »Ich kann die Laute spielen und auch die Harfe ein wenig, aber ich bin kein Barde – obwohl ich glaube, dass das für Euch ohnehin etwas ganz anderes bedeutet als für mich.«

Sie starrte ihn an. »Aber ich habe Euch gesehen«, sagte sie. »Ich spürte Eure Magie letzte Nacht im Gasthaus.«

Er starrte sie verblüfft an. »Ich bin auch kein Magier.«

»Nein«, stimmte sie zu. »Aber Ihr habt den Wirt in Euren Bann gezogen, damit er diesem Mann nicht erlaubte, meine Schuld aufzukaufen.«

»Ich bin Soldat, Jungfer«, sagte er. »Und ich war Offizier. Jeder gute Offizier lernt, wie er mit Menschen umgehen muss – oder er bleibt nicht lange in diesem Beruf. Der Wirt machte sich am Ende mehr Sorgen um sein Gasthaus als darum, noch ein oder zwei Silberstücke mehr machen zu können. Das hatte nichts mit Magie zu tun.«

»Das wisst Ihr nicht«, sagte sie schließlich und nicht unbedingt, wie er dachte, zu ihm. »Wie ist es möglich, dass Ihr nicht wisst, dass Ihr ein Barde seid?«

»Wie meint Ihr das?«

Sie verzog das Gesicht. »Ich bin Rabe – Ihr würdet mich als *Magierin* bezeichnen, ganz ähnlich wie ein *Solsenti*-Zauberer. Aber die Reisenden haben auch andere Möglichkeiten, Magie anzuwenden, Dinge, die Eure *Solsenti*-Zauberer nicht tun können. Ein paar von uns haben unterschiedliche Begabungen, entsprechend den Weisungen, die uns gegeben werden. Eine dieser Weisungen ist die der Barden – wie Ihr einer seid. Ein Barde ist, wie Ihr sagtet, in erster Linie Musiker. Eure Stimme ist wahr und klar. Ihr habt ein erstaunliches Gedächtnis, besonders für Worte. Niemand kann Euch anlügen, ohne dass Ihr es merkt.«

Er öffnete den Mund, um etwas zu sagen – er wusste nicht genau, was es sein würde, aber er wollte freundlich sein –, aber dann sah er sie an und schloss den Mund wieder.

Sie war so jung, selbst wenn sie sich wie eine Kaiserin hielt. Ihre Haut war grau vor Erschöpfung, und ihre Augen sahen geschwollen und rot aus, weil sie wahrscheinlich geweint hatte, während er geschlafen hatte. Er beschloss, sich nicht mit ihr zu streiten – und selbstverständlich trotzdem nicht zu glauben, was sie sagte, obwohl es ihm eine Gänsehaut verursachte. Er konnte einfach nur gut mit Menschen umgehen, das war alles. Ja, er konnte singen, aber das traf auf die meisten Rederni zu. Er war kein Magier.

Er überließ sie ihren Spekulationen und begann, das Lager abzuschlagen. Falls Wresens Pferd zum Gasthaus zurücklief, würden die Leute vielleicht bald nach ihm suchen. Ohne ein weiteres Wort stand sie auf und half ihm.

»Ich werde Euch in Redern zu meinen Verwandten bringen«, sagte er, als das Lager abgeschlagen und Scheck wieder im Geschirr war. »Aber Ihr müsst mir versprechen, keine Magie zu wirken, solange Ihr dort seid. Meine Leute sind so misstrauisch, wie man es in der Nähe von Schattenfall erwarten würde. Redern ist ein Handelsort; wenn es irgendwo in der Nähe einen Reisendenclan gibt, werden wir davon hören.«

Aber sie schien nicht zuzuhören. Stattdessen sagte sie, nachdem sie auf Schecks Rücken geklettert war: »Ihr braucht keine Angst zu haben. Ich werde es niemandem sagen.«

»Was sagen?«, fragte er und führte das Pferd wieder zurück auf den Weg, den sie am Vorabend genommen hatten.

»Dass jemand in Eurer Familie, ganz gleich wie lange es zurückliegen mag, sich zu einem Reisenden gelegt hat. Nur jemand von Reisendenblut kann Barde sein«, sagte sie. »Es gibt keine *Solsenti*-Barden.«

Langsam fing er an, sich darüber zu ärgern, wie sie *Solsenti* sagte, was immer dieses Wort bedeuten mochte. Er hätte wetten können, dass es sich um eine tödliche Beleidigung handelte.

»Ich werde es niemandem sagen«, wiederholte sie. »Ein Reisender zu sein ist nicht gesund.«

Sie blickte auf zu den Bergen, die über dem schmalen Weg aufragten, und schauderte.

In der Nähe von Schattenfall gab es nicht so viele Diebe wie im Osten, wo der Krieg die Menschen von ihrem Land vertrieben hatte. Aber Konex der Hausierer, der die Leiche neben dem Weg fand, war nicht gerade ehrlich. Er nahm alles von Wert, was er finden konnte: zwei gute Stiefel, einen Bogen, ein versengtes Schwert, an dem immer noch Hautreste hingen (das hätte er beinahe liegen lassen, aber am Ende siegte seine Gier über die Empfindlichkeit), einen Gürtel und einen Silberring mit einem kleinen Onyx darin.

Zwei Wochen später begegnete ihm auf der Straße ein Fremder, wie es manchmal geschieht, wenn zwei Personen das gleiche Ziel haben. Sie verbrachten den größten Teil des Tages damit, Neuigkeiten auszutauschen, und aßen an diesem Abend zusammen. Am nächsten Morgen ritt der Fremde allein weiter, einen Silberring in seinem Beutel.

Konex würde nie wieder hausieren gehen.

2

»Siehst du diese beiden Berge dort drüben?« Tier wies mit dem Kinn zu zwei felsigen Gipfeln, die aussahen, als wichen sie voneinander weg.

Seraph nickte. Nach mehreren Tagen unterwegs kannte sie Tier gut genug, um zu wissen, dass jetzt eine neue Geschichte kommen würde, und sie irrte sich nicht.

Tier war ein guter Reisebegleiter, dachte sie, als sie mit halbem Ohr seiner Geschichte lauschte. Besser, als ihr Bruder Ushireh einer gewesen war. Er hatte meistens gute Laune und erledigte viel mehr als seinen Anteil an der Arbeit im Lager. Er erwartete auch nicht, dass sie selbst viel sprach, was ihr ebenfalls gut passte, denn Seraph hatte nicht viel zu sagen – und seine Geschichten gefielen ihr.

Sie wusste, sie sollte sich überlegen, was sie tun würde, wenn sie erst Tiers Dorf erreichten. Wenn sie einen anderen Clan fand, würde der sie nicht nur deshalb aufnehmen, weil sie eine Reisende war, sondern vor allem, weil sie als Rabe eine wertvolle Ergänzung darstellte.

Wenn Ushireh nicht so stolz gewesen wäre, hätten sie sich längst einem anderen Clan angeschlossen, nachdem ihr eigener gestorben war. Aber Ushireh hatte keine magische Weisung, die ihm Einfluss verlieh, und er wäre nicht mehr der Sohn des Clanoberhaupts gewesen, sondern nur noch ein unbedeutendes Mitglied. Da Seraph selbst ebenfalls stolz war, hatte sie seinen Zwiespalt verstanden. Sie hatte zugestimmt, dass sie erst einmal weiterziehen und sehen sollten, wohin die Straße sie brachte.

Nur sehen, wohin die Straße uns bringt, Ushireh.

Jetzt gab es keinen Grund mehr, sich nicht einem anderen Clan anzuschließen. Keinen Grund, weiter mit diesem *Solsenti*-Barden zu seinem *Solsenti*-Dorf zu ziehen. An einem solchen Ort würde man sie nicht haben wollen. Nach dem, was Tier sagte, lag das Dorf sehr nahe an Schattenfall. Es würde in der Nähe keine Clans geben.

Aber statt anzukündigen, dass sie sich auf den Weg machen würde, blieb sie auf seinem Wallach mit dem seltsamen Fell sitzen, während Tier neben ihr herging und sie beide mit seinem erstaunlichen Schatz an Geschichten amüsierte, die mit allem außer seiner Heimat zu tun hatten … Geschichten, die sie von dem schaudernden Schmerz über Ushirehs Tod ablenkten, welchen sie an einem fest verschlossenen Ort vergrub, wie den Tod des Rests ihrer Familie.

Arroganz und Selbstbeherrschung waren für alle Raben unabdingbar. Die rohe Kraft der Magie zu manipulieren war gefährlich, und die geringste Spur von Selbstzweifeln oder Leidenschaft konnte alles außer Kontrolle geraten lassen. Mit der Arroganz hatte sie keine Probleme gehabt, aber es war ihr schrecklich schwergefallen, die notwendige gefühlsmäßige Beherrschung zu entwickeln. Schließlich hatte sie gelernt, Dingen aus dem Weg zu gehen, die sie aufbrachten, und das bedeutete überwiegend, so viel wie möglich allein zu bleiben. Ihr Bruder, selbst ein einsamer Mann, hatte das respektiert. Sie hatten oft tagelang kein Wort gesprochen.

Tier mit seinen ununterbrochenen Geschichten und seiner ironischen Art stellte etwas Neues für sie dar. Sie neigte nicht dazu, Leute zu beobachten; das war bisher keine Fähigkeit gewesen, die sie brauchte. Aber wenn sie ehrlich sein wollte, wusste sie nach nur ein paar Tagen mit Tier mehr über ihn, als sie über die meisten Menschen in ihrem Clan gewusst hatte.

Er gehörte nicht zu den Soldaten, die über nichts anderes redeten als über die Schlachten, in denen sie gestanden hatten. Tier erzählte komische Geschichten über das Leben als Soldat, aber er sprach dabei nicht übers Kämpfen. Jeden Morgen stand er früh auf, suchte sich einen ruhigen Platz und übte mit dem Schwert. Das Bedürfnis, allein zu sein, war Seraph nicht fremd, also ließ sie ihn in Ruhe, während sie ihre eigenen Übungen vollzog.

Wenn er nicht redete, summte oder sang er, aber er sprach selten über wichtige Dinge, und wenn er das tat, gebrauchte er erheblich weniger Worte. Er versuchte nicht, Seraph zum Reden zu bringen, und schien sich nicht an ihrem Schweigen zu stören. Wenn sie auf der Straße anderen Leuten begegneten, lächelte er und sagte, was ihm gerade einfiel. Obwohl Seraph weiterhin schwieg, brauchte Tier nur ein wenig zu schwatzen, und die andern Leute fingen selbst an zu reden. Kein Wunder, dass Seraph ihn mochte – *alle* mochten ihn. Die meisten Raben blieben isoliert, selbst innerhalb des Clans, und sie hatte nie zuvor auf jemanden außerhalb der Familie genügend geachtet, um ihn zu mögen.

»Worüber lächelst du?«, fragte er, als er mit der Geschichte fertig war. »Dieser arme Ziegenhirte musste den Rest seines Lebens mit der Tochter eines reichen Mannes verbringen. Kannst du dir ein schlimmeres Schicksal vorstellen?«

»Mit einem Mann unterwegs zu sein, der ununterbrochen redet?«, versuchte sie sich darin, ihn zu necken.

Zum Glück lächelte er.

Es war Abend, als Seraph Redern zum ersten Mal sah, ein mittelgroßes Dorf, das in die Felsen eines steilen Bergs geschnitten worden war, der sich dräuend über der eisigen Wut des Silberflusses erhob. Die untergehende Sonne ließ die einheitlich grauen Steine der Häuser entlang der Serpentinenstraße leicht rötlich erscheinen.

Tier wurde langsamer, um den Anblick in sich aufzunehmen, und Scheck stieß gegen ihn. Er tätschelte das Pferd zerstreut, dann ging er mit seinem normalen raschen Schritt weiter. Die Straße, auf der sie sich befanden, führte weiter am Fuß des Berges vorbei, und dann bog sie abrupt auf eine schmale Steinbrücke ab, die über den Silberfluss auf das Dorf zuführte.

»Der Silberfluss ist hier am schmalsten«, erklärte Tier. »Es gab einmal eine Fähre, aber vor ein paar Generationen befahl der Sept, eine Brücke zu bauen.«

Seraph nahm an, er wolle eine neue Geschichte beginnen, aber er schwieg. Er ging an der Brücke vorbei und nahm einen schmalen Pfad am Flussufer entlang. Ein paar Esel und Maultiere bewohnten eine Reihe von Koppeln nur ein paar Schritte hinter der Brücke.

Er fand eine leere Koppel und schirrte Scheck ab. Seraph stieg vom Pferd und half ihm.

Ein Junge kam von einer anderen Koppel. »Ich werde ihm Heu bringen«, sagte er. »Ihr könnt den Wagen in der Hütte in der letzten Koppel abstellen.« Er betrachtete Scheck ein wenig genauer und stieß einen leisen Pfiff aus. »Das ist ein seltsames Pferd. Ich habe nie eins mit so vielen Farben gesehen – als hätte er ein Fuchs sein sollen, und jemand hätte ihm große weiße Flecke aufgemalt.«

»Er ist ein Fahlarn«, sagte Tier. »Obwohl die meisten von ihnen Füchse oder Braune sind, habe ich auch einige gescheckte Pferde gesehen.«

»Fahlarn?«, wiederholte der Junge und sah Tier neugierig an. »Seid Ihr Soldat?«

»Ich war einer«, antwortete Tier, nachdem er Scheck in die Koppel geführt hatte. »Wohin sollen wir den Wagen bringen?«

Der Junge drehte sich zum Wagen um, und dann blieb sein Blick an Seraph hängen. »Ihr seid Reisende?« Der Junge befeuchtete sich nervös die Lippen.

»Sie ist eine«, sagte Tier und verschloss die Koppel. »Ich bin Rederni.«

Tier konnte gut mit Menschen umgehen. Seraph vertraute darauf, dass der Junge sie nicht fortschicken würde, wenn sie das Reden nur Tier überließ.

»Er sagte, wir sollen den Wagen in die hinterste Koppel bringen«, murmelte sie. »Ich übernehme das.«

Als sie zurückkehrte, war der Junge weg, und Tier hatte seinen Sattel und das Zaumzeug auf der Schulter.

»Der Junge holt Heu für Scheck«, sagte er. »Es wird ihm hier gut gehen. Sie lassen keine großen Tiere ins Dorf, und die Straßen sind sowieso zu steil.«

Das war nicht gelogen. Die kopfsteingepflasterte Dorfstraße folgte den Umrissen des Berges für beinahe eine Viertelmeile, wobei nur jeweils an der oberen Straßenseite Häuser standen, beschrieb dann eine sehr steile Kurve, so wie eine Schlange, und stieg zu einer neuen Ebene auf. Die zweite Ebene der Straße hatte immer noch Häuser an der oberen Seite, aber als Seraph zum Fluss hinunterschaute, konnte sie die Dächer der Häuser sehen, an denen sie gerade vorbeigekommen waren.

An der zweiten Biegung der Serpentinenstraße standen Steinbänke, und auf einer davon saß ein alter Mann und spielte auf einer Holzflöte. Tier blieb stehen, um zuzuhören, und schloss kurz die Augen. Seraph sah, wie der alte Mann aufblickte und ein wenig zusammenzuckte, aber er spielte weiter. Tier setzte seinen Weg fort, aber seine Schritte waren nun langsamer.

Er blieb schließlich vor einem Haus stehen, in dessen Türsturz Weizengarben gemeißelt waren und aus dem es nach frischem Brot roch.

»Mein Zuhause«, sagte er. »Ich weiß nicht, welche Art von Begrüßungskomitee ich erwarten soll. Ich habe von niemandem hier gehört, seit ich in den Krieg gezogen bin – und das war mitten in der Nacht.«

Seraph wartete, aber als er nicht fortfuhr, fragte sie: »Haben sie dich gern gehabt?«

Er nickte, ohne sich von der Tür abzuwenden.

»Dann«, sagte sie sanft, »erwarte ich, dass die Männer sich aufplustern und die Frauen weinen und schimpfen werden – und danach gibt es ein Festessen, um dich zu begrüßen.«

Er lachte. »Das könnte so stimmen. Und ich nehme nicht an, dass sich etwas ändern wird, wenn ich es noch länger aufschiebe.«

Er hielt ihr die Tür auf und folgte ihr in einen recht großen Raum, der dem Verkauf diente, aber gleichzeitig gemütlich wirkte. Hinter der Theke, die den Raum in der Mitte teilte, gab es schräge Regale mit Brot in einem Dutzend Formen und Größen, und einen kräftigen rothaarigen Mann, der kein bisschen wie Tier aussah.

»Was kann ich für Euch tun, guter Mann?«, fragte der Rothaarige.

»Bandor?«, fragte Tier. »Was machst du denn hier?«

Der kräftige Mann starrte ihn an und wurde ein wenig blass. Er schüttelte den Kopf und drängte beiseite, was ihn beunruhigte. Dann lächelte er ehrlich erfreut. »Das ist wahrhaftig Tier, der von den Toten auferstanden ist!«

Bandor ging um die Theke herum und zog Tier in eine herzliche Umarmung. »Es ist viel zu lange her.«

Seraph fand es seltsam, wie sich die beiden Männer umarmten – die Angehörigen ihres eigenen Volks berührten einander selten, wenn sie erwachsen waren. Aber Tier erwiderte die Umarmung des kräftigen Mannes ebenso begeistert, wie er sie entgegennahm.

»Ich hoffe, du wirst jetzt bleiben«, sagte Bandor und trat einen Schritt zurück.

»Das hängt von meinem Vater ab«, erwiderte Tier ernst.

Bandor schüttelte den Kopf und zog die Mundwinkel nach unten. »Es ist viel passiert, seit du gegangen bist. Draken ist vor vier Jahren gestorben, Tier. Deine Schwester und ich haben ein paar Jahre später geheiratet – ich war in deiner Abwesenheit hier Lehrling.« Er hielt inne und schüttelte den Kopf. »Ich erzähle alles in der falschen Reihenfolge.«

»Tot«, sagte Tier. Er war am ganzen Körper erstarrt.

»Bandor«, erklang eine Frauenstimme hinter einer geschlossenen Tür. Dann ging die Tür weit auf, und eine Frau kam rückwärts heraus, wobei sie die Tür mit der Hüfte offen hielt. In den Armen hielt sie einen großen Korb mit Brötchen. »Glaubst du, ich sollte noch vier Dutzend Brötchen backen, oder sind die acht Dutzend, die wir haben, genug?«

Die Frau war überdurchschnittlich groß und ebenso dünn und schlaksig wie Tier. Als sie sich umdrehte, konnte Seraph sehen, dass sie auch sein dunkles Haar und seinen breiten Mund hatte.

»Alinath«, sagte Bandor. »Ich glaube, du hast Besuch.«

Sie drehte sich mit einem höflichen Lächeln zu Tier um und öffnete den Mund, aber als sie sein Gesicht sah, kam kein Laut über ihre Lippen. Sie ließ den Korb auf den Boden fallen, woraufhin die Brötchen überall hinrollten, dann war sie auch schon über die Theke gesprungen und schlang die Arme fest um ihn.

»Tier«, sagte sie mit gedämpfter Stimme. »O Tier! Wir dachten, du wärest tot.«

Wieder erwiderte er die Umarmung und hob sie dabei vom Boden. »Hallo, Kobold«, sagte er, und seine Stimme war so erstickt wie die ihre.

Alinath löste sich von ihm. Tränen liefen ihr über die

Wangen. Sie trat einen Schritt zurück und versetzte ihm dann einen Schlag in den Bauch, wobei sie sich leicht drehte, um ihre ganze Kraft in die Bewegung zu legen.

»Neun Jahre!«, sagte sie aufgeregt. »Neun Jahre, Tier, und nicht einmal ein Brief, um uns zu sagen, dass du noch lebst. Du sollst verflucht sein, Tier!«

Tier war vornübergebeugt und ächzte, aber er hob drei Finger hoch.

»Wir haben nichts bekommen«, sagte sie zornig. »Ich wusste nicht einmal, wo ich dich erreichen sollte, als Vater starb.«

»Im ersten Jahr habe ich drei Briefe geschickt«, sagte er immer noch atemlos. »Als ich keine Antwort bekam, nahm ich an, Vater wollte nichts mehr mit mir zu tun haben.«

Alinath hob die Hände an den Mund. »Er hat nie erwähnt, dass er Briefe von dir bekommen hat. Ach, warum bin ich nur immer so aufbrausend? Es tut mir leid, dass ich dich geschlagen habe, Tier.«

Tier schüttelte den Kopf, um ihre Entschuldigung abzuwehren. »Vater hat immer gesagt, es werde mir eines Tages leidtun, dir beigebracht zu haben, wie man zuschlägt.«

»Komm mit«, sagte sie. »Mutter wird dich sehen wollen.« Sie zog ihn aus dem Raum, und Seraph blieb allein mit dem rothaarigen Mann zurück.

»Willkommen«, sagte Bandor nach einem langen peinlichen Augenblick. »Ich bin Bandor, Bäckergeselle und Ehemann von Alinath von den Bäckern von Redern.«

»Seraph, Rabe vom Clan von Isolda der Schweigsamen«, erwiderte Seraph äußerlich gefasst, aber sie wusste, dass ihre Worte ihm nichts weiter sagen würden, als seine Augen bereits wussten.

Er nickte, bückte sich, um den Korb wieder aufzustellen, den Alinath hatte fallen lassen, und sammelte die Brötchen auf, die auf dem Boden lagen.

Als er fertig war, sagte er: »Alinath wird mit Tier beschäftigt sein. Ich sollte lieber weiterbacken.« Er drehte sich um und ging durch die Tür, die auch Alinath und Tier genommen hatten, und ließ Seraph vollkommen allein.

Seraph war verlegen und fühlte sich fehl am Platz. Sie setzte sich auf eine kleine Bank und wartete. Sie hätte gehen sollen, nachdem Tier den Adligen getötet hatte, der sie verfolgte. Sie wäre bestimmt in Sicherheit gewesen. Hier in Tiers Dorf war sie so fehl am Platze wie eine Krähe in einem Kolibrinest.

Aber sie blieb, wo sie war, bis Tier zurückkehrte.

»Entschuldige«, sagte er. »Ich hätte dich nicht allein lassen sollen.«

Sie zuckte die Achseln. »Mir kann hier kaum etwas zustoßen, und bei eurem Wiedersehen habe ich nichts zu suchen.«

Er lächelte dünn. »Also gut, komm mit, und ich stelle dich meiner Schwester und meiner Mutter vor.«

Sie stand auf. »Es tut mir leid, dass dein Vater nicht ebenfalls hier war.«

Sein Lächeln verging. »Ich weiß nicht, ob ich willkommen gewesen wäre, wenn er noch lebte.«

»Vielleicht nicht gleich, aber du kannst sehr überzeugend sein. Er hätte schließlich nachgegeben.« Sie stellte fest, dass sie seinen Arm tätschelte, und hörte sofort wieder auf damit.

Tiers Mutter und Schwester warteten in einem kleinen Zimmer, das für eine Kranke eingerichtet war. Alinath saß auf einem Hocker neben dem Bett, in dem Tiers Mutter Hof hielt. Das Haar der älteren Frau war ebenso dunkel wie das ihrer Kinder, aber von Spinnweben des Alters durchzogen. Sie war nicht wirklich alt, nicht nach Maßstäben der Reisenden, aber ihre Haut war gelb vor Krankheit.

Beide Frauen sahen Seraph ohne Freundlichkeit an, als Tier sie einander vorstellte.

»Tier sagt uns, dass du kein Zuhause mehr hast, Kind«, sagte Tiers Mutter in übelnehmerischem Ton – als befürchtete sie, dass Seraph sich ihr aufdrängen würde.

»Solange es Reisende gibt, habe ich ein Zuhause«, erwiderte Seraph. »Ich muss sie nur finden. Ich danke Euch für Eure Sorge.«

»Ich habe ihnen gesagt, dass ich dich zu deinem Volk eskortieren werde«, sagte Tier. »Sie kommen nicht in die Nähe von Schattenfall, also könnte das ein paar Monate dauern.«

»Dann werden wir dich gleich wieder verlieren?«, sagte seine Mutter streitsüchtig. »Alinath und Bandor kommen mit der Arbeit nicht nach – jede Woche schuften sie von früh bist spät in der Bäckerei, die dir gehört. Wenn du in ein paar Monaten zurückkehrst, werde ich tot sein.«

So dramatisch das klingen mochte, Seraph glaubte dennoch, dass die ältere Frau vielleicht die Wahrheit sagte.

»Ich kann meine Leute auch allein finden«, sagte sie.

»Hast du das gehört, Tier? Sie ist eine Reisende und findet ihren Weg allein«, sagte Alinath.

»Sie ist sechzehn, ein Mädchen und allein«, erwiderte Tier in scharfem Tonfall. »Ich werde sie zu ihren Leuten bringen.«

»Du warst noch jünger, als du in den Krieg gezogen bist«, sagte Alinath. »Und du warst keine Hexe.« Sie spuckte das letzte Wort aus, als wäre es schmutzig.

»Alinath«, sagte Tier mit sanfter Stimme, und seine Schwester wurde bleich. »Seraph ist mein Gast hier, und du wirst nicht deine Zunge an ihr wetzen.«

»Ich kann auf mich selbst aufpassen, hier ebenso wie auf der Straße«, warf Seraph ein, obwohl es sie rührte, dass er sie so verteidigte – als könnten die Worte von *Solsenti*-Fremden ihr wehtun.

»Nein«, sagte Tier mit fester Stimme. »Wenn du uns über Nacht unterbringen könntest, Mutter, werden wir morgen früh aufbrechen.« Tiers Mutter und Schwester wechselten einen Blick, als ob sie die Situation schon besprochen hätten, als Tier sie allein gelassen hatte, um Seraph zu holen.

Tiers Mutter lächelte Seraph an. »Kind, hast du es eilig, deine Leute zu finden? Wenn du dich entschließen würdest, hierzubleiben, bis ich in die nächste Welt gegangen bin, könntest du vielleicht unser Gast sein, damit wir Tier nicht gleich wieder verlieren, nachdem wir ihn wiedergefunden haben.«

»Eine Reisende könnte schlecht fürs Geschäft sein«, sagte Seraph. »Wie ich schon sagte, es ist nicht nötig, dass Tier mich begleitet. Ich bin durchaus imstande, allein zu meinen Leuten zu finden.«

»Wenn du gehst, wird er dir folgen«, sagte Alinath resigniert. »Es ist vielleicht lange her, seit ich meinen Bruder gesehen habe, aber ich bezweifle, dass er sich dahingehend verändert hat, sein Wort nicht zu halten.«

»Bitte bleib«, sagte seine Mutter. »Die wenigen Leute, die nichts von einem Tisch essen wollen, an dem eine Reisende gesessen hat, werden mehr als ausgeglichen werden durch das neue Geschäft, das uns blüht, wenn Neugierige in die Bäckerei kommen, nur um einen Blick auf dich werfen zu können.«

Seraph glaubte keinen Augenblick, in diesem Haus willkommen zu sein. Aber es bestand auch kein Zweifel an ihrer Absicht, dass sie blieb, wenn dies die einzige Möglichkeit war zu verhindern, dass Tier sofort wieder aufbrach.

»Ich werde bleiben«, sagte sie widerstrebend und spürte, wie ihr eine schwere Last von den Schultern fiel. Wenn sie hierblieb, dann brauchte sie zumindest nicht gegen Dämonen zu kämpfen oder mitanzusehen, wie Menschen in ihrer Nähe starben, weil sie sie nicht hatte beschützen können. »Ich bleibe eine Weile.«

»Wo ist mein Bruder?« Alinaths Stimme klang beinahe anklagend, als vermute sie, dass Seraph Tier etwas angetan hatte.

Seraph blickte auf. Sie war gerade dabei, den unendlichen Vorrat an Mehl zu sieben, eine der ungelernten Arbeiten, die ihr zugefallen waren. Dann schaute sie demonstrativ die leere Stelle neben sich an, wo Tier die letzten drei Wochen damit verbracht hatte, verschiedene Arten von Hefebrot zu mischen. Sie zog überrascht die Brauen hoch, als wäre ihr erst jetzt aufgefallen, dass er seinen üblichen Platz an diesem Morgen nicht eingenommen hatte. Dann sah sie wieder Alinath an und zuckte die Achseln.

Das mochte unhöflich sein, aber Alinaths scharfe Frage war nicht besser gewesen.

Alinath biss die Zähne zusammen, aber sie hatte offenbar immer noch genug Angst vor Reisenden, dass sie nichts weiter sagte. Sie drehte sich einfach nur um und überließ Seraph ihrer Arbeit.

Tier kehrte erst zurück, als die Familie sich zum Mittagessen niederließ. Er drückte Alinath einen Kuss auf den Hinterkopf und setzte sich ihr gegenüber neben Seraph.

»Wo warst du den ganzen Morgen?«, fragte Alinath.

»Reiten«, sagte er in einem Tonfall, der deutlich machte, dass er keine weiteren Fragen hören wollte. »Bitte reich mir die Möhren, Seraph.«

Der Rhythmus der Bäckerei kam zurück zu Tier, als hätte er den größten Teil des vergangenen Jahrzehnts nicht mit einem Schwert, sondern mit einem Holzlöffel in der Hand verbracht. Er erwachte schon vor Morgengrauen, um sich um die Öfen zu kümmern, und nach ein paar Tagen brauchte er Alinath nicht mehr nach den angemessenen Zutaten zum Backen zu fragen.

Er sah die Tage vor sich, die sich endlos vor ihm erstreckten, jeder genau wie der andere. Die Jahre als Soldat hatten nicht geholfen, ihn mit der Aussicht zu versöhnen, den Rest seines Lebens als Bäcker zu verbringen.

Selbst etwas so Exotisches wie seine zugelaufene Reisende konnte das Lebensmuster in der Bäckerei seines Vaters nicht ändern. Seraph tat, was man ihr sagte, und sprach selten, nicht einmal mit ihm. Nur seine frühmorgendlichen Ritte brachen die Gewohnheiten seiner Kindheit, aber selbst sie kamen ihm bald immer ähnlicher vor.

Er sollte das Pferd verkaufen, hatte seine Mutter ihm gestern beim Abendessen gesagt, um das Geld als Brautpreis zu verwenden. Es gab einige reizende junge Frauen im Dorf, die den Bäcker nur zu gern heiraten würden.

An diesem Morgen war er früher aufgestanden als sonst und hatte versucht, seine Ruhelosigkeit unter Arbeit zu begraben, aber auch das hatte nichts geholfen. Also war er gegangen, sobald Bandor hereingekommen war, um das Backen zu überwachen, und hatte Scheck herausgeholt. Sie waren über die Brücke und in die Berge galoppiert, bis sie ein kleines Tal erreichten, das er als Junge entdeckt hatte. Er hatte das Tal erforscht, bis der Schweiß auf Schecks Rücken getrocknet war und seine eigene Verzweiflung sich unter dem Einfluss des Geruchs nach grünem Gras und Bergen gelockert hatte.

Ein Teil von ihm wäre gern schon an diesem Nachmittag aufgebrochen, um Seraph zu ihren Leuten zu bringen. Aber andererseits wollte er es auch aufschieben, so lange es ging. Wenn das erst vorbei war, würden ihm überhaupt keine Fluchtmöglichkeiten mehr winken. Er war keine fünfzehn mehr; er war ein Mann, ein Mann mit Verantwortung.

»Du bist heute sehr still«, sagte Seraph, als sie nach dem Mittagessen nebeneinander arbeiteten. »Ich dachte eigentlich,

Schweigen sei etwas, das Rederni um jeden Preis vermeiden. Du erzählst doch immer Geschichten oder singst. Selbst Bandor summt, wenn er arbeitet.«

Er grinste sie an und knetete weiter den Teig. »Ich hätte dich warnen sollen«, sagte er, »dass jeder Mann in Redern sich für einen Barden hält, und die meisten Frauen ebenfalls.«

»Ihr seid einfach nur verliebt in den Klang eurer eigenen Stimmen, alle miteinander«, entgegnete Seraph ohne Boshaftigkeit und goss heißes Wasser in den Zuber, in dem eine Sammlung von Mischschüsseln darauf wartete, gespült zu werden. »Mein Vater sagte immer, dass zu viele Worte den Wert dessen, was ein Mann sagt, verringern.«

Tier lachte erneut – aber nun war Alinath mit einem Arm voller leerer Holzbretter hereingekommen. Sie hatte Seraphs Bemerkung gerade noch gehört.

»Vater sagte auch, eine stille Person habe etwas zu verbergen«, meinte sie und setzte den Stapel Tabletts ab. »Mädchen, hol dir einen Besen und fege den Laden. Und sieh zu, dass du auch die Ecken erwischst, damit wir keine Mäuse anlocken.«

Tier sah, dass Seraph erstarrte, aber dann nahm sie sich Besen und Schippe.

»Alinath, sie ist ein Gast in unserem Haus«, schalt er, als die Tür sich hinter Seraph geschlossen hatte. »Du sprichst in diesem Ton auch nicht mit dem Jungen, der für uns arbeitet. Sie hat nichts getan, um solche Missachtung zu verdienen. Lass sie in Ruhe.«

»Sie ist eine *Reisende*«, fauchte Alinath, aber in ihrer Stimme lag auch eine Spur von Verzweiflung. »Sie bezaubert dich, weil sie jung und hübsch ist. Du lachst mit ihr, und mit uns wechselst du kaum ein Wort.«

Wie sollte er seiner Schwester seine Enttäuschung angesichts eines Lebens erklären, das ihr so offensichtlich auf den

Leib geschrieben war, ohne sie damit zu verletzen? Die Bäckerei erstickte ihn.

Als er nichts sagte, fuhr Alinath fort: »Du bist ein Mann. Bandor ist genauso – ihr seht beide nicht, was sie ist. Du glaubst, sie sei eine bedauernswerte Frau ohne Familie, die beschützt werden muss, denn genau das will sie dich sehen lassen.«

Eine Art von Zorn ließ Alinaths Augen aufleuchten, und sie begann, auf und ab zu gehen. »Ich hingegen sehe eine Frau, die meinen Bruder als einen Weg zu Wohlstand und einfachem Leben betrachtet, wie sie dies nie bei einer dieser abgerissenen Reisendenbanden finden würde. Sie will nicht zu ihren Leuten zurückkehren – selbst du musst das doch sehen. Ich sage dir, wenn du ihr die Gelegenheit gibst, wird sie dich ins Ehebett locken.«

Tier riss den Mund auf und schloss ihn wieder. Er versuchte, Seraph so zu sehen, wie seine Schwester sie beschrieb, aber das Bild stimmte einfach nicht.

»Sie ist ein Kind«, sagte er.

»Ich war in ihrem Alter schon verheiratet«.

»Sie ist ein Kind und eine Reisende«, sagte er. »Sie würde mich ebenso wenig heiraten wie … wie ein Pferd. Sie denkt von uns, als gehörten wir einer anderen Spezies an.«

»Oh, als ob du so viel über Frauen wüsstest!«, tobte seine Schwester weiter, obwohl sie sich zumindest bemühte, leise zu sprechen, damit man sie im vorderen Raum, wo Seraph arbeitete, nicht hören konnte. »Du musst eine gute Frau finden. Du mochtest Kirah doch immer? Sie ist jetzt verwitwet und würde einen guten Witwenanteil einbringen.«

Tier legte den Teig in die eingefettete Schüssel, die er vorbereitet hatte, deckte sie mit einem Seihtuch zu und schrubbte sich dann die Hände in Seraphs Zuber, in dem das Wasser langsam abkühlte. Dann schüttelte er sie trocken, zog die

Schürze seines Vaters aus und hängte sie an den Haken. *Das reicht*, dachte er.

»Wartet mit dem Abendessen nicht auf mich«, sagte er und setzte dazu an zu gehen. Bevor er die Tür zum vorderen Raum öffnete, blieb er aber noch einmal stehen. »Ich habe mich zu sehr auf gute Erziehung und die Erinnerung an meine kleine Schwester verlassen, die sah, wie ich ging, es aber niemandem sagte, weil sie mich genug verstand, um zu wissen, dass ich einfach gehen *musste*. Ich denke, dass du einen zwingenderen Grund brauchst, Seraph in Ruhe zu lassen. Erinnere dich einfach daran, dass sie trotz ihrer Schweigsamkeit ebenso aufbrausend ist wie du. Und sie ist tatsächlich eine Reisende und eine Zauberin, und falls sie auf die Idee kommt, dir beizubringen, was das bedeutet, werden weder deine Zunge noch deine Faust dir viel nützen.«

Er ging, bevor sie antworten konnte, und schloss die Tür der Backstube fest hinter sich.

Seraph blickte auf, als er an ihr vorbeiging, aber er sagte auch nichts zu ihr. Was Tier getan hatte, würde ihr helfen – seine Warnung würde ihr Alinath eine Weile vom Hals halten.

Er konnte Seraph jetzt nicht gegenübertreten, nicht, solange die Anklagen seiner Schwester in seinem Kopf widerhallten. Er glaubte keinen Herzschlag lang, was Alinath über Seraph gesagt hatte – aber seine Schwester hatte ihm darüber hinaus ein paar Möglichkeiten eröffnet, die ihm unangenehm waren. Er hatte nie sonderlich über den Frieden nachgedacht, den Seraphs spitze Bemerkungen und stille Präsenz ihm brachten; er war einfach nur dankbar gewesen, die Forderungen seiner Familie nicht mehr so oft zu hören. Er wollte das, was er empfand, nicht näher untersuchen. Also nickte er Seraph und Bandor nur kurz zu und verließ die Bäckerei.

Sobald er auf der Straße stand, wusste er zunächst nicht mehr weiter. Er hatte Scheck an diesem Morgen erschöpft, also wäre es ungerecht gewesen, noch einmal auszureiten. Er konnte zu Fuß gehen – aber es war nicht Bewegung, was er brauchte, sondern Flucht.

Die *Begrüßung des Helden* war eine Schänke und ein Gasthaus, ein Durcheinander mehrerer älterer Gebäude und das erste Haus an der Straße, die durch Redern führte. Der Schankraum war selten leer, und als Tier hereinkam, saßen einige Männer nahe dem Eingang zur Küche und klatschten, während Ciro, der Vater des Gerbers, seiner Viole leise Musik entlockte.

Das erinnerte Tier an seinen Großvater und die wunderbaren Konzerte, die er und Ciro, der damals selbst noch Gerber gewesen war, gegeben hatten. Wenn Seraph den alten Mann jemals spielen hörte, wüsste sie, wieso Tier sich nie für einen Barden hielte, in keinem Sinn des Wortes.

Er setzte sich zu den Männern, die er seit seiner Kindheit kannte, und begrüßte sie mit Namen – es waren alles ältere Männer, Altersgenossen seines Großvaters. Die jüngeren Männer würden später kommen, wenn sie ihre Arbeit und die Aufgaben zu Hause hinter sich gebracht hatten.

Einer der Männer war in seiner Jugend Soldat gewesen, und Tier verbrachte einige Zeit damit, Geschichten auszutauschen. Der Wirt bemerkte, dass ein neuer Gast gekommen war, und bot Tier ein Bier an. Er nahm es, aber er nippte nur daran, denn das Vergessen, das er suchte, würde er nicht im Alkohol finden.

Ciro ging langsam von einzelnen Tonfolgen und Bruchstücken zu einem erkennbaren Lied über, und ein zahnloser alter Mann begann zu summen; er war ein wenig unsicher vom Alter, traf aber jeden Ton. Einer nach dem anderen schlossen die anderen Männer sich mit ihrem Gesang an. Tier sang mit ihnen und genoss es, wie die heilende Musik die Gegenwart verblassen ließ.

Sie sangen ein Lied nach dem anderen. Manchmal warteten sie, während einer von ihnen versuchte, ein paar Takte eines Liedes zu summen, das er vor langer Zeit gelernt hatte, damit Ciro sich erinnern konnte – dieser Mann hatte ein Gedächtnis für Musik, wie Tier es sonst nur bei seinem Großvater erlebt hatte.

Zum ersten Mal war er froh, zu Hause zu sein.

»Junge«, sagte Ciro, »sing mit mir ›Die Hügel der Heimat‹.«

Tier grinste über die Anrede. Sie passte nicht mehr so gut wie damals, als er hinter seinem Großvater hergetrabt war, aber er stand auf und ließ sich von den ersten Takten der Viole in das Lied hineinziehen. Er übernahm die tiefere Stimme des Duetts, den Teil, den sein Großvater immer gesungen hatte, während der warme Tenor des alten Mannes sich zur schwierigeren Melodiestimme erhob. Da er nun ein Duett sang und nicht nur Teil einer Gruppe war, setzte Tier die ganze Macht seiner Stimme ein und erkannte plötzlich überrascht, dass Ciro sich nicht zurückhalten musste. Zum ersten Mal konnte sich Tiers Gesang mit dem des alten Musikers messen. Dann ließen die alten Worte keinen Platz mehr zum Nachdenken. Es war einer dieser magischen Momente, an denen er einfach nicht falsch singen konnte und jede Improvisation und jede Harmonie hervorragend gelang. Als die beiden den letzten Ton hinter sich gebracht hatten, herrschte respektvolles Schweigen.

»Bei all meinen Wanderungen habe ich so etwas nie gehört. Nicht einmal im kaiserlichen Palast.« Die Stimme eines Fremden brach schließlich in die Stille ein.

Tier drehte sich um und sah einen Mann von etwa fünfzig Jahren vor sich – gut erhaltenen, sportlichen fünfzig Jahren –, der Kleidung von schlichtem Schnitt trug, die zu einem wohlhabenden Kaufmann oder geringeren Adligen gepasst hätte. Aber irgendwie wirkte er in einer ländlichen Schänke voller bunt gekleideter Rederni nicht fehl am Platze. Sein eisengraues Haar, eine Spur dunkler als der kurze Bart, war im Nacken auf eine Weise zusammengebunden, wie man es an der westlichen Küste so hielt.

Er lächelte Tier freundlich an. »Ich habe von diesen alten Schurken schon einiges über Euch gehört, seit Ihr zurückgekehrt seid – und sie haben nicht gelogen, als sie sagten, dass Ihr eine selten schöne Stimme habt. Willon, Kaufmannsmeister im Ruhestand, zu Euren Diensten. Ihr könnt kein anderer sein als Tieragan aus der Bäckerei, der aus dem Krieg zurückgekehrt ist.« Er streckte die Hand aus, und Tier mochte ihn sofort.

Als Tier sich wieder hinsetzte, zog der Kaufmann im Ruhestand einen Stuhl heran und setzte sich ihm am Tisch gegenüber.

Ciro lächelte und sagte mit seiner schüchternen Sprechstimme, die so wenig zu seinem Gesang passen wollte: »Meister Willon hat nahe dem Ende der Straße einen schönen kleinen Laden eingerichtet. Du solltest einmal hingehen und ihn dir ansehen; er ist voll mit Dingen, die er gesammelt hat.«

»Ihr seid noch zu jung, um Euch aus dem Geschäft zurückzuziehen«, stellte Tier fest. »Und Redern ist ein seltsamer Ort dafür – im Winter wird es in diesen Bergen wirklich kalt.«

Meister Willon hatte eines dieser Gesichter, die selbst im Ruhezustand zu lächeln schienen – was seinem Grinsen die Wirkung jedoch nicht nahm.

»Mein Sohn hat letztes Jahr die Meisterprüfung bestanden«, sagte er. »Er hat ein Feuer, das ihn weit führen wird – aber nicht, wenn er seine Tage damit verbringt, mit mir zu wetteifern, wer das Geschäft leitet. Also bin ich in den Ruhestand gegangen.«

Willon lachte leise und schüttelte den Kopf. »Meine erste Reise als Karawanenmeister führte mich in dieses Gasthaus hier, und ich wurde Zeuge der seltensten Unterhaltungskunst, die ich je gehört habe – zwei Männer, die sangen, als wären die Götter selbst ihr Publikum. Bis dahin hatte ich geglaubt, die besten Musiker der Welt bereits am Hof in Taela gehört zu haben, aber so etwas wie eben habe ich noch nie erlebt. Geschäft ist Geschäft, meine Herren. Musik jedoch liegt mir in der Seele – wenn schon nicht in der Stimme.«

»Wenn Ihr Musik mögt, werdet Ihr hier viel davon hören«, sagte Tier freundlich, als eine kleine Gruppe jüngerer Männer in den Schankraum kam.

»Seht mal, wer schließlich doch aufgetaucht ist«, rief einer von ihnen. »Hat deine Schwester dir denn erlaubt zu gehen, Tier?«

Tier hatte sie alle schon begrüßt, seit er zurückgekehrt war, aber das hatte unter anderen Umständen stattgefunden, als sie entweder seine Kunden gewesen waren oder er einer der ihren. Die Schankraumtüren machten sie alle gleich.

Zu gleich.

Mit den jüngeren Männern kam weniger Musik und mehr Gerede – und sie hatten wohl mit Tiers Mutter gesprochen, denn schon bald ging es um seine bevorstehende Hochzeit. Die Frage war nicht, ob er überhaupt heiraten würde, sondern wen.

Tier entschuldigte sich früher, als er erwartet hätte, und stellte dann fest, dass Meister Willon ebenfalls aufbrach.

»Stört Euch nicht an ihnen«, sagte Willon.

»Nein«, erwiderte Tier. Er hätte beinahe nicht weitergesprochen, aber irgendwie konnte er seine Bitterkeit nicht bremsen. Vielleicht würde ihn ein Fremder ja besser verstehen als all seine Freunde und Verwandten, die er in der Schänke zurückgelassen hatte. »Es gibt mehr im Leben als Heiraten, Kinderkriegen und Brotbacken.«

Er ging weiter, und Willon blieb neben ihm. »Euer Brot wird ebenso gelobt wie Euer Gesang. Wollt Ihr denn kein Bäcker sein?«

»Backen …« Tier versuchte in Worte zu fassen, was ihn an seinem Familiengeschäft wirklich störte. »Backen ist wie Waschen – die Ergebnisse sind beide Male kurzfristig.« Er lachte leise. »Das ist überheblich von mir, oder? Dass ich etwas tun möchte, was mehr bedeutet, etwas, das mich überdauern wird, so wie diese Häuser die Männer überdauert haben, die sie bauten.«

»Auf diese Weise habe ich noch nicht darüber nachgedacht«, sagte Willon bedächtig. »Aber der Wunsch nach Unsterblichkeit … ich glaube, das ist eher ein grundlegender Instinkt als das Ergebnis von Stolz. Es hat mit den gleichen Dingen zu tun, zu denen sie Euch veranlassen wollen – wie habt Ihr es noch ausgedrückt? Heiraten und Kinderkriegen. Die Unsterblichkeit eines Mannes findet sich auch in seinen Kindern.«

Kinder? Tier war sich nicht bewusst gewesen, dass er überhaupt über solche Dinge nachgedacht hatte, aber das Bedürfnis war vorhanden, begraben unter dem »Ich kann unter dem Gewicht der Wünsche meiner Familie nicht atmen«-Druck in seiner Brust.

»Was wollt Ihr also tun, wenn nicht backen?«, fragte Willon und verriet mit dieser Frage, dass er wirklich ein Fremder war. Kein Rederni hätte auch nur im Traum daran gedacht, dass er etwas *anderes* tun könnte. »Wollt Ihr wieder in den Kampf ziehen, wenn es irgendwo einen Krieg gibt?«

»Nein«, sagte Tier entschlossen. »Ich habe mehr getötet, als ein Mann töten sollte – das einzige Ergebnis von Kriegen ist Tod.« Tier holte tief Luft und schloss kurz die Augen, während er nachdachte. Vielleicht lag es daran, dass er auf seinem Morgenritt das kleine Tal wiedergesehen hatte, aber etwas in ihm vibrierte wie Ciros Violensaiten, als er schließlich sagte: »Ich hätte gern einen Bauernhof.«

Willon lachte, aber es war ein tröstliches Lachen. »Ich glaube nicht, dass der Anbau von Getreide so viel dauerhafter ist als Brotbacken – es dauert nur ein bisschen länger bis zum fertigen Produkt.«

Aber das stimmte nicht. Es war anders. Tier blieb stehen und versuchte, den Unterschied in Worte zu fassen, die sich laut ausgesprochen nicht so dumm – wenn auch wahr – anhörten wie in seinem Kopf.

»Ich habe Bauern gekannt«, sagte er bedächtig. »Viele Männer, die sich gegen die Fahlarn stellten, waren Bauern, die um ihr Land kämpften. Sie waren ebenso Teil ihres Landes, wie Mehl Teil von Brot ist.« Er schüttelte über sich selbst den Kopf und grinste verlegen, weil seine Gedanken sich laut tatsächlich noch dümmer anhörten. »Das Land ist unsterblich, Meister Willon, und ein Bauer hat Anteil an dieser Unsterblichkeit.«

»Ihr wollt also wirklich Bauer werden?«, fragte Willon interessiert.

»Und heiraten und Kinder kriegen?«, setzte Tier sich leichthin über die Sehnsucht hinweg, die ihn bei Willons Worten befiel. »Unwahrscheinlich.« Er ging ein Stück weiter, obwohl sie schon vor einer Weile an der Bäckerei vorbeigekommen waren. Er wollte jetzt wirklich noch nicht nach Hause zurückkehren. »Es gibt keine Frau in Redern, die mich heiraten würde und Bauer werden ließe. Ich weiß, wie viel Geld ein Bauernhof einbringt, und die Bäckerei ist zehnmal lohnender – und es würde meiner Familie das Herz brechen.«

»Bauern verdienen nicht viel«, stimmte ihm der Kaufmann zu. »Aber wenn Ihr Euch umseht, werdet Ihr vielleicht eine Frau finden, die lieber einen Bauern heiraten würde, als im Dorf unter der Tyrannei ihrer Nachbarn zu leben.«

In dieser Nacht erhob sich Seraph von dem schmalen Bett in dem kleinen Zimmer, das sie ihr gegeben hatten, und stieg aus dem Fenster in den Garten hinter dem Haus, mit der Decke als Umhang. Sie fühlte sich von den festen Wänden eingeengt und gefangen. Die meisten Nächte ihres Lebens hatte sie in Zelten verbracht, nicht in Gebäuden.

Sie fand die Bank, die ihr in vielen Nächten als Bett gedient hatte, seit sie sich entscheiden hatte zu bleiben, und legte sich wieder einmal darauf, um zu den Sternen aufzublicken.

Sie musste gehen. Diese Leute waren ihr nichts schuldig, nicht das Essen, das sie zu sich nahm, und nicht die Decke, in die sie sich wickelte. Sie gehörte nicht hierher. Sie hatte die Worte der Auseinandersetzung zwischen Tier und Alinath nicht verstanden, während sie den vorderen Raum fegte, aber die erhobenen Stimmen waren eindeutig gewesen.

Morgen würde sie gehen. In zwei oder drei Wochen würde sie einen Clan finden, der sie aufnehmen würde.

Sie schloss resolut die Augen und versuchte, sich zum Einschlafen zu zwingen. Lange Zeit später war reine Erschöpfung erfolgreicher als Willenskraft, und sie entspannte sich und schlief ein.

Eine verfaulte Tomate traf Arvages Schulter, während die Solsenti-*Jungen vor nervöser Pseudo-Tapferkeit auf und ab hüpften. Wussten sie denn nicht, dass der alte Mann sie mit einer einzigen Berührung seiner Magie alle töten konnte? Wussten sie denn nicht, dass er und Seraph den größten Teil der vergangenen zwei Tage damit zugebracht hatten, einen* Khurlogh *zu verbannen, einen Dämonengeist, der den nächtlichen Besuchern der kleinen Stadt aufgelauert hatte?*

Stattdessen berührte ihr Lehrer mit seinen arthritischen Fingern den Matsch auf seiner Schulter und verwandelte ihn in eine frische, reife Tomate.

»Ich danke Euch, junge Herren«, sagte er. »Eine seltene Bereicherung meines Abendessens.«

Die Szene verblasste, als sich Seraph zum Protest gegen diese alte Erinnerung ruhelos umdrehte. Dann wurde sie wieder ruhiger, und ihr Traum begann erneut, wenn auch zu einem anderen Zeitpunkt.

Ihr Vater tätschelte ihr den Hinterkopf, während sie sich an sein Knie lehnte und von einer reichlichen Mahlzeit und der Wärme des nahen Feuers beinahe einschlief.

»Der gesamte Clan ist tot?«, fragte ihr Vater mit einem leichten Zittern in der dunklen Stimme. »Bist du sicher, dass es die kaiserliche Armee war?«

Der Besucher nickte müde. »Soweit wir das feststellen konnten, beschwerte sich das letzte Dorf, durch das wir kamen, beim Kommandanten der in der Nähe stationierten kaiserlichen Truppen. Sie behaupteten, die Reisenden hätten ein paar junge Frauen entführt. Die Soldaten stürzten sich auf den Clan und massakrierten sie alle, vom Großvater bis zum einen Tag alten Säugling. Danach stellte sich heraus, dass die Frauen von Banditen entführt worden waren – die kaiserlichen Truppen fanden sie auf dem Rückweg zum Dorf.«

Sie begruben Arvage in einem wilden Tal, genau, wie er es gewollt hatte. Seraph selbst warf die erste symbolische Handvoll Erde ins Grab. Er war gestorben, als er versucht hatte, Magie zu wirken, die er nicht mehr beherrschen konnte, weil der Schmerz in seinen Gelenken seine beeindruckende Selbstkontrolle durchbrach. Er hatte gewusst, worauf er sich einließ.

Wie es nur in Träumen möglich war, stand Arvage nun neben ihr, während ihr Vater und ihre Brüder ihn beerdigten.

»Es ist unsere Aufgabe, uns um sie zu kümmern oder zu sterben«, sagte er zu ihr. »Unser Ziel ist es, die Schatten für die Solsenti, *die ihnen gegenüber hilflos sind, in Schach zu halten. Vor*

uns liegt die Aufgabe eines Raben, und ich bin Rabe, ebenso wie du. Du bist nicht alt genug, und ich bin zu alt, aber wir tun, was wir tun müssen.«

Tier hatte noch nicht lange genug in der Sicherheit des Dorfes gelebt, um leise Geräusche in der Nacht einfach zu ignorieren und weiterzuschlafen. Er hatte gehört, dass Seraph nach draußen geklettert war, wie sie das häufig tat, und danach war er wieder eingeschlafen. Aber nun wachte er erneut auf.

Er wartete darauf, das Geräusch noch einmal zu hören, und als das geschah, zog er die Hose an und schlüpfte aus dem Fenster in den Garten, wo Seraph hilflos wimmerte, gefangen in einem Albtraum.

Der Mann kam aus dem Clan von Gilarmist dem Fetten und sollte eine Botschaft zu einem anderen Clan bringen. Er hatte mit Seraphs ältester Schwester geliebäugelt und war in der Nacht gestorben. Ihre Schwester starb am nächsten Morgen, ertrank in der Flüssigkeit, die ihre Lunge füllte, ganz gleich, was die anderen dagegen zu tun versuchten.

Nach vier Tagen waren nur noch Seraph und ihr Bruder Ushireh übrig, um die Toten zu begraben. Ushireh arbeitete, bis er umfiel. Sie hatte solche Angst, er könne ebenfalls tot sein, dass es lange brauchte, bis sie wirklich akzeptierte, dass er nur das Bewusstsein verloren hatte. Sie hatte ihn von den Toten weggezerrt, die sie in der Mitte des Lagers zusammengelegt hatten, dann hatte sie alles verbrannt – Lager und Leichen. Es dauerte Wochen, bis sie wieder genug Magie heraufbeschwören konnte, um ein Feuer zu entzünden.

Als es ihr schließlich gelang, setzte sich Ushirehs Leiche im Feuer auf, und er drehte den Kopf, bis er den Blick seiner glühenden Augen auf sie richten konnte. Als verfüge er im Tod über die

Magie, um die er sie im Leben so beneidet hatte, verhinderte sein Wille, dass sie sich abwandte.

»Du hast mich im Stich gelassen«, sagte er. »Du hast deiner Pflicht den Rücken gekehrt. Du kannst nicht ewig davonlaufen, Seraph, Rabe vom Clan von Isolda der Schweigsamen.«

Sie erwachte mit einem Keuchen und einem Schrei, und jemand zog sie in die Arme und wiegte sie sanft.

»Ganz ruhig«, sagte Tier. »Es war ein Traum. Du bist in Sicherheit.«

Sie vergrub den Kopf an seiner Schulter und gab ein ganzes Leben der Selbstbeherrschung auf, um laut zu schluchzen. »Ich kann es einfach nicht«, sagte sie. »Ich will keine Reisende sein. Sie sterben alle, und ich muss sie verbrennen und sie begraben. Ich habe genug von Tod und Pflicht, und ich bin so müde! Ich will … ich will …« Was sie wollte, ging in ihren Schuldgefühlen und dem Bedürfnis, ihre Pflicht zu erfüllen, unter, aber sie fand eine recht gute Vorstellung davon in der Sicherheit von Tiers Armen.

»Ganz ruhig«, sagte er wieder. »Du musst nicht gehen, wenn du nicht willst.«

Seine Worte rauschten über sie hinweg, unverständlich gemacht von Trauer und Schuldgefühlen, aber der Klang seiner Stimme tröstete sie.

Aus dem dritten der drei Fenster zum Garten beobachtete Alinath, wie ihr Bruder die Hexe umarmte, die er nach Hause gebracht hatte, und sie ballte die Fäuste, bevor sie sich abwandte.

Als das Schlimmste vorbei war, wandte Seraph sich verlegen ab und wischte sich das Gesicht mit einem Deckenzipfel.

»Tut mir leid«, murmelte sie. »Es war ein Albtraum.«

»Ah«, sagte Tier und ließ zu, dass sie sich von ihm löste. »Für mich klang es schlimmer als das.«

Sie zuckte mit den Achseln, ohne ihn anzusehen. »Mein Vater sagte immer, dass Erinnerungen die schlimmsten Albträume abgeben.«

»Du brauchst keinen anderen Clan zu finden«, sagte er. »Du kannst hierbleiben.«

Sie versuchte, ein unwillkürliches Lachen zu unterdrücken. Es wäre unhöflich, die Gastfreundschaft seiner Familie zu kritisieren. »Nein, das kann ich nicht. Danke. Aber nein.«

»Ich darf jetzt nicht gehen«, erwiderte Tier. »Aber ich fürchte, es wird nicht mehr lange dauern. Mutter beschwert sich und regt sich auf, bis es einem schwerfällt zu glauben, dass sie überhaupt krank ist, aber sie nimmt immer mehr ab, und ihre Hautfarbe ist viel schlimmer geworden. Kannst du noch warten?«

Seraph rührte sich nicht. Konnte sie damit warten, ihre Pflichten wieder aufzunehmen? *O ja.* Sie würde für immer warten können. Aber war es das Richtige?

Schließlich nickte sie. »Ich werde warten.«

»Gut.«

Tier blieb noch ein wenig bei ihr sitzen, während der Schweiß auf ihrem Rücken trocknete. Dann nahm er mit der Haltung eines Mannes, der zu einem Entschluss gekommen war, etwas von seinem Hals und drückte es ihr in die Hand.

»Das hier ist mit mir im Krieg gewesen und hat mich auf vielen Schlachtfeldern beschützt. Da ich es jetzt wahrscheinlich nicht mehr brauchen werde, möchte ich es dir gerne geben.«

Sie berührte die Kette aus großen Holzperlen.

»Sie sehen nicht besonders gut aus«, sagte er schnell und, wie sie annahm, ein wenig verlegen. »Aber sie wurden von unserem Priester gesegnet. Hast du Karadoc schon kennengelernt?«

Sie nickte. Der Priester hatte sie aufgesucht, um ihr zum Tod ihres Bruders zu kondolieren. Es war außer Tier der einzige Rederni gewesen, der das getan hatte. Sie war nicht ganz sicher gewesen, wie sie mit ihm umgehen sollte – Reisende hatten für die Lakaien der Götter wenig übrig –, aber er schien ein guter Mensch zu sein.

»Karadoc hat sie mir gegeben, weil ich ihm im Garten geholfen habe, als er sich eines Sommers das Handgelenk brach.«

»Es muss ein wenig mehr als das gewesen sein«, sagte Seraph nachdenklich. »Priester geben Geschenke wie diese nicht einfach so.«

Er erstarrte. »Es sind nur ein paar Holzperlen, Seraph.«

Sie hielt sie an ihr Gesicht und rieb sie an ihrer Wange wie eine Katze, genoss die Wärme, die von dem abgenutzten Holz ausging. »Alte Holzperlen«, sagte sie. »Ich weiß nicht genau, wie alt, aber sie wurden in Liebe gegeben und lange, lange Zeit getragen. Sie trösten mich – haben sie das auch für dich getan, als du weit von daheim entfernt warst?« Sie wartete nicht auf seine Antwort. »Erzähl mir, wie es dazu kam, dass du für Karadoc im Garten gearbeitet hast.«

»Ich war jung«, sagte er schließlich. »Karadoc ist … nun, du hast ihn ja kennengelernt. Er hat sich immer Zeit genommen, um mit mir zu reden, und er hat mir zugehört, wenn ich mich mit meinem Vater gestritten hatte.«

Seine Stimme nahm nicht den Tonfall des Geschichtenerzählens an, und er fuhr nur zögernd fort. »Karadoc brach sich das Handgelenk, das habe ich dir schon gesagt. Sein Garten ist sein ganzer Stolz, und er wurde sofort von Unkraut überwuchert. Ich nehme an, Priester des Gottes aller grünen und wachsenden Dinge zu sein, hat einen gewissen Einfluss auf den Garten eines solchen Mannes.

Er bezahlte einen Jungen dafür, sich darum zu kümmern, aber in der Erntezeit musste der Junge seinem Vater auf dem Feld helfen, und Karadoc konnte keinen anderen finden. Also bin ich morgens ein wenig früher aufgestanden, damit ich ein bisschen in Karadocs Garten arbeiten konnte.«

Seraph lächelte dünn; die Perlen und Tiers Gesellschaft hatten ihre eigene Magie gewirkt. »Er wusste nicht, dass du es warst.«

»Nun ja, ich war nicht sicher, ob ich es mehr als ein- oder zweimal tun könnte. Ein Bäcker steht früh auf, um nicht in der Tageshitze backen zu müssen. Ich wollte nichts versprechen, was ich nicht halten konnte.«

»Und Karadoc hat es herausgefunden«, sagte Seraph. »Und als du kein Geld nehmen wolltest, hat er dir die Perlen gegeben.«

Er nickte.

Seraph zog sich die Halskette über den Kopf. Geschenke konnte man nicht zurückgeben, man musste sie schätzen. Sie würde etwas finden, was sie tun konnte, um ihm seine Freundlichkeit und sein Geschenk zu vergelten. Der Segen einer Reisenden konnte sehr nützlich sein.

»Ich danke dir«, sagte sie. »Ich werde sie lieben und achten, solange sie in meinen Händen bleiben, und sie weitergeben, wie du es getan hast und wie Karadoc es getan hat.«

Sie verfielen in behagliches Schweigen.

»Ein Mann hat mich heute gefragt, was ich tun würde, wenn ich etwas anderes tun könnte, als Bäcker oder Soldat zu sein«, sagte er schließlich.

»Und was hast du geantwortet?«

»Ich wäre gerne Bauer«, sagte er.

Sie nickte. »Das Land gibt alles zurück, was du ihm gibst, und wenn du wirklich gut damit umgehst, auch ein wenig mehr.«

»Wenn du alles tun oder sein könntest, was wäre deine Wahl?«

Sie erstarrte. Sie kannte sich mit Dörfern aus und wusste, dass das Schicksal der meisten Dorfbewohner schon festgelegt war, wenn sie kaum mehr als Kinder waren und man sie in eine Lehre schickte – oder sie wurden ausgestoßen und konnten niemals etwas anderes sein als umherziehende Arbeiter oder Soldaten. Die Leben der Frauen wurde von ihren Männern diktiert.

Reisende waren, was das anging, ein wenig freier. Ein Bogenmacher konnte sich entscheiden, lieber als Schmied zu arbeiten, wenn er das wollte, solange er weiterhin zum Wohl des Clans beitrug. Es gab keine Gilden, die verhinderten, dass eine Person tat, was sie wollte. Und es waren die Frauen, die den Clan führten. Nur die Leben jener, die eine Weisung hatten, waren von dem Moment an festgelegt, wenn ein Rabe bei ihrer Geburt feststellte, dass sie begabt waren.

Kein Reisender hätte einen Raben je gefragt, was er oder sie werden wollte.

Sie musste zu lange geschwiegen haben, denn er sagte: »Diese Frage hat mich heute auch verblüfft. Aber ich habe etwas gelernt. Was würdest du also tun?«

»Raben heiraten nicht«, sagte sie plötzlich. Es war einfach, mit ihm zu reden, besonders im Dunkeln. »Wir können uns die Ablenkung nicht leisten. Wir haben mit den normalen Arbeiten im Clan nichts zu tun. Kein Kochen oder Feuerholzsammeln. Wir flicken nicht einmal unsere eigene Kleidung oder nähen sie.«

»Du kannst gut kochen«, sagte er.

»Das liegt daran, dass Ushireh es überhaupt nicht konnte. Ich habe viel gelernt, als wir nur noch zu zweit waren. Aber Rabe sein ist nicht, als wäre man Bäcker, Tier. Du konntest es hinter dir lassen und Soldat werden. Du kannst auch jetzt gehen und Bauer werden, wenn du willst. Aber ich kann nicht aufhören, Rabe zu sein.«

»Aber wenn du das könntest – was würdest du tun?«

Sie lehnte sich zurück, stützte sich auf die Hände und ließ die Beine baumeln, weil die Bank ein bisschen hoch für sie war. »Ich würde eine Ehefrau sein, wie die alte Vettel, die in Eberdock an der Westküste ein Gasthaus betreibt. Sie hat zwei Hände voller Kinder, alle größer als sie, und alle machen Platz, wenn sie vorbeikommt. Ihr Mann ist ein alter Seemann mit nur einem Bein. Ich glaube nicht, dass ich je gehört habe, wie er etwas anderes als ›Ja, meine Liebe‹ sagte.«

Das überraschte Tier, und er musste sich bemühen, ein Lachen zu unterdrücken.

Sie lächelte zufrieden im Dunkeln. Das Seltsamste an ihrer Aussage war, dass sie der Wahrheit entsprach. Diese alte Frau hatte ihr Gasthaus, ihre Kinder und deren Männer und Frauen, und sie liebten sie alle. Sie lebte in der Welt des Tageslichts, wo umschattete Dinge nicht einzudringen wagten, und die Kinder in ihrer Familie hatten keine größere Verantwortung, als ein paar Pferde zu pflegen oder ein Gästezimmer sauber zu machen.

Aber am meisten beneidete Seraph sie, weil diese weise alte Frau, als Seraphs Onkel die Gäste an der großen Feuerstelle mit Geschichten von Geistern und Schatten unterhalten hatte, nur lachend den Kopf geschüttelt und gesagt hatte, sie habe Besseres zu tun, als sich Geschichten über Ungeheuer anzuhören, die nur erfunden worden seien, um Kinder die ganze Nacht wach zu halten.

Also blieb sie, obwohl sie hätte gehen sollen. Aber eine Woche oder ein Monat machten kaum einen Unterschied, was ihre Pflichten anging – nach allem, was sie wusste, würden wahrscheinlich auch ein Leben oder zwei kaum etwas ausmachen. Also blieb sie.

»Zieh das nicht raus. Das ist eine Irisknolle; die Pflanze wurde nach dem Blühen abgeschnitten«, sagte Tiers Schwester mehrere Wochen später. »Weiß du denn nicht mal, wie man Unkraut jätet?«

Seraph ließ die unselige Pflanze los, richtete sich auf und hätte beinahe gestöhnt, als sie den Rücken entspannte. »Nein«, sagte sie, obwohl sie das Alinath gegenüber schon erwähnt hatte, als diese sie zum Jäten geschickt hatte. Wie hätte sie es lernen können? Die Kräuter und essbaren Pflanzen kannte sie, aber mit Blumen hatte sie überhaupt keine Erfahrung.

Tier war nach dem Mittagessen davongestürmt, weil seine Schwester und seine Mutter ihm so sehr auf die Nerven gingen – die Letztere war nur aus dem Bett aufgestanden, um ihn dazu zu bringen, sich eine Frau zu suchen. Seitdem hatte Alinath auf Seraph herumgehackt, als wäre sie es gewesen, die Tier vertrieben hatte. Seraph hatte schon ein halbes Dutzend Arbeiten erledigt, aber Alinath hatte sie immer weitergeschickt, weil etwas – echt oder eingebildet – an der Art, wie Seraph es tat, ihr nicht passte.

»Dann hör auf«, sagte Alinath. »Ich fürchte, Bandor oder ich werden fertig jäten müssen. Du bist wirklich vollkommen nutzlos, Mädchen. Kannst nicht nähen, kannst nicht kochen, und Unkraut jäten kannst du auch nicht. Die Backstube muss gefegt werden – aber mach es gefälligst richtig. Lass den Staub nicht in die Mehlbehälter fliegen.«

Seraph stand auf und wischte sich den Rock ab; sie hatte es aufgegeben, ihre bequemen Hosen zu tragen, als ihr auffiel, dass die Redernifrauen nur Röcke anzogen.

»Es ist eine Schande«, sagte sie schließlich, »dass Tier, für den Höflichkeit wie eine zweite Haut ist, eine so ganz und gar unhöfliche Schwester haben muss.«

Bevor Alinath mehr tun konnte, als den Mund aufzureißen, hatte Seraph sich schon umgedreht und war durch die Backstubentür ins Haus gegangen. Sie bedauerte ihre Bemerkung, sobald sie sie gemacht hatte. Die Frauen im Clan waren mit ihren Bitten höflicher gewesen als Alinath. Aber sie hätten ohnehin nie Forderungen an einen Raben gestellt.

Und außerdem kannte Seraph die *Solsenti* gut genug, um zu wissen, dass Alinaths Unhöflichkeit gegenüber einem Gast eine bewusste Beleidigung darstellte. Besonders, da sie seit der Zurückweisung durch ihren Bruder sehr darauf achtete, in Tiers Gegenwart höflicher zu Seraph zu sein.

Seraph hatte ihr Bestes getan, Tiers Schwester zu ignorieren. Sie war ein Gast in Alinaths Haus. Sie hatte nichts gegen die Arbeiten, die man ihr auftrug – und es war nicht mehr Arbeit, als alle anderen außer Tiers Mutter leisteten. Und indem Seraph Alinaths Unhöflichkeit ignorierte, ärgerte sie sie mehr, als sie es mit jeder anderen Reaktion hätte erreichen können.

Es gab aber noch einen zwingenderen Grund, Alinaths Bosheiten nicht zu beachten.

Seraph bohrte die Fingernägel in das Holz des Besenstiels, als sie mit sorgfältigen, langsamen Bewegungen fegte. Ein Rabe konnte es sich nicht leisten, die Nerven zu verlieren. Sie holte tief Luft, um sich zu beruhigen, und versuchte, sich zusammenzunehmen.

Die Tür ging auf, und Alinath kam herein. Als sie zu sprechen begann, war ihre Stimme bemüht höflich.

»Das war tatsächlich nicht nett von mir«, sagte sie. »Ich gebe es zu. Und ich denke, es ist Zeit für ein paar offenere Worte. Mein Bruder hält dich für ein Kind.«

Seraph starrte sie verblüfft an, den Besen immer noch in ihren Händen. Was hatte Tiers Ansicht mit dieser Sache zu tun?

»Aber ich weiß es besser«, fuhr Alinath fort. »Ich war in deinem Alter schon verheiratet.«

Und ich habe die Ghule getötet, die meine Lehrerin umgebracht hatten, als ich zehn war, dachte Seraph. *Ein Rabe ist nie ein Kind.* Aber sie verstand nun, was Alinath meinte.

»Ich habe Tier gesagt, was du vorhast, aber er will es einfach nicht begreifen«, fuhr Alinath fort. »Eine Frau, die meinen Bruder heiratet, wird diese Bäckerei bekommen.«

Eine Frau, die deinen Bruder heiratet, wäre den Rest ihres Lebens in Sicherheit, dachte Seraph unwillkürlich und beneidete diese zukünftige Ehefrau aus ganzem Herzen.

»Aber du wirst ihn nicht bekommen.«

Seraph zuckte die Achseln. »Und er wird mich nie wollen.«

Sie fing wieder an zu fegen – und sehnte sich danach, eine alte Wirtin zu sein, die Ghule und Dämonen für Schauergeschichten hielt, mit denen man Kindern Angst machte. Sie beugte sich vor, um den Besen unter den Tisch zurückzulegen, auf dem Tier sein Brot knetete.

»Wo hast du die her?«

Alinath stürzte sich auf Seraph. Verblüfft ließ Seraph den Besen fallen, als Alinath die Hand um Tiers Perlenkette klammerte; sie musste ihr wohl aus der Bluse gerutscht sein, als sie sich vorbeugte.

»Dreckige, diebische Reisende!«, kreischte Alinath und riss wild an der Halskette. »Wo hast du die her?«

Seraph war schon öfter beschimpft worden, aber sie hatte jetzt schon seit Wochen gegen ihren Zorn angekämpft. Der unwesentliche Schmerz, als Alinath an der Halskette riss, war nichts gegen ihre Empörung darüber, dass diese *Solsenti*-Frau es überhaupt gewagt hatte, sie anzufassen.

Sie hörte, wie die Tür zum Verkaufsraum aufging, und erkannte Tiers Stimme, aber alles versank in dem Zorn, der sie erfüllte. Zorn, der genährt wurde vom Tod ihres Clans, von

Ushirehs Tod, von ihren verzweifelten Schuldgefühlen, weil sie überlebt hatte, als alle andern starben, und entfacht von dieser dummen *Solsenti*-Frau, die drängte und drängte, bis Seraph schließlich genug davon hatte, sich zurückzuhalten.

Alinath hatte ihr wohl etwas davon angesehen, denn sie ließ die Halskette los und machte zwei Schritte zurück. Die Kette fiel zurück und berührte Seraphs Hals wie der Kuss eines Freundes. Bevor die Welle von Magie sie verließ, gestattete ihr die Wärme von Tiers Geschenk, die Beherrschung wiederzugewinnen. Das rettete Alinath das Leben, und wahrscheinlich Seraphs Leben ebenfalls, denn Magie, die in Zorn freigesetzt wurde, war bei ihren Zielen nicht wählerisch.

Steingut zerbrach, als das Haus mit einem hohlen Dröhnen bebte. Kochlöffel, Holzspäne und Backbleche flogen durch den Raum. Die große Tür, die die beiden heißen Öfen von der Backstube trennte, wurde aus den Scharnieren gerissen und flog zwischen Seraph und Alinath hindurch, krachte gegen die gegenüberliegende Wand und ließ den Verputz in einer dicken weißen Wolke auffliegen. Alinath schrie erschrocken auf. Mehl gesellte sich zu dem Verputzstaub, während das Tor auf den Boden fiel und dabei zwei Tische und ein halb volles Mehlfass umriss.

Seraph schloss angesichts dieser Zerstörung und des verängstigten Gesichts von Tiers Schwester die Augen und versuchte, die Magie, die sie losgelassen hatte, wieder zurückzuholen. Die Magie kämpfte gegen Seraphs Zugriff an, genährt von dem Zorn, der sie bewirkt hatte. Sie ließ Seraph für ihren Mangel an Beherrschung zahlen, raste zu ihr zurück und ging durch sie hindurch wie Glassplitter. Aber sie zog sich tatsächlich wieder zurück, und Backbleche und Schälmesser ließen sich sanft auf dem Boden nieder.

Seraph öffnete die Augen, um sich den Schaden anzusehen. Alinath ging es gut – sie war offensichtlich erschüttert, hatte aber sofort wieder aufgehört zu schreien. Die Wand würde neu verputzt werden müssen, die Tür wieder eingesetzt, die Schwelle repariert oder ersetzt. Die Behälter mit wertvollem Sauerteig, der für den Brotteig verwendet wurde, waren irgendwie davongekommen, und es gab weniger zerbrochene Töpfe, als sie gedacht hatte. Weder Tier noch den vier oder fünf Leuten, die ihm ins Haus gefolgt waren, war etwas Schlimmeres zugestoßen, als von Mehl und Verputzstaub überzogen zu werden.

Ihre Schuldgefühle quälten Seraph beinahe so heftig, wie die Magie es getan hatte. Es war das Schlimmste, was ein Rabe tun konnte – Magie im Zorn freizusetzen. Dass niemand verletzt worden und nichts Unersetzliches zerbrochen war, hatte sie nur Tiers Geschenk und ihrem eigenen Glück zu verdanken, und daher milderte es ihr Verbrechen kein bisschen. Seraph stand wie erfroren mitten in der Backstube.

»Ich habe dir doch gesagt, dass sie aufbrausend sein kann«, sagte Tier freundlich.

»Ich habe Eure Gastfreundschaft schlecht vergolten«, sagte Seraph. »Ich hole meine Sachen und gehe.«

Tier verfluchte den Impuls, der ihn veranlasst hatte, die Männer, mit denen er an diesem Nachmittag zusammen gesungen hatte, zu einem Bissen eines neuen Kräuterbrots einzuladen. Die Tür zur Backstube zu öffnen, als er – und alle anderen – Alinaths Schrei hörten, war einfach dumm gewesen. Er hatte seine Schwester schon vor Wochen gewarnt, Seraph nicht gegen sich aufzubringen.

»Magier werden hier nicht geduldet«, sagte jemand hinter ihm.

»Sie sagte doch schon, dass sie gehen wird«, erwiderte Ciro. »Sie hat niemandem wehgetan.«

»Wir brechen morgen früh auf«, sagte Tier.

»Fremde, die nach Redern kommen und Magie wirken, werden zum Tode verurteilt«, sagte Alinath in einem Tonfall, wie er ihn noch nie von ihr gehört hatte.

Er sah sie an. Sie hätte lächerlich aussehen sollen, aber der kalte, von Angst getriebene Zorn auf ihren Zügen ließ sie furchterregend wirken, obwohl sie von weißem Pulver überzogen war.

Jemand knurrte zustimmend.

Das hässliche Geräusch erinnerte Tier an das Gasthaus, aus dem er sie gerettet hatte – oder hatte er eher die Dorfbewohner vor ihr gerettet? Wenn es ihm nicht gelang, die Lage zu wenden, würde das Dorf am nächsten Morgen vielleicht nicht mehr in der Stimmung sein, Seraph gehen zu lassen.

Eine seltsame Idee, die ihm durch den Kopf gegangen war, seit er mit Willon und dann nach ihrem Albtraum mit Seraph gesprochen hatte, nahm in ihm Form an.

»Sie ist keine Fremde«, log er plötzlich. »Sie ist meine Frau.«

Schweigen breitete sich im Raum aus. Seraph warf ihm einen scharfen Blick zu.

»Nein«, sagte Alinath. »Das lasse ich nicht zu.«

Er wusste, sie befand sich im Schockzustand, oder sie hätte niemals etwas so Lächerliches gesagt.

»Es steht dir nicht zu, darüber zu entscheiden«, erinnerte er sie mit sanfter, aber fester Stimme.

»Ich werde sie in diesem Haus nicht dulden«, sagte Alinath.

»Wir würden sowieso gehen müssen«, warf Bandor ein, der sich durch die Menge in die Backstube drängte. Er trat zu Alinath und legte ihr die Hand auf die Schulter. »Ich wusste immer, sobald Tier seine Frau ausgesucht hat, ganz gleich, wer sie ist, müssen wir gehen. Ich habe in Leheigh ein paar Nachforschungen angestellt. Der Bäcker dort sagt, er wird mich als Gesellen aufnehmen.«

»Das ist nicht nötig«, sagte Tier. Nun, da er seine Entscheidung getroffen hatte, flogen ihm die Worte, die alle anderen überzeugen sollten, nur so zu. »Es gibt etwa eine Stunde von hier Land, das ich bebauen will. Ich werde die Erlaubnis des Verwalters des Sept brauchen, aber das sollte nicht zu schwierig sein, denn das Land, von dem ich spreche, wird nicht genutzt. Wir haben vor dem Winter noch genug Zeit, ein Haus zu bauen. Wir werden dort wohnen, aber bis zur Pflanzzeit im Frühjahr werde ich in der Bäckerei arbeiten. Dann überschreibe ich sie Alinath.«

»Wann habt ihr geheiratet?«, flüsterte Alinath.

»Gestern Abend«, log Tier und streckte die Hand zu Seraph aus, die ihn mit einem Ausdruck beobachtet hatte, den er nicht zu deuten vermochte.

Sie kam an seine Seite und ergriff seine Hand. Ihre eigene Hand war sehr kalt.

»Ja«, sagte Karadoc, trat vor und legte die Hand auf Tiers Kopf, wie er es oft getan hatte, als Tier noch ein Junge gewesen war. »Es gab schon öfter Rederni, die Magier geheiratet haben. Seraph wird niemandem etwas tun.«

Die Männer aus dem Dorf gingen, und Bandor brachte Alinath in ihr Zimmer, woraufhin nur Karadoc, Tier und Seraph übrig blieben.

»Seht zu, dass ihr heute Abend im Tempel vorbeikommt«, sagte der Priester. »Ich will eine Lüge nicht länger aufrechterhalten als notwendig.«

Tier grinste ihn an und umarmte den älteren Mann. »Danke. Wir werden da sein.«

Als der Priester gegangen war, wandte Tier sich Seraph zu. »Du kannst hier bei mir bleiben und meine Frau werden. Karadoc wird uns heute Abend verheiraten, und niemand wird einen Unterschied merken.« Er wartete, und als sie weiterhin schwieg, fügte er hinzu: »Oder ich kann tun, was ich versprochen habe. Wir können jetzt sofort aufbrechen, und ich gehe mit dir deine Leute suchen.«

Sie packte seine Hand fester, als wollte sie sie nie wieder loslassen. Sie sah sich kurz in der Backstube um, dann senkte sie den Blick. »Ich werde bleiben«, flüsterte sie. »Ich werde bleiben.«

3

Als Seraph die schmale Brücke erreichte, sah sie, dass der Fluss angeschwollen und das Holz vom kalten Frühjahrshochwasser glitschig war. Sie schaute den Fluss entlang zu dem Berghang, an dem Redern auf Terrassen erbaut worden war, sodass das ganze Dorf aussah wie der Steingarten eines Riesen aus der Vorzeit. Selbst nach zwanzig Jahren beeindruckte sie der Anblick noch.

Von dort, wo sie stand, sah es aus, als schwebe der neue Tempel über dem Dorf wie ein Falke über seiner Beute. Die dunklen Farben des neuen Holzes bildeten einen starken Gegensatz zu den Grautönen des Dorfs, aber Seraph kam es nur wie ein weiterer Akzent in der Harmonie von Steingebäuden und felsigem Berg vor.

Sie überquerte die Brücke, wich auf dem Weg den Dorfbewohnern aus, die sich um die Tiere kümmerten, und ging auf die steile Straße zu, die sich in Serpentinen den Berg hinaufwand, gesäumt von Steingebäuden.

Die Bäckerei sah beinahe genauso aus wie bei ihrem ersten Besuch in Redern. Das Haus war neuer als die benachbarten, denn es hatte vor mehreren Generationen wegen eines Feuers wiederaufgebaut werden müssen. Tier hatte gelacht und Seraph erzählt, sein Ahne habe versucht, das Haus alt aussehen zu lassen, aber es war einfach nur hässlich ausgefallen. Nicht einmal die Steingutkübel mit den Rosenbüschen verliehen dem kalt aussehenden, grauen Gebäude ein wenig Liebreiz, aber der Geruch nach frisch gebackenem Brot, der aus dem Kamin herüberwehte, ließ es dennoch gemütlich wirken.

Seraph wäre beinahe weitergegangen – sie hätte ihre Waren auch anderswo verkaufen können, aber nicht, ohne ihre Schwägerin gegen sich aufzubringen. Vielleicht würde Alinath ja nicht zu Hause sein, und dann konnte sie mit Bandor verhandeln, der nie anders als freundlich zu ihr gewesen war. Resolut öffnete sie die Tür der Bäckerei.

»Seraph«, grüßte Tiers Schwester sie kühl von dem breiten, mit Mehl bedeckten Holztisch aus, wo sie mit geschickten Händen Teig zu Knoten formte und sie auf Backbleche legte, die dann in den Ofen geschoben würden.

Seraph lächelte höflich. »Jes hat letzte Woche im Wald einen Honigbaum gefunden. Rinnie und ich haben die letzten Tage damit zugebracht, den Honig in Töpfe zu füllen. Ich fragte mich, ob du vielleicht etwas davon kaufen möchtest, um Gebäck zu süßen.«

Tier hätte seiner Schwester den Honig einfach umsonst überlassen, aber Seraph konnte sich solche Großzügigkeit nicht leisten. Tier war noch nicht vom winterlichen Fallenstellen zurückgekehrt, und Jes brauchte Stiefel.

Alinath schnaubte. »Dieser Junge! Ich habe es Tier schon einmal gesagt, nein, tausendmal, so, wie du ihn allein im Wald herumstreifen lässt, und das, obwohl er nicht ganz richtig im Kopf ist, grenzt es an ein Wunder, dass er noch nicht von einem Bären oder Schlimmerem geholt wurde.«

Seraph zwang sich zu einem höflichen Lächeln. »Jes ist im Wald so sicher, wie du oder ich hier in eurem Laden sind. Und ich habe gehört, dass mein Mann dir das so oft sagte, wie du dich bei ihm beschwert hast.«

Alinath wischte sich die Hände ab. »Da wir gerade von Kindern reden – ich wollte mit dir über Rinnie sprechen.«

Seraph wartete.

»Bandor und ich haben keine Kinder und werden sehr wahrscheinlich auch nie welche haben. Wir würden Rinnie gern als Lehrling aufnehmen.«

Seraph erinnerte sich streng daran, dass Alinath ihr mit diesem Vorschlag nicht schaden wollte. Selbst Reisende gaben unter gewissen Umständen Kinder in Pflege, aber es kam ihr immer so vor, als tauschten und verkauften die *Solsenti* ihre Kinder wie Rindvieh.

Tier hatte versucht ihr zu erklären, worin die Vorteile des Lehrlingssystems bestanden – der Lehrling erlernte ein Handwerk, eine Möglichkeit, seinen Lebensunterhalt zu verdienen, und der Meister hatte jemanden, der ihm half, ohne Lohn dafür zu verlangen. Aber Seraph hatte auf ihren Reisen zu viele Orte gesehen, an denen Kinder schlechter als Sklaven behandelt wurden – nicht, dass sie angenommen hätte, Alinath würde Rinnie schlecht behandeln.

Also blieb sie höflich. »Rinnie wird auf dem Hof gebraucht«, sagte sie mit einer Diplomatie, die Tier erfreut hätte.

»Dieser Hof wird früher oder später an Lehr fallen. Jes wird eine Last für den Hof und für Lehr sein, solange er lebt«, sagte Alinath. »Tier wird Rinnie keine anständige Mitgift geben können, und ohne das und mit ihrem gemischten Blut wird sie keiner haben wollen.«

Bleib ruhig, mahnte sich Seraph. »Jes leistet mehr, als er müsste«, sagte sie so gelassen, wie sie konnte. »Er ist keine Last. Und wenn ein Mann wegen Rinnies Blut Bedenken hat, werde ich ohnehin nicht wollen, dass er sie heiratet. Wie auch immer, sie ist gerade erst zehn, und sie wird sich noch lange keine Gedanken übers Heiraten machen müssen.«

»Das ist einfach dumm von dir«, sagte Alinath. »Ich habe bereits mit den Ältesten darüber gesprochen. Sie wissen, dass dieses kleine Stück Land, auf dem du meinen Bruder schuften lässt, so jämmerlich ist, dass er den Winter mit Fallenstellen verbringen muss, damit ihr überhaupt Essen auf den Tisch bekommt. Es ist wirklich egal, ob *du* dich um deine Tochter sorgst oder nicht; wenn die Ältesten sich entscheiden, wird dir nichts anderes übrig bleiben, als sie uns zu geben.«

»Das reicht jetzt«, stellte Seraph fest, und ihre Empörung verlieh diesen drei Worten unmissverständliche Kraft. Niemand würde ihr die Kinder wegnehmen. *Niemand.*

Alinath wurde blass.

Keine Magie, warnte Tiers Stimme. *Auf keinen Fall, Seraph! Nicht in Redern.*

Seraph schloss die Augen und holte tief Luft. Sie strengte sich an, ihren Zorn zu verbannen, und dann gelang es ihr, normaler weiterzusprechen. »Du kannst mit Tier darüber reden, wenn er zurückkehrt. Aber wenn vorher jemand kommt und versucht, meine Tochter wegzuholen, dann …« Sie ließ die unausgesprochene Drohung in der Luft hängen.

»Einverstanden«, sagte eine freundliche Stimme aus der Küche. »Du hast sie genug bedrängt, Alinath.« Bandor kam aus der Backstube, eine große Schüssel mit aufgegangenem Teig in der Hand. »Wenn eins von Seraphs Kindern als Lehrling zu uns kommen möchte, nehmen wir es gerne auf – aber das müssen die Eltern selbst entscheiden. Nicht du oder die Ältesten.« Er grüßte Seraph mit einem Nicken.

»Bandor«, brachte Seraph heraus, obwohl ihr der Zorn immer noch die Kehle zuschnürte. »Schön, dich zu sehen.«

»Du darfst es Alinath nicht übel nehmen«, sagte er. »Sie macht sich ebensolche Sorgen um Tier wie du. Ich habe ihr schon gesagt, wie dumm es ist zu erwarten, dass ein Mann, der in der Wildnis Fallen stellt, jedes Jahr zur gleichen Zeit nach Hause kommt. Aber er ist ihr Bruder, und sie macht sich nun mal Sorgen. Tier ist nur ein paar Wochen überfällig. Er wird schon kommen.«

»Ja«, stimmte Seraph zu. »Ich sollte lieber gehen.«

»Habe ich nicht gehört, wie du von Honig gesprochen hast?«, fragte er.

»Jes hat letzte Woche welchen im Wald gefunden. Ich habe ein paar Dutzend Töpfe dabei«, antwortete sie. »Aber Alinath schien sich nicht dafür zu interessieren.«

»Hm«, sagte Bandor mit einem Blick zu seiner Frau. »Wir nehmen zwölf davon, für ein halbes Kupferstück pro Topf. Dann gehst du hoch zu Willon und sagst ihm, dass wir ein Kupferstück für jeden Topf zahlen werden, den er dir nicht abkauft. Er wird deinen gesamten Vorrat zu diesem Preis nehmen, um konkurrenzfähig zu bleiben. Das hier ist der erste Honig in diesem Frühjahr.«

Ohne ein Wort nahm Seraph ihren Rucksack ab, holte zwölf Töpfe heraus und stellte sie auf die Theke. Alinath holte ebenso wortlos sechs Kupferstücke heraus und legte sie neben die Honigtöpfe. Als Seraph die Hand ausstreckte, um das Geld zu nehmen, packte die andere Frau sie am Handgelenk.

»Wenn mein Bruder Kirah geheiratet hätte«, sagte Alinath mit leiser Stimme, die deshalb kein bisschen weniger gewalttätig klang, »müsste er nicht im Winter in die Berge ziehen, um seine Kinder ernähren zu können.«

Seraph riss das Kinn hoch und drehte das Handgelenk, um sich zu befreien. »Es ist beinahe zwanzig Jahre her, seit Tier und ich geheiratet haben. Warum findest du nicht endlich etwas anderes, worüber du dir den Kopf zerbrechen kannst?«

»Ganz meiner Meinung«, sagte Bandor, aber auch in seinem Tonfall lag etwas Hässliches.

Alinath zuckte zusammen.

Seraph runzelte die Stirn, denn sie hatte Alinath noch nie ängstlich gesehen – außer bei jenem einen erinnerungswürdigen Anlass. Und ganz bestimmt war ihr nie jemand untergekommen, der sich vor Bandor fürchtete. Alinath setzte gleich wieder die übliche verbitterte Miene auf, wie sie es Seraph gegenüber immer tat, und nur ein Aufblitzen von Furcht blieb in ihren Augen zurück.

»Danke, Bandor, für das Geschäft und für den Rat«, sagte Seraph.

Sobald die Tür sich hinter Seraph geschlossen hatte und sie weiter die schmale, gewundene Straße hinaufging, sagte sie leise zu ihrem abwesenden Mann: »Siehst du, was passiert, wenn du zu lange weg bist, Tier? Du solltest lieber bald wiederkommen, oder diesen Ältesten steht eine unangenehme Überraschung bevor.«

Der Gedanke an die Ältesten beunruhigte sie allerdings nicht wirklich. Sie waren nicht dumm genug, Seraph gegenüberzutreten, ganz gleich, was sie für Rinnie für das Richtige hielten. Sobald Tier zu Hause war, würde er ihnen alles ausreden, was Alinath ihnen eingeflüstert hatte. So etwas konnte er gut. Und falls sie sich irrte und die Ältesten tatsächlich versuchten, ihr Rinnie wegzunehmen, bevor Tier zu Hause war … nun, sie mochte in ihrer Pflicht gegenüber ihrem Volk versagt haben, aber sie würde niemals ihre Kinder im Stich lassen.

Nein, wegen Rinnie machte sie sich keine Sorgen – aber Tier war etwas ganz anderes. Tausend Dinge konnten ihn aufgehalten haben, mahnte sie sich. Vielleicht wartete er sogar schon zu Hause auf sie.

Seraphs Wadenmuskeln waren von der Arbeit auf dem Bauernhof fest, aber sie taten trotzdem weh, als sie schließlich vor Willons Laden ganz oben im Dorf stand. Als sie die schlichte Tür öffnete und das Haus betrat, sah sie, dass Willon sich gerade mit einem Fremden unterhielt, der mehrere offene Rucksäcke und Taschen auf dem Boden abgestellt hatte, also ging sie an ihm vorbei und tiefer in den Laden hinein.

Die einzige andere Person dort war Ciro, der Vater des Gerbers, der Saiten auf eine kleine Harfe zog. Der alte Mann blickte auf, als sie hereinkam, und erwiderte ihr Nicken, bevor er sich wieder der Harfe zuwandte.

Willons Laden war einmal ein Wohnhaus gewesen. Nachdem er es gekauft hatte, hatte er angebaut und ausgehöhlt, bis sein Laden tief in den Berg hinein reichte. Er hatte die dunklen Ecken mit Dingen aus seiner Kaufmannszeit gefüllt – von denen einige wirklich sehr seltsam waren –, und dann hinzugefügt, was er glaubte verkaufen zu können.

Seraph bezweifelte, dass die meisten Leute auch nur wussten, was einige seiner Sammelstücke wert waren, aber sie erkannte Seide, wenn sie sie sah – und das einzige Stück in Redern hing hier an der Wand, hinter einem Regal voll geschnitzter Enten.

Sie hatte selten Geld, um hier etwas zu kaufen, aber sie sah sich gerne um. Es erinnerte sie an die seltsamen Orte, an denen sie gewesen war. Hier gab es ein Stück Jade von einer Insel weit im Süden und dort eine angeschlagene Tasse mit einem Muster am Rand, das sie an einen Wüstenstamm erinnerte, der seine Wangen in einem ähnlichen Muster bemalte.

Willon bot ein paar neue Waren an, aber das meiste war gebraucht. In der hinteren Ecke einer von etlichen Nischen fand sie Kisten mit alten, aber immer noch brauchbaren Stiefeln und Schuhen.

Sie holte die Schnur heraus, die sie geknotet hatte, und begann, die Stiefel mit ihrer Hilfe zu vermessen. Tief unten in der zweiten Kiste fand sie ein Paar aus dünnerem Leder, als sonst für Arbeitsstiefel verwendet wurde. Die Sohlen waren dazu gedacht, meilenweit auf Straßen oder Waldwegen unterwegs zu sein, statt durch den Matsch eines Feldes zu stapfen. Seraphs Finger verharrten an den Zierstichen am oberen Rand, und sie zögerte, als sie am rechten Stiefel Blutflecke sah – obwohl sich jemand große Mühe gegeben hatte, sie abzuwischen. Die Stiefel eines Reisenden.

Sie verglich sie nicht mit den Füßen ihres Sohnes, sondern legte das Paar einfach zurück in die Kiste und schob ein Dutzend andere darüber, als könne sie es leichter vergessen, wenn sie es verdeckte. In der dritten Kiste fand sie schließlich ein Paar feste Stiefel in der gesuchten Größe.

Ich hätte nichts tun können, sagte sie sich. *Ich bin keine Reisende, und ich war schon seit Jahren keine mehr.*

Dennoch spürte sie das Ziehen von Schuldgefühlen, die sie von etwas anderem zu überzeugen und ihr zu sagen versuchten, dass sie nie in Tiers kleines Dorf gehört hatte, sondern in die Welt, wo sie jene schützen sollte, die sich nicht selbst schützen konnten.

»Ich kann diese Dinger nicht loswerden«, hörte sie Willon zu dem Fremden an der vorderen Theke sagen, der, wenn man nach der Farbe seines Gepäcks ging, wohl ein Hausierer war. »Die Leute hier regen sich schon über Schriften auf, die sie nicht lesen können. Sie wissen, dass man Magie fürchten sollte, und selbst ein Dummkopf würde bemerken, dass es an diesen Dingen Reisendenzeichen gibt.«

»Ich habe sie von einem Mann in Korhadan gekauft. Er behauptete, sie selbst gesammelt zu haben«, sagte der Hausierer. »Ich habe ihm zwei Silberstücke gegeben. Und dann musste ich sie bis hierher tragen. Ich werde sie für zehn Kupferstücke verkaufen, die ganze Tasche, denn ich habe einfach genug von ihnen. Ihr seid der achte Kaufmann in ebenso vielen Dörfern, der mir das Gleiche sagt, und dieses Zeug nimmt nur Platz in meinem Gepäck weg, den ich für etwas anderes brauche. Ihr könntet sie doch sicher zu etwas Nützlichem einschmelzen.«

Auf der Theke lag eine Reihe von Gegenständen, die wie metallene Federn aussahen. Ein Ende war ein paar Zoll lang zugeschliffen, beinahe wie ein Dolch, aber das andere war dekorativ und filigran wie Spitze. Einige waren kurz, die meisten jedoch mindestens so lang wie Seraphs Unterarm, und eine beinahe doppelt so lang. Es mussten beinahe hundert von ihnen sein – *Mermori*.

»Mein Sohn kann Metall bearbeiten«, sagte Seraph über das Anschwellen von Trauer hinweg, die ihr fast die Kehle zuschnürte. Es waren so viele. »Er könnte Hufeisen daraus machen. Ich gebe Euch sechs Kupfer.«

»Gemacht!«, rief der Mann, bevor Willon ein weiteres Wort sagen konnte. Er steckte die Gegenstände in einen abgewetzten Lederbeutel, reichte ihn Seraph und nahm dann die Münzen, die sie ihm gab.

Schnell griff er nach seinem Gepäck und trug es weg, als hätte er Angst, dass sie von dem Geschäft wieder zurücktreten könne, wenn er noch länger wartete.

Willon schüttelte den Kopf. »Das hättet Ihr nicht tun sollen, Seraph Tieragansweib. Waren, die von Banditen und Mördern zusammengerafft wurden, wie es wahrscheinlich bei diesen hier geschah, bringen nur Unglück.«

Willon, der geborene Kaufmann, hätte eher etwas dagegen haben sollen, dass Seraph direkt bei dem Hausierer gekauft hatte und nicht teurer von ihm – aber so etwas geschah eben, wenn es um *Mermori* ging.

»Die Zauber von Reisenden tun Leuten mit Reisendenblut nicht weh«, sagte sie leise, sodass andere im Laden es nicht hören konnten.

Willon wirkte einen Moment lang verdutzt. »Ah. Ja, das hätte ich beinahe vergessen.«

»Ihr glaubt also, dass diese Gegenstände gestohlen wurden?«, fragte sie.

»Meine Söhne sagen mir, dass man in diesen Fällen nicht mehr von Diebstahl spricht.« Willon schüttelte missbilligend den Kopf. »Der Vater des derzeitigen Kaisers hat verkündet, dass Reisende nicht unter dem Schutz seiner Gesetze stehen. Der alte Mann ist schon seit Jahren tot, aber sein Sohn wird nichts an seinen Dekreten ändern. Der arme Junge schließt sich im Palast ein und hört nur auf Leute, die ihm Geschichten erzählen, ohne zu fragen, welche wahr und welche erfunden sind.«

Er sprach, als kenne er den Kaiser, aber Seraph machte keine Bemerkung dazu. Tier hatte mehrmals erwähnt, er gehe davon aus, dass das Karawanengeschäft, aus dem Willon sich zurückgezogen hatte, erfolgreicher gewesen sei, als der Mann verriet. Willon hatte sich nicht sonderlich verändert, seit er ins Dorf gekommen war, nur sein Haar war nach und nach weiß geworden. Obwohl er sich seinem siebten Jahrzehnt nähern mochte, sah er viel jünger aus.

»Nun gut«, sagte Seraph. »Sie sind hübsch, aber wir werden sie zu Hufeisen und Zaumzeugschnallen machen – wenn sie noch so viel Magie hätten, hätten die Reisenden sie sicher benutzt, um sich zu retten.« Sie stellte die Stiefel, die sie ausgesucht hatte, auf die Theke. »Und die hier brauche ich für Jes, aber ich habe mein Kupfer für diese Metallstücke ausgegeben. In meinem Rucksack habe ich ein wenig wilden Honig. Ich habe Bandor in der Bäckerei unten ein Dutzend Töpfe für einen halben Kupfer das Stück verkauft, und jetzt sind noch ein wenig mehr als doppelt so viele übrig.« Sie hatte nachgeschaut und in dem Teil des Ladens, in dem es eingemachte oder getrocknete Lebensmittel zu kaufen hab, keinen Honig gesehen.

»Mein Schwager meinte, ich solle Euch sagen, ich hätte sie ihm für ein Kupferstück pro Glas verkauft«, fügte sie mit einem kleinen Lächeln hinzu. Willon war einer der wenigen Dorfbewohner, mit dem sie sprechen konnte, ohne sich verlegen zu fühlen – vielleicht, weil auch er von außerhalb kam.

»Ja, und das hätte er auch zahlen sollen«, schnaubte Willon. »Wie Ihr sicher ebenfalls wisst. Seine eigenen Verwandten auszunutzen!«

»Wenn Tier zu Hause wäre, hätten wir ihm den Honig umsonst gegeben«, sagte sie. »Und das weiß Bandor ebenfalls.«

Willon grinste. »Ich kaufe, was Ihr übrig habt, für ein Kupferstück pro Topf. Das ist ein gerechter Preis. Besonders, wenn Ihr den nächsten Honig, den Euer Junge findet, direkt zu mir bringt.«

»Das werde ich tun«, sagte sie. »Danke, Willon.«

Dreißig Kupferstücke für den Honig minus zehn für die Stiefel – das ließ ihr zwanzig Kupferstücke, beinahe eine ganze Silbermünze. Sie steckte die Münzen in die Tasche, als sie Willons Laden verließ, und schloss vorsichtig die Tür, während drinnen die ersten Töne von Ciros Harfe erklangen.

Da sie mehr über die *Mermori* nachdachte, die sie von dem Händler gekauft hatte, als darüber, wohin sie ging, wäre sie beinahe mit einem Mann zusammengestoßen, der ihr entgegenkam.

»Entschuldigt«, sagte sie und sah ihn an.

Er hatte ein angenehmes Gesicht: gleichmäßige Züge und einen breiten Mund. Sie kannte ihn nicht, und das war ungewöhnlich. Das Dorf war klein genug, dass man in kurzer Zeit alle kannte – zumindest vom Sehen.

»Eine Reisende«, sagte er in solch entzücktem Tonfall, dass es sie erschreckte.

Man sah ihr wohl an, was sie empfand, denn er lachte. »Ich klinge wahrscheinlich wie ein Narr – ich hatte einfach nicht erwartet, hier einer Reisenden zu begegnen. Ich dachte, Eure Leute meiden diese Region. Eine Aversion dagegen, Schattenfall zu nahe zu sein.«

Eine Aversion dagegen, Menschen zu nahe zu sein, die solche Angst vor Magie haben, hätte sie beinahe geantwortet, aber nicht einmal Überraschung konnte die gewohnheitsmäßige Kontrolle über ihre Zunge wirklich lösen.

Dann trat ein Ausdruck des Verstehens auf seine Züge. »Ihr müsst Seraph Tieragansweib sein. Deshalb reden die Leute über Euch …« Dann wurde ihm offenbar klar, dass, was immer die Leute über sie sagten, nicht sonderlich schmeichelhaft sein konnte, und er brach ab.

Wenn sie nicht eine Tasche voller *Mermori* in der Hand getragen hätte, die sie an das Los der Reisenden erinnerte und auch an ihr eigenes Versagen, ihrer Bestimmung zu folgen, hätte sie ihm vielleicht geholfen. Aber er hatte sich selbst in diese Situation hineingeredet, und sie ließ ihn seinen eigenen Ausweg finden.

»Es tut mir leid«, sagte er schließlich aufrichtig. »Wenn ich aufgeregt bin, rede ich zu viel. Ich sollte mich erst einmal vorstellen: Ich bin Volis, Priester des Pfads der Fünf.«

»Seraph Tieragansweib«, erwiderte sie knapp, blieb aber stehen. Er lenkte sie von ihren Schuldgefühlen ab, und im Augenblick war sie damit zufrieden, wenn er das weiterhin tat.

Sie hatte natürlich gewusst, dass es einen neuen Priester in der Stadt gab. Selbst wenn sie es vergessen hätte, hätte der neue Tempel ganz oben im Dorf sie wieder daran erinnert. Der Priester war im vergangenen Herbst mit dem neuen Sept aus Taela gekommen und hiergeblieben, als der Sept wieder zu seinen Pflichten in der Hauptstadt des Kaiserreichs zurückgekehrt war. Aber Seraph hatte nicht sonderlich auf die Neuigkeiten geachtet – sie war immer noch zu sehr Reisende, um in den Gotteshäusern zu beten.

Volis grinste sie an. »Ich hatte also recht! Es tut mir leid, wenn ich Euch so überfalle, aber die Reisenden sind eine Art Steckenpferd von mir, obwohl ich bisher nur wenigen begegnet bin.«

Was sollte sie dazu sagen?, fragte sie sich und schwieg weiter.

»Habt Ihr kurz Zeit?«, meinte er. »Ich habe so viele Fragen, die ich Euch stellen möchte – und ich würde Euch gern den Tempel zeigen.«

Sie warf einen Blick zur Sonne, aber der Honigverkauf hatte nicht lange gedauert, und die Tasche mit *Mermori* war eine kalte, harte Angelegenheit, um die sie sich würde kümmern müssen, sobald sie Redern verließ.

Also zog sie die Brauen hoch und nickte. Tier hätte gelacht und sie »Kaiserin« genannt, wenn sie ihn so angesehen hätte. Dieser Mann lächelte einfach nur, als wäre er ohnehin überzeugt gewesen, dass sie mitkommen würde. Er hatte, dachte sie, eine Spur von Tiers Anziehungskraft und war daran gewöhnt, dass die Leute ihm folgten.

Er drehte sich um und ging voraus, die Straße hinauf, die in dieser großen Höhe so steil war, dass sie aus einer Treppe bestand.

»Ich wäre mit einem Tempel, der gebaut ist wie der Rest von Redern, ebenso glücklich gewesen«, sagte er. »Aber der neue Sept war überzeugt, dass es mir in einem moderneren Gebäude besser gefiele.«

»Der Sept folgt Euren fünf Göttern?«, fragte Seraph.

»Die Götter mögen mich retten, nein«, lachte Volis. »Aber als ein paar Älteste des Pfads ihm zusetzten, hier einen Tempel zu errichten, tat er uns den Gefallen.«

»Warum hier?«, fragte Seraph. »Warum nicht in Leheigh, das ebenfalls dem Sept gehört? Ihr würdet in einem größeren Ort doch sicher mehr Gläubige finden.«

Volis lächelte. »Ich schlage mich hier auch nicht schlecht. Eure eigene Familie besucht meine Versammlungen. Tatsächlich war ich auf dem Weg, um mit Bandor zu sprechen, als Ihr mir begegnet seid. Aber der Hauptgrund, wieso ich hier und nicht etwa in einer großen Stadt wie Korhadan bin, ist Schattenfall. Wir spüren, dass es auf diesem alten

Schlachtfeld Dinge gibt, die für uns von Bedeutung sein könnten.«

Schattenfall? Seraph verkniff sich einen Kommentar darüber, wie dumm jeder sein musste, der diese Region erforschen wollte. Das Schlachtfeld würde diesen *Solsenti*-Dummkopf ohnehin besser belehren als sie.

Wie Willons Laden und viele Häuser an den steileren Hängen war der Tempel in den Berg hineingebaut worden. Die Fassade bestand aus grob behauenem Holz, bis auf die Türen, die man poliert und geölt hatte, sodass sie beinahe schwarz waren.

Volis bat sie hineinzugehen, und Seraph musste auf der Schwelle innehalten, damit sich ihre Augen nach der Helligkeit draußen anpassen konnten.

Sie sah einen üppig eingerichteten Vorraum, der besser in die Burg eines Sept als in einen Dorftempel gepasst hätte. Entweder war der – wie hatte Volis ihn genannt? – ›Pfad der Fünf‹ wirklich eine wohlhabende Kirche, oder der Sept schuldete den Ältesten viele Gefallen.

»Es gibt nur drei Tempel«, sagte Volis, als er ihre Miene sah. »Zwei in Taela und den hier. Wir haben diesen Tempel als Wallfahrtsort geplant.«

»Schattenfall«, meinte Seraph. »Ein Wallfahrtsort.«

»Wo die Fünf über das Böse triumphierten«, fuhr der Priester fort, der den Zweifel in ihrer Stimme offenbar nicht wahrgenommen hatte. »Kommt und seht Euch die Zuflucht an, in der ich den Götterdienst abhalte.«

Seraph folgte ihm durch einen Eingang mit einem Wandteppich-Vorhang in einen Raum, wie sie ihn noch nie zuvor gesehen hatte.

Der Tempel war tiefer in den Berg gegraben, als sie gedacht hatte. Die Decke des Raums wölbte sich über ihnen wie eine umgekehrte Schüssel. Nahe dem Rand war sie nur eine Handspanne höher als die Tür, in der Mitte des Raums dreimal mannshoch. Die Steinmauern, der Boden und die Decke waren so glatt wie polierter Marmor.

Das hier wurde alles in der kurzen Zeit gebaut, seit der neue Sept herkam, um sein Erbe zu besichtigen?

Die Decke hatte einen hellen, himmelblauen Anstrich, der sich zu den Wänden hin langsam zu Schwarz verdunkelte. Das Licht, das den Raum beleuchtete, schien von dieser himmelsartigen Decke auszugehen. *Magie,* dachte Seraph, *Solsenti-Magie.* Aber ihre Aufmerksamkeit galt den Gestalten, die dieses falsche Firmament schmückten: Die beinahe lebensecht gezeichneten Abbilder von fünf Vögeln jagten einander rundum im Raum.

Volis schwieg, als sie an ihm vorbei zur Mitte ging.

Lerche, dachte sie, und ein Schauder lief ihr über den Rücken. Die leuchtenden Augen eines Kormorans luden sie ein, in den stürmischen Winden zu spielen. Eine Eule glitt auf lautlosen Flügeln auf den schwarzen Raben zu, der einen glitzernden silbernen Ring mit einem Rubin im Schnabel trug, während als Nächster ein Falke zum Zustoßen ansetzte. Gemeinsam umkreisten sie in endlosem Flug den Raum.

In der Mitte der Decke, doppelt so groß wie alle anderen, schwebte ein Adler auf dem Wind und drehte den Kopf, um in den Raum hinabzuschauen, als wolle er seine Beute inspizieren.

Jeder Vogel war ein Symbol einer der sechs Weisungen der Reisenden.

»Seht die Fünf«, sagte Volis leise in einer Sprache, die Seraph seit dem Tag, an dem ihr Bruder gestorben war, nicht mehr gehört hatte. »Lerche, die Heilerin, der Kormoran, der das Wasser beherrscht, die Eule der Weisheit und Erinnerung, Rabe, der Magier, und Falke, der Jäger. Und über ihnen allen, gefangen in Dunkelheit, befindet sich der geheime Gott, der verlorene Gott. Ihr wusstet nichts von dem verlorenen Gott, nicht wahr?«

»Sie sind keine Götter«, antwortete Seraph in ihrer Sprache. Sie erinnerte sich, dass nach den alten Geschichten aus jener Zeit, bevor sie zu reisen begannen, auch ihr Volk geglaubt hatte, dass es Götter gab, wie er sie beschrieb. Aber als die alten Zauberer an Wissen und Macht gewonnen hatten, da hatten sie diese Trugschlüsse hinter sich gelassen.

Volis zeigte auf den Adler, als hätte sie kein Wort gesagt. »Ich habe ihn gefunden, in Büchern, die so alt waren, dass sie bei meiner Berührung zerfielen, und in Andeutungen in uralten Liedern. Für Generationen beteten die Ältesten des Pfads nur die Fünf an – bis wir den verlorenen Gott fanden.«

»Den Adler?«, fragte Seraph, die gern darüber gelacht hätte, dass die *Solsenti* die Symbole der Weisungen als Götter anbeteten, zugleich aber auch angewidert war. Der Ekel siegte schließlich.

»Der Adler.« Er schien erfreut zu sein. »Meine Entdeckung führte dazu, dass ich mit diesem Amt geehrt wurde.« Er machte eine Geste, die den gesamten Tempel erfasste.

»Meinen Glückwunsch«, erwiderte Seraph, denn er schien zu erwarten, dass sie etwas in der Art von sich gab. Wieder blickte sie zur Decke und fragte sich, was ihr Vater zu diesem Anblick gesagt hätte.

»Ich habe noch einige andere Dinge herausgefunden«, fuhr Volis fort. »Der Adler wird von den anderen geschützt, sodass er sie irgendwann in der Zukunft retten kann, wenn sie alle in Gefahr sind und die ganze Welt auf dem Spiel steht.«

Sie hatte Tier dieses Lied in einer sorgfältig übersetzten Fassung beigebracht, ein Kinderlied, in dem die kleinen Zuhörer über die Weisungen belehrt wurden. Die Übersetzung, auf die Volis gestoßen war, war offenbar weniger vorsichtig gewesen. Seinen Worten gemäß klang es so, als diene der

Adler als Beschützer bei nur diesem einzigen, prophezeiten Ereignis.

Eifrig drehte der junge Priester sich zu Seraph um und nahm ihre Hände. »Ich sehe Euch an, dass Ihr vom Adler wisst.«

»Wir sprechen mit Außenseitern nicht über den Adler«, sagte sie.

»Aber ich bin kein Außenseiter«, widersprach er und machte eine ungeduldige Geste Richtung Decke. »Ich *weiß* von den Reisenden, ich habe sie mein Leben lang studiert. Bitte sagt mir, was Ihr über den Adler wisst.«

Seraph hatte nichts für Dummköpfe übrig, und sie würde solche Dummheit auf keinen Fall auch noch unterstützen. Es war Zeit heimzugehen. »Es tut mir leid«, sagte sie. »Ich habe zu arbeiten. Danke, dass Ihr mich herumgeführt habt; die Malerei ist wirklich exzellent.«

»Ihr müsst mir mehr erzählen.« Er packte sie am Arm, bevor sie gehen konnte. »Ihr versteht mich nicht. Ich *weiß*, dass es die Ältesten des Pfads der Fünf sind, die ihn befreien müssen.«

»Befreien?«, fragte sie, und die Kälte, die sie berührt hatte, als sie die Vögel der Weisungen in einem *Solsenti*-Tempel sah, wurde intensiver und lenkte sie von seinem aufdringlichen Griff an ihrem Arm ab.

»Indem sie ihn verstecken«, sagte Volis ernst, »halten die Fünf ihn gefangen, aber zu seinem Schutz. ›Schlafe, sei beschützt, bis dein Erwachen zerstört und rettet.‹«

Seraph zuckte zusammen. Dieses letzte Zitat gehörte einfach nicht in den Mund eines *Solsenti*, ganz gleich, wie gut er die Sprache der Reisenden beherrschte. Es hatte nichts mit dem Adler zu tun, aber …

»Er muss befreit werden«, sagte Volis. »Und der Meister des Pfads hat vorhergesehen, dass wir vom Pfad es sein werden, die den Pirschgänger befreien.«

»Der Pirschgänger ist nicht der Adler«, sagte Seraph unwillkürlich und hätte sich gleich darauf die Zunge abbeißen können. *Das war gefährliches, sehr gefährliches Wissen. Er hat sich geirrt, was den Adler angeht, oder die Weisungen, die Götter sein sollen, aber der Pirschgänger …*

Volis wandte ihr seinen wahnsinnigen Blick zu. Ja, er musste wahnsinnig sein. Nur ein Wahnsinniger würde davon sprechen, den Pirschgänger zu befreien.

»Ah«, sagte er. »Was wisst Ihr vom Pirschgänger?«

»Nicht mehr als Ihr«, log sie.

Sie musste sich anstrengen, tief Luft zu holen, und sich daran erinnern, dass dieser Mann ein *Solsenti* war, ein *Solsenti*, der mehr wusste, als er sollte – aber selbst wenn er sich dermaßen irrte, den Adler mit dem Pirschgänger zu verwechseln, sollte er immer noch harmlos sein.

Sie verbeugte sich knapp, eher ein Rabe vor einem Fremden als eine gute Rederni-Frau vor einem Priester, und nutzte die Bewegung, um sich seinem Griff zu entziehen.

»Meine Arbeit wartet auf mich«, sagte sie. »Danke für Eure Zeit – ich finde schon alleine hinaus.«

Sie drehte sich auf dem Absatz um und ging rasch durch den Eingang mit dem Vorhang. Sie rechnete damit, dass er versuchen würde, sie aufzuhalten, aber das tat er nicht.

Bis sie die Brücke erreichte, hatte sie den größten Teil der Angst verloren, die der Besuch bei dem neuen Priester in ihr verursacht hatte. Der Pirschgänger befand sich fest in Gefangenschaft, und nicht einmal die Schatten, die die Menschheit schon zweimal beinahe zerstört hatten, waren imstande gewesen, ihn zu befreien.

Ein *Solsenti*-Priester mit einer Handvoll halb verstandener Informationen stellte keine Gefahr dar – zumindest nicht für die ganze Welt, aber sie würde immer noch darüber nachdenken müssen, was Volis' Fantasien für sie und die Ihren bedeuteten.

Nachdem sie den Priester als geringere Gefahr abgetan hatte, blieb ihr keine Ablenkung mehr von der Last, die sie trug. Der Honig war verkauft, aber nun hatte sie Steine in ihrem Rucksack, die ihre Seele mehr belasteten als ihren Rücken. Sobald Seraph von der Hauptstraße auf den Feldweg abgebogen war, blieb sie stehen, holte die Tasche mit den *Mermori* heraus und zählte sie. Dreiundachtzig.

Sie packte die letzte davon so fest, dass das scharf zugeschliffene Ende ihr die Haut aufriss. Rasch wischte sie die *Mermora* wieder ab; es war keine gute Idee, magische Gegenstände mit Blut zu berühren. Als sie sicher war, dass sie wirklich alles abgewischt hatte, steckte sie die *Mermori* wieder in den Lederbeutel und packte das gesamte Bündel in ihren Rucksack.

»Ich kann nichts tun«, sagte sie leidenschaftlich, obwohl niemand sie hören konnte. »Ich weiß überhaupt nichts. Ich bin nicht fähiger als ein Dutzend anderer Raben, die alle nicht imstande waren, den Abstieg der Reisenden zu verhindern. Hier, an diesem Ort, habe ich drei Kinder, die mich brauchen. Es gibt Felder, die bepflanzt werden müssen, einen Garten, um den ich mich kümmern muss, und einen Mann, der bald nach Hause kommen wird. Ich kann nichts tun.«

Aber bei Lerche und Rabe – dreiundachtzig! Sie schluckte. Vielleicht würde Tier ja schon zu Hause sein, wenn sie zurückkehrte. Sie brauchte ihn so sehr.

Das Land, das Seraph und Tier bebauten, befand sich in einem sehr kleinen Tal, das überwiegend zu felsig war, um bewirtschaftet zu werden. Sie hatten keine engen Nachbarn. Das Land war Wildnis gewesen, als sie sich als frisch verheiratete Fremde hier niedergelassen hatten.

Auf einer Hügelkuppe oberhalb des Tals angekommen, musste Seraph gegen das Gefühl ankämpfen, dass das Land innerhalb eines Jahrzehnts wieder wild werden würde – sie war keine Prophetin, sie war einfach nur müde. Sie rückte ihren Rucksack zurecht und begann mit dem Abstieg.

Die Bäume wurden weniger, und bald befand sie sich zwischen Weiden und Feldern. Sobald sie den Weg oberhalb des Bauernhauses betrat, kündigte ein freudiges Bellen Gura an, der ihr entgegengerannt kam, um sie zu Hause zu begrüßen.

»Hallo, du alberner Hund«, sagte sie, und er rollte sich vor ihren Füßen auf den Rücken, worauf sich sein dichtes Fell mit Frühjahrsschlamm überzog.

Er war ein riesiger schwarzer Hund mit einem Fell, das jeden Tag gebürstet werden musste. Tier war eines Abends mit einem blauen Auge und einem verängstigten, halb verhungerten Welpen mit riesigen Pfoten aus dem Dorf heimgekommen. Ihr Mann las wirklich immer irgendwelche Streuner auf.

Seraph verbiss sich die Tränen und schüttelte den Kopf. »Komm, Gura, sehen wir mal, wie meine Kinder heute allein zurechtgekommen sind.«

Der riesige Hund kam wieder auf die Beine und schüttelte sich, und die Verspieltheit eines Welpen fiel zusammen mit dem Schlamm von ihm ab. Er begleitete sie mit feierlicher Würde zum Haus.

Da Guras Willkommen ihre Familie bereits in Kenntnis gesetzt hatte, überraschte es Seraph nicht, Lehr und Rinnie in der Hütte arbeiten zu sehen.

»Ma!«, sagte ihre Jüngste in einem Tonfall tiefster Erleichterung. »Lehr war *so* gemein! Er hat mich angeschrien, obwohl ich längst getan hatte, was er wollte.«

Die zehnjährige Rinnie hatte vor Kurzem die Rolle der Schlichterin und Informantin in der Familie übernommen –

und das führte bei ihren Geschwistern zu den zu erwartenden Ergebnissen. Rinnie sah Seraph ähnlicher als alle anderen – sie waren zumindest dem Aussehen nach miteinander verwandt. Rinnie war klein und hatte Seraphs helles Haar, das inmitten der dunkelhaarigen Bevölkerung von Redern auffiel. Dem Wesen nach ähnelte sie mehr ihrem Vater; sie hatte ebenso seine ruhige Vernunft als auch seinen Sinn fürs Dramatische geerbt.

Seraph umarmte sie und warf Lehr einen Blick zu.

»Wir haben den Garten zu Ende umgegraben«, berichtete er verärgert. »Und wir hätten auch schon ein gutes Drittel bepflanzt, aber Rinnie jammerte so viel, dass ich sie schließlich nach drinnen schickte.«

»Er hat mich wirklich schwer arbeiten lassen«, klagte Rinnie, die die Hoffnung, ihrem Bruder Ärger zu machen, noch nicht aufgegeben hatte.

Als sie Lehr die Zunge herausstreckte, ignorierte er das. Im vergangenen Jahr hätte er es seiner kleinen Schwester noch heimgezahlt – oder sie angelächelt, weil er wusste, dass ihre Reaktion jeden Ärger wert wäre, den er bekommen würde.

»Danke, Lehr«, sagte Seraph und stellte sich auf die Zehenspitzen, um ihm einen Kuss auf die Wange zu geben. »Ich weiß, es ist nicht einfach, dieses faule Mädchen zum Arbeiten zu bringen. Ich sehe schon an dem Eintopf auf dem Herd und dem Haufen gekämmter Wolle, dass ihr beide ins Haus gegangen seid und euch ausgeruht habt wie die Adligen.«

Er lachte und umarmte sie. »Sie hat sich gut geschlagen. Wir hätten wirklich den ganzen Garten bepflanzen können, Mutter, wenn Jes ebenfalls dageblieben wäre. Er ist kurz nach dem Mittagessen verschwunden – ich habe ihn nicht gehen sehen.«

»Ich kann mit ihm reden«, bot sie an.

Lehr schüttelte den Kopf. »Nein, schon gut. Ich weiß, dass er sein Bestes tut. Aber solange Papa weg ist, brauchen wir ihn einfach. Wenn er sich auf die Arbeit konzentrieren kann, ist er ebenso gut wie Papa. Oh, und der Verwalter des Sept war hier.«

»Forder?«, fragte Seraph, nahm Umhang und Kapuze ab und hängte sie über den Garderobenständer an der Tür. »Was wollte er denn?«

»Er sah sich die Felder an und fragte, ob Papa schon zurück sei. Als ich verneinte, meinte er, der neue Sept verlange ein Viertel mehr als letztes Jahr – sowohl aus dem Garten als auch von den Feldern. Er sagte, es sei beinahe zu spät, die Felder zu pflügen.«

Seraph lehnte sich gegen die Wand. »Ich weiß, Lehr. Wir haben so lange gewartet, wie es nur ging. Wir müssen einfach ohne Tier anfangen. Das können wir morgen tun – nein, übermorgen, damit ich Zeit habe, mir vorher das Geschirr und den Pflug anzusehen und sie womöglich zu reparieren. Mach dir wegen des Zehnten keine Sorge, Tier sagte schon, dass so etwas bei einem neuen Sept zu erwarten sei.«

»Forder meinte, der Sept habe ein Pferd, das wir mieten können, wenn wir es brauchen.«

»Nein.« Sie schüttelte den Kopf. Als Tier aufgebrochen war, hatte er die junge Stute genommen, die sie im vergangenen Jahr gekauft hatten, damit der alte Wallach sich ausruhen konnte. »Scheck kennt diese Felder. Er mag alt sein, aber er wird es schon schaffen, bis Tier zurückkehrt. Wir können uns nicht leisten, ein Pferd zu leihen, vor allem nicht, wenn der Sept noch mehr von der Ernte haben will.«

Vor der Tür gab Gura ein Heulen von sich, das eher zu einem Wolf als einem Hund passte und von einem schrilleren, wilderen Laut beantwortet wurde.

»Jes ist wieder da«, stellte Rinnie unnötig fest, denn schon wurde die Tür aufgerissen, und Seraphs Ältester kam herein.

»Mutter, Mutter!«, rief er. »Ich habe einen Hasen zum Abendessen gefunden.« Er hielt ihr einen riesigen Hasen hin, bereits ausgenommen, geköpft und gehäutet.

»Jesaphi, mein Lieber«, begrüßte ihn Seraph. »Ich bin sehr froh, dass du einen Hasen gefunden hast. Aber du musst noch ein bisschen Schlamm loswerden, bevor du weiter ins Haus kommst.«

Von all ihren Kindern sah Jes seinem Vater am ähnlichsten. Er war einen Kopf größer als Lehr, schlank und dunkel. Auch Lehr war schlank, aber er hatte Seraphs helles Haar. Jes sah ebenso wie Tier nicht unbedingt besonders gut aus, dafür war seine Nase zu dünn und zu lang. Ein tiefes Grübchen zeigte sich an seiner linken Wange, und seine Augen waren von einem dunklen Samtbraun.

»Tut mir leid, Mutter«, sagte er, und der Überschwang fiel von ihm ab wie ein Mantel. »Ich wollte nicht … nicht so schlammig werden.«

Es war Jes' Stimme, die ihn selbst den unaufmerksameren Zeitgenossen verriet. Etwas stimmte nicht an seiner Tonhöhe und seinem Singsangtonfall.

Er war nicht einfältig wie der Sohn des Küfers, aber seine Art zu sprechen wirkte ganz ähnlich, und die Leute nahmen an, es sei dasselbe. Seraph hielt es für unsinnig, irgendwen außer Tier mit der Wahrheit zu verwirren.

»Keine Sorge.« Seraph tröstete Jes mit einer ihrer leichten Berührungen, die für gewöhnlich alles waren, was er ertragen konnte. »Die anderen werden den Tisch decken, und du gehst dich waschen.«

»Habe ich etwas falsch gemacht?«, fragte er besorgt.

»Nein, mein Lieber. Komm mit.« Sie nahm ihn an der Hand und führte ihn nach draußen, um ihm zu helfen, sich zu säubern.

Seraph konnte nicht schlafen, also stand sie mitten in der Nacht aus ihrem viel zu leeren Bett unter dem Dach auf und zog sich an. Sie öffnete eine Truhe und holte eine große Tasche heraus, die schwer an ihren abgetragenen Griffen baumelte. Die Leitersprossen waren fest angebracht und verursachten kein Geräusch, das Lehr vielleicht geweckt hätte, der einen leichten Schlaf hatte.

In ihrem Rucksack an der Tür befanden sich immer noch die Stiefel, die sie für Jes gekauft hatte. Sie hatte vergessen, sie ihm zu geben. Nun holte sie sie heraus und stellte sie an die Seite. Sie steckte die Tasche, die sie aus ihrem Zimmer mitgebracht hatte, in den Rucksack, wo die Schuhe gewesen waren, dann schlich sie leise nach draußen.

Gura, der auf der Veranda lag, beobachtete sie mit funkelnden Augen, die vermuten ließen, dass er tatsächlich einen Wolf unter seinen Vorfahren gehabt hatte.

»Still«, sagte sie. »Bleib hier und pass auf.«

Gura gehorchte und legte den Kopf auf die Vorderpfoten, wobei sich sein Kinn leicht zur Seite bewegte.

»Ich komme bald wieder«, erklärte sie, als verstünde das der Hund. »Ich kann einfach nicht schlafen. Es gibt Dinge, um die ich mich kümmern muss.«

Gura schloss die Augen – sie wusste, dass er schmollte, weil sie ihn nicht mitnahm.

Sie folgte einem Weg hinter dem Haus, der direkt in den Wald führte. Der Mond stand hoch am Himmel, und Seraph konnte nachts besser sehen als die meisten, also fiel es ihr nicht schwer, ihren Weg zu finden.

Sie ging etwa eine Meile, bis sie ihr Ziel erreichte: eine kleine Waldwiese. Sie setzte den Rucksack ab und öffnete ihn.

»Dreiundachtzig«, sagte sie leise und griff nach dem Lederbeutel, den sie in der Stadt bekommen hatte, sowie nach der Tasche aus ihrem Zimmer. »Und hunderteinundvierzig.«

Dann nahm sie eine der *Mermori* aus der Tasche und steckte sie mit der Spitze nach unten in den Boden, sodass sie wie ein kleiner Pfahl aufragte. Sie holte eine zweite heraus, maß sie mit den Fingern und steckte sie ein Stück von der anderen entfernt ein. Das Gleiche tat sie mit der dritten und vierten, während der Mond sich weiter über den Himmel bewegte.

»Was tust du da, Mutter?«

Sie hatte sich so auf die *Mermori* konzentriert, dass sie ihn nicht gehört hatte. Die tiefe, samtige Stimme klang so sehr wie die von Tier, dass sie schlucken musste. Trotz ihrer guten Augen und des Mondes konnte sie Jes nicht entdecken.

»Ich habe dir doch schon ein paar Geschichten über die Reisenden erzählt«, sagte sie, steckte die letzte *Mermora*, die sie in der Hand gehalten hatte, in den Boden und ging zurück zum Rucksack, um weitere zu holen.

Er antwortete nicht sofort. Sie hörte keine Schritte, aber es überraschte sie nicht festzustellen, dass er ihr zum Rucksack gefolgt war.

»Ja«, sagte er nahe genug, dass die Wärme seines Atems ihren Nacken berührte. Sicher, sie war von Reisenden aufgezogen worden, aber der Unterschied zwischen ihrem Sohn bei Tag und diesem gefährlicheren Jes beunruhigte sie dennoch. Eine Mutter sollte ihr Kind nicht fürchten.

»Wir sind die Abkömmlinge der Zauberer, die in Colossae lebten, lange bevor die Schatten kamen, um die Menschheit zu vernichten«, sprach sie und ignorierte den Schauder, der sie beim Klang von Jes' Stimme überlaufen hatte.

»Ja«, sagte er und ging neben ihr her, als sie die nächste Handvoll *Mermori* zu einer leeren Stelle der Wiese brachte und weiter Entfernungen vermaß. Er war barfuß.

Nur sie und Tier wussten, was fern von der Sicherheit des Bauernhofs aus ihrem sanftmütigen Kind wurde.

»Colossae war eine Stadt der Gelehrsamkeit, und die Zauberer kamen von überall, um dort zu studieren und zu lernen. Über Generationen versammelten sie sich, lernten Magie und vergaßen Weisheit, bis sie schließlich das Böseste schufen, was sie sich je hätten vorstellen können.«

Sie hatte ihren Kindern nur wenig von den Reisenden erzählt, weil sie hoffte, dass sie alle Rederni werden würden wie Tier. Aber Lehr und Rinnie hatten das Aussehen von Reisenden, und Jes war mit ihrem Fluch geschlagen.

Als sie zuvor wach im Bett gelegen hatte, war ihr eingefallen, dass es angesichts eines Priesters, der zu viel wusste und Wahrheit mit Lügen verband, eine gute Idee wäre, ihren Kindern mehr beizubringen. Also fing sie mit Jes an.

»Als die Zauberer begriffen, was sie getan hatten, war es zu spät, um noch zurückzunehmen, was sie geschaffen hatten, und beinahe zu spät, um es zu beherrschen. Nur ein gewaltiges Opfer konnte ihre Schöpfung noch aufhalten, und Colossae starb, um den Pirschgänger gefangen zu nehmen, bevor er die Welt vernichten konnte«, berichtete sie. »Die Zauberer, die überlebten, machten sich auf, die Welt zu bereisen und dafür zu sorgen, dass sie frei von dem üblen Einfluss des Pirschgängers blieb, denn sogar gefangen verfügt ein solches Übel noch über Macht. Selbst ein so großes Opfer wie das einer Stadt des Lichts und des Wissens konnte ihn nicht vollständig fesseln, und nicht für immer.«

»Ja«, sagte Jes wieder. Diesmal konnte Seraph einen Blick auf Augen erhaschen, die rötlich in der Nacht glühten.

»Was ist denn?«, fragte sie. »Ist jemand hier?«

»Nicht jetzt«, sagte er, ein nicht ganz menschliches Grollen in der Stimme. »Aber es waren Jäger im Wald, die hier nicht hingehörten. Es beleidigt den Wald, dass sie zum Sport jagen – und sie sind unserem Hof näher gekommen, als mir lieb ist.«

»Es heißt, der neue Sept sei ein begeisterter Jäger«, meinte sie. »Einige von den Adligen, die er aus Taela mitgebracht hat, sind hiergeblieben, als er zurückkehrte. Ist dieses Jagen etwas, das du aufhalten musst?«

»Nein«, erwiderte er. »Der Waldkönig hat mir gesagt, dass er sich gegebenenfalls selbst um diese Männer kümmern wird.« Seraph schauderte ein wenig beim Tonfall ihres Sohnes, als er »Männer« sagte – es sagte ihr, dass ihr Sohn sich zumindest in diesem Aspekt nicht als Mensch betrachtete. »Der Wald hat immer noch die Macht, jene fernzuhalten, die zu verschwenderisch töten«, sagte er.

Seraph steckte eine weitere *Mermora* in den Boden.

»Du sprachst über Colossae«, erinnerte er sie, nachdem sie alle *Mermori* in das Erdreich gesteckt hatte, die sie hatte tragen können, und für eine weitere Handvoll zurückkehrte.

»Ah ja.« Sie kam zu dem Schluss, dass es zu umständlich war, immer wieder zum Rucksack zurückzukehren, also steckte sie den Rest der Mermori in die große Tasche und nahm sie mit.

»Nachdem die Zauberer gegangen waren und die Stadt gestorben war, beschlossen sie, dass sie sich jedes Jahr im Geheimen treffen sollten. Aber sie hatten das Böse tatsächlich gebunden, und in diesen frühen Jahren wurden nicht viele Zauberer gebraucht, also fanden die Treffen anfangs alle zwei Jahre statt, dann alle fünf.

Die *Mermori*« – sie ging die Verbliebenen durch und hielt eine zerbrechlich aussehende *Mermora* hoch, die nicht länger war als ihr Zeigefinger – »wurden von dem Zauberer Hinnum geschaffen, und jeder Zauberer, der die Stadt verließ, erhielt eine. Sie wurden weitergegeben an den Ältesten jeder Familie, und es heißt, zu Anfang seien es fünfhundertvier gewesen. Bis der Schatten vor fünfhundert Jahren mächtiger wurde, hatte jeder Clan eine *Mermora*, aber als die Heere der Menschheit sich sammelten, um die Geschöpfe des Schattens zu bekämpfen, waren die Reisenden die erste Front der Kämpfenden, denn der Pirschgänger, der immer noch in Colossae gefangen war, beherrschte den Schatten. Mehr als die Hälfte des Heeres fiel an diesem Tag, darunter auch die meisten mitkämpfenden Reisenden.«

»Das hast du mir nie zuvor gesagt – dass der Schatten von dem Ding bewirkt wurde, das die Zauberer in Colossae gefangen gesetzt hatten.«

Sie lächelte ein wenig finster. »Es ist nichts, worüber wir offen sprechen. Wenn die Leute wüssten, dass wir Reisende glauben, für den Schatten verantwortlich zu sein, würden sie uns garantiert dafür leiden lassen. Selbst einige der Clans behaupteten, dass es zwischen den beiden keine Verbindung gab – oder dass der Schatten der Pirschgänger selbst war und man uns von unseren Aufgaben befreien sollte.«

Sie steckte noch eine *Mermora* in den Boden. »Ich erinnere mich an eine Diskussion bei der letzten Versammlung, die ich besuchte. Einer der Clanväter schlug vor, wir sollten aufhören, nach dem Bösen zu suchen. Er sagte Dinge wie: ›Wir haben den Schatten vernichtet, haben die Aufgaben erfüllt, die die Alten uns gegeben haben. Wir sollten uns niederlassen, solange es noch gutes Land gibt, das niemand haben will.‹ Da stand mein Vater auf und erwiderte: ›Arroganz war schon immer der Fluch der Reisenden. Der Schatten war nicht der Pirschgänger, sondern ein Mensch, den er unter seinen Einfluss gebracht hatte. Mein Großvater kannte diese Geschichte von seinen Vorfahren. Als der Rabe, der sich dem Schatten stellte und ihn zu Asche machte, zu seinem Clan zurückkehrte, erzählte er ihnen, das Geschöpf, das er getötet habe, habe nie die Steine von Colossae berührt. Ja, wir kämpften an diesem Tag gegen das Böse, aber unsere Aufgabe bleibt weiterhin bestehen.‹«

Seraph lachte leise bei der Erinnerung. »Mein Vater konnte sehr dramatisch sein. Er wartete nicht auf die folgende Debatte, sondern ging einfach in sein Zelt und weigerte sich, noch mehr dazu zu sagen. Mein Großvater behauptete immer, wenn du dich nicht streitest, kann sich auch nicht herausstellen, dass du unrecht hattest.«

»Dein Vater war also der einzige Grund, wieso die Reisenden weiterzogen?«

Seraph schüttelte den Kopf. »Nein, es hätte ohnehin nicht funktioniert, wenn sie sich wirklich niedergelassen hätten. Es war schwierig genug für mich, hierzubleiben – und ich wäre eurem Vater durch das Reich der Schatten gefolgt, wenn es hätte sein müssen. Zu bleiben war schwieriger. Man nennt uns nicht umsonst Reisende.«

Jes folgte ihr leise, als sie wieder mit ihrer Arbeit begann. Jes konnte gut schweigen.

»Ich erinnere mich, dass ich als Kind bei zwei Versammlungen war«, sagte sie und steckte eine weitere *Mermora* in den Boden. »Bei der ersten wurden von knapp über zweihundert Clans zweihundertdreißig *Mermori* ausgelegt. Ich weiß noch, wie meine Mutter nervös wurde, weil es nur so wenige waren. Sie starb vor meiner zweiten Versammlung, als ich dreizehn war. Dort gab es weniger als zweihundert – und viele Clans hatten mehr als eine.«

Die größte *Mermora* hatte sie sich bis zum Schluss aufgehoben und eine Ecke der Wiese dafür aufgespart. »Die *Mermori* waren zu gefährlich, um ohne sichernde Zauber zu existieren, also hat Hinnum ihnen einen Bann auferlegt, damit sie alle schließlich ihren Weg in die Hände des ältesten und nächsten Verwandten jener finden würden, die gestorben waren und die *Mermori* zurückgelassen hatten.«

»Mutter«, sagte Jes einen Augenblick später. »Hier sind zweihundertvierundzwanzig *Mermori*.«

»Ich weiß«, flüsterte sie. »Seit ich euren Vater geheiratet habe, habe ich immer wieder einige erwerben können. Heute habe ich einem Hausierer dreiundachtzig abgekauft.«

»Dreiundachtzig«, sagte er so erschrocken, dass er einen Augenblick seine Aura der Gefährlichkeit verlor. »Wie viel hast du dafür bezahlt? Sie sind aus Silber und gewiss mehr wert als …«

»Die Leute erkennen nicht immer, dass sie aus Silber hergestellt wurden«, sagte sie und versuchte, den Bereich für die größte *Mermora* noch einmal abzumessen – sie hatte sich immer wieder ablenken lassen. »Manchmal sehen sie aus, als bestünden sie aus Eisen oder sogar aus Holz. Die meisten Leute können sie schon auf den ersten Blick nicht ausstehen. Ich habe sechs Kupfer für sie bezahlt; der Mann, der sie mir verkauft hat, wird schon bald vergessen, worum es ging, und nur noch wissen, dass er ein gutes Geschäft gemacht hat.«

»Ah«, sagte Jes und ging eine Weile neben ihr her, wobei er nach und nach mit der Dunkelheit verschwamm, bis sie ihn selbst dann nicht mehr sehen konnte, wenn sie direkt hinsah.

Manchmal konnte sie einen Blick auf ihn erhaschen, wenn sie nicht wirklich hinsah. Manchmal erblickte sie einen Mann, der aussah wie Tier, aber gefährlicher. Zu anderen Zeiten sah sie ein dunkles Tier, das auf vier Beinen ging. Wenn sie den Kopf drehte und ihn zu lange ansah, verschwand er in der Nacht. Sie wusste, dass das nur eine Illusion war, aber er konnte die Gestalt jedes beliebigen Tiers annehmen. Und Illusion oder nicht, es beunruhigte sie.

»Wozu sind sie gut?«, fragte er schließlich.

Sie steckte die letzte in den Boden. »Ich zeige es dir. Komm mit.«

Die Wiese befand sich an einem Hang, und sie brachte ihren Sohn nun zum höchsten Punkt. Sie hatte das hier noch nie mit so vielen *Mermori* gemacht. Bei den Versammlungen standen die Ältesten aller Familien in einer Reihe und rezitierten gemeinsam.

Sie streckte beide Hände aus und rief herrisch: »*Ishavan shee davenadre hovena Hinnumadraun.*«

Es war lange her, dass sie sich so viel Magie gestattet hatte. Dieser Tage benutzte sie nur hin und wieder ein wenig, zum Beispiel, wenn sie die Felder bepflanzten und wenn sie Schutzzauber auf den Hof legte, um die gefährlicheren Geschöpfe der Berge fernzuhalten.

Aber selbst nach so langer Zeit folgte die Magie ihrem Ruf, summte aus der Erde in ihre Knochen, vibrierte im Boden, in den verrottenden Blättern und Zweigen und neu sprießenden Grashalmen.

Jes gab ein erschrockenes Fauchen von sich, als auf der Wiese die Fenster von zweihundertvierundzwanzig Häusern zu leuchten begannen. Einige waren kleiner als ihr Bauernhaus, aber die meisten so groß wie die größten Häuser von Redern. Zufällig hatte sie zwei so eingesteckt, dass sie ineinander übergingen und eine Wand teilten – das sah so richtig aus, dass Seraph sich fragte, ob die Häuser in Colossae tatsächlich so nahe beieinandergestanden hatten. In der Ecke der Wiese stand ein keines Schloss. Die Architektur der Häuser war dieser Region eindeutig fremd, die Fenster waren gerundet, die Dächer mit so etwas wie grünen Steingutschindeln gedeckt.

»Schon gut«, beruhigte sie Jes, richtete den Blick dabei aber weiter auf das Schloss. »Es ist alles Illusion. Die Zauberer konnten nur die notwendigsten Dinge packen, weil sie den Feind nicht warnen wollten, bevor sie flohen. Sie konnten ihre Bücher nicht mitnehmen – also schuf Hinnum die *Mermori*, die an die Häuser der Zauberer erinnern, wie sie vor so langer Zeit in Colossae standen. Komm mit.«

Sie führte ihren Sohn zu einem der kleineren Häuser, einem Backsteingebäude, nicht größer als Alinaths Bäckerei, wenn auch viel eleganter. Die Ebenholztür war nahe dem Riegel abgewetzt, was zeigte, wie alt das Gebäude war. »Das hier war die *Mermora*, die mein Vater von seinem Vater erhielt. Sie gehörte Isolda der Schweigsamen, die starb, als die Stadt versiegelt wurde.« Seraph zog den Riegel zurück und spürte das kühle Metall an ihren Fingern. Die Tür öffnete sich mit einem leisen Ächzen, und sie ging hinein.

»Illusion?«, fragte Jes und folgte ihr. Das Licht von Isoldas Öllampen zeigte einen jungen Mann und kein Tier. »Ich kann Öl und Kräuter riechen – einige davon kenne ich, wie Anis und Bilsenkraut, aber es gibt auch viele, die ich nicht benennen kann.«

»Hinnum war ein großer Illusionist. Die Legende besagt, er sei vierhundert Jahre alt gewesen, als die Stadt fiel«, erzählte sie und fuhr mit den Fingern über ein vertrautes Schultertuch, das über einer Stuhllehne hing, als warte es nur darauf, dass Isolda zurückkehrte.

»Aber genau das ist alles hier – Illusion.« Sie sah ihren Sohn an. »Wenn es draußen regnet und du hereinkommst, wirst du den Regen nicht spüren – aber wenn du dann wieder herauskommst, bist du nass. Wenn du schrecklich frierst und hereinkommst, wird dir warm werden, aber du wirst immer noch erfrieren.«

»Wie lange ist es her, dass die Stadt starb?«, fragte Jes und berührte einen geschnitzten Tisch.

Einen Augenblick gestattete Seraph sich, das Haus zu sehen, als wäre es das erste Mal, und erkannte, wie fremd es ihm vorkommen musste. Im Haus eines Adligen gab es vielleicht mehrere Holztische und Regale, die poliert waren wie die Oberfläche eines unbewegten Sees, aber kein Haus in Redern hatte solche Schätze.

»Ich bin nicht sicher«, erwiderte sie. »Es war lange, bevor der Schatten zu herrschen begann, und das geschah vor etwa sechshundert Jahren, wenn die Geschichten, die ihm eine hundertjährige Herrschaft zuschreiben, recht haben. Colossae war eine Stadt mit über einer Million Einwohnern, dreimal so groß wie Taela, und nur die Reisenden erinnern sich an ihren Namen.«

»Wo liegt es?«

»Ich weiß es nicht«, antwortete Seraph. »Und das ist auch unwichtig. Die Stadt ist gegen Eindringlinge geschützt.«

»Ist?«

»Soweit ich weiß, gibt es sie immer noch – wenn nicht, wäre der Pirschgänger frei. Die Menschen sind gestorben, ebenso wie die weniger fassbaren Dinge, die eine Gemeinschaft bilden, und die Gebeine der Stadt verschließen das Gefängnis des Pirschgängers.«

Jes, der sich das Gemälde einer Waldszene angesehen hatte, drehte sich wieder um. »Wenn das hier alles Illusion ist, warum waren die alten Zauberer dann wegen der *Mermori* so besorgt?«

Seraph lächelte und ging durch eine schmale Tür. Der Raum dahinter war doppelt so groß wie der erste, und an den Wänden befanden sich unzählige Bücherregale.

»Das hier ist, was sie retten wollten – in diesen Häusern befindet sich alles, was sie über Magie wussten. Aber viele Sprachen, in denen die Bücher verfasst wurden, sind heute unbekannt. Ich kenne nur vier oder fünf. Mein Vater kannte mehr – und ich fürchte, sie verschwanden mit ihm und mit den anderen, die tot sind, denn ich verfüge nun über mehr als die Hälfte der *Mermori*, die jemals hergestellt wurden.«

4

»Geht und fangt ein paar Fische zum Abendessen, ihr beiden.« Seraph machte eine scheuchende Geste zu Lehr und Rinnie. »Ich kümmere mich ums Frühstücksgeschirr und bereite das Zaumzeug zum Pflügen vor. In den nächsten Wochen wird es für uns alle viel Arbeit geben, und wir haben nur noch ein wenig Salzfleisch übrig. Ich hätte wirklich nichts gegen eine Forelle. Packt euch etwas zum Mittagessen ein und fangt, was ihr könnt.«

»Was ist mit dem Eintopf, den wir gestern aus Jes' Hasen gemacht haben, Mutter?«, fragte Lehr. »Davon sollte doch noch genug übrig sein. Du wirst nicht den ganzen Tag brauchen, um das Zaumzeug zu überprüfen; wir sollten so bald wie möglich anfangen zu pflügen.«

»Morgen ist früh genug«, erwiderte Seraph entschlossen. »Gura hat heute früh den letzten Rest des Eintopfs gefressen« – oder er würde es tun, sobald sie ihn damit fütterte.

»Papa würde dich nie ohne Schutz zurücklassen«, sagte Lehr, hin und her gerissen zwischen Pflicht und Vergnügen.

Rinnie zupfte an seinem Ärmel. »Ich denke, Gura ist abschreckend genug – du weißt doch, wie er sich gegenüber Fremden verhält. Und wie oft kommen schon Leute hierher?«

Lehr biss die Zähne zusammen. »Ich habe Jes heute früh noch nicht gesehen«, sagte er.

»Er hat die Nacht im Wald verbracht«, erwiderte Seraph.

»Ich nehme an, er wird heute Abend zurückkommen. Wenn ihr ihn seht, sagt ihm, dass ich Brot backe.«

»Dann kommt er bestimmt«, meinte Rinnie. Sie packte bereits Käse und Fladenbrot in ein Tuch und band es zusammen. »Komm schon, Lehr. Wenn wir nicht bald gehen, werden die Fische nicht mehr beißen.«

Er gab nach. Rasch drückte er Seraph einen Kuss auf die Stirn, nahm den Arm seiner Schwester und ging mit ihr zur Scheune, wo sie die Angelausrüstungen aufbewahrten.

Seraph sah ihnen lächelnd hinterher und drehte sich dann wieder um, um das Frühstücksgeschirr zu spülen und danach den Brotteig zu mischen.

»Gehen wir denn nicht zum Fluss?« Rinnie raffte die Röcke, um den Hang hinauf mit Lehr Schritt halten zu können. Er nahm sie nicht oft zu Angelausflügen mit. Für gewöhnlich ging Lehr alleine und manchmal in Begleitung von Jes. Wenn Rinnie angeln wollte, musste sie es meist mit ihren Eltern tun.

»Nicht gleich. Ich dachte, wir versuchen erst den Bach. Jes hat mir einen guten Platz gezeigt, an dem die Forellen sich gerne sonnen. Ich habe ihn noch nicht ausprobiert, aber …«

»Aber wenn Jes sagt, es ist ein guter Platz, werden wir bestimmt Erfolg haben«, beendete Rinnie den Satz vergnügt.

Die weiche Ledersohle ihres Schuhs rutschte über einen Stein, und Lehr drehte sich um und hielt seine kleine Schwester an der Schulter fest, damit sie nicht fiel.

»Sei ein bisschen vorsichtiger«, sagte er streng. »Die Steine sind hier immer noch feucht vom Tauwasser. Ich will dich heil zurückbringen.«

Rinnie schnitt hinter seinem Rücken eine Grimasse, aber dann achtete sie genau darauf, wo sie hintrat, damit er ihr nicht wieder helfen musste. Er war ein recht brauchbarer älterer Bruder – wenn er nur aufhören würde, Papa sein zu wollen.

Rinnie behielt Lehrs Rücken im Auge, als er dem Serpentinenpfad vorbei an alten, umgestürzten Bäumen folgte. Muskeln ließen sein vom Vorjahr stammendes Hemd an den Schultern eng werden. Er würde bald ein neues brauchen. Sie seufzte; sie wusste schon, wer dieses Hemd nähen würde. Mutter konnte zwar nähen, aber sie mochte es nicht besonders.

Sie fragte sich, wann sie Jes wohl treffen würden. Sie begegnete ihm immer irgendwo, wenn sie ohne ihn in den Wald ging. Lehr sagte oft, das sei das Zuverlässigste an Jes.

Jes arbeitete schwer, aber es war ihm durchaus zuzutrauen, dass er Pflug und Pferd mitten auf dem Feld stehen ließ, wenn ihm danach war. Und im Frühjahr war er noch schlimmer. Papa sagte, das liege daran, dass der Winterschnee ihn einengte. Bis zum Mittsommer ging Jes dann nur noch einmal in der Woche wandern und nicht mehr jeden Tag. Und bei der letzten Ernte hatte er beinahe jeden Tag mitgearbeitet.

Lehr bog vor Rinnie von dem Waldpfad ab, dem sie gefolgt waren, und schlitterte den steilen Hang einer kleinen Schlucht hinab. Etwa auf halber Höhe musste er langsamer werden und sich seinen Weg durch das Unterholz bahnen, das den größeren Teil des Hangs dort überzog. Die Zweige rissen an Rinnies Röcken, bis sie ein ganzes Stück von Lehr entfernt war, der den Hang bereits hinter sich gelassen hatte und nun auf der anderen Seite wieder nach oben kletterte. Sie versuchte, sich zu beeilen, und blieb prompt mit einer Haarsträhne an den Dornen eines wilden Rosenbuschs hängen.

»Warte!«, rief sie und wollte die Haarsträhne ungeduldig abreißen, was alles nur noch schlimmer machte.

»Warten?«, sagte eine interessierte Männerstimme vom gegenüberliegenden Felskamm aus.

Als sie nach oben schaute, sah sie Storne, den Sohn des Müllers, der zusammen mit ein paar Freunden auf sie hinunterstarrte. Papa sagte immer, der Müller gebe Storne nicht genug zu tun. Wenn ein junger Mann nichts zu tun habe, richte er nur Unfug an.

Dann hatte Papa Rinnie direkt in die Augen gesehen und sie angewiesen, sich von Storne fernzuhalten, wenn er andere Jungen dabeihatte, ganz gleich, wie höflich sie sich gaben, denn ein Junge, der seine Freunde beeindrucken wollte, würde Dinge tun, die er allein nie tun würde. Die Jungen, mit denen Storne heute zusammen war, machten auf Rinnie keinen besonders guten Eindruck: Olbeck, der Sohn des Verwalters, und Lukeeth, dessen Vater zu den wohlhabenderen Kaufleuten im Dorf gehörte.

Rinnie zog das Messer aus der Scheide am Gürtel und schnitt die widerspenstige Haarsträhne ab, dann kam sie aus dem Gebüsch. Weiter bewegte sie sich nicht, weil man vor Raubtieren nie davonlaufen soll. Das Messer behielt sie in der Hand, als hätte sie es einfach vergessen.

»Rinnie?«, rief Lehr ungeduldig. Er hatte Storne, der nicht lauter als nötig gesprochen hatte, offenbar nicht gehört.

»Hier«, rief sie.

Sie wollte keinen Ärger anfangen, indem sie sich anmerken ließ, dass Storne und die anderen Jungen sie nervös machten, also sagte sie nichts weiter, aber etwas in ihrer Stimme musste Lehr beunruhigt haben, denn er kam im Laufschritt zurück. Er betrachtete die abgeschnittene Haarsträhne am Rosenbusch, dann schaute er nach oben und sah Storne und seine Freunde.

»Du hättest dir das Haar zusammenbinden sollen«, schimpfte er.

Ihre Erleichterung verschwand, und sie war nur noch gekränkt, dass er sie vor diesem Publikum kritisierte.

»Na, wenn das nicht das Reisendensöhnchen ist«, sagte Lukeeth, dunkeläugig und ein wenig größer als Storne.

»Weiß dein Vater, dass du wieder vor deinem Tutor ausgerissen bist?«, erwiderte Lehr so freundlich, dass Rinnie am liebsten den Mund aufgerissen hätte, zumal er ihr die Schuld an der Sache mit dem Haar gegeben hatte. Lehr hatte Mutters aufbrausende Art, und in den letzten Jahren hatte er »Junge« nur noch als Schimpfwort betrachtet.

»Mein Lehrer wagt nicht, es ihm zu sagen«, lachte Lukeeth. »Denn dann werde ich Vater verraten, was der Dummkopf in seiner Wasserflasche hat, und er wird ebenso rausfliegen wie sein Vorgänger. Ist das da deine kleine Schwester? Noch ein Reisendengör, genau wie du.«

»Hübsches Ding«, stellte Olbeck lässig fest.

Nun war Rinnie ernsthaft besorgt. Lehr war zäh, und ihr Vater hatte ihm ein paar gute Tricks beigebracht, ebenso wie ihr. Aber Olbeck war beinahe einen Fuß größer als Storne – der so groß war wie Lehr –, und er hatte nicht dieses weiche Aussehen wie die meisten Dorfjungen. Sie konnte seinen Tonfall nicht deuten, aber er brachte die anderen beiden Jungen zu einem Lachen, das eher beutegierig als heiter klang.

»Ich habe schon gehört, dass du jetzt mit Aasfressern unterwegs bist, Storne«, sagte Lehr, dann wandte er sich dem Anführer zu. »Olbeck, ich dachte, du wolltest dich lieber vom Wald fernhalten, seit du im letzten Herbst Jes begegnet bist.«

Olbeck errötete unwillkürlich. Lukeeth lachte leise, hörte aber wieder auf, als Olbeck ihm einen Blick zuwarf.

»Raubtiere, nicht Aasfresser«, verbesserte Olbeck. »Du bist nur enttäuscht, dass Storne beschlossen hat, lieber mit den Wölfen zu jagen, statt mit Schafen wie dir zu grasen, Reisender«, höhnte er. »Und was deinen Bruder angeht – wenn mir klar gewesen wäre, dass er nicht richtig im Kopf ist, hätte ich ihm an diesem Tag einfach die Kehle durchgeschnitten und ihm damit noch einen Gefallen erwiesen.«

Bevor Olbecks Worte sie daran erinnerten, hatte Rinnie beinahe vergessen, dass Storne und Lehr einmal die besten Freunde gewesen waren. Aber vor ein paar Jahren war etwas geschehen, worüber Lehr nicht sprechen wollte, und seitdem hatte er Papa nicht einmal mehr zur Mühle begleitet.

»Ich werde Jes ausrichten, dass du ihn wieder sehen willst«, sagte Lehr freundlich. »Und ich werde deine Worte genau zitieren. Ich bin sicher, er wird beeindruckt sein, vor allem, da du noch nie auch nur eine Kuh geschlachtet hast. Rinnie, warum gehst du nicht nach Hause, damit wir in Ruhe reden können?«

»Nein, Rinnie«, sagte Olbeck. Er lächelte sie an. »Ich denke, du solltest lieber hierbleiben. Wir beide können uns *unterhalten*, nachdem wir damit fertig sind, mit deinem Bruder zu … zu *sprechen*.«

Lehr wandte sich ihr zu und flüsterte: »Lauf, Rinnie, sofort. Bleib nicht stehen, ehe du nach Hause kommst.«

Sie wusste, wenn sie weg war, würden sich die anderen Jungen nicht mehr so sehr dafür interessieren zu kämpfen, also floh sie so schnell den Hügel hinauf, wie sie konnte, ihr kleines Messer kalt in der Hand, und schaute nicht zurück. Ihr Zuhause war nicht so weit entfernt. Wenn sie nahe genug am Haus war, konnte sie Gura rufen. Selbst ein ausgewachsener Mann würde zögern, sich mit dem großen Hund anzulegen.

Sie hörte das dumpfe Klatschen von Fäusten gegen Haut, bevor sie auch nur die Schlucht verlassen hatte. Aber sie durfte jetzt nicht über den Kampf nachdenken, denn mindestens einer der Jungen hatte Lehr umgangen und folgte ihr den Hang hinauf. Sie konnte hören, wie er durchs Unterholz brach wie ein Ochse.

Als sie den Weg erreichte und der Boden unter ihren Füßen ein wenig sicherer wurde, warf sie einen Blick zurück und sah, dass es Olbeck war, der sie jagte, und sie lief so schnell wie noch nie.

Wenn Olbeck ihr folgte, bekam Lehr einen Vorteil. Storne war als Einziger unter den Jungen muskulös genug, um Lehr wirklich Schwierigkeiten zu machen. Und ihr Bruder war so zäh wie ein alter Wolf, er würde die raue Umgebung zu nutzen wissen.

Die Steigung des Wegs raubte ihren Beinen das Tempo und ihrer Brust den Atem, aber sie wagte nicht, langsamer zu werden. Sie hatte den Blick fest auf den Weg vor sich gerichtet. Als jemand sie packte und von den Beinen riss, dachte sie, es wäre Olbeck.

Sie trat zu, bevor sie erkannte, dass es Jes war, und wurde reglos, wenn man von ihrem schweren Atem einmal absah. Er setzte sie vorsichtig ab, und sein Gesichtsausdruck war anders als alles, was sie je bei ihm gesehen hatte. Sie hatte keine Zeit zu begreifen, worin der Unterschied lag, als er sich auch schon vor sie schob und die Aufmerksamkeit Olbeck zuwandte.

»Ich dachte, ich hätte dir gesagt, du solltest nicht mehr in meinen Wald kommen«, sagte Jes – nur, dass es sich überhaupt nicht nach Jes anhörte. Er klang regelrecht gefährlich. Der vertraute, weiche Singsangton war verschwunden, als hätte es ihn nie gegeben.

»Das hier ist nicht *dein* Wald«, sagte Olbeck, der ein paar Schritte entfernt auf dem Weg stehen geblieben war, und er klang nicht sonderlich ängstlich. »Mein Vater ist der Verwalter des Sept. Wenn dieser Wald überhaupt irgendwem gehört, dann mir.«

Rinnie, die sicher hinter Jes stand, konnte das Gesicht ihres Bruders nicht sehen, aber Olbeck wurde plötzlich blass.

»Lauf, Junge«, schnurrte Jes. »Ich bin gespannt, ob du deinen Albträumen davonrennen kannst …«

Rinnie versuchte, um ihren Bruder herumzugehen, aber er machte einen Schritt zur Seite und behielt sie hinter sich.

Olbeck, die Augen so verdreht wie ein erschrockenes Pferd, drehte sich um und lief.

»Es sind immer noch zwei, die sich mit Lehr prügeln«, keuchte Rinnie, dann musste sie sich übergeben.

Es war widerlich und schmutzig, und sie schnappte japsend nach Luft, wenn sie sich nicht gerade krümmte. Jes hielt ihr das Haar zurück und wartete, bis sie fertig war.

»Du bist zu schnell gelaufen«, sagte er. »Ist Lehr da drunten?«

Sie spuckte, um den Geschmack aus dem Mund zu bekommen. »Ja. Auf dem Weg zu der Stelle am Bach, die du ihm gezeigt hast«, sagte sie. »Mit Storne und Lukeeth.«

Jes wirkte immer noch seltsam – sein Gesicht hatte eine Schärfe, die sie von ihm nicht gewohnt war. »Geht es dir jetzt besser?«, fragte er.

»Ja.«

Er nickte und eilte davon. Rinnie brauchte einen Moment, um wieder zu Atem zu kommen. Sobald sie wusste, dass ihr nicht wieder übel werden würde, kam sie auf die Beine und eilte Jes hinterher. Jetzt, wo er da war, hatte sie keine Angst mehr vor den Dorfjungen. Als sie die Stelle erreichte, an der Lehr vom Weg abgebogen war, hatte Jes seine kontrollierte Rutschpartie in die Schlucht schon hinter sich gebracht.

Rinnie schaute hinunter und fürchtete halb, was sie sehen würde. Aber Lehr war in Sicherheit. Er hielt Storne in einem geheimnisvollen Ringergriff, und Lukeeth lag bewusstlos neben ihnen. Blut lief aus seiner Nase.

»Ist Rinnie in Ordnung?«, rief Lehr.

»Ja«, antwortete Rinnie selbst. »Jes hat Olbeck einen Schrecken eingejagt. So, wie Olbeck aussah, wird er sich mindestens eine Woche zu Hause verkriechen.«

»Gut«, knurrte Lehr, der den sich nun heftiger windenden Storne immer noch festhielt. Er wartete, bis der andere Junge wieder ruhiger wurde. »Du trinkst zu viel«, sagte er dann zu ihm. »Und du denkst zu wenig. Nur weil Olbecks Vater der Verwalter ist, ist er nicht unverwundbar und auch nicht jemand, auf den du hören solltest – du bist klüger als er. Und zu versuchen …« Er hielt inne und sah zu Rinnie hinüber, bevor er sich verkniff, was er sagen wollte. »Du hast Olbeck gehört. Er hat jetzt ›Unterhaltungen‹ mit Kindern? Meine Schwester ist zehn Jahre alt, Storne. Du bist besser als das.«

Es war seltsam zu hören, wie Lehr einem anderen als ihr oder Jes eine Standpauke hielt. Sie konnte sehen, dass die ruhige Stimme ihres Bruders Storne ebenfalls tief traf.

Lehr trat zurück und ließ Storne aufstehen. Der Müllerssohn wischte sich die Kleidung ab, drehte sich mit einem misstrauischen Blick zu Jes um und wollte gehen.

»Willst du Lukeeth hier liegen lassen? Ohne dich wird er den Rückweg niemals finden«, sagte Lehr.

Storne hob sich den anderen Jungen ohne ein Wort auf die Schultern und stieg den Hügel hinauf.

»Du kümmerst dich gut um deine Freunde, daran erinnere ich mich«, sagte Lehr leise. »Aber die Frage ist, hätte er sich auch um dich gekümmert? Olbeck hat dich uns überlassen.«

Storne fuhr herum und wäre beinahe aus dem Gleichgewicht geraten. »Ich kann zumindest dafür sorgen, dass ihre Zungen nicht zu frei sind. Anders als jemand, den ich kenne.«

»Ihr Idioten hättet euch umbringen lassen«, sagte Lehr wütend, als ginge es um etwas, das er schon zu lange aufgestaut hatte. »Nachts zu schwimmen ist einfach dumm – es gibt Dinge im Fluss, die …«

»Dinge.« Storne spuckte auf den Boden. »Also hast du deinem Vater etwas vorgeheult, und der ist zu meinem gegangen. Ich will dir was sagen, Reisendensöhnchen: Du weißt nicht halb so viel, wie du glaubst. Halte dich lieber von mir fern.«

Jes legte die Hand auf Lehrs Schulter, aber keiner sagte etwas, bis Storne oben auf dem Hügel war.

»Hast du deshalb keine Freunde mehr?«, fragte Rinnie. »Du hast Papa gesagt, dass sie nachts im Fluss schwimmen wollten?«

Lehr zuckte die Achseln. »Das war Stornes Ausrede. Seinen Freunden gefiel eben nicht, dass er sich mit einem Reisenden abgab. Er hätte mich früher oder später ohnehin fallen lassen.«

»Storne hat dich gegen Olbeck eingetauscht?«, fragte sie, denn sie konnte sich gut vorstellen, wie weh das ihrem Bruder getan haben musste; es gab Mädchen im Dorf, die nicht mit ihr sprechen wollten, weil ihre Mutter eine Reisende war. »Er ist dümmer, als ich dachte.«

»Im Rudel sind sie gefährlich«, sagte Jes. »Wenn Rinnie allein gewesen wäre …«

Lehr nickte ruckartig. »Wenn Papa wiederkommt, rede ich mit ihm darüber. Er wird wissen, was geschehen soll, damit niemandem etwas zustößt.« Er griff nach oben, um Jes' Hand zu tätscheln, die immer noch auf seiner Schulter lag. »Gehen wir heim«, sagte er.

Jes ließ seinen Bruder los und las die Angelruten auf, die dort lagen, wo Lehr sie hatte fallen lassen. »Wir können immer noch angeln«, sagte er.

Rinnie schaute ihn an, aber die gefährliche Aura, die ihn umgeben hatte, war verschwunden, und er sah aus und klang wie immer, wenn man von einer gewissen Schärfe in seiner Stimme absah.

Lehr berührte vorsichtig seinen rot angelaufenen Wangenknochen. »Stimmt. Sie werden uns wohl nicht mehr belästigen. Und Mutter wird mit Gura in Sicherheit sein.« Er warf Rinnie einen Blick zu. »Du siehst blass aus.«

Rinnie lächelte ihn an und versuchte, weniger blass zu sein. »Mir geht es gut. Ma rechnet damit, dass wir Fisch zum

Abendessen haben. Du bringst immer etwas zurück; sie wird nichts anderes vorbereitet haben.«

Also gingen sie weiter zum Bach und angelten.

Seraph seufzte erleichtert. Das Geschirr, das Scheck passte, war vernachlässigt, aber das Leder war lediglich trocken und nicht gerissen. Wenn es gerissen wäre, hätten sie warten müssen, bis Tier mit Frost zurückkam, bevor sie anfingen zu pflügen.

Sie ölte das Kummet vorsichtig, bis das Leder sich butterweich anfühlte. Dann wandte sie sich dem Geschirr zu. Sie löste die Lederschnüre, die es zusammenhielten, und ölte jeden einzelnen Riemen, wobei sie sie sorgfältig auf dem frisch gefegten Boden des Sattelraums auslegte, um das Geschirr wieder zusammensetzen zu können, wenn sie fertig war. Auseinandergenommen sah es aus wie ein Haufen Lederreste.

Als sie und Tier es zum ersten Mal getrennt und geölt hatten, hatte sie schon befürchtet, sie würden es nie wieder richtig zusammenbekommen. Selbst Tier hatte beinahe nicht mehr weitergewusst. Ein Grinsen umspielte ihre Mundwinkel, und sie erinnerte sich an seinen Gesichtsausdruck, als sie ihn um Hilfe gebeten hatte. Vielleicht wäre es ihm leichter gefallen, wenn er das Geschirr selbst demontiert hätte. Schließlich hatten sie Scheck herausgeholt und es einen Riemen nach dem anderen direkt am Pferd wieder zusammengebastelt.

Scheck, der in einer offenen Box im Stall stand, schnaubte sie an. Es passte ihm nicht, wenn einer seiner Leute nahe genug war, dass er ihn sehen konnte, ihm aber nicht die Aufmerksamkeit zukommen ließ, die ihm zustand.

»Erinnerst du dich an den Gesichtsausdruck des Verwalters, als er in diesem ersten Jahr vorbeikam und die Furchen sah, die wir gepflügt hatten?« Das war nicht der jetzige Verwalter gewesen, sondern sein Onkel, ein freundlicher Mann.

»Nicht mal zwei Reihen waren auch nur annähernd gerade. Keiner von uns hatte je zuvor ein Feld gepflügt.«

Scheck wieherte ihr eine leise Einladung zu, also legte Seraph den Riemen hin und wischte sich die Hände am Rock ab, bevor sie Schecks Kopf rieb. Das dunkle Öl würde sich leichter aus ihrem Rock auswaschen lassen als von Schecks weißen Flecken.

»Wie sehr der alte Verwalter es hasste, dich im Pfluggeschirr zu sehen«, sagte sie zu dem alten Wallach. »Er wollte dich uns abkaufen. Hat zwei Pferde zum Tausch angeboten, die zur Bauernarbeit ausgebildet waren, weil er es für eine Schande hielt, dass ein hoher Herr von deiner Herkunft einen Pflug zog. Tier sagte, dass jeder gute Soldat den Krieg hasst, und du warst ein guter Soldat, also war die Arbeit auf einem Bauernhof genau das Richtige für dich.«

Sie rieb über den Wulst direkt vor Schecks Ohr und lächelte, als er den Kopf ein wenig schief legte und vor Vergnügen die Augen schloss. »Dich stört der Pflug ebenso wenig, wie mein Wagen dich gestört hat, nicht wahr?« Sie lächelte abermals. »Tier sagt, das beste Schlachtross ist eins, das tut, was man von ihm will.«

Scheck rieb den Kopf gegen sie und schob sie damit einen Schritt zurück. »Also, was denkst du?«, fragte Seraph leise. »Sehe ich Probleme, die es eigentlich nicht gibt? Wie gefährlich kann ein einziger fehlgeleiteter Priester sein? Wenn ich meinen Kindern verrate, was sie sind, wird es sie für immer verändern.

Ich hätte es ihnen schon lange sagen sollen«, flüsterte sie. »Tier wollte es so. Aber sie hatten diese Gelegenheit zur … zur Unschuld verdient.«

Sie schloss die Augen, legte den Kopf gegen den Hals des alten Pferds und atmete den süßen Strohduft seiner Haut ein. »Ich glaube allerdings, jetzt ist es Zeit, alter Freund.«

Sie ging ein paar Schritte weiter. »Sie müssen wissen, was sie sind. Ich habe kein Recht, es ihnen vorzuenthalten, und der Priester ist ein guter Anlass.« Sie nickte. »Danke. Deine Ratschläge sind immer die richtigen.«

Sie beendete ihre Arbeit am Geschirr, inspizierte den Pflug und stellte fest, dass er im Winter in der Scheune keinen größeren Schaden genommen hatte, dann kehrte sie ins Haus zurück und formte aus dem Teig einen Laib. Sie behielt ein wenig Teig zurück für Bratbrote nach dem Abendessen. Sie hatte den großen Brotlaib gerade zum Abkühlen nach draußen getragen, als Jes, Lehr und Rinnie mit drei fetten Forellen zurückkehrten, die sie bereits gesäubert hatten.

Seraph warf einen forschenden Blick auf die Prellung an Lehrs Gesicht, die Risse in Rinnies Kleidung und die Stelle, wo sie sich das Haar abgeschnitten hatte. Erst dann nahm sie die Fische entgegen, die Lehr ihr reichte.

»Jes und ich werden alles zum Räuchern bereit machen, und wir räuchern zwei davon«, sagte Lehr eilig und zog sich mit seinem Bruder wieder nach draußen zurück.

Mit mühsam erworbener Geduld legte Seraph die Forelle auf ein Backblech, salzte sie und füllte sie mit Zwiebeln und Kräutern. Nachdem sie sie fest in Blätter gepackt hatte, nahm sie den Zwiebelschäler, um das Blech auf die Kohlen des Feuers unter dem Herd zu schieben. Sie hängte das Werkzeug wieder zurück, wischte sich die Hände ab und wandte sich ihrer Tochter zu.

»Und?«, fragte sie. »Was ist heute geschehen?«

Rinnie griff nach einem Lappen und wischte den Tisch ab. »Wir hatten ein bisschen Ärger mit Storne und seinen Freunden – Olbeck, der Sohn des Verwalters, und Lukeeth. Ich habe mich in ein paar Dornen verfangen und musste mein Haar abschneiden, um mich zu befreien. Aber bald darauf kam Jes, und die anderen Jungen sind davongerannt.

Mutter«, sagte sie dann und starrte den Tisch, den sie abwischte, mit gerunzelter Stirn an. »Jes hatte etwas Seltsames an sich. Ich meine, er hat eigentlich gar nichts getan, aber Olbeck rannte trotzdem davon wie eine erschrockene Henne. Hat Jes jemals jemandem wehgetan?«

Seraph zog die Schürze aus und rieb sich die Wangen, die von der Arbeit am Herd heiß geworden waren. Es wurde in der Tat Zeit für ein paar Wahrheiten, aber nicht sofort.

Also gab sie Rinnie nur einen Teil. »So anders unser Jes sein mag, er ist stark und kann gut zuschlagen – dafür hat dein Papa gesorgt. Olbeck hat vor nicht allzu langer Zeit eine solche Begegnung mit Jes verloren.«

Nach dem Abendessen, dachte Seraph. *Wir reden nach dem Abendessen.*

»Besseres Essen kann der Kaiser auch nicht haben«, erklärte Rinnie und aß ihr letztes Stück Fisch.

»Dank meinen furchtlosen Anglern«, stimmte Seraph zu, die bereits aufgestanden war und den Tisch abräumte.

Sie hatte so lange gehofft, dass ihre Kinder ins Dorfleben passen würden, hatte gehofft, sie würden dort glücklich und frei sein von der nicht enden wollenden Aufgabe, Menschen schützen zu müssen, die ihre Beschützer mehr hassten als die Dinge, gegen die die Reisenden ankämpften. Heute Abend würde diese Unschuld ein Ende finden – aber es wäre ungerecht, ihre Geheimnisse noch länger zu wahren.

Plötzlich wollte Seraph es unbedingt hinter sich bringen. »Rinnie«, sagte sie. »Hol den Korb mit dem Bratbrot und einen Topf Honig. Ich glaube, wir sollten spazieren gehen und uns eine gute Stelle suchen, um zu reden.«

»Es wird bald dunkel sein.« Jes klang bedrückt.

Seraph sah ihn direkt an »Das ist vielleicht genau das, was wir brauchen. Es gibt ein paar Dinge, die ich mit euch besprechen muss, und das wird auf der Wiese oberhalb des Hauses einfacher sein – und ein paar dieser Dinge werden im Dunkel des Waldes vielleicht glaubwürdiger sein als hier.«

»Mutter …«, begann Lehr, aber Seraph schüttelte den Kopf.

»Nicht jetzt. Gehen wir.«

Jes hatte recht: Als sie die Wiese erreichten, war die Sonne schon hinter die Berge gesunken. Es gab immer noch viel Licht, aber Seraph war froh über ihren warmen Umhang.

Auf ihre Anweisung setzten sich die Kinder in einem Halbkreis auf die Wiese und teilten das Bratbrot auf. Sie verschlangen es wie gefräßige Wölfe, sogar Lehr. Sie waren nicht sonderlich an Süßigkeiten gewöhnt.

»Ich habe euch nie viel von meiner Familie erzählt«, begann Seraph abrupt.

»Sie waren Reisende«, sagte Rinnie. »Alle bis auf deinen jüngsten Bruder Ushireh starben an der Pest, die ein Reisender mitbrachte, den sie für die Nacht aufgenommen hatten. Und als Ushireh umgebracht wurde, rettete Papa dich; da warst du ein klein wenig jünger, als Lehr und Jes jetzt sind. *Und* du hast die Bäckerei explodieren lassen, und Papa behauptete, ihr wäret miteinander verheiratet, bevor ihr es wirklich wart, damit er dich noch einmal retten konnte. *Und* ich weiß auch etwas über die Zaubererahnen. Sie beschworen den Pirschgänger herauf, und dann töteten sie alle, die in der Stadt lebten, um ihn gefangen zu nehmen. Aber es funktionierte nicht so gut, wie sie gehofft hatten. Also mussten die Reisenden von dieser Zeit an das Böse bekämpfen, das von dieser Stadt ausgeht.«

Seraph lachte. »Stimmt. Aber es gibt noch mehr, was ich euch sagen sollte.« Sie sah alle nacheinander an. »Ihr solltet wissen, dass dies meine Entscheidung war und nicht die von Tier. Ich wollte nicht, dass ihr zu viel von meinen Leuten wusstet. Ich wollte, dass ihr ins Dorf eures Vaters passtet, aber … aber es gibt Dinge, die ihr wissen müsst.«

Sie holte tief Luft. »Ihr wisst, dass ich eine Magierin bin.«

»Aber du wirkst keine Magie, Ma.« Rinnie klang, als beschwerte sie sich. »Tante Alinath sagt, es gibt keine Magier, nur Leute, die gut dabei sind, andere Leute Magie in etwas sehen zu lassen, was bloß ein guter Trick ist.«

Jes fing an zu lachen. Es war nicht sein übliches, kehliges, heiteres Lachen, sondern etwas Tieferes, Freudloses.

Rinnie blickte zu ihm auf und rutschte ein wenig von ihm weg.

»Jes, sie kann nichts dafür«, tadelte Seraph freundlich, bevor sie Rinnie ansah. »Ich fürchte, eure Tante irrt sich – und sie weiß es auch besser. Sie war dabei, als ich die Bäckerei explodieren ließ – und euer Vater ebenfalls. Und trotz allem, was ihr gehört habt, sind nicht alle Reisenden Magier und nicht alle Magier Reisende.«

»Erinnerst du dich an die Geschichten, die Papa uns manchmal erzählt hat, Rinnie«, fragte Lehr, »über die Magier in der Armee?«

»Ja«, stimmte Seraph zu. »Aber ich bin eine besondere Art von Magier – ein Rabe.«

Kühle Macht glitt über Seraphs Haut wie das Streicheln eines Liebenden, als sie ein magisches Feuer auf ihrer Handfläche entfachte. Als die Magie sich stabilisierte, nahm sie Lehrs Hand und schob das Licht in seine Hand, wo es fröhlich weiterflackerte.

»Lasst mich vorn anfangen«, sagte Seraph. »Es war einmal eine große Stadt voller Zauberer, die in ihrer Macht sehr überheblich waren. So blind waren sie in ihrem Stolz, dass sie ein schrecklich böses Wesen heraufbeschworen, den Pirschgänger. Um dieses Übel wieder zu beherrschen, opferten sie die gesamte Stadt, alle Bürger, die keine Zauberer waren, Männer,

Frauen und Kinder – auch ihre eigenen Frauen, Männer und Kinder.«

Sie holte tief Luft und schloss die Augen, versuchte sich zu erinnern, wie ihr Vater diese Geschichte immer erzählt hatte, damit sie nichts ausließ. »Als die Zauberer die Stadt opferten, um den Pirschgänger zu binden, tötete die Magie alle bis auf ein paar der mächtigsten Magier und die meisten der Schwächeren. Den Überlebenden blieb buchstäblich nichts weiter als die Kleidung, die sie am Leib trugen. Zuerst dachten sie, das würde genügen, aber die Welt ist nicht gut zu Menschen, die keine Heimat haben. Im Lauf der Jahre wurde ihr Volk weniger, und die überlebenden Zauberer von Colossae diskutierten, was sie tun sollten.«

Sie lächelte ein wenig grimmig. »Sie waren immer noch überheblich in ihrem Wissen und ihrer Macht, obwohl sie ihre Stadt im Tod verschlossen hinter sich gelassen hatten, und sie wollten sich immer noch in alles einmischen. Der Pirschgänger war gefangen, aber im Lauf der Zeit würden sich die Gitter seines Gefängnisses lockern. Die Zauberer kamen also zu dem Schluss, dass ihre Nachfahren, die kein Colossae mehr hatten, was sie nährte und bildete, nicht imstande sein würden, sich gegen das Wesen zu stellen, das sie geschaffen hatten. Also beschlossen sie, ihre Kinder zu verändern und ihnen Kräfte zu verleihen, die weniger vom Lernen abhingen. Sie schufen die Weisungen.

Ich bin ein Magier«, sagte sie. »Es gibt andere Magier bei den Reisenden, die ganz ähnlich sind wie die Magier des Kaisers, die Tier geholfen haben, gegen die Fahlar zu kämpfen. Aber ich bin Rabe. Ich brauche keine komplizierten Zaubersprüche. Ich brauche Macht nicht zu stehlen, wie andere Magier es tun. Ich kann Dinge tun, die nicht in einem Buch festgehalten und auswendig gelernt wurden. Aber der Rabe ist nur einer von sechs Weisungen, die den Reisenden verliehen werden.«

Jes hatte sich ein wenig von der Familie zurückgezogen, bis sein Gesicht vor dem magischen Feuer verborgen war. Seraph richtete sich auf die Knie auf und streckte sich, bis sie seinen Arm leicht berühren konnte.

»Friede, Jes«, sagte sie. »Es geht nicht nur um dich, und es tut mir leid, dass ich dich das denken ließ. Deine Begabung ist nur schwerer zu verstecken als die der anderen.«

Jes' Begabung war so schrecklich, dass sie ihn nicht hatte abschirmen können, wie sie es bei den anderen Kindern getan hatte.

Nachdem er sich zögernd wieder hingesetzt hatte, setzte sie sich ebenfalls auf den Boden und sagte: »Ich bin Rabe. Aber es gibt auch Barden, Heiler, Jäger, Wetterhexer und Hüter. Wir nennen die Weisungen jedoch nach den Vögeln, die symbolisch für sie sind, weil das weniger verwirrend klingt. Gewöhnliche Zauberer werden ebenfalls als Magier bezeichnet, aber Rabe bedeutet immer, dass einem die Weisung der Magier verliehen wurde. Die anderen fünf sind: Eule für Barde, Lerche für Heiler, Falke für Jäger, Kormoran für Wetterhexer und Adler für Hüter.«

Sie beobachtete ihre Kinder genau, aber sie schienen nur ihren Worten zu folgen, also fuhr sie fort. »Mein Vater sagte mir, einstmals wären die Weisungen viel weiter verbreitet gewesen. Bei meinem Clan waren in meiner Generation nur drei von uns an Weisungen gebunden, Rabe, Adler und Falke. Andere Clans waren noch schlimmer dran – und als ich die Clans verließ, wusste ich nur von einer noch lebenden Lerche, einer sehr alten Frau.«

Seraph holte tief Luft und fragte sich, wie sie den nächsten Teil aussprechen sollte. »Stellt euch also meine Überraschung vor, als ihr alle mit Weisungen geboren wurdet.«

Lehr reichte Rinnie das magische Licht über den Korb mit dem Bratbrot hinweg und rieb sich die Hände. »Aber an Rinnie und mir ist nichts, was uns von anderen unterscheidet«, meinte er. »Und Jes' Art ist doch sicher nichts, das den Reisenden geholfen hätte?«

»Nichts, was euch von anderen unterscheidet? Tatsächlich?«, fragte Seraph leise. »Bist du je ohne Wild von einer Jagd nach Hause gekommen, Lehr? Hast du dich je verlaufen, mein Falke?«

Er starrte sie an und wagte kaum zu atmen. »Vater hat mir beigebracht, wie man Spuren liest und wie ich mir Wegzeichen merken kann, ohne die ich mich verirren würde«, sagte er angespannt.

»Ach ja?«, erwiderte sie. »Das ist nicht, was er mir erzählt hat.«

»Was bin ich denn, Mutter?«, fragte Rinnie eifrig und starrte in das Licht, das sie in der Hand hielt. »Kann ich ein solches Licht machen?«

Seraph lächelte. »Nein. Du bist Kormoran – eine Wetterhexe. Nicht jeder weiß schon vorher, wenn ein Unwetter aufkommt, Rinnie.«

»Was ist mit Jes und Papa und … und Tante Alinath?«, fragte Rinnie aufgeregt. »Lehr ist Falke, und das macht ihn zum Jäger, oder? Was machen Falken und Kormorane, wenn sie kein Feuer anzünden können?«

»Papa und Tante Alinath sind keine Reisenden«, sagte Lehr.

»Wir sind es auch nur zur Hälfte, und wir haben dennoch Weisungen«, verteidigte Rinnie sich hitzig.

Seraph hob die Hand. »Warte bitte. Sehen wir mal. Hm. Ja. Lehr hat recht, die Weisungen gehören nur den Reisenden. Das dachte ich jedenfalls, bis ich eurem Papa begegnete. Tier ist Eule – also ein Barde. Ich habe in den letzten Jahren viel darüber nachgedacht, aber mir ist nur eine einzige Erklärung eingefallen: Die alte Rabenfrau, die meine Lehrerin war, sagte mir, dass man nicht für die Weisungen züchten kann, wie man besondere Eigenschaften in Pferden züchtet. Ihr alter Lehrer Arvage wäre schon bei dem Gedanken empört gewesen, dass jemand außerhalb der Clans der Reisenden eine Weisung haben könnte.«

Sie räusperte sich und fuhr fort. »Bei den Reisenden fällt es jeweils der Eule zu, sich die Geschichte der Clans zu merken, denn eine ihrer Eigenschaften ist ein hervorragendes Gedächtnis. Aber die Eule trägt auch die Musik durch die Generationen – und Musik war immer ein Teil von Tier.

Ihr hattet mehr Fragen.« Seraph schnalzte mit der Zunge und wartete, was ihr noch einfiel. »Falken suchen Spuren und können gut mit Waffen umgehen. Kormorane können das Wetter vorhersagen, und wenn sie ihre Kräfte vorsichtig einsetzen, können sie das Wetter auch beherrschen. Es gibt noch viel mehr Eigenschaften, aber ich kenne sie nicht alle. Einiges ist schon von einer Person zur nächsten anders; diese Dinge werdet ihr selbst herausfinden müssen. Für andere«, sie zuckte die Achseln, »sollten wir irgendwann jemanden finden, der euch unterrichtet.«

»Was ist mit Tante Alinath?«, fragte Rinnie noch einmal.

»Deine Tante ist genau das, als was sie erscheint – eine *Solsenti*-Bäckerin.«

»Was bedeutet *Solsenti*?«, fragte Jes abrupt.

»Dumme Leute«, sagte Rinnie selbstzufrieden. »Besonders Tante Alinath.«

Seraph sagte: »Hör auf zu lachen, Lehr. In der Sprache der Reisenden wird jemanden, der blind oder verkrüppelt ist, als *Solsenti* bezeichnet, aber überwiegend wird es für Leute gebraucht, die kein Reisendenblut haben. Was wolltest du sonst noch wissen, Rinnie?«

»Jes«, sagte Rinnie.

»Jes ist Hüter.«

»Und Hüter ist am weitesten vom Menschen entfernt«, warf Jes verbittert ein. »Sie nahmen den Geist eines Dämons und banden ihn an ihren Willen. In der Nacht bin ich das hier.« Er stand auf und ließ seinen Umhang fallen, sodass er deutlich in dem magischen Licht zu sehen war, das Rinnie immer noch hielt. Einen Augenblick wirkte er noch so menschlich wie sie alle, aber dann verschwamm seine Gestalt und wurde dunkler. Ein Panther so groß wie Gura stand vor ihnen, die Augen golden und von einem unheimlichen Licht erfüllt.

Es war das Tempo der Verwandlung, das Seraph einschätzen half, ob das, was sie sah, Wirklichkeit oder Illusion war. Diesmal konnte sie ziemlich sicher sein, dass der Panther solide und kein Produkt ihrer Ängste war.

»Der Hüter passt auf den Clan auf«, fuhr sie ruhig fort. »Wenn Gefahr droht, im Wald, in der Dunkelheit, passt er sich an, um uns zu schützen. Keine Magie kann ihn beeinflussen, nur seine eigene. Am Tag – und ich rede nicht nur davon, wenn die Sonne am Himmel steht, sondern von Zeiten der Sicherheit – schläft der Hüter und nimmt einen Teil von Jes mit sich.«

Rinnie gab Lehr das Licht zurück und ging mit weit aufgerissenen Augen um Jes herum. Seraph konnte sehen, wie unwohl ihr Sohn sich unter diesem stetigen Blick fühlte, obwohl er nicht mit der Wimper zuckte – aber sie hatte mehr Zutrauen zu Rinnie als Jes.

»Du bist wunderschön«, sagte ihre Tochter schließlich ehrfürchtig und streckte die Hand aus, um das grauschwarze Fell zu berühren.

Lehr beobachtete die Katze angespannt, dann lachte er. »Was, hast du erwartet, dass wir alle kreischend davonrennen, Jes? Niemand, der in der Nähe von Tante Alinath aufgewachsen ist, würde sich vor einem einfachen Dämon fürchten.«

»Ich kann mich nicht in einen Panther verwandeln?«, fragte Rinnie schmollend und setzte sich neben Jes.

»Nein, nur Jes«, erwiderte Seraph.

Lehr runzelte die Stirn. »Wenn ich das gewusst hätte, wäre ich nicht so wütend auf dich gewesen, weil du so oft in den Wald gehst«, sagte er zu seinem Bruder. »Ich nehme an, wir werden alle ein paar Tage brauchen, um zu begreifen, was Mutter uns heute Nacht gesagt hat.« Er hielt inne, dann sprach er das Wichtigste aus: »Du solltest eines wissen, Jes: Ich bin froh, dass du mein Bruder bist, bei Tag und bei Nacht.«

»Kriege ich nicht mal Reißzähne?«, fragte Rinnie.

Die Katze stieß ein schnaubendes Lachen aus und verwandelte sich wieder in eine vertrautere Gestalt. »Nein, Rinnie. Keine Reißzähne für dich.« Er streckte die Hand aus und zauste ihr Haar. »Aber mach dir keine Sorgen. Wenn du willst, dass ich jemanden für dich beiße, werde ich das tun.«

Jes hockte sich auf die Fersen, auch wenn er sich nicht genug entspannte, um sich wirklich wieder hinzusetzen. »Papa wollte, dass ich es euch allen sage, aber ich wollte nicht. Ich wollte nicht, dass ihr Angst vor mir habt.«

Seraph sah ihn stirnrunzelnd an. »Das weißt du doch besser«, sagte sie. »Ganz gleich, was sie wirklich denken, sie werden immer ein wenig Angst haben.« Sie wandte sich den anderen zu und erklärte: »Schrecken zu verbreiten ist eine der Begabungen des Hüters. Wenn er will, kann er Pferde oder Wild in Panik versetzen. Aber Menschen werden schon durch seine Anwesenheit nervös. Es geht nicht darum, dass ihr Angst vor *ihm* habt – er löst eure anderen Ängste aus.«

Seraph lächelte, als ihr plötzlich etwas einfiel. »Mein ältester Bruder war Hüter«, sagte sie. »Er hatte einen ausgeprägten Sinn für Humor. Er verfolgte Leute im Wald. Sie kamen schreckensbleich in unser Lager und versuchten, sich nichts anmerken zu lassen, weil es schließlich nichts gegeben hatte, wovor sie Angst haben mussten. Mein Großvater hat ihn immer ausgeschimpft.« Bei der Erinnerung daran, wie der gebeugte alte Mann ihrem so großen und wilden Bruder mit dem Finger drohte, schüttelte sie lachend den Kopf. Ihr Bruder hätte den alten Mann mit einem einzigen Schlag niederschmettern können, aber stattdessen ließ er die Standpauke mit gesenktem Kopf über sich ergehen – und ein paar Wochen später kam ein anderer verängstigter Wanderer in ihr Lager.

»Deshalb ist Olbeck weggerannt«, sagte Rinnie. »Jes hat ihn so verängstigt.«

Seraph nickte. »Wenn es nur der Schrecken war, wird er sich zwar erinnern, dass er davongerannt ist, aber nicht, wovor er sich fürchtete. Das wird ihn wütend machen. Er wird versuchen, dich zu bestrafen, Jes. Pass auf dich auf.«

»Mutter«, sagte Lehr. »Warum erzählst du uns jetzt von den Weisungen?«

»Wegen des Priesters, den der neue Sept aus Taela mitgebracht hat«, sagte Seraph.

»Ich mag ihn nicht«, stellte Jes sofort fest.

»Bist du ihm schon begegnet?«, fragte Seraph überrascht; Jes ging nur sehr selten ins Dorf.

»Ich habe ihn gesehen, als er in der Jagdgesellschaft des neuen Sept ritt«, antwortete er. »Ich kann ihn nicht leiden.«

»Gut«, sagte sie. »Ich möchte, dass ihr ihm alle möglichst aus dem Weg geht. Er hat etwas … Seltsames an sich.«

»Was?«, fragte Lehr, der plötzlich grinste. »Verwandelt er sich in einen Panther oder kann er Licht aus dem Nichts heraufbeschwören?«

Sie erwiderte das Lächeln, doch sie schüttelte den Kopf. »Er beunruhigt mich.« Sie erklärte, was der Priester ihr von seinem Glauben erzählt hatte.

Als sie fertig war, schüttelte Lehr den Kopf. »Du meinst, ein ganzer Haufen *Solsenti* – wahrscheinlich *Solsenti*-Zauberer, wenn man von der Magie ausgeht, die sie wirken, um ihren

Tempel zu beleuchten – hat eine Religion ins Leben gerufen, die auf den Weisungen der Reisenden beruht?«

Sie nickte. »Ich dachte, ihr solltet die Wahrheit über das wissen, was ihr seid, bevor es ihm gelingt, euch irgendwo in die Enge zu treiben und euch das Durcheinander in den Kopf zu setzen, das er und seine Religion gebracht haben.« Sie zögerte. »Ich hätte es euch früher sagen sollen – und es gibt noch eine andere Sache. Ich habe mir deshalb zuvor nie Gedanken gemacht, weil Reisende nicht auf die gleiche Weise an Schicksal glauben, wie es die Leute hier tun.« Und weil Tier ihr immer das Gefühl gegeben hatte, dass ihnen nichts Böses zustoßen könnte. »Seit Generationen gibt es immer mehr Weisungen in den Reisendenclans. Aber aus einer Ehe zwischen einer Reisenden und einem *Solsenti* mit einer Weisung, dem ersten *Solsenti* mit einer Weisung, von dem ich je gehört habe, kommen gleich drei Kinder, denen ebenfalls Weisungen zuteil wurden? Mein Großvater pflegte zu sagen: ›Wenn große Begabungen gegeben werden, droht großes Übel.‹ Ich will, dass ihr alle vorsichtig seid.«

Jes kam mit einer geschmeidigen Bewegung auf die Beine, seine Aufmerksamkeit auf das Haus gerichtet. »Mutter, jemand reitet gerade auf den Hof.«

5

Selbst vom Hügel oberhalb des Hauses aus konnte Seraph nur vage Schatten von Pferden und Männern nahe der Veranda erkennen, aber Jes sagte: »Es sind der Verwalter und ein Mann in Farben des Sept – oh, *er*. Ich glaube, es ist der Jäger des Sept, Mutter.«

»Nun«, erwiderte sie einen Augenblick später, »dann sehen wir mal nach, was sie wollen.« Sie führte ihre Kinder aus dem Wald heraus auf den Weg, der vom Feld zu ihrem Haus führte.

Gura bellte zur Begrüßung, als sie näher kamen. Wie Seraph bald klar wurde, war es der Hund, der bisher verhindert hatte, dass sich die Männer dem Haus weiter näherten. Nun, da sie dichter herangekommen war, sah sie den charakteristischen Zopf des Verwalters, den er trug, um die kahle Stelle oben auf seinem Kopf zu verbergen.

»Hallo, Forder«, sagte sie. »Willkommen.«

Beim Klang ihrer Stimme wurde Gura ruhig; er hatte seine Aufgabe erledigt.

»Seraph Tieragansweib«, sagte der Verwalter verlegen. »Wo seid Ihr gewesen?« Die Frage kam heraus, als sei es Seraphs Vergehen, dass er hatte warten müssen – als hätte er die Rechte eines Clanvaters.

Ein Teil von ihr spannte sich an wie eine Katze, die ihre Krallen ausfährt. So viele Jahre in Redern, und sie hatte sich immer noch nicht daran gewöhnt, wie Frauen hier behandelt wurden – als verleihe allein schon ihr Geschlecht den Männern das Recht, jede Frau herumzuschikanieren, die ihnen begegnete.

Gura spürte ihre Stimmung und kam mit einem Knurren, das tief aus seiner breiten Brust aufstieg, von der Veranda. Als Seraph eine Geste in seine Richtung machte, wurde er wieder still, blieb aber auf den Beinen.

»Wir werden morgen mit dem Pflügen anfangen«, sagte Lehr beschwichtigend, um die Aufmerksamkeit von Seraph abzulenken und zu vermeiden, dass der Verwalter sich wunderte, wieso sie so zornig war. »Wir haben uns heute Abend Zeit genommen, über die Felder zu gehen. Bitte entschuldigt, dass wir Euch warten ließen. Wir wussten nicht, dass Ihr heute kommen würdet. Wenn Ihr Euch angekündigt hättet, hätten wir selbstverständlich hier gewartet.«

»Ich hatte auch nicht vor, hierherzukommen«, brummte Forder. Er ignorierte Seraph nun völlig und sprach ausschließlich mit Lehr. »Der Jäger des Sept hat etwas gefunden; ich dachte, ihr solltet so bald wie möglich hören, worum es geht. Wenn ich gewusst hätte, dass ihr abends im Wald unterwegs seid, hätte ich einen anderen Zeitpunkt abgewartet.«

Wenn Lehr ihre Schulter nicht fester gepackt hätte, wäre Seraph eine übereilte Bemerkung herausgerutscht. Es passte nicht zu ihr, so leicht die Nerven zu verlieren, aber es war einfacher, sich an ihren Zorn zu klammern, statt sich zu fragen, warum der Verwalter, der seine Bequemlichkeit liebte, ein zweites Mal innerhalb von zwei Tagen herkam.

Schlechte Nachrichten reisten schnell.

»Danke«, sagte Lehr, obwohl er seiner Mutter ähnlich genug war, sich nicht noch einmal zu entschuldigen.

»Ich war mit zweien meiner Männer unterwegs«, begann der Jäger, der Seraph bei näherem Hinsehen bekannt vorkam. Er wohnte in Leheigh, wo sich auch die Burg des Sept befand, aber er war mehrmals nach Redern gekommen, um Tier in der Schänke singen zu hören. »Wir waren hoch droben, vorbei am Wasserfall, und folgten einer Hirschkuh, die einen Pfeil abbekommen hatte, als wir etwas fanden, das ein besudelter Ort gewesen sein muss.« Er verlagerte unbehaglich das Gewicht.

Seraph griff nach oben und packte Lehrs Hand.

»Ich sage Euch«, fuhr der Jäger mit plötzlicher Leidenschaft fort, »ich bin dort schon ein Dutzend Mal vorbeigeritten und habe nie etwas Ungewöhnliches bemerkt, aber ich kann mir nicht vorstellen, dass etwas anderes als das alte Böse, das der Schatten hinterlassen hat, das getan haben könnte, was ich sah.«

»Was war es denn?«, fragte Lehr angespannt, als Seraph schwieg.

»Der Kadaver einer grauen Stute«, erwiderte der Jäger. »Ihre Hufe waren angesengt, als habe sie gebrannt. Von ihrem Vorderteil waren nur noch Knochen übrig, und ein bisschen Fleisch und Haut hinten. Es gab auch einen Menschenschädel, sauber und weiß, und ein paar Knochen. Ich wusste, das Tier immer noch unterwegs war, um Fallen zu stellen, und einer meiner Männer erinnerte sich daran, dass Euer Mann vor Kurzem ein graues Pferd gekauft hatte. Wir haben die Überreste begraben, wo sie lagen, wie es sich gehört, wenn jemand oder etwas an einem solchen Ort getötet wurde, aber ich habe die Überreste des Zaumzeugs mitgebracht, weil ich hoffte, dass wir den Mann so identifizieren können.«

Er nahm eine Tasche vom Sattel und holte eine Handvoll versengtes, gerissenes Leder und die halb geschmolzenen Überreste einer Kupfermünze heraus.

Als Seraph nichts tat, um ihm die Sachen abzunehmen, befreite sich Lehr sanft von ihrer Hand und ließ sich die Lederreste und die Münze reichen. Er starrte sie kurz an, dann kniete er sich vor die Veranda und breitete die Lederstücke auf den

Holzdielen aus, bis sie tatsächlich wie die Überreste eines Zaumzeugs aussahen. Der Stirnriemen mit den Perlen machte es Seraph schwer abzustreiten, dass er ihrem Mann gehört hatte.

»Es ist das Zaumzeug meines Vaters«, sagte Lehr. »Frost, das Pferd, das er ritt, war ein Grauschimmel.«

»Es tut mir leid, Euch solche Nachrichten überbringen zu müssen«, sagte der Jäger und klang, als meine er es ehrlich.

»Mein Vater kehrt für gewöhnlich früher vom Fallenstellen zurück«, sagte Lehr.

»Papa?«, fragte Rinnie.

Ihre Stimme brach durch die Taubheit, die Seraph befallen hatte. Sie konnte sich nicht leisten, in Trauer zu versinken; sie hatte Kinder. Sie machte einen Schritt auf Rinnie zu, aber Jes war bereits dort und zog sie an sich. Er nickte Seraph zu; der Hüter würde über seine Schwester wachen, bis Seraph den Verwalter wegschicken konnte.

»Wo habt Ihr sie gefunden? Ich würde Tier gern nach Hause holen«, sagte Seraph.

Der Jäger mied ihren Blick und richtete die Antwort stattdessen an Lehr. »Es war nur noch ein Schädel übrig, und den haben wir begraben«, sagte er. »Schattenmagie sollte man nicht leicht nehmen. Ich werde keinen Jungen und keine Frau dorthin führen. Ein Mann ist bereits gestorben, es muss nicht noch mehr Tote geben.«

»Ich verstehe«, sagte Lehr über Seraphs lautloses Fauchen hinweg.

»Du weißt selbstverständlich, dass ich dir eigentlich kündigen müsste.« Der Verwalter wechselte das Thema. »Dein Bruder ist nicht richtig im Kopf, und du bist noch nicht volljährig. Aber es ist zu spät im Jahr, um eine andere Familie auf den Hof zu bringen, und du bist ein kräftiger Junge. Der Sept gibt dir dieses Jahr zur Probe.«

Lehr senkte den Kopf vor Forder, und Seraph biss sich auf die Zunge. Niemand sonst würde so tief in den Bergen einen Hof bewirtschaften. Wenn der Verwalter sie vertrieb, würde der Sept dabei nichts gewinnen. Aber sie kannte Forder und wusste, wenn sie sich ihm genug widersetzte, würde er sie aus reiner Bosheit wegschicken.

»Der Sept ist sehr großzügig«, sagte Lehr. »Wir werden unser Bestes tun, um uns dieser Großzügigkeit würdig zu erweisen.«

»Jäger«, begann Seraph, als sie eine trübe Spiegelung ihrer eigenen leidenschaftlichen Trauer in seinen Augen sah. »Ich danke Euch. Es gibt nur wenige, die den Mut hätten, in die Nähe eines besudelten Orts zu gehen, um einen Toten zu identifizieren. Wissen ist besser, als mit falscher Hoffnung zu warten.«

Es hätten auch wenige den Verwalter am Abend aus dem Haus geholt, um die Nachrichten so bald wie möglich weiterzugeben. Es war selbstverständlich der Jäger gewesen, der Forder gezwungen hatte, so spät noch hierherzureiten, statt bis zum nächsten Tag zu warten. Dankbarkeit und Trauer brachten Jahre der Gewohnheit wieder hervor, und sie zeichnete ein glühendes magisches Zeichen in die Luft, das kurz zwischen ihnen hing.

»Euch sei ein Reisendensegen gewährt«, sagte sie. »Euch und Eurem Haus. Ich wünsche Euch und den Euren Glück.«

Im Dunkeln konnte sie das Weiße von Forders Augen sehen, aber der Jäger war aus festerem Stoff gemacht, wie es sich für einen Mann gehörte, der sich an umschattete Orte wagte.

»Und ich Euch«, sagte er mit knappem Nicken, dann stieg er wieder aufs Pferd.

Sobald der Jäger den Fuß im Steigbügel hatte, setzte Forder sein eigenes Pferd in Bewegung. Dann waren sie weg, in der Nacht verschwunden, und nur noch ihre Hufgeräusche verharrten für eine Weile in der Luft.

Seraph drängte ihre Kinder ins Haus und entzündete das Feuer mit einer knappen Geste. Irgendwo im Hinterkopf bemerkte sie, wie schnell sie den Umhang einer guten Frau aus Redern abgeworfen hatte, den sie seit ihrer Heirat mit Tier getragen hatte, aber dann schob sie den Gedanken zusammen mit ihrer Trauer weg, um sich dem dringlicheren Problem ihrer Kinder zuzuwenden.

Der Hüter lauerte im Raum wie ein ruheloser Geist und fügte der Mischung aus Schock und Trauer auch noch Angst hinzu. Rinnie klammerte sich an ihn und schluchzte herzzerreißend. Lehr war blass, hielt jedoch immer noch die äußerliche Ruhe aufrecht, die er für den Verwalter an den Tag gelegt hatte. Die Knöchel seiner Hände aber, in denen er die Reste von Tiers Zaumzeug hielt, waren weiß.

Tier hätte gewusst, wie man ihnen ihre Trauer erleichterte. Ihm wäre etwas Weises und Tröstliches eingefallen. Er hätte Rinnie im Arm gehalten, bis sie einschlief. Dann hätte er mit seinen Söhnen gesprochen, bis sich ein Pflaster des Trosts zwischen ihnen und ihrer Trauer befand.

Seraph hätte am liebsten geschrien und getobt, bis sie zu müde war, irgendetwas zu empfinden.

»Es gab nichts«, sagte sie schließlich, »was Tier mehr liebte als euch drei.«

Lehr wurde blass, und sie ging zu ihm und umarmte ihn fest. Sie wusste, dass sie das Richtige getan hatte, als er die Arme um sie schlang und sie hochhob, sodass er die Stirn an ihre Halsbeuge drücken konnte.

Sie würde dafür sorgen, dass ihre Kinder in Sicherheit waren, schwor sie lautlos, nachdem sie schon nicht für die Sicherheit ihres Clans hatte sorgen können, oder für die von Tier. Und wenn sie bei diesem Gedanken weinte, konnte nur Jes es sehen.

Rinnie schlief schließlich ein. Jes trug sie die Leiter hinauf zu ihrer Hälfte des Speichers und gesellte sich dann wieder zu Seraph und Lehr, die sich vor dem Feuer auf eine Bank gesetzt hatten.

»Sie hatte keine Angst vor mir«, sagte er.

Seraph lächelte und tätschelte den Platz neben sich. »Nein, es sah nicht so aus.«

Er setzte sich nicht. »Alle haben Angst, sogar du und Papa.«

»Und ich«, sagte Lehr mit einem müden Lächeln, das sich mehr in seinen Augen zeigte als auf seinem Mund. »Aber es ist nur ein allgemeines Unbehagen, oder? Ich habe nicht wirklich Angst vor dir, ich bin nur unruhig.«

Seraph nickte. »Sie hat das vielleicht auch so empfunden, aber es gibt Schlimmeres als Angst.«

»Gewöhnlich fassen Leute mich nicht an«, sagte der Hüter und starrte seine Hände an, als fehle ihm das Gewicht von Rinnies warmem Körper.

Lehr warf ihm einen scharfen Blick zu – immerhin konnte Jes es die meiste Zeit kaum ertragen, berührt zu werden.

»Du hast sie getröstet«, sagte Seraph. »Du hast sie daran erinnert, dass sie nicht allein ist.«

Der Hüter sah sie an und wurde innerhalb von zwei Atemzügen wieder zu Jes. »O Mutter«, flüsterte er. »Wir sind so traurig.« Er ließ sich vor ihr auf den Boden sacken und begann leise und mit überwältigender Trauer zu schluchzen.

Seraph setzte dazu an, ihm eine Hand auf die Schulter zu legen, hielt sich dann aber zurück. So überanstrengt wie Jes war, würde er ihre Berührung wirklich nicht ertragen können.

Stattdessen stand sie auf und öffnete die Haustür. »Gura«, sagte sie. »Komm.«

Der große Hund sah sie erstaunt an – während des Tages kam er manchmal herein, aber in der Nacht bewachte er den Hof.

»Komm«, wiederholte sie.

Gura ging an ihr vorbei zum Feuer. Sobald er Jes sah, ließ er sich seufzend neben ihm nieder. Jes, der die Ablenkung menschlicher Berührungen nicht ertragen konnte, schlang die Arme um den Hund und drückte das Gesicht an sein Fell.

Als Seraph sich wieder neben Lehr setzte, sagte er: »Warum mag er es nicht, wenn man ihn anfasst und ...« Er zögerte. »Das ist wirklich verwirrend. Warum hat es ihn nicht gestört, angefasst zu werden, als er der Hüter war?«

»Jes ist gegenüber Berührungen sehr empfindlich. Die meisten Adler sind Empathen. Weil er den Hüter stets zügeln muss, wären die Gefühle einer dritten Person einfach zu viel.«

»Du sagst das, als wäre er zwei Personen.«

Seraph nickte. »Nach dem, was mein ältester Bruder, der ein Hüter war, mir erzählte, verhält es sich tatsächlich so ähnlich. Ich weiß nicht, wieso der Adler sich so sehr von den anderen Weisungen unterscheidet und warum es so viel schwieriger zu ertragen ist, ein Hüter zu sein. Mein Lehrer glaubte, die alten Zauberer hätten eigentlich etwas ganz anderes erschaffen wollen – vielleicht einen besonders guten Krieger – und Fehler gemacht; Fehler, für die Jes und andere wie er nun ihr Leben lang büßen müssen.« Sie hielt inne und warf Jes einen Blick zu. Er achtete nicht auf sie, aber sie senkte die Stimme dennoch, bevor sie fortfuhr. »Die meisten Adler sterben, bevor sie Jes' Alter erreichen, also versuchen meine Leute, sie so gut wie möglich zu beschützen; wir halten sie von Fremden fern und sprechen außerhalb des Clans nicht von ihnen. Der Hüter ist sowohl der gefährlichste als auch der verwundbarste unter denen, die mit einer Weisung geboren werden.«

Seraph verschränkte die Arme, als ihr klar wurde, dass sie nun allein dafür verantwortlich war, für Jes' Überleben zu sorgen. Lehr legte den Arm um ihre Schulter und zog sie an sich. »Es wird schon alles gut werden, Mutter«, sagte er.

Sie blieben so sitzen, bis Jes' Tränen versiegten und Gura eindöste und leise zu schnarchen begann. Seraph wollte etwas tun, irgendetwas – aber es gab nichts weiter, um Tier zu helfen, und auch nichts für Jes, Lehr oder Rinnie. Ihr Blick fiel auf die Überreste von Tiers Zaumzeug.

Sie griff danach und verließ die Bank, weil das Licht näher am Feuer besser war.

»Was tust du da, Mutter?«, fragte Lehr.

»Ich will sehen, was dieses Zaumzeug mir zu sagen hat«, erklärte Seraph viel selbstsicherer, als ihr zumute war. Sie hatte ihre Weisung viel zu sehr im Stich gelassen. »Ich habe euch doch gesagt, dass es innerhalb jeder Weisung immer unterschiedliche Fähigkeiten gibt. Eines der Dinge, die ich zu tun vermochte, meine Lehrerin aber nicht, bestand darin, die Vergangenheit eines Gegenstand zu lesen.«

»Du wirst sehen, was Papa zugestoßen ist?«

»Ich werde es versuchen«, sagte sie.

Sie holte tief Luft und versuchte sich zu fassen, denn es tat weh, Gegenstände zu deuten, die eng mit dem Tod verknüpft waren. Vorsichtig legte sie die Finger auf den Stirnriemen. Bei dieser Art von Magie war es wichtiger, vorsichtig zu sein, als Macht zu haben. Sie ließ die Ranken von Magie durch ihre Finger gleiten und das Leder berühren.

Nichts.

Sie glaubte, falsch eingeschätzt zu haben, wie viel Macht sie brauchte, und öffnete sich, bis ihre Fingerspitzen kribbelten – immer noch nichts. Sie zog die Finger weg, als wäre sie verbrannt worden.

»Lehr, könntest du etwas für mich holen …« Seraph sah sich um und blickte dann in die Ecke, in der Tiers Schwert unter Lehrs Bogen hing. Das Schwert hatte doch sicher genug

Geschichte, die sie lesen konnte. »Vaters Schwert. Hol mir das Schwert, bitte.«

»Was ist denn?«, fragte Lehr, als er ihr die Waffe brachte.

Seraph schüttelte den Kopf, nahm das Schwert und holte es aus der Scheide. »Ich weiß es nicht.« Sie legte das Zaumzeug beiseite und das Schwert auf den Boden. Dazu musste sie Gura anstoßen, damit er aus dem Weg ging, und das wiederum weckte Jes, der sich aufsetzte.

»Papas Schwert«, sagte er.

Sie nickte ihm zerstreut zu, rieb die Finger ein wenig gegeneinander und wartete, bis sie spürte, dass die Magie bereit war – genau, wie sie es getan hatte, als sie das Zaumzeug berührt hatte. Sie öffnete sich so weit sie konnte den Spuren der Zeit, die auf Gegenständen lagen, und berührte – Tod und Dunkelheit.

Einen Augenblick verspürte sie brennenden Schmerz, als sprühendes goldenes Licht sich unter ihren Fingern sammelte, dann war es verschwunden. Als sie die Augen wieder öffnete, hatte sie das seltsame Gefühl, dass die Zeit gerade einen Sprung gemacht hatte und es ihr nicht aufgefallen war. Ihre Ohren klirrten, ihr Ellbogen fühlte sich an wie geprellt, und sie lag auf dem Rücken, den Kopf auf Jes' Knie.

Jes tätschelte ihr sanft die Wangen, und in seinen Augen flackerte der Hüter. »Haben die Funken dir wehgetan, Mutter?«

»Nein, Jes«, sagte sie, setzte sich ohne Hilfe auf und legte den Kopf auf ihre hochgezogenen Knie, während hinter ihren geschlossenen Lidern Visionen flackerten.

»Es geht mir gut«, sagte sie, als sie Lehrs beunruhigten Blick bemerkte. »Nur ein oder zwei blaue Flecke. Ich habe das hier lange nicht mehr gemacht und es falsch eingeschätzt. Das Schwert war keine gute Wahl.«

Solsenti-Krieger nutzten ihre Schwerter für Generationen,

bis schließlich der Rost der Klinge ihre Kraft nahm. Sie gaben ihnen sogar Namen und dachten nie an das Pseudo-Leben, das durch so viel Tod geweckt wurde – oder an die Gefahr, die darin bestand, einem solchen Ding einen Namen zu geben. Es gab Geschichten über Schwerter, die vollkommen unerwartet standhielten, und andere, die dazu neigten, zu zerbrechen und ihren Besitzer zu beißen, aber *Solsenti* schienen diese Warnung nicht zu begreifen. Reisende läuterten ihre Klingen nach jedem genommenen Leben und warfen die Waffen von Toten weg.

Tiers Schwert war alt. Seraph, nun wieder empfindsam geworden, konnte die Gier der Waffe nach Tiers Hand und einem Kampf immer noch spüren, obwohl es sich mehrere Handspannen von ihrem Rock entfernt befand. Aber der Tier, nach dem sich das Schwert sehnte, war eine Version von Seraphs Mann, den sie nie gesehen hatte: ein Mörder mit kaltem Gesicht, der sein Schwert Blut trinken ließ.

Seraph berührte wieder das Zaumzeug, fuhr mit den Fingern über die blauen und roten Perlen am Stirnriemen und hielt dann das Gebiss ein wenig länger fest. Einen Augenblick später fühlte sie Mattigkeit, eine winzige Spur von Lehrs Trauer, als er das Zaumzeug berührt hatte, und einen Hauch von Zeit, dem es an Macht fehlte. Es fühlte sich an, als wäre das Zaumzeug, sogar das Gebiss, irgendwie erst vor ein paar Tagen entstanden.

»Nichts«, seufzte Seraph entmutigt. Sie packte einen Lederriemen, und sowohl ihre Hand als auch das Leder leuchteten vor Macht, aber es gab keine aufblitzende Vision, nur Leere, als hätte Tier eine Falle ausgelöst, die die Geschichte des Zaumzeugs ausgewischt hatte.

»Was hat das zu bedeuten?«, fragte Lehr.

Sie schüttelte den Kopf. »Ich weiß es nicht. Tiers Tod sollte dem Zaumzeug eingeprägt sein. Ich habe das hier lange nicht mehr getan, aber ich hatte kein Problem, das Schwert zu lesen.«

»Der Ort war besudelt«, erinnerte Lehr sie. »Vielleicht hat die Magie des Schattens etwas damit zu tun.«

Seraph runzelte die Stirn. Es fühlte sich an, als wäre die Vergangenheit einfach von dem Zaumzeug getilgt worden, nicht wie ein magischer Angriff. »Feuer oder fließendes Wasser kann einen Gegenstand von seiner Vergangenheit säubern; ich nehme an, die Besudelung durch den Schatten kann das Gleiche leisten.«

Geistig noch müder als körperlich, rieb sie sich das Gesicht. »Jes, könntest du Papas Schwert wieder in die Scheide stecken und dann weglegen?« Sie wollte es nicht noch einmal berühren. Logischerweise sollte sie nichts spüren, solange sie nicht danach suchte, aber sie fühlte, dass die Klinge wartete. »Wir sollten lieber schlafen. Morgen werdet ihr beide anfangen müssen zu pflügen. Ich werde eurer Tante und eurem Onkel die Nachricht von Tiers Tod überbringen.«

Seraph wartete, bis alle schliefen, bevor sie sich nach draußen schlich. Sie gebrauchte genug Magie, um Jes und Gura nicht zu stören, die beide immer noch vor dem Feuer zusammengerollt lagen.

Sie ging, bis sie weit von der Hütte entfernt war; der Boden war unangenehm kalt an ihren bloßen Füßen. Als sie stehen blieb, legte sie den Kopf gegen die raue Rinde eines Baums und suchte Frieden in seiner starken, langsam wachsenden, langlebigen Gegenwart – aber sie spürte nur Zorn.

Er stieg von ihren Fußsohlen auf und brodelte durch ihren Körper, bis er in die langen Haarsträhnen gezwungen wurde. Ihre Hände zitterten, als sie sich um den unglücklichen Baum bogen und in die Ringe krallten. Ihr Atem kam in einem tiefen, stöhnenden Knurren heraus.

Und mit dem Zorn kam Magie, zerstörerisch und heiß und ebenso ziellos wie ihre Wut. Denn der, der ihr diesen Zorn und diesen Schmerz bereitet hatte, war tot.

»Tier«, flüsterte sie, und mit einer Stimme der Macht, die den Boden unter ihren Füßen beben ließ, fragte sie: *»Warum hast du mich verlassen?«*

»Hör auf das, was Jes sagt«, riet Seraph Lehr am nächsten Morgen. »Er wird sich um Scheck kümmern und aufpassen, dass er sich nicht überanstrengt. Scheck wird das ganze Feld pflügen müssen, und ihr solltet gut achtgeben, dass er sich nicht wehtut.«

»Ja, Mutter«, antwortete Lehr geduldig. Seraph war blass und müde und fürchtete offensichtlich, ins Dorf zu gehen – das konnte er ihr nicht übel nehmen.

»Rinnie, du bringst den Jungen an diesem Morgen mehrmals Wasser. Das ist wichtiger, als mit dem Garten fertig zu werden.«

»Ja, Mutter«, sagte Rinnie in solch deutlicher Imitation von Lehrs Tonfall, dass ihr Bruder sich abwenden musste, damit niemand sein Grinsen sah.

»Also gut.« Seraph nickte kurz. »Ich sollte rechtzeitig zurück sein, um das Mittagessen zuzubereiten – aber wenn ich es nicht schaffe, habt ihr Brot, Honig und Käse.« Damit drehte sie sich um, machte sich auf den Weg zum Dorf und überließ die Kinder ihren Aufgaben.

Scheck bekam mehr Ruhepausen, als Lehr ihm gegönnt hätte, aber er ließ Jes entscheiden, wann sie aufhören sollten. Nach jeder Rast tauschten sie die Aufgaben. Die Erde war ein wenig steinig, und der Pflug bockte und wackelte unerwartet, bis sie ebenso müde waren wie das Pferd.

Nach ein paar Stunden ließ Scheck den Kopf hängen, und

Schweiß drang unter seinem Geschirr vor. Sie hatten schon fünf mehr oder weniger gerade Furchen gezogen, doch dreiundzwanzig lagen noch vor ihnen. Lehr ging neben Jes her, der die Handgriffe hielt. Die langen Zügel zogen sich durch Metallringe im Geschirr auf Schecks Rücken und hingen über Jes' Schultern, also blieb Scheck sofort stehen, als der Junge haltmachte.

»Er kann doch nicht schon wieder müde sein«, wandte Lehr ein. »Wir haben seit der letzten Rast noch keine fünfzig Schritte hinter uns.«

»Still«, befahl Jes.

Lehr hatte auf halbem Weg die erste Furche entlang aufgehört, um nach dem Fremden in seinem Bruder Ausschau zu halten, aber nun sah er ihn wieder.

Sofort fiel ihm auf, wie still das Land war. Kein Vogel zwitscherte, keine Grille zirpte. Leise klappte er die Scheide mit seinem langen Messer auf und legte die Hand an den Griff. Der Wald schien irgendwie dunkler zu sein als noch einen Augenblick zuvor.

Scheck hob den Kopf, und er prüfte den Wind mit bebenden Nüstern. Er schüttelte unruhig die Mähne und wieherte kurz.

Was immer es war, was Lehr erwartet hatte, es war ganz bestimmt nicht der Mann, der aus dem Wald kam. Er war schlank und dunkel, aber ansonsten vollkommen durchschnittlich – bis Lehr seinem Blick begegnete.

Unendlich tiefe schwarze Augen betrachteten ihn kühl und forschend, und Lehrs Nackenhaare sträubten sich.

»Jäger«, sagte der Fremde.

Lehrs Augen sagten ihm, dass der Mann vor ihm nur ein durchschnittlicher Zeitgenosse war, mehr oder weniger gekleidet wie jeder andere, der im Wald umherwanderte. Aber ein anderer Sinn läutete eine Alarmglocke und machte ihm deutlich, dass er vor einer Macht stand.

Scheck drückte die Nase gegen Lehrs Arm und atmete schnaubend, die Ohren nach vorn gerichtet, als spüre er eine Gefahr und bereite sich auf den Kampf vor.

Lehr warf einen Blick zu Jes, der hinter ihm stand und den Fremden unentwegt, aber ohne Anspannung betrachtete.

Also wandte Lehr sich wieder dem Mann zu und verbeugte sich knapp. »Was kann ich für Euch tun?«

Der Mann lächelte, aber seine allzu wissenden Augen blieben kalt und klar wie der Fluss im Winter. »Ich habe ein Kind gefunden, das allein durch meine Wälder streifte. Sie riecht wie eine von euch, also dachte ich, ich biete sie lieber euch als den Wölfen an.«

»Rinnie?«, fragte Jes und warf einen Blick zum Haus, aber als Lehr es ihm nachtat, konnte er deutlich sehen, dass seine kleine Schwester immer noch den Küchengarten bepflanzte, während Gura in der Nähe ausgestreckt lag.

»Geh, Jes«, sagte Lehr. »Ich werde mich um das Feld kümmern, bis du zurückkehrst. Es ist wahrscheinlich ein Mädchen aus dem Dorf, also musst du sie den ganzen Weg nach Redern bringen.«

Jes duckte sich aus dem Zaumzeug und folgte dem dunklen Mann ohne ein Wort in den Wald. Lehr blieb an Schecks Kopf stehen, bis der Wallach aufhörte, in die Bäume zu starren.

Er rieb Schecks Fell unter dem Stirnriemen, wo sich der Schweiß sammelte, und redete ruhig auf das Pferd ein. »Ich glaube, wir sind gerade dem Waldkönig begegnet. Ich dachte immer, Jes hätte ihn nur erfunden.« Aber in den letzten paar Tagen waren so viele seltsame Dinge geschehen, dass der Waldkönig nur ein Kopfschütteln wert war, bevor Lehr sich wieder dem Pflügen zuwandte.

Der Hüter ging neben dem Eber her, der der Waldkönig war, und prüfte die Luft nach Gefahren. Als er keine spürte, gestattete er seinem Zorn, an die Oberfläche zu gelangen.

»Du wirst meinen Bruder in Ruhe lassen«, forderte der Hüter mit einer Stimme, so kalt wie der Winterwind.

Der Eber schnaubte. Er wirkte vollkommen unbeeindruckt. »Warum sollte ich das tun? Die Bindung deines Bruders an den Wald ist enger als die deine. Etwas ist geschehen, das ihm seine Macht bewusst machte. Wenn ich dich heute gerufen hätte, wie ich es sonst tue, hätte er mich ebenfalls gehört. Es war Zeit, die Existenz des Jägers anzuerkennen. Ich kann nicht sagen, dass ich ihn willkommen heiße, denn es ist meine Aufgabe, jene zu beschützen, die zu meinem Reich gehören. Aber dein Bruder hat schon lange in diesem Wald gejagt und scheint nicht unterschiedslos zu töten. Tod ist selten ein willkommener Gast, aber er hat einen Platz im Leben des Waldes.«

»Lass ihn einfach nur in Ruhe – er hat ohne dich schon genug Probleme.«

Der Eber lachte, und seine heisere Stimme überschlug sich vor Heiterkeit. »Bin ich denn ein so schlechter Kamerad, Jes?«

»Wer von uns wird hier denn einer Laune folgend durch den Wald geschleppt?«, erwiderte der Hüter verärgert. »Ich sollte meinem Bruder helfen, Scheck über das Feld zu locken, statt hier ein Kind zu jagen.«

»Nicht diese Art Kind«, grunzte der Eber und kletterte über einen dicken Stamm, der ihm im Weg lag. »Ich glaube, sie ist älter als du.« Er schien das erheiternd zu finden, denn er schnaubte eine Weile, bevor er weitersprach. »Sie ist ein Kind der Reisenden, aber nicht genauso wie du oder dein Bruder. Sie kam an mir vorbei, als ich heute Morgen frühstückte, und der Geruch ihrer Magie faszinierte mich, also folgte ich ihr.«

Der Hüter wartete, aber nach einiger Zeit wurde ihm klar, dass der Eber nicht weitersprechen würde, wenn er nicht fragte. »Wo ist sie hingegangen?«

»Durch mein Land«, sagte der Waldkönig. »Ich hätte an der Grenze beinahe haltgemacht, aber ich war neugierig. Also folgte ich ihr zu einem Ort, wo Magie den Boden schwärzte und ein neuer Riss in der Erde die Leiche eines Pferds barg – eine graue Stute, die einmal auf euren Feldern weidete.«

»Du weißt, wo mein Vater getötet wurde?«, fragte der Hüter langsam.

»Dein Vater ist tot?« Der Eber dachte kurz nach. »Ich sage dir, was ich gesehen habe, und dann ist es deine Sache herauszufinden, was du daraus machst. Aber erst musst du mit dem Kind fertig werden – oder mir gestatten, es zu tun.«

Der Hüter wusste, wie der Eber mit jemandem umgehen würde, den er als Gefahr betrachtete. Er war sich bewusst, dass der gleiche grimmige Geist auch in ihm existierte – obwohl er niemals jemanden töten würde. Er wollte niemals jemanden töten müssen, denn er hatte Angst, dass er durch eine solche Tat – etwas, was der Tageslicht-Jes nicht begreifen könnte – die Bindungen durchtrennen würde, die diese beiden unterschiedlichen Teile seiner selbst zusammenhielten.

»Was hast du am Grab meines Vaters gefunden?«, fragte der Hüter. »Meine Mutter glaubt, dass mehr an seinem Tod war, als man uns mitgeteilt hat.«

»Deine Mutter könnte recht haben«, sagte der Waldkönig. »Aber es steht mir nicht zu, das zu beurteilen.«

Inzwischen war der Hüter ziemlich sicher, dass er wusste, wohin der König ihn brachte. Es gab tatsächlich nicht so viele Orte, wo man jemanden im Wald festhalten konnte, ohne sich sorgen zu müssen, was dieser Person zustoßen könnte – selbst wenn man ein so mächtiger Geist war wie der Waldkönig.

Das alte Gebäude war so von Ranken überwachsen und von Bäumen umgeben, dass man es unmöglich entdecken konnte, wenn man nicht schon vorher von seiner Existenz wusste. Es war wohl das einzige Gebäude, das er je gesehen hatte, das vor der Herrschaft des Schattens errichtet worden war. Wenn man größer als ein Eber war, konnte man es nur nach einigem würdelosen Klettern und Kriechen betreten.

Der Hüter wusste nicht genau, worauf er stoßen würde, also entschied er sich, die Menschengestalt beizubehalten, und kroch unter dem Grün hindurch in einen einstürzenden Tunnel, der einmal Wasser enthalten hatte und immer noch Spuren uralter Algen zeigte.

Im Haus wartete der Eber mit leuchtenden roten Augen, die in der Dunkelheit funkelten, direkt vor einer schlafenden Gestalt, die ganz bestimmt kein Kind war. Ihr helles Reisendenhaar sah in dem schwachen Licht, das durch die Blätter über den schon lange kahlen Balken fiel, eher silbern als aschblond aus.

»Eine Reisende«, sagte der Hüter, hockte sich neben sie und schob ihr Haar beiseite, um sich zu überzeugen, dass es nicht seine Mutter war, die dort lag. Aber die Züge der Frau, die im Bau des Waldkönigs schlief, waren die einer Fremden, jünger als seine Mutter – doch wie der Eber gesagt hatte, älter als Jes. »Du sagst, sie kam aus dem Dorf?«

»Ja. Sie kam aus dem Dorf und ging beinahe direkt zu der Stelle, wo das tote Pferd lag, und dann weiter.« Er hielt inne. »Sie war nicht auf dem Rückweg ins Dorf.«

»Wohin wollte sie denn?«, fragte der Hüter.

Der Eber starrte die schlafende Frau an. »Es kam mir so vor, als habe sie den direktesten Weg zu eurem Haus eingeschlagen. Aber sie hat dunkle Magie an sich, und Macht. Ihr Weg hätte sie durch das Herz meines Landes geführt, und ich hielt es für besser, dafür zu sorgen, dass sie das nicht unbewacht täte.«

Der Hüter betrachtete die Frau. Kannte seine Mutter diese Person? Als Seraph vorgestern aus dem Dorf zurückgekommen war, hatte sie nichts von einer anderen Reisenden erwähnt, und darüber hätte sie doch sicher gesprochen.

»Würdest du sie bitte wecken?«, meinte der Hüter schließlich, als er zu dem Schluss gekommen war, dass die Frau die Fragen am besten selbst beantworten sollte. »Oder willst du, dass ich sie erst hier wegbringe?«

»Bring sie weg.« Der Waldkönig wandte sich wieder dem Eingang zu. »Wenn ihr weit genug von hier entfernt seid, werde ich sie wecken.«

Der Hüter seufzte. Die Frau mochte schlank sein, aber der Tunnel, der aus dem Haus führte, war sehr eng. Dennoch, er hob sie hoch und schaffte es, sie mit nur ein paar blauen Flecken – an ihm – nach draußen zu bringen. Es gelang ihm, sie vor allem Schaden zu schützen.

Im Sonnenlicht konnte er besser sehen, welche Züge sie mit seiner Mutter gemein hatte und was sie von ihr unterschied. Seine Mutter war kleiner, und diese Frau hatte eine dünnere, längere Nase, die ihrem Gesicht eine arrogante Schönheit verlieh.

Er hatte außerhalb seiner Familie noch nie jemanden von Reisendenblut gesehen. Er fragte sich, wo ihre Leute sein mochten, ob sie tot waren oder sie irgendwo erwarteten.

Die Sonne im Rücken, kehrte Jes langsam wieder zurück und ließ den Hüter schlafen. Seine Last störte ihn nicht mehr, und er ging mit ihr rasch auf den Hof zu. Mutter würde wissen, was sie mit ihr tun sollte.

Sie hatten schon beinahe den Waldrand erreicht, als die Frau erstarrte. Er schaute nach unten und sah, dass sie seinen Blick erwiderte. Er lächelte in helle Augen, die zu ihrem Haar passten, ging einfach weiter und ignorierte ihre Versuche, sich zu befreien. Wenn sie zu Fuß ging, würde es schwieriger sein, sie nach Hause zu bringen, wo sie sicher vor dem Waldkönig wäre.

Als sie sich nicht befreien konnte, begann sie hektisch, Fragen zu stellen, die durch Jes' Ohren liefen wie Regen – erst in Worten, die er verstanden hätte, wenn er sich genug Mühe gegeben hätte, dann in der flüssigen Silberzunge, die seine Mutter manchmal sprach, wenn sie sehr zornig oder sehr traurig war.

»Still«, sagte er, schüttelte den Kopf und summte das Lied, mit dem seine Mutter Rinnie immer in den Schlaf gesungen hatte, als sie noch ein unruhiges Kleinkind gewesen war.

Sie lauschte seinem Lied, dann sagte sie langsam: »Wer bist du?«

»Jes«, sagte er.

Sie starrte ihn an. »Ich kann selbst laufen.«

Er zögerte. »Du wirst mit mir kommen müssen.«

»Ich werde mit dir kommen – aber lass mich runter.«

Also setzte er sie ab, behielt ihre Hand aber in seiner, weil ihm gefiel, wie sie sich anfühlte. Sie hatte sich abgeschottet, also spürte er nicht das ärgerliche Summen ihrer Gedanken, nur die Wärme ihrer Haut. Seine Mutter konnte so etwas ebenfalls tun.

»Du siehst nicht aus wie ein Reisender«, sagte sie beinahe zu sich selbst.

»Mutter ist eine Reisende«, erwiderte er. »Papa ist Rederni.«

»Was ist mit mir passiert?«

Aber er hatte schon alles gesagt, was er preisgeben wollte. Es war einfach zu kompliziert, und er konnte schließlich nicht alles erklären. Er schüttelte den Kopf und ging weiter in Richtung des Hofs.

Das Feld, das sie gepflügt hatten, war leer, die Pflugschar aus dem Boden gehoben und gesäubert, damit sie nicht rostete.

Wenn es nach Regen ausgesehen hätte, hätte Lehr den Pflug in die Scheune gebracht.

Mit einem Blick zum Himmel maß Jes die Zeit, die er im Wald verbracht hatte. Wie immer war es länger gewesen, als er gedacht hätte, aber nicht so lang, dass Lehr mit Pflügen hätte fertig sein sollen. Etwas musste mit Scheck passiert sein.

Er wurde schneller, verlangsamte sein Tempo aber wieder, als die Frau neben ihm ins Stolpern geriet. Sie konnte sich auf gepflügtem Boden nicht gut bewegen. Also drehte er sich um, hob sie hoch und trug sie über das Feld. Dann erinnerte er sich jedoch an ihre vorherige Bitte, setzte sie auf der anderen Seite wieder ab und ging weiter entschlossen auf die Scheune zu.

Lehr trug gerade einen schweren, dampfenden Eimer zur Scheune und bemerkte die beiden nicht, bis Jes seinen Namen rief.

Lehr blieb stehen und setzte den Eimer ab. »Jes? Ich dachte, du suchtest nach einem Kind.«

Jes runzelte die Stirn. »Ich habe sie im Wald gefunden«, sagte er, weil das irgendwie zu Lehrs Frage zu passen schien. »Stimmt etwas nicht mit Scheck?«

»Nein, nein.« Sein Bruder versuchte automatisch, ihn zu beruhigen, starrte dabei aber die Frau an. »Es geht ihm gut. Aber er war so müde, dass ich dachte, ich sollte lieber aufhören. Ich bringe ihm ein bisschen heißen Kleiebrei, und Rinnie reibt ihn trocken, damit er morgen nicht so steif ist.« Er runzelte die Stirn. »Jes, wer ist das?«

Jes starrte zurück, obwohl er wusste, dass sein Stirnrunzeln nicht so beeindruckend war wie das von Lehr. »Das ist diejenige, wegen der man mich geholt hat«, sagte Jes.

Lehr lächelte plötzlich und schüttelte den Kopf. »Schon gut, Jes. Guten Tag, meine Dame. Ich bin Lehr Tieragansssohn. Ihr habt meinen Bruder Jes ja bereits kennengelernt.«

Die Fremde, die Jes mitgebracht hatte, zupfte sanft an Jes' Hand, und er ließ sie los.

»Man nennt mich Hennea«, sagte sie. »Ich suche nach einer Reisenden namens Seraph.«

»Sie ist zu der Stelle gegangen, wo Vater umgebracht wurde«, sagte Jes, weil sich der Hüter daran erinnerte, wie wichtig das war. »Der Waldkönig folgte ihr und hielt sie dann für uns fest. Er dachte, sie sei auf dem Weg hierher, was ihn nicht stört.«

»Warum hat er dich dann geholt?«, fragte Lehr, und Hennea blickte auf, als wüsste sie das auch gerne.

Jes seufzte. »Ich bin nicht sicher.« Aber es war etwas, das Mutter wissen sollte, und Lehr würde sich daran erinnern, sie zu fragen. Also schubste er den Hüter heraus, der vielleicht besser antworten konnte.

Lehr trat einen Schritt zurück, als der Hüter kam, und das machte Jes traurig. Es gefiel dem Hüter nicht, dass er seiner Familie Angst machte.

»Der Waldkönig sagte, sie habe dunkle Magie und Macht, und er wolle sie nicht unbewacht auf seinem Territorium haben.«

Jes kehrte rasch zurück, denn der Hüter war unvorhersehbar und würde vielleicht ebenfalls zu dem Schluss kommen, dass die Frau eine Gefahr für sein Territorium darstellte. Jes wollte nicht, dass er ihr Angst machte, weil … weil er sie mochte.

»Dunkle Magie?«, fragte Lehr mit einem Blick zu Hennea.

Sie streckte die Hand aus, zeigte ihm ihr Handgelenk und tippte auf das Armband dort. Es gefiel Jes ebenso wenig wie dem Hüter – es roch irgendwie falsch.

»Ich nehme an, er meinte das da. Wer ist der Waldkönig?«

Lehr lächelte plötzlich und zuckte die Achseln. »Das weiß ich nicht. Tatsächlich dachte ich, es wäre eine Geschichte, die

Jes erfunden hat, bis ich ihm heute begegnete.« Er wandte sich Jes zu. »Wer ist der Waldkönig?«

Jes fand all diese Aufmerksamkeit eher unangenehm. Der Hüter mochte es nicht, wenn Leute ihn zu genau anschauten. »Er ist der Waldkönig«, murmelte er, nachdem er die Frage vor Verlegenheit schon beinahe vergessen hatte.

Lehr schien zu spüren, wie Jes sich fühlte, denn er sagte: »Kommt mit«, griff nach dem Eimer und ging weiter zur Scheune.

Seraph war so bedrückt und erschöpft von Trauer und Zorn, dass sie beinahe nicht bemerkt hätte, dass etwas nicht stimmte, als sie auf ihr Haus zukam.

Alinath hatte schon von Tier gewusst – Forder hatte in Redern übernachtet und die Neuigkeit verbreitet. Seraph hatte mit Alinaths Schock und Trauer gerechnet, es aber stattdessen mit Zorn und Schuldzuweisungen zu tun bekommen.

Erst als Gura sie nicht begrüßte, schob sie den Ärger wegen der unglückseligen Begegnung mit ihrer Schwägerin beiseite und sah sich um. Die Jungen waren nicht auf dem Feld, und Rinnie arbeitete nicht im Garten.

Sie pfiff und wurde mit einem Bellen belohnt; Gura kam aus der Scheune gerannt, um sie mit einem entschuldigenden »Wuff« zu begrüßen, weil er so spät war. Er folgte ihr auf dem Fuß, als sie auf die Scheune zuging.

Scheck muss etwas zugestoßen sein, dachte sie.

In der Scheune war es im Vergleich zum Nachmittagslicht dunkel, also war sie immer noch halb blind, als sie Lehr sagen hörte: »Hier ist sie! Mutter, wir haben Besuch.«

Als sie besser sehen konnte, stellte Seraph als Erstes fest, dass Scheck den Kopf in einen Getreideeimer gesteckt hatte. Rinnie, eine Bürste in der Hand, stand neben dem Wallach. Jes lehnte sich ein paar Fuß von Lehr entfernt gegen die Scheunenwand, und dann war da eine Frau: eine *Reisenden*frau in einem *Solsenti*-Kleid, die Seraph aus hellen Augen ansah.

Seraph spürte, wie sie überrascht und in instinktiver Bestürzung die Brauen hochzog. Sie hatte schon genug Probleme, und eine einzelne Reisende konnte nur noch mehr bringen.

»Ich bin Hennea«, sagte die Frau. »Rabe des Clans von Rivilain mit dem Mondhaar.«

»Seraph, Rabe des Clans von Isolda der Schweigsamen«, erwiderte Seraph. Dann wartete sie, und Lehr tat ihr schließlich den Gefallen.

»Heute früh kam Jes' Waldkönig zu uns«, sagte er und klang immer noch ein wenig verwundert. »Er sagte uns, ein Kind irre im Wald herum, und er bat Jes, es zu holen. Jes hat Hennea hierhergebracht. Der Waldkönig wollte sie nicht in seinem Territorium wissen, weil sie dunkle Magie und Macht an sich hatte.«

»Das hier ist die dunkle Magie«, sagte Hennea und hob die Hand.

Seraph ging zu ihr und legte die Hände auf Henneas Arm und Hand, zu beiden Seiten des Armbands aus Leder und Perlen. »*Solsenti*-Zauberei«, stellte sie fest. »Ein *Geas?*«

Hennea nickte. »Ja.«

Seraph wusste nur von einem einzigen Zauberer in der Umgebung von Redern. »Volis der Priester hat dich gebunden, damit du ihm dienst?«

Hennea lächelte dünn. »Ja.«

Er hatte sie also versteckt. Seraph war vollkommen überzeugt, dass einer der Dorfbewohner ihr ansonsten gesagt hätte, dass es noch eine Reisende in der Nähe gab.

»Ich kann dir helfen, das *Geas* loszuwerden.« Seraph kannte die Methode nicht genau, aber sie war sicher, dass in einem von Isoldas Büchern darüber berichtet wurde: Die Zauberer der alten Zeit hatten gern andere gebunden, damit sie ihnen dienten. Und wenn ein Bann einen Zauber brechen konnte, den die Zauberer von Colossae gewirkt hatten, würde sie ihn zweifellos anpassen können, um die Bindungen eines *Solsenti*-Zauberers zu zerreißen.

»Nein«, sagte Hennea und ballte die Hand zur Faust. »Wenn die Zeit gekommen ist, werde ich mich selbst befreien.«

»Jes sagte, der Waldkönig habe ihm erzählt, dass sie direkt aus Redern zu der Stelle gegangen sei, wo Vater getötet wurde. Er denkt, dass sie von dort aus versuchte, uns zu erreichen.« Lehrs Stimme klang neutral.

»Ah«, machte Seraph und sah die andere Frau aus zusammengekniffenen Augen an. »Warum erzählst du mir nicht mehr von dir, Hennea, Rabe von Rivilain mit dem Mondhaar?«

»Danke«, sagte Hennea, die offenbar nur auf eine solche Aufforderung gewartet hatte. »Ich bin keine Eule, also bitte ich euch, Geduld mit mir zu haben, wenn ich meine Geschichte erzähle. Vor zwei Jahren wurden mein Geliebter, der ein Rabe und mein Schüler war, und ich von *Solsenti*-Zauberern entführt, die uns mit Rabenmagie banden.«

Wie konnten Solsenti *mit Rabenmagie binden?* Hennea hielt kurz inne, als erwartete sie, dass Seraph fragte, aber Seraph unterbrach andere selten. Zweifellos würde sie im Verlauf von Henneas Geschichte noch mehr darüber erfahren.

Als Seraph schwieg, fuhr Hennea fort: »Man brachte uns zu einer Art Festung, wo diese Zauberer – es waren sechs von ihnen und noch mehr geringere Zauberer – ein magisches Ritual mit mir vollzogen.«

Sie hielt wieder inne, aber Seraph glaubte diesmal nicht, dass es etwas mit ihren Zuhörern zu tun hatte. Es sah eher so aus, als kämpfe sie gegen die Erinnerung an; sie ballte die Fäuste, und Schweiß trat ihr auf die Stirn. Jes machte einen Schritt vor und legte Hennea eine Hand auf die Schulter, und diese unerwartete Tat sagte Seraph, dass der Hüter Hennea akzeptiert hatte.

»Sind die Einzelheiten des Rituals jetzt wichtig?«, fragte Seraph freundlicher, als sie ursprünglich vorgehabt hatte.

»Nicht jetzt«, sagte Hennea. »Wichtig ist nur, dass ihre Magie versagte. Sie gaben die Schuld daran einem Zauberer, der diesen Bann zuvor noch nie vollzogen hatte – Volis. Sie belehrten ihn und versuchten es noch dreimal. Nach dem letzten Mal kamen sie zu dem Schluss, dass sie den Bann an sich perfekt vollzogen hatten, dass ich aber deshalb, weil beim ersten Mal etwas nicht geklappt hatte, zu einem ungeeigneten Gegenstand geworden war. Also nahmen sie Moselm, ihn, der mein Schüler war.«

Sie atmete nun schwerer, und Seraph sah, dass sie angestrengt blinzelte. »Zuerst bemerkte ich es nicht – ich war zu versunken in meinem eigenen Schmerz –, aber dann fing er schrecklich an zu schreien.«

Sie schloss die Augen, als könne sie das Geräusch auf diese Weise ausschließen. Mit geschlossenen Augen sah Hennea sehr jung aus: Seraph hatte sie für zehn Jahre älter als Jes gehalten, aber jetzt war sie nicht mehr so sicher.

»Als sie mit ihm fertig waren«, fuhr Hennea fort, »brachten sie ihn aus dem Raum. Er schrie immer noch. Ich sah ihn nie wieder. Ich wusste nicht einmal, was der Bann bewirken sollte, denn ich war zu wund von dem, was sie mir angetan hatten.«

Sie schenkte Seraph ein bitteres Lächeln. »Diese Zauberer waren so selbstsicher, als wären sie frisch aus Colossae gekommen. Sie sprachen davon, mich umzubringen, da ich ihnen nichts nützen würde, aber der junge Zauberer – Volis, der hiesige Priester ihrer verdrehten Religion – fragte, ob er mich behalten könne, um vielleicht zu entdecken, was er falsch gemacht hatte. Also ließen sie zu, dass er mich mit dem hier band« – sie hob das Handgelenk –, »und mich zu seinem Spielzeug machte.

Ich bezichtigte sie der Arroganz«, sagte sie. »Aber ich war ebenfalls arrogant. Ich hätte mich aus diesem *Geas* losreißen können – es mag einen *Solsenti*-Zauberer oder sogar einen Reisenden binden, der nicht Rabe ist, aber wie ihr seht, hält es einen Raben nicht lange. Doch sie hatten mir ein Rätsel vorgelegt. Wie konnte es sein, dass *Solsenti*-Zauberer Rabenmagie wirkten? Und noch schlimmer, ich glaube nicht, dass wir die ersten Raben waren, die sie genommen hatten. Sie wussten zu gut, wie sie alles neutralisieren sollten, was ich zu meiner Verteidigung versuchte – und mit der Ausnahme von Volis hatten sie ihr Ritual alle schon öfter vollzogen. Ich ging davon aus, dass, was immer sie Moselm antun wollten, bereits geschehen war. Wenn ich in der Lage war, es umzukehren, könnte ich das auch später tun – nachdem ich entdeckt hatte, was sie planten.«

»Also hast du gewartet«, sagte Seraph.

Hennea nickte. »Ich wartete etwa ein Jahr und versuchte, so viel wie möglich zu erfahren. In Taela verbarg man uns im Palast des Kaisers. Die Zauberer beherrschen eine Gruppe von *Solsenti*, die sich der Geheime Pfad der fünf Götter nennt. Ich sah nur die Zauberer, und das sind verhältnismäßig wenige, aber es gibt offenbar noch viele andere, alles Männer von Einfluss, wie Adlige und hochrangige Kaufleute.«

»Volis' Glaube scheint echt zu sein«, sagte Seraph. »Es sah sogar nach Besessenheit aus. Er kommt mir nicht vor wie ein Mann, der politische Macht sucht.«

Hennea nickte. »Oh, sie nehmen sich sehr ernst, auch diese Religion, die jemand vor ein paar Jahrhunderten ausgeheckt hat, um gelangweilte junge Adlige dazu zu bewegen, sich dieser Gruppe anzuschließen. Kannst du dir etwas vorstellen, was ein junger Mann lieber tun würde, als seine Familie zu schockieren? Zu beten wie ein Reisender ist noch schlimmer als das.«

»Reisende beten keine Götter an«, sagte Rinnie, die bis dahin Scheck gebürstet hatte.

»Nein«, stimmte Hennea ihr zu. »Volis will das jedoch nicht glauben. Wir Reisende wahren unsere Geheimnisse, aber er denkt, dass er sie kennt. Er mag es, wenn ich ihm seine eigenen Theorien wiedergebe. Ich glaube nicht, dass er weiß, wie dieses *Geas* wirklich funktioniert. Er dachte, die Bindung würde« – sie warf einen Blick über die Schulter zu Rinnie und lächelte Seraph ironisch zu – »uns zu Freunden machen. Aber er neigt überhaupt dazu, auf Lügen hereinzufallen. Eines Nachts, als wir noch in Taela waren, kam er ein wenig angetrunken zurück – etwas, das ziemlich selten vorkam. Bei diesem Anlass trug er einen grob gearbeiteten Ring aus Silber und Rosenquarz und stank nach besudelter Magie.« Sie setzte sich abrupt auf die kleine Bank, die Rinnie zum Aufsteigen benutzte.

»Raben wird manchmal ein solcher Ring gegeben, um ihre Weisung kennenzulernen«, flüsterte sie. »Irgendwie hatten sie Moselms Weisung gestohlen und in den Ring projiziert. Volis war betrunken, weil sie Moselms Tod gefeiert hatten, und er machte sich Sorgen, weil es nicht so gelaufen war, wie sie es geplant hatten. Es sieht so aus, als wäre es sehr schwierig, eine Weisung einzufangen, nachdem man sie einem Reisenden abgenommen hat, und manchmal funktioniert es auch überhaupt nicht.«

»Sie haben *was* getan?«, fragte Seraph entsetzt.

»Sie haben ihn getötet und die Macht seiner Weisung im Stein gefangen«, erwiderte Hennea mit der typischen Ruhe eines Raben. »Ihr Bann entreißt einem Reisenden die Weisung langsam und im Verlauf von Monaten. Viele der so entstehenden Steine sind nutzlos, aber diejenigen, die funktionieren, kann man in einem Ring oder einer Halskette tragen. Mit ihrer Hilfe werden die *Solsenti*-Zauberer Raben, Falken oder Kormorane, wann sie wollen.«

Angst schnürte Seraph die Kehle zu. Es ging wieder los – als wären die *Mermori* nur die Vorboten gewesen. Tier war tot, und nun würde Seraph gezwungen sein zu leben wie vor ihrer Begegnung.

»Ich weiß nicht, was ich tun kann, um dir zu helfen«, sagte sie schließlich, denn am Ende blieb ihr wohl keine Wahl. »Ich kann eine Nachricht zu den Clans bringen, aber ich weiß nicht, wo sich zurzeit welche aufhalten. Ich werde dir helfen, so gut ich kann.«

»Du verstehst mich falsch«, sagte Hennea. »Ich bin gekommen, um *dir* zu helfen.«

6

»*Du* willst *mir* helfen?«, fragte Seraph. »Womit?«

Hennea lächelte finster. »Euer neuer Sept hat ein ziemlich umfangreiches Gefolge.«

»Darunter auch du und Volis«, sagte Seraph. »Ist der Sept auch einer von diesen … wie hast du sie genannt? Es war etwas Dummes … Geheimer Pfad?«

»Der Sept?«, fragte sie. »Nein, er nicht. Das nehme ich jedenfalls an. Er ist ein charismatischer Mann, der beste, wenn nicht der einzige Freund des Kaisers, und er kennt sich aus, was politische Spielchen angeht. Niemand ist überrascht über die Anzahl der Leute, die ihm folgen. Volis sagt, jemand hat ein paar Schulden eingetrieben und einen Gefallen oder zwei angeboten, und der Sept stimmte zu, hier einen Tempel der Fünf Götter zu bauen.«

Hennea stand auf und ging unruhig auf und ab. »Der Geheime Pfad beschloss, die Religion öffentlich zu machen. Sie sagen den Leuten selbstverständlich nicht, dass sie ihre fünf Götter von den Weisungen der Reisenden abgeleitet haben.«

»Es gibt sechs Weisungen«, stellte Rinnie fest.

»Sie wissen nichts vom Hüter«, warf Jes ein. »Reisende sprechen nicht über ihre Fehler.«

»Du bist kein Fehler«, sagte Seraph, obwohl Jes durchaus recht hatte, was das Denken der Reisenden bezüglich der Hüter anging. »Reisende schützen die Geheimnisse der Hüter, weil deine Weisung auf diese Weise besser funktioniert.« Als klärte das die Angelegenheit, wandte sie sich wieder Hennea zu und suchte in ihrer Geschichte nach einer Möglichkeit, das Thema zu wechseln. »Wieso hat dieser Pfad sich verändert und beschlossen, seine Religion zu den Massen zu bringen?«

Hennea schüttelte den Kopf. »Ich weiß es nicht. Volis glaubt, es liege daran, dass die Wahrheit bekannt gemacht werden muss – aber Volis würde Wahrheit selbst dann nicht erkennen, wenn sie ihn anspränge, um ihm die Kehle herauszureißen. Ich glaube nicht, dass alle Zauberer des Pfads an diese erfundenen Götter glauben, also muss es einen anderen Grund geben.«

»Volis sagte mir, sie hätten seinen Tempel hier gebaut, weil Redern nahe an Schattenfall liegt.«

»Das hat er mir ebenfalls erzählt«, stimmte Hennea zu. »Ich weiß nicht, was sie mit Schattenfall vorhaben, aber ich nehme an, die Macht, die dort immer noch lauert, kann sich gut genug verteidigen.«

»In der Tat«, sagte Seraph. »Mein Mann ist der Beweis dafür.«

»Nein«, sagte Hennea. »Das glaube ich nicht.«

Seraph erstarrte. »Ja?«, sagte sie leise.

»Es gab ein paar Zauberer, die mit uns aus Taela gekommen sind. Sie kehrten mit dem Sept in die Hauptstadt zurück, als Volis mit uns in den neuen Tempel zog.« Sie blieb stehen und sah Seraph stirnrunzelnd an. »Bitte versteh, dass ich erst ein paar Tatsachen zusammenfügen musste, um zu begreifen, was los war. Vor ein paar Tagen erhielt Volis einen Brief aus Taela. Er war nicht signiert, aber aus dem Inhalt schließe ich, dass er von einem der Zauberer stammte, die mit uns hierhergekommen waren. In dem Brief ging es einen ganzen Abschnitt lang um deine Familie – es sei denn, es gibt eine andere Familie mit einem Raben, einem Falken und einem Kormoran.«

»Nein«, antwortete Seraph leise.

Hennea nickte und begann wieder auf und ab zu gehen. »Jemand hat euch mit einem Rabenauge betrachtet – aber ein echter Rabe würde auch wissen, dass ihr außerdem einen Hüter habt. Also muss es einer der Zauberer des Pfads mit einem ihrer Steine gewesen sein.«

Seraph nickte.

»Seit wir hierhergekommen sind, habe ich mehrmals von einer Reisenden gehört, die einen *Solsenti*-Bauern geheiratet hat. Da es unwahrscheinlich war, dass sich noch mehr Reisende hier niedergelassen hatten, konnte ich nur annehmen, dass du mit zwei Kindern mit einer Weisung gesegnet warst, Halbblut oder nicht. Ich wollte dich warnen, so schnell ich konnte, obwohl es anfangs nicht besonders dringend zu sein schien. Aber letzte Nacht kam ein Mann zu Volis, um ihm zu sagen, man habe das tote Pferd deines Mannes gefunden, zusammen mit ein paar Menschenknochen. Tier ist tot, sagten sie, und sie bedauerten, ihn als Musiker verloren zu haben.«

Wieder hielt Hennea inne und rieb sich zerstreut das Handgelenk. »Und ich dachte an diesen Brief, den ich gelesen hatte. Die erste Zeile lautete: ›Wir haben die Eule hier.‹«

Seraph erstarrte, und das Herz schlug ihr bis zum Hals. »Bei Lerche und Rabe«, sagte sie und versah die Worte mit einem Zwang. »Führe mich in dieser Sache nicht in die Irre.«

Hennea nickte zufrieden. »Dein Mann war ein Reisender und Eule, und sie haben ihn nach Taela gebracht, um ihre Magie an ihm zu wirken.«

»Mein Mann war Rederni – aber er hatte dennoch die Weisung eines Barden«, verbesserte Seraph zerstreut, um Zeit zu schinden, damit sie sich wieder zusammennehmen konnte. *Tier war am Leben?* »Wenn es in seiner Abstammung Reisendenblut gab, muss es lange her gewesen sein.«

»Ah«, sagte Hennea milde überrascht. »So etwas habe ich noch nie gehört.« Wieder rieb sie ihr Handgelenk. »Jedenfalls wartete ich, bis Volis heute früh weggegangen war, und dann machte ich mich auf, um die Stelle zu finden, wo der Jäger das Pferd deines Mannes gefunden hatte. Es war nicht schwer, der Spur des Jägers zu folgen.«

»Was hast du gefunden?«, fragte Seraph, die Stimme so tonlos, dass Lehr unbehaglich das Gewicht verlagerte.

Hennea schüttelte den Kopf. »Nicht viel.« Sie schauderte und umklammerte das Handgelenk, an dem Volis' *Geas*-Band sich befand, mit der freien Hand. »Ich muss bald wieder zum Tempel zurückkehren.« Sie richtete sich ein wenig auf und fuhr fort: »Der Jäger und seine Männer haben sowohl das Pferd als auch den Schädel begraben, und ich hatte nichts dabei, um sie wieder auszugraben. Ich bemerkte Spuren alter Magie, aber nichts, das jemandes Tod bewirken könnte. Es gab ein paar Abdrücke auf dem Boden – aber ich bin kein Falke, um sicher sein zu können, was sie bedeuten.«

»Lehr ist Falke«, sagte Rinnie.

»Ja«, erwiderte Hennea. »Ich weiß. Ich hatte gehofft, meinen Verdacht beweisen zu können, bevor ich mit dir sprach – aber ich werde wahrscheinlich keine Gelegenheit erhalten, noch einmal so weit zu gelangen. Nimm deinen Falken und finde heraus, was sie getan haben. Dann komm und hilf mir gegen Volis – und ich werde dir helfen, deinen Mann zu finden.«

»Ich lasse Rinnie nur ungern allein«, sagte Lehr, als er Seraph über das zum Teil gepflügte Feld führte.

»Gura wird auf sie aufpassen«, sagte Seraph, obwohl es ihr auch nicht gefiel, ihre Tochter zurückzulassen. »Und Jes wird bald wiederkommen.«

Rinnie würde zweifellos zu Hause sicherer sein als an

einem Ort, der vom Schatten besudelt war. Wenn Seraph Lehrs Hilfe nicht gebraucht hätte, hätte sie auch eine Möglichkeit gefunden, ihren Sohn daheim zu lassen.

Jes hatte sie mit Hennea weggeschickt. Das Territorium des Waldkönigs reichte auf beiden Seiten des Wegs bis zum Dorf, aber Jes ging davon aus, solange er bei ihr war, würde der Waldkönig Hennea kein zweites Mal aufhalten. Das *Geas* war offenbar schon sehr schmerzhaft gewesen, als sie aufgebrochen waren, und Jes würde Hennea schneller zum Tempel zurückbringen können, als wenn sie alleine ging.

Also musste Seraph nun Lehr in Gefahr bringen, um herauszufinden, ob Hennea recht gehabt hatte. *Tier ist am Leben.* Seraph war zu sehr Rabe, um sich zu erlauben, das ohne weitere Beweise zu glauben, aber der Gedanke hallte dennoch in ihr wider. Sie würde Gelegenheit haben, Tier zu retten, auch wenn sie Ushireh nicht hatte retten können.

»Es gibt zwei Orte, um die Spur aufzunehmen«, sagte Lehr. »Aber da ich Jes kenne, hielt ich es für einfacher, dem Weg zu folgen, den er zusammen mit dem Waldkönig nahm, und nicht die Spur zu suchen, die er hinterließ, als er Hennea zurückbrachte.«

»Du bist der Jäger«, sagte Seraph. »Ich vertraue dir.«

Lehr blieb stehen, wo das Feld in den Wald überging. »Der Waldkönig kam hierher«, sagte er, aber er folgte der Spur nicht sofort, sondern starrte nur den Boden an. »Bist du sicher, dass ich ein Jäger bin? Papa konnte … kann ebenso gut Spuren lesen wie ich.«

Er sah sie bei diesen Worten nicht an.

Lehr, dachte sie, sah über die Macht hinaus und erkannte, wie kostspielig es war, sein Reisendenblut anzuerkennen. Er wusste, dass ein Falke niemals nach Redern gehören konnte.

»Das ist gleich«, sagte sie sanft. »Wir müssen Jes einfach nur bis zu der Stelle verfolgen, wo er das Mädchen gefunden hat, und dann folgen wir der Spur bis zu dem Ort, wo … wo der Jäger gefunden hat, was immer er fand.«

»Also gut«, sagte er und marschierte los.

Es war anstrengend für Seraph, seinem schnellen Schritt zu folgen, aber sie beschwerte sich nicht. Der Nachmittag war beinahe vorüber, und Lehr würde zu seiner Spurensuche Licht brauchen. Was immer er zu finden hoffte, sie konnte das Summen der Magie spüren, das von ihm ausging und in den Wald ringsumher sickerte. Sie hatte die Grundlagen des Spurenlesens ebenfalls erlernt, aber sie konnte nirgendwo auf dem Weg, dem Lehr folgte, geknicktes Gras oder Fußabdrücke finden – sie bezweifelte, dass jemand, der kein Jäger war, dem Waldkönig durch sein eigenes Territorium zu folgen vermochte.

Aber all das erwähnte sie nicht. Es war Lehrs Sache, seine Fähigkeiten anzunehmen, oder eben nicht.

Als er in einen stetigen Trab überging, hörte Seraph auf nachzudenken und konzentrierte sich darauf, mit ihm Schritt zu halten. Er lief vielleicht eine Meile, dann ging er ein paar Schritte zurück, um in ein wildes Weizenfeld zu spähen, das auf drei Seiten von Wald und auf der vierten von einer furchterregenden Felsformation begrenzt wurde.

»Ich glaube, hier hat Jes sie gefunden«, sagte er und sah sich den Boden noch einmal an. Dann wandte er sich der Steinformation zu und kniete sich in das dichte, frühlingskurze Gras. »Es gibt mehrere Spuren. Siehst du, wie viel tiefer Jes' Fußabdrücke an dieser Stelle sind?«

Ein Zweig bewegte sich hinter seinem Kopf. Seraph zischte eine Warnung und beschwor ihre Magie herauf.

»Das ist wirklich nicht notwendig, Rabe«, sagte der Mann, der sich geschickt aus einem besonders dichten Teil des Unterholzes vor der Steinformation herausrollte. »Ihr seid es, die in mein Heim eingedrungen seid, nicht umgekehrt.«

Lehr kam auf die Beine und wischte sich die Knie der Reithose ab. »Mutter«, sagte er. »Das hier ist Jes' Waldkönig.«

Er sah mehr aus wie ein schmuddeliger Bauer in schlechten Zeiten, dachte Seraph. An seinem Hemd gab es Flicken, die ältere Flicken flickten. Seine Füße waren nackt, die Hände verkrümmt und hatten die dunklen Nägel eines Mannes, der das Land bearbeitete.

Sie hatte Jes' Freund immer schon einmal sehen wollen, und an jedem anderen Tag hätte sie unzählige Fragen für ihn gehabt. Aber jetzt zählte nur noch Tier.

Seraph senkte den Kopf ein wenig, behielt ihn aber im Auge. »Es tut uns leid, wenn wir dich stören«, sagte sie. »Wir wollen den Spuren der Frau zu dem Ort folgen, wo das Pferd meines Mannes starb.«

»Du wirst diesen Ort nicht finden, wenn du die Spur hier aufnehmen willst, Jäger. Ich habe die Frau nicht auf Wegen hergebracht, denen du folgen könntest.« Der Waldkönig grinste und zeigte dabei gelbe, scharfe Zähne, während sein Blick kalt und wachsam blieb. »Der Ort, von dem ihr sprecht, befindet sich außerhalb meines Reichs, aber ihr könnt die Spuren des Mädchens am großen Wasserfall aufnehmen. Lasst mich euch einen Führer mitgeben.«

Er drehte sich um und sah den Busch hinter sich an. Das Unterholz regte sich kurz, dann erschien eine räudig aussehende Füchsin. Seraph spürte keine Magie, aber Lehr neben ihr erstarrte, als hätte er etwas Seltsames gehört. Die Füchsin starrte nur den heruntergekommen aussehenden Waldkönig an, als spräche er zu ihr, dann trabte sie ohne einen Blick zu Seraph oder Lehr davon.

Der Waldkönig deutete auf den Fuchs. »Folgt ihr – sie wird nicht langsamer werden.«

»Danke.« Seraph verbeugte sich abermals und lief hinter Lehr her, der bereits tiefer in den Wald hineinging.

Es war kalt am Wasserfall, wo das Flusswasser am Ende seines Sturzes über die Felsen zu Nebel wurde. Die Füchsin verlagerte nervös das Gewicht, während Lehr am Fluss entlangging. Sobald er Henneas Spur gefunden hatte und daneben niederkniete, verschwand sie, ohne auf einen Dank zu warten.

Lehr richtete sich wieder auf und ging kaum langsamer weiter, als er dem Fuchs gefolgt war. Dennoch stand die Sonne schon sehr tief, als sie wieder aus dem Schutz der Bäume traten und auf einem schmalen Weg den felsigen Berghang erklommen.

»Hier sind mehrere Leute vorbeigekommen«, sagte Lehr und zeigte auf einen Stein, der von einem Pferdehuf mit Hufeisen angekratzt worden war. »Mehr, als ich mir an einem solch abgelegenen Ort vorgestellt hätte.«

»Hennea war hier«, erinnerte Seraph ihn. »Und der Jäger und seine Leute.«

Lehr schüttelte den Kopf. »Und noch mehr Leute. Einige Spuren sind ziemlich schwach, aber ich würde sagen, vor einem Monat oder länger waren fünf oder sechs Reiter hier. Ihre Spuren führen den Berg hinauf und wieder herunter. Ist das nicht, wonach wir suchen?«

Seraph nickte. »Wenn du etwas findest, das ihnen gehörte, ein Stück Tuch oder eine Haarsträhne, dann gib es mir.« Sie wischte sich den Schweiß aus den Augen, um besser sehen zu können. »Ich kann so vielleicht mehr Informationen erhalten.«

»Wie von Frosts Zaumzeug.« Lehr ging weiter, aber langsamer. Sein Tempowechsel sollte ihm vielleicht nur helfen, die Spuren deutlicher zu sehen, aber Seraph hatte den Verdacht, dass es eher darum ging, sie wieder zu Atem kommen zu lassen.

Sie nahmen nicht lange Rücksicht, und bald schien Lehr vergessen zu haben, dass seine Mutter ihn begleitete. Der

Weg, dem er folgte, schlängelte sich durch das Vorgebirge und in die Schluchten des Felsengebirges.

Seraphs Waden taten weh, und schließlich brannten sie, wie es ihr seit ihren Tagen als Reisende nicht mehr passiert war. Die Arbeit auf dem Hof mochte schwer sein, aber im Laufschritt in die Berge zu eilen war etwas ganz anderes. Lehr schien das Gelände jedoch nicht zu stören, obwohl er den Rucksack trug, den Seraph mit Dingen angefüllt hatte, die sie vielleicht brauchen würden.

Als Lehr stehen blieb, fragte sie sich, ob er schließlich doch müde geworden war, aber dann sah sie genauer hin.

Der Wildpfad, dem sie gefolgt waren, führte zu einem ebenen Bereich von der Größe eines Küchengartens. In der Mitte des geräumten Bereichs stand ein schritthoher weißer Felsblock mit einer ungewöhnlich flachen Oberseite.

Das Gras auf der Lichtung war kniehoch, ungewöhnlich hoch für diese Jahreszeit und die Berghöhe. Es bedeckte den Boden mit dunklem, bitterem Grün, bis auf einen Haufen von Erde an einer Seite, groß genug für ein Pferd.

»Warum haben sie das Pferd begraben?«, fragte Lehr.

»Manchmal« sagte Seraph, »können diese besudelten Orte ihre Magie wieder aufladen. Leichen neigen dann dazu, Menschen oder Tiere anzuziehen, und deshalb ist es besser, sie zu begraben. Es gibt auch Geschichten von seltsamen Dingen, die mit den Leichen von Menschen geschehen, die an Schattenbesudelung gestorben sind – Dinge, die nicht geschehen, wenn diese Leichen sicher begraben sind.«

»Hatten der Jäger und seine Leute denn keine Angst vor der Magie?«

»Vielleicht doch«, sagte Seraph. »Einige Rederni können Magie spüren – besonders jene, die viel Zeit in den Bergen verbringen. Es könnte daran liegen, dass in früheren Zeiten, als die Hand des Schattens noch schwerer auf dem Gebirge lastete, Menschen nicht überlebten, wenn sie die besudelten Bereiche nicht wahrnehmen konnten.« Tier hatte gesagt, er könne solche Orte spüren … Sie schob die Hoffnung von sich und fuhr fort: »Im Augenblick nehme ich hier keine Magie wahr, und wahrscheinlich ging es dem Jäger ähnlich. Sieh dich bitte gut um und sag mir, was du findest.«

Lehr nickte, dann hielt er inne. »Glaubst du ihr, Mutter?«, fragte er angespannt. »Glaubst du, Papa könnte noch am Leben sein?«

»Ich weiß es nicht«, sagte sie, denn das war die Antwort, die ihm am wenigsten wehtun würde. Sie holte tief Luft. »Das hier fühlt sich für mich nicht an wie ein besudelter Ort. Hennea sagte, sie habe hier Alte Magie wahrgenommen, aber ich kann sie nicht spüren.«

»Was bedeutet das?«, fragte er.

Sie schüttelte den Kopf. »Ich denke, ich könnte alles spüren, das hier verharrte, seit der Schatten fiel, besonders, wenn diese Macht stark genug ist zu töten.«

»Also ist das hier kein Schattenort.«

Seraph nickte bedächtig. »Ein Monat ist lange genug, dass *Solsenti*-Magie sich auflösen kann«, sagte sie, und dann zwang sie sich, in ihrer beider Interesse das Offensichtliche in Worte zu fassen. »Nur weil es keine Alte Magie war, die hier getötet hat, bedeutet das nicht, dass diese *Solsenti*-Zauberer, von denen Hennea sprach, Tier nicht getötet haben. Du musst dich umsehen und feststellen, was geschah, als Frost getötet wurde. Vergiss nicht, besonders nach Stofffetzen oder Haarsträhnen Ausschau zu halten, die ich vielleicht deuten könnte.«

Rasch zog sie sich wieder an den Rand der Lichtung zurück, als er begann, sie zu erforschen.

»Am deutlichsten ist«, sagte er schließlich, »dass hier etwas brannte. Man sieht, wo die Erde versengt wurde – der Fleck reicht überall um das Grab herum – siehst du, wo das Gras ein wenig kürzer ist?«

Sie nickte.

»In der letzten Zeit waren offenbar drei unterschiedliche Personen oder Personengruppen hier«, berichtete er. »Die letzte war Jes' Hennea. Sie ging auf die Wiese hinaus, genau wie ich, blieb dort stehen« – er zeigte auf einen Platz rechts von dem großen Stein – »und blieb wieder stehen, um die Hand in den Erdhaufen zu schieben. Dann ging sie. Die Gruppe, die ein paar Tage vor ihr hier war, bestand aus drei Reitern. Einer von ihnen war der Jäger – siehst du, wie sein Pferd diesen Vorderfuß ein wenig schräg aufsetzt?« Er sah sie nicht an, also machte sich Seraph nicht die Mühe, den Kopf zu schütteln. »Das ist das Pferd, auf dem er saß, als er zu uns kam, um uns zu erzählen, was er gefunden hatte.

Die früheste Gruppe jedoch ist die interessanteste, und sie haben sich bemüht, ihre Spuren zu verwischen. Sie waren hier, nachdem die Schneeschmelze begonnen hatte – also nicht früher als vor anderthalb Monaten. Ich kann nicht sagen, wie viele es waren, aber sie befanden sich etwa zur gleichen Zeit hier wie Papa.«

Lehr bedeutete Seraph, ihm zu folgen, und führte sie zu der anderen Seite der Lichtung, durch ein Holunderdickicht und zu einer Reihe von Bäumen.

»Er hat sie gesehen, Mutter«, sagte Lehr. »Er blieb mit Frost hier eine Weile stehen, vielleicht eine Viertelstunde, und beobachtete sie. Siehst du, wie Frost hier gestanden hat und das Gewicht verlagerte?« Er drehte sich um und kehrte zurück zu dem Weg, auf dem sie gekommen waren, ohne den Blick vom Boden zu wenden. »Dann führte er Frost auf die Lichtung hinaus. Es gab keinen Kampf, und ich finde keine Zeichen eines Handgemenges. Aber Frosts Spuren verlieren sich in diesem verbrannten Bereich.«

Wieder sah er sich um. »Ich könnte die Spuren der anderen Männer weiter unten wieder aufnehmen und ihnen folgen.«

»Wenn es notwendig ist, werden wir das tun«, sagte Seraph. »Hast du etwas gefunden, was sie zurückgelassen haben?«

Er schüttelte den Kopf. »Nein. Es tut mir leid, dass ich nicht mehr sagen kann. Sind wir jetzt fertig?«

»Wir fangen erst an«, antwortete Seraph. »Gib mir deinen Rucksack«, sagte sie. Hinten auf dem Rucksack war eine kurze Schaufel festgebunden, und sie griff danach. »Also los.«

»Du suchst nach etwas, was uns sagen kann, was geschehen ist?«, fragte Lehr. »Nach dem Sattel oder Papas Rucksack?«

»Wenn es etwas gibt, das ich deuten kann, werde ich es versuchen – aber überwiegend suche ich nach den Menschenknochen, die der Jäger mit Frost begraben hat.«

Bevor sie kaltes Eisen in den Boden stieß, berührte sie die Erde und versuchte, die Alte Magie zu finden, von der Hennea gesprochen hatte. »Hier ist tatsächlich Tod«, sagte sie, »plötzlich und schmerzhaft.«

»Papa?«, fragte er.

»Ich weiß es nicht.« Seraph rieb die Erde zwischen den Fingern. »Raben sind keine Nekromanten.«

Sie stand wieder auf und fing an zu graben – und sie wollte sich nicht von Lehr helfen lassen. Das hier war nichts für Kinder, selbst wenn das fragliche Kind einen Kopf größer und beinahe doppelt so schwer war wie sie.

Sie grub, bis das Blatt der Schaufel von Knochen abprallte. Sie hatten Frost nicht sehr tief begraben, aber ein Pferd war auch ein großes Tier. Seraph kratzte vorsichtig mit der Klinge den Dreck weg und sah unter einer Schicht von Erde und Asche das vertraute Fell der Grauen.

»Lass mich das machen, Mutter«, sagte Lehr und nahm ihr die Schaufel ab.

Er hätte ihr eigentlich nichts ansehen dürfen, aber er war beinahe so wahrnehmungsfähig wie Jes oder Tier. Sie war zu müde von dem Weg hierher, vom Graben, von Hoffung und Angst, um sich ihm zu widersetzen.

»Wenn wir Glück haben«, sagte Lehr und fing an zu graben, »haben sie den Schädel neben das Pferd gelegt und nicht darunter. Wir haben keine Seile und Pferde, um Frost zu bewegen, wie es der Jäger konnte.«

»Ich kann sie bewegen, wenn es sein muss«, sagte Seraph, aber sie war nicht so sicher, wie sie klang. »Ich würde allerdings lieber nicht noch mehr Magie hinzufügen, bevor ich alle Erkenntnisse erhalten habe, die das Grab uns preisgeben kann.«

Lehr untersuchte den Boden und grub nach und nach Frosts arme, verbrannte Leiche aus. Wie der Jäger gesagt hatte, waren Kopf und Hals der Stute bis auf die Knochen verbannt, und es gab nur noch genug Gewebe, um die Wirbel zusammenzuhalten. Aber die hintere Hälfte war beinahe intakt geblieben – erhalten von der Kälte des Bergfrühlings. Es hing nur ein schwacher Geruch von Verwesung in der Luft.

»Wie hat das Zaumzeug überlebt?«, fragte Lehr, nachdem er einen Raum um den geschwärzten Schädel des Pferds freigelegt hatte.

»Es gibt Bannsprüche, die nur die Lebenden angreifen«, sagte Seraph. »Ich glaube, der Schaden am Zaumzeug war zweitrangig – der Bann verbrannte das Pferd, und das verbrannte Pferd verbrannte seinerseits das Zaumzeug. Warte, hier ist die Satteldecke.« Oder jedenfalls ein Teil davon. Die Stelle, an der sich der Sattel befunden hatte, war verschwunden, und es war nur eine schwarze Verbrennung an Frosts Rücken geblieben.

Sie kniete sich hin und berührte das Tuch. Nichts. Sie flüsterte Worte der Macht, aber sie glitten nur an der Satteldecke vorbei und tief in den Boden, als sauge jemand sie auf und verschlinge sie. Und tief unter der Oberfläche der Erde rührte sich etwas sehr Altes und ließ sich dann wieder nieder, sein Schlaf zu tief, als dass es sich so leicht wecken ließe.

Neugierig zog sie ihre Magie wieder zurück und ließ sie vergehen, bis sie das, was dort unten wartete, nicht mehr nährte. Sie warf noch einmal einen Blick auf den Stein mit der flachen Oberfläche und sah, dass er als Altar hätte dienen können. Wieder berührte sie die Erde und sah sich das dunkelgrüne Gras genauer an. Auf diesen Altar war einmal Blut geflossen, genug Blut, dass das Gras sich nach Generationen immer noch davon nährte. Hennea hatte recht gehabt, es gab hier wirklich Alte Magie – ältere als die des Schattens.

Das hier war kein besudelter Ort. Aber wenn ein Magier versuchte, hier eine Falle zu stellen, würde die Magie von dem gleichen Etwas verschlungen werden, das die ihre verschlungen hatte.

»Mutter?«, fragte Lehr und blieb stehen, um sie anzusehen.

»Etwas wartet hier«, sagte sie. »Aber es hat nichts mit den Toden vor kurzer Zeit zu tun. Wenn niemand es weckt, wird es wahrscheinlich hier liegen, bis deine Enkel zu Staub zerfallen sind.«

»Was ist mit der Decke?«

Seraph schüttelte den Kopf. »Nichts. Ich brauche den Schädel. Ich werde feststellen können, ob es der von Tier ist.«

Seine Schaufel zögerte, dann begann er die Suche erneut und erweiterte den geräumten Bereich rings um das Pferd.

Seraph wischte sich zerstreut die Erde von den Fingerspitzen und sah zu, wie Lehr schließlich nahe den Halsknochen des Pferdes einen vom Feuer geschwärzten Menschenschädel ausgrub.

Vorsichtig nahm er den Schädel in die Hand und reichte ihn ihr. Seraph starrte die breite Stirn an und suchte nach einer Spur vertrauter Züge. Waren Tiers Schneidezähne so rechteckig gewesen? Sie hätte es nicht zu sagen vermocht. Es gab keinen Unterkiefer, der den Schädel ins Gleichgewicht gebracht hätte.

Wie sie Lehr schon gesagt hatte, benutzten Raben keine Nekromantie – aber sie zögerte eher aus Vorsicht denn aus Unfähigkeit. Magie bei Toten einzusetzen war keine Kleinigkeit. Wenn ihre Not nicht so groß gewesen wäre, hätte sie es nicht getan.

Ihre Finger sagten ihr nichts; die Knochen hätten beinahe ein Stein in einem Feld sein können, der nie eine Menschenhand gespürt hatte, so wenig von seiner Vergangenheit war geblieben.

Sie setzte ihn ab und berührte Frosts Schädel. Nichts. Jemand hatte diese Knochen bewusst gereinigt, wie sie schon das Zaumzeug und die Satteldecke gereinigt hatten. Keine zu einem anderen Zweck ausgeübte Magie konnte nebenbei einem Knochen die Erinnerung an sein Leben entreißen.

Sie griff wieder nach dem Menschenschädel und leitete mehr Magie hinein. Ein Zaumzeug und eine Satteldecke konnten von dem Leben gereinigt werden, das sie gestreift hatte, aber nicht einmal mächtige Magie konnte ein ganzes Leben wegwischen. Es musste noch Spuren davon geben, wenn sie sich nur genug anstrengte.

Unter ihren Fingern fühlte sie eine zögernde Reaktion. Sie drückte den kühlen Knochen an ihre Stirn und ließ ihn lange Zeit dort, während sie versuchte, seinen schwachen Erfahrungspuls zu berühren.

Die Sonne ging unter, als sie den Schädel vorsichtig neben den von Frost legte.

»Dieser Mann war nicht Tier«, flüsterte sie trotz des pochenden Schmerzes in ihren Schläfen. »Er war ein Reisender und starb an einer Klingenwunde, nicht an magischem Feuer – und er starb weit von hier entfernt, wenn auch erst vor verhältnismäßig kurzer Zeit.«

»Das bedeutet noch nicht, dass Papa lebt«, sagte Lehr, offenbar in der Hoffnung, dass sie ihm widersprechen würde. »Jemand hat Frosts Leiche und den Schädel dazu benutzt, um uns zu überzeugen, er sei tot – aber vielleicht haben sie seine Leiche einfach woanders hingebracht oder ihn mitgenommen, um ihn an einem anderen Ort umzubringen.«

»Ja, es bedeutet nur, dass Tier wahrscheinlich nicht hier gestorben ist«, stimmte sie zu, Furcht und Hoffnung gut beherrscht.

Lehr begann, das Grab wieder zuzuschaufeln, Schädel und alles, und Seraph dachte über das nach, was sie nun wusste.

»Lehr?«, sagte sie dann entschlossen.

»Hm?«

»Die Leute, die Frost getötet haben, haben sich große Mühe gegeben, ihre Spuren zu verbergen. Sie waren nicht gut genug, um dich zu täuschen, aber sie haben sich sehr angestrengt. Hättest du sie auch bemerkt, wenn du ihre Spuren nicht schon weiter unten gesehen hättest? Wenn wir nur nach Tiers Überresten gesucht hätten und nicht nach Beweisen dafür, dass man ihn verschleppt hat?«

Er runzelte die Stirn. »Vielleicht nicht.«

Seraph nickte. »Ich denke, sie wussten von dir. Sie haben darauf geachtet, Tier außerhalb vom Reich des Waldkönigs zu überfallen – ich glaube, sie wussten auch von ihm. Sie haben Frosts Leiche, das Leder und das Tuch gereinigt und keine Vergangenheit hinterlassen, die ich lesen konnte. Dann haben sie viel Zeit darauf verwendet, auch den Schädel zum Schweigen zu bringen – und das wäre ihnen beinahe gelungen.«

»Niemand weiß vom Waldkönig«, sagte Lehr und schaufelte einen letzten Rest Erde auf das neue Grab. »Aber Hennea sagte, wer immer diesen Brief an den Priester schrieb, weiß, wer wir sind.«

»Ja«, sagte Seraph. »Woher wussten sie das – nicht nur, dass ich Rabe bin, sondern genau, worin meine Fähigkeiten bestehen? Die meisten Raben sind nicht imstande, die Vergangenheit eines Gegenstands zu sehen. Und diese Männer wussten auch, welchen Weg Tier nach Hause nehmen würde – es ist nicht der gleiche, auf dem er aufgebrochen ist.«

Lehr runzelte die Stirn. »Nicht einmal ich wusste, welchen Weg Papa nach Hause nehmen würde. Er sprach nicht darüber, weil die Felle viel Geld wert sind – ist dir aufgefallen, dass es keine Spur von den Fellen gab? Sie wären hinter Frosts Sattel angebunden gewesen, und dieser Teil war nicht einmal versengt.«

»Nein, daran hatte ich nicht gedacht«, sagte Seraph. »Wie sparsam von ihnen.«

Lehr drückte die Erde mit dem Fuß fest. »Ich nehme an, jemand könnte Jes belauscht haben, wenn er vom Waldkönig sprach – aber Jes spricht selten mit Leuten außerhalb der Familie. Und außerdem achtet niemand sonst darauf, was er sagt. Und wenn nicht einmal wir wussten, welche Magie du hast, bis Forder Frosts Zaumzeug zurückbrachte, wer sonst sollte es wissen?«

Sie wartete und beobachtete, wie er darüber nachdachte. Wenn ihm dieselbe Antwort einfiele wie ihr …

»Bandor hat früher zusammen mit Papa gejagt, oder?«, flüsterte Lehr. »In den ersten Jahren, als die Bäckerei den Hof unterstützen musste. Jes war damals noch ein Säugling.«

»Das stimmt«, sagte Seraph.

»Und nachdem du und Papa geheiratet habt, war Bandor der Einzige, der mit dir sprach. Er weiß viel über die Reisenden – hast du ihm erzählt, wozu du in der Lage bist?«

»Ja«, antwortete sie.

»Und Bandor kennt auch Jes' Geschichten vom Waldkönig – aber er glaubt sie nicht, Mutter.«

Sie lächelte finster. »Weißt du, was dein Vater über den Waldkönig denkt? Ich meine, einmal abgesehen von Jes' Kontakt zu ihm?«

»Nein.«

»Was, wenn ich dir sagte, das *Ell* in einer sehr alten Sprache König oder Lord bedeutet, und *Vanail* Wald. Wenn du das zusammensetzt …«

»Ellevanal?«

Seraph hatte noch nie zuvor gesehen, wie jemandem der Unterkiefer herunterfiel – ein sehr unattraktives Mienenspiel.

»Willst du damit sagen«, flüsterte ihr Sohn, »dass Ellevanal, der Gott des Waldes und der wachsenden Dinge, *der* Ellevanal, *Karadocs* Ellevanal, Jes' Waldkönig ist?«

»Ich weiß es nicht«, erwiderte sie. »Ich bin ihm heute zum ersten Mal begegnet und habe ihn nicht gefragt. Er sieht nicht aus wie ein Gott, oder? Aber ich weiß, dass Tier davon überzeugt war, und er sprach auch mit deiner Tante Alinath darüber.«

Alinath hatte sich wieder einmal von ihrer schlechtesten Seite gezeigt und sich darüber beschwert, dass Seraph Jes angeblich nicht die Aufmerksamkeit gab, die er brauchte. Sie behauptete, dass Seraph Jes' Probleme noch vergrößerte, indem sie sich seine Geschichten über einen erfundenen Freund widerspruchslos anhörte. *Ein Junge,* hatte sie gesagt, *muss verstehen, dass Lügen unakzeptabel sind.* Und es hatte ihr überhaupt nicht gefallen, als Tier entgegnet hatte, Jes habe vielleicht überhaupt nicht gelogen.

Seraph lächelte finster. »Bandor war dabei, als er das sagte.«

Aber Lehr machte sich immer noch Sorgen wegen anderer Dinge. »Der Waldkönig gehört hierher, in unseren Wald. Ellevanal wird auch anderswo angebetet – Karadoc hatte Lehrlinge, und es gibt eine größere Kirche in Korhadan.«

»Ich kann dir dazu nichts sagen, denn ich bete keine Götter an«, sagte Seraph. »Du wirst mit dem Waldkönig selbst darüber sprechen müssen, wenn du ihm das nächste Mal begegnest.«

Lehr dachte über ihre Antwort nach, aber am Ende war er offenbar damit zufrieden, denn er wechselte das Thema. »Onkel Bandor hat uns gern, und er mochte … er mag Papa. Er würde nichts tun, um Papa zu schaden.«

»Das hätte ich auch gesagt«, stimmte Seraph zu. »Aber uns beiden ist sein Name eingefallen. Er ist einer von Volis' Anhängern. Ich denke, wir müssen in seiner Nähe vorsichtig sein, bis wir mehr wissen.«

»Und was tun wir jetzt?«

»Erst bringen wir das hier zu Ende, und dann habe ich ein paar Fragen an den Priester. Kannst du uns auf dem schnellsten Weg nach Redern führen?«

»Sicher«, sagte er. »Aber wir werden es nicht schaffen, bevor es völlig dunkel ist.«

»Das macht nichts«, sagte Seraph kalt. »Es wird mich nicht stören, ein paar Leute aufzuwecken.«

Oder sie in der Luft zu zerreißen, falls das nötig würde. Tier war lebendig entführt worden – sie konnte es nicht ertragen, etwas anderes zu denken –, und sie hatte vor herauszufinden, wo er sich befand. Und jemanden in der Luft zu zerreißen, klang sehr, sehr gut. Sollte Volis sich doch einmal einem Raben stellen, wenn er kein Kader von Zauberern um sich hatte, die ihn schützten. Oh, sie würde Antworten von ihm bekommen, noch bevor sie in dieser Nacht schlief.

»Was ist mit Rinnie?«, fragte Lehr.

»Jes ist sicher schon lange zurück, nachdem er Hennea ins Dorf gebracht hat. Er wird auf Rinnie aufpassen.«

Gura bellte, und Rinnie blickte von ihrer Gartenarbeit auf. Aber wer immer den Hund aufmerksam gemacht hatte, befand sich auf der anderen Seite des Hauses.

Rinnie sprang auf und klopfte sich die Erde vom Rock. Sie legte die Hand an Guras Halsband, und beide machten sich auf, um nachzusehen, wer da gekommen war.

7

Er öffnete die Augen zu vollkommener Dunkelheit und einem kalten Steinboden unter seiner Wange, obwohl er sich nicht erinnern konnte, eingeschlafen zu sein. Er holte tief und bebend Luft und versuchte zu überlegen, wie er hierhergekommen war, wo immer das auch sein mochte. Das Letzte, woran sich Tier erinnern konnte, war sein Ritt auf Frost den Berg hinunter, auf dem Weg nach Hause.

Es war klar, dass er sich nicht mehr in den Bergen befand. Der Steinboden unter seinen Händen fühlte sich eben an, und seine Finger ertasteten die Spuren eines Meißels. Er war in einem Raum, obwohl er in der Nähe fließendes Wasser hören konnte.

Vorsichtig kam er auf alle viere und tastete sich vorwärts, bis seine Hände ein Gitter fanden, das in den Boden eingelassen war – von hier kam das Wassergeräusch. Die Gitterstäbe waren zu dicht beieinander, als dass er mehr als seinen Finger hindurchstecken konnte, und das Wasser floss erheblich tief unten. Er versuchte, das Gitter hochzuziehen, aber es bewegte sich nicht von der Stelle.

Stunden später hatte er Hunger und Durst und wusste, dass er sich in einem sechs mal vier Schritte großen Raum befand. Eine eisenbeschlagene Holztür war flach in eine der schmalen Wände eingesetzt, mit den Angeln nach draußen.

Der für die Wände verantwortliche Steinmetz musste sehr gut gewesen sein und hatte nur winzigen Halt für tastende

Finger gelassen. Tier fiel dreimal herunter, aber schließlich gelang es ihm, eine Zimmerecke so hoch zu erklettern, dass er die Holzdecke berühren konnte. Der Raum musste etwa zweimal mannshoch sein. Mit einem Fuß an der anderen Wand konnte er nicht genügend Druck auf die Holzdielen ausüben, aber er versuchte dennoch alle, die er erreichen konnte.

Schließlich kletterte er wieder hinunter, überzeugt, dass sich der Raum, in den man ihn gesperrt hatte, nirgendwo in Redern befand – und auch nicht in Leheigh. Er war ein- oder zweimal in der Burg des Sept gewesen, und die Mauern in diesem Raum – der offenbar als Gefängniszelle errichtet worden war – waren besser als die Wände der großen Halle in der Burg des Sept.

Warum hatte sich jemand die Mühe gemacht, ihn vom Berg hierherzubringen und ihn gefangen zu setzen? Er war bestimmt kein hohes Lösegeld wert und erst recht nicht die Art von Geld, die jemanden interessieren würde, der sich Gefängniszellen wie diese hier leisten konnte.

Er hatte lange Zeit, um darüber nachzudenken.

Kaiser Phoran der Siebenundzwanzigste (der Sechsundzwanzigste, wenn man den Phoran, der das Kaiserreich vereinte, nicht mitzählte – es war der Sohn des ersten Phoran gewesen, der sich selbst zum Kaiser erklärt hatte) streckte die Beine aus und warf der Frau, die auf seinem Schoß saß, einen geübt lüsternen Blick zu. Sie hatte ihre Brüste beinahe vollkommen vor ihm entblößt, die dumme Kuh. Glaubte sie wirklich, dass eine wie sie so einfach seine Gunst gewinnen konnte?

Er griff nach einem Becher, trank einen großen Schluck und schloss die Augen vor dem Gelage, das sich irgendwie vom Speisesaal in seine eigenen Gemächer ausgebreitet hatte. Das Lachen einer Frau in der Nähe klang so künstlich, dass es ihm tief ins Rückgrat schnitt.

Er fragte sich, was sein lange verstorbener Ahne von so viel Dekadenz gehalten hätte. Hätte er seinen Pflug beiseitegeschoben und seine Mitbauern zu einer Miliz organisiert? Oder hätte er sich wieder der Bauernarbeit zugewandt, beschämt, dass die Frucht seiner Lenden ein derart dekadentes Geschöpf wie der derzeitige Kaiser war?

Phoran seufzte.

»Langweile ich Euch, mein Liebster?«, fragte die Frau auf seinem Schoß spitz.

Er öffnete den Mund zu einer grausamen Bemerkung, wie er sie seit ein paar Jahren beinahe automatisch von sich gab, aber stattdessen seufzte er nur noch einmal. Sie war es nicht wert – dumm wie ein Schaf und den Feinheiten der Sprache gegenüber ohnehin unzugänglich.

Stattdessen schob er sie mit einem Tätscheln weg. »Such dir heute Nacht einen anderen zum Schmusen, mein Schatz. Dieses Bier hier ist mir im Augenblick lieber als eine Frau.«

Jemand kicherte, als hätte er etwas Geistreiches gesagt. Die Frau, die auf seinem Schoß gesessen hatte, schwenkte die Hüften und ging taumelnd zum Schoß eines gut aussehenden jungen Mannes, der auf dem Fußende des Betts gesessen und das Geschehen mit einem neidischen Auge beobachtet hatte – Toarsen, Avars jüngerer Bruder. Wahrscheinlich hatte Avar ihm befohlen, über Phoran zu wachen, während er selbst draußen im Land war und sich sein neues Erbe ansah.

Phoran schluckte den größeren Teil des Becherinhalts hinunter und schloss die Augen dann wieder. Diesmal ließ er sie geschlossen. Wenn er so tat, als wäre er betrunken eingeschlafen (was oft genug vorkam), würden sie vielleicht gehen.

Er ließ die Hand von den Lippen fallen, und der Krug landete auf dem dicken Teppich, den sein Urgroßvater für sehr viel Geld hatte importieren lassen. Er hoffte, dass das dunkle Bier den Teppich ruinierte. Dann würde die kaiserliche Haushälterin Avar an die Kehle gehen, sobald er zurückkehrte. Avar würde ernst zuhören, und wenn die Haushälterin weg war, würde er lachen und Phoran einen Schlag auf den Rücken versetzen – und ihm endlich wieder genügend Aufmerksamkeit schenken.

Avar, Mentor, Phorans bester Freund und seit dem Tod seines geizigen alten Vaters Sept von Leheigh, hatte in den letzten Monaten nicht viel Zeit für seinen Kaiser gehabt. Phoran fragte sich boshaft, ob er Avar das Land und den Titel vielleicht abnehmen sollte, wenn sie ihn davon abhielten zu bemerken, dass der Kaiser einen Freund dringender brauchte als einen weiteren Sept.

Phoran spürte Tränen des Selbstmitleids aufsteigen, aber er unterdrückte sie entschlossen. Er weinte nur, wenn er allein war, niemals, *niemals* vor dem Hof, ganz gleich, wie betrunken er sein mochte.

Davon einmal abgesehen, hatte Phoran wirklich nicht vor, Avar sein Erbe abzunehmen. Er wusste sogar, dass sein Freund sich um seine Pflichten kümmern musste – er wünschte sich nur, er hätte ebenfalls Pflichten. Diese endlosen Gelage waren einfach … widerlich geworden, wie wenn man zu viel Apfelmet trank. Wann würde er endlich alt genug sein, um die Regierung seines Reichs selbst in die Hand zu nehmen?

Jemand tätschelte seine Wange, und er schlug nach der Hand, allerdings bewusst ungeschickter als nötig. Er konnte erheblich mehr trinken als an diesem Abend, bevor es ihm viel ausmachte.

»Er ist hinüber.« Phoran erkannte die Stimme. Es war Toarsen. Er hatte die Kuh offenbar ebenfalls weggeschickt. »Räumen wir das Zimmer.«

Der Kaiser lauschte, während die Leute davonschlurften. Schließlich kamen Wachen herein, um ein paar Männer einzusammeln, die ebenfalls umgefallen waren. Die Tür schloss sich hinter ihnen, dann war er allein. Ohne Menschen in der Nähe, ohne Avar, der es in Schach hielt, würde das Memento wieder zu ihm kommen.

Bevor er sich aufsetzen und sie zurückrufen konnte, sagte jemand etwas. Es erschreckte ihn so, dass er die Stimme einen Moment nicht erkannte.

»Schöner Kaiser!«, höhnte eine Stimme dicht an seinem Ohr. Nicht sein Memento, sondern jemand, der geblieben war, nachdem die Wachen gegangen waren – Kissel, der jüngere Sohn des Sept von Siegelburg. Phoran war so erleichtert, dass er beinahe nicht verstanden hätte, was Kissel sagte. »Ein bartloser Junge, der sich jeden Abend in den Schlaf säuft.«

»Man muss es Avar lassen«, erklärte Toarsen. »Ich dachte, es wäre schwieriger, den Jungen zu zähmen, und wir hätten ihn töten müssen wie den Regenten. Aber er hat ihn einfach in einen Säufer verwandelt, der tut, was immer Avar will.«

»Ich möchte trotzdem lieber nicht zum Säuberungskomitee gehören. Er ist fett geworden wie ein Kapaun. Hilf mir, ihn ins Bett zu heben.«

Das gelang ihnen unter Grunzen und Fluchen, obwohl Phoran sich darauf konzentrierte, so schwer wie möglich zu sein. Wie konnten sie es wagen, so über ihn zu reden? Er würde es diesen Idioten schon zeigen. Morgen würden seine Wachen ihm die Köpfe dieser beiden bringen. Er war der Kaiser – das hatten sie wohl vergessen. Er würde veranlassen, dass Avar … Avar war sein *Freund!* Nur, weil Avars Bruder so über ihn redete, musste Avar nicht ebenso denken. Avar mochte ihn, er war stolz darauf, dass Phoran mehr trinken und die Leute besser beleidigen konnte als jeder andere Mann am Hof.

»Und warum ist Avar nicht hier, um sich um diese Dinge zu kümmern?«, fragte Kissel. »Ich dachte, er würde den Kaiser heute aufsuchen; immerhin ist er schon seit gestern wieder in der Stadt.«

Avar war in Taela?

»Er hatte etwas Dringendes zu tun«, grunzte Toarsen und schob Phoran zur Mitte des Betts. »Er wird behaupten, spät in dieser Nacht zurückgekehrt zu sein, wenn er den Kaiser beim Frühstück trifft.«

Nachdem die Männer ihn in seinem Zimmer allein gelassen hatten, öffnete Phoran die Augen und stand wieder auf. Er ging zu dem mannshohen Spiegel und starrte im Licht von ein paar Kerzen, die noch brannten, sein Spiegelbild an.

Schlammfarbenes, zu dünnes Haar, das an diesem Nachmittag zu Löckchen frisiert worden war, hing inzwischen schlaff um sein rundliches, pickeliges, blasses Gesicht. Hände, die einmal Schwielen vom Schwerttraining gehabt hatten, waren nun weich, dicklich und bedeckt mit Ringen, die sein Onkel abgelehnt hatte.

»Das ruiniert nur deinen Schwertgriff, Junge«, hatte der Regent gesagt. »Ein Mann, der sich nicht selbst verteidigen kann, ist zu abhängig von anderen.«

Phoran berührte den Spiegel leicht. »Aber du bist trotzdem gestorben, Onkel. Du hast mich allein gelassen.«

Allein. Angst zog ihm den Magen zusammen. Wenn Avar nicht bei ihm war, kam das Memento jede Nacht.

Wenn Avar sich tatsächlich bereits in Taela aufhielt, wie Toarsen behauptete, wäre er bei seiner Mätresse in der Stadt. Phoran könnte einen Boten schicken, der ihn herbringen würde.

Der Kaiser starrte sein Spiegelbild an und rollte den Ärmel des weiten Hemds hoch, das er trug. Im Spiegelbild waren die Abdrücke, die das Memento jede Nacht bei ihm hinterließ, im Kerzenlicht kaum zu sehen.

Avar hatte also vor, seinen Kaiser zu belügen. Avar, Phorans einziger Freund.

Der Kaiser schickte keinen Boten aus.

Essen kam in unregelmäßigen Abständen durch eine kleine Klappe nahe dem Boden, die Tier bei seiner ersten blinden Inspektion der Zelle irgendwie entgangen sein musste. Eine anonyme Hand öffnete die metallene Abdeckung, schob ein Tablett mit Wasser und Brot hindurch und schloss und verriegelte die Abdeckung dann wieder, bevor Tiers Augen sich auch nur an das Licht gewöhnt hatten.

Dennoch, er war inzwischen dankbar für diese kurzen Momente, in denen er sich überzeugen konnte, nicht blind zu sein.

Das Brot war immer gut, gewürzt mit Salz und Kräutern, und es bestand aus gesiebtem Weizenmehl und nicht aus billigerem Roggen. Brot für den Tisch eines Adligen, nicht für eine Gefängniszelle.

Zuerst hatte er versucht herauszufinden, worin die Logik hinter seiner Gefangenschaft bestand. Schließlich war er zu dem Schluss gekommen, dass er einfach nicht über genug Informationen verfügte, um die Frage beantworten zu können.

Erst dann hatte er angefangen zu toben.

Er war eingeschlafen, als er müde geworden war, ausgelaugt vom Zorn und den fruchtlosen Versuchen, einen Ausweg aus der Zelle zu finden. Als ihm klar geworden war, dass er kein Zeitgefühl mehr hatte, hatte er angefangen, sich selbst Geschichten zu erzählen, Geschichten, die er bei den alten Leuten in Redern gesammelt hatte und die Wort für Wort von einer Generation zur nächsten überliefert worden waren. Einige davon waren auch Lieder, Balladen, die zu singen beinahe eine Stunde dauerte.

Als der Zoll der Stunden zu hoch wurde, hörte er auf zu singen, zu denken und zu toben, und sank in Verzweiflung. Aber selbst die Verzweiflung verschwand irgendwann.

Schließlich entwickelte er Gewohnheiten, um die leeren Stunden zu füllen. Er vollführte Übungen, die er als Soldat gelernt hatte. Als ihm keine mehr einfielen, die er auf diesem engen Raum praktizieren konnte, erfand er neue. Erst wenn er schwitzte und schwer atmete, setzte er sich hin und erzählte sich eine einzige Geschichte. Dann ruhte er sich entweder aus, oder wenn ihm danach war, übte er weiter.

Aber es war die Magie, die ihm wirklich ein Ziel gab.

Von einigen magischen Dingen, die er tun konnte, hatte er schon gewusst. Seraph hatte ihm erzählt, was sie wusste – und trotz der Gefahr hatte er im Lauf der Jahre tatsächlich einige Magie angewandt. Es half, dass seine Magie nicht von der auffälligen Art war, die die Leute kannten, wie bei Seraph. *Seine* Magie war von subtilerer Art.

Er konnte einen zornigen Betrunkenen beruhigen oder einem verängstigten Mann mit seinen Liedern Mut machen. So etwas konnte Musik immer leisten, aber Tiers Lieder waren wirkungsvoller. Wenn er wollte, konnte er sich ein Lied oder einen Brief merken und sie noch Jahre später perfekt wiedergeben. Wenn er in der Schänke in Redern sang, schenkte er seinem letzten Lied beinahe immer einen besonderen Schwung, um die Zuhörer aufzuheitern.

Seine Musik hätte er niemals aufgeben können.

Es gab allerdings ein paar Dinge, die er mied. Einiges konnte den Zuhörern schaden. Allein in der Musik teilte er die dunkleren Gefühle mit seinem Publikum, niemals mithilfe von Magie. Er achtete sehr sorgfältig darauf, nie Magie zu nutzen, damit andere taten, was er wollte – Worte genügten. Und dann gab es noch Dinge, die allzu offensichtlich magischer Natur waren, als dass er sie in Redern hätte anwenden können.

Allein im Dunkeln seiner Zelle gelang es ihm, ein paar kleine Lichter hervorzurufen, die seine Lieder begleiteten. Es waren flackernde, schwächliche Dinger, aber sie trösteten ihn.

Geräusche waren schwieriger, obwohl er sie zuvor sogar einmal aus Versehen hervorgerufen hatte. Nach einer besonders unangenehmen Schlacht hatten er und ein paar andere Offiziere sich sinnlos betrunken, und jemand hatte ihm eine kleine Lyra, einen Teil der Beute, in die Hand gedrückt. Das Lied, das er gesungen hatte, hatte von schönen Mädchen und von Bauernvieh gehandelt. Tier war ziemlich sicher, als Einziger bemerkt zu haben, dass das Muhen und Quaken des Kehrreims von echten Tierlauten begleitet wurde.

Er versuchte gerade, dieses Experiment zu wiederholen, als sein Besucher zum ersten Mal auftauchte.

Die ständige Dunkelheit hatte seine anderen Sinne geschärft, und das Kratzen eines Fußes an den Dielen über ihm ließ ihn mitten im Wort innehalten. Er blieb schweigend sitzen und wartete auf mehr.

Schließlich hörte er es wieder, unglaublich leise und kaum wahrzunehmen über dem Rauschen des Wassers, das unter dem Gitter in der hinteren Ecke seiner Zelle floss.

Es war keine Ratte gewesen; eine Ratte war zu leicht, um eine feste Diele unter ihren Füßen knarren zu lassen. Tier war beinahe sicher, dass es eine Person gewesen sein musste.

»Hallo«, sagte er. »Wer ist da?«

Die Dielen gaben ein leises, überraschtes Quietschen von sich, dann war nichts mehr zu hören. Wer immer sich dort befunden hatte, war verschwunden.

Einen schwer einzuschätzenden Zeitraum später hörte Tier es wieder, als er gerade Liegestützen machte. Er erstarrte, denn er befürchtete, den unbekannten Besucher zu vertreiben, wenn er sich bewegte. Als er nichts weiter hörte, wusste er, dass sein Besucher wieder verschwunden war. Aber er wollte unbedingt Gesellschaft, also begann er darüber nachzudenken, wie er ihn bei der nächsten Gelegenheit verlocken konnte zu bleiben.

Tier erwachte mit dem Wissen, dass jemand in der Nähe war. Er hatte nichts gehört, aber gespürt, dass sich jemand lauschend über ihn beugte. Er setzte sich hin, lehnte sich gegen die Wand und begann seine Geschichte mit den traditionellen Worten.

»Es war einmal …«, sagte er.

Wenn er so tat, als wären seine Augen geschlossen, konnte er sich vorstellen, zu Hause an der Wand zu lehnen und seinen unruhigen Kindern Geschichten zu erzählen, damit sie schneller einschliefen. Seraph machte dann für gewöhnlich sauber – sie war immer in Bewegung. Manchmal, erinnerte er sich, bekam sie schlechte Laune, weil Rinnie und die Jungen so ruhelos waren. Ihre Miene blieb gelassen, aber man sah ihren angespannten Schultern an, wie sie sich wirklich fühlte.

Ob sie wohl weiß, dass mir etwas zugestoßen ist? Sucht sie nach mir?

Das war inzwischen ein vertrauter Gedanke, und er tröstete ihn ein wenig.

»Es war einmal ein Junge, der schon mit sechzehn König wurde«, sagte Tier, »denn sein Vater war in einer Schlacht gefallen. Damals gab es oft Kriege, und das Königreich, das der Junge erbte, war weder groß noch mächtig genug, dass ein König sich zurücklehnen und das Kämpfen seinen Generalen überlassen konnte.«

Die Geschichte des Schattens war eine, die er so gut kannte, dass er sie sogar einmal rückwärts erzählt hatte, Wort für Wort, bei einer halb betrunkenen Wette. Er hatte einen Satz ausgelassen, aber seinen Kameraden war das nicht aufgefallen.

»Dieser junge Mann«, fuhr er fort, »war ein guter König, womit ich sagen will, dass er für Ordnung und Wohlstand unter seinen Adligen sorgte und für gewöhnlich auch verhinderte, dass die anderen Bürger verhungerten. Er heiratete gut, und seine Gemahlin gebar ihm fünf Söhne. Als die Jahre vergingen und seine Söhne zu Männern wurden, wurde sein Königreich wohlhabender, denn der König legte es sehr geschickt darauf an, dass die benachbarten Königreiche immer untereinander kämpften, statt sein Volk anzugreifen.«

Der Boden über ihm machte ein Geräusch, als ließe sich ein Zuhörer bequem nieder. Tier fügte den Unbekannten seinem Publikum hinzu.

Ein Junge, schloss er, obwohl er dafür nicht mehr Beweise hatte als die Willigkeit des Besuchers, sich auch ohne Licht zu bewegen. Es gab Ritzen zwischen den Dielen, die Licht in Tiers Zelle gelassen hätten, wenn sein unbekannter Gast auch nur eine einzige Kerze dabeigehabt hätte.

Ja, es würde ein Junge sein, der alt genug war, dass man ihm gestattete, allein umherzuwandern, aber noch nicht alt genug, um andere Pflichten zu haben, um die er sich kümmern musste; ein abenteuerlicher Junge, der sich in die dunklen Ecken wagte, in denen man Gefangene hielt.

»Der König hatte viele der typischen Interessen von Königen. Er jagte und ritt so gut wie die besten seiner Männer. Er tanzte gewandt und spielte die Laute. Keiner seiner Gardisten oder Adligen konnte sich beim Schwert- oder Stabkampf lange gegen ihn halten.« Diese letzte Eigenschaft des Königs hatte Tier immer bezweifelt – wer wäre schon so dumm, seinen König beim Schwertkampf zu besiegen?

Er strengte sich an, sich den König vorzustellen, und damit Einzelheiten hinzuzufügen, die eigentlich nicht zu der Geschichte gehörten. Er stellte ihn sich als schlanken jungen Mann vor, wie seinen Sohn Jes – aber sein Haar hatte den rötlichen Goldton des Haars so vieler östlicher Adliger …

Seraph hatte ihm erzählt, einige Barden seien imstande, Bilder für ihre Zuhörer zu schaffen, aber seine Zelle blieb dunkel.

»Doch am meisten liebte der König das Lernen«, fuhr er mit den traditionellen Worten fort. »Er richtete in jedem Dorf Bibliotheken ein, und in seiner Hauptstadt sammelte er mehr Bücher, als seit dieser Zeit am gleichen Ort zu finden waren. Vielleicht war das der Grund für das, was ihm zustieß.«

Tier grinste, als er sich erinnerte, wie verächtlich Seraph geschnaubt hatte, als er ihr diesen Teil zum ersten Mal erzählt hatte. Bücher waren nichts Böses, hatte sie hochnäsig verkündet – was Leute mit dem Wissen anfingen, das sie dort fanden, rechtfertigte nicht die Verurteilung der Bücher, in denen es stand.

»Die Zeit verging, und der König wurde alt und grau, und seine Söhne wurden stark und weise. Die Menschen warteten ohne Sorge darauf, dass der alte König sterben und sein ältester Sohn die Krone übernehmen würde, denn der Erbe war ebenso gemäßigt und weise wie sein Vater.«

Tier trank einen Schluck Wasser – Erfahrung leitete seine Hand zu der Stelle, an der er die Steingutschale abgesetzt hatte. Er legte eine kleine Pause ein, die ebenso Teil dieser Geschichte war wie die Worte, die folgten. »Wäre das geschehen, dann wäre unser König wahrscheinlich begraben worden und inzwischen so vergessen wie sein Name.

Eines Abends beschwerte sich der älteste Sohn des Königs über Kopfschmerzen, bevor er zu Bett ging. Am nächsten Tag war er blind und von Abszessen bedeckt, und am Abend war er tot. Die Pest war in den Palast eingedrungen, und bevor sie sich wieder zurückzog, waren auch die Königin und jeder Mann von königlichem Blute tot.«

Tiers Stimme zitterte beim letzten Wort, denn er hörte die klagende Stimme einer trauernden Frau so deutlich wie seinen eigenen Atem. Er hatte es geschafft – und er fand den Faden von Magie, von dem das unheimliche Geräusch kam.

Eine Diele knarrte über ihm, näher als das Geräusch der klagenden Frau, und holte Tier in die dunkle Zelle zurück, in der es keine Pest und keine toten Frauen und Kinder gab.

»Der König wurde ruhelos und verbrachte Stunden allein in seiner großen Bibliothek. Aber niemand achtete sonderlich darauf, denn die Seuche hatte sich schnell auf die Hauptstadt und dann auf die Städte und Dörfer des ganzen Landes ausgebreitet: eine schreckliche, mörderische Krankheit, die einen berührte und blieb, bis das Opfer eine Woche später starb, taub und blind für alles außer seinen Schmerzen.«

Vorsichtig versuchte er, Energie in den Faden zu leiten, der erlaubt hatte, den Frauenschrei zu hören. Es kam ihm so vor, als könne er spüren, wie das ungesunde Miasma des Bösen über den Boden seiner Zelle zog. Er erhob sich schnell, aber das Gefühl hörte wieder auf, als er die Geschichte nicht mehr nährte. Es beruhigte ihn, dass er immer noch die Kontrolle darüber hatte, was hier geschah. Es war nur eine Geschichte – *seine* Geschichte.

Also setzte er die Bemühungen fort. »Eines Tages, nachdem der Letzte seiner Enkel gestorben war, schlief der König als alter, gebrochener Mann ein und erwachte als junger Mann von achtzehn Jahren. Zunächst nannten sie es ein Wunder, bezeichneten es als die Tat eines freundlichen Gottes, der sie von der grausigen Krankheit befreien wollte, die zwei Drittel der Erkrankten tötete. Aber die Pest breitete sich weiter aus, unbeeindruckt von der wunderbaren Verjüngung des Königs. Sie setzte sich über Grenzen hinweg und verschlang die königlichen Häuser aller Königreiche ringsumher, bis es nur noch ein einziges Königreich und einen König gab.«

An dieser Stelle versagte Tier die Stimme, als hätte die Magie dieser uralten Worte ihm jetzt erst deutlich gemacht, wie viele gestorben waren und mit ihrem Tod das Böse, das sich im König befand, genährt hatten.

»Er fraß ihr Leben«, sagte eine Stimme von der Decke über Tier.

Ein Schauder lief ihm über den Rücken, obwohl die Worte genau die waren, die er selbst hatte aussprechen wollen. Irgendwie machte die Tatsache, dass sein Zuhörer die Worte einer Rederni-Geschichte kannte, diese ganze Sache noch seltsamer.

Die leise, geschlechtslose Stimme fuhr unbeirrt fort. »Er fraß sie alle, um sich zu erhalten – und so verlor er sich.«

Tier wartete, aber als sein Besucher schwieg, erzählte er selbst weiter.

»Als die Jahre vergingen und der König erheblich länger lebte, als seine Lebensspanne währen sollte, starben auch jene unter seinen Beratern, die der Pest entkommen waren, denn sie waren sehr alt. Der König ersetzte sie durch namenlose Männer in dunklen Gewändern – und sie waren es, die ihn schließlich verrieten.

Loriel, die jüngste Tochter des Königs, ertappte sie, wie sie im Vorzimmer ihres Vaters ein Kind fraßen«, sagte Tier und zog das Entsetzen darüber in seine dunkle Zelle. Er konnte in seiner Seele das Geräusch von Zähnen hören, die die zerbrechlichen Knochen zermalmten.

Er sah es vor sich.

Eine Frau, älter, als er sie sich bisher vorgestellt hatte, stand in einer offenen Tür. Ihr Haar war hell wie das von Seraph, wenn auch eher von der Farbe des Sonnen- als des Mondlichts. Zwei Gestalten hockten vor ihr, anonym in ihren schweren Gewändern. Sie waren so mit dem beschäftigt, was vor ihnen lag, dass ihnen nicht auffiel, wie man sie entdeckt hatte. Zwischen ihnen lag ein zehn- oder zwölfjähriger Junge, dessen Sommersprossen sich deutlich auf seiner viel zu blassen Haut abzeichneten. Seine Schultern zuckten in einer Ironie von Leben, als die Berater des Königs die Köpfe in seinen Bauch drückten und fraßen.

Sein eigenes Entsetzen hielt Tier davon ab, das Bild länger aufrechtzuerhalten, aber das Geräusch ihres Schmatzens begleitete seine Stimme weiter. »Und Loriel floh zum letzten alten Berater ihres Vaters, einem Magier.«

Er hörte auf zu sprechen und sammelte seine Beherrschung, bis in der Zelle nur noch Geräusche zu vernehmen waren, die dorthin gehörten.

»Und so versammelten sie sich«, sagte sein Zuhörer.

»Und so versammelten sie sich«, wiederholte Tier, und die Wiederholung fühlte sich richtig an. Sie passte zum Rhythmus der Geschichte. Er entspannte sich – es war nur eine Geschichte, eine, die er sehr gut kannte. »Die Menschen, die die Pest überlebt hatten. Aber die Krankheit hatte die erfahrenen Krieger, die Lords und Kommandanten, genommen und nichts als ein gebrochenes Volk zurückgelassen. Loriel führte den ersten Angriff persönlich.«

»Sie starb«, flüsterte der Lauscher, und die Magie berührte Tier ebenfalls und weckte Bedürfnisse, die er nie gekannt hatte.

»Sie starb«, sagte Tier, »aber sie ließ eine Handvoll Personen zurück, die erfahren hatten, was es bedeutete, Anführer zu haben; auch der uralte Magier, der sie gelehrt und an ihrer Seite gekämpft hatte, lebte noch. Sie fochten gegen die Lakaien des Schattens. Als die Anhänger des Königs starben, beschwor er ein Heer des Bösen herauf: Uralte Geschöpfe erwachten aus ihrem Schlaf, um auf seinen Befehl hin zu kämpfen.«

Tier ließ seine Magie frei, und sie zeigte ihm, dass er sie im Lauf der Jahre zu fest an bestimmte Stellen gebunden hatte. Diese Bindungen, sah er nun, waren der Grund gewesen, wieso es ihm so schwergefallen war, die Geschichte zu erzählen. Als die Magie ihn durchzog, abwechselnd berauschend und furchterregend, kehrten auch die Worte zu ihm zurück, so vertraut und weich wie eine alte Baumwolldecke, aber voller unerwarteter Kletten, die stachen und kribbelten.

»Er verlor sich selbst und seinen Namen. Es blieb nur ein Titel, den die Männer ihm gegeben hatten, die im Kampf für ihn gestorben waren. Sie nannten ihn den Schatten.«

»Zahllos waren die Helden …« Die Stimme des anderen wurde ebenfalls Teil der Geschichte. Tier spürte, wie seine Magie eilte, den Zuhörer zu umfassen.

»Zahllos waren die Helden, die fielen«, fuhr Tier fort. »Ihre Lieder blieben ungesungen, denn es war niemand mehr da, um sie zu singen.« Er hielt inne und ließ den anderen übernehmen.

»Dann kam der Rote Ernave, der mit Axt und Bogen kämpfte …«

»Ein Riese von einem Mann«, fuhr Tier fort. »Er sammelte sie alle, Männer, Frauen und Kinder, die alt genug waren, um einen Stock zu halten oder einen Stein zu werfen. Er nannte sie die Ruhmreiche Armee der Menschheit und lehrte sie zu kämpfen.«

Als hätte seine Zelle keine Wände mehr, standen die Angehörigen der Ruhmreichen Armee nun vor Tier. Hager und zerschlagen trotzten sie schweigend und reglos dem Bösen. Es gab nur wenige Männer im Soldatenalter in dieser Armee; die meisten waren hohlwangige Frauen, alte Männer und eine kleine, kostbare Gruppe von Kindern, abgehärmt von Hunger und Angst.

Durch das Band, das die Magie zwischen Geschichtenerzähler und Publikum wob, wusste Tier, dass sein Zuhörer sie ebenfalls sah.

»Und in den ersten Herbsttagen beriet sich der alte Magier des Königs mit dem Roten Ernave. Sie sprachen die ganze Nacht miteinander, nur diese beiden, und als die Morgensonne aufging, hatten die Tage des Magiers ihre Zahl erreicht. Man verbrannte ihn in einem großen Ritual, und als die letzten Kohlen verglühten, versammelte der Rote Ernave seine

Armee. Er brachte sie zu einer Ebene direkt auf der anderen Seite des Felsengebirges.«

Tier war selbst einmal dort gewesen. Er war der Spur einer Hirschkuh gefolgt und hatte dann plötzlich vor der Ebene von Schattenfall gestanden. Es gab keine Schilder, die die Unwissenden warnten, aber er hatte gewusst, wo er war. Selbst so viele Jahrhunderte später, unter einer Decke rein weißen Schnees, gehörte dieser Ort dem Tod. Tier hatte beinahe die Erde des verwundeten Lands unter seinen Füßen gespürt.

Auch jetzt erstreckte sich die Ebene vor ihm; er erkannte die Formen der Gipfel, die sie umgaben. Es gab allerdings keinen Schnee am Boden, um die Leichen zu verbergen, die dort lagen.

»Dort, *dort* stellten sie sich dem Heer des Schattens und kämpften. Der Himmel wurde schwarz, und Blut durchtränkte den Boden.« Tier nahm den bitteren Geruch alten Blutes wahr und hätte sich bei dem vertrauten Gestank des Krieges beinahe übergeben.

»Leichen stapelten sich, und die Schlacht tobte tagelang. Und nächtelang.«

Kampfgeräusche hallten in der Zelle wider, und Tier fiel auf, dass er vergessen hatte, wie überwältigend sie waren: das Klirren von Metall auf Metall und die Schreie der Sterbenden.

»Die Geschöpfe des Schattens brauchten nicht zu schlafen, und sie nährten sich von den Toten. Die Armee der Menschheit kämpfte, weil ihr nichts anderes blieb; sie kämpfte und starb. Aber am dritten Tag starben nicht so viele wie am zweiten. Am vierten Tag schien es, als werde das böse Heer kleiner, und die zerlumpte Bande schöpfte Hoffnung – zum ersten Mal trieben sie das Heer zurück.«

Tier bemerkte, dass er innehalten musste, um Atem zu schöpfen, und warten, bis sein Herzschlag sich wieder beruhigte. In seiner pechschwarzen Zelle sah er einen vernarbten

Krieger mit roter Mähne, der die Axt gegen die Schulter lehnte und hoffte, dass Tier weitererzählte.

Aber es war alles zu wirklich geworden, und die Worte verschwanden beinahe, verloren in der Trostlosigkeit dieser lange vergangenen Schlacht.

»Und zum ersten Mal durchflutete Hoffnung die Armee der Menschheit«, sagte der andere, und seine Stimme klang so angestrengt wie die von Tier.

»Aber noch während sie jubelten, wurde der Himmel dunkler, obwohl es erst Mittag war, und ein weiterer Angriff begann.« Die Worte kamen wieder von Tier, wobei sie sich, verglichen mit den Szenen, die sich vor ihm abspielten, seltsam unwirklich anhörten.

Man konnte kaum mehr atmen, so sehr stank die Luft. Die Hände des Roten Ernave waren müde vom endlosen Kampf. Seine Axt landete in einem Geschöpf, das aussah, als sei es einmal ein Wolf gewesen, bevor die Magie des Schattens es erwischte. Es starb nur schwer, und Ernave musste noch ein zweites Mal zuschlagen, bevor es still dalag.

Er stand auf einer kleinen Anhöhe und hatte gerade keinen Gegner. Also nutzte er die Gelegenheit, um sich kurz auszuruhen, ließ den Blick über die Kämpfenden schweifen – und sah zum ersten Mal, seit die Schlacht begonnen hatte, den Schatten.

Der Schatten war weniger, als er erwartet hätte. Er war einen ganzen Kopf kleiner als Ernave und wog vielleicht halb so viel; er schien nichts weiter als ein Junge zu sein. Er sah Loriel sehr ähnlich – obwohl ihre Augen nie so leer gewesen waren. Der Schatten lächelte, und Ernave, der geglaubt hatte, dass ihm seine Müdigkeit jede Furcht genommen hatte, stellte fest, dass das ein Irrtum gewesen war.

Eine Stimme neben ihm sagte: »Ich bin bei dir.«

Das war Kerine, der kleine, dünne Reisende, der nun ihr einziger Zauberer war. Er war vor ein paar Wintern in Ernaves Lager gestolpert und dem rothaarigen Krieger seitdem immer wieder auf die Nerven gegangen.

»Genau das brauchte ich jetzt«, sagte Ernave säuerlich.

Zu seiner Überraschung lachte der Zauberer. »Wenn der Schatten tot ist, werde ich sofort von deiner Seite verschwinden, du sturer Bastard. Aber von diesem Moment an bis zum Tod unseres Gegners sind wir Brüder, und ich werde neben dir stehen. Es braucht mehr als deine Axt, um den Schatten zu töten.«

»Dann komm, Bruder«, sagte Ernave und schlug ihnen einen Pfad über das Schlachtfeld zum Schatten.

Der namenlose König kämpfte allein. Selbst seine eigenen Geschöpfe gingen ihm aus dem Weg – als könne es nur eine bestimmte Menge an Bösem an einer Stelle geben und als mache die Anwesenheit des Schattens alle anderen dunklen Dinge unnötig.

Ernave näherte sich von der Seite und schwang die Axt, aber der König fing den Schlag mit seinem Schild ab. Ernaves Axt fuhr durch das dünne Metall der ersten Schicht ins Holz darunter und blieb stecken.

Der Krieger riss fest an der Axt, was den Schatten zwei taumelnde Schritte zur Seite zwang, bevor er den Arm aus den Schildriemen ziehen konnte.

Ernave schmetterte den Schild auf den Boden, spaltete ihn wie einen Baumstamm und befreite damit seine Axt. Es war eine schnelle und geübte Bewegung, aber es gelang ihm dennoch nur im letzten Augenblick, die Waffe wieder zu heben und den nächsten Schlag des Königs abzuwehren.

Der Schatten kämpfte so gut, wie der alte Magier, sein Berater, es Ernave vorhergesagt hatte. Wieder und wieder glitt das Schwert an Ernaves Axt entlang und wendete die Schläge ab, sodass der schwerere Stahl der Axt die Schwertklinge nicht beschädigte.

Der König bewegte lautlos den Mund und versuchte während des gesamten Kampfs, Magie heraufzubeschwören. Der rote Ernave trat dem Zauber zum größten Teil mit schweren Schlägen entgegen, die bewirkten, dass der König aus dem Rhythmus geriet und sich auf seine Schwertarbeit konzentrieren musste. Dennoch wirkte er diverse Zauber, die Kerine abwehrte, und hin und wieder berührte ein Bann Ernave auch mit weiß glühender Hitze, die seinen erschöpften Körper noch müder machte.

Der König war frisch und ausgeruht, und Ernave war schon vor Beginn der Schlacht todmüde gewesen. Dennoch, der rothaarige Krieger stemmte die Füße fest auf den Boden und zwang den König mit einem raschen Muster von Axthieben dazu wegzuspringen.

Die Waffe in seinen Händen fühlte sich immer schwerer an, und jedes Mal, wenn der König sie zurückschlug, setzte sich dieser Ruck in einem Aufflackern von Schmerz in Ernaves Unterarmen, Schultern und Hals fort.

Dann stolperte Ernave über etwas, das gar nicht da war, und als er fiel, streifte seine Axt den König an den Knien und schlitzte das Fleisch auf bis zum Knochen. Ernave zögerte nicht, sondern rollte weiter, bis er taumelnd auf ein Knie kam, und dann fuhr er herum, um sich dem König erneut zu stellen.

Der Schatten kreischte auf, und nun sah er nicht mehr aus wie ein junger Mann, sondern nur noch wie ein Gerippe, an dem ein paar Sehnen klebten. Aber für Entsetzen war keine Zeit. Ernave sprang auf und schlug erneut nach dem Schwert des Königs.

Endlich wurde einer seiner Angriffe nicht abgewehrt und verbog die elegante Klinge. Ernave machte sich dennoch auf einen mörderischen Gegenangriff gefasst. Der Schatten ließ das Schwert fallen und schlug mit der Hand zu. Klauen, wie sie an keine menschlichen Finger gehörten, sanken tief in Ernaves Seite.

Ernave schrie auf, aber der Schmerz ließ seinen eigenen Schlag nicht langsamer werden, und die Axt senkte sich in den Hals des Schattens.

Blutend und schwer atmend starrte der Rote Ernave die Leiche des alten, alten Mannes an, die vor ihm auf dem Boden lag.

Wer hätte gedacht, dass man den Schatten wirklich umbringen konnte?

»Wie hast du das gemacht? Wie hast du seiner Magie widerstanden? Ich konnte nicht alles davon blockieren. Und du bist kein Magier.« Kerines nörgelnde Stimme brach durch die summende Erschöpfung, die alles seltsam weit entfernt erscheinen ließ.

»Der alte Magier«, antwortete Ernave, der jetzt nur noch sehr flach atmete. »Er hat den letzten Rest seines Lebens gegeben, um die dunkle Magie lange genug aufzuhalten, damit ich den Schatten töten konnte. Ich hielt ihn für dumm, weil er glaubte, es könne funktionieren … aber das ist egal, denn wir sind ohnehin alle tot.«

Und mit diesen Worten brach er in die Knie.

Tier war tief in Ernaves Herz begraben, aber er wusste, wie die Geschichte ausging, erkannte die Gefahr und strengte sich an, wieder an die Oberfläche zu kommen. Es gab jedoch keine andere Möglichkeit, als sich festzuhalten, während Ernave sich langsam dem Tod ergab, den ihm der Schatten auferlegt hatte.

Ein dünnes Flüstern drang an sein Ohr.

»Und so starb der große Krieger direkt nach dem Schatten und verließ …«

»Verließ das Schlachtfeld.« Tier klammerte sich an die Worte. »Er überließ es seiner Armee, ihn zu beweinen.« Aber er konnte sich nicht an die nächsten …

Kerine versuchte erfolglos, Ernave mit dem, was ihm von seiner Macht geblieben war, zu retten.

»Sie verbrannten das Ding, das einmal ein König gewesen war«, fuhr der Besucher leise fort, als Tier weiterhin schwieg.

Tier war noch unsicher, aber die vertrauten Worte flossen wieder und halfen ihm, sich von seiner Geschichte zu lösen. »Und … und sie verstreuten seine Asche in Bächen und auf

Feldern, sodass es kein Grab geben würde, keine Gedenkstätte für den König ohne Namen.«

Der Schmerz in Tiers Seite ließ nach, und er befand sich wieder sicher in der Dunkelheit seines Gefängnisses.

»Sie begruben den Roten Ernave auf dem Schlachtfeld, denn sie hofften, dass seine Gegenwart das Heer der Dunkelheit irgendwie in Schach halten könnte. Sie zogen in die leere Stadt, in der der Schatten geherrscht hatte, und rissen den Palast des Königs nieder, bis kein Stein mehr auf dem anderen stand. Dann warteten die Überlebenden der Ruhmreichen Armee der Menschheit, denn sie wussten nicht, wohin sie gehen sollten. Die letzen Städte und Dörfer waren schon vor Jahren unter dem Gewicht des Schattens zu Staub zerfallen. Erst als den Kämpfern der Armee langsam das Essen ausging, brachen sie in Zweier- und Dreiergruppen auf.«

Tier bemerkte, dass er zitterte, als die Geschichte verklang. Wenn er das nächste Mal mit Magie experimentieren würde, so nahm er sich vor, dann würde er eine Geschichte auswählen, deren Held überlebte.

»Was hast du getan, Barde?«, fragte die Stimme über ihm. »Magie für Musik, sodass beide echter werden. Was hast du getan?«, und dann durchtrennte der Lauscher die Verbindung, die ihn immer noch an Tier band, und verschwand ohne einen weiteren Laut.

Avar, Sept von Leheigh, sah genauso aus, wie ein Sept aussehen sollte, dachte Phoran, der gelangweilt mit seinem Frühstück spielte.

Avar war schlank, hochgewachsen und heldenhaft. Sein Gesicht wirkte wie gemeißelt, das Kinn war fest, sein Mund lächelte liebenswert. Er war unangekündigt ins kaiserliche Schlafzimmer gekommen, als hätte er ein Recht dazu.

»Keinen Hunger heute früh, mein Kaiser?«, fragte er und

warf einen Blick auf das Durcheinander auf Phorans Teller. »Als ich hörte, dass Ihr auf Eurem Zimmer frühstückt, dachte ich schon, das könnte der Fall sein. Mein neuer Diener hat einen Trank gegen Übelkeit nach zu viel Alkohol. Er ist ein Reisenden-Halbblut – jedenfalls behauptet er das. Auf jeden Fall kann er mit Arzneien und Tinkturen wirklich zaubern.«

»Nein danke.« Phoran starrte seinen Teller an. Avar war wieder da.

Erleichterung und Freude wurden stark beeinträchtigt von seinem Verdacht, dass Toarsens Worte am Vorabend der Wahrheit entsprochen hatten. Am Vorabend war er dessen sicher gewesen, aber in Avars charismatischer Gegenwart wetteiferte Phorans Bedürfnis nach Anerkennung mit den Worten der halb betrunkenen Lords und siegte um Nasenlänge, wenn auch knapp genug, dass er Avar nicht bat, sich ihm anzuschließen – obwohl es genug Teller und Essen gab.

Er spießte ein Stück Obst auf die Gabel und aß es wenig begeistert. »Ich brauche keine Heiltränke – und ich habe keinen Kater.« Das klang zu sehr nach einem schmollenden Kind, also sprach Phoran rasch weiter. »Du bist also wieder aus deiner Sept zurück?« Klang das lässig genug? »Ich dachte, du hättest länger dortbleiben wollen.«

Avar wirkte verärgert, dachte Phoran, und spürte einen Hauch von Triumph. Vielleicht hatte er eine herzlichere Begrüßung erwartet – oder sogar den Tadel, den Phoran ihm hatte erteilen wollen, bevor er dieses Gespräch am letzten Abend belauscht hatte. Kühle Gefasstheit war eine Stimmung, in der der junge Kaiser sich selten befand.

»Wo liegt dieses Leheigh überhaupt? Im Süden?« Nun fiel es Phoran weniger schwer, gleichgültig zu tun. *Da – siehst du, wie wenig deine Angelegenheiten mich interessieren?*

Er hatte sich die alte Urkunde in der Bibliothek angesehen und den Weg auf mehreren Landkarten im Landkartenraum verfolgt. Er hatte sich sogar die Aufzeichnungen aus mehreren Jahrhunderten angeschaut und hätte inzwischen die Ernte, die das Erbe des Sept einbrachte, mit ihm diskutieren können. Aber zunächst einmal würde er nicht zugeben, dass er irgendetwas wusste. Avars Bruder hätte nicht gewagt, sich so angewidert vom Kaiser zu zeigen, wenn Avar ihn nicht selbst dazu ermutigt hätte.

Doch Phoran brauchte Avar. Er brauchte sein Lob. Er brauchte seine Unterstützung gegen die älteren Ratsmitglieder, die nicht froh waren über einen Kaiser, der jeden Abend feierte, und sich dennoch weigerten, ihn etwas Nützlicheres tun zu lassen. Er brauchte Avar, weil der Sept, wenn er im Palast weilte, oft in den Gemächern des Kaisers schlief – und wenn Avar dort war, befand sich Phoran in Sicherheit.

»Leheigh liegt südwestlich von hier, Majestät, am Silberfluss unterhalb von Schattenfall«, sagte Avar, der seine übliche herzliche Miene aufgesetzt hatte. »Ich hatte keine Zeit, das Schlachtfeld zu besichtigen – aber ich werde es das nächste Mal nachholen, wenn ich dort bin und einen Führer finden kann. Insgesamt bin ich sehr zufrieden mit den Ländereien; mein Vater war kein Jäger, also hat er den Wald verwildern lassen, und das Gelände ist voller Wild. Die Burg wurde ein paar Jahrhunderte nach Schattenfall gebaut – die Familienlegende behauptet, mein vielfacher Urgroßvater sei ein Soldat der Armee der Menschheit gewesen, und ein paar dieser Soldaten hätten sich nach der letzten Schlacht am Fluss niedergelassen. Es gibt ein paar Orte in der Nähe, ein größeres Dorf nahe meiner Burg und ein weiteres am Flussufer. Die Bewohner von Redern – das ist die kleinere Siedlung – klingen immer noch, als wäre der Schatten erst gestern gefallen. Ich nehme an, weil seitdem dort nichts Interessantes mehr passiert ist.«

»Aha«, sagte Phoran. »Wann bist du zurückgekehrt?«

»Vorgestern«, sagte Avar. »Ich entschuldige mich, weil ich nicht direkt zu Euch gekommen bin, aber ich musste mich um ein paar Dinge kümmern, die ich mitgebracht hatte.« Er zögerte. »Und außerdem durfte ich feststellen, dass meine Mätresse sich das Bett in meiner Abwesenheit von ein paar anderen Männern wärmen ließ. Als ich damit fertig war, war ich nicht allzu guter Laune.«

Ein guter Grund, mich warten zu lassen, dachte Phoran mit geheimer Freude. Vielleicht war Avars Bruder nur eifersüchtig, weil Avar so viel Zeit mit ihm verbrachte; vielleicht hatte er deshalb diese kränkenden Dinge gesagt. Phoran konnte Toarsens Eifersucht verstehen.

»Ich dachte, ich gehe heute reiten«, wechselte Phoran das Thema, als wären Avars Reise und Rückkehr etwas, das ihn nicht besonders interessierte. »Wirst du mich begleiten?« Er hatte nicht vorgehabt, darum zu bitten. Aber Avars Gegenwart half gegen die Kränkungen, die Toarsen und Kissel ihm bereitet hatten. Avar war sein Freund – das konnte jeder an der Wärme seines Blicks erkennen.

Avar zog die perfekten Brauen hoch. »Selbstverständlich, Herr. Ich lasse im Stall Bescheid sagen. Ich habe mein Pferd nicht mitgebracht.«

»Darum habe ich mich bereits gekümmert«, sagte Phoran und legte die Gabel hin. »Du kannst das Pferd reiten, das mein Bewaffneter nehmen sollte.« Mit Avar an seiner Seite würde er keine Leibwache brauchen. »Ich fühle mich, als hätte ich das Schloss seit Monaten nicht mehr verlassen.« Erst nachdem er es ausgesprochen hatte, fiel ihm auf, dass das stimmte. Wann war er das letzte Mal draußen gewesen? O ja, zu Avars Geburtstag vor vier Monaten, als sie sich verkleidet und eine Kneipenrunde veranstaltet hatten.

»Ah.« Avar runzelte leicht die Stirn. »Beunruhigt Euch etwas?«

Phoran schüttelte den Kopf und stand auf. »Ich langweile mich nur. Erzähl mir von deiner neuen Kuriosität. Ein Reisender, sagtest du? Ist er ein Magier?«

Avar grinste. »Sind sie das nicht alle? Wenn ich ehrlich sein soll, glaube ich nicht, dass er auch nur einen einzigen Tropfen Reisendenblut hat. Er ist allerdings wirklich ein geschickter Heiler.«

Und als sie durch den Palast zum Stall gingen, berichtete Avar vergnügt über seine Reise und verhielt sich überhaupt nicht wie ein Mann, der einen anderen verachtete. Phoran fragte sich, ob er Avar verraten sollte, was sein Bruder gesagt hatte – und entschied sich dagegen. Nicht, weil er Angst hatte, Avar zu verletzen, sondern weil er nicht wollte, dass Avar wusste, wie sehr jemand Phoran verachtete.

Unter dem angenehmen Fluss von Avars Aufmerksamkeit begann Phoran das Debakel der vergangenen Nacht noch einmal zu überdenken. Es war Tradition, dass Leute ihre Herrscher nicht mochten – und er hatte wahrscheinlich falsch verstanden, was sie über seinen Onkel gesagt hatten. Sie hatten nicht behauptet, ihn selbst getötet zu haben, sondern nur, dass er getötet worden war. Und Phoran war zwar nicht unbedingt betrunken gewesen, aber auch nicht nüchtern. Es war leicht, in diesem Zustand etwas falsch zu verstehen.

Er entspannte sich und genoss die Gesellschaft seines Helden. Es war Wochen her, seit er Avars ungeteilte Aufmerksamkeit genossen hatte. Seine Zufriedenheit wurde allerdings ein wenig erschüttert, als man ihm seinen Hengst brachte.

Phoran hatte reiten gelernt, sobald er laufen konnte, aber nun musste er auf einen Klotz steigen, um in den Sattel zu kommen.

Fett – das zumindest stimmt, dachte er errötend, als ihm die Stallknechte, die ihn seit seiner Kindheit kannten, kaum in die Augen sehen konnten. Zumindest hatten sie ihm seinen eigenen Hengst gegeben, der mit der üblichen Wut auf das Gewicht eines Reiters reagierte – vielleicht sogar ein wenig heftiger, weil er so viele Monate nicht geritten worden war.

Als Klinge schließlich aufhörte zu schnauben und zu stampfen, war Phoran müde und ziemlich sicher, dass er sich am Rücken einen Muskel gezerrt hatte, aber er fühlte sich auch absolut siegreich. Nicht jeder hätte auf einem solchen Tier bleiben können, und ihm war es gelungen. Der Hengst schnaubte und beruhigte sich, als hätte es die vorherigen dramatischen Szenen nie gegeben.

»Gut geritten, mein Kaiser«, murmelte Avar mit genau dem richtigen Maß an Bewunderung, damit das Kompliment nicht übertrieben wirkte.

Phoran sah, wie die Mienen der Stallknechte sich von Anerkennung zu klammheimlicher Verachtung wandelten. *Hat Avar das absichtlich getan?*, dachte der kleine Teil von Phoran, der sich immer noch unter Toarsens harschen Worten wand.

Avar musste sich an diesem Abend um ein paar Dinge kümmern, und Phoran verkniff es sich, ihn zu bitten, dennoch zu bleiben. Der Ritt hatte ihn an seinen Onkel erinnert, der ihm das Reiten beigebracht hatte. Sein Onkel, der von dem Mann, zu dem Phoran herangewachsen war, enttäuscht gewesen wäre.

»Du hast Hirn, Junge«, hatte sein Onkel immer gesagt. »Kaiser oder nicht: Nutze es.«

Also war Phoran, als es in seinen Gemächern dunkel wurde und die Flammen zu glühender Holzkohle niederbrannten, wieder allein, als das Memento kam.

Es war höher gewachsen als ein Mensch und blieb einen Schritt vor ihm stehen. Wahrscheinlich, dachte Phoran, auch wenn ihm das nicht viel gegen sein Entsetzen half, war es verblüfft, dass er nicht wie so oft zuvor betrunken war oder in einer Ecke saß und jammerte.

Es sah irgendwie verschwommen aus, als könnte ein Menschenauge sich nicht so recht darauf konzentrieren, was es denn nun war – obwohl es an diesem Abend irgendwie *wirklicher* schien als zuvor.

Das Zögern des Memento – wenn es denn wirklich gezögert hatte – dauerte nicht lange. Zum ersten Mal blieb Phoran ruhig stehen, als es ihn mit seiner Dunkelheit umschlang und ihm damit die Fähigkeiten nahm, sich zu bewegen oder aufzuschreien. Er hatte gehofft, es werde besser gehen, wenn er stillhielt, aber der brennende Schmerz von Reißzähnen, die sich in die Haut seiner Ellbogenbeuge bohrten, war so schrecklich, wie er ihn in Erinnerung hatte. Kälte ging von der Stelle aus, wo das Memento sich nährte, als ersetze es das, was es trank, mit Eis. Als es fertig war, sagte es die Worte, die Phoran viel zu vertraut geworden waren.

»Indem ich dein Blut trinke, besitze ich dich. Ich schulde dir eine Antwort. Wähle deine Frage.«

»Hast du Angst vor anderen Leuten?«, fragte Phoran. »Ist das der Grund, wieso du nie auftauchst, wenn sich jemand mit mir im Raum befindet?«

»Nein«, sagte es und verschwand.

Schaudernd, als wäre er im Winter auf der Jagd gewesen, rollte sich Phoran der Siebenundzwanzigste auf dem Teppich in seinem Zimmer zusammen.

8

Diesmal war es nicht die Essensklappe, die geöffnet wurde, sondern die Tür. Tier sprang auf, aber er blieb stehen, wo er war, weil das plötzliche Licht ihn blendete.

»Wenn Ihr wollt, hoher Herr«, sagte eine leise Stimme, die ebenso einem jungen Mann als auch einer Frau gehören mochte, »könnt Ihr mit mir kommen. Wir werden Euch ein bequemeres Quartier zur Verfügung stellen. Ich soll Euch auch um Verzeihung bitten, weil man Euch so schlecht behandelt hat. Wir sind jetzt erst so weit, Euch empfangen zu können.«

Tier wischte sich die Augen und blinzelte gegen die Helligkeit an, die tatsächlich nur eine ziemlich trübe Laterne war, die die Frau von hinten beleuchtete.

Ihm wurde klar, dass dieser Anblick geplant war. Sie hielt die Laterne sorgfältig so, dass Tier gewisse Aspekte ihrer Gestalt deutlich sehen konnte. Das leichte Zittern der Hand, die die Lichtquelle hielt, war vielleicht ebenfalls gekünstelt – aber er selbst hätte sich auch nicht gerne einem Mann gestellt, der so lange eingesperrt gewesen war, also nahm er nicht gleich das Schlimmste an.

»Ich bin kein vornehmer Herr«, sagte er schließlich. »Sagt mir einfach, wem ich für meinen Aufenthalt hier zu danken habe.«

»Wenn Ihr das wollt«, sagte sie, »bringe ich Euch an einen Ort, an dem all Eure Fragen beantwortet werden.«

Tier hätte sie überwältigen können, und das hätte er auch getan, wenn sie ein Mann gewesen wäre. Aber wenn sie, wer immer *sie* sein mochten, eine Frau schickten, um ihn zu holen, konnte das nur bedeuten, dass es ihm nichts nützen würde, sie zu überwältigen.

»Ihr müsst mir einen Augenblick Zeit lassen«, sagte er, »bis ich wieder sehen kann.«

Als seine Augen sich angepasst hatten, sah er, dass die Frau ein fließendes Gewand trug, das den Körper darunter deutlich betonte.

Ein Hurenkleid – aber diese Frau war keine gewöhnliche Hure. Sie war ausgesprochen schön, selbst nach den Maßstäben eines Mannes, der weniger weiche, zerbrechliche Frauen bevorzugte. Vielleicht bestand das Netz aus Edelsteinen und Gold, das einen Teil ihres goldenen Haars hielt, in Wirklichkeit nur aus Messing und Glas – er konnte wirklich nicht sicher sein –, aber das Tuch für ihr Kleid war sehr teuer gewesen.

»Könnt Ihr schon sehen?«, fragte sie.

»O ja«, sagte er liebenswert. Er würde abwarten, bis er mehr Informationen hatte, und dann handeln. »Führt mich, schöne Dame.«

Sie lachte leise und ging einen Flur mit vielen Biegungen entlang. Tier fand, dass sie sich eher verhielt, als wäre er ein Freier statt ein Mann, der seit Wochen im Gefängnis gesessen hatte.

Die Decke des Flurs war so niedrig, dass er sie leicht mit der Hand hätte berühren können. Zu beiden Seiten gab es Türen, die er aufschieben konnte und hinter denen sich Räume befanden, die ganz wie seine Zelle aussahen. Die Frau hatte Geduld mit ihm, wartete, ohne leise vor sich hin zu murmeln, und blieb schließlich neben ihm vor einer eisernen Tür stehen, die doppelt so groß war wie die zu seiner Zelle. Die Tür blieb fest geschlossen, als er sie berührte.

Die Frau schwieg. Als er ihr die Laterne abnahm und sie heller einstellte, damit er sich die Tür näher ansehen konnte, verschränkte sie nur die Arme unter den vollen Brüsten.

Er ignorierte sie, bis er sicher war, dass sich auch hier die Türangeln auf der anderen Seite befanden und es zudem dort zwei Eisenstangen gab – durch den schmalen Ritz zwischen Tür und Rahmen kaum zu erkennen –, die sie verbarrikadierten. Wenn er Zugang zu einer Schmiede hätte, hätte er etwas herstellen können, um die Tür aufzubrechen – aber das war wohl sehr unwahrscheinlich.

Er reichte seiner Gastgeberin die Laterne zurück und ließ sich weiterführen.

Der Flur machte noch eine scharfe Biegung und endete vor einer Doppeltür. Kurz vor diesem Ende gab es noch eine Tür auf jeder Seite. Es war die linke, die die Frau öffnete, und sie trat zurück, um ihn vorgehen zu lassen.

Dampf und das Geräusch fließenden Wassers kamen aus der geöffneten Tür, also war Tier nicht überrascht, dahinter einen Baderaum zu finden. Er wusste, wie so etwas aussah, weil der Sept von Gerant in seinem Baderaum Besprechungen mit seinen Offizieren abgehalten hatte – er sagte immer, das Geräusch des Wassers verhindere, dass jemand sie belauschen könnte. Aber Gerants karg eingerichteter Raum hatte mit dem, der nun vor Tier lag, so viel zu tun wie ein Esel mit einem Streitross. Eine goldene Wanne, so groß, dass fünf oder sechs Personen hineingepasst hätten, war randvoll mit heißem, dampfendem Wasser, und daneben stand ein hoher Tisch mit unterschiedlichen Seifen und Tiegeln mit Ölen. Aber der beeindruckendste Teil des Raumes war zweifellos das kalte Becken.

Wasser lief aus einer Öffnung in der Decke über ein Sims aus bearbeiteten Steinen, wo es sich ausbreitete und wie ein Vorhang zu dem taillenhohen Becken darunter stürzte. Dass es taillenhoch war, sah Tier deshalb, weil zwei nackte, verängstigte und offensichtlich frierende Frauen darin standen.

»Ssst!«, zischte seine Führerin plötzlich verärgert. »Ihr tut, als solltet ihr eure Tugend noch einmal verlieren. Sieht der hier aus wie ein Mann, der Frauen wehtut?«

Dann senkte sie ihre Stimme zu einem Samtton und wandte sich wieder Tier zu. »Ihr vergebt ihnen sicher. Unser letzter Gast war nicht besonders froh über seine Gefangenschaft und hat es an denen ausgelassen, die nichts damit zu tun hatten.«

Tier lachte ehrlich amüsiert. »Nach diesen Worten würde ich mich wirklich wie ein dummer Junge fühlen, wenn ich so etwas versuchte.«

Im helleren Licht des Baderaums konnte er sehen, dass Myrceria mehr als nur schön war – sie war faszinierend, eine Frau, die die Blicke der Männer auch noch anziehen würde, wenn sie achtzig war. Im Geist schlug er noch etwas auf ihren Preis auf. Wieso bot man ihm also einen solchen Dienst an? Der Gedanke wischte das Lächeln von seinen Lippen.

»Ich soll mich also waschen, bevor ich vorgestellt werde, wie?«, fragte er lässig.

»Wir werden das für Euch erledigen, wenn Ihr gestattet«, antwortete sie und senkte demütig den Kopf. »Wenn Ihr fertig seid, gibt es hier saubere Kleidung, um die zu ersetzen, die Ihr jetzt tragt. Es geht nur um Eure Bequemlichkeit. Wenn Ihr wollt, könnt Ihr auch bleiben, wie Ihr seid, und ich führe Euch sogleich weiter. Ich dachte, Ihr würdet es vorziehen, nicht im Nachteil zu sein.«

»Nachteil, wie?« Er warf einen Blick auf seine Kleidung. »Wenn sie einen Mann am Ende einer dreimonatigen Jagd entführen, haben sie es eigentlich nicht besser verdient. Ich werde mich waschen, aber Ihr Damen solltet lieber verschwinden, oder meine Frau wird meinen Kopf verlangen.«

Die Frauen im Becken kicherten, als hätte er etwas Geistreiches gesagt, aber sie warteten auf eine Geste von Myrceria, bevor sie aus dem Becken stiegen. Sie wickelten sich in je eines der Badetücher, die gefaltet auf einer Bank lagen, und verließen den Raum durch dieselbe Tür, durch die er hereingekommen war.

»Ihr ebenfalls, Mädchen«, sagte er zu seiner Führerin. »Der Adlige, dem Ihr dient, lässt sich beim Waschen vielleicht gerne helfen, aber wir Rederni können das durchaus selbst erledigen.«

Sie verbeugte sich lächelnd, ging und schloss die Tür hinter sich. Er hatte draußen keinen Riegel bemerkt, aber er hörte ein Klicken, das nichts anderes sein konnte, also machte er sich nicht die Mühe, die Tür zu versuchen. Der Wasserfall war interessanter.

Vier Schritte später hatte er Halt am untersten Sims gefunden und konnte den Rest relativ einfach zurücklegen. Er fand die Öffnung, durch die das Wasser hereinkam, aber sie war mit eingemauerten Eisenstäben vergittert.

Er kletterte wieder zurück und sprang mitsamt seiner schmutzigen Kleidung in das kalte Wasser. Er hatte nicht erwartet, wirklich auf diesem Weg fliehen zu können, aber er musste wissen, womit er es zu tun hatte. Irgendwann würde er einen Ausweg finden – und in der Zwischenzeit brauchte er nicht schmutzig zu bleiben.

Zunächst wusch er die Kleidung, die er getragen hatte, dann warf er sie in die wartende Badewanne mit dem heißen Wasser, wo er sowohl sich selbst als auch seine Sachen einseifen würde, wenn er im kalten Becken fertig war.

Das kalte Wasser lief ihm übers Gesicht und verhalf ihm zu einem klareren Kopf und klareren Gedanken, während er den Dreck von sich abkratzte.

Er hatte nicht gehört, dass jemand hereingekommen war, aber als er unter dem Wasserfall hervorkam, wartete saubere Kleidung auf ihn.

Er ignorierte sie, setzte sich in die Wanne mit dem heißen Wasser, seifte sich ein und tat dann das Gleiche mit seiner Kleidung. Dann spülte er die Sachen im kalten Becken ab und hängte sie so gut er konnte auf. Nun fror er, also trocknete er sich ab und untersuchte die Kleidung, die sie bereitgelegt hatten.

Die Sachen waren brauchbar, ganz ähnlich wie die, die er ausgezogen hatte, nur weniger abgetragen. Er betastete das Hemd nachdenklich, bevor er es anzog. Die Lederstiefel passten ihm so gut wie seine alten, die er irgendwann während der Gefangenschaft verloren hatte.

Als er die Stiefel zuschnürte, kehrte seine Führerin zurück – die Zeiteinteilung war zu exakt, als dass sie es geraten haben konnte. Jemand hatte ihn beobachtet, und er hoffte, das Theater hatte ihnen gefallen. Sie hielt ein Tablett mit einem Kamm und einer schlichten Silberklemme und streckte es ihm hin. Er fuhr sich mit dem Kamm durchs Haar und band es zu einem Zopf, den er mit der Klemme schloss.

Dann drehte er sich einmal um, damit sie sich das Ergebnis ansehen konnte, und sie nickte. »Das wird genügen. Wenn Ihr mir jetzt folgen würdet? Der Meister erwartet Euch.«

»Meister?«, fragte er.

Aber sie hatte ihm alles gesagt, was sie verraten wollte. »Kommt«, sagte sie und führte ihn wieder in den Flur.

Die Doppeltür am Ende des Flurs stand diesmal offen, und ein Hauch von Rauch trieb in den Flur, zusammen mit unrhythmischem Trommelschlag und dem Summen von Gesprächen. Aber Tier hatte nur einen Herzschlag lang, um hineinzuschauen und einen Blick auf einen großen Raum mit Tischen und Bänken zu erhaschen, bevor die Frau die Tür direkt gegenüber dem Baderaum öffnete und ihn hineinwinkte.

Was die Größe und den Mangel an Fenstern anging, erinnerte der Raum an die Zelle, in der sich Tier befunden hatte, obwohl der Steinboden hier mit einem fest gewebten Teppich bedeckt war, der sich unter seinen Füßen weich anfühlte. Zwei passende Behänge zierten eine Wand. Die einzigen Möbel waren zwei bequem aussehende Stühle und ein kleiner runder Tisch.

Auf einem der Stühle saß ein Mann in einem schwarzen Samtgewand, der an einem Kelch nippte. Er war vielleicht zehn Jahre älter als Tier und hatte die Züge eines Adligen aus dem Osten: breite Wangen und eine flache Nase. Wie sein Gesicht gehörten auch seine Hände einem Aristokraten, waren schlank und mit Ringen bedeckt.

Er blickte auf, als Tiers Führerin leise hüstelte.

»Ah, danke, Myrceria«, sagte er freundlich und stellte den Kelch auf den Tisch. »Das war alles.«

Die Tür schloss sich leise hinter Tiers Rücken, und die beiden Männer waren allein im Zimmer.

Der Mann im Gewand faltete die Hände nachdenklich unter dem Kinn. »Ihr seht nicht aus wie ein Reisender, Tieragan aus Redern.«

Ein Reisender?

Tier zog eine Braue hoch und setzte sich auf den leeren Stuhl. Er war ein bisschen niedrig für ihn, also streckte er die Beine aus und kreuzte die Fußknöchel. Als er bequem saß, sah er den Mann an, der wahrscheinlich für seine Gefangennahme verantwortlich war, und sagte höflich: »Und Ihr seht nicht aus wie eine Eiterbeule am Hinterteil einer Schnecke. Äußerlichkeiten können trügen.«

Das Gesicht des anderen Mannes änderte sich nicht, aber Tier spürte ein Aufwallen von Macht, von Magie – genau, was er erwartet hatte.

Die Magie verging wieder, und der Zauberer lächelte. »Ihr

seid wirklich verärgert, wie? Wir sollten uns vielleicht dafür entschuldigen, dass wir Euch eingeschlossen haben, aber es ist lange her, dass wir uns einer Eule bemächtigen konnten. Wir mussten sicher sein, dass wir Eure Magie eindämmen konnten, bevor wir Euch freiließen.«

Seine Magie eindämmen?

»Ihr scheint viel über mich zu wissen«, stellte Tier fest. »Möchtet Ihr mir das Vergnügen bereiten, mir auch etwas über Euch zu verraten?«

Der andere Mann lachte. »Ihr müsst mich entschuldigen – Ihr seid nicht ganz, was ich erwartet hatte. Ich bin Kerstang, Sept von Telleridge.«

Tier nickte. »Und was will der Sept von Telleridge mit einem Rederni-Bauern?«

»Überhaupt nichts«, sagte Telleridge. »Aber ich könnte etwas mit einem Reisenden und Barden anfangen.«

»Ich habe es Euch doch schon gesagt«, erklärte Tier freundlich. »Ich bin kein Reisender. Wofür braucht Ihr mich?«

Telleridge lächelte, als freue er sich über Tiers Antwort. »Zusätzlich zu meinen Pflichten als Sept habe ich die schwierige Aufgabe, mich um die Jugend des Reiches zu kümmern. Die Erbgesetze, so notwendig sie sein mögen, sorgen dafür, dass viele jüngere Söhne von Adligen keine konstruktiven Möglichkeiten haben, ihre Energie abzureagieren. Ich habe hier ein Nest für diese verlorenen Seelen eingerichtet und bin für ihre Unterhaltung verantwortlich.«

»Und ich soll diese Unterhaltung liefern?«, fragte Tier. »Es gibt doch sicher Barden, die Ihr nicht zu entführen braucht, um sie zum Singen zu überreden.«

Telleridge lachte. »Aber die wären nicht annähernd so amüsant.« Das Lachen verklang, als wäre es nie dagewesen. »Und sie wären auch nicht Eule. Im Augenblick müsst Ihr nur wissen, dass Ihr für das nächste Jahr mein Gast sein werdet, ob Ihr das wollt oder nicht. In dieser Zeit werdet Ihr meine jungen Freunde unterhalten und hin und wieder an unseren Zeremonien teilnehmen. Im Gegenzug dafür dürft Ihr um alles bitten, was Ihr wollt, außer zu gehen, und wir werden es Euch liefern.«

»Das glaube ich nicht«, sagte Tier.

»Ihr habt nicht die Möglichkeit, Euch zu weigern«, erwiderte der Zauberer. »Ein Jahr und einen Tag werdet Ihr haben, was immer Ihr wollt – oder Ihr könnt Euch wehren, mir ist das egal.«

Diese Zeitspanne kam ihm bekannt vor. »Ein Jahr und ein Tag«, sagte Tier. »Ihr macht mich für ein Jahr und einen Tag zum Bettlerkönig.« Er summte ein paar Takte des alten Lieds. »Und ich nehme an, Ihr werdet mich wie den Bettlerkönig am Ende den Göttern opfern?«

»Genau«, stellte der Zauberer fest, als wäre Tier ein besonders guter Schüler. »Ich sehe schon, dass eine Eule anders sein wird als ein Rabe – die letzten drei Mal hatten wir Raben. Der Jäger war interessant, obwohl wir ihn am Ende einsperren mussten. Ich denke, Ihr werdet Eure Aufgabe gut erfüllen. Aber zunächst …«

Er beugte sich vor und berührte Tier leicht, und als er das tat, fiel Tier der Silberring mit dem Onyx an seinem Zeigefinger auf.

Er wurde wieder abgelenkt, als die Stimme des Zauberers eine ganze Oktave tiefer wurde und er in der Reisendensprache sagte: *»Bei Lerche und Rabe binde ich dich, damit du weder mir noch einem anderen Zauberer im schwarzen Gewand in diesen Hallen Schaden zufügst. Bei Kormoran und Eule binde ich dich, damit du niemanden bitten wirst, dir bei einer Flucht zu helfen. Beim Falken binde ich dich, damit du nicht von deinem Tod sprechen wirst.«*

Magie durchdrang Tier und bewirkte, dass er sich nicht rühren konnte, bis der Zauberer fertig war.

»So«, sagte er und lehnte sich wieder zurück.

In der Tat, dachte Tier erschüttert. Niemand hatte ihn je zuvor mit einem Bann belegt. Er fühlte sich ... geschändet und verängstigt. Es war so schnell gegangen, und er hatte sich nicht einmal verteidigen können; kalter Schweiß brach ihm im Nacken aus, und er schauderte und musste gegen wachsende Übelkeit ankämpfen.

»Ist Euch übel?«, fragte Telleridge. »Auf manche wirkt es sich so aus, aber ich konnte mich schließlich nicht auf das Wort eines Reisenden und Bauern verlassen – selbst wenn Ihr nachgegeben hättet. Meine jungen Freunde sind leicht zu beeinflussen. Ich will wirklich keinen meiner Sperlinge zu früh verlieren.«

»Sperlinge?«, fragte Tier, der nur flach durch die Nase atmete und hoffte, nicht so erschüttert auszusehen, wie er sich fühlte. »Ihr habt hier Vögel?«

Der Zauberer lächelte. »Wie ich schon sagte, ein Barde könnte sehr interessant sein. Myrceria wird Euch sagen, was Ihr über meine Sperlinge wissen müsst. Fragt sie nach dem Geheimen Pfad, wenn Ihr wollt. Sie wartet vor der Tür auf Euch.«

Die Frau wartete tatsächlich auf ihn, kniete auf dem kalten Steinboden, die Hände ruhig gefaltet. Bereit, dachte Tier, mit einem Mann in jeder Stimmung zurechtzukommen. Sie regte sich nicht, bevor er die Tür leise hinter sich schloss.

»Wenn Ihr wollt, werde ich Euch ins Nest bringen«, sagte sie und zeigte mit der rechten Hand auf die Doppeltür. »Dort gibt es andere, mit denen Ihr Euch unterhalten und essen und trinken könnt. Wenn Ihr mir lieber Fragen stellen wollt, können wir auf Euer Zimmer gehen. Ihr werdet feststellen, dass es erheblich verbessert wurde.«

»Gehen wir reden«, sagte er.

Wie Myrceria versprochen hatte, hatte sich die Zelle in seiner Abwesenheit verwandelt. Sie war geputzt und mit einem der Betten möbliert worden, wie die Adligen sie benutzten – es war keine der mit Binsen gefüllten Matratzen auf gespannten Seilen, die er von zu Hause kannte. Überall gab es teure Stoffe und seltenes Holz; der Raum hätte vollgestopft aussehen sollen, wirkte aber stattdessen gemütlich. In der Mitte des Betts lag eine Laute, der man deutlich ansah, dass sie schon oft benutzt worden war, und die seltsam fehl am Platze wirkte.

Tier machte einen Schritt darauf zu, blieb dann aber stehen. Er war nicht wie Seraph, er verspürte nicht das Bedürfnis, prinzipiell das Gegenteil von dem zu tun, wozu alle ihn bewegen wollten, aber das bedeutete nicht, dass es ihm gefiel, manipuliert zu werden. Also nahm er sich vor, sich die Laute später anzusehen, und konzentrierte sich auf eine andere Seltsamkeit. Der Raum wurde von glühenden Steinen in kupfernen Kohlebecken beleuchtet, die an strategischen Stellen im Zimmer angebracht waren.

»Sie sind ziemlich ungefährlich«, sagte Myrceria hinter ihm. Sie stieß sanft mit ihm zusammen und schmiegte sich an ihn, bis ihre Brüste an seinem Rücken ruhten, dann griff sie um ihn herum und nahm den faustgroßen Stein aus dem Kohlebecken, das er hochgehoben hatte.

Er setzte das Becken vorsichtig wieder hin und löste sich von ihr. »Ihr seid sehr hübsch, Mädchen«, sagte er. »Aber wenn Ihr meine Frau kennen würdet, wüsstet Ihr, dass sie meine Leber herausreißen und sie verschlingen würde, während meine bebenden Überreste zusehen, wenn ich sie jemals betröge.«

»Sie ist nicht hier«, murmelte Myrceria, legte den Stein zurück und drehte sich anmutig in einem Kreis, damit er sehen konnte, was er da ablehnte. »Sie wird es nie erfahren.«

»Ich würde meine Frau niemals unterschätzen«, antwortete er. »Und das solltet Ihr lieber auch nicht tun.«

Myrceria berührte das Netz an ihrem Haar und schüttelte den Kopf, sodass Wellen von goldenem Haar über ihren Rücken fielen, bis hinab zu den Fußknöcheln. »Sie wird glauben, dass Ihr tot seid«, sagte sie. »Dafür haben sie gesorgt. Wird sie Euch treu sein, wenn Ihr tot seid?«

Seraph hielt ihn für tot? Er musste wirklich nach Hause zurückkehren.

»Telleridge behauptete, Ihr würdet meine Fragen beantworten«, sagte er. »Wo sind wir?«

»Im Palast«, antwortete sie.

»In Taela?«

»Ja.« Sie lehnte sich an ihn.

Er beugte sich vor, bis sein Gesicht nahe an ihrem war. »Nein«, sagte er leise. »Ihr habt Antworten auf meine Fragen, und das ist alles, was mich interessiert.« In ihren Augen blitzte so etwas wie Furcht auf, und er nahm an, dass eine Hure ihrer Klasse sich wohl kaum freiwillig einem Gefangenen anbieten würde. »Ihr könnt Telleridge über diesen Abend sagen, was Ihr wollt, und ich werde es nicht abstreiten – aber ich breche die Schwüre nicht, die ich abgelegt habe. Ich habe meine eigene Frau; was ich brauche, sind Antworten.«

Sie stand einen Augenblick reglos da, ihr Blick unergründlich – was ihm mehr darüber sagte, was sie dachte, als die schlichte, aufs Praktische ausgerichtete Miene einer Hure.

Langsam, aber nicht verführerisch, band sie ihr Haar wieder ins Netz. Als sie fertig war, hatte sie ihre verführerische Ausstrahlung ebenfalls weggesteckt.

»Also gut«, sagte sie. »Was wollt Ihr wissen?«

»Belügt mich«, sagte er.

Sie zog die Brauen hoch. »Eine Lüge?«

»Über irgendwas. Sagt mir, dass die Bettdecke blau ist.«

»Die Bettdecke ist blau.«

Nichts. Er spürte nichts.

»Sagt mir, dass sie grün ist.«

»Die Bettdecke ist grün.«

Er konnte nicht herausfinden, ob sie log. Das einzig Nützliche an seiner Magie funktionierte nicht mehr. Er öffnete den Mund, um sie zu bitten, ihm bei der Flucht zu helfen, nur, weil er sehen wollte, ob er es konnte, aber kein Wort kam ihm über die Lippen.

»Die Götter sollen ihn holen!«, brüllte er wütend. »Die Götter sollen ihn holen, ihm bei lebendigem Leib die Milz herausreißen und sie essen.« Er wandte sich der Hure zu, und sie wich zurück, obwohl das wirklich nicht nötig gewesen wäre. »Erzählt mir von diesem Ort, den Sperlingen, dem Geheimen Pfad, Telleridge … von allem.«

Sie machte noch einen Schritt zurück und ließ sich zimperlich auf der Bettkante nieder, weit von der Laute entfernt. Rasch sagte sie: »Der Geheime Pfad ist eine Geheimorganisation von Adligen. Die Räume, die Ihr heute gesehen habt, und ein paar andere, befinden sich unterhalb eines unbenutzten Flügels des Palasts. Viele Aktivitäten des Pfads werden nur von den jungen Männern, den Sperlingen, ausgeübt. Die älteren Mitglieder und die Meister, die Zauberer, befehlen, welche Aktivitäten das sein sollen. Die Sperlinge sind die jüngeren Mitglieder des Geheimen Pfads. Sie sind zwischen sechzehn und zwanzig, wenn sie eintreten.«

»Wie nennt Ihr die älteren Mitglieder?«, fragte Tier.

»Raubvögel«, erwiderte sie und entspannte sich ein wenig. »Und die Zauberer sind die Meister.«

»Wer hat das Sagen – die Zauberer oder die Raubvögel?«

»Der Hohe Pfad – eine ausgewählte Gruppe aus Raubvögeln und Meistern, die von Meister Telleridge geführt wird.«

»Und wer kann Mitglied werden?«, fragte er.

»Man muss ein Adliger sein und über den angemessenen Charakter verfügen. Direkte Erben eines Sept sind ausgeschlossen. Die meisten Jungen kommen auf Empfehlung von anderen Sperlingen.«

»Telleridge ist ein Sept«, sagte Tier, der versuchte, sein Wissen in ein Muster einzupassen.

»Ja. Sein Vater und seine älteren Brüder waren Opfer der Pest.«

»Hat er diesen … Geheimen Pfad gegründet?«

»Nein.« Sie lehnte sich ein wenig bequemer gegen die Wand. »Es ist eine sehr alte Vereinigung, über zweihundertfünfzig Jahre alt.«

Tier rief sich die Geschichte des Kaiserreichs vor Augen. »Nach dem Dritten Bürgerkrieg.«

Myrceria nickte und lächelte ein wenig.

»Es war, glaube ich, Phoran der Achtzehnte, der mitten im Krieg Kaiser wurde, nachdem sein Vater von einem Attentäter umgebracht wurde«, sagte er. »Ein Mann, der für seine diplomatischen Leistungen und nicht für seine Kriegskunst bekannt war. Was war es noch, was zu dem Krieg führte …«

Ihr Lächeln wurde ausgeprägter. »Ich denke, das wisst Ihr recht gut. Es heißt, Barden kennen sich mit der Geschichte aus.«

»Die jüngeren Söhne einer Reihe von mächtigeren Septs rissen die Ländereien ihrer Väter oder Brüder an sich, während die Septs sich in einer Ratssitzung befanden. Sie behaupteten, die Erbgesetze seien falsch, und beraubten jüngere Söhne ihres gerechten Erbes. Der Krieg dauerte zwanzig Jahre.«

»Dreiundzwanzig«, verbesserte sie ihn freundlich.

»Ich wette, der Pfad wurde vom jüngeren Bruder Phorans des Achtzehnten ins Leben gerufen – dem Offizier.«

Sie räusperte sich. »Tatsächlich von Phorans jüngstem Sohn, aber Phorans Bruder gehörte zu den ursprünglichen Mitgliedern.«

Nun hatte Tier das Muster gefunden: »Der Pfad lockt die

jüngeren Söhne an, junge Männer, die dazu erzogen wurden, Macht auszuüben, aber niemals welche haben werden. Nur die, die am zornigsten über ihr Los sind, werden zugelassen. Als junge Männer erhalten sie eine geheime Möglichkeit, denen zu trotzen, die an der Macht sind – einen sicheren Ort, an dem sie ihre Kräfte verausgaben können. Dann, nehme ich an, werden ein paar nach und nach in Situationen geführt, wo sie wirklich Macht erlangen können – Berater des Königs, Kaufmann, Diplomat. Positionen, in denen sie Macht erlangen und in den Wohlstand des Reiches investieren können, das sie so ablehnen. Der alte Phoran der Achtzehnte war ein hervorragender Stratege.«

»Ihr seid sehr gebildet für einen ... einen Bäcker«, sagte sie, »aus einem kleinen Dorf im Hinterland.«

Er lächelte sie an. »Ich habe seit meinem fünfzehnten Lebensjahr bis zum Ende des letzten Kriegs unter dem Sept von Gerant gekämpft. Er gilt als eine Art Exzentriker. Ihn kümmerte nicht, als was seine Kommandanten zur Welt gekommen waren; für ihn war nur wichtig, dass sie so viel über Politik und Geschichte wussten wie über Kriege.«

»Ein Soldat?« Sie dachte über die Idee nach. »Das hatte ich vergessen – sie schienen es nicht für sonderlich wichtig zu halten.«

»Ihr seid für Eure Position ebenfalls sehr gebildet«, sagte er.

»Wenn schon jüngere Söhne keinen Platz im Reich haben, dann sind ihre Töchter ...« Abrupt brach sie ab und machte einen Schritt zurück. »Wieso sage ich Euch das?« Ihre Stimme bebte in ungekünstelter Angst. »Ihr dürft hier keine Magie wirken. Sie sagten, das könntet Ihr auch nicht.«

»Ich wirke keine Magie«, sagte er.

»Ich muss gehen«, verkündete sie und verließ die Zelle. Sie vergaß allerdings nicht, die Tür abzuschließen und den Riegel vorzulegen.

Als sie weg war, zog er die Beine aufs Bett, Stiefel und alles, und lehnte sich gegen die Wand.

Was immer der Pfad einmal hatte sein sollen, er bezweifelte, dass derzeit sein einziger Sinn darin bestand, die jüngeren Adligen zu beschäftigen. Telleridge kam ihm nicht so vor, als interessiere er sich für einen anderen als sich selbst – und ganz bestimmt nicht für den Bestand des Kaiserreichs.

Als er an Telleridge dachte, erinnerte sich Tier wieder, was der Zauberer ihm angetan hatte. Seine Magie war tatsächlich verschwunden – nicht, dass sie ihm in einer solchen Situation viel nützen würde. Allein und ohne Zeugen saß Tier auf dem Bett, schlug die Hände vors Gesicht und sah noch einmal vor sich, wie Telleridges Hand seinen Arm berührte.

Zauberer sollten eigentlich nicht imstande sein, solche Zauber zu bewirken. Sie mussten Tränke bereiten und Symbole zeichnen – er hatte das alles schon gesehen. Nur Raben konnten einen Bann mit Worten wirken.

Und Telleridge hatte die Sprache der Reisenden gebraucht.

Tier richtete sich auf und starrte eines der glühenden Kohlebecken an, ohne es wirklich zu sehen. Dieser Ring. Er hatte diesen Ring schon einmal gesehen, an dem Abend, als er Seraph kennengelernt hatte.

Es mochte zwanzig Jahre her sein, aber er war sicher, dass er sich nicht irrte. Er hatte ein gutes Gedächtnis, und der Ring, den Telleridge trug, hatte die gleiche Kerbe an der Fassung wie der Ring dieses … wie war sein Name gewesen? Wresen. Wresen war ebenfalls ein Zauberer gewesen. Ein Zauberer, der Seraph verfolgte.

Wie konnte Telleridge wissen, dass Tier Barde war? Tier war davon ausgegangen, dass sein unbekannter Besucher es dem Zauberer erzählt hatte – oder vielleicht war dieser Besucher sogar der Zauberer selbst gewesen. Aber nun klang es, als wäre Tiers Bardentum der Grund für die Entführung. Niemand außer Seraph wusste, was er war – obwohl sie ihm auch gesagt hatte, dass jeder Rabe ihn als Barden erkennen würde.

Sie hatten ihn beobachtet. Myrceria hatte gewusst, dass er Bäcker und Soldat gewesen war. Hatten sie ihn und Seraph zwanzig Jahre lang beobachtet? Beobachteten sie Seraph immer noch?

Er sprang auf und begann, auf und ab zu gehen. Er musste nach Hause. Als er sich nach einer Stunde fruchtlosen Nachdenkens immer noch in der abgeschlossenen Zelle befand, ließ er sich wieder auf dem Bett nieder und griff zerstreut nach der Laute. Er konnte nichts weiter tun, als für jede Gelegenheit zur Flucht bereit zu sein und sie zu ergreifen, wann immer sie sich bot.

Er bemerkte mit ironischem Grinsen, welche Melodie er begonnen hatte zu spielen. Beinahe trotzig zupfte er nun den Kehrreim mit geschickter Präzision.

Ein Jahr und ein Tag,
Ein Jahr und ein Tag,
Und der Bettler wird König sein,
Für ein Jahr und einen Tag.

In dem Lied kamen verzweifelte Priester zu dem Schluss, dass ein Opfer gebracht werden müsse, um eine schon zehn Jahre andauernde Trockenzeit zu beenden – und es musste die wichtigste Person im Land geopfert werden: der König. Der König weigerte sich, aber er schlug den Priestern vor, einen Bettler von der Straße zu holen. Der König würde sich ein Jahr lang aus dem Amt zurückziehen und den Bettler König sein lassen. Die Priester wandten ein, ein Jahr sei nicht lang genug – also wurde der Bettler König für ein Jahr und einen Tag. Die Trockenheit endete mit dem willigen Opfer des jungen Mannes, der sich damit als würdiger erwies als der echte König.

Und Tier würde als Reisendenkönig des Geheimen Pfads am Ende seiner Herrschaft ebenfalls sterben.

Er dachte an eine der Bindungen, die Telleridge ihm auferlegt hatte. Die jungen Männer, die Sperlinge, wussten offenbar nicht, dass er sterben würde – sonst hätte der Zauberer ihm wohl kaum verboten, darüber zu sprechen.

Zweifellos würde sein Tod einem wichtigeren Zweck dienen als der Nachahmung eines alten Lieds. Würde er die Götter zufriedenstellen, wie das Opfer des Bettlerkönigs in der Geschichte? Aber warum verbargen sie es dann vor den jungen Männern? Was wollte ein Zauberer mit seinem Tod anfangen?

Magie und Tod – er erinnerte sich, dass Seraph einmal darüber gesprochen hatte –, Magie und Tod waren eine sehr mächtige Kombination. Je besser der Magier das Opfer kannte, desto stärker war die Magie, die er wirken konnte. Die Hauskatze des Magiers funktionierte besser als ein streunendes Tier. Ein Freund besser als ein Feind … ein Freund für ein Jahr und einen Tag.

Er musste sich unbedingt mit Seraph in Verbindung setzen. Er musste sie warnen, damit sie die Kinder beschützen konnte.

Er spielte die Akkorde eines alten Kriegslieds. *Myrceria,* dachte er. *Ich werde an Myrceria arbeiten.*

Phoran hielt das Pergamentbündel triumphierend in der Hand, als er durch die Flure des Palasts zu seinem Arbeitszimmer eilte. Als Erstes würden sie in seinen Gemächern nach ihm suchen. Keiner außer dem alten Bibliothekar wusste von dem Arbeitszimmer. Irgendwann würden sie Phoran finden, aber nicht bevor er bereit war.

Es war eigentlich nur ein Impuls gewesen. Als Douver, dieser alte Narr, die Dekrete geschickt hatte, die er für den Rat der Septs unterschreiben sollte, hatte Phoran nach ihnen gegriffen, sie unter den Arm geklemmt und dem beinahe leeren Raum angekündigt, dass er sie sich ansehen werde.

Er hatte sich auf dem Absatz umgedreht und war gegangen, durch ein kompliziertes System von Geheimgängen – von denen einige so gut bekannt waren, dass es ebenso gut hätten reguläre Flure sein können, und andere, von denen er gern glaubte, dass nur er sie kannte. Er hatte niemandem die Gelegenheit gegeben, ihm zu folgen.

Die meiste Zeit seines Lebens hatte er einfach unterschrieben, was man ihm vorlegte. Sein Onkel war zumindest so freundlich gewesen, ihm immer zu erklären, was er da unterschrieb – obwohl Phoran sich erinnern konnte, dass ihn das meiste davon nicht interessiert hatte.

Aber der leere Raum war beleidigend gewesen. Wenn der Kaiser zweimal im Jahr Dekrete und Gesetzesvorschläge unterzeichnete, sollten mehr Leute anwesend sein, und sie wären es auch gewesen, wenn sie glaubten, dass der Kaiser noch etwas anderes tat, als automatisch alles zu unterzeichnen, was man ihm vorlegte.

Er betrat die Bibliothek durch eine Seitentür, ging unbemerkt zwischen den Pergamentbehältern und Bücherregalen hindurch und schloss die Tür seines Arbeitszimmers auf. Es war ein kleiner Raum, aber er ließ sich von innen ebenso abschließen wie von außen, was alles war, das er brauchte.

Er setzte sich auf seinen Stuhl und begann nachzudenken. Es war zwar schön und gut, dass er nicht länger nur dem Namen nach Kaiser sein wollte, aber er hatte wirklich nicht die Unterstützung, die er benötigte. Der Sept von Gorrish betrachtete sich praktisch als Regent, und die Septs, die ihm folgten, Telleridge und die anderen, würden ihr Bestes tun, gegen jedes Zeichen von Unabhängigkeit anzukämpfen.

Wirklich, er sollte die verdammten Dinger einfach signieren, dann würde er seine Ruhe haben.

Stattdessen öffnete er das Tintenfass, schnitt die Federn zurecht und fing an zu lesen. Die ersten drei Pergamente unterschrieb er – komplizierte Handelsabkommen zwischen diversen Septs, und nichts, in das der Kaiser sich einmischen sollte. Aber beinahe unwillkürlich merkte er sich die Namen derer, die diese Bündnisse schlossen.

Das vierte Pergament war ein weiteres der immer strenger werdenden Gesetze gegen die Reisenden. Er unterzeichnete das ebenfalls. Sein Onkel hatte immer gesagt, die meisten Reisenden seien Diebe, obwohl sie auch recht sympathisch sein konnten. Sie hatten kein Land, auf dem sie sich niederlassen konnten, weil kein Sept so etwas erlauben würde, also waren sie gezwungen, ihr Brot so gut zu verdienen, wie sie konnten.

Stunden vergingen. Hin und wieder schlich sich Phoran in die Bibliothek und holte Landkarten oder Bücher. Aber er unterzeichnete die Pergamente eins nach dem anderen und legte nur wenige beiseite, um sie sich noch einmal anzusehen.

Er fand zwei, die im vielleicht dienen könnten. Es waren regionale Angelegenheiten, die den größten Teil des Rats nicht sonderlich interessieren würden, und sie waren jeweils nur von etwas mehr als der Hälfte der Ratsmitglieder unterschrieben.

Das erste Dekret würde dem Sept von Holla umfassende Fischrechte im Azalansee einräumen. Phoran hatte sich Karten angesehen und festgestellt, dass der Azalansee ein kleines Gewässer inmitten des Landes war, das dem Sept von Holla gehörte. Und genau das machte das Dekret so merkwürdig – die Septs hatten für gewöhnlich ohnehin die alleinigen Rechte auf jedes Gewässer, das vollkommen von ihrem Land eingeschlossen war; Phoran war klar, dass eine Geschichte dahinterstecken musste. Bei der zweiten Vorlage ging es um ein kleines Stück Land, das dem Sept von Jenne für seine »Dienste am Kaiserreich« zugesprochen wurde.

Er sah sich diese schlichten Worte mehrmals an, um Hinweise zu finden, und ärgerte sich darüber, dass seine Gleichgültigkeit ihn in den letzten Jahren veranlasst hatte, nicht zu den Ratssitzungen zu gehen, denn inzwischen wusste er nicht mehr, wer mit wem verbündet war. Geografie half – Hollas Unterschriften kamen von den Septs im Nordosten, Hollas Nachbarn. Sie hatten alle unterschrieben – bis auf einen. Dieser Nachbar, begriff Phoran plötzlich, hatte wohl Fischer zum See seines Nachbarn geschickt.

So könnte es gewesen sein – Holla hatte im Rat wenig Einfluss. Aber Phoran würde lieber gerecht entscheiden.

Das zweite Pergament war frustrierend, weil das fragliche Stück Land so klein war, dass er nicht viel darüber herausfinden konnte.

Als er von einer Landkarte aufblickte, stand das Memento im Zimmer.

Er hatte nicht gewusst, wie lange er schon hier gewesen war. Er hatte die Lampendochte hin und wieder beschnitten, wenn es notwendig gewesen war, ohne weiter darüber nachzudenken, und es gab kein Fenster, das ihm hätte sagen können, dass die Sonne untergegangen war.

Langsam legte Phoran die Feder hin und zog das schwere Staatsgewand aus, damit er seinen Arm entblößen konnte. Die Hoffnung, die ihn den größten Teil des Tages erfüllt hatte, verpuffte bei der Berührung der kalten, kalten Lippen an seiner Haut.

Es tat weh, und Phoran wandte den Blick ab, als das Memento sich nährte.

»Weil ich dein Blut genommen habe, schulde ich dir eine Antwort. Wähle deine Frage.«

Unendlich müde und immer noch zitternd von den Überresten des Schmerzes, lachte Phoran harsch auf und fragte: »Kennst du jemanden, der mir helfen könnte zu verstehen, was so Besonderes an einem kleinen Stück Land des Sept von Gerant ist, dass der Rat es dem Sept von Jenne geben will?«

Das Memento drehte sich um und schwebte zur Tür.

»Ich dachte, du bist mir eine Antwort schuldig«, sagte Phoran, aber ohne Zorn. Das hätte zu viel Leidenschaft verlangt, und er hatte seine Pläne eigentlich schon aufgegeben. Er würde keinem unschuldigen Mann schaden, nur weil dessen Petition seinen Zwecken diente, und er vermutete, dass er in der Bibliothek keinerlei Informationen finden würde, die begründen konnten, wieso er Jennes Petition nicht unterschreiben sollte.

Er war bereits auf dem Rückweg zum Schreibtisch, um zwei gut gezeichnete Landkarten mit einer dritten, weniger klaren, aber mit mehr Einzelheiten versehenen zu vergleichen, als das Memento sagte: »Komm mit.«

Phoran blickte auf und sah, dass es auf ihn wartete. Er brauchte einen Moment, um sich daran zu erinnern, was er überhaupt gefragt hatte.

»*Du* kennst jemanden, der helfen könnte?«

Es antwortete nicht.

Phoran starrte es an und versuchte nachzudenken. Wenn ihn jemand sah … Er warf einen Blick auf die Pergamente und Landkarten, die überall verstreut lagen, und griff nach denen, die vielleicht hilfreich sein würden.

9

Sie kamen, kurz nachdem Myrceria gegangen war. Tier legte die Laute nieder und stand auf, als die Tür aufging und fünf Männer in den schwarzen Roben hereinkamen, wie Telleridge sie getragen hatte. Sie hatten die Kapuzen über die Gesichter gezogen und bewegten sich, als hätte jeder einen vorher vereinbarten Platz, an dem er stehen musste. Tier hatte das seltsame Gefühl, dass sie ihn überhaupt nicht sahen.

Sie stellten sich rings um ihn auf. Einer nach dem anderen begannen sie zu rezitieren, ein tiefes, dröhnendes, misstönendes Geräusch, das er nicht deuten konnte, denn die Worte, die sie gebrauchten, gehörten keiner Sprache an, die er je gehört hatte. Er wusste, dass sie Magie wirkten, aber er konnte sie wegen Telleridges Bann nicht aufhalten.

Wie ein einziger Mann hoben sie die Hände über die Köpfe und klatschten …

Er erwachte auf dem Boden, nackt und schwitzend. Die Erinnerung an Schmerz fügte zu der Kakofonie kribbelnder Körperteile noch Übelkeit hinzu. Vorsichtig setzte er sich auf und versuchte verzweifelt, sich zu erinnern, was geschehen war, nachdem die Zauberer in die Hände geklatscht hatten, aber schon der Gedanke an das Geräusch ließ seine Ohren klirren.

Sie hatten ihm die Erinnerung daran genommen. Trotzdem gab es Dinge, die er wusste, als hätten die Ereignisse, an die er sich nicht erinnern konnte, physische Spuren an seinem Körper hinterlassen. Man hatte ihn nicht verletzt, hatte ihn nicht körperlich vergewaltigt, aber etwas Ähnliches getan.

Er setzte sich gerader hin und hielt den Kopf wie ein Wolf, der einen Hasen wittert. Er erinnerte sich daran, erinnerte sich, dass jemand ihm sagte … erinnerte sich, dass *Telleridge* ihm sagte, er werde sich nicht daran erinnern, was geschehen war.

Eulen hatten ein sehr gutes Gedächtnis.

Tier zog die Lippen zu einem Zähnefletschen zurück. Hass war etwas, das ihm sehr fern lag. Er hatte jahrelang gegen einen Feind gekämpft, den er hätte hassen sollen, aber nie etwas anderes in seinem Herzen gefunden als die finstere Entschlossenheit durchzuhalten. Die Fahlarn waren nicht bösartig, sie hatten nur den falschen Ehrgeiz. Er hatte gesehen, wie Menschen schreckliche Dinge taten, weil sie dumm, unwissend oder zornig waren, aber bisher war er dem Bösen noch nicht begegnet.

Jetzt hatte es ihn besudelt.

Er kam taumelnd auf die Beine und suchte nach seiner Kleidung. Wenn er angezogen wäre, würde er sich ein bisschen weniger verwundbar fühlen. Sie hatten ihm seine Erinnerungen und seine Magie genommen, aber doch sicher seine Kleidung gelassen.

Er fand eine Tunika und eine Hose, die ihm nicht gehörten. Sie waren weiter geschnitten als seine eigenen Sachen und hatten dunklere Farben: Reisendenkleidung für den zahmen Reisenden des Geheimen Pfads. Dennoch zog er sich schnell an.

Instinktiv sah er sich nach etwas um, das er benutzen konnte, um sich zu waschen, und er bemerkte, dass es kein Wasser im Zimmer gab. Aber so sehr er das bedauerte, wusste er doch, dass es nicht wirklich geholfen hätte, sich abzuschrubben, im Baderaum oder in der Zelle – der Schmutz, der ihn bedeckte, konnte auf diese Weise nicht entfernt werden.

Sein Blick fiel auf die Laute.

Ganz gleich, wie gut eine Laute war, sie musste immer wieder gestimmt werden. Er setzte sich daneben und berührte sie.

Es gab acht Chöre auf diesem Instrument, mit Ausnahme der höchsten Saite zwei Saiten pro Chor, und die Laute war lange nicht mehr ordentlich gestimmt worden. Die vertraute Tätigkeit ließ das zittrige, verängstigte Gefühl in seinem Bauch nach und nach vergehen.

Er drehte die Wirbel nur vorsichtig, denn er konnte die Saiten nicht ersetzen, falls sie reißen würden. Als die Laute beinahe gestimmt war, bemerkte er, dass der Instrumentenbauer ein so gutes Ohr gehabt haben musste wie er selbst – vielleicht war er ebenfalls ein Barde gewesen.

Er versuchte einen schlichten Kehrreim und war plötzlich erleichtert – das war genau, was er brauchte. Lange Zeit spielte er einfach nur und ließ die Musik als Medizin gegen die Verletzung wirken, die man ihm zugefügt hatte.

Schließlich begann er mit einem Lied, das seine Ohren genossen, ein Lied, das sein Großvater geschrieben hatte, um den neuen Frühling zu begrüßen. Er schloss die Augen und ließ sich von der Musik erfüllen, bis alles andere weit entfernt war, wo es ihm nicht mehr schaden konnte. Er holte tief Luft und füllte seine Lunge mit dem Duft von Flieder.

Magie.

Er öffnete die Augen, hörte auf zu spielen und holte noch einmal Luft. Der Duft war schwächer geworden, aber er konnte immer noch die süßen Blüten riechen, bis seine Nebenhöhlen zuschwollen. Er bekam Tränen in die Augen und nieste zweimal: Flieder brachte ihn immer zum Niesen.

Vielleicht, dachte er, *wissen sie doch nicht so viel über Reisendenmagie, wie sie glauben.*

Vor seiner Tür war ein leises Geräusch zu hören, als nestele jemand mit einem Schlüssel am Schloss herum.

»Mist«, sagte die Stimme eines jungen Mannes. »Mist. Mist. Dieser Schlüssel soll angeblich jede Tür im Palast öffnen. Warte. Ah! Ein Kasten für den Schließer.« Es gab noch mehr Geklapper, Schlüssel klirrten. Und dann öffnete sich die Tür seiner Zelle knarrend.

»Äh, hallo?« Ein rundes, junges Gesicht spähte um die Türkante.

»Hallo«, sagte Tier freundlich, obwohl er vollkommen angespannt und angriffsbereit war.

»Äh, ich hoffe, ich habe Euch nicht geweckt oder … Ihr hattet immer noch Licht an, also dachte ich …« Der junge Mann brach ab.

»Kommt herein«, lud Tier ihn gesellig ein. *Schlüssel für den gesamten Palast,* dachte er, und er senkte die Lider. *Dieser Junge ist doch nicht etwa …*

Abrupt kam er auf die Beine. »Was, im Namen der sieben flammenden Höllen, ist das da?«

Der Junge warf einen Blick über die Schulter zu der dunklen, verschwommenen Gestalt hinter sich.

»Ihr könnt es sehen?«, fragte er unglücklich. »Die meisten Leute können das nicht. Es ist … äh … es bezeichnet sich als Memento – als wäre das ein Name. Mehr habe ich selbst noch nicht herausgefunden. Es bleibt normalerweise nicht so lange.«

Als das Ding den Raum betrat, machte Tier einen Schritt zurück, so überwältigend war die Präsenz dieses Wesens. Dann setzte er sich wieder aufs Bett und versuchte, friedlich auszusehen.

»Es tut mir leid«, entschuldigte sich der Junge.

Mit einiger Anstrengung konzentrierte Tier sich wieder auf ihn und bemerkte zum ersten Mal die Qualität seiner Kleidung. Sein Gewand bestand aus Samt und war mit schweren Metallfäden bestickt, die aussahen, als bestünden sie wirklich aus Gold.

»Äh«, sagte der Junge wieder, »ich weiß nicht, wieso Ihr hier seid. Das hier sind nicht die üblichen Gefängniszellen. Aber aus irgendeinem Grund« – er stieß ein seltsames kurzes Lachen aus – »denke ich, Ihr könntet mir helfen, etwas zu begreifen.«

Und der Junge hielt Tier ein Stück Pergament hin, das er in der Hand gehabt hatte. Er setzte sich neben ihn aufs Bett, fing an, auf etwas zu zeigen, und hielt dann wieder inne.

»Könnt Ihr lesen?«, fragte er. »Nichts für ungut, aber Ihr seid gekleidet wie …«

»Ich kann die Allgemeine Sprache lesen«, sagte Tier. Er hatte beim Sept von Gerant viel gelernt und war dadurch zu einem von einer Handvoll Rederni geworden, die lesen konnten.

Da das Memento, was immer es sein mochte, Abstand hielt, nahm Tier sich die Zeit, näher anzusehen, was auf dem Pergament stand.

»Es geht um Folgendes«, sagte der Junge und klang nun ein wenig befehlsgewohnter. »Das hier sieht nach außen aus wie eine einfache Belohnung für gute Arbeit. Nur, dass für gewöhnlich Eigentum, das einem Sept gehört, nicht einfach an einen anderen verschenkt wird, und schon gar nicht mit einer so vagen Begründung wie ›für Dienste am Kaiserreich‹. Versteht Ihr?«

Tier starrte ungläubig an, was er in der Hand hielt. Es schien sich um den Entwurf eines Dekrets zu handeln.

Zuerst hatte er angenommen, der Junge sei einer von Telleridges Zauberern, besonders wegen des Etwas, das ihm folgte. Dann war er beinahe sicher gewesen, er sei einer der Sperlinge, von denen Myrceria gesprochen hatte. Aber nun …

Er räusperte sich. »Seid Ihr ein Mitglied des Geheimen Pfads?«

»Wenn ich das nicht bin, könnt Ihr mir dann die Antwort nicht verraten?«

Diese arglistige Antwort ließ Tier trotz seiner schlechten Laune lachen. Der junge Mann bedachte ihn mit einem erfreuten Lächeln.

»Ich habe noch nie vom Geheimen Pfad gehört. Obwohl es wahrscheinlich genügt, dass mehr als zwei Adlige zusammentreffen, damit sie mindestens vier Geheimgesellschaften gründen.«

Tier nickte bedächtig. »Man hat mir den Eindruck vermittelt, dass die Angehörigen des Pfads diesen Teil des Palasts übernommen und ihn sich zu eigen gemacht haben. Wenn Ihr nicht zu ihnen gehört, wie habt Ihr dann hierhergefunden?«

Der Junge zuckte die Achseln. »Der Palast hat genug Räume, um die ganze Stadt und noch eine halbe andere unterzubringen. Die ersten fünfzehn Phorans haben ihre gesamte Zeit damit verbracht, den Palast aufzubauen, die nächsten zehn waren damit beschäftigt herauszufinden, was sie mit all dem Platz machen sollten – und haben die Räume überwiegend wieder abschließen lassen. Zumindest zwei von ihnen – der Achte und der Vierzehnte – oder der Siebte und der Dreizehnte, wenn Ihr dem ersten Phoran lieber keine Nummer geben wollt – waren fasziniert von geheimen Räumen und Geheimgängen. Ich hatte das Glück, zufällig die Pläne des Achten zu finden, und habe dann nach denen des Vierzehnten gesucht. Sobald ich sie fand, habe ich sie selbst versteckt. Ich erlangte dadurch Zugang zum größten Teil des Palasts. Nicht, dass es hier gewöhnlich viel zu sehen gäbe.«

»Aha«, sagte Tier, ein wenig verwirrt von dem Achten, der vielleicht der Siebte gewesen war – das klang nach Stoff für ein Lied. Er hatte noch nicht weiter darüber nachgedacht, *wie* es dem Pfad gelungen sein konnte, einen so großen Teil eines Gebäudes für sich zu beanspruchen, ohne dass andere es merkten. Es fiel ihm schwer, sich einen so großen Palast vorzustellen, in dem der Pfad seit Generationen einen bestimmten Bereich nutzen konnte, ohne dass es jemand merkte.

»Ich bin kein Gesetzeskundiger«, sagte Tier schließlich. »Und ich weiß auch nichts über die Septs, also glaube ich nicht, dass ich Euch helfen kann.«

Der Junge runzelte die Stirn. »Ich wollte wissen, ob es jemanden gibt, der mir helfen kann, mehr über das fragliche Stück Land herauszufinden. Gibt es einen Grund, wieso Ihr etwas über die Ländereien des Sept von Gerant wissen könntet?«

»Der Sept von Gerant?«, rief Tier, sofort wieder abgelenkt von der Frage, wer so viel über ihn wissen könnte, um diesen Jungen zu ihm zu schicken.

»Ja«, erwiderte der Junge. »Ich kenne ihn bestenfalls vom Sehen, aber es scheint, als wäret Ihr ihm schon begegnet.«

»Er wird nicht oft am Hof gewesen sein«, murmelte Tier und las schnell den Rest des Dokuments durch. »Er ist ein alter Krieger, nicht gerade die Sorte Mann, die Seidengewänder trägt. Der Sept von Jenne, hm.«

»Ich habe noch das hier, falls das hilft«, sagte der Junge und holte eine kleine, verblasste Landkarte aus einer Tasche. »Ich kann Euch zeigen, wo sich das fragliche Land befindet, aber ich weiß einfach nicht, wieso es so wichtig sein soll.«

Die weiche Hand, die Tier die Landkarte reichte, trug einen Siegelring. Tier entging das nicht, und er merkte sich, wie der Ring aussah, aber er hatte sich vor allem auf die Landkarte konzentriert, also brauchte er einen Moment, bevor er erkannte, wer da neben ihm auf dem Bett saß.

Der Kaiser?

Diese Nacht war tatsächlich noch seltsamer geworden. Tier warf einen Blick zu dem Memento. War es eine Art Leibwache?

Er zwang sich, wieder die Karte anzusehen. Wenn der Kaiser gewollt hätte, dass Tier wusste, mit wem er sprach, hätte er sich vorgestellt.

Der Junge deutete auf eine Stelle der alten Karte. »Dort. Es ist nicht mal mit Jennes Ländereien verbunden.«

Tier schloss die Augen und versuchte, zwanzig Jahre zurückzudenken und die Linien der Landkarte in Übereinstimmung zu bringen mit einem Gelände, das er einmal recht gut gekannt hatte.

»Wasserrechte«, sagte er schließlich. »Dort liegen die Quellen der Bäche, die Gerants Leute mit Wasser versorgen. Und dieses Stück Land dort gehört dem Schwiegervater des Sept von Jenne – so war es zumindest vor zwanzig Jahren. Der derzeitige Sept ist vielleicht der Sohn oder Enkel des Mannes, an den ich denke, aber das Land liegt jedenfalls in den Händen von Jennes Familie. Es ist allerdings trotz seiner Größe ziemlich nutzlos, weil es sich im Regenschatten des Brulles-Berges befindet – dort wächst nichts als Salbei. Wenn Jenne Brulles beherrschen würde – dieser Streifen der Landkarte sollte zeigen, dass dort Berge liegen –, könnte er einen Zauberer einstellen, der den Wasserfluss umlenkt und zur anderen Seite des Berges schickt, oder vielleicht wird er den kleinen Fluss umlenken, der seiner Ansicht nach falsch verläuft.«

»Ha!«, rief der Junge erfreut. »Darum geht es also. Was könnt Ihr mir über Gerants Verbündete sagen?«

Tier zögerte. »Gerant ist ein guter Mann«, sagte er.

Der Junge zog eine Braue hoch. »Ich habe nicht vor, ihm zu schaden, ich …« Nun war es an ihm zu zögern.

»Ich befürchte«, sagte Tier leise, »dass es ein oder zwei Gesetze gibt, die verbieten, dass ein einfacher Mann wie ich auf derselben Matratze sitzt wie der Kaiser. Wenn Ihr weiter inkognito bleiben wollt, wäre es besser, diesen Ring abzunehmen.«

Phoran (der Junge hieß ganz bestimmt Phoran – obwohl sich Tier wirklich nicht an die zugehörige Nummer erinnern konnte) blickte einen Moment auf, starrte den Ring mit dem Siegel des Kaisers an und zuckte dann die Achseln.

»Ich werde daran denken. Also gut. Wenn Ihr so viel wisst, dann seht Euch das hier noch einmal an.« Er tippte ungeduldig auf das Papier. »Ich brauche etwas, das ich als Hebel benutzen kann, um die Machtstruktur im Rat der Septs zu verändern, damit ich mehr sein kann als nur eine Galionsfigur, und dieses Dokument wird mir dabei helfen. Es befand sich in dem Stapel von Entwürfen, die ich zweimal im Jahr erhalte und unterzeichnen soll, damit sie gesetzeskräftig werden. Es hat nicht viele Unterschriften – nur ein paar Leute, die Jenne etwas schuldig sind. Die meisten wussten wahrscheinlich nicht, worum es ging. Ohne Karte erfährt man nicht einmal, dass das Land eigentlich Gerant gehört.«

»Stimmt«, sagte Tier. Ihm war nicht klar gewesen, dass der Junge nur eine Galionsfigur war, aber er hatte sich auch, seit er mehrere Jahre vor dem Tod des letzten Phoran aus Gerants Diensten ausgeschieden war, nicht mehr um Dinge gekümmert, die sich außerhalb von Redern ereigneten. »Der Sechsundzwanzigste«, sagte er laut.

»Nur, wenn man den ersten Phoran nicht zählt«, erwiderte Phoran, den das kein bisschen durcheinanderbrachte. »Ich rechne ihn mit ein, aber mein Vater tat das nicht. Werdet Ihr mir weiterhelfen?«

»Sicher.« Tier nickte. »Mit diesem Dekret hier sollt Ihr offenbar jemandem einen Gefallen erweisen, aber Jenne scheint kein sehr mächtiger Sept zu sein. Wenn Ihr Euch also weigert zu unterzeichnen, macht Ihr Euch damit nicht allzu viele Feinde. Wer könnte schon etwas dagegen haben, wenn Ihr ein Stück Land, das einem Sept gehört, nicht ohne guten Grund einem anderen geben wollt? Und ich wette meinen rechten

Arm, dass Gerant kein Verräter oder Unruhestifter ist, der Euch in Verlegenheit bringen wird. Er ist so echt wie eine Eiche. Ihr weigert Euch also zu unterzeichnen, und der Rest des Rates unterstützt Euch entweder, oder es wird so aussehen, als glaubten diese Leute, der Rat habe das Recht, jedem Sept abzunehmen, was er will, ohne einen guten Grund dafür angeben zu müssen.«

»Das ist es!«, sagte der Junge und griff nach Landkarte und Dokument. »Und ich habe einen ersten Brückenkopf für meine Bestrebungen, selbst zu herrschen. Ihr habt mir einen großen Gefallen getan!« Vorsichtig faltete er das Pergament, damit es zusammen mit der Landkarte in seine Tasche passte. »Also bin ich Euch etwas schuldig. Bevor ich beschließe, wie ich Euch am besten bezahlen soll, sagt mir bitte, was Ihr hier tut, was dieser Pfad will, dessen Mitglied ich nicht bin, und was die beiden Dinge miteinander zu tun haben.«

»Es wird schneller gehen, wenn ich mit dem Pfad anfange«, sagte Tier, nachdem er kurz nachgedacht hatte. »Der Rest der Geschichte sollte sich daraus ergeben.« Schnell wiederholte er die Informationen, die Telleridge und Myrceria ihm gegeben hatten.

Phoran unterbrach ihn. »Diese Zauberer in den schwarzen Gewändern bringen die Reisendenzauberer also um, weil sie mehr Macht wollen?«

Tier nickte. »Das sagte man mir. Ich bin erst zwei Personen begegnet – drei mit Euch –, seit man mich herbrachte.« Er dachte an die Frauen im Baderaum, aber die zählten nicht. »Ich habe selbst noch nichts davon gesehen.«

»Ihr habt mir immer noch nicht gesagt, was Ihr hier tut«, sagte Phoran. »Oder wer Ihr seid, außer dass Ihr im vergangenen Krieg unter Gerant gekämpft habt.«

»Ich bin ein Bauer, der hin und wieder für ein paar Kupferstücke im Gasthaus von Redern singt«, sagte Tier. »Für gewöhnlich verbringe ich den Winter damit, Fallen zu stellen und Felle zu erbeuten. Ich war auf dem Weg nach Hause. Ich kann mich vage daran erinnern, eine Gruppe von Fremden gesehen zu haben, und dann wachte ich in dieser Zelle auf. Telleridge, der Mann, von dem ich Euch erzählt habe …«

»Telleridge?«, wiederholte Phoran. »Den kenne ich, aber ich wusste nicht, dass er ein Zauberer ist. Hat er Euch gesagt, wieso er Euch so unbedingt haben wollte, um Euch aus Redern hierherzubringen?«, fragte er. Dann trat ein seltsamer Ausdruck auf seine Züge. »Ist das jenes Redern, das dem Sept von Leheigh gehört?«

»Ja«, erwiderte Tier.

»Avar?«, sagte Phoran beinahe zu sich selbst.

Avar, erinnerte sich Tier, war der Name des neuen Sept, der angeblich so großen Einfluss auf den Kaiser hatte.

»Ist Avar Mitglied dieses Pfades?«

Tier zuckte die Achseln. »Ich weiß es nicht. Ich habe nur zwei Namen gehört, Telleridge und Myrceria – und ich glaube nicht, dass sie wirklich Mitglied ist.«

Phoran stand auf und begann auf und ab zu gehen. »Warum Ihr?«, fragte er noch einmal. »Warum sind sie den ganzen Weg nach Redern geritten, um Euch zu finden? Ihr seid kein Reisender, nicht, wenn Ihr ein Bauer in Redern seid, der einmal Soldat war.«

»Weil ich ein magisches Talent habe, das man gewöhnlich nur bei Reisenden findet«, erwiderte Tier. Er sah die nächste Frage bereits voraus und erzählte Phoran, was er über die Weisungen wusste.

Phoran hob die Hand. »Das genügt«, sagte er. »Ich glaube Euch. Bringen wir Euch hier weg, dann könnt Ihr alles ausführlicher erklären, was Ihr für notwendig haltet.«

Tier folgte ihm an die Schwelle, aber als er durch die Tür gehen wollte, ließ ihn weiß glühender Schmerz in Zuckungen verfallen, und ein magischer Schock schleuderte ihn mehrere Fuß weit in die Zelle hinein.

»Was war das denn?«, fragte Phoran verdutzt.

»Er ist gebunden«, sagte das Memento. Es klang wie der Paarungsschrei einer Krähe oder das Rasseln trockener Knochen.

Tier kam unsicher auf die Beine. »Es spricht?«

Der Kaiser sah das Memento an. »Manchmal. Aber das ist das erste Mal, dass es von sich aus etwas gesagt hat. Geht es Euch gut?«

Tier nickte. »Euer Memento hat recht. Es muss hier eine Art von Magie geben, die ich nicht durchschreiten kann.«

»Könnt Ihr nichts dagegen tun? Sagtet Ihr nicht, dass Ihr selbst über Magie verfügt?«

»Er ist gebunden«, wiederholte das Memento.

»Hör auf damit«, sagte Tier – wenn Jes anfing, seltsam zu werden, genügten die Worte für gewöhnlich. Er sah Phoran an. »Ich habe nicht die Art von Magie, um diesem Bann etwas entgegenzusetzen. Und es ist ihnen gelungen, mir das wenige an nützlicher Magie abzunehmen, über das ich verfügte. Es sieht aus, als säße ich hier fest.«

Phoran nickte. »Also gut.« Er kam wieder in die Zelle und schloss die Tür. »Es gibt Zauberer, die mir angeblich dienen, oder zumindest dem Kaiserreich, aber ich weiß nicht, welche von ihnen dem Pfad angehören. Findet heraus, wer die Zauberer des Pfads sind, und ich kann vielleicht einen anderen finden, der diesen Bann für uns aufhebt.«

Er sah Tier schuldbewusst an. »Ich bin eher Kaiser dem Namen nach als in Wirklichkeit, sonst könnte ich einfach befehlen, dass man Euch freilässt. Der Zwanzigste – nach normaler Rechnung der Neunzehnte – hatte wirkliche Macht.«

Tier grinste. »Das lag daran, dass er in Eurem Alter bereits fünfzehn Septs hatte hinrichten lassen und weitere drei oder vier persönlich umgebracht hatte.«

»Ich bin ziemlich heikel, was meine Ernährung angeht«, sagte Phoran und gab sich betrübt. »Es wird mir nie gelingen, richtig Furcht einflößend zu sein.«

»Ihr würdet nicht unbedingt Knochenmark aussaugen müssen, wie der Neunzehnte – entschuldigt, der Zwanzigste – es tat«, sagte Tier ernst. »Ich denke, ein gekochtes Herz oder zwei könnten durchaus genügen.«

»Ich esse kein Herz«, erklärte Phoran mit fester Stimme. »Obwohl ich annehme, ich könnte es auch an den trauernden Erben verfüttern – das hätte die gleiche Wirkung.«

Tier und Phoran sahen einander anerkennend an.

»Ich bin Euch bereits etwas schuldig«, sagte Phoran, »aber Eure Erfahrungswelt ist anders als die meine. Ich wüsste gern, was Ihr von meinem Problem haltet.« Er deutete auf das Memento.

»Ich stehe Euch stets zu Diensten, mein Kaiser.« Erfreut stellte Tier fest, dass er das durchaus ernst meinte.

»Vor etwa drei Monaten«, begann Phoran, »habe ich mir dieses Geschöpf zugezogen. Nicht, dass es mir die ganze Zeit folgt. Für gewöhnlich sucht es mich nur in der Nacht heim.« Er lächelte finster und setzte sich wieder aufs Bett.

Tier folgte seinem Beispiel und ließ sich auf dem anderen Ende nieder. Er hätte warten sollen, bis der Kaiser ihn dazu aufforderte, aber nach dem, was während der Zeit geschehen war, an die er sich nicht erinnern konnte, und dem Schlag, den ihm der Eingang versetzt hatte, war er ein wenig wackelig auf den Beinen.

»Manchmal, wenn ich nicht schlafen kann«, begann Phoran, »erforsche ich die abgeschlossenen Teile des Palasts. Ich habe diesen Schlüssel hier.« Er nahm ihn aus der Tasche. »Er soll angeblich alle Türen im Palast öffnen. Bei Eurer hat das nicht funktioniert, aber er öffnete den Kasten für den Schließer, der Euren Schlüssel enthielt.«

Er steckte ihn wieder ein und fuhr fort mit seiner Geschichte. »Vor ein paar Monaten wanderte ich eines Nachts durch den Kaore-Flügel – einer von denen, die mein Vater hat abschließen lassen, sagte man mir. Es ist für gewöhnlich ziemlich langweilig: lange Flure mit identischen Räumen auf beiden Seiten. Aber diesmal hörte ich am Ende eines Flurs ein Geräusch.

Offiziell sollte sich niemand dort aufhalten – aber manchmal tun die Leute es doch. Ich schlich bis zu einer Tür, die nur angelehnt war.« Er zupfte am Samt seiner Hose und rieb ihn zerstreut zwischen Daumen und Zeigefinger.

»Dort standen mehrere Personen in dunklen Gewändern und mit Kapuzen über dem Kopf. Sie standen in einem Kreis und rezitierten. Ein siebter Mann kniete in der Mitte, mit verbundenen Augen und gefesselt. Wenn ich gewusst hätte, was sie vorhatten, hätte ich versucht, es aufzuhalten. Aber als ich das Messer sah, war es schon zu spät. Einer der Männer schnitt dem Gefesselten die Kehle durch.«

Phoran stand auf und begann wieder auf und ab zu gehen. »Es gab überall Blut – ich hatte nicht bemerkt, was sie vorhatten … es war zu spät für den Toten, und ich dachte mir, sie wären gewiss nicht allzu erfreut, wenn sie merkten, dass sie einen Zeugen gehabt hatten, also verschwand ich so schnell wie möglich. In der folgenden Nacht kam das Memento zu mir.«

Phoran sah das Geschöpf ernst an, dann setzte er sich wieder aufs Bett und rollte den Ärmel hoch. »Es kommt jede Nacht«, erklärte er und zeigte Tier die verblassten Narben innen an seinem Handgelenk und Unterarm, die bis in die Ellbogenbeuge aufstiegen.

»Wenn es sich gesättigt hat, sagt es mir, es sei mir im Gegenzug eine Antwort auf eine Frage schuldig. Für gewöhnlich sind seine Antworten nicht besonders nützlich. Heute Nacht fragte ich, ob es jemanden kenne, der mir etwas über das Land des Sept von Gerant sagen könne, und es brachte mich hierher.«

Tier sagte: »Ihr glaubt, Ihr habt sie beobachtet, als sie einen gefangenen Reisenden umbrachten.« Er dachte darüber nach. »Und ich denke, Ihr habt recht – wie viele Gruppen von Männern in dunklen Gewändern treiben sich hier im Palast herum und bringen Leute um?«

»Es könnten gut fünf oder zehn sein«, erwiderte er. »Aber den wenigsten wird es gelingen, etwas wie das Memento heraufzubeschwören oder zu erschaffen.« Er zeigte auf seinen dunklen Begleiter. »Das ist Zauberei.«

Tier nickte. »Ich bin kein Zauberer, aber ich hatte schon mit welchen zu tun. Wenn dieses Geschöpf aus dem entstanden ist, was sie taten, werden sie Vorkehrungen getroffen haben, damit es keinem von ihnen folgt. Vielleicht mithilfe von Magie. Das würde bedeuten, dass Ihr der einzige Anwesende wart, dem es folgen konnte.«

Er stand auf und ging auf das Memento zu. Seine Augen wollten sich nicht so recht darauf konzentrieren und erinnerten ihn deutlich daran, wie Jes mit den Schatten verschwimmen konnte, wenn er es darauf anlegte.

»Woher wusstest du, dass ich die Fragen des Kaisers heute Nacht beantworten konnte?«, fragte Tier.

Das Ding verlagerte ruhelos das Gewicht. »Du hast mich mit Wahrheit genährt«, sagte es schließlich. »Ich kenne dich, wie ich Phoran kenne, den siebenundzwanzigsten Kaiser dieses Namens.«

»Ich habe dich genährt?«, fragte Tier.

»›Zahllos waren die Helden, die fielen‹«, flüsterte das Memento mit einer ganz anderen Stimme als zuvor; sie klang plötzlich nicht mehr tonlos. Die Veränderung war bemerkenswert.

»*Du* warst mein Zuhörer?«, fragte Tier.

»Ich war der Kerine zu deinem Roten Ernave«, stimmte das Memento zu.

»Was bist du sonst noch?« Tier machte einen Schritt näher auf das Wesen zu.

»Ich bin Tod«, sagte es und verschwand.

»Habt Ihr verstanden, was es meinte?«, fragte Phoran.

Tier rieb sich die Hände. »Nur einen Teil davon«, sagte er. »Offenbar nährt es sich auch von anderen Dingen als von Blut. Ich habe ihm eine Geschichte erzählt, und es nahm sich mehr, als ich anbot – deshalb wusste es auch, dass ich einmal einer von Gerants Offizieren war.«

Er hatte in seiner Geschichte Magie heraufbeschworen – mehr Magie, als er je zuvor gespürt hatte –, und erst kurz danach hatte Telleridge ihm mitgeteilt, dass seine Magie eingedämmt worden war. Er hatte geglaubt, Telleridge hatte damit sagen wollen, dass sie ihm seine Magie genommen hatten – aber vielleicht ging es um etwas Subtileres.

»Würdet Ihr mich bitte belügen?«, bat er Phoran.

»Mein Hengst ist kuhhessig«, sagte der junge Mann sofort und schien sich über den abrupten Themenwechsel nicht zu wundern. »Um was geht es Euch denn?«

»Hm«, murmelte Tier. »Ich habe falsch verstanden, was Telleridge meinte, als er sagte, sie hätten meine Magie eingedämmt. Ich kann immer noch hören, ob Ihr mich anlügt – aber bei Telleridge oder Myrceria funktionierte es nicht.«

»Eure Magie wirkt, aber nicht bei Angehörigen des Pfads«, schloss Phoran.

»So sieht es aus.«

»Ich habe noch zwei weitere Bitten, bevor ich gehe«, sagte Phoran. »Erstens bitte ich Euch, niemandem von dem Memento zu erzählen.« Er schenkte Tier ein trostloses Lächeln. »Es ist für mich mehr als ein gesellschaftliches Problem. Wenn auch nur ein Hauch davon herauskommt, droht mir das Scharfrichterbeil. Das Kaiserreich kann die Lektionen, die es vom Schatten gelernt hat, nicht vergessen: Der Kaiser muss frei von Magie sein.«

»Ohne Eure Erlaubnis werde ich es niemandem verraten«, versprach Tier.

»Und dann möchte ich Euch bitten zu sehen, ob Ihr Euren Sept, Avar, den Sept von Leheigh, beim Geheimen Pfad finden könnt.« Er seufzte. »Telleridge ist eine Spinne, die das Tageslicht meidet, wenn sie ihre Netze spinnt, und die vielleicht Freunde und Feinde in tödlichem Ernst aufeinanderhetzt, ohne dass sie auch nur wissen, wessen Fäden sie hierhin und dahin ziehen. Wenn er mit dem Geheimen Pfad zu tun hat, stellen sie eine Gefahr für mich dar, und umgekehrt. Ich muss wissen, wem ich vertrauen kann.«

»Wenn ich es herausfinden kann«, stimmte Tier zu und bedachte seinen Kaiser dann mit einem ironischen Grinsen. »Da ich mir ohnehin nicht aussuchen kann, ob ich gehe oder bleibe, kann ich mich ebenso gut auch nützlich machen.«

Nachdem Phoran gegangen war, schlief Tier eine Weile. Er hatte keine Ahnung, wie lange, da seine Zelle kein Tageslicht hatte, es gab nur das endlose Glühen der Steine, die sie beleuchteten.

Heimweh brachte ihn wieder auf die Beine. Enttäuschung ließ ihn auf und ab gehen. Er hatte Phoran nicht gefragt, ob er Seraph eine Botschaft schicken könnte. Seine Zunge weigerte sich einfach, die Worte zu formen.

Bei Kormoran und Eule binde ich dich, damit du niemanden bitten wirst, dir bei der Flucht zu helfen … Seraph würde ihm helfen zu fliehen, wenn sie könnte. Er nahm an, das genügte, um Telleridges Magie zu wecken.

Wenn Seraph wüsste, wo sie ihn finden würde … aber das

tat sie nicht. Wahrscheinlich hielt sie ihn nach all dieser Zeit für tot.

Er würde wahrscheinlich sterben, ohne sie noch einmal wiederzusehen. Etwas an Telleridges Arroganz sagte Tier deutlich, dass hier schon viele Reisende getötet worden waren.

Tier schloss die Augen und lehnte das Gesicht gegen die kalte Steinmauer. Ohne die Ablenkung durch seine Augen konnte er Seraphs Bild tief in sein Herz ziehen. Eulengedächtnis nannte sie es, wenn er sich an das kleinste Gespräch genau erinnern konnte, das er Monate zuvor geführt hatte. Begabt, hatte sein Großvater gesagt, als er ein Lied schon nachspielen konnte, wenn er es nur einmal gehört hatte. *Gesegnet,* dachte er jetzt und stellte sich das blasse Kind vor, das Seraph gewesen war, als er sie zum ersten Mal sah. Es war ein Segen, an einem solchen Ort seine Erinnerungen in seinem Herzen bewahren zu können.

Vor seinem geistigen Auge malte er sich nach und nach ihr Gesicht aus, wie es damals ausgesehen hatte. Er liebte die Biegung ihrer Schulter und die seltsam helle Farbe ihres Haars.

Stolz, dachte er, *sie war so stolz.* Es zeigte sich in der störrischen Haltung ihres Kinns, das sie trotzig gegenüber den Männern in der Schänke erhob. Er konnte den blauen Fleck an ihrem Handgelenk sehen, wo der Wirt sie gepackt und aus dem Bett gezerrt hatte.

Er war damals schon fasziniert von ihr gewesen, dachte er wie schon so oft. Im klaren Licht seiner Erinnerung konnte er sehen, wie jung sie gewesen war, kaum mehr als ein Kind, und dennoch hatten sie weniger als eine Jahreszeit später geheiratet.

Er wandte sich von dem Luxus ab, den seine Zelle ihm jetzt bot, setzte sich auf den Boden und lehnte sich mit dem Rücken an die Wand. Er erinnerte sich an den Augenblick, in dem er gewusst hatte, dass er sie liebte.

Zwei Tage nach der Geburt von Jes war Tier aus der

Scheune gekommen und hatte Seraph auf dem Bett sitzen sehen, schnurgerade aufgerichtet, die Arme schützend um Jes geschlungen.

»Ich muss dir etwas sagen«, verkündete sie so liebenswert wie ein grantiger Igel.

Er zog den Mantel aus und hängte ihn auf. »Also gut«, sagte er und fragte sich, wie es ihm jetzt schon wieder gelungen war, sie zu verärgern.

Sie kniff die Augen zusammen und sagte ihm, dass ihr Sohn ein Hüter sei. Sie erklärte, wie schwer es Jes fallen würde, ein Gleichgewicht zwischen seinen Tag- und Nachtpersönlichkeiten zu finden.

»Wenn er ein Mädchen wäre, hätte er bessere Möglichkeiten«, sagte sie mit der kalten, klaren Stimme, auf die sie immer zurückgriff, wenn sie wirklich erschüttert war. »Männliche Hüter scheinen nach der Pubertät das Gleichgewicht seltener halten zu können. Wenn sie den Verstand verlieren, werden sie jeden umbringen, der ihnen in den Weg gerät, außer ihren Schutzbefohlenen. Sobald das passiert, muss man sie töten, weil man sie nicht gefangen halten kann.«

Jes begann zu wimmern, und sie lehnte ihn gegen die Schulter und wiegte ihn sanft – und hielt Tier mit der Kraft ihres Blickes auf Abstand. »Ich hatte einen Bruder, der ein Hüter war; wir hatten ihn von einem anderen Stamm adoptiert. Hüter werden oft anderen Clans gegeben, um sie großzuziehen, weil die normalen Bedenken von Eltern die Last des Hüters nur noch vergrößern. Es ist eine Ehre, einen Hüter großzuziehen, und kein Clan würde diese Ehre ablehnen.«

Seinen Sohn aufgeben? Der Schock dieses Vorschlags zerriss die Betroffenheit, die ihn befallen hatte, als er erkannte, welch schreckliches Schicksal die Götter seinem kleinen Sohn auferlegt hatten. *Wie konnte sie auch nur daran denken, dass er den Vorschlag akzeptieren würde, Jes wegzugeben, weil er zu viel*

Arbeit machte? Wie konnte sie auch nur daran denken, ihr Kind zu verlassen?

Aber natürlich tat sie das nicht. Nicht Seraph. Sie bekämpfte Dämonen, und das für Leute, die sie nicht einmal kannte, und sie würde niemals vor etwas zurückschrecken, das ihre zweite Familie bedrohte.

»Wie alt war dein Hüter-Bruder, als er starb?«, fragte Tier schließlich.

»Risovar war dreißig«, sagte sie, und ihre Hände bewegten sich ununterbrochen über Jes, als wolle sie ihn an sich ziehen, fürchtete aber, ihn zu verletzen »Er war einer der Ersten, die an der Pest starben.«

»Dann weißt du, was wir tun müssen«, sagte Tier. »Jes wird bei uns bleiben, und du wirst mir beibringen, wie man einen Hüter aufzieht, der einmal an Altersschwäche sterben wird.«

Ihr Gesicht war plötzlich lebhafter geworden, und er sah, was es sie gekostet hatte, ehrlich mit ihm zu sein. Als er seine Familie an sich zog, Mutter und Kind, flüsterte sie: »Ich würde jeden umbringen, der versuchte, ihn mir abzunehmen.«

»Ich auch«, flüsterte Tier leidenschaftlich in ihr mondfarbenes Haar. Niemand würde sie jemals trennen können.

»Ich auch«, sagte Tier in seiner Zelle im Palast von Taela.

Wie konnte er diese Gefangenschaft am besten überstehen? Er hörte die Antwort in Gerants trockener Tenorstimme. *Du musst deinen Feind kennen. Du musst wissen, was er will, damit du weißt, von wo der nächste Angriff zu erwarten ist. Entdecke seine Stärken und meide sie. Finde seine Schwächen und nutze sie mit deinen Stärken aus. Wissen ist eine bessere Waffe als ein Schwert.*

Er lächelte freundlich, als Myrceria hereinkam.

»Wenn Ihr bitte mit mir kommen würdet«, sagte sie. »Wir machen Euch für eine Vorführung bereit. Nach der Zeremonie werdet Ihr Euch frei im Nest bewegen und alle Freuden genießen können, die es bietet.«

Die Frauen, die einmal versucht hatten, ihn zu waschen, befanden sich wieder im Badebecken, und diesmal ließ Myrceria nicht zu, dass er sie wegschickte. Sie schrubbten, kämmten, salbten und rasierten ihn, und sie ignorierten sein Erröten und seine Proteste.

Als eine der Frauen ihm das Haar schneiden wollte, hielt Myrceria sie zurück. »Nein, lass es so lang. Wir werden es flechten, und das wird sehr exotisch aussehen.«

Sie überredeten ihn, Hofkleidung anzuziehen – Sachen, die er niemals freiwillig getragen hätte. Er hätte sich vielleicht auch diesmal geweigert, obwohl er sich vorgenommen hatte, ein demütiger und freundlicher Gast zu sein, um mehr über seinen Feind zu erfahren, wäre da nicht die Angst in ihren Augen gewesen. Wenn sie ihn nicht aufputzen konnten wie eine Damenstute, würden sie Ärger bekommen, das war eindeutig. Also protestierte er und machte unhöfliche Bemerkungen, aber er zog das alberne Zeug an.

An der Wand gab es einen polierten Metallspiegel, und die Frauen schubsten und schoben ihn, bis er sich davorstellte.

Er trug eine weite rote Samthose, eng in der Taille und an den Fußgelenken, die halb verborgen wurde von einer Tunika, die gerade von den Schultern bis zu den Knien fiel. Das Hemd unter der Tunika bestand aus blutroter Seide, mit Goldfäden bestickt. Sie hatten ihn glatt rasiert und sein Haar mit etwas geölt, das kleine Metallsplitter enthielt, die aufblitzten, wenn er sich bewegte. Dann hatten sie es mit goldenen und roten Schnüren geflochten, die nach und nach sein eigenes Haar ersetzten, sodass der Zopf ihm bis auf die Hüften fiel, wo er in goldenen und roten Quasten ein Ende fand. An den Füßen trug er goldene Pantoffeln, bestickt mit kleinen roten Glasstückchen. Zumindest hoffte er, dass es nur Glas war.

Nachdem er die ganze Wirkung genossen hatte, ließ er den Kopf hängen und schloss die Augen.

»Meine Damen, wenn meine Frau mich jemals so sehen sollte, wird sie mich das nie vergessen lassen.«

Myrceria berührte ihn spielerisch mit einem manikürten Finger. »Ihr seht hervorragend aus – gebt es schon zu. Wir haben gute Arbeit geleistet, meine Damen, obwohl er auch vorher nicht so übel aussah.«

Tier schaute sich noch einmal im Spiegel an. Wenn man genau hinsah, konnte man erkennen, dass die Kleidung von der der Reisenden inspiriert war. Auch Reisende trugen weite Hosen und diese knielangen Tuniken – aber Seraph liebte die bunten Farben der Rederni-Kleidung. Ihre eigenen Leute bevorzugten meist ungefärbte Stoffe oder solche in Erdtönen.

Tier seufzte. »Ich bin froh, dass mich hier niemand kennt, sonst würde ich nur verspottet werden.«

Sie bedeckten seine großartige Buntheit mit einem braunen Umhang und zogen die Kapuze hinunter, um sein Gesicht zu verbergen.

»So«, sagte Myrceria. »Jetzt seid Ihr fertig.« Sie zögerte, und die geschliffene Haltung einer höfischen Hure fiel ein wenig von ihr ab. »Ihr habt uns unsere Arbeit leicht gemacht«, sagte sie. »Jetzt werde ich Euch ein wenig helfen. Die Zauberer werden warten, wenn wir Euch zur Tür bringen. Geht ruhig mit ihnen; sie werden Euch nichts tun. Sie eskortieren Euch durchs Nest – den größten Raum, über den der Pfad verfügt. Heute Abend dient es als Konzertsaal, aber gewöhnlich ist es nur ein Raum, in dem Leute sich versammeln. Die Zauberer werden Euch zu der Bühne am anderen Ende bringen und Euch den Sperlingen vorstellen – und den Raubvögeln, die sich entschieden haben zu kommen.«

Er nahm ihre Hand und beugte sich vor, um sie zu küssen. »Ich danke Euch für Eure Freundlichkeit, Myrceria. Meine Damen.«

Vier Männer in schwarzen Gewändern warteten auf ihn, wie Myrceria angekündigt hatte. Wie er, hatten auch sie die Kapuzen tief ins Gesicht gezogen.

Tier zögerte in der Tür. Er war nicht auf das ängstliche Widerstreben gefasst gewesen, das er beim Anblick der Zauberer verspürte, und auch nicht auf die plötzliche Überzeugung, dass er die knotigen Hände des Mannes neben sich schon mit einem kleinen, blutigen Messer darin gesehen hatte.

Er unterdrückte seine Angst und den Zorn, der ihr folgte. Mit einem dünnen Lächeln stellte er sich in die Mitte der Gruppe.

»Sollen wir gehen, meine Herren?«, fragte er höflich.

Das Nest hatte einen Boden aus breiten Dielen und mehrere Ebenen; die Dielen wurden schmaler, je weiter sie sich der Bühne auf der anderen Seite des Raums näherten.

Der oberste Bereich, wo Tier und seine Eskorte erschienen, wurde überwiegend von einer mit Essen beladenen Theke eingenommen. Hinter der Theke gab es einen Durchgang, aus dem Diener mit Tabletts voller Essen oder Armen voll Bierkrügen kamen.

An der Wand standen ein paar Tische, an denen Männer in weißen Gewändern saßen, die Tier gleichgültig ansahen. Aber die meisten Personen im Raum waren junge Männer in blauen Gewändern, die leiser wurden, als die Prozession an ihnen vorbeikam. Als sie die Bühne erreichten, hatte sich unheimliche Stille über den Raum gesenkt.

Die Zauberer führten Tier auf die Bühne und blieben in der Mitte stehen, wo sie sich wie ein einziger Mann dem Publikum zuwandten. Sobald sie das taten, wurde die Beleuchtung trüber, und nur noch ein paar Glühsteine erhellten den Rand der Bühne.

Tier blinzelte gegen das seltsame Licht an und sah, dass alle im Raum zu den Stühlen gingen, die vor der Bühne standen. Als sie saßen, ließ ein hohles Dröhnen das ganze Nest schaudern, und in einer Wolke aus Rauch und Magie erschien ein fünfter schwarz gewandeter Mann: Telleridge.

Er stand ohne Kapuze vor der Menge, sodass ihn alle sehen konnten.

»Freunde«, sagte er. »Für einige von Euch wird dies die erste Einführung in die Geheimnisse unseres Pfads sein. Reisendenmagie aus den Händen der fünf Götter.« Er hob die rechte Hand und zeigte einen Gegenstand, der aussah wie ein Morgenstern, aber statt der stachligen Kugel hing am Ende der Kette eine große silberne Eule.

»Eule, die Barde ist«, sagte er.

Der Mann, der links vor Tier stand, hielt einen ähnlichen Gegenstand hoch, aber mit einem Raben statt einer Eule. »Rabe, der Magier ist«, sagte er.

Fünf Götter?, dachte Tier. Wenn sie von den Weisungen ausgingen, dann fehlte ihnen einer. Die anderen Zauberer sprachen von Lerche, Kormoran und Falke, aber es gab keinen Adler. Er hätte ausführlicher darüber nachgedacht, aber dann erinnerte er sich, wo er schon zuvor von den fünf Göttern gehört hatte: beim neuen Priester in Redern. *Seraph,* dachte er erschrocken, *meine Kinder – wen werden sie als Nächstes holen?*

Eine Flut von Magie unterbrach seine Sorge.

»Seit Jahrhunderten«, sagte Telleridge, und seine Stimme wurde dank der Magie bis in die hintersten Ecken des Raums getragen, »haben die Reisenden ihre Macht vor uns verborgen – ebenso, wie der Kaiser und die Septs uns ihre Ländereien und Titel vorenthielten und glaubten, uns dadurch machtlos und hilflos zu machen. Aber wir sind die Gefolgsleute des Geheimen Pfads und der verborgenen Götter: Wir beten die Vögel an – Rabe für Magie, Lerche für Leben und Tod, Kormoran, der die Meere beherrscht, Falke, der unsere Beute findet, und Eule, die Männer in unsere Dunkelheit führt. Heute Abend, meine Freunde, werden wir alle Anteil an der Dunkelheit haben.«

Er trat beiseite, sodass das Publikum Tier deutlich sehen konnte, und gleichzeitig zog einer der Zauberer, die hinter Tier standen, den braunen Umhang weg. Er sagte dabei ebenfalls etwas, sprach aber zu leise, als dass Tier es verstehen konnte. Was immer es war, es bewirkte, dass Tier sich nicht mehr bewegen konnte.

»Der Rabe ist aufgeflogen«, sagte der Mann mit dem Rabensymbol. »Er flog davon.«

Bei seinen Worten riss Telleridge die freie Hand in die Luft, und alle im Raum brachen in ein Geheul aus, das an ein Rudel Jagdhunde erinnerte. Tier wäre beeindruckt gewesen, hätte das Ganze nicht den Ruch des lang Geübten an sich gehabt. Das hier war eine Reaktion, die den Sperlingen beigebracht worden war, ein Kriegsschrei ohne Leidenschaft.

Die Zauberer, die Tier sehen konnte, legten die Ketten über die Schultern und balancierten ihre Symbole mithilfe des Griffs, der über ihren Rücken hing, wodurch die Vögel für alle sichtbar wurden. Dann klatschten sie in einem trägen, rastlosen Rhythmus in die Hände. Vierzehn Schläge weiter erklang ein Echo von den Zuhörern. Beim zwanzigsten Klatschen war der Lärm laut genug, und man konnte davon ausgehen, dass alle im Raum klatschten – außer Tier. Beim fünfunddreißigsten hielten sie inne, und Tier hörte nur noch seinen Herzschlag, der ihm in den Ohren rauschte.

Der Zauberer mit dem Raben sagte abermals: »Der Rabe ist aufgeflogen.«

Ein älterer Mann in Weiß stand auf und sagte: »Ein Lebewohl dem Raben. Welchen Gast habt Ihr uns gebracht?«

Telleridge sagte: »Wir bringen Euch die Eule, schlau und schön, damit sie uns das Geschenk der Musik macht.«

Die Sperlinge erwiderten, als spräche ein einziger Mann mit hundert Mündern: »Mit Blut werden wir ihn binden, mit Feuer werden wir unseren Handel siegeln. Mit Blut werden wir ihn nach Jahr und Tag befreien.«

»Wie Ihr wünscht«, sagte Telleridge. Er berührte die Eulenfigur, und eine kleine Klinge kam zwischen den Füßen des silbernen Vogels hervor. Mit gemessenem Schritt trat er an Tiers Seite. Er nahm das Handgelenk des wehrlosen Tier und vollführte einen flachen Schnitt. Dann hielt er das Messer unter die Wunde, bis die silberne Klinge vollkommen mit Blut bedeckt war.

Er ging zu dem Zauberer mit dem Raben und berührte die Klinge mit einem Finger, danach berührte er die Rabenfigur.

»Mit Blut«, sagte der Rabenzauberer.

Telleridge wiederholte die Prozedur mit den anderen. Als er fertig war, nahm er seine vorherige Position zur Rechten des Rabenzauberers wieder ein.

Tier wusste, dass die Zeremonie keinerlei Magie zur Folge hatte. Hier war nur eine einzige Art von Magie ausgeübt worden, nämlich die, die ihn hatte erstarren lassen – aber Tier kannte sich mit Publikum aus. Aufregung erfüllte den Raum wie berauschender Wein.

»Raubvögel, Sperlinge, Meister, ich präsentiere Euch die Eule!«, rief Telleridge, und das Publikum sprang johlend auf.

Als der Jubel und das Johlen verklangen, hob Telleridge die Hand, schnippte mit den Fingern, und eine Laute erschien in seiner Hand.

»Spielt für uns, Barde«, sagte Telleridge. »Und wir geben Euch die Rechte eines Gastes.«

Und plötzlich konnte Tier sich wieder bewegen.

Rasch dachte er über seine Möglichkeiten nach und entschied sich für die, die ihm am angenehmsten vorkam. Er nahm die Laute, die ihm der Eulenmeister hinstreckte – ein wunderschön aussehendes Instrument –, aber als er ein paar Töne gespielt hatte, schüttelte er den Kopf.

»Myrceria, Mädchen«, sagte er und ließ seine Stimme sie finden, wo immer sie in der Dunkelheit wartete, die die hinteren Reihen der Zuhörer verbarg. »Bitte geht zu meinem Zimmer und bringt mir meine Laute. Die, die Eure Meister mir gerade gegeben haben, mag hübsch aussehen, aber sie ist nichts wert.«

Tier wusste, das größte Problem mit steifen Zeremonien und jungen Männern bestand in deren beinahe unwiderstehlichem Bedürfnis, die feierliche Stimmung zu brechen. Die Zuhörer nahmen seine beiläufige Bitte mit einem spontaneren Brüllen entgegen als Telleridges Worte, auch wenn sie nicht so laut wurden wie zuvor. So leicht fiel es ihm, die Menge von dem Zauberer zu übernehmen und die Wirkung der vorangegangenen Zeremonie im Kopf jedes Anwesenden zu verringern.

Er hätte es nicht versucht, wenn seine Zelle weiter entfernt gewesen wäre, doch es würde nur einen Moment dauern, die Laute zu holen – nicht lange genug, dass das Publikum ruhelos würde.

»Barde«, rief ein junger Mann. »Ich dachte, eine Eule könnte jedes Instrument spielen.«

Tier nickte. »Das habe ich ebenfalls gehört. Aber niemand sagt, dass Eulen wirklich jedes Instrument spielen, nur weil sie es *können*.«

Es war nicht Myrceria, sondern einer der Sperlinge, der mit Tiers Laute angerannt kam. Tier nahm das zerschlagene Instrument, setzte sich auf den Bühnenrand und ließ ein Bein baumeln. Er hatte das Instrument erst eine Nacht gehabt, aber die Laute fühlte sich bereits an wie ein alter Freund, als er sie im Arm hielt und ihr die ersten klaren Töne entlockte.

»Nun«, sagte er, »welche Art von Lied soll es denn sein?« Er spielte einen Wirbel von Tonleitern, so schnell, dass es schwierig gewesen wäre, die einzelnen Töne zu hören. »Nein.« Er schüttelte den Kopf. »Niemand außer einem anderen Musiker würde das mögen.« Er drehte an einem Wirbel, um eine Saite neu zu stimmen. Diese Saite würde er im Auge behalten müssen – wahrscheinlich war sie neu.

»Kriegslieder hören sich dumm an, wenn man sie auf einer Laute spielt«, sagte er und zupfte ein Stück einer bekannten Melodie, wozu ein paar seiner Zuhörer nickten. »Zumindest, wenn es nicht auch eine Trommel gibt.«

»Spielt ›Schattenfall‹«, sagte jemand über die anderen Vorschläge der Menge hinweg.

Tier schüttelte den Kopf. Es würde eine Weile dauern, bis er diese Geschichte wieder zum Besten gäbe. »Nein, das kennen doch alle schon. Was ist mit einem Liebeslied?« Er schlug die ersten Akkorde eines besonders blütenreichen Stücks an und lachte über das Stöhnen des Publikums.

»Also gut«, sagte er. »Versuchen wir es einmal mit dem hier.« Und er begann mit dem Lied, das er ohnehin von Anfang an hatte spielen wollen.

Es war eine boshafte, komische Geschichte über einen Mörder aus der Unterschicht, der, einer Eingebung folgend, die Kleidung eines reichen jungen Mannes stahl, den zu töten man ihn bezahlt hatte, und sich fortan als Adliger ausgab. Tier lächelte in sich hinein, als er sah, wie die jungen Männer die dreisten Doppeldeutigkeiten und die schlauen Formulierungen ebenso genossen wie die Soldaten, neben denen er gekämpft hatte.

Die Laute war zwar abgenutzt, aber mit Abstand die beste, die er je gespielt hatte. Sie reagierte sofort, ihr Klang war klar und fein, sie passte zu seiner Stimme und verlieh den Worten genau die richtige Betonung.

Er begann mit der dritten Strophe. Die Menge schwieg und versuchte, nur leise zu lachen, damit ihr kein Wort entging. Selbst bei einem so guten Instrument war es schwierig, mit einer Laute die Lautstärke zu erreichen, die er für so viele Leute brauchte. Als er sein Publikum ermutigte, sang es beim letzten Kehrreim so laut mit, dass die Bühne vibrierte.

Er schloss mit einem Schnörkel. Er konnte spüren, wie die Zauberer vorwärtskamen, aber er beschloss, die Vorstellung ohne sie zu beenden.

»Und jetzt«, sagte er mit einem bewusst liebenswerten Grinsen, »kommt und esst und trinkt mit mir – und ich werde mein Bestes tun, um Euch zu unterhalten.« Die Laute in der Hand, sprang er von der hohen Bühne, weg von den Zauberern, und führte die Horde bei einer Invasion der Theke an.

10

Es war schon beinahe dunkel, als Jes zum Hof zurückkehrte.

Gura begrüßte ihn von der Veranda aus, und Jes zauste das drahtige Haar des Hundes. Der Hüter war heute sehr fordernd gewesen; Jes war müde, und der Kopf tat ihm weh. Er versuchte zu ignorieren, dass etwas nicht stimmte, denn er wusste nicht, ob er den Hüter in diesem Fall unter Kontrolle halten konnte.

Rinnie war nicht herausgekommen, als Gura bellte.

Aber der Hüter wusste ebenfalls, dass er müde war, und er war bereit zu warten, bis sie mehr wussten. Also war es Jes, der hinter die Hütte ging und sah, dass Rinnie ein paar Stunden dort gearbeitet und danach ihre Werkzeuge ordentlich weggeräumt hatte.

Hatte sie die Geduld verloren und sich auf die Suche nach Mutter und Lehr gemacht? Das konnte er sich nicht vorstellen, besonders, da Gura noch hier war. Er folgte Mutters und Lehrs Spuren bis zum Waldrand, aber er konnte nichts erkennen, das darauf hingewiesen hätte, dass Rinnie an diesem Tag hier entlanggelaufen wäre. Der Boden rings um die Hütte war zu festgetrampelt, um dort eine Spur auszumachen.

Widerstrebend ließ er den Hüter ein.

Er hätte nicht so lange bleiben und sich den neuen Tempel ansehen sollen, dachte der Hüter unglücklich. Aber er hatte noch nie so etwas gesehen wie die Besudelung, die vom Tempel ausging und drohte, ganz Redern zu erfassen. Und er hatte sich Sorgen um Hennea gemacht; der Waldkönig hatte ihm die

Verantwortung für ihre Sicherheit übertragen, und der Tempel hatte nichts Sicheres an sich. Das Geas, das sie band, hatte es ihm unmöglich gemacht zu verhindern, dass Hennea schließlich hineinging, aber er war noch lange geblieben und hatte sich Gedanken gemacht, bis Jes ihn überzeugen konnte, dass Mutter wissen würde, was sie tun sollten.

In Wolfsgestalt suchte der Hüter am Waldrand nach Rinnies Witterung, aber Jes hatte recht gehabt. Sie war Mutter nicht gefolgt.

Er kehrte zurück zur Hütte. Gura duckte sich in einer Unterlegenheitsgeste, aber der Hüter ignorierte ihn. Gura hätte Rinnie nicht allein gehen lassen sollen. Hunde waren keine guten Wachen – man brachte ihnen bei, die Befehle derer, die sie bewachten, zu befolgen.

Rinnies Witterung war wahrnehmbar, aber es fiel dem Hüter schwer, eine Spur von der anderen zu unterscheiden. Für eine solche Arbeit hätte er Lehr gebraucht. Er blieb auf der Verandatreppe stehen, hob den Kopf und warf einen verärgerten Blick auf den Wald; wenn man danach ging, wie lange Hennea vom Dorf bis zu der Stelle gebraucht hatte, wo Papa etwas zugestoßen war, hätten Mutter und Lehr inzwischen zu Hause sein sollen. Als er den Kopf drehte, fing er eine seltsame Witterung auf.

Was hatte Bandor hier draußen auf dem Hof gemacht?

Jes besuchte seine Tante selten – sowohl er als auch der Hüter fanden das Dorf bedrückend. Da waren zu viele Menschen für Jes, und ihre verwickelten Gefühle verwirrten ihn. Für den Hüter gab es dort einfach zu viele mögliche Gefahren. Dennoch, er kannte Bandors Geruch nach Hefe, Salz und Seife.

Das Geräusch rascher Schritte ließ ihn sich an die Seite der Veranda drücken, damit man ihn nicht sehen konnte. Der Wind kam aus der falschen Richtung, also hätte er nicht sagen können, wer da kam, bis Hennea ziemlich nahe war.

Einer ihrer Ärmel war verbrannt, und Brandblasen zogen sich von ihren Fingerspitzen über die feuergeschwärzte Haut bis zu ihrer Schulter. Sie wurde langsamer und taumelte ein wenig, als sie in Sicht der Hütte kam.

»Seraph«, sagte sie. »Jes, seid ihr hier?«

Der Hüter schauderte bei dem Gedanken, was sie in diesen Zustand versetzt haben mochte, obwohl Jes versuchte, ihn mit der Beobachtung zu beruhigen, dass sie sich das vielleicht selbst angetan hatte, denn die Verletzung konzentrierte sich überwiegend auf das Handgelenk, an dem sich das *Geas*-Band befunden hatte. Hennea roch nach Zorn, Angst und Schmerz, und Jes war müde. Der Wolf fletschte leise die Zähne.

Hennea keuchte, und der Hüter wusste, dass sie seinen Zorn spürte.

»Jes«, sagte sie und kam näher zum Haus. »Jes, ich muss mit dir sprechen. Es ist niemand hier, der anderen wehtun würde. Bitte. Ich muss mit dir sprechen.«

Eine Träne lief ihr über die Wange, und sie wischte sie gereizt ab. »Bitte, ich brauche deine Hilfe.«

Wenn der Waldkönig sie nicht in seine Obhut gegeben hätte, hätte der Hüter sie ignorieren können, aber nun war sie eine der Seinen. Also löste er sich von der Wand der Veranda und zeigte sich, obwohl es Jes lieber gewesen wäre, wenn er wieder Menschengestalt angenommen hätte, denn er wollte sie nicht noch mehr verängstigen. Jes mochte Hennea.

»Jes«, sagte sie und ließ sich von dem riesigen Wolf, der auf sie zukam, nicht verstören. »Hüter, es tut mir so leid. Ich habe euch alle verraten. Ich wusste nicht, was er vorhatte, aber es war trotzdem mein Fehler.«

Es war nicht einfach, einer Wolfskehle Menschensprache zu entringen, aber schließlich gelang es dem Hüter. »Wer?«

»Er hat es geplant«, sagte sie und hielt ihren verbrannten Arm ungeschickt vom Körper weg. »Ich hielt mich für so schlau, als ich herausfand, dass er mit deiner Familie spielte – aber sein Spiel war hintergründiger, als ich erwartet hätte. Er hat mich hereingelegt, beinahe, als hätte er mich selbst ausgeschickt, Seraph zu finden und ihr zu sagen, dass ich glaube, dein Vater sei nicht getötet worden. Er *wusste*, dass sie sich umsehen und Lehr mitnehmen würde. Er wusste, dass Rinnie ungeschützt hierbleiben würde. An dich hat er nicht gedacht, er weiß nicht, was du bist. Aber er will Rinnie.«

Jes half dem Hüter, seine Wut abzukühlen, und die Bestie war erfreut über die Ruhe, die ihr gestatten würde zu tun, was nötig war.

»Er hat Rinnie?«, fragte er.

»Nicht, als ich gegangen bin – ich dachte, ich könnte vielleicht schneller herkommen als er –, aber sie ist weg, nicht wahr? Deshalb bist du hier und nicht Jes.«

»Mein Onkel war hier«, sagte der Hüter. »Bandor, der Dorfbäcker.«

»Die Lerche soll ihn holen«, flüsterte sie. »Bandor ist einer von Volis' Favoriten. Würde er deine Schwester Volis übergeben?«

»Er würde ihr nicht wissentlich wehtun«, antwortete der Hüter nach kurzem Nachdenken. »Aber seine Absichten zählen nicht.« Da Jes die Wildheit des Hüters beherrschte, konnte dieser klar denken und sich konzentrieren. »Wir müssen sie finden. Kannst du noch weiterlaufen?«

Lehr hatte recht, es war schon spät, als sie nach Redern kamen, und Seraph war erschöpft, sowohl körperlich als auch gefühlsmäßig. Nur ihre Besessenheit, dem *Solsenti*-Priester Antworten abringen zu wollen, gab ihr die Kraft, die steile Straße von Redern hinaufzusteigen.

Sie wäre beinahe an der Bäckerei vorbeigegangen, und wenn in Alinaths Zimmer kein Licht gebrannt hätte, hätte sie das vielleicht auch tun können. Aber Alinath liebte Tier ebenfalls. Seraph blieb zögernd vor der Tür stehen.

»Sie wird dir nicht glauben, Mutter«, warf Lehr ein.

»Doch«, sagte Seraph, »das wird sie – weil sie es ebenso glauben muss wie ich.« Sie lächelte Lehr müde an. »Sie wird immer noch denken, dass es meine Schuld ist – aber zumindest wird sie ihn nicht mehr für tot halten. Sie hat ein Recht darauf, es zu erfahren.«

Seraph klopfte fest an die Tür. »Alinath, ich bin es, Seraph. Mach auf.« Sie wartete, dann klopfte sie noch einmal. »Alinath? Bandor?«

Lehr prüfte die Luft. »Ich rieche Blut. Ist die Tür verschlossen?«

Seraph versuchte den Griff, und die Tür schwang problemlos auf. Im vorderen Raum brannte kein Licht, ebenso wenig wie in der Bäckerei, aber Lehr brauchte kein Licht, und Seraph folgte ihm zu Alinaths Zimmer. Die Tür war nur angelehnt, und Lehr öffnete sie vorsichtig.

»Tante Alinath?«, fragte er, und die Sorge in seiner Stimme bewirkte, dass Seraph sich sofort unter seinem Arm durchschob, mit dem er die Tür weit offen hielt.

Alinath war geknebelt und mit Händen und Füßen ans Bett gefesselt worden. Sie hatte blaue Flecke im Gesicht, und jemand hatte sie so fest auf die Wange geschlagen, dass ihre Haut aufgerissen war und das Blut sich aufs Bettzeug ergossen hatte. Als sie die beiden sah, begann sie sich wild aufzubäumen.

»Ruhig«, sagte Seraph und setzte sich neben Alinath. Sie zog ihr Messer heraus und schnitt vorsichtig um die geschwollene Haut ihrer Schwägerin herum die Seile durch. »Du wirst gleich frei sein.«

»Rinnie«, sagte Alinath, sobald sie wieder sprechen konnte.

»Was?«, fragte Seraph.

Aber Alinath hatte angefangen zu zittern, und Seraph konnte nicht verstehen, was sie sagte.

»Langsam«, befahl sie, aber mit ruhiger Stimme, um Alinath nicht noch mehr aufzuregen. »Was ist mit Bandor und Rinnie? Hat Bandor dir das angetan?«

Alinath versuchte sich hinzusetzen, aber das bereitete ihr offensichtlich Schmerzen, und Seraph eilte sich, ihr zu helfen.

»Es war Bandor«, sagte Alinath schließlich. Sie atmete nur flach; offenbar waren ihre Rippen geprellt. »Er war in letzter Zeit so seltsam – ich weiß nicht, was mit ihm los ist. Als der Priester heute Nachmittag kam, fing er an, etwas über Rinnie und dich zu murmeln.«

Sie hielt einen Moment inne und schluckte. »Du und ich, wir haben uns nie verstanden, Seraph – aber du würdest dein Leben geben, um deine Kinder zu beschützen. Das weiß ich. Als er also anfing, gefährliche Dinge zu sagen … Dinge, über die sich das ganze Dorf aufregen würde, wenn sie es hörten … Nun ja, ich sagte ihm, er sei ein Narr. Dass es nichts Böses an dir gebe und er kein Recht habe, dich zu beschuldigen, dass du umschattet seist.«

Seraphs Magen zog sich zusammen.

Alinath wandte den Kopf ab. »Er hat mich geschlagen. Das hat er in den vergangenen Monaten schon mehrmals getan. Ich will ja nicht behaupten, dass ich sonderlich umgänglich bin, aber … du kennst Bandor doch auch, er war nie zuvor so!«

»Weiter«, sagte Seraph.

»Diesmal war es mehr als nur ein beiläufiger Klaps. Ich wusste nicht, ob er je wieder aufhören würde. Ellevanal helfe mir – ich denke, er wusste es selbst nicht. Dann sagte er, dass ich mich nicht einmischen solle. Er fesselte mich und ging. Seraph, ich weiß nicht, was er vorhat.«

»Und das fing an, nachdem der Priester hier war? Volis, nicht Karadoc?«, fragte Seraph.

Alinath nickte. »Ich mag diesen Mann nicht. Ist Bandor zum Hof hinausgekommen?«

»Sprach er darüber, was er tun wollte?«, fragte Seraph.

»Er sagte, er wolle Rinnie retten.«

»Wir waren seit dem frühen Nachmittag nicht mehr dort«, sagte Seraph. »Ich habe Rinnie bei Gura gelassen, aber Gura kennt Bandor. Ich muss sie finden. Kommst du hier zurecht?«

Alinath nickte. »Finde ihn, bevor er ihr wehtut.«

»Wohin würde er Rinnie bringen«, fragte Lehr, »wenn nicht hierher?«

»Zum Priester«, sagte Seraph. »Wenn er glaubt, dass sie umschattet ist, wird er sie zum Priester bringen. Wir werden sie finden«, versicherte sie Alinath.

»Seid vorsichtig«, riet Tiers Schwester. »Sei vorsichtig, Seraph. Bandor ist nicht mehr der Mann, den du kanntest.«

Vor der Bäckerei blieb Seraph stehen und runzelte unsicher die Stirn – sollten sie zum Tempel gehen oder zum Hof zurückkehren?

»Kannst du feststellen, ob Bandor und Rinnie hier vorbeigekommen sind?«, fragte sie Lehr.

Er schüttelte den Kopf. »Nicht einmal, wenn der Mond voll wäre – es gibt zu viel …« Er erstarrte und sah sich um …

Seraph spürte es ebenfalls, eine Kälte an ihrem Rücken und einen Kloß in der Kehle, der das Schlucken schwierig machte.

»Jes«, rief sie. »Bist du hier?«

»Hör nur«, sagte Lehr. »Jemand reitet die Straße hinauf.«

Sie sah Scheck zuerst, die weißen Flecke deutlich im Sternenlicht zu erkennen, als er mit rutschenden Hufen um die steile Ecke kam. Sobald er sich auf einem geraderen Teil der Straße befand, begann er zu traben und blieb dann vor ihnen stehen.

»Der Priester«, sagte Hennea aufgeregt und rutschte vom Pferd. »Ich war so dumm! Er hat mich vorgeschickt, damit du deine Tochter ungeschützt lässt.«

Seraph nickte. »Zu diesem Schluss bin ich selbst schon gekommen. Glaubst du, er wird sie zum Tempel bringen?«

»Ja.«

»Dann sollten wir Scheck hierlassen«, sagte Seraph. »Er wird auf den Pflastersteinen der steileren Abschnitte nur ausrutschen. Lehr, kannst du einen Platz finden, wo er sicher ist?«

»Neben dem Holzschuppen dort«, sagte er und nahm das Pferd.

Hennea stand ein wenig schief da, als hätte sie Schmerzen. Seraph beschwor ein magisches Licht herauf und sah sich Henneas Arm an.

»Es gibt einfachere Möglichkeiten, ein *Geas* zu brechen«, sagte sie trocken.

»Ich hatte es eilig«, erwiderte Hennea und verzog den Mund zu einem dünnen Lächeln. »Und ich war wütend.«

»Das wird wehtun«, stellte Seraph fest.

»Es tut jetzt schon weh. Ich werde bei einem Kampf nicht viel helfen können; ich kann mich nicht konzentrieren. Aber ich kann deine Magie nähren.«

»Das wird genügen«, stellte Seraph fest.

Lehr kehrte zurück, und Seraph ging rasch die Straße entlang. Jes und Lehr konnten den Weg zum Tempel vielleicht im Laufschritt zurücklegen, aber sie und Hennea würden langsamer gehen müssen, sonst würden sie zu nichts nütze sein, wenn sie ihr Ziel erreichten. Sie wusste, dass Jes bei ihnen war, sie spürte es an der Art, wie ihr Magen sich zusammenzog, aber sie konnte ihn nur hier und da aus dem Augenwinkel sehen.

»Erzähl mir von Volis«, sagte Seraph. »Was immer du für nützlich hältst.«

»Er ist offensichtlich schlauer, als ich dachte. Die anderen Magier im Geheimen Pfad hatten Hochachtung vor seiner Macht. Aber nach *Solsenti*-Maßstäben ist er noch jung, und komplexe Zaubersprüche frustrieren ihn. Deshalb neigt er dazu, den Rabenring öfter einzusetzen als seine eigene Magie, es sei denn, er wirkt eine Illusion.«

Sie kamen zu einer scharfen Biegung der Straße, und Hennea schwieg, bis sie wieder auf ebenerem Boden waren. »Ich habe ja schon gesagt, dass die Zauberer Weisungen stehlen und sie tragen. Für gewöhnlich benutzen sie Ringe, aber es gibt auch ein paar Steine, die in Ohrringe oder Halsbänder gefasst wurden. Er sagte, dass einige Ringe Schmerzen bereiten, wenn man sie benutzt, und andere nicht die ganze Zeit über wirken. Die meisten Zauberer können nur einen Ring gleichzeitig benutzen, aber Volis hat zwei. Der erste macht ihn zum Raben. Dazu nimmt er für gewöhnlich eine Eule, aber ich habe ihn hin und wieder auch mit einem Jägerring gesehen. Du wirst wissen, welchen er trägt, wenn du ihn siehst, du musst nur mithilfe deiner Magie hinsehen.«

»Wie gut kann er damit umgehen?«

»Etwa so, wie man es annehmen würde«, sagte sie. »Er glaubt offenbar, die Weisung der Raben sei nichts als Magie, bei der er keine Rituale begehen muss.«

Seraph lächelte zufrieden. »Sag mir, ist er aufbrausend?«

Als sie näher zum Tempel kamen, blieb Lehr stehen und beugte sich vor, als wolle er den Boden berühren, aber er zog die Hand vorher schon zurück.

»Was ist das, Mutter?«, fragte er.

»Was?« Seraph blieb ebenfalls stehen, aber sie konnte nichts erkennen.

»Eine besudelte Stelle«, sagte Jes. Er musste ganz in Henneas Nähe sein, denn sie quiekte nervös auf.

»Wie sieht es denn aus?«

»Es sieht aus, als wäre eine widerliche Substanz auf den Boden gegossen worden«, sagte Lehr. »Und es stinkt auch.«

»Umschattet«, sagte Hennea leise. »Ich dachte es mir schon.«

»Es geht vom Tempel aus«, sagte Jes. »Dort ist es noch dunkler.«

»Es ist wirklich hier«, sagte Lehr. »Warum kannst du es nicht sehen, Mutter?«

»Ich weiß nicht, warum Raben den Einfluss des Pirschgängers nicht sehen können, und Lerchen auch nicht«, erwiderte Seraph. »Ich kann verstehen, wieso die Ahnen es nicht für notwendig hielten, dass Eulen und Kormorane ihn sehen können, aber Lerchen und Raben haben oft mit Umschatteten zu tun.«

»›Mit jeder Weisung …‹«, murmelte Hennea.

»›Werden Kräfte gegeben‹ – ja, ja, ich weiß. Es ist trotzdem dumm. Volis ist also wahrscheinlich umschattet.« So etwas geschah sehr selten. Seraph hatte nie mit einer umschatteten Person zu tun gehabt, ihr Lehrer allerdings schon. Er war gestorben, bevor er ihr viel darüber hatte beibringen können, weil es so viel anderes zu lernen gab. Sie wusste, dass der Pirschgänger ein zerstörerisches Gefühl oder eine solche Tat brauchte, um Einfluss zu gewinnen, und dass die Intensität des Einflusses unterschiedlich sein konnte. Der Schatten war etwas anderes gewesen, hatte ihr Lehrer gesagt, denn der Schatten hatte die Macht des Pirschgängers aktiv heraufbeschworen und seinen Einfluss freudig aufgenommen.

»Gehen wir«, sagte sie. »Wir müssen Rinnie finden.«

Endlich erreichten sie den Tempel, und Lehr versuchte die Tür.

»Verschlossen«, sagte er. »Ich denke, von innen verbarrikadiert.«

Seraph sagte etwas Knappes, Kehliges – ein Bann, an den sie sich nicht einmal erinnert hätte, wenn sie wirklich darüber nachgedacht hätte –, und die Tür flog auf, war plötzlich nur noch ein Haufen Splitter und Metall auf dem Boden des Vorraums.

»Vorsicht«, warnte Hennea. »Zorn und Magie passen nicht gut zueinander.«

»Wohin würde er sie bringen?« Seraph wusste, dass Hennea recht hatte, aber seit der Jäger des Sept gekommen war, um ihr zu sagen, dass Tier tot sei, hatte sie mehr Angst gehabt als jemals seit der Nacht, in der ihr Bruder gestorben war – und Angst machte sie ebenso wie Trauer wütend.

»Folgt mir.«

Der Tempel war mithilfe von Kerzenleuchtern an der Wand hell beleuchtet, also fiel es Seraph nicht schwer, sich einen Weg durch den Schutt der Tür zu bahnen. Aber der Raum auf der anderen Seite des Wandbehangs war anders als der, an den sie sich erinnerte. Es gab keine fliegenden Vögel, keine Kuppeldecke.

»Ist das hier der wirkliche Raum oder der mit den Vögeln?«, fragte sie Hennea.

»Was würdest du sagen?«

Dieser Raum sah nicht aus, als wäre er Teil eines Gebäudes, das innerhalb kürzester Zeit errichtet worden war. Er wirkte eher wie Willons Laden, und sie konnte in allem Magie spüren … aber …

»Der andere ist echt«, sagte sie überzeugt.

Der Raum mit den Vögeln an der Decke war einfach zu gut ausgearbeitet gewesen, um eine Illusion zu sein, die der Priester nur für sie geschaffen hatte. Aber er würde diesen Raum nicht jedem zeigen können. Die in den Berg gemeißelte Kammer hingegen war genau das, was die Dorfbewohner erwarten würden.

Hennea nickte. »Wie ich schon sagte, er ist ein sehr guter Illusionist.«

In der hinteren Wand befand sich eine kleine, unauffällige Tür, und Hennea führte sie hindurch und eine schmale Treppe hinunter.

»Wir sind ihm jetzt sehr nahe«, sagte Hennea. »Wir sollten so leise wie möglich sein.«

»Rinnie war hier«, flüsterte Lehr.

»Ich kann immer noch ihre Angst riechen«, stimmte Jes zu, der bereits am Fuß der Treppe stand.

Die Treppe führte in einen kurzen, dunklen Flur, der für Seraph nur nach Erde und Feuchtigkeit roch, aber Lehr hatte die Nase angewidert gekraust, und er achtete darauf, die Wand nicht zu berühren. Licht fiel aus einer offenen Tür.

Seraph schob die anderen beiseite und betrat den Raum als Erste.

Rinnie war dort; wie Alinath war sie gefesselt und geknebelt, aber Seraph konnte keine Wunden oder Prellungen sehen. Die Erleichterung hätte sie beinahe überwältigt: Rinnie war noch nicht in Sicherheit, aber sie lebte.

Mehrere hundert Kerzen bildeten fünf Kreise auf dem Boden, und Rinnie lag in der Mitte des mittleren. Die anderen enthielten jeweils ein Schmuckstück mit einem einzigen großen Stein.

Volis war ebenfalls anwesend und betrachtete eine zerbrechlich aussehende Schriftrolle auf einem Tisch, der beinahe zu klein für sie war. Er blickte nicht auf, als sie hereinkamen. Wie Hennea ihr geraten hatte, warf Seraph einen Blick auf seine Hände und sah zwei Ringe. Einer von ihnen sollte Rabe sein. Seraph konzentrierte ihre Magie und sah sich die Ringe mit ihrer Hilfe noch einmal an. Rabe und Eule, genau wie Hennea vorhergesagt hatte, aber irgendwie verzerrt und leer. Falsch.

In der hintersten Ecke des Raums saß Bandor im Schneidersitz auf dem Boden, wiegte sich hin und her und murmelte vor sich hin. Eulenkrank, dachte Seraph. Volis, der an die Gesetze der Reisenden nicht gebunden war, hatte Bandor gezwungen, etwas gegen seinen Willen zu tun, und nun bezahlte Bandor dafür.

Sie machte einen weiteren Schritt vorwärts und stieß gegen eine magische Barriere. Mit einem raschen Gedanken machte sie die Barriere sichtbar. Sie bog sich durch den Raum, wobei sich Volis, Bandor und Rinnie auf einer Seite befanden und die Übrigen auf der anderen Seite gefangen saßen – gefangen, weil die Barriere nun auch den Eingang überzog und sie einschloss. Jedenfalls nahm Seraph an, dass sie sich alle dort befanden. Bei ihrem kurzen Blick hatte sie Jes nicht bemerkt.

»Volis«, sagte Seraph.

Ihre Stimme zitterte vor Wut; sie hatte geglaubt, sich besser beherrschen zu können. Sie war so wütend auf den Priester und auf diese unbekannten Männer, die wie er waren und in ihrer Ignoranz ein Unheil anrichteten. Sie hatten Tiers, Rinnies und Seraphs Frieden gestohlen, und dafür würden sie bezahlen. Alle.

Mit schmerzhafter Anstrengung zog sie die Gelassenheit ihrer Ausbildung wieder um sich wie einen Umhang; es war Volis, der die Nerven verlieren musste. Als sie sicher war, wieder ruhig bleiben zu können, sagte sie: »Was tut Ihr da?«

»Ich beschwöre den Pirschgänger herauf«, sagte er, ohne aufzublicken. »Ich habe Euch schon erwartet – wie Ihr sehen könnt. Sobald mein kleiner Rabe ausgeflogen war, nahm ich an, sie würde Euch hierherbringen. Zuerst war ich wütend auf sie, aber dann dachte ich, es könnte sogar gut sein, Publikum zu haben – solange es nicht Teil der Zeremonie wird.«

Hüter waren so gut wie immun gegen Magie – Jes würde durch die Barriere hindurchgehen können. Er konnte vielleicht durchbrechen, Rinnie holen und wieder auf die andere Seite der Barriere zurückkehren. Aber selbst wenn das nicht möglich war, würde er sie nie allein lassen. Gefangen würde er immer noch versuchen, Rinnie vor Volis zu schützen – und das war einfach zu gefährlich. Seraph würde ihn nur dann in den Kreis schicken, wenn ihr keine andere Wahl blieb.

Sie spürte, dass Jes kurz davor stand, die Beherrschung zu verlieren, denn die Raumtemperatur fiel schnell.

»Ihr seid ein ignoranter Dummkopf«, sagte sie kalt. »Der Adler ist nicht der Pirschgänger. Der Pirschgänger hat den Schatten erst zu dem gemacht, was er war. Wenn es Euch gelingt, ihn heraufzubeschwören, werdet Ihr nicht *mehr* sein, sondern nichts. Der Pirschgänger hat deshalb keine Anhänger, weil alles, das ihm gehorcht, zu einem Ding wird.«

»Glaubt nicht, dass ich mich nicht mit Leuten wie Euch auskenne«, sagte Volis. »Mein erster Lehrer sagte mir gern, wie unwissend ich sei, weil er Angst vor mir und vor dem hatte, wozu ich in der Lage war. Also blieb ich jahrelang sein Lehrling und tat, was er wollte. Als der Meister des Geheimen Pfads mich fand und mir die Wahrheit sagte, sorgte ich als Erstes dafür, dass mein alter Lehrer eine Lektion erhielt, die bewirkte, dass er nie wieder jemanden in die Irre führen konnte.« Er klang sehr zufrieden mit sich selbst. »Lasst Euch das eine Warnung sein. Ihr sagt, ich mache Fehler, aber Ihr kennt mich nicht. Ihr wisst nicht, wozu ich in der Lage bin.«

Die intensiver werdende Kälte ließ Seraph schaudern, aber sie verließ sich darauf, dass Jes sich noch ein paar Minuten länger beherrschen konnte. Sie musste diesen Priester wirklich wütend machen.

»Oh, ich weiß, wozu Ihr in der Lage seid«, sagte sie gelassen. »Glaubt Ihr denn, Hennea hätte den ganzen Tag geschwiegen? Oder glaubt Ihr, ich sollte vor einem *Illusionisten* zittern?« Sie sah, dass er errötete. *Solsenti*-Zauberer schauten auf Illusionisten herab und hielten sie für etwas Geringeres, weil Illusionen weder wirklich schufen noch zerstörten. *Solsenti*-Zauberer hatten viele dumme Vorstellungen. »Ein Junge, kaum alt genug, um sich selbst anzuziehen? Ein *Solsenti*-Taschenspieler, der sich mit den Toten abgibt, weil er ihre Magie stehlen muss, damit ihm nicht jeder auf der Stelle anmerkt, wie unwissend er wirklich ist?«

»Ich mag ein Illusionist sein«, antwortete er mit demonstrativer Würde, »aber ich habe Euch gefangen gesetzt – beide Raben und auch Euren Jäger-Sohn. Ihr mögt mich für jung und unwissend halten, aber ich habe Eure Geheimnisse herausgefunden. Ich weiß, wie man einen Gott heraufbeschwört.«

»Ihr könnt nicht einmal einen Raben mit einem *Geas* halten«, sagte Seraph. »Wie solltet Ihr einen Gott heraufbeschwören können?«

Sie hatte gehofft, ihn mit der Erinnerung an Henneas Flucht zu ärgern, aber er war zu aufgeregt über seine Entdeckung.

»Es wird ganz einfach sein«, erklärte er. »Der Kormoran war der Schlüssel.«

Und dann begann er, auf und ab zu gehen und über die angeblichen Komplexitäten der Weisungen zu predigen, die die Zauberer des Geheimen Pfads im Lauf der Jahre entdeckt hatten.

»Lehr«, fragte Seraph leise. »Ist er umschattet?«

»Ja. Onkel Bandor ebenfalls – wenn auch nicht so intensiv.«

Seraph nickte, dann wandte sie die Aufmerksamkeit wieder dem vor sich hin schwadronierenden Volis zu.

»Ich nahm die Ringe, einen für jede Weisung. Der Geheime Pfad hat nur vier Heilerringe, aber keiner von ihnen funktioniert richtig. Also haben sie mir diesen hier gegeben, und ich kann damit machen, was ich will. Ich habe einen für jede

Weisung, aber mit Eurer Tochter brauche ich den Kormoran nicht.«

Er schaute Seraph an, das Gesicht triumphierend gerötet. »Ich habe es ausschließlich mit den Ringen versucht, aber es funktionierte nicht, weil der Bann Blut und Tod verlangt. Und es wäre schwierig, eine Person von jeder Weisung festzuhalten – aber dann erinnerte ich mich an etwas, was ich über Sympathiezauber gelesen habe, bei denen man ein Ding benutzt, das dann für andere steht, wie zum Beispiel eine Feder für die Luft. Also brauchte ich nur eine von euch.«

Er sah Hennea an und fügte erbost hinzu: »Ich hätte dich nehmen können, aber ich dachte, du magst mich. Ich wollte dir nicht wehtun. Das hätte ich mir sparen können, wie?«

»Ja«, stimmte Hennea zu.

Er wusste nicht, wie er darauf reagieren sollte, also wandte er sich wieder Seraph zu. »Ich dachte, es wäre leichter, die Jüngste zu nehmen. Es war nicht schwer, Bandor zu überreden, dass sie in Gefahr sei und ich ihr helfen könne. Ihr solltet stolz sein, Seraph: Eure Tochter wird den Adler in die Welt zurückholen.«

Schweiß tropfte ihm von der Stirn, obwohl auf der anderen Seite der Barriere Seraphs Atem Wolken bildete. Offensichtlich blockierte die Barriere auch die Auswirkung von Jes' Wut.

»*Solsenti*-Zauberer«, sagte Seraph und schüttelte langsam den Kopf, »machen Dinge immer komplizierter, als sie wirklich sind. Der Pirschgänger ist bereits hier, so wie Ihr es wolltet.« Sie lächelte ihn an. »Ihr wisst, dass ich die Wahrheit sage.«

Seine Augen wurden einen Augenblick groß, als sein gestohlener Eulenring ihm bestätigte, dass sie recht hatte. Dann kniff er die Augen anklagend zusammen. »Ihr glaubt, wenn Ihr die Wahrheit sagt, ist das alles, was zählt. Ihr irrt Euch.«

»Ich kann Euch nicht beweisen, dass der Pirschgänger hier ist«, versprach Seraph freundlich. »Ihr müsstet ein Jäger sein, um sehen zu können, was Ihr in Eurer Dummheit getan habt.« Das Wort *Dummheit* schien ihm überhaupt nicht zu gefallen, vor allem, da er wusste, dass sie es ernst meinte. Aber er würde dennoch nicht wirklich die Nerven verlieren, er war einfach zu berauscht von seinen eigenen Plänen. Sie würde Jes tatsächlich mit einbeziehen müssen.

»Ich kann Euch den Adler zeigen«, sagte sie.

Während ihres gesamten Gesprächs hatte Seraph den kunstvollen Bann untersucht, der die Barriere zusammenhielt. Wenn Volis nur *Solsenti*-Magie verwendet hatte, würde sie sie vielleicht nicht brechen können, aber er hatte Raben- und *Solsenti*-Magie vermischt, und das Ergebnis war instabil.

»Jes«, sagte sie, »geh und hol Rinnie und bring sie in Sicherheit. Lehr, wenn du kannst, hol Bandor.«

Volis runzelte die Stirn. »Jes? Ist das nicht der Name Eures schwachsinnigen Sohns? Er ist nicht einmal hier.« Er schauderte kurz.

»Doch«, sagte Seraph, »er ist hier. Ihr seht nur nicht genau hin. Jes, der Priester würde gern einen guten Blick auf dich werfen.«

Der Hüter hatte eine ausgesprochen dramatische Ader und nahm aus dem Kerzenrauch Form an, wurde zu einem übergroßen Wolf – die Gestalt, die er allen anderen vorzog. Er stand zwei Schritte von Volis entfernt. Sein Fell war mit Raureif überzogen, und der Frost breitete sich sofort von seinen Pfoten bis zu Volis' Gewandsaum aus. Jes knurrte, ein tiefes, grollendes Geräusch. Seraphs Puls wurde schneller, bis sie den eigenen Herzschlag in ihren Ohren hören konnte.

Volis, der keine Ahnung hatte, was Jes war, schrie entsetzt auf. Die Angst tat für seine Magie, was Zorn einmal für die von Seraph getan hatte: Seine Kontrolle der Rabenmagie versagte, und Seraph konnte die Barriere mit einem einzigen Schlag ihrer Macht zerfetzen.

»Das ist mein ältester Sohn Jes«, sagte sie. »Er ist Adler und Hüter – und Ihr brauchtet ihn nicht einmal heraufzubeschwören.«

Sie trat die sorgfältig aufgestellten Kerzen um, brach die Kreise und hoffte, damit seine Versuchung, Rinnie zu töten, im Keim zu ersticken.

Im Gehen sprach sie weiter und zitierte aus dem Buch der Weisungen. »›Es heißt, als die Älteren Zauberer es auf sich nahmen, den Pirschgänger zu bekämpfen, schufen sie die Weisungen. Sechs Weisungen schufen sie, nach den sechs, die für immer schliefen. Sie schufen Rabenmagier und Kormoran-Wetterhexer, um bei ihren Reisen zu helfen. Die dritte Weisung war die des Heilers, der Lerche ist, damit sie eine Aussicht hatten, zu überleben und den Kampf fortzusetzen. Sie ruhten, dann schufen sie den Barden im Zeichen der Eule, um besser mit Fremden zurechtzukommen, den Jäger, den Falken, um sich ernähren zu können, wenn die Notwendigkeit bestand, und als Letztes schufen sie den Adler, den Hüter, den alle fürchten sollten.‹ Der Hüter, Volis, ist eine Weisung wie alle anderen, aber wie Ihr selbst feststellen konntet, schwieriger zu entdecken.«

Jes nahm wieder Menschengestalt an und hob Rinnie hoch. »Der Priester hat einen Fehler gemacht«, sagte er, und seine Stimme grollte in Basstönen, die beinahe zu tief waren, als dass man sie hören konnte, als befände er sich immer noch zum Teil in Wolfsgestalt.

»Er ist umschattet«, stimmte Seraph zu.

Aber sie hatte Volis zu lange Zeit gelassen. Er schleuderte eine Explosion roher Magie nach ihr, und sie war gezwungen, das zu erwidern – mehr als zu erwidern, denn sie musste außerdem jene beschützen, die neben ihr standen. Sie hielt die Magie einen Augenblick fest, dann ließ sie sie zu ihm zurücksausen. Weil es seine eigene Magie war, tat sie ihm nichts an, sondern erlaubte ihm, sie wieder zu absorbieren. Das war keine ideale Lösung, weil er so die Energie zurückerhielt, die er Seraph entgegengeschleudert hatte, aber zumindest wurde auch kein anderer verletzt.

Während Seraph versucht hatte zu entscheiden, was sie mit der Magie tun sollte, hatte Volis Zeit gehabt, noch mehr Macht zu sammeln, und er warf sie nach ihr und zwang sie mehrere Schritte zurück. Seraph fing die Magie auf und schleuderte sie erneut zurück, aber diesmal war es anstrengender. Sie würde das nicht unendlich lange durchhalten können, weil sie dabei Kraft verlor und er nicht.

Und er lernte schnell. Der dritte Schuss war ebenso machtvoll, aber so gezielt, dass er auch die anderen mit einschließen würde. Seraph blieb nichts anderes übrig, als die volle Wucht zu absorbieren, damit nichts entkam, was eins ihrer Kinder verletzen könnte.

Schmerzenstränen liefen ihr über die Wangen, und sie taumelte und schwankte, dann berührte sie jemand, und die Schmerzen ließen nach.

Einen betäubten Augenblick lang gehörten die Stimme und die starken Hände an ihren Schultern Tier. Dann, als die Wirkung des Angriffs nachließ, erkannte sie, dass Hennea hinter ihr stand und ihr Hilfe und Kraft gab.

Sie brauchte einen Schild wie die Barriere, die Volis benutzt hatte, um sie zu umschließen, als sie den Raum betraten, aber sie hatte keine Zeit, einen Schild um alle zu legen. Stattdessen schuf sie einen viel kleineren und schloss ihn um Volis. Einen Augenblick leuchtete der gesamte Bereich um den Priester auf, aber dann zerbrach der Schild, ein Opfer seiner übereilten Entstehung.

Er lachte. »Versucht das hier einmal«, sagte er und zeichnete ein magisches Symbol in die Luft.

Sie blockierte den größten Teil davon, aber die Anstrengung ging über ihre Reserven, und sie wurde beinahe blind vor Schmerz. Was von Volis' Zauberei dennoch durchdrang, ließ sowohl Seraph als auch Hennea zu Boden fallen.

Einen zweiten solchen Schlag würde sie nicht verkraften können.

»Hennea«, flüsterte sie, »wenn ich es dir sage, rollst du dich weg, dann bringst du die anderen nach draußen.« Wenn sie Volis lange genug ablenken konnte, würden ihre Kinder vielleicht fliehen können.

»Nein«, sagte Hennea.

Kälte wehte eine Haarsträhne vor Seraphs Augen.

Mit vor Zorn glühendem Gesicht riss Volis die Hand zurück wie jemand, der einen Stein werfen will. Hennea bemächtigte sich der Überreste von Seraphs Schild und verbesserte sie, und als Volis' Hand losließ, was immer er geschaffen hatte, prallte der Bann harmlos ab.

Wind kühlte den Schweiß auf Seraphs Stirn – sie hatte kaum genug Zeit, um zu erkennen, dass es hier eigentlich keinen Wind geben sollte, als eine plötzliche Bö sie in die Knie brechen ließ.

Der Wind wurde noch heftiger und verwandelte Seraphs Haar in eine wilde Peitsche, die ihre Augen und die Wangen brennen ließ, als sie unter Schmerzen auf das linke Knie hochkam. Der Tisch, an dem Volis gearbeitet hatte, rutschte ein Stück, krachte dann gegen die Wand und warf sich schließlich gegen den Kopf des Priesters.

Einen Augenblick war Volis damit beschäftigt, sich gegen seine Möbel zu verteidigen, und konnte sich nicht mehr auf Seraph konzentrieren, aber jede neue Magie würde ihm sofort auffallen.

Seraph zog ihr Messer, kam mühsam wieder auf die Beine und lehnte sich in den Wind.

»Hennea«, sagte sie leise. »Gibt es eine Heilung für Umschattete, die du kennst und ich nicht?«

Seraph fürchtete schon, Hennea wäre zu weit zurückgefallen, um sie zu hören, aber dann hörte sie sie sagen: »Nein. Es gibt keine Heilung außer dem Tod.«

Seraph duckte sich und nutzte die Bewegung des Windes und ein Verebben der Magie, um sich hinter Volis zu schleichen. Als sie nahe genug war, trat sie ihm in die Kniekehlen, sodass der Zauberer das Gleichgewicht verlor und rückwärts stolperte. Sie hakte ihm den linken Arm ums Kinn, um ihn festzuhalten, und stach ihm das Messer in den Hals, wie Tier es ihr beigebracht hatte. Die scharfe Klinge schnitt durch Volis' Kehle und durchtrennte Haut und Blutgefäße.

Seraph taumelte zurück und kämpfte gegen den Wind um ihr Gleichgewicht. Die Schneide ihres Messers hatte ihr einen schnellen Sieg gebracht. Zum ersten Mal in ihrem Leben hatte sie einen Menschen getötet. Sie fragte sich, ob es ihr vielleicht wirklicher vorkäme, wenn sie Magie dazu benutzt hätte.

Der Körper des jungen Mannes kämpfte eine Weile, aber Schmerzen blockierten die Magie des Priesters, und seine extremen Empfindungen verhinderten, dass ihm Rabenmagie zugänglich war, Ringe oder nicht. Seraph sah zu, wie er starb, denn es kam ihr feige vor, sich von einem Tod abzuwenden, den sie verursacht hatte.

Als er tot war, sah sie sich um. Lehr, gesegnet sollte er sein, hatte nicht vergessen, was sie ihm gesagt hatte. Er hielt Bandor in einer Art Ringergriff und presste das Gesicht seines Onkels gegen die Wand. Hennea war auf Hände und Knie hochgekommen und kroch gegen den Wind auf Volis' Leiche zu. Jes, der erschöpft aussah, saß auf den Boden …

Ah, dachte Seraph. *Daher kam der Wind.*

Rinnies Haar schien in bleichen Flammen zu stehen, während sie reglos aufrecht stand, die Arme ausgebreitet, die Handflächen nach außen gerichtet wie eine alte Statue, der Rock unbewegt, obwohl der Wind immer noch heftig durch den Raum fegte. Jes musste sie losgeschnitten haben, denn sie hatte keine Seile mehr an sich, aber rote Spuren zu beiden Seiten ihres Mundes zeigten, wo sich der Knebel befunden hatte. Ihre Augen glühten in einem seltsamen goldenen Licht, das ihre Pupillen verdunkelte.

Lange vergessene warnende Worte fielen Seraph wieder ein. Wenn man eine Wetterhexe war, sehnte man sich immer nach den Energien, die bei gemäßigtem Wetter ihrem Kurs folgten und sich verteilten, und war daher bei Stürmen in Gefahr, sich so zu verfangen, dass es kein Zurück gab.

»Rinnie«, sagte sie mit fester Stimme. »Wir sind in Sicherheit – ruf den Wind zurück und lass ihn schlafen.«

Ihre Tochter starrte sie ausdruckslos mit ihren leuchtenden Augen an, und der Wind wirbelte und spielte weiter. Ein Tintenfass erschien aus dem Nichts und traf Seraph schmerzhaft am Ellbogen.

»Rinnie!«, rief sie in dem gleichen Tonfall, den sie einsetzte, wenn die Kinder sich stritten. *»Das reicht jetzt!«*

Rinnie blinzelte, der Wind erstarb zu sanften Böen, und dann war er vollkommen verschwunden. Kleine Gegenstände fielen klappernd zu Boden. Rinnie sackte auf alle viere nieder, und Seraph eilte zu ihr und hockte sich neben sie.

»Wie geht es dir? Bist du in Ordnung?«

Rinnie nickte. »Tut mir leid, Mutter. Mir ist nur ein bisschen schwindlig.« Dann trat eine Spur ihres üblichen Grinsens auf ihre Züge, und sie blickte zu Jes. »Das war noch besser, als sich in ein Tier zu verwandeln.«

»Mutter«, warf Lehr ein, »was soll ich mit Onkel Bandor machen? Ich kann ihn nicht ewig festhalten.«

Bandor war umschattet. Sie packte das Messer fester, aber bevor sie mehr tun konnte, als wieder aufzustehen, sagte Hennea: »Nein, Seraph. Ich habe gelogen. Der Schatten kann vertrieben werden.«

Seraph erstarrte. »Was?«

Hennea saß neben dem toten Priester auf dem Boden, die Wangen mit seinem Blut bestrichen. »Ich habe gelogen. Ich habe geschworen, dass dieser Mann sterben wird. Und es ist nur angemessen, dass er während der Ausübung seiner Sünden starb. Aber mit deiner Hilfe werde ich den Bäcker läutern können.«

»Seraph? Bandor?« Alinaths Stimme erklang im Flur.

Wenn sie Bandor helfen wollten, hatte Seraph jetzt nicht die Zeit, auf die andere Reisende wütend zu werden.

»Jes? Kannst du Alinath in Schach halten, ohne dir oder ihr wehzutun?«, fragte sie. »Wenn wir heute Nacht noch mehr Magie wirken wollen, können wir nicht brauchen, dass sie uns stört.«

»Ja«, sagte Jes und stieß sich von der Wand ab, um auf die Beine zu kommen. Mit ein paar wie betrunken wirkenden Schritten ging er zur Tür. Alinath war schon eher da, blieb aber vor ihm stehen.

»Wir müssen es hinter uns bringen«, sagte Seraph. »Ich denke, ich könnte vielleicht so gerade eben ein Licht anzünden. Hast du genug Magie, und kannst du dich gut genug konzentrieren, um sie zu benutzen?«

Hennea kam unter Schmerzen auf die Beine, wobei sie ihren unverletzten Arm als Stütze nahm. »Ich denke, ich bin zu taub, als dass mir viel wehtun könnte, und ich habe mich nicht so verausgabt wie du. Ich werde es schon schaffen.«

Sie hinkte zu Lehr und Bandor und sprach ein Wort. Glühende Linien zogen sich um Bandors Handgelenke und Fußknöchel.

»Bitte lass ihn los«, sagte sie, und Lehr trat zurück.

Mithilfe der silbrigen magischen Schnüre zwang Hennea Bandor, sich umzudrehen, sodass er mit dem Rücken an der Wand stand.

Er spuckte sie an. »Schattenbrut-Hexe. Du solltest in einem Feuer aus guter Eberesche und Eiche brennen.«

Hennea ignorierte ihn, griff nach seinem Kopf und zwang ihn, sie anzusehen. Seraph kam so nahe heran, wie sie es wagte.

Hennea packte Bandors Haar fest und legte ihm dann eine weitere glühende Linie über die Stirn, um seinen Kopf so zu fixieren, wie sie es brauchte.

»Du darfst nicht zulassen, dass sie uns ablenken«, erklärte sie Seraph in der Sprache der Reisenden. »Wenn ich noch einmal von vorn anfangen muss, ist es doppelt so schwer.«

Sobald sie verhindert hatte, dass Bandor sich bewegen konnte, legte sie ihm die Hand auf die Stirn. Er versuchte sich zu wehren, kämpfte wie ein Verrückter gegen die Fesseln an – aber Hennea hatte gute Arbeit geleistet, und er konnte nicht einmal den Kopf bewegen.

»Die Umschattung ist schwer zu finden. Es würde helfen, wenn ich ihn besser kennen würde. Erzähl mir etwas von ihm – wie der Schatten ihn erwischen konnte.«

»Er heißt Bandor«, sagte Seraph. »Er ist mit der Schwester meines Mannes verheiratet. Er war immer ein ausgeglichener Mann, und gerecht, wenn auch ein bisschen geizig.« Aber nur ein bisschen. Der niedrigere Preis, den er ihr für Jes' Honig gegeben hatte, hatte nicht zu ihm gepasst, erkannte sie jetzt. Der Familie gegenüber war er immer großzügig gewesen. »Seine Eltern waren keine Rederni, und er wurde nie wirklich akzeptiert, bevor er Alinath heiratete, die Schwester meines Mannes.«

Hennea schickte tastende Ranken von Magie aus, die durch Bandor gingen wie ein heißes Messer durch die Butter, hierhin und dorthin.

»Was wünscht er sich?«, fragte Hennea. »Was treibt ihn an?«

Das war schon schwieriger. »Ich weiß es nicht«, sagte Seraph schließlich. »Ich bin nicht dazu in der Lage, einen Mann auf eine Handvoll Worte zu reduzieren.« Sie wandte sich ihrer Jüngsten zu, die ihn am besten kannte.

»Rinnie«, sagte sie in der Allgemeinen Sprache. »Wenn Onkel Bandor alles auf der Welt haben könnte, was würde er wählen?«

»Kinder«, antwortete Rinnie sofort, obwohl ihre Stimme zitterte. »Er und Tante Alinath wünschen sich Kinder mehr als alles andere. Er macht sich auch Gedanken, dass Papa vielleicht in die Bäckerei zurückkehren könnte. Letztes Jahr, als die Ernten nicht gut waren, war er sicher, dass Papa die Bäckerei wieder übernehmen wollte. Nichts, was Papa sagte, konnte ihn beruhigen.«

Jetzt erinnerte sich Seraph daran; es war ihr damals nicht wichtig vorgekommen.

Eine der Ranken von Henneas Magie erfasste etwas und wurde straff wie das Netz eines Fischers. Eine weitere glitt an den gleichen Platz und erstarrte ebenfalls. Eine dritte erfasste etwas an einer anderen Stelle.

»Mehr«, sagte Hennea. »Erzähl mir mehr von ihm, Kind.«

»Er liebt Tante Alinath«, sagte Rinnie nun selbstsicherer. »Aber er macht sich Gedanken, dass sie Papa lieber mag. Er will, dass sie ihn für einen besseren Mann als Papa hält.«

Der Rest der Ranken versteifte sich wie die Saiten einer Geige, und sie gaben Laute von sich, als ob ein unsichtbarer Musiker an dem Instrument zupfte.

»Neid«, murmelte Hennea in der Sprache der Reisenden. »Kleine Dunkelheiten, die dem Schatten erlauben, ihn zu erfassen und ein bisschen zu schütteln, bis die kleine Dunkelheit wie ein Fleck auf seiner Seele wächst. Du wirst sie alle herausfinden müssen, Seraph, und keine darf dir entgehen. Ist es möglich, dass dein Jäger etwas sieht?«

»Lehr«, sagte Seraph, »komm und sieh dir das an. Umschließt das Netz, das sie gewoben hat, den Makel?«

Lehr sah seinen Onkel sehr genau an. »Nicht ganz«, sagte er.

»Er wünscht«, murmelte Seraph. »Er liebt. Er hasst. Er fürchtet.«

»Er hat Angst vor dir, Mutter«, sagte Rinnie schließlich. »Und Jes mag er auch nicht besonders.« Sie warf einen entschuldigenden Blick zum Rücken ihres Bruders. »Er ist nicht gerne in der Nähe von Leuten, die so seltsam sind wie Jes.«

Hennea, auf deren Gesicht sich die Anstrengung deutlich abzeichnete, entsandte mehr Magie.

»Das ist alles«, sagte Lehr.

»Mutter«, rief Jes.

Seraph drehte sich um und sah, dass Alinath nicht mehr allein in der Tür stand. Karadoc war bei ihr. Es war ihm gelungen, ein paar Schritte vorwärts zu machen, sich in den Raum zu drängen, aber als Jes ihn ansah, blieb er wieder stehen.

»Wir sind gleich fertig«, sagte Hennea. »Ich würde das hier ohne jemanden, der den Schatten sehen kann, nicht riskieren. Ansonsten kann man zu leicht etwas falsch machen – und man erfährt es erst, wenn der Umschattete alle umbringt, die ihm am nächsten stehen.«

»Wie der namenlose König, der Schatten«, meinte Seraph. »Als er als Erstes seine Söhne tötete.«

»Er erlaubte keine Reisenden in seinem Reich«, sagte Hennea. »Also gehen wir jetzt dorthin, wo wir gebraucht werden, nicht dorthin, wo man uns will.«

»Was geschieht als Nächstes?«, fragte Seraph.

Hennea lächelte müde. »Der letzte Teil ist mehr Kraft als Feinarbeit. Ich werde versuchen, den Schatten aus ihm herauszubrennen.«

»Lass mich helfen«, sagte Seraph. »Ich bin ziemlich aufgebraucht, aber du kannst gern alle Magie haben, die mir noch geblieben ist.« Sie folgte ihren Worten mit Taten, legte das blutige Messer auf den Boden und ließ die Hände auf Henneas Schultern ruhen.

Hennea dankte ihr mit einem Nicken und begann, die Haken zu zerstören, die der Pirschgänger in Bandors Seele gebohrt hatte. Seraph sah, dass es ganz ähnlich funktionierte, wie wenn sie auf magische Weise Holz verbrannte – Hennea nutzte nur einen anderen Brennstoff. Wenn sie es einmal selbst tun müsste, würde sie wissen, wie es vonstattenging.

»Fertig«, sagte Hennea, aber Seraph, die gespürt hatte, wie die letzte Umschattung gewichen war, war bereits zurückgetreten.

Bandor hatte schon lange aufgehört, sich zu wehren, aber jetzt hing er vollkommen schlaff in den Fesseln, die ihn an der Wand hielten, das Gesicht ausdruckslos, der Mund schief. Ein Tropfen Speichel fiel ihm vom Kinn.

»Lehr«, sagte Seraph, »hilf mir mit Bandor.«

Lehr half seiner Mutter, den Bäcker zu stützen, sodass Hennea die Fesseln lösen konnte. Sobald er wieder auf den Beinen stand, schien sich Bandor ein wenig zu erholen. Die Ausdruckslosigkeit wich langsam aus seinem Gesicht, und man konnte etwas von seiner Persönlichkeit erkennen, als würde ein Weinschlauch wieder mit Wein gefüllt.

Lehr stützte ihn immer noch, aber Seraph trat zurück – sie erinnerte sich, was Rinnie über Bandors Angst vor ihr gesagt hatte. Sie wollte ihn nicht noch mehr bekümmern.

»Also gut, Jes«, sagte sie ruhig. »Lass sie herein.«

Jes starrte sie an, dann senkte er den Kopf. Sie verbarg einen erleichterten Seufzer: Die nächsten Minuten würden auch interessant genug werden, ohne dass Jes außer Rand und Band geriet. Alinath eilte ohne einen Blick um sie alle herum und stellte sich vor Bandor.

»Ist es wahr?«, fragte sie. »Geht es ihm jetzt besser? Ist er unverletzt?«

Seraph zog eine Braue hoch und sah Hennea an, die sich erschöpft an die Wand lehnte. Sie nickte.

»Er wird wieder in Ordnung kommen«, sagte Seraph. »Lass ihm eine Weile Zeit, um sich zu erholen, und dann wird alles wieder gut.«

Alinats Mund zitterte, und sie machte einen weitern Schritt, bis sie direkt an ihren Mann gedrückt stand. Sie sah klein und zerbrechlich aus. »Bandor«, sagte sie. »Bandor.«

Karadoc, der sich schwer auf seinen Stab stützte, sah Jes an.

»Ellevanal mag dich, Junge, obwohl du nie in seinen Tempel kommst; das sagte mir schon, dass mehr an dir ist, als ich dachte. Ich hatte allerdings nicht *so* viel mehr erwartet. Du hast einiges von der Magie deiner Mutter in dir, wie, und sie genutzt, damit wir nicht hereinkamen?«

»Ja«, stimmte Seraph zu. »Jes ist mehr, als er scheint.«

»Reisende«, sagte Karadoc streng, als erinnere er sich an seine Pflicht. »Reisende, was ist hier geschehen?«

»Schatten und Magie, Priester«, sagte sie. »Volis und Bandor waren umschattet. Wenn ich gewusst hätte, dass man auch den Priester hätte heilen können, hätte ich …« Sie erinnerte sich daran, wie befriedigend es sich angefühlt hatte, ihn mit ihrem Messer aufzuhalten, und sagte nur noch: »Aber ich wusste nicht genug.«

»Woher wusstest du, dass sie umschattet waren?« Der alte Mann, dachte sie, spielte die Rolle des strengen Priesters hervorragend. Das war ein gutes Zeichen. Wäre er von all der Magie wirklich verängstigt gewesen, dann hätte er sich nicht die Zeit genommen, für sein Publikum zu agieren; er hätte sofort den Rest der Ältesten geholt.

»Seraph fand mich heute Abend, nachdem Bandor gegangen war«, sagte Alinath, während sie und Lehr Bandor halfen, sich auf den Boden zu setzen. »Ich war geschlagen worden und gefesselt. Ich sagte ihr, dass etwas mit Bandor nicht stimme. Selbst nach all diesen Jahren nährte er immer noch eine bittere Eifersucht auf meinen Bruder.« Sie hielt inne, dann fügte sie hinzu: »Ich weiß nicht, was genau er getan hat, aber er hatte mit dem Tod meines Bruders zu tun.«

Sie setzte sich neben ihren Mann und hob das Kinn auf eine Weise, die Seraph nur zu gut kannte. »Ich habe die Entscheidungen, die mein Bruder getroffen hat, nie wirklich akzeptieren können«, sagte sie. »Ich kann mit Magie und mit Seraph nichts anfangen. Das weißt du, Karadoc. Ich würde mich nie gegen meinen Bandor und auf ihre Seite stellen. Aber ich weiß auch, dass Bandor, wenn er er selbst wäre, mich niemals schlagen würde. Er hätte sich nie zum Sklaven eines anderen gemacht, wie er sich von diesem falschen Priester versklaven ließ.« Sie spuckte die Worte geradezu aus. »Wenn Seraph sagt, dass er umschattet war … nun, dann muss ich ihr eben glauben.«

Niemand, dachte Seraph insgeheim erheitert, konnte übersehen, wie sehr es Alinath störte, Seraph zustimmen zu müssen.

Karadoc nickte förmlich. »Akzeptiert.« Er grinste Seraph an und verwandelte sich damit sofort von einem säuerlichen alten Mann in einen schelmischen Gnom. »Du solltest wissen, dass Alinath schon vor ein paar Tagen zu mir kam, weil sie sich wegen des seltsamen Verhaltens ihres Mannes Sorgen machte. Ich sagte ihr, sie solle ihn weiter beobachten, denn Menschen, die wie wir in der Nähe von Schattenfall leben, müssen immer vorsichtig sein, wenn solche Dinge geschehen.«

Er schüttelte den Kopf. »Aber wir werden allen anderen natürlich eine andere Geschichte erzählen müssen, oder Seraph wird nicht hierbleiben können, und niemand wird glauben, dass Bandor wirklich geläutert ist.«

Der Bäcker kauerte neben seiner Frau und hatte den Kopf gesenkt, damit seine Stirn an ihrer Schulter liegen konnte. Seraph hörte seine leisen, halb zusammenhängenden Entschuldigungen.

Karadoc stützte sich auf seinen Stab. »Lasst mich euch erzählen, was heute Abend geschah. Volis war ein böser Magier und kein echter Priester. Er brauchte einen Tod, um finstere Magie zu nähren, und wählte Rinnie, weil sie ungeschützt war. Ihr Vater ist tot …«

»Tatsächlich«, warf Lehr ein, »lebt er vielleicht noch. Das war es, was Mutter und ich untersuchten, als Rinnie geholt wurde. Wir gingen zu der Stelle, wo der Jäger Überreste gefunden hatte, die er für die von Vater hielt. Aber die Knochen waren nicht Vaters Knochen. Wir denken, dass eine Gruppe von Magiern Papa überrascht und ihn entführt hat.«

»Am Leben«, sagte Alinath. »Tier ist am Leben?«

»Am Leben?«, keuchte Rinnie und packte Jes' Hand, so fest sie konnte.

»Ich denke schon«, erwiderte Seraph.

»Ah«, sagte Karadoc, »dann gehörte Volis zu einer Gruppe korrupter Magier, die ihm bei seinen bösen Taten geholfen haben. Er war für eine Anzahl schrecklicher Dinge verantwortlich. Tiers Verschwinden … oh, mir fallen bestimmt noch mehr Ereignisse ein. Ich bin sicher, dass jemandem im letzten Monat oder so ein Haustier gestorben ist. Volis hat euren Hof mithilfe von Magie beobachtet …«

»Magie funktioniert nicht so«, sagte Seraph. »Nicht einmal *Solsenti*-Magie.«

»Das werden sie nicht wissen«, wies Karadoc sie zurecht. »Als er sah, dass ihr anderen weit entfernt wart, entführte er Rinnie. Alinath bemerkte, dass er Rinnie an der Bäckerei vorbeischleppte. Sie kam zu meinem Tempel, um Bandor zu holen, der zu mir gekommen war, weil er ebenfalls befürchtete, dass mit Volis etwas nicht in Ordnung war. Ich bin ein alter Mann. Alinath und Bandor konfrontierten Volis – er verletzte Alinath, und Bandor hat ihn getötet.«

»Was ist mit uns?«, fragte Seraph.

»Ihr wart alle nicht einmal hier. Ich weiß nicht, wer Ihr seid, junge Dame«, sagte er zu Hennea, »aber ich kann sehen, *was* Ihr seid, und Ihr werdet fern von diesem Ort mehr Sicherheit finden.«

»Sie kann mit zum Bauernhof kommen«, sagte Seraph.

»Woher wisst Ihr, dass Tier noch lebt?«, fragte Alinath.

»Weil sie ihn entführt haben, um seine Magie zu benutzen«, erwiderte Hennea. »Das können sie nicht tun, wenn er tot ist – nicht so schnell.«

»Lügnerin«, sagte Alinath und stand auf. »Mein Bruder hatte keine Magie.«

Bandor, der immer noch auf dem Boden saß, streckte den Arm aus und griff nach der Hand seiner Frau. »Doch«, sagte er. »Doch, die hatte er.«

Alinath erstarrte und sah die Hand an, die sie hielt. Dann setzte sie sich wieder hin.

»Wisst Ihr, wohin sie ihn gebracht haben?«, fragte Karadoc, als offensichtlich wurde, dass Alinath nichts weiter sagen würde.

»Nach Taela«, antwortete Hennea. »Zum kaiserlichen Palast in Taela.«

»Bevor wir aufbrechen, werden Hennea und ich den Tempel durchsuchen und uns überzeugen, dass nichts geblieben ist, was Schaden anrichten könnte«, versprach Seraph müde. Sie würden auch alle Weisungssteine suchen. Sie warf einen Blick zu Volis, aber die Hände des Priesters waren nackt. Hennea hatte die Ringe, die er getragen hatte, offenbar bereits an sich genommen.

»Und morgen fangen wir an, Papa zu suchen?«, fragte Lehr.

Seraph dachte darüber nach. »Übermorgen. Wir müssen in Ruhe packen.«

»Wenn ihr geht, wird der Verwalter des Sept euch die Rechte auf euer Land nehmen«, unkte Alinath.

»Nein«, erwiderte Karadoc. »Das wird er nicht tun. Er wird nie wieder jemanden finden, der so dicht an den Bergen einen Hof bebaut. Ich werde selbst mit ihm reden.«

11

Früh am nächsten Morgen kam Alinath vorbei. Seraph hatte die Jungen und Rinnie bereits in die Scheune geschickt, um Werkzeuge und Befestigungsmaterial für Dinge zu holen, die sie unterwegs brauchen würden. Hennea schlief immer noch.

»Ich wusste nicht, wie bald ihr aufbrechen würdet«, sagte Alinath in einer Art Entschuldigung für diesen frühen Besuch. »Ich habe das hier mitgebracht.« Sie stellte einen großen Korb mit Reisebrot auf den Tisch. »Wir haben es gestern gemacht, also sollte es mindestens einen Monat halten.« Seit sie hereingekommen war, hatte sie Seraph nicht ein einziges Mal direkt angesehen.

»Wie geht es Bandor?«, fragte Seraph.

»Er ist beinahe wieder der Alte, aber er kann sich an nicht viel erinnern«, erwiderte Alinath und blickte endlich auf. »Danke, dass du ihn mir zurückgegeben hast.«

»Ich bin froh, dass du gekommen bist«, sagte Seraph, nachdem sie sich beide auf die Küchenbank gesetzt hatten, die von ihrem üblichen Platz am Tisch weggezogen worden war. »Sonst wäre ich zu dir gekommen. Es ist weit nach Taela, und Tier zurückzuholen könnte gefährlich werden. Ich würde Rinnie nur ungern auf einen solchen Weg mitnehmen. Würdet ihr für mich auf sie aufpassen?«

»Selbstverständlich«, sagte Alinath nach einem Augenblick

des Schocks. »Selbstverständlich werden wir das tun! Wir haben viel Platz – sie kann Tiers altes Zimmer haben.«

»Vielen Dank«, antwortete Seraph lächelnd. »Ich habe ihr gesagt, Bandor würde sich noch eine Weile nicht gut fühlen und du brauchtest ihre Hilfe. Gib ihr etwas zu tun, damit sie mich nicht für eine Lügnerin hält.«

»Ganz bestimmt«, versprach Alinath. »Karadoc lässt ausrichten, dass die anderen Ältesten mit seiner Geschichte zufrieden waren. Alle außer Willon, der gesehen hat, wie Bandor Rinnie zum Tempel trug. Aber Willon hat versprochen, das nicht zu erwähnen.«

Alinath griff in einen großen Beutel, den sie dabeihatte, und holte mehrere gefaltete Pergamentstücke heraus. »Willon schickt euch diese Landkarten. Und, Seraph ...« Alinath legte einen kleinen Beutel Münzen auf den Tisch. »Die hier kommen aus der Bäckerei. Nutze sie, wenn du sie brauchst – ich will Tier ebenso zurückhaben wie du.«

Seraph nahm die Münzen. »Danke. Ich will nicht abstreiten, dass das unsere Reise einfacher machen wird.«

»Ich werde morgen früh um diese Zeit wieder hier sein«, sagte Alinath und stand auf. »Um Rinnie abzuholen und euch zu verabschieden.«

»Danke, Alinath«, erwiderte Seraph.

Alinath blieb am Eingang stehen und drehte sich noch einmal um. »Nein, Seraph. Ich habe zu danken. Und ich freue mich über dein Vertrauen, besonders nachdem ...«

»Er konnte nicht anders«, sagte Seraph. »Vergiss das nicht. Selbst umschattet ging es Bandor vor allem darum, Rinnie zu retten.«

Der nächste Morgen war kalt, und die Sonne ließ gerade erst eine bleiche Linie über den Bergen aufsteigen, als sie Scheck das Gepäck aufbanden. Gura winselte Seraph von seinem selbst gefundenen Wachtposten neben den Dingen an, die immer noch aufgeladen werden musste.

»Alberner Hund«, sagte Seraph freundlich. »Ja, du kommst auch mit.«

»Aber ich nicht«, sagte Rinnie von der Veranda aus.

»Ich brauche jemanden, der sich um deine Tante und deinen Onkel kümmert«, sagte Seraph. »Tante Alinath würde am liebsten alles fallen lassen und mitkommen, aber sie muss bei Bandor und in der Bäckerei bleiben.« Sie holte tief Luft. »Und ich muss wissen, dass du in Sicherheit bist. Bitte.«

Rinnie sah sie kühl an. »Also gut«, sagte sie. »Ich bleibe.«

Seraph, Hennea, Jes und Lehr brachen auf, bevor die Sonne noch richtig aufgegangen war, und Alinath und Rinnie sahen ihnen von der Veranda aus hinterher.

Ein paar Meilen weiter südlich gelangte man vom Bauernhof aus auf die Hauptstraße. Willons Landkarten halfen ihnen zwar, aber die Straße nach Taela zu finden war ohnehin nicht schwieriger, als einen Bach zu finden, der schließlich ins Meer münden würde.

»Es ist nicht einfach, Rinnie zurückzulassen.« Lehr tätschelte Schecks Hals. »Sie fehlt mir jetzt schon.«

»Mir fehlt alles«, sagte Jes, aber er wirkte vergnügt.

Lehr gab seine finstere Stimmung auf und tätschelte Jes' Rucksack. »Das kann ich mir vorstellen.«

»Weißt du, wo dein Clan ist?«, fragte Seraph Hennea, die weiter hinten in der kleinen Karawane neben ihr herging.

»Nein«, sagte Hennea. »Aber ich kann sie finden, wenn es sein muss. Ich werde dir allerdings mehr nützen als ihnen.«

»Hennea …«, begann Seraph leise.

»Ja.«

»Wenn du mich jemals wieder aus eigensüchtigen Gründen

belügst – wie du es getan hast, damit ich den Priester für dich töte –, dann wird dich das teuer zu stehen kommen.«

»Ich werde es nicht vergessen«, sagte Hennea.

»Nein, das solltest du lieber nicht tun.«

Seraph ließ am ersten Reisetag bewusst früh ein Lager errichten. Hennea sah blass und abgehärmt aus, und obwohl ihr Arm gut heilte, tat er immer noch weh. Das Zelt, das sie mitgebracht hatten, war das alte, das Seraph benutzt hatte, als sie mit ihrem Bruder unterwegs gewesen war. Seraph ging davon aus, dass es ein paar Tage Übung brauchen würde, bevor sie es im Dunkeln aufstellen konnten.

Nach dem Abendessen überließ sie den Jungen das Geschirrspülen und Aufräumen und holte die *Mermora* von Isolda der Schweigsamen heraus.

»Du bist also die letzte Überlebende deines Clans«, stellte Hennea fest.

Seraph lockerte die Schnur um ihren Rucksack, sodass Hennea die anderen *Mermori* sehen konnte, die sie dabeihatte. »Die letzte von ziemlich vielen Clans«, sagte sie.

»Wie vielen?«, fragte Hennea entsetzt.

»Zweihundertvierundzwanzig«, antwortete Seraph.

Hennea runzelte die Stirn. »Warum sind sie alle zu dir gekommen?«

»Und nicht zu einem Clanführer, der tatsächlich einen Clan hat?« Seraph zuckte die Achseln. »Ich weiß es nicht. Ich habe im Lauf der Jahre viel darüber nachgedacht. Die letzten dreiundachtzig fand ich in einer einzigen Gruppe, und angeblich hatte sie ein einziger Mann gesammelt. Es könnte bedeuten, dass die *Mermori* von anderen *Mermori* angezogen werden. Je mehr *Mermori* man hat, desto wahrscheinlicher ist es, dass die *Mermori* weiterer verlorener Clans auch zu dir kommen. Oder vielleicht hat auch Schattenfall einen gewissen Einfluss.«

»Es ist mehr als das«, sagte Hennea bedächtig. »Wie ist es dir gelungen, einen *Solsenti* zu finden, der eine Weisung hat? Warum habt ihr beide drei Kinder mit Weisungen? So etwas funktioniert nicht wie beim Pferdezüchten: Die Weisungen gehen, wohin sie wollen – obwohl ich wirklich dachte, um eine Weisung zu bekommen, müsse man zumindest Reisendenblut haben. Ich kenne nicht viele Clans, die fünf Mitglieder mit Weisungen haben, und ich habe auch noch nie von einer Familie gehört, bei der jede einzelne Person zu einer Weisung geboren wurde.«

»Es macht mir Angst«, gab Seraph zu und warf einen Blick zu den Jungen, die das letzte Geschirr einpackten. »Mein Vater sagte gern: ›Wenn du auf der Straße eine Münze findest und sie aufhebst, wirst du zweimal so lange brauchen, um die nächste Meile hinter dich zu bringen.‹ Er behauptete immer, die Weisungen gingen dahin, wo sie am dringendsten gebraucht würden. Aber ich würde mich lieber nicht inmitten von Ereignissen befinden, die Rabe, Eule, Adler, Falke und Kormoran brauchen.«

Hennea lächelte dünn. »Ich ebenso wenig. Vielleicht sollte ich tatsächlich meiner eigenen Wege gehen.«

Sie scherzte nur, aber Seraph nickte ernst. »An deiner Stelle würde ich mir das überlegen. Es ist gut für uns, dass du uns helfen willst, Tier zu finden, aber es könnte gefährlich werden. Du brauchst dein Leben nicht für jemanden aufs Spiel zu setzen, den du nicht einmal kennst.«

Lachend schüttelte Hennea den Kopf. »Das ist nun einmal die Berufung eines Raben, das weißt du doch. Man riskiert sein Leben für Leute, die einen am liebsten lebendig verbrennen würden.«

»Ganz schön verdreht.« Seraph grinste. »Es kam mir immer so vor, dass diejenigen, die am dringendsten Hilfe brauchten, sie am wenigsten haben wollten. Wie auch immer, ich habe die

Mermora herausgeholt, damit wir in Isoldas Haus gehen und sehen können, ob zu ihren Zeiten jemand so etwas wie die Steine mit den Weisungen geschaffen hat.«

»Sie hatten noch gar keine Weisungen, als Isoldas Bibliothek zusammengestellt wurde«, sagte Hennea.

»Das stimmt«, erwiderte Seraph. »Aber sie haben mit ihrer Suche nach Wissen viel Böses angerichtet. Und dabei haben sie vielleicht etwas gefunden, was uns helfen könnte. Ich will diese Steine nicht zerstören, ohne zu wissen, was das der dort eingefangenen Weisung antun wird.«

Jes und Lehr, die mit ihrer Arbeit fertig waren, kamen zu ihnen, weil sie sehen wollten, was Seraph vorhatte. Sie steckte die *Mermora* in den Boden und beschwor Isoldas Haus herauf.

»Kommt herein«, sagte sie. »Seid willkommen im Haus von Isolda der Schweigsamen.«

Sie fielen bald in das Reisemuster, an das Seraph sich von früher erinnerte. Hennea und Jes gingen vorn, Seraph und Lehr hinter ihnen. Gura trabte davon, um sich umzusehen, und kehrte dann nervös zurück, um sich zu überzeugen, dass sie immer noch da waren. Nach einer Woche hatte Seraph das Gefühl, dass sie langsam die Haut der Bauersfrau aus Redern abwarf, die sie gewesen war.

Jeden Abend holte sie Isoldas *Mermora* heraus und suchte in der Bibliothek, um herauszufinden, was sie mit den Weisungssteinen tun sollte.

»Warum benutzt du sie nicht?«, fragte Lehr eines Abends. Er saß Seraph an dem kleinen Tisch gegenüber und spielte mit Figuren, die zu einem Spiel gehörten, das niemand mehr kannte. »Wir hätten gegen Volis beinahe verloren – und bei Papa werden noch mehr Zauberer sein. Würde die zusätzliche Macht da nicht helfen?«

»Reisende haben nicht gerne mit den Toten zu tun«, sagte Jes. Er hatte sich auf dem Boden niedergelassen, hielt so viel von Gura auf dem Schoß, wie er konnte, und kämmte den Hund mit einem silbernen Kamm, der neben Isoldas Bett gelegen hatte.

»Es geht nicht unbedingt darum.« Hennea blickte von ihrem Buch auf. »Aber uns ist bewusst, dass es gefährlich sein kann, mit dunkler Magie zu spielen.«

»Besonders, wenn einen das gegenüber dem Pirschgänger verwundbar macht«, stimmte Seraph zu. »Da wir jetzt wissen, dass er bereits mit diesen Dingen zu tun hat, wäre es dumm von uns, ihm auch noch Gelegenheit zu geben, eine von uns einzuladen.«

»Ich bin gern unterwegs«, sagte Jes zufrieden.

Hennea warf ihm einen Blick zu. Er hatte die Augen halb geschlossen und hob das Gesicht zur Sonne. Seraph und Lehr befanden sich ein gutes Stück hinter ihnen; Jes ging meistens schneller, als es Scheck gefiel. Seraph wollte das alte Pferd nicht drängen, also gingen Hennea und Jes eine Weile vor, und dann setzten sie sich und warteten, dass die anderen sie einholten.

»Was gefällt dir daran?«, fragte sie.

»Der Hüter ist froh, weil wir Papa holen werden«, sagte er. »Und Rinnie ist bei Tante Alinath in Sicherheit. Ich mag Tante Alinath nicht, aber ich weiß, dass Rinnie sie gern hat. Und ich weiß, dass Tante Alinath und Bandor gut auf sie aufpassen werden. Mutter und Lehr sind ebenfalls in Sicherheit, weil sie bei mir und bei Scheck und Gura sind. Ich bin draußen, und die Sonne scheint und wärmt mir das Gesicht.«

»Ich bin auch gern unterwegs«, gab Hennea zu.

»Warum?« Er hüpfte einen Schritt vor, dann drehte er sich um und sah sie mit einem strahlenden Lächeln an, das seine

Augen leuchten ließ und das tiefe Grübchen in seiner Wange sichtbar machte.

Sie erwiderte das Lächeln; sie fand es beinahe unmöglich, nicht so auf Jes zu reagieren, wenn er glücklich war. »Aus den gleichen Gründen, die du hast. Unterwegs zu sein bedeutet, dass in diesem Augenblick nichts Schlimmes geschieht. Und es gibt interessante Dinge, die man betrachten kann. Meine Füße spüren gern die Straße unter sich.«

»Ja«, sagte er zufrieden. »Genau.«

Eine Minute später fügte er hinzu: »Lehr ist allerdings nicht froh.«

»Er ist nicht gern unterwegs?«, fragte sie.

Er verzog nachdenklich das Gesicht. »Ich glaube nicht, dass es darum geht. Er macht sich einfach zu viele Gedanken. Er ist wie der Hüter. Er glaubt, er muss sich um alle kümmern. Er weiß nichts vom Unterwegssein. Er ist der Ansicht, dass viele Dinge schlecht sind, und versucht, Probleme zu lösen, bevor sie wirklich entstehen.«

Hennea sagte: »Du kennst deinen Bruder ziemlich gut, wie?«

Jes nickte. »Er ist mein Bruder, und ich mag ihn. Er hat keine Angst vor dem Hüter; er mag den Hüter ebenfalls. Das gefällt mir. Und Rinnie liebt uns auch. Aber sie will kein Hüter mehr sein, weil sie lieber mit dem Wind spielt.«

»Ich mag deine Familie, Jes«, sagte Hennea leise.

Wieder lächelte er. »Ich ebenfalls.«

Eine Woche vor Korhadan, der ersten großen Stadt zwischen ihnen und Taela, machten sie zum Mittagessen Halt und aßen ein wenig entfernt von einer anderen größeren Gruppe, der sie schon seit ein paar Tagen folgten.

»Wir könnten auch unterwegs essen, Mutter«, sagte Lehr zu Seraph, als diese sich neben ihn setzte. »In der Zeit, die

Jes zum Essen braucht, könnten wir eine weitere Meile schaffen.«

Sie schüttelte den Kopf. »Diesen Vorsprung würden wir in ein paar Tagen gleich wieder verlieren, wenn Scheck zu müde wäre, um weiterzugehen. Es ist kein Problem, schnell voranzupreschen, wenn deine Reise in einem oder zwei Tagen zu Ende ist, aber wir müssen ein Tempo anschlagen, das wir einen Monat oder länger aufrechterhalten können. Was ist mit der Blase an deinem Fuß?«

»Die ist geheilt.«

»Reisendenhure!«

Seraph war aufgesprungen, bevor der Ausruf des jungen Mannes zu Ende war. Sie sah Hennea neben einem rasch fließenden Bach stehen, den Trinkbecher locker in der Hand, während ein Batzen nassen Schlamms von ihrer Wange fiel. Hennea war so entsetzt, dass sie jung und verwundbar wirkte, aber das würde nicht lange dauern.

Bevor Seraph mehr als einen oder zwei Schritte tun konnte, stand Jes mit Gura an seiner Seite zwischen Hennea und einer kleinen Gruppe junger Männer.

»Entschuldigt euch«, flüsterte Jes.

Seraph wurde schneller.

Die Männer wichen zurück, und die meisten murmelten eine Entschuldigung. Dass sie nun den riesigen knurrenden Hund oder Jes anstarrten und nicht mehr Hennea, war durchaus verständlich.

»Verschwindet!«, rief Jes. »Lasst uns in Ruhe, und wir werden das Gleiche tun.«

»Heh, was ist hier los? Droht ihr Vagabunden meinen Söhnen?«

»Jes, ich werde mich um diese Sache kümmern«, sagte Seraph leise und schob sich zwischen Jes und die jungen Männer. Als der ältere Mann, wahrscheinlich der Vater der Jungen, nahe genug war, um Seraph hören zu können, sagte sie ruhiger, als sie sich fühlte: »Es gab keine Probleme, bis Eure Söhne anfingen, welche zu machen.«

Der Mann stapfte an seinen Söhnen vorbei und blieb keine zwei Schritte vor Seraph stehen. Er hatte offenbar vor, sie mit seiner Größe einzuschüchtern. »Meine Söhne, Reisende?«

Seraph wusste, dass ihr Zorn sie zu etwas Dummem verleiten würde, und Jes war auch keine Hilfe. Wo war Tier, wenn man ein diplomatisches Wort brauchte? Sie hätte es Hennea überlassen können, aber die jüngere Frau hatte sich vor den *Solsenti* bereits als schwach gezeigt – wenn sie jetzt glaubte, es ihnen zeigen zu müssen, würde Blut fließen.

»Einer Eurer Söhne hielt es für ein interessantes Spiel, Schlamm nach einer Frau zu werfen, die niemandem schadete«, sagte Seraph. Sie hätte nicht weiter sprechen sollen, aber sie konnte es einfach nicht ausstehen, wenn jemand einen anderen schikanierte. »Er ist offenbar schlecht erzogen: Er hat keine Manieren.«

»Schlecht erzogen, du Miststück von einer Reisenden?«, fauchte der Mann. »Wer bist du denn, so etwas zu behaupten?«

Seraph bemerkte dankbar, dass Jes auf sie gehört und die Angst zurückgenommen hatte, die er bewirkte. Angst nährte Zorn, und das würde den Mann vielleicht zu noch dümmeren Reaktionen verleiten. Sie würde ihre Zunge selbstverständlich beherrschen müssen, damit sie den *Solsenti* nicht zu weit trieb. Noch bevor sie weitersprach, war ihr klar, welche Wahl sie treffen würde, wenn sie Jahre eiserner Selbstbeherrschung und Vorsicht wegwarf.

»Tatsächlich.« Sie blieb höflich, obwohl sie wusste, dass das den Mann mehr ärgern würde als Gekeife. »Mir kommt es so vor, als wären sie nicht die Einzigen, die schlecht erzogen wurden.« Sie hielt kurz inne, um das einsinken zu lassen, und benutzte dann Jes' Flüstertechnik. »Hat Eure Mutter Euch nicht beigebracht, dass Leuten, die *Reisende* ärgern, schlimme Dinge zustoßen?«

Sie wusste selbst nicht, ob sie ihn verschrecken oder ihn dazu bringen wollte, sie anzugreifen. Eigentlich war sie davon ausgegangen, ihren Hass auf *Solsenti*, die die Reisenden hassten und sie dennoch brauchten, lange und tief begraben zu haben, aber es hatte nur einen Batzen Schlamm gebraucht, um ihr das Gegenteil zu beweisen. Der Zorn, der sie durchflutete, fühlte sich gut an, ja sogar läuternd.

Was immer sie mit ihrer Drohung erreichen wollte, die Begleiter des Mannes, die inzwischen näher gekommen waren, zwangen ihn zu handeln, statt davonzulaufen. Vielleicht hätte er zurückweichen können, ohne das Gesicht zu verlieren, wenn Seraph ein Mann gewesen wäre.

Wenn sie nicht eine ganze Tasche voller *Mermori* gehabt hätte, die sie daran erinnerten, wie gefährlich es war, wenn die *Solsenti* ihren Respekt vor den Reisenden verloren, hätte sie vielleicht auch selbst nachgegeben.

»Sei vorsichtig, Seraph«, murmelte Hennea in der Reisendensprache.

Der Mann kam einen weiteren Schritt näher. Er war groß und kräftig, aber Seraph war daran gewöhnt, zu Menschen aufzublicken, und ein paar Zoll mehr machten da kaum etwas aus. »Dein Mann hätte dir Respekt vor Leuten beibringen sollen, die etwas Besseres als du sind, Hure«, sagte er direkt im Anschluss zu Henneas Worten.

Seraph biss sich auf die Zunge. Eine hochgezogene Braue und ein vielsagender Blick würden genügen. *Du? Besser als ich? Das glaube ich nicht.*

Er hob die Hand. Gura schnappte zu, und sie konnte Tiers Schwertscheide rasseln hören, als Lehr sich bereit machte, die Waffe zu ziehen. Sie hätte sich vielleicht immer noch schlagen lassen, wenn sie nicht Jes' schweren Atem neben sich gehört hätte.

Mit einem Wort und einem Hauch der Macht ließ sie den Arm des Mannes erstarren.

Als sie die anderen *Solsenti* anlächelte, wichen einige von ihnen schnell zurück. Sie hatte das Gefühl, ihr Opfer hätte das auch gern getan, aber es konnte den Arm nicht bewegen.

»Was ist hier los?«, fragte eine befehlsgewohnte Stimme, und ein junger Mann drängte sich durch die Menge.

Er hatte aschblondes Haar, das er in einem taillenlangen Zopf trug, was sein Reisendenblut so deutlich ankündigte wie ein geschriebenes Schild. Die *Solsenti* wichen noch weiter zurück.

»Sieh zur Straße, Mutter«, flüsterte Jes.

Seraph tat das, und tatsächlich wartete dort ein ganzer Reisendenclan.

Schweigen breitete sich aus, überwiegend, weil die *Solsenti* die anderen Reisenden noch nicht bemerkt hatten und nicht wussten, was sie mit ihrem Freund anfangen sollten, dessen Arm immer noch reglos in der Luft hing.

»Nun?«, sagte der junge Reisende wieder. »Was ist hier los?«

»Ich bin Seraph«, sagte sie. »Rabe vom Clan von Isolda der Schweigsamen. Die halbwüchsigen Söhne dieses Mannes haben meine Freundin beleidigt. Wir sprachen gerade über den Vorfall.«

Der Fremde nickte zum Arm des Mannes hin. »Interessantes Gespräch?«

»Nein«, sagte Seraph. »Ich war beinahe fertig. Wenn du mich einen Moment entschuldigen würdest.« Sie wandte sich dem *Solsenti* zu. »Ich habe keine Geduld mehr mit Euch. Ich *verfluche* Euch und Eure Söhne: Wenn Ihr oder Eure Söhne noch ein einziges Mal eine Frau oder ein Kind schlagt, werdet

Ihr den Gebrauch dessen verlieren, was für Männer das Wichtigste ist. Und jetzt geht.«

Sie ließ seinen Arm los und starrte die wenigen *Solsenti* nieder, die aussahen, als wollten sie noch bleiben.

Der fremde Reisende wartete, bis sie weg waren, dann fing er an zu lachen. »Ich bin kein Rabe, aber ich konnte dennoch sehen, dass hinter diesem Fluch keine magische Kraft lag.«

Sie lächelte. »Die ist auch nicht nötig.« Wenn einer von ihnen jemals eine Frau oder ein Kind schlug, würde er sich an ihre Worte erinnern und sich Sorgen machen. Was leichter als Magie zu der von Seraph prophezeiten Wirkung führen konnte.

»Wer bist du?«, brach Jes in das Gespräch ein.

»Ah, verzeiht! Ich bin Benroln, Kormoran und Anführer des Clans von Rongier dem Bibliothekar.« Er deutete eine Verbeugung an. »Wenn wir euch beim Essen Gesellschaft leisten dürften, könnten wir Geschichten austauschen.«

»Seid willkommen«, sagte Seraph.

Erst einmal wurde es ein wenig chaotisch, als der Clan von Rongier einen Halt und eine Mahlzeit organisierte und die *Solsenti* zur gleichen Zeit schnell packten und sich auf den Weg machten, wobei die meisten noch die Reste ihrer Mahlzeit in einer Hand hielten, als sie wieder aufbrachen.

Die Angst auf ihren Gesichtern machte Seraph weniger Sorgen als das Gejohle aus dem Clan des Bibliothekars. Ihr Vater hätte so etwas nie erlaubt, aber Benroln war noch jung, und vielleicht empfand er das Gleiche wie die anderen jungen Leute, die den *Solsenti* Bemerkungen hinterherriefen. Dennoch, es gab auch Ältere, und Seraph dachte, jemand hätte etwas sagen sollen.

Ein Blick auf die Wagen des Clans und die Kleidung der Reisenden sagte ihr, dass sie materiell offenbar nicht unter einem jungen Anführer gelitten hatten, sosehr sich ihre Manieren auch verschlechtert haben mochten. Ihre Kleidung war nicht abgetragen und geflickt, und die Wagen waren alle frisch bemalt.

Seraphs kleine Familie blieb dicht bei ihr, während die fremden Clansleute Essen verteilten und sich an die Vorbereitung weiterer Gerichte machten. Seraphs Jungen fühlten sich offenbar eingeschüchtert von der fremden Sprache und dem schieren Lärm, den so viele Menschen machen konnten, die sich der gleichen Aufgabe widmeten. Seraph hatte gerade ihre Mahlzeit beendet, als Benroln mit drei anderen Männern auf sie zukam.

»Seraph, das hier ist mein Onkel Isfain«, sagte er und zeigte auf den ältesten Mann. »Mein Vetter Calahar« war ein junger Mann mit ungewöhnlich rabenschwarzem Haar. »Kors« war mittleren Alters und von mittlerer Größe, und er hatte leicht gebeugte Schultern.

»Das hier«, fuhr Benroln fort, »ist Seraph, Rabe von Isolda der Schweigsamen, mit ihrer Familie. Dieser junge Mann hier ist Adler.«

Der ältere Mann, den Benroln als Isfain vorgestellt hatte, lächelte. »Deine Familie ist mit Weisungen gesegnet. Würdest du mich ihnen vorstellen?«

Nichts an diesen Worten hätte Seraphs Misstrauen wecken sollen, aber es lag eine gewisse Betonung in Benrolns Worten, als er von den Weisungen sprach, und das wiederum hatte bei Isfain eine gewisse Selbstgefälligkeit hervorgerufen.

Seraph nickte. »Das hier ist mein Sohn Jes, der Adler. Mein Sohn Lehr und meine Freundin Hennea.« Niemand hätte sie je bezichtigen können, zu vertrauensselig zu sein. Sie konnte nicht ignorieren, dass Benroln bereits ihre und Jes' Weisungen bemerkt hatte, aber es war nicht notwendig, mehr Informationen weiterzugeben als nötig. Wenn Seraph erst mehr über den

Clan von Rongier wusste, würde sie für solche Dinge noch genügend Zeit haben.

»Darf ich fragen, wieso ihr nur so wenige seid?«, fragte Kors höflich. »Ich habe gehört, dass der Clan von Isolda vor Jahren an der Seuche starb.«

Seraph nickte freundlich. »Nur mein Bruder und ich überlebten. Als mein Bruder starb, hatten wir niemanden mehr.« Zwei Jahrzehnte unter *Solsenti* hatten nicht dazu beigetragen, dass sie sich jetzt weniger schämte – also hob sie das Kinn, falls jemand irgendwelche Bemerkungen machen würde. »Ich habe einen *Solsenti* geheiratet, und wir haben bei ihm und seiner Familie gelebt, bis er dieses Frühjahr starb. Seine Verwandten haben uns hinausgeworfen – aber sie wussten nicht, dass er auch Eigentum in Taela hatte. Wir sind auf dem Weg dorthin, um sein Geld zu holen.«

Die Männer dachten darüber nach, was sie gesagt hatte. Es war Reisenden ausdrücklich verboten, *Solsenti* zu heiraten oder auch nur mit ihnen zusammenzuleben. Dennoch geschah es. Aber ein sehr strenger Clanführer konnte jeden, der gegen diese Regel verstieß, mit Verbannung oder mit dem Tod bestrafen.

Es war allerdings nur Kors, der entsetzt wirkte, und Benroln tippte ihm auf die Schulter, bevor er sich äußern konnte.

Isfain sagte eher erfreut: »Es sieht aus, als hätten wir den gleichen Weg. Unser Clan hat an der Straße nach Taela zu tun, und wir haben Freunde in der Stadt, die uns helfen wollen. Wir würden uns freuen, euch begleiten zu dürfen, bis sich unsere Wege wieder trennen.«

Es gab keine Möglichkeit, dieses großzügige Angebot abzulehnen, ohne den Clan zu beleidigen, also nickte Seraph. »Eure Begleitung wäre uns sehr willkommen.«

Calahar warf einen Blick zu Scheck und ging dann auf ihn zu. »Schönes Pferd«, sagte er.

»Das Schlachtross meines Mannes«, erklärte Seraph. »Sei vorsichtig. Er ist jetzt alt. Aber er wurde ausgebildet, Fremde nicht zu nahe kommen zu lassen.«

»Ich habe noch nicht viele Pferde mit solchen Farben gesehen«, sagte Calahar. »Hat dein Mann ihn als Kriegsbeute bekommen?«

»Ja.«

»Schade, dass er ein Wallach ist.«

»Ja«, erwiderte Seraph. »Aber er dient uns gut. Lehr, würdest du bitte überprüfen, ob wir alles gepackt haben?«

Hennea wartete, bis sie wieder unterwegs waren und das Durcheinander über die neuen Mitglieder der Gruppe sich ein wenig gelegt hatte, bevor sie Seraph ansprach.

»Du warst nicht besonders offen«, sagte sie leise. »Und Scheck hatte nie etwas gegen mich.«

»Aber das brauchen sie nicht zu wissen. Es wäre mir lieber, wenn niemand unser Gepäck durchwühlt. Etwas an diesem Clan gefällt mir nicht«, erwiderte Seraph. »Es ist allerdings auch lange her, dass ich mit Reisenden unterwegs war, also missdeute ich vielleicht etwas.«

»Vielleicht hast du mit deinem Misstrauen aber auch recht«, meinte Hennea nachdenklich. »Sie werden zweifellos nicht erwarten, dass Lehr und ich Weisungen haben, vor allem nicht, da sie schon von dir und Jes wissen. Wenn sie einen Raben haben, kann der uns allerdings sofort ansehen, was wir sind.«

»Ich habe mich umgesehen«, sagte Seraph. »Der Einzige mit einer Weisung, den ich wahrnehmen konnte, ist Benroln selbst.«

»Ich nehme an, es kann nichts schaden«, sagte Hennea.

»Wem schadet was nichts?«, fragte Benroln.

Seraph achtete darauf weiterzulächeln. »Uns. Es ist eine Erleichterung, einen Clan zu finden, mit dem wir reisen können – aber es stört mich auch, dass wir vielleicht euren Schutz brauchen. Das hier ist eine Hauptstraße, und sie sollte für Reisende ungefährlich sein – aber ich mache mir trotzdem Sorgen.«

»Und es sind nicht nur diese Hitzköpfe«, sagte Benroln finster. »Es hat lange Zeit keine Versammlung mehr gegeben. Die letzte wurde von *Solsenti*-Soldaten unterbrochen, und die Clans waren der Ansicht, eine weitere Versammlung würde nur weitere *Solsenti*-Schwerter anlocken. Die Krankheit, die unsere Clans vor zwanzig Jahren so dezimierte, tötete mehr als nur euren Clan. Wenn es nach den *Solsenti* ginge, würde es in weiteren zwanzig Jahren überhaupt keine Reisenden mehr geben.«

Sein Tonfall, wenn er *»Solsenti«* sagte, erinnerte sie deutlich daran, wie die verängstigteren Rederni das Wort »Magie« gebrauchten.

»Das wird ihr Untergang sein«, sagte Hennea gleichmütig. »Wir Reisenden existieren nur, um zu verhindern, dass die *Solsenti* für einen Fehler zahlen müssen, den sie nicht selbst begangen haben.«

»Welchen Fehler?«, fragte Benroln erbost, aber Seraph sah seinen berechnenden Blick. Er versuchte, seine Zuhörer auszuhorchen. »Eine Geschichte, die uns die alten Leute erzählen? Es ist nur eine Geschichte – und sie war schon alt, bevor der Schatten fiel. Es ist ein Mythos und nicht beweisbarer als der Unsinn, den die *Solsenti* über die Götter verbreiten. Es gibt keine Götter, und es gab nie eine verlorene Stadt. Es gibt keinen bösen Pirschgänger. Wir haben wieder und wieder für ein Verbrechen bezahlt, das in einer Bardengeschichte begangen wurde. Wenn wir nicht klüger werden, werden wir bald nichts weiter als das Lied eines *Solsenti*-Bänkelsängers sein, etwas, womit man kleine Kinder erschreckt.«

»Klüger werden und was tun?«, fragte Seraph.

»Überleben«, antwortete er. »Wir brauchen Essen und Kleidung. Wir müssen den *Solsenti* beibringen, uns in Ruhe zu lassen – so, wie du es mit diesem *Solsenti*-Mistkerl gemacht hast, der versucht hat, Hennea wehzutun.« Er hielt inne, dann fuhr er leiser fort: »Du hast diesen Mann und seine Söhne gelehrt, uns in Ruhe zu lassen. Wenn du außerdem noch deinem Adler erlaubt hättest, sie anzufassen, hätten die anderen *Solsenti* aus seiner Gruppe die Geschichte ins Dorf zurückgetragen, und sie hätten alle vor Angst gezittert.«

»Vielleicht taten das einige ohnehin«, sagte Seraph kühl. »Und vielleicht haben die Leute mich und meinen Bruder, als wir vor Jahren in dieses Dorf kamen, ja genau wegen solcher Ängste nicht willkommen geheißen, sondern meinen Bruder verbrannt.«

»Die *Solsenti* fürchten uns bereits, das ist das Problem«, fuhr Hennea fort. »Angst führt zu Gewalttätigkeit. Die Dorfleute, die Seraphs Bruder töteten, hatten schreckliche Angst und waren zu ignorant, um zu wissen, dass sie von einem Reisenden nichts zu befürchten hatten. Vielleicht ist das ja deshalb so, weil wir ihnen in den letzten paar Generationen beigebracht haben, uns zu fürchten.«

»Quatsch«, sagte Benroln knapp, bevor er seine Aufmerksamkeit wieder Seraph zuwandte. »Du hast wie lange unter ihnen gelebt?« Er warf einen Blick auf Jes und Lehr und kam zu einer ziemlich akkuraten Schätzung. »Zwanzig Jahre oder mehr? Du klingst beinahe wie eine von ihnen – oder noch schlimmer, eine der Alten, die am Feuer sitzen und sagen: ›Es ist unsere Aufgabe, sie zu schützen.‹« Der Zorn in seiner Stimme war nun echt. »Sollen sie doch auf sich selbst aufpassen! Sie haben ihre eigenen Zauberer.«

»Die hilflos sind gegen das Böse, das wir bekämpfen«, erwiderte Seraph.

Benroln verzog höhnisch den Mund. »Als *Solsenti*-Soldaten meinen Vater, unseren Jäger und den Raben allein erwischten, konnten wir nichts anderes tun, als sie zu beerdigen. Wenn mein Vater nicht an die alten Märchen geglaubt hätte, hätte er diesem Dorf zeigen können, was es bedeutet, einem Reisenden wehzutun. Als diese Dorfleute deinen Bruder töteten, hättest *du* ihn retten können. Du hättest ihnen solche Angst einjagen können, dass sie nicht mehr im Traum daran denken würden, einem von uns zu schaden. Wie viele von uns sind gestorben, weil du andere *Solsenti* nicht ebenso belehrt hast wie diesen Mann heute? Wie viele weitere werden sterben, weil du ihnen nicht deinen Adler auf den Hals gehetzt hast, statt sie von einem nicht existierenden Fluch zu überzeugen?«

Ein Teil von Seraph wollte ihm zustimmen. Ein Teil von ihr hatte das Dorf tatsächlich niederbrennen wollen. Sie hatte den größten Teil jener ersten Nacht an Tiers Seite damit verbracht, sich zu fragen, wie lange es dauern würde, um ins Dorf zurückzukehren und ihren Bruder zu rächen.

Sie hätte sie alle umbringen können.

»Dein Vater wurde getötet?«, fragte Hennea leise, berührte Benrolns Arm mitleidig und lenkte ihn so von Seraph ab.

Er nickte, und sein Zorn verschwand angesichts von Henneas Anteilnahme. »Unser Fährtenleser brachte uns zur Burg des Sept von Arvill. Mein Vater sagte, sie würden niemals einen ganzen Clan einlassen, also nahm er, der Rabe war, unseren anderen Raben – meinen Vetter Kiris, einen Fünfzehnjährigen – und unseren Jäger, um zur Burg zu gehen. Sie schafften es nicht einmal bis zum Tor, bevor sie in einen Hinterhalt gerieten.«

»Schrecklich«, stimmte Seraph zu. »Wenn ich mich an dieses Dorf erinnere, in dem mein Bruder umgebracht wurde, denke ich daran, wie hilflos die Leute dort angesichts meiner Macht gewesen wären. Ich denke an die Kinder, die dort lebten, und die Mütter und Väter. Mehr Tod hilft nicht gegen Verbrechen, ganz gleich, wie bedauerlich sie sind.« Sie sagte all das in versöhnlichem Tonfall, aber sie konnte ihm einfach nicht zustimmen.

Benroln sah sie kurz an, dann senkte er den Kopf zu der respektvollen Verbeugung eines besiegten Gegners. »Und so lerne ich von deiner Weisheit.«

Lehr, der bei Seraphs letzten Worten näher gekommen war, schnaubte und grinste Benroln an. »Das weiß sie besser. Genau das sagte sie immer zu Papa, wenn sie ihm nicht zustimmen wollte, er aber eindeutig Sieger der Auseinandersetzung war.«

Seraph lächelte sanft. »Wir können uns immer noch darauf einigen, dass wir uns nicht einigen können.«

Die Reisenden waren organisiert wie eine gut ausgebildete Armee, und aus den gleichen Gründen. Jedem war eine bestimmte Rolle zugewiesen.

Seraph hatte nicht wirklich gewusst, was für ein unabhängiges Leben sie in Redern geführt hatten. Solange der Sept seine Steuern bekam, konnten sie überwiegend tun, was sie wollten. Wenn sie einen anderen Rederni geheiratet hätte, hätte das wahrscheinlich bedeutet, von ihm abhängig zu sein. Aber Tier war Tier. Er suchte den Rat seiner Frau, und sie arbeiteten sowohl auf den Feldern als auch in der Küche Schulter an Schulter. Seraph hatte sich an die Freiheit gewöhnt, ihre eigenen Entscheidungen zu treffen.

Als Isfain auf eine Stelle gedeutet und sie angewiesen hatte, dort ihr Lager aufschlagen, hätte sie ihm beinahe gesagt, wohin er sich seine Befehle stecken konnte. Wenn sie nicht bemerkt hätte, dass Lehr sie erwartungsvoll ansah, hätte sie es vielleicht auch tatsächlich getan. Stattdessen jedoch nickte sie nur und machte sich an die Arbeit.

Zumindest ließen sie Seraph ein wenig Raum, weil sie Rabe war und Clanführerin, wenn auch nur für ihre Familie und Hennea. Lehr hingegen behandelten sie wie einen grünen Jungen – Tier hatte das nie getan. Sie hoffte nur, dass er seinem Vater ähnlich genug war, um ruhig zu bleiben, bis sie mehr über diesen Clan wusste: Sie könnten vielleicht dabei behilflich sein, Tier zurückzuholen.

Seraph ging den anderen bei der Vorbereitung des Abendessens zur Hand. Ein paar Männer kümmerten sich um die Pferde und Ziegen, einige gingen angeln, und eine kleinere Gruppe zog in den Wald, in der Hoffnung, dort Wild erlegen zu können. Jes und Lehr schlossen sich dieser Gruppe an. Seraph hatte Zeit gehabt, mit Lehr zu sprechen, und sie wusste, er würde sich nicht verraten. Auch er mochte Benroln nicht besonders.

»Mein Kors sagte mir, du warst mit einem *Solsenti* verheiratet«, sagte die Frau links von Seraph, während sie mit geschickten Fingern und einem scharfen Messer einen der Kaninchenkadaver ausbeinte, die die Grundlage des Abendessens bilden würden.

Die Worte kamen so bewusst neutral heraus, dass Seraph nicht antwortete und so tat, als benötige ihre eigene Arbeit ihre gesamte Konzentration.

»Ja, wie war das denn?«, fragte die Frau, die ihr gegenüber arbeitete, mit mühsam gedämpfter Neugier. »Ich habe gehört, die *Solsenti*-Männer …«

Sie wurde schnell von den anderen Frauen zum Schweigen gebracht, die sie kichernd zu tadeln begannen.

»Also wirklich!«, rief eine raue Stimme. Seraph drehte sich um und sah eine winzige, uralte Frau auf die Tische zukommen, wo sie das Essen vorbereiteten. Ihr Haar war hellblond und dünn, und es hing ihr in einem Zopf vom Oberkopf bis zu den Hüften. Ihre Schultern waren gebeugt, die Hände so knotig wie der Stock, auf den sie sich stützte. »So, wie ihr euch benehmt, sollte man glauben, ihr hattet nie zuvor einen Mann! Sie ist unser Gast. Ah, ihr seid eine Schande für den Clan.«

»Brewydd«, sagte die Frau, die das Gespräch begonnen hatte. »Was führt dich her?«

»Brewydd?«, fragte Seraph, legte den gehäuteten Kaninchenkadaver hin und wischte sich die Hände an der geliehenen Schürze ab. »Bist du die Heilerin?« Selbst vor zwanzig Jahren war Brewydd die Heilerin uralt gewesen.

Die alte Frau nickte. »Ja, die bin ich«, sagte sie. »Ich kenne dich, Kind – Isoldas Rabe. Die, die überlebte.«

Die Frau zu Seraphs Rechten schob beiseite, woran sie arbeitete, und eilte zu der alten Frau, um ihr die Hand unter den Arm zu schieben und sie zu stützen. »Komm, Großmutter. Du musst dich hinsetzen.« Mit einem leisen Tadel führte sie Brewydd zu einem Wagen, der Wände auf allen vier Seiten und ein Dach hatte wie ein kleines Haus auf Rädern – *Karis* nannte man diese Gefährte, nach dem Wort für *Kari*, die Ältesten, die einzigen Reisenden, die sie benutzten.

»Rabe«, sagte die alte Frau, die noch einen Moment stehen geblieben war, um Seraph anzusehen. »Nicht alles Böse kommt vom Schatten.«

»Menschen können auch von ganz allein böse sein«, stimmte Seraph zu.

Zufrieden mit Seraphs Antwort kehrte die alte Frau zurück zu ihrem *Karis*.

»Sie kann immer noch heilen«, sagte die Frau links von Seraph. »Aber sie ist ein bisschen seltsam. Es ist das Alter. Sie will niemandem verraten, wie alt sie ist, aber mein Kors ist ihr Urenkel.«

In den nächsten drei Tagen mit Rongiers Clan lernte Seraph vieles über sie. Benroln und die alte Heilerin waren die einzigen unter ihnen, die Weisungen hatten, obwohl es ein paar gab, die nach Art der *Solsenti* zaubern konnten – mit Worten und Bannsprüchen, die darauf zugeschnitten waren, genug frei schwebende Magie einzufangen, um die Aufgabe erledigen zu können.

Es war ausgesprochen bemerkenswert, dass sie überhaupt Ergebnisse erzielten, dachte sie, als sie zusah, wie ein junger Mann namens Rilkin mithilfe eines Zaubers ein feuchtes Scheit anzündete. Ihr Vater hatte ebenfalls über diese Begabung verfügt, und sie hatten viele Tage auf Reisen damit verbracht, die Unterschiede zwischen seiner Magie und der von Seraph zu erforschen. Ein *Solsenti*-Zauber warf so gut wie blind ein Netz ins Meer, um herauszuholen, was an frei schwebender Magie darin hängen blieb. Weisungsmagie war mehr, als senke man einen Eimer in einen Brunnen.

Seraph striegelte Scheck weiter und dachte über ihre derzeitigen Sorgen nach. Wegen Tier konnten sie nichts unternehmen, ehe sie Taela erreichten, also hatte sie ihre Angst um ihn beiseitegeschoben, bis sie sie vielleicht nutzen konnte. Ihre unmittelbaren Bedenken galten Lehr und Jes. Die Jungen waren mehr und mehr unzufrieden über ihr ununterbrochenes Zusammensein mit dem Reisendenclan.

Scheck reckte den Hals genussvoll, als der Striegel über eine besonders gute Stelle strich. Zumindest Scheck liebte die Aufmerksamkeit, die ihm zuteil wurde.

Lehr jedoch hasste es, dass alle Männer und die meisten Frauen des Clans glaubten, ihn herumkommandieren zu dürfen. Er konnte ihren Respekt nicht mit seinen Erfolgen auf der Jagd gewinnen, ohne zu verraten, was er war, also behandelten sie ihn wie all die anderen jungen Männer.

Niemand gab Jes Anweisungen – alle wussten, was er war. Den Tageslicht-Jes verstörte es, dass alle in seiner Nähe die Blicke senkten und ihn mieden. Seraph erinnerte sich nicht daran, dass ihr Clan ihren Hüter-Bruder so behandelt hätte.

Der Bibliothekarsclan kränkte Jes mit seinem abweisenden Verhalten, und das machte den Hüter ruhelos: Jes gehörte immerhin zu den Menschen, die er beschützte.

Hennea war eine große Hilfe. Sie strickte abends und fand dabei immer Dinge, für die sie Jes' Hilfe brauchte. Er wurde in ihrer Gegenwart ruhiger; vielleicht war es die Disziplin des Raben, die Hennea für Jes erträglicher machte. Mit einigen Personen, zum Beispiel mit Alinath, konnte er kaum im selben Raum sein.

»Mutter?« Das war Lehr. »Hast du Jes gesehen? Er war beim Abendessen in meiner Nähe, aber irgendwer glaubte, ein Zugtier zu brauchen, und ich war das nächste, was sie finden konnten. Als ich zu den Esstischen zurückkam, war Jes weg. Ich habe schon bei den Pferden nachgesehen, und dort war er auch nicht. Hennea sucht ihn ebenfalls. Er ist nicht im Lager, Mutter. Ich habe Hennea gesagt, dass ich dich fragen werde.«

Er wollte wissen, ob sie wollte, dass er weitersuchte, obwohl jemand bemerken könnte, was er tat.

»Ich denke nicht ...« Dann brach Seraph ab.

Über Lehrs Schulter sah Seraph Benroln, Kors und Calahar näher kommen. Isfain, der vierte Mann, war nirgendwo zu sehen. Benrolns grimmig triumphierende Miene war ebenso eindeutig wie Kors' schuldbewusster Gesichtsausdruck.

Seraph ging um Lehr herum und stellte sich zwischen ihn und die Anführer des Clans von Rongier.

»Stimmt etwas nicht?«, fragte Benroln.

»Das weiß ich nicht«, erwiderte Seraph leise. »Ich denke, du könntest es mir vielleicht sagen. Wo ist Jes, Benroln?«

Benroln hob die Hände, Handflächen nach außen, um anzudeuten, dass er nichts Böses plante. »Er ist in Sicherheit, Seraph. Ich werde ihm nichts antun, es sei denn, es gibt keine andere Möglichkeit, meinen Clan zu retten.«

Seraph wartete.

»Jes ist in einem der Zelte, und Isfain hält Wache.«

»Was willst du?«, fragte sie.

Benroln lächelte, als wollte er sagen: *Seht ihr, ich wusste doch, dass sie tun wird, was ich will.* Drei Tage hatten offensichtlich nicht genügt, ihm mehr über sie zu verraten – sie hoffte, dass ihre anderen Geheimnisse ebenso gut verborgen blieben.

»Mein Onkel hat nach Arbeit für uns gesucht und welche gefunden, keine fünf Meilen weiter die Straße entlang.«

»Was ist das für eine Arbeit?«, fragte Seraph.

»Es gibt dort einen Kaufmann, der Getreide ankauft und es nach Korhadan transportiert, um es dort zu verkaufen. Letztes Jahr hat einer der Bauern, mit dem er einen Vertrag hatte, das Getreide selbst ausgeliefert, was unseren Kaufmann Geld und Ruf kostete, als er seinen Kunden das versprochene Getreide nicht bringen konnte. Er ging vor Gericht, aber sie konnten ihm nicht helfen.«

»Aha«, sagte Seraph neutral.

»Ich möchte, dass du die Felder dieses Bauern verfluchst.«

»Um ihm eine Lektion zu erteilen«, schloss sie.

»Genau.« Er lächelte ermutigend. »Wie dem Mann, der Hennea angriff.«

»Aber dieser Kaufmann wird dich dafür bezahlen.«

»Ja.« Er besaß nicht einmal den Anstand, verlegen dreinzuschauen.

»Und was springt dabei für mich heraus?«

»Deine Kinder werden endlich ein Zuhause haben. Einen Platz, an den sie passen und wo niemand sie wegen ihres Reisendenbluts verspottet. Wir werden alles, was uns gehört, mit euch teilen«, sagte Calahar, als böte er ihr ein Geschenk an, statt sie zu erpressen.

Benroln war klüger als er. »Sicherheit«, sagte er. »Für dich und deine Familie.«

Seraph starrte ihn lange an.

»Du wirst Jes nicht lange halten können«, sagte Lehr selbstsicher. »Er mag Fremde nicht besonders – er wird wissen, dass etwas nicht stimmt.«

Er hatte recht – oder jedenfalls hätte er recht haben sollen. Seraph beobachtete Benroln genau, aber sein Selbstvertrauen schwand nicht.

»Du hast ein *Foundrael*«, sagte sie, plötzlich überzeugt, dass das der Wahrheit entsprach. Es gab nicht viele *Foundraels*, aber es waren auch nicht mehr viele Clans übrig. Und Benroln und seine Leute waren nicht dumm genug, einen Hüter festhalten zu wollen, wenn sie nicht etwas hatten, das ihnen half, ihn zu beherrschen.

»Was ist das?«, fragte Lehr.

»Hüter sind manchmal schwer zu kontrollieren«, erklärte sie, ohne den Blick von Benrolns Gesicht zu wenden. »Sie wollen die Ihren um jeden Preis beschützen. Manchmal kann das unbequem werden; Hüter sind nicht sonderlich gehorsam.« Sie würde ihnen nicht sagen, dass es unter Adlern durchaus verbreitet war, in späteren Jahren die Tagespersönlichkeit vollkommen abzuwerfen und gewalttätig zu werden, selbst gegenüber den Menschen, die sie zuvor beschützt hatten. »Vor langer Zeit glaubte ein Rabe, eine Lösung gefunden zu haben. Sie schuf zehn *Foundraels* – Halsbänder, die verhindern, dass der Hüter sich befreien kann –, bevor sie erkannte, was die Auswirkung einer solchen Unterdrückung ist.«

»Was ist damit?«, fragte Lehr. »Ist Jes in Gefahr?«

Seraph berührte ihr Messer an der Hüfte. »Sagen wir einfach, wenn die Leute glaubten, Probleme mit ihrem Hüter zu haben, als sie beschlossen, das *Foundrael* zu benutzen, war das nichts gegen das, was sie erlebten, als sie es zum ersten Mal wieder abnahmen. Die Benutzung von *Foundraels* ist verboten, es sei denn unter den schwierigsten Bedingungen.«

»Mein Vater wird schon dafür sorgen, dass er ruhig bleibt – euer Hüter wird keinen Ärger bekommen, es sei denn, ihr gebt ihm Grund zu glauben, dass Gefahr besteht«, sagte Calahar, den ihr verächtlicher Tonfall sichtlich störte.

»Seraph – ich habe überall gesucht …« Henneas Stimme verklang, als sie erkannte, dass sie eine Konfrontation vor sich hatte.

»Diese Männer haben Jes gefangen genommen«, sagte Seraph. »Damit ich ihnen helfe, das Feld eines Mannes zu verfluchen. Sie werden dafür Gold bekommen.«

Sie sah Henneas Gesicht, auf dem die Sorge nun einer eisigen Fassade wich – genau so hatte Hennea ausgesehen, als sie neben dem toten Priester in Redern kniete.

»Sie nehmen Gold, um Leute zu verfluchen?«

Seraph spuckte vor Benroln auf den Boden. »Sie haben sich entschieden zu vergessen, wer wir sind. Aber sie können Druck auf mich ausüben.« Sie schüttelte angewidert den Kopf und warf dann Lehr einen Blick zu.

Sie brauchte jemanden, der sich um Jes kümmerte, jemanden, dem er vertraute und der ruhig bei ihm sitzen bleiben würde, bis sie Benroln dazu bringen konnte, das *Foundrael* abzunehmen – diese Halsbänder konnten nur von der Person abgenommen werden, die sie auch angelegt hatte. Aber Lehr war zu zornig, dachte sie beinahe verzweifelt. Jes würde wissen, dass etwas nicht stimmte.

»Wo ist Jes?«, fragte Hennea Seraph.

Seraph sah der anderen Frau nachdenklich in das ausdruckslose Gesicht. »Kors«, sagte sie abrupt, »wird dich zu Jes bringen. Man hält ihn mit einem *Foundrael* fest – Isfain soll sich darum kümmern, dass er ruhig bleibt. Ich wäre dir sehr dankbar, wenn du dafür sorgen würdest, dass Jes sich nicht aufregt, wenn ich mit Benroln gehe.«

»Ein *Foundrael*?« Wenn überhaupt möglich, klang Henneas Stimme noch eisiger als zuvor. Kors errötete ein wenig. Hennea hatte den Mund jetzt fest zugekniffen, aber sie nickte Seraph zu. »Ich kümmere mich um ihn – er hat mir abends immer beim Stricken geholfen, seit wir diesem Clan begegnet sind. Manchmal helfen einfache Arbeiten.«

»Danke, Hennea.« Seraph war sehr erleichtert über die Selbstsicherheit des anderen Raben. Sie zeigte auf den Zelteingang. »Gura. Sitz. Pass auf.« Sie wollte auf keinen Fall, dass die Weisungssteine einem dieser Idioten in die Hände fielen. Sobald der Hund sich niederließ, sagte sie: »Lehr, mein Lieber, es sieht aus, als würdest du heute Abend die Jagd verpassen. Du kannst mit mir kommen – ich habe nicht vor, bei dieser dummen Sache mehr zu verlieren als unbedingt nötig.«

12

Hennea ging hinter Kors her, den Leinenbeutel mit ihren Nadeln und der Wolle fest in der Hand. Ihr Zorn hatte zum Teil damit zu tun, dass sie sich selbst übel nahm, was geschehen war. Sie hätte es besser wissen und sich nicht verwickeln lassen sollen; das führte immer zu unnötigem Schmerz. Der arme Moselm … er war ein so freundlicher Mann gewesen, so unkompliziert. Sie waren Geliebte gewesen, bevor man sie entführt hatte, aber eher aus Bequemlichkeit. Moselms Frau war ein paar Jahre zuvor an einer der geheimnisvollen Krankheiten gestorben, die Reisendenclans heimsuchten. Hennea und Moselm hatten beieinander Trost gesucht.

Aber es war nun einmal das Schicksal von Reisenden, sich Dingen zu stellen, mit denen sonst niemand zu tun haben wollte. Wenn Moselms Tod das Licht der Zerstörung zum Geheimen Pfad gebracht hatte, so wäre er gewiss der Ansicht, sein Leben für einen guten Zweck gegeben zu haben. Aber Jes …

Es brachte keinen Frieden, unter Verwandten zu sterben – und Hennea wusste ebenso wie Seraph, dass jede Minute, die Jes mit dem *Foundrael* verbrachte, ihn näher an den Wahnsinn und einen Gnadentod von den Händen jener führen würde, die ihn liebten. Sie wollte so etwas nie wieder tun müssen.

Dass *Reisende* so tief fallen konnten, Reisende, die geschworen und gelernt hatten, den *Solsenti* zu helfen! Für

Gold und aus Hass brachen sie ihre Schwüre und setzten einen guten Mann der Gefahr aus – vielleicht hatten sie ja das Schicksal, das die *Solsenti* ihnen bereiten wollten, wirklich verdient.

Kors, verschämt und voller Zweifel, führte Hennea auf ein ein wenig abseits liegendes Zelt zu. Die Clansleute, denen sie unterwegs begegneten, senkten den Blick und wollten ihr nicht in die Augen schauen. Sie wussten es, sah sie, und schämten sich – aber sie waren auch wütend wegen dieser Schuldgefühle. Schon bald, dachte sie, würden sie ihr schlechtes Gewissen in rechtschaffene Empörung verwandeln.

Seht, was die Solsenti *aus uns gemacht haben,* würden sie zueinander sagen. Es fehlte ihnen derart an Stolz, dass sie nicht einmal die Verantwortung für ihren eigenen Niedergang übernehmen wollten.

Kors blieb vor einem großen Zelt stehen, und sie hörten beide, wie Isfain drinnen laut wurde. »Bleib sitzen und warte, Junge, wie ich es dir gesagt habe. Deine Mutter und Benroln haben etwas zu tun, und wenn sie fertig sind, kannst du machen, was du willst.«

Hennea zog die Brauen hoch. »Sollte Isfain nicht dafür sorgen, dass Jes ruhig bleibt?«, murmelte sie Kors zu und sah erfreut, dass der Mann ebenfalls nicht froh über Isfains Verhalten war.

Sie riss das Zelt ohne die üblichen Höflichkeiten auf. Isfain stand direkt vor ihr, aber sie schob ihn unsanft beiseite, damit sie Jes sehen konnte, der unglücklich auf einem Hocker in der Mitte des Zelts saß. Der Hocker war das einzige Möbelstück im Zelt. Wenn Benroln Isfain tatsächlich befohlen hatte, Jes ruhig zu halten, hatte er jämmerlich versagt.

»Frau, pass auf, was du tust«, fauchte Isfain.

Offensichtlich hatte ihm nicht gefallen, wie sie hereingekommen war. Sie ignorierte ihn.

»Hennea«, sagte Jes leise und erleichtert. »Ich muss mit Mutter sprechen.« Mit einer Hand rieb er an einem Lederstreifen, den er um den Hals trug, und drehte ihn hin und her, als könne er eine Schnalle oder einen Knoten finden, die nicht vorhanden waren. Für Hennea sah das Leder so glatt aus, als wäre es gerade erst um seinen Hals gewachsen.

»Was willst du hier?«, fragte Isfain. »Weiß Benroln, dass du hier bist?«

Wieder ignorierte sie ihn.

»Schon gut, Jes«, sagte sie zu dem jungen Mann, der unruhig auf dem zerschlagenen alten Hocker saß. »Benroln will deine Mutter zwingen, für Geld das Land eines armen Bauern zu verfluchen. Sie haben dich mit einem Artefakt gefesselt, das deinen anderen Geist in Schach hält, aber wenn du es erst wieder loswirst, wird alles in Ordnung sein. Lehr ist mit deiner Mutter gegangen.«

Sie wusste nicht, wie viel er in seinem derzeitigen Zustand verstand, also war sie froh, als er nach ihren Worten seine wiegenden Bewegungen verlangsamte.

»Sie sind in Sicherheit?«, fragte er.

»Ich glaube nicht, dass Benroln Seraph etwas antun könnte, das sie nicht zulassen will. Lehr ist bei ihr.«

Er schluckte. »Und du bist hier in Sicherheit.«

»Ja«, stimmte sie zu. »Ich bin bei dir in Sicherheit. Würdest du mir beim Stricken helfen, bis deine Mutter sich um die Situation gekümmert hat?«

Sie öffnete den Beutel und gab ihm einen Wollstrang, den sie genau zu diesem Zweck durcheinandergebracht hatte. Nach kurzem Zögern nahm er ihn entgegen. Er starrte die Wolle eine Weile an, aber dann begann er geduldig daran zu arbeiten und die Knoten zu lösen. Der raue Wollfaden hatte offenbar seine eigenen Vorstellungen, und es würde einige

Zeit brauchen, bis er mit dem Durcheinander fertig würde, das Hennea angerichtet hatte.

Sie setzte sich ihm zu Füßen und begann mit einem Knäuel zu stricken, das er am Vortag für sie entwirrt hatte. Sie lehnte sich gegen sein Bein, bereit, wieder wegzurutschen, wenn es unangenehm für ihn sein sollte. Die langen Muskeln seines Oberschenkels entspannten sich jedoch, also lehnte sie sich fester an ihn.

Sie warf ihm einen Blick in die Augen und sah dort den Zorn darüber, im Netz des *Foundrael* festzusitzen. Sie schauderte und widmete sich wieder dem Pullover, den sie strickte. Eine Weile schien Jes sich zu beruhigen. Wenn das Zelt nicht so karg möbliert gewesen wäre oder wenn dieser Idiot Isfain aufgehört hätte, Jes ununterbrochen anzustarren, als erwarte er, dass er explodierte, wäre es Seraphs Sohn vielleicht besser gegangen.

»Das hier gefällt mir nicht«, erklärte Jes und warf plötzlich das Garn auf den Boden. »Ich muss … ich muss woanders sein.«

Hennea blickte auf zu ihm und sah die Verzweiflung in seinem Blick. Das reicht jetzt, dachte sie. »Warte einen Moment.«

Kors war kein Problem. Er würde erkennen, was richtig war, wenn man es ihm vorführte, sosehr er sich auch wünschen mochte, es wäre anders. Isfain jedoch würde wahrscheinlich Schwierigkeiten machen.

Er gehörte zu den Clanmitgliedern, die über Magie verfügten, obwohl er keine Weisung hatte. Hennea wusste, dass die anderen Raben dazu neigten, auf Magier ohne Weisung herabzublicken und sie für schwach zu halten, aber sie war nicht so dumm. Ein guter Zauberer musste ebenso subtil wie mächtig sein, und wie bei einem gut gestrickten Wollpullover waren die Zaubersprüche dieser Leute oft schwierig aufzudröseln.

Der Trick bei Zauberern bestand darin, ihnen keine Zeit zu lassen, um irgendetwas zu tun.

»Isfain«, sagte sie schlicht. »Sei still.«

Es hätte sich nicht gelohnt, so etwas mit einem Raben zu versuchen, denn Raben brauchten weder Wort noch Bewegung, um Magie heraufzubeschwören. Ein Zauberer konnte ebenfalls auf diese Weise Magie wirken – aber es war eine eher jämmerliche Angelegenheit. Es würde lange dauern, bis Isfain einen Weg aus Henneas Bann fand.

»Was soll das?«, fragte Kors ungläubig, überrascht über Henneas Unfreundlichkeit.

Sie packte ihr Strickzeug sorgfältig weg, dann nahm sie das Garn, das Jes auf den Boden geworfen hatte, und steckte es oben in ihren Beutel. Sie würde später genug Zeit haben, den Bann von der Wolle zu lösen, damit sie sich leichter ordnen ließ.

»Das hier geht zu weit«, sagte sie.

»Wie meinst du das?«, fragte Kors, der immer noch nicht bemerkt hatte, dass Isfain sich wegen ihrer Magie nicht rühren konnte. Er hatte keine Ahnung, was sie war.

»Hast du je gesehen, wie ein Hüter von einem *Foundrael* befreit wurde?«, fragte sie. »Es ist nicht so schlimm, wenn sie sich nicht aufgeregt haben – aber dein Isfain hat das verhindert.«

»Mutter«, sagte Jes traurig.

Sie nickte. »Ich weiß. Lehr wird auf sie aufpassen, aber es ist eigentlich deine Aufgabe, deine Familie zu beschützen.«

»Ja«, erwiderte er.

Sie wandte sich wieder Kors zu. »An deiner Stelle würde ich dieses Zelt jetzt verlassen, damit du nicht der Erste bist, den er sieht, wenn er freikommt.«

Das war mehr als genug Warnung. *Wenn er diesen Rat nicht befolgt …* Sie entspannte sich, als sie hörte, dass er ging. Kors war wirklich kein schlechter Mensch.

»Also gut, Jes, ich werde dir dieses Ding jetzt abnehmen.«

Sie griff nach oben, aber er packte ihre Hände. »Nein. Benroln sagt, er kann es nur selbst tun.«

»Nun«, sagte Hennea. »Ich bin nicht so mächtig wie deine Mutter, aber ich habe lange Zeit studiert. Ich denke, ich weiß, wie ich dir das verfluchte Ding abnehmen kann. Ich werde dich nicht belügen: Es könnte gefährlich sein – aber nicht so gefährlich, wie wenn ich es nicht tue.«

»Gefährlich für mich«, sagte er und packte ihre Hände erneut, bevor sie das *Foundrael* berühren konnte. »Nicht dich.«

»Nur für dich«, log sie, aber sie hatte viel Übung im Lügen, und es kam heraus wie die Wahrheit.

Er ließ zu, dass sie die Hände an das Band um seinen Hals legte. Das Leder war weich und sah neu aus, als wäre es gerade erst gegerbt worden und nicht schon vor Jahrhunderten. Das machte es leichter, denn nun wusste sie, um welches der zehn *Foundraels* es sich handelte.

»Nein«, sagte er und zog ihre Hände wieder weg.

»Es ist in Ordnung«, sagte sie.

»Nein«, wiederholte Jes. »Der Hüter wird den großen Mann umbringen. Das wäre schlecht. Er denkt, zu töten wäre sehr schlimm für uns. Töten ist schlecht, aber er hätte keine andere Wahl. Er ist sehr zornig.«

Hennea sah ihn nachdenklich an. Alle neigten dazu, dachte sie, den Tageslicht-Jes zu unterschätzen, weil sie den Hüter so fürchteten. Oh, Seraph liebte ihn in jeder Gestalt, aber sie behandelte ihn mit der gleichen Nachlässigkeit und Disziplin wie ihren Hund, und die anderen folgten ihrem Beispiel.

Jes, dachte Hennea, war mehr als nur eine Marionette, die der Hüter bewohnte. Impulsiv hob sie die Hand, die er immer noch festhielt, zu seiner Wange. Er schloss die Augen, drückte die Wange gegen ihre Hand und bewegte den Kopf ein wenig, sodass seine Bartstoppeln, die seit der Rasur am Morgen gewachsen waren, ihre Finger kratzten.

Er war nur ein Junge, dachte sie, nervös über die Reaktion, die seine unschuldig sinnliche Geste bei ihr hervorgerufen hatte.

Und er hatte vielleicht recht, was das Töten anging. Die Weisung des Adlers kam nur zu Empathen, eine seltene und für gewöhnlich schwach ausgeprägte Begabung. Wenn Jes allerdings als Empath stark genug wäre, konnte es ihm wirklich schaden, wenn er jemanden umbrachte.

»Der Hüter wird sich nicht beruhigen, ehe wir es abnehmen, Jes. Er wird sich nur schlimmer und schlimmer fühlen.« Sie nahm die Hand nicht von seinem Gesicht. »Je länger wir warten, desto schwieriger wird es werden.«

Er nickte, aber er öffnete die Augen nicht. »Er ist so wütend«, sagte er. Dunkle Wimpern streiften ihre Fingerspitzen, und sie schauderte.

Dann sah er sie an, die Augen dunkel und hungrig. »Du könntest etwas tun, damit er nicht mehr wütend ist«, sagte Jes. »Er mag dich. Küss mich.«

Dieser Vorschlag verblüffte sie. Sie hatte nie gehört, dass jemand so etwas versucht hätte. Wahrscheinlich, weil nur ein Idiot auf die Idee käme, einen zornigen Hüter zu küssen.

Ihre Lippen waren immer noch zu einem Lächeln verzogen, als sie seinen Mund berührte. Zuerst war es ein unschuldiger Kuss, denn das war die Reaktion, die er bei ihr hervorrief – wenn auch nicht ohne eine gewisse Erregung. Seine Lippen waren ein wenig gerissen, und die Rauheit berührte sie wie Schmetterlingsflügel.

Sie konnte spüren, wie er sich anspannte, als sie die Hände wieder um seinen Hals schloss, also öffnete sie den Mund, um leicht an seinen Lippen zu knabbern und von dem abzulenken, was sie tat.

Es lenkte sie selbst ebenfalls ab – aber nicht so sehr, dass sie die Öffnung des *Foundrael* verdorben hätte.

Sobald sie fertig war, brach Angst über das Zelt herein wie eine Sturzflut und nahm ihr mit ihrer Intensität den Atem. Hennea drückte die Finger in Jes' Schultern, die sich in Eisen verwandelt hatten. Aber er kämpfte nicht gegen sie an, als sie ihn an sich zog und seine Lippen mit der Zunge berührte.

Angst hatte die Verlegenheit vertrieben, die sie darüber empfand, ihn zu verführen, aber es war nicht diese Angst, die ihre Begierde erweckte. Als er den Kuss erwiderte, schmiegte sie sich an ihn und gestattete ihm, seinen Zorn zu Leidenschaft werden zu lassen.

Es war der Hüter, der den Kuss wieder sanfter machte und das Gewicht ein wenig verlagerte. Er rieb das Gesicht gegen ihres wie eine Katze, die ihr Territorium markiert, dann löste er sich trotz der Spannung, die seinen Körper beben ließ, von ihr.

»Benroln hat Mutter und Lehr?«, fragte er heiser.

Sie musste sich räuspern, bevor sie etwas sagen konnte. »Ja.«

Sie wandte das Gesicht ab, denn sie wusste, dass sie rot geworden war, also hatte sie keine Möglichkeit, sich weiter von ihm zu lösen, bevor er sie erneut berührte. Er zog sie an sich und legte das Kinn auf ihren Kopf.

»Wir gehen und suchen sie«, sagte er. Erst dann schien er Isfain wieder zu bemerken, denn er erstarrte.

»Was hast du mit dem da gemacht?«, knurrte er.

Sie nutzte die Gelegenheit, um sich Jes' Armen zu entziehen, und sah Isfain an. »Nicht so viel, wie ich gern getan hätte«, sagte sie. »Wenn ich die Geschichte, die zu dieser Dummheit führte, richtig verstehe, war Benroln noch sehr jung, als er Clanführer wurde. Aber du«, sie berührte Isfains Nase missbilligend, »weißt es besser. Er war der Sohn deiner Schwester, und du hast ihn schlecht unterrichtet.«

»Lass ihn los«, sagte der Hüter.

Sie legte misstrauisch den Kopf schief. »Warum?«

Als er sie anknurrte, musste sie lächeln, obwohl ein Schauder über ihren Rücken lief. »Ich denke, wir sollten ihn lieber lassen, wie er ist, bis wir Lehr und deine Mutter gefunden haben, denkst du nicht auch?«

»Weichherzig«, stellte er fest.

»Besser als weichköpfig«, erwiderte sie. »Sollen wir jetzt Lehr und Seraph suchen?«

Er ging um sie herum und hielt ihr die Zeltklappe auf. »Ich würde lieber jemanden fressen«, sagte er – Hennea glaubte, dass er das nur für Isfain sagte, war sich aber nicht ganz sicher. »Aber wir werden als Erstes nach Mutter suchen. Ist Gura hier?«

»Seraph hat ihm befohlen, unser Zelt zu bewachen«, sagte sie.

Als sie sich aus dem Zelt duckte, brachte er seinen Mund dicht an ihr Ohr und sagte: »Nimm es dir nicht übel.«

Sie blieb so plötzlich stehen, dass ihr Hinterkopf fest genug gegen seinen Kiefer stieß, um seine Zähne klicken zu hören.

»Warum sollte ich mir übel nehmen, einen gut aussehenden *Jungen* geküsst zu haben?«, fragte sie sarkastisch und ohne die Stimme zu senken.

Zu ihrer Überraschung grinste er sie an. Hüter grinsten nicht. Sie lächelten erfreut, wenn sie einen armen Narren erwürgten, der gewagt hatte, ihnen in den Weg zu treten. Sie fletschten die Zähne. Aber sie grinsten nicht.

»Ich weiß es nicht. Aber es hat uns beiden sehr viel Spaß gemacht, Jes und mir.« Sein Grinsen wurde breiter. »Und wir wollen es so bald wie möglich wieder tun.«

»Da seid Ihr ja«, sagte ein gut gekleideter junger Mann, der auf einer kleinen Lichtung an der Seite eines Hügels wartete, von der aus man ein zwei Morgen großes Feld mit einem ordentlichen kleinen Haus am anderen Ende sehen konnte. »Ich dachte schon, Ihr würdet nicht mehr kommen.«

Benroln setzte ein sympathisches Lächeln auf. »Ich breche keine Verträge.«

»Und außerdem«, sagte der Mann, »wusstet Ihr, dass es noch mehr Gold gibt, wo Ihr das erste bekommen habt, wie?«

Er sah jung aus, er konnte noch nicht lange Kaufmann gewesen sein, dachte Seraph, aber dann dachte sie noch einmal nach. Seine Züge waren weich, was ihn tatsächlich jünger aussehen ließ, aber seine Augen waren scharf und alt.

Ich wette, dass er sein jugendliches Aussehen gut ausnutzt, dachte Seraph, als sie ihre Einschätzung seines Alters zehn Jahre nach oben veränderte.

»Selbstverständlich«, sagte Benroln, nachdem er höflich über die Bemerkung des Kaufmanns gelacht hatte. »Das hier ist die Frau, die den Fluch aussprechen wird.«

»Und das hier unten ist der fragliche Bauernhof«, erwiderte der Kaufmann mit heller, angenehmer Stimme. »Ich will, dass er verflucht wird – Ihr versteht, was ich meine. Schon letztes Jahr habe ich einem Zauberer gutes Geld für einen solchen Fluch gezahlt, aber Asherstal hatte trotzdem eine leidliche Ernte. Ich sagte diesem Zauberer, ich will, dass nichts auf seinen Feldern wächst, nicht einmal Unkraut. Ich will, dass die anderen Familien Asherstal wegen dem, was ihm zugestoßen ist, meiden. Ich will, dass er vor den anderen beschämt dasteht. Ihr solltet also lieber gute Arbeit leisen, oder etwas Böses könnte Euch zustoßen. Wie dem Magier, den ich letztes Jahr bezahlt habe.«

Benroln wirkte verdutzt, und Seraph fragte sich, ob er bisher wirklich auf die liebenswerte, unschuldige Haltung des Kaufmanns hereingefallen war.

»Der Fluch Eures Magiers ist immer noch hier«, murmelte sie. »Vielleicht habt Ihr ihn zu schnell umgebracht. Ich werde ihn aufheben müssen, bevor ich wirklich arbeiten kann.«

»Ich sage auch einem Gerber nicht, wie er seine Arbeit tun soll«, erwiderte der Kaufmann. »Ich bezahle ihn nur, wenn er gut ist.« Er machte eine seltsame Handbewegung, die zufällig hätte sein können – aber Tier hatte den Jungen die geheimen Zeichen beigebracht, die Soldaten benutzten. Und genau so sah diese Geste aus.

Lehr hatte das ebenfalls bemerkt, dachte sie. Er verschwand lautlos in der Nacht. Weder der Kaufmann noch Benroln schienen das zu bemerken – sie bezweifelte, dass der Kaufmann ihn überhaupt wahrgenommen hatte.

»Ich werde zum Rand des Feldes gehen müssen«, sagte Seraph.

»Sicher«, stimmte er zu. »Es ist dunkel genug, also werden sie Euch nicht sehen. Wir warten in den Bäumen am Feldrand.«

Er führte sie nach unten. Seraph hätte nicht sagen können, ob Benroln beunruhigt war – aber sie glaubte es nicht. Wenn er sich wirklich wegen des Kaufmanns Sorgen machte, hätte er Isfain und Kors nicht zurückgelassen, um sich um Jes und Hennea zu kümmern. Dumm genug von ihm, einem Mann zu vertrauen, der den Lebensunterhalt eines anderen verfluchen lassen wollte.

Sie nahm an, die im Unterholz verborgenen Männer sollten herauskommen, wenn sie fertig war, um dafür zu sorgen, dass weder Benroln noch sie jemals verraten konnten, was hier geschehen war.

Lehr fragte sich, ob seine Mutter das Signal gesehen hatte, das der Kaufmann gegeben hatte. Irgendwo hier draußen warteten die Männer des Kaufmanns nur darauf, Benroln und seine

Mutter umzubringen, wenn ihr Herr zu dem Schluss kam, dass er mit ihnen fertig war. Benrolns Schicksal berührte Lehr nicht, aber seine Mutter war etwas ganz anderes.

Er folgte dem Weg des Kaufmanns zurück, bis er eine Stelle fand, wo der Mann zusammen mit vier anderen gewartet hatte. Genug Bewaffnete, um mit ein paar Reisenden fertig zu werden, solange sie sie überraschten. Von dieser Stelle aus hatte jeder einen anderen Weg eingeschlagen.

Sie hatten keine Spuren hinterlassen, die er sehen konnte, denn es war inzwischen tief dunkel im Wald, und das Sternenlicht erreichte den Boden kaum. Aber Lehr wusste, dass die Männer hier gewesen waren, weil er sie riechen konnte.

Er schauderte. Was war er, dass er einen Mann wie ein Hund wittern konnte? Er zog sein Messer und folgte einer der Spuren.

Als sie zum Waldrand kamen, bedeutete der Kaufmann Seraph weiterzugehen. Er und Benroln blieben stehen, um im Schutz der Bäume zu warten, während sie ihre Magie wirkte.

Sie setzte sich am Feldrand auf den Boden, direkt außerhalb der Fläche, die bepflanzt worden war. Sie konnte die Magie im Boden spüren. Der Magier dieses Kaufmanns hatte gute Arbeit geleistet; sie würde lange brauchen, um das Feld zu reinigen. Zeit für Lehr, die Männer des Kaufmanns zu finden. Zeit für Jes, die Auswirkungen des *Foundrael* loszuwerden.

Sie begann, die Fäden des Zaubers, den der inzwischen tote Magier verhängt hatte, auseinanderzuziehen. Dabei bereitete ihr die Vertrautheit dessen, was sie vollbrachte, intensiv das Gefühl, das Richtige zu tun – das, wozu sie geboren war.

Nach einer Weile wurde der Kaufmann ungeduldig. »Ich sehe nichts. Ich zahle mein gutes Geld nicht umsonst – und ich lasse nicht zu, dass jemand versucht, mich zu bestehlen.«

»Sag ihm, ich kann nicht arbeiten, solange er nicht den Mund hält«, rief Seraph kühl zurück, denn sie wusste, je ruhiger sie blieb, desto schlimmer würde der Kaufmann sich verhalten. Leute wie er sahen es gern, wenn andere sich ängstlich vor ihnen duckten. Sie hätte ihm ein großes Theater mit Lichtspielen präsentieren können, aber die Leute, die im Bauernhaus schliefen, würden davon vielleicht wach werden. Sie wollte nicht, dass sie herauskamen, um nachzusehen, was los war, nicht, solange die Bewaffneten des Kaufmanns in der Nähe lauerten – die falschen Leute könnten umkommen.

»Kommt mit«, versuchte Benroln seine Diplomatie bei dem Kaufmann. »Das hier wird eine Weile dauern. Ich habe Würfel mitgebracht. So können wir die Zeit totschlagen, während Seraph arbeitet.«

Gut, dass er sich eingemischt hatte, bevor sie den Kaufmann zu sehr verärgert hatte, dachte sie und wandte ihre Aufmerksamkeit wieder dem Feld zu. Lehr brauchte alle Zeit, die sie ihm geben konnte.

Und warum hat dieser Zauber nicht wirklich funktioniert?, fragte sie, als sie die verfluchende Magie von Sprösslingen entfernte, die höchstens halb so groß waren, wie sie um diese Jahreszeit hätten sein sollen. Bei der Kraft des Zaubers, den sie auflöste, hätte auf diesem Feld überhaupt nichts wachsen sollen außer vielleicht ein paar Quecken.

Es wurde Nacht, aber sie achtete nicht darauf – sie brauchte kein Licht, um zu finden, was sie suchte. Schließlich löste sie den letzten Zauber, und das Gewebe fiel in sich zusammen und verlor die Form, weil ihm die Verankerung fehlte.

Die Magie, die der Zauberer für seinen Bann benutzt hatte, trieb davon, als seine Arbeit ihre Macht verlor. Aber beinahe sofort wurde sie fest gepackt und in die Erde eingearbeitet, um den Boden zu bereichern. Erst jetzt verstand Seraph, wie es dem Bauern gelungen war, auf diesem Feld etwas zum Wachsen zu bringen.

Es gab noch andere Geschöpfe, die Magie gebrauchten, nicht nur die Schattenungeheuer im Felsengebirge. Die meisten von ihnen waren bei Schattenfall gestorben, aber einige hatten entkommen können.

Dieses hier war nicht stark genug gewesen, um den Bann zu entfernen, hatte sich aber gewaltig angestrengt, um die Auswirkungen zu mildern. Was immer es auch sein mochte, es hatte Seraphs Einmischung sicher gespürt und beobachtete sie nun.

»Mhm«, murmelte sie und lächelte erfreut, als sie sich vorbeugte und die Hände in den weichen Boden sinken ließ, wo die Magie in den Erdkrümeln ihre Finger kribbeln ließ.

Sie sandte eine Ranke suchender Magie aus und hielt diesmal nach einem nicht menschlichen Geschöpf Ausschau. Beinahe sofort fand sie etwas, aber es war anders, als was sie erwartet hatte: Dunkelheit, wenn auch kein Schatten, etwas Natürlicheres, Elementareres als die Wälder der Umgebung – etwas Beängstigendes. Es konnte nur Jes sein.

Der Zeitpunkt war gekommen, ob Lehr nun bereit war oder nicht. Sie schob das Geheimnis um den Beschützer des Bauernhofs beiseite und begann.

Sie stand auf, streckte theatralisch beide Arme aus und sagte etwas in der alten Sprache. Es waren keine Worte der Macht – die brauchte sie nicht. Sie kannte ohnehin nicht viele Worte der alten Sprache, aber sie hätte jederzeit gewettet, dass Benroln noch weniger kannte.

Ihr Vater hätte ihre Gesten als dramatisches Getue abgetan, aber ihr Großvater hätte es verstanden. Einige Leute glaubten einfach nicht an Magie, wenn sie nicht mit Licht und Lärm kam.

Der Kaufmann selbst hatte ihr die Idee dazu gegeben, und die unerwartete Magie im Boden verlieh ihr nun die Macht. Sie zog Lichtfäden aus dem Boden und ließ sie glitzern und wachsen wie Spinnennetze, ließ sie von einem Weizenhalm zum anderen tanzen, bis das ganze Feld von einem Licht schimmerte, das rasch in Wellen alle Regenbogenfarben durchlief. Es sah hübsch aus, dachte sie, obwohl es nur Licht war.

Aber kein *Solsenti* auf der Welt würde den Blick von diesem Feld abwenden, um hinter sich zu schauen, wo Seraphs Kinder sich näherten. Benroln und der Kaufmann kamen aus dem Wald, aber ein wenig Magie ließ sie am Waldrand verharren.

Jetzt ging es darum, dem Kaufmann vollkommen deutlich zu machen, was sein Gold ihm erworben hatte. Das war schwieriger, und sie hätte es nie versucht ohne den bitzelnden, kribbelnden Boden, der beim Wachstum der Pflanzen half.

Langsam hob sie beide Arme und ließ ihre Magie in die Pflanzen fließen. *Wachst,* drängte sie sie, *wachst und seid stark.*

Die Halme wurden dicker und reckten sich …

Eine geschicktere Hand als ihre berührte die Pflanzen, richtete sie gerade auf und verstärkte sie, brachte Wurzel, Halm und Kopf des Getreides in ein Gleichgewicht, wie Seraph es nie gekonnt hätte, obwohl sie wusste, dass die Pflanzen genau so wachsen sollten – es fühlte sich einfach richtig an.

Da ihre Magie nicht mehr gebraucht wurde, warf sie einen Blick zu der Quelle der tieferen Magie und sah sie neben einem Zaunpfahl sitzen. Das Geschöpf war nicht viel größer als eine Katze, ein kleines, moosiges Wesen mit runden Schlappohren und großen Augen, das vor Macht schimmerte.

Seine Farbe passte so gut zum Boden und zum Wald, dass Seraph es wahrscheinlich nicht gesehen hätte, hätte das Feld nicht vor Macht gesurrt.

»Ein Erdwesen«, sagte sie leise. »Dieser Bauer folgt offenbar dem alten Weg.«

»Selbst als er für seine eigenen Kinder nichts weiter hatte als altes Brot und Milch, hat er mich nicht vergessen«, erklang eine Stimme, die sie ebenso spürte wie hörte. »So etwas muss belohnt werden.«

»In der Tat«, stimmte Seraph zu. Da sie nichts weiter zu tun hatte, fügte sie den Lichtern ein Knistern hinzu, damit der Kaufmann und Benroln nicht hören würden, wie sie mit dem Geschöpf sprach. »Ohne dich hätte ich das Feld nicht so gut heilen können.«

»Und ich konnte diesen anderen Bann nicht brechen«, sagte das Erdwesen mit heiserer Stimme. »Aber jetzt kann ich es.« Die Magie hörte plötzlich auf, und das Geschöpf huschte so schnell davon, dass ihr Blick ihm nicht folgen konnte.

Der Weizen schwankte unter Seraphs Licht und war nun zur Ernte bereit – mindestens zwei Monate zu früh. Sie senkte die Arme und ließ das Leuchten und Knistern langsam vergehen.

»Ich leiste nicht die Arbeit von Verbrechern«, sagte sie klar und deutlich.

»Rabe«, fauchte Benroln. »Also gut. Du wirst ja sehen, was aus deinen Kindern wird. Und was das hier angeht«, er deutete auf das Feld, »magst du Rabe sein, aber ich bin Kormoran.«

Elektrizität sammelte sich in der Luft.

Dummer, dummer, arroganter Rabe, dachte Seraph verbittert und beschämt. Ein Sturm wäre eine Katastrophe für die schweren Weizenähren auf dünnen Stielen.

Wenn sie das Feld nach dem Aufheben des Fluchs einfach in Ruhe gelassen hätte, hätte das Erdwesen sich schon darum gekümmert, dass der Weizen gut wuchs. Sie wusste, was Benroln war, und als Bauersfrau hätte sie sich erinnern müssen, welche Katastrophen das Wetter bringen konnte.

»Benroln«, sagte sie barsch, »du bist ein Idiot. Dieser Mann hat Bewaffnete im Wald versteckt – glaubst du, sie sind hier, um Zeugen der Magie zu werden?«

»Ich weiß nicht, wovon Ihr redet«, empörte sich der Kaufmann.

Benroln unterbrach seine Magie und sah den anderen Mann an.

»Du glaubst tatsächlich, dass ein solcher Mann ohne Leibwachen hergekommen ist?«, fragte Seraph. »Es war immer ein Problem, für *Solsenti* zu arbeiten, die Reisende bezahlen wollten, um ihren eigenen Leuten Schaden zuzufügen.«

»Und was schlägst du vor?«, fragte Benroln verbittert. »Sollen meine Leute verhungern? Ich habe es auf deine Weise versucht. Man trieb uns von einem Ort zum anderen. Manchmal waren es Leute, die fürchteten, was wir tun würden, und manchmal andere, die sich ärgerten, dass wir nicht tun wollten, worum sie uns baten. Zu mir sind vier – *vier* – *Mermori* gekommen. Vier weitere Clans sind tot.«

»Sprich nicht vor *Solsenti* von unseren Problemen«, zischte sie.

Benroln warf dem Kaufmann einen Blick zu und biss sich auf die Unterlippe.

»Lehr hat sich um drei Männer gekümmert, die im Gebüsch lauerten.« Hennea kam aus dem Wald, Gura an ihrer Seite. »Jes hat den anderen bewegungslos gemacht.«

»Was soll ich also mit ihm tun?«, fragte Benroln.

Jes erschien und packte den Kaufmann an der Hand.

»Ihr wollt dieses Messer wirklich nicht ziehen«, sagte Jes

ruhig. »Mein Bruder ist dort drüben mit dem Bogen, den er einem Eurer Männer abgenommen hat. Es wäre dumm, wenn heute Nacht noch jemand stürbe.«

Der Kaufmann wäre bei Jes' Berührung beinahe zusammengebrochen, und Seraphs ältester Sohn nahm ihm mehrere Wurfmesser ab.

»Asherstal«, sagte Seraph und schnippte mit den Fingern. »Er ist der Besitzer dieses Felds, und er hat ziemlich lange überlebt. Ich denke, er kommt auch mit diesem sogenannten Kaufmann zurecht, wenn wir ihn ausliefern. Hennea, Jes, könntet ihr ihn zum Haus begleiten?« Sie wandte sich Benroln zu und sagte: »Du solltest sofort eine Versammlung einberufen. Ich werde euch ein paar Dinge erzählen, die ihr wissen müsst.«

Wenn sie den gesamten Clan überreden konnte, ihr nach Taela zu folgen, würde die Heilerin Tier helfen können, sobald sie ihn fand. Wenn sie doch nur so überzeugend reden könnte wie ihr Mann!

Benroln wartete nicht auf sie, sondern stapfte davon, wütend auf Seraph, auf den Kaufmann und auf eine Verantwortung, von der er nicht wusste, wie er sie tragen sollte.

Als Benroln weg war, sagte Jes: »Er hat keine offenen Wunden, Mutter, aber Lehr wurde verletzt.«

Seraph nickte. »Bringt diesen hier zum Bauernhaus und achtet darauf, dass niemandem wehgetan wird. Ich werde mein Bestes für Lehr tun.«

Sie wartete, bis Jes und Hennea den halben Weg zum Bauernhaus zurückgelegt hatten, bevor sie nach ihrem Sohn rief. Lehr kam. Es war zu dunkel, um ihn gut sehen zu können, aber sie roch das Blut an ihm.

»Danke«, sagte sie. »Wenn du heute Nacht nicht hier gewesen wärest, wären Benroln und ich sehr wahrscheinlich tot.«

»Stattdessen sind drei Männer gestorben«, sagte er. »Jes hat den vierten gefesselt, bevor ich ihn erreichte.«

»Diese Männer waren bereit, für Gold zu töten«, sagte Seraph. Worte waren nicht ihre Stärke, aber für Lehr hatte sie die richtigen gefunden. »Sie hätten zweifellos auf Befehl des Kaufmanns auch noch andere umgebracht. Und jetzt werden sie niemanden mehr ermorden.«

»Als ich sie tötete«, flüsterte Lehr, »war es so einfach. Einfacher, als Rehwild zu jagen. Was bin ich, Mutter?«

»So ist es für einen, dem eine Weisung zuteil wurde«, sagte sie. »Keine der Weisungen ist einfach zu befolgen. Du bist Jäger, und zu den Aufgaben eines Jägers gehört es auch, den Tod zu bringen.«

Sie breitete die Arme aus, und als Lehr vor ihr auf die Knie sank, zog sie ihn an sich. Er vergrub sein Gesicht an ihrer Halsbeuge.

»Es gefällt mir nicht«, sagte er.

»Still.« Sie hielt ihn fest und wiegte ihn ein wenig, wie sie es getan hatte, als er noch klein war. »Still.«

»Jemand wartet vor unserem Zelt auf uns«, stellte Jes fest, als Gura vergnügt bellte und mit wedelndem Schwanz auf das Zelt zurannte.

»Ah«, sagte Brewydd, die auf einer Bank saß, welche jemand für sie dorthin getragen haben musste. »Es ist euch offenbar gelungen, Benroln von seiner Dummheit abzuhalten. Das ist mehr, als ich bisher geschafft habe.« Gura setzte sich neben die alte Frau, legte seine große schwarze Schnauze auf ihr Knie und seufzte zufrieden.

»Wohl kaum«, erwiderte Seraph. »Ich habe ihn nur darauf hingewiesen, dass der Kaufmann, mit dem er Geschäfte machen wollte, ein Dieb und ein Mörder ist – und dass jeder andere *Solsenti*, der für einen solchen Gefallen zahlen will, wahrscheinlich genauso schlimm sein wird.«

Die alte Frau lachte leise. »Daran hätte ich nie gedacht.«

»Es wird ihn nicht aufhalten«, meinte Seraph. »Offensichtlich hat er ähnliche Dinge schon vorher getan; er wird sie wieder tun.«

»Die meisten waren nicht so schlimm«, sagte Brewydd. »Obwohl es sicher keine edle Tat ist, dafür zu sorgen, dass ein Dorf im Hochsommer einen Monat keinen Regen sieht, und sich dann dafür bezahlen zu lassen, ihnen Regen zu bringen.«

»Nein«, stimmte Hennea zu.

»Sprich bei dieser Versammlung heute Abend mit ihm«, wies Brewydd Seraph an. »Er muss verstehen, wie dumm es ist, was er tut.«

»Was wird Reden schon nützen?«, fragte Lehr. »Hast du ihm nicht schon gesagt, dass das, was er tut, falsch ist? Wieso sollte er auf Mutter hören, wenn er nicht auf dich gehört hat?«

»Ha!«, rief Brewydd. »Ein Mann hört lieber einer schönen Frau als einer verschrumpelten Alten zu. Du, Junge«, sagte sie und zeigte auf Lehr. »Du kannst einer alten Frau nach Hause helfen.«

Lehr holte tief Luft, biss die Zähne zusammen und nickte. Als er ihren Arm nahm, tätschelte Brewydd seinen Bizeps ein wenig, bevor sie sich von ihm hochziehen ließ. »Deine Mutter hat dich gut erzogen, Junge. Es ist schön, wenn ein junger Mann freundlich zu alten Frauen ist.« Sie zwinkerte Seraph zu, und als Lehr sie zu ihrem Wagen zurückführte, redete sie weiterhin auf ihn ein.

»Also gut«, meinte Seraph und hoffte, dass Brewydd Lehr besser helfen konnte, als es ihr gelungen war. »Suchen wir Benroln.«

»Seraph«, sagte Hennea. »Wenn du Benroln wegen dem, was er getan hat, angreifen wirst, wird das Lehr freuen, und wir gehen morgen getrennte Wege. Benroln wird immer noch Gold vom nächstbesten *Solsenti* nehmen, der möchte, dass die

Felder seines Nachbarn zerstört werden, und du wirst die Befriedigung haben, ihm zu sagen, was du von ihm hältst.«

»Du hast einen anderen Vorschlag?«, fragte Seraph.

»Der Geheime Pfad ist sehr mächtig«, sagte Hennea. »Sie behaupten, dass sie das Kaiserreich regieren, und das könnte durchaus der Wahrheit entsprechen. Mehr Leute zu haben, die uns helfen, könnte sich als nützlich erweisen.«

»Ich habe auch schon daran gedacht«, erwiderte Seraph. »Aber … Hennea, ich bin kein Barde. Ich kann jemanden anschreien, aber ihn zu überreden ist eine ganz andere Sache. Möchtest du es versuchen?«

Sie schüttelte den Kopf. »Für Benroln und seine Leute bist du unsere Anführerin. Sie fänden es beleidigend, wenn ich mit ihnen spräche. Vergiss nicht, dass Benroln enttäuscht ist, weil er nichts tun kann, um für die Sicherheit seiner Leute zu sorgen. Gib ihm etwas anderes zu tun, als *Solsenti* ihr Gold abzunehmen, gib ihm eine Möglichkeit zurückzuschlagen, und er wird seine Spielchen vergessen.«

Isfain war wütend auf Hennea, stellte Seraph fest, als sie ihren heißen Tee trank. Aber Hennea hatte ihr erzählt, in welchem Zustand Jes gewesen war, und daher störte es Seraph nicht zu sehen, wie Isfain die Zähne zusammenbiss, wenn Hennea ihm zu nahe kam. Wie Hennea herausgefunden hatte, auf welche Weise man ein *Foundrael* löst, wusste Seraph nicht, aber sie war dankbar, dass die junge Frau es getan hatte.

Hennea hatte zweifellos ein paar Leute sehr beeindruckt, indem sie Jes befreite. Der gesamte Rongierclan, zumindest die Teilnehmer der kleinen Versammlung vor Benrolns Zelt, behandelten sie, als wäre ihr ein dritter Kopf gewachsen.

Oder vielleicht saß Hennea auch nur zu nahe an Jes.

Jes hatte nicht vor, ihnen zu verzeihen, dass sie ihn gefangen genommen hatten. Er saß so da, dass er nur halb von dem flackernden Licht des großen Lagerfeuers beleuchtet wurde. Es wäre einfacher gewesen, wenn er beschlossen hätte, ganz Wolf zu sein, aber eine Wolfsschnauze und Wolfsaugen in einem ansonsten menschlichen Körper wirkten besonders verstörend. Leises Knurren sagte allen, dass er nicht froh über sie war. Seraph hielt diese Gestalt für eine Illusion, aber sie hätte sich nicht festlegen wollen.

Brewydd hatte Lehr mitgebracht. Er sah müde aus, aber der gequälte Ausdruck war aus seinen Augen gewichen. Als die alte Frau ihn ihren Stuhl dreimal an eine andere Stelle bringen ließ, bevor sie sich schließlich niederließ, grinste er sogar.

Schließlich kam Benroln aus seinem Zelt und blickte sich um, ob auch alle da waren. Er setzte sich Seraph direkt gegenüber und nickte ihr zu; also würde die Versammlung mit ihren Worten beginnen.

Sie sind alle unglücklich, dachte sie, als sie sich die Gesichter der anderen ansah.

»Wir könnten den ganzen Abend damit verbringen, uns gegenseitig zu beschuldigen und über die Geschichte unserer Ahnen zu debattieren«, begann Seraph. »Aber nicht nur ihr wart nicht ganz ehrlich, als wir uns begegnet sind.

Ich würde euch nur zu gern anschreien und euch sagen, wie falsch ihr euch verhalten habt, aber ihr wisst bereits, was ich denke.« Sie holte tief Luft. »Also werde ich euch die Dinge sagen, die ich euch nicht erzählt habe, als ihr uns einludet, mit euch weiterzuziehen. Es wird eine Weile dauern, und ich bin kein Barde. Dennoch bitte ich euch um Geduld.

Ich bin Seraph, Rabe von Isolda der Schweigsamen und verheiratet mit Tieragan aus Redern, der selbst eine Eule ist, obwohl er keinen Tropfen Reisendenblut hat …«

Als sie bei der Gegenwart angelangt war, war sie heiser. Benroln goss ihr Tee nach und nötigte ihn ihr beflissen auf, als hätten sie sich nicht gerade wegen des Felds eines Bauern gestritten.

Als Clanführer stand es ihm zu, als Nächster zu reden, also warteten alle schweigend, während er darüber nachdachte, was er sagen sollte.

»Dieser Pfad«, sagte er. »Sie haben unsere Leute seit Jahren entführt und ihnen ihre Weisungen gestohlen?«

Seraph nickte.

»Hast du einige dieser Steine?«, fragte Brewydd.

Seraph hatte geglaubt, die alte Heilerin sei eingeschlafen.

»Ja.«

»Ich würde sie gern sehen«, murmelte Brewydd. »Bring sie zu mir, wenn wir hier fertig sind, und wir setzen uns ins Haus des Bibliothekars, du und ich, Hennea und Benroln, und sehen, was die *Solsenti* angestellt haben.«

»Also gut«, sagte Seraph, dann wechselte sie das Thema. »Morgen wird meine Familie nach Taela weiterziehen, wo man meinen Mann gefangen hält.«

»Du sagtest, dein Mann habe eine Weisung«, warf Isfain ein. »Aber er ist ein *Solsenti?*«

»Ja.«

»Könnte dieser Geheime Pfad, von dem du uns erzählt hast, der Grund sein, dass die *Solsenti*-Gesetze gegen uns so streng geworden sind?«, fragte Kors.

Seraph war der Ansicht, dass die ablehnende Haltung der *Solsenti* gegenüber Reisenden eher mit den Reisenden selbst zu tun hatte, die mehr nach Gold gierten, als das Böse zu bekämpfen, aber sie war nicht so dumm, das laut auszusprechen.

Benroln, der von Seraphs Gedanken keine Ahnung hatte, nickte nachdrücklich. »Das könnte sein. Wenn es wahr ist, was wir heute Abend gehört haben, ist dieser Pfad wahrscheinlich sehr mächtig.« Er nickte noch einmal. »Wir werden Folgendes tun: Isfain, schick Botschaften zu den anderen Clans, die wir kennen, und warne sie vor dem Pfad und seinen Methoden. Und bitte sie, die Warnung ihrerseits weiterzuleiten.« Er wartete, bis Isfain genickt hatte. »Morgen werden auch wir nach Taela weiterziehen.«

Er wandte sich Seraph zu. »Wir können sicher einiges tun, um dir zu helfen. Wir haben Freunde in Taela.«

Seraph sah seine eifrige Miene. »Ich wäre für jede Hilfe sehr dankbar.«

Seraph war erschöpft, aber sie konnte die Bitte der alten Heilerin ebenso wenig ablehnen wie alle anderen. Außerdem wollte sie wissen, ob Brewydd ihr etwas über die Ringe sagen konnte. Also saß sie kurz darauf zusammen mit Hennea, Benroln und Brewydd im Haus des Bibliothekars.

Rongiers Heim war größer und wohlhabender gewesen als das von Isolda. In seiner Bibliothek stand ein Tisch, der groß genug für acht oder zehn Personen war.

Seraph setzte sich neben Brewydd und kippte den Beutel mit den Ringen auf den Tisch.

Brewydd zögerte und berührte jeden davon leicht, bevor sie nach einem alten Ring mit einem Rosenquarzstein griff.

»Hm«, murmelte sie. »Wie haben sie das gemacht? Du sagtest mir, sie nehmen die Weisungen und binden sie an einen Ring.«

»Ja«, erwiderte Seraph. »Das hat Hennea mir erzählt, und genau das scheint passiert zu sein.«

»Tatsächlich.« Brewydd legte den Ring wieder hin und schob ihn weg von sich. Ihre Hand zitterte ein wenig. »Das ist also einer der Gründe«, murmelte sie.

»Gründe wofür, Brewydd?«, fragte Benroln. Er hatte nicht versucht, sich die Ringe näher anzusehen.

»Es gab immer nur wenige Weisungen«, sagte sie. »Ich kenne die Zahlen nicht, und ich weiß nicht, wo sich eine genaue Zählung finden ließe – aber es gab immer nur zehn Heiler. Einer starb, und ein anderer wurde geboren. Aber jetzt sind es nur noch sechs.« Sie zeigte auf den Ring, den sie sich genauer angesehen hatte. »Das da ist einer der fehlenden.«

»Willst du damit sagen, die Weisungen sind wie … wie ein …«

»Sie sind wie eine Rüstung«, sagte Brewydd. »Eine, die dir bei der Geburt angepasst und zu einem Teil von dir wird, bis sie sich wie deine Haut anfühlt. Wenn du stirbst, fällt diese Haut von dir ab und reinigt sich von allem, was dir gehörte – deinem Duft, deiner Gestalt, dem Klang deiner Stimme. Dann ist sie wieder eine Rüstung und sucht die nächste Person, für die sie passt.«

Sie legte das Kinn auf die gefalteten Hände. »Die Weisungen ergehen nicht an jeden.« Sie nickte Seraph zu. »Du wärest Magierin gewesen, selbst wenn du nicht Rabe geworden wärest. Dein Mann hätte immer noch gesungen. Benroln wäre einer dieser Leute, die immer wissen, wann ein schlimmes Unwetter aufkommt. Die Weisungen gehen dahin, wo sie willkommen sind.«

»Seit sie diese Steine gemacht haben«, warf Benroln ernst ein, »steht jeder Ring für einen weiteren Reisenden, der ohne Weisung geboren wurde.«

Brewydd nickte. Sie sah Hennea an. »Du sagst, die Zauberer des Pfads, diese Meister, mussten feststellen, dass sie einige Ringe nicht benutzen konnten. Ich glaube, in diesen Fällen haben sie die Weisung zu früh genommen, und es hingen immer noch Reste von Persönlichkeit an den Steinen. Ich habe nur ein einziges Mal etwas Ähnliches gesehen, als ich mit dem Memento eines Raben zu tun hatte.«

»Das Memento eines Raben?«, fragte Benroln.

»Das Memento eines Raben«, bestätigte Brewydd. »So etwas entsteht nur, wenn ein Rabe umgebracht wird. Ein Rabe kann die Macht nehmen, die immer mit dem Tod kommt, sich von seiner Weisung trennen, und das Ergebnis kann ein falsches Leben führen, bis es sich an seinem Mörder gerächt hat.«

»Aber es sind nicht nur Rabensteine, die …« Seraph brach ab, denn sie war nicht sicher, wie sie es erklären sollte.

»Nein.« Brewydd sortierte ein halbes Dutzend Ringe aus. »Hier haben wir eine Lerche, ein paar Raben, einen Jäger und einen Barden, und allen kann man noch Überreste des letzten Reisenden mit einer Weisung anmerken. Die Weisungen sind gebunden an die Steine, sodass sie nicht selbstständig handeln können wie Raben-Mementos – aber ich wette, die Zauberer, die sie benutzen wollten, erlebten trotzdem eine unangenehme Überraschung.«

»Weißt du, was wir mit ihnen tun sollen?«, fragte Hennea.

»Noch nicht«, antwortete Brewydd. »Hättet ihr etwas dagegen, wenn ich sie behalte?« Sie zeigte auf die Ringe.

»Nein«, sagte Seraph. »Wenn du herausfinden kannst, was wir mit ihnen anfangen sollen, wie man die Weisungen befreien kann, ist das mehr, als Hennea und ich fertiggebracht haben.«

Brewydd nickte und steckte die Ringe in Seraphs Beutel zurück. »Sag deinem Jungen, er soll morgen zu meinem Wagen kommen, wenn wir das Lager aufschlagen«, sagte sie.

»Lehr?«, fragte Seraph vorsichtig.

Brewydd nickte. »Ich weiß ein paar Dinge über Jäger, die ihn interessieren könnten.« Sie stand auf. »Ich weiß erheblich mehr, als ich preisgebe«, sagte sie. »Und ich teile mein Wissen nur mit Leuten, die ich mag. Dein Junge war erschöpft und quälte sich, gar nicht zu reden davon, dass er genug davon hatte, Befehle entgegenzunehmen, und wütend auf meinen ganzen Clan war – aber er ist immer noch höflich und sanft. Ich mag ihn.« Sie starrte Benroln wütend an.

Er stand mit einem Lachen auf. »Ich mag dich, alte Frau.« Er beugte sich über sie und küsste ihre Wange. »Ich werde ein wenig schlafen, bevor ich umfalle. Du wirst die *Mermora* behalten wollen, bis du das Rätsel mit den Ringen lösen kannst, und du kannst sie gern haben, Brewydd. Gute Nacht.«

Brewydd wandte sich Seraph zu. »Ich bin eine ehrliche Frau, also muss ich dir sagen, dass ich nicht daran gewöhnt bin, Weisheit von jenen zu hören, die jünger sind als ich. Ich ging davon aus, ich würde Benroln überzeugen müssen, dass das, was er tut, um uns Gold zu beschaffen, falsch ist. Ich hätte nie daran gedacht, ihm stattdessen eine andere Beschäftigung zu suchen. Ich danke dir.«

Seraph schüttelte den Kopf. »Dafür solltest du lieber Hennea danken.«

Hennea lächelte und erhob sich ebenfalls. »Was immer ich an kleinen Weisheiten aufgelesen habe, gehört dir. Und jetzt werde ich es halten wie Benroln: Es ist Zeit zu schlafen. Kann ich dich zu deinem Wagen begleiten?«

Brewydd lachte und zwinkerte Seraph zu. »Ich bin einverstanden, und sei es nur, weil der gut aussehende junge Hüter, der draußen wartet, ebenfalls mitkommen wird.«

Seraph lachte, gähnte und machte sich auf zu ihrem Zelt.

»Seraph, wach auf.« Henneas Stimme war leise und versank in ihrem Traum.

»Mutter«, murmelte Jes.

Bei diesem Wort setzte sich Seraph hin und öffnete beinahe in der gleichen Bewegung die Augen. »Jes, was ist los?«

Er lächelte sein liebenswertes Lächeln. »Es ist alles in Ordnung, Mutter, aber du wirst noch das ganze Lager wecken.«

Seraph gähnte und versuchte in dem, was Jes gerade gesagt hatte, den Grund zu finden, wieso sie sie geweckt hatten. Es war immer noch dunkel draußen, und außer ihr lagen alle. Hennea hatte Seraphs Arm gepackt, aber ohne Nachdruck.

»Du hattest Albträume«, erklärte Lehr und drehte sich auf die Seite, damit er sie besser sehen konnte.

Bei diesen Worten erinnerte sie sich. Tier hatte auf einem Thron aus Eiche, Esche und Eberesche gesessen, weil man einen Bann um ihn wirkte. Er hatte eines der Lieder gespielt, die er oft in der Schänke vortrug, aber sie konnte sich nicht erinnern, was es gewesen war. Sie war zu ihm gelaufen, hatte sich zu seinen Füßen niedergekniet und den Kopf in seinen Schoß gelegt, wie sie es nach dem Tod ihres Bruders manchmal nach schlimmen Albträumen getan hatte. Aber etwas hatte nicht gestimmt. Tier hatte weitergespielt und sie vollkommen ignoriert. Schließlich hatte sie die Hand ausgestreckt, um seinen Arm zu berühren, und aufgeschrien. Seine Haut war warm gewesen, sie konnte Blut unter ihren Fingerspitzen fließen spüren, aber sie wusste, dass er tot war.

Nervös fuhr sie sich mit den Fingern durchs Haar. »Danke, dass ihr mich geweckt habt«, sagte sie und legte sich wieder hin.

»Wovon hast du geträumt?«, fragte Hennea.

»Ich kann mich nicht erinnern«, log Seraph. Sie war nicht für Prophezeiungen begabt, erinnerte sie sich streng. Es war nur ein Traum gewesen.

Sie lehnte sich zurück und starrte zur Zeltdecke hinauf. Sie wusste, dass Jes und Lehr annahmen, sie würden Tier lebendig vorfinden und das einzige Problem bestünde darin, ihn herauszuholen, aber Seraph hatte zu viel Erfahrung, um so unbedingt an ein glückliches Ende zu glauben.

Er könnte tot sein.

Sie hatte Tier nie gesagt, dass sie ihn liebte. Niemals.

Sie hatte ihr Bestes getan, ihm eine gute Ehefrau zu sein, hatte versucht, die Person zu werden, die er als Helferin und Gefährtin brauchte. Aber sie wusste, er nahm an, dass sie nie von ihrer Liebe zu ihm gesprochen hatte, weil diese Liebe nicht existierte.

Und da irrte er sich.

Tier fühlte sich für so viele Dinge verantwortlich: dass sie gezwungen gewesen war, ihn zu heiraten, dass sie so jung gewesen war. Ihre Ehe hatte ihn von der Last befreit, die Bäckerei der Familie übernehmen zu müssen, und auch deshalb hatte er Schuldgefühle. Er hatte seine Freiheit erhalten, als sie die ihre verlor, die Gelegenheit verlor, zu ihren Leuten zurückzukehren. Wenn sie ihm je gesagt hätte, dass sie ihn liebte, hätte er erwidert, dass er sie ebenfalls liebte.

Und damit hätte er gelogen.

Tier war die ehrlichste Person, die sie kannte. Er hätte sie belogen, weil er sich schuldig fühlte, und das hätte sie nicht ertragen können. Also hatte sie es ihm nie gesagt.

Mit trockenen Augen starrte sie an die Zeltdecke und hoffte, sie würde die Gelegenheit erhalten zu hören, wie er sie belog.

13

Phoran strich nervös über den Stapel von Pergamenten auf seinem Bett. Er hatte ihn bereits sortiert, und jenes Blatt, mit dem er seinen ersten Versuch unternehmen würde, Macht zu erhalten, lag als fünfzehntes im Stapel. Weit genug unten, dass viele Septs bereits entspannt und weniger wachsam sein würden, aber nicht so tief, dass sie überhaupt nicht mehr zuhörten.

Ein leises Klopfen an der Tür ließ ihn drei schnelle Schritte vom Bett weg machen. Dann erkannte er, dass ein Bett ein seltsamer Ort für offizielle Dokumente war, also eilte er zurück, griff nach den Pergamenten und legte sie auf seinen Schreibtisch. Er wollte niemanden wissen lassen, dass er den ganzen Tag und den größten Teil der Nacht damit zugebracht hatte, sie noch einmal durchzugehen. Die meisten Septs würden denken, dass er ohnehin nur Douver, den Ratssekretär, quälen wollte: Alle wussten, dass Phoran den Wurm nicht ausstehen konnte.

Das leise Klopfen erklang noch einmal. »Euer Hoheit?«, sagte die Wache, die vor der Tür des kaiserlichen Schlafzimmers stand. »Lord Avar, Sept von Leheigh, möchte eintreten.«

»Avar?«, sagte Phoran zerstreut. Jetzt, da er daran dachte, kam ihm der Schreibtisch ebenso ungeeignet vor. Er konnte sich nicht erinnern, jemals daran gesessen zu haben – etwas, das Avar sicherlich aufgefallen war.

»Ja, Euer Hoheit.«

»Lass ihn herein, lass ihn herein.« Es war ohnehin zu spät, um noch etwas zu ändern.

Die Tür ging auf, und Avar kam herein. »Phoran«, sagte er, sobald er die Tür wieder hinter sich geschlossen hatte. »Ich suche Euch seit gestern Nachmittag. Habt Ihr Euch wirklich alle Anträge auf Gesetze und Dekrete geschnappt und seid mit ihnen davongerannt?«

Überraschenderweise hatte Phoran keine Antwort vorbereitet. Er hatte nicht einmal daran gedacht, was Avar sagen würde. Sicher, es interessierte ihn – aber es kam ihm nicht mehr so wichtig vor.

Avar verstand sein Zögern falsch.

»Nicht, dass Ihr nicht alles Recht dazu gehabt hättet – aber Ihr hättet vielleicht vorher sagen können, dass Ihr Euch die Vorschläge näher ansehen wollt. Es war nicht notwendig, dem armen Douver eine Panikattacke zu verursachen.«

Phoran musste lächeln. »Nein? Du musst mir verzeihen, dass ich vergessen hatte, dass ich diese Vorschläge einfach noch einmal durchsehen konnte. Ich nehme an, alle anderen haben es ebenfalls vergessen.«

Avar zog die perfekte Stirn in Falten. »Was habt Ihr vor, mein Freund?«

»Weißt du etwas über den Geheimen Pfad?« Es war eine impulsive Frage, geboren aus Jahren des Vertrauens, blinden Vertrauens, von dem er nicht mehr sicher war, ob er es noch empfand. Aber auch nachdem er sie ausgesprochen hatte, bedauerte Phoran die Frage nicht.

»Dieser geheime, *geheime* Club, von dem alle wissen?«, fragte Avar grinsend. »Wo sich die jungen Hitzköpfe treffen, um so zu tun, als wären sie schurkische Reisende? Mein Bruder Toarsen und sein muskulöser Kumpan Kissel sind Mitglieder.«

Phoran ging zurück zu seinem Bett, setzte sich auf das Fußende und bot Avar eine gepolsterte Bank daneben ab. »Sag mir alles, was du weißt.«

»Hat das etwas mit den Gesetzesvorschlägen zu tun?«, fragte Avar, ließ sich nieder und lehnte sich gegen die Wand.

»Ich weiß es nicht«, sagte Phoran ehrlich.

»Also gut.« Avar legte den Kopf zurück und entspannte sich. »Sie sprechen adlige junge Männer an, wenn sie fünfzehn oder sechzehn sind, und dann gibt es eine geheime Einweihungszeremonie. Sie nehmen nicht viele Jungen auf – nicht mehr als fünf oder zehn pro Jahr. Ich weiß nicht, was bei der Zeremonie passiert, aber mein Bruder hatte eine Woche oder länger Prellungen. Für gewöhnlich wählen sie jene jungen Leute aus, die … nun ja, die ihren Familien Probleme bereiten.«

Er sah Phoran an, dann seufzte er. »Ich weiß, dass sie letztes Jahr etwas damit zu tun hatten, als ein paar junge Schurken den Webermarkt zerstörten. Ich sah, wie Toarsen früh am Morgen nach Hause kam, sturzbesoffen und mit einer Axt in der Hand. Ich hätte etwas sagen sollen, aber«, er zuckte bedauernd die Achseln, »er ist nun mal mein Bruder.«

»Kennst du irgendwelche älteren Mitglieder?«, fragte Phoran. »Die Raubvögel?«

»Ein paar«, antwortete Avar mit raschem Grinsen. »Die, über die mein Bruder sich am meisten beschwert. Die Anführer des Pfads – der Sept von Gorrish ist einer von ihnen, und Telleridge ein anderer. Mein Vater gehörte auch dazu. Ich denke, deshalb haben sie meinen Bruder ausgewählt.«

Phoran schloss die Augen und dachte nach. »Hatte die Webergilde sich nicht offiziell über Gorrish beschwert, kurz bevor der Markt zerstört wurde? Sie haben die Beschwerde hinterher fallen lassen, weil sie Geld für den Wiederaufbau beschaffen mussten.«

»Ihr habt recht«, antwortete Avar ein wenig zögernd. »Ich hätte nie angenommen, dass es ein wirkliches Motiv geben könnte. Ich dachte immer, der Geheime Pfad sei ein Spielplatz für Jungen, die nicht wissen, was sie mit sich anfangen sollen.«

»Ich habe gehört, man könne nicht Erbe eines Sept und gleichzeitig Mitglied des Pfads sein«, sagte Phoran.

»Gorrishs Vater und seine drei älteren Brüder sind an der Pest gestorben, die das Reich vor etwa zwanzig Jahren heimsuchte«, sagte Avar. »Und er ist nicht der einzige jüngere Sohn, der schließlich geerbt hat.« Er lächelte. »Mein eigener Vater war ebenfalls ein jüngerer Sohn.«

Phoran hatte eine schreckliche Idee. Vielleicht lag es daran, die vergangene Nacht im Gespräch mit einem Barden verbracht zu haben, dass er jetzt an die alte Geschichte vom Schatten denken musste. Die erste Magie, die der Schatten auf die Welt losgelassen hatte, war die Pest gewesen. Vielleicht lag es an all dem Gerede über Magie – oder daran, dass er derzeit so viel mit dem Memento zu tun hatte. »Wie viele dieser zweiten und dritten Söhne oder Vettern, die einen Sept beerbt haben, waren denn Angehörige des Pfads?«, fragte er.

»Ich weiß es nicht genau – ich war damals etwa vier, Phoran. Die jüngeren Söhne, die unerwartet erbten … oh, Siegelburg, Telleridge, Jenne und ein paar andere. Ihr wollt damit doch nicht sagen, der Geheime Pfad sei für die Pest verantwortlich gewesen, oder?« Avar schüttelte den Kopf. »Viele Menschen sind gestorben, Phoran. Und die meisten waren keine Septs mit Erben, die zufällig Mitglieder dieser Geheimgesellschaft waren.«

»Du hast sicher recht.« Phoran lächelte und wechselte das Thema. »Ich werde für morgen eine Ratssitzung einberufen«, sagte er.

»Ach ja?« Avar war so überrascht, dass er regelrecht beleidigend klang.

Phoran lächelte ihn finster an. »Es ist vielleicht seit dem Tod meines Onkels zu einer Gewohnheit geworden, dass Gorrish solche Sitzungen einberuft, aber er nutzt dabei ein Vorrecht des

Kaisers. Nun werde ich es ebenfalls nutzen, und ich möchte, dass du ihnen die Nachricht überbringst. Vielleicht kannst du sie ja überzeugen, dass es nur eine alberne Laune von mir ist – sag ihnen, ich hätte erwähnt, mich zu langweilen.«

Avar starrte ihn lange Zeit an, dann nickte er. »Das werde ich tun. Um welche Zeit soll die Sitzung stattfinden?«

In dieser Nacht kam das Memento wieder. Phoran wartete ungeduldig darauf, dass es fertig wurde. Schließlich leckte die kalte Zunge die Bisswunden sauber, und das Memento machte das übliche Angebot.

»Warst du ein Reisender, der vom Geheimen Pfad gefangen gehalten wurde?«, fragte Phoran.

»Ja«, sagte das Memento und verschwand so plötzlich wie immer.

Bleich und ein wenig benommen ging der Kaiser zu seinem Schrank und zog ein Gewand über. Mit nur geringer Vorsicht – denn die Räume des Pfads befanden sich in einer abgelegenen Ecke des Palasts – kehrte er ohne große Probleme zu der Zelle des Barden zurück. Er stellte fest, dass Tiers Tür nicht verschlossen war, aber als er hereinkam, lag der Barde reglos auf dem Bett, und nichts, was der junge Kaiser versuchte, konnte ihn wecken.

Phoran setzte sich aufs Ende des Betts und starrte Tier ins Gesicht – aber der Mann wirkte vollkommen gesund und sah nur ein wenig blass aus. Schließlich stand der junge Kaiser bedrückt wieder auf und kehrte zu seinen Räumen zurück.

Als Tier erwachte, wusste er, dass sie ihn wieder heimgesucht hatten, obwohl seine letzte Erinnerung darin bestand, in seinem Zimmer noch ein wenig musiziert zu haben, nachdem er das Nest verlassen hatte. Er bewegte sich, und die Laute, die neben ihm lag, stieß ihm gegen die Rippen.

Er setzte sich plötzlich erschrocken auf und untersuchte das Instrument nach Schäden. Er fand etwas, was ein neuer Kratzer am Lack sein mochte, aber nichts, was die Laute wirklich beschädigt hätte. Sein Kopf pochte, sein ganzer Körper schmerzte, und sein Mund war unangenehm trocken – aber die Laute konnte sich nicht selbst neu stimmen.

Er drückte das Instrument an sich.

Was hatten sie ihm angetan?

Jemand klopfte an die Tür. Tier nahm sich zusammen und stand auf.

»Es ist Zeit zum Abendessen«, erklärte Myrceria, nachdem er ihr die Tür geöffnet hatte. »Ich kann Euch etwas zu essen bringen lassen, oder Ihr könnt im Nest mit den Sperlingen speisen.« Sie zögerte, dann sagte sie: »Es ist Euch vielleicht aufgefallen, dass Eure Bewegungsfreiheit bisher eingeschränkt war, solange Ihr nicht von jemandem begleitet wurdet. Man hat mich gebeten, Euch mitzuteilen, dass Ihr Euch von nun an in den meisten Räumen, die die Sperlinge nutzen, frei bewegen könnt. Wenn Ihr lieber warten und allein gehen möchtet, könnt Ihr das gerne tun. Man wird Euch jederzeit etwas zu essen bringen, wenn Ihr das wünscht.«

Er stand langsam auf, aber die Bewegung schien gegen einige seiner Schmerzen zu helfen. »Unbedingt«, sagte er so liebenswert, wie er es über das langsam vergehende Dröhnen in seinem Kopf hinweg konnte. »Gehen wir zum Nest.«

Der Raum war beinahe brechend voll. Als Tier hereinkam, ließ der Lärm bald nach, denn die jungen Männer beobachteten ihn. Wie eine Ente, die das Pech hatte, mitten in ein Wolfsrudel gefallen zu sein, dachte Tier amüsiert.

Essen aller Arten war auf der Theke angerichtet. Tier folgte Myrcerias Beispiel, nahm eine Holzplatte und begann, sie zu füllen. Als sie zu einem leeren Tisch ging, folgte er ihr.

Er aß, und es wirkte, als blicke er nie auf, aber er konnte

sehr gut aus dem Augenwinkel sehen. Also bemerkte er auch, dass ein paar Jungen vorsichtig näher kamen.

Der Erste, der sich an Tiers Tisch setzte, war ein hochgewachsener und für sein Alter zu dünner junger Mann. Bevor er auch nur den Mund öffnen konnte, wusste Tier schon ein paar Dinge über ihn. Als Erstes war er ein Einzelgänger. Die Sperlinge, hatte er festgestellt, fanden sich überwiegend zu Rudeln zusammen, aber dieser Junge gehörte keinem davon an. Seine Fingerkuppen hatten Schwielen von Instrumentensaiten, und in einer dieser schwieligen Hände hielt er nun einen großen Kasten.

Er setzte sich neben Myrceria und stellte den Kasten auf den Tisch, wo ein Diener gerade die Platten abgeräumt hatte.

»Ihr sagtet gestern Abend, ein Barde könne jedes Instrument spielen«, sagte er. »Versucht es einmal mit diesem hier.«

»Wie heißt Ihr?«, fragte Tier. Er ignorierte die Unruhe, als noch mehr junge Männer Hocker und Bänke näher an den Tisch zogen, um das Gespräch zu belauschen, und konzentrierte sich stattdessen auf den Kasten und löste die Haken, die ihn verschlossen.

»Collarn«, sagte der Junge. »Ich bin Assistent an der kaiserlichen Musikhochschule. Was haltet Ihr davon?«

Die Herausforderung in Collarns Stimme war so deutlich, dass es Tier nicht überraschte, in dem Kasten ein Instrument zu finden, wie er es noch nie erblickt hatte. Vorsichtig holte er das Ding aus dem engen Behältnis und schob den Hocker zurück, damit er es sich auf den Schoß legen und näher ansehen konnte.

Es sah ein wenig wie eine Laute aus, dachte er, war aber rechteckiger und tiefer. Es gab Wirbel, um Saiten zu stimmen, aber diese Saiten waren im Instrument selbst verborgen. Unter den Wirbeln waren auf jeder Seite zwei Reihen von Knöpfen angebracht.

Auf einer Seite befand sich … »Eine Kurbel?«, fragte Tier und drehte sie. Sofort erklang ein seltsames, durchdringendes, knirschendes Geräusch aus dem Bauch des Instruments. Er grinste entzückt.

Er legte den Kopf schief und schloss die Augen, dann drehte er die Kurbel noch einmal. »Es ist wie eine Geige«, sagte er. »Oder ein Dudelsack. Wie nennt Ihr es, Collarn von der Musikhochschule?«

»Es ist eine Kastenleier. Es gibt einen Bogen drinnen, der von der Kurbel bewegt wird.«

Collarn war offenbar gekommen, um den Barden zu verwirren – wahrscheinlich, weil er selbst gerne Tiers Platz bei der musikalischen Unterhaltung der Sperlinge eingenommen hätte, aber seine Liebe zur Musik war zu groß, um sich nicht auf ein Gespräch mit einem Mann einzulassen, der die Möglichkeiten dieses obskuren Instruments erforschen wollte.

Tier mochte Collarn, und der Junge nahm sich offenbar zu ernst, um über sich selbst lachen zu können, also verbarg der Barde sein Lächeln. Nachdem er mehrere Positionen ausprobiert hatte, drehte Tier die Kastenleier, bis er mit der rechten Hand die Kurbel bewegen und mit der linken die Knöpfe drücken konnte.

Nach kurzer Zeit gelang ihm eine schlichte Melodie – aber er hörte schon, dass das Instrument noch viel mehr Möglichkeiten bot. Es war lauter als seine Laute und würde sich gut dazu eignen, eine Vorstellung draußen oder vor einem großen Publikum zu geben. Ein paar Saiten, die wie die Basspfeifen eines Dudelsacks den gleichen Ton hielten, lieferten eine etwas eintönige, aber wohlklingende Begleitung zu den anderen Tönen, die sich veränderten, je nachdem, wie er die Knöpfe drückte.

Tier stand auf und reichte Collarn das Instrument. »Würdet Ihr etwas für mich spielen?«, fragte er. »Ich würde gern hören, wie es klingt, wenn jemand weiß, was er tut.«

Der Junge war begabt – obwohl Ciro, der alte Freund von Tiers Großvater, ihm etwas darüber hätte beibringen können, den einfachen Rhythmus zu verändern, der Collarn band, wenn das Lied sich in die Lüfte erheben wollte.

Schließlich blickte der Junge auf. Er sah jetzt ein wenig rosiger aus. »Das ist das einzige Lied, das ich darauf spielen kann. Wir haben keine Kompositionen, die für dieses Instrument geschrieben wurden. Die Meister an der Hochschule halten nicht viel von diesem Instrument – sie betrachten es nur als eine Kuriosität. Jemand hat es vor einem Dutzend Jahren zur Hochschule gebracht.«

»Darf ich es noch einmal versuchen?«, fragte Tier, und der Junge reichte ihm das Instrument.

»Dieses Stück, das Ihr gespielt habt«, Tier spielte ein paar Takte, bewusst zögernder als Collarn, sodass er dem Jungen nicht seinen Erfolg stahl, »wurde ursprünglich für Geige geschrieben. Es ist eine gute Wahl, die die Stärken des Instruments hervorhebt.«

»Auf einer Geige kann ich es besser«, sagte Collarn. »Die Kastenleier hat keine klangliche Spannweite.« Er grinste, und diese unerwartet liebenswerte Miene erinnerte Tier an Jes. »Sie wird einfach nicht leiser.«

»Dudelsäcke sind genauso«, sagte Tier. »Ihr solltet es vielleicht einmal mit Kompositionen für Dudelsack versuchen.«

Dann schwieg er und prüfte das Instrument auf Tonumfang und Variationsmöglichkeiten. Wenn er die Kurbel genau in der richtigen Geschwindigkeit drehte, fügte das Instrument dem ohnehin schon seltsamen Klang noch ein Summen hinzu. Tier hielt inne und lachte.

»Ich kann sehen, wieso Eure Meister ein Problem damit haben. Es ist ein bisschen aufdringlich, findet Ihr nicht auch?

Wobei ein gewisses Maß an Aufdringlichkeit nicht unbedingt schlecht sein muss.« Leise summte er eine kleine Melodie. »Lasst mich das hier versuchen …«

Er wusste, dass er das Richtige gewählt hatte, als die Jungen, die ihm am nächsten saßen, anfingen, mit den Füßen zu wippen. Als Collarn eine kleine Silberflöte aus der Tasche zog und ein paar Läufe hinzufügte, fühlte Tier sich beinahe daran erinnert, wie es gewesen war, in der Schänke in Redern mit den alten Männern zu spielen. Er ging das Lied zweimal durch – beim zweiten Mal fanden seine Finger ihren eigenen Weg, und er konnte sich umsehen und die jungen Gesichter genauer betrachten.

Er war an diesem Nachmittag hergekommen, um Informationen zu sammeln, und stattdessen hatte er einen Freund gefunden. Sein nachdenklicher Blick fiel auf einen anderen vielversprechenden jungen Mann, der den Griff seines Messers benutzte, um auf der Tischplatte den Rhythmus zu schlagen.

Tier kannte sich damit aus, wie man junge Männer rekrutierte.

Phoran betrat das Ratszimmer bewusst spät. Er wollte, dass sie tratschten und unruhig wurden. Wenn Avar getan hatte, was er sollte, würden sie eher verärgert als besorgt sein.

Der Kaiser blieb vor der Tür stehen, holte tief Luft und nickte dem Kämmerer zu, ihn anzukündigen.

»Erhebt Euch für Kaiser Phoran, möge seine Herrschaft niemals enden!«

Wenn sie nie beginnt, dachte Phoran, *kann sie dann je enden?*

Schweigen breitete sich aus, und Phoran betrat lässig das Zimmer, gefolgt von einem Pagen, den er wegen seiner geringen Körpergröße ausgewählt hatte, damit der Stapel von Pergamenten, den der Junge vor sich hielt, noch beeindruckender aussah.

Phoran selbst trug seine bunteste, glitzerndste Kleidung – sein Kammerdiener hatte leise etwas über Straßenhuren gemurmelt. Phoran hatte zunächst mit einem konservativeren Gewand begonnen, war aber dann zu dem Schluss gekommen, dass das die falsche Botschaft übermitteln würde. Er wollte nicht verkünden: *Seht, ich habe mich für euch verändert.* Er wollte, dass sie ihn als Kaiser anerkannten, und zwar zu seinen eigenen Bedingungen.

Sein Haar war gelockt, das Gesicht blasser gepudert als das jedes anderen Lebemannes am Hof. Ein kleiner, blauer, neben sein Auge gemalter Stern passte zu den glitzernden blauen und silbernen Sternen, die auf den Teil seines Gewands gestickt waren, der aus purpurrotem Samt bestand.

Er eilte sich nicht, sondern zwang sich, eher gelangweilt zu tun, während die Ungeduld der Septs beinahe fühlbar wurde. Schließlich erreichte er den Platz, der für den Kaiser reserviert war. Eine dünne Staubschicht bedeckte die eingelegte Oberfläche seines Podiums, auf die der Junge auf seine Geste hin die Pergamente platzierte, bevor er ihn zu Douver, dem Ratssekretär, scheuchte.

Der Page bestellte Douver, was man ihm aufgetragen hatte, und der Sekretär starrte Phoran ungläubig an. Phoran starrte zurück und tat sein Bestes, weder nervös noch selbstzufrieden zu wirken, als der Page zu ihm zurückkehrte.

Douver räusperte sich. »Septs des Reiches, ich fordere Euch auf, Euch nacheinander zu melden, sodass unser ruhmreicher Kaiser weiß, wer an dieser Besprechung teilnimmt. Jeder Sept wird sich melden, wenn ich seinen Namen vorlese.« Er griff nach einem Papier, und Phoran nahm demonstrativ das erste Pergament von seinem Stapel, das eine Kopie der Liste des Sekretärs war.

Am Ende erwies sich, dass vierundzwanzig Septs abwesend waren. Phoran kreuzte ihre Namen an, während der Rat dabei zusah. Alle im Raum wussten, dass mindestens achtzehn der Nichterschienenen sich im Palast aufhielten.

»Danke«, sagte Phoran freundlich, und ohne Einleitung griff er nach der ersten Vorlage. »Das Handelsabkommen zwischen den Septs von Isslaw und Schwarzwasser wird durch kaiserliches Dekret offiziell anerkannt.«

Er legte das erste Pergament zu Seite und griff nach dem nächsten. Als er beim zehnten angelangt war, begannen die Septs, unbehaglich das Gewicht zu verlagern – bis auf Avar, der mit verschränkten Armen dasaß und Phoran nachdenklich ansah, als der junge Kaiser sein Theater fortsetzte.

Phoran nahm das fünfzehnte Pergament und las: »Für seine Dienste für das Imperium soll der Sept von Jenne das Land vom Iscar-Felsen bis zum östlichen Feld des Kersey-Hügels erhalten, eine Schneise, die nicht breiter ist als zehn Meilen.«

Er blickte auf und fand den Sept von Jenne auf seinem üblichen Platz am Ratstisch. »Welche Dienste habt Ihr dem Reich denn erwiesen, Jenne?«

Der Mann, den er angesprochen hatte, stand auf. Er war ein Zeitgenosse von Phorans Vater, also etwas über mittleren Alters, hatte eisengraues Haar und einen kurzen Bart. Er verbeugte sich. »Eure kaiserliche Majestät, es ging um den Ärger, den die Webergilde im vergangenen Jahr hatte. Ich war in der Position, den vertriebenen Kaufleuten beim Sammeln dringend benötigter Gelder behilflich sein zu können.«

»Ah«, sagte Phoran. »Wir hatten uns schon gewundert. Aber dieser Vorschlag wird abgelehnt. Ihr könnt Euch wieder hinsetzen, Jenne.« Er legte das Pergament nach links, neben den Stapel der unterzeichneten Dokumente.

Er hatte schon nach der nächsten Vorlage gegriffen, als die allgemeine Lähmung nachließ und der Sept von Gorrish aufsprang, gefolgt von vielen seiner Anhänger.

»Ich protestiere!«, rief er laut, und das war das Letzte, was man deutlich verstehen konnte, denn danach schrie praktisch der gesamte Rat der Septs missbilligend auf den Kaiser ein.

Phoran legte das Pergament, das er in der Hand hatte, wieder zurück auf den Stapel und wartete äußerlich so kühl, wie es ihm bei seinem klopfenden Herzen möglich war, bis der Aufruhr sich legte. Seine Instinkte sagten ihm, wenn er bei dieser Besprechung keine Kontrolle über die Septs erhielt, würde er es nie schaffen.

Er sah sich die geröteten Gesichter der Protestierenden an, sah die klammheimliche Zufriedenheit auf Telleridges Zügen, als die Empörung immer lauter wurde, obwohl Telleridge selbst ruhig dasaß und schwieg. Avar warf dem Kaiser einen Blick zu und zog eine Braue hoch, dann deutete er unauffällig auf sich selbst, als wolle er fragen: »Darf ich?«

Avar glaubte, er könne etwas unternehmen? Phoran zog selbst die Brauen hoch (es war ihm nie gelungen, das mit nur einer zu tun) und nickte.

Avar stand auf, sprang über die taillenhohe Barriere und landete etwa zwei Schritt unterhalb des Bereichs mit dem Tisch und den Stühlen. Das brachte ihm die Aufmerksamkeit der anderen ein, und der Lärm ließ für kurze Zeit nach.

»Meine Herren«, rief Avar laut, »ich werde jeden, der noch steht und redet, nachdem ich bis fünf gezählt habe, zu einem bewaffneten Kampf bis zum Tod herausfordern. Selbst wenn das bedeutet, dass ich gegen jeden einzelnen von Euch kämpfen muss, wird Seine kaiserliche Majestät danach mit Euren Erben erheblich besser zurechtkommen. Eins. Zwei. Drei.«

Avar war tatsächlich zu so etwas imstande, das wusste Phoran. Er würde jeden einzelnen Sept besiegen können. Dass die Septs in dieser Sache der gleichen Ansicht waren wie Phoran, wurde klar, als sie alle wieder saßen und schwiegen, bevor Avar auch nur die »Vier« erreichte.

Avar sah sich um, um sich zu überzeugen, dass wirklich alle saßen, dann sprang er auf diese lässig-sportliche Art, um die Phoran ihn so beneidete, nach oben, packte das untere Geländer und kletterte zurück über die Barriere, um seinen Platz wieder einzunehmen.

»Wir danken dem Sept von Leheigh für seine Dienste am Kaiserreich«, sagte Phoran souveräner, als er sich fühlte. Aber Avars waghalsiger und wirkungsvoller Trick, die Septs zum Schweigen zu bringen, hatte ihm eine Gelegenheit geliefert, sich schlau zu zeigen – oder dumm, je nachdem, wie es ausgehen würde.

Phoran wandte sich dem Vorsitzenden des Rates zu. »Ihr, Ombre, Sept von Gorrish, protestiert also gegen Unsere Zurückweisung dieses vorgeschlagenen Dekrets?« Er griff wieder nach dem bewussten Dokument und tat so, als schaue er es sich noch einmal genauer an.

»Ich bitte um die Erlaubnis, mich zu äußern«, knirschte Gorrish zwischen zusammengebissenen Zähnen.

»Oh, selbstverständlich«, sagte Phoran überrascht. »Wir sind immer erfreut, Euch zu hören, Gorrish.«

Der Vorsitzende des Rats senkte den Blick und holte tief Luft. »Dies ist eine Angelegenheit, die dem Rat bereits vorgelegen hat und angenommen wurde.«

»Der Rat hat akzeptiert, diesen *Vorschlag* vorzulegen«, stimmte Phoran ihm unbeschwert zu. »Aber ich bin zu dem Schluss gekommen, dass man schlecht beraten wäre, ein solches Dekret zu erlassen.« Er griff erneut nach dem nächsten Pergament.

»Bitte, Euer Majestät, wenn Ihr mich anhören würdet«, fuhr Gorrish fort. »Die Einzelheiten des Falls wurden dem Rat vorgelegt, als es um den Vorschlag ging, dem Sept dieses Land zu gewähren. Es gab keinen Einspruch.«

Phoran zog erneut die Brauen hoch. »Was, gar keinen?« Er sah sich um. »Avar?«

»Kaiserliche Majestät?« Avar stand auf.

»Habt Ihr nicht gerade Euer Leben in Unserem Dienst aufs Spiel gesetzt?«, fragte Phoran.

Zu Phorans Entzücken sah Avar sich unter den Septs um und schüttelte dann den Kopf. »Ich nehme an, der eine oder andere hätte einen Glückstreffer landen können, Euer Majestät, aber ich fühlte mich nicht gefährdet.«

»Dennoch«, sagte Phoran, »es bestand ein Risiko, und Ihr habt nicht gezögert, Uns zu dienen. Ist das nicht eine größere Tat, als ein paar Mittel aufzutreiben, um einer Handvoll Kaufleuten zu helfen? Wenn ich es recht verstehe, ging es um zweihundertfünfunddreißig Goldstücke.«

Es wurde sehr ruhig, als die intelligenteren Septs erkannten, dass Phoran mehr über diese Sache wusste, als sie angenommen hatten.

»Mag sein, Euer Majestät«, sagte Avar mit demonstrativem Widerstreben.

»Avar, Sept von Leheigh, unterrichtet die Anwesenden bitte darüber, wie viel Ihr für diese hinreißende Stute ausgegeben habt, die Ihr gestern erworben habt.«

Avar räusperte sich. »Äh, zweihundertvierzig Goldstücke, Euer Majestät.«

»Wir halten das Leben eines Sept für wertvoller als ein Pferd«, erklärte Phoran mit fester Stimme. »Deshalb informiere ich hiermit den Rat, dass ich Avar, Sept von Leheigh, mit einem Stück Land von Tisl bis Riesling beschenken werde, das nicht breiter sein darf als drei Meilen …«

»*Aber* …« Servish, der hitzköpfige junge Sept von Allyn, sprang auf.

Servish war allerdings dem Kaiserhaus vollkommen ergeben und setzte sich sogleich wieder hin.

»Aber was, Allyn?«, fragte Phoran freundlich. Er hatte Servish selbst für diese Rolle ausgesucht.

Servish schluckte und richtete sich auf. »Ich bin wie immer Euer treuer Diener, Majestät.«

Phoran nickte. »Bitte«, sagte er. »Was hattet Ihr sagen wollen?«

Servish errötete und holte tief Luft. »Das Land, von dem Ihr sprecht, befindet sich innerhalb meiner Sept, Majestät.«

Phoran lächelte ihn an, dann schaute er zu Avar, der stehen geblieben war. »Avar, ich fürchte, ich kann Euch kein Land geben, das einem loyalen Sept gehört. Das wäre einfach nicht recht.«

»Nein«, stimmte Avar ihm zu.

»Was denkt Ihr, meine Herren?« Phoran sah die Septs an. »Alle, die mir solche Macht gewähren möchten, stehen bitte auf und sagen ›Ja‹.« Niemand rührte sich.

»Und ich kann einem loyalen Sept auch kein Land abnehmen, nur um es jemandem zu schenken, der dem Reich einen kleinen Dienst geleistet hat. Der Sept von Gerant hat mir nie etwas anderes als Loyalität erwiesen. Ich wäre ein schlechter Kaiser, wenn ich Septs, die nichts Böses getan haben, Land abnähme. Ihr könnt Euch alle wieder hinsetzen.«

Phoran glaubte tatsächlich zu fühlen, wie es geschah. Er konnte spüren, wie die Zügel des Kaiserreichs in seine Hände glitten. Er achtete sehr darauf, nicht triumphierend auszusehen, und griff nach einem weiteren Pergament. »Bezüglich der Grenzstreitigkeiten …« Und die Septs saßen schweigend da, während er die verbliebenen Dokumente durchging.

»Was ist dein Ziel?«, fragte Phoran. Seine Hände zitterten nur ein wenig, als er den Ärmel wieder herunterzog. Der Triumph dieses Nachmittags hatte ihn derart begeistert, dass selbst der Biss des Memento nicht genügte, ihm die Stimmung zu verderben. Wenn er die Septs kontrollieren konnte, dann konnte er doch sicher auch diesen Fluch loswerden.

»Die Meister des Geheimen Pfads zu vernichten«, sagte das Memento.

»Ah«, erwiderte Phoran.

Er hatte die Antwort bereits gewusst, aber ihm war keine bessere Frage eingefallen. Er musste sich festhalten, als er aufstand. »Ich werde sehen, ob es unserem Freund im Kerker des Pfads besser geht. Du kannst mitkommen, wenn du möchtest.«

Wenn er ehrlich sein wollte, hätte er sich gern zu Bett gelegt. Er war schon müde gewesen, bevor das Memento erschienen war, und Blut zu verlieren, hatte nicht gerade geholfen. Aber die Erinnerung an Tiers ungewöhnlich tiefen Schlaf hatte ihn den ganzen Tag nicht losgelassen. Das Memento folgte ihm zu Tiers Zelle, aus welchem Grund auch immer.

Aus der Zelle erklang Musik, aber die Tür war zu dick, um mehr zu hören. Phoran zog sein Kurzschwert und klopfte leise an die Tür.

»Herein.« Unmöglich, diese Stimme zu verwechseln – es war Tier.

Phoran steckte das Schwert wieder ein und öffnete die Tür. Der Barde saß auf dem Bett, die Laute in der Hand. Tier war blass und sah beinahe so müde aus, wie Phoran sich fühlte, aber als er erkannte, wer da zu Besuch kam, legte er das Instrument beiseite und stand schnell auf. »Mein Kaiser.«

»Nur Phoran«, erwiderte Phoran und ging durchs Zimmer, um sich aufs Bett zu setzen. Er rutschte zurück, bis er den Rücken an die Wand lehnen konnte, und bedeutete Tier, das Gleiche zu tun. »Es freut mich zu sehen, dass es Euch besser geht als letzte Nacht.«

»Ihr wart letzte Nacht ebenfalls hier?« Tier setzte sich und zog die Laute auf seinen Schoß, als ob sie ein kleines Kind wäre. Er warf einen Blick zu dem Memento, das auf dem gleichen Platz stand wie in der ersten Nacht.

»Ich konnte Euch einfach nicht aufwecken.« Phoran gähnte. Er hatte vergessen, dass er in der Nacht zuvor auch nicht viel Schlaf bekommen hatte. Zumindest hatte er jetzt eine bessere Erklärung für seine Müdigkeit. »Ich wartete eine Weile, aber dann kam ich zu dem Schluss, dass ich Euch eine Nacht Zeit lassen würde, damit Ihr Euch erholen könnt von …«

»Etwas, was die Zauberer sich ausgedacht haben«, sagte Tier unglücklich. »Ich bin nicht sicher, was.« Er schüttelte den Kopf und bedachte Phoran mit einem dünnen Lächeln. »Im Augenblick könnt Ihr nichts dagegen tun. Aber ich habe tatsächlich ein paar Informationen für Euch. Ihr fragtet nach Avar, dem Sept von Leheigh. Ich hörte, wie sein Name erwähnt wurde, vor allem, weil sein Bruder Toarsen ein Sperling ist, aber falls Avar selbst Mitglied ist, wissen die Sperlinge nichts davon.«

Phoran seufzte erleichtert. Er war nach dem Vorfall im Rat beinahe sicher gewesen, aber es war gut, noch mehr zu wissen.

»Es gibt jedoch eine Anzahl von Septs unter den Raubvögeln«, fuhr Tier fort und ratterte eine Liste von dreißig oder vierzig Namen herunter.

Phoran wäre beeindruckter gewesen, wenn die Liste ihn nicht so verängstigt hätte. »Könntet Ihr das bitte noch einmal durchgehen?«, fragte er angespannt.

Tier tat ihm den Gefallen und listete die gleichen Personen ein zweites Mal in der gleichen Reihenfolge auf.

»Habt Ihr noch andere Namen gehört?«, fragte Phoran, der beinahe Angst hatte weiterzufragen. »Nicht die von Sperlingen, sondern von Zauberern.«

»Die Meister, die Zauberer, verbergen mit Ausnahme von Telleridge ihre Identität«, sagte Tier. »Ich habe allerdings die Namen weiterer Raubvögel.«

Phoran lauschte einer Liste, die von Leuten wie Douver, dem Ratssekretär, bis zum Hauptmann der Palastwache ging und auch eine Anzahl einflussreicher Kaufleute und Gelehrter enthielt.

»Ihr habt ein erstaunliches Gedächtnis«, sagte er dann. »Ihr habt diese Namen erst in den vergangenen beiden Tagen gehört?«

»Die meisten heute«, sagte Tier. Er bedachte Phoran mit einem kleinen Lächeln. »Barden müssen ein gutes Gedächtnis haben, und die Sperlinge hatten überhaupt nichts dagegen, die Freuden der Mitgliedschaft im Geheimen Pfad zu diskutieren.«

Phoran glaubte ihm und wünschte sich, das nicht zu müssen. »Was«, begann er bedächtig, »was, wenn ich Euch sagte, dass der Pfad die ruhelosen jüngeren Söhne und Vettern unter den Adligen des Kaiserreichs rekrutiert, wenn sie ungefähr fünfzehn sind – die Art von Jungen, die ihren Familien eher peinlich sind. Vergesst nicht, die einzige Regel des Pfads besteht darin, dass die jungen Männer beim Eintritt nicht direkte Erben eines Sept sein dürfen.«

»Es ist mir aufgefallen, dass sich unter den Raubvögeln viele Septs befinden«, stimmte Tier zu, der deutlich sehen konnte, was Phoran beunruhigte. »Aber da ich noch von keiner Mordwelle unter den Septs und ihren Erben gehört habe, nahm ich an, es gäbe eine Erklärung – den letzten Krieg oder die Pest.«

»Ihr habt dem Memento die Geschichte des Schattens erzählt«, sagte Phoran.

Tier war nicht dumm; er verstand, worauf Phoran hinauswollte. »Ihr glaubt, einer der Meister des Pfads habe die Pest hervorgerufen?«, fragte er. Anders als Avar klang er nicht ungläubig; er dachte ernsthaft über Phorans Theorie nach.

Phoran fühlte sich ermutigt und sprach weiter: »Die Pest vor zwanzig Jahren war für viele Raubvögel sehr nützlich.

Morgen bringe ich Papier und Tinte, damit Ihr mir die Liste der Septs noch einmal aufschreiben könnt. Ich werde auch ein paar Nachforschungen anstellen, aber ich bin sicher, dass Telleridge, Gorrish, Jenne, der alte Sept von Leheigh und ein Dutzend andere, die Ihr genannt habt, damals erbten. Bei einigen von ihnen standen zuvor sechs oder sieben andere zwischen ihnen und dem Erbe.«

Phoran sah Tier an.

»Weiter«, forderte der Barde ihn auf.

»Mein Vater starb an der Pest. Sein Bruder, mein Onkel, wurde zum Regenten ernannt. Als ich zwölf war, wurde er von seiner Mätresse vergiftet, und der Rat unter Gorrish übernahm eine informelle Regentschaft. Avar, der Sohn des Sept von Leheigh, nahm mich unter seine Fittiche.« Phoran lächelte freudlos. »Er ist in den letzten Jahren um einiges ruhiger geworden, aber als ich ihm begegnete, war er erheblich weniger achtbar.«

Phoran hatte seit seinem Gespräch mit Avar vor der Ratssitzung viel nachgedacht. »Er war ein Junge, und sein eigener Vater hatte ihn ermutigt, wild zu sein. Er hätte es nicht merkwürdig gefunden, dass der alte Sept ihn an Orte mitnahm, die für einen Zwölfjährigen bestenfalls vollkommen ungeeignet und schlimmstenfalls offen gefährlich waren – ich denke auch, er hätte meine Nähe nicht gesucht, wenn sein Vater ihn nicht gezwungen hätte.« Es tat weh, das zuzugeben, aber er wusste, dass es der Wahrheit entsprach.

»Ihr habt selbst den Ruf, aufbrausend und unzuverlässig zu sein«, sagte Tier. »Das hört man sogar im Hinterland von Redern.«

»Nicht zu reden davon, dass ich willig mitmachte«, gab Phoran tapfer zu, obwohl er wollte, dass Tier ihn mochte, und es ihm schwerfiel, seine eigene Verantwortlichkeit zuzugeben. »Aber wenn mein Onkel weitergelebt hätte, hätte er nie zugelassen, dass ich mich solchen Exzessen hingab.«

»Und Ihr wäret inzwischen an die Macht gekommen«, sagte Tier. »Wie alt seid Ihr? Vierundzwanzig? Die Septs hätten Euch seit fünf Jahren direkt unterstanden.«

»Sehe ich Schatten, die es gar nicht gibt?«, fragte Phoran.

»Ich weiß es nicht«, sagte Tier. »Aber wenn Ihr das tut, dann geht es mir ebenso. Ich habe sie bisher für mein eigenes Problem gehalten, oder vielleicht sogar für ein Problem der Reisenden. Aber mit so vielen Septs als Mitglieder würde jede Gruppe mächtig sein, und mächtige Gruppen suchen mehr Macht. Ich weiß nicht, ob Zauberer Seuchen schaffen können, aber es ist wirklich seltsam, dass so viele vom Pfad überlebten, um zu erben.«

»Ich habe einen Brief an Eure Frau geschickt«, sagte Phoran zögernd.

Tier riss den Kopf hoch, aber Phoran konnte seinen Gesichtsausdruck nicht deuten.

»Ich schrieb ihr, Ihr befändet Euch hier im Palast«, fuhr Phoran schnell fort. »Ich sagte ihr, dass Ihr noch lebt, dass es aber gefährlich wäre, hierherzukommen. Ich habe sie angewiesen, mit mir oder Euch durch den Boten in Kontakt zu treten – er war einer der Männer meines Onkels, der die letzten zehn Jahre im Ruhestand verbrachte. Mein Onkel war ein kluger Mann; ich kann mir nicht vorstellen, dass sich einer von seinen Leuten zum Pfad locken ließ.«

Tier lachte plötzlich. »Ihr habt ihr gesagt, es sei gefährlich, wie?«

Phoran nickte. »Das hielt ich für das Beste.«

»Dann können wir damit rechnen, dass sie eine Woche nach Empfang des Briefes hier auftauchen wird«, sagte er. »Und sie wird uns helfen. Ich bin kein Reisender, aber meine Frau ist Reisende, und wenn Ihr ihr genug Informationen gegeben habt, wird sie alle anderen Reisenden mitbringen, wenn sie kommt.« Wieder lachte er. »Danke.«

»Ich habe auch an Gerant geschrieben«, fuhr Phoran fort. »Direkt nach der Ratssitzung. Ich denke, er sollte wissen, was der Rat beinahe getan hätte.« Er zögerte. »Es war ein langer Brief. Ich habe ihm von der Situation berichtet, in die ich mich selbst gebracht habe, und ihn dann gebeten, hierherzukommen, um mir gegen den Pfad zu helfen. Ich sagte ihm, ich wüsste aus der besten Quelle, dass er ein ehrlicher Mann ist.«

Tier lachte. »Dafür wird er sich bei mir sicher bedanken wollen – aber er wird kommen. Er ist beinahe zu alt zum Kämpfen, fünfzig oder so, aber er hat mehrere Söhne, alles gute Männer.« Er begann eine leise Melodie zu spielen, sprach aber weiter. »Wenn der Pfad so schlimm ist, wie wir denken, wird es gut sein, wenn Ihr Gerant hinter Euch habt. Die Zauberer werden ihn auch nicht erschrecken; eine seiner Schwiegertöchter ist eine Zauberin, und er hatte damals, als ich ihn kennenlernte, mehrere unter seinen Leuten. Ich nehme an, Ihr habt ihm sein Land gerettet?«

Phoran erzählte die Geschichte seines Triumphs. Tier war ein guter Zuhörer. Er lachte an den richtigen Stellen und grinste, als Phoran ihm erzählte, wie Avar alle zum Schweigen gebracht hatte.

»Ich kann sehen, wieso Ihr ihn mögt, Phoran«, sagte Tier. »Würdet Ihr von einem alten Soldaten einen Rat annehmen?«

»Warum nicht?«, erwiderte Phoran.

»Es gibt hier viele Sperlinge, die durchaus zu guten Männern werden könnten, wenn sie ein Ziel hätten, eine Aufgabe, an der sie arbeiten könnten. Niemand ist loyaler als einer, der mit sich und seinen Verdiensten zufrieden ist – jemand, der ein Interesse an der Stabilität Eures Throns hat. Findet Aufgaben für sie.«

Phoran lachte. »Wenn überhaupt jemand Hoffnung haben sollte, dass man sich verändern kann, dann ich. Gebt mir eine Namensliste, und ich werde mir etwas einfallen lassen.«

»Das Militär würde für die meisten funktionieren«, sagte Tier. »Die Sperlinge beschäftigen sich hier oft mit blutlosen Duellen, und es gibt einige gute Schwertkämpfer unter ihnen.«

Phoran schüttelte den Kopf. »Ich weiß nicht, wohin ich sie schicken sollte. Die Stadtwachen werden von den Kaufmannsgilden bestimmt. Die Positionen bei der Palastwache sind überwiegend erblich – und einer der Raubvögel ist Hauptmann der Wache. Und freiwillig würde sich ohnehin kein Adliger einer dieser Truppen anschließen.«

»Ihr seid doch selbst ein Sept, oder?«, fragte Tier.

»Ja, Sept von Taela und Falkenburg – aber Falkenburg ist ein bedeutungsloser Titel. Es ist schon mehrere hundert Jahre ein Teil von Taela. Die Palastwache und die Stadtwache kümmern sich um meine Ländereien, und wenn sie nicht genügen sollten, kann ich mich an die Septs wenden, um eine kaiserliche Armee aufzustellen.«

»Wenn der Vorsitzende des Rats der Septs eine Gegenposition zu einem Eurer Befehle an die Palastwache beziehen würde, wem würden sie folgen?«, fragte Tier.

Phoran antwortete nicht, denn die Antwort war so offensichtlich.

»Gerants Männer gehorchen ihm, und er wird Euch gehorchen«, sagte Tier, dessen Frage von Phorans Schweigen beantwortet worden war. »Aber seine Sept liegt weit von hier entfernt. Er kann nicht lange in Taela bleiben, ohne Probleme für seine eigenen Ländereien zu riskieren.«

»Wollt Ihr damit behaupten, wenn ich die Sperlinge zu einer Truppe zusammenfassen würde, würden sie mir eher gehorchen als den Raubvögeln?«

Tiers Lächeln war ein wenig finster. »Die Raubvögel liefern den Sperlingen Alkohol, Sex und einen Ort, an dem sie so tun können, als wären sie gefährlich. Man schickt sie hin und wieder aus, um eine Schänke zu demolieren, um zu vergewaltigen und zu plündern. Es gibt insgesamt sechzig Sperlinge, und ich habe bereits fünf oder sechs gesehen, von denen ich mir lieber keine Rückendeckung geben ließe – aber es finden sich auch gute Männer darunter. Wenn Ihr ihnen das Gefühl gäbt, wirkliche Männer zu sein und keine Jungen mehr, würden sie Euch selbst in die Hölle folgen.«

Phoran fühlte sich geschmeichelt, aber er wusste, was er war. »Sie würden mir nicht folgen, Tier. Nicht einem Trinker und dummen Geck.«

»Ihr könntet recht haben«, stimmte Tier ihm zu. »Aber das seid Ihr nicht wirklich, Phoran. Es ist, was Ihr Euch zu werden erlaubt habt. Aber Ihr riecht heute Abend nicht nach Alkohol, und kein dummer Mann hat je den Rat der Septs besiegen können. Seid ehrlich mit ihnen, Phoran – sie wissen, was Ihr getan habt. Führt, und sie werden Euch folgen, mein Kaiser. So, wie Gerant und ich folgen werden.«

Phoran schluckte angestrengt. »Macht mir eine Liste der Männer, bei denen es funktionieren könnte.«

»Das werde ich tun«, stimmte Tier zu. »Lasst mir noch ein wenig Zeit mit ihnen, vielleicht ein paar Wochen. Dann werde ich besser wissen, wer geeignet ist und wer nicht.« Er summte einen eindringlichen Diskant zu dem Lied, das er spielte, und dann lächelte er plötzlich. »Ich habe schon einen für Euch. Ein junger Mann namens Collarn. Kennt Ihr ihn?«

Phoran schüttelte den Kopf.

»Er ist Musiker, aber einer mit mehr technischen Fähigkeiten als Talent. Er kann allerdings wirklich gut mit Instrumenten umgehen und weiß, wie man sie pflegt. Und je seltsamer das Instrument ist, desto besser gefällt es ihm.« Tier brachte die Saiten zum Schweigen. »Gehe ich fehl in der Annahme, dass es in Eurem Labyrinth ein Musikinstrument oder zwei gibt?«

Phoran lachte und streckte die Hand aus. »Ich werde es herausfinden.«

Einen Augenblick später sagte Tier: »Wenn die Raubvögel mit den Kaufmannsgilden Spielchen spielen, solltet Ihr Euch vielleicht auch an sie wenden, wenn Ihr Unterstützung braucht. Ich denke, eine Gruppe, die erpresst wird wie die Webergilde, wäre sicherlich nicht unglücklich, dafür zu sorgen, dass ihr Erpresser ihnen nicht mehr wehtun kann.«

Phoran lächelte zurück. »Wahrscheinlich nicht.«

Er schloss die Augen und lauschte der Musik, und er fragte sich, wann er zuvor jemals so zufrieden gewesen war. Das war das Gefühl, nach dem er seit dem Tod seines Onkels gesucht hatte. Wenn er die Positionen halten konnte, die er heute erreicht hatte, hatte er Ziele. Aber es gab noch mehr: Zum ersten Mal im Leben fühlte er sich wie ein Erwachsener. Er lächelte in sich hinein – Tier hatte recht, es war ein machtvolles Gefühl.

14

Tier fand einen Tisch am Rand des Nests, von dem aus er die Sperlinge beobachten konnte. Myrceria saß für gewöhnlich bei ihm, immer in eher gelangweilter Haltung. Er fragte sich, was sie wohl interessieren könnte, erwähnte das aber nicht. Sie war für den Betrieb des Nests verantwortlich: Die Diener, Huren und Köche folgten ihren Anweisungen. Wenn man den Bemerkungen der Sperlinge glauben wollte, war sie die Favoritin mehrerer Raubvögel und einiger älterer Sperlinge. Dennoch näherte sich ihr keiner, wenn sie bei Tier saß, und sie begleitete ihn stets, wenn er sich außerhalb seiner Zelle aufhielt.

Sie war allerdings nicht die Einzige, die seine Nähe suchte. Wohin er auch ging, es gab immer ein paar Sperlinge, die zu Tier kamen, um zu lauschen und ihn über sein Leben als Reisender zu befragen. Da Tier in seinem ganzen Leben noch nicht einen einzigen Reisendenclan gesehen hatte, erzählte er ihnen stattdessen von seinem Leben als Soldat – was sie offenbar ebenfalls zufriedenstellte.

Und dabei beobachtete er sie ununterbrochen. Er trennte die Rettenswerten von den Wertlosen und wandte dazu einen Prozess an, den der Sept von Gerant immer »Frettchen sieben« genannt hatte.

Der Sept hatte alle neuen Rekruten zusammengeholt und sie von zwei oder drei Veteranen ausbilden lassen. Dann hatte er einen Mann geschickt, der sie beobachtete – für gewöhnlich war das Gerant selbst, aber Tier hatte diese Pflicht ebenfalls mehrmals erledigt.

Nach mehreren Wochen wusste der Beobachter, wer ein Unruhestifter oder feige war, und er hatte auch alle Männer entdeckt, die körperlich nicht zur Kriegsführung geeignet waren. Sie wurden mit ein wenig Silber entlohnt und weggeschickt.

Tier fand das Sortieren der Jungen des Geheimen Pfads ein wenig schwieriger, weil der Pfad genau die Art von Verhalten ermutigte, das er ausmerzen wollte. Er sah fünf oder sechs junge Männer, die er in keiner seiner Truppen haben wollte, und zehn weitere, die er selbst nach einiger Zeit in Form bringen könnte – aber er würde diese Jungen Phoran übergeben und keinem erfahrenen militärischen Anführer.

Phoran hatte gute Instinkte, aber er hatte auch Eigenschaften, die das Kommando über eine Gruppe, wie Tier sie vorschlug, schwierig machen würde. Erstens war er jung. Aber noch schlimmer war sein Ruf. Das würde es ihm schwer machen, die Sperlinge bei etwas anderem als betrunkenen Ausschweifungen anzuführen.

Also kam Tier zu dem Schluss, dass er die jungen Männer zunächst selbst ein wenig ausbilden musste. Er trank einen anständigen Schluck Bier. Er würde einfach warten, bis der nächste Streit ausbrach – was so, wie es aussah, binnen einer Stunde geschehen würde.

»Heute früh standen sie vor meiner Tür und klopften«, berichtete Collarn gerade mit sichtlicher Aufregung. »Mein Vater dachte, sie wollten mich festnehmen, weil ich irgendetwas Dummes angestellt hatte. Ich dachte, er werde auf der Stelle tot umfallen, als sie ihm sagten, der Kaiser sei zu dem Schluss gekommen, der Hüter der Musik brauche Hilfe, und die Meister der Musikhochschule hätten mich empfohlen.«

Tier lächelte ihn an. »Und, werdet Ihr es tun?«

Collarn grinste. »Und jahrelang Sklave eines alten Mannes sein, sauber machen, Instrumente stimmen und restaurieren? Aber selbstverständlich! Wisst Ihr, was in diesen Räumen im Palast versteckt ist?« Er machte eine vage Geste, die den gesamten Palast umfasste. »Ich auch nicht. Aber ich hatte heute schon Gelegenheit, Instrumente zu spielen, die mehr wert sind als alle Ländereien meiner Familie zusammengenommen.«

Tier unterhielt sich noch ein wenig länger mit ihm, verwickelte Myrceria vorsichtig mit in das Gespräch und zog sich dann selbst zurück. Als Myrceria und Collarn sich angeregt miteinander unterhielten, entschuldigte Tier sich und begann, durch das Auditorium zu schlendern, denn die unmissverständlichen Geräusche eines weiteren Duells erklangen irgendwo aus der Nähe der Bühne.

Er sprach beiläufig mit ein paar Jungen, an denen er vorbeikam. Als er den Kampf erreichte, hatten sich schon viele versammelt, um den Kombattanten Ermutigungen zuzurufen. Sie machten Tier gerne Platz. Sobald er klar sehen konnte, was los war, verschränkte er die Arme und schaute zu.

Der erste Junge war Toarsen, ein hitzköpfiger, verbitterter junger Mann, der wie die meisten seiner Kumpane zu viel Geld und nichts zu tun hatte. Aber er war schlau, was Tier gefiel, und kein Feigling.

Sein Gegner stellte eine kleine Überraschung dar. Es war einer der Zwanzigjährigen, die Tier für die größten Unruhestifter hielt – sie saßen für gewöhnlich nur am Rand und ließen andere ihre Dreckarbeit machen. Nehret gehörte für gewöhnlich nicht zu den Leuten, die sich an Duellen beteiligten.

Tier beobachtete die jungen Männer genau und konnte sehen, dass beide wie so viele Adlige seit ihrer Geburt als Schwertkämpfer ausgebildet worden waren, aber als Duellanten und nicht als Soldaten.

Als er genug gesehen hatte, wandte er sich dem Jungen zu seiner Rechten zu: »Würdet Ihr mir Euer Schwert leihen?«

Der Junge errötete und nestelte an dem Schwert herum, aber dann reichte er es Tier. Als Tier den Jungen zu seiner Linken ebenfalls um sein Schwert bat, lachte dieser, zog es mit großer Geste und präsentierte es Tier auf einem Knie. Ein Kurzschwert in jeder Hand, ging Tier auf den improvisierten Kampfplatz hinaus.

Er sah noch einen Moment genau zu und blieb außerhalb des direkten Blickfelds der Kombattanten, während er die Schwerter, die er in Händen hatte, auf ihre Ausgewogenheit hin prüfte. Sie waren leichter als die Waffe, die er in Redern gelassen hatte, und ein wenig anders in ihrer Form – diese Schwerter waren eher dazu entworfen, einem Gegner blutige Wunden beizubringen, als ihn zu töten.

Nachdem er seine Vorbereitungen beendet hatte, sprang er vor und griff an. Toarsen verlor sein Schwert sofort. Nehret behielt seine Klinge, aber nur um den Preis von Form und Gleichgewicht. Er landete würdelos auf dem Hinterteil.

»Wenn Ihr schon kämpfen wollt«, sagte Tier, »dann macht es wenigstens richtig. Nehret, Ihr verliert an Kraft, weil Eure Schultern steif sind – Ihr lasst die Arme die ganze Arbeit machen.« Tier drehte Nehret den Rücken zu, denn er wusste dank seinen Beobachtungen in den vergangenen Tagen, wie der Junge Kritik aufnahm und wie er reagieren würde.

»Toarsen«, sagte Tier, »Ihr solltet weniger darauf abzielen, Eurem Gegner einen Kratzer zu versetzen, und Euch besser verteidigen. Bei einem echten Kampf wäret Ihr schon ein halbes Dutzend Mal tot gewesen.« Er drehte sich wieder um und fing den Schlag ab, den Nehret auf seinen Rücken gezielt hatte.

»Beobachtet mich, dann seht Ihr, was ich meine«, fuhr er fort, als wäre es keine größere Sache für ihn, die Schläge des zornigen Jungen abzuwehren. Tatsächlich war es nicht so einfach, wie er es aussehen ließ. »Nehret streckt sich zu sehr aus – ah, seht Ihr? Das ist es genau, was ich vorhin meinte. Wenn Ihr den ganzen Körper in die Bewegung gelegt hättet und nicht nur den Arm, hättet Ihr vielleicht etwas erreichen können. Ihr seht, dass Nehret mir wirklich wehtun will, aber er ist so lange dazu ausgebildet worden, es nur auf Berührungen anzulegen, dass er keine Gelegenheit hat, mir mehr als einen Kratzer zu versetzen. Das ist das Problem bei zu vielen Duellen – Ihr wisst nicht, was Ihr in einem richtigen Kampf tun sollt.«

Tier legte die linke Hand auf den Rücken, um eine seiner Klingen aus dem Weg zu schaffen. Dann drehte er das Schwert in der rechten Hand, damit er Nehret nicht den Arm abschnitt, als er ihn damit traf, sondern ihn nur taub werden ließ, sodass der Junge sein Schwert verlor.

Tier tippte ihm auf die Wange. »Ach«, fügte er hinzu, »und Ihr solltet niemals einen Gegner angreifen, der Euch den Rücken zudreht, es sei denn, es steht mehr auf dem Spiel als Euer Stolz.« Dann wandte er Nehret erneut den Rücken zu. Er wusste, dass er dem Jungen in den letzten Minuten viel von seinem Einfluss auf die anderen Sperlinge genommen hatte. »Toarsen, warum versucht Ihr Euch nicht in einer Runde gegen mich?«

Nach der Ratssitzung stellte Phoran fest, dass er recht beliebt geworden war. Leute folgten ihm, wohin er auch ging – selbst in sein Schlafzimmer, wenn er die Tür nicht schnell genug schloss. Es war Tradition, dass alle Septs bis kurz vor der Erntezeit im Palast blieben; wenn sie bis dahin so weitermachten, würde er sie alle rauswerfen lassen. Schließlich hatte er genug von den gleichzeitig kriechenden, ablehnenden Septs und schickte nach Avar, um mit ihm auszureiten.

Er hatte Avar gemieden, seit er ihm gegenüber seine Ängste in Worte gefasst hatte. Das war ein schlechter Lohn für Avars rasche Unterstützung bei der Ratssitzung, und Phoran musste etwas tun, um das zu ändern.

Im Stall stieg er diesmal ohne Hilfe auf, aber er hatte andere Dinge im Kopf und bemerkte es kaum. Stundenlang zerrte er Avar von einem Meister der Kaufmannsgilde zum anderen. Es war nicht ungewöhnlich, dass Phoran den Laden eines Gildenmeisters aufsuchte – ein Kaiser würde kaum bei einem geringeren Mann kaufen. Falls ihn jemand beobachtete – und er glaubte, dass zumindest eine Person ihnen folgte –, würde der Spion nur annehmen, dass Phoran in jedem Laden etwas erwarb.

Phoran kannte die Gildenmeister selbstverständlich alle, aber das hier war das erste Mal, dass er bewusst freundlich zu ihnen war. Nachdem sie die Webergilde verlassen hatten, kapitulierte Avar und gab seiner Neugier nach, die den ganzen Morgen lang größer und größer geworden war.

»Ihr braucht keinen Bettvorhang«, sagte Avar. »Und ich glaube wirklich nicht, dass Euch silberne Gebäcktellerchen und Tische mit gedrechselten Beinen auch nur im Geringsten interessieren. Was genau wollt Ihr hier eigentlich?«

Phoran glaubte inzwischen, dass Avar unschuldig war und man ihn nur geschickt hatte, um dem Kaiser Gesellschaft zu leisten und ihn zu beschäftigen. Dennoch, er traute seiner eigenen Einschätzung noch nicht so recht. Er hätte Avar nicht mitnehmen sollen.

Klinge warf den Kopf herum, und Phoran ließ die Zügel durch die Finger gleiten, dann verkürzte er sie nach und nach wieder, um einen leichten Zugriff auf den Hengst zu behalten. »Wer hat dir nach dem Tod meines Onkels gesagt, dass du dich mit mir anfreunden sollst?«

Avar erstarrte.

»Schon gut«, sagte Phoran und behielt dabei die überfüllten Straßen besser im Auge als Avar. »Ich wüsste nur gerne, wer es war.«

»Mein Vater«, sagte Avar. »Aber es war nicht …«

»Ich fürchte doch«, sagte Phoran bedauernd. »Ich war … was, zwölf? Und du siebzehn. Es muss eine unangenehme Aufgabe gewesen sein – und ich danke dir, dass du sie erfüllt hast.«

Er holte tief Luft und entschied sich, Avar zu vertrauen. »Ich versuche, eine Art Machtbasis aufzubauen. Ich werde mich den Septs sehr intensiv widmen müssen, bis ich weiß, wer mir widersprechen wird und warum. Aber die Stadt ist für die Stabilität des Kaiserreichs ebenso wichtig wie die Septs. Ich dachte, es wäre gut, hier ein wenig Rückhalt zu suchen. Die Septs sind zu stolz, sich danach umzusehen.«

»Ich mag Euch wirklich«, sagte Avar leise. »Das habe ich immer getan.«

»Ah«, erwiderte Phoran, weil ihm nichts Besseres einfiel. Wie konnte Avar ihn gemocht haben, wenn ansonsten alle, Phoran selbst eingeschlossen, den Kaiser verachteten? Was gab es da schon zu mögen? Aber Avar hatte sein Bestes getan, Phoran bei seinen Plänen zu helfen, und dafür, und für so viele Jahre der Pflichterfüllung, schuldete Phoran ihm die Möglichkeit, bei seinen Notlügen bleiben zu können.

Sie ritten schweigend weiter zum Meisterimporteur, der Waren aus dem gesamten Kaiserreich und anderen Ländern einführte.

»Ist Gildenmeister Emtarig da?«, fragte Phoran den Jungen, der im Laden arbeitete.

»Nein, Herr. Kann ich Euch helfen?«

Der Junge musste neu sein, und Phoran bezweifelte, dass er auch nur ahnte, wen er vor sich hatte. Der junge Kaiser trug Reitkleidung ohne kaiserliche Symbole – nur sein Gesicht hätte verraten können, wer er war.

»Junge«, sagte Avar recht freundlich, »richte deinem Meister aus, dass der Kaiser ihn im Laden erwartet.«

Der Junge schaute zwischen Phoran und Avar hin und her und versuchte offenbar zu entscheiden, welcher der beiden der Kaiser war. Schließlich verbeugte er sich vor Avar, eilte hinter einen Vorhang und dem Geräusch seiner Schritte nach zu schließen durch einen Flur und eine Treppe hinauf in die Wohnung des Meisters.

Phoran betrachtete die Dinge auf den beladenen Regalen und verbarg sein Lächeln. Avar konnte schließlich nichts dafür, dass er mehr nach einem Kaiser aussah als Phoran selbst.

Die Mitglieder der Importeursgilde hatten nach ausführlichen Verhandlungen mit den anderen Gilden das Recht erhalten, Gegenstände zu verkaufen, die nicht in der Stadt hergestellt worden waren. Es gab wunderbar gegerbte Felle von Tieren, die Phoran nie zuvor gesehen hatte – und wahrscheinlich auch niemals sehen würde. Wertvolle Kelche aus Glasbläserwerkstätten standen auf einem hohen Regal, wo niemand sie aus Versehen umstoßen konnte. Phoran hatte gerade ein paar bunte Perlen in der Hand, die ihn interessierten, als er hörte, wie der Junge die Treppe wieder heruntergesprungen kam.

Er drehte sich nicht um, ehe er hörte, wie hinter ihm jemand sagte: »Großzügigste Majestät, Ihr ehrt meinen Laden.«

»Meister Willon?«, fragte Phoran ehrlich erfreut. Er musste sich noch einmal umdrehen, um die Perlen zurückzulegen. »Ich dachte, Ihr hättet Euch in eine götterverlassene Provinz zurückgezogen und wolltet nie wieder nach Taela zurückkehren?«

»Seid vorsichtig, Phoran«, sagte Avar grinsend. »Er ging nach Redern, das zu meiner Sept gehört.«

»Und Leheigh ist wirklich ein götterverlassener Ort«,

stimmte Phoran zu. »Was bringt Euch denn hierher zurück? Ich hoffe, es geht Meister Emtarig gut.«

»Mein Sohn ist gesund und munter«, antwortete Willon. »Aber ich habe meine Enkel lange nicht mehr gesehen. Ich dachte, es sei Zeit für einen Besuch. Mein Sohn ist auf dem Markt, um mit der Musikergilde über eine Trommel zu reden, die ich mitgebracht habe. Und ich selbst musste ebenfalls mit einigen Personen in der Stadt sprechen.«

»Gut«, sagte Phoran. Er dachte daran, Willon zu fragen, was er von einem Mann namens Tier wusste, aber schließlich sagte er nur: »Was würdet Ihr für drei dieser Wandbehänge nehmen?« Er würde stattdessen Tier nach Willon fragen.

Sie begannen zu feilschen, bis sie einen Preis erreichten, den sie beide für gerecht hielten. Phoran feilschte länger, als er es zuvor getan hätte, denn er hoffte immer noch, Emtarig würde zurückkehren. Willon war ein alter Freund seines Onkels, aber inzwischen war Emtarig Gildenmeister und damit der Mann, den Phoran beeindrucken musste. Aber Emtarig ließ sich nicht sehen, also bezahlte Phoran für die Wandbehänge und bat Willon, sie bei Gelegenheit zum Palast zu schicken.

Sie gingen zu drei weiteren Gildenmeistern und kauften einen kobaltblauen Glaskrug, vier Kupfervögel, die im Wind sangen, und ein mit Muscheln eingelegtes Tafelmesser, bevor Phoran sich zu einem privaten Abendessen mit Avar in seine Gemächer zurückzog. Sie unterhielten sich, aber nicht über irgendetwas Ernstes.

Bald schon, dachte Phoran, würde er Avar sagen, dass er alles über den Pfad herausgefunden hatte – aber jetzt noch nicht. Avar würde ihm nicht so leicht glauben wie Tier; er war nicht daran gewöhnt, dass Phoran etwas anderes war als ein gelangweilter Säufer. Obwohl Avar, wenn man ihm gerecht werden wollte, auch nicht Tiers Erfahrung und Beweggründe hatte, an die Existenz des Bösen zu glauben.

Tier kehrte müde, zerschlagen und sehr zufrieden in sein Zimmer zurück – ein dieser Tage eher ungewöhnlicher Zustand. Sein täglicher Schwertunterricht war inzwischen beliebter geworden als Duelle.

Die Sperlinge blühten unter seiner Aufmerksamkeit auf, und einige, besonders Toarsen, wuchsen zu mehr heran, als er für möglich gehalten hätte. Er hatte Jungen immer gut zu Soldaten machen können, weshalb Gerant ihm auch einen Posten in seiner persönlichen Wache angeboten hatte, wo er zusammen mit anderen, in der Sept geborenen Männern gedient hätte, die ebenso gut oder besser als er mit Waffen umgehen konnten.

Es gab ein paar, die es nicht wert waren, gerettet zu werden. Dazu gehörte auch Nehret, und in der jüngsten Gruppe befand sich ein sehr ungewöhnlicher junger Mann, der offenbar ohne jede Moral und ohne Mut zur Welt gekommen war. Er buckelte vor den Mächtigeren und verletzte jeden, den er für schwächer hielt. In ein paar Jahren würde er ein Vergewaltiger und Mörder sein – falls er nicht schon jetzt einer war – und darüber keine Minute Schlaf verlieren. Tier hatte Toarsen und seinen großen, kräftigen Freund Kissel gebeten, diesen Jungen im Auge zu behalten und die jüngeren Sperlinge vor ihm zu schützen.

Die Tür zu seinem Zimmer stand offen. Einige Jungen kamen abends noch vorbei, also hielt er das nicht für bemerkenswert, bis er sah, wer ihn da besuchte.

»Myrceria?«

Sie saß auf seinem Bett, die Beine unter sich gezogen, und lächelte ihn strahlend an. »Ich hoffe, es stört Euch nicht, dass ich heute Abend hergekommen bin.«

»Nicht im Geringsten«, sagte er.

Sie wandte den Blick ab. »Bitte spielt etwas für mich«, sagte sie. »Etwas, das mich zum Lachen bringt.«

Er schloss die Tür, setzte sich aufs Fußende des Betts und nahm die Laute von den Haken, die er an der Wand angebracht hatte. Er spielte eine kleine Melodie und stimmte das Instrument dabei automatisch, bis der Klang akzeptabel war.

»Wie macht Ihr das nur?«, fragte sie. »Collarn kann wirklich niemanden leiden – und die anderen geben ihm dieses Gefühl für gewöhnlich mit Zinsen zurück. Er liebt nur die Musik. Er arbeitet so angestrengt daran, und dennoch ist er nie gut genug. Er konnte kaum den Gedanken daran ertragen, dass Ihr wegen Eurer Magie besser spielen würdet als er, ganz gleich, was er tat oder wie viel er übte. Und dann wurde ich Zeugin, wie Ihr seinen Hass nahmt und ihn innerhalb einer Stunde zu Heldenverehrung umkehrtet. Telleridge sagt, Ihr könnt Eure Magie hier nicht verwenden.«

»Es ist auch keine Magie«, sagte Tier. »Collarn liebt Musik, und das ist wichtiger für ihn als alle Kränkungen, die die Welt ihm zugefügt hat. Ich habe ihm einfach nur gezeigt, dass ich Musik ebenfalls liebe.«

»Aber was ist mit dem Rest?«, fragte sie. »Die Sperlinge folgen Euch überallhin, als wären sie mutterlose Welpen.«

»Ich mag Menschen«, sagte Tier achselzuckend. »Ich glaube nicht, dass die meisten dieser Jungen daran gewöhnt sind, dass jemand sie mag.«

Sie lachte auf, aber es war ein freudloses Lachen. »Die Meister machen sich große Sorgen, weil Ihr solchen Einfluss auf die Sperlinge habt. Seid vorsichtig.«

Sie drehte den Kopf, und er sah, dass sie einen blauen Fleck am Kinn hatte.

»Wer hat Euch geschlagen?«, fragte er.

Sie griff nach einem Kissen und begann, die Fransen zurechtzuzupfen. »Einer der Meister sagte Kissel, sie seien beunruhigt darüber, dass Collarn nicht mehr so oft ins Nest komme.

Sie beauftragten Kissel, Collarn daran zu erinnern, auf welcher Seite er steht – und Kissel weigerte sich. Er sagte, Ihr würdet es bestimmt nicht gutheißen, wenn er jemanden herumschikaniere, der schwächer sei als er selbst.«

Tier brachte die Saiten zum Schweigen. »Ja, einer wie er hätte wahrscheinlich keinen Augenblick daran gedacht zuzustimmen und dann entweder so zu tun als ob oder es mir zu sagen. Ellevanal rette mich vor ehrlichen Dummköpfen! Warum konnten sie nicht zu Toarsen gehen?«

Myrceria starrte ihn an, und ihre Hände bewegten sich plötzlich nicht mehr. »Ihr habt das absichtlich getan, nicht wahr? Ihr stehlt den Meistern absichtlich ihren Einfluss. Vor einem Monat noch hätte Kissel sich gefreut, den Meistern einen Gefallen tun und die anderen Sperlinge einschüchtern zu können. Wie habt Ihr das fertiggebracht?«

Tier spielte ein paar Töne eines Trauergesangs, den Collarn auf der Geige für ihn gespielt hatte – er hörte sich auf der Laute seltsam an.

»Sie versuchen, diese Jungen zu ruinieren«, sagte er schließlich. »Sie wollen sie zu etwas Geringerem machen, als sie sein könnten.«

Er war sicher gewesen, dass Myrceria für Telleridge spionierte, und das traf vielleicht auch immer noch zu – aber sein Instinkt sagte ihm, dass es nicht mehr lange dauern würde, bis sie sich gegen die Meister des Pfads wandte. Er würde nur die richtigen Worte finden müssen.

Er spielte noch ein paar Takte. »Was wird aus denen, die ihr kleines Spiel nicht mitspielen, Myrceria? Jungen wie Collarn, die nie einverstanden sein werden mit dem wirklichen Schaden, den der Pfad anrichtet? Oder Leute wie Kissel, die entdecken, dass es sich so viel besser anfühlt, jemanden zu beschützen, der schwächer ist als sie, statt ihn zu quälen?«

Sie schwieg.

»Es gibt eigentlich recht wenige Raubvögel«, fuhr er leise fort. »Jedenfalls, wenn man die Anzahl der Sperlinge bedenkt, die jedes Jahr Mitglied werden.«

»So geht es beim Pfad«, flüsterte sie. »Die Jungen, die Raubvögel werden können, erhalten zuvor die Namen der anderen Jungen – Namen von Jungen wie Collarn. Sie müssen einen Beweis bringen, dass sie den Träger dieses Namens getötet haben, bevor man sie zu Raubvögeln macht.«

Sie legte das Kissen weg. »Wie stellt Ihr das an?«, fragte sie. »Wenn sie wüssten, was ich Euch erzählt habe, würden sie mich umbringen.«

»Ihr wisst, dass es falsch ist«, sagte er. »Ihr wisst, dass man sie aufhalten muss.«

»Wer soll sie denn aufhalten?«, fragte sie, ihr Unglaube von Zorn beflügelt. »Ihr? Ich? Ihr seid ein Gefangener und in ihrer Gewalt, Tier aus Redern. Ihr werdet am Ende Eures Jahres sterben, wie sie alle gestoben sind. Und ich bin ebenso gefangen, wie Ihr es seid.«

»Man muss stets gegen das Böse kämpfen«, sagte Tier. »Wenn Ihr nicht dagegen ankämpft, seid Ihr ein Teil davon.«

Sie stand auf und ging ohne Eile zur Tür. »Ihr wisst nicht, wem Ihr gegenübersteht, oder Ihr wäret nicht so überheblich, Barde.«

Sie schloss die Tür fest hinter sich.

Nun, dachte Tier, *das kam unerwartet.* Huren lernten früh, dass Überleben bedeutete, auf sich selbst aufpassen zu müssen. Myrceria war schon lange Hure gewesen, aber sie redete nicht wie eine, die sich um niemanden sonst scherte.

Sie sorgte sich um diese Jungen. Sie war nicht froh darüber, aber sie sorgte sich.

Tier schlug einen der dünnen kleinen Sperlinge des ersten Jahrs auf die Schulter, nachdem der Junge endlich die Bewegung ausgeführt hatte, die Toarsen ihm seit Tagen beizubringen versuchte.

»Exerzieren«, befahl Tier. Man hörte Stöhnen und halbherzigen Widerspruch, aber dann stellten sie sich in drei krummen Reihen auf, die unter Tiers kritischem Blick gerader wurden.

»Anfangen«, befahl er und arbeitete mit ihnen. Diese Übungen waren das Herz der Ausbildung. Wenn ein Mann während des Kampfes noch darüber nachdenken musste, wie er Körper und Schwert bewegen sollte, würde er zu langsam sein, um sich retten zu können. Die Übungen lehrten den Körper, auf Informationen zu reagieren, die Augen und Ohren erhielten, damit das Hirn sich größeren Strategien widmen konnte als nur der Frage, wie man dem nächsten Stoß begegnen sollte.

Das Schwert, das Tier in der Hand hielt, war schlechter als das, was er einem Adligen auf dem Schlachtfeld abgenommen hatte, aber zumindest gut ausgewogen. Myrceria hatte es ihm gebracht, als er danach verlangt hatte.

Tier hatte auch nach seiner Soldatenzeit weiter Schwertübungen durchgeführt, aber die vergangenen Wochen hatten ihn geschliffen, bis er beinahe wieder so schnell und stark war wie vor zwanzig Jahren. Seine linke Schulter war immer ein wenig steif, bis er sie aufgewärmt hatte, aber ansonsten hatte er noch nicht viel von seiner Geschmeidigkeit verloren.

Er übte mit den Jungen, bis das Hemd ihm unangenehm an den verschwitzten Schultern klebte, dann zog er sein Schwert mit einer auffälligen Bewegung herum und steckte es in die Scheide.

»Baden!«, riefen die Jungen wie ein einziger Mann, und sie rannten, die Schwerter noch in der Hand, zum Baderaum, um sich ins kalte Becken zu stürzen.

Tier lachte kopfschüttelnd, als Collarn stehen blieb, um ihn zu dem Wasserkampf einzuladen. »Ich habe nicht vor, vor meiner Zeit zu ertrinken«, schwor er. »Ich werde mich auf meinem Zimmer waschen.«

Loyalität, dachte er, als er die letzten Jungen im Flur verschwinden sah, war es wert, mit ihnen zusammen zu schwitzen.

»Sie sind besser geworden«, stellte Telleridge fest.

Tier hatte den Meister nicht bemerkt, aber seine Aufmerksamkeit hatte auch den Jungen gegolten. Er nahm von einem Diener ein Glas Wasser entgegen.

»Ja«, sagte er nach einem großen Schluck. »Einige mehr als andere.«

»Ich wusste, dass Ihr Soldat wart, aber Ihr wart auch mehr als das – ich habe mich erkundigt«, sagte Telleridge. »Erstaunlich, dass ein Bauernjunge – nichts für ungut – Offizier werden und andere Soldaten befehligen konnte. Seid Ihr vielleicht ein Bastard des alten Sept von Leheigh?«

»Wisst Ihr, wo ich herkomme?«, fragte Tier mit trägem Lächeln und reichte das leere Glas einem der schweigenden Diener.

»Aus der Sept von Leheigh«, erwiderte Telleridge.

Tier schüttelte den Kopf. »Ich stamme aus Redern, der ersten Siedlung, die die Menschheit nach dem Sieg über den Schatten gründete. Sie benannten sie nach dem Helden der Schlacht, dem Roten Ernave. Wir sind alle Bauern, Gerber, Bäcker …« Er zuckte die Achseln. »Aber wenn man lange genug sucht, wird man in jedem Rederni das Blut von Kriegern finden. Wenn Ihr mich jetzt entschuldigen würdet, ich muss mich waschen und umziehen.«

Als Tier seine Zelle erreichte, verschloss er die Tür und wusch sich rasch mit Wasser aus dem Becken, das zu diesem Zweck dort aufgestellt war. Nachdem er saubere Kleidung angezogen hatte, legte er sich aufs Bett.

Als Phoran vor ein paar Tagen das letzte Mal vorbeigekommen war, hatte Gerant ihm bereits Nachricht geschickt, er sei auf dem Weg. Tier konnte es kaum erwarten: Die Meister würden nicht ewig warten, während Tier ihnen die Kontrolle über die Sperlinge entrang.

Er wachte zum Mittagessen auf und verbrachte den Rest des Tages wie immer, saß im Nest und unterhielt sich mit den Jungen. Am Abend spielte er für sie, überwiegend schlüpfrige Soldatenlieder – aber er nahm auch andere in das Programm auf, in denen es um den Ruhm des Kampfes und die Freude über die Rückkehr nach Hause ging.

Beim Blick in die Gesichter der jungen Leute, die seiner Musik lauschten, empfand er so etwas wie Triumph, denn die meisten von ihnen würden zu guten Männern heranwachsen, wenn sie nur die Gelegenheit erhielten. Männer, die ihrem Kaiser dienen würden, einem Jungen, der erste Anzeichen an den Tag legte, einmal zu der Art von Herrscher zu werden, auf die ein Mann stolz sein konnte: klug und tückisch und mit einer Neigung zur Freundlichkeit, die er angestrengt zu verbergen suchte.

Als er am Abend zu seinem Zimmer zurückkehren wollte, hakte sich Myrceria lächelnd bei ihm unter und begleitete ihn.

Als sie sich in seinem Zimmer befanden, ließ sie die Koketterie und seinen Arm fallen und setzte sich aufs Bett. Sie strich zerstreut über die Bettdecke und sagte: »Ich schwöre, ich wollte nicht mehr mit Euch reden. Ich habe hier lange überlebt – und überwiegend, indem ich den Mund hielt. Wie könnt Ihr es wagen, mehr von mir zu verlangen?« Das alles kam vollkommen ruhig heraus. »Ich habe keine Macht über die Männer, die hier herrschen. Ich bin nur eine Hure.«

Tier lehnte sich an die Wand dem Bett gegenüber und tat sein Bestes, neutral zu wirken.

»Ich habe seit meinem fünfzehnten Lebensjahr nicht mehr gesehen, wie die Sonne unterging«, murmelte sie, beinahe, als spräche sie zu sich selbst. »Manchmal frage ich mich, ob sie immer noch auf- und untergeht.«

»Das tut sie«, sagte Tier. »Das tut sie.«

»Telleridge plant eine offizielle Disziplinierung.« Sie legte die Hand flach auf die Decke und starrte sie an, als hätte sie sie nie zuvor gesehen.

»Was ist eine offizielle Disziplinierung?«, fragte Tier, dem dieser Ausdruck überhaupt nicht gefiel.

»Wenn ein Sperling einem Raubvogel nicht gehorcht, halten sie eine Versammlung ab, um zu entscheiden, worin seine Strafe bestehen wird. Dann wird der Betreffende im Nest bestraft, und alle Sperlinge sind anwesend. Für gewöhnlich tun sie es einmal im Jahr, nur zur Erinnerung.«

»Und wer wird diesmal diszipliniert?«, fragte Tier. Er ging davon aus, dass sie ihn nicht auswählen würden, dazu waren sie zu schlau. Sie brauchten keinen Märtyrer, sondern ein Exempel.

»Ich weiß es nicht«, sagte sie.

»Collarn«, sagte er. »Oder vielleicht Kissel oder Toarsen. Aber wenn sie schlau sind, werden sie Collarn nehmen. Wenn sie Toarsen wehtun, wird Kissel einschreiten. Wenn sie Kissel schaden, wird Toarsen sich an seinen Bruder wenden – und Avar hat genug Freunde, den Kaiser eingeschlossen, um dem Pfad ernsthaft schaden zu können. Collarn hat außer mir keine engen Freunde, und er ist die Art von Mensch, von der die Leute beinahe erwarten, dass sie ein unangenehmes Schicksal trifft. Wenn es denn eintritt, wird es die Sperlinge nicht sonderlich beunruhigen.«

»Das dachte ich ebenfalls«, sagte Myrceria leise. »Ich mag Collarn. Er hat manchmal eine scharfe Zunge, aber er ist immer höflich zu denen, die sich nicht verteidigen können.«

Tier hörte den Kummer in ihrer Stimme. »Es geht um mehr als um Prügel«, sagte er.

»Alle Jungen werden gezwungen, an der Disziplinierung teilzunehmen – und die Strafe kann in allem Möglichen bestehen«, sagte sie. »Telleridge ist sehr kreativ. Auspeitschen ist das Übliche, aber es gibt noch Schlimmeres. Einen Jungen zwangen sie, Wasser zu trinken … er verlor das Bewusstsein, und ich glaube, er starb. Sie gossen ihm Wasser aufs Gesicht, während er würgte und spuckte. Und als er aufhörte, gossen sie immer weiter.«

»Könnt Ihr dafür sorgen, dass ich es erfahre, bevor es geschieht?«, fragte er.

Sie sah ihn immer noch nicht an, aber sie nickte. »Wenn ich es im Voraus höre. Das ist nicht immer der Fall.«

»Könnt Ihr Collarn warnen?« Wenn das möglich wäre …

»Morgen«, sagte sie. »Ich werde es selbst tun müssen – eine solche Nachricht kann ich keinem der Mädchen anvertrauen. Und ich darf die Räume des Pfads ebenso wenig verlassen wie Ihr. Morgen sollte früh genug sein.« Sie sprach die Worte schnell aus, als könnte sie sie dadurch wahr machen. »Sie brauchen wahrscheinlich einen oder zwei Tage, um alle zu benachrichtigen.«

»Ja«, sagte er. »Sagt ihm, er soll einen Grund finden, die Stadt für eine Woche zu verlassen.«

Sie nickte und wollte aufstehen, aber dann setzte sie sich wieder hin und schlang die Arme um ihre Taille. »Würdet Ihr etwas für mich spielen? Etwas Fröhliches, damit ich schlafen kann?«

Er war müde, aber sie war ebenso erschöpft, und er hätte ohnehin nicht gleich einschlafen können – nicht mit dem Wissen, dass die Meister einen seiner Jungen für das bestrafen wollten, was Tier getan hatte.

»Ich werde so schnell noch nicht schlafen«, sagte er. »Musik wäre nett.«

Er setzte sich aufs andere Ende des Betts und begann, die

Laute neu zu stimmen. Er war gerade damit fertig geworden, die zweite Reihe Saiten in Gleichklang mit der ersten zu bringen, als die Tür aufgerissen wurde.

Tier hatte sich daran gewöhnt, dass diejenigen, die ihn gefangen genommen hatten, respektvoll anklopften – sogar Phoran klopfte, und es war ohnehin zu früh für einen Besuch des Kaisers. Er setzte also zu einer Beschwerde an, aber dann hielt er vollkommen verblüfft inne, als Lehr den Raum betrat, Tiers eigenes Schwert in der Hand.

Freude erhellte Lehrs Gesicht, dann verschwand dieser Ausdruck wieder ein wenig, als er an Tier vorbeischaute und Myrceria sah. Er bewegte sich, um den Blick durch die Tür zu blockieren – vielleicht, dachte Tier mit einer Spur von Heiterkeit, die sich über seine Verblüffung hinwegsetzte, um seinem Vater zu erlauben, eine weniger kompromittierende Position einzunehmen. Glaubte Lehr wirklich, sein Vater hätte sich eine Geliebte genommen?

Aber dann wurde die Tür schon weiter aufgerissen, und Jes machte zwei Schritte in den Raum. Die angenehme Raumtemperatur sackte ab, bis Tier seinen Atem sehen konnte, und Myrceria stieß einen leisen Schrei aus.

Tier stand nur langsam auf, denn es war keine gute Idee, sich schnell zu bewegen, wenn Jes sich in dieser Verfassung befand, und breitete die Arme aus. Jes sah sich um. Aber er kam offenbar zu dem Schluss, dass Myrceria ungefährlich war, denn er machte zwei weitere Schritte und umarmte Tier.

»Papa«, flüsterte er, und der Raum wurde wieder wärmer. »O Papa, wir dachten schon, wir würden dich nie finden.«

»Aber wir wussten, dass wir es schaffen würden.« Das war die Stimme einer Frau, tief, klar und so sehr geliebt. Sie erfüllte den Raum wie der Klang eines Cellos. Tier schaute über Jes' Schulter und sah, dass Seraph hereinkam. »Seit Hennea uns gesagt hat, dass man ihn lebendig gefangen nahm. Geht es dir gut?«

Seraph sah so sehr nach dem Kaiserinnenkind aus, das er vor zwanzig Jahren kennengelernt hatte, dass er lächeln musste. Eine Eisprinzessin, hatte seine Schwester sie verächtlich genannt. Alinath war selbst ehrlich und offen, und sie hatte nie erkannt, dass Seraphs kühle Fassade alle möglichen Gefühle verbergen konnte, die sie einfach nicht mit ihrer Schwägerin oder anderen teilen wollte.

»Es geht mir gut«, sagte Tier, und da sie sich nicht sofort in seine Arme stürzte, sprach er weiter, »und ich bin viel glücklicher als noch vor fünf Minuten. Lehr, komm her.«

Lehr war in den Monaten, seit Tier ihn nicht gesehen hatte, gewachsen, dachte der Barde und umarmte seinen Sohn fest. Jes war ebenfalls größer geworden und überragte seinen Vater nun ein wenig.

»Du hast uns gefehlt«, sagte Lehr und erwiderte die Umarmung.

»Ihr mir auch.« Er hielt ihn noch einen Moment fest.

»Lehr hat ein paar Leute getötet«, sagte Jes. »Er hat Mutter gerettet.«

Lehr erstarrte in seinen Armen, aber Tier umarmte ihn einfach noch fester. »Es tut mir so leid, Sohn«, sagte er. »Einen anderen Menschen getötet zu haben ist nichts, was du gut mit dir herumtragen kannst.«

Als er schließlich zurücktrat, sah er Seraph an, die an der offenen Tür stehen geblieben war. »Ist Rinnie auch da draußen?«

Wie immer beantwortete sie die Frage, die er wirklich gestellt hatte. »Sie ist bei deiner Schwester in Sicherheit. Es sieht so aus, als wäre Frost das einzige Opfer dieser Sache gewesen – aber wir haben uns bis jetzt große Sorgen gemacht.«

»Sie haben Frost getötet?«

Sie nickte. »Damit es so aussah, als wäret ihr beide auf einen besudelten Ort gestoßen. Wir hätten es vielleicht geglaubt, wenn meine Base uns nicht eines Besseren belehrt hätte.«

Sie hatte Myrceria noch nicht angesehen. Tier wusste, dass sie keine Verwandten hatte. Sie musste einer anderen Reisenden begegnet sein.

»Es ist hier nicht sicher für deine Verwandten«, warnte er.

Sie lächelte wie ein Wolf, der Beute wittert. »Oh, das wissen sie«, antwortete sie. »Ich hoffe nur, diese *Solsenti* vom Geheimen Pfad versuchen ein paar von ihren Tricks.« Sie versah die Worte »Geheimer Pfad« mit einer Betonung, die sie kindisch und dumm klingen ließ, was die Geheimorganisation selbstverständlich auch war.

»Du weißt vom Geheimen Pfad?«, fragte er.

»Wir wissen vom Geheimen Pfad«, erwiderte Lehr. »Sie bringen Reisende um und stehlen ihre Weisungen.«

»Wie bitte?«, fragte Tier und sah Seraph an.

Sie nickte. »Sie nehmen sie dem sterbenden Reisenden ab und stecken sie in Steine, die sie in Schmuck tragen, damit sie sie benutzen können.«

»Wie hast du so viel herausfinden können?«, fragte er.

»Hennea hat es uns gesagt«, warf Jes hilfreich ein.

»Meine Base«, fügte Seraph hinzu.

»Sie müssen jemanden in Redern haben, der unsere ganze Familie beobachtet hat«, sagte Tier.

»Jetzt nicht mehr«, sagte seine Frau kühl.

»Mutter hat ihn umgebracht.« Jes hatte sich auf einen kleinen Tisch gesetzt und spielte mit der Vase, die zuvor darauf gestanden hatte.

Tier warf einen Blick zu Myrceria. »Ich sagte Euch doch, es würde ihnen leidtun, wenn sie sich je mit meiner Frau anlegten. Myrceria, ich möchte Euch meine Familie vorstellen. Meine Frau Seraph, mein ältester Sohn Jes und mein jüngerer

Sohn Lehr. Seraph, Jes, Lehr, das hier ist Myrceria, die geholfen hat, meine Gefangenschaft erträglich zu machen.«

Jes nickte auf die schüchterne Art, die er Fremden gegenüber immer an den Tag legte. Lehr verbeugte sich steif, und Seraph drehte sich auf dem Absatz um und ging nach draußen.

Lehrs Lächeln verschwand, also nahm sich Tier einen Moment, um es ihm zu erklären. »Sie kennt mich zu gut, um zu glauben, dass ich nach all diesen Jahren eine Mätresse genommen habe – und das sollte dir eigentlich genauso gehen. Myrceria ist, um es höflich auszudrücken, eine Verbündete. Ich brauche einen Moment allein mit eurer Mutter.«

Er folgte Seraph und schloss die Tür leise hinter sich. Seraph betrachtete die Steinmauer des Flurs, als hätte sie noch nie gemauerten Stein gesehen. Sie waren hier vermutlich in Sicherheit, dachte er. Jeder, der diesen Flur entlangkam, würde auf dem Weg zu ihm sein – und um diese Tageszeit besuchten ihn bestenfalls Sperlinge. Sie hatten Zeit, also wartete er, dass sie ihm zeigte, was sie von ihm brauchte.

»In diesen Steinen liegt Todesmagie«, sagte sie. Sie klang nicht, als ob sie das störte.

»Sie haben schon lange Zeit Menschen umgebracht«, sagte er. »In Redern sollte inzwischen ein Bote eingetroffen sein, der dir sagt, dass ich noch am Leben bin.«

»Ich hoffe, jemand bringt den Boten zu Alinath«, erwiderte Seraph, ohne den Blick von der Wand abzuwenden. Sie legte die Hand dagegen und sagte: »Wir konnten sie überzeugen, dass man dich lebendig gefangen genommen hat, aber sie wird wissen wollen, ob du immer noch lebst.«

Dann stieß sie sich von der Wand ab. Als sie sich umdrehte, dachte er, sie werde ihn endlich ansehen, aber sie senkte den Blick.

»Wir müssen dich hier herausholen«, sagte sie leise. »Dieser Palast ist ein einziger Irrgarten, aber Lehr hat dich gefunden, was der schwierigste Teil war. Er wird uns auch wieder hinausführen können.«

»Ich kann nicht gehen, Seraph«, sagte er.

Sie riss den Kopf hoch.

»Es gibt hier einen Jungen in Jes' Alter, dem man meinetwegen wehtun wird, wenn ich es nicht aufhalten kann – und sie haben mich ohnehin mit einem Bann belegt, damit ich nicht gehen kann, wohin ich will.«

Sie streckte die Hand aus, um ihn zum ersten Mal zu berühren, seit sie in seiner Tür erschienen war. Sie nahm seine Hände und drehte sie um, um sich die Handgelenke anzusehen.

»Ich kann diesen Bann brechen«, erklärte sie kurz darauf. »Aber das wird Zeit brauchen, und es wird uns nicht helfen, solange dein junger Freund in Gefahr ist und du ohnehin nicht gehen willst.«

Er drehte die Hände, bis er ihre packen konnte. »Seraph«, sagte er. »Jetzt ist alles gut.«

Ihre Hände zitterten, aber er konnte nur ihren Oberkopf sehen. »Ich dachte, du wärest tot«, sagte sie.

Sie blickte auf, und die Kaiserin war verschwunden, verloren in einem von Gefühlen gezeichneten Gesicht. Unerwartet spürte er, wie ihre Magie seine Handflächen streichelte.

»Ich kann das nicht noch einmal tun«, sagte sie. »Ich kann niemanden mehr verlieren, den ich liebe.«

»Du liebst mich?« Er bewegte die Hände zu ihren Schultern und zog sie an sich. Sie lehnte sich an ihn wie ein müdes Kind.

Es war das erste Mal, dass sie das zu ihm gesagt hatte, obwohl er wusste, dass sie ihn mit der gleichen Leidenschaft liebte wie ihre Kinder. Sie war dazu ausgebildet worden, sich zu beherrschen, und er wusste, dass ihr die Intensität ihrer Gefühle unangenehm war. Weil er sie verstand, hatte er sie nie dazu getrieben, ihm etwas zu sagen, das ihm ohnehin klar war.

Er wusste, es würde sie ärgern, aber er musste sie einfach aufziehen. »Ich musste mich also von einem Haufen dummer Zauberer entführen und durchs halbe Kaiserreich schleppen lassen, um das zu hören? Wenn ich gewusst hätte, was es braucht, hätte ich das schon vor zwanzig Jahren getan.«

»Das ist nicht komisch«, sagte sie und trat ihm bei dem Versuch, sich zu entziehen, auf den Fuß.

»Nein, ist es nicht«, sagte er und zog sie näher an sich. Die wilde Freude, sie im Arm zu halten, nachdem er halbwegs sicher gewesen war, sie nie wiederzusehen, ließ ihn unvorsichtigerweise weitersprechen. »Warum hast du mir also nicht schon vorher gesagt, dass du mich liebst? Hattest du in zwanzig Jahren nicht genug Zeit? Oder hast du es erst herausgefunden, als du glaubtest, ich wäre tot?«

»Oh, ich hätte es dir gesagt – aber du hättest nur das Gleiche erwidert«, meinte sie.

Das verstand er nicht, aber er begriff, dass sie an der Situation wirklich nichts Erheiterndes fand. Er wollte sie nicht kränken, also schob er die Freude über ihre Anwesenheit tief ins Herz und versuchte zu verstehen, was sie so aufgeregt hatte.

»Wenn du mir früher gesagt hättest, dass du mich liebst«, sagte er vorsichtig, »hätte ich dir das Gleiche gesagt.«

»Du hättest es nicht ernst gemeint«, sagte sie entschlossen. »Hast du nicht die letzten zwanzig Jahre damit verbracht, mich für die Heirat mit dir zu entschädigen, indem du zum perfekten Ehemann und Vater wurdest?«

Das tat weh, also waren seine Worte ebenfalls eine Ohrfeige. »Ich hätte ernst gemeint, was ich sagte.«

»Du hast eine Frau geheiratet, die du für ein Kind hieltest, weil du glaubtest, dass du so verhindern konntest, die Bäckerei von Alinath und Bandor übernehmen zu müssen. Du hast ein schlechtes Gewissen.«

»Selbstverständlich hatte ich das«, stimmte er zu. »Ich sagte ihnen, dass wir verheiratet wären, obwohl ich wusste, dass du zu jung warst und deine Magie und dein Volk aufgeben würdest. Ich wusste, dass du Angst hattest, dich den Reisenden wieder anzuschließen und die Verantwortung für so viele Leben zu übernehmen – aber ich wusste auch, dass du der Ansicht warst, zu den Clans zu gehören, und habe dich trotzdem an meiner Seite behalten.«

»Das tatest du, damit sie dich nicht wieder in die Bäckerei zwangen«, sagte Seraph. »Und danach hast du dich schuldig gefühlt. Wenn ich dir damals gesagt hätte, dass ich dich liebte, hättest du behauptet, diese Liebe zu erwidern, weil du mir nicht wehtun wolltest.«

Nun verstand Tier. Er zog sie wieder an sich und lachte. Er wollte etwas sagen, aber er konnte kaum mit Lachen aufhören. »Seraph«, brachte er schließlich heraus, »Seraph, ich wäre niemals Bäcker geworden – selbst Alinath wusste das. Ich wollte dich haben. Und ich war ausgesprochen froh, dass die Umstände dich zwangen, dich mir zuzuwenden. Ich wusste damals noch nicht, dass ich dich liebte – ich wusste nur, dass sie dich nicht von mir trennen konnten.« Er trat zurück, damit er ihr ins Gesicht sehen konnte. »Ich liebe dich, Seraph.«

Entzückt beobachtete er, wie ihr Tränen in die Augen traten und über die Wangen liefen, dann küsste er sie.

»Ich hatte solche Angst«, sagte sie, als sie wieder sprechen konnte. »Ich hatte solche Angst, wir würden zu spät sein.« Sie schniefte. »Die Pest auf all das, Tier, meine Nase läuft. Ich nehme nicht an, dass du etwas hast, womit ich sie putzen kann?«

Er trat zurück, zog sein Hemd aus und reichte es ihr.

»Tier!«, sagte sie tadelnd. »Das ist Seide!«

»Wir haben nicht dafür bezahlt. Los, putz dir die Nase.«

Das tat sie. Er knäulte das Hemd zusammen und wischte ihr die Wangen ab. Dann warf er es mit einem Ausdruck in den Augen, der sie erstarren ließ, auf den Boden. Er legte die Hände auf ihre Wangen und küsste sie leidenschaftlich.

»Ich liebe dich«, flüsterte sie, als er sich schließlich schwer atmend von ihr löste.

Er küsste sie auf den Kopf und zog sie fest an sich. »Das weiß ich«, sagte er. »Ich habe es immer gewusst. Glaubtest du, du könntest es verstecken, indem du es nicht aussprachst? Ich liebe dich auch – glaubst du es mir jetzt?«

Seraph setzte zu einer Antwort an, aber dann fiel ihr ein, dass er wissen würde, wenn sie log. Glaubte sie ihm wirklich, wenn er sagte, dass er sie liebte?

Was immer er jetzt denken mochte, sie wusste, sie hatte recht, was seine Beweggründe für die Heirat anging – er hatte einen Grund gebraucht, um die Bäckerei zu verlassen, der ihm gestattete, in der Nähe zu bleiben, damit er nicht glauben musste, wieder vor seiner Familie davonzurennen. Aber das bedeutete nicht, dass er sich nicht zu Seraph hingezogen fühlte. Es bedeutete nicht, dass er nicht gelernt haben konnte, sie zu lieben.

Ja, sie glaubte ihm. Sie wollte es ihm sagen, aber sie hatte zu lange gewartet.

»Für eine intelligente Frau«, sagte er gereizt, »kannst du ausgesprochen dumm sein.« Er hob die Hände und ging von ihr weg. »Also gut. Vielleicht würde ich einer Frau, die ich geheiratet und der gegenüber ich ein schlechtes Gewissen habe, sagen, dass ich sie liebe. Vielleicht würde ich ihr nicht wehtun wollen. Da könntest du recht haben. Aber warum behauptest du immer noch, ich könnte dich nicht lieben, selbst wenn ich Schuldgefühle habe, dich so jung geheiratet zu haben? Ist es denn so unmöglich, dass ich dich schon begehrt habe, seit ich dich auf der Treppe dieses Gasthauses stehen sah, wo du dich gegen ein ganzes Dorf voller erwachsener Männer verteidigtest, die gerade deinen Bruder umgebracht hatten?«

Sie versuchte, ihr Lächeln zu verbergen, aber er bemerkte es, und es machte ihn nur noch wütender.

Also tat er, was er immer tat, wenn sie sich an der freundlichen und liebenswürdigen Art vorbeigedrängt hatte, die er dem Rest der Welt zeigte. Er zog sie wieder an sich und küsste sie noch einmal. Hitzig und leidenschaftlich bewegte er seine Lippen auf ihren und zwang seine Zunge in ihren Mund, bevor sie noch reagiert hatte. Der Stein der Flurwand war kalt an ihren Schultern, als er die Hüften fest gegen sie drückte und recht bewundernswert demonstrierte, dass zumindest seine Begierde sehr ehrlich war, was immer mit dem Rest sein mochte.

»Also gut«, sagte sie leise und ein wenig atemlos, als er ihre Lippen wieder freiließ. »Ich glaube dir, dass du mich liebst. Unsere Söhne und diese arme Frau, die du bei ihnen gelassen hast, glauben das inzwischen wahrscheinlich auch. Sollen wir nachsehen?«

Er lachte. »Du hast mir so gefehlt, Seraph.«

15

In Tiers Zelle (denn es handelte sich immer noch um eine Gefängniszelle, auch wenn sie eingerichtet war wie für einen König) sah Seraph, dass sie mit ihrer Spekulation, was die anderen machten, richtig gelegen hatte: Lehr wirkte verlegen, Jes unergründlich, und die Frau, Myrceria, sah sehr erschrocken aus.

»Es tut mir leid«, sagte Seraph zu ihr. »Ich wollte Euch nicht beleidigen, Myrceria, aber ich weine für gewöhnlich nicht vor Fremden. Wir hatten Tier vor ein paar Monaten für tot gehalten, und ich konnte kaum glauben, dass er wirklich hier ist und in Sicherheit.«

Myrceria war eindeutig erleichtert über Seraphs Ruhe. »Selbstverständlich verstehe ich das; ich überlasse Euch Eurem Wiedersehen, Tier.«

»Danke«, sagte Tier. »Sagt mir Bescheid, wenn Ihr etwas über die Disziplinierung erfahrt.«

Sie blieb an der Tür stehen. »Ich werde niemandem verraten, dass Eure Familie hier ist«, versprach sie.

»Das hatte ich auch nicht angenommen«, erwiderte Tier. »Schlaft gut.«

»Das werde ich wohl«, sagte sie und schloss die Tür hinter sich.

Tier setzte sich aufs Bett, zog Seraph neben sich und legte den Arm um sie. Lehr setzte sich auf seine andere Seite, nahe an seinen Vater, aber ohne ihn zu berühren.

»Also«, begann Tier, »erzählt mir von euren Abenteuern. Nicht du, Seraph, ich will nicht nur einen knappen Bericht, sondern auch Einzelheiten erfahren. Lehr, was ist passiert? Ihr dachtet, ich wäre tot?«

Seraph überließ Lehr gern den größten Teil des Erzählens. Tier schien zu denken, dass sie im Augenblick hier alle in Sicherheit waren, und sie gab sich mit seiner Einschätzung zufrieden. Sie schloss die Augen, atmete Tiers Duft ein und spürte seine Wärme an der Haut.

Am Ende der Geschichte schüttelte Tier den Kopf. »Meine Liebste«, sagte er, und sie sah das Lachen in seinen Augen. »Du hast dich verändert; du hast einen ganzen Reisendenclan überredet, nach Taela zu kommen, um mich zu retten. Wann hast du gelernt, so überzeugend zu sein?«

Sie sah ihn verärgert an. »Als ich entdeckte, dass es nützlicher war, Spielfiguren zu haben, die taten, was ich von ihnen wollte, als sie umzubringen und dann alles selbst erledigen zu müssen.« Sie grinste triumphierend, als sie bemerkte, dass Tier nicht vollkommen sicher war, wie ernst sie das meinte, und Lehr lachte.

Tier verdrehte die Augen. »Man geht für ein paar Wochen, und schon passiert etwas. Die Frauen und Kinder erinnern sich nicht mehr daran, dass sie einem Respekt schulden. Was hast du mit einem ganzen Clan vor?«

»Wir hätten ohne sie nie in den Palast gelangen können«, sagte Seraph.

Lehr lachte. »Offenbar hat einer der Kaiser vor ein paar Generationen Reisende für ein wenig Magie bezahlt. Er wollte allerdings nicht mit ihnen gesehen werden, also brachte er sie auf einem geheimen Weg herein.«

»Wir kamen durch einen unterirdischen Tunnel«, sagte Jes mit verträumter Stimme. »Pilzfäden hingen an der Seite des Ganges wie geschmolzener Käse.«

»Jes hat eine Freundin gefunden«, sagte Lehr.

Tier warf Seraph einen Blick zu, aber es war auch für sie das Erste, was sie davon hörte. Jes lächelte liebenswert und sagte nichts.

Die Mädchen des Rongierclans machten, wenn möglich, einen großen Bogen um Jes. »Hennea?«, fragte sie.

Lehr grinste. »Ich denke, es geht ihr ebenso wie ihm – sie ist vielleicht ein wenig erschrocken, aber Jes ist sehr zufrieden mit sich.«

»Hennea ist der Rabe, den ihr gefunden habt, nicht wahr?«, fragte Tier.

Sie nickte.

»Mach dir keine Sorgen, Mutter«, bat Jes.

Tier lächelte und küsste sie auf den Kopf. »Du solltest Jes vertrauen«, sagte er. »Er wird es schon richtig machen.« Dann sah er Lehr an. »Wie gefällt es dir, ein Jäger zu sein?«

»Er war immer ein Jäger«, sagte Seraph bissig. Sie war nicht sicher, ob sie Lehrs Antwort auf diese Frage hören wollte. Sie konnte nicht ertragen, dass ihre Söhne unglücklich waren. »Er wusste es nur nicht.«

»Die Lerche von Rongiers Clan hat mir ein paar ziemlich interessante Dinge beigebracht«, sagte Lehr.

Tier streckte die Hand aus und tätschelte mitfühlend Lehrs Knie.

»Rinnie wollte ein Hüter sein«, sagte Jes und sah seinen Bruder liebevoll an. »Sie wollte sich in einen Panther verwandeln können, genau wie ich.«

»Das kann ich mir denken«, sagte Tier. »Ihr habt mir alle so gefehlt!«

»Wir sollten gehen, Papa«, sagte Jes plötzlich.

»Das können wir nicht«, stellte Seraph fest. »Einer von Tiers Freunden ist in Gefahr, und außerdem haben die Zauberer Tier einen Bann auferlegt, sodass er die Domäne des Pfads nicht verlassen kann.« Sie sah in den Augen ihres Sohnes, dass der Hüter sich erhob, und sagte: »Ich kann etwas gegen diesen Zauber tun, aber ich brauche Zeit, um ihn zu studieren. Und außerdem werden wir ohnehin nicht gehen, ehe Tiers Freund in Sicherheit ist. Tier, Lehr hat dir unsere Geschichte erzählt – jetzt wollen wir wissen, wie es dir ergangen ist.«

Sie waren kein so höfliches Publikum wie er und unterbrachen ihn häufig. Seraph bohrte nach Einzelheiten über das wenige, woran er sich von seinen Begegnungen mit den Zauberern des Pfads erinnern konnte. Lehr neckte ihn wegen der Frauen, die ihn gewaschen und sein Haar geflochten hatten, und machte sich Gedanken über die magische Gefangenschaft. Jes war still, bis Tier ihnen von seinem kaiserlichen Besucher erzählte.

»Der Kaiser?«, fragte Jes. »Der Kaiser kam in deine Zelle?«

»Woher wusste er, dass du hier warst?«, fragte Lehr misstrauisch.

»Ich habe geschworen, darüber zu schweigen, also brauche ich seine Erlaubnis, um es erzählen zu können«, sagte Tier. »Aber das ist ohnehin eine vollkommen andere Geschichte.«

Beide Jungen freuten sich, als Tier berichtete, dass er begonnen hatte, die Sperlinge auf seine Seite zu ziehen.

Seraph schüttelte den Kopf. »Sie ahnten nicht, was sie taten, als sie dich entführten.«

»Nun«, sagte Tier, »vielleicht war ich *zu* gut. Offenbar hat Telleridge versucht, einen meiner Jungen dazu zu bringen, einen anderen zu schikanieren – etwas, das dieser Junge schon ein paarmal getan hatte. Diesmal weigerte sich Kissel jedoch, und da er ein offener, direkter junger Mann ist, sagte er Telleridge, er werde es nicht tun, weil es mir nicht gefallen würde.«

»Ist das derjenige, um den du dir Sorgen machst?«, fragte Seraph.

»Myrceria sagte mir heute Abend, dass die Meister, die Zauberer des Pfads, eine sogenannte Disziplinierung veranstalten wollen.« Er erzählte ihnen, was er darüber wusste. »Ich glaube nicht, dass sie wirklich Kissel im Auge haben; er hat wichtige Freunde. Ich glaube, sie werden den Jungen nehmen, den Kissel schikanieren sollte.«

Er lehnte den Kopf an die Wand. »Seraph, du sagtest, Bandor und der Meister in Redern seien umschattet gewesen.«

»Ja. Lehr und Jes konnten es beide sehen.«

Er holte tief Luft. »Als Phoran und ich alle Informationen zusammensetzten, die wir über den Pfad hatten, kamen wir zu beunruhigenden Schlüssen. Die Pest, die vor zwanzig Jahren so viele Reisendenclans tötete, drang auch in die adligen Häuser des Reiches ein, und als sie zu Ende war, war der Kaiser tot, und nur ein Kind blieb als Thronerbe zurück. Außerdem wurde ein hoher Prozentsatz der Anhänger des Pfads zu Septs, obwohl zuvor vielleicht acht oder zehn Leute zwischen ihnen und ihrem Erbe gestanden hatten.«

»Du glaubst, es könne einen anderen geben.« Ein Schauder überlief Seraph. »Nicht nur umschattet, sondern freiwillig umschattet wie der namenlose König. Denkst du, es könnte Telleridge sein?«

Er nickte. »Phoran hat nach meinem alten Kommandanten, dem Sept von Gerant, geschickt. Er ist auf dem Weg hierher. Mit seinem militärischen und taktischen Rat hofft Phoran, den Pfad brechen zu können. Wenn wir sie überraschen und Phoran gnadenlos genug vorgeht, können wir alles in Ordnung bringen.«

»Aber Gerant wird nicht rechtzeitig hier sein, um deinen Jungen zu retten«, wandte Seraph leise ein.

»Wahrscheinlich nicht.«

»Diese Sperlinge«, sagte Seraph nachdenklich. »Sie werden nichts damit zu tun haben wollen, einem anderen Jungen wehzutun.«

»Das glaube ich auch«, sagte Tier. »Vielleicht einige von ihnen, aber die meisten werden sich nicht beteiligen wollen.«

Seraph lächelte. »Dann werden die Meister versuchen, ihnen mit ihrer gestohlenen Bardenmagie ihren Willen aufzuzwingen. Sag mir, Tier, wenn alle vom Pfad im selben Raum wären, wie viele würden es sein?«

»Es gibt etwa sechzig Sperlinge«, sagte er. »Ich weiß nicht genau, wie viele Raubvögel – ich kenne die Namen von etwa hundert. Vielleicht doppelt so viele.«

»Und die Zauberer«, sagte Seraph. »Du sagtest, es wären fünf.«

»Fünf«, stimmte er zu. »Und eine Handvoll Lehrlinge und Leute, die nur ein klein wenig zaubern können.«

»Wir haben eine Eule, einen Falken, einen Adler und zwei Raben«, sagte Seraph. »Ich weiß nicht, über wie viele gewöhnliche Zauberer der Clan verfügt, aber auch wir werden nicht allein sein. Es gibt sicher mindestens fünfzig Leute beim Clan, die nichts lieber täten, als einen Haufen *Solsenti* anzugreifen, die Reisende getötet haben.«

»Euch fehlt eine Eule«, sagte Tier. »Sie haben etwas mit mir gemacht, damit meine Magie mir nicht zur Verfügung steht, erinnerst du dich?«

Seraph runzelte die Stirn. Diese geheimnisvolle Magie, mit der die Meister Tier belegt hatten, gefiel ihr ganz und gar nicht. »Solche Dinge funktionieren besser bei Zauberern als bei solchen, die eine Weisung haben.« Sie tippte mit den Fingern gegen ihre Lippen, als sie weiter darüber nachdachte. »Du sagtest, es verhindert nur, dass du deine Magie bei ihnen anwenden kannst, aber bei anderen funktioniert sie?«

Er nickte.

»So etwas wäre sehr schwierig zu bewerkstelligen«, sagte Seraph. »Sie würden von jedem ihrer Anhänger etwas Persönliches brauchen – Blut oder Haar. Es wäre ein unglaublich komplizierter Bann, und die Macht, die so etwas verlangte …« Sie hielt inne, als ihr etwas Besseres einfiel. »Ich werde Hennea fragen, damit ich wirklich sicher sein kann, aber für mich hört es sich so an, als sei ihr Zauber einfach unvollkommen und launisch. Hennea sagte schon, dass diese Leute nicht wirklich so viel über die Weisungen wissen, wie sie glauben. Wenn sie genug Macht haben, ist es für sie einfach, die Macht eines gewöhnlichen Zauberers zu brechen. Aber um die Macht eines Magiers zu blockieren, der eine Weisung hat, müssten sie sehr genau wissen, was sie alles aufhalten wollen. Ich wette, dass einige der selteneren Formen von Magie dir immer noch zugänglich sind. Und weil sie es nicht richtig gemacht haben, wird ihr Zauber langsam zerfallen.« Sie nickte, denn das passte zu dem, was sie über Magie und Tiers Erfahrung mit dem Pfad wusste. »Deine Magie funktionierte bei ihnen nicht, weil ihr überzeugt wart, dass es nicht funktionieren würde. Aber selbst das wird mit der Zeit vergehen.«

Sie lächelte ihn an. »Und selbst, wenn es nicht so sein sollte, hast du bereits deinen Beitrag geleistet, indem du so viele Sperlinge auf deine Seite gezogen hast. Wenn wir sie bei der Disziplinierung angreifen, werden wir die Reisenden auf unserer Seite haben, sowohl die Krieger als auch die Zauberer, unsere eigenen Magier und die meisten Sperlinge. Du sagtest, die Sperlinge müssen alle bei der Disziplinierung anwesend sein, aber nicht die Raubvögel.«

»Das bedeutet nicht, dass sie nicht dort sein werden«, sagte er. »Aber ich verstehe, worauf du hinauswillst. Sie werden alle dort sein, besonders die Meister, die die wahre Gefahr darstellen. Wenn wir sie vernichten können, kann sich Phoran Zeit lassen, den Rest zu eliminieren. Wir müssen jedoch vorher mit Phoran sprechen. Wenn möglich, möchte ich ohne seine Erlaubnis keinen Reisendenclan in seinen Palast bringen.«

Es klopfte leise an der Tür, und Tier sprang auf. »Einen Augenblick«, sagte er und sah sich im Zimmer um, obwohl er wusste, dass es keine Verstecke gab.

»Ganz ruhig«, flüstert Seraph. »Niemand wird Jes sehen, und …« Sie wandte sich Lehr zu, sah ihn aber ebenfalls nicht. »Ich muss einmal mit Brewydd darüber reden, was sie Lehr beibringt«, murmelte sie. »Geh und öffne die Tür, Tier. Sie werden mich auch nicht sehen, es sei denn, er ist einer deiner Zauberer.« Mit einem Flüstern von Magie sorgte sie dafür, keine Aufmerksamkeit zu erregen.

Tier zog die Brauen hoch, und er verzog amüsiert den Mund – amüsiert über sich selbst, dachte Seraph. Es war eine Sache zu wissen, dass alle in der Familie Magie wirken konnten, und eine andere, sie dabei zu beobachten.

»Toarsen«, sagte er, nachdem er die Tür geöffnet hatte. »Tretet ein.«

»Ich kam, sobald ich es hörte«, sagte Toarsen. »Die Gerüchte breiten sich im gesamten Nest aus. Es wird eine Disziplinierung geben.«

»Das habe ich auch schon gehört«, sagte Tier. Seraph konnte sehen, dass ihr Mann zu einer Entscheidung kam.

»Toarsen«, sagte er, »wenn Ihr unbedingt den Kaiser sehen wolltet, könntet Ihr das tun? Selbst so spät am Abend?«

»Ich – ich denke schon«, sagte Toarsen. »Aber nicht ohne die Hilfe meines Bruders Avar.« Er zögerte und schob das Kinn vor. »Aber ich werde nichts tun, das meinen Kaiser in Gefahr bringt – selbst wenn er ein dummer Säufer ist, der sich mehr für den neuesten Wein aus Carek interessiert als für sein Reich.«

»Einverstanden«, sagte Tier. »Ich möchte, dass Ihr Euren Bruder überredet, zum Kaiser zu gehen – sagt ihm, es sei dringend. Und dann …« Tier hielt inne und schüttelte den Kopf. »Dann sagt Phoran, dass Ihr eine Botschaft für ihn habt, die

Ihr ihm nur allein übergeben könnt, oder bestenfalls ihm und Avar. Der Kaiser weiß zu viel über Euch, mein Junge, um sich Euch anzuvertrauen, aber er vertraut Avar. Wenn Ihr drei alleine seid, sagt Ihr Phoran, sein Barde müsse dringend mit ihm sprechen, wenn er nichts dagegen habe. Sagt Phoran, ich hätte einen Plan, aber nicht viel Zeit.«

Toarsen starrte ihn an. »Phoran weiß von Euch?«

Der Barde grinste boshaft. »Ihr solltet den Kaiser nicht einfach abtun, Junge; ich habe das Gefühl, dass er von vielen unterschätzt wurde und diesen Leuten ein raues Erwachen bevorsteht.«

Toarsen nickte bedächtig. »Also gut. Ich tue es. Wenn es nicht klappt, komme ich allein hierher zurück.«

»Gut«, sagte Tier, tätschelte Toarsens Schulter und schob ihn nach draußen. Er wartete, bis der Klang von Toarsens Schritten auf dem Flur leiser wurde.

»Das war Toarsen, der jüngere Bruder des Sept von Leheigh«, sagte er und setzte sich wieder neben Seraph. »Er wird Phoran für uns holen.«

»Weißt du«, murmelte Seraph, die über Tiers Geschichte nachgedacht hatte, während er sich mit dem Jungen unterhielt, »Ich wusste, dass wir Ärger bekommen würden, als all unsere Kinder mit Weisungen geboren wurden. Ich hätte schon vor Jahren davon ausgehen sollen, dass ich einmal zusammen mit dem Kaiser gegen einen neuen Schatten kämpfen würde.«

Jes sah sie gleichmütig an, aber Lehr lächelte. »Vielleicht entschädigen sich die Götter so für all diese Brunnen und unfruchtbaren Felder, um die du dich seit Jahren nicht gekümmert hast.«

Seraph verdrehte die Augen, wie Tier es so gern tat – wenn sie wollte, konnte sie ihn gut nachahmen. »Unverschämt! Man trägt sie neun Monate, ernährt sie, kleidet sie, und was kommt dabei heraus? Unverschämtheit.«

»Seraph«, fragte Tier, »Wenn sie meine Weisung wollen, warum haben sie sich diese nicht einfach genommen? Warum warten sie ein Jahr?«

»Ich bin nicht ganz sicher«, sagte Seraph. »Aber Magie funktioniert besser, je mehr man etwas kennt. Ich könnte dir leichter einen Bann auferlegen als einem Fremden. Ihre Magie ist nicht vollkommen zuverlässig, und viele ihrer Steine funktionieren nicht richtig. Das Jahr hat vielleicht den Zweck, dass einer ihrer Zauberer dir näherkommen kann, sodass ihr Bann wirklich funktioniert.«

Tier rieb sich das Gesicht. »Ich kann einen *Solsenti*-Zauberer nicht von anderen unterscheiden, solange er keine Magie heraufbeschwört – kannst du das?«

Seraph schüttelte den Kopf. »Ich kann Reisenden ihre Weisung ansehen, wenn ich sie mithilfe meiner Magie betrachte. Aber einfache Zauberer kann ich nicht erkennen.«

Tier gähnte. Seraph sah ihn stirnrunzelnd an.

»Wie viele Nächte warst du wach, um über deine Pläne nachzudenken?«, fragte sie, aber sie wartete nicht auf eine Antwort. »Jungs, könnt ihr bitte still sein? Tier, du wirst niemandem etwas nützen, wenn du vor Müdigkeit umfällst. Leg dich hin, und die Jungen und ich werden Wache halten, bis der Kaiser kommt.«

Er setzte zum Widerspruch an, aber es zeigte, wie müde er war, dass er wieder innehielt. »Meine Liebste, wenn du dich selbst bequem hinsetzt, werde ich den Kopf in deinen Schoß legen und ein ganzes Jahr lang schlafen.«

»Siehst du«, sagte Lehr in dramatischem Flüsterton, »so bringt man Frauen dazu, Dinge für einen zu tun. Das solltest du auch einmal versuchen, Jes. Glaubst du, Hennea wird zulassen, dass du deinen müden Kopf in ihren Schoß legst?«

»Lehr«, sagte Jes, »halt den Mund und lass Papa schlafen.«

Seraph selbst schlief nicht, obwohl sie ebenfalls müde war, aber ruhig auf dem weichen Bett zu sitzen, den Kopf ihres Mannes im Schoß, war so wirkungsvoll wie eine Woche Schlaf. Während sie wartete, arbeitete sie daran, die Magie zu lösen, mit der die *Solsenti*-Zauberer Tier gebunden hatten. Sie kämpfte nicht dagegen an, sondern ermutigte einfach nur eine Auflösung, die die Zeit ohnehin bewirkt hätte.

Nachdem sie getan hatte, was sie konnte, öffnete sie ein Auge halb und sah, dass Lehr im Sitzen schlief. Jes war aufmerksam und wachsam – er nickte ihr zu, damit sie wusste, dass er ihren Blick bemerkt hatte. Der Frieden, der sich in ihr Herz senkte, sagte ihr, dass es wirklich Jes war, der Wache hielt, und nicht der Hüter. Sie hielt es für ein gutes Zeichen, dass der Hüter Jes so viel Vertrauen schenkte.

Sie schloss die Augen und genoss die Stille.

»Jemand kommt«, sagte Jes leise.

Tier kam auf die Beine und streckte sich. »Danke, meine Liebste. Würdet ihr bitte alle aufstehen und euch so hinstellen, dass ihr nicht in direkter Linie mit der Tür seid? Aber bitte keine Magie. Wenn das hier nicht Phoran ist, möchte ich lieber verheimlichen, dass ihr hier seid, aber wenn es wirklich der Kaiser ist, sollte er nicht denken, dass wir einen Hinterhalt gelegt haben.«

»Es sind drei Personen«, sagte Lehr, als er gehorsam zur Seite rutschte, ohne aufzustehen. »Einer von ihnen ist Toarsen, einer hat viel Metall an sich, und der Dritte trägt Schuhe mit weichen Sohlen.«

Tier warf Lehr einen überraschten Blick zu. Nun, dachte Seraph, sie hatte ihm schließlich gesagt, dass die Kinder lernen würden, ihre Eigenschaften zu nutzen.

»Woher weißt du, dass es Toarsen ist?«, fragte Tier.

Lehr verzog das Gesicht. »Ich weiß es einfach. Und das beunruhigt mich. Mutter sagt, ich werde mich daran gewöhnen.

Aber es gefiel mir besser, als ich noch glaubte, einfach ein guter Fährtenleser zu sein – zu wissen, dass es von der Magie kommt, nimmt mir die Freude darüber, eine besondere Fähigkeit zu haben. Toarsen trägt feste Lederstiefel, und in einem Absatz steckt ein Nagel. Das führt zu einem Schritt-Klick-Schritt-Klick-Gang.«

Es klopfte leise an der Tür, und Jes' lautlose Reaktion ließ Seraph vor Kälte schaudern.

»Wer ist da?«, fragte Tier und legte es bewusst darauf an, verschlafen und verärgert zu klingen.

»Phoran«, erwiderte eine feste Tenorstimme nicht weniger ärgerlich. »Auf Euren Befehl.«

Tier grinste und öffnete die Tür. »Danke, dass Ihr gekommen seid, Euer Gewaltigkeit. Kommt herein.«

»Diese Anrede kann ich überhaupt nicht leiden«, sagte ein junger Mann, der niemand anderes sein konnte als der Kaiser. Er richtete seinen wachen Blick auf Seraph und Jes, dann sah er Lehr an und schließlich wieder Tier. »Es ist schlimm genug, Ruhmreiche Majestät und Euer Hoheit genannt zu werden, und das von Leuten, die mich für einen Idioten halten. Aber wenn man mich wegen meines Gewichts beleidigt«, er tätschelte seine dickliche Taille, »ist das wirklich unzumutbar. Ich hoffe, Ihr habt mich nicht wecken lassen, damit ich Eure Familie kennenlerne – obwohl Eure Frau zweifellos schön genug ist, um all meine Anstrengungen wert zu sein. Ich fürchte, Avar ist verärgert, weil sein Bruder so unverschämt war, ihn zum Aufstehen zu zwingen – und doppelt so verärgert, weil ich ihm nicht erzählt habe, dass ich mich tief unten im Palast mit einem Gefangenen getroffen habe.«

Tier grinste ihn an. »Woher wusstet Ihr, dass sie meine Familie sind?«

Phoran schnaubte. »Eine hübsche Reisende und zwei Jungen – einer sieht aus wie sie und der andere wie Ihr. Also bitte! Die Leute mögen mich für einen Säufer halten, aber ich bin kein vollkommener Idiot. Ich weiß, dass Ihr mir gesagt hattet, sie würde kommen, aber ist sie nicht ein wenig früh dran?«

Er drehte sich anmutig und zeigte auf den großen, kräftigen Mann, der hinter sich die Tür geschlossen hatte – der Mann, von dem Lehr gesagt hatte, er trüge Metall. »Avar, ich möchte dich Tier aus Redern vorstellen – aus deiner eigenen Sept. Tier, das hier ist Avar, Sept von Leheigh, und mein Freund.«

»Mein Sept«, sagte Tier und deutete eine Verbeugung an.

»Wer seid Ihr, dass Ihr den Kaiser bitten könnt, zu Euch zu kommen?«, fragte Avar, der Tiers Gruß ignorierte.

Ist er etwa eifersüchtig?, fragte sich Seraph.

»Ich bin sein demütiger Diener«, sagte Tier sofort.

»Er hilft mir«, sagte Phoran. »Der Pfad ist gefährlicher, als du denkst. Ich habe es Tier zu verdanken, dass ich das nun weiß. Er hat mir geholfen herauszufinden, wer die Raubvögel sind, und gleichzeitig die Sperlinge auf seine Seite gezogen.«

»Deshalb habt Ihr die Schwertübungen begonnen!« Toarsen wirkte plötzlich enttäuscht.

Seraph, eine Mutter, hörte, was er nicht aussprach: *Ihr habt Euch nicht wirklich für uns interessiert.*

»Er sagte mir«, warf Phoran ein, ohne Toarsen anzusehen, »dass es einige junge Männer gebe, die nur ein wenig Anleitung brauchten, um meine besten Helfer zu werden, wenn ich mein Reich wirklich selbst regieren will.«

»Ihr dachtet, *wir* könnten dem Kaiser helfen?«, fragte Toarsen beinahe schockiert.

Als wäre es eine so großartige Sache, vom Kaiser benutzt zu werden – manchmal fand Seraph die männliche Hälfte der Spezies wirklich nicht sonderlich beeindruckend.

»Ich weiß, dass Ihr es könnt«, sagte Tier. »Wo sonst wird er einen Haufen Heißsporne herbekommen, die kämpfen können und nicht die geschworenen Bewaffneten eines Sept sind?«

»Collarns neuer Posten«, sagte Toarsen. »Ihr habt dafür gesorgt!«

»Tatsächlich«, warf der Kaiser mit einem Räuspern ein, »war ich das.«

Toarsen sah vollkommen verblüfft aus, als er sich Tier zuwandte. »Der Kaiser ist dekadent und versoffen«, sagte er, als stünde Phoran nicht direkt neben ihm. »Er folgt Avar überall hin wie ein Welpe und tut, was immer Avar ihm sagt. Ihr, Tier, seid nichts als ein gelangweilter Soldat, der eine Beschäftigung brauchte, um das Jahr in Gefangenschaft so schnell wie möglich herumzubringen. Ihr findet die Raubvögel unangenehm und die Meister noch schlimmer. Also sucht Ihr eine Möglichkeit, sie zu ärgern und gleichzeitig die Bewunderung der Sperlinge zu gewinnen. Und als Ihr damit anfingt, stelltet Ihr fest, dass Ihr einige von uns tatsächlich mögt.«

»Man hat mir nie erlaubt, etwas anderes zu sein als ein dekadenter Säufer«, sagte Phoran kühl, aber ohne Zorn. »Und alle folgen Avar wie die Welpen.«

»Ich sah einen Haufen rauflustiger Jungen, die von einem Rudel Aasfresser in die Hölle geführt wurden«, erwiderte Tier. »Und da ich einige von Euch tatsächlich mag, und Männer, die mit den Leben anderer spielen, mich anwidern, habe ich versucht zu tun, was ich kann.«

»Und es funktioniert nur, weil er Euch wirklich mag«, fügte Lehr hinzu. »Wenn er versuchen würde, Euch zu benutzen, hättet Ihr ihn sofort durchschaut.«

Avar, der an der Tür lehnte, rieb sich das Gesicht. »Könnte uns vielleicht jemand sagen, warum wir hier sind? Es gibt doch sicher bessere Tageszeiten für solch theatralische Szenen als die frühen Morgenstunden.«

»Der Pfad will etwas unternehmen, um zu verhindern, dass ich ihm die Kontrolle über die jungen Männer vollkommen abnehme«, berichtete Tier. »Myrceria sagte mir, die Meister planten eine Disziplinierung – ein besonders brutales Spektakel, das sie inszenieren, um ihre Geheimnisse zu bewahren. Ein Junge wird ausgewählt und auf brutale Weise bestraft. Ich hörte, dass die Jungen, die diszipliniert wurden, das nicht immer überlebten. Wahrscheinlich werden sie Collarn nehmen – aber es könnten auch Toarsen oder Kissel sein, einfach, weil sie mir am nächsten stehen.«

Phoran schnaubte, dann sagte er: »Ich kann Collarn auf dem Rückweg zu meinem Schlafzimmer warnen, ohne dass jemand davon erfährt. Aber wir sollten die Vorstellungen fortsetzen, bevor wir weitermachen. Haltet Euch daran, was Eure Eltern Euch zum Thema Manieren gesagt haben, und stellt uns Eure Familie vor, Tier.«

Tier verbeugte sich und grinste verlegen. »Das hier ist Seraph, meine Frau, Rabe vom Clan von Isolda der Schweigsamen. Mein Sohn Jesaphi, den wir Jes nennen. Er ist Hüter. Mein jüngerer Sohn Lehr, Jäger. Seraph, Jes, Lehr, darf ich euch Phoran den Siebenundzwanzigsten vorstellen?«

Über das höfliche Gemurmel und Rascheln hinweg sagte Toarsen: »Der Sechsundzwanzigste.«

Phoran grinste. »Nur, wenn man den Ersten nicht mitzählt. Ich tue das immer, denn ohne ihn hätte es kein Kaiserreich gegeben, was immer sein Sohn Phoran der Erste oder Zweite sagte.«

Toarsen lächelte widerstrebend. Kein Wunder, dass ihr Mann diesen jungen Kaiser mochte, dachte Seraph. Sie waren sich sehr ähnlich.

»Ich hatte vor, Collarn selbst zu warnen«, wandte sich Tier wieder dringlicheren Angelegenheiten zu. »Aber meine Frau wies mich darauf hin, dass diese Disziplinierung unsere beste Gelegenheit ist, sie alle am gleichen Ort zu erwischen. Angeblich soll jeder von ihnen teilnehmen. Sie werden ein wenig Widerstand von den Sperlingen erwarten – zu viele von ihnen haben angefangen, die Anforderungen des Pfads näher zu betrachten –, aber keinen Angriff von außen.«

»Wann wird es geschehen?«, fragte Phoran

»Irgendwann in den nächsten paar Tagen«, erwiderte Tier.

Phoran schüttelte den Kopf. »Es sind zweihundert – und fünf Zauberer, und der Sept von Gerant und seine Männer sind noch nicht da. Ich habe …«

»Ich habe zwanzig Männer hier«, sagte Avar. »Meine eigenen Leute, nicht die meines Vaters.«

»Und meine Frau sagt, sie kann weitere fünfzig mitbringen – überwiegend mit Messern und ein paar Schwertern bewaffnet«, sagte Tier. »Reisende.«

Misstrauisch fragte Avar: »Warum sollten sich Reisende für diese Dinge interessieren?«

»Weil unser Volk ausstirbt«, antwortete Seraph. »Solange ich mich erinnern kann, haben die Septs versucht, es zu vernichten. Wenn meine Freunde Euch helfen, Phoran – würdet Ihr Ihnen dann ebenfalls behilflich sein?«

Phoran nickte bedächtig. »Ich werde tun, was ich kann. Ich habe nicht die Macht, die ein Kaiser haben sollte, und mich auf die Seite der Reisenden zu stellen, wird mich nicht gerade beliebter machen. Aber ich werde tun, was ich kann.«

»Wird das genügen?«, fragte Avar.

Seraph lächelte. »Der Pfad hat seit jeher Reisende umgebracht. Wir wussten das bisher nur nicht – wenn Phoran uns nicht bitten würde, ihm zu helfen, würden wir den Pfad auch allein angreifen. Aber es ist viel sicherer, auf kaiserlichen Befehl in den Palast einzudringen.«

»Myrceria will versuchen herauszufinden, wann diese Disziplinierung stattfinden soll«, fuhr Tier fort.

»Ich werde es noch eher erfahren«, sagte Toarsen. »Myrceria wird warten müssen, bis ihr jemand davon erzählt – aber ich werde eine Einladung erhalten. Mit Eurer Erlaubnis«, er warf einen Blick von Tier zu Phoran, als wisse er nicht genau, wessen Erlaubnis er denn nun brauchte, »werde ich auch Kissel Bescheid sagen, falls sie sich doch entschließen, mich als zu disziplinierendes Beispiel zu verwenden.«

»Wie viel Zeit braucht Ihr, um die Reisenden herzubringen?«, fragte Phoran, und sie begannen zu planen.

Seraph lehnte sich zurück und steuerte ihre Informationen bei. Der Kaiser, Avar und Tier hatten offenbar viel Spaß bei der Organisation des Angriffs, und die jüngeren Männer waren beinahe genauso schlimm – bis auf Jes, der sich lieber im Hintergrund hielt.

Es amüsierte Seraph zu sehen, dass der Kaiser, der Sept von Leheigh und sein jüngerer Bruder die Führerschaft allesamt Tier überließen, obwohl sie einen so viel höheren Rang hatten als er – und sie hingen geradezu an seinen Lippen.

16

Am nächsten Morgen war Tier hundemüde, aber mehr in Frieden mit sich und der Welt als seit langer Zeit. Seraph war bei ihm. Nun ja, nicht *bei ihm*. Sie war gegangen, um bei den Reisenden Diplomatin zu spielen, und das war eine ziemlich seltsame Vorstellung – Tier kannte nur eine einzige Person, die noch undiplomatischer sein konnte als Seraph, und das war seine Schwester Alinath.

»Schützt Euch vor allem in der Mitte«, sagte er einem der Sperlinge. »Vergesst nicht, dass es hier nicht darum geht, wer als Erster blutet, sondern um Leben und Tod. Sorgt dafür, dass Ihr zu den Überlebenden gehört.«

Er ging hinter seinen Leuten her und beobachtete ihre Fußarbeit, als ein Diener ihn am Ärmel packte.

»Telleridge wünscht einen Augenblick Eurer Zeit.«

»Toarsen«, rief Tier. »Kissel. Kümmert Euch um die Übungen. Wenn ich nicht zurückkomme, legt eine Pause ein, wenn alle ihre Hemden nass geschwitzt haben.«

Toarsen trat aus der Reihe und vollzog dabei einen spöttischen militärischen Gruß. Er sah nicht halb so müde aus, wie Tier sich fühlte, und dabei hatte er nicht mehr Schlaf bekommen als der Barde. Tier fühlte sich alt.

Der Diener brachte ihn zu einem der kleineren Zimmer, die als Besprechungsräume der Raubvögel dienten, und öffnete ihm die Tür. Im Raum stand ein kunstvoll geschnitzter Wandschirm, der einen Teil des Zimmers verbarg. Vier

Gestalten in schwarzen Gewändern saßen auf goldenen gepolsterten Stühlen, die vor einem fröhlich flackernden Feuer aufgestellt waren, zwei leere Stühle warteten in der Mitte. Telleridge, ebenfalls im schwarzen Gewand, stand vor dem Feuer.

Er blickte auf, als Tier hereinkam, aber die anderen sahen weiter das Feuer an.

»Ah, danke, dass Ihr gekommen seid. Baskins, du darfst gehen.«

Der Diener schloss die Tür und ließ Tier allein mit den Zauberern des Pfads.

»Kommt und setzt Euch, Barde«, sagte Telleridge in schwer zu deutendem Ton.

Misstrauisch setzte sich Tier auf die Kante eines der leeren Stühle, und der Meister ließ sich auf dem anderen nieder. Tier hatte den seltsamen Eindruck, dass Telleridges Ruhe nur ein dünner Film über stürmischen Wassern war.

»Ihr habt uns viel gekostet, mein Freund«, sagte Telleridge. »Was habt Ihr Euch dabei gedacht, uns die Sperlinge abnehmen zu wollen? Dachtet Ihr, wir würden Euch das einfach erlauben?«

»Ihr fangt nichts mit ihnen an«, erwiderte Tier. »Es gibt ein paar sehr gute junge Männer bei den Sperlingen – und ein paar, die nur eine Verschwendung von Schuhleder sind.«

»Sie sind nützlich für uns.« Telleridge klang nun ein wenig amüsiert. Tier bemerkte das und nahm sich vor, es sich für einen Zeitpunkt zu merken, wenn er selbst unangenehm herablassend sein wollte. »Und zwar so, wie sie waren. Wir haben eine Disziplinierung angesetzt, die uns die Kontrolle zurückgeben wird, aber ich fürchte, dass es nur wenige dieser Sperlinge bis zum Raubvogel schaffen werden. Ich war besonders aufgeregt, als Ihr den jüngeren Bruder des Sept von Leheigh nahmt. Ich hatte große Hoffnungen in ihn gesetzt.

Und es ist so schade um diesen jungen Musiker, Collarn – die Musik wird uns in diesen Hallen fehlen, wenn ihr beide gegangen seid.«

»Aha«, sagte Tier und schlug ebenfalls den leicht ironischen Ton an, den der Meister offenbar bevorzugte. »Ich nehme an, das wird ein wenig eher geschehen, als Ihr vorhattet?«

Hinter dem Wandschirm war ein Geräusch zu hören, aber es war zu schwach, dass Tier es identifizieren konnte.

»Ich bin darüber nicht glücklicher als Ihr selbst«, sagte Telleridge. Offenbar hatte man den anderen befohlen, sitzen zu bleiben und zu schweigen, denn keiner von ihnen hatte seit Tiers Eintritt etwas Interessanteres getan, als zu atmen. »Eulen sind selten genug, aber diese Eule wird unsere Pläne zerstören. Damit haben wir innerhalb von zwei Jahren gleich zweimal versagt. Wir hatten zuvor nie solche Schwierigkeiten, einen Barden zu beherrschen – ich nehme an, es ist das Talent des Barden, das Ihr benutzt, um die Sperlinge für Euch zu gewinnen?«

Tier sah ihn stirnrunzelnd an. »Wie könnte das sein? Ihr sagtet doch, Ihr habt meine Weisung unter Kontrolle.« Tatsächlich hatte Tier das benutzt, was Gerant ihm beigebracht hatte, denn er hatte sich ohnehin nie sonderlich auf seine Weisung verlassen – anders als Barden, die bei Reisenden aufgewachsen waren.

»Ich frage mich, wieso keiner von unseren anderen Barden so etwas getan hat«, erwiderte der Meister.

Weil sich ein Reisendenbarde wohl kaum um das Leben von einem Haufen *Solsenti* scheren würde, die hier zu Schurken ausgebildet werden, dachte Tier, aber er schwieg.

Der Meister wartete höflich, und als Tier nichts sagte, zuckte er die Schultern. »Wie auch immer, ich bin ausgesprochen bedrückt über die anderen Dinge, die Ihr uns ebenfalls gekostet habt.« Er stand auf und ging zum Wandschirm.

»Kommt, Barde. Und vielleicht wird es Euch ebenso leidtun wie mir.«

Weil er umgeben von fünf Magiern nicht anders konnte, stand Tier langsam auf und folgte dem Meister. Die anderen erhoben sich ebenfalls und gingen schweigend hinter ihm her.

Eine Frau war nackt an einen Stuhl gebunden, und jemand hatte offenbar auf die altbewährte Weise geprüft, wie gut menschliches Fleisch Messern und anderen Dingen widerstand. Ihr Gesicht war bis zur Unkenntlichkeit zerschlagen – aber das Haar sagte Tier genug.

»Myrceria«, sagte er.

Sie erstarrte, als er sprach, und er erkannte, dass ihre Augen so zugeschwollen waren, dass sie nichts sehen konnte.

»Myrceria hat mir einiges erzählt«, sagte Telleridge. »Nicht wahr, meine Liebe?« Er tätschelte ihren Kopf, dann holte er einen Dolch heraus und schnitt ihren Knebel durch.

»Es tut mir leid«, sagte sie und wandte das Gesicht blind in Tiers Richtung. »Es tut mir so leid.«

»Still«, sagte Tier und legte einige Kraft hinter das Wort. »Ganz ruhig.«

Sie zitterte weiter, aber sie hörte auf, sich zu entschuldigen. Entweder waren es nur seine Worte, die wirkten, oder Seraph hatte recht, was den Bann der Meister anging, und Myrceria hatte Tiers magische Berührung gespürt.

»Ich war wütend wegen der Sperlinge«, sagte Telleridge. »Und noch wütender, als ich heute früh Myrceria verhörte und erkannte, dass sie Euch nicht im Auge behalten hatte, wie sie sollte – Ihr hattet sie uns ebenfalls abgenommen. Sie war jahrelang ein wertvolles Werkzeug, und Ihr habt sie verdorben.«

Telleridge bewegte sich so schnell, so unerwartet, dass Myrcerias Blut Tier von der Brust bis zum Knie überströmte, ehe er erkannte, was der Meister getan hatte.

Telleridge zog Myrcerias Kopf hoch und hielt ihn während ihrer Todeszuckungen. »Sie war so nützlich! Wo werde ich eine andere Zauberin finden, die unseren Reisendengästen so nahe kommen kann? Ich hatte nur diese eine Tochter.« Er ließ ihren Kopf fallen und wischte sich die Hände ab. Sein schwarzes Gewand verbarg das Blut viel besser als Tiers helle Kleidung.

Es war nicht so, dass er den Pfad nicht bereits für böse gehalten hätte, dachte Tier. Er hatte nur vergessen, wie plötzlich der Tod kommen konnte und wie endgültig er war. Er hatte Myrceria gern gehabt.

Tier hatte immer noch das Schwert dabei, aber diese ganze Situation war zu gut geplant. Wenn sein Schwert ihm hätte nützen können, hätten sie es ihn nie behalten lassen.

Hatte Myrceria ihre Pläne verraten? Sie hatte nicht alle gekannt – aber genug.

»Aber wisst Ihr, was mich am meisten beunruhigt?«, brach Telleridge in Tiers Trauer und Zorn ein. »Wie seid Ihr an den Kaiser geraten? Wisst Ihr, wie lange es dauerte, einen harmlosen Herrscher zu finden? Wie viele ihr Leben gaben, damit ich ihn angemessen formen konnte? Und jetzt versucht er plötzlich, die Macht zu ergreifen. Erst als ich gestern mit Euch sprach, zog ich eine Parallele zwischen dem, was Ihr mit den Sperlingen gemacht habt, und dem, was mit dem Kaiser geschieht.« Telleridge schüttelte den Kopf. »Und was habt Ihr uns übrig gelassen, um an seiner Stelle zu herrschen? Avar ist der Nächste am Thron, aber er ist bereits ein Idiot, ein wohlmeinender Idiot. Und Ihr habt Toarsen verdorben.« Er seufzte theatralisch. »Nicht, dass es für Euch zählen wird, wie viel Ärger Ihr gemacht habt, aber ich dachte, Ihr möchtet heute Abend gern auf der Bühne sein. Ich hebe Euch bis zuletzt auf, damit Ihr sehen könnt, wie Eure kleinen Projekte sterben.«

Tier starrte schweigend Myrcerias Leiche an.

»Ach, keine Worte für mich, Barde?«, höhnte der Meister.

Ja, dachte Tier, es war an der Zeit zu sehen, wie viel Kontrolle er über seine Weisung hatte.

»Nur Feiglinge foltern Frauen«, sagte er und machte sich nicht einmal die Mühe, dem Stock auszuweichen, der ihn an der Wange traf.

Toarsen rieb sich das Haar mit einem Handtuch trocken, dann ging er den geheimen Weg entlang, der ihn wieder zum Rest des Palasts führen würde. Er war allein, also rief er sich lächelnd noch einmal Avars Gesicht vor Augen, als er ins Schlafzimmer seines Bruders gestürmt war und verlangt hatte, er solle ihn zum Kaiser bringen.

Überzeugt, dass es nur um eine dumme Wette ging, hatte sein Bruder sich beinahe geweigert. Aber dann hatte er es doch getan.

Toarsen fand das überraschend. Sein Bruder hatte ihn selten beachtet, nur, wenn er ihm Befehle erteilte.

Als er bei seiner Ehre geschworen hatte, eine dringende Botschaft für den Kaiser zu haben, hatte Avar einen gequälten Seufzer von sich gegeben, war aufgestanden, hatte sich angezogen und getan, worum Toarsen ihn bat. Auf dem Rückweg zu ihren Gemächern, nachdem sie die Nacht mit Kriegsrat verbracht hatten, hatte Avar ihm den Rücken getätschelt – eine warme, respektvolle Geste, wie er sie Toarsen nie zuvor hatte zuteil werden lassen.

Der Gang, den Toarsen genommen hatte, führte nicht weit von seinen Gemächern entfernt in einen unwichtigen Lagerraum. Er spähte vorsichtig durch die Tür in den öffentlichen Flur, aber es gab dort niemanden, der ihn sehen konnte, als er aus dem Lagerraum und in seine Gemächer schlüpfte.

Er zog sich die unbequeme Hofkleidung an und war

schon halb wieder draußen, als er bemerkte, dass ein Pergamentumschlag auf dem Kirschholztischchen neben seinem Bett lag.

Sein Puls begann schneller zu schlagen, als er ihn öffnete und die Einladung las.

»Jetzt schon?«, sagte er.

Seraph hatte sich in dem Bettzeug zusammengerollt, das nach Tier roch. Sie war zu den Reisenden gegangen, als die Sonne nur eine schwache Andeutung am Himmel war. Es war leichter gewesen, als sie gedacht hatte, Benroln und seinen Clan zu überreden, als Soldaten des Kaisers zu dienen. Sie hatte Lehr und Jes schlafen lassen und war dann von der Schäferei am Rand von Taela, wo der Clan sich niedergelassen hatte, wieder aufgebrochen, um in den Palast zurückzukehren.

Tier war nicht in seiner Zelle gewesen, als sie zurückgekehrt war, um ihm von ihrem Erfolg zu erzählen, aber sie hatte gewusst, dass er seine normalen Gewohnheiten aufrechterhalten musste, um keine Aufmerksamkeit zu erregen. Also war sie in sein Bett gestiegen und hatte sich daran erinnert, dass er noch lebte. Wenn jemand hereinkam, würde er sie nicht bemerken, solange sie das nicht wollte.

Jemand klopfe an die Tür.

»Tier? Ich bin's, Toarsen. Seid Ihr wieder da?«

Widerstrebend stand sie auf und zog die Bettdecke zurecht. Sie öffnete die Tür und winkte den jungen Mann herein.

»Er ist nicht hier«, sagte sie.

»Ich kann ihn nirgendwo finden!« Toarsen klang ein wenig hektisch. »Die Disziplinierung soll schon heute Abend stattfinden, und ich kann Tier nicht finden.«

»Er ist in Ordnung«, sagte Seraph, denn Toarsens Nervosität ließ sie nur ruhiger werden. »Er wird es wissen wollen, aber im Augenblick müssen vor allem Phoran, Euer Bruder und meine Leute davon erfahren. Geht zu Eurem Bruder und sagt ihm, er solle Phoran unterrichten, seine Männer holen und sich in den Fluren, die wir festgelegt haben, mit meinen Leuten treffen. Ich werde die Reisenden holen, und nachdem Ihr Avar Bescheid gesagt habt, solltet Ihr weitermachen, als wäre nichts geschehen. Avar kann Phoran benachrichtigen. Achtet nur darauf, nicht unbewaffnet zu der Disziplinierung zu gehen.«

Er nickte und ging. Seraph rannte durch das Labyrinth der Flure – sie durfte keine Zeit mehr verschwenden. Sie musste Benroln holen. Tier hatte lange überlebt, ohne dass sie über ihn gewacht hätte. Sie musste einfach glauben, dass es ihm gut ging.

Avar und seine Männer warteten wie versprochen auf sie, in einem langen, dunklen Flur, der groß genug für doppelt so viele Menschen gewesen wäre. Er sah erleichtert aus, als er Seraph und den Clan des Bibliothekars sah.

»Das hier gefällt mir nicht«, sagte er, ohne auf Vorstellungen zu warten. »Toarsen sagt, er kann Tier nirgendwo finden. Er suchte auch nach Myrceria, um ihr eine Botschaft für Tier zu geben, aber sie war ebenfalls unauffindbar, und die anderen Huren wussten nicht, wo sie steckte. Er sagte, er habe Tier zum letzten Mal bei den Schwertübungen gesehen, aber einer der Meister habe ihn zu sich gerufen. Und ich kann auch Phoran nirgendwo finden, obwohl sein Pferd immer noch im Stall steht.«

Seraph schob ihre Unruhe beiseite und zwang sich, klar zu denken. Der Pfad war wütend auf Tier, weil er die Sperlinge auf seine Seite gezogen hatte … also hatten sie ihn abgeholt und … Ihre Gedanken gerieten ins Stocken. Hatten sie ihn einfach umgebracht?

»Ich sehe keine andere Möglichkeit, als den Plänen zu folgen, die wir letzte Nacht besprochen haben«, sagte sie schließlich.

Neben ihr nickte Benroln zustimmend. »Wenn es wahr ist, was Seraph uns über den Pfad sagt, ist das unsere beste Gelegenheit, sie alle zu erledigen. Es wäre besser für uns, wenn der Kaiser dabei wäre, um das Ganze zu bezeugen – aber der Pfad muss hier und jetzt vernichtet werden.«

»Weder Tier noch Phoran werden unbedingt gebraucht, um den Pfad zu zerstören«, sagte Seraph mit schmerzhafter Ehrlichkeit. »Ohne Tier müssen wir allerdings vielleicht auch gegen die Sperlinge kämpfen. Und wenn Phoran nicht da ist, Benroln, werden deine Männer versuchen müssen, so schnell wie möglich wieder aus dem Palast herauszukommen und all unsere Gefallenen mitzunehmen. Vielleicht hat Telleridge Tier und den Kaiser ja ebenfalls als Teile der Vorstellung vorgesehen. Wenn die Meister Tier wehgetan haben, dürfte es ihnen allerdings schwerfallen, die Sperlinge zu beherrschen.«

»Ihr kennt die Sperlinge nicht«, wandte Avar ein.

»Ich kenne meinen Mann.«

Ihr entging nicht, wie unbehaglich Avars Leute sich angesichts dieses exotischen Haufens bewaffneter Reisender fühlten oder wie verwirrt sie Brewydd anstarrten. Gewöhnlich gehörten zu einer Kampftruppe keine alten Frauen – aber Heiler konnten auf einem Schlachtfeld auf sich aufpassen.

»Wir müssen es heute Abend tun«, sagte Seraph noch einmal.

Avar nickte, dann wandte er sich seinen Leuten zu. In kurzen, klaren Sätzen beschrieb er, was sie tun würden und warum.

Das weiße Gewand, das sie einem unvorsichtigen Raubvogel abgenommen hatte, war aus kratziger Wolle, aber Seraph stand reglos neben Brewydd, die sich mit dem Raubvogel neben sich unterhielt – und zwar ausgerechnet über den Anbau von Tomaten.

Hennea hatte sie mit Magie belegt: Ihr Bann veranlasste andere, den Blick abzuwenden, damit man sie nicht bemerkte, und außerdem gab es kleinere Dinge, um Einzelheiten zu verbergen, die ansonsten vielleicht Aufmerksamkeit erregt hätten, wie Seraphs geringe Größe und ihr Geschlecht. Als Hennea alle angewiesen hatte, sie sollten sich bemühen, nicht aufzufallen, hatte Seraph allerdings nicht angenommen, dass sie damit meinte, mit dem erstbesten Raubvogel, dem sie begegneten, Gartentipps auszutauschen.

Seraph sah sich um. Jes war ebenfalls irgendwo in der Nähe, aber er hatte kein weißes Gewand übergezogen. Niemand würde ihn sehen, ehe er das wollte. Lehr befand sich beim Rest ihrer kleinen Truppe.

Die Sperlinge hatten sich bereits versammelt; Seraph zählte sie. Wenn man davon ausging, dass Tiers junger Gefolgsmann tatsächlich von den Meistern vorgeführt werden sollte, waren alle anderen Sperlinge anwesend. Sie hatten keine Kapuzen an den Gewändern, aber Seraph fand, dass das einheitliche Blau bereits genug Unterschiede verbarg, wodurch es ihr schwerfiel, Toarsen zu entdecken, den einzigen Sperling, den sie kannte. Vor der Bühne standen Reihen von Stühlen, zu denen man die Sperlinge führte, bis auch der letzte von ihnen saß.

Es gab mehr Raubvögel, als sie gehofft hatte, beinahe dreimal so viel wie Sperlinge. Also gut, sagte sie sich, damit wurde es noch unwahrscheinlicher, dass jemand bemerkte, wer sich eingeschlichen hatte.

»Anhänger des Geheimen Pfads!«

Seraph erstarrte bei der Spur von Magie, die die Worte begleitete, damit sie lauter wirkten, als sie wirklich waren.

Es wurde still im Raum. Brewydd senkte die Stimme zu einem Murmeln, fuhr aber fort, die Vorteile des Tomatenanbaus in unterschiedlichen Erdarten zu beschreiben.

Es war Rabenmagie gewesen, die dem Mann im schwarzen Gewand, der nun vorn vor dem geschlossenen Bühnenvorhang stand, seine Macht verlieh. Warum hatte er die Weisung des Barden nicht verwendet? Ein Barde hätte mehr getan, als nur über den Lärm der Menge hinwegzutönen, er hätte die Aufmerksamkeit aller heraufbeschwören können, selbst die von Tomatenbegeisterten wie Brewydds Gesprächspartner.

Vielleicht wussten die Zauberer das nicht, oder vielleicht zogen sie es einfach vor, mit vertrauten Mitteln zu arbeiten. Ein *Solsenti*-Magier, dachte sie, würde daran gewöhnt sein, Magie auf eine bestimmte Weise zu praktizieren – wie Raben vielleicht, oder sogar wie Kormorane. Sie wollten die Weisungen für ihre Macht, aber selbst Volis hatte nichts für Subtilität übrig gehabt.

»Wenn ihr ins Nest kommt, leistet ihr bestimmte Schwüre«, sagte der Zauberer. »Als Erstes, niemals einem anderen zu verraten, was wir hier tun. Zweitens geht es darum, mindestens an drei Abenden in der Woche zum Nest zu kommen. Drittens schwört ihr, den Raubvögeln und Meistern mehr als allen anderen Eiden zu gehorchen. Einer von euch hat gegen die letzten beiden dieser Regeln verstoßen. Wir sind heute hier, um ihn zu disziplinieren – nicht in Hoffnung auf seine Besserung, denn er wird in unserem Nest nie wieder willkommen sein.«

»Telleridge weiß wirklich, wie man ein Publikum in seinen Bann schlägt«, staunte der Raubvogel, der sich mit Brewydd unterhalten hatte, mit vor Alter bebender Stimme. Bald schon kehrte er jedoch wieder zu seinem Lieblingsthema zurück »Ich finde, die Tomaten, die ich im Gewächshaus züchte …«

»Aber das ist nicht der einzige Grund, wieso wir hier sind.« Der Meister klang bekümmert, doch Seraph fand, dass er es ein wenig übertrieb. »In den letzten Wochen ist uns aufgefallen, dass unsere Sperlinge sich von der Magie unseres Reisendengasts verführen ließen. Die Magie, die die seine hier in unseren Hallen einschränkt, hängt auch von eurem Widerstand ab. Wenn ihr ihm folgen, wenn ihr seine Diener sein wollt, dann kann unsere Magie nichts tun, um euch zu beschützen. Also müssen wir schärfere Maßnahmen gegen ihn ergreifen.«

Sie hatten Tier also wirklich. War er noch am Leben?

»Es gibt noch ein drittes Problem, das uns schon mehrere Jahre beschäftigt hat. Unser Kaiserreich, gegründet von Helden, erbaut von Männern von Weitsicht, Männern von Intelligenz, wird derzeit von einem Säufer regiert. Er ist so gelangweilt von den Frauen und dem Wohlstand, die ihm zur Verfügung stehen, dass er begonnen hat, sich gegen die Männer zu wenden, die das Kaiserreich erhalten. Wer wird uns retten, wenn dieser unverantwortliche Kaiser sich entschließt, die uralten Grenzen der Septs zu überschreiten? Wer? Wir werden uns selbst retten müssen.«

Er hob beide Hände, und der große Vorhang hinter ihm knarrte und quietschte, als er sich langsam zur Magie des Meisters öffnete.

Auf einer Seite der Bühne stand ein verängstigter junger Mann, nackt und mit Ketten um die Handgelenke, die an einem Ring auf dem Boden der Bühne befestigt waren. In der Mitte stand der Kaiser. Sie hatten ihn nicht ausgezogen – hatten wohl befürchtet, bei der Menge die falsche Reaktion auszulösen, dachte Seraph –, aber er trug das gleiche Gewand wie am Vorabend, und seine Kleidung sah ziemlich schlimm aus. Aber es war der dritte Mann, Tier, auf den sich ihr Blick konzentrierte.

Er lebt noch, dachte sie erleichtert; sie konnte sehen, wie sich sein Brustkorb bewegte, wenn er atmete. Wie den Sperling, um den er sich solche Sorgen gemacht hatte, hatte man ihn ausgezogen und angekettet, aber er stand nicht aufrecht, sondern lag zusammengerollt auf dem Boden, die Haut rot und schwarz von Schlägen.

Zorn stieg in Seraph auf wie eine rote Flut. Sie starrte den Meister an, der dieses Durcheinander angerichtet hatte, und nahm auf, was ihre Magie ihr sagen konnte. Er war ein *Solsenti*-Zauberer von bescheidener Macht, verstärkt von zwei Rabenringen, von denen einer sehr alt war.

»Wir kümmern uns erst um das größte Verbrechen. Phoran der Sechsundzwanzigste, wir, die Anhänger des Geheimen Pfads, erklären dich für unfähig, unser Kaiserreich zu regieren!« Der Meister wandte sich dem Publikum zu und gab ihm das Zeichen für eine bestimmte Reaktion. Ein zustimmendes Johlen vielleicht?

Aber es kam nichts, weil Phoran sprach.

»Tatsächlich«, sagte er mit einer Würde, die jedes Herz im Raum erfasste, »ist es Phoran der Siebenundzwanzigste. Ich war immer der Ansicht, da der alte Bauer das Kaiserreich gegründet hatte, sollte er auch dafür geachtet werden.«

Selbst Brewydds neuer Freund schwieg nun.

Seraph spürte, wie ein erleichtertes Grinsen ihre Mundwinkel nach oben zucken ließ. Tier schien es besser zu gehen, als er aussah, wenn er Phorans banalen Worten solche Macht geben konnte.

Phoran schien ein wenig verblüfft über die Reaktion auf seine Sätze. *Los, Tier,* dachte Seraph leidenschaftlich. Sie warf einen Blick zu Telleridge, aber selbst bei der teilweisen Immunität, die die Rabenringe ihm verliehen, war er zu nahe an Phoran, um etwas anderes tun zu können, als zuzuhören.

Und nach einem Atemzug wusste der junge Kaiser weiter. »Einiges von dem, was Telleridge sagte, trifft zu. Ich war nicht gerade der beste Kaiser, aber mir war auch nicht klar, ob überhaupt jemand wollte, dass ich das bin. Wie ihr dachte auch ich, der Rat der Septs – angeführt von Leuten wie Telleridge hier – sei weitaus fähiger, als ich es jemals sein könnte. Das hätte eigentlich zutreffen sollen.«

Er brauchte zu lange, dachte Seraph, die sah, wie sich Telleridge gegen die Bardenberührung wehrte. Tier konnte unmöglich den ganzen Raum so lange in Bann halten, nicht in der Verfassung, in der er sich befand.

Sie trat von der Wand weg und ging auf das Zentrum des Auditoriums zu. Wenn sie Tier erreichen konnte, würde sie ihm helfen können.

»Sie sind intelligent und für ihr Amt ausgebildet. Wenn sie sich entschlossen hätten, gerecht zu herrschen, hätten sie das sicher tun können. Aber stattdessen geht es ihnen nur um persönlichen Gewinn. Einige von euch wurden ermutigt, letztes Jahr auf der Straße der Weber ein wenig Unruhe zu stiften. Wisst ihr, dass sich das Einkommen des Ratsvorsitzenden nach diesem Vorfall um die Hälfte erhöhte, weil die Weber ihn nun für das Recht bezahlen, ihre Waren an ihren eigenen Marktständen verkaufen zu dürfen? Gorrish ist einer der Raubvögel, die euch geschickt haben, die Weber anzugreifen – hat einer von euch etwas davon gehabt?«

Phoran holte tief Luft, und Seraph spürte, wie die Menge unruhig wurde, als die Bardenberührung kurz aussetzte und dann wieder stärker wurde. Mit dieser leichten Bewegung der Zuschauer war ihr einziger Weg zur Bühne verstellt.

»Die Raubvögel unter euch werden wissen, dass beinahe die Hälfte der Sperlinge, die jetzt hier sind, geheimnisvollerweise sterben werden, statt dass man sie zu Raubvögeln macht. Für einige von euch ist das auch nicht sonderlich geheimnisvoll, weil ihr zum Tod dieser Männer beitragt. Warum werden so viele getötet? Weil einige von euch bereits über die Kindheit hinausgewachsen sind. Einige erkennen, dass es nicht notwendig ist, mithilfe von noch mehr Zerstörung zu beweisen, was ihr seid – und diese Leute werden die Ersten sein, die die Raubvögel töten lassen. Wie sie es mit diesem jungen Mann neben mir vorhaben, dessen einziger Fehler darin bestand, dass er alte Instrumente mehr liebte, als jüngere Sperlinge zu quälen.«

»Ich war kein guter Kaiser«, sagte Phoran. »Ich habe Menschen enttäuscht, die mich mein Leben lang gern hatten – ebenso, wie ihr es getan habt. Meine Fehler waren überwiegend passiver Art – ich habe eher Dinge nicht getan, als große und schreckliche Taten begangen zu haben. Ebenso wie ihr, zumindest bis heute. Aber wenn ihr heute Menschen wehtut, deren einziges Verbrechen darin bestand, sich von einem Politiker abzuwenden, der verrückt nach Macht ist, dann vollzieht ihr damit einen Schritt, der nicht mehr zurückgenommen werden kann.«

Tier bog den Hals ein wenig und spähte aus seinem nicht zugeschwollenen Auge, um zu sehen, wie Phoran sich bewährte. Etwas, dachte er, etwas war neben den Kaiser getreten. Es beugte sich näher, als flüstere es Phoran etwas ins Ohr, dann verschwand es wieder.

Jes, dachte er. Unruhig schaute er zu den Zuschauern hin, aber die hatten die verschwommene Gestalt offenbar nicht bemerkt.

Phoran holte tief Luft. »Ihr habt heute Abend die Wahl. Ihr könnt euch an die Schwüre halten, die ihr den Meistern des Pfads geleistet habt. Dabei solltet ihr euch allerdings erinnern, dass sie euch keinen Schwur zurückgaben – wie ich es getan habe, als ich Kaiser wurde. Ich schulde euch eine gerechte Anhörung bei Streitigkeiten, ich schulde euch einen Platz in unserer Gesellschaft, und ich schulde euch einen Kaiser, der es wert ist, ihm zu dienen. Ihr müsst euch jetzt entscheiden.« Er blickte auf und schaute die Menge an. Als er sah, was er gesucht hatte, nickte er einmal. Dann sprach er schnell weiter. »Entscheidet sorgfältig, gegen wen ihr kämpfen wollt, denn dies ist eine Schlacht um die Seele des Kaiserreichs.«

Er hob eines seiner gefesselten Handgelenke, um auf die Wand des Nests zu deuten, und sie löste sich in Gipsstaub und Holzsplitter auf, als hätte er selbst die Magie ausgeübt. Der Lärm und der magische Rückschlag lenkten Tier ab, und er verlor den Zugriff auf seine eigene Magie.

Das Versagen seiner Kontrolle traf ihn wie ein Schlag gegen den Kopf. Es weckte jeden Zoll des vor Schmerzen kreischenden Fleischs, das die Meister geschlagen hatten. Tier schrie auf, und dann wurde ihm schwarz vor Augen. Kampfgeräusche erklangen rings um ihn her, und halb betäubt, wie er war, konnte er sich nicht erinnern, wo er sich befand und was er hier ohne ein Schwert machte.

Die Zerstörung der Wand überraschte Seraph. Eigentlich hatte sie diesen Teil übernehmen sollen, aber da sie nicht über die Menge hinwegschauen konnte, musste ihr das Zeichen entgangen sein – oder Hennea hatte einen geeigneten Augenblick in der Ansprache des Kaisers genutzt.

Verärgert schubste Seraph den hochgewachsenen, kräftigen Raptor, der vor ihr stand. Da sie dazu einen Hauch von Magie benutzt hatte, sprang er mit einem Luftschnappen beiseite und stieß dabei mehrere Männer um, was kurz Seraphs Blickfeld erweiterte, als Avars Männer und die Reisenden mit einem Kriegsschrei hereinstürzten, der in diesem als Theater gebauten Raum noch wirkungsvoller war als auf einem offenen Schlachtfeld.

Das Staunen über die Geschehnisse ließ die Angehörigen des Pfads seltsam lange verharren, bis die ersten von Avars Leuten die Raubvögel getötet hatten, die ihnen am nächsten waren.

Ein Mann nahe Seraph zog sein Schwert, aber er suchte den Feind auf der anderen Seite des Raums, also bemerkte er Seraph erst, als ihr Messer in seinen Bauch drang. Ein Junge im blauen Gewand zog sein Schwert und beendete ihre Arbeit – aber er beäugte ihr weißes Gewand misstrauisch.

»Ich bin Tiers Frau«, sagte sie und warf die Kapuze zurück.

»Eine Ehre, Euch kennenzulernen«, sagte er, und das letzte Wort kam ein wenig knurrend heraus, da er sein Schwert benutzte, um die Klinge eines Raubvogels abzufangen, der ein wenig eher als die meisten erkannt hatte, dass die Sperlinge eine ebenso große Gefahr darstellten wie die Kämpfer, die durch die Wand gekommen waren. »Ich heiße Kissel.«

Sie musste zu Tier gelangen. Sie riss das Gewand ab, weil es ihr im Weg war und sie außerdem Gefahr lief, von einem von Tiers Sperlingen getötet zu werden, dann versuchte sie, den direktesten Weg zu ihrem Mann zu finden, den sie immer noch nicht sehen konnte.

Inzwischen wurde überall gekämpft, und die schwersten Kämpfe fanden zwischen ihr und der Bühne statt. Seraph beschwor ihre Magie herauf.

Tier versuchte instinktiv aufzustehen, obwohl er kaum etwas sehen konnte, denn auf dem Schlachtfeld war ein am Boden liegender Mann ein toter Mann, aber etwas hielt seine Handgelenke, und seine Muskeln hatten einfach keine Kraft.

»Schon gut«, sagte Toarsens vertraute Stimme. »Ich passe auf Euch auf.«

»Der Kaiser«, brachte Tier heraus, fiel wieder auf seine zerschlagenen Knie und verbiss sich ein Stöhnen. Schreie waren etwas für Leute, die nicht so erschöpft waren wie er.

Dann hörte er ganz in seiner Nähe Klirren und Kampfgeräusche, die in einem Grunzen und einem Aufklatschen endeten. Toarsen, der nun etwas schwerer atmete, sagte: »Kissel ist bei ihm, und jemand hat ihm die Fesseln abgenommen und ihm ein Schwert gegeben. Ich wusste gar nicht, dass Phoran kämpfen kann. Ich hätte nie gedacht«, noch ein Aufklatschen und ein Keuchen, »dass ein so dicker Mann sich so schnell bewegen kann.«

»Die Meister?«, fragte Tier. Er saß nun aufrecht und hatte sich ein wenig beruhigt, zumal er wieder besser sehen konnte, aber nicht gut genug, um das Chaos der Schlacht begreifen zu können. Er wischte sich das gute Auge mit dem Handrücken. Seine Hand wurde nass, aber er konnte besser erkennen, was los war.

»Ich sehe sie nicht«, sagte Toarsen. »Ich habe mich umgedreht, als Avar und seine Männer hereinstürzten. Als ich zurückblickte, wurde hier schon überall gekämpft, und ich dachte, ich sollte lieber heraufkommen und Euch ein wenig Gesellschaft leisten. Wir haben hier einen guten Blick auf alles – Eure beiden Jungen können wirklich kämpfen.«

Jemand in Weiß stürzte auf die kleine Ecke der Bühne zu, die Toarsen bewachte, und er schickte den Raubvogel mit einem Tritt weiter, der ihn in das Schwert eines Mannes mit mondbleichem Haar stürzen ließ.

»Gessa«, sagte der Mann.

»Jederzeit«, erwiderte Toarsen.

»Collarn?«, fragte Tier, der nun wieder gut genug sehen konnte, um zu bemerken, dass der Platz des jungen Musikers leer war.

»Nackt wie ein Neugeborenes«, sagte Toarsen vergnügt. »Ihr könnt Euch nicht hoch genug aufstützen, um den Anblick zu genießen, aber ich kann ihn von hier aus sehen. Erinnert Ihr Euch daran, wie oft Ihr ihm gesagt habt, dass seine Deckung zu hoch ist?«

»Ja?«

»Ihr hättet ihn nackt kämpfen lassen sollen.«

Tier lachte kurz auf, dann hielt er sich die Rippen. »Keine Witze jetzt«, brachte er heraus.

Lehr rollte auf die Bühne, sprang wieder auf und kam zu Tier gerannt. »Gut zu sehen, dass du noch lebst, Papa. Aber ich denke, ich spreche für uns alle, wenn ich sage, dass ich mir lieber einige Zeit keine Sorgen mehr um dich machen möchte. Eigentlich sollten sich Eltern Gedanken um ihre Kinder machen und nicht umgekehrt. Ich werde mir diese Ketten einmal ansehen.«

Er nahm die Fesseln in die Hände und schloss die Augen. Einen Moment später klickten die Schlösser auf. Lehr grinste über die Miene seines Vaters.

»Ich weiß nicht, was das Öffnen von solchen Schlössern damit zu tun hat, ein Jäger zu sein, aber Brewydd hat mir ein Dutzend Mal erklärt, wie es funktioniert.« Er schien sehr zufrieden mit sich selbst zu sein. Dann warf er Toarsen einen Blick zu.

»Geh schon«, sagte Toarsen. »Ich bleibe hier.«

»Danke«, erwiderte Lehr und sprang vom Bühnenrand.

Nachdem er getan hatte, was Hennea ihm aufgetragen hatte, warf der Hüter einen schnellen Blick durch den Raum. Lehr kämpfte an Avars Seite und schlug sich recht gut. Als er Seraph entdeckte, war sie gerade damit beschäftigt, die Hände zu heben und ein halbes Dutzend Männer in die Luft zu werfen. Offensichtlich brauchte auch sie derzeit keinen Schutz.

Er wollte zu seinem Vater gehen, aber der Bruder des Sept von Leheigh hielt über Papa Wache und schien kein Problem damit zu haben, Angreifer abzuwehren. Die Zauberer, die gefährlicher waren, hatten andere Dinge im Sinn, als sich auf Tier zu konzentrieren. Zwei Händevoll Sperlinge taten ihr Bestes, auf die Bühne zu kommen und die Meister anzugreifen – zu viele, um den Zauberern zu erlauben, ihre Magie wirkungsvoll einzusetzen. Der Hüter wusste – *er erinnerte sich an andere Schlachten, die vor langer Zeit geführt worden waren, noch bevor Jes' Großvater geboren war* –, dass die Abwehr gegen die Sperlinge die *Solsenti*-Zauberer bald zu sehr schwächen würde, als dass sie Tier noch gefährlich werden konnten.

Zufrieden, dass sie alle im Augenblick sicher waren, sprang der Hüter von der Bühne und kehrte an Henneas Seite zurück, vorbei an Kämpfern, die ihm überwiegend auswichen, ohne ihn direkt anzusehen.

Der Lärm von klirrenden Schwertern und schreienden Männern erregte ihn beinahe ebenso wie der Geruch von Blut.

Ein Mann stieß gegen seinen Arm, und der Hüter wandte sich ihm mit einem Fauchen und einem Aufblitzen der Reißzähne zu. Wenn der Mann nicht sofort zurückgewichen und dabei rückwärts über eine Leiche am Boden gefallen wäre, hätte selbst Jes den Hüter nicht mehr aufhalten können.

Hennea stand allein neben der eingestürzten Wand. Er wusste nicht, ob ihre Magie, die sie unsichtbar machen sollte, auf sie alle wirkte, oder ob sie nur klug genug waren, sich aus dem Getümmel fernzuhalten. Mutter hatte ihm gesagt, dass Magie bei ihm für gewöhnlich nicht richtig funktionierte.

Zwei Männer griffen einen Jungen an, der rasch zurückwich, um nicht überrannt zu werden. Der Hüter konnte sehen, dass der Junge ihnen nicht viel länger würde standhalten können. Er warf einen Blick zu Hennea und sah, dass es ihr gut ging. Der Hüter ließ das Schwert fallen, das er in der Hand hielt, und nahm die Gestalt einer großen Katze an – er wollte Blut schmecken, nicht spüren, wie sich Fleisch unter Stahl teilte.

Er sprang dem nächsten Raubvogel auf die Schulter und warf ihn zu Boden. Als seine Krallen tief ins Fleisch seines Gegners sanken, durchdrangen der Schmerz und die Angst des Mannes Jes. Der Hüter suhlte sich in den mörderischen Gefühlen, die seine Blutlust nur noch antrieben.

Der andere Raubvogel hielt inne und starrte die Katze an, aber der Sperling erholte sich ein wenig schneller und tötete seinen Kontrahenten, bevor er sich rasch zurückzog. Tod und die Angst des Jungen speisten den Kampfeszorn des Hüters noch mehr, und Jes wandte sich dem Mann zu, der unter ihm lag.

»Jes!«

Die große Katze hielt inne, das Maul bereits geöffnet, um dem Leben seiner Beute ein Ende zu machen.

»Jes, komm zurück! Ich brauche dich!« Hennea klang verzweifelt.

Ihre Hand berührte seinen angespannten Rücken. »Jes«, sagte sie.

Zitternd zwang Jes den Hüter, sich von dem Mann am Boden zu entfernen, obwohl das wilde Tier in frustriertem Zorn brüllte.

»Was ist?«, brachte er heraus, und die Gefühle und die Schmerzen der Schlacht, die um sie herum tobte, quälten ihn heftig, nachdem der Schutz des Hüters verschwunden war.

Hennea streichelte seinen Rücken, und der schlimmste Lärm verklang, bis es erträglich war. Der Hüter wäre besser damit zurechtgekommen, aber Jes konnte ihn nicht wieder loslassen, ehe er einen Augenblick gehabt hatte, um sich zu beruhigen.

»Schau zur Bühne«, flüsterte Hennea. »Was siehst du da?«

Es hatten Zauberer auf der Bühne gestanden, als er Henneas Botschaft zum Kaiser gebracht hatte. Fünf waren deutlich zu sehen gewesen, die anderen hielten sich im Schatten. Als sein Vater die Kontrolle über sie verloren hatte, hatten sie sich ebenso wie Hennea bei dem aktiven Kampf zurückgehalten und ihren Leuten so gut wie möglich geholfen.

Nun lagen vier Zauberer zusammengebrochen am Boden, und etwas – etwas, das den Hüter sofort wieder übernehmen ließ – nährte sich von dem fünften.

»Was ist das?«, fragte der Hüter.

»Das Memento eines Raben«, antwortete sie. »Ein Rachegeist – obwohl ich niemals zuvor einen gesehen habe, der so deutlich sichtbar war. Er wirkt beinahe, als wäre er lebendig.«

Ein sechster Zauberer, anonym in seinem Gewand, sprang von der Bühne und eilte auf die eingestürzte Wand zu. Niemand kümmerte sich um ihn, obwohl er ziemlich dicht an einigen Männern vorbeikam.

»Einer der Zauberer entkommt«, stellte der Hüter fest, der wieder ruhiger geworden war.

»Wo?«, fragte sie, aber als er auf die Stelle zeigte, sah sie ihn nicht.

»Ich werde ihm folgen«, erklärte er, und Jes, der unbedingt von der Schlacht wegkommen wollte, stimmte dem Hüter zu. Beide hörten nicht auf Henneas Einwände, als die große Katze über einen Trümmerhaufen sprang und dem fliehenden Mann folgte.

Seraph pustete sich müde das Haar aus den Augen und bewegte sich weiter nach vorn. Der große, kräftige junge Mann, der ihr geholfen hatte, mit diesem ersten Raubvogel fertig zu werden, war an ihrer Seite geblieben, als sie einsetzte, was immer notwendig war, um sich durch den Kampf zu drängen.

Ihre Magie hatte jedoch Grenzen, und nachdem der erste magische Schlag ihr nur ein paar Schritte gewann, bevor der Kampf wieder heranbrandete, kam sie zu dem Schluss, dass sie mehr Feingefühl und weniger Macht gebrauchen sollte. Sie hob ein Schwert vom Boden auf und setzte ihre Magie ein, um ihren Schlägen Kraft zu verleihen, bis die Klinge durch Knochen ging wie durch Wasser. Sie hatte sich Zeit genommen, um Henneas Anstrengungen ihrem eigenen *Nicht-hinsehen*-Bann hinzuzufügen. Blut bedeckte ihre Arme von den Ellbogen aufwärts und machte ihre Kleidung mehr als nur körperlich schwer – aber sie war nicht hier, um gerecht zu kämpfen. Sie musste zu Tier gelangen.

»Es ist also wirklich wahr, was er sagte«, keuchte ihr junger Freund Kissel.

»Was war das?«, brachte sie heraus und fällte einen anderen Raubvogel, der das Schwert erhoben hatte, um einen Mann im blauen Gewand von hinten anzugreifen.

»›Ein Mann wäre gegenüber einem wütenden Eber besser dran als bei einer Konfrontation mit meiner Frau.‹« Es gelang dem Jungen sogar, Tiers Stil zu kopieren.

»Ha«, grunzte sie und trat einen nichts ahnenden Mann in die Kniekehle, was ihn auf die Klinge seines Gegners fallen ließ. »Wie schmeichelhaft.«

Der junge Mann grinste breit. »Es scheint ihn nicht zu stören.«

»Könnt Ihr ihn jetzt sehen?«

»Nein«, sagte er. »Aber ich sehe Toarsen auf der Bühne, und der wird sein Bestes tun, um Euren Mann zu beschützen.«

Tier wusste, dass er aufstehen und nach einem Schwert greifen sollte, aber er konnte einfach nicht.

Als hätte er seine Gedanken gelesen, sagte Toarsen: »Schon gut. Allein, dass Avar hier ist, um für den Kaiser zu kämpfen, hat den meisten Raubvögeln den Mut genommen. Alle Sperlinge riefen seinen Namen, sobald sie sahen, wer er war – selbst dieser Dummkopf, den Kissel und ich in Eurem Auftrag beobachtet haben, griff die Raubvögel an. Erinnert mich daran, ihn nie mit etwas Scharfem hinter mich zu lassen. Jetzt sind nur noch ein paar Raubvögel und Söldner übrig, die nicht schnell genug fliehen konnten. Avar wird den Kampf bald einstellen lassen, sobald er glaubt, dass seine Männer genug vom Töten haben.«

Und tatsächlich war bald über die Kampfgeräusche hinweg – die in diesem riesigen Raum so viel lauter klangen – ein Bassgrollen zu hören: »Ergebt Euch oder sterbt!«, und der Ruf wurde lauter, als immer mehr Stimmen sich anschlossen.

»Zeitverschwendung«, murmelte Tier, bevor er ohnmächtig wurde. »Sie sind alle des Verrats schuldig – Phoran wird sie hängen müssen.«

Er konnte nicht sonderlich lange bewusstlos gewesen sein, denn es gab immer noch Scharmützel, weil ein paar verzweifelte Männer weiterkämpften, als er wieder erwachte.

Er öffnete die Augen gerade, als eine alte, brüchige Stimme sagte: »Oho, ich sehe, dass diese kichernden Gören recht hatten, was *Solsenti*-Männer angeht.«

Tier hatte die älteste Frau vor sich, die er je gesehen hatte. Er grinste. »Ihr müsst Brewydd sein«, sagte er. »Die Heilerin.«

»Und das ist gut für dich, junger Mann«, stellte sie fest. »Du musst der Barde sein, um dessentwegen sich diese Frau so aufgeregt hat. Und jetzt lass mich altes Weib einmal sehen, was ich tun kann, damit du unter den Lebenden bleiben wirst.«

Sie schnalzte mit der Zunge, als sie sah, was sie mit seinen Knien gemacht hatten. »Gut, dass du das in der Nähe einer Lerche angestellt hast«, sagte sie. »Wenn du es anderswo gemacht hättest, würdest du nie wieder laufen können.«

»Ich würde dich ja küssen«, sagte Tier, dann musste er innehalten und die Zähne zusammenbeißen, denn ihre Berührung verursachte schlimmere Schmerzen als die ursprünglichen Schläge. »Aber dann würde meine Frau beenden, was der Pfad begonnen hat.«

»Es ist gut, wenn ein Mann seinen Platz kennt«, stellte Seraph gut gelaunt irgendwo hinter ihm fest.

Er hatte zu große Schmerzen, um sich umdrehen zu können, also winkte er ihr vage zu.

Sie hockte sich neben ihm auf die Fersen. »Ich weiß«, sagte sie, »wo es ein weißes Gewand gibt, das du anziehen könntest, aber das würde dich nur zu einem Ziel machen. Andererseits könnte nacktes Herumparadieren eine ähnliche Wirkung haben.«

Er lachte, dann stöhnte er. »Wie kommt es, dass, wann immer jemand angeknackste Rippen hat, die anderen als Erstes Witze machen?«

»Du hast keine angeknacksten Rippen«, sagte die Heilerin, die von seinen Knien aufblickte. »Du hast gebrochene. Und lass das mit dem Gewand, Mädchen, bis ich mir die Rippen ebenfalls angesehen habe. Er hat nichts, was ich nicht schon besser gesehen hätte.«

»Hallo«, sagte ein Reisender und hockte sich an Tiers Seite. »Du musst der Barde sein.«

»Tier«, sagte Seraph, »das hier ist Kors. Kors, mein Mann Tier. Kors, was willst du?«

Ah, dachte Tier zufrieden, das ist das typische Charisma meiner Seraph.

»Wir haben uns gefragt, ob du den Hüter gesehen hast? Wir wissen, dass er hier war, aber keiner von uns kann ihn finden.«

»Ich habe überwiegend einen Haufen Leute von den Knien abwärts gesehen«, witzelte Tier. Dann fügte er hinzu: »Nein, ich habe ihn tatsächlich gesehen – oder jedenfalls etwas, das wohl er gewesen sein muss und das Phoran etwas zuflüsterte. Ich nehme an, er sagte Phoran, Avar warte am geplanten Ort, denn kurz darauf gab Phoran dem Raben das Zeichen, die Wand einzureißen.«

»Ich habe das nicht bemerkt«, sagte Seraph säuerlich. »Ich versuchte, zu dir zu gelangen, und blieb in der Menge stecken. Hennea hat es alleine machen müssen – ich konnte nicht einmal diese verdammten Zauberer zu Asche verbrennen. Als ich wieder Platz hatte, waren die Meister alle tot – oder zumindest rührten sie sich nicht mehr.«

»Na ja«, sagte Kors und räusperte sich ein wenig, »deshalb hat Benroln mich ja hergeschickt, um dich zu fragen, ob du deinen Sohn finden könntest. Viele von uns haben gesehen, wie etwas die Meister umbrachte, einen nach dem anderen, aber wir konnten es nicht genau erkennen. Wir wären dir dankbar, wenn du Jes finden und dafür sorgen könntest, dass er unsere Leute nicht aus Versehen für den Feind hält.«

»Jes ist nicht dumm«, sagte Tier. Aber er machte sich Sorgen, was die Gewalttätigkeit dem Hüter angetan hatte. »Er hat sich wahrscheinlich abgesetzt, um einen ruhigeren Ort zu finden.«

»Warte, bis ich deine Rippen angesehen habe, junger Mann«, schimpfte die Heilerin und bewegte sich mit knackenden Gelenken von Tiers Knien zu seiner Seite. Kors scheuchte sie dabei einfach aus dem Weg. »Dann kannst du anfangen, nach deinem Jungen zu suchen.«

Es brauchte mehr als nur ein paar Minuten, aber schließlich konnte Tier mit Lehr unter einer Schulter und Toarsen unter der anderen aufstehen. Seraphs Gewand reichte ihm so gerade über die Knie. Diese Knie fühlten sich immer noch an, als wären sie von einer Keule zerschmettert worden – was genau den Tatsachen entsprach –, aber zumindest war er in der

Lage, über die Bühne zu schlurfen und sich die Opfer anzusehen.

Sein erster Hinweis war ein gequälter Blick, den Phoran ihm zuwarf, bevor er sich wieder umdrehte und mit Avar sprach.

Sie hatten die Leichen der Meister zusammengetragen. Als Tier sie erreichte, zerrten Kors und Kissel eine davon vom Haufen und zogen die Kapuze weg. Der dunkle Schleier, der innen angebracht war und das Gewand zu einer noch wirkungsvolleren Verkleidung machen sollte, war aufgerissen worden, damit man das Gesicht sehen konnte.

Tier ließ sich von den Jungen helfen, bis er am Boden saß. Er konnte nun auch aus dem guten Auge nicht mehr gut sehen und nahm an, dass es bis morgen vollkommen zuschwellen würde, aber er wollte sich überzeugen, dass die Zauberer wirklich tot waren.

Seine erste Reaktion war eine Art matter Überraschung. Außer Telleridge hatte er nie einen der Meister von Angesicht zu Angesicht gesehen, aber es hatte sich immer so angefühlt, als kenne er sie trotzdem. Nun wusste er nicht einmal, wen er hier vor sich hatte. Dann erkannte er, dass der vertrocknete, eingesunkene Anblick der Leiche nichts mit deren Alter zu tun hatte. Beinahe verborgen am Hals des Mannes waren zwei verblassende Wunden.

»Die Reisenden sagten uns, dass dein Sohn zu so etwas imstande sei«, begann Avar und kam zusammen mit Phoran näher. »Und dass er über Magie verfügt, die bewirkt, dass er schwer zu sehen ist – genau wie das Geschöpf, das diese Männer getötet hat.«

Tier wollte antworten, dann sah er Phorans blasses Gesicht hinter Avar und erkannte, was die Zauberer getötet hatte. »Dann muss er es wohl gewesen sein«, sagte er und versuchte, seine Erleichterung zu verbergen. Jes war nicht außer sich geraten – für die toten Zauberer war das Memento verantwortlich.

Lehr erstarrte, und Seraph legte eine Hand auf Tiers Schulter. Er tätschelte die Hand und dann Lehrs Bein. »Sehen die anderen genauso aus?«

»Ja«, erwiderte Phoran. »Genauso. Als wären sie ausgesaugt worden.«

»Das war der Hüter«, erklärte die Heilerin klar und deutlich. Tier war nicht bewusst gewesen, dass sie ihnen gefolgt war. »Der Hüter hat die Seinen beschützt. Hebt diesen Mann auf und setzt ihn nicht wieder ab, bis er sich irgendwo befindet, wo er sich gut ausruhen kann. Habt ihr hier ein Zimmer, wo wir ihn für die Nacht unterbringen können?« Die letzte Frage richtete sie an Phoran.

Der junge Kaiser verbeugte sich. »Ich denke, die Zelle, die Tier bewohnte, wird am schnellsten zu erreichen sein. Er kann sich so viel Zeit lassen wie nötig, und sobald er dazu imstande ist, werde ich ihm gern eine bessere Unterkunft zur Verfügung stellen.«

Brewydd sah Seraph an. »Du wolltest sie zu Asche verbrennen, Mädchen, also tu das jetzt. Es ist nicht gut, die Leichen von Zauberern intakt zu lassen.«

Lehr und Toarsen hoben Tier ein weiteres Mal hoch. Seraph machte eine Handbewegung, und die Leichen der Meister brachen in blauweiße Flammen aus, die sie sofort vollkommen verzehrten. Sie warf Tier einen Blick zu, der ihm sagte, er solle lieber einen guten Grund dafür haben, Jes in eine Situation zu bringen, die es für andere noch schwieriger machte, ihn zu akzeptieren.

»Helfen wir ihm zurück in seine Zelle«, sagte sie schließlich. »Dann kann Lehr nach Jes suchen und ihn ebenfalls dorthin bringen.«

Der kurze Weg durch den Flur war schrecklich. Auf halber Strecke wechselte Lehr einen Blick mit Toarsen und verlagerte Tier so, bis er ihn hochheben und den Rest des Wegs allein tragen konnte.

Seraph schickte Toarsen mit einem Kuss auf die Wange zu Avar und ignorierte Tiers empörtes »Heh!«

Als Toarsen weg war, sagte sie zu Lehr: »Dein Vater kann zweifellos erklären, wieso er Jes diese unangenehme Sache angelastet hat. Also brauchst du nur deinen Bruder zu finden und ihn hierher zurückzubringen, damit Tier es ihm ebenfalls sagen kann, bevor die Reaktionen der anderen ihn kränken.«

Die Heilerin hatte sie begleitet, und sie überprüfte Tiers Zustand noch einmal ausführlich, um sich zu überzeugen, dass das, was sie getan hatte, genügen würde. Als sie fertig war, tätschelte sie Tiers Schulter.

»Das Schwierigste für einen Heiler ist zu lernen, wann man mit Heilen aufhören soll«, sagte sie. »Und es gibt auch für den Kranken immer einen Preis. Du wirst sehr bald sehr müde werden, und du wirst die nächsten paar Tage eher schlafend als wach verbringen. Also sagst du mir lieber schnell, wieso du dem armen Jungen in die Schuhe schiebst, was ein Memento getan hat.«

Seraph schnappte nach Luft. »Ein Memento?«

»Kann nicht«, sagte Tier. »Versprochen.«

»Was habt Ihr versprochen?«, fragte Phoran, schlüpfte ins Zimmer und schloss die Tür hinter sich.

»Nicht zu erklären, wieso er seinem Sohn die Schuld für Tode gibt, die das Memento eines Raben bewirkte«, sagte die alte Heilerin säuerlich. Sie sah Phoran noch einmal an. »Und du hast alle Anzeichen, dass ein Memento sich von dir nährt, Junge.«

Seraph zog eine Braue hoch und räusperte sich. »Das ist der Kaiser«, erinnerte sie Brewydd.

»Wenn du einmal so alt bist wie ich«, erwiderte Brewydd, »kannst du jedem alles sagen.«

Phoran lächelte. »Es ist mein Memento«, sagte er. »Schon in Ordnung, Tier. Schlaf ein. Ich werde es ihnen erzählen.«

Der Kaiser setzte sich an das Ende des Betts; er sprach leise und erzählte ihnen, wie das Memento sich an ihn gebunden hatte. Irgendwann mitten in der Geschichte schlief Tier ein.

»Sie hatten Schutzzauber«, sagte Brewydd, nachdem Phoran mit seiner Geschichte zu Ende gekommen war. »Es konnte sie nicht verzehren. Normalerweise wäre es dadurch unfähig gewesen, sich zu ernähren, und einfach vergangen. Aber du warst ebenfalls dort.« Sie nickte. »Ich habe schon ein paarmal gehört, dass so etwas passieren kann. Das Memento hängt sich an die falsche Person. Solange es dem Opfer etwas zurückgibt, kann dieses weiterleben. Was hat es dir gegeben?«

»Antworten auf meine Fragen«, erwiderte Phoran. »So habe ich auch Tier gefunden.«

»Warum konnte es die Meister jetzt töten?«, fragte Seraph. Sie war gerührt zu sehen, dass Phoran Tiers Füße tätschelte.

»Sie hatten sich verausgabt bei dem Versuch, die Sperlinge zu beherrschen und unsere Zauberer zu bekämpfen«, sagte Brewydd. »Ich nehme an, das schwächte den Schutz, der das Memento zuvor davon abgehalten hatte, sie umzubringen.«

»Dann wird es Phoran nun in Frieden lassen?«, fragte Seraph.

»Wenn es seine Aufgabe erledigt hat, sollte das der Fall sein«, antwortete die alte Frau. »Ich hoffe, euer Sohn wird verstehen, dass das Leben eines Kaisers, der vielleicht genau das ist, was das Reich jetzt braucht, ein paar Unannehmlichkeiten wert ist. Sag deinem Mann, er soll in der nächsten Zeit niemanden so wütend machen, dass er ihm wieder auf die Knie schlägt, und dann wird es ihm in einem Monat oder zweien wieder gut gehen. Ich sollte lieber zurückkehren und sehen, ob noch andere meine Dienste brauchen.«

Phoran stand widerstrebend auf. »Ich sollte wohl ebenfalls gehen – bevor irgendein Idiot glaubt, ich hätte mich verlaufen.«

»Ich komme schon wieder in Ordnung«, sagte Tier schwächlich. »Also geht, und zeigt den Idioten, dass es Euch noch gibt.«

Phoran lachte, als er ging. Seraph schloss die Tür und nahm Phorans Platz am Fußende des Betts ein.

»Gibt es eine Möglichkeit, dass ich mich neben dich legen kann, ohne dass es schlimmer wird?«, fragte sie.

»Nein«, seufzte er, ohne die Augen zu öffnen. »Aber komm trotzdem her.«

Als sie an ihn geschmiegt neben ihm lag, vergrub er das Gesicht in ihrem Haar.

»Telleridge hat Myrceria getötet, als ich neben ihr stand«, sagte er. »Er hatte sie foltern lassen, aber sie hat ihm nichts gesagt. Telleridge wusste nichts von dir.«

»Du konntest es nicht verhindern«, sagte Seraph, und sie bemitleidete ihn und betrauerte die Frau, die sie nur kurz kennengelernt hatte.

»Woher weißt du das?«, flüsterte er, denn er musste unbedingt glauben können, dass sie recht hatte.

»Weil du sonst etwas unternommen hättest. Es ist alles gut, Tier.«

»Er war ihr Vater, und er hat sie trotzdem gefoltert und getötet«, sagte Tier. »Und er hatte Spaß daran. War er umschattet?«

»Können die Leute nicht auch ganz von selbst böse sein?«, fragte sie seufzend. »Du wirst einen unserer Söhne fragen müssen; Raben können nicht sehen, ob jemand oder etwas vom

Schatten besudelt wurde – aber ich denke schon. Still jetzt«, sagte sie. »Ich liebe dich. Und sie liebte dich auch.«

Sie ließ zu, dass er sie eine Weile im Arm hielt, während er leise in ihr Haar weinte, bis die Müdigkeit des Geheiltwerdens ihn überwältigte. Dann schlief er zwischen einem Atemzug und dem nächsten ein.

Seraph erwachte von einem leisen Klopfen an der Tür. Vorsichtig stand sie auf, damit Tier ungestört weiterschlafen konnte.

Lehr und Jes warteten im Flur. Seraph winkte sie nach draußen, verließ selbst ebenfalls das Zimmer und schloss die Tür hinter sich, damit sie Tier nicht stören würden.

»Ich habe ihm erzählt, was Papa gesagt hat«, berichtete Lehr. »Jes sagt, er hat niemanden getötet.«

Seraph sah sich auf dem Flur um und erklärte dann leise, worum es ging.

»Das ist in Ordnung, Mutter«, murmelte der Hüter. »Sie werden mich nicht viel mehr fürchten, als sie es ohnehin tun.«

»Mutter«, warf Lehr ein. »Du musst hören, wieso Jes das Nest verlassen hat.«

»Ich folgte einem Zauberer in schwarzem Gewand«, sagte der Hüter. »Vater hatte recht, alle Zauberer waren umschattet. Aber es gab einen … hast du ihn gesehen, Lehr?«

»Nein«, erwiderte Lehr. »Ich sah nur die fünf, die das Memento umgebracht hat.«

»Es gab einen, der floh, nachdem die Wand eingestürzt war. Und dieser Mann war nicht nur besudelt. Mutter, er war der Besudler selbst.«

»Wie der namenlose König?«

Der Hüter nickte. »Ich habe zuerst nicht erkannt, was mit ihm los war, Mutter. Ich folgte ihm einfach nur aus dem

Raum und in die Flure auf der anderen Seite der Wand. Bevor ich näher kommen konnte, war das Memento da. Es berührte den Zauberer.« Der Hüter zuckte zusammen. »Ich weiß nicht, was das Memento tat, aber es fühlte sich an, als werde ein Schleier weggerissen, um den Zauberer als das zu enthüllen, was er wirklich war.« Er holte bebend Luft. »Jes ist sehr tapfer, Mutter – nicht einmal ich kann ihn erschrecken. Aber was sich unter dem illusionären Schleier des Zauberers befand, war reines Übel. Der Zauberer schleuderte dem Memento eine Art von Magie entgegen, und das Memento verschwand. Der Zauberer hat uns nicht gesehen. Als er weiterfloh, folgten wir ihm nicht mehr.«

»Gut«, stellte Seraph fest. »Du hast das Richtige getan.«

»Als ich Jes fand«, sagte Lehr, »zeigte er mir, wohin der Mann gegangen war – und ich konnte seine Spur nicht finden! Ich konnte sehen, wo Ratten durch den Flur gelaufen waren, aber ich konnte seine Spur nicht finden.«

Seraph berührte Lehrs Schulter. »Es ist schon gut«, sagte sie und sie hoffte, damit die Wahrheit auszusprechen.

17

Ohne Scheck hätte Tier noch eine Woche länger warten müssen, bevor er nach Redern aufbrach, aber die weichen Bewegungen des alten Pferds schadeten seinen Rippen nicht allzu sehr. Scheck schien zu wissen, dass Tier verwundet war: Nicht einmal Guras nervöses Hin und Her um seine Beine bewirkte, dass das alte Streitross aus dem Tritt geriet.

Wenn Tier daran dachte, nicht zu tief zu atmen, tat es nicht einmal allzu weh – aber das machte er nicht gern, weil Seraph ihn dann nur noch beunruhigter ansah. Sie hatte warten wollen, aber er musste nach Redern zurückkehren – er brauchte all seine Kinder um sich, wo er sie beschützen konnte.

Ein neuer Schatten durchwanderte das Land.

Sicher, es gab auch andere Erklärungen für alles, was geschehen war. Tier war nicht einmal sicher, ob Seraph es glaubte, zumindest bei Tageslicht – aber die Heilerin wusste es. Sie hatte nichts gesagt, aber er konnte es in ihren Augen sehen.

Tier warf einen Blick zu dem bunten Wagen, in dem Brewydd saß. Es war sie, dachte er, die Benroln dazu bewogen hatte, Tier und seine Familie zurückzubegleiten. Außerdem war Benroln der Ansicht, Phoran werde ohne die Hilfe von Reisenden besser dran sein, nachdem der Sept von Gerant eingetroffen war.

Zweifellos hatte der Clanführer damit recht. Der Sept von Gerant hatte etwas Ähnliches gesagt, als er statt des Kaisers gekommen war, um Tier zu verabschieden. Die politische Situation war labil, und Phoran konnte sich vor allem deshalb an den Thron klammern, weil es nur so wenige von kaiserlichem Blut gab, die ihm den Thron streitig machen konnten. Phoran selbst hatte Tier insgeheim am Abend vor ihrem Aufbruch eine gute Reise gewünscht.

»Ich mag deinen Gerant«, stellte Seraph fest. »Er erinnert mich ein bisschen an Ciro. Still und bescheiden, bis man ihn braucht.«

Tier lächelte auf seine Frau hinab, die neben seinem Steigbügel ging, als hätte sie Angst, er könnte aus dem Sattel fallen. »Er mochte dich auch. Sagte, ich hätte einen guten Tausch gemacht, als ich nicht dem Schwert, sondern dir folgte.«

»Er lachte, als du darüber sprachst, dass du Bauer bist«, erinnerte sie sich.

Tier warf ihr einen scharfen Blick zu, aber sie hatte den Kopf gesenkt und betrachtete den Boden.

»Dieses Jahr bin ich keiner«, sagte er. »Aber das Geld, das Phoran uns gegeben hat, wird genügen, um das Jahr zu überleben und ein anderes Pferd zu kaufen, das Frost nächstes Jahr zur Pflanzzeit ersetzen kann.«

»Du glaubst nicht wirklich, dass wir nächstes Jahr das Feld bepflanzen werden«, sagte sie leise und hob die Hand, um sie auf seine Wade zu legen.

Er schüttelte den Kopf, dann merkte er, dass sie ihn nicht ansah. »Nein«, sagte er.

Sie machte einen Schritt näher zu Scheck, bis sie ihre Schulter an Tiers Bein drücken konnte. »Ich weiß nicht, was uns erwartet, aber ich glaube nicht, dass der Pirschgänger schon mit uns fertig ist.«

Jes lachte, und Tier blickte auf und sah, wie der Rabe Hennea von seinem Sohn wegstolzierte. Zuerst hatte er geglaubt, sie sei jünger als Seraph, bis er sich ihre Augen einmal gut angeschaut hatte. Als er Seraph gefragt hatte, hatte sie geantwortet, sie wisse auch nicht, wie alt Hennea sei. Raben lebten selten so lange wie Lerchen, aber es konnte sehr schwierig sein, ihnen ihr Alter anzusehen.

Er hatte sich Gedanken gemacht, bis ihm aufgefallen war, wie sie Jes anschaute, wenn sie glaubte, dass niemand es bemerkte. Er wusste, wie Liebe aussah.

»Heute«, sagte Tier zu Seraph, »scheint die Sonne warm auf mein Gesicht. Heben wir uns den Ärger von morgen für morgen auf.«

ZWEITES BUCH

PROLOG

Im achten Jahr der Herrschaft Phorans des Sechsundzwanzigsten starb der Sept von Leheigh. Sein Sohn Avar, der lange in Taela ein Saufkumpan des jungen Kaisers gewesen war, reiste zu den Ländereien, die sein Vater ihm vererbt hatte. Verborgen in seinem Gefolge, befand sich eine Handvoll Magier, die ihre eigenen Gründe hatten, ihn zu begleiten.

Sie ließen einen von sich zurück, einen Magier-Priester, der im Herzen von Leheigh eine neue Religion einführen sollte, in einem Gebiet, das so alt an Macht und so gut geeignet war, um Geheimnisse zu pflegen – was sie für den wichtigsten Teil ihres zweigeteilten Auftrags hielten.

Der andere Teil bestand darin, einen Mann zu entführen, der die Bardenweisung der Eule erhalten hatte und gerade von der winterlichen Jagd zu seiner Familie zurückkehren wollte. Das fiel den Magiern nicht schwerer als etliche andere Entführungen dieser Art – vielleicht war es sogar einfacher, denn ein Rabe oder Jäger hätte bei einem Angriff durch Zauberer besser zurückschlagen können als ein Barde.

Es bestand also kein Grund anzunehmen, dass dieser Mann anders sein würde als so viele, die sie in der Vergangenheit entführt hatten. Mir ging es ebenso – und ich hätte es eigentlich besser wissen müssen, denn Tieragan aus Redern war für mich kein Fremder.

Der Gedanke, dass er bald sterben würde – so notwendig das sein mochte –, machte mich traurig. Dass sein Tod mir überhaupt etwas bedeutete, sagte mir, dass ich ihn beinahe zu lange aufgeschoben hatte. Es würde mir fehlen, ihn singen zu hören, dachte ich an dem Tag, als ich meine Zauberer ausschickte, um ihn zu entführen. Ich tröstete mich ein wenig mit dem Wissen, dass ich, selbst wenn er überlebt hätte, nicht viel länger imstande gewesen wäre, ihm zuzuhören; er oder die Seinen hätten bemerkt, was ich war.

Und wenn *ich* seinen Liedern schon nicht mehr lauschen konnte, war es nur angemessen, dass bald auch kein anderer mehr Tiers Musik hören würde. Das sagte ich mir jedenfalls und versuchte, nicht mehr an seinen Tod zu denken. Ich hatte jedoch vergessen, was er gewesen war, und mich nur an den Bauern erinnert, der manchmal ein paar Münzen verdiente, indem er abends in der Schänke sang.

Also überließ ich Tier meinen Zauberern, die mir immer gut gedient hatten, und widmete mich dem Wachstum meiner Religion.

Ich hatte beinahe ein ganzes Jahrhundert gebraucht, um zu begreifen, dass ich auch Macht gebrauchen konnte, die andere Quellen als den Tod hatte. Tod ist es, wonach ich mich sehne, aber ich möchte ihn nicht öfter benutzen als notwendig. Er erweckt zu viel Aufmerksamkeit, und die Macht, die er bringt, erzeugt Sucht. Sie lässt mich waghalsig handeln, wenn ich doch eigentlich feiner vorgehen will. Also habe ich stattdessen gelernt, mich von starken Gefühlen zu nähren: Neid, Hass und Lust.

Meine Tempel bieten mir einen nicht enden wollenden Vorrat an solchen Gefühlen. Worum bitten die Menschen schon in ihren Gebeten?

Lass meinen Vater sterben, sodass ich seinen Wohlstand erben kann, sagt einer, und ein anderer senkt den Kopf und bittet: *Mach, dass Torens Frau mich voller Begierde ansieht.* Einige Gebete sind auch verzweifelter: *Bitte, lass niemanden herausfin-*

den, dass ich das Gold meines Herrn gestohlen habe. Ich will nicht sterben. Von diesen Wünschen nährte ich mich, wie es die Götter einmal getan haben müssen. Sie machten mich stark.

Ich bin nicht der namenlose König. Manchmal könnte man glauben, er sei der einzige Schatten gewesen. Aber er war nicht der Erste, und auch nicht, wie ich beweisen kann, der Letzte. Anders als er brauche ich keine Beweihräucherung und keinen Titel, denn ich habe tatsächliche Macht. Ich will nicht Kaiser der Welt sein, ich habe andere Pläne. Es gefällt mir, wenn andere meine Ziele für mich erreichen. Es amüsiert mich.

Ich war stolz darauf, schon im Vorhinein zu wissen, welche Personen mir am besten dienen würden. Ich wurde zu abhängig – nein, nicht abhängig … *selbstzufrieden*. Ich wurde zu selbstzufrieden, weil meine Leute mir immer gehorchten und immer erreichten, was ich ihnen auftrug.

Wenn ich den Zauberer-Priester Volis besser im Auge behalten hätte, hätte ich voraussehen können, dass sein Ehrgeiz sich meinen eigenen Plänen in den Weg stellen würde. Ich hätte die Zerstörung meines Tempels in Redern aufhalten können.

Aber so bequem dieser Tempel gewesen sein mag, er war nicht unbedingt notwendig. Er entstand ebenso, um den ehrgeizigen und mächtigen Zauberer Volis an einen Ort zu bringen, wo er nicht viel Schaden anrichten konnte, als zu anderen Zwecken. In meinen Tempeln in Taela versorgen mich Tausende mit dem, was ich will. Ich brauchte Redern nicht, und daher habe ich es nicht so gut bewacht, wie ich es vielleicht hätte tun sollen. Diese Vernachlässigung erlaubte es Tiers Frau, den Tempel zu zerstören. Das war meine Schuld. Aber insgesamt halte ich es eher für nützlich, dass Volis tot ist, selbst wenn der Tempel an sich einen Verlust darstellt. Der Priester war zu ehrgeizig, zu neugierig geworden. Er wusste zu viel.

Die Zerstörung des Geheimen Pfads in Taela stellte einen viel größeren Verlust dar, aber das war wirklich nicht meine Schuld. Niemand hätte erwartet, dass Tier, der nicht einmal ein *Magier* war, innerhalb von Monaten vernichten konnte, was mich Jahrhunderte gekostet hatte, um es aufzubauen. Niemand.

Es brauchte die gesamte Menschheit, Zauberer und Krieger, um den namenlosen König zu töten. Ich, der ich so viel mehr werden kann, als er war, werde mir nicht nachsagen lassen, ein *Bauer* habe mich in die Knie gezwungen.

Noch jetzt brennt die Scham über diese Demütigung in meinen Adern.

Ich hätte sie besiegen können – ein Haufen Reisende und die Männer eines Sept hätten meiner Macht nichts entgegensetzen können. Aber das wäre der erste Schritt in einem Krieg gewesen, den ich nicht will. Was nützt es, die Welt zu beherrschen, wenn es keine Welt mehr gibt? Eine Frage, die sich der namenlose König einmal hätte stellen sollen. Aber zu diesem Zeitpunkt hatte er wahrscheinlich das meiste dessen, was er einmal gewesen war, schon weggebrannt und sich in ein reines Ventil für die Macht des Pirschgängers verwandelt. Ich habe einen besseren Plan.

Ich kann den Schaden beheben. Den Tempel wieder aufbauen, ebenso wie meinen Geheimen Pfad. Die Zerstörung ist nicht so groß, wie sie aussieht: Es gibt immer ehrgeizige Männer, die mir dienen wollen. Tier hat mir keinen dauerhaften Rückschlag versetzt; er ist nicht so wichtig.

Aber er muss für das, was er getan hat, was seine Familie getan hat, bestraft werden. Er wird sich wünschen, tot zu sein, bevor ich mit ihm fertig bin. Vielleicht tue ich ihm ja den Gefallen.

1

»Füll den Eimer für mich, Lorra. Tole, ich brauche mehr Holzkohle.« Aliven wusste, wie barsch er klang, aber die Welt war nun einmal ein unangenehmer Ort, an dem es keinen Platz gab für Leute, die nicht arbeiteten.

Er sah aus dem Augenwinkel, wie seine Tochter den hölzernen Eimer neben der Esse aufhob und mit raschem Schritt die Schmiede in Richtung Brunnen verließ.

Er würde Lorra bald verlieren, dachte er, während er seine Metallvorräte durchging. Er hatte von Bauern in der Nähe zwei Angebote für ihre Hand, aber sie hatte sich noch nicht entschieden. Er hoffte, sie würde Daneel nehmen, einen vernünftig denkenden, etwas älteren Mann, der sich bereits im Leben bewährt hatte, aber sie schien Sovrents Jüngsten zu bevorzugen.

Er hatte mit keinem der beiden ein Problem, aber wenn seine älteste Tochter heiratete, würden ihm nur noch Tole und Nona bleiben, die beide nicht groß genug waren, um einen vollen Wassereimer zu tragen oder ein halbes Dutzend anderer Arbeiten zu erledigen, damit die Schmiede in Gang blieb.

»Mach schon, Tole«, sagte er zu seinem Sohn, der das Kohlebett der Esse erst halb gefüllt hatte. »Der Morgen wird nicht warten, während du hier herumtrödelst.«

»Ja, Pa«, murmelte der Junge in einem Tonfall, der so gerade eben an der Unverschämtheit vorbeiglitt.

»Pass bloß auf, was …«

Lorras schriller Schrei schnitt ihm das Wort ab.

»Dieses Dorf sieht nicht sonderlich vielversprechend aus, Papa«, sagte Lehr.

Tier lächelte seinen jüngsten Sohn an, der in den letzten paar Monaten vom Jungen zum Mann geworden war. Das aschblonde Haar, das er von seiner Mutter geerbt hatte, hatte er überwiegend unter einem Hut verborgen, aber jeder, der Augen hatte zu sehen, würde wissen, dass er zur Hälfte Reisender war.

Lehrs lange Beine konnten problemlos mit Scheck Schritt halten, obwohl Tiers altes Streitross einen recht schnellen Gang anschlug. Tier verlagerte das Gewicht im Sattel und hoffte, dadurch den Schmerz im rechten Knie lindern zu können. Er glaubte vielleicht an das alte Sprichwort, dass jede Wunde, die schmerzte, ihm zeigte, dass er noch nicht tot war, aber das bedeutete nicht, dass es ihm auch gefallen musste. Tief atmete er die kühle Waldluft ein, um sich zu erinnern, dass er sich in Freiheit und auf dem Weg nach Hause befand: Ein paar Schmerzen waren dafür ein geringer Preis.

Er betrachtete die kleine Gruppe von Häusern und Schuppen in dem grünen Tal. »Es ist klein, aber seht ihr dieses erste Gebäude? Dahinter befindet sich ein Ofen. Es ist entweder eine Töpferwerkstatt oder eine Bäckerei.«

»Aber Papa«, wandte Tiers älterer Sohn Jes ein, der auf der anderen Seite des Pferdes ging, »Benroln sagt, wir brauchen Getreide, keine Töpfe und kein Brot.«

»Das ist wahr«, stimmte Tier zu. »So nahe an einer wichtigen Straße werden sie allerdings auch andere Handelsgüter haben.«

»Es gibt einige Bauernhöfe in der Umgebung«, erklärte Lehr seinem Bruder. »Sie werden ihr Getreide hierherbringen, wenn es besser bezahlt wird, vor allem, wenn sie es sonst zu einem größeren Markt schaffen müssten.«

Jes runzelte verwirrt die Stirn. Vielleicht hatte er Lehrs Erklärung zu kompliziert gefunden – oder etwas anderes lenkte ihn ab.

Es kam Tier beinahe ironisch vor, dass ausgerechnet Jes, der von Kopf bis Fuß aussah wie ein Rederni, den höchsten Preis für das Reisendenblut seiner Mutter zahlen sollte. Der geringere Teil dieses Preises bestand in langsamerem Denken und Sprechen, was ihn einfältig erscheinen ließ, obwohl das nicht wirklich den Tatsachen entsprach.

»Es sieht nicht richtig aus«, sagte Jes einen Augenblick später.

»Was?«, fragte Tier. Jes' Einwände nachzuvollziehen war manchmal so, als verfolge man den Flug eines Kolibris.

»Die Gebäude.« Jes blieb plötzlich stehen und starrte geradeaus.

Tier zügelte Scheck und versuchte zu erkennen, was wohl Jes' Aufmerksamkeit geweckt hatte.

»Es kommt kein Rauch aus der Schmiede«, sagte Lehr.

»Das ist es«, erwiderte Jes und nickte auf seine übliche heftige Art. »Schmieden qualmen.«

»Vielleicht arbeitet der Schmied heute nur nicht«, sagte Tier. »Wir werden schon bald dort sein.« Er drängte Scheck voran, aber dabei drückte er ein bisschen zu fest mit den Beinen und konnte sich einen leisen Aufschrei nicht mehr verbeißen.

Der Schatten soll diese Knie holen, die Zauberer, die sie brachen, und die Heilerin, die sie nicht schneller heilen kann!

Letzteres war ungerecht, und das wusste er auch genau. Brewydd hatte ihm gesagt, wenn er Scheck ritte, statt in einem der Wagen zu sitzen, würden seine Knie langsamer heilen. Aber es war schlimm genug zu reiten, wenn die meisten anderen auf Schusters Rappen unterwegs waren – und er würde sich ganz bestimmt nicht auch noch in einen Wagen setzen.

»Alles in Ordnung?«, fragte Jes, der die Hand zu Tiers Bein gehoben hatte, es aber nicht berührte. »Mutter hat gesagt, ich solle auf dich aufpassen.«

»Nur meine Knie.« Tier lächelte seinen Sohn an, obwohl ihm das rechte Knie wirklich sehr wehtat. »Sie heilen nur langsam. Ich werde eben alt.«

»Mutter glaubt, du strengst dich zu sehr an«, sagte Jes stirnrunzelnd. Offensichtlich war Tiers Lächeln nicht so überzeugend gewesen, wie er geplant hatte.

Sie hatten sich alle angewöhnt, zu viel Aufhebens um ihn zu machen, was Tier gleichermaßen rührend wie ärgerlich fand. Er hätte seine Wunden lieber im Verborgenen geleckt.

»Brewydd meint, eure Mutter macht sich zu viele Gedanken«, sagte er also.

»Und Mutter sagt, du sollst das Heilen der Lerche überlassen«, erwiderte Lehr, aber auch er wirkte beunruhigt. »Brewydd weiß, was sie tut.«

Jes verzog das Gesicht.

»Es geht mir gut«, wiederholte Tier.

Lehr würde das Thema wieder fallen lassen, aber sobald Jes etwas im Kopf hatte, konnte er erstaunlich störrisch sein. Also sah Tier Jes in die dunklen Augen und erklärte mit fester Stimme: »Selbst eure Mutter musste zugeben, dass ich gesund genug bin, um in dieses Dorf zu reiten und um Lebensmittel zu feilschen – das ist schließlich die Aufgabe eines Barden. Wir schulden diesem Reisendenclan schon mehr, als wir je zurückzahlen können, aber ich kann ihnen zumindest gute Preise für die Dinge verschaffen, die sie brauchen, und dafür sorgen, dass sie willkommen sein werden, wenn sie das nächste Mal hier auftauchen. Meine Knie tun mir immer noch weh, und das wird wohl noch einen oder zwei Monate so bleiben, aber sie sind schon erheblich besser geworden.« Es half, dass dies tatsächlich der Wahrheit entsprach. Jes hätte eine Lüge ohnehin bemerkt.

»Ich mag diese Zauberer nicht«, sagte Jes, und für einen Augenblick lag etwas Dunkles, Fremdartiges in seiner Stimme.

»Ich auch nicht«, sagte Tier, dem es nicht schwerfiel, den Zusammenhang zwischen dieser Äußerung und seinen Knien zu erkennen, denn er hatte gerade dasselbe gedacht. »Aber sie sind jetzt tot und können niemandem mehr schaden.«

»Wir haben dich gerettet«, erklärte Jes, der plötzlich sehr zufrieden mit sich war. »Und dir geht es besser, und wir sind auf dem Heimweg. Rinnie wird froh sein, uns wiederzusehen. Ich hätte nicht bei Tante Alinath bleiben wollen.«

»Eure Tante ist ein guter Mensch«, mahnte Tier. Seine Schwester fühlte sich Jes gegenüber unbehaglich, weil sie ihn so seltsam fand, und deshalb behandelte sie seinen Ältesten falsch. Dennoch, Alinath war seine Schwester, und er liebte sie.

Jes reckte störrisch das Kinn. »Sie ist rechthaberisch und unhöflich.«

»Wie Mutter«, warf Lehr mit diesem sonnigen Lächeln ein, das er viel zu selten aufsetzte.

»Mutter ist Rabe«, sagte Jes, als könne das all ihre Fehler entschuldigen und erklären – was, wie Tier dachte, tatsächlich überwiegend zutraf. »Und sie ist nur Dummköpfen gegenüber unhöflich.«

Lehr lachte. »Das trifft allerdings auf die meisten Leute zu, denen sie begegnet.«

Tier schüttelte den Kopf. »Gewöhnlich ist sie nicht unhöflich, sondern nur einschüchternd.«

»Wenn du das sagst«, meinte Lehr. »Sollten wir nicht mit jemandem um Getreide feilschen? Oder wollen wir den ganzen Tag hier stehen bleiben und tratschen wie alte Weiber?«

Jes grinste schüchtern und zog den Kopf ein wenig ein. »Papa wird feilschen, und wir beide können zusehen. Ich sehe Papa gerne zu.«

»Also gut. Denk nur daran, Reisende nicht zu erwähnen, ehe Papa das tut.«

Tier trieb Scheck wieder an, diesmal mit einer Gewichtsverlagerung und einem Zungenschnalzen. Der braun-weiße Wallach machte sich mit seinen üblichen weichen Bewegungen auf den Weg.

In dem Dorf, zu dem Benroln sie geschickt hatte, gab es drei Häuser, die Schmiede, eine Töpferwerkstatt und eine Handvoll kleinerer Gebäude. Aber als Lehr an der Töpferwerkstatt anklopfte, kam niemand heraus, und niemand reagierte auf seinen Ruf. Er öffnete die Tür und spähte kurz hinein.

»Niemand da.«

Also gingen sie zum nächsten Gebäude.

Die Schmiede war eine Hütte mit drei Wänden, die nach vorne hin offen lag, und sie schien ebenso leer zu sein wie die Töpferwerkstatt. Tier zog das Bein über Schecks Rücken und rutschte – langsam, um seine Knie zu schonen – vom Pferd. Er ließ die Zügel des Wallachs fallen und hinkte zu dem Gebäude, flankiert von seinen Söhnen.

In der Schmiede hingen die Werkzeuge ordentlich an der Wand, und auf dem Boden neben der Esse lagen Metallstücke, als hätte jemand sie gerade erst fallen gelassen. Tier hielt die Hand über die Kohlen, dann berührte er sie vorsichtig, aber es war nicht einmal eine Erinnerung an das Feuer geblieben.

»Was kannst du feststellen, Lehr?«, fragte er seinen jüngeren Sohn. »Wie lange sind sie schon weg?«

Selbst für einen erfahrenen Fährtenleser wäre das eine unvernünftige Frage gewesen. Das Dach der Schmiede hielt den

Regen fern, und die Wände schützten den gestampften Boden. Tier selbst wäre nicht imstande gewesen zu sagen, wie lange der Stahl auf dem Boden gelegen hatte, nachdem irgendein Notfall den Schmied herausgerufen hatte.

Aber Lehr verfügte ebenso wie Jes und Tier selbst über eine Weisung – die Weisung des Falken, des Jägers.

Lehr sah sich mit seinen Falkenaugen um, und Tier spürte, wie Magie aufstieg, als sein Sohn die Spuren der Menschen las, die hier gearbeitet hatten.

»In diesem Gebäude war seit mindestens zwei Tagen niemand mehr«, sagte er schließlich. »Aber bis gestern gab es hier noch Hühner.«

Sie hatten keine Hühner gesehen, als sie näher gekommen waren.

»Es sind immer noch Menschen im Dorf«, sagte Jes einen Augenblick später wachsam. »Ich kann sie riechen.«

Etwas an diesem verlassenen Ort hatte Tiers ältesten Sohn beunruhigt. Jes, sein liebenswerter, langsam sprechender Jes, war verschwunden, als hätte es ihn nie gegeben, und an seine Stelle war das tödliche Raubtier getreten, das manchmal aus Jes' Augen schaute. Jes' Weisung war eine schwerere Last als die der anderen. Er war Hüter, und Tier schauderte nun von der magisch bewirkten Angst, die dieses zweite Wesen begleitete und die für die Adler-Weisung so einzigartig war.

Lehr blickte nicht einmal auf. Er betrachtete den Boden direkt vor der Schmiede. »Etwas hat die Hühner gefressen.«

»Was für ein Etwas?«, fragte Tier.

»Das weiß ich nicht«, antwortete Lehr. »Es ist nicht sehr groß – es wiegt etwa so viel wie ein kleinerer Wolf. Hier ist ein Pfotenabdruck.«

Tier starrte die schwache Spur im Staub des schmalen Wegs an. Nach dem, was er erkennen konnte, hätte die Spur von allen möglichen Tieren stammen können. »War es vielleicht ein Waschbär?«

Lehr schüttelte den Kopf. »Das hier ist kein Waschbär. Kein Waschbär hat so große Krallen.«

»Kannst du sehen, wohin die Leute gegangen sind?«

»Jemand ist hier, Pa«, sagte Tole, der das Gesicht gegen einen Riss in der Wand drückte. »Draußen bei der Schmiede. Diesmal sind es Fremde.«

Aliven blickte von dem feuchten Tuch auf, das er seiner Frau auf die Stirn gedrückt hatte. Sie hatte die Augen nicht mehr geöffnet, seit er sie vor zwei Tagen hierhergebracht hatte.

Da ihr Haus sich näher am Brunnen befand als die Schmiede, hatte seine Frau schneller auf den Schrei ihrer Tochter reagieren können. Als Aliven zum Brunnen gekommen war, war Lorra bereits tot gewesen, und seine Frau hatte wild um sich schlagend unter einem dunklen, wilden Tier gelegen. Als das seltsame Geschöpf Aliven bemerkte, lief es davon; zuerst hatte er geglaubt, sein Schrei und der Anblick seines Hammers hätten es in die Flucht geschlagen, aber inzwischen wusste er, wie dumm dieser Gedanke gewesen war. Vielleicht hatte es seine Beute nur deshalb nicht so schnell töten wollen, damit sie nicht verdarb. Wie auch immer, in der Zeit, die er gebraucht hatte, Irna ins Haus zu tragen, war es zurückgekehrt und hatte Lorras Leiche weggezerrt.

Er hatte seinen Sohn zu Tally, dem Vetter seiner Frau, geschickt, der so in seine Töpferarbeit versunken gewesen war, dass er Lorras Schrei nicht gehört hatte. Als der andere Mann zum Brunnen gerannt kam, war das Wesen hinter dem Gartenschuppen vorgestürzt und hatte erneut angegriffen. Wenn Aliven nicht immer noch seinen Hammer dabeigehabt hätte,

hätte das Untier sie beide erwischt, statt nur Tallys Gesicht zu zerkratzen.

Er hatte noch nie gesehen, dass sich etwas so schnell bewegte wie dieses Wesen. Aliven hatte Tally und die beiden Kinder in ihr Haus gebracht und Fenster und Türen verbarrikadiert. Bisher war es dem Untier noch nicht gelungen, die Holzwände einzureißen, aber der Schmied war ziemlich sicher, dass die dünnen Wände es nicht wirklich fernhalten konnten, wenn es schließlich zu dem Schluss kam, dass es hereinwollte.

Es hatte sie immerhin beinahe ins Haus zurückgescheucht, so wie ein gut ausgebildeter Schäferhund Lämmer zusammentrieb. Am Vortag waren ein paar Bauern gekommen, um die Pflugschar wieder abzuholen, die Aliven für sie repariert hatte. Der Schmied hatte sich aus dem Haus gewagt, um sie zu warnen, aber nicht rechtzeitig: Sie waren beide schon tot gewesen und hatten hinter der Töpferwerkstatt gelegen.

Das Untier hatte ihn dort eine Weile bleiben lassen. Aber als er aufgestanden war, hatte es ihn mit Knurren und anderen Geräuschen wieder ins Haus zurückgescheucht, ohne sich dabei sehen zu lassen. Es wollte, dass sie im Haus blieben, bis es wieder Hunger hatte.

Sowohl Irna als auch Tally lagen im Sterben. Die anfänglichen Verletzungen waren schlimm genug gewesen, aber dazu hatte sich auch noch erschreckend schnell eine Infektion ausgebreitet. Irna hatte sich schon seit anderthalb Tagen nicht mehr bewegt, und Tally war seit dem Morgen bewusstlos.

Aliven musste mit dem zurechtkommen, was sie in dem kleinen Haus hatten, und – er benetzte das Tuch vorsichtig wieder – bald würde ihm das Wasser ausgehen.

Vielleicht würden ja diese neuen Leute, die Tole beobachtete, helfen können. Der Sept schickte seine Männer zu Patrouillen aus, Soldaten, die vielleicht wussten, was mit dem Untier zu tun war.

»Wer ist da draußen?«, fragte er seinen Sohn.

»Ein dunkelhaariger Mann mit ein paar grauen Strähnen im Haar, hochgewachsen wie Daneel. Er hinkt ziemlich schlimm. Sie haben ein Pferd – es ist scheckig wie eine Kuh. Und dann gibt es noch zwei jüngere Männer. Sie sehen aus, als wären sie alle miteinander verwandt. Können sie uns helfen?« Tole blickte hoffnungsvoll auf; Aliven hatte den Kindern nicht von den beiden toten Bauern erzählt.

Er wandte sich von seiner Frau ab und spähte selbst durch den Riss zwischen den Dielen. Tole war zwar noch kein Dutzend Sommer alt, konnte aber gut beobachten. Der ältere Mann und einer der jungen Männer sahen sich ähnlich wie die meisten Väter und Söhne. Der zweite junge Mann hatte ebenfalls ähnliche Züge, aber sein Haar war …

Aliven zog den Kopf zurück und spuckte aus. »Reisende«, sagte er.

»Reisende?« Nona, seine Jüngste, blickte auf und wandte sich von Tally ab. »Sie werden es für uns töten!«

»Du hast dir wieder die Geschichten deiner Mutter angehört«, sagte Aliven, und die Enttäuschung ließ ihn noch mürrischer klingen als sonst. »Reisende helfen nur sich selbst – was bedeutet, dass sie alles stehlen, was sie erwischen können.«

Aber er riegelte die Tür dennoch auf und streckte den Kopf heraus. Er würde nicht zulassen, dass jemand getötet wurde, wenn er es verhindern konnte – nicht einmal Reisende.

»Verschwindet, Reisende!«

Tier blickte von den Spuren eines Kampfs auf, die Lehr entdeckt hatte. Zwei Männer, hatte er gesagt, und beide waren hinter die Töpferwerkstatt geschleppt worden.

»Dort sind deine Leute«, sagte Tier zu Jes, als er den Mann bemerkte, der aus einem kleinen Haus auf der anderen Seite der Straße blickte.

»Wir wollen Euch nichts tun«, sagte Tier und hinkte auf den Mann zu. »Mein Sohn sagt, ein Tier habe hier mehrere Menschen getötet.«

»Verschwindet, Reisende«, sagte der Mann wieder. »Es gibt hier nichts zu holen. Und ich will nicht für Euren Tod verantwortlich sein.« Er zog den Kopf wieder ein und schloss die Tür.

Lehr und Jes folgten beide Tier. Lehr betrachtete weiterhin forschend den Boden, während Jes sich nervös in der Umgebung umsah.

»Es stinkt hier nach Angst und Blut«, sagte Jes. »Nach Angst und Blut und etwas, das nicht stimmt.«

Tier warf seinem ältesten Sohn einen Seitenblick zu. »Bleib zurück, wenn wir ins Haus gehen. Dieser Mann ist schon verängstigt genug. Deine Anwesenheit wird es noch schlimmer machen.«

Jes erwiderte den Blick, schwieg aber.

»Es hat keinen Sinn, Papa«, sagte Lehr, ohne aufzuschauen. »Er wird nicht von deiner Seite weichen, wenn er glaubt, du könntest in Gefahr sein. Es kommt nichts dabei heraus, wenn du versuchst, ihn wegzuschicken.«

»Ich nehme an, dich kann ich ebenso wenig zurückhalten«, murmelte Tier.

Das bewirkte, dass Lehr nun doch den Kopf hob und seinem Vater zulächelte. »Mutter hat uns beauftragt, auf dich aufzupassen, erinnerst du dich?« Dann erregte ein Schuppen seine Aufmerksamkeit, der ein Stück entfernt von den anderen Gebäuden stand, und er atmete scharf ein. »Dort lauert es«, sagte er. »Dort drüben im Brunnenhaus. Es hat beim Hinein- und Herausgehen Dutzende von Spuren hinterlassen.

Und Jes hat recht, ich kann ebenfalls riechen, dass es besudelt ist. Was immer dieses Ding sein mag – es trägt den Makel des Schattens.«

Tier sah hin, erspähte aber nur einen schmalen Pfad zwischen kniehohem, vergilbtem Trespengras. »Wisst ihr schon, was es ist?«

Lehr schüttelte den Kopf. »Nichts, was ich zuvor gejagt hätte.«

Tier hielt inne und runzelte die Stirn. Er lockerte sein Schwert, damit er es schneller ziehen konnte, falls er es brauchen sollte. »Lehr, behalte diesen Brunnen im Auge, während ich versuche, mit den Leuten zu reden. Deine Mutter würde es uns nie verzeihen, wenn du dich umbringen ließest.«

Lehr nahm den Bogen von der Schulter und zog die Sehne auf. »Also gut.«

Tier klopfte an der Tür des grau werdenden Hauses. »Wir sind hier, um zu helfen, wenn wir können«, sagte er und legte so viel magische Überredungskunst in seine Stimme, wie er verantworten konnte. Er würde niemanden zwingen, etwas vollkommen gegen seinen Willen zu tun. »Sagt mir, was hier geschehen ist.«

Die Tür wurde aufgerissen, und ein unangenehmer Geruch nach schwärenden Wunden und Schweiß drang heraus. Ein drahtiger Mann, so dunkelhaarig wie Tier selbst, spähte nach draußen und blinzelte im hellen Licht: derselbe Mann, der versucht hatte, sie zu verscheuchen. Sein Bart war noch dunkel, aber in seinem Kopfhaar zeigten sich schon viele graue Strähnen. Er hatte schwielige Hände und jene kleinen Narben, die von der Arbeit mit heißem Metall verursacht wurden. Das musste der Schmied sein.

»Reisender«, zischte der Schmied, »ich weiß, was Leute wie Ihr tun. Ihr spielt mit dem Wetter herum, damit die Bauern Euch anbetteln, es wieder in Ordnung zu bringen. Für Gold

belegt Ihr Dinge mit Flüchen, und für Gold hebt Ihr Flüche auf. Wenn Ihr uns dieses Ding geschickt habt, damit wir zahlen, werde ich Euch eigenhändig umbringen. Wenn nicht, sage ich es noch einmal: Wenn Ihr bleibt, wird es Euch umbringen – obwohl es wahrscheinlich schon zu spät ist, um zu fliehen.«

»Wir sind nicht diese Art von Reisenden«, sagte Tier freundlich. »Aber ich weiß, dass es mehr als nur einen Clan gibt, der genau das tut, was Ihr sagt. Ich bin Tieragan aus Redern, und diese beiden«, er bemerkte, dass er Jes nicht sehen konnte, was häufig geschah, wenn sein Sohn Wache hielt, und veränderte den Satz: »Dies hier ist mein Sohn Lehr.«

Der Schmied sah sich nervös um. Das konnte Tier ihm nicht übel nehmen, er spürte es ebenfalls – aber anders als der Schmied wusste er, wo sein Unbehagen herkam. Jes war irgendwo in der Nähe. Als wäre der Hüter nicht schon bedrohlich genug, brachte auch noch seine Magie allen in seiner Nähe Kälte und Angst.

»Ich heiße Aliven«, sagte der Schmied, der nun widerstrebend auf die Freundlichkeit reagierte, die Tier mit all seinen Fähigkeiten ausstrahlte.

Tier machte einen Schritt nach vorn, und Aliven der Schmied trat zurück und gestattete Tier, an ihm vorbei ins Haus zu kommen.

Zwei Kinder, ein Junge, der nicht viel älter war als Tiers kleine Tochter, und ein etwas jüngeres Mädchen hatten sich nahe dem Stützbalken mitten im Raum zusammengekauert. Ihre schmuddeligen Gesichter waren in dem Licht, das zwischen den Dielen hindurchfiel, nur schwach zu erkennen. Der Junge hatte einen Arm um das Mädchen gelegt und behielt Tier misstrauisch im Auge. Die anderen Bewohner des Hauses waren zwei Erwachsene, ein Mann und eine Frau, die auf Strohsäcken auf dem Boden lagen.

Lehr folgte Tier und kniete sich neben den mit einem festen Tuch zugedeckten Mann.

»Was hat das verursacht?«, fragte er und zeigte auf etwas, das Tier in dem unsicheren Licht nicht sehen konnte.

Es gab ein Fenster direkt neben der Tür, aber die Läden waren geschlossen. Tier riss den Riegel weg und schob die Läden zur Seite, damit er sehen konnte, was Lehr so erschreckt hatte.

Im besseren Licht waren die Wunden der Frau nun deutlich zu erkennen, und man konnte sehen, dass das Gesicht des Mannes von etwas Scharfem aufgerissen worden war.

»Es hat drei Krallen benutzt«, sagte Lehr. »Genau wie das Geschöpf, das die Hühner und die beiden Männer hinter der Töpferwerkstatt umgebracht hat.«

»Die Fahlarn hatten Dreizacke mit zugeschliffenen Spitzen, die ähnliche Wunden verursachten«, sagte Tier und kniete sich hin, um die Verletzungen besser sehen zu können. »Aber siehst du, wie der Knochen geritzt ist? Was immer ihn erwischt hat, war schärfer als die Waffe eines Fahlarn, schärfer als jede Kralle oder Klaue, die ich je gesehen habe.«

Jes kam mit einer Welle kalter Luft herein, die irgendwie den Fäulnisgeruch wegschob. Die Aura der Furcht, die ihm folgte, brachte den Schmied so sicher auf die Knie, wie eine Axt einen Baum fällt.

»Was ist ihnen zugestoßen?«, fragte Tier.

»Das Ungeheuer«, flüsterte Aliven. »Es hat als Erstes meine Tochter getötet und dann meine Frau verletzt, die Lorra helfen wollte. Dann hat es Tally angegriffen.« Er zeigte auf den Mann, neben dem Lehr immer noch kniete. Zögernd warf er einen Blick auf seine Kinder und fügte dann leise hinzu: »Als Kaor und Habreman kamen, um die Pflugschar abzuholen, die ich repariert hatte, brachte es sie ebenfalls um.«

»Wie sieht es aus?«, fragte Tier.

Der Schmied schauderte schon beim Gedanken an das Wesen, oder vielleicht auch nur wegen der Kälte und Angst, die Jes permanent ausstrahlte. »Es war zu schnell. Ich kann Euch sagen, dass es kein Wolf war, kein Eber und kein Dachs. Es war schneller als ein Fuchs und vielleicht doppelt so groß. Und es hatte vier Beine und einen kurzen Schwanz, der wuschelig und hell aussah. Der Rest war dunkelbraun oder grau.«

Er starrte Jes an, dann fiel sein Blick auf Lehrs aschblondes Haar. »Ich habe nicht viel Silber«, sagte er schließlich. »Mein Vetter hat ein Goldstück zurückgelegt, schon vor langer Zeit, als er als junger Mann für den Kaiser kämpfte, aber ich weiß nicht, wo er es versteckt hat. Ihr könntet Euch vielleicht an meinen Sept wenden, denn es ist sein Brunnen, den wir benutzen, aber ich bezweifle, dass er Reisende bezahlen wird, ganz gleich, was sie tun. Er lässt sie für gewöhnlich von seinen Bewaffneten von seinem Land vertreiben.«

Tier wollte sich gerade weigern, Bezahlung anzunehmen, aber dann hielt er inne. In dem Reisendenclan, der sie nach Hause begleitete, gab es eine Menge hungriger Mäuler, und sie verdienten ihren Lebensunterhalt, indem sie Leuten wie dem Schmied halfen.

»Ich weiß nicht, was es kosten wird, wenn wir Euch von diesem Wesen befreien«, sagte er schließlich. »Das ist nicht meine Entscheidung. Aber es wird nicht mehr sein, als Ihr zahlen könnt – das verspreche ich.« Darüber würde er sich zur Not auch mit Benroln streiten.

Jes ging auf alle viere nieder und brachte das Gesicht dicht an das des verletzten Mannes. Der Schmied zuckte bei der plötzlichen Bewegung zusammen.

»Es war ein Nebelmahr«, flüsterte Jes. »Ich kann es riechen.«

»Was ist ein Nebelmahr?«, fragte Lehr.

»Eine Art Wasserkobold«, erwiderte Tier. »Gewöhnlich sind sie sehr scheu, und meist kann man nur einen kurzen Blick auf sie werfen, bevor sie wieder verschwinden. Es heißt, sie können recht unangenehm werden, wenn man sie in die Enge treibt. Ich habe noch nie gehört, dass sie vom Schatten besudelt werden, aber die meisten Leute könnten das wahrscheinlich ohnehin nicht feststellen. Eure Mutter wird es sicher sagen können.«

Es gab in der Nähe von Redern keine Nebelmahre, weil es dort zu kalt wurde. Tier hatte einmal einen gesehen, als er noch Soldat gewesen war, aber er konnte sich nicht erklären, wo Jes einem begegnet sein sollte. »Woher weißt du, wie sie riechen, Jes?«

Dunkle Augen blickten auf, und Tier sah, dass Jes, *sein* Jes, an die Stelle des Hüters trat, um die Frage zu beantworten. »Ich w-weiß es nicht«, stotterte er. »Wir haben es nur gerochen und wussten es.« Einen Atemzug später kehrte die scharfe Dunkelheit des Hüters in seine Augen zurück.

Tier hatte nie zuvor gesehen, dass der Wechsel vom Hüter zu Jes und wieder zurück so schnell stattfand, obwohl es umgekehrt hin und wieder ziemlich rasch geschah. Er fragte sich, wieso es notwendig gewesen war, dass Jes die Frage beantwortete und nicht der Hüter.

All seine Kinder wussten, dass Tier als Barde eine Lüge so deutlich identifizieren konnte wie einen falschen Ton. Hätte der Hüter sich verpflichtet gefühlt zu lügen, wenn er die Frage beantwortet hätte, und deshalb Jes das Feld überlassen?

»Schon gut, Jes«, sagte Lehr. »Das ist egal. Jetzt wissen wir wenigstens, womit wir es zu tun haben.«

Lehr hatte recht; sie würden später noch Zeit haben, über Jes nachzudenken. Wenn man davon ausging, dass der Hüter recht hatte – und bei der Identifizierung des Wesens hatte er sicher nicht gelogen –, stand ihnen genug Ärger bevor.

Tier sah sich im Haus um und stellte einen Angriffsplan auf. »Jes, ich will, dass du mit Lehr zum Clan zurückkehrst, wo ihr eurer Mutter und Benroln erzählen werdet, was wir hier vorgefunden haben. Sagt ihnen, wir brauchen Brewydd für die Verwundeten und so viele Leute, wie nötig sind, einen besudelten Nebelmahr loszuwerden.«

»Beide?«, fragte Lehr. »Jes kann hierbleiben, um euch zu beschützen.«

Tier schüttelte den Kopf. »Beide.« Es würde nichts helfen, wenn er laut ausspräche, dass seine Rolle in dieser Sache – den Schmied zu beruhigen – nur einfacher würde, wenn seine Söhne gingen, also hielt er sich an eine andere Wahrheit. »Wenn Jes bleibt, werde ich ihn nie von dem Nebelmahr fernhalten können, bis eure Mutter herkommt. Nehmt Scheck mit, damit er nicht gefressen wird, während wir warten.«

»Wie werdet ihr euch verteidigen?«, fragte Jes.

»Wenn diese Leute hier seit Tagen festsaßen, nehme ich an, dass wir noch ein paar Stunden länger überleben können«, sagte Tier.

Jes war nicht erfreut über die Anweisung, aber am Ende ging er nach draußen und hob Schecks Zügel auf. Nach einem kurzen Streit, wer reiten sollte, eilten sie beide mit raschem Schritt davon und führten das Pferd dabei.

Sobald seine Söhne weg waren, schloss Tier die Tür und verriegelte das Fenster wieder, denn es schien den Schmied nervös zu machen, wenn sie offen waren. Dann setzte er sich auf den Boden und lehnte sich mit dem Rücken gegen die Wand. Erleichtert seufzte er, als seine Knie sein Gewicht nicht mehr tragen mussten.

Er wandte den Blick von der quälenden Furcht auf den Zügen des Schmieds ab. Die Angst des Mannes vor dem Wesen im Brunnen war nun größer als seine Abneigung gegen Reisende, aber er war alles andere als froh darüber, mit Tier in diesem engen Haus festzusitzen.

Tier wollte ihm Zeit lassen, sich zu beruhigen.

»Hallo«, sagte er zu den beiden Kindern, die immer noch an dem Stützbalken kauerten.

Der Junge reagierte mit einem misstrauischen Nicken, das Mädchen schmiegte sich nur enger an seinen Bruder.

»Eine Heilerin wird bald hier sein, um sich um eure Verwandten zu kümmern. Und wir werden das Geschöpf, das ihnen wehgetan hat, vertreiben«, sagte er zu den Kindern. »Ich weiß, dieses Wesen kann einem ziemliche Angst einjagen, aber das kann meine Frau ebenfalls.«

»Deine Frau jagt einem Angst ein?«, fragte der Junge.

Tier nickte feierlich. »Genau.«

»Dieser Mann hat mir Angst gemacht«, flüsterte das Mädchen, dann drückte es das Gesicht gegen den Arm des Jungen. »Der kalte Mann.«

»Jes?«, fragte Tier. »Wegen Jes brauchst du dir keine Gedanken zu machen. Es ist seine Aufgabe, Menschen zu beschützen. Dazu hat er eine ganz besondere Art von Magie an sich, und das macht Leute in seiner Nähe nervös. Reisende haben nicht nur eine einzige Art von Magie wie wir.«

»*Wir?*«, fragte der Schmied. »Seid Ihr denn kein Reisender?«

Tier schüttelte den Kopf. »Nein. Meine Frau ist Reisende, aber ich stamme aus Redern in der Sept von Leheigh auf der anderen Seite des Felsengebirges.«

Etwas zupfte an seinem Hemd, und als Tier nachsah, entdeckte er das kleine Mädchen, das aufgestanden war, um mit ihm zu sprechen. »Ja?«

»Was für eine Art von Magie hat der kalte Mann denn?«

»Jes ist ein Hüter«, erklärte Tier. »Seine Magie macht ihn zu einem guten Wächter gegenüber allem Bösen. Er kann sich in ein Tier verwandelt oder dafür sorgen, dass man ihn nicht sieht, wenn er das nicht will. Der andere Mann, mein Sohn Lehr, ist ein Jäger. Seine Magie ist anders als die des Hüters. Sie hilft ihm, Spuren besser lesen zu können und seine Pfeile ins Ziel zu schießen.«

»Reisendenmagier sind nicht so gut wie unsere«, verkündete der Junge. »Unsere Magier können alles tun.«

»Das würde ich nicht unbedingt behaupten.« Tier hatte keine Probleme damit, über Dinge zu sprechen, die die Reisenden lieber geheim hielten. »Sie sind einfach anders. Seraph, meine Frau, ist euren Zauberern am ähnlichsten. Die Reisenden nennen ihre Weisung – ihre Aufgabe – entweder Magier oder Rabe. Jede Weisung wird durch einen Vogel dargestellt.«

»Wie viele gibt es denn insgesamt?«, fragte der Junge.

Die Spannung im Haus hatte nachgelassen. Das Mädchen lehnte sich nun an Tiers Arm statt an den ihres Bruders, und der Junge hatte aufgehört, sich an den Stützbalken zu klammern, als wäre der das Einzige, was ihm helfen konnte. Zum Teil, wusste Tier, lag das daran, dass er ihnen Ablenkung von dem Geschöpf bot, vor dem sie Angst hatten. Zum Teil war es auch seine eigene Magie, Bardenmagie, die bewirkte, dass sie sich besser fühlten.

»Sechs.« Tier zählte sie an den Fingern ab. »Ihr seid dem Hüter schon begegnet – das ist die Weisung des Adlers; und der Jäger ist der Falke. Dann gibt es die Rabenmagier, die Lerche steht für den Heiler – und ihr habt wirklich Glück, dass der Reisendenclan, mit dem wir unterwegs sind, eine Lerche hat, die sich um eure Mutter kümmern wird. Der Kormoran steht für Wetterhexer und die Eule für Barden.«

»Warum Vögel?«, fragte das Mädchen. »Warum nicht Fische?«

Der Junge verdrehte die Augen. »Nona, sei doch nicht dumm! Warum sollten sie ihre Kräfte nach Fischen benennen? Wie würde es dir gefallen, anderen Leuten zu sagen, du wärest ein Gründler oder eine Forelle? Das ist einfach dumm.«

»Ich habe meine Frau einmal gefragt, warum sie Vögel als Symbole benutzt haben«, sagte Tier schnell, bevor ein Streit ausbrechen konnte. »Aber sie wusste es nicht.«

»Ihr redet ziemlich viel für einen Reisenden«, stellte der Schmied fest, und er klang ein bisschen weniger feindselig als zuvor.

»Ich habe Euch doch schon gesagt«, Tier lächelte bei diesen Worten, »dass ich kein Reisender bin.« Das Lächeln bewirkte, dass Aliven sich noch mehr entspannte. So, wie es Jes' Weisung war, andere zu beschützen, bestand die von Tier darin, feindselige Fremde auf seine Seite zu ziehen, und er tat, was er für richtig hielt.

Kein Reisender, aber Eule und Barde, dachte er, als der Schmied sich genug entspannte, um sich an die gegenüberliegende Wand zu setzen. Doch es hatte keinen Sinn, dieses Thema aufzubringen.

Tiers Frau hatte Jahre gebraucht, um sich an den Gedanken zu gewöhnen, dass er keinen einzigen Tropfen Reisendenblut hatte, aber dennoch Barde war. Offenbar mussten Personen, die Weisungen erhielten, doch nicht unbedingt Reisende sein.

Tier befand sich mitten in einer spannenden Geschichte über einen Reisendenhelden, der Kinder vor einem tobenden Dämonenwolf rettete, als sie Hufschlag hörten.

Tier wollte aufstehen, sackte aber mit einem Grunzen wieder zusammen, weil seine Knie steif geworden waren. Eine Hand erschien vor seinem Gesicht, und nach kurzem Zögern packte er sie und ließ sich von dem Schmied hochziehen.

»Danke«, sagte er.

»Was ist denn mit Euren Knien?«, fragte der Schmied.

Tier grinste ihn an. »Ein paar Zauberer haben sie mit einer Keule zerschlagen, als ich versuchte, den Kaiser zu retten.«

Das entsprach der Wahrheit, aber es überraschte ihn nicht zu sehen, wie der Schmied lachte. Tier hatte immerhin die letzten Stunden damit verbracht, Geschichten zu erzählen, von denen einige erheblich glaubwürdiger wirkten.

»Als ob Zauberer sich mit einer Keule abgeben würden«, murmelte der Schmied und schüttelte den Kopf, als er zusah, wie Tier sich abstützte, bis er sicher sein konnte, dass seine Knie ihn tragen würden.

»Sie sagten, eine Keule täte mehr weh.«

Nachdem Aliven sich tagelang im Haus versteckt hatte, war er so gut wie blind, als er zusammen mit Tier, der sich auf seine Schulter stützte, nach draußen ging.

Als er nach unten blickte, um seine Augen zu schützen, sah er als Erstes nur ein Durcheinander von Pferdehufen. Das wunderte ihn, denn er hatte noch nie so viele Reisende mit Pferden gesehen. Im Allgemeinen kamen sie zu Fuß und gingen so auch wieder – und grinsten höhnisch über die Leute, die das Reisen von ihren Pferden erledigen ließen.

Als seine Augen sich angepasst hatten, blickte er auf, und die Verwirrung löste sich zu einer Gruppe von etwa zehn Männern und drei Frauen auf. Alle außer Tiers Sohn Jes hatten helles Haar, einige goldblond, andere zeigten das seltsame Aschblond, wie es nur bei Reisenden vorkam. Eine der Frauen war alt, älter als jeder andere Mensch, den der Schmied je gesehen hatte. Sie wirkten allesamt grimmig und kalt, wie Reisende immer aussahen – ein deutlicher Kontrast zu Tiers herzlicher und vergnügter Art.

Aliven, der sich unter dem sanften Druck von Tiers Hand langsam vorwärtsbewegt hatte, blieb stehen.

»Benroln«, sagte Tier, der neben dem Schmied blieb. »Ich hatte nicht erwartet, dass du selbst kommst. Ich wusste nicht, dass Nebelmahre so gefährlich sind, dass es die Hälfte der kampffähigen Männer des Clans brauchen würde.«

Bei jedem anderen Mann hätten diese Worte sarkastisch oder beißend geklungen, aber bei Tier hörten sie sich nur freundlich und ein wenig spöttisch an.

Einer der jüngeren Männer grinste – das war offenbar der Benroln, den Tier angesprochen hatte –, und er sagte: »Unsere Experten behaupten, dass Nebelmahre, die Geschmack an Menschenfleisch gefunden haben, ziemlich unangenehm werden können.« Er warf einen nervösen Blick zu der alten Frau, die neben ihm saß, auf dem scheckigen Pferd, das Tier mit seinen Söhnen zurückgeschickt hatte, und räusperte sich: »Jedenfalls haben sie ein wenig Magie. Deine Frau hat uns versichert, die Raben und der Falke könnten mit dem Problem fertig werden, aber wir wollten auch ein bisschen Spaß haben. Es wären noch mehr mitgekommen, wenn wir genug Pferde hätten.«

Tier machte einen Schritt nach vorn. »Benroln, darf ich dir Aliven, den Schmied, vorstellen? Aliven, das hier ist Benroln, Clanführer und Kormoran vom Clan Rongiers des Bibliothekars.«

Der Kormoran war einer der magischen Vögel, von denen Tier erzählt hatte, erinnerte sich Aliven, aber er wusste nicht mehr, wofür er stand. Er wusste auch nicht, wie er auf die Vorstellung reagieren sollte, ohne jemanden zu beleidigen, also zog er den Kopf ein und hoffte, dass das genügte.

Er hatte es offenbar richtig gemacht. Der junge Mann sprang vom Pferd und schüttelte fest die schlaffe Hand des Schmieds. »Wir sind uns schon einmal begegnet«, sagte er. »Obwohl wir einander nicht offiziell vorgestellt wurden.«

Aliven hielt das durchaus für möglich, aber irgendwie

sahen all diese blonden Köpfe mit den leicht fremdartigen Zügen wie dieser junge Mann aus.

Tier warf Benroln einen scharfen Blick zu.

Der lachte und zuckte die Achseln, errötete aber ein wenig. »Wir haben nur um Getreide gefeilscht, Barde. Nichts weiter.«

Die Pferde tänzelten unruhig, und ein Mann kam an die Seite der alten Frau. Aliven war beinahe sicher, dass es sich um Tiers blonden Sohn handelte, aber es hätte auch ein anderer Reisender sein können – er hatte nicht sonderlich auf Tiers zweiten Sohn geachtet, nicht, nachdem der dunkelhaarige Junge ins Haus gekommen war.

»Dieses Pferd gefällt mir, Barde«, sagte die alte Frau zu Tier. »Es ist ebenso wie ich immer noch lebendig, obwohl seine Altersgenossen über den Anstand verfügten auszusterben.« Als Aliven genauer hinsah, konnte er tatsächlich die Höhlungen oberhalb der Augen des Pferdes erkennen, die eine andere Geschichte erzählten als das muskulöse Hinterteil und die aufmerksame Haltung.

Tier verbeugte sich vor der alten Frau, eine tiefe, schwungvolle Verbeugung wie bei Hofe. »Ihr seid beide zu störrisch, um der Zeit nachzugeben, ebenso wie ihr auch keinem anderen nachgebt. Brewydd, das hier ist Aliven, der Schmied. Aliven, das hier ist unsere Lerche Brewydd.« Tier wandte sich kurz Aliven zu, damit der Schmied – und nur er – sein Gesicht sehen konnte. Seine Lippen formten lautlos das Wort *Heilerin*, und er zwinkerte.

»Lehr, hol mich vom Rücken dieses armen Geschöpfs herunter, bevor wir beide tot umfallen und keinem mehr helfen können.« Die alte Frau hatte die Vorstellung nicht einmal zur Kenntnis genommen.

Tiers Sohn griff nach oben und hielt sie fest, als sie mit überraschender Anmut ein Bein über den Rücken des scheckigen Pferdes schwang. Als beide Beine auf einer Seite waren, packte er sie an Taille und Schulter und hob sie vorsichtig aus dem Sattel.

Nun schaute sie Aliven zum ersten Mal wirklich an und lächelte sanft. »Stör dich nicht an diesem wilden Haufen, Junge«, sagte sie und nahm den Arm des Schmieds. »Sie wollten nur den Mahr sehen.«

Aliven brauchte einen Augenblick, um zu begreifen, dass sie mit »Junge« ihn meinte. Seit sein Vater vor fünfzehn Jahren gestorben war, hatte ihn niemand mehr »Junge« genannt.

Die Worte der alten Frau schienen aus einem Grund, den Aliven nicht hätte benennen können, das Zeichen für die ganze Reisendengruppe zu sein, vom Pferd zu springen und die Tiere wegzuführen, um sie irgendwo anzubinden.

»Ich werde dich nicht mehr allein ausschicken, Tier«, sagte eine der jüngeren Frauen und reichte Tiers dunkelhaarigem Sohn die Zügel ihres Pferdes. Sie war ziemlich klein, hatte aber eine Aura von Macht an sich, die sie größer wirken ließ, als sie wirklich war. Wenn Reisende ebenso alterten wie normale Leute, war sie jünger als Tier. Nur die kleinen Falten um ihre Augen ließen auf ihr Alter schließen.

Tier lachte und ging mit einem kurzen Schritt auf sie zu, bei dem er kein bisschen hinkte. Er legte die Hände um ihre Taille und schwang sie einmal im Kreis herum.

Als er sie wieder absetzte, fuhr sie ebenso gelassen wie vor Tiers Angriff auf ihre Würde fort: »Ich lasse dich jagen gehen, und du wirst entführt. Ich rette dich, damit du mit deinen neuen kleinen Soldaten spielen kannst, und ohne die Hilfe der Lerche wärest du verkrüppelt. Dann ziehst du los, um angeblich nur um Getreide zu feilschen, aber du findest einen Nebelmahr, der angefangen hat, statt Frösche und Fische Menschen zu fressen.«

»Wenn du mich nicht ausgeschickt hättest, um hier ein

bisschen zu feilschen, hätte ich irgendeinen armen Clansmann zu Tode geschwatzt«, lachte Tier, dann drückte er ihr schnell einen schmatzenden Kuss auf die Stirn.

Hinter Tiers Schulter sah Aliven, dass einige Reisende ihre kühle Gefasstheit genügend aufgaben, um zu lächeln.

»*Solsenti*-Bastard«, erwiderte die Frau ohne jede Zuneigung und starrte Tier an, als hätte sie ihn gerade auf einem Misthaufen gefunden.

»Ganz bestimmt nicht«, versicherte er ihr empört. »Meine Eltern waren verheiratet! Mein Vater war ein tapferer Mann, genau wie sein Sohn.«

Sie versuchte, es zu verbergen, aber Aliven sah, wie ihre Mundwinkel nach oben zuckten.

»Wo ist Gura?«, fragte Tier und sah sich um.

»Wir haben ihn im Lager gelassen«, sagte sie. »Der Mahr würde kurzen Prozess mit ihm machen, ganz gleich, wie groß und wild Gura sein mag. Er war nicht besonders froh, als wir aufbrachen.«

»Das kann ich mir vorstellen«, sagte Tier trocken. »Seraph, das hier ist Aliven, der Schmied, dessen Tochter von dem Geschöpf getötet wurde. Aliven, dies ist meine Frau Seraph, Rabe des Clans von Isolda der Schweigsamen – aber im Augenblick sind wir mit dem Clan des Bibliothekars unterwegs.«

Zum Unbehagen des Schmieds kam Tiers Frau auf ihn zu und berührte sein Gesicht, was ihn nervös daran denken ließ, dass der Dreck der letzten paar Tage an seiner Haut klebte.

»Wir werden uns um diesen Nebelmahr kümmern«, sagte sie, »damit er Euch und die Euren nicht mehr belästigt.«

In ihrer Stimme lag so viel Sicherheit, dass er ihr tatsächlich glaubte.

»Und wir werden uns um die Verletzten kümmern«, erklärte die alte Frau, die immer noch den Arm des Schmieds festhielt. Sie zog ihn herrisch weiter und zeigte dabei mit dem

Finger auf einen der Männer »Du kommst ebenfalls mit. Du kannst mir beim Heilen besser helfen als bei der Jagd auf den Nebelmahr. Bring mir meine Taschen ins Haus.« In ihrer Stimme lag keine Schärfe, aber auch keinerlei Höflichkeit. Aliven war überrascht, als der junge Mann sich respektvoll verbeugte und dann beeilte, zwei große Satteltaschen von dem scheckigen Pferd abzuschnallen.

»Brewydd.«

Die alte Frau hielt inne und sah Tier an.

»Da drin sind auch zwei Kinder, die schon viel durchgemacht haben. Sei nett zu ihnen.«

Die Heilerin lächelte und zeigte dabei überraschend gesunde Zähne. »Ich werde daran denken, Junge.«

Tier wartete, bis die Heilerin Aliven ins Haus geführt hatte, bevor er das Wort ergriff: »Etwas sagt mir, dass wir diesen Nebelmahr nicht so einfach loswerden können.«

Seraph nickte. »Sie sind klug und zäh und nicht leicht zu erwischen.«

»Aber ich habe nie davon gehört, dass sie Menschen umbringen«, wandte Tier ein. »Ich weiß allerdings, dass Leute, die in ihrer Nähe leben, sie lieber in Frieden lassen.«

»Wenn sie jung sind, jagen sie Fische, Frösche und andere kleine Tiere«, sagte Hennea, die ihr Pferd angebunden hatte und gerade wieder zu der Gruppe stieß.

Hennea war ebenso wie Tiers Frau Seraph ein Rabe. Sie sah zehn Jahre jünger aus als Seraph und war zweifellos schöner als sie. Auf ihren Zügen lag ein Friede, den Seraph nie hatte für sich beanspruchen können, da ihr Temperament es ihr einfach unmöglich machte.

»Wenn sie älter werden«, fuhr Hennea fort, »fangen sie an, andere Beute zu suchen. Für gewöhnlich ziehen sie dann zum Meer und jagen dort größere Fische, aber einige wenden sich auch landeinwärts und leben von Waschbären und Ottern. Ich habe allerdings nie von einem gehört, der Menschen fraß.«

»Die Besudelung durch den Schatten ist Erklärung genug«, sagte Seraph. »Nebelmahre sind nicht ganz so klug wie Menschen. Andererseits haben sie mehrere Jahrhunderte, um zu lernen.«

»Jahrhunderte?«, fragte Tier.

»Nebelmahre werden manchmal älter als vierhundert Jahre«, antwortete Hennea. »Da Jes sagt, dieser sei vom Schatten besudelt, könnte er sogar älter sein. Sie verfügen alle über ein wenig Magie, was wahrscheinlich für ihr langes Leben verantwortlich ist. Einige Zauberer leben anderthalb Jahrhunderte, und mehrere Zauberer aus Colossae wurden sogar vier- oder fünfhundert Jahre alt.«

»So sagt man jedenfalls.« Seraph bemerkte Tiers Blick und lachte. »Oh, nicht ich. Eine Weisung verlängert das Leben nicht«, sie warf einen bezeichnenden Blick auf das Haus, in dem Brewydd verschwunden war, »wenn man einmal von Lerchen absieht. Wenn du ein sehr alter Mann bist, Liebster, werde ich eine alte Frau sein.«

Seraph und Hennea begannen, in einem doppelten Kreis um den Brunnen herumzugehen, in dem das Geschöpf angeblich lebte. Hennea nahm den inneren Kreis, Seraph den äußeren.

»Es hat schnell und einfach getötet«, sagte Seraph.

»Es muss schon öfter getötet haben. Lehr könnte es wahrscheinlich zu einem einsam liegenden Bauernhof oder einer kleinen Siedlung zurückverfolgen. Wenn wir ihm nicht hier begegnet wären, würde es vielleicht noch ein paar Jahrhunderte so weitermachen, ehe es die Aufmerksamkeit von Reisenden erregte.«

»Seid ihr sicher, dass es jetzt im Brunnen lauert?«, fragte Tier.

Die Reisenden aus Benrolns Clan hatten sich an einer nicht zu weit entfernten Stelle im Schatten versammelt, um von dort aus zuzusehen. Tier wollte nicht riskieren, dass Seraph gefressen wurde, also war er bei den Raben geblieben, achtete aber genau darauf, ihren Mustern nicht in den Weg zu geraten.

Er behielt den Brunnen im Auge und bemerkte, dass Jes das Gleiche tat. Lehr hatte nicht weit von den anderen Reisenden Posten bezogen, an einer Stelle, wo er den Brunnen gut sehen konnte. Er hatte die Sehne auf den Bogen gespannt und hielt einen Pfeil bereit.

»Hoffentlich«, sagte Hennea, »können Seraph und ich ein Netz errichten«, sie deutete vage auf die Muster, die sie abgeschritten hatten, »um seine Magie einzudämmen.«

»Welche Magie hat ein solcher Nebelmahr denn?«

Hennea zuckte die Achseln. »Es kann ein paar Illusionen schaffen und Wassermagie wirken.«

»Sie sind schon ohne Magie unangenehm genug«, sagte Seraph. »Wir werden versuchen, ihn auf jede erdenkliche Art zu behindern. Am schwierigsten wird es sein, ihn aus dem Brunnen zu holen, denn er weiß bestimmt, dass wir hier sind. Er hat vor nicht allzu langer Zeit gefressen, also wird er keinen Hunger haben.«

»Ich habe wirklich nicht vor, in einen Brunnen zu klettern, um dort gegen einen besudelten Mahr zu kämpfen. Was tun wir, um ihn herauszuholen?«, fragte Hennea, klang dabei jedoch nicht sonderlich beunruhigt.

»Feuer ist eine gute Idee«, sagte Seraph. »Und es wird den Brunnen selbst nicht beschädigen.«

»Kann der Mahr nicht einfach untertauchen?«, fragte Tier.

Seraph schürzte die Lippen. »Nicht ohne Magie. Sie können nicht unter Wasser atmen und den Atem auch nicht lange genug anhalten. Wenn ich ihn mit den Flammen schnell genug erwische, wird er keine Gelegenheit haben, Magie zu wirken.«

Sie blieb stehen, und Tiers Knie sagten ihm, dass das gerade rechtzeitig erfolgte.

»Wir sind fertig mit den Runden«, sagte sie. »Hennea, bist du bereit?«

Er sah nicht, was sie tat, aber er spürte deutlich ihre Magie, die ihn berührte wie ein kühler Wind.

»Ich dachte, ihr braucht für eure Magie keine Rituale«, sagte er. »Ist das nicht der Hauptunterschied zwischen euch und einem *Solsenti*-Magier?«

»Wir brauchen sie nicht«, sagte Seraph. »Aber manchmal geht es mit ein paar Runen oder rituellen Mustern schneller, einen Schutzzauber einzurichten, als das Gleiche mit reiner Macht zu tun.«

»Sehen wir uns den Brunnen einmal näher an«, schlug Hennea vor.

Als sie näher kamen, zog Tier sein Schwert und folgte Seraph abermals. Hennea hatte einen Wolf an ihrer Seite – Jes verwandelte sich manchmal in ein Raubtier, wenn ihm das passte.

Für Tier sah der Brunnen aus wie jeder andere. Die Hütte war gebaut wie eine kleinere Version der Schmiede, also ein nach einer Seite offener Raum mit drei Wänden, um den Brunnen vor Wetter und Staub zu schützen. Eine feste, etwa bis zu Tiers Taille reichende Mauer aus Schlammziegeln umringte den eigentlichen Brunnen. Bevor die anderen sie erreichten, hatte Jes die Vorderpfoten schon auf den Rand gestellt und knurrte.

»Gut«, sagte Seraph. »Er ist da.« Sie wandte sich Hennea zu. »Ich kümmere mich um das Feuer, du kannst den Nebelmahr übernehmen.«

Hennea behielt für gewöhnlich ihre gelassene Freundlichkeit unter allen Umständen bei, also war Tier überrascht, so etwas wie Leidenschaft in ihrem Lächeln zu bemerken.

»Es ist immer gut, Pläne zu haben«, sagte sie.

Die Brunnenmauer mochte nicht hoch sein, aber Seraph war immer noch zu klein, also hob Tier sie auf den Rand. Er hielt sie fest, bis sie mit einer Hand den Pfosten erreichen konnte, der das Dach trug.

Sie dankte ihm mit einem kleinen, zerstreuten Lächeln für seine Hilfe, dann schaute sie in das dunkle Loch hinab. Auf der alten Mauer stehend, musste sie den Kopf ein wenig einziehen, um nicht gegen die Decke zu stoßen

Sie war hinreißend.

Ihr mondlichtfarbenes Haar war zu einer kunstvollen Zopfkrone frisiert, die Tier schon bei anderen Reisendenfrauen gesehen hatte. Bis zum vergangenen Monat hatte Seraph immer den schlichteren Stil der Rederni getragen. Aber die hochgesteckten Zöpfe passten zu ihr, dachte er. Sie trug auch die Kleidung der Reisenden: eine weite Hose und eine Tunika, die bis über die Knie fiel.

Hennea war schön, aber Seraph erregte ihn mehr, als es jede Frau, die einfach nur schön war, jemals konnte. Ihre innere Kraft war so erstaunlich, dass ihn ihre geringe Körpergröße manchmal überraschte. Er hatte einmal gesehen, wie sie einen Raum voller zorniger Männer nur mit ihrer spitzen Zunge in Schach gehalten hatte.

Als er sie beobachtete, während sie bebend vor Bereitschaft auf dem Brunnen stand, wie ein guter Jagdhund, der auf das Hornsignal wartet, überfiel ihn plötzlich ein herzzerreißendes Begreifen.

Dies war seine Frau, seine Seraph, die alles aufgegeben hatte, was sie war, um dem endlosen Kampf zu entkommen, den ihr Volk gegen Wesen wie den Nebelmahr ausfocht. Sie hatte ihn in der Hoffnung geheiratet, es würde sie aus Kämpfen wie diesem heraushalten. Oh, jetzt sagte sie, dass sie ihn liebte – aber er kannte Seraph. Wenn sie nicht gefürchtet hätte, wieder die Pflichten eines Raben übernehmen zu müssen, hätte sie sein Angebot einer Ehe niemals angenommen.

Er hatte immer das Gefühl gehabt, ihr geholfen zu haben, sich vor etwas Schrecklichem zu retten, aber jetzt wirkte sie nicht wie jemand, der gerettet werden musste.

Sie hielt die Hände über den Brunnen, die Handflächen nach unten: Spannung stieg in ihrem Körper auf, von den Zehen bis zu den Fingerspitzen, und das scharfe, funkelnde Gefühl von Magie streifte seine Haut wie ein beunruhigendes Streicheln. Mit einem hohlen Dröhnen, das den Boden unter ihren Füßen beben ließ, schossen in einer zerstörerischen Welle Flammen aus dem Brunnen. Zuerst fing das Dach Feuer, dann brannten auch die Wände der Hütte und die dünnen Unkrauthalme rings um das Brunnenhaus, und einen Augenblick später fing der Balken Feuer, an dem sich Seraph festhielt.

Trotz seiner verwundeten Knie warf sich Tier durch die Flammen, packte Seraph um die Taille, riss sie vom Brunnenrand und weg vom Feuer. Er hatte sie auf den Boden geworfen und schon zweimal herumgerollt, bevor ihm klar wurde, dass ihre Kleidung nicht einmal versengt war und dass sie lachte.

Sofort ließ er sie los, und sie setzte sich hin, wischte seine Ärmel ab und löschte das Schwelen des Stoffs.

»Ich habe es übertrieben«, sagte sie mit einem Grinsen, in dem er die rauschhafte Freude erkannte, die Krieger zuweilen mitten in der Schlacht befiel. Er hatte sie nie schöner gesehen.

Und er war auch nie so wütend auf sie gewesen – sie hätte sich umbringen können!

Hinter ihnen erklang ein scharfes Knacken. Tier fuhr herum und sah, wie Seraphs Flammen so schnell wieder verschwanden, wie sie gekommen waren, was die Hütte, die den Brunnen schützte, geschwärzt, aber ansonsten unbeschädigt ließ.

Als Hennea die Hände senkte, nachdem sie das Feuer gelöscht hatte, kam etwas Dunkles, Qualmendes über den Rand des Brunnens. Es schoss in einem Versuch, in den nahen Wald zu entkommen, an Tier vorbei und bewegte sich dabei so schnell, dass man nicht mehr sah als dünnes, drahtiges Haar über schrumpliger Haut und blaue Augen. Der Wolf, der Jes war, war nur ein klein wenig langsamer.

»Der Mahr!«, rief Benroln.

Ein Pfeil traf das Geschöpf, noch bevor Benrolns Aufschrei geendet hatte. Das Wesen überschlug sich mehrmals, und dann hatte Jes es erreicht.

Staub und Fell und Dunkelheit mischten sich, bis Tier Wolf und Mahr nicht mehr voneinander unterscheiden konnte. Aber Lehr hatte dieses Problem offenbar nicht. Ein zweiter Pfeil traf, dann ein dritter und vierter.

Jes löste sich von seinem Gegner, dann schüttelte er sich, um Staub und trockenes Gras loszuwerden. Der Nebelmahr zuckte noch ein paar Herzschläge lang. Er hatte drei von Lehrs Pfeilen in der Hüfte, im Hals und den Rippen. Ein vierter Pfeil, eine Handspanne von der Spitze abgebrochen, steckte in seinem Auge. Sein Brustkorb hob sich noch zweimal, dann blieb er reglos.

Es sah so aus, als nähme das Wesen tot erheblich weniger Platz ein als lebendig.

Seraph lehnte sich zurück und lachte. Dann wandte sie sich Tier zu, und der Triumph verschwand aus ihren Augen. »Was ist denn, Tier?«

Er zwang sich zu einem Lächeln und schüttelte den Kopf. Sie hatte seinen Zorn nicht verdient. Es war nicht ihre Schuld, dass sie die Würze der Gefahr genossen hatte – er kannte dieses Gefühl ebenfalls, aber es beunruhigte ihn, es bei seiner Frau zu sehen. Und nicht nur, weil sie ihr Leben aufs Spiel gesetzt hatte.

»Nichts, Liebes. Lass mich dir aufhelfen.«

Das war es, wozu sie geboren war, dachte er, als sie mit den anderen wie eine kleine, siegreiche Armee zurück zum Haus des Schmieds ging, nachdem Hennea die Leiche des Nebelmahrs mit weiteren Flammen beseitigt hatte.

Er konnte spüren, wie das Heim, das sie zusammen geschaffen hatten, für Seraph zu klein wurde. Seit sie und ihre Söhne ihn gerettet hatten, hatte er versucht, ihre Veränderungen zu ignorieren, aber dieser Tag zwang ihn, sich ihnen zu stellen. Um ihren Mann zu retten, hatte Seraph wieder den Mantel ihrer Weisung angelegt.

Er konnte sich nicht vorstellen, dass sie sich jemals wieder klein genug machen würde, um auf dem Hof zu leben und nichts weiter als eine Bauersfrau zu sein. Selbst wenn sie wirklich versuchen sollte, ihre Macht noch ein zweites Mal beiseitezuschieben, war er nicht sicher, ob er ihr das erlauben durfte, nicht, solange er sich an die Freude auf ihren Zügen erinnern konnte, als der Brunnen zu brennen begann.

2

»Kein Wunder, dass er in dieser götterverlassenen Gegend lebt. Wenn es in der Nähe einen *guten* Schmied gäbe, würde er verhungern«, sagte Benroln säuerlich, während sein kräftiger Fuchs mit dem kleinen Pferd, das Tier ritt, Schritt hielt. Brewydd hatte sich mit Tiers Segen entschieden, auf Scheck ins Lager zurückzureiten. Lehr hatte die Heilerin zu den Pferden zurücktragen müssen, so erschöpft war sie gewesen, aber die Verletzten würden sich wieder erholen.

»Nach hiesigen Maßstäben ist seine Arbeit gut genug«, erwiderte Tier. »Du kannst von einem Mann, der überwiegend Nägel und Pflugscharen herstellt, nicht die Künste eines Waffenschmiedemeisters erwarten. Wenn du um einen Pflug gebeten hättest, wärest du sicher zufriedener gewesen.«

»Nur, dass wir keinen Pflug brauchen«, knurrte Benroln. »Und auch keine Nägel. Aber beides hätte uns mehr genutzt als drei Paar schlecht austarierte Messer mit klotzigen Griffen.«

»Dann kann euer eigener Schmied das Metall nehmen, um etwas anderes daraus zu machen«, tröstete ihn Tier. »Du weißt ebenso wie ich, dass der echte Vorteil dieses Tages darin besteht, dass du – wie jeder andere Reisende – willkommen sein und gerecht behandelt werden wirst, wenn du das nächste Mal herkommst.«

»Beschwert Benroln sich immer noch?« Seraph lenkte ihr Pferd an Tiers Seite. Sie sah Benroln streng an. »Wenn du wirklich einen guten Handel gewollt hättest, dann hättest du dafür gesorgt, bevor wir den Mahr töteten und Brewydd die Verwandten des Schmieds heilte. Danach hast du bekommen, was er dir geben wollte, und du solltest dankbar dafür sein.«

Benroln murmelte etwas und ließ sich zurückfallen, um mitleidigere Zuhörer zu suchen.

»Diese Messer sind gar nicht so schlecht«, sagte Tier. »Sie entsprechen nur einfach nicht den Maßstäben des Clanschmieds.«

Seraph sah ihn forschend an. »Was ist los?«

»Meine Knie«, log er. Sie sah mit diesem klaräugigen Blick wirklich zu viel. »Aber sie werden bald wieder in Ordnung sein.«

Er würde sie verlieren, dachte er. Sie würde noch eine Weile bei ihm bleiben, weil die Kinder sie brauchten und weil sie ihm ihr Wort gegeben hatte. Aber die Jungen waren bereits junge Männer und ihre Tochter kein hilfloses Kind mehr. Wie lange würde seine Liebe sie von dem Leben fernhalten können, zu dem sie geboren war?

Sie war zu einer Frau geworden, die mit der Verantwortung fertig wurde, vor der sie eigentlich hatte flüchten wollen, als sie zu ihm gekommen war. Sie war ein Rabe, und er glaubte vielleicht zum ersten Mal zu verstehen, was das bedeutete.

»Wir können eine Weile Rast machen, damit du deine Knie ausruhen kannst«, sagte Seraph. »Brewydd hätte wahrscheinlich auch nichts gegen eine Pause.«

»Nein.« Er schüttelte den Kopf. »Brewydd ist müde, aber sie muss einfach nur auf Scheck sitzen, bis wir wieder im Lager sind. Was meine Knie angeht … ich bin heute einfach zu viel gelaufen. Sie werden wieder heilen. Es macht im Augenblick keinen Spaß, aber es ist zu ertragen.«

Ganz und gar unerträglich war, dass er keine Möglichkeit sah, Seraph zu halten, ohne dass es sie zerstörte. Im Vergleich dazu waren seine Knie nichts. »Es kommt schon alles wieder in Ordnung.«

Am nächsten Vormittag erreichten sie einen Kreuzweg, und Benroln ließ alle anhalten. Sobald das passiert war, ging er direkt zu Tier und Seraph.

»Wir werden zur südlichen Abzweigung gerufen«, sagte er angespannt.

Seraph lächelte ihn an. »Ist das das erste Mal?«

Benroln nickte ruckartig.

»Einige Anführer vernehmen nie einen solchen Ruf«, sagte sie, dann warf sie Tier einen Blick zu und erklärte: »Wenn die Hilfe des Clans gebraucht wird, weiß der Clanführer das oft. Meinem Bruder ging es ebenso. Er sagte, es sei wie ein Flüstern oder wie eine Schnur, an der gezogen wird.«

»Eine Schnur«, sagte Benroln, der ein wenig errötet war. »Sie zieht an meinem Herzen. Mein Vater sagte, sein Vater habe es ebenfalls gekannt – aber nie wirklich daran geglaubt.«

»Also geht«, sagte Tier. »Wir wenden uns weiter nach Westen. Es ist jetzt nicht mehr weit.«

Benrolns Gesicht verlor seinen abwesenden Ausdruck. »Ihr müsst mitkommen. Ohne euch sind es nur die Heilerin und ich. Brewydd sagt, es gibt einen neuen Schatten.«

Tier sah sich um. »Ich sehe hier viele Leute. Du willst doch sicher nicht jeden, der keine Weisung hat, als nutzlos abtun?«

Benroln schnaubte frustriert. »Du weißt, was ich meine.«

Tier nickte. »Ja. Aber im Augenblick passen meine Verwandten, die überhaupt keine Magie haben, auf meine kleine Tochter auf. Als meine Söhne den Schatten jagten …«

»Wir wussten nicht, dass er der Schatten war«, warf Seraph ein.

»Also gut«, gab Tier nach. »Aber selbst, wenn er nicht wie der namenlose König war, trug er doch die Gewänder eines Meisters des Geheimen Pfads, also muss er ein Zauberer gewesen sein. Was bedeutet, dass er Reisende tötete und ihre Weisungen stahl, wie es auch die anderen taten. Er wird nicht froh darüber sein, dass wir seine Arbeit vernichtet haben – und ich habe den unangenehmen Verdacht, dass er vor allem mich dafür verantwortlich macht, obwohl ich den größten Teil des Kampfs in Ketten verbrachte. Benroln, meine Tochter Rinnie sitzt in Redern wie der Köder in einer Bergkatzenfalle. Ich werde sie nicht länger allein lassen als unbedingt nötig.«

»Woher soll er denn von deiner Tochter wissen? Der Zauberer, Schatten oder nicht, befand sich in Taela – das ist weit entfernt von Redern.«

»Der Pfad hat unsere Familie von jemandem beobachten lassen«, erwiderte Tier und verspürte erneut einen Anflug von Zorn, wie er ihn schon empfunden hatte, als er es erkannt hatte. Was, wenn sie beschlossen hätten, nicht ihn zu entführen, sondern eines der Kinder? Was, wenn er gestorben wäre? Hätte der Pfad sich die Kinder eins nach dem anderen geholt? Der Gedanke verstärkte sein Bedürfnis, seine Familie zusammenzuhalten, noch mehr – er wollte sie alle an einem Ort haben, wo er sie im Auge behalten konnte. Er musste nach Redern gehen.

»Er weiß von Rinnie«, sagte Tier entschlossen. »Es tut mir leid, Benroln, aber ich werde sie nicht aufs Spiel setzen.«

»Du wirst einen Weg finden zu tun, wozu du gerufen wurdest, auch wenn wir nicht bei dir sind«, sagte Seraph bestätigend.

Hennea, der andere Rabe, gehörte ebenfalls nicht zu Benrolns Clan, sondern war in Redern zu Seraph gekommen und dann zusammen mit Tiers Familie nach Taela, der Hauptstadt des Kaiserreichs, gereist, um ihn zu retten. Sie hatte keine echte Verbindung zu ihm.

»Vielleicht geht Hennea ja mit«, sagte er also zu Benroln.

Jes war näher gekommen, um nachzusehen, warum sie angehalten hatten, und Gura folgte ihm. Der große Hund hatte sie kaum aus den Augen gelassen, nachdem sie den Nebelmahr getötet hatten, und rannte von einem seiner Leute zum anderen – ein bisschen wie Jes.

Bevor Benroln eine Antwort auf Tiers Vorschlag geben konnte, schüttelte Jes den Kopf und erklärte mit fester Stimme: »Hennea bleibt bei uns.«

Tier zog die Brauen hoch, ließ sich aber ansonsten die Sorge nicht anmerken, die er wegen der aufkeimenden Beziehung zwischen Hennea und Jes verspürte. »Hennea ist ein Rabe und wird tun, was sie will, Jes. Ich dachte, das wüsstest du, nachdem du bei deiner Mutter aufgewachsen bist. Warum suchst du Hennea nicht, und wir sehen, was sie dazu sagt?«

Unterwegs hielt Hennea sich für gewöhnlich im hinteren Teil des Clans. Dort fand Jes sie auch diesmal, zusammen mit etwa einem halben Dutzend anderer und mit Lehr, der nach der Minze und den Kräutern roch, die er offenbar für die Heilerin gesammelt hatte.

Lehr blickte auf, sah Jes und fragte: »Warum haben wir haltgemacht?«

Jes spürte das Gewicht der allgemeinen Aufmerksamkeit, und er spürte auch die Furcht der anderen, verbunden mit Neugier. Er mochte das nicht, ebenso wenig wie der Hüter. Also senkte er den Blick und versuchte, die anderen nicht wahrzunehmen und zu ignorieren, wie sie zurückwichen.

»Benroln wird nach Süden gerufen«, sagte er zum Boden. »Wir ziehen weiter nach Redern, weil Papa befürchtet, der Schatten könnte versuchen, Rinnie wehzutun.«

Der Hüter war der gleichen Ansicht wie Papa. Er glaubte

ebenfalls, dass der Mann, den sie gejagt hatten, ein Schatten gewesen war und nicht nur umschattet.

Jes hörte Henneas erste Worte nicht, aber der Rest – »Ich denke, ich sollte mit Benroln gehen« – genügte, um den Hüter an die Oberfläche zu bringen.

»Nein«, sagte Jes, aber mehr konnte er über das Knurren des Hüters hinweg, das andere nicht mitbekamen, nicht herausbringen.

»Sie kommt mit uns! Sie gehört mir!«

Jes stimmte dem Hüter zwar zu, aber er war sicher, dass es nicht gut wäre, wenn er es Hennea direkt sagte. Also versuchte er, ihn zu beherrschen. Es half nicht gerade, dass der Hüter sich bereits erhoben hatte und seine eisige Präsenz die Angst von allen anderen noch vergrößerte. Ihre Gefühle rauschten um ihn herum wie der Fluss bei einem Unwetter, bis Hennea ihm die Hand auf den Arm legte und damit die kühle Erleichterung brachte, die so sehr Teil von ihr war. Er konnte die anderen immer noch spüren, aber Henneas Gegenwart schirmte ihn irgendwie gegen das Schlimmste ab.

»Warum bringst du ihn nicht von allen weg?« Auch Lehrs ruhige Stimme machte es besser. »Du wirst keine vernünftige Antwort von ihm erhalten, wenn so viele Leute in der Nähe sind.«

Hennea war wohl der gleichen Ansicht, denn Jes folgte ihr schon bald durch die Bäume. Sobald sie außer Sichtweite der anderen waren, ebbten deren Gefühle zu einem Murmeln ab, aber Hennea führte ihn noch weiter.

»Du musst mit uns kommen. Ich brauche dich«, sagte er.

Sie tätschelte seinen Arm – eine mütterliche Geste –, dann verschränkte sie ihre Arme und wandte sich ab. Sie fand etwas scheinbar Interessantes an der Rinde eines Baums und verfolgte die Muster der rauen Oberfläche mit einem Finger.

»Es wird dir gut gehen«, sagte sie dem Baum, obwohl Jes annahm, dass sie eigentlich mit ihm sprach. »Es ist nicht nötig, dass ich mit dir komme. Ich habe bezahlt, was ich deiner Mutter schuldig war, weil ich sie dazu gebracht hatte, Volis den Priester zu töten. Und wir haben dafür gesorgt, dass der Geheime Pfad keine Reisenden mehr umbringen wird, um ihre Weisungen zu stehlen.«

Jes starrte ihren Rücken an. Bedeutete er ihr denn gar nichts? Wahrscheinlich. Sie war einfach nur freundlich zu ihm gewesen, hatte ihn gerettet und dabei geküsst. Zweifellos war er nicht der einzige Mann, den sie je geküsst hatte.

Und wie konnte sie denn auch etwas für ihn übrighaben? Hatte er vergessen, was er war? Ein Wahnsinniger, der zwischen einem Einfältigen und einem wütenden Ungeheuer hin und her schwankte. Er sollte froh sein, dass sie nicht schreiend davonlief.

»Lass mich mit ihr reden.«

Um so etwas hatte der Hüter ihn noch nie gebeten; bisher hatte er ihn immer einfach übernommen. Jes zögerte und erinnerte sich an dieses erste besitzergreifende Aufbrüllen. Aber der Hüter konnte sich bei den seltenen Gelegenheiten, wenn er ruhig blieb, besser ausdrücken als Jes. Vielleicht würde er sie ja überreden können.

»Wir können sie nicht zwingen«, sagte er. Vielleicht hätte er es nicht laut aussprechen sollen, denn Hennea schien nicht froh zu sein, als sie sich umdrehte und ihn anstarrte, aber der Hüter hörte nicht so gut auf Jes, wie Jes auf den Hüter hörte. Jes wollte nicht, dass der Hüter alles noch schlimmer machte.

»Bitte. Sie muss mit uns kommen.«

Mit einem Seufzen ließ Jes sich vom Hüter überwältigen.

»Du kannst mich nicht zwingen«, sagte Hennea.

»Nein«, stimmte er zu und trat ein Stück zurück, weil er befürchtete, ihr Furcht einzujagen – obwohl sie vollkommen gelassen wirkte. Er wollte ihr keine Angst machen. »Was hast du jetzt vor, nachdem du deine Schuld an meine Mutter abbezahlt hast und der Pfad zerstört wurde?«

»Ich werde den Schatten suchen«, sagte sie. »Es könnte sein, dass der Mann, den du durch die Gänge des kaiserlichen Palasts verfolgt hast, nur ein weiterer *Solsenti*-Zauberer ist. Aber wenn nicht, wäre es eine Katastrophe, ihn frei herumlaufen zu lassen.«

Der Hüter senkte die Lider und versuchte, nicht einschüchternd zu wirken. Er hatte nicht viel Übung in solchem Verhalten.

»Mein Vater sagte zu Benroln, der Schatten werde sich an uns für die Zerstörung des Geheimen Pfads rächen wollen«, berichtete er. »Wenn du ihn finden willst, kannst du das wahrscheinlich am besten in unserer Nähe tun.«

»Oder bei Benroln und seinen Leuten, wenn der Clanführer seinem Ruf folgt«, sagte sie.

Aber sie klang nicht mehr so überzeugt wie zuvor.

»In den Papieren, die der Pfad zurückließ, gab es keinen Hinweis auf die Identität des Schattens«, sagte der Hüter. »Kein Diener wusste etwas, und die Angehörigen des Pfades, die der Kaiser verhören ließ, wussten ebenso wenig. Nur die Zauberer hätten vielleicht sagen können, wer er ist, doch sie wurden alle getötet. Es könnte noch Aufzeichnungen in den Tempeln geben, aber der Kaiser vermochte gegen die Tempel der Fünf Götter in Taela nichts zu unternehmen, denn er war nicht imstande, sie offiziell mit dem Pfad in Verbindung zu bringen. In Redern jedoch gibt es einen Tempel, den du durchsuchen könntest.«

»Das haben wir bereits getan«, erwiderte Hennea.

»Ach ja? Ich dachte, zwei erschöpfte Raben seien alles durchgegangen, vor allem, um die Edelsteine mit den Weisungen zu finden und alles andere, was Dorfleuten schaden könnte, die den Tempel auf eigene Faust erforschten. Hast du Volis' gesamte Korrespondenz gelesen? Seine Tagebücher? Hast du damals schon nach einem neuen Schatten gesucht?« Er kannte die Antworten auf diese Fragen – und Hennea ebenfalls, denn sie antwortete nicht.

»Und dann sind da die Edelsteine des Pfads«, murmelte er und versuchte sich nicht anmerken zu lassen, wie er sich freute. Wie erleichtert er war. Er würde sie beschützen, ebenso wie er seine Familie beschützte. Er hätte es nicht ertragen können, wenn sie in Gefahr wären und er sie nicht alle beschützen könnte. Sie mussten zusammen bleiben. »Seraph wird ihr Bestes tun, um ihre Geheimnisse zu ergründen und die Weisungen zu befreien, die an die Steine gebunden wurden. Sie wird sie dir nicht geben – ich kenne sie gut genug, um zu verstehen, dass sie diese Aufgabe niemals einer anderen überlassen würde, selbst wenn du das nicht siehst. Es ist ihr zu wichtig.« *Und dir ebenfalls,* dachte er.

Sie nickte knapp. »Du hast recht«, sagte sie ernst. »Ich werde mitkommen. Aber ich werde nicht in Redern *bleiben*, Jes.« Sie rieb ihr Gesicht mit den Händen, und es kam Jes so vor, als wische ihre Geste ein wenig von ihrer Fassung weg. »Ich kann für dich nicht mehr sein, als ich bin. Du bist so jung. Du wirst eine andere finden. Ich war …« Sie hielt inne und holte tief Luft. »Ich war Volis' Mätresse, Jes.« Ihre Stimme zitterte, als sie den Namen des toten Priesters aussprach, obwohl Jes sah, dass sie ihr Bestes tat, kühl zu bleiben. Der Priester hatte Glück, schon tot zu sein.

Sie hatte seine Reaktion wohl gespürt, denn sie fuhr schnell fort. »Ich habe mich dazu entschieden, weil ich es für den besten Weg hielt herauszufinden, wie ich mein Volk retten könnte. Ich würde es wieder tun. Ich bin nicht wie deine Mutter, die die Familie über ihre Pflicht stellt. *Ich* bin in erster Linie Rabe – und Raben sind keine guten Gefährten. Starke

Gefühle sind für uns beinahe ebenso gefährlich wie für Hüter. Ich habe mich bewusst entschieden, nicht zu lieben, Jes. Niemals. Ich kann es mir nicht leisten. Du hast jemanden verdient, der dich liebt.«

Der Hüter kam näher, aber sie blieb stehen, selbst als er eine Hand an ihren Hals legte und die andere an ihre Schulter, um sie festzuhalten. Er senkte den Kopf und küsste sie – zunächst sanft, obwohl das nicht in seinem Wesen lag. Dann ließ er Jes zurückkehren und den Kuss beherrschen, bis ihre Schulter unter seiner Hand nachgiebiger wurde und sie den Mund öffnete.

Jes genoss die Berührung, aber er zog sich zurück, bevor Henneas wirre Gefühle den Bann des Kusses brachen und ihn komplizierter machten.

Er schaute sie nicht an, wollte nicht versuchen, ihre Miene zu deuten. Er wusste nicht, was sie in ihm sah, er wusste selbst nicht, was er empfand.

Sein Vater würde sagen, ihr Gespräch habe in einem Unentschieden geendet. Er meinte auch, dass so etwas manchmal das beste Ergebnis war, auf das man hoffen konnte. Jes war ziemlich sicher, dass es sich um eine dieser Gelegenheiten handelte.

Also schwieg er und machte ihr Platz, damit sie ihm dorthin vorangehen konnte, wo der Clan wartete. Er folgte ihr und sorgte dafür, dass ihr nichts zustieß.

Tier war unruhig, weil sie langsamer vorankamen, nachdem sie Benroln und seine Leute verlassen hatten. Das hatte vor allem damit zu tun, dass Seraph häufig auf einer Rast bestand, um Tiers Knie zu schonen. Brewydd war nicht so streng gewesen. Am Abend verbrachten Seraph und Hennea weiterhin Stunden in den illusionären Überresten der Häuser der Zauberer von Colossae, wie sie es schon zusammen mit Brewydd getan hatten, seit sie Taela verlassen hatten. Sie benutzten Seraphs *Mermora*, das Haus, das einmal Isolda der Schweigsamen gehört hatte.

Tier hatte seit Jahren von den *Mermori* gewusst, aber Seraph hatte selten mehr getan, als sich die anmutigen silbernen Gegenstände anzuschauen, die für ihn wie kleine, filigrane Dolche aussahen. Sie hatte Isoldas Haus in seiner Gegenwart ein- oder zweimal heraufbeschworen, aber das ließ das plötzliche Auftauchen eines Hauses mitten in der Wildnis nicht weniger fantastisch wirken.

Sie suchten nach einer Möglichkeit, die Weisungen zu befreien, die der Pfad an die Edelsteine gebunden hatte.

»Es wäre einfacher gewesen«, sagte Seraph ihm eines Abends, »wenn der Pfad tatsächlich geschafft hätte, was er wollte. Wäre es ihnen gelungen, die Weisungen vollkommen von den Reisenden zu trennen, die sie getötet hatten, dann könnte man die Edelsteine jetzt vielleicht einfach zerstören, um die Weisungen zu befreien.«

»Aber das geht nicht mehr.«

Sie schmiegte sich an seine Seite, um es bequemer zu haben. Er sagte ihr nicht, dass ihr Ellbogen sich in seine Rippen bohrte, wo sie immer noch ein wenig empfindlich waren, denn dann würde sie sich sofort wieder zurückziehen. Sie würde sich schon noch ein wenig bewegen, bevor sie einschlief.

»Nein«, bestätigte sie gähnend. »Brewydd sagte, es habe immer nur eine eingeschränkte Anzahl von Weisungen auf der Welt gegeben. Wenn ein Mensch mit einer Weisung stirbt, wird diese Weisung geläutert und geht an einen anderen über. Aber wegen der Einmischung des Pfads sind diese Weisungen nicht geläutert worden.«

»Wie meinst du das?«, fragte er. Diese spätnächtlichen Gespräche hatten ihm gefehlt. Nach ihrem Aufbruch aus Taela war er am Abend immer zu müde gewesen, um nicht sofort einzuschlafen. Er war auch an diesem Abend müde, aber nicht so erschöpft, dass er das Bewusstsein verlor, sobald er aufhörte, sich zu bewegen.

»Die meisten Edelsteine funktionieren nicht richtig«, sagte Seraph. »Es war vorgesehen, dass ein Zauberer, wenn er den Edelstein an der Haut trug, die Kräfte der Weisung einsetzen konnte, als wäre er derjenige, von dem sie diese gestohlen hatten. Brewydd denkt, dass sie die Weisungen zu früh gestohlen haben, bevor sie durch den Tod ihres vorherigen Trägers geläutert wurden.«

»Also werden die Steine sozusagen von Gespenstern heimgesucht?«, fragte Tier.

Seraph nickte. »Das nehmen wir jedenfalls an. Volis sagte, dass keiner der Heilersteine richtig arbeite.«

»Würde es die Weisungen nicht befreien, wenn ihr die Steine zerbrecht?«

Seraph zuckte die Achseln. »Das könnte passieren. Aber die Weisungen verfügen immer noch über Einzelheiten der Erfahrung des ehemaligen Besitzers – vielleicht sogar seiner Persönlichkeit. Brewydd dachte, das könnte sie davon abhalten, sich mit einer neuen Person zu verbinden, oder, was noch schlimmer wäre, dazu führen, dass eine Weisung sich eher auswirkt wie die Besudelung durch einen Schatten.« Sie holte tief Luft. »Und vielleicht wie die Weisung des Hüters.«

»Dann ist klar, dass du sie nicht einfach zerstören kannst.« Tier strich seiner Frau übers Haar.

»Es könnte am Ende doch noch dazu kommen«, sagte Seraph. »Aber im Augenblick will ich ein solches Risiko einfach noch nicht eingehen.«

Die Berge hatten Vor- und Nachteile, dachte Tier ein paar Tage später. Sie bedeuteten, dass sie näher an ihrem Zuhause waren, aber sie verlangsamten die kleine Gruppe auch.

Jes und Lehr hatten es übernommen, zusammen mit Gura den Weg auszukundschaften und sich nach Wild und Banditen umzusehen – was es den anderen überließ, ihnen zu folgen: zwei Frauen und ein Krüppel mit seinem alten Schlachtross, dachte Tier säuerlich. Auf der Reise mit Benrolns Clan hatte er sich daran gewöhnt zu reiten, während die anderen zu Fuß gingen, aber jetzt, wenn ihn nur zwei Frauen begleiteten, störte es ihn wieder mehr.

Als sie zu einem relativ ebenen Teil des Weges kamen, schwang er ein Bein über Schecks Rücken und ließ sich mit einem Stöhnen auf den Boden fallen.

»Was machst du denn da?« Seraph stützte die Hände auf die Hüften und sah ihn verärgert an.

»Ich werde ein bisschen laufen«, erwiderte er und ließ seinen Worten Schritte folgen.

»Brewydd hat dir doch gesagt, du sollst deine Knie schonen.« Seraph hakte sich bei ihm unter und ging neben ihm her.

»Das ist eine Woche her«, sagte Tier. »Ich gehe nur, wenn der Weg eben ist. Scheck braucht ein wenig Rast.«

»Nein«, erwiderte sie störrisch. »Tier ...« Sie unterbrach sich. Dann fuhr sie leiser fort: »Ich weiß, ich mache mir zu viel Gedanken. Aber ich kann diese Situation einfach nicht ausstehen! Ich hasse es, dass du verletzt wurdest. Und ich hasse es noch mehr, dass ich die Männer, die dafür verantwortlich waren, erst verbrennen durfte, nachdem sie schon tot waren.«

Er steckte die Finger der linken Hand in ihre Zöpfe und beugte sich vor, um sie auf den Mund zu küssen. »Du bist nicht für alles verantwortlich, was geschieht, mein Rabe. Du kannst nicht verhindern, dass jemandem von uns etwas zustößt oder wir sterben. Das steht dir nicht zu. Und das solltest du lieber akzeptieren, Liebste.«

Sie erwiderte zunächst nichts mehr, sondern schmiegte sich nur enger an ihn, während sie weitergingen.

Aber als sie das Ende der ebenen Stelle erreichten und Tier stehen blieb, um wieder in den Sattel zu steigen, sagte sie laut: »Doch.«

»Doch was?«, fragte er schmerzerfüllt. Es war nicht so schlimm gewesen zu gehen, aber wieder aufs Pferd zu steigen, tat schrecklich weh. Sein linkes Knie wollte sich nicht genug beugen, damit er den Fuß in den Steigbügel bekam, und sein rechtes Knie war alles andere als froh, sein ganzes Gewicht tragen zu müssen. Schließlich schaffte er es und konnte sich in den Sattel ziehen, aber es war schwer.

Seraph wartete, bis er saß, bevor sie seine Frage beantwortete. »Doch, es steht mir zu, für die Sicherheit von anderen zu sorgen. Es ist, wozu ich erzogen wurde, und gehört zum Rabesein.«

Er ließ Scheck still stehen und schaute auf seine Frau hinab. Sie war stark, und die Götter allein wussten, wie mächtig sie war. Das wusste er ja auch alles, aber in seinem Herzen sah er, wie leicht man ihr wehtun konnte und wie sterblich sie war. Seine Augen sahen eine Frau, die gerade halb so viel wog wie er selbst oder einer ihrer Söhne.

Er liebte alles an ihr. Wenn sie kein Rabe wäre, so wäre sie nicht seine Seraph. Nein, er würde diesen Teil von ihr nicht ändern wollen, selbst wenn das möglich wäre, mochte es auch bedeuten, dass sie ihre Pflicht wieder aufnehmen und den Hof verlassen – ihn verlassen – musste. Aber es musste ihm nicht auch noch gefallen.

»Ja?«, fragte er leise. »Mag sein. Aber diese Geschichten sind so alt, Seraph. Älter als das Kaiserreich. Älter als der Sturz des namenlosen Königs. Bist du sicher, dass du recht hast? Vielleicht hatten die Raben, die Eulen und alle anderen, die eine Weisung haben, einmal eine andere Funktion. Vielleicht gibt es einen besseren Grund, wieso Jes unter der Adlerklaue des Hüters leidet. Ich hoffe das jedenfalls. Wenn der einzige

Grund darin bestand, dass ein paar dumme Zauberer zu dem Schluss kamen, sie sollten ein Durcheinander anrichten, für das noch ihre Kindeskinder und deren Kinder zahlen mussten, dann zahlt ihr alle viel zu viel.«

Hennea blieb stehen, hob einen Stein auf, der ihr gefiel, und steckte ihn in die Tasche. Schwere Wolken hingen am Himmel, aber es regnete noch nicht. Vielleicht sollte sie zum Weg und zu Tier und Seraph zurückkehren.

Wenn Jes und Lehr beide vorangingen, versuchte Hennea Seraph und Tier so oft allein zu lassen, wie sie konnte. Zwischen den beiden bestand eine Spannung, mit der sie selbst zurechtkommen mussten – und allein unterwegs zu sein, störte Hennea nicht. Sie war gern für sich, weil ihr das Zeit zum Nachdenken ließ.

Sie hatte genug Zeit gehabt, um zu dem Schluss zu kommen, dass es richtig gewesen war, bei Jes' Familie zu bleiben. Ein Mann, der seine Menschlichkeit im Austausch gegen Macht hingab, würde den Schlag, den Tier seinen Plänen versetzt hatte, nicht vergessen. Früher oder später würde der Schatten Tier und seine Familie finden, und Hennea hatte vor, dann ebenfalls anwesend zu sein. Immerhin bestand darin der Sinn ihres Lebens – die Schatten fernzuhalten.

Ihre Entscheidung war richtig gewesen, aber nicht für Jes. Nicht für Jes. Sie würde ihm am Ende wehtun.

Sie nahm den Stein aus der Tasche und warf ihn so fest sie konnte. Er traf einen Baum, prallte von der Rinde ab und flog in die Zweige, bis er schließlich mit einem dumpfen Geräusch auf den Boden fiel.

»Was ist denn?«, fragte Jes, und sie zuckte zusammen. Hüter waren manchmal so.

»Nichts«, sagte Hennea, ohne ihn anzusehen. »Ich dachte

nur, es wäre vielleicht Zeit, zu deinen Eltern zurückzukehren. Sie werden sich schon fragen, wo wir stecken.«

»Ich bin nicht mein Vater«, sagte Jes. Er war jetzt nahe genug, dass sie seine Körperwärme an ihrer Haut spüren konnte. »Ich weiß nicht, wann du lügst.«

»Immer«, erwiderte sie. Das war die Wahrheit, aber sie achtete darauf, unbeschwert zu klingen.

Langsam, sodass sie viel Zeit hatte auszuweichen, lehnte sich Jes an ihren Rücken, legte auf Schulterhöhe einen Arm um sie und zog sie an sich. Sie konnte spüren, wie sein Atem ihr Haar bewegte, und schloss die Augen, um es noch besser fühlen zu können. Es war lange her, seit jemand sie so berührt hatte. Die Umarmung hatte nichts Sexuelles – wenn das der Fall gewesen wäre, hätte sie sich von ihm gelöst. Aber den Trost, den er ihr bot, konnte sie einfach nicht zurückweisen.

Tränen brannten ihr in den Augen, und sie wusste nicht einmal, warum.

»Du bist müde«, flüsterte Jes ihr ins Ohr und zog sie fester an sich.

»Seraph und ich sind lange aufgeblieben«, sagte sie.

Er schüttelte den Kopf. »Nein. Nicht schläfrig. Müde.«

Sie war es tatsächlich müde, in einem vergeblichen Kampf zu stehen, der scheinbar nie ein Ende fand. Es war ihnen gelungen, den Pfad zu besiegen – eine Aufgabe, die ihr unmöglich vorgekommen war, als sie mit Seraph und ihren Söhnen nach Taela aufgebrochen war. Sie hatten es irgendwie geschafft, aber es lag kein Triumph in einem Sieg, nach dem der Schatten immer noch lebte. Und selbst wenn es ihnen gelingen sollte, diesen Schatten zu vernichten, würde sich ein anderer erheben. Nach zehn Jahren oder ein paar Jahrhunderten würde es einen anderen machtgierigen Zauberer geben, der ewig leben wollte. Was immer sie tat, es würde nie genügen.

»Sehr müde«, stellte Jes fest und wiegte sie sanft. »Still. Nicht weinen.«

Sie wollte sich umdrehen und sich in seinen Armen verkriechen. Er hatte starke Arme, und sie fühlte sich bei ihm sicherer als je zuvor. Nur bei Jes. Sie liebte seinen Geruch nach Wald und Erde. Sie liebte …

Sie wollte Jes nicht wehtun.

Also löste sie sich von ihm und drehte sich zu ihm um. »Ich weine nicht. Es hat angefangen zu regnen.«

Er legte den Kopf schief, dann streckte er die Hand aus und ließ ein paar vereinzelte Tropfen in seine Handfläche fallen. »Mein Vater würde wissen, ob du lügst.«

Hennea wischte sich ungeduldig das Gesicht ab. »Dann ist es ja gut, dass du nicht dein Vater bist.«

Sein Lächeln wurde strahlender, als er nickte. »Besonders, weil meine Mutter sich ziemlich aufregen würde, wenn du für meinen Vater empfinden würdest, wie du für mich empfunden hast, als ich dich im Arm hielt.«

Er war Empath. Wie hatte sie das vergessen können?

Sie wusste nicht, was ihre Miene zeigte, aber was immer Jes sah, brachte ihn zum Lachen. Selbst als ihre Wangen brannten, bemerkte ein Teil von ihr, wie Jes' Lachen ihre kalte Mitte wärmte. Und es verstärkte ihr Bedürfnis, ihn zu berühren.

»Schaut euch das an«, sagte Tier und zeigte auf einen Berggipfel. »Seht ihr diesen Gipfel? Ich würde ihn überall wiedererkennen. Wir sind näher an Redern, als ich dachte.«

»Scheck geht seit etwa einer Stunde schneller«, stellte Seraph fest, als die ersten Regentropfen fielen. »Ich denke, wir sind höchstens eine Stunde von zu Hause entfernt. Vielleicht weniger. Ich bin zuvor nur ein einziges Mal auf dieser Straße unterwegs gewesen.«

Sie blickte zu ihrem Mann auf und lächelte in sich hinein,

als sie seinen konzentrierten Ausdruck bemerkte. Es war Herbst gewesen, als er Rinnie zum letzten Mal gesehen hatte – es war länger als ein halbes Jahr her.

Von irgendwo an der Seite des Weges hörten sie Jes' zu lautes, fröhliches Lachen. Äste bewegten sich und raschelten, und Hennea kam auf den Weg hinaus. Sie wirkte ungewöhnlich verstört.

Sie ging auf Seraph zu und drohte ihr mit dem Finger. »Sag deinem Sohn, dass er zu jung für mich ist. Ich will keine Kleinkinder, die gerade erst abgestillt wurden.«

»Sie mag mich, Mutter«, erklärte Jes, der Hennea breit grinsend folgte.

»Das kann ich sehen«, bemerkte Tier. »Aber lass mich sagen, Sohn, sie braucht Zeit, um ihr Gefieder wieder zu glätten.«

Hennea warf Tier einen wütenden Blick zu. »Gerade du solltest ihn nicht auch noch ermutigen.«

Seraph hatte nie von einem Hüter gehört, der stabil genug gewesen wäre, an eine Liebesbeziehung auch nur zu denken. Es gab so viele Probleme. Selbst andere zu berühren war schwierig – wenn der Hüter schlief, war der Weisungsträger, der immer auch Empath war, zu verwundbar, um anderen eine Berührung zu gestatten. Wenn der Hüter ihn beherrschte, genügte die Aura der Gefahr, die ihn umgab, um selbst die leidenschaftlichsten Geliebten abzukühlen.

Aber Henneas Ausbildung als Rabe hatte ihr gewaltige Selbstbeherrschung verliehen, die Jes vor ihren Gefühlen zu schützen schien, sodass er ihre Berührung genießen konnte. Und was den Hüter anging, so ließ Hennea sich offensichtlich nicht von ihm einschüchtern.

Das machte Seraph Hoffnung

Während Tier und Hennea ein paar Worte wechselten, beißend auf ihrer Seite und neckend auf seiner, beobachtete Seraph Jes und freute sich an seinem Lachen, bis es ein plötzliches Ende fand. Die Heiterkeit starb zuerst in seinen Augen, aber dann verschwand sie vollkommen, und es blieb ein Gesicht zurück, das aussah, als hätte es nie gelacht.

Bevor sie noch fragen konnte, was los war, kam Lehr mit Gura aus dem Wald. »Papa, Mutter, etwas …«

Er wurde vom schrillen Wiehern eines Hengstes unterbrochen. Scheck antwortete und bäumte sich dabei halb auf.

»Immer mit der Ruhe«, sagte Tier, und da Scheck seine Warnung losgeworden war, erlaubte der Wallach ihm, ihn wieder zu beruhigen. »Was ist denn?«

In diesem Augenblick wurde der bisher sanfte Regen zu einem heftigen Guss; Seraph zog unwillkürlich den Kopf ein. Als sie aufblickte, stand mitten auf dem Weg ein Pferd vor ihnen.

Es war bleich wie der Tod – ein schmuddeliges Rohweiß, das am Ende seines zerzausten Schweifs in Gelb überging. Es sah vollkommen abgemagert aus, mit Raum für einen Finger zwischen den Rippen und großen Höhlungen unter den eingesunkenen Augen.

»Was ist los?«, fragte Jes. Seraph dachte zunächst, dass er nur Tiers Worte wiederholte.

Aber dann antwortete das Pferd und sprach mit einer Stimme, die so wild und schrecklich war wie das Unwetter.

»Kommt«, sagte es und lief dann zwischen die Bäume.

Beide Jungen und der Hund verschwanden hinter ihm. Scheck machte einen Schritt vorwärts, bevor Tier ihn aufhielt und Seraph und Hennea ansah.

»Es ist der Waldkönig«, sagte Seraph, sobald sie es selbst erkannt hatte. »Geh schon. Hennea und ich kommen so schnell wir können.«

Er wartete nicht darauf, dass sie es zweimal sagte.

»Das ist Jes' Waldkönig?«, fragte Hennea, als sie neben Seraph hinter Tier hereilte. »Nicht genau, was ich erwartet hätte.«

»Das ist er selten«, stimmte Seraph zerstreut zu, als sie versuchte, so schnell wie möglich durch das Unterholz nahe dem Weg zu brechen.

»Werden wir ihnen folgen, oder weißt du, wohin sie gehen?«

»Kannst du es nicht spüren?«, fragte Seraph. »Ich habe nicht darauf geachtet, bevor es schlimmer wurde – aber dieses Unwetter wurde heraufbeschworen.«

»Rinnie?«

»Es sei denn, es gibt noch einen anderen Kormoran in der Nähe. Etwas stimmt hier nicht.«

Dann schwiegen sie. Seraph wandte all ihre Aufmerksamkeit dem Klettern zu. Der kürzeste Weg nach Hause war steil und zwang sie, langsamer zu werden, bevor sie auch nur die Hälfte zurückgelegt hatten.

»Ich gehe zum Hof«, sagte sie atemlos zu Hennea. »Es fühlt sich an, als wäre sie dort. Ich werde es sicherer sagen können, wenn wir auf der Hügelkuppe sind.«

Hennea machte sich nicht einmal die Mühe zu antworten.

Seraph blieb auf der Hügelkuppe stehen. Drunten lag der Bauernhof, aber sie konnte ihn wegen der Bäume und dem dunkler werdenden Himmel nicht erkennen. Sie hatte allerdings mehr als nur die übliche Möglichkeit, sich umzuschauen.

Als Seraph und Tier auf den Bauernhof gezogen waren, hatte Seraph als Erstes ringsumher einen Schutzzauber ausgelegt. Der Hof lag so dicht an dem alten Schlachtfeld von Schattenfall, dass es einfach gefährlich war, sich nicht vor den Geschöpfen zu schützen, die der Schatten anzog. Im Lauf der vergangenen zwanzig Jahre hatte Seraph die Kraft dieses Schutzzaubers häufig erneuert.

Und hier auf der Hügelkuppe zog sich der Schutzzauber entlang.

Seraph kniete auf den Kiefernnadeln nieder und berührte die Fäden ihres Banns. Macht erfüllte und berauschte sie – etwas Umschattetes versuchte, die Grenze genau in diesem Augenblick zu überschreiten. Wie eine Spinne in ihrem Netz wartete Seraph, verlangsamte ihren Atem und ließ sich von dem Schutzzauber mehr verraten.

Er beruhigte sich einen Moment später wieder, obwohl Seraph spürte, dass sich das Umschattete, das ihn berührt hatte, immer noch in der Nähe aufhielt. Es gab im Schutzzauber einige schwächere Bereiche, als hätte sie ihn nicht erst vor sechs Monaten verstärkt: Ein oder mehrere Wesen hatten in ihrer Abwesenheit versucht, den Bann zu durchbrechen.

Es donnerte, und beinahe sofort folgte ein Blitz, dann kamen ein zweiter und dritter Blitz, bevor der Wind stärker wurde, bis er schließlich heulte.

Seraph wusste, dass Rinnie in Gefahr sein musste, und sie wollte nicht auf weitere Informationen warten, sondern entsandte Macht entlang ihres Schutzzaubers, zog ihn fester, wie ein Fischer es mit seinem Netz tun würde. Das genügte nicht, um die beschädigten Bereiche vollkommen zu reparieren, aber es würde halten, bis sie Zeit hatte, es besser zu machen.

Sie stand wieder auf und eilte den Hang hinunter auf ihr Heim zu.

»Was hast du erfahren?«, fragte Hennea.

»Nicht viel, nur, dass etwas Um…« Seraphs Stimme wurde von einem gequälten Heulen unterbrochen, das sich laut über den Wind erhob.

»Ein Troll«, stellte Hennea fest.

Als Seraph wieder losrannte, schlug ihr das Herz bis zum Hals.

Sie kamen ein Stück oberhalb des Bauernhauses aus dem Wald, aber es sah auf dem Hof nicht so aus, wie Seraph ihn verlassen hatte. Statt eines halb gepflügten Felds und eines leeren Hauses gab es eine ganze Reihe von Zelten, und ihr Haus wurde von Dutzenden von Laternen von innen und außen beleuchtet. Sie wollen sich Mut machen, dachte sie, denn es war noch nicht dunkel genug, als dass man wirklich eine Laterne gebraucht hätte, um etwas zu sehen, obwohl es bei diesem Regen nicht lange dauern würde, bis die Dunkelheit hier Fuß fasste.

Zu den Veränderungen, seit sie zum letzten Mal zu Hause gewesen war, gehörte auch eine Menschenmenge, die offenbar aus den Einwohnern des gesamten Dorfes bestand, und alle hatten sich einem Troll zugewandt, der sich über dem Weg nach Redern aufgebaut hatte.

Seraph schob sich an den ersten Rederni vorbei, überwiegend Frauen und Kindern, und in den leeren Bereich vor ihnen, wo sie innehielt, um zu ermessen, wie gewaltig die Aufgabe war, die vor ihr lag.

Es war ein Waldtroll, moosig-grün und größer als seine zahlreicheren Vettern, die Bergtrolle. Wenn man von den Ohrläppchen ausging, die so lang waren, dass sie die verkrümmten Schultern berührten, musste er älter sein als jeder andere, den Seraph zuvor gesehen hatte.

Dass Trolle zwei Arme und zwei Beine hatten, hatte dem Gerücht Raum gegeben, diese Geschöpfe seien mit Menschen verwandt. Aber Seraph war sich gewiss, dass jeder, der so etwas behauptete, noch nie einem Troll gegenübergestanden hatte. Kleine rote Augen lagen tief und dicht beieinander in einem Kopf, der so breit war, wie Scheck lang war; die Nase bestand lediglich aus zwei Schlitzen in der knotigen Haut. Stoßzähne bogen sich aus seinem Maul und drückten die Unterlippe herunter, um faustgroße, gezackte Schneidezähne zu entblößen, die den Schädel einer Kuh mit einem Biss zerbrechen konnten.

Einer von Seraphs alten Lehrern hatte spekuliert, Trolle seien womöglich Kobolde oder andere kleinere Geschöpfe, die vom Schattenkönig verändert worden waren. Er hatte erzählt, Trolle seien zum ersten Mal nach der Niederlage des Schattens in Büchern und Geschichten erwähnt worden.

Aber wie immer sie entstanden sein mochten, Seraph wünschte sich, dass dieser hier weit entfernt wäre, statt auf dem Weg nach Redern auf und ab zu stapfen, wo sein Kopf über die Bäume hinausragte.

Soweit sie sehen konnte, hatten sich fast alle gesunden jüngeren Männer aus Redern an den Schutzzauber gestellt, der den Troll bisher aufgehalten hatte, beinahe als könnten sie sehen, wo der Bann sich befand. Was Seraph bei Leuten, die hier im Felsengebirge geboren und aufgewachsen waren, nicht gewundert hätte – aber vielleicht sagte die Erfahrung ihnen auch nur, wie weit der Troll gehen konnte. Einige hatten Bogen und Schwerter, aber die meisten waren mit allem bewaffnet, was ihnen zur Verfügung stand. Seraph sah Bandor, den Mann von Tiers Schwester, mit einem der großen Messer, die er zum Brotschneiden hernahm.

Den Waldkönig konnte sie nicht sehen – und auch nicht Jes, aber das überraschte sie nicht. Wenn einer von beiden hier war, würde er im Wald bleiben und nicht inmitten einer Menschenmenge stehen.

Tier befand sich ganz vorn bei den Verteidigern. Sie erkannte ihn mühelos über die anderen hinweg, denn er war der einzige Berittene. Nicht viele Pferde konnten so dicht an einen Troll geritten werden, aber Scheck war ein ausgebildetes Schlachtross.

Der Wallach stieß ein schrilles Wiehern aus, wie es kämpfende Hengste taten – und Wallache offenbar ebenfalls. Seine

Brust und sein Hals waren nass von Schweiß und Regen. Er legte die Ohren zurück und erhob sich in einer langsamen, beherrschten Bewegung auf die Hinterbeine. Schlachtrosse, hatte Tier ihr einmal erzählt, waren dazu ausgebildet, ihre Angst in Zorn zu verwandeln – genau, wie es Seraph selbst für gewöhnlich tat.

Tier hatte sein Schwert gezückt; noch hatte er es nicht gehoben, aber er hielt es bereit.

Eine zufällige Bewegung der Menge ermöglichte Seraph einen raschen Blick auf Rinnie, die direkt hinter Scheck stand. Sie war immer noch ein Kind, mit nur den ersten winzigen Anzeichen jener Frau, die sie einmal sein würde. Sie hätte neben dem Krieger und dem Troll jämmerlich aussehen sollen, aber ihr gesamter Körper leuchtete heller als die Laternen, an denen Seraph gerade vorbeigekommen war.

Im ersten Augenblick reagierte Seraph mit der Bewunderung für die Macht eines Kormorans.

Aber das Gefühl hielt nicht lange an, denn sie wusste, dass Rinnie sich noch nicht gut genug beherrschen konnte, um solche Macht im Zaum zu halten – und sie würde auch gegen einen Troll nichts ausrichten können. Seraph drängte sich zwischen den Männern hindurch, die rasch zurücktraten, als sie sie erkannten.

Blitze zuckten auf und trafen den Troll. Er verdrehte die Augen und schüttelte den Kopf, aber ansonsten schien es ihn nicht zu stören. Während er abgelenkt war, traf ihn ein Pfeil, und nun wich der Troll mehrere Schritte zurück und stieß einen gequälten Schrei aus. Er hob einen Arm, um nach seinem Gesicht zu schlagen, und riss den Pfeil aus dem Nasenschlitz. Er hob den Pfeil hoch und schüttelte ihn, bevor er ihn wegwarf und mit einem Schritt wieder nach vorn ging, der beinahe so laut dröhnte wie sein Schrei und die Erde beben ließ.

Lehr, der links von Rinnie stand, legte einen weiteren Pfeil auf die Sehne und wartete.

Der Troll traf auf Seraphs Schutzzauber, und Magie erhob sich in Licht und Farben und hielt ihn auf. Das Geschöpf blieb stehen, dann fiel es zurück und hielt sich die Augen zu, aber Seraph erkannte – vielleicht als Einzige –, dass der Schutzzauber nicht mehr lange halten würde.

»Rinnie!«, rief sie, sobald sie nahe genug war, um über das Unwetter hinweg verständlich zu sein. Sie näherte sich ihrer Tochter so weit, wie sie es wagte. »Rinnie, lass das Unwetter gehen. Deine Blitze werden den Troll nicht verletzen, und er zieht die Dunkelheit dem Licht vor. Lehr, in die Ohren, die Augen, die Nüstern und den Bauchschlitz – wenn du kannst, lass dir von jemandem Brandpfeile machen. Ein Troll ist zum Teil immun gegen Magie, also kann *ich* ihn nicht in Flammen aufgehen lassen, aber echtes Feuer funktioniert manchmal.« Manchmal.

Obwohl ihr Leuchten nicht nachgelassen hatte, musste Rinnie gehört haben, was Seraph sagte: Der Regen und der Wind hörten auf, und es folgte eine unheimliche Stille, aber das Unwetter in all seiner ihm innewohnenden Heftigkeit dräute immer noch über ihnen.

»Es gibt ein paar Zauber, die ihm wehtun können«, sagte Hennea.

In ihrer Sorge um ihre Familie hatte Seraph den anderen Raben beinahe vergessen.

Sie drehte sich um und sah, wie Hennea die Hände bewegte, als hielte sie eine große Kugel, und dann eine Wurfbewegung ausführte. Sobald ihr Werk den Schutzzauber überquerte, verwandelte es sich in einen Feuerball, der vor Hitze blau glühte. Er traf den Troll an der Stirn; Seraph konnte das Aufklatschen sogar dort hören, wo sie stand.

Der Troll war sofort vom Licht geblendet und riss sich die glühend heiße Kugel von der Stirn. Auf seine Berührung hin zerfiel die Magie, doch auf seinem Gesicht blieb ein großer geschwärzter Fleck zurück. Das Ungeheuer heulte vor Wut.

»Das musst du mir beibringen«, sagte Seraph. »Aber im Augenblick wird es uns nicht viel helfen. Sie jagen vor allem mithilfe ihres Riech- und Hörvermögens. Wenn du ihn blendest, machst du ihn nur wütend.«

Jemand hatte gehört, wie sie Lehr riet, Feuer einzusetzen; sie hörte einen Ruf: »Wir brauchen Brandpfeile!« Jemand anderes schrie: »Augen, Maul und zwischen die Beine, Jungs.«

Der Troll griff den Schutzzauber erneut an. Seraph duckte sich an Scheck vorbei, um ihrem Bann mehr Macht zu verleihen, und ignorierte Tiers erschrockenen Aufschrei. Der Troll sah sie ebenfalls und versuchte, durch die magische Barriere zu waten, um zu ihr zu gelangen.

Trolle waren schlauer, als sie aussahen.

Eine große Bergkatze sprang den Troll von einem Baum aus an und landete oben auf seinem Kopf. Der Troll fiel nach hinten, weg von Seraph und dem Schutzzauber.

Jes, dachte Seraph. Eine schwarze Bergkatze gehörte zu den von Jes bevorzugten Gestalten – und eine gewöhnliche Bergkatze hätte niemals einen Troll angegriffen.

Der wütende Schrei der Katze verband sich mit dem Heulen des Trolls. Bevor das Ungeheuer das Gleichgewicht wiedergewinnen konnte, griff Gura ebenfalls an und verbiss sich in die Sehne hinten an seinem Fußgelenk.

Der Troll trat wild um sich und erwischte Gura seitlich mit dem Fuß. Der Hund kläffte einmal und rollte ein Dutzend Fuß weit, bis er an einem Baum liegen blieb. Er rührte sich nicht mehr.

Jes, der im Nacken des Trolls hing, spannte die Hinterbeine an und schlug die Krallen der Vorderpfoten tief in die Stirn des Ungeheuers, dann riss er sich zurück – was das Maul des Trolls aufzwang.

Die Gelenke eines Trolls funktionierten anders als die der meisten Tiere. Er hatte keinen Hals, und der Unterkiefer saß starr direkt am Oberkörper – er kaute zum Beispiel, indem er den oberen Teil seines Kopfes bewegte und nicht den unteren. Indem Jes den oberen Teil des Kopfes beherrschte, kontrollierte er nun den gesamten Troll.

Seraph musste zugeben, dass dies ein schlauer Zug war. Aber woher wusste Jes so viel über diese Ungeheuer, um eine solche Schwäche auszunutzen?

Jemand hatte auf sie gehört, denn ein Brandpfeil flog in das Maul des Trolls. Sobald sie ihre Aufmerksamkeit darauf richtete, wurde ihr bewusst, dass sie schon seit einigen Minuten Feuer gerochen hatte. Sie drehte sich um und sah zehn Bogenschützen, Lehr eingeschlossen. Sie schossen allesamt Brandpfeile ab, die jedoch schwer zu zielen waren, denn sie waren von unerfahrenen Leuten in ölgetränkte Lumpen gewickelt worden.

Mehrere Pfeile endeten schwelend auf dem feuchten Boden vor dem Troll, aber der, den Lehr abschoss, landete zwischen den klaffenden Kiefern des Ungeheuers, direkt neben dem ersten Treffer. Seraphs Sohn schoss in rascher Folge noch zwei weitere Pfeile ab. Auf jeden Treffer folgte lauter Jubel von den anderen Dorfbewohnern, von denen einige das Ziel nun ebenfalls trafen.

Wütend kämpfte der Troll darum, das Maul schließen zu können. Jes' Krallen bohrten sich in feste Haut und rissen riesige Wunden, aber das gestattete dem Troll dennoch, das Maul wieder zu schließen. Er fiel zu Boden und rollte sich herum, sodass Jes wegspringen musste. Gestank nach verbranntem Fleisch stieg auf, als der Troll sich weiterwälzte und versuchte, das Feuer von einem Dutzend Pfeilen zu löschen.

Der Panther knurrte und wich zurück, bis er neben Gura stand, der unsicher wieder auf die Beine kam. Sobald offensichtlich wurde, dass das Feuer den Troll genügend ablenkte, verschwand die große Katze im Wald und trieb den Hund dabei vor sich her.

Seraph hörte Hennea murmeln: »Gut so, Jes. Verschwinde einen Augenblick. Wir können wirklich nicht brauchen, dass die Leute hier noch mehr Angst bekommen, als sie schon haben.«

Der Wind wurde langsam stärker, dann kam eine Bö auf und fachte die Flammen an, die die Fehlschüsse im sturmfeuchten Gras verursacht hatten. Gleich darauf setzte jemand – es musste Hennea sein – Magie ein, um das Feuer wieder zu ersticken.

»Rinnie«, sagte Seraph mit beißender Stimme. »Das reicht jetzt.«

Aber selbst ihr scharfer Ton, der im Alltag meistens funktionierte, erreichte nichts. Rinnies Körper wurde weiterhin von Macht geschüttelt.

»Stimmt etwas nicht?«, fragte Tier.

»Ruf sie, Tier«, sagte Seraph. »Schnell.«

»Rinnie?«, fragte er.

»Nicht so«, entgegnete Seraph. »Wie du Scheck in der Nacht gerufen hast, als der Bär in die Scheune einbrach. Sie reitet das Unwetter, und es wird sie umbringen, wenn du sie nicht zurückholen kannst.«

Er brauchte keine weiteren Erklärungen.

»Rinnie«, sagte er, und seine Stimme hatte die durchdringende Kraft des Donners.

Die Kinder waren nicht die Einzigen, die in diesem vergangenen Frühjahr etwas über ihre Weisungen gelernt hatten. Tiers Stimme klang lauter, als sie tatsächlich war – Seraph konnte spüren, dass sie tief in ihre Knochen drang, obwohl er sie nicht einmal gerufen hatte. Selbst der Troll hörte einen Augenblick auf, um sich zu schlagen.

Seraph konnte die Veränderung des Wetters spüren, schon bevor es wieder zu regnen begann – diesmal ein sanftes Nieseln, das dem Unwetter schließlich die Kraft nehmen würde. Sie seufzte erleichtert. »Hennea, sorge dafür, dass der Troll trocken bleibt, damit er zu Asche verbrennt.«

»In Ordnung.«

»Papa«, sagte Rinnie, die Tier wie betäubt anstarrte. »Ist er tot?«

Tier steckte sein Schwert ein, schwang sich von Schecks Rücken und stieß ein Grunzen aus, als er den Boden erreichte. Aber seine Knie hielten ihn nicht davon ab, Rinnie hochzuheben und fest an sich zu ziehen.

»Still«, sagte er. »Du bist jetzt in Sicherheit.«

Aber er hatte sich zu früh gefreut.

Der Troll rollte über den Schutzzauber und damit auf sie zu.

Tier, der mit dem Rücken zu dem brennenden Ungeheuer stand und Rinnie ansah, wurde vollkommen überrascht. Der sterbende Troll versetzte ihm einen Schlag, der ihn umriss. Tier rollte sich herum, bis Rinnie unter ihm lag, und schützte sie mit seinem Körper.

Aber der Troll wusste nun, wo sie waren, hob eine dreifingrige Hand und umklammerte Tiers Beine.

Das Ungeheuer lag immer noch quer auf Seraphs Schutzzauber, und sie gebrauchte nun zum ersten Mal in ihrem Leben Worte, die von den Zauberern von Colossae an ihre Reisendenkinder weitergegeben worden waren.

»Sila-evra-kilin-faurath!«

Die Schutzzauber veränderten sich und wurden zu etwas anderem, heraufbeschworen von ihrem Willen und den alten Silben.

Zwei Jahrzehnte lang war Seraph zu Beginn jeder Jahreszeit nach draußen gegangen, während ihre Familie schlief, und hatte den Bauernhof umkreist. Sie hatte ihr Blut und ihr Haar in die Erde eingearbeitet und zu einem Bann verarbeitet, der ihre Familie vor Schaden schützen sollte. Mit ihren Worten beschwor sie nun diese Macht zu einer einzigen Tat herauf, die der Höhepunkt all dieser Nächte und all dieser Magie sein würde.

Lehrs Feuer verging vollkommen, und der Troll war verbrannt und geschwärzt, aber noch am Leben. Er brüllte triumphierend und packte Tier fester.

Jemand stieß einen erschrockenen Schrei aus.

»Stirb«, sagte Seraph mit einer so heiseren, tiefen Stimme, dass sie sogar ihr fremd vorkam, so als formte etwas anderes als ihre Kehle das Wort. Es gab in ihr keinen Platz mehr für Zorn oder Angst, keinen Platz für etwas anderes als Macht, während sie den Troll berührte.

Geschwärztes Fleisch verfärbte sich grau und zerriss rings um grasgrüne Knochen. Das Grau wurde zu weißer Asche, die unter der sanften Berührung des Regens zu Boden rieselte und erheblich unsanfter auch von den eisenbeschlagenen Hufen von Scheck getroffen wurde, als das für die Schlacht ausgebildete Pferd seinen Reiter beschützte, wie man es ihm beigebracht hatte.

Seraph holte tief Luft und versuchte, sich wieder zu beherrschen, aber die Macht war zu groß.

»Fass sie nicht an, Lehr«, sagte Hennea. »Kümmere dich um Tier und das Kind. Seraph. Seraph!«

Langsam drehte Seraph den Kopf, um den anderen Raben anzusehen. Hennea musste sich angesichts dieser glühenden Aufmerksamkeit abwenden.

»Was wirst du mit der Magie anfangen, Seraph?« Hennea mochte den Blick gesenkt haben, aber sie klang ruhig und gelassen.

Seraph klammerte sich an diese Gelassenheit. »Es ist zu

viel«, sagte sie. »Es war nicht klug, etwas so Altes mit Worten zu töten.«

»Was wirst du damit anfangen?«

Die Macht, mit der die Worte sie versehen hatten, brannte und fühlte sich gleichzeitig sehr erstaunlich an. Der Troll war alt gewesen, zu alt. Die Macht seines Todes erfüllte sie, zusammen mit der Magie, die sie aus ihren Schutzzaubern gezogen hatte. Zu viel Macht, um sie einfach loszulassen.

»Der Schutzzauber«, sagte sie mit belegter und seltsam tiefer Stimme. »Ich musste sie schützen …«

»Papa?«

Lehrs Stimme brach Henneas Zugriff auf Seraph und erinnerte sie daran, wieso sie den Troll getötet hatte. Vielleicht hatte sie zu spät gehandelt. »Tier? Rinnie?«

Sie drehte sich um und sah Tier an, während Lehr und ein paar mutigere Dorfbewohner die Überreste – die Knochen – des Trolls von ihnen wegräumten.

»Sie sind am Leben.« Hennea klang immer noch ungerührt. »Und das werden sie auch bleiben, wenn du die Magie beherrschen kannst, die sich in dir befindet. Beherrsche dich, Rabe.«

»Pass auf sie auf«, sagte Seraph heiser. Sie konnte den Teil ihrer selbst, der verstand, dass Hennea recht hatte, überhaupt nicht leiden. Sie musste unbedingt diese Magie loswerden. »Ich folge dem Schutzzauber.«

3

Seraph gestattete sich nicht zurückzuschauen, sondern stapfte rasch durch das vom Unwetter halb zerstörte Lager auf ihrem Feld und ignorierte dabei die Leute, die sich ihrerseits beeilten, ihr auszuweichen. Sie starrte zu Boden, um ihnen ihren Blick zu ersparen, bis sie den Wald erreichte, der an den Hof grenzte.

Was hatte sie tun wollen?

Sie blieb lange Zeit stehen.

Sie musste sie schützen … bei Lerche und Rabe, sie war machtkrank! Sie konnte keinen klaren Gedanken mehr fassen.

Der Schutzzauber. Sie sollte den Schutzzauber neu setzen. Langsam ging sie zu der Stelle, an der er verlaufen war, und kniete sich auf den Boden.

Es gibt zwei Möglichkeiten, Schutzzauber zu setzen. Die Stimme ihres alten Lehrers war so klar, als stünde er hinter ihr. *Für eine Nacht genügt ein schlichter Bann, ein Seil, das die Zelte und Wagen umgibt und für ihre Sicherheit sorgt. Aber wenn man sich irgendwo länger aufhält, oder wo die Gefahren größer sind, wird ein Schutzzauber an besten als eine Kette mit miteinander verbundenen Gliedern angelegt, jedes ein wenig anders als das vorangehende, damit die anderen immer noch schützen können, selbst wenn ein einzelnes Glied bricht.*

Sie drückte die Hände in den Boden, fing an zu arbeiten und ignorierte die hässliche, flüsternde Stimme, die sie verleiten wollte, die Macht, die in ihr rauschte, zu behalten. Wenn sie einen Troll mit einem Flüstern töten konnte, wie viel Gutes würde sie dann mit der Macht erreichen können, über die sie jetzt verfügte?

Ihre Hände kribbelten, als sie vorsichtig eine gebogene Linie in den Dreck zog. Sie hatte noch nie solche Macht gehabt.

Erst als der schreckliche Rausch des Todes vergangen war, hatte sie verstanden, wie alt der Troll gewesen war. Sie spürte sein Alter im Brennen der Magie, die nicht geringer wurde, selbst als sie mit der Erneuerung des Schutzzaubers begann, der den Schatten für Generationen fernhalten sollte.

Sie fürchtete, selbst den Schutzzauber neu einzurichten, würde nicht genügen, um so viel Macht zu absorbieren, also begann sie, einen Teil davon in den Wald zu leiten. Wenn sie zu viel entsandte, würde sie mehr Schaden anrichten als helfen, aber ein kleines Rinnsal von Magie sollte keine schlechten Auswirkungen haben.

Nach und nach versank sie im Erschaffen. Schutzzauber einzurichten hatte ebenso viel mit Mathematik wie mit Kunst zu tun und verlangte genügend Aufmerksamkeit, dass der Teil von ihr, der sich immer noch den Machtrausch zurückwünschte, zu einem Gemurmel schrumpfte, welches sie ignorieren konnte.

Sie wurde sich seiner nur nach und nach bewusst – eine helle Gestalt, die friedlich neben ihr graste. Das Plätschern des Regens wurde vom Knirschen von Zähnen auf Gras begleitet. Dieses vertraute, friedliche Geräusch half ihr irgendwie, und sie spürte eine tiefe innere Zufriedenheit.

Sie war zu Hause.

Sie beendete das Kettenglied, an dem sie arbeitete, lehnte sich zurück und drückte sich die Fäuste gegen den schmerzenden Rücken, als sie sich streckte.

»Du siehst nicht sonderlich gut aus«, sagte sie.

»Eines der besudelten Geschöpfe hat den Priester angegriffen«, erwiderte das helle Pferd, das Jes' Waldkönig war. Seine Stimme war samtig und sehr tief. »Ich habe ihn gerettet, aber es war knapp. Karadoc ist nicht mehr jung, nicht einmal nach Rederni-Maßstäben, und jetzt ist er auch noch krank. Und ohne einen Priester war es erschöpfend, gegen die Besudelten zu kämpfen, selbst mithilfe deiner Tochter.«

Sie dachte über das nach, was er gesagt hatte, und ging ihre Fragen noch einmal durch. Dass sie immer noch nur langsam denken konnte, erinnerte sie daran, dass sie die Machtkrankheit noch lange nicht losgeworden war.

»Der Troll war nicht das erste vom Schatten besudelte Geschöpf, das hierherkam?«, fragte sie. Sie brauchte Lehr oder Jes nicht, die ihr sagten, dass der Troll besudelt gewesen war. Anders als ein Nebelmahr war ein Troll von vornherein schattengeboren, ein Geschöpf, dessen einziges Ziel darin bestand, zu zerstören und zu töten.

»Nein, es gab auch andere Dinge, Wesen, wie ich sie seit dem Fall des Schattens nicht mehr gesehen hatte, wenn auch keines so gefährlich war wie der Troll. Sie kamen, um zu zerstören und den Schatten zu nähren.«

Seraph saß reglos da. »Ich hatte gehofft, dass wir uns irrten. Bist du sicher, dass es einen anderen Schatten gibt? Volis hätte ihn ganz bestimmt nicht heraufbeschwören können.«

Das Pferd schnaubte. »Geschöpfe wie dieser Troll würden nur dem Ruf eines Schattens folgen.« Er rieb sich die Nase am Knie.

»Du meinst, der Schatten ist *hier?*«, fragte Seraph, dann schauderte sie, als ihre Magie sich aufbäumte, weil die Beherrschung ihrer Gefühle ins Schwanken geriet. Sie holte mehrmals tief Luft, bis alles sich wieder beruhigte.

Der Waldkönig wartete, bis sie fertig war, dann sagte er:

»Jetzt nicht mehr, denke ich. Aber er ist hier gewesen. Er hat eine Rune im Tempel zurückgelassen, die vor ein paar Wochen ausgelöst wurde.« Er hob den Kopf, um zu wittern, dann schüttelte er die Mähne und sah sie wieder an. »Ich kümmere mich nicht genügend um die Stadt. Wenn Karadoc mich nicht gerufen hätte, als die ersten Geschöpfe erschienen, hätte ich vielleicht zu lange gebraucht, um die Rune selbst zu finden. Selbst so konnte ich kaum mehr tun, als sie zu zerstören; ich konnte in den Steingebäuden des Dorfes nichts weiter ausrichten, daher rief ich die Leute hier heraus, wo dein Schutzzauber einen Teil der Arbeit leisten konnte, während ich mich um die besudelten Geschöpfe kümmerte. Ich hatte allerdings keinen Troll erwartet, also verbrauchte ich meine Kraft, indem ich versuchte, den Priester zu heilen und die kleineren Geschöpfe zu vertreiben. Ein Troll …« Er seufzte. »Ein normaler Troll wäre nicht allzu schwierig gewesen, aber dieser da … Deine Schutzzauber haben ihn bis heute überwiegend von den Dorfleuten ferngehalten.«

»Es gab eine Rune im Tempel«, murmelte Seraph.

»Um diese Geschöpfe, die dem Schatten gehorchen, zu wecken und anzuziehen«, erklärte der Waldkönig. »Der Priester brachte mich in den Tempel, und wir haben die Rune zerstört. Aber es war beinahe zu spät.«

Runen waren überwiegend *Solsenti*-Zauberei. Seraph kannte sich kaum mit der zugehörigen Theorie aus – aber es gab ein paar nützliche Runen, die sie manchmal gebrauchte. Sie wusste, dass sie gezeichnet und dann veranlasst werden konnten zu warten, bis etwas sie auslöste. Der neue Tempel war jedoch erst im vergangenen Winter gebaut worden, also musste der Schatten sich seitdem irgendwann in Redern aufgehalten haben.

Zusammen mit Volis, dem Zauberer-Priester, den sie im neuen Tempel getötet hatte, waren verschiedene Zauberer des

Pfades nach Redern gekommen. Diese Männer hatten Tier entführt und ihn dann nach Taela gebracht. Der Schatten war womöglich einer von ihnen gewesen.

Vielleicht hatte die Rune ja auch den Nebelmahr, der die Tochter des Schmieds getötet hatte, aus seinem Versteck und in Richtung Redern gelockt. Nachdem der Waldkönig den Ruf unterbrochen hatte, hatte das Wesen sich im Brunnen des Schmieds niedergelassen. Seraph fragte sich unglücklich, wie viele andere Geschöpfe im Augenblick harmlosen Dorfbewohnern auflauerten – vielleicht war Benroln deshalb in den Kampf gerufen worden.

Das Brennen der Macht verlangsamte Seraphs Gedanken immer noch, und sie wandte sich wieder ihrem Schutzzauber zu. Der Waldkönig folgte ihr, wenn sie weiterzog, und graste, während sie arbeitete.

Es wurde langsam dunkel, aber Seraph konnte dort, wo der Wald nicht zu dicht war, immer noch ein wenig Licht sehen. Die Vögel schwiegen nun und ließen sich zum Schlafen nieder, aber vom Bauernhof her erklang Musik. Sie lächelte. Wenn mehr als zwei Rederni zusammen waren, gab es immer Musik.

Kritisch betrachtete sie den Fortschritt ihrer magischen Arbeit und war zufrieden mit dem, was sie sah. Ihre Gedanken waren jetzt ein wenig klarer und die Schutzzauber stark und fest gewoben.

»Tier erzählte mir einmal, er glaube, Jes' Waldkönig habe viel mit Ellevanal gemeinsam«, sagte sie beiläufig.

Ellevanal war der Gott, den die Bewohner der Berge, darunter auch die Rederni, anbeteten. Seraph hatte ihn heute erst zum zweiten Mal gesehen, aber Jes hatte, seit er alt genug gewesen war, um laufen zu können, viele seiner sommerlichen Wanderungen in Gesellschaft eines Geschöpfs verbracht, das er den Waldkönig nannte.

»Barden sehen Dinge, die anderen verborgen bleiben«, stimmte der Waldkönig zu und riss einen Büschel Gras ab.

»Was würden die Rederni sagen, wenn sie ihren Gott des Waldes Gras fressen sähen?«, fragte Seraph.

»Sie sind keine Reisenden«, erwiderte der Gott, nachdem er fertig gekaut hatte. »Sie würden nicht sehen, was du siehst.«

Sie musste einfach lachen. »Das ist wirklich eine gute mystische Antwort.«

»Das dachte ich ebenfalls«, bestätigte er. »Aber sie ist dennoch wahr.«

»Götter sehen für ihre Anbeter nicht krank und ausgemergelt aus?«

»Du glaubst nicht an die Götter«, stellte Ellevanal fest. »Woher solltest du also wissen, was sie tun oder nicht?« Dann verlor seine Stimme den spöttischen Unterton. »Es heißt, die Reisenden glauben nicht an Götter, weil sie die ihren getötet und verschlungen haben.«

»Das habe ich noch nie gehört.«

»Selbstverständlich nicht«, sagte Ellevanal. »Du bist eine Reisende, die nicht an Götter glaubt.«

»Wie lange bist du schon hier und bewachst den Wald?«

Das Pferd hob den Kopf erneut und witterte, und sein Brustkorb hob und senkte sich, als wäre es gerannt und hätte nicht nur eine Stunde oder länger friedlich an ihrer Seite gegrast. Es hatte Schlamm an Beinen und Bauch.

»Schon lange«, sagte er. »Ich war schon hier, bevor der Schattenkönig kam und die Welt verwüstete. Bevor die Überreste der ruhmreichen Armee der Menschheit nach dem Fall hier eintrafen, eine sichere Zuflucht fanden und mich in ihrer Dankbarkeit zum Gott ernannten.« Er warf ihr einen schalkhaften Blick zu. »Bevor das Undenkbare geschah und Tieragan, der Bäcker, mit einer Weisung geboren wurde und die Welt der Reisenden auf den Kopf stellte.«

»Er hat die Welt der Reisenden nicht auf den Kopf gestellt«, widersprach sie.

»Ach ja?« Das Pferd schnaubte und warf den Kopf hoch. »Warte ab und sieh, was ein Rederni mit einer Weisung tun kann. Der Wind trägt das Wort bereits umher, und einige werden kommen und vernichten wollen, was aus euch werden könnte.«

Seraph zog eine Braue hoch.

Er senkte listig den Kopf. »Ein Gott darf in Rätseln sprechen, wenn er will.«

Sie schüttelte den Kopf und machte sich wieder an die Arbeit, weil die Macht erneut angefangen hatte zu flüstern. Der Waldkönig begann wieder zu weiden.

Als sie eine Stelle erreichte, von der aus sie den Bauernhof sehen konnte, stellte sie erfreut fest, dass das Lager wohlgeordnet und entspannt wirkte.

Eine Gruppe von Männern befestigte die Zelte neu und hängte schlammig gewordene Planen zum Trocknen auf. Eine andere Gruppe kümmerte sich um die Lagerfeuer – so viele Menschen konnten nicht allein aus ihrer Küche ernährt werden. Seraph entdeckte niemanden von ihrer Familie, aber die Bewegungen der Dorfbewohner hatten alle etwas Vergnügtes, Energisches an sich, das ihr sagte, dass niemand ernstlich verletzt worden war; und außerdem gab es Musik.

»Wenn du ein Gott bist«, sagte Seraph, »solltest du dann nicht viel besser imstande sein, mit einem Troll fertig zu werden, als wir?«

»Ich bin nur ein kleiner Gott«, erwiderte das Pferd belustigt. »Ich konnte den Troll nicht vernichten – nicht *diesen* Troll, der ein Diener des Schattens war und aus der Schlacht floh, um Hunderte von Jahren länger zu leben, als ein Troll leben sollte –, denn sonst hätte ich meinen Priester nicht am Leben erhalten können. Der Tod gibt das, was ihm rechtmäßig zusteht, nicht gern wieder her, und Heilen fällt eigentlich nicht in meine Zuständigkeit.«

»Warum hast du ihn nicht sterben lassen?«, fragte sie, obwohl sie sich wirklich nicht wünschte, dass Karadoc starb. »Niemand hat je gesagt, die Priester Ellevanals seien unsterblich.«

Er lachte über ihren kritischen Ton. »Er ist ein hervorragender *Skiri*-Spieler, und das sind Priester selten. Die meisten kümmern sich mehr um Dinge des Geistes als um geistreiche Spiele.« Das Bild eines Priesters, der sich mit seinem Gott bei einem Brettspiel die Zeit vertrieb, kam Seraph sehr seltsam vor, aber bevor sie weiterfragen konnte, wurde der Waldkönig wieder ernst. »Es gibt keinen anderen, der seinen Platz einnehmen könnte. Sein Lehrling wird in ein paar Jahren dazu in der Lage sein, aber ich brauchte meinen Priester *jetzt*.«

Der Regen hatte aufgehört, und die aufsteigende Wärme verwandelte die Feuchtigkeit im Gras zu Nebel, während das letzte Sonnenlicht die kleine Lichtung erhellte, auf der der Gott stand. Dampf stieg von den Flanken und Rippen des weißen Pferdes auf, von Rippen, die nun erheblich weniger vorstanden als bei ihrer ersten Begegnung.

»Du hast gefressen«, sagte sie.

Das Pferd steckte die Nase in ein kniehohes Grasbüschel und riss ein paar Halme ab. Es hob den Kopf und kaute demonstrativ.

Seraph schüttelte den Kopf. »Kein Gras kann Rippen so schnell polstern.«

»Was glaubst du denn, wohin die Macht geht, die du dem Wald zuleitest?« Er lachte erneut. »Bevor der erste Rederni-Barde hier geboren wurde, war ich kaum mehr als ein sehr alter Hirsch, der im Wald umherwanderte. Aber ein Barde ist sehr mächtig, wenn auch auf raffinierte Art. Es gibt vielleicht mehr als nur einen einzigen Grund, wieso Reisende nie lange an einer Stelle verweilen.«

Seraph starrte ihn an. Selbstverständlich war Tier nicht der erste Rederni-Barde, nicht, wenn man bedachte, dass Musik diese Leute wie Blut durchfloss.

»Du lebst von Magie?«, fragte sie und schob die Frage nach weiteren *Solsenti* mit einer Weisung beiseite.

»Habe ich das gesagt?«, fragte das Pferd. »Ich würde dich nie belügen, Rabe. Ich lebe von dem, was das Land mir gibt.« In seinem Blick stand ein schelmisches Lachen, weil sie enttäuscht schnaubte. »Pass auf, Rabe! Zorn und Magie sind eine explosive Mischung. Ich verstehe es selbst nicht so recht.«

»Was verstehst du denn?«, fragte sie.

»Es sind seit langer Zeit keine Reisenden mehr hierhergekommen«, sagte er. »Nicht seit dem Fall, und auch davor waren sie selten. Erst als du herkamst, um mit Tier zusammenzuleben, fiel mir auf, dass es an den Weisungen etwas gibt, was das Land … lebendiger macht. Es ist keine Magie, jedenfalls sehe ich das nicht so. Da.« Er schüttelte die Mähne. »Ich habe dir so viel gesagt, wie ich weiß. Der Wald ist mein Reich, und die Geheimnisse des Waldes gehören mir. Reisende beten keine Götter an, und ich glaube, sie haben mehr Geheimnisse als die meisten.«

Er blieb bei ihr, bis sie den schützenden Kreis vollendet hatte, dann wanderte er weiter und schnippte dabei verärgert mit dem Schwanz nach einem dreisten Insekt.

Seraph kam beinahe taumelnd auf die Beine und musste an Tier denken, weil ihre Knie so wehtaten, und ihr Rücken ebenfalls. Sie hatte sich ein Loch in die Hose gerissen, aber das war unwichtig. Jetzt, nachdem sie zu Hause war, würde sie wieder die Röcke einer Redernifrau tragen.

Als Seraph müde den Hang hinunterstieg, kam Jes ihr entgegen. Sie hörte ihn schon, bevor sie ihn sehen konnte, denn er sang leise vor sich hin. »Ich habe sie gefunden.«

Er lachte, als er vor ihr stehen blieb. »Ich habe dich gefunden«, sagte er. »Ich habe dich schneller gefunden, als Lehr es konnte.«

Sie berührte leicht seine Schulter. »Das hast du. Geht es allen gut?«

Er nickte und ging neben ihr her. »Hennea hat uns ausgeschickt. Sie sagte, es sollte inzwischen in Ordnung sein, dich zu suchen. Sie befürchtete, wenn wir es nicht täten, würde Papa noch alles ruinieren, was sie für seine Knie getan hat, indem er dich selbst suchen ginge.«

Seraph erinnerte sich daran, wie der Troll die Faust um Tiers Beine geschlossen hatte. »Geht es ihm gut?«

Jes nickte. »Er beschwert sich wegen seiner Knie, also müssen sie ziemlich in Ordnung sein.«

Seraph lächelte. »Wahrscheinlich.« Wenn der Troll ihn ernstlich verletzt hätte, wäre kein Wort über Tiers Lippen gekommen. »Und Rinnie?«

»Sie ist neben Papa eingeschlafen, der mit Ciro singt. Sie hat eine Beule am Kopf und einen etwa so großen …«, Jes zeigte die Größe mit den Händen an, und Seraph konnte nur hoffen, dass er übertrieb, obwohl das im Allgemeinen nicht zu Jes' Fehlern zählte, »blauen Fleck an der Schulter.

Lehr sagt, er beneidet sie«, fuhr er fort. »Er sagt, er hätte noch nie einen so großen blauen Fleck gehabt. Ich schon. Erinnerst du dich, wie ich von der Scheune gefallen bin? Danach hatte ich einen größeren blauen Fleck als Rinnie.«

»Ich hoffe, dass niemand von uns je wieder einen so großen haben wird.«

Jes nickte. »Ich auch. Und hier kommt Lehr. Ich habe sie zuerst gefunden, Lehr! Wir sehen uns daheim.« Jes verschwand in der Dunkelheit, und Seraph blieb allein mit ihrem jüngeren Sohn.

»Nachdem ich aufgehört habe, Spuren zu lesen, und nur dem Geräusch von Jes' Stimme folgte, wart ihr nicht schwer zu finden. Jes freut sich, wieder zu Hause zu sein«, sagte Lehr. »Du siehst müde aus, Mutter. Ist alles in Ordnung?«

Seraph nickte. »Ja. Ich bin nur ein wenig erschöpft. Schließlich bin ich nicht daran gewöhnt, mit so viel Magie umzugehen. Jes sagte, dein Vater und Rinnie seien nicht schwer verletzt?«

»Sie sind nur ein bisschen zerschlagen«, antwortete Lehr, und etwas in Seraph entspannte sich. »Ciro hat Papa allen erzählen lassen, was passiert ist, während wir weg waren.«

Ciro, der Vater des Gerbers, war ein guter Freund von Tiers Großvater gewesen und hatte Tier geholfen, die Musik lieben zu lernen. Nicht, dass er viel Ermutigung gebraucht hätte.

»Ciro sagte, er werde ein Lied aus Papas Geschichte machen. Und dann fingen sie einen Wettstreit an, wem die komischsten Strophen einfielen.« Er wandte die Aufmerksamkeit einen Moment dem unwegsamen Boden zu, dann sagte er: »Es gab hier in den vergangenen Wochen einigen Ärger. Der Troll war das Schlimmste, aber es sind auch Kobolde und andere Wesen hergekommen.«

»Der Waldkönig suchte mich auf, als ich versuchte, die Todesmagie des Trolls loszuwerden«, sagte Seraph. »Er erzählte, der Zauberer-Priester Volis habe etwas getan, um die Diener des Schattens hierherzurufen. Es muss Hennea und mir entgangen sein, als wir den Tempel durchsuchten. Karadoc unterbrach offenbar den Ruf, aber er wurde krank davon.« Sie warf ihrem Sohn einen Seitenblick zu.

Lehr nickte. »Ja, er ist in unserem Haus.« Er räusperte sich. »Tatsächlich schläft er in deinem Zimmer. Papa sagte, wir sollten ihn heute Nacht dort lassen. Er sieht ziemlich schlecht aus, blass und zerschlagen, aber sie haben ihn nach draußen getragen, damit er die Musik hören kann, also wird es nicht gar so schlimm sein.«

Seraph war müde, ihre Kleidung war nass, und sie hatte sich schon darauf gefreut, in ihrem eigenen Bett schlafen zu können. »Karadoc ist kein junger Mann mehr. Wenn er verletzt ist, sollte er lieber in unserem Bett bleiben, bis sie ins Dorf zurückziehen – was nicht allzu lange dauern sollte. Der Waldkönig sagte mir, Karadoc habe geholfen, die Rune zu zerstören, die all die besudelten Ungeheuer herbeirief. Der Troll war hoffentlich das letzte dieser Wesen. Ich denke, die Leute aus dem Dorf werden morgen oder übermorgen alle nach Redern zurückkehren.« Das hoffte sie jedenfalls.

»Jes wird sich freuen, das zu hören«, sagte Lehr. »Er hat einen einzigen Blick auf Tante Alinath geworfen und sich hinter Hennea versteckt.«

»Sie hat sich für uns um Rinnie gekümmert«, erwiderte Seraph und stolperte über einen Ast, den sie nicht gesehen hatte.

Lehr nahm ihren Arm. »Ich weiß. Aber sie hat nie gewusst, wie sie mit Jes umgehen soll.«

»Sie wäre nicht so schlimm gewesen, wenn Jes sich ihr gegenüber nicht absichtlich immer von der schlechtesten Seite gezeigt hätte.«

Lehr schnaubte. »Papa sagt das Gleiche von Tante Alinath und dir.«

Eine kleine Gruppe von Personen hatte sich vor dem Haus niedergelassen, wo sie trotz der Feuchtigkeit ein Lagerfeuer angezündet hatten. Tier, ein Knie fest verbunden und das Bein lang ausgestreckt, spielte die Laute, die er aus Taela mitgebracht hatte. Rinnie war in eine Decke gewickelt und eingeschlafen, den Kopf auf Tiers unverbundenem Knie.

Ciro hatte eine kleine Trommel mitgebracht, und er und Tier sangen gemeinsam. Die Stimme des alten Mannes war so klar wie eh und je, und Tier … Seraph hatte immer gesagt, er habe die anpassungsfähigste Stimme, die sie je gehört hatte. Wenn er Liebeslieder sang, klang es wie zerlassene Butter mit Zucker, und dann stimmte er ein raues altes Kriegslied an, und seine Stimme hörte sich an, als könne sie durch Stein schneiden. Im Augenblick überließ er dem alten Sänger die Melodie und sang die Oberstimme dazu, leiser, um Ciros Stimme zu schmeicheln – die das kaum gebraucht hätte.

Direkt außerhalb des Feuerlichts blieb Seraph stehen. »Habt ihr euch unter den Rederni nach Besudelten umgesehen?« Der Schatten könnte schließlich auch jemand sein, den sie kannten.

Lehr nickte. »Hennea hat Jes und mich dazu ausgeschickt. Aber selbst Onkel Bandor hatte keine Anzeichen davon. Hennea meint, wahrscheinlich hätte jemand, wenn er besudelt war, den Schutzzauber nicht überqueren können – und das ganze Dorf ist hier.«

»Gut.« Sie hatte sich nicht wirklich Sorgen gemacht, ein Rederni könne besudelt sein, obwohl sie das vielleicht hätte tun sollen. Immerhin hatte der Schatten bis zum letzten Augenblick vor Lehr und Jes verbergen können, was er war. Es war durchaus möglich, dass er sich selbst vor ihren Söhnen verstecken konnte.

Sie hielt es allerdings für unwahrscheinlich, dass der Schatten jemand aus dem Dorf war, den sie kannte. Also schob sie diese Gedanken erst einmal beiseite und nahm sich vor, darüber nachzudenken, wenn sie weniger müde war.

Tiers Stimme bebte ein wenig, als er seine Frau sah, und dann schwieg er und beendete die Vibration der Lautensaiten mit der Hand. Nach ein paar Takten schwieg Ciro ebenfalls.

»Stimmt etwas nicht?«, fragte Ciro.

Tier schüttelte den Kopf, aber er sah weiterhin Seraph an. »Ich bin heute Abend müde. Ich überlasse dir die Musik.«

»Wenn Karadoc in unserem Bett liegt, brauchen wir einen anderen Schlafplatz«, sagte Seraph leise, um Ciros Musik nicht zu stören. Sie beugte sich vor, um Rinnies Gesicht zu berühren, dann blickte sie auf zu Tier. Selbst im Dunkeln sah er blass und abgehärmt aus – seine Knie mussten wirklich wehtun.

»Irgendwo, wo wir allein sein können«, stimmte Tier zu. »Aber das Haus ist voll.«

Seraph warf einen prüfenden Blick zum Himmel, das Unwetter war weitergezogen. »Ich könnte vielleicht einen Platz finden. Lehr, würdest du unser Bettzeug und mein Gepäck holen? Und suche für dich, Hennea, Jes und Rinnie Schlafplätze.«

Er nickte. »Ich komme sofort wieder.«

Das tat er, und er reichte Seraph beide Bettzeugrollen, bevor Ciro mit seinem zweiten Solostück fertig war.

»Rinnie hat immer noch ihr Bett im Haus. Ich werde sie reintragen.« Lehr sprach leise, obwohl Ciro einen Augenblick aufgehört hatte zu singen. »Wir anderen müssen mit der Scheune vorliebnehmen. Brauchst du Hilfe, Papa?«

Tier kam selbst auf die Beine und schüttelte den Kopf. »Solange wir nicht weit gehen müssen, ist es in Ordnung.«

Seraph nickte Lehr zu und beugte sich vor, um Rinnie einen Kuss auf den Kopf zu drücken. »Wir sehen uns morgen früh«, sagte sie zu ihrem Sohn.

Sie führte Tier hinters Haus, wo das Land sich zu einem flachen, mit Gras bewachsenen Sims erhob, das von kleinen Bäumen und Büschen umgeben war. Tier hinkte schwer, und Seraph zuckte innerlich bei jedem seiner Schritte zusammen.

Sie legte das Bettzeug auf einen Stein, wo es nicht zu nass werden sollte, aber sie hielt Tier auf, als er seines entrollen wollte. »Nein. Warte kurz, und ich finde etwas viel Besseres für uns.«

Sie legte ihren Rucksack hin und holte die Tasche mit ihren *Mermori* heraus. Es gelang ihr schnell, Isoldas *Mermora* zu finden, und sie steckte das zugespitzte Ende in den Boden. Dann trat sie zurück und murmelte die Worte, die das uralte Haus von Isolda der Schweigsamen heraufbeschwören würden.

Es dauerte einen Augenblick, in dem die Magie sich ordnete. Seraph konnte das vertraute Gewebe von Hinnums Bann spüren, das sich entfaltete, sich an das Muster von Isoldas Haus erinnerte und Räume neu erbaute, die längst verrottet sein mussten. Für Seraph war das Entstehen des Hauses im Schutz des Waldes ebenso ein körperliches Gefühl wie ein Anblick.

Isoldas Haus war nicht sonderlich groß gewesen, vor allem nicht für Colossae, aber größer als das Haus, das Tier für Seraph gebaut hatte. Die Vorderseite von Isoldas Heim war entworfen, um einen angenehmen Eindruck zu machen, und hatte dekorative Backsteinmuster. Die Seitenmauern hingegen verliefen gerade und schlicht – so gerade, das Seraph davon ausging, dass es direkt an die Nachbarhäuser angebaut gewesen war und nicht frei gestanden hatte. Der Kontrast zwischen der schönen Fassade und den Seiten ließ es ein wenig seltsam wirken, besonders wenn es allein im Wald stand statt an einer lebhaften Straße.

»Wir können heute Nacht hier schlafen«, sagte sie.

»Ich dachte, das würdet ihr nicht tun«, erwiderte Tier, aber er folgte ihr eine kleine Treppe hinauf und durch die Ebenholztür.

»Es kann gefährlich sein«, antwortete sie und richtete ihre Aufmerksamkeit vor allem auf sein langsames Vorankommen. »Das hier ist eine Illusion – eine sehr gute Illusion, aber bei unangenehmem Wetter kann man in diesem Haus erfrieren, ohne es auch nur zu merken. Doch es hat aufgehört zu regnen, und wir haben unsere eigenen Decken.«

»Warum haben wir die Häuser dann auf dem Heimweg nicht benutzt?«, fragte Tier.

»Magie – jede Magie – neigt dazu, diverse unangenehme Geschöpfe anzuziehen, die ich lieber nicht wecken wollte«, sagte Seraph und zog einen Stuhl weg, um den Tier sonst hätte herumgehen müssen. »Und die Illusion ist gut genug, dass man nicht hören kann, wenn etwas draußen herumschleicht. Aber heute Abend – nun, es gab hier genug Magie, um ohnehin alles in der Umgebung anzulocken, also wird Isoldas Haus keinen Unterschied mehr machen. Und mit meinem frischen Schutzzauber kann nicht viel durchkommen. Wir werden hier sicher und allein sein.«

Das Haus wurde von kleinen Laternen beleuchtet. Tier hinkte hinter ihr durch das Wohnzimmer und in das kleinste Schlafzimmer. In diesem Raum gab es weniger persönliche Gegenstände als in den anderen Schlafzimmern. Seraph hatte es immer für ein Gästezimmer gehalten und fühlte sich hier wohler, weniger wie ein Eindringling und mehr wie ein Gast.

»Es kommt mir irgendwie falsch vor, diese schmutzigen Decken aufs Bett zu legen«, sagte Tier.

Sie verstand, was er meinte – Isoldas Bettzeug war makellos weiß. »Schon gut. Der Schmutz wird beim nächsten Mal, wenn die *Mermora* ins Leben gerufen wird, nicht mehr da sein.«

Tier schüttelte den Kopf, aber er löste die Schnur um seine Decken und rollte sie auf dem Bett aus. Seraph konnte sehen, dass ihn an diesem Abend mehr beunruhigte als seine Knie.

»Du hast Schmerzen«, sagte sie. »Zieh dich aus und lass mich sehen, was los ist.«

Er musste wirklich müde sein, denn er befolgte ihre Anweisung ohne ein scherzhaftes Widerwort. Sie drehte den Docht an der Nachttischlampe höher, damit sie besser sehen konnte.

Er bewegte sich langsam, und sie sah, dass er zu der neuen Verletzung an seinen heilenden Knien auch noch eine Wunde an der linken Schulter hatte. Als er ausgezogen war, ging sie einmal um ihn herum, um sich den Schaden mit Augen anzusehen, die durch drei Kinder geschult waren, die alle nur zu gern auf Bäume, Scheunen und an andere Orte kletterten, die für Vögel erheblich geeigneter waren als für Menschen.

»Nichts, das ein paar Tage Ruhe und ein gutes heißes Bad nicht heilen könnten«, stellte sie schließlich erleichtert fest. Ganz gleich, was Lehr gesagt hatte, Tiers offensichtliche Schmerzen hatten sie beunruhigt. »Leg dich hin«, bat sie ihren Mann, »und ich werde sehen, was ich tun kann.«

Er setzte sich mit einem erleichterten Grunzen aufs Bett, und sie half ihm, die Beine auf die Matratze zu heben.

»Also gut«, sagte sie, nachdem sie ihre nasse Überkleidung ausgezogen hatte. »Ich werde sehen, ob ich es dir bequemer machen kann. Wenn du Brewydd davon erzählst, wird sie mir das nie verzeihen. Mit Schmerzen will dein Körper dir mitteilen, dass du Ruhe brauchst, wenn du dir keinen dauerhaften Schaden zufügen willst. Und nichts, was ich tun kann, wird dich schneller heilen lassen, aber ich kann dir für die Nacht den Schmerz nehmen.«

Sie berührte den Spann seiner Füße, dann die Fußknöchel und arbeitete sich mit nur einer Spur von Magie weiter nach oben. Als sie seine Knie berührte, entspannte er sich vollkommen.

»Das fühlt sich wunderbar an«, flüsterte er.

»Es wird noch besser werden«, versprach sie und küsste ihn auf den Mund. »Aber morgen früh, wenn ich die Magie wieder gehen lasse, wirst du mich verfluchen.« Sie fuhr mit den Händen an der Außenseite seiner Oberschenkel entlang und über seine Hüften.

»Habe ich dir heute schon gesagt, dass ich dich liebe?«, fragte er und schloss verzückt die Augen.

»Du hast nur Angst davor, was ich dir antun könnte, wenn du es nicht tust«, antwortete sie zerstreut, denn sie musste sich auf die Magie konzentrieren, die sie vorsichtig über seine Wunden ausbreitete.

Er öffnete die Augen wieder und legte ihr eine Hand unters Kinn. »Ich habe keine Angst vor dir«, sagte er und zog sie zu einem weiteren Kuss herunter, einem sehr sinnlichen, vielsagenden. »Ich liebe dich«, sagte er, als sie den Kopf wieder hob.

Sie musste feststellen, dass sie unwillkürlich lächelte, bevor sie sich wieder an die Arbeit machte. »Der Waldkönig erzählte mir, die besudelten Geschöpfe seien von einer Rune im Tempel hierhergerufen worden. Er sagte, nur der Schatten selbst habe diese Rune herstellen können.«

»Ah«, sagte Tier. »Ich weiß, dass du gehofft hast, es wäre nicht wahr.«

Sie hielt mit ihrer Magie inne und blies sich eine Haarsträhne, die sich aus ihrem Zopf gelöst hatte, aus dem Auge. »Ein Schatten bringt Kummer mit sich, gehüllt in eine Decke aus Tod.«

»Ist es der namenlose König, der zurückkehrt?«, fragte Tier.

»Nein«, sagte sie. »Wie andere vor ihm, ist er ein Mann, der sich zum Sklaven des Pirschgängers gemacht hat, um Macht und Unsterblichkeit zu erlangen.«

»Es hat schon andere gegeben?«

Sie nickte und fuhr mit dem Finger über eine verblasste Narbe an Tiers Brust, die von einem Kampf gegen die Fahlarn stammte, aus der Zeit, bevor sie und Tier sich kennengelernt hatten. Die Wunde wäre beinahe tödlich gewesen, und Tier sprach selten darüber. »Ein paar.«

»Der Pirschgänger ist das Wesen, das die Zauberer von Colossae gefangen gesetzt haben, indem sie ihre Stadt zerstörten.«

Seraph legte ihm die flache Hand auf die Brust und wärmte sie an seiner Haut. »Sie haben die Stadt nicht zerstört, Tier. Sie haben sie geopfert.«

Er verlagerte ruhelos das Gewicht. »Das hast du mir schon einmal gesagt. Sie haben mit Ausnahme der Zauberer, die den Bann wirkten, alle umgebracht, die dort lebten.«

»Ja und nein.« Es war eine alte Geschichte, aber keine, über die die Reisenden oft sprachen. »Jeden Morgen steht Alinath auf und zündet das Feuer im Backofen an, wie es deine Familie schon getan hat, seit die Bäckerei vor Jahrhunderten errichtet wurde. Alle im Dorf haben ihre Aufgaben, die sie jeden Tag erfüllen – Rituale des Alltagslebens. Auch darin liegt Macht, Tier, ebenso wie Macht in dem Lebensfunken liegt, der den Unterschied zwischen deinem Körper und einem Tontopf bildet. Die Zauberer nahmen die Macht aus diesen täglichen Ritualen, aus Generationen des Lebens, ebenso wie aus dem Tod ihrer Familien und Freunde, die ihnen vertraut hatten. Sie töteten die Menschen, die sie liebten, und auch darin lag Macht – mehr, als Tod an sich gebracht hätte. Sie nutzten all diese Macht und wussten, dass es immer noch nicht genügen würde, um ihre Schöpfung zu vernichten; sie konnten sie nur gefangen nehmen.«

»Was will der Pirschgänger denn?«, fragte Tier, stets der Geschichtenerzähler. »Was hat er getan, um den Zauberern solche Angst einzujagen, dass sie ihre Familien töteten?«

»Das Reisendenwort, das dem Begriff der Allgemeinen Sprache für Pirschgänger entspricht, lässt sich auch mit ›Töten einer verfolgten Beute‹ gleichsetzen – nicht, um von dieser Beute zu leben, sondern allein aus Freude am Zerstören.« Sie zuckte unglücklich die Schultern. »Das ist alles, was wir darüber wissen – dass die Zauberer von Colossae ihn den Pirschgänger nannten und dann ihre eigenen Leben zerstörten, um ihn gefangen zu setzen.«

»Der namenlose König hätte beinahe die ganze Menschheit vernichtet.«

Seraph nickte. »Nebelmahre leben für gewöhnlich von kleinen Tieren. Sie spielen nicht mit ihrem Fressen, wie es eine Katze tut. Der besudelte Mahr, den wir gefunden haben, hat den Schmied bewusst terrorisiert, weil es ihm Spaß machte. Vielleicht treibt der Pirschgänger ja jene, die ihm dienen, auf die gleiche Weise zu schrecklichen Taten. Und ganz bestimmt folgt dem Schatten und denen, die besudelt sind, der Tod.«

»Du sagtest, Bandor war umschattet«, sagte Tier.

Sie nickte. »Ja, und das ist ungewöhnlich. Der größte Teil der Besudelung, den wir Reisende zu sehen bekommen, stammt immer noch vom namenlosen König.«

»Wie kann es also geschehen sein?«

»Ich dachte zuerst, Volis hätte es getan«, sagte sie. »Er war ganz bestimmt selbst besudelt, wie alle Meister des Pfads. Aber mein alter Lehrer Arvage sagte mir einmal, er glaube, dem Pirschgänger sei verboten, anderen seinen Willen aufzuzwingen – eine Einschränkung, die dem Schatten nicht auferlegt ist. Wenn das stimmt, dann war der Schatten verantwortlich für die Besudelung des Pfads und für die von Bandor.«

»Worin besteht der Unterschied zwischen einem Menschen, der vom Schatten besudelt wurde, und dem Schatten selbst?«

»Eine Besudelung wird dir auferlegt«, sagte Seraph. »Du brauchst kein großer Sünder zu sein; es genügen versteckte

Ablehnung und Zorn, und darauf baut die Besudelung auf, bis diese Empfindungen weiter nach vorn gezerrt werden. Bandor hat deine Schwester geschlagen – ganz ruhig, Tier, es war nicht seine Schuld! Ich nehme ihn nur als Beispiel dafür, wie sehr eine Besudelung die Persönlichkeit verändern kann. Wenn du dagegen ankämpfst, wird sie dich zerfressen, bis du kaum mehr bist als ein wildes Tier und deinen Wahnsinn nicht mehr verbergen kannst. Aber soweit ich sagen kann, lebten die Meister damit schon seit Jahren.«

»Und die Schatten?«

»Wir wissen nicht, wie sie entstehen. Wenn wir das wüssten, könnten wir vielleicht verhindern, dass es noch einmal passiert. Alle Schatten waren Zauberer. Ich denke, sie müssen sich irgendwie mit dem Pirschgänger in Verbindung setzen – vielleicht gibt es einen Bann, der irgendwo in einem Buch der *Solsenti*-Magie aufgezeichnet wurde. Oder vielleicht kann der Pirschgänger einen Zauberer, der für seine Zwecke geeignet ist, zu sich rufen. Wie auch immer, der Schatten opfert freiwillig die Leben der Menschen in seiner Umgebung, um Macht und Unsterblichkeit zu erlangen. Ich weiß nicht, was der Pirschgänger davon hat oder was er über Tod und Zerstörung hinaus haben will. Vielleicht genügt ihm das. Menschen, die vom Schatten besudelt sind, werden oft innerhalb eines Jahres oder vielleicht sogar innerhalb von Monaten verrückt, aber mit dem Schatten passiert das nicht.«

Tier schwieg, und einen Augenblick später begann Seraph erneut, ihm seine Schmerzen zu erleichtern. Es brauchte nicht viel Magie, nur Feingefühl.

Sie berührte einen rötlichen Fleck an seinen Rippen, der am nächsten Tag eine Prellung sein würde, und ließ den Schmerz mit einem magischen Streicheln geringer werden. Tier mochte verwundet und zerschlagen sein, aber sie liebte seinen sehnigen, zähen Körper, der sowohl alte als auch neue Narben hatte.

Als sie fertig war mit der Magie, berührte sie ihn immer noch mit den Fingerspitzen und fuhr sanft über seine Haut.

Er war wieder zu Hause. Endlich zu Hause und in Sicherheit.

Sie streichelte ihn weiter mit den Fingerspitzen, und er packte ihre Hand und murmelte: »Wenn du willst, dass wir heute Nacht schlafen, würde ich vorschlagen, dass du dich neben mich legst, statt mich anzufassen.«

Sie setzte sich auf seine Hüften, der Stoff ihrer Unterwäsche nur ein dünner Schleier zwischen ihrer Haut und der seinen.

»Mhm«, sagte sie. »Es fühlt sich aber nicht an, als wäre dir nur an Schlafen gelegen.«

Er lachte, ein tiefes Lachen aus dem Bauch, das es nicht ganz bis zu seinem Mund schaffte.

»Beweg dich nicht«, sagte sie und beugte sich vor, bis sie seinen Mund mit ihren Lippen berühren konnte. »Du könntest dir wehtun, wenn du dich bewegst.«

Eine lange, befriedigende Weile später sagte Tier: »Das hat mir gefehlt.«

»Mir auch«, sagte sie. Widerwillig stand sie auf und verdunkelte das Licht. »Es wird nicht vollkommen ausgehen. Kein Raum in einer der *Mermora* kann vollkommen verdunkelt werden – ich glaube, das hat etwas mit dem Wesen der Illusion zu tun.«

»Schon in Ordnung«, sagte er. »Ich wollte ohnehin noch ein wenig mit dir reden, und wenn es dunkel wäre, könnte ich wahrscheinlich nicht wach bleiben.«

»Oh.« Sie nahm ihr eigenes Bettzeug und breitete die Decken über Tier, bevor sie sich wieder neben ihn legte. Mit einem Seufzen schmiegte sie sich an seine Wärme und gähnte. »Dann rede schnell.«

»Erzähl mir von Hennea«, sagte er.

Sie hob den Kopf, aber das Licht befand sich hinter Tier, und sie konnte seinen Gesichtsausdruck nicht erkennen. »Hennea?«

Er lachte. »Wenn du nur deine Stimme hören könntest! Mir sind nur ein oder zwei merkwürdige Dinge aufgefallen, und da unser Sohn sich so sehr für sie interessiert, wüsste ich gerne mehr über sie.«

Sie lehnte sich an ihn. »Merkwürdige Dinge? Was für merkwürdige Dinge?«

Er lachte. »Erzähl mir einfach etwas über sie«, bat er. »Dann werde ich dir sagen, wieso ich frage.«

»Sie ist ein Rabe des Clans von Rivilain mit dem Mondhaar«, begann Seraph zögernd. »Das ist eine bekannte Abstammung bei Reisenden. Ich habe gehört, dass es drei oder vier von Rivilains Clans im Kaiserreich gibt und anderswo noch ein paar mehr. Sie kam zu uns …« Sie hielt inne. »Willst du, dass ich dir die ganze Geschichte erzähle? Das habe ich doch schon einmal getan.«

»Bitte erzähl es mir noch einmal«, sagte er.

Sie zuckte die Achseln. »Sie kam zu uns, weil sie festgestellt hatte, dass du vom Pfad entführt worden warst. Sie hatte zusehen müssen, wie diese Zauberer ihren Geliebten umbrachten. Sie wollte Rache, und sie wollte den Pfad aufhalten.«

»Aber sie kam nicht direkt zum Bauernhof«, sagte er.

»Stimmt. Sie ging zunächst zu der Stelle, wo du angeblich gestorben warst. Sie war auf dem Weg zum Hof, als der Waldkönig sie in Schlaf versetzte und dann Jes ausschickte, um sie herzubringen.«

»Der Waldkönig wollte sie nicht in seinem Reich?«, fragte Tier scheinbar unbeteiligt.

»Ich weiß nicht, was er wollte«, sagte Seraph. »Du kannst ihn ja fragen und sehen, ob er dir eine direktere Antwort gibt. Wenn der Waldkönig geglaubt hätte, dass sie uns etwas

Böses wollte, hätte er sicher Jes nicht geholt, um sie zu uns zu bringen.«

Tier widersprach nicht, also entspannte sich Seraph und schmiegte sich wieder an ihn. »Auf dem Weg nach Taela half sie mir, den Jungen so viel wie möglich beizubringen. Sie hat Jes gerettet.«

»Das hast du vorher nicht erzählt. Wie das denn?«

»Weißt du, was ein *Foundrael* ist?«, fragte sie.

»Nein … warte mal. Ist das nicht dieses Hüter-Ding, das du einmal erwähnt hast? Das, was die Hüter beherrschen sollte, sie aber stattdessen in den Wahnsinn getrieben hat?«

Sie nickte. »Es gab ursprünglich zehn von ihnen – jetzt sind es nur noch neun. Benroln – ich habe dir doch erzählt, dass sein Clan einer von denen war, die die *Solsenti* ausnutzen. Er war der Meinung, gute Gründe dafür zu haben; *Solsenti* hatten seinen Vater und andere Clanmitglieder getötet. Er glaubte, mich zwingen zu können, ihm zu helfen, indem er Jes mit einem *Foundrael* festhielt. Während ich mich um Benroln kümmerte, ist es Hennea gelungen, das *Foundrael* zu zerstören.«

»Es war also schwierig?«, fragte Tier mit neutraler Stimme.

Seraph schüttelte den Kopf. »Ich weiß es nicht. Ich habe so etwas nie versucht.«

»Wie mächtig ist Hennea eigentlich?«, fragte er.

»Ich weiß es nicht. Es gibt keine Maßstäbe für Magie«, sie runzelte die Stirn und fuhr dann verärgert fort, »obwohl *Solsenti*-Zauberer offenbar denken, dass es so etwas geben sollte. Ausbildung ist ebenso wichtig wie Macht – wenn auch weniger für Raben als für Zauberer ohne Weisung. Hennea ist gut ausgebildet; das merkt man ihr an. Die Leute sagen: ›beherrscht wie ein Rabe‹, und es ist genau diese Gelassenheit, die sie damit meinen.« Unwillkürlich klang sie bei diesen Worten ein wenig sehnsüchtig.

Tier hörte es offenbar, denn er rieb ihr spielerisch die Nase.

»Du kannst dich gut genug beherrschen, dass die meisten Leute denken, du wärest kein bisschen aufbrausend. Was mich angeht, habe ich hier und da nichts gegen eine laute Auseinandersetzung.«

Sie lachte. »Welch ein Unsinn! Es ist unglaublich schwer, einen guten Streit mit dir anzufangen.« Sie wartete einen Herzschlag oder zwei. »Was hältst du also von Hennea?«

»Wie alt ist sie?«, fragte er.

Diese Frage hätte sie nicht erwartet, obwohl es Hennea offenbar störte, älter zu sein als Jes.

»Ich weiß es nicht«, sagte sie. »Sie sieht etwa zehn Jahre jünger aus als ich. Vierundzwanzig oder fünfundzwanzig vielleicht? Der Altersunterschied ist geringer als der zwischen uns beiden.«

Er drehte sich, bis seine Schulter unter ihrem Kopf lag. »Ich glaube, sie ist erheblich älter, als sie aussieht.«

»Warum sagst du das?«

»Ich sehe es in ihren Augen. Wenn mich meine Augen nicht an ihr offenbares Alter erinnern, habe ich das Gefühl, sie sei eine sehr alte Frau.«

Seraph dachte einen Moment darüber nach, was er gesagt hatte.

»Die Beherrschung, die Raben anstreben, ist für gewöhnlich eine Domäne der sehr Alten«, sagte sie. »Ich habe es auch schon bei anderen Raben erlebt, auch wenn es mir selbst nie gelang, es richtig zu machen.« Seraph wusste, dass die Rederni sie für kalt hielten, aber es war für sie so schwer, ihre Gefühle in Schach zu halten – und wenn sie es nicht täte, könnte sie für alle sehr, sehr gefährlich sein. Magie verlangte einen kühlen Kopf, und sie war eigentlich viel zu aufbrausend. »Henneas Selbstbeherrschung ist, glaube ich, der Grund, wieso Jes es ertragen kann, dass sie ihn berührt, während die meisten anderen Menschen ihn stören.«

»Magie kann das Leben von Menschen verlängern«, sagte Tier. »Ich bin einmal einem siebzigjährigen Zauberer begegnet, der nicht älter aussah als vierzig.«

»Zauberei, ja, aber ich habe dir schon gesagt, dass die Weisungen diese Wirkung nicht haben. Heiler wie Brewydd können vielleicht ihr Leben verlängern, aber nicht extrem lange.«

»Aber du sagtest, dass es Zauberei auch bei den Reisendenclans gibt«, sagte Tier. »Könnte Hennea auch eine Zauberin sein?«

Seraph setzte sich hin, überkreuzte die Beine und starrte ihm in dem trüben Licht ins Gesicht. »Du bist offenbar vollkommen davon überzeugt, dass sie wirklich alt ist.« Eulen konnten feststellen, wenn jemand log, aber weiter ging ihre Fähigkeit, die Wahrheit zu erkennen, nicht – das hatte sie jedenfalls immer angenommen.

»Es ist nur so ein Gefühl«, sagte er beinahe entschuldigend.

»Alle Raben sind auch Zauberer«, erklärte sie. »Genau, wie alle Hüter Empathen sind. Also ja, Hennea ist auch eine Zauberin. Aber ein Rabe, der bei seiner Magie nicht seine Weisung einsetzt … das wäre, als würdest du dir Watte in die Ohren stecken, wenn du singst.«

»Ich weiß, dass der Unterschied zwischen Zauberern und Raben darin besteht, dass Zauberer rituelle Magie einsetzen und Raben nicht darauf angewiesen sind«, sagte Tier. »Aber ich habe auch schon beobachtet, wie du auf Rituale zurückgegriffen hast.«

Seraph nickte. »Stimmt. Zauberei ist Wissen, und Rabesein hat mehr mit Intuition zu tun. Bis zu einem gewissen Grad stimmt das alles, aber am Ende ist es eher das Ergebnis des Unterschieds als der Unterschied selbst. Es ist, als würdest du sagen, der Unterschied zwischen einem Hund und einer Katze bestehe darin, dass ein Hund gehorsam und eine Katze unabhängig ist.«

»Kannst du es mir erklären?«

Sie dachte kurz nach. »Stell dir vor, Magie sei eine Bäckerei, die es nur einigen Menschen erlaubt, Brot herzustellen. Diese Leute können weder riechen noch schmecken.«

»Schwierig, dann zu backen«, stellte Tier fest.

»Sehr schwierig. Aber sie schaffen es, weil sie die Rezeptbücher sehr genau studieren und lernen, jede Tasse Mehl und jedes Zuckerkörnchen abzumessen.«

»*Solsenti*-Zauberer.« Tier nahm eine ihrer Hände und spielte mit ihren Fingern.

»Stimmt. Und jetzt stell dir vor, dass ein paar von diesen Zauberern einen Ring erhielten, der ihnen gestattete, zu riechen und zu schmecken.«

»Und dieser Ring nennt sich Weisung des Raben.«

»Stimmt.«

»Aber sie könnten den Ring abnehmen.«

Seraph verdrehte gereizt die Augen und sprach schneller. »Nur wie mit einer ätzenden Seife, die ihre Haut verbrennt. Und in der Bäckerei ist es heiß, so heiß, dass einige Leute davon sterben. Andere lernen, mit der Hitze zurechtzukommen, und es gelingt ihnen, lange Zeit dort zu bleiben – aber nur, weil sie nichts anderes tun als Brot backen, und sie können nicht gehen oder aufhören zu backen, denn sonst sterben sie – das sind die Zauberer, die Jahrhunderte alt werden. Aber der Ring schützt vor der Hitze.«

Er legte einen Arm um ihre Taille und rollte sie lachend unter sich. »Also gut, also gut. Kein Rabe würde sich auch nur im Traum einfallen lassen, Zauberei einzusetzen, und Raben werden nicht Jahrhunderte alt.«

»Stimmt«, sagte Seraph und vergrub das Gesicht an seinem Hals. »Hennea ist also keine jahrhundertealte Zauberin – und sie ist auch nicht der Schatten. Das würden wir wissen – *Jes* würde es wissen.«

Tier rollte sich auf die Seite und schwieg einen Moment. Sie dachte schon, er wäre eingeschlafen, und war selbst dabei einzudösen, als er wieder zu sprechen begann.

»Wenn Hennea sich mit dir zusammengetan hat, um den Pfad zu stürzen, warum ist sie dann immer noch hier? Warum sucht sie nicht nach ihrem Clan, um sich ihm wieder anzuschließen? Du sagtest, der Pfad habe nicht ihren gesamten Clan umgebracht, nur ihren Geliebten, der ebenfalls Rabe war.«

Seraph setzte zu einer Antwort an, aber er fuhr fort. »Ich stelle diese Fragen wegen Jes. Ich denke, wenn sie glaubte, einfach gehen zu können, hätte sie uns so schnell wie möglich verlassen, schon wegen Jes.«

»Wie meinst du das?«, fragte Seraph stirnrunzelnd. Tier konnte besser mit Menschen umgehen als sie, aber sie war sicher, dass Hennea sich zu Jes hingezogen fühlte. »Sie mag Jes.«

»Sie liebt ihn«, erklärte er mit größerer Sicherheit, als Seraph sie je anderen gegenüber empfinde konnte. »Und deshalb würde sie gehen, wenn es ihr möglich wäre.«

»Das verstehe ich nicht.« Sie konnte es nicht ausstehen, wenn Tier so etwas tat – er hatte so gut wie immer recht, was Menschen anging, aber sie konnte es nicht leiden, wenn er sich bewusst unklar ausdrückte, und genau deshalb tat er es natürlich.

Tier grinste, und seine Zähne blitzten hell in dem trüb beleuchteten Raum. »Nicht du, meine Liebe. Du nimmst die Welt und schüttelst sie so lange, bis sie dir passt. Die meisten von uns haben dafür zu viele Zweifel. Und Hennea macht sich Sorgen um Jes. Nicht nur, weil er zu jung ist, sondern auch wegen seiner Weisung. Er befindet sich mitten in einer Veränderung – das muss dir doch aufgefallen sein.«

»Ja.« Seraph unterdrückte strengstens die Angst, die dieser Gedanke ihr verursachte. »Jes verwandelt sich nun häufiger in den Hüter, und es passiert schneller.« Sie sagte das Nächste sehr rasch, als ob sie damit verhindern könnte, dass es wahr war. »Und ich glaube nicht, dass der Hüter in letzter Zeit wirklich vollkommen verschwunden war.«

»Jes hat mir als Hüter gesagt, was im Brunnen des Schmieds lebte«, erzählte er ihr. »Er sagte, er könne es riechen. Ist Jes jemals einem Nebelmahr begegnet?«

Seraph zupfte nervös an der Decke. »Nicht, dass ich wüsste. Hier in den Bergen gibt es keine Nebelmahre, und auf dem Weg nach Taela haben wir auch keinen gesehen.«

»Das dachte ich mir schon. Ich fragte ihn, wie er das wisse, und der Hüter verschwand willentlich und ließ Jes lange genug herauskommen, um mir zu sagen, er wisse nicht, warum, und dann kehrte der Hüter zurück.«

»Warum sollte er so etwas tun?«

»Ich denke, wenn der Hüter mir gesagt hätte, dass er es nicht wisse, hätte er gelogen.«

»Der Hüter weiß Dinge, die Jes nicht weiß?« Seraph tastete nach Tiers Hand und drückte sie sehr fest, als sie sie fand. »Das ist nicht gut. Wenn Jes überleben soll, müssen er und der Hüter eins sein.« Das hatte ihr Vater jedenfalls ihrem Hüterbruder gesagt.

»Ich werde mit ihm reden«, sagte Tier, als ob Reden alle Probleme lösen könnte.

Seraph gestand sich zumindest zu, sich danach besser zu fühlen. Für Tier löste Reden wirklich viel mehr Probleme als für sie.

Tier bewegte sich und sie, bis ihr Kopf wieder an seiner Schulter lag, dann deckte er seine Frau gut zu.

Hennea liebte Jes. Seraph war ziemlich sicher, dass Jes dasselbe empfand, obwohl so etwas bei ihm manchmal schwer zu sagen war.

»Sie hat nie davon gesprochen, aber ich denke, sie hat vielleicht keinen anderen Platz, wohin sie gehen kann«, spekulierte Seraph. »Ich weiß nicht, was Jes zu ihr gesagt hat, um sie dazu zu bringen, mit uns zu kommen, aber Lehr erwähnte, dass sie eigentlich mit Benroln gehen wollte. Ich weiß allerdings, was sie dazu bringen könnte zu bleiben.«

»Und das wäre?«

»Pflichtgefühl. Sie ist ein Rabe, Tier. Sie hat eine Verantwortung, die über Liebe und Familie hinausgeht. Irgendwo da draußen ist ein Schatten, der uns vernichten will, mein Liebster. Er wird dich zweifellos verfolgen – und es ist ihre Pflicht, hier zu sein, wo sie ihn umbringen kann.«

Tier lachte und wiegte ihren Kopf sanft. »Sie oder ich?«

»Schlaf jetzt gefälligst«, schimpfte sie, um zu verbergen, wie besorgt sie war.

Als sie und Tier am nächsten Morgen zum Bauernhof zurückkehrten, saß der Priester auf der Verandabank und hatte die Augen geschlossen.

»Du siehst müde aus, Karadoc«, sagte Tier und winkte ein paar Leuten zu, die ihn vom Feld aus grüßten, wo sie die Zelte abbauten.

Karadoc öffnete die leuchtenden braunen Augen. »Du musst reden! Wenn ich sehe, wie du dich bewegst, würde ich sagen, deine blauen Flecken sind mindestens so schlimm wie meine.«

Tier nickte zu den Feldern hin. »Ist es in Ordnung, wenn die Leute nach Redern zurückkehren?«

Karadoc lächelte; ein geheimnisvolles, erfreutes Lächeln. »Ellevanal sagt ja, also habe ich allen ausrichten lassen, sie sollen packen. Ihr werdet euer Zuhause heute Abend wieder für euch haben.«

Karadocs Vorhersage war ein wenig optimistisch gewesen, und Seraph und Tier verbrachten eine weitere Nacht in Isoldas

Mermora-Haus. Die Dorfbewohner interessierten sich mehr dafür, ihren Sieg zu feiern, als gleich nach Hause zurückzukehren. Seraph vermutete, dass sie auch ein wenig nervös waren, was die Rückkehr ins Dorf anging. Es würde eine Weile dauern, bis Redern sich für sie wieder sicher anfühlte, was immer Karadoc ihnen versprach.

»Danke, dass du für uns auf Rinnie aufgepasst hast«, sagte Seraph, als sie Alinath half, ihre Sachen aus der Ecke des Hauses zu holen, in der Lehr und Jes für gewöhnlich schliefen.

Es war der Nachmittag des zweiten Tages seit ihrer Rückkehr, und Seraph hoffte, dass in der kommenden Nacht alle wieder in ihren eigenen Betten schlafen würden. Zu diesem Zweck hatte sie Tier und ihre Kinder ausgeschickt, um auch die letzten Dorfbewohner zu ermutigen, nach Redern zurückzukehren.

»Rinnie ist eine Freude«, sagte Tiers Schwester, faltete ein Hemd ordentlich und steckte es in eine Tasche. »Bevor wir hierherkamen, half sie uns in der Bäckerei.« Sie hielt inne. »Ich danke dir, dass du meinen Bruder gefunden hast. Wenn du und die Reisenden ihn nicht gefunden hätten, wäre er tot.«

Seraph zuckte unbehaglich die Schultern. Sie wusste nicht, was sie Alinath antworten sollte. Die alte Feindseligkeit zwischen ihnen verging nach und nach, aber sie war nicht sicher, womit sie sie ersetzen sollte.

»Tier weiß sich zu helfen«, sagte sie schließlich. »Hat er dir erzählt, dass ihn sogar der Kaiser um seinen Rat bat?«

Alinath lächelte, und die Erleichterung auf ihrer Miene machte Seraph deutlich, dass ihre Schwägerin die Lage nicht einfacher fand als sie selbst. »Ja, er erwähnte es, aber ich dachte, er übertreibt.«

Seraph schüttelte den Kopf. »Nein. Ich habe nie gehört, dass er übertrieben hätte, wenn es um seine eigenen Verdienste ging – eher das Gegenteil.«

»Tatsächlich?« Alinath dachte kurz darüber nach. »Hat er wirklich all die jungen Raufbolde genommen und sie in eine Armee für den Kaiser verwandelt?«

»Sie sind immer noch Raufbolde. Jedenfalls die meisten. Aber sie beten Tier an und haben um seinetwillen für den Kaiser gekämpft. Tier kann gut mit jungen Männern umgehen.«

»Da wir gerade von jungen Männern sprechen«, sagte Alinath. »Ist dir aufgefallen, dass mindestens die Hälfte der Dorfmädchen Lehr anschmachten? Er ist ein Held, weil er gegen diesen Troll gekämpft und ihn getötet hat.«

»Er und die meisten Männer aus dem Dorf«, verbesserte Seraph trocken. »Und *ich* habe den Troll getötet.«

Alinath grinste; das ließ sie Tier sehr ähnlich sehen. Es war kein Ausdruck, den Seraph je zuvor auf Alinaths Zügen gesehen hatte – aber ihre Schwägerin war seit Tiers Heirat auch nur selten in so guter Laune gewesen. »Niemand wird sich diesmal darüber beschweren, dass du Magie verwendet hast. Ich bezweifle allerdings, dass dich jemand anschmachten wird.«

Seraph bediente sich der Lieblingsmiene ihrer Tochter und verdrehte die Augen. »Wahrscheinlich rennen sie lieber weg. Sie haben zwanzig Jahre gebraucht, um zu vergessen, dass ich beinahe die Bäckerei zum Einsturz gebracht habe – denkst du, es wird auch zwanzig Jahre dauern, bis sie den Troll vergessen?«

Alinath steckte das letzte von Bandors Hemden in die Tasche. »Ich glaube nicht, dass sie das jemals vergessen werden«, erklärte sie ernst. »Aber ich denke auch, es ist vielleicht nicht unbedingt schlecht, wenn sie sich erinnern, dass du nicht nur eine Bauersfrau bist.«

»Genau das bin ich doch.«

»Nein.« Alinath band die Tasche zu und hob sie hoch. »Du bist eine Reisende, ein Rabe des Clans der Schweigsamen.«

»Des Clans von Isolda der Schweigsamen«, verbesserte Seraph. »Aber ich bin auch Seraph Tieragansweib. Isoldas Clan ist schon seit mehr als zwanzig Jahren tot. Ich war länger Rederni, als ich Reisende war.«

»Seraph«, sagte Alinath. »Du warst immer Reisende – und auch Rabe. Das wissen wir seit dem Tag, an dem du in der Bäckerei deine Kräfte gezeigt hast, wir alle – selbst Tier.«

Sie griff nach ihren Taschen und ließ Seraph stehen.

Einen Moment später schüttelte Seraph die Nachwirkung von Alinaths Worten ab. Alinath war nicht Tier, der ausgesprochen zutreffende Beobachtungen machte, wenn es um Menschen ging.

Sie hatte ihr Reisendenerbe aufgegeben und es gegen Tier und ihre Kinder getauscht. Sicher, die Zeit, die sie diesen Sommer bei Benrolns Clan verbracht hatte, war angenehm gewesen, so als hole man ein Hemd heraus, das man jahrelang weggepackt hatte, um festzustellen, dass es immer noch passte. Aber das hier war genau der Ort, wo sie hingehörte.

Nur, dass sie immer noch Reisendenkleidung trug und nicht die Röcke einer Redernifrau.

Mit raschen Bewegungen zog Seraph die Bettwäsche ab, damit sie sie waschen konnte. Sie ging auf die Leiter zu, dann drehte sie sich wieder um. Der Raum war klein und karg, ein Drittel der Zelle, die Tier im Palast in Taela bewohnt hatte. Es war der Raum, in dem sie ihre Kinder zur Welt gebracht hatte.

In ein paar Wochen würde die Erntezeit beginnen. Dieses Jahr würden sie keine Ernte haben, aber das war gut so, denn sie mussten sich um den Schatten und das Problem der Edelsteine mit den Weisungen kümmern. Reisendenangelegenheiten, die sie hinter sich bringen musste, bevor sie sich wieder niederlassen und zur Redernifrau werden konnte.

Dann würde es keine Magie mehr geben; sie würde nur in jeder Jahreszeit den Schutzzauber verstärken.

»Das hier ist mein Heim«, sagte sie laut, um diesem erstickenden Gefühl, das ihre Brust so eng machte, etwas entgegenzusetzen. »Ich gehöre hierher.«

Seraph beauftragte Tier und ihre Söhne, den Auszug der Dorfbewohner zu beschleunigen – wobei Tier nur die Aufsicht führte –, und ließ sich von Rinnie helfen, um das Haus sauber zu machen und sich alles in Ruhe anzusehen.

»Es ist gut, dass du dich um den Garten gekümmert hast, als wir weg waren«, sagte Seraph und schrubbte einen neuen Fleck auf dem Boden weg. »Ich hatte schon befürchtet, wir müssten Tier nach Leheigh schicken, damit er dort einkauft, aber mit dem Garten werden wir es schaffen.«

»Tante Alinath, Onkel Bandor und ich sind einmal in der Woche hierhergekommen.« Rinnie stieg auf den Tisch, damit sie den Inhalt der Schränke besser sehen konnte. »Die Arbeit in der Bäckerei ist wirklich schwer. Ich verstehe, wieso Papa lieber Bauer sein wollte.«

»Einen Hof zu bebauen ist ebenfalls schwere Arbeit«, sagte Seraph. »Und die Bäckerei bringt viel Geld ein.«

»Aber in der Bäckerei muss man dauernd im Haus sein.« Rinnie holte einen Krug aus einem Schrank und spähte hinein. »Mir haben Gura und Scheck und der Garten gefehlt.«

»Und wir nicht?«

Rinnie grinste. »Ich habe euch auch vermisst. Wenn ihr das nächste Mal zu einem Abenteuer auszieht, komme ich mit.«

»Es sah für mich ganz so aus, als hättest du dein eigenes Abenteuer gehabt«, stellte Seraph fest.

»Mutter, Kormorane sind für *überhaupt nichts* gut«, beschwerte sich Rinnie und stellte den Krug ab. »Sieh doch nur, wie Papa, Jes, Lehr und du gegen den Troll gekämpft habt. Ich konnte es nur auf ihn *regnen* lassen.«

»Die Weisungen unterscheiden sich voneinander«, sagte Seraph. »Wir sind unterwegs einem anderen Kormoran begegnet – hat dein Vater dir das schon erzählt? Er hat einiges Geld verdient, indem er das Wetter manipulierte. Er suchte sich ein reiches Dorf aus und sorgte einen Monat oder zwei für Trockenheit, dann ließ er sie dafür bezahlen, dass er Regenwolken schickte.«

Rinnie richtete sich vollkommen verdutzt auf. »Reisende sollen anderen doch *helfen*, Mutter!«

»Das habe ich ihm auch gesagt«, erklärte Seraph ernst. »Er tut es jetzt nicht mehr.«

Rinnie grinste. »Ich wünschte, die Leute würden, wenn ich ihnen etwas sage, auf *mich* auch so hören wie auf dich.«

Die Tür wurde aufgerissen, und Jes kam herein. »Sie sind weg, und wir sind wieder da«, sagte er in einem Atemzug. »Wir haben sie nach Redern begleitet. Ich bin froh, dass sie weg sind.«

Seraph zog die Brauen hoch. »Stiefel?«, fragte sie leise. »Ich habe gerade den Boden gewischt und nicht vor, das so bald wieder zu tun.«

Er wich rasch aus dem Haus zurück und setzte sich auf die Veranda. »Alle mussten mich anfassen, anfassen, anfassen. ›Hallo, Jes‹, sagten sie. ›Schön, dass du wieder da bist.‹ Und dann ging es weiter: grabsch, grabsch, grabsch.«

»Das tut mir leid. Du hättest sie bitten sollen, das nicht zu tun.«

»Hennea sagte: ›Hört auf, den Mann anzufassen, ihr Dummköpfe. Es tut ihm weh‹, und sie haben aufgehört.« Er zog einen Stiefel aus und blickte erfreut auf.

»Hennea ist wütend geworden?«, fragte Seraph überrascht.

Er schüttelte den Kopf. »Nein, sie sagte es nur sehr entschieden. Aber sie darf mich berühren. Das habe ich ihr auch gesagt.«

»Vor allen anderen?«, fragte Rinnie entsetzt.

Seraph musste sich anstrengen, nicht laut zu lachen.

Lehr und Gura kamen auf die Veranda, als Jes mit seiner Geschichte fertig war.

»Hennea wurde rot und stolzierte davon«, ergänzte Lehr. »Papa lachte und erklärte, es sei unhöflich, einer Frau zu sagen, sie könne einen anfassen, wenn andere Leute zuhören. Alle haben Jes gratuliert, weil er ein so hübsches Mädchen gefunden hat.«

»Arme Hennea.« Es fiel Seraph wirklich schwer, sich ihr Lächeln zu verkneifen.

»Wir sollen dir von Papa ausrichten, dass er heute Abend im Dorf bleibt, um Tante Alinath und Onkel Bandor zu helfen. Er wird morgen früh nach dem Backen zurückkommen. Die Bäckerei war in ziemlich schlechter Verfassung. Es sieht aus, als hätte etwas anderes als der Troll dort alles demoliert.«

»Schlimm?«

Lehr schüttelte den Kopf. »Es wirkte, als wären ein paar Kinder eingebrochen und hätten versucht, so viel Unheil anzurichten, wie sie nur konnten. Einer der Töpfe mit Hefe war umgekippt, aber Papa sagt, sie werden sie wohl retten können. Wenn nicht, kann Alinath mit dem Braumeister um neue verhandeln.«

»Was ist mit Hennea?«

Lehr grinste wieder. »Ich nehme an, sie wird bald hier sein. Ich weiß nicht, wohin sie gegangen ist, aber sie hat ihre Verlegenheit inzwischen sicher überwunden.«

»Wo wird sie schlafen?«, fragte Jes.

»Wir werden ein paar Latten aus der Scheune holen«, meinte Lehr nach kurzem Nachdenken. »Dann können wir Rinnies Teil des Raumes mit einem Rahmen abtrennen, den wir mit Stoff bespannen. Rinnie und Hennea können dahinter schlafen. Papa hat ohnehin schon davon gesprochen, dieses Jahr so etwas für Rinnie zu machen.«

»Gute Idee«, sagte Seraph. »Und wir haben noch eine alte Matratze in der Scheune. Sie muss nur neu gestopft werden. Du solltest deine Stiefel vielleicht wieder anziehen, Jes.«

Jes seufzte tief und steckte den Fuß in den Stiefel. »›Zieh die Schuhe aus, Jes, du machst den Boden schmutzig.‹ Und dann heißt es plötzlich: ›Zieh sie wieder an, Jes, ich habe Arbeit für dich.‹«

»Es ist für Hennea«, erinnerte Lehr ihn.

Jes seufzte und band sich den Stiefel wieder zu.

4

Hennea kehrte eine Weile später zurück, ein dünnes Buch in der Hand. Seraph, die Guras fröhliches Bellen gehört hatte, kam ihr auf der Veranda entgegen.

»Wir haben keine sonderlich gute Arbeit geleistet, als wir den Tempel durchsuchten«, sagte Hennea, die ein wenig ins Taumeln geriet, als der große schwarze Hund sie zu Hause willkommen hieß. »Platz. Braver Hund. Ja, ich bin hier. Und jetzt geh und leg dich hin.«

»Du warst im Tempel und hast nach einem Weg gesucht, den Schatten zu finden.« Die Missbilligung, die Seraph empfand, war ihr deutlich anzuhören, obwohl es ihr eigentlich nicht zustand, Henneas Verhalten zu kritisieren. Sie war erwachsen und ein Rabe. Es gab keinen Grund, wieso Hennea sich verpflichtet fühlen sollte, erst mit Seraph zu sprechen, bevor sie den Tempel durchsuchte. Und es sollte dort inzwischen ungefährlich sein.

Seraph räusperte sich und sagte: »Ich weiß, dass wir die Rune nicht gefunden haben, die all die besudelten Geschöpfe herbeirief. Ist uns außerdem noch etwas Gefährliches entgangen? Es gab keine Edelsteine mit Weisungen mehr und auch keine umschatteten Gegenstände.«

»Das mit der Rune war ein Fehler«, sagte Hennea. »Ich hätte daran denken sollen, nach so etwas Ausschau zu halten.« Sie hob das Buch hoch, das sie in der Hand hielt. »Und ich hätte ganz bestimmt auch an die Bibliothek denken sollen.

Mir ist nur nicht eingefallen, dass die Bücher gefährlich sein könnten.«

Ein Zauberer hätte den Tempel nie verlassen, ohne jedes Buch in Sichtweite mitzunehmen. Hennea war kein Zauberer, sie war ein Rabe. Alle Schatten waren Zauberer gewesen, also war sie auch nicht der Schatten. Nicht, dass Seraph wirklich glaubte, dass der Schatten so eng mit Lehr und Jes zusammenleben könnte, ohne dass einer der beiden sein wahres Wesen bemerkte.

Seraph hatte selbst nicht gewusst, dass sie sich wegen Tiers Beobachtungen immer noch Sorgen machte – doch sonst hätte sie sich wohl nicht so erleichtert gefühlt. Wenn Hennea wirklich alt war, wie Tier annahm, musste es dafür eine andere Erklärung geben.

»Was hast du gefunden?«

Statt zu antworten, reichte Hennea ihr das Buch.

Seraph setzte sich auf die Verandabank und öffnete den schlanken Band irgendwo. Auf der linken Seite befand sich die Zeichnung einer Lerche. Rechts gab es eine eng beschriebene Seite in einer Sprache, die ihr vage bekannt vorkam. Die *Solsenti* des Kaiserreichs sprachen etwas mehr als dreißig Dialekte von vier Sprachen – obwohl die meisten von ihnen die Allgemeine Sprache beherrschten. Seraph kannte einige dieser Sprachen, ein paar besser als andere, und konnte noch ein paar weitere lesen.

»Diese Sprache kenne ich nicht«, sagte sie.

Hennea nahm das Buch und begann vorzulesen. »Der Lerche ist gegeben, alles zu heilen und Herz und Kopf wieder in Ordnung zu bringen. Als Erstes gibt es vierzehn Dinge, mit denen alle Lerchen gesegnet sind: Süßer Atem für den, der Wasser eingeatmet hat. Blutstillung …«

»Das Lied der Weisungen?«, unterbrach Seraph sie. »Aber es ist doch verboten … entschuldige, das war dumm von mir.

Dieses Buch zeigt deutlich, dass es jemand niedergeschrieben hat. Aber wenn Volis das Lied der Weisungen hatte, warum verstand er dann nicht, was es mit den Weisungen auf sich hat?«

»Vielleicht konnte er es ebenfalls nicht lesen«, spekulierte Hennea. »Oder er hielt das Lied für falsch – er glaubte schließlich auch, dass wir uns irrten. Und die Niederschrift des Lieds ist unvollständig – nur Lerche, Kormoran und Rabe werden erwähnt, und auch über sie wird nur teilweise berichtet. Der Rest ist ein wildes Durcheinander von Reisendenlegenden.«

»Sollen wir es zerstören?« Es widerstrebte Seraph irgendwie, so etwas zu tun; es war ein wunderschön gebundenes Buch.

»Nicht, bevor ich dem Barden die Legenden vorgelesen habe«, räumte Hennea ein. »Er sollte die Geschichten kennen und sie an die nächste Generation weitergeben. Aber wir alle – du, ich und deine Familie – sollten den gesamten Tempel noch einmal durchkämmen. Wir können nach dem Schatten suchen und auch nach weniger offensichtlichen Gefahren als besudelten Stellen.«

Am nächsten Morgen brachen sie früh auf und ließen Gura zurück, um den Hof zu bewachen. Jes wollte nicht ins Dorf zurückkehren und murrte den ganzen Weg nach Redern. Er mochte größere Ansiedlungen nicht. Aber als Seraph ihm sagte, er könne auch zu Hause bleiben, gefiel ihm das noch weniger. Sie behielt ihn gut im Auge, aber der Hüter schien fest zu schlafen. Rinnie hüpfte neben ihrem mürrischen älteren Bruder einher und versuchte, ihn zu einer besseren Laune zu bewegen.

Hennea führte sie an – überwiegend, dachte Seraph, um Jes fernbleiben zu können. Lehr ging neben Seraph her und reichte ihr den Arm. Zu den Dingen, die Brewydd ihm beigebracht hatte, gehörte auch mehr Höflichkeit gegenüber seiner Mutter. Seraph hätte am liebsten gelächelt, aber sie nahm sich zusammen und legte die Hand in seine Ellbogenbeuge.

Die Rederni grüßten sie, als sie die Serpentinenstraße entlanggingen, überwiegend mit schüchternem Lächeln und abgewandtem Blick. Als Hennea direkt zum neuen Tempel gehen wollte, packte Seraph sie am Ellbogen.

»Wir müssen erst mit Karadoc reden. Das hätte ich schon tun sollen, als er noch bei uns zu Hause war, aber ich habe nicht daran gedacht. Ellevanal hat mir erzählt, er habe Karadoc benutzt, um die Rune des Schattens zu zerstören. Der Priester weiß vielleicht etwas, was uns helfen könnte. Und ich möchte auch bei der Bäckerei haltmachen und Tier sagen, was wir tun.«

»Ellevanal?« Hennea blieb sofort stehen und starrte Seraph an. »Du glaubst, dass ein Gott den Priester Karadoc angeleitet hat?«

»Das sagte er mir jedenfalls.«

»Der Priester?«

»Ellevanal«, warf Lehr mit einem dünnen Lächeln ein. »Hat Mutter dir denn nicht erzählt, dass sie mit ihm gesprochen hat?«

»Ellevanal ist der Waldkönig«, sagte Jes unerwarteterweise. Seraph war nicht klar gewesen, dass er es ebenfalls wusste. »Ich weiß allerdings nichts darüber, dass er ein Gott ist.«

»Er sagte mir, er sei nur ein kleiner Gott«, berichtete Seraph.

»Es gibt keine Götter, Seraph«, murmelte Hennea beinahe zu sich selbst. »Sie sind alle tot.«

Reisende glaubten nicht an Götter – an Dämonen und Umschattete in jeder Gestalt, aber nicht an Götter.

Seraph zuckte die Achseln; ihre Jahre in Redern hatten ihre Haltung gegenüber Göttern nachlässiger gemacht. »Hennea, dieses Dorf hat zu Ellevanal gebetet, seit Redern besiedelt wurde. Und Ellevanal ist eindeutig der Waldkönig – *Ell Vanail* bedeutet Herr des Waldes. Nach dem, was er mir gesagt hat, nehme ich an, dass er ursprünglich ein Bewacher oder vielleicht ein Elementargeist war, der der Vernichtung durch den Schattenkönig entging. Als die Menschen sich nach dem Kampf hier niederließen, nutzte Ellevanal den Wald, um sie vor den schattenberührten Wesen zu schützen, die ebenfalls entkommen waren.«

»Er ist kein Gott, egal, was er dir erzählt«, sagte Hennea.

Seraph zuckte wiederum die Achseln. »Ich bete ihn nicht an, aber ich bin dankbar, dass er auf unserer Seite kämpft und nicht gegen uns. Wenn er sich unbedingt als Gott bezeichnen will, sehe ich darin nichts Böses. Komm, wir müssen mit Karadoc sprechen, bevor wir anfangen, im Tempel herumzuwühlen.«

Sie fanden Karadoc vor seinem Tempel, wo er in Decken gewickelt in der Sonne saß – die Leute, die drinnen sauber machten, hatten ihn ins Freie gescheucht.

»Ich grüße dich, Seraph Tieragansweib«, sagte er mit einem schelmischen Grinsen, das ihn wegen des Kontrasts noch zerschlagener und blasser aussehen ließ. »Ich grüße auch euch, Jes und Lehr Tieraganssohn, und Rinnie Seraphstochter.«

Seraph nickte ihm zu. »Priester Karadoc, darf ich dich meiner Verwandten Hennea vorstellen, Rabe des Clans von Rivilain mit dem Mondhaar?«

»Priester«, sagte Hennea leise.

Karadoc nickte ihr zu und erwiderte. »Sei willkommen, Tochter. Ich glaube, ich habe dich schon einmal gesehen. Im neuen Tempel.«

Sie nickte. »Ich diente dem Möchtegern-Priester Volis.«

»Bis sie ihn von Mutter umbringen ließ«, fügte Lehr leise hinzu. Aber der alte Priester hatte ihn gehört.

»Ja«, sagte Karadoc. »Du siehst jetzt viel gesünder aus als in dieser Nacht.« Er schaute wieder Seraph an. »Was kann ich für dich tun, Tochter?«

Die Anrede »Tochter« störte Seraph. Selbst nach all diesen Jahren in Redern stieß sie sich daran, wie herablassend Frauen hier behandelt wurden. Besonders nach den letzten Monaten, die sie in Gesellschaft von Reisenden zugebracht hatte.

Lehrs Hand berührte ihre Schulter – er wusste wahrscheinlich genau, wie sie empfand, nachdem er im Reisendenlager eine ähnliche Behandlung erfahren hatte. Karadoc wollte sie nicht erniedrigen, das wusste Seraph, aber es störte sie dennoch.

Sie hockte sich vor ihm auf die Hacken – etwas, was sie nicht getan hätte, wenn sie einen ihrer Rederni-Röcke getragen hätte, wie sie es eigentlich tun sollte, denn sie wickelten sich immer um ihre Füße und hätten es schwierig gemacht, wieder aufzustehen. Sich hinzuhocken brachte ihren Kopf auf gleiche Höhe wie den des Priesters und gab ihr außerdem Zeit, sich wieder zu beruhigen. Zorn hatte keinen Platz im Herzen eines Raben – obwohl er in ihrem häufig residierte.

»Du musst mir von dem neuen Tempel erzählen und wie du verhindert hast, dass die Rune noch mehr besudelte Geschöpfe hierherrief«, sagte sie schlicht.

Er lehnte sich weiter zurück, und nun wirkte er überhaupt nicht mehr vergnügt. »Ach ja? Wieso muss ich das?«

»Weil Hennea und ich, als wir in dieser Nacht den Tempel durchsuchten, nichts finden konnten, was schattenberührte Wesen hergerufen hätte. Es ist uns entweder entgangen, oder es war zu diesem Zeitpunkt noch nicht da. Diese Rune wurde vom Schatten gezeichnet.«

»Der Schatten starb vor fünf Jahrhunderten«, sagte Karadoc. Er widersprach ihr damit nicht unbedingt; er klang eher, als sei er entsetzt, als dass er ihr nicht glaubte.

Seraph nickte. »Der namenlose König starb in Schattenfall. Aber er ist nicht der Erste, der den Fluch des Pirschgängers trägt, und leider wird er auch nicht der Letzte sein. Wir haben einen neuen Schatten – frag Ellevanal, wenn du mir nicht glaubst.«

Er starrte sie an und schürzte die Lippen. Aber er fragte sie nicht, wer dieser Pirschgänger sei und wieso sein Fluch Schatten schaffen könne, sondern sagte nur: »Wir hatten mehr und mehr Probleme, überwiegend mit Wesen, die wir sonst nur weit vom Dorf entfernt zu Gesicht bekommen: Kobolde und ähnliche Geschöpfe. Sie haben ein paar Ziegen getötet und die Jungen erschreckt, die sich nahe dem neuen Tempel aufhielten. Dann kamen die größeren Geschöpfe – zum Beispiel ein Oger, den Ciros Enkel mit der Axt tötete, auf die er so stolz ist. Wir hatten gerade einen der Jungen begraben, der dabei umgekommen war, als Ellevanal mich rief.«

Karadoc hielt inne und lächelte bei der Erinnerung. »Ich dachte, ich wäre zu alt, dass er mich noch auf diese Weise rufen würde.« Er blinzelte und kehrte in die Gegenwart zurück. »Er sagte mir, dass etwas im neuen Tempel diese Ungeheuer rufe. Er selbst konnte das Gebäude nicht betreten, es sei denn durch mich, und er bat mich um die Erlaubnis, meinen Körper mit mir teilen zu dürfen.«

Hennea gab ein leises Zischen von sich. Seraph berührte das Knie der anderen Frau, damit sie schwieg. Die Zauberer von Colossae hatten ein Wort für ein solches Teilen von Körpern – *beschatten* nannten sie es.

»Du hast dich also von ihm begleiten lassen«, sagte Seraph.

Karadoc nickte. »Wir gingen in den Tempel – ich hatte nach Volis' Tod die Tür vernageln lassen, aber Ellevanal riss die Dielen ab.« Er warf einen Blick auf seine Hände, und Seraph sah, dass seine Nägel bis zum Nagelbett abgebrochen waren. Er bemerkte ihren Blick und sagte: »Es schmerzte nicht, als er es durch mich tat. Er führte mich durch den Tempel …« Der Priester schloss die Augen, als könne er all das wieder vor sich sehen. »Wir gingen von einem Zimmer zum anderen. Manchmal standen wir in der Mitte eines Raums und unternahmen überhaupt nichts, aber ich hatte das Gefühl, dass er eindringlich nach etwas lauschte, das ich nicht hören konnte. Am Ende kamen wir zu einem Raum, der gerade eben groß genug war, um aufrecht darin stehen zu können – es war kaum mehr als ein Schrank. Wir knieten im Flur vor der Tür nieder. Ellevanal bewegte meine Hand über den Boden des kleinen Raums, und dann konnte ich es ebenfalls sehen – ein paar seltsame Zeichen, die beinahe aussahen wie Schrift, nur dass sie nicht in geraden Linien von rechts nach links führten, so wie wir schreiben. Stattdessen waren die Symbole zu seltsamen Gruppen zusammengefügt. Ellevanal legte unser beider Hände darauf und …« Er atmete ächzend aus.

»Feuer«, sagte er dann leise. »Eis und Feuer flossen durch meine Adern wie Glassplitter.«

»Bei der Lerche«, flüsterte Hennea. »Ich staune, dass er das wirklich gewagt hat.«

Karadoc sah sie an.

»Er übte Magie durch einen Mann aus, der keine Begabung dazu hat«, sagte sie. »Wenn du versagt hättest, hätte es euch wahrscheinlich beide getötet«, sie sah Seraph spitz an, »Gott oder nicht.«

»Ich weiß nicht, wie lange es dauerte«, fuhr Karadoc fort. »Es fühlte sich an wie Jahre. Aber ich erinnere mich, dass ich sah, wie die Markierungen auf dem Boden verblassten, bevor ich das Bewusstsein verlor. Als ich aufwachte, stand Ellevanal neben mir.«

»Im Tempel?«, fragte Seraph. »Ich dachte, er hätte ihn nicht betreten können.«

»Er sagte mir, wir hätten ihn geläutert«, erklärte Karadoc. »Er hob mich hoch und brachte mich blitzschnell hierher, zu seinem eigenen Tempel. Hat meinen Lehrling beinahe zu Tode erschreckt.« Er lächelte ein wenig. »Danach kamen nur noch wenige neue Geschöpfe. Aber die, die bereits hier waren, waren schlimm genug. Etwas, ich weiß nicht was, hat mich sogar hier im Tempel angegriffen. Ich wäre gestorben, wenn Ellevanal mich nicht gerettet hätte. Zu diesem Zeitpunkt riet er uns auch, zu eurem Bauernhof zu gehen, wo die Reisendenmagie uns helfen würde. Wir waren zwei Tage dort draußen, als der Troll kam.«

»Ich kenne mich mit Zauberei nicht besonders gut aus«, wandte sich Seraph an Hennea, »aber ich denke, mir wäre ein solcher Bann aufgefallen, wenn er im Tempel gewesen wäre, als wir ihn durchsuchten. Das bedeutet, dass der Schatten hier war, nachdem wir in der Nacht, als der falsche Priester starb, den Tempel durchsucht haben.«

Hennea nickte.

»Danke, Karadoc«, sagte Seraph und stand auf.

Er lachte. »Ich bin froh, dass ich helfen konnte.« Er nickte zu dem Tempel hinter sich. »Sie lassen mich nicht einmal mehr sauber machen«, berichtete er. »Ich komme mir alt und nutzlos vor.«

»Lass sie nur«, riet Seraph. »Jemand, der es wissen muss, hat mir gesagt, dass ohne dich noch mehr Menschen umgekommen wären.«

»Und wer hat das behauptet?«, fragte er.

Sie lächelte ihn an. »Er sagte, du könntest gut *Skiri* spielen.«

Karadoc sah sie nachdenklich an, bevor er sie mit einem geheimnistuerischen Lächeln bedachte. »Vielleicht hat dein Informant ja recht.«

»Also bleib sitzen und ruh dich aus«, sagte sie. »Genieße die Früchte deiner Arbeit noch einen oder zwei Tage länger. Die Leute werden dich schon bald wieder genug in Beschlag nehmen. Ich vermute, von jetzt an werden mehr Dorfbewohner zu Ellevanals Tempel kommen.«

Er lachte. »Das könnte sein, Tochter. Das könnte sein.«

»Beschattet«, sagte Hennea, als sie Ellevanals Tempel hinter sich ließen.

»Karadoc hat nichts mit dem Schatten zu tun«, sagte Lehr.

»Und Ellevanal ist auch nicht der Schatten«, ergänzte Seraph. »Er ist seit Jahren Jes' Freund. Aber das weiß Hennea bereits.«

»Was ist denn los?«, hörte Seraph Rinnie ihren ältesten Bruder fragen. »Warum ist Hennea so aufgeregt?«

»Ellevanal hat den Priester beschattet«, sagte Hennea und richtete den Blick dabei fest auf die Straße vor ihnen.

»Was?«, fragte Lehr. »Der Waldkönig hat nichts mit dem Schatten zu tun. Jes und ich würden es wissen, wenn es anders wäre.«

Seraph seufzte. »Die Zauberer von Colossae wussten, wie man in die Köpfe von anderen eindringt. Sie bezeichneten das, was Ellevanal mit Karadoc gemacht hat, als *Welaen*. Schatten – die Art von Schatten, die man an einem Sonnentag sieht – heißen *Laen*. *Welaen* lässt sich in die Allgemeine Sprache als ›beschatten‹ übersetzen. Es hatte für die Zauberer der alten Zeit noch eine umfassendere Bedeutung und beschrieb ein ganzes Spektrum magischer Fähigkeiten. Für uns bringt nur die Berührung des Pirschgängers oder des Schattens eine Besudelung durch Schatten.« Dann sah sie Hennea an.

»Eure Mutter will damit sagen«, übernahm Hennea, »dass die Zauberer von Colossae auch in die Körper nichts ahnender Menschen eindringen oder ihre Körper ohne Erlaubnis übernehmen konnten – genau, wie es der Pirschgänger tut. Wegen dieses Missbrauchs von *Welaen* haben die Zauberer von Colossae es verboten – und das taten sie wahrhaftig nicht mit vielen ihrer Techniken.«

Seraph hatte die endlosen Debatten darüber, welche Art von Magie zulässig war, beinahe vergessen. Sie nahm an, sie kamen daher, dass die mangelnde Ethik der Zauberer von Colossae die Stadt zerstört hatte, wonach die Überlebenden mit ihrem endlosen, von Schuld beladenen Umherwandern begannen. Die anderen Weisungen nutzten ihre Fähigkeiten einfach, so gut sie konnten, aber Raben mussten immer endlos darüber diskutieren, was richtig und angemessen war.

»Hier ist die Bäckerei«, stellte Seraph mit so etwas wie Erleichterung fest. Sie war immer ein praktisch denkender Rabe gewesen, besonders, nachdem ihr Lehrer gestorben und sie zum einzigen Raben des Clans geworden war. ›Was immer es braucht, um zu überleben‹, war allerdings kein moralischer Grundsatz, zu dem sie Henneas Zustimmung erwartete.

Tier befand sich ellbogentief in Brotteig, als sie hereinkamen. Er hörte Seraph zu, als diese erklärte, was sie vorhatten.

»Ich komme in ein paar Stunden nach. Wir müssen viele hungrige Mäuler füttern.«

Seraph beugte sich vor und küsste ihn sanft, achtete aber darauf, kein Mehl abzubekommen. »Das wirst du nicht tun. Ich will nicht, dass du den Berg hinaufkletterst, solange deine Knie noch nicht geheilt sind. Warum wartest du nicht in der Schänke, wenn du hier fertig bist?«

Er wollte widersprechen, das sah sie ihm an. Aber stattdessen sagte er schließlich: »Also gut. Aber seid vorsichtig dort oben. Ich will nicht doch noch den Berg hinaufklettern und feststellen müssen, dass Jes sich in einen Frosch verwandelt hat.«

»Ich kann mich nicht in einen Frosch verwandeln«, erklärte Jes ernst. »Auch nicht in ein Pferd. Nur in Tiere mit Fell und Reißzähnen.«

Sie gingen weiter die Straße entlang. Da Redern in den Hang eines Berges gegraben worden war, mussten neue Häuser oberhalb des Dorfes errichtet werden, und Volis' Tempel war das neueste Gebäude in Redern.

»Vielleicht hätte Jes nicht mitkommen sollen«, sagte Hennea. »Es gibt hier so viele Menschen.«

Seraph hatte ihn ebenfalls im Auge behalten. Sie hätte ihn zu Hause gelassen, aber er hatte nicht ohne sie dort bleiben wollen. Jetzt achtete er nicht auf sie, sondern starrte nur zu Boden und wirkte irgendwie zerstreut.

»Wenn man ein verrenktes Gelenk zu lange verbindet, verdirbt man das Gelenk«, sagte Lehr.

»Was?«

»Ich meine damit«, begann Lehr zu erklären, »wenn Jes niemals ins Dorf kommt, wird er es bald überhaupt nicht mehr tun können.«

»Jes«, sagte Seraph und berührte den Ärmel ihres Sohnes.

Er blickte ruckartig auf.

»Musst du nach Hause gehen?«, fragte sie. »Sind die Leute zu viel für dich?«

»Nein, Mutter.« Jes schüttelte den Kopf. »Es geht mir gut. Heute sind alle so aufgeregt, dass es sich anfühlt, als hätte ich Bienen im Kopf. Aber wir denken, es wäre nicht gut, euch in dem neuen Tempel allein zu lassen.«

Er sagte »wir«, wie es der Priester zuvor getan hatte. Lehr wollte etwas sagen, aber Seraph hielt ihn mit erhobenem Zeigefinger auf, damit sie ihre ersten, noch vagen Gedanken besser sortieren konnte. Es gab eine Verbindung zwischen dem Beschatten und der Art, wie die Weisung des Hüters funktionierte; sie konnte den Zusammenhang beinahe vor sich sehen.

Ellevanal hatte den Priester beschattet. War das die gleiche Art von Magie, die Weisungen an Reisende ergehen ließ? Sie schloss die Augen und dachte nach, versuchte, über eine erste instinktive Bestätigung dieser Idee hinauszudenken. Die Bindung zwischen dem Priester und Ellevanal war kurzfristig gewesen, aber die Weisungen waren dauerhaft.

»Ich kann die Weisungen mithilfe von Magie *sehen*«, murmelte sie laut, um sich darüber noch klarer zu werden. »Aber ich kann nicht erkennen, ob jemand beschattet wird. Ich frage mich, ob Lehr oder Jes hätten feststellen können, dass sich der Waldkönig in Karadocs Haut befand? Oder ist es das Böse an der Präsenz des Pirschgängers, das sie spüren?« Das fühlte sich richtig an.

»Du glaubst, es gibt eine Verbindung zwischen den Weisungen und dem Beschatten?«, fragte Hennea.

Seraph nickte und schlug die Augen wieder auf. »Ich denke, es handelt sich um ähnliche Magie. Nicht dieselbe und auch keine ergänzende, aber die Techniken gehören eindeutig der gleichen Familie von Magie an. Wenn wir beide uns die Edelsteine mit den Weisungen noch einmal ansehen, sollten wir uns vielleicht zuvor intensiver informieren, wie die Zauberer von Colossae andere beschatteten. In den meisten Bibliotheken der *Mermori* gibt es Bücher darüber. Isolda hatte vier oder fünf, die ich durchgeblättert habe.«

Hennea starrte hinauf in den Sommerhimmel. »Ja, du hast recht.«

Vielleicht hatte Hennea das nur gesagt, weil sie zu dem gleichen Schluss gekommen war. Aber für Seraph hörte es sich verdächtig danach an, als hätte sie es die ganze Zeit schon gewusst.

»Wie lange wusstest du es schon?«, fauchte sie.

Seraph, Hennea und Brewydd hatten Tage mit dem Versuch verbracht, mehr darüber herauszufinden, wie der Pfad die Weisungen an die Edelsteine binden konnte. In den Bibliotheken war nichts über die Weisungen zu finden; sie waren erst geschaffen worden, nachdem die Zauberer Colossae verlassen hatten und ihre Studien nicht mehr aufzeichneten. Wenn Hennea gewusst hatte, dass es eine Verbindung zwischen dem Beschatten, wie es die Zauberer in Colossae praktiziert hatten, und den Weisungen gab, hätte sie das Seraph und Brewydd sagen sollen.

Hennea sah Seraph an. »Eine Weile. Aber ich konnte nichts Genaueres herausfinden. Die Zauberer schrieben viel darüber, wie sie sich in den Geist einer anderen Person versetzen und sich davor schützen konnten, dass ein anderer Zauberer ihnen dergleichen antat. Aber nichts, was uns mit den Steinen hätte weiterhelfen können.«

»Du hast es Brewydd oder mir gegenüber nicht erwähnt.«

»Nein.«

»Warum nicht?«

»Es war nicht hilfreich.«

»Das dachtest du jedenfalls«, sagte Seraph eisig.

Es gab eine Verbindung; sie konnte es spüren, aber das war es nicht, was sie störte. Tier neckte sie gern wegen der Neigung der Raben zur Geheimniskrämerei, aber Seraph hatte zuvor noch nie erlebt, dass jemand diesen Aspekt ihrer Weisung gegen sie gewandt hätte. Es gefiel ihr nicht. Sie war eine Rederni geworden – Leuten, die keine Geheimnisse bewahren konnten, durfte man nicht trauen.

Tiers Verdacht über Hennea wirbelte in Seraphs Kopf herum, aber sie konnte kein Muster darin erkennen. »Tier denkt, dass du älter bist, als du aussiehst.«

»Wie kommt er denn darauf?« Nun war es an Hennea, mit eisiger Stimme zu sprechen.

Das war keine Antwort, und Seraph war zu lange Mutter gewesen, um Henneas Ausweichen und ihren Versuch, die Aufmerksamkeit von sich zu Tier abzulenken, nicht zu bemerken.

»Mutter?«, fragte Jes.

Er schwankte von einem Fuß auf den anderen und starrte Seraph dabei ins Gesicht, ohne zu blinzeln.

»Ich habe noch weitere Fragen an dich«, sagte sie zu Hennea. »Aber sie werden warten müssen. Jes, es ist alles in Ordnung.«

»Du bist zornig«, stellte er fest.

»Mutter ist oft zornig«, sagte Rinnie zu ihm. »Solange sie nicht zornig auf dich ist, ist das schon in Ordnung.«

Jes schaute auf seine Schwester hinab. »Nicht, wenn sie zornig auf Hennea ist.«

»Also gut«, erwiderte Rinnie, »da magst du recht haben. Aber ich würde mir trotzdem keine Gedanken machen. Hennea soll einfach tun, was ich tue, und Mutter aus dem Weg gehen, bis sie sich wieder beruhigt hat.«

Lehr warf Seraph einen Blick zu, und sie glaubte zu sehen, wie er sich ein Lächeln verkniff, bevor er sich seiner Schwester zuwandte und sagte: »Ihr solltet dieses Gespräch vielleicht lieber führen, wenn Mutter nicht dabei ist.«

Als sie wieder die Straße hinaufstiegen, brütete Seraph weiter vor sich hin. Aber die Schlüsse, zu denen sie zuvor gekommen war, ließen sich nicht von der Hand weisen. Hennea mochte nur ein Rabe mit Geheimnissen sein – aber das war schlimm genug.

Willons Laden, das letzte Gebäude vor dem Tempel, sah dunkel und verlassen aus.

»Er muss immer noch in Taela sein«, brach Lehr das unbehagliche Schweigen. »Ich hatte ganz vergessen, dass er ebenfalls in die Hauptstadt gereist ist. Er wollte uns helfen.

Ich hoffe, er ist nicht immer noch dort, weil er auf uns wartet.«

»Er wird kaum verhindern können, davon zu hören, dass eine Bande von Reisenden den Kaiser gerettet hat«, sagte Seraph. »Ich bin sicher, er weiß, wer das war. Aber wenn ich daran gedacht hätte, hätte ich ihm eine Botschaft geschickt, bevor wir aufbrachen. Andererseits kehrt er ohnehin jedes Jahr einmal nach Taela zurück, um seine Verwandten zu besuchen. Er ist nicht nur in die Hauptstadt gereist, um uns zu helfen – obwohl er das sicher getan hätte, wenn wir ihn gebeten hätten. Aber wir brauchten kein Gold und keine Informationen, nur Magie und Schwerter, und das war nichts, womit ein Kaufmann uns hätte helfen können. Er wird bald wieder hier sein.«

Sie kletterten am Laden vorbei und weiter den steilen Weg hinauf, der zu dem verlassenen Tempel des Pfads der Fünf führte.

Der Tempel war tief ins Herz des Redern-Berges gegraben, und nur seine Fassade zeigte, wo sich der Rest verbarg.

Ein Türflügel lag mehrere Schritt vom Tempel entfernt, und der andere war ordentlich an die Wand gelehnt worden. Es sah aus, als hätte der Troll den Tempel untersuchen wollen, aber als Seraph sich umsah, konnte sie kein anderes Zeichen des Geschöpfes finden. Dann erinnerte sie sich an Karadocs Bericht darüber, dass Ellevanal ihn angeleitet hatte, die vernagelte Tür aufzureißen, und an das Staunen des Priesters darüber, von der ganzen Geschichte nichts weiter als verletzte Fingernägel zurückbehalten zu haben.

Seraph blieb direkt vor dem Eingang stehen. »Würdest du nachsehen, ob hier etwas vom Schatten besudelt ist, Lehr?«

»Das habe ich bereits getan. Ich kann nichts wahrnehmen.«

»Jes?«

Er antwortete nicht, und als Seraph sich nach ihm umsah, starrte er das Dach von Willons Laden an, das wegen des steilen Bergs nur ein paar Schritt unterhalb von der Stelle, wo er stand, aus dem Boden ragte.

»Jes?« Hennea streckte die Hand aus, berührte ihn aber nicht. »Ist alles in Ordnung?«

Er wandte sich von ihr ab und sah Seraph an. »Es ist nichts hier«, erklärte er. »Volis ist tot. Der Waldkönig und Karadoc haben sich um den Rest gekümmert. Lehr sagte doch schon, dass es hier nichts gibt – wieso fragst du mich dann noch?«

Jes war fast immer gut gelaunt, solange der Hüter nicht anwesend war. Er war selten mürrisch oder launisch.

»Hennea, bring Rinnie und Lehr in den Tempel. Jes und ich müssen über ein paar Dinge reden«, sagte Seraph und vergaß dabei, dass sie nicht eins ihrer Kinder ansprach. »Bitte«, fügte sie hastig hinzu, als Hennea erstarrte. »Wir kommen in ein paar Minuten nach.«

Sie wartete, während die anderen hineingingen. Dann wandte sie ihre Aufmerksamkeit wieder Jes zu, der erneut Willons Dach anstarrte.

Sie überlegte, ob sie einfach warten sollte, bis er bereit war, etwas zu sagen – aber das hier war ihr Sohn Jes. Es könnte Tage dauern, bis er sich äußern würde, und sie hatte nicht Tiers Geduld.

»Was ist los, Jes?«

»Nichts ist los.« Er schaute sie nicht an, aber sie konnte sehen, wie er störrisch das Kinn vorschob.

Tier konnte mit solchen Situationen besser umgehen als Seraph, aber Tier war nicht hier. Sie dachte noch einmal darüber nach, worüber sie beim Aufstieg zum Tempel gesprochen hatten, und fragte sich, wann Jes' Unbehagen über die vielen Menschen zu Zorn geworden war.

»Hennea hat ein Recht auf ihre Geheimnisse«, sagte sie zögernd.

»Selbstverständlich.« Das Wort wurde sehr deutlich ausgesprochen, aber Seraph wusste, dass der Hüter immer noch ruhte, denn sie spürte nichts von der Gefahr, die mit seiner Präsenz verbunden war.

»Es gefällt mir nur nicht, wenn sie Dinge verbirgt, die wichtig sein könnten«, begann sie. Sie hätte nicht einmal sagen können, ob er nun wütend auf sie oder auf Hennea war.

»Tut mir leid.«

Seraph hob einen kleinen Stein auf und warf ihn den Berghang hinunter.

»Du wirst noch jemanden treffen«, warnte Jes. »Papa sagt immer, wir sollten das nicht tun.«

»Tier hat für gewöhnlich recht.«

»Papa hat immer recht«, sagte Jes verbittert.

Ah, dachte Seraph. »Jes, dein Vater hat nichts gegen Hennea. Er hat nur mit mir über ein paar Dinge gesprochen, die ihm aufgefallen sind – vergiss nicht, er kennt sie nicht so gut wie wir. Eines dieser Dinge war, dass er glaubt, sie sei älter, als sie zugibt.«

»Ist das wichtig?«

»Das könnte sein«, meinte Seraph.

»Sag es mir lieber nicht«, erwiderte Jes und trat eine Dreckwolke auf Willons Dach zu. »Ich bin zu dumm. Wenn es wichtig ist, sag es lieber Lehr oder Hennea oder Rinnie. Oder du könntest auf den Hüter warten; er ist ziemlich schlau.«

Hmm, dachte sie.

»Bis heute dachte ich, dass dein Vater sich einfach geirrt hat, was Henneas Alter angeht. Sie hat mir nicht geantwortet, als ich fragte. Sie hätte lügen können, aber das wollte sie offenbar nicht.«

»Was hat das schon zu bedeuten?«, fragte er noch einmal.

»Das Problem ist, dass ich nur drei Gründe kenne, wieso Hennea älter sein könnte, als sie aussieht.« Seraph setzte sich neben Jes auf den Boden, und nach kurzem Zögern ließ er sich ebenfalls nieder. »Der erste ist unmöglich, weil Hennea keine Heilerin ist. Der zweite ist ebenso unwahrscheinlich. Der Schatten kann sehr alt werden und immer noch jung aussehen. Aber Hennea hat dich oft berührt. Du wüsstest es, wenn sie der Schatten wäre. Der dritte ist nicht viel besser. Zauberer – nicht Raben, sondern *Solsenti*-Zauberer, die sehr mächtig sind – leben länger als üblich.«

»Hinnum war jahrhundertealt, als Colossae fiel«, sagte Jes.

»Ich habe ebenfalls gehört, dass er über vierhundert Jahre alt gewesen sein soll«, stimmte Seraph ihm zu. »Immerhin war er der größte Zauberer von Colossae. Dennoch, es ist nicht ungewöhnlich, dass Zauberer älter als hundert Jahre werden.«

»Hennea könnte eine Zauberin sein«, sagte er. »Du hast mir erzählt, dass alle Raben als Magier zur Welt kommen, genau wie Hüter Empathen sein müssen.«

»Ich glaube nicht, dass es daran liegt«, sagte sie. »Wenn sie eine Zauberin wäre, hätte sie Volis' Bibliothek niemals stehen lassen, nachdem wir ihn umgebracht hatten. Ganz gleich, wie müde oder nervös sie war, eine Zauberin hätte die Bibliothek eines anderen Zauberers nicht vergessen können.«

»Ihr benutzt beide die *Mermori*-Bibliotheken und versucht, die an Edelsteine gebundenen Weisungen zu befreien.«

Seraph nickte. »Aber Zauberer sind von Büchern besessen, Jes. Bücher geben ihnen die einzige Möglichkeit, ihre Magie zu wirken. Sie müssen alles über das Wesen des Feuers wissen, bevor sie eine Kerze anzünden können. Das macht Bücher sehr wichtig für sie. Hennea wusste von Volis' Bibliothek – sie hat hier gewohnt. Aber erst gestern wurde ihr klar, dass diese Bibliothek gefährlich sein könnte.«

»Sie kam hierher, nachdem sie vor mir davongelaufen ist«, sagte er. »Ich habe sie in Verlegenheit gebracht. Das wollte ich nicht.«

Das war es also, dachte sie. Das war der wahre Grund für seine Aufregung! Hennea war ihm den ganzen Tag aus dem Weg gegangen. Seraph sah ihren Sohn an und wünschte sich, sie könne ihm den Schmerz des Lebens erleichtern.

»Sie war wohl verlegen, das stimmt.« Seraph war nie der Ansicht gewesen, dass eine Lüge über etwas Schmerzhaftes es weniger schmerzhaft machte.

»Ich war ihr peinlich.«

Seraph dachte darüber nach. »Nun …« Sie blickte nach unten auf das Dach unter ihnen. »Wenn *Willon* mir sagen würde, ich könne ihn jederzeit berühren, glaubst du, ich liefe verlegen davon?«

Jes hatte die Augen weit aufgerissen und offenbar Schwierigkeiten, sich vorzustellen, dass Willon so etwas zu seiner Mutter sagen könnte. Dann schüttelte er den Kopf. »Sie würden Willons Einzelteile noch jahrelang irgendwo finden.«

Sie grinste. »Denkst du, was ich denke, Jes? Ich denke, wenn sie dich nicht berühren wollte, könnte man jetzt vielleicht auch überall Einzelteile von Jes auflesen. Ich denke, sie will dich berühren, und *deshalb* war es ihr so peinlich.«

Jes seufzte tief. »Vielleicht hast du recht«, sagte er. »Aber du kannst nicht immer besonders gut erkennen, warum Leute dies oder jenes tun. Da bist du genau wie ich.«

»Mag sein«, gab sie zu. Sie fragte sich, ob es ihm schaden würde, wenn sie mehr sagte. »Aber dein Vater kennt sich mit Leuten aus. Willst du, dass ich dir erzähle, was er mir noch über Hennea gesagt hat?«

Er sah sie mit traurigen dunklen Augen an.

»Er fragte mich, warum sie immer noch bei uns ist. Sie ist mit uns nach Taela gekommen, um gegen den Pfad zu kämpfen, aber nach der Zerstörung des Pfads ist sie immer noch bei uns geblieben.«

»Wegen mir?«, flüsterte er.

»Jes, ich möchte, dass du mich anhörst, bis ich fertig bin«, sagte Seraph. »Bitte versprich mir das.«

»Versprochen.«

»Dein Vater sagte, sie sei nicht wegen dir geblieben.«

Jes kam auf die Beine und trat einen Schritt zurück, und Seraph fuhr schnell fort. »Er ging davon aus, dass sie sobald wie möglich gegangen wäre, und zwar deinetwegen, und ich erwiderte, sie sei geblieben, weil sie mir mit den Weisungssteinen helfen wollte – und wegen des Schattens.«

»Sie wäre wegen mir gegangen.«

»Weil sie sich um dich Sorgen macht. Würdest du bitte genau zuhören?« Sie achtete darauf, weiter mit leiser Stimme zu sprechen.

»Also gut«, murmelte er, aber ohne sie anzusehen – die Leute nicht anzusehen, mit denen er sprach, gehörte zu Jes' Gewohnheiten. Aber nun schaute er noch demonstrativer nicht hin als sonst.

»Du weißt, dass es nur wenige Hüter gibt, die so lange leben wie du«, sagte sie. »Von denen, die das Heranwachsen überleben, sind die meisten Frauen. Wie du selbst schon sagtest, die Weisung des Adlers kommt nur zu Empathen, aus welchem Grund auch immer. Und dennoch neigt der Adler von allen Weisungen am meisten dazu, gewalttätig zu werden – etwas, womit kein Empath so einfach leben kann.«

»Dumm«, stellte Jes mit verständlichem Nachdruck fest.

Seraph zuckte die Achseln. »Die Zauberer von Colossae haben den Pirschgänger geschaffen, Jes. Ich kann mir kaum etwas Dümmeres vorstellen als das. Vielleicht gibt es ja einen guten Grund, wieso die Weisung des Hüters so schwer auszuhalten ist, aber ich sehe keinen.«

Er schwieg.

»Die Reisenden haben viele Dinge versucht, um den Adlern zu helfen«, fuhr sie fort. »Wenn ein Adler zur Welt kommt, wird das Kind einem anderen Clan gegeben. Sie glauben, Fremde haben keine so enge gefühlsmäßige Bindung an ein Kind, das kein Blutsverwandter ist.«

»Es tut mir leid, dass du keinen Clan hattest, dem du mich geben konntest«, sagte Jes hitzig.

»*Jesaphi,* das reicht jetzt!«, fauchte Seraph. Selbstmitleid konnte sie nicht ausstehen. Sie holte tief Luft. »In den frühen Tagen, nachdem ich deinen Vater geheiratet hatte, glaubte ich, die falsche Entscheidung getroffen zu haben. Ich war Rabe, und ich hatte meiner Pflicht aus Feigheit den Rücken gekehrt.«

Jes drehte sich zu ihr um. Ihre Worte hatten ihn offenbar überrascht.

»Und ich war tatsächlich feige, Jes. Ich hatte Verantwortungen, und statt sie zu erfüllen, habe ich mich im Schatten deines Vaters versteckt, wo ich sicher sein würde vor den Folgen weiteren Versagens. Ich hatte meinen Clan nicht retten können. Ich hatte es nicht einmal geschafft, meinen Bruder zu retten. Ich hatte Angst, wieder zu versagen.«

»Du hast es versucht. Versuchen ist gut genug«, wollte Jes sie trösten.

Seraph schüttelte den Kopf. »Nicht, wenn Menschen sterben. Wenn Menschen sterben, fühlt sich Versuchen nicht gut genug an.«

Er dachte darüber nach. »Wenn Papa in Taela gestorben wäre, würde ich auch nicht glauben, dass versuchen gut genug ist.«

Sie nickte. »Aber als ich dich in meinen Armen hielt und erkannte, was mir da geschenkt worden war, wusste ich, dass es einen Grund für mich gab, in Redern zu sein.« Sie beugte sich zu ihm, damit auch er die vollkommene Sicherheit spüren konnte, die sie seit seiner Geburt empfand. »Ich *wusste*, euer Vater würde mich niemals zwingen, mein Kind aufzugeben, weil er glaubte, dass andere Leute, Leute, die dich nicht so gern hatten, besser für deine Sicherheit sorgen könnten. Von diesem Tag an hatte ich nie wieder das Gefühl, ich sollte zu den Clans zurückkehren. Ich hatte mein Zuhause – in deinem Vater und in dir.«

»Bin ich deshalb nicht tot wie die anderen Hüter?«, fragte er. »Weil du mich nicht weggegeben hast? War es falsch von ihnen, die Kinder wegzugeben?«

»Ich wünschte, ich wüsste das«, sagte sie. »Wenn es eine Möglichkeit gäbe, anderen Hütern zu helfen, würde ich sie nur zu gern an die Clans weitergeben – aber ich glaube, die Antwort ist einfacher. Zu einfach, um anderen mit der Adlerweisung zu helfen. Die Antwort bist du selbst. Du bist stark, Jes, stark genug, um eine Last zu tragen, die andere Menschen brechen würde. Du kannst den Hüter verankern, ohne dein Gleichgewicht zu verlieren.«

Jes setzte sich wieder neben sie und starrte erneut Willons Dach an.

»Hennea weiß, dass ich gefährlich bin?«, fragte er nach einer Weile.

»Sie weiß, dass Hüter verwundbar sind«, verbesserte Seraph entschlossen. »Sie weiß, dass es Dinge gibt, die sehr gefährlich für Hüter sind – sehr starke Gefühle, selbst gute, sind schwierig zu verkraften. Wenn du dich verliebst, Jes, dann hast du nur noch starke Gefühle. Eine Minute bist du glücklich und in der nächsten traurig.«

Jes nickte nachdrücklich.

Sie wünschte sich, Tier wäre hier, um das Nächste zu sagen. Aber sie musste ihren Sohn warnen, und dieser Zeitpunkt war so gut wie jeder andere.

»Eine andere Sache, die schwierig für dich sein wird, ist geschlechtliche Liebe«, begann sie.

Jes erstarrte, und Seraph wandte das Gesicht ein wenig ab, damit er nicht sehen konnte, wie sie errötete. Sie räusperte sich. »Es fällt dir schwer genug, das aufbrausende Wesen des Hüters zu beherrschen, ohne dass du auch noch mit deinen eigenen, wild umherwirbelnden Gefühlen kämpfen musst.« Und mehr würde sie über dieses Thema nicht sagen, beschloss sie. »Hennea weiß, dass das letzte Abenteuer gefährlich für dich war, weil der Hüter so oft gerufen wurde. Die Adler, die am längsten lebten, haben Situationen vermieden, in denen der Hüter sich zeigen würde. Aber wir brauchten deine Fähigkeiten, um Tier zu retten, und das hatte entsprechende Folgen. Du hast die Veränderungen doch sicher auch selbst wahrgenommen.«

»Der Hüter ist näher«, sagte er. »Er hat früher oft geschlafen, aber jetzt ist er immer in der Nähe. Und wir tauschen auch öfter.« Er zögerte. »Aber er hört auch besser auf mich, und wenn er übernimmt, kann ich immer noch bei ihm sein. Früher bin ich manchmal mitten im Wald aufgewacht und wusste nicht, warum, aber jetzt lässt er mich für gewöhnlich bleiben, wenn ich das will.«

»Das wusste ich nicht«, sagte Seraph. »Es hört sich an, als ob es etwas Gutes wäre.«

Er nickte. »Das denke ich auch.«

»Hennea weiß nichts davon«, sagte Seraph. »Sie weiß nur, dass du jetzt sehr verwundbar bist. Sie glaubt, sie ist zu alt für dich – wie alt sie auch sein mag. Sie denkt, was du für sie empfindest«, plötzlich fiel ihr der richtige Begriff in der Rederni-Sprache nicht mehr ein, und sie machte eine ungeduldige Geste, bis sie das Wort schließlich fand, »ist, was die Rederni ›Mondkalb-Liebe‹ nennen, die vielleicht noch gefühlvoller sein kann als wirkliche Liebe, aber nicht dauerhaft. Etwas, wovon du dich erholen würdest, wenn sie weg wäre.«

»Sie will gehen, um mich zu retten«, sagte er, und Seraph hörte seinem verärgerten Tonfall an, dass er diese Idee nicht zu schätzen wusste.

»Hennea will, dass du in Sicherheit bist, weil sie dich liebt«, sagte sie.

Er riss den Kopf herum.

»Dein Vater hat gesagt, dass sie dich liebt.« Sie wusste, dass er sich auf Tiers Einschätzung verlassen würde.

Er holte tief Luft, und seine Schultern entspannten sich von einem Gefühl, das vielleicht einfach Erleichterung war.

»Sie liebt dich zu sehr, um auf deine Kraft zu vertrauen, wenn dein Leben in Gefahr ist. Sie erkennt nicht, was für ein Geschenk sie für dich bedeutet: Eine Frau, die keine Angst vor einem Hüter hat, ein Rabe, der sich gut genug beherrschen kann, um dich zu berühren, ohne dass es dir unangenehm wird, eine Frau, die stark genug ist, einen Adler zu lieben.«

Ein Lächeln breitete sich langsam auf seinem Gesicht aus. »Und sie ist hübsch«, sagte er, und Seraph lächelte zurück.

»Sehr«, stimmte sie zu.

Jes stand auf und ging auf den Tempel zu, aber dann blieb er wieder stehen und drehte sich noch einmal zu seiner Mutter um. Seraph stand auf – langsam, weil die Gänsehaut in ihrem Nacken ihr sagte, dass es jetzt der Hüter war, der sie aus den Augen ihres Sohnes anstarrte.

»Warum ist sie immer noch hier?«, fragte er. »Wenn sie gehen wollte, um uns zu retten, warum tut sie es nicht einfach? Ist ihr das Rätsel der Edelsteine wichtiger als Jes?«

»Die Edelsteine sind mehr als nur ein Rätsel«, antwortete Seraph. »Hüter, die Reisenden sterben. Wir können es uns nicht leisten, so viele Weisungen zu verlieren, wenn die Weisungen das Einzige sein könnten, das uns rettet. Ich weiß nicht, warum sie mir nicht alles gesagt hat, was sie weiß, aber ich denke, sie hat sich das Recht verdient, von mir zu erwarten, dass ich mich auf sie verlasse.«

Der Hüter nickte, und Seraph sah in Jes' Augen, wie er sich zurückzog. »Es ist in Ordnung, wenn Hennea Geheimnisse hat«, stellte Jes mit seiner üblichen vergnügten Stimme fest. »Raben sind glücklicher, wenn sie Geheimnisse haben. Papa sagt das immer.«

Seraph zog die Brauen hoch und ging ebenfalls auf den Tempel zu. »Das sagt er, wie?«

Jes lachte.

5

Der makellose Vorraum, den Seraph gekannt hatte, existierte nicht mehr. Der Tempelboden war bedeckt mit Dreck, der durch die offene Tür hereingeweht worden war. Die Vorhänge, an die Seraph sich erinnerte, waren verschwunden.

Erst als sie und Jes den großen Kuppelraum mit den Vogelfresken betraten, die im Kreis an einem falschen Himmel flogen, stimmten Erinnerung und Wirklichkeit für sie wieder überein, bis hin zu den magischen Lichtern, die die Wände beleuchteten. Sie fragte sich, wie lange die Lichter wohl brennen würden, wenn kein Zauberer mehr da war, um sie zu nähren.

Jes blieb stehen und betrachtete den Adler, der den Himmel beherrschte. »Er glaubte, der Adler sei der Pirschgänger, oder?«

»Ja«, sagte Seraph und ging rasch weiter auf eine Tür auf der anderen Seite des Raums zu. »Er wusste überhaupt nichts über den Pirschgänger, nur, dass er gefangen saß. Und über den Adler wusste er noch weniger. Du weißt, dass die Reisenden nicht über den Adler reden, weil deine Weisung ohnehin schon genug zu ertragen hat, und die Clans versuchen, die Hüter zu schützen, so gut sie können. Volis hörte geflüsterte Worte über den Pirschgänger und den Adler, setzte sie mit einer Handvoll Stroh zusammen, und das Ergebnis war vollkommen unsinnig.«

Dank Jes fand sie die Bibliothek und die anderen schnell, denn er folgte ihren Stimmen durch den Irrgarten von schmalen Fluren, die in den Fels des Berges gegraben worden waren.

Die Bibliothek war ein großer Raum, aber nur karg möbliert, als hätte Volis gerade erst begonnen, sie einzurichten. An einer Wand gab es Regale, die halb mit Büchern gefüllt waren, und auf der anderen Seite des Raums eine Bank, eine Truhe und mehrere Schränke. Lehr und Rinnie standen vor einem Regal und blätterten Bücher durch, und Hennea tat das Gleiche vor einem anderen.

Hennea blickte auf, als sie hereinkamen. Sie warf einen Blick zu Jes, der vergnügt vor sich hin summte, und sah Seraph dann fragend an.

Seraph konnte sich ein selbstzufriedenes Lächeln nicht verkneifen. »Raben mögen Geheimnisse.«

»Sagt Papa«, stimmte Jes fröhlich zu.

Er ging zu Rinnie, die auf dem Boden saß und ein Buch zu einer bunten Zeichnung eines Reisendenlagers geöffnet hatte, hockte sich hinter sie und blickte ihr über die Schulter.

»Das da ist ein *Karis*«, sagte er und zeigte auf ein Bild eines der kleinen Wagen. »Die Lerche Brewydd hatte einen, in dem sie fuhr, weil sie sehr alt war.« Er sah zu Hennea auf. »Sehr alt«, wiederholte er und zwinkerte.

Hennea versteifte sich sichtlich. Dann drehte sie sich auf dem Absatz um, packte Seraph am Arm und zog sie aus dem Zimmer in den Flur hinaus.

»Was hast du ihm gesagt?«, wollte sie wissen. Ihre übliche Ruhe war von ihr abgefallen, als hätte sie nie existiert.

Im Gegensatz dazu kam Seraph sich recht gelassen vor – ein ungewöhnlicher Zustand für sie. Es gefiel ihr.

»Er kann ziemlich gut hören«, erinnerte sie Hennea. »Obwohl er so getan hat, als hätte er unser Gespräch nicht belauscht, weil *er* sehr gut erzogen wurde.« Sie warf einen spitzen Blick auf Henneas Hand.

Hennea ließ Seraphs Arm los, als wäre dieser glühend heiß geworden.

»Warum tust du das? Warum ermutigst du ihn?«, fragte Hennea im Flüsterton. »Du weißt, dass es gefährlich ist.«

»Mein Sohn versteckt sich nicht vor dem Leben.« Seraph versuchte nicht, ihre Worte vor den Personen im nächsten Zimmer zu verbergen, die wahrscheinlich inzwischen den Atem anhielten, damit sie besser hören konnten. »Du solltest ihm vielleicht zugestehen, dass er selbst weiß, was er aushalten kann und was nicht. Er ist nicht dumm.«

Hennea starrte sie ungläubig an. »Du ermutigst ihn tatsächlich.«

»Ich habe ihm nichts anderes gesagt als die Wahrheit, wie ich sie kenne«, erwiderte Seraph. »Was er mit diesem Wissen anfängt, ist seine Sache – und vielleicht auch die deine.« Sie sah den anderen Raben an, seufzte und schluckte ihre klammheimliche Heiterkeit herunter. »Das Leben ist manchmal so schwer, Hennea, dass man leicht vergisst, wie wunderbar es sein kann. Wirf die Geschenke nicht weg, die du erhältst.«

Dann kam sie zu dem Schluss, dass sie schon mehr als genug gute Ratschläge gegeben hatte, ließ Hennea stehen, kehrte in die Bibliothek zurück und holte irgendein Buch aus dem Regal.

»Hennea hat dieses Regal schon durchkämmt«, murmelte Lehr. »Es wäre vielleicht am besten, wenn du das andere Regal übernimmst. Wir legen alle Bücher beiseite, in denen es um Reisende geht, und wir haben auch einen großen Stapel für solche, die in Sprachen verfasst sind, die wir nicht lesen können.«

»Danke«, sagte sie und berührte seine Schulter. Statt sich ein Regal vorzunehmen, setzte sie sich auf den Boden und begann, den Bücherstapel zu durchforsten, bis sie etwas fand, was sie übersetzen konnte.

Für jemanden, der daran gewöhnt war, die *Mermori*-Bibliotheken zur Verfügung zu haben, war diese Bibliothek enttäuschend. Illusionäre Bücher waren beinahe so nützlich wie echte, und man brauchte nicht zu befürchten, die Seiten zu zerreißen. Die Zauberer von Colossae waren wohlhabend gewesen, und da es sich – wie die Geschichten berichteten – um Zauberer im *Solsenti*-Stil gehandelt hatte, hatten sie einen großen Teil ihres Wohlstands für Bücher ausgegeben. Selbst Isoldas Bibliothek umfasste mehr Bände als diese hier – und Isolda war einer der geringeren Zauberer gewesen.

Seraph blätterte ein Buch über die Reisenden durch, das angeblich von jemandem verfasst worden war, der ein Jahr bei ihnen gelebt hatte. Es war so voll von unwahrscheinlichen Ereignissen und Unsinn, dass Seraph davon ausging, der Autor sei niemals auch nur einem einzigen Reisenden begegnet, oder wenn, dann müsse es ein sehr kurzes Treffen gewesen sein, das ihm erlaubte, die Kleidung zu beschreiben. Die Sätze über die Kleidung waren das Einzige, was sie finden konnte, das den Tatsachen entsprach.

Hennea kam zurück ins Zimmer, während Seraph immer noch das erste Buch durchblätterte.

»Bist du zu einem Schluss gekommen, wonach wir suchen sollen?«, fragte Seraph Hennea, als hätte das Gespräch im Flur nicht stattgefunden.

Hennea, die sich wieder in ihren üblichen Mantel der Ausgeglichenheit gehüllt hatte, sagte: »Ich denke, wir sollten die Bücher über Reisende mitnehmen, damit wir sie uns in Ruhe ansehen können. Die Bücher über Zauberei, die nichts mit uns zu tun hat … ich weiß nicht, was wir damit anfangen sollen. Das meiste, was darin steht, ist nicht besonders nützlich für uns. Es kommt mir falsch vor, sie einfach zu vernichten, aber sie sind zu gefährlich, um sie in die falschen Hände geraten zu lassen. Es gibt vielleicht noch ein paar Briefe – obwohl Volis die meisten verbrannte, nachdem er sie gelesen hatte. Ihr solltet einfach auf alles achten, das uns einen Hinweis darauf geben könnte, wer der Schatten ist.«

»Was, wenn wir nichts über den Schatten finden?«, fragte Lehr.

»Wir werden ihn früher oder später finden – oder er findet uns«, sagte Seraph. »Ein Schatten lebt vom Tod anderer Menschen. Wo immer er wandelt, hinterlässt er Leichen. Er wird sich nicht ewig verbergen können, nicht, nachdem wir wissen, dass es wieder einen Schatten gibt.«

»Wenn die Bücher den Zauberern vom Geheimen Pfad gehörten«, schlug Rinnie ein Thema an, bei dem sie mitreden konnte, »und die Leute vom Geheimen Pfad alle Verräter waren, gehören die Bücher dann nicht dem Kaiser?«

Seraph versuchte sich vorzustellen, wie sie eine ganze Ladung von Zauberbüchern zum Kaiser schafften – der sie nicht besser gebrauchen konnte als sie.

»Vielleicht hat dein Vater eine Idee«, sagte sie. »Und nur für den Fall, dass Hennea dir das noch nicht gesagt hat, wenn du etwas findest, dass sich *falsch* anfühlt, bring das Buch zu Hennea oder zu mir, bevor du es auch nur öffnest.«

Lehr schloss sich der Suche wieder an, aber Jes, der ein paar Bücher aufgehoben und wieder zurückgelegt hatte, lief unruhig auf und ab. Er konnte lesen, dafür hatte Tier gesorgt, aber es interessierte ihn nicht.

»Geh und sieh dich um«, sagte Seraph zu ihm.

»Kann ich das auch tun?«, fragte Rinnie und legte das Buch, das sie durchgeblättert hatte, zur Seite.

Seraph schüttelte den Kopf. »Nein. Ich will, dass du hier bei mir bleibst.«

Jes, der innegehalten hatte, um Seraphs Antwort abzuwarten, winkte den anderen zu und ging.

Rinnie biss die Zähne zusammen, ganz, wie ihr älterer Bruder das vor einiger Zeit getan hatte. »Ich wünschte, ich wäre ein Hüter oder ein Rabe oder ein Jäger. Kormoran zu sein ist *langweilig*.«

Seraph konnte nicht noch mehr Drama verkraften. »Rinnie, du bist zu alt, um zu schmollen. Hör auf damit.«

»Ich will mir aber keine langweiligen alten Bücher ansehen!«

Seraph holte tief Luft, doch Lehr kam ihr zuvor. »Warum siehst du dir nicht die Sachen auf der anderen Seite des Raumes an und guckst in die Schränke? Dort könnte es etwas Interessantes für dich geben.«

Rinnie seufzte gequält, aber dann ging sie tatsächlich zur anderen Zimmerseite und öffnete die Schranktüren. Seraph machte sich wieder daran, Bücher durchzublättern, behielt Rinnie aber ebenfalls im Auge. Sie machte sich nicht wirklich Gedanken, sie war nur vorsichtig. Sie und Hennea hatten den Tempel immerhin schon einmal durchsucht, um sich zu überzeugen, dass nichts mehr hier Schaden anrichten konnte.

Nur, dass der Schatten danach hier gewesen war und seine Rune gezeichnet hatte.

»Sei vorsichtig, Rinnie«, sagte sie.

»Es gibt hier nichts, womit man vorsichtig sein muss, Mutter.« Rinnie klang angewidert. »Wirklich nicht. Oh, warte mal.« Sie kroch tiefer in einen Schrank und kam verstaubt und mit einer Ledertasche im Arm wieder heraus. »Das hier ist magisch.«

»Lass es sofort los!« Seraph ließ das Buch, das sie in der Hand gehalten hatte, auf den Boden fallen und eilte zu ihrer Tochter. »Vorsichtig sein bedeutet, etwas nicht anzufassen, Rinnie.«

»Es ist nicht besonders magisch«, murmelte Rinnie, aber sie stellte die Tasche dennoch auf den Boden.

Seraph kniete sich neben Rinnies Fund und bewegte die Hand darüber. Die Muster des Banns kamen ihr bekannt vor, aber es gab ein paar Variationen, denn wer immer diesen Bann gewirkt hatte, war ein Zauberer gewesen und kein Rabe. »Ein Konservierungszauber. Du hast recht, Rinnie, das kann nichts schaden. Also öffne die Tasche, damit wir sehen, was sich darin befindet.« Sie reichte ihrer Tochter die Tasche zurück.

Rinnie öffnete die Schnallen und sah nach – sie hielt die Klappe der Tasche absichtlich hoch, damit Lehr, der herübergekommen war, als sie ihre Entdeckung ankündigt hatte, nicht hineinsehen konnte. »Schriftrollen«, sagte sie.

Sie nahm eine heraus und entrollte sie.

»Es ist eine Landkarte.« Lehr blickte über Rinnies Schulter. »Ich kann allerdings keinen der Ortsnamen entziffern. Kannst du das, Mutter?« Er ging aus dem Weg und überließ Seraph seinen Platz.

Seraph schüttelte den Kopf. »Obwohl mir etwas an dieser Sprache bekannt vorkommt. Erkennst du sie, Hennea?«

Hennea legte ein großes Buch mit rotem Umschlag auf den Stapel mit den *Solsenti*-Zauberbüchern und kam herüber, um es sich anzusehen.

Ihr erstes Überfliegen der Karte dauerte nur einen Herzschlag. Dann kniete sie sich auf den Boden und begann, die Markierungen mit der Fingerspitze zu verfolgen.

»Ja, ich kann es lesen«, sagte sie mit seltsamer Stimme.

Wie Seraph ließ auch sie sich einen Moment Zeit, um die Form des Banns, der auf der Tasche lag, zu ertasten. Dann kippte sie die ganze Tasche einfach um, sodass acht Schriftrollen auf den Boden fielen, und ignorierte Rinnies unwillkürlichen Protest dagegen, dass ihr der Fund so einfach abgenommen wurde.

Die Karte, die sie als Erstes entrollte, war ein Stadtplan. »Kaufmannsviertel«, sagte sie mit zitternder Stimme, als sie mit den Fingern über die krakeligen Buchstaben fuhr. »Kunsthandwerkerviertel. Altstadt. Oberstadt. Kaufmannstor. Niedriges Tor. Universitätstor.«

Seraph starrte den für sie auf dem Kopf stehenden Stadtplan an. Sie versuchte, in der dargestellten Stadt einen der

Orte wiederzuerkennen, die sie schon einmal gesehen hatte. »Universität? Es gibt im Kaiserreich nur drei Universitäten, aber dieser Plan passt zu keiner der zugehörigen Städte.«

Hennea drehte die Landkarte herum und deutete auf die großen Buchstaben unten auf der Rolle. »Kannst du das lesen?«

Seraph runzelte die Stirn. Die Buchstaben wirkten sehr vertraut, dachte sie. Es war der Schreibstil, der sie verwirrte. Sie fuhr mit den Fingern über die dickeren Linien. »Der erste Buchstabe ist ein C, und der zweite …« Dann wurde ihr das Muster klar, und sie verstummte.

»Was ist denn?«, fragte Lehr.

Seraph berührte den Stadtplan noch einmal mit den Fingern. »Colossae«, sagte sie ehrfürchtig. »Als dieser Stadtplan gezeichnet wurde, war es eine lebendige Stadt – noch vor der Entstehung des Kaiserreichs, vor der Herrschaft des Schattens, und bevor die Füße der ersten Reisenden eine Straße berührten, wurde dieser Stadtplan gezeichnet.«

»Er könnte eine Kopie sein«, wandte Lehr leise ein.

»Mag sein.« Hennea streifte den Stadtplan wieder mit der Hand. »Oder er ist eine Fälschung – woher sollen wir das wissen?«

»Ich kann es vielleicht herausfinden«, sagte Seraph nachdenklich.

»Wie denn?«, fragte Hennea.

»Ich werde seine Vergangenheit lesen.« Sie griff nach unten, um den Stadtplan zu berühren, aber Hennea riss ihn weg.

»Wenn er wirklich so alt ist, ist das zu gefährlich.«

»Wie meinst du das, gefährlich?«, fragte Lehr.

Seraph schnaubte gereizt. »Es ist eine Landkarte, Hennea. Ich kann froh sein, wenn jemand sie lange genug festgehalten hat, um auch nur den geringsten Eindruck an ihr zu hinterlassen. Kannst du die Vergangenheit von Gegenständen sehen?«

»Nein.«

»Also dann.« Seraph griff wieder nach dem Stadtplan und legte ihn vor sich auf den Boden. »Falls ich kreischend umfallen sollte, kannst du ihn mir gerne wieder abnehmen.«

»Mutter? Bist du sicher, dass du das tun solltest?«

Sie warf Lehr einen Seitenblick zu. »Bitte sei so freundlich, mir zuzugestehen, dass ich weiß, wo meine Grenzen liegen. Solange diese Rolle kein Gegenstand der Anbetung war oder jemand sie benutzte, um einen anderen damit umzubringen, wird mir nichts zustoßen.«

Bevor noch jemand widersprechen konnte, entsandte Seraph Ranken von Magie zu dem Pergament.

»Alles in Ordnung«, sagte sie, als die Vergangenheit des Stadtplans in geflüsterten Fetzen zu ihr kam und nicht in einer überwältigenden Welle.

Abgesehen von ein paar verschwommenen Bildern erschien die neueste Geschichte, die dem Gegenstand anhaftete, für gewöhnlich zuerst, obwohl das nicht immer so war. Seraph spürte Henneas Hände und die intensive Ruhe, die ihr auf jeden Fall gesagt hätte, dass ein Rabe den Stadtplan berührt hatte, selbst wenn sie Hennea nicht gekannt hätte.

»Volis hatte ihn in der Hand.« Sie konnte den kalten Schweiß seiner Handflächen spüren, und seine Angst, dass jemand ihn sehen würde. »Er hat ihn gestohlen.« Dann kam ein neues Bild, das ihr mehr sagte als der Diebstahl, und sie wusste, dass er tatsächlich nicht imstande gewesen war, die Landkarten und Pläne zu entziffern. »Er glaubte, etwas, was so gut versteckt war, müsse wichtig sein, aber er konnte an einem Haufen alter Landkarten nichts Nützliches erkennen.«

Der Stadtplan war lange Zeit nicht betrachtet worden. »Er war versteckt, damit er geheim blieb. Ein Zauberer hatte ihn in der Hand, ein *Solsenti*-Zauberer – aber er verstand, was er vor sich hatte, denn er beherrschte viele Sprachen. Eine Begabung, die ihm bei seiner Suche nach Macht sehr geholfen hat, bei seiner Suche nach …« Sie hörte auf zu sprechen, denn sie wollte die anderen nicht verwirren, als ihre Deutung sie von der jüngeren Vergangenheit in die länger zurückliegende und dann wieder beinahe in die Gegenwart führte. Die Jahre waren so unklar; manchmal fiel es ihr schwer, einen Überblick zu behalten.

»Mutter?«

Seraph blinzelte und sah Lehrs vertrautes Gesicht.

»Alles in Ordnung?«

Sie nickte. »Dieser Stadtplan wurde von einem Lehrling hergestellt.« Das Wort schien nicht so recht zu passen, aber es traf den Sachverhalt zumindest ungefähr. »Oder vielleicht von einem Schüler. Er war enttäuscht, weil sein Lehrer ihn streng kritisierte und ihn einen Teil davon noch einmal anfertigen ließ.« Sie berührte einen Bereich rechts oben, wo er das Pergament hatte abkratzen und neu zeichnen müssen.

»Wie alt ist dieser Stadtplan, Mutter?«, hauchte Rinnie. »Stammt er wirklich aus Colossae?«

»Er ist alt genug.« Seraphs Hände fühlten sich nach der Deutung kalt und schwer an. »Nachdem der junge Mann, der ihn gezeichnet hatte, ihn weitergegeben hatte, kam es zu einer ganzen Reihe von Besitzern. Ihnen gehörte der Stadtplan immer nur für kurze Zeit, und das ist so lange her und sie interessierten sich so wenig dafür, dass ich nicht mehr als einen flüchtigen Eindruck von vielen Menschen erhalte.«

Sie blickte zu Hennea auf und lächelte ihr zu. »Es sind Gefühle, die Spuren an Gegenständen hinterlassen, und ein Stadtplan ruft kaum große Leidenschaften hervor. Ich weiß, wie alt er ist, aber ich werde lange nicht mehr als das sagen können. Er war versteckt oder verloren.«

Seraph berührte die Tasche, in der sich die Schriftrolle befunden hatte, leicht mit der Fingerspitze und einer Spur Magie. »Und zwar in dieser Tasche, die beinahe ebenso alt ist wie der Plan selbst.«

Rinnie betrachtete ihren Fund respektvoll. »Sie sieht nicht so alt aus.«

»Der Konservierungsbann«, murmelte Hennea. »Dinge können mit einem guten Konservierungsbann lange halten, und die Zauberer von Colossae waren sehr gut.«

»Sie lagen im Verborgenen, die Karten und die Tasche, für Hunderte von Jahren. Dann hatte eine Frau, eine *Solsenti*-Zauberin, sie in der Hand und wunderte sich darüber – ich glaube, sie hatte gehofft, einen Schatz zu finden. Als sie sie zum ersten Mal in der Hand hielt, war sie noch jung, aber ihre letzte Berührung erfolgte mit einer trockenen, alten Hand. Sie hielt Tasche und Karten lange versteckt, und sie konnte nie herausfinden, was sie da besaß, obwohl sie wusste, dass die Sachen alt waren. Vor etwa zwei Jahrhunderten gerieten sie in den Besitz eines anderen Zauberers.«

Sie schluckte und blickte zu den anderen Schriftrollen, die auf dem Boden lagen, berührte sie, suchte nach weiteren Antworten. Als sie alle in Händen gehabt hatte, sagte sie: »Er war begabt dafür, Sprachen zu erlernen. Ich sah ihn vor den Toren von Colossae stehen, wo er etwas suchte, was er sich sehr intensiv wünschte – Macht? Nicht ganz, aber nahe dran.« Wieder berührte sie die erste Schriftrolle. »Als er den Stadtplan das nächste Mal entrollte, war er schon von der Macht des Pirschgängers berührt worden – er war der Schatten. Er versteckte die Landkarten an einem geheimen Ort; er brauchte sie nicht mehr. Volis fand sie und nahm sie an sich, aber er konnte nichts damit anfangen.«

»Kannst du ihn sehen?«, flüsterte Hennea eindringlich. »Bei der Lerche, ich hoffe, du kannst sehen, wer er ist!«

Seraph schüttelte frustriert den Kopf. »Nein. Ich habe wirre Eindrücke und kann kurz das Gesicht eines jungen Mannes sehen, aber nicht gut genug, um ihn zu identifizieren. Er hat einfach nicht genug von sich zurückgelassen. Ich kann euch nur sagen, dass er schon vor beinahe zweihundert Jahren zum Kind des Pirschgängers wurde.«

Hennea ließ ihren Aufruhr wieder hinter der üblichen kühlen Fassade verschwinden, aber sie war blasser als sonst. »Wir hatten seit dem namenlosen König keinen mehr, der so alt wurde.«

»Es hat mehr als einen gegeben?«, fragte Lehr.

Seraph nickte. »Ich weiß von dreien … vier, wenn man den neuesten mit einschließt. Der namenlose König war der zweite. Die erste verließ Colossae mit den Zauberern, die zu den Reisenden wurden.«

»Dieser hier ist der sechste«, sagte Hennea. »Jedenfalls der sechste, von dem ich weiß. Nach dem namenlosen König wussten wir, nach welchen Anzeichen wir Ausschau halten sollten. Tod folgt dem Schatten auf dem Fuß. Ich verstehe nicht, wie sich der neueste so lange vor uns verbergen konnte. Bist du sicher, was die Zeit angeht, Seraph?«

»Ich irre mich vielleicht um zehn oder fünfzehn Jahre, aber nicht mehr.« Sie teilte Henneas Befürchtungen. Der Schatten gewann wie jene, die er besudelte, im Lauf der Zeit mehr Macht. »Es gab vor ein paar Jahrzehnten eine Seuche – sie tötete zum Beispiel Isoldas Clan bis auf meinen Bruder und mich. Es gab andere Clans, die ebenfalls viele Mitglieder verloren.« Sie zögerte. »Um die gleiche Zeit begann der Pfad, Reisende wegen ihrer Weisungen umzubringen.«

»Das ist kein Zufall«, stimmte Hennea zu. »Vielleicht sind wir in diesen letzten Generationen ja so wenige geworden, dass keinem mehr das Muster des Todes auffiel.«

»Mutter«, sagte Lehr plötzlich. »Könntest du es feststellen, wenn der Schatten hier andere Dinge berührt hätte?«

Hennea antwortete an Seraphs Stelle. »Die Meister des Pfads, die Zauberer, die kamen und Tier mitnahmen, gingen wieder, bevor der Tempel fertig war. Wenn der Schatten sich unter ihnen befand, blieb er nicht hier. Nur Volis nutzte die Zimmer hinter dem großen Kuppelraum …« Sie räusperte sich. »Nur Volis und ich. Ich glaube nicht, dass wir hier noch etwas finden werden, an dem der Schatten einen Eindruck hinterlassen hat, den Seraph wahrnehmen könnte.«

»Wenn wir Volis nicht getötet hätten, hätte er uns sagen können, woher er die Tasche mit den Schriftrollen hatte«, sagte Seraph nachdenklich.

»Ich habe mich bereits dafür entschuldigt«, sagte Hennea.

Seraph sah sie überrascht an. »Ich mag es nicht, wenn man mich betrügt, Hennea. Aber ich habe auch nie gesagt, dass er nicht getötet werden müsste.«

Sie wandte die Aufmerksamkeit wieder dem Problem zu, den Schatten zu finden. »Wie auch immer, ich denke, der Schatten konnte einige Zeit vor Jes und Lehr verbergen, was er war, und wenn in zwei Jahrhunderten kein Reisender seine Existenz bemerkte, hat er wirklich gelernt, zu verstecken, was er ist. Sein Bild, das dieser Stadtplan mir vermittelt, stammt aus einer Zeit, als er gerade erst vom Pirschgänger berührt worden war.«

»Er ging nach Colossae?«, fragte Lehr. »Ich dachte, Colossae sei zerstört worden.«

»Geopfert«, verbesserte Hennea. »Aber die Steine wurden versiegelt, um die Bindungen zu besiegeln.«

Davon hatte Seraph noch nichts gehört. »Was genau bedeutet das?«

Hennea lächelte plötzlich. »Ich weiß es nicht. Was konntest du sonst noch an den Landkarten erkennen?«

»Der Schatten sah Colossae«, sagte Seraph. »Also muss es die Stadt noch geben.«

»Gehen alle Schatten nach Colossae, um zu werden, was sie sind?«, fragte Rinnie.

»Das weiß ich nicht«, meinte Seraph und sah Hennea an.

»Davon habe ich nie etwas gehört«, sagte Hennea. »Ich weiß nicht einmal, wie viele *Solsenti* jemals von einer Stadt namens Colossae gehört haben.«

»Waren einige der Schatten Reisende?«, fragte Lehr.

»Nein«, erklärte Seraph mit fester Stimme.

»Die erste schon«, erinnerte Hennea sie. »Wenn sie aus Colossae kam.«

»Nein«, sagte Seraph. »Sie war eine Zauberin aus Colossae.«

Wieder lächelte Hennea. »Damit schneidest du den Braten ziemlich dünn, findest du nicht auch? Wir sind alle Nachfahren von Zauberern aus Colossae.«

»Das glaube ich nicht«, sagte Seraph nachdenklich. »Ich bin immer davon ausgegangen, es sei kein Zufall, dass immer nur *Solsenti*-Zauberer dazu getrieben wurden, zum Schatten zu werden.«

»Das hört sich an, als träfen sie ihre Entscheidungen nicht selbst«, wandte Hennea ein. »Willst du sie etwa entschuldigen?«

Seraph ließ sich nicht dazu herab, auf die Ablehnung in Henneas Stimme einzugehen. »Es muss schrecklich sein, ein *Solsenti*-Zauberer zu sein. Auch noch der kleinste Zauberspruch stellt eine Verbindung von einem Ritual und anderen Bestandteilen dar. Einige Zauberer wissen ihr Leben lang, dass sie ein gewaltiges Potenzial zur Macht haben, aber sie können nur wenig Magie wirken, weil sie nicht genug studieren können. Die meisten haben nicht solches Pech, aber für jeden größeren Bann müssen sie Stunden der Vorbereitung und Jahre des Lernens aufwenden. Und dann gibt es uns, die Raben, die hoch in den Lüften fliegen, während die Zauberer am Boden kriechen. Das muss sie einfach ärgern.«

»Du suchst nach Entschuldigungen, wo es keine gibt«, stellte Hennea trocken fest. »Obwohl ich annehme, dass du recht hast, und daher sollten wir dankbar sein, dass die meisten

Solsenti-Zauberer nicht genug über den Pirschgänger wissen, um gefährlich zu werden.«

Sie rollte eine der Landkarten wieder auf. Seraph griff nach einer zweiten und rollte sie ebenfalls auf. Als alle Rollen wieder in der Tasche steckten, schloss Seraph die Schnallen und reichte sie Rinnie.

»Hier hast du Karten zu einer lange verlorenen Welt, Kormoran«, sprach sie. »Diese Tasche wurde von einem Zauberer aus Colossae verzaubert. Sie ist ein Schatz, den ich dir hiermit anvertraue.«

Jes steckte den Kopf ins Zimmer. »Ich habe etwas gefunden«, sagte er.

Tier hatte erwartet, dass die Schänke so gut wie leer sein würde, aber es wimmelte im Schankraum nur so von Fremden – überwiegend Söldner, dachte er. Sie gehörten wahrscheinlich zur Karawane eines Kaufmanns, die hier vorbeizog.

Er drängte sich an den Männern vorbei, fand einen leeren Tisch in einer Ecke und setzte sich hin. Regil, der Besitzer der Schänke, sah ihn und eilte zu ihm.

»Tier, sei willkommen!«, sagte er. »Ich hatte gehofft, du oder Ciro würdet vorbeikommen, um diese Leute ein bisschen zu unterhalten. Unser Mittagessen besteht aus Brot aus dem Ofen deiner Schwester und frischer Wurst – und du kannst gern etwas davon haben, wenn du singst.«

Tier lächelte. »Das würde ich ja tun, aber ich habe heute früh meiner Schwester geholfen und meine Laute nicht dabei.«

»Könntest du meine spielen?«, fragte Regil.

»Ich denke schon«, antwortete Tier.

Regil grinste. »Ich fürchtete schon, selbst singen und spielen zu müssen, und ich habe so viele andere Dinge zu tun.« Dann fiel sein Blick auf jemanden hinter Tier. »Meister Willon, Tier wird dafür sorgen, dass Eure Männer nicht so viel Ärger machen.«

Tier drehte seinen Stuhl um und sah den alten Kaufmann direkt hinter sich stehen. »Willon – schön, Euch zu sehen! Ich dachte, Ihr würdet eine Weile in Taela bleiben.«

Regil machte ein paar höfliche Rückwärtsschritte, dann drehte er sich um und eilte in Richtung der Treppe zu seiner Wohnung davon. Willon setzte sich Tier an dem schmalen Tisch gegenüber.

»Sobald ich hörte, dass Reisende eine Geheimgesellschaft vernichtet hätten, nahm ich an, dass es Seraph gelungen war, Euch auch ohne meine Hilfe zu retten.« Willon grinste. »Ich hatte gerade die ersten Gerüchte gehört, dass Ihr Euch vielleicht im Palast des Kaisers befändet, als sich auch schon die Nachricht vom Ende des Pfads ausbreitete. Seraph hat meine Hilfe offensichtlich nicht gebraucht – nicht, dass mich das überrascht hätte. Eure Frau ist eine sehr fähige Person. Und mein Vetter plante ohnehin eine Karawane in diese Region, also habe ich mich von seinen Männern eskortieren lassen. Ich werde zu alt, um die große Stadt noch genießen zu können; meine alten Knochen ziehen Redern vor.«

»Ich habe selbst ebenfalls vor, hier alt zu werden.« Tier lächelte, als er das sagte, obwohl er tief im Herzen bekümmert war, denn er befürchtete, Seraph werde nicht bei ihm bleiben.

»Enttäuschend«, stellte Hennea fest, als sie in Jes' Geheimzimmer spähte.

»Man würde doch erwarten, dass ein Raum, den Volis mit so viel Aufwand verborgen hat, *irgendetwas* enthält.« Lehr rieb sich die Hände am Hemd ab, um das Kribbeln der Macht loszuwerden, die er benutzt hatte, um das Schloss der von Jes entdeckten Geheimtür zu öffnen.

Seraph war davon ausgegangen, dass er Magie benutzte, aber es war keine – jedenfalls nicht die gleiche Art Magie, wie sie sie heraufbeschwören konnte. Falkengeheimnisse, dachte sie und lächelte. Es war gut, dass Brewydd mehr über die Weisung des Falken gewusst hatte als sie. Sie hatte vergessen, dass Jäger wirklich gut mit Schlössern und Toren umgehen konnten – Brewydd hatte gesagt, es habe etwas damit zu tun, dass auch Fallenstellen zur Kunst des Jägers gehörte. Was immer der Grund sein mochte, Lehr hatte offensichtlich Freude daran, alle Schlösser zu öffnen, die man ihm vorlegte. Ohne ihn, ohne seine Fähigkeiten, Spuren zu lesen und Schlösser zu öffnen, hätten sie es nie durch den Palast und bis zu Tiers Zelle geschafft.

Rinnie drängte sich an Lehr und Hennea vorbei und schoss in den kleinen Raum hinein. »Es ist leer.«

»Wirklich schade«, sagte Jes.

»Ganz und gar nicht.« Seraph konnte das Innere des Raums nicht sehen, aber wenn er groß genug für Rinnie war, so wäre er auch für ihre Zwecke groß genug. »Das hier ist der beste Platz, um die Bücher über Magie unterzubringen, bis wir beschlossen haben, was wir mit ihnen tun sollen. Lehr kann die Tür mit seiner Magie verschließen, und Hennea oder ich belegen die Geheimtür mit einem ›Sieh nicht hin‹-Bann. Sie werden dort sicher sein wie ein Lamm in seiner Herde.«

»Dann brauchen wir sie nicht alle zu tragen.« Jes grinste sie an. »Lehr und ich«, ergänzte er. »Wir hätten sie alle tragen müssen. Bei diesen ganzen Büchern hätte das mindestens zweimal Hin und Her bedeutet. Durch das Dorf nach Hause, und dann wieder durch das Dorf hierher. Wieder durch das Dorf und nach Hause. Die Reisendenbücher sind nicht ganz so zahlreich wie die Zauberbücher. Also noch einmal durch das Dorf.«

»Du hast immer noch die Treppe vor dir«, erinnerte ihn Hennea, als sie wieder durch den engen Flur gingen.

»Aber nur eine. Kein Problem.« Jes überholte sie mit federndem Schritt und sprintete die Treppe hinauf.

Als Lehr beschloss, sich Jes' Suche anzuschließen, gab Seraph nach und ließ Rinnie mitgehen. Es gab nicht so viele Bücher in der Bibliothek, dass Hennea und sie sich nicht auch alleine darum kümmern konnten.

»Wir werden ungestört mehr schaffen«, sagte sie, nachdem die anderen gegangen waren.

»Sie sind nicht so schlimm«, wandte Hennea ein.

»Sie sind einfach nicht daran gewöhnt, drinnen zu sein.« Seraph tippte mit den Fingern auf das Buch, das sie durchgeblättert hatte. »Ich glaube, ich habe dieses Buch schon einmal gesehen.« Sie schloss die Augen, um sich besser erinnern zu können. »Es war in einer anderen Sprache geschrieben, aber ich erkenne die Illustrationen.«

»Steht es in Isoldas Bibliothek?«

»Das weiß ich nicht«, antwortete Seraph. »In den ersten zehn Wintern nach Jes' Geburt habe ich mich durch die Bibliotheken jeder *Mermora* gearbeitet, die zu mir kam.«

Sie öffnete die Augen wieder und legte das Buch weg. »Nach dem Tod meines Bruders hatte ich die von Isolda«, sagte sie. »Sobald ich mich mit Tier auf dem Hof niedergelassen hatte, bekam ich drei weitere. Als Jes neun war, hatte ich fünfundzwanzig. Ich ging alle fünfundzwanzig Bibliotheken sorgfältig durch, bevor ich zugeben musste, dass mein Vater recht gehabt hatte, als er mir sagte, dass die Zauberer aus Colossae die Weisungen in ihren Schriften nicht erwähnten.«

»Davon hast du kein Wort gesagt, als Brewydd uns auf dem Weg nach Taela Rongiers Bibliothek durchsehen ließ.«

»Rongier der Bibliothekar hätte Bücher besitzen können, die die Zauberer in meinen ersten fünfundzwanzig nicht hatten«, sagte Seraph. »Und außerdem kannten du und Brewydd andere Sprachen als ich. Wir haben nichts gefunden – aber es hätte sein können.«

Hennea starrte ins Leere. »Das war ungewöhnlich, nicht wahr? Wie viele Reisende, welche Weisung sie auch immer haben, können eine andere Sprache lesen als unsere eigene und die Allgemeine? Für die Zauberer aus Colossae waren diese Bibliotheken unersetzlich, aber für einen Raben sind sie überwiegend eine Erinnerung daran, was die Reisenden einmal waren, und sie werden nur bei besonderen Anlässen heraufbeschworen.«

»Manchmal kommt es mir so vor, als hätte ich den größten Teil meines Lebens damit verbracht, den Kopf zu schütteln und zu fragen: ›Wie wahrscheinlich war das wohl?‹« Seraph versuchte, Henneas Ruhe nachzuahmen und ihren Zorn beiseitezuschieben. »Mein gesamter Clan stirbt, bis auf meinen Bruder und mich – wir waren die letzten Nachkommen von Isolda der Schweigsamen. Dann wird er umgebracht, und mich rettet der einzige *Solsenti* mit einer Weisung, von dem ich je gehört habe.«

»Es gibt wahrscheinlich noch mehr von ihnen«, murmelte Hennea. »Aber wer würde denn schon auf magische Weise hinsehen, um zu festzustellen, dass ein *Solsenti* eine Weisung hat?«

»Selbst die *Solsenti* würden einen Raben erkennen, wenn sie versuchten, ihn zum Zauberer auszubilden«, erwiderte Seraph.

»Tatsächlich?« Hennea legte den Kopf schief. »Da bin ich nicht so sicher. Raben können auch Rituale, Rezitationen und Requisiten für ihre Magie benutzen. Wir tun das nur nicht, es sei denn, wir haben es mit etwas zu schaffen, was wir noch nie zuvor gesehen haben, und können das Muster der Magie nicht anders herausfinden. Und Neigungen wirken sich ebenfalls aus. Ein Magier, der sich nicht auf Metallarbeit spezialisiert hat, wird nicht imstande sein, Magie auszuüben, um ein Schwert wirksamer zu machen, ob er nun ein Rabe oder nur ein Zauberer ist. Wenn ein Rabe glaubte, dass er Requisiten und Rituale brauchte, würde er versuchen, Magie ohne solche Hilfsmittel zu wirken?«

»Ich sehe, worauf du hinauswillst.«

»Was waren die anderen ungewöhnlichen Dinge?« Hennea wandte sich wieder dem Buch zu, das sie sich angesehen hatte.

Seraph blickte auf ihre Hände. *Ich sollte das Gespräch jetzt abbrechen,* dachte sie. *Denn der Rest wird beinahe zu schmerzhaft sein, um ihn ertragen zu können.*

»Tier und ich hatten fünf Kinder«, erzählte sie ihren Händen. »Eines wurde tot geboren, und Mehalla starb, als sie drei Jahre alt war. Jes ist Adler, Lehr ist Jäger, Rinnie ist Kormoran. Tier ist Eule. Ich bin Rabe. Was glaubst du, welche Weisung Mehalla hatte, die an der Lungenkrankheit starb?« Sie blickte wieder auf.

Hennea starrte sie an. »Lerche?«

Seraph nickte. »Ich weiß von keinen Clans, die alle sechs Weisungen hatten, nicht zu reden von einer kleinen Familie. Ich habe noch nie von einer Familie gehört, aus der nur Kinder mit Weisung kamen. Weisungen sind keine Sache der Abstammung. Das ist eines der wenigen Dinge, die wir über sie wissen. Aber warum hat dann meine gesamte Familie Weisungen? Und warum unterschiedliche? Es gibt viel mehr Raben als Lerchen, oder auch nur als Kormorane und Adler.«

»Vielleicht liegt es am *Solsenti*-Blut?«, spekulierte Hennea.

»Oder an der Magie, die hier in den Bergen verblieben ist. Oder daran, dass die Reisenden Schattenfall im Allgemeinen meiden und sich unser Hof nur ein paar Tagesreisen davon befindet. Oder es ist der Wille der Götter. Oder Schicksal.«

»Es gibt keine Götter«, erklärte Hennea tonlos. »Es ist Zufall.«

»Also gut«, erwiderte Seraph. »Zu welchem Clan gehörte Kerine? Der Rabe, der neben dem Roten Ernave gegen den Schatten kämpfte. Weißt du das?«

»Isoldas Clan.«

»Dann interessiert es dich vielleicht auch zu erfahren, dass Tiers Familie behauptet, von dem einzigen überlebenden Kind des Roten Ernave abzustammen.« Bevor Hennea etwas sagen konnte, machte Seraph eine ungeduldige Geste. »Ich weiß, ich weiß. Mythologie. Mit Ausnahme des Kaisers führt jeder Adlige im Kaiserreich seine Abstammung auf den Roten Ernave zurück. Aber es gibt in der Bäckerei einen Stein, in den sehr primitiv eine Axt eingemeißelt ist, und der Mann, der ihn hinterließ, hielt sich selbst für den Sohn des Roten Ernave – ich habe diesen Stein berührt, genau, wie ich es mit dem Stadtplan gemacht habe.«

Hennea schwieg.

»Ich besitze über zweihundert *Mermori*, Hennea. Zweihundertvierundzwanzig von fünfhundertzweiundvierzig.« Seraph spürte, wie ihr Tränen in die Augen traten, aber sie blinzelte sie wieder weg. »Warum sollte ich die Last von beinahe der Hälfte der *Mermori* tragen, die Hinnum hergestellt hat? Warum sind sie nicht zu anderen Clanführern gegangen? Benroln hatte nur wenige. Es gibt doch sicher Reisende, die enger verwandt mit Torbear dem Falkenauge oder Keria der Vierfingrigen sind, als ich es bin. Oder wie kommt es, dass meine Familie – Bauern aus einem kleinen Dorf, das ein halbes Kaiserreich von Taela entfernt ist –, den Kaiser selbst kennenlernte, und das, als er von diesem neuen Schatten bedroht wurde?«

Seraph wartete, während ihr Schweigen ihre Frage noch gewichtiger machte, dann schlug sie das vernachlässigte Buch wieder auf. »Ich weiß es auch nicht. Aber ich frage mich wirklich, ob es Kräfte gibt, die die Ereignisse unseres Lebens formen. Ich hoffe, dass ich mich irre. Ich hoffe, wir werden alle an

Altersschwäche sterben, aber ich glaube nicht, dass das wirklich so kommen wird.« Sie starrte das Buch an, ohne es zu sehen. »Es könnte allerdings sein, dass wir schon vorher am Lungenfieber sterben oder von Trollen getötet werden.«

Es fühlte sich gut an, mit jemandem über diese Dinge zu sprechen, der Muster sehen konnte, die nur ein anderer Reisender entdecken würde. Nicht, dass Hennea mehr darüber wusste, was geschah, als Seraph selbst, aber es fühlte sich auf jeden Fall gut an, es ihr zu sagen.

Seraph sah sich schließlich doch die Seiten an, die sie aufgeschlagen hatte. »Hm. Das hier ist die Kopie eines Buchs, das ich in der *Mermora* von Kiah der Tänzerin gefunden habe – das war die vierte *Mermora*, die zu mir kam. Am Anfang habe ich mir das alles noch genau gemerkt.«

6

Seraph fuhr sich mit der Hand über die Stirn, obwohl sie wusste, dass sie mit dieser Geste eine ordentliche Staubspur auf der Haut hinterlassen würde. Sie warf einen Blick zu Hennea, die mit entschlossenem, blassem Gesicht den Inhalt einer Truhe durchsuchte.

Nachdem sie die Bücher aus der Bibliothek sortiert und sich noch weiter in den überwiegend leeren Räumen im Tempel umgesehen hatten, hatten sie Rinnie und die Jungen geholt und sich darangemacht, die Bücher über *Solsenti*-Zauberei und all diejenigen, die weder Seraph noch Hennea übersetzen konnten, hinunter in Jes' Geheimraum zu bringen. Dann hatten sie und Hennea sich die beiden Räume angesehen, die noch übrig blieben.

Der Schrank, in dem der Schatten seine Rune hinterlassen hatte, verriet ihnen nichts. In ein paar Jahren würde die sich auflösende Macht vielleicht klar genug sein, damit Seraph mehr Informationen aus den Holzdielen beziehen konnte, aber im Augenblick wollten sie ihr nur von der kürzlich zurückliegenden Vergangenheit erzählen, von Karadoc, der den Waldkönig in den Tempel brachte und die Rune läuterte.

Sie hatten nur eine Sache erfahren, die zwar interessant sein mochte, aber nicht unbedingt wichtig für ihre Suche nach dem Schatten schien.

Seraph hatte immer schon gedacht, dass dieser neue Tempel zu groß war, um in so kurzer Zeit nach dem Eintreffen des neuen Sept von Leheigh, der Volis und andere Magier des Pfads in seinem Gefolge gehabt hatte, und der Eröffnung des Tempels der Fünf in den Berg gegraben worden zu sein. Nun erwies sich, dass sie recht gehabt hatte.

Die unteren Gänge sagten ihr, dass sie schon vor vielen Jahren insgeheim gegraben worden waren, um Waren vor dem Steuereinnehmer des Sept zu verstecken. Als Volis seine Leute nach Redern gebracht hatte, um den Tempel zu bauen, waren sie offenbar auf diese älteren Gänge gestoßen. Seraph fragte sich, ob Willon davon wusste – immerhin befand sich die untere Ebene des Tempels auf der gleichen Höhe wie sein Laden.

In unausgesprochenem Einverständnis hatten sie sich Volis' Schlafzimmer bis zuletzt aufgehoben: Seraph war davon ausgegangen, dass es nach der Bibliothek der wahrscheinlichste Ort sein würde, um etwas Interessantes zu finden, aber sie nahm an, Hennea habe es aus einem anderen Grund aufgeschoben.

Seraph fand ein Armband mit einem gelblichen Saphir, das zwischen die Kissen von Volis' Bett gefallen war. An den Edelstein war keine Weisung gebunden, also kümmerte sie sich nicht weiter darum. Dann ließ sie das Bettzeug fallen, das sie durchsucht hatte, und blickte zu Hennea.

Der andere Rabe durchsuchte gerade ein paar Truhen, die an der Wand standen, und vermied es, zum Bett zu schauen. Wenn Seraph noch irgendwelche Zweifel gehabt hätte, wozu Volis Hennea gezwungen hatte, hätte ein Blick auf ihr Gesicht genügt. Hennea hatte kein Wort gesagt, und Seraph fragte nicht. Manchmal war Schweigen alles, was sie anzubieten hatte.

Als sie fertig waren, überließ Seraph es Hennea, einen Bann über Jes' geheimem Raum zu verhängen, in dem sich nun ein neuer Schatz befand, während sie zusammen mit Rinnie die Bücher über die Reisenden zusammenpackte.

Jes kam in die Bibliothek. »Es ist jetzt wirklich ein guter Geheimraum«, sagte er. Hennea und Lehr folgten ihm auf dem Fuß.

»Ich bin froh, dass es dir gefällt«, sagte Seraph zu Jes. »Nimm dir einen Bücherstapel, und wir gehen nach Hause.«

»Ich trage meine Landkarten«, erklärte Rinnie selbstzufrieden. Vielleicht war es nur das Wissen, dass sie das Interessanteste im ganzen Tempel gefunden hatte, aber Seraph nahm an, ein Teil ihrer Zufriedenheit hatte auch damit zu tun, dass die Tasche mit den Schriftrollen erheblich leichter war als die Bücher.

Die Schänke war ein sehr altes Gebäude, vielleicht das älteste in Redern, und stand beinahe am Fuß des Berges. Als Seraph dazu ansetzte, die unterste Verandastufe zu betreten, berührte Lehr ihren Arm. Als sie ihn ansah, nickte er zu Jes, der bleich war und schwankte – immer ein schlechtes Zeichen.

»Warum geht ihr nicht direkt nach Hause?«, sagte Seraph zu Lehr. »Ich hole Tier ab, und wir folgen euch.« Sie gab ihm ihren Bücherpacken, den er zusammen mit seinem eigenen tragen konnte. Er lächelte leicht, um ihr zu sagen, dass er es verstand, wenn sie nicht jedem in der Schänke erklären wollte, wieso sie einen Rucksack voller Bücher aus dem Tempel bei sich hatte.

»Das klingt gut«, sagte Hennea. Sie machte einen Schritt auf Jes zu, zögerte und nahm dann seinen Arm. Er zuckte zusammen, als hätte er sie erst bemerkt, als sie ihn berührte. »Komm, Jes«, sagte sie ein wenig liebevoller als sonst. »Wir gehen nach Hause.«

Besorgt sah Seraph ihnen hinterher. Jes hatte das Dorf nie gemocht, aber so sehr hatte es ihn bisher kein einziges Mal gestört. Ging es ihm schlechter? Gab es eine Möglichkeit, ihm zu helfen? Sie fühlte sich, als hätte sie ihr halbes Leben damit verbracht, sich diese Fragen zu stellen, und sie wusste immer noch nicht mehr als vor zwanzig Jahren.

Sie suchte nach etwas Erfolgversprechenderem, worüber sie nachsinnen konnte, und dachte daran, was Hennea zuvor aufgeworfen hatte. Was, wenn es mehr *Solsenti* mit einer Weisung gab? Hätte sie Tiers Weisung auch erkannt, wenn sie ihm nicht unter so ungewöhnlichen Umständen begegnet wäre?

Völlig in Gedanken versunken, zuckte sie zusammen, weil es in der Schänke so laut zuging. Söldner, dachte sie, als sie sah, wie viele Waffen die meisten trugen. Es war nicht ungewöhnlich, so viele Fremde hier zu sehen – die Schänke lag nahe an der Straße. Sie freute sich, dass sie Lehr ihren Bücherstapel mitgegeben hatte – Bücher waren wertvoll, und einige dieser Männer sahen aus, als seien sie manchmal auch anderen, weniger rechtschaffenen Beschäftigungen nachgegangen.

Die Menge geriet in Bewegung, und nun konnte sie den Lautenspieler sehen. Schockiert hielt sie den Atem an. Es war Tier. Noch während sie ihn beobachtete, schüttelte er den Kopf und legte die Laute hin.

»Seraph.« Regil, der Besitzer der Schänke, streckte den Arm aus, um sie zu stützen, berührte sie dann aber doch nicht. »Ist alles in Ordnung?«

»Ja«, erwiderte sie und fasste sich wieder. »Entschuldige mich.«

Tier war durchaus in der Lange, schlecht zu spielen, dachte sie, aber nur, wenn er das wirklich wollte. Sie hatte die ersten beiden Wochen, nachdem sie ihn befreit hatte, insgeheim damit verbracht, sich immer wieder zu überzeugen, dass die Zauberer des Pfads ihm keinen Schaden zugefügt und seine Weisung nicht gestohlen hatten. Seit er sich von den tieferen Wunden erholt hatte, hatte sie aufgehört, sich Sorgen zu machen, und ihn nicht mehr mithilfe der Magie betrachtet.

Den Raben ist gegeben, die Weisungen zu sehen. Sie beschwor ihre Magie herauf und hielt Ausschau. Das feine Gewebe von Tiers Weisung umgab ihn wie eh und je, aber es hatte Löcher.

Sie ging auf Tier zu, aber die wenigen Worte mit dem Besitzer der Schänke hatten die Aufmerksamkeit mehrerer Fremder erregt.

Ein Mann rechts von ihr stand auf. »Eine Reisende? Ich dachte, Tiere müssten draußen bleiben.«

Seraph blieb stehen und starrte ihn an, wartete darauf, dass er etwas anderes tat. Irgendetwas anderes. Zorn rauschte durch ihre Adern und brachte Magie mit. Tier war zu Hause. Er hätte in Sicherheit sein sollen. Dieser Söldner hatte mit ihrem Zorn nichts zu tun.

Nichts, und alles.

»Seraph Tieragansweib«, unternahm der Schänkenbesitzer den mutigen Versuch, sie von dem Söldner abzulenken. »Wie du siehst, hat dein Mann uns mit seinen Geschichten unterhalten.«

Sie ließ den Blick nicht von dem Bewaffneten weichen. »Ich freue mich, das zu hören«, sagte sie.

»Seraph«, warf Tier ein. »Lass den armen Mann in Ruhe.«

Wenn dieser »arme Mann« an einem anderen Ort so gesprochen hätte, gegenüber einer anderen Reisenden, einer, die kein Rabe war, hätte er damit echten Schaden anrichten können. Benroln hatte vielleicht doch recht gehabt – wenn die *Solsenti* mehr Angst vor Reisenden hätten, würden sie nicht so viele Clans töten.

Der Pfad hätte nicht angefangen, Reisende zu entführen, und Tier hätte keine Risse in seiner Weisung. Seraph hatte so etwas noch nie gesehen, aber bis der Pfad Tier entführt hatte, hatte sie auch noch nie davon gehört, dass jemand die Weisung von ihrem Träger trennen konnte.

»*Hinsetzen*«, sagte sie zu dem Söldner.

Tier konnte in seine Worte einen Zwang legen, der Menschen dazu brachte, ihm zu gehorchen. Seraphs Magie veranlasste vor allem den Körper des Mannes, ihrem Befehl Folge zu leisten. Gleiches Ergebnis, andere Ursachen. Der Mann ließ sich auf den Stuhl sacken wie eine Marionette, deren Fäden durchgeschnitten worden waren.

»Still jetzt.«

Der Bann würde in etwa einer Stunde nachlassen – sie hatte ihm keine besondere Kraft verliehen. Der Rest der Schänke war wunderbarerweise still geworden, obwohl Seraph sehr darauf geachtet hatte, dass ihre Magie nur den Mann traf, der sie geärgert hatte.

Den Rest des Weges zu Tiers Tisch legte sie begleitet von dem nervösen Regil zurück.

Willon stand auf, als sie näher kam. Sie hatte sich auf Tier konzentriert und nicht einmal bemerkt, dass jemand bei ihm saß, bevor der Kaufmann sich bewegte. Er nahm ihre Hand und küsste sie. So etwas hatte er noch nie getan, und es lenkte sie einen Moment ab. »Seraph, es ist schön, Euch zu sehen. Bitte entschuldigt das Verhalten des Söldners meines Vetters. Er wird bald weiterziehen.«

Seine Worte und seine Höflichkeit sollten die anderen Männer wissen lassen, dass sie sie nicht mehr behelligen sollten, dachte sie mit vager Dankbarkeit.

»Willon.« Sie konnte jetzt einfach kein beiläufiges Gespräch mit dem Kaufmann führen, nicht, wenn sie sich solche Sorgen um Tier machte.

Tier würde sich bereits bei Willon bedankt haben, weil der Kaufmann bis nach Taela gereist war, um ihnen zu helfen, also brauchte sie das nicht zu wiederholen. Sie nickte Willon zu, aber ihre Aufmerksamkeit galt ihrem Mann. »Tier, die Kinder sind schon auf dem Weg nach Hause. Bist du auch so weit?«

Er lächelte, aber an seinem Lächeln stimmte etwas nicht. Er wusste es, dachte sie. Selbstverständlich wusste er, dass etwas nicht stimmte.

»Ich glaube, das wäre das Beste.« Er griff nach der Laute und reichte sie dem Schänkenbesitzer. »Danke für das Mittagessen, Regil. Deine Wurst hat mir gefehlt, als ich weg war.«

Er legte Seraphs Hand auf seinen Arm, und sie führte ihn zum Ausgang.

Sobald sie außer Hörweite der Schänke waren, sagte Tier: »Seraph, ich habe gesungen, und plötzlich konnte ich einen Ton nicht treffen.« Er schüttelte den Kopf. »Solche Probleme hatte ich noch nie.«

»Etwas stimmt nicht mit deiner Bardenweisung«, sagte sie.

Seine Schritte gerieten aus dem Takt, dann ging er wie üblich weiter, wenn auch langsam, weil er immer noch hinkte. »Etwas, das der Pfad bewirkt hat?«

Seraph schnaubte enttäuscht und fuhr mit der Hand seinen Arm entlang, bis sie seine Hand erreicht hatte und umklammern konnte. »Das ist sehr wahrscheinlich. Ich weiß nicht, was ich dagegen tun soll. Bevor die Zauberer des Pfads das Gegenteil bewiesen, glaubte ich nicht einmal, man könnte den Weisungen etwas antun.«

»Bitte versuch, es so nett wie möglich auszudrücken.« Tier klang ein wenig erheitert, aber seine Hand klammerte sich beinahe brutal an ihre. »Wenn du nichts dagegen tun kannst, werde ich die Töne nicht mehr treffen?«

»Das weiß ich nicht.«

Tier löste seinen Griff nicht, aber er hörte auf zu reden.

Sie waren nicht lange in der Schänke gewesen, und die Kinder mussten erst kurz vor ihnen auf dem Hof eingetroffen sein. Gura war immer noch aufgeregt, als er sie entdeckte. Er rannte ihnen so schnell entgegen, dass er erst einmal an ihnen vorbeisauste, bis er langsam genug wurde, um zurückzukehren und sich von Tier die Ohren kraulen zu lassen.

Im Haus hatte Hennea eine der Karten auf dem Tisch ausgebreitet, und die Jungen und Rinnie hatten sich darum versammelt und waren ganz versunken in ihre Betrachtungen.

»Hennea«, sagte Seraph. »Wir haben ein Problem.«

»Kannst du etwas dagegen tun, Mutter?«, fragte Rinnie.

Seraph sah Hennea an, die die Achseln zuckte, und antwortete: »Ich weiß es nicht. Wir werden es versuchen. Die überlebenden Zauberer aus Colossae konnten mit den Weisungen arbeiten – das ist offensichtlich, denn immerhin haben sie sie geschaffen. Aber was die *Mermori*-Bibliotheken angeht, die Hennea, Brewydd und ich uns angesehen haben, so gab es dort nichts darüber.«

»Brewydd weiß vielleicht, was helfen könnte«, sagte Lehr. »Ich kann losziehen und den Clan des Bibliothekars finden.«

Seraph zögerte. Benrolns Clan mochte überall sein – und es gab keine Garantie, dass Brewydd wirklich etwas für Tier tun konnte.

»Ich bin ein Jäger, Mutter. Ich kann sie finden.«

»Er wird ein Pferd brauchen«, sagte Tier. Es war das Erste, was er äußerte, seit sie nach Hause gekommen waren. »Scheck ist nicht geeignet für einen schnellen Ritt.«

»Also gut.« Seraph stand auf und holte die Börse vom Speicher, die der Kaiser ihnen gegeben hatte. Sie kletterte wieder die Leiter hinunter und reichte Lehr den Beutel.

»Nimm das hier jetzt gleich, solange wir noch Tageslicht haben. Finde heraus, was für ein Pferd du von Akavith kaufen kannst.«

Lehr nahm den Beutel zögerlich entgegen. »Akavith ist teuer, Mutter.«

»Er züchtet Pferde für die Adligen«, stimmte sie zu. »Er wird ein schnelles Tier haben. Mach ihm klar, dass du ein Pferd für die Jagd willst und nicht für die Arbeit auf dem Hof.« Sie sah Tier an; er kannte den mürrischen alten Pferdezüchter besser als sie. »Kann er Akavith sagen, dass er eine Reisendenheilerin herholen will?«

Tier nickte. »Sag ihm auch, vom wem wir das Geld haben, obwohl er das wahrscheinlich schon weiß. Nach den Strophen, die Ciro letzten Abend gesungen hat, wird die Geschichte vom Bauern und dem Kaiser wahrscheinlich inzwischen überall in den Bergen verbreitet sein. Akavith wird wahrscheinlich hilfreicher sein, wenn er die ganze Geschichte kennt. Als ich ein Junge war, wirkte die Tante seiner Mutter hier als Zauberin und Heilerin, und er hat nichts gegen Reisende.«

»Sag ihm, du willst Seide«, riet Jes.

Seraph zog erstaunt die Brauen hoch.

Jes zog den Kopf ein. »Ich helfe ihm manchmal, Mutter«, erklärte er.

»Akavith kann gut mit wilden Geschöpfen umgehen«, sagte Tier.

»Mach dir keine Sorgen wegen der Kosten«, riet Seraph Lehr. »Wenn es zu teuer ist, können wir das Pferd immer noch weiterverkaufen, wenn wir es nicht mehr brauchen. Aber geh, solange wir noch Tageslicht haben – nimm Scheck, er wird dich schneller tragen, als du zu Fuß gehen kannst. Morgen früh sprechen wir darüber, wo sich Benrolns Clan wahrscheinlich aufhält.«

Akavith lebte auf halbem Weg nach Leheigh. Es würde dunkel sein, bevor Lehr es nach Hause schaffte, zu spät, um sofort mit der Suche nach dem Clan zu beginnen.

Lehr nahm den Beutel und band ihn sich an den Gürtel. »Ich komme zurück, sobald ich kann.« Er wandte sich Jes zu.

»Ich werde ihm sagen, dass du mir geraten hast, nach Seide zu fragen.«

Nachdem die Tür hinter ihm zugefallen war, sah Seraph Hennea an. »Glaubst du, wir sollten auf Nachricht von Brewydd warten, bevor wir etwas versuchen?«

Sie schüttelte den Kopf. »Ich wünschte, ich könnte hilfreicher sein. Ich weiß nicht, wie der Schaden entstanden ist, und auch nicht, wie man ihn reparieren kann.«

»Händeringend herumzustehen, wird uns auch nicht helfen«, sagte Seraph. »Tier, leg dich auf den Teppich an der Feuerstelle. Das hier könnte lange dauern, und du darfst dich nicht bewegen. Mach es dir bequem.«

»Können wir helfen?«, fragte Rinnie. »Ich könnte Tee oder Suppe kochen.«

Seraph setzte dazu an, den Kopf zu schütteln, dann hielt sie inne. »Es wäre vielleicht am besten, vorher zu essen. Bring Brot und Käse, Rinnie.«

»Und Tee«, ergänzte Jes. »Ich hole Wasser.«

Akavith saß gerade beim Abendessen, als Lehr an die Tür klopfte. Er streckte den Kopf hinaus. »Ah, Tiers Junge, wie?«, sagte er.

»Ja.« Akavith war ein furchterregender Mann, der nicht viel für Zweibeiner übrig hatte. Aber Lehr war von Seraph erzogen worden, und es brauchte ein wenig mehr, um ihn einzuschüchtern.

Schwarze Augen starrten ihn unter buschigen Brauen an. »Was willst du, Junge? Ich sitze gerade beim Abendessen.«

»Ich brauche ein Pferd. Ich kann warten, bis Ihr fertig gegessen habt.«

»Ein Pferd!« Das sagte er, als käme nie jemand zu ihm, um Pferde zu kaufen.

»Ja.«

Er warf einen Blick auf Scheck. »Du hast doch ein gutes Pferd.«

»Ja. Aber ich muss eine Reisendenheilerin für meinen Vater holen, der in Taela schlimmer verletzt wurde, als wir dachten. Ich brauche ein schnelles Pferd, das lange unterwegs sein kann. Scheck ist zu alt dafür.«

Die Feindseligkeit schwand aus Akaviths Miene. »Tatsächlich. Tier ist verwundet? Nun, das ist eine andere Sache. Geh in den Stall und such dir aus, was dir gefällt. Ich komme nach, sobald ich meine Stiefel wieder anhabe.«

Die Pferde in Akaviths Stall waren erstklassig. Lehr blieb bei einer großen Fuchsstute mit flachsheller Mähne stehen. Sie ließ ihr Heu liegen und kam zur Boxentür.

Er lehnte die Stirn an ihren Hals und atmete den süß-salzigen Geruch eines gesunden Pferdes ein, während er ihr sanft über den Wangenknochen streichelte.

Ihr Götter, dachte er. *Ich hoffe, Brewydd kann etwas tun.* Er hatte großes Vertrauen zu der Heilerin, aber die Angst in den Augen seiner Mutter bewirkte dennoch, dass sich ihm die Brust zuschnürte.

»Das ist eine gute Wahl, Junge«, sagte Akavith. Er sprach nun mit der leisen, sanften Stimme, die gewöhnlich seinen Pferden vorbehalten war.

Lehr richtete sich wieder auf. Normalerweise hörte er es, wenn jemand näher kam, aber er hatte keine Ahnung gehabt, dass der alte Pferdezüchter schon im Stall war.

»Ich mag auch den Braunen zwei Boxen weiter«, sagte Lehr. »Und mein Bruder sagte, ich solle nach einem Pferd namens Seide fragen.«

»Das da ist Seide, direkt vor dir, Junge. Dein Bruder hat ein gutes Auge für Pferde.« Akavith griff nach einem Halfter und öffnete die Boxentür. Er legte der Stute das Halfter an und führte sie nach draußen, damit Lehr mehr von ihr sehen konnte.

»Sie wird demnächst fünf Jahre alt und ist vollständig ausgebildet – einen Teil dieser Ausbildung hat dein Bruder ihr erteilt. Ich verkaufe sie für gewöhnlich jünger – dieser Braune ist vier und bereits verkauft. Ich hatte auch Angebote für die Stute, aber …« Akavith tätschelte Seides rotgoldene Schulter. »Du weißt sicher, dass Adlige meist zu stolz sind, um eine Stute zu reiten. Sie würden Seide zu einem Damenpferd machen, das von einer Festlichkeit zur anderen trabt.« Er zog eine unwillige Grimasse. »Und das würde ihr überhaupt nicht gefallen – sie ist gern unterwegs und liebt die Herausforderung eines langen Ritts. Du solltest ihr nur kein Geschirr anlegen und sie einen Pflug ziehen lassen, wie dein Vater es mit seinem fahlarnischen Wallach gemacht hat. Sag deinem Vater, er soll zu mir kommen, und ich finde ihm einen Ersatz für die Graue, die er verloren hat. Ich habe ein paar Pferde, die ihm gefallen sollten.«

»Ich bezweifle, dass wir uns das leisten können«, antwortete Lehr, aber er dachte ohnehin nicht an ein neues Bauernpferd; er war dabei, sich zu verlieben.

Die Stute war noch schöner, als er gedacht hatte, feinknochig wie ein Jagdhund und beinahe so groß wie Scheck. Lebhafte dunkle Augen betrachteten ihn neugierig und mit der Freundlichkeit eines Pferdes, das nie falsch behandelt worden war. Sie hatte eine flachsfarbene Mähne und einen ebenso hellen Schweif, die exotisch lang und seidig und wahrscheinlich der Grund für ihren Namen waren. Ihre Nüstern waren weit offen, um den Wind zu trinken.

»Sag es deinem Vater, und wir werden schon etwas aushandeln können«, wiederholte Akavith. Seine zerklüfteten Züge entspannten sich ein wenig mehr, und Lehr hatte das Gefühl, dass diese scharfen alten Augen ihn vollkommen durchschauten. »Ja«, sagte der alte Mann und schlug sich auf den Schenkel. »Du und diese Stute, ihr passt zusammen.«

Sie feilschten eine Weile, und Lehr wusste, dass der Preis, auf den sie sich schließlich einigten, erheblich niedriger war als das, was der Züchter von einem Adligen erhalten hätte, der nach einem Pferd für eine seiner weiblichen Verwandten suchte.

»Keine Sorge«, sagte Akavith. »Dein Bruder will nicht, dass ich ihn bezahle, und in diesen letzten Jahren ist er mit den Pferden ebenso gut umgegangen wie mein bester Stallbursche. Hast du einen Sattel und Zaumzeug, das für die Stute passen würde?«

»Nein.«

Akavith führte die Stute wieder in die Box und dann Lehr zu seiner Sattelkammer. Während er Zaumzeuge durchging, sagte er: »Ein Mann aus Redern kam heute vorbei. Er erzählte mir von Olbeck – dem Sohn des Verwalters, kennst du ihn?«

Lehr kannte Olbeck, aber Akavith sprach weiter, ohne auf eine Antwort zu warten

»Er hat einen anderen Jungen umgebracht – einen Kaufmannssohn namens Lukeeth.«

Lukeeth war einer von Olbecks Speichelleckern gewesen, der Sohn eines Redernikaufmanns. Lehr hatte ihn nicht besonders gut gekannt und was er kannte, nicht gemocht, aber er hatte ihm bestimmt nicht den Tod gewünscht.

»Ich habe gehört, Storne, der Sohn des Müllers, habe gegen ihn ausgesagt. Wenn Olbecks Vater nicht der Verwalter des Sept wäre, hätte Lukeeths Vater seinen Kopf verlangt und ihn auch bekommen. Aber so ist es ihm nur gelungen, Olbeck aus Redern verbannen zu lassen. Ich nehme an, es wird den Verwalter nicht mehr als einen Monat kosten, damit auch *dieses* Urteil ausgesetzt wird.« Er spuckte auf den Stallboden. »Ich bin froh, dass ich nicht in der Stadt wohne. Wenn einer meiner Jungen einen anderen umbringen würde, dann würde ich mich selbst darum kümmern.«

»Wenn du zu besorgt bist, werde ich es übernehmen«, bot Hennea Seraph an, als diese sich nach dem Essen neben Tier auf den Boden an die Feuerstelle setzte.

Aber Seraph war der Ansicht, wenn sich schon jemand mit Tiers Weisung abgab, sollte sie das sein. Sie kniete sich neben ihren Mann und rutschte herum, bis sie so bequem saß, wie es auf dem Dielenboden möglich war.

Dann holte sie ein paarmal tief Luft und begrub ihre Angst und den Zorn sehr tief, damit sie ihre Magie beherrschen konnte. Gefühle machten Magie unzuverlässig und gefährlich.

»Es geht schon«, sagte sie zu Hennea.

Jes und Rinnie saßen ebenfalls auf dem Boden und lehnten sich gegen die Wand, an einer Stelle, wo sie Seraph nicht stören würden.

»Leg dich hin«, sagte sie zu Tier, der noch aufrecht saß. »Und entspann dich.«

Sie begann, ihn mithilfe ihrer Magie zu betrachten. Für gewöhnlich sah eine Weisung für sie aus wie eine Reihe transparenter Kleidungsstücke, die den ganzen Körper bedeckten, aber sie wusste, dass nicht alle Raben die Weisungen auf die gleiche Weise wahrnahmen. Ihr Lehrer Arvage hatte kleine Kronen aus verflochtenen Ranken gesehen, und jede Weisung hatte Blüten in unterschiedlichen Farben gehabt. Nur die Farben waren für jeden Raben die gleichen. Sie fragte sich, wie der Schaden an Tiers Weisung wohl für ihren alten Lehrer ausgesehen hätte.

»Was erblickst du, wenn du seine Weisung auf magische Weise betrachtest, Hennea?«, fragte sie.

»Licht«, antwortete der andere Rabe. »Mit einigen dunklen Bereichen.«

Seraph berührte Tiers Brust leicht, und zwar an einer Stelle, wo ihre Magie ihr einen Riss in der Weisung zeigte. »Ich sehe einen Riss hier«, sagte sie zu Hennea.

Hennea nickte. »Das ist für mich einer der dunklen Flecke.«

»Behalte ihn im Auge«, bat Seraph. »Wenn du auch nur die geringste Veränderung wahrnimmst, sag mir Bescheid.«

Bis vor ein paar Monaten hätte Seraph nie gedacht, dass man eine Weisung überhaupt manipulieren könne. Als sie jung gewesen war, hatte sie es versucht, und wahrscheinlich war sie nicht die Einzige gewesen. Sie hatte herausfinden wollen, ob sie das Aussehen ihrer Weisung so verändern konnte, dass nicht alle Raben, die sie zufällig sahen, sofort wussten, was sie war.

Nichts hatte funktioniert. Ihre Magie war einfach von der Oberfläche der Weisung abgeglitten, ohne etwas auszurichten.

Magie arbeitet mit Mustern, dachte sie, mit Mustern und mit Symbolismus.

Seraph starrte Tiers Weisung an und zupfte an ihrer Magie, als spinne sie Garn am Spinnrad. Sie spürte, dass sie sich unter ihren Fingerspitzen weich und fein anfühlte wie das beste Kammgarn. Seraph sah die Weisung als Gewebe, also würde sie das Muster ihrer Magie danach ausrichten und sehen, ob es funktionierte.

»Tier«, sagte sie. »Sag mir, wenn du etwas spürst – aber besonders, wenn etwas wehtut.«

»Auf jeden Fall.« Sein ironischer Tonfall ließ sie lächeln, genau, wie er es vorgehabt hatte.

Sie berührte seine Weisung mit ihrem magischen Garn, aber ihre Finger sanken hindurch, bis sie seinen Hals streiften.

»Kalt«, sagte Tier.

»Sehr komisch«, murmelte sie und starrte seine unkooperative Weisung wütend an. Als sie die Finger wieder wegzog, fiel ihr magischer Blick auf das glitzernde Violett ihrer eigenen Weisung, und sie ließ sich davon inspirieren. Diesmal fasste sie das Ende ihres Garns nur ganz leicht, so leicht, dass sie es überhaupt nicht mit den Fingern berührte, sondern nur mit dem dünnen Schleier der Rabenweisung.

Sie legte diesen Faden auf Tier, und diesmal blieb er auf der Bardenweisung liegen, und ihr Wille – der Faden, den sie gesponnen hatte – begann, die Struktur und die grüngraue Farbe der Bardenweisung anzunehmen. Als sie leicht an dem Garn zupfte, fiel es wieder von Tier herunter. Es mischte sich nicht einfach mit Tiers Weisung, sie würde es selbst damit verflechten müssen. Sie legte das Garn zurück auf Tier, damit es alle Aspekte seiner Weisung in sich aufnehmen konnte, und dann kam ihr eine Idee, wie sie den Schaden vielleicht beheben konnte.

Sie hatte lange keine Socken oder Pullover mehr gestopft – nicht, seit sie Rinnie beigebracht hatte, wie man das tat. Flickarbeiten hatten nie zu den Lieblingsbeschäftigungen ihres *Solsenti*-Lebens gehört. Reisende flickten ihre Kleidung natürlich ebenfalls, aber die Zeit eines Raben war zu kostbar, um sie mit solch banalen Aufgaben zu verschwenden. Für Tier jedoch hätte sie auch ein Stück Stoff geflickt, das größer gewesen wäre als der gesamte Bauernhof.

Als all ihr Garn die Qualitäten von Tiers Weisung angenommen hatte, zog sie es wieder an sich. Aus Magie formte sie ein Stopfei, indem sie eine feste Oberfläche visualisierte, die genau richtig gerundet war, um die Spitze ihrer Nadel von Tiers Haut fernzuhalten.

Jetzt brauchte sie nur noch eine Stopfnadel.

Das Einzige, was sich auf Tiers Weisung auswirken konnte, war ihre eigene.

»Hennea«, sagte sie. »Würdest du bitte die Edelsteine mit den Weisungen herausholen und mir einen der Lerchensteine geben? Das Tigerauge, denke ich.« Das war der Ring, der manchmal in ihrer Hand wärmer geworden war, wenn sie und Hennea mit den Steinen arbeiteten.

»Du willst es mit den Steinen versuchen?« Hennea klang neutral – was deutlich auf ihre Missbilligung schließen ließ.

Seraph schüttelte den Kopf. »Ich werde sehen, ob ich die Weisung überreden kann, mir zu helfen.«

Sie hörte, wie Hennea aufstand, nahm sie aber nur am Rande wahr. Ihre Hauptaufmerksamkeit galt ihren Plänen. Wenn man Magie wirkte, gab es keinen Raum für Zweifel. Nur vollkommenes Selbstvertrauen würde ihre Magie wirklich tun lassen, was sie wollte.

Etwas Kleines und Warmes wurde ihr in die kalte Hand gedrückt – der Ring.

Sie hatte sich für die Lerche entschieden, weil Heilung dem, was sie tun wollte, am nächsten kam.

Seraph dachte intensiv über das Problem nach, dem sie gegenüberstand, und darüber, was sie brauchte. Sie versuchte, ihre Panik und ihre Ungeduld so gut wie möglich zu dämpfen. Sie hatte gerade mit einer weiteren Runde des Nachdenkens begonnen, als etwas Spitzes sie in die Hand stach, in der sie den Edelsteinring hielt. Sie sah die Hand erstaunt an und erkannte, dass die rostfarbene Weisung, die den Lerchenstein umgeben hatte, sich zu einer großen Nadel geformt hatte.

Sie dachte sehr intensiv daran, wie dankbar sie dafür war, als sie das Garn in die Nadel einfädelte. Dann schob sie das Stopfei unter das größte Loch im Gewebe von Tiers Weisung. Sie hatte keine Ahnung, was passieren würde, wenn sie seine Haut mit der Nadel ritzte, und sie wollte es auch nicht unbedingt herausfinden.

Vorsichtig nahm sie die Nadel in die mit der Weisung bedeckten Hände und nutzte mehr ihre Willenskraft als ihre Finger, um die Nadel in Tiers Weisung zu stecken, zwei Fingerbreit vom Rand des Risses entfernt.

Wie bei einem fest gestrickten Pullover machten die Fäden der Bardenweisung ihrer Nadel Platz, und das Stopfei schützte Tier vor der Spitze. Der Ring, den sie lose zwischen zwei Fingern hielt, ging durch Tiers Weisung, als lasse sich keiner von der Gegenwart des anderen stören. Die Nadel jedoch funktionierte so gut, wie Seraph gehofft hatte. Vorsichtig zog sie sie durch das Gewebe von Tiers Weisung zurück und nähte rings um den Riss, bevor sie begann, Längs- und Querfäden über das Loch zu ziehen.

Stunden vergingen, aber sie war tief in ihre Arbeit versunken. Die Risse im Gewebe zu stopfen, kostete sie ihre ganze Konzentration, und sie erkannte erst, wie müde sie war, als Tier sie ansprach.

»Seraph, *hör mich an.*«

»Ich bin noch nicht fertig«, erwiderte sie störrisch. Es gab immer noch Löcher. Kleine Löcher, die sich in größere verwandeln würden. Sie sah sich nach ihrem Garn um, konnte aber keins mehr finden.

»Hennea sagt, du kannst nicht mehr tun, als du bereits geleistet hast. Hör auf, Seraph.«

Die Nadel verblasste, bis Seraph nur noch einen Ring in der Hand hielt. Halb betäubt erkannte sie, dass Tier ihre Handgelenke hielt und sie schüttelte.

»Sie hat aufgehört«, sagte Hennea, deren Stimme nicht viel mehr als ein heiseres Murmeln war.

»Ich bringe sie in die Betten.«

Das war Lehr. Wieso war er schon wieder hier?

»Bring du Mutter nach oben«, sagte Jes. »Ich kümmere mich um Rinnie und helfe dir dann mit Papa.«

»Ich kann selbst aufstehen«, sagte Tier.

Tier. Seraph ließ die Hand aus seinem lockeren Griff gleiten und packte ihn fest am Arm.

»Hennea«, sagte sie. »Kannst du es dir ansehen – magisch ansehen?« Sie war zu müde, um selbst noch Magie gebrauchen zu können.

»Es ist besser«, erwiderte der andere Rabe. »Es wird nicht ewig halten, aber es sollte uns ein wenig Zeit verschaffen. Ich hätte nie daran gedacht, die Weisungen auf solche Art zu benutzen.«

»Du hast auch noch nicht viele Socken gestopft«, erwiderte Seraph. Sie fragte sich einen Moment, wie ihre Arbeit für Hennea ausgesehen haben mochte, die eher Licht sah als Gewebe. Aber sie konnte sich nicht lange genug an die Frage klammern, um sie zu stellen. Sie wusste, dass es Tier besser ging, auch wenn es nur für kurze Zeit sein würde, und sie ließ sich friedlich in die weiche Dunkelheit der Erschöpfung sinken.

Jes wartete, während Lehr seine Mutter aufhob und mit ihr zur Leiter ging, die zum Schlafraum seiner Eltern führte. Dann streckte er seinem Vater die Hand hin, der ächzend wieder aufstand.

»Danke, Jes«, sagte er »Ich habe mich schon gefragt, wie ich wieder hochkommen sollte.« Er folgte Lehr mit schwerem Hinken die Leiterstufen hinauf.

Hennea lehnte an den Steinen der Feuerstelle, die nun kühl waren, da kein Feuer brannte. Sie hatte die Augen geschlossen, aber er wusste, dass sie noch wach war. Rinnie hingegen schlief tief. Nichts hatte sie wach halten können, nicht einmal der schwere Geruch von Magie, der immer noch in der Luft hing.

Er ließ Hennea, wo sie war, und hob seine kleine Schwester hoch. Sobald er sie berührte, konnte er ihre Träume spüren. Sie flog am Nachthimmel, und das dunkle Land lag tief unter ihr; sie ritt auf dem Sturmwind, wie sie es in der Wirklichkeit mit ihrem Geist tun konnte.

»Es gibt Kormorane, die tatsächlich fliegen können«, sagte der Hüter, dann zog er sich sofort wieder zurück.

Beschützerisch packte Jes Rinnie fester. Es beunruhigte ihn, dieses Wissen, über das er nicht verfügen sollte, über das der Hüter nicht verfügen sollte. Woher wusste er, dass Kormorane fliegen konnten, wenn Rinnie und Benroln die einzigen waren, die er je gekannt hatte? Aber sosehr ihn das auch verstörte, der Hüter fand es noch viel erschreckender. Jes konnte sich nicht erinnern, dass irgendetwas den Hüter je zuvor verängstigt hatte.

Er trug Rinnie um die Behelfswand, die er und Lehr am Vortag gebaut hatten, und legte sie sanft aufs Bett.

Dieses seltsame Wissen war ein Teil der Veränderung, die mit ihnen stattfand, einer Veränderung, die sowohl dem Hüter als auch Jes Angst machte. Auch Mutter war deshalb besorgt. Jes hatte immer mit dem Hüter gesprochen, hatte ihn beruhigt und den ununterbrochenen Zorn verringert, mit dem der Hüter lebte. Aber erst, seit er zusammen mit ihm im *Foundrael* eingesperrt war, hatte der Hüter ihm geantwortet.

»Sie ist zu jung zum Fliegen«, murmelte Jes leise. »Wir würden nicht gut genug auf sie aufpassen können.«

Der Hüter schwieg, und Jes wusste nicht, ob er zuhörte oder sich vollkommen abgeschottet hatte. Das Letztere war gefährlich. Wenn der Hüter aus einem solchen Winterschlaf wieder auftauchte, war er voller Zorn, und man konnte nicht vernünftig mit ihm reden.

Aber er erhielt keine Antwort, also kehrte er zurück, um Hennea zu holen. Sie saß anders da als zuvor – sie hatte offenbar versucht aufzustehen.

Ihr Haar war dunkel von Schweiß, und sie hatte Ringe unter den Augen. Es kam Jes so vor, als hätte sie auch abgenommen, als hätte die Macht, die sie Mutter gegeben hatte, ihren Körper ausgelaugt.

Sanft hob er sie hoch.

»Sie gehört uns«, erklärte der Hüter.

»Wenn sie das will«, erwiderte er entschlossen, und er verbarg nicht, wie erleichtert er darüber war, dass der Hüter sich nicht zurückgezogen hatte. »Du solltest nichts tun, das sie vertreibt.«

»Jes?«, murmelte sie.

»Ich bringe dich ins Bett«, sagte er.

»Papa hat Mutter gesagt, dass sie uns liebt.«

Jes spürte, wie ihm ein breites Grinsen auf die Lippen trat. »Das hat er.«

Der Hüter teilte den süßen Duft ihrer Haut mit ihm, also ließ Jes ihn im Gegenzug spüren, wie intensiv sie sich wünschte, sicher in seinen Armen zu liegen.

Er legte sie in ihr Bett, das neben dem von Rinnie stand. Wie die Trennwand war es am Vortag entstanden. Sie schlief sofort wieder ein, und er streichelte ihr leicht über die Wange, weil er seinem eigenen Wunsch und dem des Hüters einfach nicht widerstehen konnte.

Sie öffnete die Augen, blass und unkonzentriert. »Jes«, sagte sie.

»Ja?«

»Erinnere mich. Morgen. Landkarten und Colossae. Es ist wichtig. Für deinen Vater.«

Er spürte, wie der Hüter von … von einem namenlosen Gefühl erfüllt wurde, als er den Namen der uralten Stadt hörte.

»Ich werde dich erinnern«, sagte Jes und schob die aufflackernde Vision einer Stadt beiseite, die er nie zuvor gesehen hatte.

Diese seltsamen Einblicke machten dem Hüter Angst. Jes konnte spüren, wie sie in ihm aufstieg, und dann kam der Zorn, der die Angst zu Asche verbrannte, Zorn, den Jes hinunterschluckte und wieder hinunterschluckte, bis es wehtat zu atmen.

»Jes?«

»Wir sollten es jemandem sagen«, murmelte er. *Vielleicht kann jemand uns helfen zu verstehen, was hier geschieht. Uns helfen, damit wir vorbereitet sind.* Das war es, dachte er. Der Hüter fürchtete sich vor etwas, das passieren würde, wenn er sich an zu viel erinnerte. Etwas Schlimmes.

»Morgen. Wir erzählen es deiner Mutter«, murmelte Hennea, die seine Äußerung falsch verstanden hatte.

Der Hüter hörte ihn ebenfalls. Jes wusste das, weil die glühende Wut des anderen zu einem verdrießlichen Schwelen erstarb, das er besser ertragen konnte.

Hennea schlief ein. Jes gestattete sich noch einmal, ihr übers Haar zu streichen, bevor er sie neben seiner Schwester ruhen ließ und zur Feuerstelle zurückkehrte.

»Wem sagen?«, fragte der Hüter, lange nachdem Jes eine Reaktion erwartet hätte.

Mutter? Nein, sie quält sich ohnehin schon wegen uns und fühlt sich schuldig. Das will ich nicht. Papa? Vielleicht Lehr. Lehr ist sehr schlau. Er hatte Hennea bewusst nicht erwähnt. Wenn ihre Sorge sie bereits veranlasste, sich von ihm fernzuhalten, wollte er nicht, dass sie sich noch mehr Gedanken machte.

»Im Augenblick niemandem«, beschloss der Hüter. Aber Jes wusste, dass er sich allein schon bei dem Gedanken, jemandem seine Veränderungen mitzuteilen, besser fühlte. *»Wir können es jemandem sagen, wenn es notwendig wird. Und es könnte notwendig werden.«*

7

Nachdem der Hüter wieder friedlich geworden war, lauschte Jes dem leisen Gespräch im Schlafraum seiner Eltern.

»Ich dachte, ich sollte einfach zu der Stelle zurückreiten, wo Benroln sich von uns getrennt hat«, sagte Lehr gerade. »Von da an kann ich ihrer Spur folgen.«

»Es gibt vielleicht eine einfachere Möglichkeit«, wandte Tier ein. »Deine Mutter sagte, Willon habe euch eine Landkarte gegeben, bevor ihr nach Taela aufbracht.«

»Ich hole sie«, sagte Lehr.

»Das kann ich tun«, rief Jes leise. »Ich weiß, wohin Mutter sie gelegt hat.«

Mutter hatte sie in die Truhe gepackt, in der Papa ein paar Andenken an seine Soldatenzeit aufbewahrte. Jes holte die Karte heraus und kletterte die Leiter hoch.

Seine Mutter lag im Bett unter der Decke. Ihr Haar war dunkel von Schweiß, und auch sie hatte Ringe unter den Augen, die beinahe wie blaue Flecke aussahen. Sie atmete nur flach und gab leise Geräusche von sich wie ein müdes Kind.

Der Hüter kam heraus, um sich zu überzeugen, dass sie in Sicherheit war. Jes berührte die Decke direkt oberhalb ihrer Füße; sie schlief so fest, dass sie nicht einmal träumte.

Als der Hüter wusste, dass gut für sie gesorgt war, beruhigte er sich wieder. Papa setzte sich auf seine Seite des Betts, und Lehr hatte sich im Schneidersitz auf den Boden gehockt; beide hatten den Hüter beobachtet und ihm die Zeit gelassen, die er brauchte.

Es gab genug Platz für Jes in dem schmalen Raum zwischen dem Fußende des Betts und der Leiter. Er reichte Papa die Landkarte und setzte sich auf den Boden.

»Danke«, sagte Papa, als er die Karte entgegennahm und sie vor sich auf das Bettzeug legte.

Er betrachtete sie einen Augenblick, dann tippte er mit dem Finger auf eine Stelle. »Dort haben wir uns getrennt. Das ist die Straße, die Benroln nahm.« Er zog den Finger über die Karte auf sich zu.

Jes konnte die Beschriftung, die für ihn auf dem Kopf stand, nicht lesen – die Schrift war zu kunstvoll für ihn –, aber der Hüter konnte es.

»Edren«, sagte Papa. »Upsarian. Colbern.« Er zögerte, dann berührte er mit dem Finger die letzte Stadt, die er erwähnt hatte. »Willon nahm diese untere Straße zurück nach Redern.« Er fuhr mit der Hand entlang der unteren von drei Straßen, die nach Osten und Westen verliefen. »Sie ist besser für Wagen geeignet – es gibt Brücken und nicht nur Furten. Er sagte, er sei in Colbern vorbeigekommen. Die Stadt ist etwa so groß wie Leheigh. Sie hatten ihre Tore für Besucher verschlossen. Eine Seuche.«

Der Hüter, der sich bisher damit amüsiert hatte, Jes zu erklären, an welchen Punkten die Karte nicht stimmte, wurde sofort aufmerksam.

Papa sah Lehr an. »Ich habe mich schon gefragt, welches Desaster Benroln gerufen hat, wenn es hier immerhin einen vom Schatten besudelten Troll gab, den er hätte bekämpfen können. Eine Seuche mag so etwas durchaus bewirken.«

»Lehr darf nicht gehen«, grollte der Hüter.

Lehrs Brauen kletterten beinahe zum Haaransatz, aber bevor er die Antwort geben konnte, die ihm zweifellos auf der

Zunge lag, sagte Papa: »Ich bin ganz deiner Meinung. Es ist zu gefährlich.«

Lehr ballte die Fäuste. »Ich bin kein Kind mehr. Ich weiß, wie ich mich vor der Pest schützen kann. Ich werde niemanden berühren. Ich werde mit niemandem Essen oder Kleidung teilen. Mutter sagte, ich solle zu Brewydd gehen, und genau das werde ich tun.« Er stand auf, aber der Hüter erhob sich ebenfalls und stellte sich ihm in den Weg.

Lehr hat recht, sagte Jes zu ihm. *Vater braucht Brewydd, und Lehr ist nicht dumm. Er weiß, wie man auf sich aufpasst.*

Dann hatte er plötzlich das Bild eines Sterbenden im Kopf. Das Gesicht der Person lag im Dunkeln, also konnte er nicht einmal sehen, ob es sich um einen Mann oder eine Frau handelte. Er spürte nur die alles verschlingende Trauer des Hüters.

Brewydd wird dort sein, erinnerte er ihn.

»Jes?« Die leise Stimme seines Vaters drang in seine innere Auseinandersetzung ein.

»Brewydd wird dort sein«, stimmte der Hüter zu und zog sich langsam wieder zurück. Brewydd würde nicht zulassen, dass Lehr krank wurde.

»Brewydd wird dort sein«, sagte Jes laut zu Papa und hörte, wie Lehr erleichtert seufzte.

»Lass mich gehen«, bat Lehr ihren Vater. »Ich bin überzeugt, dass ich es kann.«

Papa rieb sich müde das Gesicht. »Also gut. Also gut. Versuche, heute Nacht gut zu schlafen, und brich morgen früh auf. Nimm die Karte mit.« Er faltete sie und reichte sie Lehr. »Sie wird dir den schnellsten Weg zeigen.«

Jes stand auf und stieg die Leiter hinab, damit Lehr an ihm vorbeikam.

»Ich möchte noch mit dir reden, Jes«, sagte Papa.

Jes nickte und sprang auf den Boden, wobei er in die Knie

ging, damit er leise aufkam und Hennea oder Rinnie nicht weckte.

Lehr, der hinter ihm auf der Leiter war, sagte leise: »Danke.«

Jes nickte und kletterte zurück zu seinem Vater. »Papa?«

»Schließ die Tür und setz dich, Sohn.«

Jes schloss die Tür, dann nahm er Lehrs Platz ein, denn bei geschlossener Tür wurde es dort, wo er zuvor gesessen hatte, zu eng für ihn.

»Erinnerst du dich an den Schmied, dem wir auf dem Rückweg geholfen haben?«, fragte er. Jes wusste, dass es sich nicht wirklich um eine Frage handelte, aber er nickte. »Als der Hüter sagte, er habe einen Nebelmahr gerochen, fragte ich ihn, woher er diese Wesen kannte.«

Dem Hüter gefiel dieses Gespräch überhaupt nicht, und Jes tat sein Bestes, beruhigende Gedanken zu senden.

»Du hast geantwortet, du wüsstest es nicht.«

»Ich erinnere mich«, sagte Jes. »Ich wusste es nicht.«

»Und der Hüter?«

Es ist schon gut, wir wollten ohnehin mit Papa über diese Sache reden, erinnerst du dich? Er erhielt zur Antwort nur ein unruhiges Aufbrausen, das ihm nicht sonderlich weiterhalf.

»Jes«, sagte Papa mit nur einer Spur von Macht in seiner Stimme.

Es genügte, damit Jes die Aufmerksamkeit wieder ihm zuwandte. »Er hat sich erinnert«, berichtete er. »Aber wir wissen selbst nicht, wie. Es regt ihn auf.« Er holte Luft. »Ich glaube nicht, dass er sich gerne erinnert.«

»Bist du sicher, dass er nicht noch mehr weiß?«, fragte Papa sanft. »Ich habe den Hüter gefragt, Jes, und er ließ dich herauskommen, um zu antworten. Ich denke, er weiß mehr darüber, und er will nicht, dass du es …«

Der Hüter schob Jes weg, so weit, dass dieser nicht einmal den Rest von Papas Satz hörte.

»… erfährst.« Tier hielt inne, um sich auf die Unruhe einzustellen, die ihn veranlassen wollte, von dem Mann, der zu seinen Füßen saß, wegzurücken. Jes war weg, und nur der Hüter war geblieben.

»Ich will nicht, dass er Angst bekommt«, sagte der Hüter.

»Es ist gefährlich, Geheimnisse zu haben«, erwiderte Tier. »Deine Mutter macht sich Sorgen um dich. Sie sagte mir, es sei wichtig, dass ihr euch sehr nahesteht, du und Jes.«

Der Hüter erhob sich mit der ihm eigenen Geschmeidigkeit und Kraft. Tier fühlte sich erinnert an Situationen, in denen er geglaubt hatte, einen Hund vor sich zu haben, und dann feststellen musste, dass es ein Wolf war. Jes und der Hüter hatten in ihren Bewegungen keinerlei Ähnlichkeit miteinander.

»Es gibt einige Dinge, die er nicht wissen muss«, erklärte der Hüter.

»Er hatte recht«, stellte Tier überrascht fest. »Du fürchtest dich tatsächlich.«

Der Hüter zischte.

»Du kannst mich nicht belügen.« Tier sprach weiterhin leise, obwohl sein Herzschlag schneller geworden war. »Jeder hat irgendwann einmal Angst. Es ist in Ordnung, wenn Jes ebenfalls Angst hat. Aber es ist nicht gut, dass du Dinge vor ihm verbirgst. Du musst ihm mehr vertrauen.«

»Du weißt überhaupt nichts«, fauchte der Hüter. »Du bist ein Barde – gesegnet, nicht verflucht.«

Tier zog eine Braue hoch. »Du bist nicht verflucht! Man hat dir nur ein sehr steiniges Feld zu bearbeiten gegeben. Mir kommt es so vor, als würdest du gute Arbeit leisten. Aber ihr müsst gemeinsam arbeiten, oder du wirst es nicht schaffen, Sohn.«

»Ich bin nicht dein Sohn«, sagte der Hüter. »Jes ist dein Sohn. Ich bin der Dämon, mit dem er verflucht ist.«

Das kam vollkommen gefühllos heraus, aber kein Vater konnte den Aufschrei in diesen Worten überhören.

»Du bist mein Sohn«, erwiderte Tier und beugte sich dicht genug zu dem Hüter, dass sein Atem zu eisigem Nebel wurde. »Ich liebe dich. Ich mache mir Sorgen um dich.«

»Du machst dir Sorgen um Jes«, sagte der Hüter und wandte den Kopf ab.

Die finstere Überzeugung des Hüters erinnerte Tier plötzlich daran, wie er zwei Tage vor seinem Aufbruch in den Krieg mit seinem Vater gesprochen hatte. Sein Vater hatte sich umgedreht und seinen Sohn stehen lassen, während Tiers verzweifelter Aufschrei noch im Haus widerhallte: *»Du liebst die Bäckerei mehr als mich.«*

Er dachte über diesen aufbrausenden jungen Mann nach, der sein Sohn war, dann sagte er das Erste, was ihm einfiel. »Du erinnerst mich an meine Schwester Alinath. Niemand konnte sie jemals von etwas überzeugen, wovon sie nicht überzeugt werden wollte.«

»Ich bin kein bisschen wie Alinath!« Der Hüter verschränkte die Arme und setzte sich auf die Fersen.

»Doch. Sie hat ihre Ansicht immer nur dann geändert, wenn sie schließlich aufhörte zu widersprechen und anfing zu denken. Also denk darüber nach, was ich gesagt habe – sag Jes, wovor du dich fürchtest. Man kann die Last der meisten Probleme lindern, indem man sie einem anderen mitteilt. Hab Vertrauen zu Jes.«

Der Hüter schwankte leicht von einer Seite zur anderen, wie es Jes tat, wenn er aufgeregt war.

»Warum gehst du heute Abend nicht in den Wald?«, schlug Tier freundlich vor. »Ich habe festgestellt, dass Bewegung und Einsamkeit einem vieles klarer machen können.«

Ohne ein Wort öffnete der Hüter die Tür und verließ den Raum. Tier hörte, wie die Haustür leise geöffnet und geschlossen wurde, dann wandte er sich seiner schlafenden Frau zu. »Ich hoffe, das hat ihm geholfen.« Er küsste Seraph, dann blies er die Laterne aus und war bald schon eingeschlafen.

Als Jes wieder zu sich kam, lag er auf einem Ast, die Klauen tief in die Rinde geschlagen, als ob der Hüter sie geschärft hätte.

Es gelang ihm, vom Baum zu klettern, bevor er die Katzengestalt verlor. Das war nicht einfach, aber immer noch angenehmer, als herunterzufallen.

Als er wieder Menschengestalt hatte, beugte er sich vor, streckte sich und versuchte zu erkennen, wo er sich befand. Er fühlte sich nicht allzu müde – es war nicht diese tiefe Müdigkeit, die ihn manchmal überfiel, wenn er aufwachte, nachdem der Hüter ihn ausgeschlossen hatte. Hoffentlich würde er nicht lange brauchen, um wieder nach Hause zu kommen.

Er fragte sich, was Papa wohl zu dem Hüter gesagt hatte, das ihn in den Wald laufen ließ.

»Wir müssen reden.« Der Hüter wirkte beinahe kleinlaut.

»Also gut.« Jes' allzu menschliche Stimme hörte sich so tief im Wald irgendwie falsch an. Er hätte auch nicht unbedingt laut sprechen müssen – aber es half ihm zu verfolgen, wer was sagte.

»Papa sagt, ich solle nichts vor dir verbergen. Nicht einmal Dinge, die mir Angst machen.«

»Was macht dir denn Angst?«

»Wenn ich mich erinnere.«

»Das weiß ich.«

Ungeduld und Enttäuschung überwältigten ihn; Jes schüttelte den Kopf in dem vergeblichen Versuch, diese Gefühle loszuwerden.

»Also gut, erklär es mir«, brachte er schließlich hervor. »Warum ist es so beängstigend, dich zu erinnern?«

»Ich war einmal etwas anderes. Ich war mehr. Etwas Gefährliches, das dir wehtun könnte.«

»Du warst immer schon gefährlich«, widersprach Jes. »Darum geht es doch bei unserer Weisung, oder? Wie können wir sie beschützen, wenn wir nicht gefährlich sind?«

Der Hüter gab keine Antwort, also begann Jes mit dem Heimweg. Während sie sich unterhalten hatten, hatte er im Mondlicht drei charakteristische Punkte entdeckt, die ihm eine recht gute Vorstellung davon gaben, wo er sich befand und wie er am schnellsten nach Hause gelangen würde.

»Ich hatte immer angenommen, ich sei ein Teil von dir, ein Teil, der nur durch die Weisung von dir getrennt bleibt.«

»Du bist ein Teil von mir.«

Widerspruch überwältigte ihn, und Jes stolperte über einen heruntergefallenen Ast, der auf seinem Weg lag. Er blieb stehen.

»Ich bin tatsächlich ein Teil der Weisung«, sagte der Hüter. *»Aber ich war einmal mehr als das. Nun bin ich nur noch ein Blutegel, der dich irgendwann vernichten wird.«*

Die Schuldgefühle des Hüters trieben Jes Tränen in die Augen.

»Du bist ein Teil von mir«, widersprach er. »Du hilfst mir, meine Familie zu beschützen. Morgen werden wir Lehr folgen und für seine Sicherheit sorgen. Das ist es, was wir tun.«

»Ich verderbe dir dein Leben. Um meinetwegen will sie dich nicht sehen. Und ich werde schließlich bewirken, dass du den Verstand verlierst.«

»Nein«, sagte Jes.

»Ich erinnere mich. Ich erinnere mich an den Wahnsinn. Ich werde dich um den Verstand bringen, wie ich es schon mit anderen getan habe. Ich sehe ihre Gesichter, wenn ich träume. Deshalb will Hennea uns nicht haben.«

»Noch bin ich nicht verrückt«, erwiderte Jes. »Und ich fühle mich auch nicht so, als würde es bald geschehen. Vielleicht bin ich anders als all die anderen. Mutter glaubt das jedenfalls.« Er lächelte in sich hinein. »Sie sagt, es liegt vielleicht an meinem störrischen *Solsenti*-Blut. Sie sagt, wenn Tante Alinath zu stur sei, sich der Vernunft zu beugen, dann kann ich auch zu stur sein, den Verstand zu verlieren.«

»Sie will uns um meinetwegen nicht haben.«

Jes wusste, wen er mit »sie« meinte. Er lächelte intensiver. »Papa sagt, Hennea liebt uns. Geben wir ihr Zeit zu verstehen, dass wir stärker sind, als sie glaubt.«

Er wartete noch einen oder zwei Herzschläge, aber der Hüter hatte alles gesagt, was er sagen wollte.

Tier ruhte, aber er konnte nicht schlafen. Hatte er Jes genug gesagt? Oder zu viel? Er wusste nicht so viel über die Weisung des Hüters, wie er wissen sollte – aber nach dem, was Seraph ihm erzählt hatte, ging das allen anderen ebenso.

Er hörte, wie Lehr sich in dem Raum unten unruhig im Schlaf bewegte. Er machte sich auch um Lehr Sorgen. Lehr war ein besonnener junger Mann, er würde kein Risiko eingehen, solange es keine andere Möglichkeit gab. Wenn er unterwegs nur auf ein halbes Dutzend Banditen stoßen würde, wäre Tier nicht einmal halb so nervös gewesen. Aber gegen eine Seuche halfen Vorsicht und Fähigkeiten nur wenig. Er musste sich darauf verlassen, dass Lehrs Weisung ihn sicher zu Benrolns Clan brachte und dass Brewydds Fähigkeiten seinen Sohn vor der Seuche bewahren konnten.

Es ging ihm gegen den Strich, dass sein Sohn für ihn sein Leben aufs Spiel setzen würde. Es kam ihm vollkommen verkehrt vor. Ein Vater sollte sein Leben opfern, um seine Familie zu retten – und sich nicht auf seinen Sohn verlassen müssen. Aber er hatte während seiner Gefangenschaft beim Pfad, als er glaubte, nicht überleben und sein Zuhause nie wiedersehen zu können, Zeit genug gehabt, um zu dem Schluss zu kommen, dass seine Familie ohne ihn zu verwundbar war. In fünf Jahren würde das nicht mehr unbedingt der Fall sein, aber jetzt brauchten sie ihn noch. Und er wusste, dass es ihm trotz Seraphs Flickarbeit nicht wirklich gut ging.

Sein Aufenthalt beim Pfad hatte mehr als nur körperliche Probleme verursacht, und er war sicher, dass ihm mehr drohte, als nur seine Singstimme zu verlieren. Seraph hatte ihm oft genug gesagt, dass die Weisung keineswegs nur eine Fassade darstellte, die sich leicht von dem Mann, der er war, trennen ließ: Sie war so sehr Teil von ihm wie sein rechter Arm. Er hatte Angst, dass die Meister es mit ihrer Magie geschafft hatten, seine Weisung von ihm abzutrennen, und er es nicht mehr aufhalten könnte, dass sein Lebensblut aus ihm herausfloss.

Seraph rollte sich zu ihm, schlang die Arme um seinen Arm und schmiegte das Gesicht an ihn, bis sie sich in ihrer liebsten Schlafposition befand. Sie entspannte sich wieder in ihrem erschöpften Schlaf, aber die Wärme ihres Atems an seinem Arm tröstete ihn ein wenig. Er döste weiter und wartete darauf, dass Jes zurückkehrte, damit er schlafen konnte, weil er wusste, dass seine Familie in Sicherheit war.

Die Tür öffnete sich knarrend, und Jes sagte: »Papa, der Kaiser ist zu Besuch gekommen.«

Phoran dachte bei sich, dass der Hauptraum von Tiers Häuschen mehr als fünfmal in sein Wohnzimmer im Palast gepasst hätte. Er tat hinter Jes ein paar Schritte nach drinnen, und seine Gardisten folgten ihm.

»Jes?« Eine müde Stimme erklang von der anderen Seite des Zimmers. Dann wurde sie scharf und klar. »Der Kaiser?« Die Vernunft sagte ihm, dass es Tiers jüngerer Sohn Lehr war, obwohl er in der Dunkelheit nichts weiter sehen konnte als den Umriss eines sitzenden Mannes.

In einem Raum unterm Dach wurde eine Laterne angezündet, und das Licht fiel durch die Ritzen zwischen den Dielen in der Tür. »Phoran?«

Tiers melodische Stimme klang wie eine Glocke. Phoran spürte, wie die Angst, die auf dem gesamten Ritt von Taela bis hierher nicht von ihm gewichen war, nun langsam von ihm abfiel.

Die Laterne in der Hand und ein breites Grinsen im Gesicht, kam Tier die Leiter vom Speicher herunter. »Ich hatte nicht erwartet, Euch hier zu sehen, mein Kaiser.« Er hob die Laterne und blickte hinter Phoran, wo er vier Männer sah, die früher einmal Sperlinge des Geheimen Pfads gewesen waren und Phoran nun als Leibwächter dienten. Und da Tier nun einmal Tier war, kannte er sie alle. »Willkommen, Kissel, Toarsen, Rufort und …« Er hob die Laterne höher. »Oh, Ielian, nicht wahr? Willkommen in meinem Haus. Was führt Euch her?«

»Das ist eine lange Geschichte«, sagte Phoran. »Wenn es Euch nicht stört, würde ich meine Männer gern nach draußen schicken, damit sie in Eurer Scheune schlafen können. Wir sind so schnell geritten, wie unsere Pferde uns tragen konnten, und wir sind alle müde.«

»Selbstverständlich«, sagte Tier. »Jes, kannst du sie zur Scheune bringen? Es gibt dort ein wenig Segeltuch, das sie auf das Heu legen können. Die Pferde – wie viele Hengste, Phoran?«

»Zwei.«

»Dann bring Scheck und die neue Stute auf die kleine Koppel. Die Hengste können in den Boxen stehen, mit einer Wand zwischen sich, und die anderen Pferde solltet ihr in den großen Pferch bringen.«

»Ich bitte um Verzeihung, Euer Gewaltigkeit«, sagte Ielian. »Aber Ihr müsst einen von uns bei Euch behalten.«

Phoran schluckte seinen Ärger herunter. Es war leichter zu gehorchen, als zu widersprechen – und Toarsen und Kissel wussten ohnehin alles, was er Tier erzählen wollte.

»Also gut«, sagte er. »Toarsen, du bleibst hier. Kissel, du hilfst Jes mit den Pferden, und dann solltet ihr alle ein wenig schlafen. Das hier könnte eine Weile dauern.«

Er wartete, bis Jes die drei Wachen zur Scheune geführt hatte, dann wandte er sich Tier zu.

»Es tut mir leid, mit meinem Ärger hierherzukommen«, sagte er. »Aber Ihr seid der Einzige, der mir eingefallen ist und eine Lösung für mein Problem finden könnte.«

»Der Pfad?«, fragte Tier.

»Der Pfad gehört auch dazu«, sagte Phoran. »Warten wir, bis Jes wieder da ist – ich will die Geschichte nicht zweimal erzählen müssen. Und Seraph sollte sie wahrscheinlich auch hören.«

»Ich werde Tee kochen, Papa«, sagte Lehr und zog sich wieder an.

Er rollte sein Bettzeug schnell auf und nahm es von seinem Lager – das sich als breites Brett auf zwei Bänken erwies. Tier packte ein Ende einer Bank und Toarsen das andere, und sie trugen sie zu dem großen Tisch an der Feuerstelle. Als Lehr die zweite Bank ebenfalls dorthin ziehen wollte, hob Phoran die andere Seite an und half ihm.

Während Lehr Tee kochte, kletterte Tier zu seinem Schlafzimmer hinauf, um seine Frau zu wecken.

»Das könnte ein wenig dauern«, sagte Lehr leise. »Mutter hat sich heute Abend ziemlich verausgabt – wir hatten hier ebenfalls einigen Ärger.«

»Ich hoffe, nichts Ernstes«, sagte Toarsen. »Wenn es um etwas geht, wobei der Sept helfen könnte …« Der Sept von Leheigh, der Mann, der Tiers Ecke der Welt regierte, war Toarsens älterer Bruder.

Lehr schüttelte den Kopf. »Nein, nicht diese Art von Problem. Ich werde morgen aufbrechen, um Benrolns Clan zu finden.«

Also ging es um Magie. Phoran hatte wirklich ein schlechtes Gewissen, weil er mit seinen Problemen hierhergekommen war, denn es klang, als hätte Tier selbst genug Ärger, aber der junge Kaiser kannte sonst niemanden, dem er vertrauen konnte. Tatsächlich gab es nicht einmal Leute, denen er *nicht* traute, die ihm helfen konnten. Er ging auf und ab und versuchte, nicht auf das Gemurmel von unter dem Dach zu achten.

Jes kam wieder aus der Scheune. Wenn Phoran es nicht besser gewusst hätte, hätte er ihn für einfältig gehalten, aber er hatte gesehen, was Jes beim Kampf gegen den Pfad geleistet hatte.

Phoran kannte den Unterschied zwischen einem Kampf, der nur mit brutaler Kraft ausgetragen wurde, und einem, der Intelligenz und Fähigkeiten bewies. Er hatte auch bemerkt, dass es keinen Reisenden überrascht hatte, dass dieser Junge für die schrecklichen Tode der Meister des Pfades verantwortlich sein sollte. Was Jes nicht wirklich war, aber die Reisenden waren davon ausgegangen, er könne es sein.

Tier hatte ihm erzählt, dass Jes über eine dieser seltsamen magischen Weisungen verfügte, wie sie Reisende manchmal hatten. Phoran hatte das Gefühl, dass es sich dabei um eine schreckliche Sache handeln müsse.

»Die Pferde sind in Ordnung«, sagte Jes und starrte dabei lieber seine Schuhe an, als dem Kaiser in die Augen zu sehen; Phoran erinnerte sich, dass ihm das schon bei seiner ersten Begegnung mit Tiers älterem Sohn aufgefallen war. »Ich habe den Hengsten ein wenig Getreide gegeben, denn Euer Grauer fühlt sich an diesem fremden Ort unwohl.«

»Danke«, erwiderte Phoran. »Er kann ein bisschen problematisch sein. Ich hätte mit dir rausgehen sollen.«

»Jes kennt sich mit Pferden aus«, sagte Lehr und zündete noch mehr Laternen an. »Er kann gut mit Tieren umgehen.«

»Wer ist da drüben?«, fragte Phoran, dem zum ersten Mal auffiel, dass auf der der Feuerstelle gegenüberliegenden Seite des Hauses ein stoffbespannter Rahmen einen Teil des Raums abtrennte.

»Hennea – sie ist ein Rabe wie Mutter«, sagte Lehr. »Ihr seid ihr begegnet, aber Ihr habt zur gleichen Zeit so viele Leute kennengelernt … Dennoch werdet Ihr Euch vielleicht an sie erinnern. Und meine Schwester Rinnie ist auch da. Sie ist zehn Jahre alt.«

Ja, Phoran erinnerte sich an Hennea, und eine Tochter von Tier musste einfach vertrauenswürdig sein. Das Gemurmel unter dem Dach war verklungen, und Tier kam wieder herunter. Sein Hinken war besser geworden, seit er Taela verlassen hatte.

Seraph folgte ihm. Als sie sich umdrehte und das Laternenlicht auf ihr Gesicht fiel, konnte Phoran sehen, dass Lehr nicht übertrieben hatte. Sie sah aus, als hätte sie wochenlang nicht geschlafen.

»Es tut mir leid, Euch zu stören«, sagte Phoran.

»Unsinn«, erwiderte sie – und machte ihn verlegen, indem sie ihm die Wange tätschelte, bevor sie zur Bank schlurfte. Sie setzte sich hin und stützte die Ellbogen auf, damit sie den Kopf in die Hände legen konnte.

Alle waren da. Zeit, mit seiner Geschichte anzufangen – aber er wusste einfach nicht, wie er das tun sollte.

»Ich nehme an, es war nicht einfach, mit dem Pfad fertig zu werden«, sagte Tier, nachdem er sich neben Seraph gesetzt hatte. »Warum fangt Ihr nicht damit an.«

Phoran stellte fest, dass er sich nicht hinsetzen konnte, und er konnte sie auch nicht ansehen, während er sprach.

8

Zwei Wochen zuvor im kaiserlichen Palast in Taela

»Meine Septs, Wir danken Euch für die Geduld, mit der Ihr in den vergangenen Wochen an dieser Verhandlung teilgenommen habt.« Die Stimme des Kaisers hallte laut in dem riesigen Raum wider, in dem sich die meisten Septs des Reiches versammelt hatten.

Phoran hatte diesen Augenblick in seinen eigenen Gemächern geprobt. Er hatte mit seinen engsten Beratern ausführlich besprochen, wie er vorgehen sollte, und sich dann für die Möglichkeit entschieden, die ihm am erfolgversprechendsten vorkam.

»Wir haben Unsere eigene Macht eingesetzt, um all den jungen Männern, die zuvor als Sperlinge des Pfads bekannt waren, Verzeihung zu gewähren. Zunächst wegen ihrer Verteidigung Unserer eigenen Person, und zweitens, damit Wir sie als Augenzeugen einsetzen konnten, um dem Geheimen Pfad ein Ende zu machen, einem Geheimbund, der versucht hat, das Kaiserreich von innen heraus zu zerstören.«

Er hielt inne, um den Septs Gelegenheit zu geben, sich im Flüsterton mit ihren Beratern und Kollegen zu unterhalten. Mehrere Sperlinge waren Söhne von Septs, überwiegend dritte oder vierte Söhne, die ihren Familien nichts als Ärger gemacht hatten, und daher waren einige anwesende Väter zweifellos froh, dass Phoran es sich zur Aufgabe gemacht hatte, diese Missetäter in nützliche Männer zu verwandeln.

Er hatte jedem jungen Mann einen Platz in der neu eingerichteten Kaisergarde angeboten, seiner persönlichen Leibwache. Die meisten hatten angenommen. Phoran war noch nicht sicher, ob es sich dabei um eine gute Sache handelte oder nicht – immerhin waren diese jungen Leute vom Pfad als die amoralischsten und am leichtesten zu verderbenden jungen Adligen ihrer Generation ausgewählt worden.

»Ihr habt die Aussagen dieser Männer gehört, die nun Uns dienen, und auch die von Avar, dem Sept von Leheigh, Unserem treuen Berater. Darüber hinaus haben Wir Euch mitgeteilt, was Wir selbst beobachten konnten.«

Phoran genoss es insgeheim, von sich im Pluralis Majestatis zu sprechen. Es war vollkommen absurd und lieferte ihm gleichzeitig eine sehr wirkungsvolle Möglichkeit, alle daran zu erinnern, dass er – für wie ungeeignet sie ihn auch halten mochten – der Kaiser war. Beiläufig warf er einen Blick zu den Septs, die den größten Teil der Woche hier auf ihren Stühlen gesessen und sich darauf gefreut hatten, dass diese Sache endlich ein Ende fände. Selbstverständlich *glaubten* sie nur zu wissen, was nun geschehen würde.

»Diese Aussagen«, fuhr Phoran fort, »wurden gemacht, um geheime Dinge ans Licht zu bringen, damit sie dort ausbleichen und sterben, ohne weiterhin eine Gefahr darzustellen. Und vor allem wurden sie abgegeben, damit Ihr Euch ein Bild machen konntet.« Er wusste, jetzt warteten sie auf sein Urteil – würde er die Angeklagten für schuldig oder unschuldig befinden?

Phoran kannte sich inzwischen mit öffentlichen Auftritten noch besser aus, aber den meisten Männern, die dort auf ihren erhöhten Sitzplätzen warteten, war nicht aufgefallen, dass er auch zuvor schon seine angeblich betrunkenen Gelage inszeniert und die Teilnehmer zu seinem eigenen übersättigten Vergnügen manipuliert hatte.

»Diese Personen, Unser Feind, werden von Uns selbst verurteilt werden.« Er ließ den Septs keine Gelegenheit, in Gemurmel auszubrechen, sondern warf einen Blick auf das Pergament auf seinem Lesepult und begann, die lange Liste von Namen laut vorzulesen: überwiegend Kaufleute, Wachen, Generäle und geringere Adlige, aber auch einige kaiserliche Bedienstete. »Wir befinden all diese Männer des Mordes und der Verschwörung zum Mord schuldig …«, und dann folgten noch ein Dutzend geringfügiger Anklagen, die er ebenfalls mit bedächtiger Präzision rezitierte.

»Sie werden zum Tod durch den Strang verurteilt. Das Urteil soll vom heutigen Tag an auf dem Marktplatz vollzogen werden, jeden Tag fünf Personen, bis alle tot sind.«

Das hätte er auch den Septs überlassen können. Dann würden all diese Tode auf ihren Schultern lasten und nicht auf seinen. Er bezweifelte nicht, dass die Septs jeden dieser Männer für schuldig befunden hätten.

»Aber das sind nicht die Einzigen, die Wir anklagen.« Die nächste Gruppe wäre zweifellos der Gerechtigkeit entgangen, wäre sie vom Rat der Septs abhängig gewesen. »Bringt die angeklagten Septs herein.«

Während der Verhandlung hatte er beweisen können, dass zumindest *ein* Kaiser – Phorans eigener Vater – ermordet worden war. Wenn er dem Rat erlaubte, die Verantwortlichen freizulassen, würde das einen Präzedenzfall schaffen, den er unbedingt vermeiden wollte.

Er legte das Pergament wieder aufs Pult und wartete, während seine Garde die dreizehn Septs hereinbrachte, die er hatte vor Gericht stellen können. Es gab noch andere, die ebenfalls hierhergehörten, schuldige Männer, die aber zu mächtig waren für die Beweise, die er gegen sie vorbringen konnte. Phoran achtete genau darauf, diese Männer jetzt nicht anzusehen – vor allem nicht Gorrish, den Ratsvorsitzenden.

Die Septs wurden hereingeführt, alle geknebelt und mit auf den Rücken gefesselten Händen. Jeder wurde von jeweils zwei jungen Männern in Grün und Grau eskortiert, den Farben von Phorans eigener Sept, die rasch wiedererweckt worden waren, um eine Uniform für die Kaisergarde zu schaffen, komplett mit Stickerei eines goldfarbenen fliegenden Singvogels an der linken Schulter.

Phoran nahm an, dass die Knebel der Gefangenen das heftigste Gemurmel unter den Septs auslösten. Er sah auch, dass Gorrish nicht zu denen gehörte, die etwas sagten. Man glaubte allgemein, ein Sept sei zu ehrenhaft, um ihm Fesseln anlegen zu müssen. Die gefesselten Hände hätten noch damit entschuldigt werden können, dass es praktischer war, aber die Knebel stellten für viele eindeutig eine Beleidigung dar. Dabei war es Phoran überhaupt nicht darum gegangen, sie zu beleidigen, aber diese Männer würden schweigen müssen, damit er seine Aufgabe vollenden konnte.

Die Gardisten des Kaisers führten ihre Gefangenen mitten in den Raum, wo sie den Reihen ihrer Kollegen gegenüberstanden. Sobald sie dort angelangt waren, verließ Phoran sein Podium und ging auf die Angeklagten zu.

Das Gemurmel wurde leiser, als die Angehörigen des Rates gespannt warteten, was Phoran vorhatte.

»Der Sept von Jenne«, sagte Phoran, stellte sich vor den Angeklagten und sah ihm in die Augen, bevor er zum nächsten ging. »Der Sept von Siegelburg.« Es waren insgesamt dreizehn. »Der Sept von Vertess.« Einige waren alte Männer – Männer, die Phorans Vater besser gekannt hatten als er. Sie hatten ihn gekannt und dafür gesorgt, dass er umgebracht wurde, wie sie auch den Onkel hatten umbringen lassen, der Phoran aufgezogen hatte. Andere waren junge Männer, die seinen Wein getrunken und sein Essen verzehrt und ihn für einen fetten Trottel gehalten hatten – was er ja auch gewesen war.

Er nannte einen nach dem anderen beim Namen.

Phoran wusste, heute würde er für die Jahre zahlen müssen, in denen er sich gestattet hatte, zu einem fetten Kapaun zu werden. Er hoffte, dass seine Sünden ihn am Ende ein bisschen weniger kosten würden als diese Männer die ihren.

»Eure Hände sind gefesselt«, sagte er, »weil Ihr heute machtlos vor Uns steht. Eure Zungen wurden zum Schweigen gebracht, weil Ihr zuvor bereits Gelegenheit hattet, Euch zu verteidigen, und Wir Euch nicht länger anhören werden.«

Er wandte sich dem Rest seiner Septs zu. »Wir befinden diese Männer, die alle Septs sind, des Mordes und des Verrats für schuldig. Wir halten ihr Verbrechen für schrecklicher als die Untaten geringerer Männer, weil ihr Verrat so viel größer war. Wir sind der Ansicht, ihre Verbrechen verlangen, dass das Erbe ihrer Septs Uns zufällt, damit wir es verwenden können, wie es Uns angemessen erscheint.«

Das rief bei seinem Publikum Unruhe hervor. Oh, es hatte schon mehrere Kaiser gegeben, die sich in Erbschaftsangelegenheiten eingemischt hatten – aber nicht in den letzten beiden Jahrhunderten, nicht einmal bei Verrat. Tatsächlich plante Phoran, den meisten Erben zu erlauben, ihre Sept zu behalten, aber darum ging es nicht. Er wollte diese Adligen an die Macht des Kaisers erinnern und die Erinnerung an den Narren wegwischen, für den sie ihn gehalten hatten. Er musste ihnen auf brutalste Weise klarmachen, dass ihre Macht von ihm kam und nicht andersherum.

»Für ihre Verbrechen werden diese ehemaligen Septs zum Tode verurteilt.«

Am Boden des Ratssaals befand sich ein Steinsockel, auf dem die Statue eines sich aufbäumenden Hengstes stand – das Symbol des Kaiserreichs. Wahrscheinlich hatten die meisten Septs vergessen, dass der Steinsockel einmal etwas anderes gewesen war als der Unterbau einer Statue.

Er streckte die Hand aus, und Toarsen, Erster Hauptmann der Kaisergarde und ehemaliger Sperling, entfernte sich aus seiner Ehrenwachenposition. In den behandschuhten Händen hielt er auf Brusthöhe ein ziemlich großes Schwert, das er zuvor unauffällig neben dem Podium des Kaisers abgestellt hatte.

Es war nicht Phorans eigenes Schwert. Sie waren in die Waffenkammer gegangen und hatten sich Dutzende von Waffen angesehen, bis sie etwas Passendes finden konnten.

Phoran nahm das Schwert von Toarsen entgegen und hob es hoch: beinahe fünf Fuß frisch geschliffener Stahl, die von einem großartigen, hervorragend gearbeiteten zweihändigen Griff ausgingen. Es war eine Ehrfurcht gebietende Waffe, wenn auch nichts, was er in einem Kampf gegen leichtere, schnellere Klingen ins Feld führen würde.

Phoran ließ sie lange Zeit hinsehen. Ein paar Septs runzelten die Stirn oder setzten sich gerade hin, aber die meisten wirkten gelangweilt. Sie warteten auf eine Fortsetzung der Ansprache, das wusste er. So etwas geschah häufig, selbst wenn das Schwert ein wenig extremer sein mochte als die üblichen Requisiten.

»Wir haben keine Liste aller Tode, für die diese Männer verantwortlich sind – obwohl sich Unser Vater und Unser Onkel zweifellos darunter befinden: Kaiser und Regent eines Kaisers. Also nennen Wir Euch stattdessen die Namen jener, die gestorben sind, als sie für Unser Leben kämpften.« Diese Namen hatte er schon lange auswendig gewusst, bevor er beschlossen hatte, sie hier zu nutzen. Ein Mann, dachte er, sollte die Namen der Menschen kennen, die für ihn gestorben waren. Er nannte die Namen von fünfzehn Sperlingen. Dann folgten die von zehn Männern, die Avar, dem Sept von Leheigh, gedient hatten, der zu Phorans Rettung gekommen war. »Und aus dem Clan Rongiers, des Bibliothekars …« Er nannte acht Namen, und die meisten Septs brauchten das Rezitieren aller acht, bevor ihnen klar wurde, dass es sich tatsächlich um Reisendennamen handelte.

Zwei seiner Berater, Gerant und Avar, die beide ebenfalls Septs waren, hatten sich dafür ausgesprochen, diese Namen wegzulassen. Es war seit Generationen die Politik des Rats gewesen, die »Geißel« der Reisenden zu eliminieren. Aber diese Männer waren ebenfalls für ihren Kaiser gestorben, und Phoran war zu dem Schluss gekommen, dass ihre Namen gleichermaßen für die Schuld der Angeklagten sprechen sollten.

»Der ersten Person, die an diesem Abend fiel, wird dadurch allerdings noch keine Gerechtigkeit zuteil. Myrceria von Telleridge, Tochter des ehemaligen Sept von Telleridge, starb bei der Folter, die ihr der eigene Vater zufügte. Sie starb, um Unsere Geheimnisse zu wahren, damit Wir dem Pfad ein Ende machen konnten. Ich wünschte, Telleridge wäre hier, um sich für seine Verbrechen zu verantworten, aber er starb an diesem Tag, und sein Tod war viel zu leicht.«

Bei diesen Worten hoben zwei Gardisten, die für diese Pflicht ausgewählt worden waren, die Statue des sich aufbäumenden Pferdes von ihrem Ehrenplatz und zogen die bestickte Decke darunter weg, um den kalten Granitsockel zu enthüllen.

Phoran nickte, und Jennes Wachen führten ihn zu dem Stein. Sie rissen ihn von den Beinen und drückten seine Schultern gegen den Granit, sodass sein Kopf über ein Ende hing, und sie taten es deshalb so geschickt, weil sie die letzten drei Tage damit verbracht hatten, diese Bewegungen an anderen Gardisten zu üben.

Ein Sept, der des Verrats überführt worden war, musste sein Blut im Ratssaal vergießen. Es war Tradition, dass der Kaiser einem solchen Mann eine Schnittwunde an der Hand zufügte und das Blut fließen ließ. Danach wurde der Schuldige enthauptet, für gewöhnlich am selben Tag, in einem Innenhof des Palastes, der für solche Dinge vorbehalten war. Aber es gab auch Ausnahmen von dieser Tradition.

Phoran hob das alte Schwert mit beiden Händen hoch über den Kopf. Das Leder am Griff verhinderte, dass seine verschwitzten Handflächen rutschten, als er die Waffe herunterriss, eine Klinge, die eher zum Hacken als zum Zustoßen und Parieren gedacht war, und damit Jennes Hals durchtrennte.

Das Ganze geschah so schnell, dass Jenne nach Phorans Meinung wahrscheinlich nicht einmal begriff, was vor sich ging.

Jemand stieß einen Schrei aus – einen Schrei des Entsetzens, dachte Phoran, nicht der Betroffenheit. Als er wieder den Rat der Septs anschaute, sah er, dass sie ihm *endlich* ihre ganze Aufmerksamkeit zugewandt hatten.

In der folgenden Stille ließ Phoran sie das dunkle Schwert mit den Blutflecken in Ruhe betrachten; sollte sich dieser Anblick doch in ihre Herzen einbrennen und das Bild des Schwächlings, für den sie ihn gehalten hatten, überlagern.

Er achtete darauf, dass seine Miene ungerührt blieb. Es half ein wenig, dass Jenne nicht der erste Mann war, den er getötet hatte. *Ganz gleich, wie sehr es sich danach anfühlte,* erinnerte er sich angestrengt, *das hier war kein Mord.*

Die Gardisten zogen die Überreste ihres ehemaligen Gefangenen zur Seite und deckten grobes, dunkles Sackleinen über die Leiche – für die Verurteilten gab es keine guten Stoffe mehr. Als der blutige Stein wieder leer war, nickte Phoran dem nächsten Paar zu.

Nach den ersten drei Enthauptungen stellte er fest, dass es ihm jetzt leichter fiel, sich nicht zu übergeben. Er lernte, wie er das Schwert schwingen musste, damit das Gewicht der Waffe den größten Teil der Arbeit erledigte. Er musste nur ein einziges Mal zweimal zuschlagen, als der Sept von Siegelburg ein wenig zu heftig zappelte, dass seine Wachen ihn gut festhalten konnten, und mit der Schulter in den Weg der herabsausenden Klinge geriet.

Während Phoran wartete, dass eine Leiche weggezogen wurde, brachte Toarsen ihm ein sauberes, feuchtes Tuch und wischte Blut und Schweiß vom Gesicht des Kaisers, und auch das hatte Phoran zuvor sorgfältig geplant.

Er wollte nicht, dass die Septs einen Wahnsinnigen sahen, der von all dem Blut den Verstand verloren hatte – sie sollten einen Kaiser sehen, der willens war zu töten, um sein Reich zu schützen, einen Mann, dessen Macht sie fürchten sollten.

Endlich fiel auch der letzte Verurteilte.

»Im Namen Phorans des Kaisers erkläre ich das Urteil für vollstreckt. Die Leichen sollen verbrannt und die Asche in alle Himmelsrichtungen verstreut werden. Keiner dieser Männer soll sich seinen Weg zu den Tischen der Götter ersingen. Ihre Namen sollen vergessen werden.«

Phoran war sich nicht sicher, wer diese Worte gesagt hatte. Er hätte es eigentlich selbst tun sollen – so hatte er es vorher aufgeschrieben –, aber er war nicht mehr in der Lage zu sprechen. Er wischte das Schwert an der Kleidung des letzten Mannes ab, den er getötet hatte, dann gab er die schimmernde Klinge wieder in Toarsens Obhut.

Er verließ den Raum ohne einen weiteren Seitenblick. Kissel, der Zweite Hauptmann der Kaisergarde, und Avar, der Sept von Leheigh, blieben als Ehrengarde dicht hinter ihm.

Sobald Phoran im Flur war, beschleunigte er seinen Schritt so sehr, wie es möglich war, ohne die Illusion kaiserlicher Würde zu zerstören. Er war dankbar, dass keiner der Männer in seiner Nähe etwas sagte.

Sobald er sich in seinen Privatgemächern befand, packte er den Rand des Beckens, das er genau für diese Situation bereitgestellt hatte, und übergab sich. Als er fertig war, wischte er sich mit einem Tuch das Gesicht ab, dann lehnte er sich gegen die nächstbeste Säule und ließ die Stirn an dem kühlen Stein ruhen. Er wollte überall sein, nur nicht hier.

Avar reichte ihm einen Becher Wasser.

Phoran spülte sich den Mund aus und spuckte in das Becken.

»Ihr hattet recht«, sagte Avar. »Ich habe mich geirrt. Kein Mann, der heute in diesem Saal war, wird je vergessen, was dort geschehen ist.«

Phoran hätte es nur zu gern vergessen, aber Avar hatte wohl recht.

Dann klopfte es kurz an der Tür.

»Herein«, sagte Phoran, der das Klopfen erkannte.

Der Sept von Gerant betrat den Raum, gefolgt von Avars Bruder Toarsen. Toarsen hielt immer noch das Schwert, aber er hatte es in eine Scheide gesteckt und lässig an seine Schulter gelehnt. Es war vermutlich dumm, dachte Phoran, dass er von den vier Menschen, denen er vollkommen vertraute, nur einen wirklich gut kannte. Avar hatte es nicht gewusst, aber der Pfad hatte auch ihn zu einem Werkzeug gemacht, um für einen schwachen Kaiser zu sorgen. Er war zuerst Phorans Vorbild und dann sein Gefährte bei vielen Gelagen gewesen. Der Sohn des Sept von Leheigh hatte jedoch nie das gleiche Maß an Verkommenheit erreicht wie Phoran selbst. Wie eine Goldmünze im Schlamm hatte der Freund des Kaisers etwas Schimmerndes, Reines an sich, das nichts wirklich beflecken konnte.

Bis vor einem Monat hatte Phoran Avars Bruder Toarsen und Toarsens besten Freund Kissel nur gut genug gekannt, um sie zu grüßen, wenn sie sich auf dem Flur begegneten. Beide jungen Männer hatten einen schlechten Ruf – und nach dem, was der junge Kaiser im vergangenen Monat erfahren hatte, war dieser Ruf wahrscheinlich noch günstiger, als sie es verdienten.

Inzwischen wusste er jedoch, dass beide vollkommen zuverlässig waren. Tieragan aus Redern hatte sie ihm zum Geschenk gemacht – oder der Kaiser war ein Geschenk für die jungen Männer gewesen, da war Phoran sich nicht ganz so sicher.

Der Sept von Gerant jedoch war eindeutig Tiers Gabe an Phoran. Gerant war so selten nach Taela gekommen, dass Phoran nicht sicher sein konnte, ob er dem Mann je zuvor begegnet war, bis der Sept auf einen Ruf des Kaisers in die Hauptstadt geeilt war – ein Ruf, den er auf Tiers Veranlassung hin ausgesandt hatte.

Vor Gerants Ankunft hatte Phoran ihn sich als einen alternden Avar vorgestellt: groß, charismatisch und körperlich beeindruckend – besonders, nachdem er einiges über die Siege gelesen hatte, die der Sept vor zwanzig Jahren gegen die Fahlarn errungen hatte. Aber Gerant war kein Riese, kein auffälliger Held.

Er war eher kleiner als der Durchschnitt und sah ein Dutzend Jahre jünger aus, als er tatsächlich war. Er kleidete sich bescheiden und beobachtete mehr, als er sprach. Zuerst hatte Phoran ihn für einen behäbigen Mann gehalten, der treu wie Gold war, aber auch für einen Menschen, der sorgfältig nachdenken musste, bevor er handelte. Und er hatte damit recht gehabt – nur, dass Gerant schneller dachte als die meisten. Phorans Onkel hätte Gerant gemocht, und der junge Kaiser konnte sich kein größeres Kompliment denken.

»Das habt Ihr gut gemacht«, sagte der Sept jetzt.

Phoran trank einen Schluck Wasser. »Gebt mir noch ein Dutzend Jungfrauen, die ich vergewaltigen kann, und das Theaterstück wird vollständig sein.«

»Er ist nie besonders guter Laune, wenn er gerade sein Frühstück wieder losgeworden ist«, murmelte Avar.

»Gut, dass es nicht noch zwei oder drei mehr waren«, fuhr Phoran fort. »Oder ich hätte angefangen, sie zu erstechen, statt sie zu enthaupten. Vielleicht hätte ich ja eine Axt nehmen sollen?«

Avar ging zu einem Krug und goss Bier in die fünf Kelche, die daneben warteten. »Bier, meine Herren? Man kann nicht mit ihm reden, wenn er in dieser Verfassung ist.«

»Es ist schwierig«, sagte Gerant. »Viel einfacher, die Mistkerle umzubringen, wenn sie einem ein Schwert an die Kehle halten, als es eiskalt zu tun, wenn sie winseln und zittern.«

»Ich hätte es für Euch erledigt«, meldete sich Toarsen zu Wort. Faszinierenderweise hatten sich die gleichen Züge, die Avar zu einem Ausbund an männlicher Schönheit machten, bei Toarsen zum Gesicht eines vergnügten Saufkumpans zusammengesetzt – wenn man ihm nicht in die Augen sah.

Hatte Toarsen schon Männer getötet, die gefesselt waren und sich nicht hatten wehren können? Phoran fragte nicht; er wollte die Antwort nicht wissen.

»Eine unangenehme Sache.« Kissel lockerte den Kragen seiner Hauptmannsuniform und nahm einen Kelch entgehen. »Ich töte sie auch lieber, wenn sie gerade versuchen, mich umzubringen«, fuhr er fort, als wollte er Phorans unausgesprochene Frage beantworten – obwohl schwer zu sagen war, wie ernst er es wirklich meinte: Kissel konnte sehr ironisch sein.

Kissel war der zweite Sohn des Sept von Siegelburg. Als Phoran ihm angeboten hatte, der Hinrichtung fernzubleiben, hatte Kissel seinerseits vorgeschlagen, den Sept von Siegelburg festzuhalten, während Phoran zuschlug – oder ihn selbst zu enthaupten. Offenbar hatte er seinen Vater überhaupt nicht gemocht.

Nun trank der hochgewachsene, kräftige Mann einen großen Schluck und ließ sich auf seinem üblichen Sessel nieder. Irgendwann in den vergangenen paar Wochen war Phorans Wohnzimmer zum Schauplatz eines Kriegsrats geworden.

»Jetzt fürchten sie Euch, Phoran«, sagte Gerant. »Aber sie haben auch mehr Respekt vor Euch.«

»Ich habe Gorrish beobachtet«, berichtete Toarsen. »Ein kalter Fisch. Er hatte keine Angst, und er war von dem ganzen Theater auch nicht beeindruckt. Wenn er ein Zauberer wäre, wäre unser Kaiser inzwischen schon feierlich aufgebahrt.«

Avar nickte seinem Bruder zu. »Ich weiß. Ich habe es auch gesehen. Wir werden etwas unternehmen müssen.«

»Wir müssen ihn ebenfalls umbringen«, stimmte Gerant zu, suchte sich einen Hocker und setzte sich hin. Es gab auch einen Sessel für ihn, aber zu Phorans Erheiterung wählte der Sept lieber bescheidenere Möbel. »Es ist schade, dass es nicht genug Beweise gegen ihn gab.«

Phoran grunzte säuerlich und tauschte den Wasserbecher gegen einen Bierkelch. »Er war zu sehr damit beschäftigt, für Telleridge den Rat zu führen, um sich oft unten sehen zu lassen. Die Diener des Pfads wussten von ihm, aber ich konnte sie nicht den Dingen aussetzen, die Dienstboten zustoßen, die gegen ihre Herren aussagen.«

Er ging lässig zu seinem Sessel und ließ sich fallen, ein Bein über eine Armlehne baumelnd. Diese Männer beruhigten ihn und gaben ihm Gelegenheit, über etwas anderes nachzudenken als über die Blutflecke auf seiner Kleidung.

»Das erinnert mich an etwas«, begann Gerant. »Ich habe Tier versprochen, dass ich auf Euch aufpassen werde, aber Ihr macht es mir verdammt schwer. Wenn Avar und Kissel nicht daran gedacht hätten, Euch sofort zu folgen, wäret Ihr nach der Hinrichtung alleine den Flur entlangstolziert. Ihr hättet warten und die Hälfte der Garde mitnehmen sollen. Eure Vorstellung heute hat Euch zum Ziel gemacht – nicht nur für die Angehörigen des Pfads, die uns entkommen sind, sondern für jeden Sept oder Kaufmann, dem es besser gefiel, als Ihr Euch ausschließlich mit Herumhuren und Saufen abgegeben habt statt mit Staatsangelegenheiten.«

»Ja, sie hatten zu lange einen Hurenbock zum Kaiser«,

stimmte Phoran trocken zu. »Wir werden Zeit brauchen, um uns umzugewöhnen. Ich werde versuchen, daran zu denken, immer Gardisten mitzunehmen.«

»Kissel und ich haben aus der Garde ein paar vertrauenswürdige Männer ausgesucht«, sagte Toarsen, und Phoran hoffte, dass dem jungen Mann Avars Grimasse bei dieser Bemerkung entgangen war. Er selbst hielt es ebenfalls für wahrscheinlich, dass viele Gardisten sich als alles andere als vertrauenswürdig erweisen würden. »Sie werden paarweise vor Euren Gemächern stationiert werden, Tag und Nacht.«

Gerant rieb sich das Gesicht. Auch er kannte die Kaisergarde. Er trainierte jeden Morgen mit den jungen Männern (auch Phoran nahm daran teil), aber die abendlichen Übungen überließ er den Hauptleuten. »Es gibt nicht ein Dutzend, dem ich bereits vertrauen würde«, sagte er.

»Sie werden zwölf Stunden Wache stehen«, meinte Toarsen. Phoran registrierte, dass er Gerants Einschätzung nicht widersprach. »Jeweils zusammen mit Kissel oder mir.«

Gerant schüttelte den Kopf. »Die Schichten sind zu lang. Und wenn Ihr nur einige wenige auswählt, sagt Ihr den anderen, dass sie nicht gut genug sind. Bildet Paare – ein vertrauenswürdiger Mann mit einem, der das nicht ist. Und richtet Drei-Stunden-Schichten ein. Nach drei Stunden lässt jede Wache nach.«

Einer der Vorteile, diese Männer um sich zu haben, dachte Phoran, bestand darin, dass sie häufig das Debattieren übernahmen, sodass er sich auf das wahre Problem einer Situation konzentrieren konnte.

»Und sie sollen mich hier drin bewachen«, verbesserte er.

Gerant zog eine Braue hoch.

»Es sind Adlige«, sagte Phoran mit einem dünnen Lächeln. »Sie sind in adligen Haushalten aufgewachsen. Sie wissen, welche Gabel sie zum Essen benutzen sollen – wahrscheinlich besser als ich. Selbstverständlich taugen sie als Türwachen nichts, denn sie sind auch keine. Sie sind keine Diener oder Palastwachen. Sie sollen hereinkommen und mir Gesellschaft leisten, und vor die Tür stellen wir Palastwachen. Wir können doch sicher ein paar finden, die mich nicht erdolchen wollen, weil ich ihren Hauptmann habe hängen lassen. Nehmt die, die er am häufigsten disziplinieren ließ.«

Avar schnaubte. »Gute Idee: Nehmt die schlechtesten aus der Palastwache, um für die Sicherheit des Kaisers zu sorgen.«

»Das ist es«, sagte Gerant plötzlich. Phoran nahm an, dass er eher ihm als Avar zustimmte. »Und das ist uns entgangen. Die Kaisergarde muss etwas anderes sein als eine Leibwächtertruppe oder eine Armee. Sie ist nicht geeignet für die Art von Dienst, die man von einer Wache erwartet.«

»Ich komme selbst aus adligem Hause«, sagte Toarsen. »Wenn mir jemand eine Uniform gäbe und erwartete, dass ich mit dem Hintergrund verschwimme, solange keine Befehle gebrüllt werden, gefiele mir das ganz und gar nicht.« Er grinste, und seine Augen blitzten. »Wenn ich es recht bedenke, haben die Raubvögel genau das getan, und man sieht ja, was es ihnen eingebracht hat.«

»Das bedeutet nicht, die Disziplin schleifen zu lassen«, sagte Phoran zu Avar, der über die Worte seines Bruders nicht froh zu sein schien. »Ganz im Gegenteil, denke ich. Tier sagte, es gibt keinen ehemaligen Sperling, der kein brauchbarer Schwertkämpfer wäre. Aber wir werden noch weitere Experten herbringen und sie im Kampf mit Messern und Stöcken unterrichten lassen, in schmutzigen Tricks und allem, was uns sonst einfällt. Tier war der Ansicht, diese jungen Männer müssten spüren, dass sie etwas wert seien.« Er wusste, wie sich das anfühlte. Er kannte jene jungen Männer, die nach einem Lebenszweck suchten; bis vor Kurzem war er ebenfalls einer von ihnen gewesen.

»So werden sie denken, dass ihre Arbeit geschätzt wird«, sagte Kissel. »Und dann werden sie zu loyalen Kämpfern.«

Phoran schüttelte den Kopf. »Das ist nicht nur Theater – ich brauche sie wirklich, Kissel. Und genau das muss ich ihnen zeigen. Sie werden die Palastwache nicht ersetzen können – ich hoffe, dass es nicht notwendig wird, aber falls es wirklich dazu kommen sollte, kann ich für die Wache auch anderswo Ersatz finden. Ich brauche die Kaisergarde, damit diese Männer meine Augen und Ohren sind, meine Hände und meine Füße.« Er fing an, sich für die Idee zu erwärmen. »Erinnert Euch, wie viele Probleme die Stadtwachen mit den reicheren Kaufleuten und geringeren Adligen haben. Sollen sie sich in diesen Fällen doch an die Kaisergarde wenden – Adlige, Männer von Rang, auf die man hört und die allgemeinen Respekt genießen.«

»Adlige«, sagte Avar trocken, »die bis vor Kurzem Vandalen und Diebe waren. Ich hoffe, nichts Schlimmeres. Und unter denen Eure Hauptleute nur wie viel? … vierzehn verlässliche Männer finden können?«

»Zehn«, sagte Kissel, »und dabei sind Toarsen und ich bereits eingeschlossen.«

»Adlige, die einem Kaiser dienten, der ein versoffener Versager war«, fügte Phoran hinzu. »Ich hoffe wirklich, dass es ihnen ebenfalls möglich ist, sich zu verändern – und wenn nicht, dann sollten sie wenigstens so tun, oder sie verärgern Uns.«

Avar grinste. »Also gut. Aber Ihr müsst dafür sorgen, dass immer wenigstens einer Eurer Leibwächter auf der Vertrauensliste der Hauptleute steht.«

Gerant lachte leise. »Es wird funktionieren. Ich denke, Phoran hat es genau getroffen. So etwas passiert, wenn Leute zu viel mit Tier zu tun haben. Sie fangen an, Wunder zu erwarten – und für gewöhnlich kriegen sie sie auch.«

»Bevor Ihr hergekommen seid«, sagte Kissel, »hattet Ihr Tier seit dem Krieg gegen die Fahlarn nicht mehr gesehen. Folgt Ihr immer dem Ruf von Gemeinen, die zwei Jahrzehnte zuvor unter Eurem Kommando standen?«

Gerant lächelte und fuhr sich mit dem Finger über den Schnurrbart. »Ich bin einem Ruf meines Kaisers gefolgt, Junge, das solltet Ihr nicht verwechseln.«

Phoran prostete Gerant zu. »Und da heißt es, Ihr wüsstet nicht, wie man Politik spielt.«

Gerant lachte erneut. »Falsch. Es heißt, dass ich Politik nicht mag.« An Kissel gewandt, fuhr er fort: »Ich verstehe allerdings, worauf Ihr hinauswollt. Tier und ich haben einander seit dem Krieg nicht mehr gesehen, aber wir haben zwanzig Jahre lang zwei oder drei Briefe im Jahr ausgetauscht, und …« Er schüttelte den Kopf. »Ihr habt Tier ja kennengelernt. Ich würde mich eher auf sein Urteil als auf mein eigenes verlassen – und das habe ich auch schon getan. Und ich nehme an, selbst wenn ich nichts von ihm gehört hätte, seit er Gerant verließ, würde ich immer noch kommen, wenn er mich riefe.«

»Ihr habt es ebenfalls«, stellte Phoran fest. »Dieses Etwas, das Leute dazu bringt, das zu tun, was Ihr ihnen sagt. Ich weiß nicht genau, was es ist. Avar hat es hin und wieder, aber Ihr und Tier tragt es so selbstverständlich wie ein Kleidungsstück.«

Gerant deutete eine Verbeugung an. »Ich danke Euch. Ich musste daran arbeiten. Tier war schon so, als er noch eine kleine Rotznase war, die doppelt so alte Männer anführte, erfahrene Soldaten, von denen keiner sich hätte einfallen lassen, das zu hinterfragen.«

Toarsen lachte. »Der Pfad wusste wirklich nicht, was er tat, als sie ihn auf uns losließen, wie, Kissel? Ich denke, sie erwarteten, wir würden ihn einschüchtern oder quälen, wie wir es mit diesem armen Reisenden getan haben, der vor ihm da war.

Stattdessen hat Tier uns in eine Waffe für den Kaiser verwandelt.« Er nickte Phoran zu, der ihm seinen Kelch entgegenhob.

»Seht zu, dass ihr ihm gut dient«, sagte Avar.

»Da wir gerade vom Dienen reden«, wechselte Phoran das Thema. »Ich brauche einen Erben.«

Avar grinste ihn an. »Habt Ihr eine bestimmte Dame im Sinn?«

Phoran verdrehte die Augen. »Sei nicht dumm, Avar. Jede Frau, mit der ich mich jetzt einlassen würde, würde mich wahrscheinlich im Schlaf umbringen. Ein blutsverwandter Erbe wird warten müssen, bis ich ein paar mehr Verbündete habe als nur die Anwesenden. Außerdem würde ein Kind mir ohnehin nicht helfen können. Zu verwundbar.«

Er trank noch einen Schluck und ließ die anderen die Idee eine Weile durchdenken, dann sagte er: »Wenn ich einen legalen Erben hätte, einen erwachsenen Erben, wäre der erste Gedanke im Kopf meines Feindes nicht: ›Wenn Phoran doch nur vom Pferd oder die Treppe hinunterfiele, dann müsste ich mir seinetwegen keine Gedanken mehr machen.‹«

Avar verstand, aber Phoran sah, dass Kissel und Toarsen immer noch nachdachten.

»Es ist nicht unbedingt, dass ich mit einem Erben weniger verwundbar wäre«, erklärte er. »Es geht darum, dass sie von einem Attentat viel weniger hätten – besonders, wenn mein Erbe wahrscheinlich mehr Ärger machen würde als ich.«

»Das wird Euch gegen Gorrish oder jemand anderen, der persönlich etwas gegen Euch hat, nichts nützen«, wandte Avar ein. »Und wenn Ihr mir verzeiht, dass ich das sage, Ihr habt Euch wirklich angestrengt, eine Menge Leute gegen Euch aufzubringen, Phoran. Aber politische Feinde betrachten selten ein Attentat als eine Lösung. Habt Ihr jemanden als Erben im Sinn?«

»Dich«, sagte er und hätte über Avars Gesicht laut lachen können. Avar war nicht dumm, aber manchmal musste man ihn an den Schultern packen und zum Hinsehen zwingen, bevor er den wilden Eber, der ihn angriff, wirklich bemerkte. »Komm schon, wer denn sonst? Deine Mutter und meine waren Basen oder so – deshalb ist dein Vater auch Regent geworden, als mein Onkel starb. Du bist der engste Verwandte, den ich habe – du und Toarsen.«

»Ich will aber nicht Phoran der Siebenundzwanzigste werden«, antwortete Avar todernst.

»Dann lass es eben.« Phoran lehnte sich zurück und trank einen letzten Schluck Bier. »Folge meiner Tradition und schließe den ersten Phoran bei der Zählung ein. Du kannst stattdessen Phoran der Achtundzwanzigste werden. Oder da ich sowieso tot sein werde, wenn du erbst, von mir aus auch Avar der Erste.«

»Das meinte ich damit nicht«, sagte Avar gereizt. »Und das wisst Ihr auch genau. Ich will Eure Position nicht einnehmen.«

»Nein«, erwiderte Phoran. »Und das ist der beste Grund für mich, dich zum Erben zu machen. Komm schon, es ist alles in Ordnung. Du wirst hoffentlich von dem Kind der armen Frau, die man mich irgendwann zu heiraten zwingt, ersetzt werden. Aber bis dahin brauche ich einen Erben, und der bist du.«

Avar reckte störrisch das wohlgeformte Kinn. »Das bin ich nicht, und Ihr könnt mich nicht dazu zwingen.«

Toarsen grinste und prostete Phoran zu. »Heute erlebe ich zum ersten Mal, dass er sich wie ein verwöhntes Gör benimmt. Ich danke Euch für diese Erfahrung – es ist schwer, mit einem so vollkommenen großen Bruder aufzuwachsen.«

»Komm schon, Avar«, schmeichelte Phoran. »Das Gewicht des Kaiserreichs ist schwer, siebenundzwanzig Kaiser tief. Seit dem ersten Phoran haben Wir unser Volk geschützt und ihm gedient. Wessen starkem rechtem Arm soll ich denn sonst trauen, um für die Sicherheit des Kaiserreichs zu sorgen?«

»Gerant«, sagte Avar.

Der Sept schüttelte den Kopf, und Phoran sagte gleichzeitig: »Gerant ist kein Verwandter von mir, selbst wenn man zehn Generationen zurückgeht. Der Rat könnte die Einsetzung eines solchen Nachfolgers verwerfen, noch bevor sie angekündigt würde.«

»Kommt schon, Avar«, drängte nun auch Gerant sanft. »Es ist die Pflicht eines jeden Mannes, seinem Kaiser und dem Reich so gut zu dienen, wie er kann.«

»Also gut«, murmelte Avar, aber er klang alles andere als froh.

Phoran kam zu dem Schluss, dass es besser wäre, die Sache gleich zu erledigen, bevor er sich noch einmal mit Avar streiten musste, also stand er auf. »Kommt alle mit und lasst uns sehen, ob mein Schreiber die Papiere schon aufgesetzt hat. Wir werden Zeugen brauchen.«

»Ihr habt sie bereits aufsetzen lassen?«

Phoran grinste Avar an. »Ich kenne dich doch, mein Freund. Du bist nie einer Pflicht aus dem Weg gegangen.«

Phoran hatte einen neuen Schreiber. Der letzte, dessen Pflichten erheblich einfacher gewesen waren als die Aufgaben des Schreibers eines richtigen Kaisers, hatte sich dem Pfad angeschlossen und gehörte zu den Herren, die irgendwann in der nächsten Woche auf dem Marktplatz gehängt werden würden.

Phoran hatte seinen neuen Schreiber selbst gefunden, mithilfe seines Archivleiters, der nicht sonderlich froh darüber gewesen war, seinen begabtesten Gesellen zu verlieren. Der Kaiser hatte dem jungen Mann mehrere Räume in einem wenig benutzten Flügel zugewiesen, die über einen Geheimgang zur Bibliothek verfügten, wo der Schreiber tagsüber arbeitete. Es war spät am Tag, und Phoran hatte ohnehin darum gebeten, dass diese Sache geheim gehalten würde, bis er die Papiere unterzeichnet und bezeugt hatte.

Auf dem Weg zu den Räumen des Schreibers fragte sich Phoran nicht zum ersten Mal, was sich seine Ahnen wohl gedacht hatten, als sie den Palast bauten. Es gab hier so viele unbenutzte Räume, dass in ihnen ganze kleine Zivilisationen wachsen und gedeihen konnten, ohne dass je irgendjemand etwas davon erfuhr. Da der Palast über viele Generationen errichtet worden war, existierte auch nicht das geringste Muster für seine Anlage.

Phoran führte seine Leute drei Stockwerke hoch, durch zwei Flure, dann wieder ein Stockwerk abwärts und durch mehrere kleine Türen, von denen die letzte sich zu einer Galerie öffnete, von der aus man über ein taillenhohes Geländer zu einem Becken drei Stockwerke tiefer hinabschauen konnte. Ein erhöhter Bereich in der Mitte war offenbar einmal ein Brunnen gewesen, aber nun blieben die Mäuler der steinernen Fische trocken.

Der gesamte Teich – der tiefer war als der Stock, den Phoran einmal hineingeschoben hatte, und außerdem lang und breit genug für einen kleinen Wal – war von einem Schleim bedeckt, der die gesamte Galerie unangenehmen nach Fisch riechen ließ, obwohl frische Luft hereinkam, weil es droben keine Decke gab.

»Ihr habt hier einen Schreiber untergebracht?«, fragte Avar. »Was hat er Euch angetan?«

»Das ist nur der kürzeste Weg«, erklärte Phoran. »Wenn Ihr aufhören würdet, alle paar Schritte glotzend stehen zu bleiben, wären wir gleich da.«

»Ich denke, das hier könnte der Grund sein, wieso sie in der Kunstgalerie immer Tauben haben.« Kissel schirmte die Augen mit der Hand gegen die helle Sonne ab, die diesen Bereich so ganz anders wirken ließ als die trüb beleuchteten Flure, durch die sie zuvor gekommen waren.

»Ich war noch nie hier«, sagte Toarsen und beugte sich über das Geländer. »Und dabei habe ich den Palast jahrelang erforscht. Wie konnte mir das entgehen? Habt Ihr daran gedacht, den Brunnen wieder zu erneuern?«

»Fall runter, und du brauchst dir wegen des Brunnens keine Gedanken mehr zu machen. Phoran hat irgendwo alle Baupläne des Palastes«, sagte sein Bruder. »Er kennt etliche seltsame Orte.«

»Nicht alle Baupläne, bei Weitem nicht«, erwiderte Phoran. »Oder wenn es wirklich alle Baupläne sind, ist darauf viel ausgelassen worden.«

Der unverbesserliche Toarsen drehte sich, bis statt seines Bauchs sein Rücken am Geländer ruhte, und blickte nach oben. »Drei Stockwerke hoch? Wie sieht denn das Ganze von außen aus, Phoran? Sind wir hier im nördlichen Hauptbereich oder …«

Das Geräusch einer Tür, die gegen die Wand krachte, ließ Phoran rechtzeitig von Toarsen wegschauen, damit er sehen konnte, wie Bewaffnete in die Galerie stürzten.

Einen Moment lang fragte er sich dümmlich, was diese Männer mit ihren Masken und fuchtelnden Schwertern denn hier wollten, dann rief Gerant: »Attentäter!«

Avar brüllte Phorans Kampfschrei, um alle zu alarmieren, die auf Hörweite waren. Aber es bestand nur eine schwache Hoffnung, dass jemand kam – wann immer Phoran diesen Weg in den letzten Wochen genommen hatte, war er nie jemandem begegnet. Und selbst wenn tatsächlich jemand Avars Schrei gehört hatte, war es eher unwahrscheinlich, dass er sich Phorans Seite und nicht den Angreifern anschloss.

Kissel und Toarsen hatten die Schwerter gezückt. Phoran duckte sich unter einer gegnerischen Klinge hindurch und schob die Hüfte hinter die seines Angreifers. Ein rascher Stoß, und der Mann fiel rückwärts, genau, wie Gerant versprochen hatte, als er die Bewegung zwei Tage zuvor bei den morgendlichen Übungen beschrieben hatte.

Ja, es funktionierte, aber Phoran konnte seinen Vorteil nicht nutzen, weil er zu sehr damit beschäftigt war, einem weiteren Schwert auszuweichen. Er konnte dem Angreifer die Waffe nicht entringen, sondern musste sich zurückziehen, um nicht erschlagen zu werden.

Eine glitzernde Klinge kam aus dem Nichts und zuckte schnell wie eine Schlange auf seinen Bauch zu. Phoran beobachtete sie mit seltsamer Distanziertheit, die ihn befiel, sobald ihm klar wurde, dass es keinen Ausweg mehr gab, dass niemand zu seiner Rettung käme. Er wusste, dass dieses Schwert ihm den Todesstoß versetzen würde.

Die Klinge berührte Phorans Tunika, aber dann wurde sie zurückgerissen und fiel zu Boden, zusammen mit dem Mann, der sie in der Hand hielt. Neben dem niedergestürzten Angreifer stand eine vertraute dunkle Gestalt, von der Phoran gehofft hatte, sie nie wieder zu sehen.

In einer verwirrenden Mischung aus Erleichterung und Entsetzen starrte Phoran das Memento an, das nun so viel stofflicher wirkte als bei ihrer letzten Begegnung. Das Wesen erwiderte seinen Blick – oder vielleicht bildete er sich das auch nur ein, denn es hatte keine Augen. Dann setzte es seine Jagd fort.

Es hätte verschwunden sein sollen. Die Heilerin hatte gesagt, sobald er die Leute umgebracht hatte, die für seinen Tod verantwortlich waren, würde der Geist des Raben, dessen Ermordung Phoran mit angesehen hatte, aufhören zu existieren. Der junge Kaiser war so sicher gewesen, dass das Memento weg war. Er hatte es nicht mehr gesehen, seit es die Meister des Pfads getötet hatte, die Zauberer, die einen Raben umgebracht hatten, um seine Macht zu stehlen, worauf sich das

Memento dieses Raben an den einzigen Zeugen geheftet hatte, der nicht gegen es geschützt gewesen war: Phoran.

Nun sah das dunkle Ding beinahe aus wie ein Mann, der sich ganz in ein schwarzes Tuch gehüllt hatte, das aus seinem Kopf bis zum Boden wallte, und es bewegte sich von einem Angreifer zum nächsten. Es war fester, als der junge Kaiser es in Erinnerung hatte, aber außer Phoran beachtete es zunächst keiner – und niemand außer Phoran und den Reisenden hatte es je sehen können.

Wenn das Memento immer noch hier war, warum war es dann nicht mehr jede Nacht zu Phoran gekommen, um sich zu nähren? Und wenn es sich nicht mehr von ihm nähren musste, warum schützte es ihn dann?

Phoran sah zu, wie seine maskierten Angreifer einer nach dem anderen starben. Einige wurden von Menschenhänden getötet. Gerant und Avar hatten sich bewaffnen können, und beide waren bemerkenswerte Kämpfer. Aber etliche mehr wurden Opfer des Memento.

Mit verschränkten Armen sah Phoran zu, wie die verbliebenen Kämpfer auf beiden Seiten langsam bemerkten, dass es noch etwas gab, das die Attentäter umbrachte. Toarsen und Kissel hörten vollkommen auf zu kämpfen und flankierten Phoran.

»Schon gut«, sagte er. »Es wird mir nicht wehtun.« Was beinahe komisch war, da er noch die Narben von den Bissen des Memento an beiden Armen trug. Aber er wusste, dass es ihn nicht töten würde. Das konnte es nicht tun. Wenn er starb, würde es ebenfalls sterben.

Das Memento wandte Phoran wieder seinen augenlosen Blick zu.

Noch während er sich zwischen das Wesen und Phoran schob, fragte Avar leise: »Was ist das, Phoran?«

»Es wird mir nichts tun«, sagte Phoran noch einmal. Keiner der anderen konnte das Memento sehen, dachte er, nur Avar.

Er erinnerte sich daran, dass es zuvor nie zu ihm gekommen war, wenn Avar sich in der Nähe befunden hatte – lag das daran, dass es wusste, Avar könne es sehen?

Aber die anderen hatten zumindest bemerkt, wie viele Attentäter tot umfielen, und sie würden wissen, dass Magie dahintersteckte. Magie, die irgendwie mit dem Kaiser zu tun hatte.

»Ich habe mich heute Abend genährt«, erklärte das Memento und ignorierte alle außer Phoran. »Ich werde dir eine Antwort auf eine Frage erteilen. Wähle.«

Warum bist du nicht weg?, dachte Phoran. *Wenn du nicht gestorben bist, als der Pfad gestürzt wurde, warum hast du dich dann bisher ferngehalten? Warum kommst du gerade jetzt zurück?*

Aber die Frage, die er tatsächlich stellte, war wichtiger.

»Hat jemand anderes gesehen, was hier geschah?«

Das Memento wandte seine Aufmerksamkeit nach oben, und Phoran folgte seinem Blick. Zwei Stockwerke weiter oben sah er ein Kind, das derart in Lumpen gewickelt war, dass man nicht einmal sagen konnte, ob es sich um einen Jungen oder ein Mädchen handelte. Sobald es erkannte, dass sie es anstarrten, eilte es mit dem Huschen leiser Schritte davon.

Viele Heimatlose hatten in den endlosen unverzeichneten Räumen des Palasts Zuflucht gefunden. Phorans Pech, dass einer ausgerechnet hier lebte.

»Muss ich es eliminieren?«, fragte das Memento. »Stellt es eine Gefahr für dich dar?«

Eine Versuchung. Aber Phoran schüttelte den Kopf und log. »Für mich besteht keine Gefahr mehr. Du kannst gehen.«

Das Memento vollzog eine leichte Verbeugung und löste sich ins nichts auf.

Als es weg war, sah Phoran seine Männer an. *Es hat keinen Zweck mehr, irgendetwas zu verheimlichen,* dachte er müde.

Avar mochte der Einzige gewesen sein, der das Memento wirklich gesehen hatte – aber die Leichen auf dem Boden waren nicht abzustreiten.

»Das war, was die Reisenden ein Memento nennen«, erklärte er. »Einer ihrer Magier wurde von den Meistern des Pfads getötet, und ich wurde zufällig Zeuge dieser Untat. Die Meister hatten sich geschützt, also kam es zu mir. Es wollte Rache an den Zauberern nehmen, die den Raben getötet hatten, und ich dachte, es hätte sie schließlich bekommen, indem es die Meister tötete; aber jetzt sieht es aus, als wäre das nicht der Fall gewesen.«

Es gab ein altes, unveränderliches Gesetz, niedergeschrieben, als die grausigen Spuren der Herrschaft des namenlosen Königs – leere Städte und unfruchtbare Felder – immer noch überall im Kaiserreich zu sehen gewesen waren: Ein Kaiser durfte nicht von Magie berührt sein. Die Tage, in denen er den Stein des Phoran allgemein sichtbar auf der kaiserlichen Stirn tragen musste, waren vorüber. Aber auch dieser Phoran hatte ihn getragen und war wie sein Vater vor ihm mit dem Stein auf der Stirn durch Taela geritten, am Tag vor seiner Krönung. Wenn einer der Septs es wollte, konnte er jederzeit verlangen, dass der Kaiser den Stein wieder auf seine Stirn legte und dem Rat das Ergebnis vorführte.

Phoran hatte den Stein geprüft, als das Memento zu ihm gekommen war, und er wusste, dass dieser Stein nicht klar bleiben würde, wenn er seine Stirn berührte, solange er an das Memento gebunden war. Falls die Septs das erfuhren, würden sie ihn hinrichten lassen.

Es war Avar, der es aussprach: »Wenn dieses Lumpenkind irgendwem davon erzählt, wird bald jeder im Palast erfahren, dass der Kaiser ein Ungeheuer hat, das Attentäter für ihn umbringt.«

Phoran wartete auf ihr Urteil.

Toarsen beugte sich vor und riss einem der Toten die Maske ab. Zu Phorans Erleichterung war die Leiche nicht geschrumpft und vertrocknet, wie es die Leichen der Meister des Pfads gewesen waren.

»Erst müssen wir diese Leichen loswerden«, erklärte Toarsen. »Wenn irgendwer sie sieht, wird er sofort wissen, dass nichts Menschliches sie getötet hat.«

»Ich dachte, Tiers Sohn hätte die Zauberer umgebracht«, sagte Kissel.

»Nein«, antwortete Phoran. »Es war das Memento. Tier hat gelogen, um mich zu retten.«

Avar nickte. »Würdet Ihr mir bitte helfen, meine Herren? Wir werfen sie ins Becken. Bis jemand sie dort findet, werden sich alle Seltsamkeiten durch das Wasser erklären lassen.«

Als Toarsen und Avar die erste Leiche über das Geländer warfen, schlossen sich Gerant und Kissel mit der zweiten an. Schließlich half Phoran ebenfalls – er versuchte nicht hinzusehen, als die Körper auf das Wasser trafen.

»Es ist gut, dass das Becken so groß ist«, meinte Kissel und kippte einen weiteren Toten über das Geländer. »Es wird Jahrzehnte dauern, bis jemand sie findet, wenn überhaupt.«

»Also keine Instandsetzung des Brunnens«, murmelte Toarsen mit geheuchelter Enttäuschung.

»Wir sollten noch einmal überdenken, ob wir die Palastwache wirklich Eure Räume bewachen lassen«, sagte Avar. »Ist Euch aufgefallen, dass die meisten von ihnen Uniformstiefel tragen? Ich sehe keine bekannten Gesichter, aber ich wette, sie stammen alle aus der Palastwache.«

»Nun gut«, meinte Phoran, als sie fertig waren. »Sieht aus, als wäre noch keiner von Euch zu dem Schluss gekommen, dass Ihr einen neuen Kaiser braucht.«

Gerant tätschelte ihm die Schulter. »Dieses Gesetz war nicht für solche Situationen gedacht. Wir werden Euch helfen.«

»Es wird ein paar Tage dauern, bevor der Klatsch sich ausbreitet«, fügte Avar hinzu. »Und selbst dann werden sie bestenfalls Einzelheiten haben. Kinder von Armen haben keinen Kontakt zu den Septs. Es wird sich von den Dienern nach oben ausbreiten.«

»Es sei denn, wir können das Memento loswerden«, sagte Phoran. »Es zählt nicht, wie lange es dauern wird, bis sich das Gerücht ausbreitet. Wenn der Klatsch losgeht, werden die Septs den Beweis verlangen, dass ich nicht von Zauberei berührt bin, und ich habe keinen Grund, ein solches Ersuchen abzulehnen – bis auf den, dass ich den Test selbstverständlich nicht bestehen würde …«

»Der Stein könnte gestohlen werden«, meinte Toarsen.

Phoran schüttelte den Kopf. »Wir halten es folgendermaßen: Gerant, Avar und ich gehen jetzt zu meinem Schreiber. Avar wird vielleicht ein bisschen früher erben, als ich dachte. Kissel und Toarsen, ich möchte, dass Ihr Euch zur Garde begebt und dafür sorgt, dass sie sich zum Aufbruch bereit macht. Wählt ein paar der Vertrauenswürdigsten aus, die als meine Leibwache mit mir kommen werden. Ich breche früh am Morgen auf. Gerant, ich möchte, dass Ihr den Rest der Sper…«, er hielt kurz inne, »der Kaisergarde zu Euch nach Hause mitnehmt und sie ausbildet. Ich werde sie hier nicht einfach sitzen lassen, und ich selbst kann nicht bleiben. Ich werde dafür sorgen, dass Ihr eine angemessene Entlohnung …«

»Nicht nötig«, erwiderte der Sept.

Phoran winkte ab. »Dafür danke ich Euch, aber es sind meine Leute, und ich werde mich darum kümmern, dass sie untergebracht und ausgebildet werden.« Er holte tief Luft. »Ich selbst gehe nach Redern. Hoffentlich werden Tier und seine Reisendenfrau da sein und mir helfen können. Wenn nicht, werde ich eine Botschaft senden, und wir geben vor, ich sei gestorben – da ich nicht wirklich interessiert daran bin, dass man mich köpft, denn ich habe gerade eine neue Aversion dagegen entwickelt.«

»Ihr könnt nicht einfach verschwinden«, gab Avar zu bedenken. »Wenn Ihr nicht hier seid, um Euch dem Klatsch entgegenzustellen, werden sie Euch umschattet und Schlimmeres nennen, bis Ihr zurückkehrt, und Ihr werdet all die Gerüchte nie wirklich entkräften können.«

»Ich schließe den Palast«, sagte Phoran. »Ich werfe die Adligen und ihre Familien für sechs Monate raus und schicke eine Unmenge Arbeiter hinein, um die Eingangshalle neu zu gestalten. Renovierung.« Er nickte Toarsen zu, der ihn auf die Idee gebracht hatte. »Die Adligen werden den Palast bis morgen Mittag verlassen müssen.«

»Das ist lächerlich«, sagte Avar. »Es gibt keine dringenden Probleme mit der Eingangshalle – alle werden sich fragen, wieso Ihr ihnen nicht mindestens einen Monat vorher Bescheid gesagt habt.«

Gerant stieß unerwartet sein leises Lachen aus. »Oh, mehr braucht er nicht zu sagen. Sie werden glauben, dass er ihre Räume auf Anzeichen ihrer Schuld hin untersuchen will – und es gibt genug Schuldige oder Beinahe-Schuldige unter den Adligen, um vielen von ihnen schlaflose Nächte zu bereiten. Und einem Kaiser, der gerade persönlich dreizehn herrschende Septs hingerichtet hat, werden sie eine solche Anordnung durchaus zutrauen. Sie werden sich vielmehr Gedanken darüber machen, ja nichts zurückzulassen, was sie belasten könnte, als herausfinden zu wollen, wo der Kaiser denn nun steckt.«

Kissel lächelte. »Er hat recht.«

Phoran verbeugte sich knapp. »Wenn ich in sechs Monaten nicht mit dieser Sache fertig werde, wird es zu spät sein.«

»Also nehmen Ihr und ich ein paar von Euren Leibwächtern und meinen Männern …«, begann Avar, aber Phoran schüttelte den Kopf.

»Du bist mein Erbe«, sagte er. »Wir können es uns nicht leisten, am selben Ort zu sein. Ich werde ohnehin nicht mit einer großen Gruppe reisen, weil ich nicht der Kaiser sein werde, sondern der Sohn eines reichen Kaufmanns. Die Leute, die noch im Palast bleiben, werden wissen, dass ich weg bin, aber wir erzählen es niemandem sonst. Du wirst hierbleiben und die Arbeiten beaufsichtigen – oder du kannst mit Gerant gehen.«

Avar riss den Mund auf, um zu widersprechen, aber am Ende sagte er nichts. Phoran hatte recht.

»Wir haben allerdings noch ein zweites Problem«, sagte Toarsen.

Phoran zog die Brauen hoch.

»Ich bin nicht sicher, ob ich von hier aus zur Unterkunft der Garde zurückfinden kann. Könnt Ihr mir eine Wegbeschreibung geben?«

9

Sie blieben schweigend sitzen, als Phoran mit seiner Geschichte fertig war, sich gegen ein Ende des Tischs lehnte und die Flammen in der Feuerstelle beobachtete. Der Kaiser bewegte sich jetzt weniger wie ein übergewichtiger Höfling und mehr wie ein Kämpfer als bei ihrer letzten Begegnung. Er wog immer noch ein bisschen zu viel und hatte ein eher rundliches Gesicht, aber inzwischen hatte er Muskeln unter den gepolsterten Schultern seiner Samttunika.

»Ich sehe, dass Toarsen und Kissel Euch begleiten und nicht mit Gerant gegangen sind«, stellte Tier schließlich fest.

Phoran lächelte. »Ich habe sie gebeten, ein paar Gardisten zu finden, auf die sie sich verlassen können, und sie sind zu dem Schluss gekommen, dass sie sich selbst am meisten trauen. Gerant und Avar sorgen dafür, dass der Rest der Sperlinge … der Kaisergarde beschäftigt ist, während wir in der Gegend herumreisen.«

Sein Lächeln verschwand wieder; er ging zur Feuerstelle und stützte sich auf das Sims. »Ich bin hierhergekommen«, sagte er leise, »weil ich hoffte, dass Ihr mich noch einmal retten könnt.«

»Ich weiß nicht viel über Mementos«, sagte Tier. »Seraph wird mehr Hilfe sein, und Lehr bricht morgen früh auf, um Brewydd zu finden.«

»Wer ist Brewydd?«, fragte Toarsen.

»Die Heilerin des Reisendenclans, der uns beim Kampf gegen den Pfad geholfen hat«, erklärte Tier.

»Die alte Frau?«

Tier nickte. »Sie verließen uns, bevor wir hierherkamen. Lehr könnte ein paar Tage brauchen, um sie zu finden.« Er dachte kurz nach. »Brewydd sagte, das Memento werde verschwinden, wenn es seine Rache hätte. Vielleicht glaubt es ja, dass das noch nicht geschehen ist.«

»Der Zauberer, der entkam«, meinte Phoran.

Tier nickte. »Der Schatten.« Tier hatte dem Kaiser schon vor ihrem Aufbruch aus Taela von seinem Verdacht erzählt, aber Toarsen zuckte sichtlich zusammen. »Wir sind auch nicht froh, dass er fliehen konnte. Wenn es das ist, was das Memento aufhält, dann können wir vielleicht wirklich helfen. Wir sind selbst auf der Suche nach ihm.«

»Nach dem Schatten?«, fragte Toarsen barsch. »Der wurde schon vor langer Zeit getötet.«

»Nicht derselbe Schatten«, sagte Seraph mit vor Erschöpfung heiserer Stimme. »Nicht der namenlose König. Wir reden von einem anderen Zauberer, der eine Möglichkeit gefunden hat, von der Macht des Pirschgängers stärker zu werden. Er scheint allerdings noch nicht die gleiche Macht erreicht zu haben – und wir wissen nicht, warum.«

»Seid Ihr sicher, dass es einen anderen Schatten gibt?«, fragte Phoran.

Tier nickte, aber er sagte dem Kaiser nicht, dass ihre Überzeugung sich vor allem auf Ellevanals Wort stützte. Irgendwie dachte er, Phoran fände es glaubwürdiger, wenn er nicht zu viel erklärte.

»Wer ist der Pirschgänger?«, fragte Toarsen.

»Die Schuld der Reisenden«, erwiderte Seraph. »Obwohl ich Euch bitten möchte, das für Euch zu behalten. Vor sehr langer Zeit, bevor es Reisende gab, existierte eine Zaubererstadt, wo Magier voneinander und aus der dortigen Bibliothek lernten. Sie waren ein arroganter Haufen und verließen sich darauf, dass ihre große Macht sie retten würde, selbst wenn sie sich mit Dingen beschäftigten, die man lieber nicht anrühren sollte.«

»Sie schufen etwas«, übernahm Lehr den Faden. »Etwas, das all ihre Macht und ihre Gelehrsamkeit nicht beherrschen konnte. Also opferten die Zauberer die Stadt und alle darin, mit Ausnahme ihrer selbst, und banden den Pirschgänger auf diese Weise. Aber da sie wussten, dass selbst diese Fesseln unvollkommen waren, schworen die Überlebenden, den Schaden zu bekämpfen, den er immer noch anrichten konnte. Sie wurden zu Reisenden – und der Schatten gehört zu den Dingen, die sie bekämpfen.«

Phoran rieb sich das Gesicht, und Tier sah ihm seine Erschöpfung deutlich an. »Wir müssen also den Schatten töten, damit ich das Memento loswerde?«

Tier zuckte die Achseln. »Das weiß ich nicht sicher. Habt Ihr das Memento schon gefragt?«

»Seit es meine Angreifer tötete, ist es nicht wieder aufgetaucht.«

»Er nährt sich nicht von Euch?« Seraph richtete sich erstaunt auf. »Das ist gefährlich, Phoran. Wenn es immer noch an Euch gebunden ist und sich nicht mehr nährt, wird es verblassen.«

»Das wäre doch gut, oder?«, fragte Toarsen.

»Es wird den Kaiser mitnehmen, wenn es geht.« Seraphs Stimme hatte eine gewisse Schärfe, aber das schien Toarsen nicht zu stören.

»Wenn es genug Leute umgebracht hat, wird es eine Weile keine Nahrung brauchen. Ein Magier nährt es längere Zeit; die Meister des Pfads zählten zu den Zauberern, die den Raben getötet haben, welcher das Memento gebar, und so könnte ihre Ermordung es durchaus länger laben als der Tod von anderen.« Henneas Stimme aus dem Nebenraum klang ruhig und aufmerksam, und man konnte ihr nichts von der Erschöpfung anhören, die bei Seraph so deutlich war.

Eine Matratze raschelte, und dann kam Hennea aus ihrem Zimmer. Das Haar hing ihr wirr über die Schultern, was sie aussehen ließ, als stünde sie Rinnies Alter näher als dem von Seraph.

»Phoran, Ihr erinnert Euch sicher an Hennea«, sagte Tier.

Der Kaiser nickte. »Selbstverständlich. Rabe.«

»Euer Hoheit«, sagte Hennea so gelassen, als trage sie Hofkleidung statt eines Nachthemds. »Könnt Ihr das Memento rufen, wenn Ihr das wollt?«

»Nein.« Phoran hatte schon versucht, es auf jede erdenkliche Weise zu sich zu holen.

»Also gut«, sagte Seraph. »Es wird schon kommen. Hennea, hast du gehört, was Phoran erzählte?«

Hennea nickte. »Wie viel davon wissen Eure Männer?«

»Toarsen weiß selbstverständlich alles, ebenso wie Kissel«, erwiderte der Kaiser. »Den anderen habe ich gesagt, mir sei von den Meistern ein Bann auferlegt worden, und Ihr«, er machte eine Geste, die alle im Raum umfasste, »könntet mir vielleicht helfen.« Er kniff kurz die Lippen zusammen. »Ich wage nicht, ihnen alles anzuvertrauen.«

»Es hat mich immer überrascht, dass Rufort vom Pfad rekrutiert wurde«, sagte Tier. »Ich wette mein Leben, dass er einer der ehrenhaftesten Männer ist, die ich kenne.«

»Er ist im vergangenen Jahr ein bisschen ruhiger geworden«, sagte Toarsen. »Zuvor war er schrecklich aufbrausend. Wenn er ausging und ein paar getrunken hatte, fing er für gewöhnlich Streit mit dem größten Idioten an, den er finden konnte. Damit hörte er erst auf, als Kissel ihn grün und blau schlug. Danach hörte er auf, Kämpfe anzuzetteln. Er sagte mir einmal, ein Mann mit einem gebrochenen Bein habe eine Menge Zeit, auf dem Rücken zu liegen und darüber nachzudenken, was er mit seinem Leben anfangen solle.«

Toarsen hielt inne, dann sagte er: »Sie hätten Rufort nicht mehr lange am Leben gelassen – die Raubvögel und die Meister des Pfades. Vielleicht haben sie sogar schon versucht, ihn umzubringen. Nur ein paar Wochen, bevor man Tier zu uns brachte, wurde ein anderer Sperling tot in der Nähe von Ruforts Zimmer gefunden. Er war ein unangenehmer Kerl, und niemand vermisste ihn, aber Kissel, der die Leiche sah, sagte, die Person, die ihn getötet habe, müsse ein großer, kräftiger Mann gewesen sein wie Rufort. Wir dachten nicht viel darüber nach, bis Ihr uns zeigtet, dass der Pfad mehr Sperlinge tötete, als er zu Raubvögeln machte.«

»Ielian kenne ich nicht besonders gut«, sagte Tier. »Ich erinnere mich daran, dass er ziemlich still war – und einer der besseren Schwertkämpfer.«

»Er ist ein guter Mann«, sagte Toarsen. »Er hat sich bei dem Kampf im Nest hervorragend bewährt. Es gibt nur wenig Männer, die ich lieber in meinem Rücken wüsste.« Er gähnte.

Seraph stand auf. »Es ist Zeit zu schlafen. Phoran, Ihr könnt unser Zimmer …«

Aber der Kaiser schüttelte bereits den Kopf. »Nein, das geht nicht. Ich würde nie eine Dame aus ihrem Bett vertreiben. Die Scheune ist gut genug für uns – ein Heubett wird erheblich weicher sein als alles andere, worauf wir in diesen letzten Wochen geschlafen haben.«

»Ihr seid schnell geritten«, sagte Tier, »um uns so bald wie möglich zu erreichen.«

»Toarsen kennt alle Abkürzungen, und wir haben die Pferde mit Getreide gefüttert«, sagte Phoran. Er machte einen Schritt auf die Tür zu und blieb dann wieder stehen. »Ihr habt mir noch nicht gesagt, wieso Ihr Lehr schon vor unserer Ankunft zu der Heilerin schicken wolltet.«

»Ich habe ein Geschenk der Meister mit zurückgebracht«, sagte Tier. »Ich hoffe, dass Brewydd sich darum kümmern kann. Nichts, worum Ihr Euch Sorgen machen müsst. Jes, kannst du sie nach draußen bringen und bei den anderen einen Platz für sie finden?«

»Wartet«, wandte Jes ein. »Hennea, bevor du eingeschlafen bist, hast du mich gebeten, dich an Papa, Landkarten und Colossae zu erinnern. Du sagtest, es sei wichtig.«

Sie runzelte die Stirn. »Ich kann mich nicht erinnern.«

»Es wird dir schon wieder einfallen«, sagte Jes überzeugt.

Lehr schloss die Augen und ließ seinen Körper den Rhythmus des Trabs seiner Stute aufnehmen. Er hatte nie zuvor auf einem solchen Pferd gesessen.

Akavith hatte sie vielleicht für weniger verkauft, als er aus dem Haus eines Adligen erhalten hätte, aber das war immer noch mehr Geld, als Lehr je zuvor in der Hand gehalten hatte.

Die Fuchsstute scheute ein wenig, und Lehr öffnete die Augen, um zu sehen, was sie erschreckt hatte. Er konnte nichts erkennen, beobachtete aber ihre beweglichen Ohren. Etwas befand sich links von ihnen im Wald.

Es hätte etwas vollkommen Unwichtiges sein können. Aber sie waren jetzt schon mehrere Stunden unterwegs, und Seide hatte auf flatternde Fasane und ein erschrockenes Kaninchen erstaunlich überlegen reagiert.

Er bat sie, in Schritt zu fallen, und sie schüttelte widerstrebend den Kopf, bevor sie ihr Tempo zu einem Tänzeln verlangsamte. *Siehst du,* sagte sie ihm mit jedem stolzen Schritt, *ich bin nicht müde, und das hier ist zu langsam.*

Lehr atmete ruhig ein und aus, wie Brewydd es ihn gelehrt hatte. *Beruhige deinen Geist, Junge. Höre darauf, was deine Sinne dir zu sagen haben.*

Dann roch er es, wild und beängstigend: das Ungeheuer, das im Schatten lauerte und einen fressen würde, wenn man nicht vorsichtig genug war.

»Jes«, sagte er und zügelte die Stute, bis sie stillstand. »Was tust du hier?«

Der Wolf erschien unter den Bäumen, als hätte er nur auf Lehrs Ruf gewartet. Seide hob den hinreißenden Kopf und beobachtete ihn, aber Lehr spürte, dass sie sich nicht anspannte. Der Wolf hatte Jes' dunkle Augen.

»Ich brauche keinen Schutz«, beantwortete Lehr seine eigene Frage.

Der Wolf setzte sich und kratzte sich am Ohr, dann kam er mit einem Schnauben, das vielleicht ein leichtes Niesen gewesen war, wieder auf die Beine. Er trabte zu der Stute, ignorierte Lehr vollkommen und grüßte Seide, indem er ihre Schnauze mit der seinen berührte. Dann trabte er ohne einen Blick zurück den schmalen Jagdweg entlang.

»Verflucht, Jes«, murmelte Lehr, »ich brauche keine Hilfe!«

Der Wolf war hinter einer Biegung des Wegs verschwunden.

»Aber Gesellschaft wäre nicht übel«, sagte er zu der Stute.

Sie schnaubte und sprang in einen Kanter, als er das Gewicht verlagerte. Mit einem freudigen Hochwerfen des Kopfs schoss sie davon wie ein Hase. Als sie an Jes vorbeikamen, gab er ein vergnügtes Kläffen von sich und schloss sich der Jagd an.

Sie brauchten drei Tage, um Colbern zu erreichen.

Wie erwartet, war die Stadt ummauert. Sie wirkte kleiner als Leheigh, aber Lehr nahm an, dass das nur wegen der Mauer so aussah. Der Raum drinnen war eingeschränkt, also wohnten die Menschen dichter beieinander.

Die Stadttore sahen nicht so beeindruckend aus wie die Mauer; sie waren sowohl niedriger als auch weniger stark.

Eine Ramme hätte mit ihnen kurzen Prozess gemacht. Aber es hatte seit Generationen in dieser Region keinen Krieg mehr gegeben, also nahm Lehr an, dass die Tore durchaus angemessen waren. Sie waren fest geschlossen, und behelfsmäßig aussehende gelbe Fahnen hingen über dem oberen Teil und warnten die Durchreisenden, dass die Einwohner gegen eine Seuche kämpften.

Jes legte die Ohren an und knurrte leise.

»Ich rieche es ebenfalls«, sagte Lehr zu seinem Bruder. Es war der Gestank nach Tod – Krankheit und verfaulende Leichen. Er zog die Tunika so hoch, dass sie seine Nase bedeckte, und stieg ab.

Seide schien sich von dem Gestank nicht stören zu lassen, aber sie war auch als Jagdpferd ausgebildet. Blut und Tod setzten ihr nicht so zu wie den meisten anderen Pferden.

»Du solltest lieber ein Mensch sein, Jes, wenn jemand das Tor öffnet.« Bei diesen Worten warf Lehr einen Blick über die Schulter – und fand sich dem ausdruckslosen Menschengesicht seines Bruders gegenüber.

»Ich mag diese Stute«, sagte Jes und rieb Seide unter einem Riemen des verschwitzten Halfters. »Sie ist hübsch.«

Lehr schlug wieder gegen das Tor, aber niemand antwortete. Er machte ein paar Schritte zurück, sprang nach oben und packte die Oberseite des Tors. Dann schwang er die Beine zur Seite, setzte einen Fuß oben aufs Tor, zog sich weiter hoch und rollte schließlich darüber hinweg zur anderen Seite.

Zwei- und dreistöckige Gebäude ragten über schmalen Straßen auf und schufen eine Atmosphäre der Enge, die sich noch schlimmer anfühlte, weil sich nirgendwo etwas oder jemand bewegte. Lehr sah sich misstrauisch um, aber es gab keine Anzeichen, dass jemand ihn beobachtete.

Er zog die schweren Balken, die das Tor verriegelten, aus ihrer Halterung und öffnete es.

»Ich habe niemanden gesehen«, sagte er zu seinem Bruder. »Sei wachsam.«

Der Hüter versetzte ihm ein zähnestarrendes Lächeln und führte Seide auf das Kopfsteinpflaster der Stadtstraße. »Kannst du feststellen, ob die Reisenden hier waren?«

Lehr kehrte wieder zu dem Pfad aus gestampfter Erde zurück, der vor dem Tor verlief. Er holte tief Luft und setzte sich auf die Fersen, um den Boden genauer zu betrachten. Es dauerte eine Weile, weil irgendwann in der vergangenen Woche ein Gewitter die Spuren verwischt hatte, nach denen er suchte.

»Sie sind hier«, stellte er schließlich fest und kehrte zurück, um Seides Zügel zu nehmen. »Sie sind hergekommen und haben die Stadt nicht wieder verlassen.«

Der Hüter sah sich in der stillen Stadt um. »Ich bin nicht sicher, ob das eine gute Sache ist.«

Lehr empfand dasselbe, aber er würde es nicht zugeben. Er versuchte, das unheimliche Gefühl als Nebenwirkung von Jes' Weisung abzutun – aber wenn das so war, warum hatte er dann das Bedürfnis, sich näher an seinen Bruder zu drängen?

Er sah sich noch einmal um, dann verließ er sich darauf, dass der Hüter gut aufpassen würde, damit er selbst sich darauf konzentrieren konnte, den Spuren zu folgen, die der Clan auf den schmalen, kopfsteingepflasterten Straßen hinterlassen hatte.

Sie kamen an einem Gasthaus mit einem Stall vorbei, und der Hüter packte ihn am Arm.

»Warte kurz. Ich will etwas überprüfen«, sagte er, dann verschwand er im Stall. Er kam beinahe ebenso schnell wieder heraus. »Alle tot – aber es war keine Krankheit, die sie umgebracht hat. Nach den Maden zu schließen, sind sie mindestens eine Woche tot. Niemand hat versucht, sich von ihnen zu ernähren. Es gab auch ein paar tote Menschen. Einer wurde erstochen, die anderen starben an der Seuche. Ich bin nicht nahe genug herangegangen, um sagen zu können, wie lange sie tot sind.«

»Suchen wir die Reisenden und kehren dann nach Hause zurück«, sagte Lehr und wurde schneller. Er glaubte nicht, dass sie den Clan von Rongier dem Bibliothekar lebend finden würden, aber er musste weitersuchen. Das war er Brewydd schuldig.

Als sie tiefer in die Stadt kamen, wurde der Gestank schlimmer. Einige Straßen waren mit aufgeschichteten Möbeln und Haushaltsgegenständen verbarrikadiert worden, um die Pestopfer fernzuhalten, aber das hatte nichts genutzt. Lehr und Jes sahen Aasvögel, Ratten und einmal einen streunenden Hund, aber keine Menschen.

Sie fanden Rongiers Clan auf einer der kleinen Flächen, die unbebaut geblieben waren, damit die Tiere der Stadtbewohner hier grasen konnten. Der Hüter kniete sich neben die erste Leiche und schnupperte, ohne sie zu berühren.

»Sie sind etwa eine Woche tot. Wie die Pferde.«

Lehr hockte sich neben eine Frau, die mit dem Gesicht nach unten lag; ihr helles Haar erinnerte ihn an das seiner Mutter. Sie war, wie der Rest von Rongiers Clan, nicht an der Seuche gestorben. Die Reisenden waren von den Menschen umgebracht worden, denen sie helfen wollten.

Er berührte ihr Haar – solange sie mit dem Gesicht nach unten lag, war sie eine Fremde. »Jemand glaubte, dass sie die Krankheit eingeschleppt hatten, wie sie das auch von den Pferden dachten, die du im Stall gefunden hast, und ich nehme an, von den Katzen, Hunden, Hühnern und Ziegen, die wir nicht gesehen haben.«

Dann drehte er die Leiche vorsichtig um, als ob es ihr wehtun könnte, wenn er zu grob war. Er hatte diese Frau beim Kochen neben seiner Mutter gesehen, oder wie sie einem kleinen

Kind das Hemd zurechtzupfte, aber er kannte ihren Namen nicht.

Er stand wieder auf und ging zu weiteren Leichen, setzte Namen zusammen für die Totenliste in seinem Kopf. »Hier ist Benroln«, sagte er.

Lehr sah an den toten Stadtbewohnern, die den Clanführer umgaben – und daran, wie sein Körper verstümmelt worden war –, dass Benroln heftig Widerstand geleistet hatte.

»Isfain«, bemerkte der Hüter mit so seltsamer Stimme, dass Lehr aufblickte. Isfain, erinnerte er sich, war derjenige, der Wache gehalten hatte, als man Jes mit dem *Foundrael* festhielt.

»Ist alles in Ordnung?«, fragte Lehr.

Der Hüter nickte. »Ich dachte, ich wollte, dass er stirbt«, sagte er, dann ging er zu der nächsten Leiche. »Kors.«

Sie waren alle tot, Männer, Frauen und – das zerriss ihnen endgültig das Herz – auch die Kinder. Die rothaarigen Zwillinge, die immer irgendwelchen Unfug im Kopf gehabt hatten, waren feierlich aufgebahrt, ihre Kehlen durchschnitten. Das Kleinkind, das immer am Daumen gelutscht hatte, wenn Lehr gerade hinsah, war zu einem kleinen, gebrochenen Häuflein Elend zusammengesackt.

Es gab noch mehr Stadtbewohner unter den Toten. Ein paar, die mit Schwertern bewaffnet waren, mochten Wachen gewesen sein, aber die meisten hatten sich nur mit Keulen oder Werkzeugen bewaffnet. *Verzweifelte Menschen tun verzweifelte Dinge,* sagte Papa oft.

Lehr wandte sich von der Leiche eines Mannes ab, der ein scharfes Sattlermesser in der Hand hatte, und wäre beinahe über eine Frauenleiche gestolpert.

Ihre eisblauen Augen hatten die Krähen geholt, aber er erkannte die schmale, scharfe Nase und den breiten Mund: Igraina, die ein besonders Vergnügen daran gefunden hatte, ihn herumzukommandieren und dabei ein wenig mit ihm zu liebäugeln. Neben ihr lag der Clanschmied. Lehr erinnerte sich nicht an seinen Namen, jedoch an das schüchterne Lächeln des Mannes.

Als sie fertig waren, hinterließ der Hüter Reif auf dem Boden, den er betrat. Lehr wusste nicht, ob er das tat, weil er wütend oder traurig war. Es gab niemanden mehr, den der Hüter verteidigen oder an dem er sich rächen konnte. Nach den leeren Straßen zu schließen, die sie gesehen hatten, als sie durch die Stadt kamen, waren die Leute, die für diese Morde verantwortlich waren, sehr wahrscheinlich ebenfalls tot.

Nur Brewydd konnten sie nicht finden. Lehr betrachtete das nicht unbedingt als hoffnungsvolles Zeichen. Wahrscheinlich war sie unterwegs gewesen und hatte versucht, jemanden zu heilen, als der Wahnsinn die Stadtbewohner erfasst hatte.

»Es sind zu viele, um sie begraben zu können«, sagte Lehr hilflos. »Aber wir können sie nicht so liegen lassen.«

Der Hüter sah sich um. »Ich erinnere mich an ... an Schlachtfelder voller Leichen. Ehrenhafte Soldaten, die nicht verdient hatten, als Aas für die Geier zurückgelassen zu werden. Komm her, Lehr. Stell dich neben mich, damit dir nichts passiert.«

Lehr trat so nahe, wie er es wagte, an seinen Bruder heran, bis die Kälte des Hüters ihm in die Finger biss und seine Angst es ihm schwer machte zu atmen. Seide legte bedrückt die Ohren an, blieb aber neben Lehr. Offenbar waren sie nahe genug, denn der Hüter begann zu singen, ein seltsames, tonloses Geräusch, das mehr an ein Wolfsheulen erinnerte als an ein Lied.

Es schmerzte Lehr bis ins Herz, und Tränen, gegen die er zuvor angekämpft hatte, liefen über seine Wangen, als wäre er nicht älter als Rinnie. Er hatte diese Menschen gekannt – hatte Feuerholz mit ihnen geholt, hatte an ihrer Seite gekämpft. Und nun waren sie alle tot. Waren gestorben bei dem Versuch, diese Stadt zu retten, die sie getötet hatte.

Als Antwort auf das Lied des Hüters begann der Boden zu beben.

Magie drang in einer plötzlichen, beinahe schmerzhaften Welle durch Lehrs Füße in ihn ein und brachte schließlich seine Ohren zum Klirren. Rings um die Leichen von Reisenden und Stadtbewohnern riss der Boden auf und verschlang sie, und danach zeigte nur noch aufgeworfene Erde, wo sie gelegen hatten.

Das Lied des Hüters endete.

»Was …« Lehr brach seine Frage ab und schob die Schulter unter seinen Bruder, als dieser bleich und schwitzend zusammensackte. Jes schluchzte heiser, und Lehr half ihm zu einer grob behauenen Bank im Schatten eines kleinen Ahornbaums.

»Ganz ruhig«, sagte er und kniete sich vor ihn. Er wünschte sich, er könne mehr tun. Aber Jes hatte sich ihm entzogen, sobald er auf der Bank saß, und Lehr wusste, dass er seinen Bruder mit einer Berührung nicht trösten konnte. »Sie haben jetzt keine Schmerzen mehr, Jes. Nichts kann ihnen mehr wehtun.«

Jes hob den Blick. »So viel Trauer«, keuchte er. »Brewydd, glaube ich. Ganz in der Nähe.«

Lehr erinnerte sich daran, dass Jes ein Empath war.

Er stand auf und sah sich langsam um. Wenn Jes spürte, dass Brewydd trauerte, bedeutete dies, dass die alte Frau immer noch lebte. Sein Blick fiel auf einen kleinen gedeckten Wagen, der von Hand oder von einem Pferd gezogen werden konnte – Brewydds *Karis*.

Er legte Jes Seides Zügel in die Hand. »Halte sie für mich«, bat er. »Seide ist wahrscheinlich ebenfalls unglücklich, Jes.«

Sein Bruder beugte sich vor, bis seine Stirn am Vorderbein der Stute ruhte. Sie drehte sich ein wenig, um mit der Schnauze seinen Rücken zu berühren.

Lehr kam zu dem Schluss, dass er für Jes so gut gesorgt hatte, wie er konnte, und ging zu dem *Karis* – wobei er sorgfältig darauf achtete, die Stellen zu meiden, wo der Boden weich war.

Als er die Tür des kleinen Wagens öffnete, schlug ihm der Geruch von Krankheit entgegen. Brewydd brauchte so wenig Platz, dass er sie beinahe für eine zusammengeknüllte Decke gehalten hätte, bevor sie sich bewegte.

»Du bist hier, Junge«, sagte sie. »Ich habe mir schon Sorgen gemacht, ihr würdet zu spät kommen, aber dann spürte ich, wie die Erde auf den Ruf eines Hüters hin ihre Kinder aufnahm. Ich wusste, dass du hier bist.«

Er nahm sie in die Arme und trug sie hinaus in die Sonne, denn er hoffte, dass die Wärme ihr helfen würde. Sie schien nur noch halb so viel zu wiegen wie bei ihrer letzten Begegnung.

»Wir hätten mit euch kommen sollen«, sagte er. »Rinnie war bei Tante Alinath in Sicherheit. Wenn wir mitgekommen wären, wäre das hier nicht passiert.«

Sie streckte die Hand aus, um seine Wange zu berühren, und tätschelte sie sanft, und er erkannte, dass sie blind war.

»Wer weiß, was geschehen wäre. Das hier ist bereits niedergeschrieben, Junge, und dir und mir steht es nicht zu, es noch zu ändern.«

»Brewydd?« Jes hatte seine Bank verlassen. Lehr blickte auf und sah, dass sein Bruder aufgehört hatte zu weinen. »Wir bringen dich nach Hause, und Mutter wird sich um dich kümmern, wie sie es bei Papa tut.«

»Nein, Junge«, erwiderte die alte Frau freundlich. »Ich bin nur geblieben, um mit euch zu reden. Eine meiner Begabungen bestand in Voraussicht – eine schwach ausgeprägte Begabung, aber sie sagte mir, ich solle warten. Trauere nicht um mich, Lehr.« Sie wischte eine Träne mit dem Daumen ab. »Ich bin eine sehr alte Frau. Zu alt, um diese Krankheit als das zu erkennen, was sie war. Das hätte ich tun sollen. Ich wusste schließlich, dass es einen neuen Schatten gab.«

»Was ist passiert?«, fragte Lehr. Er trug sie zu dem Ahornbaum und der Bank und setzte sich hin, wobei er sie weiter im Arm behielt, als könne sie das irgendwie schützen.

»Ich heilte die Menschen, und am nächsten Tag kamen sie zurück, und es ging ihnen noch schlechter als zuvor. Es war eine Schattenseuche, Junge. Tod, um die Macht des Schattens zu nähren. Ich wusste, wonach ich Ausschau halten sollte, aber ich hatte es vergessen, alte Frau, die ich bin. Als es mir schließlich einfiel, war ich selbst schon krank, und der halbe Clan ebenfalls. Ich habe sie geheilt und dann mich selbst, aber es war zu spät. Das Heilen nahm mir mehr, als ich zu geben hatte, also werde ich sterben. Ebenso, wie diese Stadt gestorben ist. Vom Schatten getötet. Ich habe es gesehen.«

»Mutter sagt, Lerchen können Schatten nicht sehen«, sagte Lehr leise.

Sie schüttelte den Kopf, »Doch. Wir können es alle ein wenig, es ist nur schwer für die, die nicht die Augen eines Jägers oder die Instinkte eines Hüters haben. Die Weisungen haben mehr gemeinsam, als sie unterscheidet, auch wenn die Raben gern das Gegenteil behaupten.«

»Der Schatten hat diese Stadt umgebracht«, sagte Jes.

Brewydd nickte. »Alle, die nicht Opfer von Messer oder Keule wurden. Der Schatten wird nun seine volle Kraft erreicht haben. Sagt eurer Mutter, sie soll vorsichtig sein.«

»Ist es ein Mann?«, fragte Lehr.

Sie schüttelte den Kopf, »Das weiß ich nicht. Man sollte nichts im Vorhinein annehmen. Es könnte jeder sein. Ihr habt Fragen, die ich beantworten sollte. Wichtig genug, dass ich bis jetzt überlebte.«

»Phorans Memento ist immer noch da«, sagte Jes.

Lehr berichtete über den gescheiterten Attentatsversuch, der Phoran dazu gebracht hatte, aus Taela zu fliehen.

»Papa denkt, das Memento wird nicht verschwinden, bis der Schatten vernichtet wurde.«

Wieder nickte die alte Frau. »Wenn das Memento nicht verschwunden ist, als die anderen starben, dann ist das wohl so. Aber es wird auch stärker und dem Mann ähnlicher werden, zu dem es einmal gehörte. Es könnte sein, dass selbst der Tod des Schattens es nicht befreien wird – wie bei den Edelsteinen mit den Weisungen.« Sie schluckte. »Sagt das eurer Mutter. Das Memento ist wie die Edelsteine mit den Weisungen – aber seine Weisung ist eher an Phoran gebunden als an einen Stein. Das könnte ihr helfen.«

Sie hielt inne und atmete nur langsam und flach. »Was sonst noch?«, fragte sie ungeduldig. »Es gab zwei Dinge – ich weiß, dass es zwei waren.«

»Papa«, murmelte Jes. »Lehr wird es dir sagen.«

»Mutter glaubt, dass etwas, was der Pfad getan hat, die Verbindung zwischen Papa und seiner Weisung schwächt. Sie sagt, sie sieht Löcher darin, als wäre die Weisung ein Stoff. Sie konnte die meisten davon flicken.«

»Tatsächlich? Sag mir, wie.«

»Ich soll dir sagen, sie habe einen der Lerchensteine, das Tigerauge, dazu überreden können, ihr zu helfen. Du weißt, welcher Ring das war.« Er räusperte sich. »Sie hat Magie verwendet, um Garn herzustellen, und die Weisung der Lerche wurde zu einer Nadel, die sie mit ihrer eigenen Weisung benutzte, um die Risse zu flicken und sie zu schließen. Ist das irgendwie verständlich?«

Brewydd gab ein seltsames Geräusch von sich, das Lehr erschreckte, bis ihm klar wurde, dass sie lachte. »Verwegenes Kind«, sagte sie, als sie wieder sprechen konnte. »Sie hatte

Glück, dass die Lerche, die halb in diesem Edelstein gefangen sitzt, sie nicht umbrachte.«

»Sie sagt, das Flickwerk werde nicht lange halten. Sie hoffte, du könntest es besser machen.«

»Nein, Junge.« Ihre Hand fiel von seinem Gesicht, und er vermisste das Gefühl ihrer Berührung sofort. »Nicht einmal, wenn ich wieder zwanzig wäre. Ich kann die Weisungen nicht berühren, und eigentlich hätte sie das auch nicht tun können. Nein. Was sie braucht, ging verloren, als Colossae fiel.«

Lehr spürte, wie ihn ein Schauder überlief.

»Ist es immer noch dort?«

Lehr riss den Kopf hoch, um den Hüter anzustarren – aber stattdessen begegnete er dem liebevollen Blick seines Bruders.

»In Colossae?«, fragte sie. »Das weiß ich nicht.« Sie rang nach Atem, während Lehr sie in seinen Armen wiegte. Sie war zu leicht; es war beinahe so, als hielte er ein Kind.

Ihr Atem wurde wieder ruhiger. »Ich habe von Colossae geträumt, als ich auf euch wartete. Das habe ich nie zuvor getan. Ihr wart dort. Ihr und euer schwarzer Hund und ein Turm.«

»Wir fanden Pläne von Colossae«, sagte Lehr. »Im Tempel des Pfads in Redern.«

»Es stimmt also.« Die alte Frau lächelte. »Der Traum war für euch bestimmt. Deshalb musste ich hierbleiben. Um euch zu sagen, dass ihr nach Colossae gehen müsst.« Sie hielt inne und entspannte sich ein wenig. »Ja, das war es. Ihr werdet dort vielleicht keine Antworten finden, aber wenn ihr nicht geht, findet ihr überhaupt nichts.« Macht, roh und heiß, rammte sich in Lehrs Körper, als er die Decke berührte, in die Brewydd gewickelt war. Er konnte kaum mehr atmen, als die Heilerin mit einer Stimme wie eine Glocke sagte: »Wenn ihr Colossae nicht findet, wird Tier dahinschwinden, und der Kopf des Kaisers wird die Mauer seines Feindes zieren.«

Dann wurde sie schlaff in seinen Armen, und die seltsame Macht sickerte davon, bis sie weg war.

»Brewydd?«, flüsterte Lehr.

Er fürchtete, sie sei tot. Aber als sie seine Stimme hörte, regte sie sich wieder.

»Ich bin immer noch hier, Junge. Sag es deiner Mutter. Ich habe über diese Steine mit den Weisungen nachgedacht. Vor ein paar Tagen ist es mir eingefallen. Ich hielt es nicht für wichtig, aber wenn ihr nach Colossae geht, könnte es helfen.«

Sie schloss die Augen, und einen Moment lang atmete sie nur. Als sie die Augen wieder öffnete, war ihre Farbe ein wenig besser geworden. »Es heißt, dass es in den Bibliotheken der *Mermori* nichts über die Weisungen gibt, und nach den Suchen, die eure Mutter, Hennea und ich im Lauf der Jahre durchgeführt haben, muss ich dem zustimmen. Nichts. Aber als die überlebenden Zauberer Colossae verließen, nachdem sie seine Bewohner geopfert hatten, waren sie imstande, die Weisungen zu schaffen. *Solsenti*-Magie – und die Magie der Zauberer aus Colossae war genau das – braucht langes Studium und bestimmte Formen. Dinge, die man niederschreibt. Eine große Magie wie die Schaffung der Weisungen, die sich über Jahrtausende auswirken soll, würde so viel Vorarbeit verlangen, meine Kinder! An was sonst könnten sie gearbeitet haben?«

»Am Pirschgänger?«, warf Jes ein.

Sie nickte. »Das ist natürlich möglich. Aber sie wussten bereits, wie man die Weisungen schafft; sie müssen es irgendwo niedergeschrieben haben. Ein Rabe braucht nicht viel Schriftliches. Es gab eine Bibliothek.«

»Rongier der Bibliothekar«, murmelte Jes.

Sie nickte. »Und sagt eurer Mutter noch mehr: Wenn Tier seine Weisung verliert, wird ihn das vernichten. Sein Körper wird nicht sterben, nicht, wenn andere sich darum kümmern, aber die Weisung wird Tier mitnehmen und nichts zurücklassen. Nichts. Wenn das geschieht, solltest du dich lieber um ihn kümmern, Jäger. Dein Vater wird tot sein, und das Gleiche sollte für seinen Körper gelten.«

Wieder schloss sie die blinden Augen und tätschelte Lehrs Hand. »Also gut«, sagte sie. »Ich habe meinen Teil an dieser Sache zu Ende gebracht. Jetzt kann ich das Problem des Schattens denen überlassen, die dazu geeigneter sind.« Ihr Atem geriet ins Stocken, als hätte sie Schmerzen beim Luftholen. »In meinem *Karis* liegt eine Tasche. Gebt sie eurer Mutter; sie wird wissen, was es ist und was sie damit tun soll.«

»Still«, sagte Lehr. »Ruh dich aus.«

Stattdessen schloss sie die linke Hand um seine. »Jes«, sagte sie und streckte die freie Hand aus. »Komm und nimm meine Hand. Und jetzt hört ihr beide zu.« Aber sie sagte nichts mehr, sondern entsandte ihre Magie durch ihn wie eine Flamme, die ihn beinahe bis zum Schmerz wärmte, aber nicht ganz. Jes' verblüffte Miene sagte Lehr, dass sie mit ihm das Gleiche tat.

»Jetzt seid ihr sicher«, sagte sie schließlich ein wenig kurzatmig. »Die Seuche kann euch nicht töten oder von euch auf andere übertragen werden. Mehr kann ich nicht tun. Wenn ihr geht, schließt das Tor. Zwei Wochen, bevor es sicher ist, die Stadt wieder zu betreten. Sorgt dafür. Haltet die Menschen fern.«

»Ich weiß wie«, versprach Lehr. »Ich kann dafür sorgen, dass zwei Wochen lang niemand hierherkommt.«

»Vorsichtig.«

»Immer, Großmutter«, sagte er.

Sie drückte seine Hand, aber sie sprach nicht mehr. Einen Augenblick später spürte er, wie sie sich entspannte und einschlief.

Jes säuberte den *Karis*, während Lehr die alte Frau im Arm hielt. Er fand irgendwo frisches Bettzeug – Lehr fragte nicht, wo. Dann legte Lehr sie in ihren *Karis* und blieb bei ihr sitzen.

Jes legte die Hand auf seine Schulter, dann ließ er die beiden allein.

Als es auf den Abend zuging, ging Lehr nach draußen, um nach Seide zu sehen, aber sie war bereits abgesattelt, gestriegelt und gefüttert und befand sich auf einer kleinen Koppel, die der Zaunhöhe nach zu schließen gewöhnlich Ziegen beherbergte. Jes war nirgendwo zu sehen, also kehrte Lehr zu Brewydd zurück.

Sie hatte ihn gerettet, als er bis in die Seele verwundet gewesen war.

Er hatte Menschen getötet. Er hatte sich im Dunkeln an sie angeschlichen und ihnen die Kehle durchgeschnitten, bevor sie auch nur gewusst hatten, dass er da war. Er hatte sie kaltblütig umgebracht, hatte jede Bewegung bereits geplant. Es war kein ehrlicher, gerechter Kampf gewesen, denn das hatte er sich nicht leisten können – nicht, wenn der Preis im Leben seiner Mutter bestand.

Danach hatte Brewydd ihn unter ihre Fittiche genommen und ihm beigebracht, was es bedeutete, ein Jäger und ein Mensch zu sein – und er war ziemlich sicher, dass sie auch etwas von ihrer Heilkunst auf seine Seele ausgeübt hatte. Unter ihrer ruppigen Art und scharfen Zunge lag ein weiches Herz.

»Hier«, sagte Jes.

Lehr blickte auf und nahm das trockene Fladenbrot, das Jes ihm reichte. Es stammte aus ihrem Gepäck, nicht aus dieser Stadt. Lehr biss ein Stück ab und schluckte. »Wo bist du gewesen?«

»Ich habe mich nach Überlebenden umgesehen«, berichtete Jes mit abgewandtem Blick. »Wir sollten keine Überlebenden hierlassen. Aber alles ist tot. Menschen und Tiere.«

»Ich werde sie nicht hierlassen«, sagte Lehr. Er sprach nicht aus, dass sie starb, oder dass es eine sinnlose Grausamkeit wäre, sie zu bewegen. Jes würde das wissen.

»Ich warte mit dir«, sagte sein Bruder und setzte sich auf den Boden.

Brewydd erwachte nicht mehr, sondern driftete irgendwann in der Nacht davon, als Lehr döste.

Jes fand eine Schaufel und half Lehr, neben dem Ahornbaum ein Grab auszuheben. Lehr wickelte sie fest in ihr Bettzeug und legte sie hinein.

Jes stand neben ihm, als er mit Zuschaufeln fertig war. »Irgendwo«, sagte er, »fliegt eine neue Lerche.« Er drückte Lehrs Nacken liebevoll, ließ ihn aber schnell wieder los. »Wir müssen gehen, bevor andere kommen.«

Lehr sattelte Seide und ging neben ihr und Jes her, bis sie zu den Toren kamen. Dann schickte er Jes mit der Stute weiter, während er die Tore von innen schloss und verbarrikadierte. Von dieser Seite aus hinüberzuklettern war einfacher, und er ließ sich schon bald neben Jes auf den Boden fallen.

Er hob beide Hände zu den Mauern und kümmerte sich als Erstes um den leichteren Teil. Mauern wurden gebaut, um Leute fernzuhalten, und das verstärkte er mit seiner Macht. Niemand würde imstande sein, über oder durch diese Mauern zu gelangen, bis die Energie, die Lehr hinterließ, verschwunden war, und das würde wahrscheinlich einen Monat oder länger dauern.

Das Tor erwies sich als schwieriger. Als er fertig war, waren sowohl die Stute als auch Jes ein wenig ungeduldig.

»Zumindest gibt es nur dieses eine Tor«, sagte Lehr, als er schließlich zufrieden war. Die Mauer hatte ihm das gezeigt.

»Mauern und Tore«, sagte Jes. »Warum, Jäger?«

»Weil Jäger Fallen stellen.« Er hatte Jes' knappe Worte problemlos deuten können. Dann stieg er müde in den Sattel. Er tätschelte Seide entschuldigend den Hals, weil er das so ungeschickt getan hatte. »Brewydd sagte, dass Zäune, Mauern,

Tore, Schlösser und Türen mir gehorchten, weil sie Dinge hinter sich festhalten und damit unter meine Weisung fallen.«

»Ja, Jäger fangen einen Teil ihrer Beute mit der Hilfe von Fallen«, sagte Jes nachdenklich.

Lehr lenkte Seide auf den Weg nach Hause, wobei er sich darauf konzentrieren musste, im Sattel zu bleiben. Er hatte in der vergangenen Nacht nicht viel geschlafen, und die Magie, die er heraufbeschworen hatte, hatte ihn erschöpft.

»Die Tasche«, sagte er plötzlich erschrocken. »Hast du die Tasche geholt, die Brewydd Mutter schicken wollte?«

»Ja«, sagte Jes. »Eine Tasche mit *Mermori*. Die von Rongier dem Bibliothekar und andere, die zu Benroln gekommen waren. Insgesamt fünf. Mutter wird nicht froh darüber sein. Sie hat schon zu viele von ihnen.«

Die Sonne war warm, und Lehr musste sich anstrengen, um auch nur die Augen aufhalten zu können. Seine Lider brannten, und der Hals tat ihm weh.

»Geh und schlafe ein bisschen«, sagte der Hüter an Seides Schulter. »Jes und ich werden auf dich aufpassen. Du brauchst nicht mehr zu tun, als zu schlafen.«

»Ich bin krank«, stellte Lehr überrascht fest.

»Ja«, sagte der Hüter. »Ruh dich aus.«

10

»Du hättest ebenfalls mitgehen sollen, als die Kinder zum Angeln loszogen«, stellte Tier leise fest, ohne von seiner Schnitzarbeit aufzublicken.

Dass von den »Kindern« – Hennea, Phoran, seine Wachen und Rinnie – nur noch eines diese Bezeichnung verdiente, machte die jungen Leute nicht weniger zu Tiers Schutzbefohlenen, das wusste Seraph. Wenn er jemanden gern hatte, nahm er diese Person unter seine Fittiche, selbst Ciro, der ein Altersgenosse von Tiers Großvater war.

»Du bist ebenso unruhig wie ich«, sagte sie, drehte sich um und ging in einer anderen Richtung auf und ab. »Du schnitzt immer nur, wenn du nervös bist.«

Tier hielt den unkenntlichen Gegenstand hoch, den er den größten Teil des Morgens mit dem Messer bearbeitet hatte. »Offenbar eine gute Entscheidung von mir«, sagte er.

Seraph setzte sich neben ihn auf die Verandabank und lehnte den Kopf gegen seinen Arm. Sie seufzte. »Es hat zwei Augen, aber das rechte ist zu groß und sitzt ein wenig tiefer als das andere.«

»Das ist der Mund«, sagte er. Er legte die Schnitzerei auf den Schoß und zauste Seraphs Haar. »Sie sollten inzwischen zurück sein, selbst wenn sie den gesamten Clan mitbringen.«

»Wenn man der Karte glauben darf«, erinnerte sie ihn. »Niemand von uns war jemals in dieser Gegend. Landkarten sind unzuverlässig.«

Sie hatten dieses Gespräch in der vergangenen Woche schon in mehreren Variationen geführt. Das hier war die zweite Runde an diesem Morgen, und diesmal war es Seraphs Rolle, auf die harmlosen Dinge hinzuweisen, die ihre Jungen vielleicht aufgehalten hatten – zumindest nahm sie an, dass Jes mit Lehr gegangen war.

Gura, der zu ihren Füßen lag, hob den Kopf und blickte zu dem Weg, den Lehr genommen hatte. Seraph fühlte, dass Tiers Pulsschlag sich ebenso beschleunigte wie der ihre, aber dann drehte sich Gura nur auf den Rücken, um den Bauch in die Vormittagssonne zu recken.

Tier seufzte. »Hennea hat zumindest alle anderen mitgenommen, damit Phoran nicht auch noch auf und ab geht. Für einen Mann, der den Ruf hat, ein träger Frauenheld zu sein, kann er wirklich nicht lange still sitzen bleiben. Ich fürchtete schon, ihr beide würdet anfangen zusammenzustoßen.«

»Aber wenn er nicht gerade in Bewegung ist, sieht er aus, als wolle er sich nie wieder von der Stelle rühren«, sagte Seraph.

Tier lachte. »Man muss es dir lassen …«

Gura kam auf die Beine und bellte leise. Er starrte den Weg an. Seraph hielt ebenfalls Ausschau, aber das half nicht viel, weil der Weg in Biegungen über den bewaldeten Hang verlief.

Tier legte die Schnitzerei wieder beiseite und ging zum Ende der Veranda. Er hob die Hand, um die Augen zu beschirmen, als könnte ihm das helfen, um die Kurven zu sehen. Gura fing an, mit dem Schwanz zu wedeln.

»Die Jungen kommen zurück«, sagte Seraph.

»Oder es sind die anderen, die nach dem Angeln einen Umweg genommen haben.« Aber Seraph konnte deutlich den Eifer in der Stimme ihres Mannes hören.

Gura verdoppelte das Tempo seines Wedelns, und dann fing er an, laut zu bellen.

»Geh und hol sie«, sagte Tier.

Der Hund wartete nicht auf eine zweite Aufforderung, sondern schoss so schnell er konnte den Weg entlang. Tier grinste Seraph breit und erleichtert an und wartete darauf, dass die Jungen um die Ecke bogen.

Aber das taten sie nicht.

»Zu lange«, sprach Tier Seraphs Gedanken aus.

»Geh schon.«

Er sprang beinahe so schnell wie Gura von der Veranda und rannte in jenem Wolfstrab den Weg entlang, mit dem er schon so viele Meilen im Wald zurückgelegt hatte. Er hinkte nicht, und Seraph hoffte, dass er ehrlich gewesen war, als er sagte, es gehe seinen Knien viel besser. Wie auch immer, er würde nicht aufhören zu laufen, bis er sie fand.

Seraph ging ins Haus, holte das Brot heraus, das sie am Vorabend gebacken hatte, schnitt es in Scheiben und bestrich es mit Butter. Die Jungen würden Hunger haben; ihre Jungen hatten immer Hunger.

Es würde ihnen gut gehen. Sie wiederholte die Worte immer wieder.

Schließlich ging die Haustür auf, und statt des kühlen Grußes, den sie geplant hatte, um sich die Freude nicht anmerken zu lassen, sagte Seraph sofort: »Leg ihn aufs Bett. Hast du ihn den ganzen Weg den Hügel hinunter getragen?«

Sie zog Lehrs Bettdecke zurück, sodass ihr finster dreinschauender, nass geschwitzter Mann ihren Sohn auf sein Bett legen konnte.

»Nein, das hat die Stute getan«, sagte Tier und half ihr, Lehr, der sich nicht einmal rührte, die Stiefel und die schmutzige Kleidung auszuziehen »Jes ist draußen und kümmert sich um sie.«

Als sie fertig waren, half Tier Seraph, Lehr gut zuzudecken.

»Ich gehe raus und kümmere mich weiter um das Pferd«, sagte Tier. »Jes sieht nicht viel besser aus als Lehr – obwohl er zumindest noch auf den Beinen ist –, aber er wollte die verdammte Stute nicht auf mich warten lassen.«

»Jemand muss ihm beigebracht haben, wie man störrisch ist«, sagte Seraph kühl.

Tier grinste sie müde an und berührte ihre Wange. »Sie sind in Ordnung, Kaiserin«, sagte er. »Sehr erschöpft, aber nicht verwundet. Entspann dich.«

Seraph wartete, bis Jes mit dem Eintopf, den sie für ihn aufgewärmt hatte, und dem Brot fertig war, dann verschränkte sie die Arme und fragte: »Was ist passiert?«

Jes lächelte schwach in ihre Richtung, und das ließ ihn noch erschöpfter aussehen. Sie hatte ein schlechtes Gewissen, ihn so zu bedrängen, und schlechtes Gewissen machte sie immer zornig, selbst wenn sie wirklich keinen Grund dazu hatte. Sie zog die Brauen hoch.

»Ich weiß nicht, wo ich anfangen soll«, sagte er, und sein Lächeln erstarb schneller, als es gekommen war. »Rongiers Clan ist tot. Ebenso wie ganz Colbern. Lehr hat die Mauern versiegelt, damit niemand die Stadt betreten kann, bis das wieder ungefährlich ist.«

Seraph setzte sich hin und achtete darauf, einen geraden Rücken und eine beherrschte Miene zu wahren. Es war wichtig, dass sie sich unter Kontrolle hatte.

»Ihr habt die ganze Stadt tot vorgefunden?«, fragte Tier. »Sind sie alle an der Seuche gestorben? Es gibt nicht viele Krankheiten, die so viele töten.«

Lehr stöhnte, dann setzte er sich hin. »Die Götter sollen es holen!«, stieß er hervor. Dieser Fluch war in Redern ziemlich verbreitet, aber Seraph hatte nie gehört, dass Lehr ihn aussprach. »Wenn ich Jes erzählen lasse, werdet ihr nie herausfinden können, was passiert ist – aber wenn ich fertig bin, will ich wieder schlafen.«

Er setzte sich in den Schneidersitz, stützte die Ellbogen auf die Knie und den Kopf in die Hände, als hätte er Kopfschmerzen. »Jes tauchte auf, bevor ich am ersten Tag mein Lager aufschlug. Wir folgten der Landkarte und fanden eine Abkürzung nach Colbern.«

Mit prägnanten, müden Sätzen beschrieb Lehr, was sie dort vorgefunden hatten. Seraph lauschte, ohne ihn zu unterbrechen, als er ihnen von Brewydd und der Schattenseuche erzählte.

»Ich glaube, sie dachte, sie hätte uns immun dagegen gemacht«, murmelte Lehr. »Aber wir haben uns dennoch angesteckt, sowohl Jes als auch ich. Ich weiß nicht, wieso wir nicht gestorben sind wie alle anderen.«

»Der Hüter denkt, davor hat Brewydd uns bewahrt«, fügte Jes hinzu. »Ich bin kein Heiler, aber ich konnte die Dunkelheit vertreiben – er sagt, wenn sie vollkommen von Krankheit umhüllt gewesen wäre, hätte ich das nicht tun können. Also wurden wir zwar schattenkrank, aber wir bekamen nicht die Krankheit, die der Schatten benutzt, um seinen Makel zu verbreiten.« Er nahm eine große Tasche aus dem Gepäck und reichte sie Seraph. »Brewydd sagte, ich sollte sie dir bringen.«

Sie konnte sie durch das Leder der Tasche fühlen. *Mermori*. Jede davon stand für Tod und mehr Tod. Benroln hatte fünf gehabt, hatte er gesagt.

»Ihr schlaft jetzt beide«, sagte Tier und sah seine Frau an. »Eure Mutter und ich gehen ein wenig spazieren. Lehr, willst du vorher etwas essen? Jes hat genug für vier verschlungen. Du musst doch ebenfalls Hunger haben.«

Lehr schüttelte sehr entschieden den Kopf, legte sich wieder hin und zog sich die Decke über den Kopf.

Seraph ließ die Tasche auf dem Tisch liegen, als sie aufstand und zur Tür ging. Sie brauchte sie nicht wegzupacken. Selbst wenn sie sie ins Meer würfe, würden die *Mermori* immer noch zu ihr zurückkehren. Sie konnte ihnen nicht entkommen, den Symbolen ihres sterbenden Volks und ihrer Schuld.

Seraph ließ sich von Zorn antreiben, der von ihrer Trauer genährt wurde, als sie den steilen Weg hinaufging, den die Jungen entlanggeritten waren. Dabei erinnerte sie sich an die Gesichter der Menschen von Rongiers Clan. Sie waren alle tot, ebenso wie ihr eigener Clan tot war. Wie Tier tot sein würde. Alles ihre Schuld.

Beherrsche dich, dachte sie.

Es war für einen Raben gefährlich, zornig zu sein. Raben weinten nicht. Tränen halfen nichts. Verärgert wischte sie sich über die Augen.

Sie wusste, dass Tier ihr folgte, sie das Tempo bestimmen und einen kleinen Abstand einhalten ließ.

Wenn wir es nicht so eilig gehabt hätten, nach Hause zu kommen, dachte sie, *wenn wir mit Benroln gegangen und Jes und Lehr dabei gewesen wären, um die Besudelung zu erkennen, und Hennea und ich mitgekämpft hätten …* Ein Reisender sollte kein Zuhause haben – das war nur eine weitere Ablenkung von ihrer Aufgabe, gegen den Pirschgänger und seine Diener zu kämpfen.

»Was geschehen ist, ist geschehen, Mädchen«, sagte Tier. Sie wusste nicht, ob sie ihre Gedanken laut ausgesprochen hatte oder ob er einfach wusste, was sie dachte. »Dein eigener Clan hatte Raben und Adler und andere Weisungen, aber auch sie konnten die Seuche nicht aufhalten, die sie umbrachte. Wenn wir mit Benroln gegangen wären, wären wir wahrscheinlich ebenfalls gestorben. Von allen Menschen in der Stadt hat Brewydd nur unsere Söhne retten können. Und wenn ich an diesem Problem mit meiner eigenen Weisung sterben sollte, wird auch das nicht dein Fehler sein. Du hast mich nicht mit diesem Bann belegt – das haben die Zauberer des Pfades getan.«

Seraph blieb stehen. Der Gedanke, dass Tier immer noch in Gefahr war, hatte eisige Ruhe zwischen sie und ihren Zorn geschoben. Es war tröstlich, nichts zu empfinden.

»Du hast recht«, sagte sie. »Die Seuche, die meinen Clan und so viele andere getötet hat – und dem Pfad erlaubte, seine Diener unter die Septs zu mischen wie giftiges Unkraut –, ging vom Schatten aus. Der Schatten ist … er hat die Bestimmung meines Volks vernichtet. Und er versucht, dich ebenso zu zerstören.«

Schmerz erfasste sie, als sie den letzten Satz aussprach.

Ein Schmerz, der hinter Eis begraben werden musste, erinnerte sie sich schnell. Jetzt spürte sie nichts mehr. Sie war Rabe. Sie beherrschte sich.

»So sehe ich es jedenfalls«, sagte Tier misstrauisch.

Sein Tonfall überraschte sie – sie war jetzt ruhig; wieso machte er sich noch Sorgen? Sie drehte sich um, aber bevor sie ihn ansehen konnte, erklang ein lautes Knacken neben ihr.

Ein Stein auf dem Weg explodierte zu Pulver. Splitter flogen gegen sie und hinterließen kleine Schnitte in ihrem Redernirock und der Haut darunter. Hatte sie das bewirkt? Der Schock brach durch das Eis.

»Gefühle und Magie lassen sich nicht mischen«, sagte Tier leise und nahm sie an der Hand. »Deinen Zorn und deine Trauer zu vergraben, macht es nur schlimmer – hast du das nicht schon von Jes gelernt?«

Sie schloss die Augen. »Ich darf nicht zornig werden. Ich darf nicht trauern. Ich darf nicht …« Sie biss sich auf die Unterlippe. »Jammern scheint auch nicht zu helfen.«

Er umarmte sie fest und umgab sie mit seinem Geruch und seiner Wärme. »Lass mich dir helfen«, sagte er. »Und ich werde auch zulassen, dass du mir hilfst.«

Er führte sie weg vom Weg und durch die Bäume zu einer Lichtung mit einem kleinen Bach, weichem Gras und Schatten. An diesem abgelegenen Ort verwandelte er ihren Zorn und seinen eigenen mit Berührungen und leise gemurmelten Worten zu etwas anderem – etwas Warmem, Lebendigem, Triumphierendem.

Danach sagte Seraph, nun nackt, atemlos, verschwitzt und für einen Augenblick zur Ruhe gelangt: »Wir werden nach Colossae gehen und die große Bibliothek der Zauberer suchen. Brewydd hielt sich lange genug am Leben, um uns diesen Rat zu geben – solche Dinge haben ihre eigene Macht. Wir werden eine Möglichkeit finden, gegen diesen neuen Schatten zu kämpfen. Dann vernichten wir ihn, damit er keinen Schaden mehr anrichten kann.«

Sie sagte ihm nicht, dass sie nicht wusste, wo sich Colossae befand. Sie sagte ihm nicht, dass Hennea oder sie, selbst wenn sie diese Bibliothek entdeckten, kaum imstande sein würden zu finden, was sie brauchten, oder es vielleicht auch einfach nicht lesen könnten. Sie sagte ihm nicht, dass die Möglichkeiten, Tier zu helfen, selbst wenn sie all das fanden, wovon Brewydd Lehr erzählt hatte, gering sein würden. Sie sagte ihm nicht, dass man mit einem Schatten, der schon zweihundert Jahre gelebt hatte, kaum so einfach fertig werden könnte. Das brauchte sie nicht. Er wusste es bereits.

»Also gut«, erwiderte Tier, seine Stimme ein angenehmes Knurren an ihrem Ohr. »Wo fangen wir an?«

Jes saß auf der Verandabank, als sie und Tier zurückkehrten. Sein Gesicht war immer noch blass und abgehärmt, aber er vibrierte beinahe vor unterdrückter Energie.

»Sie sind alle wieder da«, sagte er. »Hennea, Rinnie und Phoran und seine Gardisten. Lehr ist lange genug aufgewacht, um ihnen von Colbern und Benrolns Clan zu erzählen, aber dann schlief er wieder ein.«

»Geht es dir besser?«, fragte Tier. »Oder fühlst du dich auch noch krank?«

Jes schüttelte den Kopf. »Lehr bekam es als Erster, und der Hüter hat den Schatten aus mir vertrieben, als er sich um Lehr kümmerte. Ich bin einfach nur müde. Zu viele Leute im Haus.«

»Du kannst draußen bleiben«, sagte Seraph. »Brewydd hat uns gesagt, dass wir nach Colossae gehen müssen, also werde ich die Landkarten holen und sehen, ob wir herausfinden können, wo es liegt.«

»Ich komme rein«, erklärte er. »Manchmal weiß der Hüter Dinge, die ich nicht weiß.«

Seraph öffnete die Tasche und breitete mithilfe von einem Dutzend Steinen, mit denen sie die Ecken beschwerte, die Karten auf dem Tisch aus, wo alle sie sehen konnten.

Brewydd hatte den Jungen gesagt, sie müssten Colossae finden, wenn sie Tier und Phoran retten wollten, obwohl sie nicht sicher gewesen war, was in der Stadt ihnen helfen könnte.

Als Seraph sich die Landkarten ansah, ließ ihr Optimismus schnell nach. Es gab den Stadtplan und vier Landkarten, auf denen Colossae verzeichnet war, alle aus der Tasche, die Rinnie gefunden hatte. Drei Karten sahen ganz normal aus, aber die vierte hatte so viele Linien, dass man schwer sagen konnte, was Straße und was Stadt war. Selbst auf den Karten, die leicht zu lesen waren, waren die Straßen und auffällige landschaftliche Zeichen seit tausend Jahren überholt.

Tier warf einen Blick auf seine Truppe.

»Zusammengerechnet«, sagte er, »sind wir durch den größten Teil des Reichs geritten. Wir werden diese Landkarten genau betrachten und sehen, ob jemand etwas Vertrautes entdecken kann.«

Jes setzte sich neben Hennea, stand aber beinahe sofort wieder auf, um hinter Henneas Seite des Tischs auf und ab zu gehen, bis Rinnie ihn bat, ihr bei den Vorbereitungen zum Abendessen zu helfen. Sie gab ihm ein paar Dinge zu tun, aber wenn er zwischendurch die Augen schloss und sich an die Wand lehnte, ließ sie ihn in Ruhe. *Braves Mädchen,* dachte Seraph.

Lehr hatte sich ins Schlafzimmer seiner Eltern unter dem Dach zurückgezogen, und nicht einmal der Lärm, den die vielen Menschen in dem Raum unter ihm machten, schien seinen Schlaf zu stören.

Phoran und seine Männer diskutierten leise über die Ähnlichkeit eines Hügels in der Nähe von Taela mit etwas, was auf einer der Karten dargestellt war, obwohl kein anderer Aspekt der Karte dazuzupassen schien.

Hennea, die den größten Teil der vergangenen Woche damit zugebracht hatte, sich die Landkarten anzusehen, war gefasst und still, ähnlich wie Seraph selbst, aber Jes hatte nicht neben ihr bleiben können. Seraph fragte sich, ob der Tod von Benrolns Clan sie ebenfalls zornig machte.

Rinnie, die die Reisenden nur aus Geschichten kannte, behielt die Jungen im Auge, während sie kochte. Sie hatte ihre Brüder gerade erst zurückbekommen und würde nicht riskieren, sie wieder zu verlieren.

Seraph wandte die Aufmerksamkeit der Karte zu, die Tier betrachtete. Nach einer Weile und mehreren Blicken auf die anderen Landkarten konnte sie erkennen, dass die etwas dickeren Linien für Straßen stehen mussten.

»Vielleicht sollten wir Willons Karte nehmen«, sagte Tier. »Sie bildet nicht das gesamte Kaiserreich ab, aber gut zwei Drittel. Und wir konnten bereits feststellen, dass sie ziemlich genau ist.«

»Was, wenn sich diese Stadt nicht einmal im Kaiserreich befindet?«, fragte Rufort, der ältere von Phorans beiden Leibwächtern.

Er war vielleicht ein Jahr jünger als Jes und beinahe so groß und kräftig wie Toarsens Freund Kissel. Wie Kissel vermittelte auch er den Eindruck, ein hartes Leben geführt zu haben, aber Seraph konnte sehen, wieso Tier ihn so sehr mochte.

Rufort hatte etwas Solides an sich, als wäre er jemand, der sein Wort halten würde, selbst wenn es ihn teuer zu stehen käme. In der vergangenen Woche hatte er jede Arbeit auf dem Hof, die Tier ihm zuteilte, willig erledigt.

»Die Tradition sagt, dass Colossae im Kaiserreich liegt«, sagte Hennea, ohne von ihrer Karte aufzublicken. »Aber leider gibt es eine Lücke von mindestens sechshundert Jahren zwischen dem Zeitpunkt, als die überlebenden Zauberer die Stadt verließen, und der Gründung des Reiches, also können wir uns auch darauf nicht vollkommen verlassen.«

Der jüngere Gardist, Ielian, sah auf die Karten und schüttelte den Kopf. »Wozu soll das alles führen? Phoran kam hierher, damit Ihr ihm *helft*. Nicht, um im Kaiserreich herumgeschleppt zu werden, während Ihr nach einer Stadt sucht, die es vielleicht niemals gab. Ihr wisst nicht einmal, ob es sie immer noch gibt – oder ob sie überhaupt jemals existierte. Es ist eine Geschichte, die ein paar Frauen weitererzählen.« Er sprach nicht von *albernen* Frauen, aber die Andeutung war klar.

Dann fiel sein Blick auf Seraph, und er sah ihr deutlich an, was sie von seiner herabsetzenden Bemerkung hielt. Statt nachzugeben, wurde er nur wütender. Da Seraph genau das Gleiche tat, wenn sie etwas Dummes gesagt hatte, verstand sie ihn sogar bis zu einem gewissen Grad.

»Ich dachte, wir warten auf die Heilerin …« Er richtete seine Anklage direkt an Seraph. »Aber nun sagt Euer Sohn, sie sei tot. Wahrscheinlich wollt Ihr jetzt, dass wir alle nach

Colossae gehen. Aber wie soll uns das helfen, den Schatten umzubringen, der sterben muss, damit der Kaiser diesen *Reisenden*fluch loswird?«

Er wusste also ein wenig mehr über Phorans Problem, als Phoran gedacht hatte – oder vielleicht hatte der Kaiser Ielian und Rufort in der vergangenen Woche ja auch mehr erklärt.

»Es ist kein Reisendenfluch«, erwiderte Seraph beinahe freundlich. »Ich könnte Euch den Unterschied gern demonstrieren, wenn Ihr wollt.«

»Benimm dich, Seraph«, sagte Tier, und sie war sicher, dass sie als Einzige die Heiterkeit in seiner Stimme wahrnahm. Er glaubte nicht, dass sie es ernst meinte. Vielleicht hatte er recht.

»Ielians Sorge ist durchaus begründet.« Tier schob seinen Hocker ein wenig zurück, sodass er Seraph und Ielian gleichzeitig sehen konnte – wie ein Schiedsrichter bei einem der Ringkämpfe, die zum Erntefest ausgetragen wurden. »Er kennt weder Brewydd noch Reisendenmagie, und wir haben uns nicht die Zeit genommen, es zu erklären.«

Seraph wippte ungeduldig mit dem Fuß, aber Tier hatte recht. Sie war einfach nicht daran gewöhnt, sich rechtfertigen zu müssen – oder dass man sie als »albern« bezeichnete, und sei es nur in einer Andeutung.

»Also gut«, sagte sie. »Erstens, die Stadt existiert nicht nur in Märchen und Legenden. Ich bin Rabe, Ielian, und eines der Dinge, die ich tun kann, besteht darin, die Vergangenheit eines Gegenstands wahrzunehmen, den ich berühre.«

Phoran, der hinter Ielian stand, sah sie mit vagem Blick an. Seraph hatte inzwischen gelernt, dass dieser Ausdruck bei ihm immer bedeutete, dass er sehr angestrengt nachdachte.

»Als wir diese Landkarten fanden …«

»*Ich* habe die Karten gefunden …«, meldete sich Rinnie zu Wort, die dabei war, Gemüse zu zerkleinern.

»Als Rinnie die Karten fand«, verbesserte Seraph sich, »habe ich die Pergamente mit meiner Magie berührt und festgestellt, dass sie alle aus der Zeit von Colossae stammten. Außerdem hat vor zweihundert Jahren ein Zauberer den Stadtplan in der Hand gehalten, als er vor den Toren von Colossae stand. Das ist kein Märchen und keine Frauengeschichte. Meine eigene Magie hat mir das gesagt.«

»Es gibt die Stadt wirklich«, stimmte Phoran zu, stützte die Ellbogen auf den Tisch und das Kinn auf die verschränkten Finger.

»Vielleicht ist es ja hier in der Nähe«, sagte Rinnie. »Das könnte der Grund sein, wieso der Pfad seinen Tempel gerade hier gebaut hat.«

»Volis behauptete, sie hätten das wegen Schattenfall getan«, erwiderte Hennea.

»Das hat er mir auch gesagt«, bestätigte Seraph.

»Also gut.« Ielian hob die Hände. »Es gibt diese Stadt also. Und wie soll es dem Kaiser helfen, wenn wir sie finden?«

Seraph fragte sich, ob Ielian klar war, dass Jes sich unauffällig bewegt hatte, bis er hinter dem jungen Gardisten an der Wand lehnte.

»Das weiß ich nicht. Aber wenn Brewydd, Lerche des Clans von Rongier dem Bibliothekar, mir sagt, Phoran werde nicht nur seinen Thron, sondern auch seinen Kopf verlieren, wenn wir nicht nach Colossae gehen, weiß ich, was zu tun ist. Wenn etwas dort uns helfen kann, die Welt vom Schatten zu befreien, dann gehe ich nach Colossae.«

»Auf das Wort dieser Vogelfrau?«

»Lerche.« Seraph sprach jetzt sehr abgehackt. »Eine Heilerin, die ihr Leben der Rettung anderer Menschen widmete. Sie starb, als sie versuchte, jene zu retten, die sie töteten.«

Henneas scharfes »Rabe, beherrsche dich« und Tiers »Ganz ruhig, Liebes« folgten dicht aufeinander, und dann gab es ein

Krachen, als sich der schwere Tisch eine Handspanne vom Boden hob und fest genug wieder herunterkrachte, dass die Dielen zitterten.

Seraph holte tief Luft und strengte sich an, sich zusammenzunehmen.

Ielians nächste Frage war erheblich respektvoller. »Und die Stadt zu finden, ist der einfachste Weg, um herauszufinden, wer dieser Schattenmann ist?«

»Er ist kein Mann, jedenfalls nicht mehr«, sagte Hennea. »Kein Zauberer, der aus dem Brunnen des Pirschgängers trinkt, bleibt noch lange ein Mensch.«

»Mutter, hat der Zauberer nach Colossae gehen müssen, um zum Schatten zu werden?«, fragte Jes plötzlich, und Ielian zuckte zusammen – was Seraphs Frage beantwortete, ob er bemerkt hatte, dass ihr Sohn nun hinter ihm stand.

»Ich weiß es nicht.« Seraph war dankbar für Jes' Frage. Das war kein Thema, das ihre Fähigkeit, sich zu beherrschen, sonderlich belasten würde. »Ich habe in diesem Sommer, als ich mit Hennea und Brewydd unterwegs war, viel gelernt. Die beiden wussten andere Dinge als ich – aber einige Informationen, die wir einander mitteilten, waren vollkommen widersprüchlich. Es gibt Dinge, die wir einfach nicht wussten, und andere, über die wir unterschiedlicher Meinung waren. Viele Reisende glauben, der namenlose König sei der Pirschgänger unserer ältesten Geschichten gewesen.«

»Nur die dummen Reisenden«, murmelte Hennea.

Seraph fuhr einfach fort. »Mein Großvater war vollkommen überzeugt, der namenlose König sei nie in Colossae gewesen – eine Information, die angeblich in Isoldas Familie weitergegeben wurde, auf der Seite der Mutter meines Großvaters, und die ihren Anfang mit Kerine nahm, der beim Sieg über den Schatten an der Seite des Roten Ernave gekämpft haben soll.«

Ielian gab ein ungläubiges Schnauben von sich.

»Ielian.« Phorans Mahnung war leise, aber der Gardist nickte und nahm sich zusammen.

Seraph zuckte die Achseln. »Es ist gleich, was Ihr glaubt, Ielian. Phoran kam zu uns, weil er unsere Hilfe suchte, und wir werden alles für ihn tun, was wir können. Ich denke, Colossae zu finden, ist in dieser Hinsicht der beste Weg, sowohl für Phoran als auch für meinen Mann. Und ja, das glaube ich, weil eine sterbende alte Frau es meinem Sohn sagte.« Sie sah Phoran an, und ihre Miene wurde weicher. Ielian tat nur seine Pflicht und versuchte, Phoran zu schützen. Sie war froh, dass er so loyale Männer hatte.

»Ich kann Euch eins sagen, Ielian«, erklärte sie. »Wir werden unser Bestes tun, den Schatten zu finden und ihn zu töten, oder dabei umkommen.«

Irgendetwas – vielleicht die Wahrheit ihrer Aussage – schien Ielian endlich zufriedenzustellen.

»Also gut«, sagte er. »Also gut.«

»Ist Willons Landkarte noch in dem Rucksack, den ihr Jungen dabeihattet?«, fragte Tier Jes und brach damit das kurze Schweigen.

Jes ging zu seinem immer noch nicht ausgepackten Rucksack, holte die Landkarte heraus, legte sie auf den Tisch und zog sich zu einer Wand zurück, die näher an Rinnie war als an den vielen Leuten am Tisch.

»Willst du nicht schlafen gehen, Jes?«, fragte Rinnie nicht zum ersten Mal. »Ich kann das Abendessen auch alleine machen.« Sie verzichtete taktvoll darauf, ihm zu sagen, dass er ihr mehr im Weg war als hilfreich.

»Nimm unser Bett, Sohn«, sagte Tier, eine Aufforderung, die die Kraft eines Befehls hatte. »Neben Lehr ist noch Platz. Wenn du schon nicht schlafen kannst, ruh dich wenigstens eine Weile aus.«

Jes erstarrte. »Hier sind zu viele Menschen. Ich kann nicht schlafen, wenn alle anderen wach sind.«

Das stimmte wahrscheinlich. Seraph sah ihren Sohn nachdenklich an. »Wäre es draußen einfacher?«, fragte sie. »Oder stört dich die Sonne?«

Jes schüttelte den Kopf. Sie sah, dass er ein schlechtes Gewissen hatte, denn er vermied sorgfältig, die anderen direkt anzusehen.

»Er ist übermüdet«, sagte Hennea plötzlich. »Wenn er jetzt einschläft, wird er zu tief schlafen. Er kann sich im Wald nicht schützen, und der Hüter wird ihm nicht gestatten, es zu versuchen.« Sie legte die Landkarte beiseite, die sie sich gerade angesehen hatte, und fuhr fort: »Aber er wird mir erlauben, über ihn zu wachen.«

»Ja«, sagte Jes sehr leise.

»Dann hol dir eine oder zwei Decken, Jes.« Hennea stand auf und warf erst Tier und dann Seraph einen scharfen Blick zu – vielleicht rechnete sie mit Widerspruch.

Seraph ging davon aus, dass ein Spaziergang im Wald Hennea ebenso guttun würde wie ihr vor ein paar Stunden. Ihr war aufgefallen, dass Henneas Gelassenheit langsam nachließ. Sie brauchte einen abgeschiedenen Ort, an dem sie um Benrolns Clan trauern konnte – und Jes brauchte Ruhe.

»Ich werde hier ohnehin zu nichts gut sein«, sagte Hennea beinahe verärgert zu Seraph. »Wer immer diese Landkarten zeichnete, kannte sich damit noch weniger aus als ich. Sie stimmen nicht einmal miteinander überein.«

»Wir werden weiter daran arbeiten, während ihr weg seid«, versprach Seraph. Und in der Sprache der Reisenden fügte sie hinzu: »Ich vertraue dir meinen Sohn an, Rabe.«

Ein breites Spektrum von Gefühlen zuckte über Henneas Gesicht. »Du bist zu vertrauensselig«, erwiderte sie in derselben Sprache.

»Das glaube ich nicht.«

Tier öffnete ihnen die Tür. »Jes?«

Ihr Sohn drehte sich um, so offensichtlich mit letzter Kraft, dass Seraph heftig gegen den Impuls ankämpfen musste, zu ihm zu gehen und ihn zu umarmen. Aber ihre Berührung würde ihm nur wehtun, also blieb sie, wo sie war.

»Danke, dass du mit Lehr nach Colbern gegangen bist, Sohn«, sagte Tier. »Wenn du nicht da gewesen wärest, wäre er gestorben.«

Jes packte die Decken ein wenig fester und nickte.

Hennea ließ Jes seinen eigenen Weg wählen und folgte ihm in genügend Abstand, dass keine Gefahr bestand, ihn zufällig zu berühren. Er war zu müde, um mit ihrem Mangel an Beherrschung fertig werden zu können.

Zeit war eine seltsame Sache. In dem einen Augenblick konnte man noch mit jemandem sprechen, und dann war diese Person plötzlich nicht mehr da. Manchmal dachte sie, es sollte eine Möglichkeit geben, die Zeit zurückzudrehen und die Ereignisse zu verändern. Eine Stunde, eine Minute, sie waren so schnell vergangen … sie umzukehren, sollte nicht unmöglich sein. Aber sie hatte nie eine Möglichkeit gefunden, das zu tun.

Ein weiterer Clan war tot. Mehr Menschen, die sie gekannt hatte und niemals wiedersehen würde. Sie fühlte sich … leer.

Jes schwieg. Bei seinem schlenkernden Gang hätte er eigentlich dauernd stolpern sollen, aber irgendwie schien sein Fuß immer sicher auf der anderen Seite von Bruchholz, Steinen oder Löchern aufzukommen.

Hennea schwieg ebenfalls. Sie wusste nicht einmal, ob sie hätte mit ihm sprechen können, wenn sie es versucht hätte.

Sie verstand, was Seraph gerade getan hatte, obwohl sie annahm, dass weder Jes noch Tier wussten, dass Seraphs Worte aus einer Hochzeitszeremonie der Reisenden stammten. Der Zeremonie, bei der die Eltern ihren Sohn der Obhut ihrer künftigen Schwiegertochter anvertrauten.

Hennea wollte nicht daran denken, und auch nicht an Tod oder den Schatten.

Sie hob das Gesicht zur Sonne und versuchte, ihre Gedanken abzuschalten, als gäbe es in diesem Augenblick nichts weiter als die Wärme auf ihrem Gesicht, den Geruch nach Bäumen und Gras, den Gesang der Vögel und Insekten und dieses Gefühl, das ihr sagte, wo Jes war, und das nichts mit Magie zu tun hatte, sondern mit der Macht der Verbindung zwischen einer Frau und ihrem Mann.

Er machte an einem sanften Hang halt, der von vergilbendem Gras überzogen war und sich für Hennea nicht sonderlich von anderen Stellen zu unterscheiden schien, an denen Jes vorbeigegangen war, ohne langsamer zu werden. Dort breitete er eine Decke aus, reichte Hennea die andere und legte sich dann auf den Bauch, damit ihm die spätnachmittägliche Sommersonne auf den Rücken schien.

Hennea schüttelte ihre Decke nicht aus, sondern faltete sie und legte sie auf eine freie Ecke seiner Decke. Sie setzte sich darauf, zog die Beine an die Brust und stützte das Kinn auf die Knie, bereit, über ihn zu wachen, während er schlief.

»Ich erinnere mich, dass Papa eine Weile beinahe jede Nacht Albträume hatte.«

Jes' Stimme war so leise, es hätte beinahe der Wind sein können, der die Blätter der Bäume rascheln ließ.

Hennea schwieg weiter.

»Er hat sie immer noch … ich denke, sie kommen von seiner Zeit als Soldat. Obwohl einige von ihnen jetzt vielleicht auch damit zusammenhängen, ein Gefangener des Pfads gewesen zu sein.«

»Ich werde über deine Träume wachen.« Hennea hätte beinahe seine Schulter berührt, die ihr so nahe war, dass sie seine Körperwärme spüren konnte. »Ich werde dich wecken, bevor sie zu schlimm werden.«

»Danke«, sagte er und schlief ein.

Hennea blieb in der Sonne sitzen und versuchte, an nichts zu denken, aber stattdessen fiel ihr wieder ein, was Seraph über all die seltsamen Zufälle gesagt hatte, die das Leben ihrer Familie formten.

Der Gedanke, dass sich jemand in ihr Leben einmischte, jemand, den sie nicht kontrollieren konnte, hatte Seraph geärgert. Aber Hennea fand es seltsam erhebend. Wenn es so viel Böses auf der Welt gab, war es dann möglich, dass es auch Gutes gab?

Die Götter sind tot, erinnerte sie sich eindringlich. Aber sie konnte die Hoffnung nicht töten, die Seraph ihr gegeben hatte.

Nach etwa einer Stunde fing Jes an, unruhig zu werden. Sie hatte vermieden, ihn anzusehen, denn manche Menschen spürten es, wenn sie beobachtet wurden – und bei Jes' Fähigkeiten nahm sie an, dass auch er zu dieser Gruppe gehörte. Aber ein leises Geräusch erregte ihre Aufmerksamkeit, und sie beobachtete die leichten Muskelbewegungen in seinem Gesicht und suchte nach einem Hinweis auf seine Träume. Langsam verhärtete sich sein Gesicht zu diesem Anderssein, das ihr mitteilte, dass der Hüter da war. Sie hatte zuvor nie gesehen, dass so etwas einem Adler im Schlaf geschah.

»Jes«, sagte sie leise. »Hüter, wach auf. Du träumst.«

Er fuhr so schnell herum, dass sie ihn beinahe einem Reflex folgend geschlagen hätte. Zwei Arme, stark und fest, schlangen sich um ihre Hüften, und Hennea wusste, sie würde am nächsten Tag blaue Flecken haben. Er vergrub seinen Kopf an ihrer Mitte und kauerte sich um sie herum.

»Ganz ruhig.« Sie berührte sein Haar leicht, aber dann kam sie zu dem Schluss, dass er sich wohl kaum so fest an sie drücken würde, wenn ihre Berührung ihn störte, und sie grub die Finger in die dunklen Strähnen. »Kannst du darüber reden?«

Er schüttelte entschlossen den Kopf.

Sie beugte sich über ihn und legte die Arme um ihn, so gut sie konnte – es war nicht einfach für sie, sich zu bewegen, solange er sie so festhielt.

»Ganz ruhig«, wiederholte sie. »Es ist schon gut.«

»Er erinnert sich«, sagte Jes nach einer Weile zögernd. Dann entspannte er sich ein wenig, und sie glaubte, er schlafe wieder ein.

»Woran erinnert er sich?«, flüsterte sie.

Jes schüttelte den Kopf. »Das weiß ich nicht, aber es macht ihm Angst.«

Phoran sah zu, wie Jes und Hennea das Haus verließen. Er wusste, dass etwas geschehen war, aber da er selbst die Reisendensprache nicht beherrschte, war er nicht sicher, worum es ging. Später würde er Toarsen fragen können, der wie viele ehemalige Sperlinge ein paar Worte der Reisendensprache kannte.

Aus irgendeinem Grund, dachte er, als er sich wieder den Landkarten zuwandte, hatte er erwartet, dass Tier sein Problem über Nacht lösen könnte. Stattdessen hatte er den größeren Teil der Woche damit verbracht, auf dem Hof zu arbeiten. Er hatte den Verdacht, dass viele Aufgaben, die Tier ihm übertragen hatte, vor allem dem Zweck dienten, ihn zu beschäftigen – aber nicht alle. Überleben, hatte er in dieser Woche gelernt, verlangte Zeit und Anstrengung, selbst wenn man nicht der Kaiser war. Ein Bauer brauchte sich keine Gedanken wegen Attentaten und politischen Manövern zu machen, aber Phoran fand, dass Holzhacken, Gartenarbeit und Waschen ebenso viel Aufwand erforderten.

Toarsen war nicht erfreut gewesen, als Seraph sie ausgeschickt hatte, um im Küchengarten Unkraut zu jäten – voller

Belustigung musste Phoran an den Gesichtsausdruck seines Hauptmanns denken –, aber da der Kaiser ohne ein Wort des Widerspruchs losgezogen war, hatte Toarsen das Gleiche getan.

Es hatte Phorans Stolz allerdings tief getroffen, dass Rinnie ihnen zeigen musste, was sie zu tun hatten, und das mit verblüfft aufgerissenen Augen, weil sie einfach nicht glauben konnte, dass jemand den Unterschied zwischen Dill und Plünderspitze nicht kannte. Aber sie hatte sie nicht ausgelacht – jedenfalls nicht offen –, und die Erinnerung an Toarsens Gesicht wog stärker als sein getroffener Stolz. Kissel hatte nicht beaufsichtigt werden müssen; er sagte, die Köchin seiner Familie habe ihm beigebracht, wie man im Garten arbeitete, als er noch ein Junge war.

Der junge Kaiser hatte viel gelernt, aber als Lehr und Jes zurückgekehrt waren, hatte er tief im Herzen erwartet, dass seine Strapazen nun vorüber wären.

Lehr hätte mit der alten Heilerin zurückkehren sollen. Sie hätte einen Blick auf Phoran geworfen und ihm einen geheimnisvollen Heiltrank gegeben oder gesagt, er solle sich dreimal um sich selbst drehen und dabei irgendein unaussprechliches Wort von sich geben – zumindest tat das die Hälfte der Ärzte in Taela. Das Memento würde ihn verlassen, und er könnte nach Hause eilen, um in Frieden zu herrschen. Er grinste in sich hinein. Zumindest, bis jemandem eine wirksamere Attentatsmethode einfiel, wenn er nicht gerade von seinen Männern bewacht wurde. Seine Männer.

Er warf einen raschen Blick zu Ielian. Der junge Mann hatte ihn mit seinem leidenschaftlichen Angriff gegen Seraph, bei dem er als Phorans Advokat aufgetreten war, in Erstaunen versetzt.

Offenbar war die Anzahl seiner loyalen Anhänger im Wachsen begriffen. Wenn das so weiterging, würden es in zehn Jahren vielleicht sogar über zwanzig sein. Phoran freute sich darüber, dass Ielian ihm inzwischen nicht nur diente, weil er Arbeit brauchte.

Er wandte sich wieder der Landkarte zu, aber sie sah genauso aus wie vorher. Seufzend gab er auf. »Wenn Ihr mir ein Blatt Papier gebt, werde ich eine Liste von Orten machen, die hier dargestellt sein könnten. An der Platzierung der Straßen kann ich nichts Auffälliges erkennen. Vielleicht hat Meister Willon noch mehr Landkarten, mit denen wir diese hier vergleichen können.«

»Ich mache es schon, Mutter«, sagte Rinnie und wischte sich an einem Lappen die Hände ab.

Sie kramte herum, dann legte sie ein Blatt Papier, ein Tintenfass und eine gut geschnittene Feder vor den Kaiser und lächelte ihn an – zu Anfang war sie schüchtern gewesen, aber der Tag im Garten hatte ihr jede Ehrfurcht Phoran gegenüber genommen.

»Gute Idee«, stimmte Tier zu. »Wir werden Willon bitten, einmal einen Blick auf diese Karten zu werfen; vielleicht hat er etwas dazu zu sagen. Er ist mehr als ein halbes Jahrhundert lang im ganzen Kaiserreich umhergereist. Vielleicht fällt ihm etwas auf, was uns entgangen ist.«

»Das Abendessen ist gleich fertig«, verkündete Rinnie.

»Solange du Dill statt Plünderspitze genommen hast, werden wir den Koch nicht auspeitschen lassen.« Phoran strich verschiedene Ortsnamen auf seiner Liste wieder durch. Wenn doch wenigstens eine der Landkarten so etwas wie einen Maßstab hätte, damit er wüsste, ob er zehn Meilen vor sich hatte, die sehr exakt gezeichnet waren, oder hundert Meilen!

»Wenn es Plünderspitze ist, liegt das daran, dass jemand den Dill ausgerissen hat«, erwiderte Rinnie zufrieden. »*Ihr* könnt es ja als Erster versuchen. Wenn Ihr nicht in Zuckungen verfallt, können wir anderen unbesorgt essen.«

»Es ist Verrat, dem Kaiser zu drohen.« Phoran strich einen weiteren Ortsnamen aus, weil sich dieser Ort zu dicht an der Küste befand. Wenn Colossae so nah am Meer gelegen hätte, hätten die Landkarten das sicher gezeigt. »Kissel, sollen wir dieses Mädchen fesseln und knebeln?«

»Erst, wenn sie das Abendessen zu Ende gekocht hat«, grollte Kissel. »Ich würde sogar Plünderspitze essen, wenn sie so gut schmeckt, wie dieser Fisch riecht.«

Tier stand auf und streckte sich. »Ich bringe ein bisschen Waschwasser auf die Veranda«, sagt er. Er machte einen Schritt vom Tisch weg, warf noch einen Blick auf seine Landkarte – die mit all den feinen und scheinbar bedeutungslosen Linien – und erstarrte.

»Seraph, könntest du diese Karte bitte hochhalten?«

Phoran warf einen Blick auf Tiers Karte, als Seraph sie vom Tisch nahm, aber sie hatte sich nicht verändert. Sie sah immer noch aus, als hätte jemand sehr sorgfältig Hunderte von sinnlosen Linien auf das Pergament gezeichnet.

Die Karte war groß und zu lange aufgerollt gewesen und wollte sich immer wieder aufrollen. Phoran stand auf und half Seraph, sie glatt zu halten, während Tier langsam von ihnen wegtrat, ohne den Blick von einer Stelle zu nehmen, die seine Aufmerksamkeit erregte.

»Lehr?«, rief er. »Sohn, du musst aufstehen und mir helfen.«

Lehr ächzte und murmelte etwas, das Phoran ziemlich unhöflich vorkam, aber dann stand er auf und sprang hinunter, ohne sich mit der Leiter abzugeben. Er taumelte müde durchs Zimmer, stellte sich neben seinen Vater und rieb sich die Augen.

»Sieh dir diese Karte an«, sagte Tier. »Sag mir, was du siehst.«

»Linien«, antwortete Lehr mürrisch. »Was soll ich denn …« Dann runzelte er die Stirn und wurde ebenso aufmerksam wie Tier einen Moment zuvor.

»Ein wenig Abstand hat mir geholfen zu sehen, was es ist«, erklärte Tier.

Er ging zu der Karte und deutete auf die untere linke Ecke. »Diese Linien sind Höhenlinien«, sagte er. »Ich wette, der Kartenzeichner hat auch unterschiedliche Farben benutzt, aber im Lauf der Jahre sind sie alle verblasst.«

»Was seht Ihr denn?«, fragte Phoran. »Könnt Ihr uns sagen, was es darstellt?«

»Das hier zeigt unsere nächste Umgebung«, sagte Tier schlicht. »Konzentriert euch einmal nicht auf Colossae.« Er fuhr mit der Hand über den Stern, der für die Stadt der Zauberer stand. Dann ließ er die Hand sinken, bis sein Finger wieder auf die untere linke Ecke zeigte. »Das hier ist der Redern-Berg am Silberfluss. Hier ist unser Tal.« Er deutete auf einen Bereich etwa von der Größe seiner Handfläche, durch den eine einzelne dicke Linie verlief, aber keine der dünneren. »Und das hier muss …«

»Schattenfall sein«, vollendete Lehr den Satz. »Wenn die Entfernungen für Redern und das Tal stimmen, dann ist das genau die richtige Stelle.«

Tier folgte mit dem Finger der Linie, die sich über die Ebene des Schlachtfelds zog. Sie stieß auf eine zweite Straße, dann bog sie sich abrupt nach Norden. Etwa eine Fingerlänge von Schattenfall entfernt verharrte Tiers Finger bei dem seltsamen Zeichen, von dem Hennea sagte, es stehe für die alte Zaubererstadt Colossae.

»Ich kann uns hinbringen«, sagte er.

11

»Ihr wollt Reisebrot«? Alinath kam mit banger Miene aus der Backstube, nachdem sie gehört hatte, worum Tier ihren Mann Bandor bat.

Seraph machte einen Schritt zurück und überließ es Tier, mit seiner Schwester fertig zu werden.

Tier griff nach einem Stück Brot, das zum Probieren auf der Theke lag, und aß es. »Ich werde es so bald wie möglich brauchen. Weißt du, Bandor, wenn du ein bisschen weniger Salz nehmen würdest« – er zeigte auf den Teller mit den Probestücken –, »könnte man die anderen Bestandteile besser schmecken.«

»Das werde ich versuchen«, sagte Bandor. »Hat das Reisebrot etwas mit euren Gästen zu tun?«

Tier nickte unbeschwert, aber Seraph konnte spüren, wie sich sein Arm unter ihrer Hand anspannte. »Wer hat euch von ihnen erzählt?«

Fünf Fremde ließen sich schwer geheim halten, aber Tier und seine Familie hatten mit niemandem über sie gesprochen, und seit Phorans Ankunft war auch keiner aus dem Dorf auf dem Hof gewesen.

»Offensichtlich waren ein paar Jungen – die lieber etwas zu tun haben sollten – vor etwa einer Woche draußen und erzählten Unsinn, als sie danach ins Dorf zurückkamen«, sagte Alinath.

»Sie haben uns also ausspioniert, wie?« Tier grinste, und

Seraph wusste, dass er tatsächlich amüsiert war. »Ich hoffe, sie haben etwas Interessanteres zu sehen bekommen als unsere Gäste.«

»Sie sagten, es seien Adlige«, berichtete Bandor. »Und einer von ihnen sei der Bruder des Sept. Das wissen wir vom Verwalter, der überzeugt ist, dass du hinter seiner Stellung her bist.«

»Die Götter mögen mich bewahren!«, rief Tier mit echtem Entsetzen. »Was für ein Idiot würde diesen Posten wollen?«

»Genau«, erwiderte Alinath zufrieden. »Genau das habe ich dem Verwalter auch gesagt, als er mir etwas vorjammerte.«

»Toarsen, der Bruder des Sept, befindet sich tatsächlich auf unserem Hof, zusammen mit ein paar anderen gelangweilten jungen Adligen, die Tier in Taela kennengelernt hat«, sagte Seraph in der Hoffnung, diese Informationen würden die meisten Neugierigen zufriedenstellen. »Sie hatten zu Hause nichts zu tun und wussten, dass Tier zu spät zum Bebauen des Hofs hier eintreffen würde. Also haben sie ihn gebeten, sie zum Jagen in die Berge zu führen.«

»Du kannst den Bruder des Sept doch nicht in die Berge bringen«, sagte Alinath entsetzt. »Wenn ihm etwas zustößt, wird der Sept …«

»Schon gut«, beschwichtigte Seraph ihre Schwägerin. »Wir gehen alle mit zum Jagen, und ich bezweifle, dass es dann Probleme geben wird.«

Alinath schwieg und sah Seraph nachdenklich an. »Also gut«, sagte sie schließlich. »Zwei Dutzend Laibe Reisebrot. Es wird übermorgen fertig sein – ich habe genügend Hefe angesetzt.« Sie bedachte Seraph plötzlich mit einem verschwörerischen Blick. »Und falls jemand fragt, erzähle ich ihnen von den Adligen, die die Familie meines Bruders für ein Abenteuer in den Bergen bezahlen. Ihr solltet nur ein interessanteres Ziel wählen – Schattenfall zum Beispiel. Gelangweilte junge

Männer könnten tatsächlich dumm genug sein, von Taela hierherzureiten, damit Tier sie nach Schattenfall bringt. Sie hätten genug Geld, um alle damit zu verlocken. Ich kann wieder auf Rinnie aufpassen, wenn ihr wollt.«

»Nein«, erwiderte Tier sofort, und Seraph lächelte in sich hinein – und dann grinste sie Tier an, als dieser sie fragend ansah. *Wäre es wirklich gerecht, sie mitzunehmen?*

»Sie wird bei uns ebenso sicher sein wie hier bei Alinath«, antwortete Seraph. »Und ich fürchte, wenn wir versuchten, Rinnie noch einmal zurückzulassen, würde sie uns ohnehin nur folgen.«

»Und außerdem«, sagte Tier und entspannte sich ein wenig, »ist der Sommer bald vorüber. Es könnte sein, dass wir dort oben auf Schnee stoßen. Ein Kormoran könnte sich als nützlich erweisen.«

Bandor tätschelte seiner Frau den Rücken. »Wenn ihr wirklich zu dem alten Schlachtfeld wollt, wird Rinnie etwas haben, das sie einmal ihren Kindern erzählen kann. Ich würde Schattenfall gern einmal sehen, bevor ich sterbe.«

»Ich bringe dich hin«, versprach Tier. »Aber ich war selbst erst ein einziges Mal dort. Es ist nicht einfach zu erreichen – und kein angenehmer Ort. Wenn du es allerdings ernst meinst, werde ich dich nächsten Sommer nach der Ernte hinführen.«

Sie verließen die Bäckerei jeder mit einem süßen Brötchen.

Seraph war entzückt über das klebrige, warme Gebäck.

»Siehst du«, sagte Tier. »Wenn du all diese Jahre schon netter zu meiner Schwester gewesen wärest, hättest du bei jedem Besuch in der Bäckerei ein süßes Brötchen bekommen.«

»Lügner«, erwiderte sie vergnügt. »Bis ich ihren Mann gerettet habe, konnte ich so nett sein, wie ich wollte – Alinath war überzeugt, dass ich Magie eingesetzt hatte, um ihr den großen Bruder zu stehlen.«

Als sie weiter zu Willons Laden gingen, wurde Tier ernster. »Es gefällt mir nicht, dass diese Jungen draußen beim Hof waren, Seraph. Es müssen wohl Storne und seine Bande gewesen sein. Er war ein so netter Junge, bevor er sich mit Olbeck zusammentat.«

»Sie sind keine Jungen mehr«, sagte Seraph. »Sie sind so alt wie Lehr – Olbeck ist sogar älter. Wenn der Pfad das Dorf übernommen hätte, wären diese jungen Männer sicherlich als Sperlinge rekrutiert worden.«

Rinnie machte sich auf, um für unterwegs ein wenig Kribbelwurz zu suchen. Was immer sie so spät im Jahr fände, würde wahrscheinlich holzig und schwach sein, aber besser als gar nichts – und sie hatten kein Fitzelchen Kribbelwurz mehr.

Lehr sah immer noch dünn und blass aus, und er schlief zu viel. Jes war gestern nicht aus dem Wald zurückgekehrt, nur Hennea. Er war noch unterwegs, hatte sie gesagt.

Also schlüpfte Rinnie aus dem Haus, während Lehr ein Schläfchen hielt und Hennea wieder über den Landkarten brütete. Sie brachte Gura mit einem strengen Befehl zum Schweigen. Kurz dachte sie daran, den Hund mitzunehmen, aber wenn er aufgeregt war, hörte er nicht so gut auf Rinnie, wie er auf die Jungen und ihre Mutter hörte. Sie wollte nicht den ganzen Tag damit zubringen, hinter Gura herzujagen, wenn er ein Kaninchen aufscheuchte, also befahl sie ihm, auf der Veranda zu bleiben, und ging auf den Weg zu, der durch die Felder führte.

Phoran und seine Männer saßen vor der Scheune auf dem Boden und spielten etwas, zu dem viel Lachen und das rasche Greifen nach Knochenwürfeln gehörte. Aber als Rinnie an ihnen vorbeiging, stand Phoran auf und bedeutete seinen Männern zu bleiben, wo sie waren.

»Rinnie Seraphstochter, wohin willst du so eilig?«, fragte er höflich.

Es gefiel ihr, dass er sie nie behandelte, als wäre sie ein zehnjähriges Gör (wie Lehr sie zuweilen nannte, um sie zu provozieren).

»Ich suche Kribbelwurz«, erklärte sie, ohne langsamer zu werden. »Wir habe keine mehr.«

»Und diese Kribbelwurz ist wichtig?« Offenbar hatte er noch nie davon gehört.

Also wirklich, dachte sie. *Ein Kaiser sollte nicht so entsetzlich unwissend sein.* Dann war sie erschrocken und verlegen, als er lachte, weil sie ihre Gedanken nicht besser verborgen hatte.

»Man packt es in Wunden«, erklärte sie schnell. »Es hilft, Infektionen zu verhindern. Mutter macht auch Augentropfen daraus, wenn die Augen vom Rauch gereizt sind.«

»Meine Augen sind empfindlich«, sagte er und klimperte mit den Wimpern. »Also sollten wir unbedingt etwas von dieser Kribbelwurz holen.«

»Es heißt so, weil es die Zunge kribbeln lässt und dann taub macht, wenn man es kaut«, sagte sie. »Ihr braucht wirklich nicht mitzukommen. Ich kenne den Weg.«

»Wenn Jes oder deine Eltern hier wären, würdest du dann alleine gehen?«, fragte Phoran.

»Es ist vollkommen ungefährlich.« Es ärgerte sie, dass er glaubte, sie könne nicht einmal alleine Kräuter sammeln.

»Das hoffe ich. Sonst würde ich nicht mit dir gehen.« Er warf einen Blick zurück zur Scheune. »Ich würde Kissel schicken. Der ist hässlich genug, um allen einen Schreck einzujagen. Oder Toarsen – Toarsen kann wirklich niederträchtig sein.«

»Das ist er nicht!«, erwiderte sie, dann wurde ihr klar, dass er sie nur neckte.

»Nein«, stimmte Phoran zu. »Toarsen ist nicht niederträchtig – aber erzähl niemandem, dass ich dir das verraten habe.«

Sie lachte. »Also gut, dann kommt mit.«

Von allem, was Phoran in Redern gefiel, war Rinnie das Beste. Er hatte bisher nicht viel Erfahrung mit Kindern sammeln können, hatte selbst keine Kindheit gehabt und war von Tiers und Seraphs Tochter fasziniert.

Zum einen kannte sie sich aus und hatte Fähigkeiten, um die so manche erwachsene Frau in Taela sie beneiden würde. Sie konnte kochen, nähen – und Unkraut jäten. Sie wusste, wie man arbeitete, aber sie hatte auf dem Hof auch viel Spaß.

Am besten gefiel ihm, wenn er sie mit seinen Neckereien dazu bringen konnte, dass sie sich wie eine große Dame benahm – er hatte erkannt, dass sie damit unwillkürlich ihre Mutter nachahmte. Aber was bei Seraph einschüchternd wirkte, hatte bei ihrer Tochter etwas rührend Amüsantes.

Er hatte nicht vor zuzulassen, dass ihr etwas zustoßen könnte. Ganz gleich, was sie behauptete, ein Ort, an dem erst vor wenigen Wochen ein Troll getötet worden war, war gewiss nicht ungefährlich. Nicht, dass er auch nur die geringste Ahnung gehabt hätte, was er tun sollte, falls ein Troll auftauchte – außer davonzulaufen. Er war sich nicht sicher, ob sein Memento einen Troll ebenso leicht umbringen könnte wie die Möchtegern-Attentäter. Gegen einen Wolf jedoch oder einen kleineren Kobold, dachte der junge Kaiser, könnte er schon besser zurechtkommen.

Rinnie ging schnell genug, dass es Phoran schwerfiel, mit ihr Schritt zu halten. Er war froh, dass er keinem seiner Leibwächter erlaubt hatte mitzukommen. Demütigender war, dass sie seine Schwierigkeiten bemerkte und langsamer wurde. Und sich auch noch entschuldigte.

»Tut mir leid«, sagte sie. »Ich bin daran gewöhnt, mit Jes oder Lehr unterwegs zu sein. Und Ihr kommt aus dem Tiefland – Papa sagt, die Tiefländer haben immer Schwierigkeiten, hier in den Bergen zu atmen.«

»Hmm«, sagte Phoran. »Du brauchst keine Ausreden für mich zu finden. Man erwartet von Kaisern einfach nicht, dass sie im Wald herumwandern.«

Sie drehte sich um und ging rückwärts, damit sie sein Gesicht sehen konnte. »Papa sagt, es gefällt Euch hier.«

Er lächelte. »Dein Papa ist ein sehr weiser Mann.«

Zu seinem Entzücken bedachte sie ihn mit einem feierlichen Blick und setzte eine Miene auf wie eine Eule, die gerade erst aufwachte. »Mein Papa kennt sich mit Leuten aus.«

In diesem Augenblick glitt ein beißendes Gefühl sein Bein entlang, und er zuckte im Reflex zurück – vor nichts.

»Das ist Mutters Schutzzauber.« Rinnie grinste. »Er tut das erst, seit sie ihn neu gesetzt hat, nachdem der Troll tot war. Ihr hättet sehen sollen, wie Lehr zusammenzuckte, als er danach zum ersten Mal darauftrat.«

Phoran stieg vorsichtig über den Zauber hinweg, aber außer dem kurzen, schmerzlosen Zucken passierte nichts. »Ich bin immer noch am Leben«, sagte er. »Ich nehme an, das bedeutet, dass nicht ich es bin, wogegen sie euch schützen wollte.«

Als Rinnie schließlich stehen blieb, war das Phoran sehr recht. Er ließ sich auf den Boden fallen, legte sich auf den Rücken und hechelte. Das meiste war dazu gedacht, Rinnie zum Lachen zu bringen, aber es fühlte sich auch einfach gut an.

»Hört auf mit dem Unsinn«, sagte sie. »Ihr könnt mir beim Sammeln helfen.«

Als er gehorsam wieder auf die Beine kam, winkte sie ihn zu einer Pflanze, die irgendwie so aussah wie alle anderen Pflanzen in der Nähe.

»Das hier ist eine Kribbelwurz – man sieht es daran, dass sie gezackte Blattränder hat. Im Frühling hat sie kleine gelbe Blüten – es ist am besten, sie zu dieser Zeit zu ernten. Aber selbst eine späte Ernte ist besser als gar keine.« Sie sah ihn streng an. »Wir nehmen nie mehr als eine von drei Pflanzen, damit es im nächsten Jahr auch noch welche gibt.«

»Ich verspreche, sie nicht alle zu pflücken«, sagte er.

Sie kniff die Augen zusammen und beugte sich vor. »Eure Augen lachen. Aber das hier ist eine ernste Sache.«

»Ja, Prinzessin, das weiß ich«, entschuldigte er sich. »Ich bin einfach nicht daran gewöhnt, Befehle entgegenzunehmen.«

»Na gut«, gab sie nach. »Das verstehe ich. Meine Brüder mögen es auch nicht, wenn ich ihnen sage, was sie tun sollen – aber für gewöhnlich lachen sie dann nicht.«

»Vielleicht, weil sie deine Anweisungen nicht so dringend brauchen wie ich.«

Sie legte den Kopf schief, dann grinste sie. »Es gefällt Euch. Also gut. Erntet. Und vergesst nicht, Euch einen Stock zu nehmen und den Boden rings um die Pflanze damit zu lockern, denn wir brauchen die Wurzel.«

Phoran hielt sich an das Bild der ersten Pflanze und fand zwei oder drei andere, die vielleicht auch Kribbelwurz waren. Er nahm jedoch immer das gesamte Gewächs, damit Rinnie sicher wissen würde, was er ausgegraben hatte. Seine Suche führte ihn um einen Steinhaufen herum, der höher war als er, und dort fand er einen ganzen Hain von Kribbelwurz. Oder etwas, das für sein ungeübtes Auge sehr danach aussah.

Er war gerade dabei, den Boden um eine besonders störrische Pflanze zu lockern, als Rinnies überraschter Aufschrei ihn aufschrecken ließ. Er wartete, ob er noch etwas hörte, denn er wollte nicht sofort losstürzen und sich damit zum Narren machen.

»He, kleines Mädchen, wo ist dein verrückter Bruder denn diesmal?« Es war eine tiefe Stimme, eine Männerstimme, und der Tonfall bewirkte, dass Phoran seine Ernte auf den Boden legte und das Schwert lockerte.

Dann wurde der Fremde leiser, wie eine Katze, die einem Vogel auflauert. »Oder sind das Lehrs Schritte, denen ich gefolgt bin? Der große Jäger, der einen Oger getötet hat! Hat er dich hiergelassen und ist auf die Jagd gegangen? Hat er so junges, zartes Fleisch für mich hiergelassen?«

Die Gier in der Stimme des Mannes bewirkte, dass Phoran sein Schwert fester packte. Er wusste jetzt, dass er diesem Burschen wehtun würde. Tatsächlich hatte er genug Gründe, ihn umzubringen. Rinnie war ein Kind: Nur ein kranker Mann sprach ein Kind in solchem Ton an.

»Es war ein Troll, und meine Mutter hat ihn getötet.« Rinnie wirkte ruhig, und nur ein leichtes Beben ihrer Stimme verriet ihre Angst. Aber sie wusste auch, dass Phoran sie hören konnte, wusste, dass der junge Kaiser sich mit Stahl besser auskannte als mit Pflanzen.

»Was machst du hier, Olbeck?«, fragte sie beherzt. »Solltest du nicht mit den anderen Schweinen im Misthaufen wühlen?«

Etwas passierte. Phoran hörte es in der kurzen Zeit zwischen Rinnies Bemerkung und Olbecks nächsten Worten. Vielleicht hatte er nach ihr geschlagen, und sie war seiner Hand ausgewichen.

Phoran schlich vorsichtig um die Steine und den Nadelbaum, der neben ihren wuchs. Er wollte Olbeck nicht zu früh zeigen, dass Rinnie nicht alleine war, und ihm keine Gelegenheit geben, sie als Geisel zu nehmen, bevor er sich zwischen die beiden schieben konnte.

»Mein Vater wird deine Familie vom Hof werfen«, sagte er. »Ich habe ihm gesagt, dass Toarsen hier ist. Glaubst du denn, ich würde den Bruder des Sept nicht erkennen? Ich bin der Sohn des Verwalters, du dumme Kuh. Ich weiß, dass Toarsen und sein Bruder sich nicht verstehen. Mein Vater wird Avar sagen, dass sein Bruder hier herumgeschnüffelt hat, weil er Verrat plant. Avar wird ihm glauben. Vielleicht lässt er deinen Vater ja köpfen.«

»Du bist so *dumm*, Olbeck«, sagte Rinnie angewidert. »Ich frage mich, wie du es auch nur schaffst, jeden Morgen deine Sachen richtig herum anzuziehen – oder erledigt das einer dieser kriecherischen Jungen für dich?«

»Könnte sein«, stimmte Olbeck aalglatt zu, und dann hörte man, wie Tuch riss. »Aber du bist …« Und er gebrauchte ein paar Worte, von denen Phoran nur hoffen konnte, dass Rinnie ihre Bedeutung nicht kannte.

Rinnies überraschter Aufschrei war zu viel. Phoran hörte auf, sich in eine bessere Position zu manövrieren, kam hinter den Steinen hervorgeschossen und stieß den Fremden mit der Schulter zwei oder drei Schritte weit den Hügel hinab – weg von Rinnie, die am Boden hockte. Er nahm sich nicht die Zeit nachzusehen, wie es ihr ging, sondern trat gleich zwischen sie und den Fremden.

Olbeck war beinahe so groß und kräftig wie Kissel, aber Phoran empfand die gleiche kühle Entschlossenheit, die er mitten in der Schlacht gegen den Pfad in sich entdeckt hatte. Er lächelte.

Olbeck hatte sein Gleichgewicht wiedergefunden und zog das Schwert, das an seiner Hüfte hing.

»Tut ihm nicht weh«, flüsterte Rinnie hektisch. »Sonst gibt es Probleme für meine Familie. Sein Vater ist der Verwalter des Sept.«

»Stimmt«, stellte Olbeck höhnisch fest. »Und wer seid Ihr? Einer der zwölf Söhne von vierzehn, mit denen Toarsen sich herumtreibt? Der Sept wird Euch und Eure Freunde zerschmettern, wenn mein Vater ihn in einem Brief hierherruft.«

Phoran hatte sein Schwert nicht gezogen. Er versuchte es zu vermeiden, Schwerter zu benutzen. Es war besser für sie, wenn Tiers adlige Gäste ein Gegenstand der Neugierde blieben und man nicht zu viel über sie redete. Wenn Phoran diesen Abschaum umbrachte, würde das die Nachricht von Tiers unerwarteten Besuchern wahrscheinlich bis nach Taela bringen. Und falls es ihm doch noch gelingen sollte, das Memento loszuwerden, wollte er nicht, dass das ganze Kaiserreich wusste, wo er sich inzwischen aufgehalten hatte – nicht, wenn er das verhindern konnte.

»Rinnie hat recht; Ihr seid wirklich dumm«, verkündete er staunend. »Es ist Euch doch sicher klar, dass Ihr mir, wenn Ihr recht hättet, gerade den besten Grund geliefert habt, Euch zu töten? Das ist offensichtlich das Einzige, was dafür sorgen würde, dass Ihr den Mund haltet.«

»Er glaubt nicht, dass Ihr ihn töten könnt«, sagte Rinnie leise. »Er ist ein bisschen in Schwertarbeit ausgebildet, und das beeindruckt die anderen Jungen.«

»Da er jetzt zahlenmäßig unterlegen ist«, sagte Lehr, der hinter demselben Steinhaufen vorkam wie Phoran, »wird er allerdings sehr wahrscheinlich davonlaufen.«

Lehr hielt Tiers Schwert in der Hand und atmete schwer. »Geh wieder nach Leheigh, Olbeck. Ich höre, du bist hier in Redern nicht mehr willkommen. Ebenso wenig, wie du im Wald willkommen bist. Wenn dein Vater Probleme mit uns hat, soll er uns lieber selbst aufsuchen. Also lauf schon, Feigling.«

Olbeck zischte etwas, und Phoran sah ihm seine Absicht an, bevor er angriff – nicht Lehr, sondern Phoran. Er glaubte wahrscheinlich, er könnte sich an Phoran vorbeidrängen und zu Rinnie gelangen.

Phoran fällte ihn mit einer rechten Geraden.

»Der Idiot ist direkt in meine Faust gerannt«, sagte er und rieb sich die Knöchel, um den Schmerz zu betäuben. »Ist alles in Ordnung, Rinnie?«

Die Erinnerung an das Geräusch von reißendem Stoff bewirkte, dass er immer noch den Blick abwandte.

»Ja«, sagte sie. »Ich wünschte nur, ich wäre ein Hüter. Blitze funktionieren nur, wenn ich *Stunden* daran arbeite.«

»Schade«, sagte Phoran. »Wenn einer verdient hat, vom Blitz erschlagen zu werden, dann der da.«

»Hier, Rinnie, nimm meine Tunika.« Lehr zog sich das Kleidungsstück über den Kopf und warf es ihr zu. »Gute rechte Gerade, Phoran. Habt Ihr ihn umgebracht?«

Der Schlag hätte genug Kraft gehabt, um Olbeck das Genick zu brechen. Phoran beugte sich vor und drehte den Mann am Boden mit einem angestrengten Grunzen um.

»Leider nicht«, sagte er. »Wahrscheinlich wird er gleich wieder wach werden. Ich könnte ihn allerdings immer noch töten – wir könnten die Leiche verstecken.«

»So ungern ich es auch zugebe, Rinnie hatte recht. Ein ermordeter oder verschwundener Olbeck schafft noch mehr Probleme als ein lebendiger. Schade, dass das mit dem Blitz nicht geht, Rinnie. Das wäre eine gute Lösung gewesen. Ich fürchte, wir müssen ihn einfach hier liegen lassen.«

»Warum ist er in Redern nicht mehr willkommen?« Rinnie, nun genügend bedeckt von Lehrs Tunika, lehnte sich leicht gegen Phorans Arm und schaute auf ihren Angreifer hinab. Sie klang sehr gefasst, aber sie zitterte wie ein kleiner Vogel. Phoran dachte noch einmal daran, Olbeck umzubringen.

»Erinnerst du dich an Lukeeth, den Sohn des Tuchhändlers?«

»Er ist einer der Jungen, die Olbeck folgen.«

»Nicht mehr. Olbeck hat ihn getötet. Storne sagt, es sei Mord gewesen, aber Olbeck behauptet, er hätte sich nur gewehrt. Er ist tatsächlich damit durchgekommen, aber sein Vater hat zugestimmt, ihn aus Redern wegzubringen. Hol deine Kräuter – ich nehme an, deshalb bist du heute früh aus dem Haus gerannt. Wir lassen ihn hier.«

Rinnie nickte, drehte sich um und fing an, die verstreuten Pflanzen einzusammeln. Phoran sah, dass sie sich die Wange abwischte, als sie glaubte, dass niemand hinsah. Er bemerkte, dass es Lehr ebenfalls auffiel.

»Ich habe ihm wahrscheinlich den Kiefer gebrochen«, sagte er zum Trost. »Er wird sich lange Zeit daran erinnern, jedes Mal, wenn er etwas essen will.«

Lehr holte tief Luft, und zwei rote Linien bildeten sich auf seinen Wangen, so fest biss er die Zähne zusammen. »Ihr hättet weniger fest zuschlagen sollen, dann hätten wir ihm noch ein paar Knochen mehr brechen können.«

Phoran kehrte wieder hinter die Steine zurück, hob die drei Pflanzen auf, die er ausgegraben hatte, und präsentierte sie Rinnie auf einem Knie, das schlaffe Grünzeug über beide Hände ausgebreitet.

Sie lachte, wie er gehofft hatte. »Das da ist keine Kribbelwurz.« Sie sah sich die anderen an und brach ein paar kleine Teile ab. »Den Rest könnt Ihr hierlassen.«

Sie steckte die Wurzeln in die Tasche und ging wieder den Hügel hinunter. Phoran und Lehr folgten ihr.

»Ich bin Euch gefolgt, bis mir klar wurde, wohin Rinnie ging«, sagte Lehr. »Mutter hat es ihr überlassen, sich um unsere Kräuter zu kümmern, und ich wusste, dass sie keine Kribbelwurz mehr hatte. Das hier ist die beste Stelle, welche zu finden. Ich wollte gerade wieder nach Hause gehen, als ich Olbecks Spur fand. Danke, dass Ihr sie eskortiert habt.«

Phoran tat überrascht. »Ich habe sie nicht eskortiert, sie

hat mich unterrichtet. Ich kann jetzt Kribbelwurz sammeln – und Dill.«

»Nur, wenn keine Plünderspitze in der Nähe wächst«, warf Rinnie ein. »Danke, Phoran. Eines Tages werde ich Olbeck sagen, dass es der Kaiser war, der ihm den Kiefer gebrochen hat.«

»Er wird niemals glauben, dass der Kaiser mit dir Kräuter sammeln war«, wandte Lehr ein.

Das Knarren eines Asts über ihnen ließ Lehr herumfahren, um zu sehen, was los war. Dann landete Jes nach einer Reihe leiser Geräusche in ihrer Mitte, in einer Rolle, die ihn sofort wieder auf die Beine brachte.

»Olbeck hat sein Pferd gefunden. Ich denke, er ist auf dem Weg nach Hause. Er würde ohnehin nicht an den Schutzzaubern vorbeikommen.« Tiers ältester Sohn sah besser aus als letztes Mal, als Phoran ihm begegnet war. Seine dunkle Haut war nicht mehr so grau, und er bewegte sich fließend, als er neben seinem Bruder herging.

Phoran seufzte. Sie würden beide für ihn langsamer werden müssen, aber er sollte mit seiner Bitte vielleicht noch warten, falls sie es bemerkten und ihr Tempo von selbst verringerten.

»Wieso glaubst du, er würde nicht an den Schutzzaubern vorbeikommen?«, fragte Lehr.

»Er ist besudelt«, erklärte Jes. »Konntest du das nicht riechen? Nicht so sehr, wie Bandor es war, aber er stinkt immer noch nach dem Schatten.«

»Ihr zwei müsst langsamer werden«, verlangte Rinnie. »Kaiser rennen nicht durch den Wald wie Bauernjungen.«

Phoran grinste.

Willon war allein in seinem Laden und blickte lächelnd auf, um Tier und Seraph zu begrüßen.

»Was kann ich für euch tun, Freunde?«

Seraph ließ Tier reden und wandte ihre Aufmerksamkeit dem Regal zu, das Willon nahe der vorderen Theke angebracht hatte. Kleine Tiere aus geblasenem Glas in bunten Farben tanzten über das verkratzte Holzbrett.

»Die habe ich aus Taela mitgebracht«, sagte Willon. »Die Hälfte ist unterwegs zerbrochen, aber ich dachte, sie würden sich gut verkaufen. Aber ihr seid wahrscheinlich nicht wegen Glastieren hier.«

»Nein«, erwiderte Tier. »Wir brauchen vierzig Pfund gesalzenes Rindfleisch oder Wild. Und ich möchte mir auch gern alle anderen haltbaren Lebensmittel ansehen.«

»Zieht Ihr schon wieder zum Fallenstellen aus?«, fragte Willon und führte Tier zu dem Bereich, in dem er Lebensmittel verkaufte.

»Nein. Sieht aus, als hätte ich mir unter den jungen Männern, die geholfen haben, den Pfad zu überwältigen, ein paar Freunde gemacht. Einige von ihnen kamen vor ein paar Tagen vorbei und überredeten mich, sie durch das Felsengebirge zu führen. Sie wollen Schattenfall besuchen, aber ich hoffe, dass ich ihnen das ausreden kann, sobald sie mehr von dem Gelände gesehen haben, das sie durchwandern müssten.«

Seraph ließ die Glastiere stehen und sah sich die Kräuter und Gewürze in den Regalen an.

Pfeffer, dachte sie und nahm ein kleines Päckchen. Sie und Tier würden auch noch bei Loni der Kräuterfrau vorbeigehen, bevor sie aufbrachen, aber Willon verkaufte exotische Gewürze und Loni nur die Dinge, die in ihrem eigenen Garten wuchsen. Das bedeutete, dass Lonis Kräuter frischer waren, aber Willons Gewürze boten mehr Möglichkeiten.

»Ich würde Schattenfall gerne selbst einmal sehen«, sagte Willon.

»Nein.« Tier schüttelte den Kopf. »Es ist ein rauer Weg dorthin, Meister Willon. Ich nehme diese jungen Strolche mit, um sie zu ermüden – es wird ihnen guttun. Aber die Berge sind kein Ort für jemanden, der nicht bereit für sie ist. Ich führe Euch nächstes Jahr hin, wenn Ihr den Sommer zuvor mit mir wandert und Euch in Form bringt. Ich habe Bandor ebenfalls versprochen, ihn mitzunehmen.«

»Ich bin viel unterwegs«, sagte Willon. »Es würde Euch wahrscheinlich überraschen, wie zäh ein alter Mann wie ich sein kann.«

»Da bin ich mir sicher«, sagte Tier.

Einen Augenblick glaubte Seraph, Willon würde sich in das Thema verbeißen. Aber dann lachte er und tätschelte Tiers Schulter.

»Schon gut, schon gut. Also nächstes Jahr. Ich werde es nicht vergessen.«

Nach ein wenig Feilschen bezahlte Tier für die Lebensmittel und Seraphs Gewürze. Als sie fertig waren, reichte er Willon die Landkarte, die der Kaufmann Seraph gegeben hatte.

»Das war ein Geschenk«, sagte Willon.

»Ein wertvolles Geschenk«, erwiderte Tier. »Aber da wir nicht vorhaben, noch einmal quer durchs Kaiserreich zu reisen, wird sie uns nicht mehr viel helfen. Bitte gebt sie jemandem, der sie brauchen kann.«

Willon verbeugte sich und nahm die Karte zurück. »Es ist immer ein Vergnügen, mit Euch Geschäfte zu machen.«

»Olbeck ist umschattet?« Seraph setzte sich an den Tisch und versuchte herauszufinden, was das zu bedeuten hatte.

Lehr, Jes, Phoran und Rinnie hatten sie gleich an der Tür mit der Geschichte ihres nachmittäglichen Abenteuers begrüßt.

»Als er Lehr und Rinnie ein paar Tage vor unserem Aufbruch nach Taela angriff«, sagte Jes, »war er das noch nicht.«

Hennea setzte sich neben Jes und sah ihn an. »Das kannst du so einfach feststellen? Die anderen Hüter, denen ich begegnet bin, mussten nach so etwas lange Ausschau halten.«

Jes zuckte die Achseln. »Sie riechen falsch, und dann sehe ich genauer hin.«

»Die Frage ist, was fangen wir damit an«, sagte Tier.

»Nichts«, erklärte Seraph entschieden. »Olbeck kann warten, bis wir zurückkehren. Es ist allerdings interessant zu wissen, dass er erst umschattet wurde, nachdem wir nach Taela aufgebrochen sind. Nicht jeder unangenehme Mensch wird umschattet, nur weil er unangenehm ist. Bandor war ein typischerer Fall. Ein guter, aufrechter Bürger, der so viel Schaden anrichtet, wie er kann, solange der Pirschgänger ihn beeinflusst.«

»Es gibt mehrere Möglichkeiten, umschattet zu werden«, sagte Hennea. »Zum Schatten zu werden ist nur eine davon.«

»Wir wissen nun noch sicherer, dass sich ein Schatten in dieser Region aufhält.«

»Rinnie«, sagte Tier, »ich denke, du solltest eine Weile das Haus nicht allein verlassen. Nimm Gura mit, wenn es sein muss.«

»Also gut«, stimmte sie zu. Ihr Mangel an Widerspruch zeigte deutlich, wie verängstigt sie immer noch war.

Seraph schaute kurz zu Phoran und nickte ihm dankbar zu.

Sie verbrachten den nächsten Tag damit, Säcke und Rucksäcke zu packen und wieder umzupacken und ihr Gewicht so aufzuteilen, dass sie am nächsten Morgen an den Sätteln befestigt werden konnten. Seraph hatte die Edelsteine mit den Weisungen in einen Beutel gesteckt, den sie an der Hüfte trug. Die *Mermori* befanden sich in einem Sack auf einem der Pferde. Lehr und Tier zogen los und brachten drei weitere Pferde für die Reise zurück, zwei Schlammbraune und einen Grauen.

Damit hatten sie immer noch ein Reittier zu wenig, aber Jes war ohnehin schneller als die meisten Pferde. Keins der neuen Tiere war so gut wie Lehrs Seide, aber sie waren zähe kleine Bergpferde und damit genau das Richtige für ihre Pläne.

Es kam allen wie ein Omen vor, als Alinath und Bandor am Nachmittag mit dem Reisebrot einen halben Tag früher erschienen als versprochen.

»Morgen«, sagte Tier.

12

Sie brachen auf, als die Sonne noch nicht viel mehr als eine schwache Hoffnung am silbrigen Himmel war. Phorans Hengst bockte und tänzelte und tat so, als hätte er Angst vor dem Gepäck, das an seinem Sattel hing. Seraphs Pferd, eines der neuen, wurde daraufhin ebenfalls unruhig.

Sie flüsterte ihm tröstliche Worte zu. Das Tier war ein wenig unerfahren, aber im Prinzip gutmütig, und es beruhigte sich schnell wieder. Anders als Phorans Pferd.

»Schlachtross.« Phoran zuckte resigniert die Schultern, als der Hengst endlich anfing zu gehen, statt zu springen.

»Das war der hier auch«, sagte Tier und zeigte auf Scheck, der angesichts des Verhaltens der beiden anderen Pferde nur mit einem Ohr gezuckt hatte. »Wenn Ihr jemals wirklich in den Krieg ziehen müsst, solltet Ihr vielleicht ein anderes Pferd reiten.«

Phoran lächelte. »Wenn er zu tun hat, beruhigt er sich schnell wieder. Er wollte nur ein wenig vor den Stuten angeben.«

Tier schüttelte den Kopf. »Die Fahlarn ritten Stuten in den Kampf, nur um uns noch mehr Ärger zu machen, weil so viele unserer Adligen auf Hengsten saßen.«

»Davon habe ich gehört«, sagte Phoran. »Aber wenn ich auf einem Wallach oder, noch schlimmer, einer Stute ritte, würde mein Protokollminister den Verstand verlieren.« Er summte vergnügt vor sich hin, als der große Graue sich noch einmal aufbäumte und dann zur Seite tänzelte. »Das mit den

Stuten ist sicher ein guter Grund. Aber Klinge tut, was er tun soll – was im Augenblick vor allem darin besteht, mich wie einen guten Reiter und sich selbst sportlich und teuer aussehen zu lassen.«

Das klang eher geringschätzig, aber Seraph bemerkte, dass die ganze Vorstellung dem jungen Kaiser mindestens ebenso gut gefallen hatte wie seinem Pferd. Und nachdem sie ein paar Stunden unterwegs waren, beruhigte sich der Vollbluthengst bis auf einen Rest von Zappeligkeit.

Hennea beobachtete, wie die Sonne Jes' dunkles Haar golden und rötlich schimmern ließ, und staunte darüber, welch ein unerwartetes Geschenk er war, ein *beinahe* unwillkommenes, aber sehr erwünschtes Geschenk.

Jes ging neben Henneas Pferd her, dicht gefolgt von Gura. Das Tempo schien ihm keine Schwierigkeiten zu machen, obwohl die Pferde einen schnellen Schritt anschlugen. Hennea hatte seit dem Nachmittag, als sie seinen Schlaf bewacht hatte, kein persönliches Wort mehr mit ihm gesprochen, aber irgendwie hatte sie das Gefühl, in ihrer Beziehung eine neue Ebene betreten zu haben.

Jetzt gehörte er ihr.

Der natürliche Rhythmus des Reisens ließ die Gruppe in kleine Einheiten zerfallen – Seraph und Tier ritten an der Spitze, dann folgten Phoran, Rinnie, Lehr und Ielian, Toarsen, Kissel und Rufort, und Hennea, Jes und der Hund bildeten die Nachhut.

Hennea konnte hören, dass die Gruppe vor ihnen sich unterhielt, verstand aber nur hin und wieder ein Wort. Da ihr und Jes ein leichter Wind ins Gesicht wehte, würde niemand sonst hören können, was sie und Jes miteinander sprachen.

Aber sie wusste nicht, was sie sagen sollte. Gewöhnlich fühlte sie sich nicht so unbeholfen, aber in der Nähe von Jes war das beinahe zu einem vertrauten Zustand geworden. Nicht, dass Hennea sonst wesentlich mehr geredet hätte – wie zum Beispiel Tier –, aber normalerweise fand sie es durchaus angenehm zu schweigen. So war es zumindest bisher gewesen. Jetzt wollte sie mit Jes sprechen, aber sie wusste nicht, was sie sagen sollte, oder wie – also schwieg sie.

Jes tätschelte ihr Knie. »Mach dir nicht so viele Gedanken«, sagte er.

Das kam so unerwartet – obwohl sie nicht hätte sagen können, warum, denn sie wusste immerhin, dass er ein ungewöhnlich starker Empath war –, dass sie lachen musste.

»Ich werde es versuchen«, antwortete sie. Sie konnte sein Gesicht nicht sehen und folglich seine Miene nicht deuten, aber seine Schultern wirkten entspannt und locker. »Es ist nur, dass ich das Gefühl habe, es gäbe viel zu sagen – aber was immer ich mit dir besprechen will, erreicht nie meine Lippen.«

»Mir geht es oft so«, versicherte er ernsthaft. »Für gewöhnlich warte ich dann ab. Wenn es wichtig ist, kommt es früher oder später wieder. Laufen hilft.«

»Ich denke, ich werde einfach die Sonne auf meinen Schultern genießen«, sagte sie.

Jetzt drehte er sich um, sodass sie sein Lächeln sehen konnte. »Das mit der Sonne war meine Idee«, stellte er fest.

»Du kannst manchmal wirklich weise sein.«

Er lachte. »Manchmal. Aber für gewöhnlich bin ich eher dumm.«

Sofort verging ihr Bedürfnis zu lachen. »Wer behauptet denn so etwas?«, fragte sie.

Er drehte sich um und ging grinsend ein paar Schritte rückwärts. »Lass den Dolch ruhig stecken, meine Dame. *Ich* sage das. Meistens kann ich kaum ein normales Gespräch führen.«

»Du bist nicht dumm«, widersprach sie.

Sein Grinsen verblasste zu einem sanfteren Gesichtsausdruck, den sie nicht deuten konnte – aber aus irgendeinem Grund ließ er ihr Herz schneller schlagen.

»Also gut«, erwiderte er. »Ich bin nicht dumm.«

Dann drehte er sich um, und ihr fiel nichts mehr ein, was sie sagen konnte – aber sie wollte unbedingt weiter mit ihm reden, und sei es nur, um diese undurchschaubare Miene noch einmal sehen zu können.

Sie bauten ihr Lager schon ein paar Stunden vor Sonnenuntergang auf, denn Tier wusste aus Erfahrung, dass sie an den ersten Tagen der Reise länger dazu brauchen würden. Außerdem hatte Lehr sich immer noch nicht ganz von der Krankheit erholt, die er sich in Colbern zugezogen hatte, und die Tieflandpferde von Toarsen und seinen Männern ermüdeten schneller, weil sie nicht an die Höhe gewöhnt waren. Ein paar frühe Lager an den ersten Tagen würden ihnen Zeit geben, sich zu akklimatisieren, und Lehr würde vollkommen heilen können.

»Außerdem …«, begann er, als er sich nahe einem umgestürzten Baum neben Seraph ausstreckte, einen kleinen Zweig im Mund. Er legte den Kopf in den Schoß seiner Frau. »Außerdem mag ich diesen Lagerplatz. Es gibt nicht viele Steine auf dem Boden, und der See ist voller Forellen fürs Abendessen.«

»Den Jungen gefällt es auch«, erwiderte Seraph, und eine Welle von Aufregung erhob sich unter den furchtlosen Anglern, als Toarsen an seiner Angelschnur riss – aber Tier beobachtete seine Tochter.

»Für einen Mann, der wahrscheinlich nie mit Kindern zu tun hatte, kann er gut mit Rinnie umgehen«, stellte er fest.

»… nicht *so*, Phoran«, sagte Rinnie gerade. Sie versuchte, dem Kaiser beizubringen, wie man den Angelhaken mit dem Köder versah. »Wenn Ihr die Larve nicht wirklich gut befestigt, wird sie nur wieder herunterfallen.«

»Er nimmt es ihr nicht übel, dass sie ihn herumscheucht«, murmelte Seraph. »Ich glaube, es amüsiert ihn, aber wenn sie sich an eine solche Reaktion gewöhnt, wird ihr das bei ihren Brüdern nicht helfen.«

Tier nahm den Zweig aus dem Mund und zeigte auf Rinnie, die die Hände in die Hüften stemmte und über eine Frage Phorans gereizt den Kopf schüttelte. »Er sollte lieber vorsichtig sein. Ich kenne meine Rinnie. Wenn er diese demütige Pose aufgibt und anfängt zu lachen, wird er klatschnass werden.«

Gura bellte einen Fisch an, den Toarsen an Land geholt hatte und der sich nun auf dem Boden wand.

»Toarsen hat schon öfter geangelt«, stellte Seraph fest. »Und Kissel ebenfalls.«

»Leheigh liegt direkt am Fluss, ebenso wie Redern.« Tier drehte den Kopf ein wenig, damit er die jungen Leute besser beobachten konnte. »Es wäre eher überraschend, wenn Toarsen es nicht könnte – und Kissel tut, was immer Toarsen tut. Rufort kann nicht angeln, aber er kennt sich im Wald aus – hast du gesehen, wie schnell er dieses Feuer errichtet hat? Das lernt man nicht in der Stadt. Unser Ielian ist allerdings ein echter Stadtjunge. Und empfindlich. Wir müssen Rinnie von ihm fernhalten – *er* wird es nicht komisch finden, wenn eine Zehnjährige ihm erzählt, was er falsch macht. Ich werde mit Lehr reden.«

»Sprich auch mit Rinnie«, riet Seraph. »Sie kann ziemlich vernünftig sein, wenn sie erst weiß, was andere Leute stört.«

»Wo sind Hennea und Jes hingegangen?«

Seraph beugte den Kopf und streifte Tiers Wange mit ihrer. »Da wir mehr Angler als Haken hatten, sagte Hennea, sie würden Feuerholz oder Kräuter sammeln.«

Er wackelte mit den Brauen. »Wir könnten auch Feuerholz sammeln gehen.«

Sie lachte. »Meine Mutter hat mich vor Männern wie dir gewarnt.«

Als die Fische alle gefangen und gegessen waren und die Sonne unterging, sammelten sie sich um das Feuer. Tier stimmte die Laute, die er aus Taela mitgebracht hatte.

»Bitte spiel ›Rückzug im Grenzland‹, Papa«, bat Rinnie.

Und so begann der Gesang. Sie waren mitten in der zweiten Strophe, als Seraph mit ihrem leisen Alt einfiel. Tier wusste, dass sie nicht gern in der Öffentlichkeit sang, sondern nur, wenn sie unter sich waren. Dass sie jetzt sang, zeigte, wie sehr sie Phoran und die Jungs mochte.

Die leisen, klagenden Töne des »Rückzugs im Grenzland« gingen in die lebhaften von »Die erste Jagd des großen Hunds« über. Er mochte dieses Lied, weil er einen ganzen Monat damit zugebracht hatte, sich von seinem Großvater beibringen zu lassen, wie man die schnellen Läufe spielte. Es war das letzte Lied, das der alte Mann seinen Enkel gelehrt hatte, bevor Tier in den Krieg gezogen war.

Lehr holte seine Blechflöte heraus und spielte eine zweite Stimme, während Rinnie mit zwei Stöckchen den Rhythmus anschlug. Das Tempo war zu viel für die jungen Männer, die das Lied nicht kannten, aber Toarsen hielt mit bis zur letzten Strophe, die doppelt so schnell gesungen wurde wie die anderen.

Als Nächstes wählte Tier eine bekannte Ballade, bei der alle mitsingen konnten. In der zweiten Strophe gab es ein Duett, das Jes und Lehr übernahmen. Ihre Stimmen hatten beinahe dasselbe Timbre, und Tier lauschte immer gern der ungewöhnlichen Form, die diese Ähnlichkeit der Musik verlieh.

Beim dritten Kehrreim versagten seine Finger, und er verpasste einen Ton.

Er spielte weiter, als wäre alles in Ordnung, und niemand schien etwas zu bemerken. Immerhin hatte er nicht falsch gespielt. Seine Finger hatten nur etwas zu lange gezögert.

Er hatte diese Ballade schon Hunderte von Malen vorgetragen und nie einen Ton ausgelassen – dennoch, so etwas sollte kein Anlass zur Sorge sein. Das sagte er sich jedenfalls, als er die letzte Strophe beendete und wieder zum Kehrreim überging, aber er konnte nicht vergessen, dass er in diesem winzigen Moment, als seine Finger sich nicht bewegen wollten, keine Ahnung gehabt hatte, wer er war oder was er tat.

Er beendete das Lied mit großer Geste und einem Grinsen, und dann schickte er alle ins Bett.

»Es wird früh hell werden, und wir warten nicht auf die Sonne«, sagte er.

Er lächelte Seraph an und neckte sie wegen etwas, das er einen Moment später wieder vergaß. Er verbarg seine Angst hinter einem Lächeln und einem Scherzwort, wie er es in den Jahren als Soldat gelernt hatte. Aber das hier war ein Feind, von dem er nicht wusste, wie er ihn bekämpfen sollte.

Als Seraph sich neben ihm zusammenrollte, zog er sie zu fest an sich. Sie küsste ihn, bewegte sich ein wenig, damit er seinen Griff lockerte, tätschelte seine Hand und schlief ein. Er drückte seine Frau an sich und hoffte, dass ihre Körperwärme die Knoten in seinem Bauch lösen würde.

Er hatte sich solche Sorgen gemacht, sie zu verlieren, dass er keinen Augenblick an die Gefahr gedacht hatte, sich selbst schon vorher verlieren zu können.

Jes stand auf, kam zu Tier und hockte sich neben seinen Kopf. »Was ist los, Papa?« Seine Stimme war so leise wie die Nachtluft.

»Ich bin in Ordnung«, erwiderte Tier im Flüsterton. »Leg dich wieder hin und schlaf.«

Jes schüttelte den Kopf. »Du glaubst nicht wirklich, dass es dir gut geht. Ich kann es spüren.«

Tier wünschte sich, er hätte es mit dem Hüter zu tun, denn Jes war der Starrsinnigere der beiden. Er würde nicht ohne eine Erklärung für das, was er von Tiers Ängsten spürte, davongehen.

»Als wir heute Abend sangen, spürte ich die Auswirkungen dessen, was der Pfad meiner Weisung angetan hat«, sagte er schließlich. Er hoffte, Seraph damit nicht zu wecken – er wollte nicht, dass sie sich noch mehr Sorgen machte. »Es dauerte nicht lange, und es tat nicht weh. Aber es hat mir Angst gemacht.«

Jes nickte. »Mach dir nicht zu viele Gedanken. Wir werden nicht zulassen, dass dir etwas zustößt. Nicht, solange wir es verhindern können.«

Tier lächelte und fühlte sich absurderweise besser, weil er mit Jes über sein Problem gesprochen hatte. »Das weiß ich. Und jetzt geh wieder schlafen.«

Zwei Tage später war Tier gerade dabei, die Geschichte eines Jungen zu erzählen, der ein Phönixei gefunden hatte, als es wieder passierte. Eben ritten sie noch ruhig dahin und Kissel lachte, und im nächsten Augenblick zügelte Kissel das Pferd und packte Tiers Hand.

»Was ist denn?«, fragte der junge Mann erschrocken.

Tier schüttelte den Kopf, lächelte und hoffte, dass er nichts allzu Dummes getan hatte. »Ich habe nur den nächsten Teil der Geschichte vergessen. Wahrscheinlich werde ich mich bald wieder erinnern, dann kann ich sie heute Abend nach dem Essen fertig erzählen, wenn das in Ordnung ist.«

Kissel nickte bedächtig. »Das wäre schön.«

Toarsen holte sie ein. »Warum seid ihr stehen geblieben?«

»Wir haben auf dich gewartet«, sagte Kissel und fing ein Gespräch darüber an, welcher von zwei unterschiedlichen Satteltypen vorzuziehen sei, während er sein Pferd wieder vorwärtstrieb.

Seraph war direkt hinter Toarsen gewesen. Sie trieb ihren

Wallach weiter an, bis sie Schulter an Schulter mit Tier ritt. »Mein Flickwerk hält nicht«, sagte sie. »Ich werde versuchen, es nachher fester zu machen.«

Nach dem Abendessen wollte sie seine Weisung noch einmal flicken, aber zu ihrer Frustration half der Lerchenring mit dem Tigerauge nicht mehr, und sie konnte nichts tun.

Dennoch, als Tier später die Laute herausholte und ein paar Lieder spielte, schien er keine Probleme zu haben. Seraph sang nicht, sie saß nur neben ihm und starrte ins Dunkel.

Als es Zeit war zu schlafen, zog Tier sie an sich und wischte ihr die Tränen ab. »Wenn ich nicht mehr singen kann, wirst du mich dann immer noch lieben?«, witzelte er.

»Ich würde dich selbst dann noch lieben, wenn du nicht reden könntest.« Sie schubste ihn leicht vor die Brust. »Vielleicht sogar mehr.«

Er lachte nur leise, um nicht das gesamte Lager zu wecken. »Ich liebe dich auch.«

Am nächsten Nachmittag erreichten sie den Anfang des schlimmsten Teils des Weges, der sie über einen hohen Pass nach Schattenfall führen würde. Der steile Aufstieg vergrößerte die Abstände zwischen den Reitern, bis Tier schließlich den Hang hinunterblickte und sah, dass Jes, der hinter dem letzten Reiter ging, beinahe eine halbe Meile entfernt war. Er hielt Scheck an einer Stelle an, wo der Weg ein bisschen breiter wurde, und schickte Lehr, der neben ihm gewesen war, weiter nach vorn, während er selbst auf Jes wartete.

Das Fell von Lehrs Fuchsstute war dunkel von Schweiß, aber sie atmete immer noch mühelos. Es störte sie überhaupt nicht, dass Scheck stehen blieb und sie alleine weitergehen musste.

Ein paar Meilen voraus gab es einen kleinen, flachen Bereich, direkt vor dem höchsten und steilsten Anstieg des Passes, wo Lehr schon anfangen konnte, das Lager aufzuschlagen, während die Nachzügler nach und nach aufschlossen. Tier fragte sich, wie die Pferde von Phorans Leuten mit dem steilen Anstieg zurechtkommen würden. Nach seiner Erfahrung spürten Pferde die Höhe stärker als Menschen.

Rinnies Reittier, das nicht viel zu tragen hatte, war das erste, das auf dem Weg erschien. Sie blieb neben Tier stehen, während Gura sich mit fröhlichem Hecheln ausruhte.

»Papa«, sagte sie, »hinter uns nähert sich eine Sturmfront mit Schnee. Ich versuche, sie um uns herumzulenken, aber ich muss wissen, in welche Richtung wir weiterziehen.«

»Nach Osten«, sagte er. »Nach Osten, und vielleicht ein wenig nach Nordosten, und das für mehrere Tage. Wenn du uns den Schnee die nächsten zwei Tage vom Hals halten kannst, können wir in dieser Zeit den Pass hinter uns bringen, und auf dem Abstieg wird es uns eher als Regen denn als Schnee treffen.«

»Oben auf dem Pass liegt bereits Schnee«, sagte sie. »Wir könnten beim Rückweg Probleme haben.«

»Darum kümmern wir uns, wenn es so weit ist«, antwortete er. »Vielleicht werden wir einen anderen Rückweg nehmen. Das hier ist der direkteste Weg, aber wenn wir nach Hause zurückkehren, haben ein paar Wochen mehr nicht viel zu bedeuten.«

Sie nickte. Als sich ihr Pferd wieder in Bewegung setzte, sagte Tier: »Ich bin froh, dass wir unseren Kormoran mitgenommen haben, statt sie in Redern zu lassen, wo sie zu nichts gut wäre.«

Sie grinste, dann wandte sie ihre Aufmerksamkeit den Bewegungen ihres Pferdes auf dem unebenen, abschüssigen Boden zu. Gura zögerte, warf Tier noch einen Blick zu und folgte Rinnie.

Seraph erschien, bevor ihre Tochter noch vollkommen außer Sicht war. Tier küsste sie, als sie ihn erreichte, und berichtete, dass Rinnie versuchte, ein Unwetter fernzuhalten.

»Es ist heute den ganzen Tag nicht richtig warm geworden«, sagte sie. »Ich werde dafür sorgen, dass etwas Heißes auf dich wartet, wenn du das Lager erreichst.«

»Darauf freue ich mich schon. Bis später«, sagte er.

Als sie weg war, stieg er vom Pferd und nahm Schecks Gebiss heraus, damit der Wallach an dem kargen Grün knabbern konnte. Die Bäume so hoch in den Bergen waren Kiefern und Fichten, unter denen nicht viel Gras wuchs. Alle Pferde würden einen oder zwei Tage ein wenig Hunger haben.

Tier setzte sich auf die Fersen und wartete.

Phoran kam als Nächster, mit Toarsen an der Seite. Phorans starrköpfiger Hengst wirkte wie immer, aber Toarsens Pferd atmete schwer.

»Das hier ist anstrengend für die Pferde«, sagte Tier. »Ihr solltet an den steileren Stellen vielleicht absteigen.«

Es dauerte länger, bis der nächste Reiter auftauchte – Ielian.

»Reitet jemand mit dem Kaiser?«, fragte er.

Tier nickte. »Toarsen. Es sah allerdings aus, als müsse Phoran Klinge zurückhalten, damit Toarsen bei ihm bleiben kann.«

»Gut«, stellte Ielian fest.

Als Nächste kam Hennea. »Jes sagte, ich solle vorreiten und dich wissen lassen, dass es den anderen gut geht. Kissel und Rufort haben ihren Anstieg auf Jes' Anweisung hin ein wenig verlangsamt, um die Pferde zu schonen.«

»Jes hat recht«, erwiderte Tier. »Seraph und Lehr sollten das Lager schon so gut wie aufgeschlagen haben, wenn du sie einholst.«

Es wurde dunkel, als Tier und die anderen das Lagerfeuer weiter oben am Berg aufflackern sahen.

»Jetzt ist es nicht mehr weit, Jungs«, sagte Tier und stellte sich in die Steigbügel, um seine von der Anstrengung des Ritts steif gewordenen Knie ein wenig zu lockern.

»Was ist denn das da?«, fragte Rufort. »Unterhalb von uns – das flackernde Licht? Folgt uns jemand?«

»Ah«, sagte Tier und zügelte Scheck. »Ich hatte mich schon gefragt, ob wir sie sehen würden.«

»Wen sehen?«, fragte Jes.

»Was, nicht wen, denke ich«, erwiderte Tier. »Als ich das letzte Mal hier oben war, gab es die ganze Nacht Lichter und Stimmen und … noch andere Dinge. Ich dachte, ich hätte vielleicht die Höhenkrankheit. Ich kam aus der Gegenrichtung – wir haben die höchsten Stellen noch nicht passiert – und war daher ziemlich erschöpft.«

»Sollten wir uns Sorgen machen?« Ruforts Pferd nutzte die Pause, um sich mit der Nase am Knie zu reiben.

»Das würde ich nicht sagen«, erwiderte Tier. »Das hier ist das Felsengebirge, und es gibt ein paar wirklich unangenehme Dinge. Aber sie haben mir das letzte Mal nichts getan, also lasst uns das Beste hoffen. Kommt. Im Lager warten sie schon auf uns.«

Der Lagerplatz war genau, wie Tier ihn in Erinnerung hatte, voll kleiner Steine, die es unangenehm machten, auf dem Boden zu schlafen, und es gab auch nur wenig Gras für die Pferde.

Die seltsamen Lichter flackerten weiterhin hier und da auf, als trügen in hundert Schritt Entfernung Männer Laternen umher.

»Etwas ist da drüben«, sagte Seraph, nachdem Tier ihnen von den Lichtern erzählt hatte, die ihm gefolgt waren, als er das einzige Mal zuvor diesen Weg genommen hatte. »Es fühlt sich allerdings nicht so recht wie Magie an. Es hat kein Muster.«

Sie hörten auch Rascheln im Gebüsch, und Jes und Gura schauten ein paarmal nach, konnten aber nichts finden.

Nachdem alle ihre Bettrollen ausgebreitet hatten, war Seraph gerade dabei, das Feuer abzudecken, als sie sich ruckartig aufrichtete. »Hast du das gehört?«

»Nein«, sagte Tier und setzte sich auf, um sich umzusehen.

»Ich auch nicht«, bestätigte der Hüter.

Seraph kroch zu Tier auf die Decke und murmelte: »Es ist schon schlimm genug, Stimmen zu hören, wenn es sonst niemand tut, aber nicht einmal zu wissen, was sie sagen, ist noch schlimmer.«

»Namen«, murmelte Hennea, und Tier fiel erst jetzt auf, dass sie noch kein Wort gesprochen hatte, seit er ins Lager gekommen war. Reisende waren manchmal so. »Ich habe schon angefangen, sie zu hören, als es dunkel wurde. Erkennst du nicht, was das hier für ein Ort ist, Seraph? Nachdem die Zauberer aus Colossae flüchteten, folgten ihnen einige Gespenster aus der Stadt. Die Zauberer banden sie an einen Berghang, den sie bewachen sollten. Sie nannten den Ort Berg der Erinnerungen oder Berg der Namen, und die Gespenster blieben und verhinderten, dass andere Gespenster aus Colossae denen folgten, die sie getötet hatten. Das Licht, das Rascheln und die paar Stimmen versuchen, euch mit ihren Namen an diesen Ort zu binden. Aber die Magie, die sie hier festhält, ist schwächer geworden, und in hundert Jahren wird nichts mehr übrig sein.«

Seraph schüttelte den Kopf. »Diese Geschichte habe ich noch nie gehört.«

»Ich habe schon gehört, dass Leute vom Berg der Namen sprachen«, sagte Tier, »aber nichts davon hat mir verraten, wo er sich befindet oder was er ist. Ich wünschte, ich hätte gewusst, dass es Magie ist, als ich zum ersten Mal hier durchkam. Ich befürchtete schon, ich hätte den Verstand verloren.«

»Warum warst du überhaupt hier oben, Papa?«, fragte Jes. *Nein,* verbesserte Tier sich, als er die Finsternis in seiner Stimme bemerkte. Es war der Hüter, der diese Frage gestellt hatte. »Das hier ist kein Ort, wo man viele Tiere findet, die man in Fallen fangen könnte.«

»Ich befand mich auf dem Heimweg«, berichtete Tier. »Es war ein besonders milder Winter, also war ich tiefer in die Berge gezogen als sonst bei meiner Winterjagd – und dabei auf Schattenfall gestoßen.« Er hielt kurz inne. »Es hat mich erschreckt, als mir klar wurde, wo ich mich befand, also bin ich so schnell wie möglich nach Hause geritten, und nicht auf dem Weg, auf dem ich gekommen war. Das hier ist nicht die einfachste Strecke, aber die andere, die ich kenne, würde uns einige Wochen mehr kosten.«

»Woher wusstet Ihr, dass es Schattenfall war?«, fragte Phoran.

»Es konnte nichts anderes sein. Ihr werdet verstehen, was ich meine, wenn wir dort sind«, sagte Tier. »Ich bin so schnell verschwunden, wie Scheck laufen konnte, und ich glaube nicht, dass ich auch nur eine einzige Minute schlafen konnte, ehe ich wieder zu Hause war.«

»Du hast Mutter erschreckt«, sagte Lehr. »Daran kann ich mich erinnern. Ich glaube, ich war noch jünger, als Rinnie jetzt ist. Du kamst nach Hause und bist ohne ein Wort zusammengebrochen. Mutter dachte, du wärest krank, und schickte Jes und mich, um Karadoc zu holen.«

»Ihr wart nur ein einziges Mal hier?«, fragte Ielian. »Woher wisst Ihr so genau, wo wir hingehen müssen?«

»Eine solche Frage kann nur von einem Stadtbewohner kommen«, warf Rufort ein, aber sein Lächeln nahm der Bemerkung den Stachel. »Menschen, die in den Bergen unterwegs sind, lernen schnell, Osten von Westen zu unterscheiden und abzuschätzen, wie weit sie gewandert sind – oder sie würden nicht überleben.«

»Du bist schon in den Bergen gewesen?«, fragte Phoran.

»Ich bin nicht weit von Hirschwald entfernt aufgewachsen. Ich hatte einen Onkel … nun, eigentlich war er der Vetter meiner Mutter. Er kannte die Berge.«

»Tier ist ein Barde«, sagte Seraph und schmiegte sich an ihren Mann. »Er hat ein hervorragendes Gedächtnis.«

Die meisten versuchten, wieder zu schlafen. Tier lauschte dem ruhiger werdenden Lager. Jes versuchte erst gar nicht, sich hinzulegen, und Tier hätte sich gern eingeredet, dass das Rascheln von Jes kam, damit er schlafen konnte. Aber Jes machte selten so viel Lärm, also blieb Tier die meiste Zeit wach.

Am nächsten Morgen ließ er alle packen und beauftragte Jes, die Pferde besonders genau zu überprüfen, ob sie für die nächste Etappe auch kräftig genug waren.

Schneebedeckte, karge Gipfel ragten ringsumher auf, und der schlimmste Teil des Weges begann. Lehr ging voran, da ihm als Jäger der richtige Pfad kaum entgehen konnte; bis es wieder bergab ging, gab es nur einen einzigen Weg, den auch Pferde nehmen konnten.

Der Aufstieg strengte die Pferde gewaltig an, und Tier kam zu Fuß schneller weiter. Seine Knie waren nicht schlimmer als auch sonst nach einem Tag des Bergaufreitens; sie würden das Gehen besser verkraften als Reiten.

Gegen Mittag stießen sie auf Schnee, aber der war bereits ein paar Wochen alt. So hoch droben konnte Tier die Sturmwolken sehen, die Rinnie ihnen so gut wie möglich fernhielt.

»Papa, mir tut der Kopf weh«, sagte sie.

»Mir auch, Liebes. Das kommt von der Höhe und dem Glitzern der Sonne auf dem Schnee. Mach einfach die Augen zu; dein Pferd wird den anderen schon folgen. Wir erreichen den höchsten Punkt in etwa zwei Stunden. Sobald wir auf der anderen Seite wieder nach unten gehen, wirst du dich besser fühlen.«

Sie schwankte ein wenig im Sattel. »Der Sturm mag nicht, dass ich ihn wegschiebe. Er will unbedingt hier entlang kommen.«

Er wusste nicht, wie viel sie ungefährdet tun konnte, und Seraph und Hennea ritten weiter vorn.

»Sei vorsichtig, Liebes. Du brauchst den Sturm nicht ewig fernzuhalten, nur noch ein wenig. Was immer du tun kannst, wird uns helfen.«

Sie nickte und schloss die Augen.

Ielian schloss zu ihnen auf. »Mein Pferd ist in Ordnung«, sagte er. »Rinnie kann eine Weile mit mir reiten, wenn das hilft.«

»Danke.« Tier lächelte. »Aber hinter diesem Kamm liegt ein weiterer steiler Anstieg. Sie sollte lieber bleiben, wo sie ist.«

Ielian schirmte die Augen mit der Hand ab und sah sich um. »Kamm? Ich dachte, das hier wäre bereits die höchste Stelle.«

Tier schüttelte den Kopf und lächelte. »Bis dahin wird es noch ein wenig dauern. Ich denke, wir haben noch mindestens eine Meile bis zum höchsten Punkt des Passes vor uns.«

Das hatte er recht gut eingeschätzt; etwas über eine Stunde später lehnte er sich gegen Rinnies Pferd und sah zu, wie Toarsen und Kissel an der höchsten Stelle des Passes eine Schneeballschlacht veranstalteten. Sie blieben nicht lange, weil es zu kalt war, aber alle waren froh, dass es von jetzt an wieder bergab ging.

Sie waren noch eine Stunde von der Stelle entfernt, wo sie nach Tiers Meinung ein Lager aufschlagen sollten, als Rinnie ihn auf die Schulter tippte.

»Der Sturm kommt«, sagte sie.

»Das ist in Ordnung.« Er tätschelte ihr Bein, dann schwang er sich hinter ihr aufs Pferd. »Schlaf jetzt.«

Rinnie schlief, bis sie haltmachten, um das Lager aufzuschlagen. Sie murrte vor sich hin, als Jes sie vom Pferderücken zog, und schlief wieder ein, sobald sie auf ihren Decken lag.

Lehr kochte süßen Tee und achtete darauf, dass jeder zwei Becher trank, während Seraph mit ein wenig Wasser, gesalzenem Wildfleisch und Rüben einen Eintopf zubereitete. Es dauerte eine Ewigkeit, bis das Fleisch weich wurde, und der Tee war nicht sehr heiß, obwohl das Wasser heftig gebrodelt hatte.

Tier musste wieder an Rinnies Warnung denken und schickte Phoran und die anderen jungen Männer aus, um Feuerholz zu sammeln, während er eine Öltuchplane anband, damit sie ein wenig Schutz haben würden, wenn sie schliefen. Der Sturm begann in der Nacht und folgte ihnen den Berg hinunter, aber immerhin wandelte sich der Schnee in Regen und hörte schließlich vollkommen auf.

Auf einen Tag, an dem sie ruhten und ihre Kleidung trockneten, folgten fünf lange Reisetage auf einem Wildpfad über dicht bewaldeten, aber zumindest überwiegend ebenen Boden. Sie fanden keine Spuren von anderen Menschen. Alle wussten, dass das Getreide so dicht an Schattenfall nicht richtig wuchs – als hätte der namenlose König dem Land etwas genommen. Nadelbäume hatten jedoch keine Schwierigkeiten zu gedeihen. Es gab vielleicht eine Möglichkeit, hier seinen Lebensunterhalt zu verdienen, indem man Bäume fällte und sie zum Grasland des Südostens brachte, aber die Leute fühlten sich unbehaglich, wenn sie zu lange im Felsengebirge blieben.

Auch andere Rederni als Tier betätigten sich im Herbst und Winter als Trapper, aber die meisten blieben nicht so lange draußen wie er. Sie berichteten oft über Wesen, die ihnen wochenlang folgten, ohne eine Spur zu hinterlassen. Tier selbst erinnerte sich ebenfalls an ein paar seltsame Begegnungen.

Obwohl sie sich nun auf ebenem Boden befanden, erhoben sich rings um sie herum hohe Gipfel. Als Tier zurückschaute, konnte er den höchsten Berg sehen, einen lang gezogenen Kamm mit einem kahlen roten Gipfel mit Rändern in Schneeweiß und einer schmalen Kerbe, die ihn beinahe in zwei Hälften teilte – der Pass, den sie genommen hatten.

Hoffentlich, dachte Tier, als Scheck einen flachen Bach durchwatete, würden sie in ein paar Wochen zurück nach Redern reiten können – so, wie die Menschen, die den Fall des Schattenkönigs überlebt hatten, sich über denselben Pass zurückgeschleppt hatten, bis sie einen vom steilen Abhang des Redern-Berges geschützten Ort erreicht hatten, an dem sie in Sicherheit gewesen waren.

Dann würde er wieder singen können. Scheck warf den Kopf herum, und Tier gab nach und überließ ihm mehr Zügel.

Am vergangenen Abend hatte Tier gesungen und sich dabei verloren – so hatte es sich jedenfalls angefühlt. Einen Moment hatte er noch gesungen, und im nächsten hatte er am Boden gelegen, und Seraph hatte sein Gesicht getätschelt.

Sie sagten, er habe einfach aufgehört zu singen, sich nicht mehr bewegt und dann mit den Zuckungen begonnen. Phoran und Jes hatten ihn festgehalten, bis die Krämpfe aufgehört hatten. Hennea und Seraph hatten sich am Vorabend lange unterhalten und waren zu dem Schluss gekommen, dass er sich diesen Anfall zugezogen hatte, weil er seine Weisung in einem Augenblick eingesetzt hatte, als der Bann der Magier des Pfads sie angriff.

Tier wollte nie wieder etwas tun, das einen solchen Ausdruck in Seraphs Augen brachte, also beschloss er, von nun an keine Geschichten mehr zu erzählen und keine Lieder mehr zu singen bis … nun, bis es sich änderte.

Seraph versuchte, Tier nicht die ganze Zeit zu beobachten und nicht dauernd mithilfe ihrer Magie hinzusehen. Sie und Hennea hatten den größten Teil des Abends damit verbracht, die

Magie zu suchen, die Tiers Weisung zerstörte, aber es war ihnen nicht gelungen. Es gab nichts zu finden, genau, wie es nichts zu finden gegeben hatte, als sie Tier nach seiner Befreiung von Zauberei läutern wollten.

Hennea kannte sich ein wenig mit den Zaubern aus, die die Meister des Pfads benutzt hatten, denn sie hatte sie zu Anfang ihrer eigenen Gefangenschaft selbst erlebt. Tier erinnerte sich ebenfalls an einiges, obwohl die Meister versucht hatten, es aus seiner Erinnerung zu tilgen.

Rufort, der älter war als die drei anderen Sperlinge, wusste von einer Zeremonie vor Publikum zu berichten, in deren Verlauf eine Weisung an einen Edelstein hatte gebunden werden sollen. Er tat, was er konnte, um ausführlich darüber zu berichten, aber er war kein Zauberer, und Tier bemerkte trocken, dass die Hälfte der Dinge, die die Meister auf der Bühne getan hatten, ohnehin mehr mit Theater als mit Magie zu tun gehabt hatten.

Wenn Phorans Memento wieder auftauchen würde, würde es ihnen vielleicht mehr sagen können. Aber es war, seit es Phorans Möchtegern-Attentäter in Taela getötet hatte, nicht mehr erschienen, um sich zu nähren, obwohl sich Seraph nicht vorstellen konnte, warum. Da Mementos selten waren und nur manchmal entstanden, wenn ein Rabe ermordet wurde oder in Folge eines Verrats starb, wusste man nicht viel über sie. Sie bildeten sich rasch nach dem Tod des Raben, für gewöhnlich, solange der Mörder sich noch im selben Raum befand. Dann nahmen sie Rache für den toten Raben und lösten sich auf. Da die Meister des Pfads durch Magie geschützt gewesen waren, hätte sich das Memento wahrscheinlich an den Edelstein angeschlossen, wenn Phoran nicht zufällig in der Nähe gewesen wäre – und wäre zu einem Teil eines Schmuckstücks geworden, das die Zauberer benutzen konnten.

Sie hatte noch nie gehört, dass sich ein Memento von einer

anderen Person nährte als seiner ursprünglichen Beute, also wusste sie auch nicht, welche Regeln für all die Dinge galten, die es Phoran antat. Solange es nicht zurückkehrte, konnten sie und Hennea nur die Informationen nutzen, die sie bereits hatten, um zu verstehen, wie der Bann auf Tier wirkte.

Die Berichte der ehemaligen Sperlinge ließen sie annehmen, dass der Bann drei Teile hatte. Der erste, den Hennea gesehen hatte, war eine Bindungszeremonie. Sie hatte bei Hennea nicht funktioniert, und weder die Meister noch Hennea selbst hatten gewusst, warum. Dementsprechend war Hennea auch nicht dabei gewesen, als die Zauberer eine Weisung an den Edelstein banden, und wusste nicht, wie sie es taten. Tier, der ein Barde war, wusste nur, dass es wehtat und er sich hinterher beschmutzt vorgekommen war.

Der Pfad behielt seine Gefangenen für ein Jahr und einen Tag, bevor er ihnen die Weisungen stahl, um sie an Edelsteine zu fesseln. Das hatte zum Teil mit der Tatsache zu tun, dass Magie besser bei einer Person funktionierte, die dem Zauberer bekannt war. Seraph konnte ebenfalls an ihren Familienmitgliedern sehr viel leichter Magie wirken, als jemanden, der ihr fremd war, mit einem Bann zu belegen. Aber einige Magie brauchte auch einfach lange Zeit, um zu wirken. Die Bindung der Weisung an den Edelstein musste ebenso stark sein wie die Bindung der Weisung an den Weisungsträger, oder noch stärker, und wahrscheinlich erforderte das einfach Zeit.

Der zweite Teil bestand offenbar darin, dass der Edelstein damit begann, die Weisung an sich zu ziehen. Das musste die Phase sein, in der Tier sich gerade befand. Toarsen sagte, beide Raben, die Tier als Gefangene vorangegangen wären, hätten gegen Ende ihrer Gefangenschaft Anfälle erlitten. Hennea glaubte, das müsse bedeuten, dass jemand einen zweiten Bann gewirkt hatte, nachdem Tier und seine Familie Taela verlassen hatten. Da das Memento die anderen getötet hatte, gab es nur noch einen einzigen Zauberer des Pfads – den Schatten selbst. Er musste den Edelstein haben, der mit Tiers Weisung verbunden war.

Der dritte Teil des Banns bestand darin, dass der Zauberer die Verbindung zwischen der Weisung und dem Träger der Weisung durchtrennte. Dazu brauchte es vielleicht überhaupt gar keine Magie, sondern nur den Tod des Weisungsträgers.

Phorans und Tiers Schicksale waren miteinander verbunden; wenn sie den Schatten vernichteten, würden beide in Sicherheit sein. Brewydds letzte Botschaft wies entweder darauf hin, dass der Schatten sich in Colossae befand oder dass sie dort eine Möglichkeit finden würden, mit ihm fertig zu werden. Seraph warf einen Blick zu Tier und schaute schnell wieder weg, bevor er es bemerkte. Sie schwor sich, den Schatten zu finden. Sie würde ihn finden, und dann würde sie dafür sorgen, dass er sie und die Ihren nie wieder belästigte. Tier ritt an diesem Tag ganz allein an der Spitze. Er sprach nicht viel, und obwohl Seraph wusste, dass Schweigen für ihn ebenso angenehm sein konnte wie ein Gewitter von Worten, machte sie sich Sorgen um ihn. Aber sie wusste auch, dass es ihn mehr störte als ihm half, wenn sie sich um ihn sorgte, also ließ sie im Augenblick zu, dass er sie mied.

Der Wildpfad, dem sie folgten, führte sie schließlich zu einer grasbewachsenen Ebene von etwa einer halben Meile Breite und nach Seraphs Einschätzung drei Meilen oder mehr Länge. Seraphs Pferd tat vier Schritte auf die Wiese hinaus und blieb dann stehen. Ihr wurde klar, dass sie das Tier selbst gezügelt hatte, aber sie wusste nicht, warum.

»Ich kenne diesen Ort«, sagte Jes, der hinter Seraph neben Hennea hergegangen war.

Phoran kam als Nächster und zügelte sein Pferd direkt hinter Seraph. Er lenkte Klinge in einen raschen Kreis und spähte dabei in die Bäume, als erwarte er, dass dort eine Armee im

Hinterhalt lag. Aber es gab nichts außer einem sanften Wind, der die Wipfel der Nadelbäume bewegte.

Tier schaute zurück und sah, dass die anderen angehalten hatten. Er wendete Scheck und kanterte zu ihnen zurück.

»Schattenfall«, murmelte Ielian ehrfürchtig, als Tier näher kam.

»Irgendwo weiter vorn gibt es Überreste von Gebäuden«, sagte Tier. »Ich weiß allerdings nicht, ob wir nahe genug an ihnen vorbeikommen werden, um sie zu sehen. Wenn man der Karte glauben darf, führt unser Weg direkt durch dieses Tal. Zum ersten Mal kam ich aus einer Region etwa zwei Meilen nördlich von hier zu dieser Ebene, und ich machte mich sofort auf den Heimweg, ohne mir das Schlachtfeld näher anzusehen.«

»Es ist nur eine Wiese.« Kissel klang ein bisschen enttäuscht. »Obwohl sie größer ist, als ich dachte.«

»Nach fünfhundert Jahren ist nicht mehr viel geblieben«, wandte Toarsen ein. »Leder verfault und Stahl rostet.«

Er hatte recht, aber etwas rief nach Seraph. Sie stieg vom Pferd und machte ein paar Schritte vorwärts. Es war keine Magie, nicht wirklich, nur etwas, das ihre Verbindung zur Vergangenheit ansprach. Sie kniete sich hin, legte die Hand auf den Boden und hob dann einen goldenen Ring auf. Er hatte eine tiefe Kerbe, wie ein Messer oder Schwert es bei einem weicheren, beständigeren Metall verursachen würde. Sobald sie ihn berührte, versuchten noch mehr Gegenstände, ihre Aufmerksamkeit zu erregen. Sie hatte immer geglaubt, das Lesen der Vergangenheit von Gegenständen wäre eine passive Sache, aber diese Überreste einer lange vergangenen Schlacht schrien danach, dass sie sie deutete.

»Sie rufen mich.« Sie fühlte sich, als wäre die Luft, die sie atmete, zu schwer. »All die Dinge, die hiergeblieben sind und Geschichten erzählen könnten, Geschichten, die an diesem

Ort ein Ende fanden.« Sie schloss die Hand um den Ring. »Er war zu alt, um zu kämpfen, aber es war sonst niemand mehr übrig. Nichts als alte Männer, Frauen und Kinder. Er hatte Arthritis in der rechten Schulter, also schwang er sein altes Schwert mit der linken Hand. Seine erste Frau, die schon in jungen Jahren seine Freundin gewesen war, hatte ihm diesen Ring geschenkt, als die Welt noch anders und er der privilegierte Sohn eines … einer Art von Tuchhändler war, aber das Tuch, mit dem er handelte, kam aus Übersee.«

Sie ließ den Ring fallen und stieg wieder aufs Pferd. »Es wird mehr als fünf Jahrhunderte brauchen, um Schattenfall zu läutern. Ich möchte nicht länger hierbleiben als nötig.«

Jes, der von einem Fuß auf den anderen getreten war, schwang sich, als sie weiterzogen, plötzlich hinter Hennea in den Sattel. »Ich kann auf diesem Boden nicht gehen«, erklärte er.

Gura zog den Schwanz ein und hielt sich dicht an Rinnies Pferd, statt in der Gegend herumzuspringen und alles zu erforschen, wie er es sonst tat.

»Ich frage mich, ob ihre Knochen immer noch hier sind«, sagte Tier, als sie weiter über das alte Schlachtfeld ritten, und seine Stimme klang ein wenig träumerisch. »Die des Roten Ernave und des Schattenkönigs, meine ich. Haben die Überlebenden ihren Helden begraben, oder hatten sie zu viel Angst vor der Leiche des Schattens? Gab es Aasfresser? Wölfe und Bergkatzen oder Wesen, die dem Schatten gedient hatten wie der Troll, den Seraph getötet hat?«

»Ich hätte die Toten liegen lassen«, sagte Rufort, der neben ihnen herritt. »Es wäre einfach viel zu viel Arbeit gewesen. Und es wäre ein jämmerlicher Lohn für Ernave und all die geliebten Toten gewesen, wenn die Überlebenden sich so sehr mit dem Begraben der Vergangenheit befasst hätten, dass sie darüber aus den Augen verloren, wie sehr sie eine Zuflucht brauchten. Es heißt, ein Schlachtfeld sei einen Monat nach der Schlacht ebenso gefährlich wie während des Kampfs.«

»Krankheiten«, sagte Tier. »Da kann ich nur zustimmen. Es ist besser, die Lebenden zu retten und die Toten liegen zu lassen. Man kann sich der Verstorbenen in Liedern und Geschichten erinnern – das ist ein besseres Denkmal als jeder Grabstein.«

In der Ferne sahen sie tatsächlich die Überreste von Gebäuden, aber sie ritten nicht nahe genug heran, um mehr zu erkennen als ein paar geborstene Steinblöcke, die so groß zu sein schienen wie ihre Pferde.

»Ich kann es beinahe vor mir sehen«, sagte Phoran leise. »Den Rauch und die Schreie. Die schreckliche Last, gegen Feinde kämpfen zu müssen, die so schwer zu töten sind.«

Aber selbst ein so großes Schlachtfeld wie Schattenfall hatte irgendwann ein Ende. Vor ihnen gab es Bäume, die die Grenze zwischen der alten Überflutungsebene und dem Vorgebirge anzeigten, und hier zügelte Seraph ihr Pferd.

»Wartet«, sagte sie. »Dort ist etwas.«

»Ja«, stimmte Hennea zu. Sie ritt ein Stück nach rechts, wo drei kantige Felsblöcke aufeinandergestellt worden waren. Sie waren ein wenig in den Boden gesunken. Hennea reichte Jes die Zügel, schwang ein Bein über den Hals der Stute und sprang ab. Jes blieb sitzen. Hennea bückte sich, um etwas an den Steinen genauer sehen zu können.

»Doverg Ernave atrecht venabichaek«, las sie und übersetzte dann: »Hier verteidigte uns der Rote Ernave, bis er starb.«

»Sie haben also tatsächlich einen Stein aufgestellt«, sagte Tier. Er sah sich um, dann wendete er sein Pferd zu einem Kreis, und ein Ausdruck des Staunens trat auf seine Züge. Er lachte ungläubig. »Es sieht genau so aus, wie ich es mir beim Erzählen vorgestellt habe«, sagte er. »Ich frage mich, wie viel von der Geschichte von Schattenfall der Wahrheit entspricht.«

»Es gefällt mir hier nicht«, sagte Rinnie. »Und es wird bald regnen. Wenn die Sonne untergeht, will ich lieber nicht mehr hier sein. Ich glaube nicht, dass das eine gute Idee wäre.«

Hennea wischte sich die Hände ab. Jes reichte ihr die Hand, und diesmal schwang sie sich hinter ihn.

»Ich auch nicht«, sagte Seraph zu ihrer Tochter. Sie wollte so weit wie möglich von all den Gegenständen wegkommen, die sie mit ihren Geschichten der Toten von vor langer Zeit verlockten.

Am Ende des Schlachtfelds mussten sie jedoch erneut Halt einlegen, denn ihre Landkarten zeigten hier zwar eine Straße, aber sie konnten keine finden.

Rufort stieg ab und streckte sich, während Tier und die Frauen versuchten, die alten Landkarten mit der Gegenwart zu vergleichen. Der junge Gardist nutzte die Gelegenheit, sich noch einmal der großen Ebene mit dem kurzen gelben Gras zuzuwenden.

Schattenfall.

Wie war ausgerechnet er, Rufort der Nichtstuer, zu einem solchen Abenteuer gekommen? Er war der dritte Sohn des fünften Sohns des Sept von Bendits Festung gewesen und hatte um alles, was er besaß, gegen Geschwister und Vettern kämpfen müssen, bis man ihn schließlich nach Taela verbannt hatte.

Als man ihm anbot, sich den Sperlingen anzuschließen, hatte er gehofft, dort einen Platz zu finden, an den er gehörte und an dem man ihn schätzte. Und der Pfad hatte ihn tatsächlich zu schätzen gewusst. Rufort war nicht dumm. Er hatte nicht lange gebraucht, um zu erkennen, dass die Sperlinge bei diesem von den Meistern geführten Spiel nichts weiter als Wegwerfsoldaten waren, aber inzwischen war ihm auch klar geworden, dass es außer dem Tod keinen Ausweg aus der Geheimgesellschaft gegeben hätte. Er hatte allerdings ohnehin keinen Grund zum Leben gehabt, und der Pfad hatte ihm eine Möglichkeit gegeben, seine aufgestaute Wut ein wenig auszuleben.

Es hatte zwei Ereignisse gebraucht, damit er noch einmal über seine Haltung nachgedacht hatte. Das erste war eine Schlägerei gewesen, die ihn gelehrt hatte, dass es, ganz gleich wie groß und zäh man war, immer jemanden gab, der noch größer und zäher war. Das zweite war eines Nachts im Flur direkt vor seinem Zimmer in einer beinahe vergessenen Ecke des Palasts geschehen, als er die Leiche eines anderen Sperlings angestarrt hatte und zu dem Schluss gekommen war, dass er nicht sterben wollte.

Rufort wollte überleben.

Er warf einen Blick zu Phoran, der die Idee einer schnellen Lösung aufgegeben und seinem grauen Hengst den Sattel abgenommen hatte. Soeben untersuchte er eine Stelle, wo das Fell des Pferdes sich bei dem Ritt über die Berge abgerieben hatte. Wer hätte gedacht, dass Rufort von Bendits Festung einmal zusammen mit dem Kaiser Abenteuer bestehen würde – und zwar mit solch einem Kaiser?

Rufort hatte ehrlich angenommen, er würde in der Kaisergarde ein einfacher Gardist sein, ein glorifizierter Wachtposten – was immer noch besser war, als tot zu sein. Aber Phoran hatte ihn nie herablassend behandelt, nicht während der Übungskämpfe, bevor diese Reise begann, und auch nicht, seit sie unterwegs waren. Phoran bat Rufort um seinen Rat und befolgte ihn – oder erklärte, wieso er es nicht tat.

Oh, Rufort wusste, was die Leute über Phoran sagten. Er selbst hatte ihn mehr als einmal sinnlos betrunken gesehen. Er hatte auch seine achtlosen Grausamkeiten registriert, die aus Unzufriedenheit und Langeweile geboren waren – und hatte Rufort nicht aus denselben Gründen das Gleiche getan, und noch Schlimmeres?

Aber das alles hatte sich geändert. Rufort war nicht sicher, wie es genau geschehen war oder warum – nur, dass der Pfad Tier, einen Bauern aus Redern und Barden, auf die Sperlinge losgelassen und damit Ruforts Leben für immer verändert hatte. Er hatte jetzt einen Platz, an den er gehörte, eine Stellung, die er liebte, und ehrenhafte Männer, mit und unter denen er gern diente.

Toarsen und Kissel waren Leute, denen er folgen konnte. Er sah zu ihnen hinüber – sie unterhielten sich gerade leise. Diese beiden waren ebenso wie er jetzt Männer, nicht mehr Jungen wie noch zu Beginn des Sommers, Männer, die ihr Schicksal selbst in die Hand nahmen und nicht nach der Pfeife eines anderen tanzten.

Rufort hatte sich selbst entschlossen, seinem Kaiser zu dienen. Er würde Toarsen und Kissel, seinen Hauptleuten, freudig folgen. Aber Phoran war ein Mann, für den Rufort von Bendits Festung, Rufort, der Überlebende, sein eigenes Leben geben würde.

Er lachte leise über diese überdrehten Gedanken, so wahr sie auch sein mochten. Als er sich umsah, entdeckte er, dass es ganz in der Nähe eine Stelle gab, wo eine Reihe von Zwergweiden die Nadelbäume verdrängt hatte. Wahrscheinlich floss dort ein Bach, dachte er. Sie hatten ihre Wasserschläuche und Krüge erst an diesem Morgen gefüllt, aber Rufort stammte aus einer eher trockeneren Region und hatte gelernt, nie an Wasser vorbeizugehen.

Er ließ sein Pferd bei den anderen und erforschte die Umgebung.

Als Ielian ihn fand, spähte er gerade angestrengt in ein überwiegend ausgetrocknetes Bachbett.

»Sie versuchen immer noch zu entscheiden, in welche Richtung wir reiten sollen«, sagte Ielian. »Die Landkarten widersprechen einander.«

Rufort brummte. »Was siehst du, wenn du hierhinschaust?«, fragte er.

»Steine und Schlamm«, sagte Ielian zögernd, wie es ein Mann tun würde, über den schon zu viele Witze gerissen worden waren. Ein Sperling zu sein, machte einen binnen kurzer Zeit vorsichtig.

»Ich will mich nicht bewegen, damit ich diese Perspektive nicht verliere«, sagte Rufort. »Würdest du bitte …« Wen holen? Tier? Toarsen oder Kissel? »Lehr. Würdest du Lehr für mich holen?«

Ielian nickte und eilte zurück. Die anderen waren nicht weit weg, also dauerte es nicht lange, bis er mit Lehr wiederkam.

»Was ist denn?«, fragte Lehr.

»Was siehst du da?«, fragte Rufort noch einmal und nickte zum Bachbett hin.

Lehr besah sich die Stelle genauer, und als er sich niederhockte, wusste Rufort, dass er recht hatte.

»Siehst du es auch?«, fragte er.

Lehr nickte, stand auf und kletterte das Ufer hinunter, bis er in einem trockenen Teil des Bachbetts stand, wo er erst in die eine, dann in die andere Richtung schaute. Er griff in das träge fließende Wasser und zog einen großen, beinahe quadratischen Stein heraus, den er zu Rufort zurückbrachte.

»Gute Augen«, sagte er.

»Was ist das?« Ielian starrte den Stein an.

»Ein Pflasterstein.« Rufort tätschelte Ielian den Rücken. »Ein Stein, mit dem man eine Straße gepflastert hat, damit sie nicht schlammig wird. Bäche verlaufen nicht geradeaus, Ielian, mein in der Stadt aufgewachsener Freund, aber dieser hier ist gerade wie ein Pfeil. Gerade wie eine Straße.«

Lehr grinste. »Rufort hat die Straße nach Colossae gefunden.«

Rinnie hatte recht gehabt: Es fing an zu regnen. In den nächsten vier Tagen fiel Wasser vom Himmel, als wäre es Frühjahr und nicht Spätsommer.

»Es gibt einfach zu viel Wasser in diesen Wolken, als dass ich den Regen verhindern könnte, Mutter«, sagte Rinnie zu Seraph. »Und das Unwetter zieht in dieselbe Richtung wie wir. Es ist besser, es jetzt nieseln zu lassen, als wenn ich es zurückhielte und der Regen dann nur so prasseln würde.«

Am zweiten Tag war alles, was sie hatten, feucht oder nass. Da sie mehr nach Norden als nach Osten gezogen waren, seit sie Schattenfall verlassen hatten, nahm Seraph an, sie würden Glück haben, wenn sie nicht auf noch mehr Schnee stießen, bevor sie Colossae fanden.

An einigen Stellen war Ruforts Straße so überwachsen, dass es unmöglich wurde, sie vom Waldboden zu unterscheiden, wo sie unter Jahren von Erde verschwand, nur um eine halbe Meile weiter wieder aufzutauchen. Es wurde noch schwerer, ihr zu folgen, als der Wald dichter wurde und man schließlich in alle Richtungen kaum weiter als hundert Schritt sehen konnte.

Am frühen Nachmittag des vierten Regentages kehrte Jes, der sich mit Gura aufgemacht hatte, den Weg zu suchen, im Laufschritt zurück.

»Vor uns liegt ein Fluss«, sagte er. »Die Straße führt hindurch.«

»Wir können wohl kaum noch nasser werden.« Phoran grinste. »Ich hoffe nur, dieser Fluss ist seichter als der letzte, den wir überquert haben. Ich würde es hassen, von der Strömung davongetragen zu werden, nachdem wir so weit gekommen sind.«

Seraph warf Jes einen forschenden Blick zu und sah, dass er von der Taille abwärts noch nasser war als die anderen. Der

Hund, der vergnügt hechelnd zu seinen Füßen saß, triefte geradezu. »Hast du versucht, ihn zu überqueren, Jes?«

Er nickte. »Die Strömung ist stark«, sagte er. »Aber das Wasser ist nicht zu tief für die Pferde.«

»Wir hätten eins der Pferde voranschicken können«, beschwerte sich Hennea. »Jetzt hast du überhaupt keine trockenen Sachen mehr.«

Seraph, die gerade das Gleiche hatte sagen wollen, schloss den Mund wieder.

Jes schaute an sich hinunter und schüttelte den Kopf. »Es ist nur Wasser, Hennea. Wir sind alle nass.«

»Warte, bis du dir die Haut an all den falschen Stellen aufreibst, weil du nasse Kleidung trägst.« Und dann fügte sie hinzu: »Ich werde versuchen, heute Abend ein paar Sachen zu trocknen, wenn es nicht regnet.«

Seraph lächelte in sich hinein.

Wie Jes versprochen hatte, brachte die Straße sie zu einem Flussufer, das sich sanft ins Wasser hineinzog. Flussaufwärts und flussabwärts, wo sich auf beiden Seiten Berge erhoben, floss das Wasser rasch, aber an dieser Stelle war der Fluss doppelt so breit wie überall sonst.

»Es muss hier einmal eine Brücke gegeben haben«, sagte Tier, der vor Seraph ritt. »Im Frühjahr hätte man den Fluss sonst nicht überqueren können. Ich würde auch jetzt lieber nicht riskieren, hier einen Wagen durchzulenken.«

»Es fühlt sich an, als wäre niemand jemals hier gewesen«, stellte Ielian direkt hinter ihnen fest.

»Ich spüre es auch«, stimmte Seraph zu. »Selbst die von Menschen hergestellten Dinge – die Straße vor allem – fühlten sich an, als wäre ihr Bau so lange her, dass alle Spuren menschlicher Berührung weggewaschen wurden.«

»Wir werden einen guten, flachen Bereich finden, an dem wir unser Lager aufschlagen«, sagte Tier zu Seraph, als Jes, der gewartet hatte, bis alle sicher auf der anderen Seite waren, triefend und grinsend bei ihnen eintraf. Tier ritt den sachten Uferhang hinauf. »Wenn Rinnie den Regen ein paar Stunden aufhalten kann, werden wir ein Gestell bauen, um die Kleidung zum Trocknen ums Feuer zu hängen …« Seine Stimme verklang, und er zügelte sein Pferd.

Seraph blieb hinter ihm stehen und schaute hinunter in das Tal, das sich vor ihnen erstreckte. Dieser Anblick war wahrhaftig das Schweigen eines Barden wert.

Colossae.

13

Wenn diese Reise Hennea eins gelehrt hatte, dann war es die Macht der Zeit. Fünf Jahrhunderte hatten genügt, um Schattenfall zu begraben, wo Tausende oder gar Hunderttausende gestorben waren – sie hatte vergessen, wie viele. Sie hatte gesehen, dass tausend Jahre ausreichten, um eine Straße zu verbergen, die von den mächtigsten Zauberern erbaut worden war, um ganze Zeitalter zu überstehen. Und ein solcher Zeitraum würde auch genügen, um eine wunderbare Stadt vollkommen verfallen zu lassen.

Sie hatte auf dieser Reise schon hundertmal darüber nachgedacht, was sie wohl in der Stadt der Zauberer finden würden. Sie war auf alles vorbereitet gewesen, nur nicht auf das, was sie nun vor sich sahen.

Nach drei Vierteln des Wegs durch das leicht überwachsene Tal erhob sich etwa eine Meile entfernt ein kleiner Hügel mit steilen Hängen und einer flachen Kuppe. Die Stadt bedeckte die gesamte Kuppe, aber sie ergoss sich auch in das Tal darunter, so vollkommen wie an dem Tag, als die Zauberer sie geopfert hatten, um die Welt vor ihrer Dummheit zu retten. Steinmauern mit einer leichten Rosafärbung umgaben die gesamte Stadt und schützten sie vor Eindringlingen, die nie gekommen waren.

Selbst aus dieser Entfernung fühlte sich Colossae leer und wartend an.

»Jeder hätte sie finden können«, sagte Ielian.

Hennea drehte sich um und sah Phorans jüngsten Leibwächter an. »Nein«, sagte sie. »Nur Reisende.«

»Nur, wenn die Stadt gefunden werden wollte«, ergänzte Jes in seltsamem Tonfall. Es war nicht der Hüter, nicht ganz.

Die Tore der Zaubererstadt bestanden aus poliertem Messing und waren beinahe so hoch wie die Mauer. Sie sahen genau so aus, wie sie ausgesehen haben mussten, als der Zauberer Hinnum vor so vielen Jahrhunderten seinen Schließungszauber über sie verhängt hatte. Oben in den linken Torflügel waren in der Sprache der Zauberer von Colossae die prosaischen Worte *Niedriges Tor* eingraviert.

Hennea blickte zu den Tortürmen auf, die auf beiden Seiten aufragten, und konnte sich beinahe vorstellen, dass jemand auf sie herunterschaute.

Nur wenige Orte im Kaiserreich waren älter als der Fall des Schattens, und auch außerhalb des Reiches gab es wenige wirklich alte Städte – die Klauen des Schattenkönigs hatten bis über die Grenzen hinausgereicht. Die älteren Teile von Taela waren angeblich vom ersten Phoran errichtet worden, und sie bewiesen, dass selbst gut gebaute Steinhäuser sich im Lauf von Jahrhunderten setzten und bewegten. Die Steine in den Mauern von Colossae saßen immer noch so aufeinander, als wären diese Mauern erst gestern errichtet worden.

Hennea schauderte, und Jes legte eine warme Hand an ihre Wade – eine Geste, die ihnen inzwischen sehr vertraut war. »Ist dir kalt?«

»Nein«, sagte sie. »Aber das hier stimmt einfach nicht. Wo sind die Risse in der Mauer? Warum schimmert das Messing immer noch, obwohl niemand mehr da ist, der es poliert oder mithilfe von Zauberei in diesem Zustand erhält?« Sie konnte spüren, dass Macht auf der Stadt lag, aber sie fühlte sich seltsam distanziert an – mehr wie eine Erinnerung an Magie.

»Illusion?«, meinte Seraph und stieg vom Pferd. »Es fühlt sich allerdings nicht so an, obwohl es hier so etwas wie Magie gibt.«

Sie berührte die Tore und sprang dann erschrocken zurück, als sie sich öffneten. Sie schwangen nicht nach innen oder außen wie die Stadttore der meisten Orte, und sie wurden auch nicht nach oben gezogen wie die kleineren Tore einer Burg oder einer Festung. Stattdessen glitten sie auf geölten Schienen unterhalb der Straße zurück in die Mauern selbst, bis nur noch ein eine Handspanne breites Stück Messing übrig blieb, das aus der Mitte der Mauerkante ragte.

Eine Wagenlänge vor ihnen befand sich eine andere Mauer, die breiter war als das Tor und sie immer noch von der Stadt fernhielt, sodass sie sich entweder nach links oder rechts wenden mussten. Auf beiden Seiten waren zwischen der Stadtmauer und der inneren Mauer Koppeltore angebracht, wie ein Bauer sie benutzen würde, um Vieh einzupferchen. Eines stand offen, das andere war geschlossen.

Tier stieg vom Pferd, hockte sich neben die Schiene des Messingtors und beugte sich vor, um zu schnuppern. »Wenn das hier eine Illusion ist, ist sie ebenso gut wie die *Mermora*«, stellte er fest. »Das Öl riecht frisch.«

»Es sind Menschen hier«, sagte Kissel. Er lockerte sein Schwert und drehte den Kopf nach den Seiten, um in Vorbereitung auf einen Kampf seine Halsmuskeln zu lockern. »Das hier kann keine verlassene Stadt sein. Nicht so, wie sie aussieht.« Er zeigte auf den Boden direkt auf der anderen Seite des Tors, und Hennea bemerkte, was ihm aufgefallen war – dort gab es Linien im lockeren Boden, als hätte jemand gerade erst einen Rechen benutzt.

»Nein, es ist zu still«, widersprach Toarsen. »Eine Stadt, die noch lebt, ist niemals so still, Kissel. Nicht einmal eine kleine Stadt wie Leheigh. Und den Lärm von Taela kann man meilenweit hören.«

»Es ist Magie«, sagte Jes leise. »Die Stadt wurde so gelassen, wie sie war. Das sagt der Hüter jedenfalls.«

»Er war schon einmal hier?« Tier warf seinem Sohn einen überraschten Blick zu.

Hennea war ebenfalls verblüfft. Sie wusste, dass der Hüter sich an Dinge erinnerte, die er eigentlich nicht hätte wissen sollen, nicht, wenn die Weisung nach dem Tod des vorherigen Hüters, der sie getragen hatte, geläutert worden war. Inzwischen nahm sie an, dass ein großer Teil der Probleme bei der Hüterweisung vielleicht von solchen Überresten verursacht wurde.

Wenn das wirklich zutraf, dann mussten sie und Seraph unbedingt das Rätsel der Edelsteine mit den Weisungen lösen, denn das würde ihnen vielleicht auch eine Möglichkeit geben, die Weisung des Hüters für ihren Träger ungefährlicher zu machen. Nicht, weil Hennea Jes oder den Hüter verändern wollte, sondern damit sie in Sicherheit waren. Aber wenn der Hüter von Colossae wusste, dann ging es nicht nur um Teile des vorherigen Trägers, die noch an der Weisung hingen – dann war dieser Hüter der erste seiner Art, einer der Überlebenden von Colossae.

Jes starrte lange genug demonstrativ zu Boden, dass sie schon glaubte, er habe keine Antwort auf Tiers Frage. Aber schließlich sagte er: »Er weiß es nicht. Er erinnert sich nur, dass die Zauberer die Stadt so ließen, wie sie war.«

»Gehen wir weiter«, sagte Phoran mit der Ungeduld eines jungen Mannes, was Hennea daran erinnerte, dass der Kaiser zwar sehr klug war, aber nur ein paar Jahre älter als Jes. »Sehen wir uns diese Zaubererstadt einmal an.«

Tier erhob sich und starrte noch einmal die Rillen an, die mit dem Rechen in den Boden gezogen worden waren, ehe er nickte. »Also gut. Lockert eure Schwerter, Jungs, wenn ihr welche habt. Seid wachsam. Vergesst nicht, dass die Reisendengeschichten berichten, dass hier etwas Böses lauert. Es mag in Fesseln liegen, aber die Reisenden trauten diesen Bindungen nicht.«

Jes wartete nicht auf die anderen, sondern ging zu dem geschlossenen Koppeltor und sprang darüber hinweg, und sein Hund folgte ihm. Seraph führte ihr Pferd durch das offene Tor auf der anderen Seite.

Hennea blieb noch zurück. Sollten Jes und Seraph doch vorgehen, sie würde die Nachhut bilden. Es gab auch noch andere, die an Sicherheit dachten. Sie bemerkte, dass Toarsen sich vor Phoran gesetzt hatte und Kissel dem Kaiser folgte. Da Rinnie wie üblich neben Phoran ritt, waren die Verwundbarsten in ihrer Gruppe zumindest gegen körperlichen Schaden geschützt. Rufort und Ielian sahen Hennea an, und sie winkte sie weiter.

Lehr wartete.

»Geh schon«, sagte sie.

Er lächelte. »Ich werde Jes nicht sagen, dass ich seine Freundin die Nachhut übernehmen ließ.«

»Ich kann auf mich selbst aufpassen!«, verkündete sie steif.

»Zweifellos«, stimmte er zu und blieb mit seiner Fuchsstute stehen, wo er war.

Sie lächelte kopfschüttelnd, aber schließlich trieb sie ihren Wallach vor ihm durch das Koppeltor.

Der schmale Eingang brachte sie zu einem großen Platz, der mit dem gleichen rötlichen Stein gepflastert war, aus dem die Mauern bestanden. Wasser hatte sich zwischen den Steinen gesammelt und spritzte unter den Pferdehufen auf.

Die kleinen Häuser, die rings um den Platz standen und sich an schmalen Straßen entlangzogen, zeigten aus der Nähe einige der Anzeichen von Alter, die Hennea erwartet hatte, als sie auf die Stadt zuritten. Das Holz von Türen und Fenstern war gerissen, und hier und da lugte Unkraut zwischen den

Pflastersteinen hervor. Dächer sahen aus, als brauchten sie schon seit Jahrzehnten neues Stroh. Aber eben nur seit Jahrzehnten und nicht seit zehn Jahrhunderten.

Als Hennea und Lehr eintrafen, waren alle anderen schon abgestiegen und sahen sich um.

»Es wirkt immer noch nicht verlassen genug.« Phoran tätschelte zerstreut den Hals seines Pferds. »Es gibt Viertel in Taela, die schlimmer aussehen als das hier.«

»Und es stinkt nicht«, ergänzte Toarsen.

Lehr sprang vom Pferd und wanderte zu einem der Häuser. »Ich kann die Tür nicht öffnen«, stellte er überrascht fest.

»Ist sie abgeschlossen?«, fragte Tier und ging nachsehen.

Hennea stieg nur zögernd vom Pferd, denn sie wartete immer noch auf eine Gefahr oder einen Angriff. Die gewaltige Leere der Stadt ließ sie frösteln.

»Das habe ich versucht. Ich kann Schlösser fühlen, und hier gibt es keine, Papa«, sagte Lehr. »Sie geht einfach nicht auf.«

Hennea beugte sich vor und betrachtete das Unkraut, das am Rand der Mauer zwischen ihnen und dem Tor wuchs. Ein Regentropfen fiel auf ein Blatt und lief dann in die kleine Pfütze, die sich dort gesammelt hatte. Das Unkraut reichte ihr bis zum Knie und sah zerbrechlich aus, aber es beugte sich nicht unter dem Gewicht des Regens. Es rührte sich überhaupt nicht.

Hennea streckte die Hand aus, um es anzufassen, und es gab auch nicht unter ihren Fingern nach, selbst als sie fester zudrückte.

»Versuch das Fenster da drüben«, hörte sie Phoran zu Lehr sagen. »Es steht offen.«

Sie warf einen Blick über die Schulter und sah, wie Lehr hochsprang, sich am Sims eines Fensters festhielt und hochzog. Einen Moment später ließ er sich wieder fallen. »Es gibt einen Vorhang, aber der fühlt sich mehr wie eine Mauer an.«

»Ich ahne, was mit deiner Tür und dem Fenster nicht stimmt«, sagte Hennea, stand auf und sah sich noch einmal um. Da sie nun wusste, wonach sie suchen sollte, war es plötzlich offensichtlich. Das Stroh auf den Dächern war dunkel und grau vor Alter, aber nicht vom Regen. Das Holz der Hauswände war ebenfalls nicht feucht – und die Pferde rührten das Unkraut nicht an.

Seraph sah sie an und zog die Brauen hoch.

»Die Zauberer haben die Stadt irgendwie in der Zeit erstarren lassen.« Hennea war jetzt überzeugt, dass sie recht hatte, obwohl sie kaum eine Spur von Magie wahrnehmen konnte. »Alles ist genau wie an dem Tag, als die Zauberer die Stadt opferten. Ihr werdet einen offenen Eingang finden müssen, wenn ihr eins dieser Häuser betreten wollt, denn es gibt keine Tür, die sich öffnen, und keinen Vorhang, der sich bewegen wird.«

Sie verbrachten eine Weile damit, den kleinen Platz zu erforschen. Die anderen schienen nicht wie Hennea zu empfinden, was die Stadt anging – außer Gura, der winselte und sich mitten auf den Platz legte, die Schnauze auf den Pfoten. Colossae machte ihn ebenfalls traurig. Hennea überließ es Jes und Lehr herauszufinden, wie sie durch einen kleinen Garten kommen sollten, dessen Gras so starr war, dass es sich in Stacheln verwandelt hatte, damit sie sich einen Schuppen mit offener Tür besser ansehen konnten.

Seraph hatte die Tasche mit den Landkarten unter ein Vordach mitgenommen, das sie vor dem Regen schützte. Als sie Hennea sah, die wieder auf den Platz hinauskam, rief sie sie zu sich.

»Du bist die Einzige, die das hier lesen kann«, sagte sie und reichte dem anderen Raben den Stadtplan. »Kannst du herausfinden, wo wir sind und wie wir an Stellen gelangen, die uns nützen könnten?«

Hennea nahm die Landkarte und sah sie an. »Auf dem Tor stand ›Niedriges Tor‹, also müssen wir hier sein.« Sie zeigte auf die entsprechende Stelle. »Dieser Bereich wird hier als Altstadt bezeichnet.«

»Ich hätte angenommen, dass sie erst oben auf der Kuppe gebaut haben«, sagte Seraph, einen Moment von ihrer eigentlichen Frage abgelenkt.

Hennea schaute sich noch einmal um und sah nicht länger die ein wenig verfallenen Häuser, sondern dass sie einmal an die feste Wand des Steilhangs gebaut worden waren, der sich schützend um sie schmiegte.

»Sie wollten vielleicht näher an den Feldern sein«, sagte sie. »Oder vielleicht befanden sich die älteren Stadtviertel tatsächlich auf der Kuppe, wurden aber irgendwann abgerissen und neu gebaut.«

Seraph grinste sie an, eine Miene, die Hennea auf dem Gesicht eines Raben immer noch nicht gewöhnt war – aber Seraph gab selber zu, dass sie im Augenblick nicht so beherrscht war, wie sie sein sollte. Es schien sie nicht zu behindern – jedenfalls nicht sonderlich, dachte Hennea, die sich wieder an den Tisch erinnerte, der krachend auf den Boden zurückgefallen war, als Ielian Seraph zu sehr gereizt hatte.

Seraphs Gesichtsausdruck konnte sich ganz plötzlich ändern; sie brach aus der kühlen Zurückhaltung eines Raben aus, wie die Sonne aus einer Sturmwolke brach oder Lava aus einem Vulkan, um dann so schnell wieder zu verschwinden, wie sie gekommen war.

»Tier wird für uns Geschichten darüber erfinden«, sagte sie, dann verschwand ihr Grinsen, und zuerst dachte Hennea, Seraph habe sich daran erinnert, dass Tier keine Geschichten mehr erzählte und nicht mehr sang.

Aber dann rief sie: »Tier?« und drückte Hennea die Landkarten in die Hand.

Hennea sah zu Seraphs Mann, der neben seinem Pferd stand und ins Nichts zu starren schien, das Gesicht ausdrucksloser, als sie es jemals bei einem Menschen gesehen hatte. Hennea schob den Stadtplan wieder in die Tasche und stellte sie auf den trockenen Boden unter dem Vordach, dann folgte sie Seraph. Nicht, dass sie gewusst hätte, was sie für ihn tun könnte.

Er hatte so etwas schon öfter gehabt, und mehrmals täglich. Es war nicht so dramatisch wie der Anfall von vor ein paar Tagen, bevor sie nach Schattenfall gekommen waren, aber beängstigend genug.

»Tier?« Seraph sprach leise, damit sie die jungen Männer bei ihren Nachforschungen nicht störte. Hennea bemerkte jedoch, dass Jes trotzdem aufblickte.

Seraph berührte Tier am Arm. »Tier?«

Nach und nach kehrte die Persönlichkeit wieder auf sein Gesicht zurück, und er blinzelte und wirkte ein wenig überrascht. »Seraph, wo kommst du so plötzlich her? Ich dachte, du siehst dir mit Hennea den Stadtplan an.«

Seraph lächelte, als wäre alles in Ordnung. »Hennea sagt, das hier ist die Altstadt. Diese Häuser waren schon alt, als die Stadt starb.«

Tier musste ihr etwas angesehen haben, das Hennea entgangen war, denn er berührte ihre Wange und sagte leise: »Ich habe es schon wieder gemacht, wie? Das ist heute schon das zweite Mal.«

Das dritte Mal, dachte Hennea, aber sie verbesserte ihn nicht.

»Nehmen wir uns noch einmal den Stadtplan vor, und sehen wir, ob wir die Bibliothek finden können. Wenn wir in einer Stadt der Zauberer nach Informationen suchen, wäre die Bibliothek wohl der beste Ort, um damit anzufangen.« Er sah Hennea an. »Kannst du den Stadtplan gut genug lesen, um uns dorthin zu führen?«

Nichts anderes als freundliches Interesse war ihm anzusehen. *Tapfer,* dachte Hennea. Sie räusperte sich und antwortete aus dem Gedächtnis: »Sie liegt in der nördlichen Stadtmitte. Bis dahin sind es noch mehrere Meilen, wenn der Maßstab des Stadtplans stimmt. Lasst mich nachsehen und den kürzesten Weg finden.«

Wenn Seraph sie nicht zusammengeholt hätte, um zur Bibliothek zu reiten, wären die anderen sicher damit zufrieden gewesen, die Altstadt weiter zu erforschen. Aber sie hatten auch nichts dagegen, wieder aufzusteigen und stattdessen nach der Bibliothek zu suchen.

Die Pferdehufe klapperten auf dem Pflaster unnatürlich laut, und das Geräusch hallte von den Häusern rings umher wider. Je weiter sie sich vom Stadttor entfernten, desto größer und aufwendiger wurden die Häuser – einige waren so groß wie die der reichsten Kaufleute in Taela –, und Seraph sah zum ersten Mal die grünen, mit Keramikschindeln gedeckten Dächer, an die sie sich von den *Mermori* erinnerte.

An einer Straße, in der alle Häuser Wand an Wand standen, gab es mitten in der Zeile eine Lücke, in der ein weiteres Gebäude hätte stehen sollen. Als sie näher herankamen, konnte Seraph sehen, dass hier nicht nur ein Haus fehlte, sondern die Lücke ein halbes Stockwerk tief mit den Trümmern gefüllt war. Sie erkannte an den benachbarten Wänden, wo ein Dach beide Seiten der Nebenhäuser berührt hatte.

»Es ist, als hätte die Magie dieses eine Haus nicht geschützt, aber die anderen auf beiden Seiten sehr wohl«, stellte Hennea fest. »So wie diese Ruine hier hätte die ganze Stadt aussehen sollen.«

Sie fanden noch andere Lücken in ansonsten vollkommen erhaltenen Häuserzeilen, Stellen, an denen einmal Gebäude gestanden hatten, es nun aber keine mehr gab. Manchmal war dort nichts mehr als leerer Boden zu sehen, an anderen Stellen fanden sie steinerne Fundamente oder Trümmerhaufen.

»Papa, sieh nur, da ist eine Eule!«, sagte Rinnie und zeigte eine schmale Seitenstraße entlang, die vor einem großen Gebäude aus Granit endete. Direkt vor dem offen stehenden Eingang befand sich eine Säule, auf der die übergroße Statue einer Eule angebracht war, die Flügel halb geöffnet, als werde sie jeden Augenblick auffliegen.

Tier konnte seine Neugier einfach nicht zügeln und lenkte Scheck in diese Seitenstraße.

Ein Augenblick oder zwei würden kaum etwas ausmachen, dachte Seraph. Selbst wenn sie die Bibliothek finden und es ihnen gelingen sollte, sie zu betreten – etwas, das nach ihren Problemen mit den Gebäuden, bei denen sie es bisher versucht hatten, eher unwahrscheinlich schien –, könnte es Monate dauern, ehe sie fanden, was sie suchten, ja sogar Jahre.

Tier würde keine Jahre haben. Vielleicht nicht einmal Monate.

Sie achtete darauf, dass ihr Gesicht ausdruckslos blieb, als sie den anderen folgte und sich ein wenig verzweifelt daran erinnerte, dass Brewydd geglaubt hatte, etwas hier könnte ihnen helfen.

»Die Tür steht offen«, bestätigte Lehr, der die Spitze übernommen hatte. Er verschwand in dem Gebäude, bevor Seraph ihn bitten konnte, vorsichtig zu sein.

Sie stieg vom Pferd.

»Lasst die Pferde zurück«, schlug Tier vor, obwohl Lehr das bereits getan hatte. »Scheck, Seide und Klinge werden stehen bleiben, und die anderen werden sich nicht von ihnen trennen.«

Er bot Seraph die Hand und geleitete sie die Stufen hinauf und durch die Doppeltür. Trotz ihrer Sorgen beeilte sie sich, weil sie unbedingt eines dieser Häuser von innen sehen wollte.

Mosaikkacheln in lebhaften Farben bedeckten den Boden eines großen Innenraums. Weite Bogen schienen die Decke zu stützen. Von irgendwoher fiel Licht herein, und Seraph sah sich einen Moment um, bevor sie erkannte, wie es gemacht worden war: Glühsteine, hinter gelbem Glas verborgen, leuchteten so hell, als falle Sonnenlicht durch offene Fenster.

»Es ist ein Tempel«, sagte Tier, als sonst niemand Worte fand.

»Ich weiß nichts über die Götter von Colossae«, erwiderte Seraph. »Sie werden in keinem der Bücher der *Mermori* erwähnt.« Aber sie hatte auch nur die *Mermori*-Bücher gelesen, die von Magie handelten, und dort gab es nur wenig Einblick in das Leben der Zauberer, die sie verfasst hatten.

»Seht dort drüben.« Tier nickte zur gegenüberliegenden Seite des Raums, und Seraph folgte seinem Blick. Sie war zu fasziniert von Licht und Farben gewesen, um das Podium am anderen Ende des Tempels zu bemerken. Auf dem Podium stand eine Statue.

»Sie sieht aus, als atme sie«, sagte Phoran und sprang die Stufen des Podiums hinauf, bis er das Gewand der Göttin berühren konnte, die dort in Stein gemeißelt und dann mit so viel Detailtreue bemalt worden war, dass Seraph beinahe erwartete, der Stoff werde sich bewegen.

Phorans Kopf befand sich auf Kniehöhe der Göttin. Sie ragte über ihm auf, nackt von der Taille aufwärts. Ihr Rock, bunt bemalt mit einem geometrischen Muster in Grün und Gelb, wurde von einem Gürtel um ihre Hüfte gehalten. Die Gürtelschnalle hatte die Form einer Eule. In einer Hand hielt sie eine kleine Harfe, die andere war zum Raum hin ausgestreckt.

Ihr Haar, das beinahe die gleiche Farbe hatte wie Seraphs Haar, war kurz geschnitten und sah entweder zufällig oder nach der Absicht des Künstlers aus wie die Härchen an einer Feder. Aber es war ihr Gesicht, das Seraphs Aufmerksamkeit anzog. Der Künstler hatte ihr ein jungenhaftes und so lebendiges Grinsen gegeben, dass Seraph gegen den Impuls ankämpfen musste, einfach zurückzugrinsen.

»Die Göttin der Musik«, sagte Hennea. »Kassiah die Eule.«

Seraph drehte sich um und sah den anderen Raben an, denn Hennea klang ein wenig angespannt. »Woher wusstest du das?«

»Es steht auf ihrem Gürtel.« Hennea wirkte vollkommen normal, und Seraph konnte an ihrer friedlichen Haltung nichts anderes ablesen.

»Ich habe mich immer gefragt, wieso die Bardenweisung durch eine Eule dargestellt wird und nicht durch einen Singvogel wie eine Lerche oder einen Kanarienvogel«, sagte Tier.

»Das hier erklärt es immer noch nicht«, bemerkte Lehr einen Augenblick später. »Ich meine, wieso hat sie eine Eule und keinen Singvogel?« Er fuhr mit dem Finger über den Stein des Rocks der Göttin. »Ich mag sie.«

»Sie ist tot«, sagte Hennea. »Es ist egal, ob du sie magst oder nicht.«

Tier sah sie stirnrunzelnd an. »Ich dachte, Reisende hätten keine Götter.«

»Das haben Reisende auch nicht«, sagte Seraph. »Aber es sieht so aus, als hätten die Zauberer von Colossae welche gehabt. Ich frage mich, warum sie sie zurückgelassen haben?«

»Tote Götter brauchen keine Anbeter«, sagte Hennea angespannt.

Seraph sah den anderen Raben forschend an, weil Hennea offensichtlich aufgebracht war – und sie war nicht die Einzige, die das bemerkte. Jes, der bisher im Raum herumgeschlendert war, drehte sich abrupt um und ging auf Hennea zu.

»Es ist vor langer Zeit geschehen«, sagte er. »Sei nicht zornig.«

Hennea schloss die Augen und holte tief Luft. Als sie sie wieder öffnete, hatte sie sich gefasst und ihre übliche gelassene

Haltung angenommen. »Es tut mir leid. Ich weiß nicht, wieso das hier mich so …« Ihre Stimme verklang, als ihr Blick dem von Tier begegnete. »Du hast recht, Jes. Es ist dumm, sich über etwas aufzuregen, was vor so langer Zeit geschehen ist. Lassen wir die Vergangenheit hinter uns, wo sie hingehört. Es ist einfach nur diese Stadt. Sie ist so leer.« Sie holte tief Luft. »Wir müssen die Bibliothek finden und sehen, was wir dort in Erfahrung bringen.«

Es gab keine anderen Geräusche als die, die sie selbst verursachten, und keinen der Düfte, die Seraph mit menschlicher Gegenwart verband: Bier, das gebraut wurde, backendes Brot, Weihrauch, gemischt mit weniger angenehmen Gerüchen wie Schweiß, Abflüssen und verfaulendem Essen. Man hätte nicht sagen können, dass es nach überhaupt nichts roch, aber die Düfte waren die *falschen*.

Die ehemaligen Einwohner von Colossae hatten sich nicht mit einer kleinen Serpentinenstraße den Steilhang hinauf abgegeben wie die Rederni. Stattdessen hatten sie eine riesige Rampe gebaut. Seraph warf einen Blick auf die sanfte Steigung und staunte schweigend über den Reichtum, der so etwas erlaubte.

Anfangs hatten alle sich gegenseitig auf die Wunder der Stadt aufmerksam gemacht, aber jetzt schwiegen sie. Nicht einmal die massive Rampe mit dem aufgerauten Pflaster, das Hufen guten Halt gab und sicher regelmäßig hatte erneuert werden müssen, veranlasste sie zu einer Bemerkung. Sie sind überwältigt, dachte Seraph.

Aber sie war nicht hier, um die Stadt zu besichtigen. Sie ließ den Blick zu Tier zurückschweifen, der sich gerade mit Phoran unterhielt. Sie würde sich von ihrem Glauben an Brewydds Weissagung leiten lassen und davon ausgehen, dass sie hier Antworten finden würden.

Die Häuser oben auf der Kuppe standen weiter voneinander entfernt als in den unteren Bereichen, und nach allem, was Seraph sehen konnte, gab es auch mehr von diesen seltsamen Lücken, wo Gebäude verfallen waren. Manchmal sah sie sogar zwei oder drei dieser leeren Stellen in einem einzigen Straßenblock.

Die Straße, der sie folgten, beschrieb eine plötzliche Kurve, ließ die Häuser hinter sich und führte sie in einen kunstvollen Garten voller blühender Pflanzen, die Seraph noch nie zuvor gesehen hatte.

»Ich frage mich, welche Jahreszeit wohl herrschte, als der Bann auf Colossae gelegt wurde.« Tier sah sich verträumt um, und Seraph konnte die Geschichte, die er sich in seinem Kopf zurechtlegte, schon beinahe hören. »Ich sehe nicht viele Blumen, die ich kenne. Das macht es schwer zu sagen, ob es Frühling oder Sommer war.«

»Das hier gefällt mir nicht«, sagte Jes. »Es ist wie Colbern.«

»Vom Schatten berührt?« Seraph richtete sich auf.

»Nein«, sagte Lehr. »Tot. Ich empfinde es ebenso.«

»Hier ist die Bibliothek.« Hennea drängte ihr Pferd zum Trab und ritt auf ein großes Gebäude mitten im Garten zu.

»Es sieht aus wie der Palast in Taela«, sagte Phoran zu Rinnie, als sie auf das Gebäude zuritten, wenn auch langsamer als die Eltern und Brüder des Mädchens, die Hennea sofort gefolgt waren. »Nur, dass der Palast beträchtlich größer ist.«

Toarsen, der diese Bemerkung gehört hatte, sah sich die Bibliothek noch einmal an. »Ja, sie ist kleiner«, stellte er dann fest. »Und es sieht aus, als hätte jemand dafür sorgen wollen, dass sie angenehm anzusehen ist. Aber ich verstehe, was Ihr meint. Auch dieses Gebäude hat relativ klein angefangen und ist immer weiter gewachsen.«

»Euer Palast ist größer als das hier?«, fragte Rinnie, und es sah aus, als wäre ihre Ehrfurcht vor dem Kaiser zurückgekehrt. Das durfte Phoran nicht zulassen.

»Er ist blödsinnig groß«, gab er also zu. »Und hässlich. Und man kann ihn unmöglich reparieren. Im Speisesaal gibt es eine undichte Stelle an der Decke, die seit drei Generationen besteht. Niemand kann herausfinden, woher das Wasser kommt.«

»Ich nehme an, wir werden es eines Tages feststellen, wenn das ganze Gebäude in sich zusammenfällt«, sagte Kissel vergnügt. »Hoffentlich sitzt dann der Sept von Gorrish genau unter einem angemessen schweren Deckenteil und wird zu Matsch zerdrückt.«

Toarsen räusperte sich und wies mit dem Kinn bedeutungsschwer auf Rinnie.

»Äh, tut mir leid, Mädchen.« Kissel zog den Kopf mit einer Verlegenheit ein, die echt sein mochte oder auch nicht.

»Schon gut.« Rinnie sprang vom Pferd und grinste Kissel boshaft an. »Ich bin sicher, jeder, den Ihr zu Matsch zerdrückt sehen wollt, hat das verdient.«

Sie banden die Pferde an einem Geländer an, das sich vielleicht genau zu diesem Zweck vor der Bibliothek befand – oder vielleicht war es nur dekorativ, Phoran hätte es nicht sagen können. Er band Klinge so weit von Toarsens Hengst entfernt an, wie er konnte, obwohl die beiden Pferde gelernt hatten, einigermaßen miteinander zurechtzukommen.

Tier, Seraph und Hennea unterhielten sich bereits leise. Phoran konnte Lehr und Jes nirgendwo entdecken, aber er kannte die beiden inzwischen gut genug, um zu wissen, dass sie unterwegs waren, um die Umgebung zu erkunden.

»… wo sich in diesem Gebäude die Bibliothek befindet«, sagte Seraph.

Hennea zog die Brauen hoch. »Ich bin ziemlich sicher, das hier *ist* die Bibliothek, Seraph.«

»Das ganze Ding?« Seraph klang nicht gerade erfreut.

Nach Phorans Erfahrung gab es nur eins, was für einen Zauberer wichtiger war als ein Gebäude voller Bücher – ein größeres Gebäude voller Bücher.

»Die meisten Bibliotheken sind nach bestimmten Prinzipien geordnet«, versuchte er sie zu beruhigen. »Besonders solche, die von Zauberern eingerichtet wurden.«

Seraph holte tief Luft und deutete eine dankbare Verbeugung an. »Ich hoffe, dass diese hier sehr gut geordnet ist.«

Phoran betrachtete weiterhin das Gebäude, während Seraph zu Tier ging, um mit ihm zu sprechen. Als er an all die erstaunlichen Dinge dachte, die er seit ihrem Aufbruch aus Redern gesehen hatte, fiel ihm zweierlei auf.

Als Erstes war er beinahe sicher, dass er das Memento nicht schnell genug loswerden würde, um seine Situation noch retten zu können. Er hatte Seraph und Hennea gut zugehört und erkannt, dass ungeachtet von Seraphs Streit mit Ielian keiner der Raben wirklich erwartete, hier in Colossae auf den Schatten zu stoßen. Andererseits waren sie beinahe sicher, dass *er* sie irgendwann finden würde, weil er Tier und seine Familie für den Sturz des Pfads bestrafen wollte und weil Seraph den Diener des Schattens in Redern getötet hatte. Die Raben erwarteten jedoch nicht, dass das bald geschah – wieso sollte der Schatten sich mit seiner Rache beeilen, wenn er alle Zeit der Welt hatte? Er würde geduldig sein und zuschlagen, wenn er der Meinung war, die Zeit sei gekommen.

Phorans zweite Erkenntnis sagte ihm, wie sehr er sich freute, dass das Memento ihn gezwungen hatte, zu Tier zu fliehen. Selbst wenn das bedeutete, dass ihn Leute wie der Sept von Gorrish umbringen würden, wenn er zurückkehrte, wie er es irgendwann tun müsste. Er hätte die Gelegenheit, Schattenfall und die Stadt der Zauberer zu sehen, nicht missen wollen, selbst wenn es ihn den Thron oder sogar sein Leben kosten sollte. Er wandte sich von der Bibliothek ab und warf einen Blick zu Tier und Seraph. Die Gelegenheit, einmal etwas anderes zu sein als der Kaiser, war wirklich unbezahlbar.

Lehr hatte inzwischen das gesamte Gebäude umkreist und kam im Laufschritt zurück. »Ich konnte keine offenen Türen finden«, sagte er. »Es gibt allerdings ein paar höher gelegene Fenster, die …«

Er hielt inne, als die Tür, vor der sie standen, aufging. Dahinter stand Jes. »Dieses Haus ist anders«, stellte Tiers ältester Sohn unnötigerweise fest. »Es ist nicht erstarrt wie die anderen.«

Hennea ging zur nächsten Wand und legte die Hand daran. »Er hat recht«, sagte sie. »Die Bibliothek ist zwar voller Magie, aber es ist eine Art von Konservierungszauber.«

»Wie bei den Landkarten«, sagte Seraph. »Selbstverständlich würden die Zauberer ihre Bibliothek erhalten wollen.«

»Selbstverständlich«, murmelte Tier. »Wenn sich die Türen und Fenster nicht öffnen ließen, hätten wir wahrscheinlich auch keine Bücher von den Regalen nehmen können. Und es passt einfach nicht zu Zauberern, eine Bibliothek bewusst unbenutzbar zu machen.«

Phoran wartete, bis die meisten anderen das Gebäude betreten hatten, und winkte dabei Toarsen, Kissel, Rufort und Ielian vor sich her. Statt ihm zu gehorchen, wartete Ielian neben ihm.

»Warum tut Ihr das?«, flüsterte der Gardist.

Phoran ging durch die Tür, blieb aber ein Stück hinter den anderen zurück, um Ielian die Illusion von Vertraulichkeit zu geben, wenn sie sich unterhielten. Er ging davon aus, dass Lehr und Jes ohnehin jedes Wort hörten – aber sie würden so tun, als wäre das nicht der Fall.

»Was?« Der Eingang zur Bibliothek war nicht sonderlich beeindruckend, stellte der Kaiser fest – obwohl das hier vielleicht auch die Hintertür war. Es gab nur eine kleine Eingangshalle, umgeben von schmucklosen Türen und Treppen.

»Warum lasst Ihr Tier vorangehen und folgt, wenn Ihr doch führen soll… äh, könntet? Ihr seid der Kaiser.«

»Manchmal ist es ermüdend, der Kaiser zu sein«, antwortete Phoran, dann grinste er. »Und in einer Bibliothek von Zauberern ist es zweifellos sicherer, die Raben vorgehen zu lassen.« Er lächelte Ielian zu. »Schon gut. Sie wissen, wer ich bin. Ich muss unter Freunden nicht darauf bestehen, dass das Protokoll eingehalten wird.«

Die anderen hatten die Haupttreppe erreicht, also folgte Phoran ihnen und ließ Ielian hinter sich. Die Treppe führte nur ein Stockwerk hoch zu einem Raum, der erheblich beeindruckender war als die Eingangshalle. Die Decke, hoch über ihnen, hatte dekorativ angebrachte Oberlichter, die den riesigen Raum beleuchteten.

In der Bibliothek in Taela – angeblich die größte im Land – befanden sich fünftausend Bände. Phoran schätzte, dass es in diesem Raum zehnmal so viele Bücher gab. An allen Wänden standen volle Regale, und Leitern und schmale Stege bildeten davor ein Spinnennetz, um Zugang zu den Regalen zu bieten. Der Rest des Raums wurde von frei stehenden Bücherschränken eingenommen, die so dicht nebeneinander aufgestellt waren, dass man kaum zwischen ihnen hindurchgehen konnte.

Nur ein kleiner Bereich nahe der Treppe war anders eingerichtet. Dort gab es mehrere Sitzgruppen, damit die Besucher der Bibliothek sich mit den Büchern auf gepolsterten Bänken und den geschnitzten Sesseln niederlassen konnten.

Seraph klammerte sich offensichtlich entmutigt an Tier.

»Sieht aus, als würden wir hier einige Zeit verbringen«, stellte Tier milde amüsiert fest.

Phoran beugte sich vor, um Gura am Bauch zu kraulen, und er bemerkte, dass sie alle auf dem gebohnerten Boden schlammige Fußspuren hinterließen.

»Für heute haben wir genug gefunden«, sagte Tier und sah sich um. »Der Stadtplan zeigt, dass sich auf der anderen Seite dieses Gebäudes ein weiteres Stadttor befindet. Ich würde gern ein Lager aufschlagen, solange es noch hell ist.«

»Warum nicht hierbleiben, wo es trocken ist?«, fragte Ielian.

»Nein«, sagte Hennea.

»Nein«, schloss sich auch Lehr an. »Niemand ist je aus dieser leeren Stadt zurückgekehrt, um davon zu erzählen, nicht in all den Jahrhunderten, in denen Colossae hier wartete. Vielleicht liegt das daran, dass keiner die Stadt finden konnte – aber vielleicht auch, weil keiner sie je wieder verließ.«

»Wir werden vor der Stadt ein Lager aufschlagen«, sagte Tier. »Und deshalb sollten wir lieber jetzt gehen, da es so aussieht, als würden wir eine Weile hierbleiben.«

Das Universitätstor befand sich genau dort, wo der Stadtplan es versprochen hatte. Nach Lehrs kleiner Ansprache in der Bibliothek war Phoran dankbar, als das Messingtor sich genau wie das Niedrige Tor auf die erste Berührung hin öffnete.

Am Ende war es nicht schwer, einen Lagerplatz zu finden. Keine Viertelmeile vom Tor entfernt stießen sie auf einen kleinen Teich, der von einem Bach gespeist wurde. Der Boden war frei von spitzen Steinen, und es wuchs genug Gras für die Pferde. Und das Beste war, dass es irgendwann, als sie noch in der Bibliothek gewesen waren, aufgehört hatte zu regnen.

»Wir richten hier ein dauerhaftes Lager ein«, erklärte Tier zufrieden. »Morgen werden wir ein paar Koppeln bauen, damit wir uns wegen der Pferde keine Gedanken machen müssen. Und einen Unterstand oder zwei, um den Regen von uns fernzuhalten.«

»Mit Ausnahme von Hennea und mir.« Seraph hatte bereits begonnen, ihr kleines Bergpferd abzuladen. »Wir gehen in die Bibliothek, während ihr das Lager errichtet.«

»Nicht allein«, stellte Jes fest.

Seraph wandte sich ihrem ältesten Sohn zu und zog kühl eine Braue hoch, und Phoran war einerseits dankbar, dass die Geste nicht *ihm* galt; andererseits wünschte er sich, diesen anmaßenden Septs nur ein einziges Mal einen solchen Blick zuwerfen zu können – aber er hatte bis heute nicht lernen können, nur eine einzige Braue hochzuziehen, und fürchtete, das Ergebnis würde einfach nicht das Gleiche sein, wenn er es mit beiden Brauen versuchte. Wahrscheinlich würde er einfach nur verdutzt aussehen.

»Vergiss nicht, wer und was ich bin, Jes«, sagte Seraph eisig. »Es gibt noch andere Waffen als Schwerter.«

Tier räusperte sich. »Wir brauchen dich im Lager, Jes. Ich werde dich und Lehr auf die Jagd schicken. Wenn eure Mutter einen Troll töten kann, bin ich sicher, dass sie auch mit einer Bibliothek fertig wird.«

Alle anderen schliefen an diesem Abend bald ein, aber Phoran war ruhelos aus einem Grund, den er selbst nicht benennen konnte. Er schob die Decken beiseite und zog die Stiefel wieder an. Jes öffnete die Augen, dann schloss er sie wieder, als Phoran an ihm vorbeiging. Toarsen und Kissel schliefen beide fest, und er umging sie vorsichtig, denn anders als Jes hätten sie ihn nicht allein davongehen lassen.

Fünfzig Schritte entfernt vom Lager gab es eine kleine Erhöhung, und er ging in diese Richtung. Als er oben ankam, wartete das Memento auf ihn.

Es war dunkler als die Nacht und größer als Phoran. Es beugte sich seltsam grazil herab, und lange dünne Rankenfinger von etwas schlangen sich um Phorans Handgelenk.

Seine Ärmel waren weit, also fiel es ihm nicht schwer, einen davon hochzuschieben und die Innenseite seines Ellbogens zu entblößen. Phoran zischte, als die Reißzähne des Mementos sich in seine Haut senkten. Er hatte vergessen, wie kalt es war und wie weh die Prozedur tat.

Als das Memento fertig war, sackte Phoran zu Boden, den Arm an die Brust gedrückt.

»Da ich dein Blut genommen habe, schulde ich dir eine Antwort. Wähle deine Frage.« Das geschlechtslose Flüstern war nicht weniger beängstigend als beim ersten Mal, da es mit ihm gesprochen hatte.

»Wer ist der Schatten?«, fragte Phoran.

»Er, der Seele und Geist für Macht und ewiges Leben gibt. Der Gierige.«

»Das weiß ich. Aber das meinte ich nicht, und das weißt du auch«, fauchte Phoran. Aber es war sinnlos zu protestieren. Er hätte seine Frage eben besser formulieren sollen. Und es gab immer noch morgen. Er schloss die Augen gegen den dumpfen, verzehrenden Schmerz in seinem Arm. »Gib mir einen Namen.«

»Ich gebe dir alles, was ich an Antwort habe«, sagte es und verschwand in der Nacht.

14

Ielian ging neben Lehr her, den Bogen auf der Schulter. Noch immer war es nicht richtig hell, und Kälte hing in der Luft.

Als sie weit genug vom Lager entfernt waren, um von niemandem gehört oder gesehen zu werden, fragte Ielian: »Warum ich? Warum nicht Jes oder Rufort?« Beide kannten sich mit dem Jagen doppelt so gut aus wie er.

»Ihr werdet es schon schaffen«, sagte Lehr, und Ielian nahm diese Worte als das Kompliment, das sie auch waren. »Jes ist immer noch unruhig, weil Mutter und Hennea heute allein in die Bibliothek gehen wollen. Wenn ich ihn mitnähme, wäre es gut möglich, dass er sich nach kurzer Zeit umdrehen und verschwinden würde. Wenn Gefahr besteht, kann man auf meinen Bruder zählen, aber wenn es nur um Arbeit geht, lässt er sich ziemlich leicht ablenken. Toarsen und Kissel würden Phoran nicht allein lassen – und Papa braucht zu viel Hilfe im Lager, als dass ich alle drei mitnehmen könnte.«

»Und Rufort?«

»Rufort ist ein guter Jäger, aber Jagen macht ihm nicht wirklich Spaß.« Lehr grinste plötzlich. »Außerdem kann Papa einen starken Rücken besser gebrauchen als wir.«

»Was jagen wir denn heute?«

»Ich dachte, wir könnten eine schönes fettes Stück Rotwild finden«, sagte Lehr. »Da wir offenbar eine Weile hier verbringen werden, haben wir sicher Zeit genug, das Fleisch haltbar zu machen.«

Weiter von Colossae entfernt standen die Bäume dichter beisammen und bildeten schließlich einen kargen Wald.

»Ich habe eine Frage«, sagte Ielian.

»Und welche ist das?«

»Eure Mutter spricht von sechs Weisungen – aber mir hat man beigebracht, dass es nur fünf gäbe.«

Lehr lachte. »Das hatte ich ganz vergessen. Es gibt Falke, Rabe, Eule, Kormoran, Lerche und Adler. Adler ist derjenige, von dem Ihr noch nichts gehört habt. Mutter sagt, die Reisenden sprechen nicht viel über die Adler, nicht einmal untereinander. Und niemals mit Außenseitern.« Er war ernst geworden. »Der Adler – der Hüter – ist anders und schwerer zu ertragen.«

»Eure Mutter nennt Jes manchmal Hüter.«

Lehr nickte. »Jes ist Adler.«

»Aber er ist …« Ielian versuchte, es so höflich wie möglich auszudrücken, und versagte.

»Langsam?«, schlug Lehr vor. »So wirkt er manchmal. Mutter sagt, er passt manchmal nicht auf, aber das liegt daran, dass er sich immer im Gespräch mit seiner Hüter-Hälfte befindet. Die Weisungen wurden von den Zauberern von Colossae geschaffen, und ich glaube, beim Adler haben sie etwas falsch gemacht. Der Adler soll seinen Clan beschützen – Jes kann bei einem Kampf ziemlich gut sein.«

Ielian nickte. »Ich habe ihn gesehen, als der Pfad fiel.«

»Dann wisst Ihr es ja – ah, hier ist, was ich suchte. Vor kurzer Zeit ist hier Rotwild vorbeigekommen. Zeit, mit der Jagd zu beginnen.«

»Sehen wir uns den Rest des Gebäudes an, bevor wir mit diesem Raum anfangen«, schlug Seraph vor und sah sich im Hauptraum der Bibliothek um – zumindest hoffte sie, dass es sich um den Hauptraum handelte. Sie würden lange genug brauchen, hier alles zu durchsuchen, und sie wollte wirklich nicht noch größere Räume voller Bücher finden. »Zauberer sind Geheimniskrämer. Wenn sie an etwas Neuem arbeiteten, kann das gut in einer unwichtigen Ecke der Bibliothek gewesen sein, entweder unter dem Dach oder im Tiefparterre.«

Hennea schürzte die Lippen. »Wenn wir etwas über die Weisungen suchen, wird es sich ohnehin nicht in gebundenen Büchern befinden. Sonst wäre es *irgendwo* in den Bibliotheken der *Mermori* erwähnt worden. Es werden Pergamentrollen sein, oder von Hand zusammengenähte Notizbücher. Vielleicht in einem Labor oder einem Arbeitsbereich.«

»Ich bin froh, dass ich kein *Solsenti*-Zauberer bin«, stellte Seraph fest. »Ich bin einfach nicht der Mensch, endlos Runen zu zeichnen und in einem Labor Zaubertränke zu mischen. Bleiben wir zusammen oder trennen wir uns?«

»Wir werden nur halb so viel Zeit brauchen, wenn wir uns trennen«, sagte Hennea, dann lächelte sie. »Wenn du allerdings lieber nicht allein sein willst, kann ich selbstverständlich …«

Seraph schnaubte.

Stunden später war Seraph so enttäuscht, als wäre sie tatsächlich ein *Solsenti*-Zauberer.

Sie hatte recht gehabt, was die Art von Orten anging, die den Zauberern gefielen, und die Bereiche der Bibliothek, die ihnen am meisten entsprachen, waren kleine Nischen, die offenbar privaten Studien vorbehalten waren, Laboratorien mit Regalen voller Behälter mit Zauber-Requisiten und einige größere Räume, wo vielleicht zwei oder drei Personen zusammengearbeitet hatten. Sie war durch Meilen von Fluren geschlendert, die sich gleich einem Irrgarten hierhin und dorthin wanden, und unerwartete Treppen hinauf- und hinabgestiegen.

Alles war so gut erhalten, wie es an dem Tag gewesen sein

musste, als die Zauberer die Stadt verließen. Seraph konnte sich nicht vorstellen, welcher Macht das bedurft hatte.

»Du warst hier, nicht wahr, Isolda?«, murmelte Seraph leise, als sie durch einen weiteren gewundenen Flur ging. »Ich frage mich, was du gesehen hast und wohin du gingst. Wusstest du, was sie vorhatten, diese großen Zauberer, die den Pirschgänger schufen? Warst du eine von ihnen, oder hast du vergeblich Einspruch erhoben?«

Sie ließ die Hand über die Flurwand gleiten, bis sie zur nächsten Tür kam. Das Zimmer dahinter war überwiegend leer, obwohl es noch schwach nach einer Art Räucherwerk oder Tabak roch.

»Ich frage mich, wo der Pirschgänger ist«, sagte sie nachdenklich. »Und wieso weder mein Falke noch mein Adler ihn irgendwo spüren.« Das fiel ihr erst jetzt auf. Ihre Söhne konnten Umschattetes und mit weniger Zuverlässigkeit auch den Schatten selbst spüren, aber sie hatten kein Wort über den Pirschgänger gesagt.

Am Ende des Zimmers gab es einen kleinen Schreibtisch und einen Stuhl. Jemand hatte zwei Buchstaben in das Holz des Schreibtischs geritzt. Seraph erinnerte sich, wie sie mit Jes und Lehr geschimpft hatte, weil sie zu Hause ihre Initialen in die Fußbodendielen geritzt hatten, als sie etwa in Rinnies Alter waren. Sie lächelte.

Hier saß ein junger Mensch, dachte sie und strich mit der Hand über den Stuhl, setzte aber nicht ihr Talent zum Lesen der Vergangenheit von Gegenständen ein, denn sie wusste nicht, wie der Konservierungszauber darauf reagieren würde. Das hielt sie jedoch nicht davon ab zu spekulieren. Vielleicht hatte hier ein Schüler gesessen und gearbeitet, und er hatte sein Tafelmesser genommen und seine Initialen eingeschnitzt, um sich eine Art Unsterblichkeit zu verschaffen. *Seht,* hatte er gesagt, *ich war hier. Ich habe mein Zeichen hinterlassen.*

Sie verließ den Raum wieder und schloss leise die Tür.

»Entschuldige, kann ich dir helfen?«, sagte eine Stimme in der Allgemeinen Sprache, aber mit leichtem Akzent.

Seraph fuhr auf dem Absatz herum und starrte den jungen Mann an, der im Flur hinter ihr stand.

Von seiner Kleidung abgesehen, hätte er ein Reisender sein können. Sein Haar war silberblond, und es hing ihm offen bis auf die Schultern. Seine Augen waren von einem sehr hellen Grau, und er schien nur ein paar Jahre älter als Rinnie zu sein. Er trug nichts weiter als einen bunten Kilt, den er mit einem schlichten braunen Gürtel gebunden hatte. Selbst seine Füße waren nackt.

»Wer bist du?«, fragte sie und sammelte sich, falls sie ihre Magie brauchen würde.

Sein dünnes, höfliches Lächeln wurde ein wenig ausgeprägter, und er zog den Kopf ein, ohne sie dabei aus den Augen zu lassen. »Du kannst mich Gelehrter nennen. Darf ich dir helfen zu finden, was du suchst?«

Erst als ihre anfängliche Angst vergangen war, erkannte sie, was ihre Sinne schon versucht hatten, ihr mitzuteilen: Er war kein Mensch.

»Eine Illusion«, sagte sie und streckte die Hand aus, um ihn leicht zu berühren. Seine Haut war weich, warm und gab unter ihrer Berührung nach, als wäre er ein echter junger Mann und kein magisches Konstrukt.

»Kann ich dir helfen? Du scheinst etwas zu suchen.«

»Ich muss mehr über die Weisungen herausfinden«, sagte sie. »Die Weisung meines Mannes wurde beschädigt, und ich muss sie instand setzen.«

»Du hast viele Weisungen«, stellte der Gelehrte neutral fest.

»Ich bin Rabe«, erwiderte Seraph verwirrt.

»Du trägst viele Weisungen an dir.«

Unwillkürlich berührte sie den Beutel, der die vom Pfad

geschaffenen Edelsteine enthielt. Wie hatte ein illusionäres Gebilde das spüren können? Sie kniff die Augen zusammen. »Ja. Viele Reisende sind ermordet worden, und man hat ihre Weisungen an Edelsteine gebunden, damit *Solsenti*-Zauberer sie benutzen konnten. Ich habe diese Steine hier. Ich hoffe, wenn ich Hilfe für meinen Mann finde, kann ich diese Weisungen vielleicht freilassen, wie es sich gehört.«

Der Junge wartete schweigend. Sein kleines Lächeln blieb unverändert, und Seraph ging inzwischen davon aus, dass sie sich mit ihrer Vermutung geirrt hatte, es wäre intensiver geworden.

»Warum haben sie dich hiergelassen?«, fragte sie.

»Ich bin hier, um anderen zu helfen, in der Bibliothek Informationen zu finden.«

»Du weißt, welche Informationen hier aufbewahrt werden?« Seraph spürte ein erneutes Flattern jener aufgeregten Hoffnung, die beim ersten Anblick dieser riesigen Bibliothek erloschen war. Wenn sie und Hennea die Bücher nach allem durchsuchen mussten, was sie entziffern konnten, um es dann durchzulesen, würde Tier an Altersschwäche sterben, bis sie fertig wären.

»Ich weiß, was sich in der Bibliothek befindet«, antwortete er.

»Gut«, sagte sie. »Weißt du auch, wo Hennea ist? Meine Freundin, die mit mir hereingekommen ist?«

Diesmal antwortete er nicht sofort. »Ich weiß, wo der Rabe ist«, sagte er schließlich.

»Bring mich hin«, sagte sie. Das hier war erheblich besser als ein Notizbuch mit den Kritzeleien eines Zauberers.

Hennea hatte sich entschieden, das Tiefparterre zu durchsuchen. Sie fanden sie an einem Tisch sitzend, wo sie ein magisches Licht über einem lose gebundenen Papierstapel schweben ließ. Ihr Haar war zerzaust, als hätte sie einige Zeit damit verbracht, unter Tischen herumzukriechen.

»Rabe«, sprach der Gelehrte sie an, bevor Seraph sie ankündigen konnte. »Du bist hier willkommen.«

Hennea markierte die Stelle im Buch mit dem Finger und blickte mit einer Miene milder Neugier auf. Sie wirkte kein bisschen überrascht, dass ein Fremder sie ansprach. Seraph hatte die Souveränität des anderen Raben niemals mehr bewundert als in diesem Augenblick.

»Das hier ist der Gelehrte«, sagte Seraph und fragte sich, ob Hennea wohl das Gleiche sah wie sie.

Hennea runzelte die Stirn, legte die Papiere beiseite und verlagerte das Gewicht ein wenig, als sie den Jungen anschaute. »Du siehst aus, als sollte ich dich kennen«, sagte sie schließlich.

»Nein, er fühlt sich so an«, verbesserte Seraph hilfreich.

Hennea richtete sich auf. »Hinnum«, sagte sie.

»Der Gelehrte ist hier, um den Leuten zu helfen, Informationen zu finden.« Seraph lächelte. »Phoran sagte, Zauberer seien meist sehr gut organisiert.«

Der Gelehrte führte sie wieder in den Hauptraum, den ersten Raum, in dem sie gewesen waren. »Das hier ist ein guter Platz, um anzufangen«, sagte er. »Was möchtet ihr wissen?«

»Erzähl uns vom Pirschgänger«, bat Hennea.

Er deutete eine Verbeugung an. »Bitte setz dich, Rabe.«

Er sprach jetzt nur noch Hennea an, als bemerkte er nicht einmal mehr, dass Seraph anwesend war. Sein Blick war auf Henneas Gesicht gerichtet. Als Seraph sich auf die Kissen der Bank neben Hennea setzte, fragte sie sich, ob er vielleicht so geschaffen worden war, dass er immer nur auf die Person achtete, die die Fragen stellte.

»Es waren einmal zwei Brüder, geboren vom Abendstern, gezeugt vom Mond. Sie waren jeweils das Spiegelbild des anderen, ein heller Zwilling und ein dunkler. Wir nannten sie den Weber und den Pirschgänger, obwohl sie nicht so hießen.«

»Warum habt ihr sie nicht beim Namen genannt?«, fragte Hennea.

»Kennst du diese Geschichte?«, erwiderte er.

»Nein.« Aber Hennea verzog das Gesicht, als versuche sie sich an etwas zu erinnern.

»Ich habe noch nie zuvor vom Weber gehört«, sagte Seraph. »Nur vom Pirschgänger.«

»Namen haben Macht.« Die Stimme des Gelehrten war so höflich und gleichmäßig wie sein kleines Lächeln. Seraph stellte fest, dass sein Gesichtsausdruck, den sie zu Anfang recht angenehm gefunden hatte, sie nun eher nervös machte.

Er sprach mit der gleichen leisen Stimme weiter. »Die Namen der Zwillinge auszusprechen, würde bedeuten, ihre Aufmerksamkeit zu erregen, und das sollte man nicht leichtfertig tun.«

Als weder Seraph noch Hennea etwas sagten, fuhr er fort: »Der Weber hatte die Macht zu schöpfen. Wann immer er ein Wort aussprach oder einen Gedanken hatte, schuf er. Der Pirschgänger besaß den Schlüssel zur Zerstörung. Was immer der Weber schuf, der Pirschgänger legte die Anzahl seiner Tage fest, sodass die Schöpfungen des Webers nicht ins Unermessliche anwuchsen und das gesamte Sein zu Nichts geworden wäre.«

»Daran erinnere ich mich«, sagte Hennea. Sie hatte die Hände an die Schläfen gelegt, als hätte sie Kopfschmerzen. »Daran erinnere ich mich. Wären der Schöpfung keine Grenzen gesetzt worden, hätte am Ende nichts mehr existiert.«

Die Konzentration des Gelehrten auf Hennea begann Seraph zu beunruhigen. Obwohl seine Miene sich nicht änderte, beugte er sich jetzt ein wenig auf die jüngere Frau zu. Seraph konnte keine Magie erkennen, die von ihm ausging, aber sie behielt ihn gut im Auge.

»Eines Tages war der Pirschgänger unterwegs und traf eine

Frau, die gerade ihre Kleidung wusch. Sie kam ihm schöner vor als alles andere, was sein Bruder je erschaffen hatte, und er nahm sie zur Frau.

Solange sie lebte, war der Pirschgänger überglücklich, aber da sie eine Schöpfung seines Bruders war, waren ihre Tage von Geburt an gezählt. Als sie eine sehr, sehr alte Frau war, ging der Pirschgänger zu seinem Bruder und flehte ihn an, die Macht der Zerstörung zu brechen, die eigene Magie des Pirschgängers, damit sie nicht sterben musste.

Aber das war etwas, was der Weber nicht tun konnte. Wenn er diese Macht brach, würde er sowohl sich selbst als auch seinen Bruder vernichten. Denn damit das gesamte Sein weiterhin existiert, darf die Macht des Schöpfers niemals größer sein als die des Zerstörers.

Da der Weber also auch seine vollkommenste Schöpfung nicht rettete, schwor der Pirschgänger, alle Schöpfungen seines Bruders zu vernichten. Aber er wartete, solange seine Frau noch lebte, denn er konnte es nicht ertragen, auch nur einen Moment mit ihr zu verlieren, bevor es sein musste.

Als sie im Sterben lag, gab die Frau ihrem Mann ein Getränk, das der Weber vorbereitet hatte, und der Pirschgänger schlief ein, als sie ihren letzten Atemzug tat.«

Es war eine romantische Geschichte, aber der Gelehrte erzählte sie auf die gleiche trockene Art, mit der Jes seine Lektionen rezitiert hatte – vielleicht sogar eine Spur weniger mitreißend.

»Der Weber wusste, ohne seinen Bruder würde seine Macht das gesamte Sein ebenfalls zerstören, also trank er die gleiche Tinktur, die der Pirschgänger getrunken hatte. Und während er schlief, träumte er ein Gewebe, das sie beide zudeckte und seine Schöpfungen vor ihnen beschützen sollte, wenn sie wieder erwachten.«

Der Gelehrte hörte auf zu sprechen.

»Das klingt nicht wie das Ende der Geschichte«, sagte Seraph.

»Die Geschichte vom Weber und dem Pirschgänger wird kein Ende haben, ehe das gesamte Sein endet«, erwiderte der Gelehrte. »Und zu diesem Zeitpunkt wird es niemanden mehr geben, der das Ende erzählen kann.«

Hennea seufzte und wollte etwas sagen, hielt aber inne, als sie ein Geräusch von der Treppe hörten.

Gura war der Erste, der sie erreichte und winselnd und schwanzwedelnd versuchte, Seraph auf den Schoß zu klettern. Da er um einiges schwerer war als sie, fiel es ihr nicht leicht, sich zu retten, bis Tier den Hund am Halsband wegzog.

»Gura, sitz«, sagte er, und der Hund ließ sich nieder und wirkte schuldbewusst. Seraph setzte sich wieder gerade hin und rieb Guras Seite mit der Zehenspitze, und er wedelte erneut fröhlich mit dem Schwanz.

Jes war mit Tier gekommen, und nun starrte der Hüter den Gelehrten an, an dessen Miene sich nichts geändert hatte – ebenso wenig wie an seiner Konzentration auf Hennea.

»Wo sind die anderen?«, fragte Seraph.

»Ich habe sie im Lager gelassen, wo sie Fleisch braten. Da wir eine Weile hier sein werden, hat Lehr einen Rehbock geschossen. Jes und ich wollten euch zum Abendessen holen.« Tier warf einen Blick zu der Illusion, dann sah er stirnrunzelnd noch einmal hin. »Euer Freund kann gern mitessen.«

»Danke«, sagte der Gelehrte und wandte sich Tier zu, als hätte er ihn gerade erst bemerkt. »Aber ich brauche keine Nahrung, und ich darf die Bibliothek nicht verlassen.« Er hielt kurz inne. »Es ist gut, dass ihr außerhalb der Stadt lagert. In der Nacht wandeln die Toten durch die Straßen.«

»Es ist eine Illusion«, sagte Hennea zu Tier. »Eine von Hinnums Illusionen.«

»Er hat uns eine Geschichte erzählt«, sagte Seraph. »Ich

denke, du solltest sie ebenfalls hören. Gelehrter, würdest du bitte die Geschichte vom Weber und dem Pirschgänger erzählen?«

»Selbstverständlich.«

Als der Gelehrte fertig war, rieb sich Tier das Kinn und sagte: »Der Pirschgänger war also nicht etwas, das die Zauberer dieser Stadt schufen?«

»Nein«, erwiderte der Gelehrte.

»Die Geschichten sind falsch«, sagte Seraph.

»Warum sind die Zauberer dann gegangen?«, fragte Tier. »Warum haben sie die Stadt auf diese Weise erstarren lassen? Warum ist die Bibliothek das Einzige, das nicht in der Zeit erstarrt ist?«

»Es gab hier nichts mehr für sie. Das war ein Teil des Preises, den sie für ihre Taten zu zahlen hatten. Aber sie konnten nicht ertragen, die Bibliothek für immer zu verlieren.«

Hennea verzog das Gesicht. »Wenn sie den Pirschgänger nicht geschaffen haben, was hatten sie sich denn sonst vorzuwerfen?«

Zum ersten Mal verlor die Illusion ihr Lächeln, und etwas sehr Altes blickte aus den jungen Augen. »Sie haben die Götter getötet«, flüsterte er, und dann war er verschwunden, als hätte es ihn nie gegeben.

Der Hüter knurrte.

Im Lager erzählte Tier den anderen die Geschichte des Pirschgängers, während sie Fleisch über dem Feuer brieten. Soweit Seraph es sagen konnte, verwendete er dazu die gleichen Worte wie zuvor der Gelehrte.

»Ich dachte, der Pirschgänger sei ein böses Wesen«, sagte der Kaiser und verfütterte den letzten Rest seines gebratenen Fleischs an Gura, der es begeistert annahm. Der Hund hatte auf ihrer Reise entdeckt, dass Phoran und seine Leibwächter nicht so abgehärtet gegenüber bittenden Blicken waren wie seine Familie, und diese neue Macht bei jedem Abendessen ausgenutzt.

»Das war er zumindest in den Geschichten, die ich von meinem Clan hörte«, stimmte Seraph zu.

»Es war also nicht die Erschaffung des Pirschgängers, die zum Sturz der Zauberer von Colossae führte?« Lehr lehnte sich auf die Ellbogen zurück und starrte nachdenklich ins Feuer.

»Ellevanal sagt, die Reisenden hätten ihre Götter getötet und verschlungen.« Seraph stützte die Ellbogen auf die Knie und das Kinn auf die Hände. »Mein Vater meinte immer nur, dass es keine Götter gebe, aber Hennea – und der Gelehrte – behaupten, die Götter seien tot.«

»Ich weiß nicht mehr, wo ich das gehört habe«, sagte Hennea, und Jes rieb ihr sanft die Schulter.

Hennea war sehr still gewesen, seit sie die Bibliothek verlassen hatten, aber das war für einen Raben nicht ungewöhnlich. Seraph hätte ihren Verdacht, dass die andere Frau sich über etwas aufregte, bald wieder abgetan, aber Jes schien ebenfalls um sie besorgt zu sein.

»Der Schatten ist jedenfalls böse«, verkündete Lehr entschlossen. »Er hat eine ganze Stadt getötet, eine Siedlung, die größer war als Redern. Er tötete Benroln, Brewydd und alle anderen aus Rongiers Clan. Er brachte den Zauberern des Pfads bei, wie man Weisungen stiehlt.«

»Der Schatten ist böse«, stimmte Seraph zu.

Phoran räusperte sich, und Seraph sah ihn an. Er warf einen Blick zur untergehenden Sonne und sagte: »Ich sollte erwähnen, dass letzte Nacht das Memento wieder aufgetaucht ist. Ich fragte es, ob es wisse, wer der Schatten sei, aber es verneinte. Vielleicht fällt ja einem von euch eine Frage ein, die ich ihm heute Nacht stellen kann?«

»Ja«, antwortete Seraph, bevor jemand anders etwas sagen konnte. »Ich würde gern mehr über den zweiten Teil des Bannes wissen, mit dem die Weisungen gestohlen werden, um sie an Edelsteine zu binden.«

Als das Memento Phoran in dieser Nacht zu sich rief, ging Seraph mit dem jungen Kaiser. Sie bat alle anderen, im Lager zurückzubleiben.

»Wenn es damit einverstanden wäre, dass alle hier sind, würde es Phoran nicht zwingen, zu ihm zu kommen«, sagte sie zuerst zu Jes, dann zu Kissel und Toarsen. »Ich werde dafür sorgen, dass Phoran nichts zustößt – und er wird auf mich aufpassen.«

»Ich fürchte, Jes wird uns dennoch folgen«, sagte sie zu Phoran, als sie auf den kleinen Hügel zugingen, auf dem er in der Nacht zuvor gewesen war. »Dagegen kann ich nichts tun – aber er wird darauf achten, dass ich ihn nicht sehe, und sich hoffentlich nicht einmischen, wenn das Memento erscheint.«

Phoran lächelte auf sie hinab. »Wenn *ich* versucht hätte, Toarsen und Kissel zurückzulassen, würden wir uns jetzt immer noch streiten.«

»Ja«, stimmte sie zu. »Aber Ihr seid auch nur ein Kaiser, und ich bin ein Rabe.«

Er hätte nicht sagen können, ob sie das ernst meinte oder nicht. Er nahm eher an, dass es nicht der Fall war.

Das Memento erschien erneut. Es sagte nichts zu Phoran und schien Seraph überhaupt nicht zu bemerken. Diesmal nährte es sich von Phorans Handgelenk. Der junge Kaiser hatte gehofft, es werde in Seraphs Gegenwart vielleicht erträglicher sein, aber irgendwie fühlte es sich noch schlimmer an. Als ob, dachte er, eine Zeugin dieses Akts die Demütigung und das Gefühl von Missbrauch noch erhöhte. Die Schmerzen waren schrecklich wie immer.

Als es fertig war, sagte das Memento: »Weil ich dein Blut genommen habe, schulde ich dir eine Antwort. Wähle deine Frage.«

Phoran kam unsicher auf die Beine und spürte, wie Seraph ihm den Arm um die Mitte legte, um ihn zu stützen.

Er versuchte sich zu erinnern, was Seraph ihm gesagt hatte. »Der Bann, den die Meister benutzten, um die Weisungen von Reisenden zu stehlen und sie an Edelsteine zu binden, hat drei Teile. Was passiert beim zweiten davon?«

»Die Meister nehmen den Stein, der bereits an die Weisung gebunden ist, und stecken ihn in den Mund eines Mannes. Dieser Mann ist das Opfer, von dem der Bann seine Macht erhält. Sie schneiden ihm die Kehle durch, und wenn er tot ist, nehmen sie den Stein wieder aus seinem Mund.« Das Memento schwankte, und seine Stimme wurde heiser, als es sich an den Schmerz erinnerte. »Sie nahmen den Stein, noch warm vom letzten Atemzug des toten Mannes, und berührten mich damit. Ich konnte das Ziehen spüren; ich wusste, dass etwas Schlimmes geschehen würde.«

»Es passiert direkt danach?«, fragte Seraph eindringlich. »Du wusstest es sofort?«

»Ja«, sagte das Memento, aber es klang jetzt anders als zuvor. Es klang wie ein leidender Mensch.

»Tier hat seit diesem Nachmittag in der Schänke gewusst, dass es anfing.«

Phoran glaubte nicht, dass Seraph mit dem Memento sprach, aber es sagte »Ja«, und dann verschwand es.

»Kommt«, sagte Seraph und löste sich so weit von Phoran, bis sie ihn am Arm hielt und nicht mehr um die Taille. »Ich muss mit Lehr und Tier reden.«

Phoran war so müde, so erschöpft, und das Lager schien so weit weg zu sein.

»Kommt«, sagte Seraph sanfter. »Euer Memento hat mir

einen ganz anderen Hinweis gegeben als den, den ich erwartete.«

»Wie meint Ihr das?« Phoran stapfte müde auf das Lager zu.

»Ich dachte, ich würde etwas über die Magie erfahren, die sie benutzt haben«, sagte sie. »Und das habe ich auch – allerdings nichts, was ich verwenden könnte. Aber es hat uns vielleicht einen Hinweis auf den Schatten gegeben.«

Sie waren noch nicht weit gekommen, als Jes sich ihnen anschloss. Ohne zu fragen, schob er die Schulter unter Phorans Arm.

»Stützt Euch auf mich«, sagte er.

Toarsen und Kissel kamen als Nächste.

»Sie haben auch nicht auf *Euch* gehört«, flüsterte Phoran Seraph zu.

Sie lachte. »Zumindest haben sie nicht versucht zu widersprechen.«

Sie setzten Phoran auf seinem Lager ab, und Seraph deckte ihn so geschickt zu, wie seine Kinderfrau es getan hatte, als er noch jünger gewesen war als Rinnie.

»So«, sagte sie. »Und jetzt schlaft.«

Aber er schlief nicht, er schloss nur die Augen und hörte zu.

Seraph rückte ein wenig von Phoran ab und senkte die Stimme. »Lehr, Olbeck war umschattet, als er Rinnie und Phoran angriff.«

»Stimmt«, antwortete er. »Das sagt Jes jedenfalls. Ich habe dir auch erzählt, dass Akavith erwähnte, Olbeck habe den armen Lukeeth umgebracht.«

»Lukeeth starb am selben Tag, als Tiers Weisung angegriffen wurde«, sagte sie. »Jedenfalls, soweit ich weiß.«

»Was hast du herausfinden können?«, fragte Tier und legte die Hand auf ihre Schulter.

Sie hielt seine Hand mit der ihren fest. »Warte«, sagte sie. »Lehr?«

»Ich erinnere mich nicht genau, aber es geschah entweder an diesem Tag oder am Tag davor.«

»Tier, erinnerst du dich, was dich an dem Tag berührt hat, als wir bemerkten, dass etwas mit deiner Weisung nicht stimmt?«

»Ich war den ganzen Morgen in der Bäckerei, Seraph«, sagte er. »Natürlich haben alle möglichen Leute mich angefasst.«

»Sag mir, wer«, forderte sie und drehte sich zu ihm um, damit er sehen konnte, wie wichtig es ihr war. »Sag es mir. Es geht mir nicht um jeden, mit dem du gesprochen hast, nur um die Leute, die dich angefasst haben, Tier.« Er war ein Barde. Er würde sich erinnern können.

»Selbstverständlich Alinath und Bandor«, sagte er bedächtig. »Dann kam der Braumeister mit der Hefe, um zu ersetzen, was wir verloren hatten. Der Müller brachte Mehl. Dann kamen Ciro und sein Sohn. Das waren die einzigen Leute, die mich berührten – jedenfalls, soweit ich mich erinnern kann.«

»Was ist mit der Schänke?«

»Regil berührte mich, als er mir seine Laute gab. Und ich habe Willon die Hand geschüttelt.«

»Einer dieser Leute war der Schatten«, stellte Seraph fest.

Phoran setzte sich auf. »Der Schatten ist ein Rederni? Redern ist ein sehr kleiner Ort, Seraph. Es würde doch sicher auffallen, wenn jemand nicht altert, wie er es sollte.«

»Willon.« Rinnies Stimme war sehr leise. »Willons Laden liegt direkt unter dem Tempel der Fünf. Diese Gänge führten nicht nur unter den Tempel, sie befanden sich hinter seinem Laden. Vielleicht ist er auf sie gestoßen, als er seinen Laden tiefer in den Berg grub.«

»Willon war in Taela, als Tier gefangen gehalten wurde«, sagte Phoran. »Ich sah ihn im Laden seines Sohns.«

»Der Schatten kann keinen Sohn haben«, wandte Hennea ein. »Fortpflanzung gehört nicht zu den Fähigkeiten des Pirschgängers.«

»Meister Emtarig ist nicht wirklich Willons Sohn«, erwiderte Phoran. »Ich erinnere mich nicht, wer mir das erzählt hat, aber Willons Frau starb, ohne ihm Kinder zu schenken, und er adoptierte einen seiner Lehrlinge, einen Waisenjungen.«

»Willon hat mir von der Seuche in Colbern erzählt«, sagte Tier verblüfft. »Sie sind auf dem Rückweg von Taela an Colbern vorbeigeritten, berichtete er. Aber Lehr oder Jes hätten es doch sicher bemerkt, wenn Willon der Schatten wäre.«

»Sie wussten nicht, was er war, bevor das Memento ihm in Taela einiges von seiner Magie nahm.« Hennea tippte ungeduldig mit den Fingern auf ihre Knie. »Aber wenn es wirklich Willon ist, wo sind dann die Leichen? Der Schatten nährt sich von Tod.«

»Colbern«, sagte Lehr.

»Willon ist ein paarmal im Jahr unterwegs«, meinte Seraph. »Vielleicht jagt er zu diesen Zeiten.«

»Die Tempel«, warf der Hüter ein. »Ich saß vor seinem Tempel in Redern und spürte, dass sich etwas davon nährte, aber ich verstand nicht, was da geschah. Der Pirschgänger war nicht der Herr des Todes, sondern der Herr der Zerstörung. Der namenlose König nährte sich nicht nur vom Tod, sondern auch von den Schmerzen und dem Leid, die vor dem Tod kamen. Der Schatten nährt sich von Gefühlen – Hass, Neid, die Dinge, die Bandor verzehrten, bevor Hennea ihn von der Besudelung befreite.«

»Willon kam nach Redern, nachdem ich mit Seraph aus dem Krieg zurückgekehrt war«, sagte Tier. »Es wäre durchaus möglich, dass er uns gefolgt ist, nachdem ich den Mann getötet hatte, den der Pfad Seraph nach dem Tod ihres Bruders hinterhergeschickt hatte. Aber ich dachte, der Schatten altere nicht? Willon ist nun älter als damals.«

Seraph schüttelte den Kopf. »Eine Illusion. Das würde nicht viel brauchen, jedenfalls nicht genug, dass es mir auffallen würde. Redern ist die ganze Zeit von ein wenig Magie umgeben.«

»Mehalla«, sagte Jes, seine Stimme ein Grollen, das Seraph die Nackenhaare sträubte.

Seraph fühlte sich, als hätte ihr jemand einen Keulenschlag versetzt. Er hatte recht. Bei der Lerche, er hatte recht!

»Sie war so krank«, flüsterte Tier. »Sie wurde im Frühjahr krank, und es wurde einfach nicht besser. Aber sie klammerte sich noch Monate ans Leben.«

»Sie hatte Krämpfe«, sagte Lehr. »Ich erinnere mich daran, wie Mutter sie festhielt, damit sie sich nicht wehtat.«

»Wer ist Mehalla?«, fragte Phoran.

»Meine Tochter«, flüsterte Seraph. »Meine Tochter, die Lerche. Sie war nur ein Kleinkind. Er hielt sie wahrscheinlich für leichte Beute.«

Tier legte den Arm von hinten um sie und zog sie an seine Brust. »Er hat meine Tochter getötet.«

Seraph sah, wie Phoran ihren hinter ihr sitzenden Mann anschaute.

»Mein Kaiser«, erklärte Tier mit seidiger Stimme. »Wir werden dafür sorgen, dass Ihr von Eurem Memento befreit werdet, sobald wir wieder nach Redern kommen.«

15

»Der Gelehrte empfindet für ein Wesen, das nicht einmal wirklich lebt, viele Schuldgefühle und große Verzweiflung«, sagte Jes, der sich selbst zur Eskorte für Seraph und Hennea erklärt hatte, als sie wieder zur Bibliothek gingen. Alle anderen, der Hund eingeschlossen, hatten sich aufgemacht, um die Umgebung zu erforschen.

»Hinnum hat ihn geschaffen«, antwortete Hennea, bevor Seraph etwas sagen konnte. »Er war der größte Zauberer von Colossae. Ich nehme an, wenn er die *Mermori* herstellen konnte, war er auch imstande, eine Illusion zu schaffen, deren Empfindungen für Empathen spürbar sind.«

»Aber warum sollte er das bei jemandem tun, der nur dazu dient, Informationen über die Bibliothek weiterzugeben?« Das war eine für Jes' Verhältnisse sehr vernünftige Frage.

»Hast du deshalb darauf bestanden, heute mitzukommen?«, fragte Seraph. Auch sie konnte sich durchaus vorstellen, dass eine von Hinnum geschaffene Illusion nicht die üblichen Einschränkungen hatte, aber sie musste Jes' Logik zustimmen.

»Der Hüter traut ihm nicht, weil er keinen Geruch an sich hat«, fuhr Jes schulterzuckend fort. »Ich habe ihm erklärt, dass der Gelehrte eine Illusion ist, aber weder der Hüter noch ich finden, dass eine Illusion sich so sehr für Hennea interessieren sollte.«

Als sie in der Bibliothek eintrafen, befand sich der Gelehrte nicht im Hauptraum, aber auf einem der Tische lag ein aufgeschlagenes Buch.

Seraph griff danach. Es schien eine allgemeine Abhandlung über eine Art von Zauber zu sein, geöffnet bei einem Kapitel über die »Aspekte des Menschen« – was immer das bedeuten sollte. Aber der Gelehrte hatte es offensichtlich für sie herausgelegt, also fing sie an zu lesen.

Hennea spähte ihr über die Schulter, dann ging sie zu einem der Regale und begann, die Buchtitel zu überfliegen. Jes tigerte eine Weile ruhelos hin und her.

Schließlich blieb er vor Seraph stehen.

»Wenn du dich ein bisschen umsehen willst, dann tu das«, sagte sie, ohne aufzublicken. »Aber sei vorsichtig. Wir kommen schon zurecht. Es sieht nicht so aus, als käme der Gelehrte heute heraus.«

Er schnupperte kurz. »Also gut«, sagte er. »Aber ich werde bald wieder da sein.«

Sie hörte seine raschen Schritte auf der Treppe und dann das Klicken, als die Außentür hinter ihm zufiel.

»Ich habe die Geschichte vom Pirschgänger gestern nicht zu Ende erzählt«, erklang die Stimme des Gelehrten, sobald Jes verschwunden war.

Seraph blickte von ihrem Buch auf und sah die Illusion vor Hennea stehen.

»Und auch nicht, warum die Zauberer gezwungen waren, die Stadt zu opfern«, fügte er hinzu.

»Nein«, sagte Hennea und steckte ein Buch, das sie herausgeholt hatte, wieder ins Regal. »Ich habe mich schon gefragt, warum du das nicht getan hast.«

Der Gelehrte starrte sie mit diesem dünnen Lächeln an, das offenbar mehr eine Maske als ein wirklicher Gesichtsausdruck war. »Macht es euch bequem, und ich werde es erzählen.«

Seraph legte ihr Buch beiseite und setzte sich ans andere Ende der Bank, für die Hennea sich entschieden hatte.

»Der Weber schuf eine Bindung, die sowohl ihn als auch seinen Zwilling davon abhalten würde, direkt mit seinen Schöpfungen in Kontakt zu treten. Aber er konnte sie nicht vollkommen isolieren, denn irgendwann würde ihre Macht sich weiter aufbauen und die Bindungen zerstören. Also schuf er außerdem sechs Götter, die die Macht des Webers und des Pirschgängers kontrollieren sollten.«

Der Gelehrte hielt inne.

»Die Weisungen«, sagte Hennea heiser. Seraph konnte sich nicht so recht erklären, wieso das, was der Gelehrte ihnen erzählte, den anderen Raben so durcheinanderbrachte. »Der Rabe, die Eule, der Falke, der Adler, die Lerche und der Kormoran. Magie, Musik, Jagd, der Hüter, Heilen und Unwetter.«

»Magie, Musik, Jagd, Krieg, Heilen und Wind«, verbesserte der Gelehrte.

»Die Hüterweisung hat nichts damit zu tun, Soldat zu sein«, widersprach Hennea.

»Nein«, sagte der Gelehrte, aber er erklärte seine Antwort nicht weiter.

»Etwas hat die Bindungen des Pirschgängers zerbrochen«, vermutete Seraph. »Die Zauberer opferten die Stadt, um den Pirschgänger neu zu binden. Nicht, weil sie ihn geschaffen hatten, sondern weil etwas, was sie losgelassen hatten, den Gott der Zerstörung befreit hatte.« Das hatte man ihr zumindest beigebracht.

»Die Götter beherrschten diese Welt lange Zeit«, fuhr der Gelehrte fort, und Seraph hätte nicht sagen können, ob er ihre Worte auch nur bemerkt hatte. »Lange genug, dass ein kleines Dorf zu einem Städtchen wurde und dann zu einer großen Stadt. Lange genug für die Zauberer, um überheblich zu werden und sich von der Anbetung der Götter abzuwenden. ›Was nützt es schon, zum Kormoran zu beten, der antworten wird oder auch nicht?‹, fragten sie sich. ›Wenn man Gold zu Korsack oder Terilia oder den anderen Windhexern bringt, werden sie tun, was man will, solange man der erste Kunde ist oder mit dem Gold am großzügigsten.‹«

Der Gelehrte streckte kurz die Hand aus, als wolle er Hennea berühren, aber dann legte er beide Hände wieder auf den Rücken.

»Es half auch nicht, dass die Götter nicht mehr gaben, womit sie einmal so freigiebig gewesen waren. Die große Stadt hatte kein intensives Bedürfnis nach einem legendären Krieger oder einem begabten Heiler. Sie waren nicht abhängig von ihren Ernten, also brauchten sie keinen von den Göttern begünstigten Wettermagier. Die Götter gaben entsprechend weniger und wurden weniger angebetet, aber sie waren nicht unzufrieden mit Colossae – vielleicht waren sie einfach nur gleichgültig.«

Der Gelehrte schloss die Augen. »Bis auf den Raben, denn Colossae war ihre Stadt. Die Stadt der Zauberer.«

Ganz gleich, was ihre Magie ihr sagte, Seraph konnte immer weniger glauben, dass sie eine Illusion vor sich hatte – oder *nur* eine Illusion.

»Kinder wurden an ihren Namenstagen zum Tempel des Raben gebracht«, berichtete der Gelehrte leise weiter. »Die Priester des Raben sagten den Eltern, ob ihre Kinder zur Zauberei begabt waren oder nicht. Wenn Letzteres der Fall war, verriet das Orakel ihnen, welche Art von Zauberei die Spezialität des Kindes sein würde. Manchmal kam der Rabe selbst und segnete ein Kind mit einem Geschenk seiner eigenen Magie, die es nutzen konnte, ohne studieren oder Rituale verwenden zu müssen.«

»Wie bei der Weisung des Raben«, sagte Seraph.

»Ja.«

Alle schwiegen nun.

»Was geschah dann?«, flüsterte Hennea schließlich eindringlich und beugte sich nach vorn. »Es muss etwas Schreckliches gewesen sein.«

»Ja.« Der Gelehrte trat einen halben Schritt von Hennea zurück. »Etwas Schreckliches geschah. Es gab einen jungen Mann. Er hatte die Macht, ein erfolgreicher Zauberer zu sein, denn er war von der Göttin selbst gesegnet worden, aber er hatte keine rechte Motivation dazu. Er lernte nicht – er musste auch nicht lernen, um seinen Lebensunterhalt verdienen zu können, denn sein Vater war ein großer Zauberer und verfügte über beträchtlichen Wohlstand.«

Er wandte ihnen den Rücken zu und starrte die langen Bücherreihen an. »Dieser Junge verliebte sich in ein Mädchen, das ihn ebenfalls liebte – solange das Gold seines Vaters mehr war als das aller anderen Bewerber. Dann kam der Tag, an dem sie einen reicheren Mann fand. Als der Junge Rechenschaft forderte, sagte sie, sie ziehe einen Mann vor, der sich mit den Kampfküsten auskenne, und keinen halb ausgebildeten Zauberer.«

Der Gelehrte seufzte. »Der junge Mann konnte es nicht ertragen, so abgewiesen zu werden. Wenn sie einen Kämpfer wollte, dann würde er eben ein Kämpfer werden. Aber bedenkt, dass er ein fauler junger Mann und daran gewöhnt war, sich zu kaufen, was er haben wollte. Statt einen Lehrer einzustellen und zu lernen, ging er also zum Tempel des Kriegsgotts.«

»Der Adler«, sagte Seraph.

»Aythril, der Gott des Krieges«, ergänzte der Gelehrte, der ihnen immer noch den Rücken zugewandt hatte. »Die Priesterin des Kriegsgotts lachte über die Bitte des jungen Mannes, ihn zu einem Krieger zu machen. Der Kriegsgott würde seine Gunst niemandem schenken, der ihrer so offensichtlich nicht würdig war. Die Priesterin sagte dem Jungen, wenn er ein Jahr und einen Tag übe, werde sie den Kriegsgott um Hilfe für ihn bitten. Der Junge war wütend und beleidigt, denn er war stolz.«

Der Gelehrte beugte den Kopf. »Er ging zu seinem Vater, dem alten, mächtigen Zauberer. Die Leute verhielten sich diesem Mann gegenüber immer sehr vorsichtig, denn er war schnell beleidigt – und die Worte der Priesterin trafen ihn heftig.«

»Hinnum?«, fragte Seraph.

Der Gelehrte drehte sich wieder um und sah Seraph an. »Nein, nicht Hinnum, obwohl auf seinen Schultern genügend Sünden lasten. Der Zauberer hieß Ontil der Pfau. Er betrachtete die Worte der Priesterin als einen Angriff auf seine Stellung, und daher schwor er, sich zu nehmen, was die Priesterin nicht freiwillig gab. Er vergrub sich hier«, – der Gelehrte machte eine Geste, die die gesamte Bibliothek umfasste –, »und für ein Jahr studierte er die obskursten Schriften.«

Wieder sah er Hennea an, obwohl sie seinen Blick nicht einmal erwiderte. Sie starrte ihre Hände an.

»Der alte Zauberer war in seinen Anstrengungen nicht allein. Die Menschen mochten ihn nicht besonders, aber wie ich schon sagte, er war mächtig, und es gab viele, die ihn fürchteten oder seine Gunst suchten. Eines Abends beschwor er zusammen mit vier geringeren Magiern die Macht des Kriegsgotts auf seinen Sohn herab. Aber die Macht des Kriegsgotts lässt sich nicht einfach festhalten – an diesem Abend starben fünfzig Magier. Fünfzig Magier und ein Gott.

Erinnerst du dich, Rabe?« Der Gelehrte beugte sich vor und berührte Hennea leicht an der Schulter.

Seraph zog die Brauen hoch, aber an der Berührung des

Gelehrten war nichts Magisches, das hätte sie gespürt. Warum glaubte er, dass Hennea sich an etwas davon erinnern würde?

Hennea zuckte vor seiner Hand zurück und stand auf. »Danke«, sagte sie distanziert. »Ich werde einen Spaziergang machen.«

Der Gelehrte sah zu, wie Hennea die Treppe hinunterging, und blickte ihr weiter hinterher, bis das Geräusch der Außentür erklang, die sich wieder schloss.

»Du bist nicht nur eine Illusion«, stellte Seraph fest.

Der Gelehrte sah sie an, und nun hatte er kein Lächeln mehr auf den Lippen. »In dieser Nacht wurde ein Kind geboren. Ein kleines Mädchen. Zorn, wie kein Kind ihn haben sollte, verlieh ihrer Stimme Macht – der Zorn eines ermordeten Gottes –, und die Wände bebten von der Kraft, die in den Schreien dieses Kindes lag. Man brachte die Kleine zum Tempel der Lerche, wo die Lerche selbst sie in Schlaf versetzte, bis etwas getan werden konnte.«

Seraph gab ihre vage Absicht auf, Hennea zu folgen. »Der Hüter«, sagte sie.

Der Gelehrte schüttelte den Kopf. »Du hast es beinahe verstanden. Wir hielten die Götter für unsterblich. Aber Ontil bewies uns das Gegenteil. Nur der Pirschgänger und der Weber sind unsterblich. Und der Teil, der von ihnen kam und der den Adler zum Gott machte, überlebte den Tod des Kriegsgotts, wenn auch gebrochen und zerrissen und besudelt vom Zorn des ermordeten Gottes.«

»In dem Kind.«

»Jahre vergingen.« Er widmete Seraph nun die gleiche intensive Aufmerksamkeit, die er zuvor Hennea geschenkt hatte. »Jahre, in denen den Zauberern klar wurde, dass der Gott der Zerstörung wieder erwachte. Nicht nur in Colossae, sondern überall auf der Welt hörte man von Bergen, die einstürzten, und Meeren, die sich über ihre Küsten erhoben.

Hinnum, der größte Zauberer der Stadt, ging zum Raben und bat um Hilfe – wie er es sein ganzes langes Leben getan hatte.«

»Er war vier Jahrhunderte alt«, sagte Seraph.

Die Augen der Illusion blitzten verärgert auf. »Viereinhalb. Ich – *er* kniete vor ihrer Statue in ihrem Tempel nieder und flehte um Hilfe.« Seraph erkannte, dass seine Augen nicht von Ärger allein glänzend geworden waren, denn nun lief ihm eine Träne über die Wange. »Sie ging gerne mit ihm in den Gärten hier spazieren, denn Hinnum war ihr Favorit. Sie argumentierten und zankten sich wie Kinder, und als Hinnums dritte Frau starb, die er von allen am meisten geliebt hatte, hat sie ihn die ganze Nacht im Arm gehalten, während er weinte.«

»Sie liebte ihn«, flüsterte Seraph.

»Wie einen Sohn«, sagte er. »Ihr Liebster, ihr Gefährte war der Adler.«

Seraph schnappte entsetzt nach Luft, so versunken war sie in seine Geschichte. »Und die Zauberer hatten genau jene Gaben, die sie ihnen geschenkt hatte, genutzt, um ihn zu töten.«

Der Gelehrte nickte. »Sie gab sich selbst die Schuld, und uns.« Er schloss kurz die Augen. »Sie war so wütend. Während Hinnum betete, hörte er, wie andere hereinkamen, aber bis die Eule sprach, war ihm nicht klar gewesen, wer da den Tempel des Raben betreten hatte. Es war das erste Mal, dass er einen der anderen Götter sah.«

Er setzte sich neben Seraph und nahm ihre Hände in die seinen. »Die Eule war … sie war wie dein Mann. Sie half mir auf, sodass ich wieder aufrecht stand, und ich sah die anderen.« Er hielt inne, und Seraph kam zu dem Schluss, ihn nicht darauf hinzuweisen, dass er wiederum behauptete, Hinnum zu sein. Sie würde warten, bis er mit dem fertig war, was er ihr zu erzählen hatte. Hinnum, dachte sie, Hinnum würde wissen, wie sie Tier retten und den Schatten töten konnte – und irgendwie war diese Illusion Hinnum.

»Der Jäger war kein besonders hochgewachsener Mann«, sagte der Gelehrte gerade, »und er sprach auch nicht viel, aber wenn er im Raum war, war ich mir seiner immer bewusst, selbst der Gegenwart der anderen Götter. Der Kormoran glich der Statue in seinem Tempel – das taten sie eigentlich alle –, aber der Kormoran sah aus, als gehöre ein Lächeln auf sein Gesicht. In dieser Situation lächelte er nicht, aber ich konnte sehen, dass ihm ein freundlicher Gesichtsausdruck am vertrautesten war. Die Lerche mochte ich nicht – ich weiß nicht, warum. Vielleicht lag es an der Art, wie sie das Kind hielt, das in ihren Armen schlief, das kleine Mädchen, das den Zorn und die Macht des Kriegsgottes in sich trug – sie hielt es, als wäre es ein Stein oder ein Felsblock und nicht ein Kind, das wegen der Sünden anderer litt.«

Der Gelehrte ließ Seraphs Hände wieder los und schlug die Hände vors Gesicht. »Die Eule rief meine Herrin und zwang den Raben, ihrem Ruf zu folgen. Ah, wenn ich doch vor diesem Tag hätte sterben können!«

Er seufzte und ließ die Arme schlaff an den Seiten herabfallen. Als er weitersprach, setzte er seine Geschichte mit größerer Distanziertheit fort.

»Als der Rabe kam, zeigte die Lerche ihm das schlafende Kind und sagte: ›Ich bin nicht mächtiger, als dein Gefährte es war, Rabe. In einem Monat werde ich seinen Zorn in diesem Kind nicht mehr zum Schlafen bringen können. Und dann wird seine Macht diese Welt verwüsten, und nichts wird sie aufhalten können.‹

›Es geht nicht um dieses Kind oder um den Adler‹, sagte der Kormoran. ›Es geht um den Weber und den Pirschgänger. Der Tod des Adlers hat die Bindungen, die sie halten, geschwächt. Wir müssen das Gleichgewicht wiederherstellen.‹«

Der Gelehrte senkte den Kopf. »Dann sprach der Weber. Ich weiß nicht, was er sagte, denn seine Stimme überwältigte mich, und ich verlor das Bewusstsein. Als ich wieder zu mir kam, war nur noch der Rabe da, saß neben mir und strich mir übers Haar.«

Wieder liefen dem Gelehrten Tränen über die Wangen, aber er schien sie nicht zu bemerken. »Der Rabe sagte: ›Wir geben euch Sterblichen die ganze Zeit kleine Stücke unseres Götterseins – ihr nennt sie Geschenke: Ein kleines Kind, das einen Ton perfekt halten kann, ein Krieger, dessen Reflexe schneller sind als die der meisten, eine Hebamme, deren Patientinnen nie an Kindbettfieber sterben.‹« Der Gelehrte unterbrach sich einen Moment, denn seine Stimme war zu belegt, als dass er fortfahren konnte.

»Sie hat die anderen Götter getötet«, sagte Seraph verblüfft, als ihr klar wurde, was geschehen sein musste. »Ellevanal sagte, die Reisenden hätten ihre Götter getötet und sie verschlungen, und er hatte recht.«

»Wir töteten sie, der Rabe und ich«, stimmte der Gelehrte zu. »Sie entschieden sich zu sterben, weil dies die einzige Möglichkeit war, das gesamte Sein zu retten. Sie opferten sich, und ihre Seelen flogen davon und ließen nur ihre Macht zurück. Der Rabe zeigte mir, wie ich diese Macht aufteilen und an die Weisungen binden konnte, damit sie, wenn ihre sterblichen Träger starben, einen anderen Weisungsträger finden würden.«

»Aber die Macht des Adlers war anders«, flüsterte Seraph. »Er war kein freiwilliges Opfer gewesen und wollte seine Macht nicht gehen lassen.« *Mein armer Jes,* dachte sie. »Empathen. Du hast Empathen die Macht und den Zorn des Kriegsgotts gegeben.«

Als Hennea aus der Bibliothek rannte, wusste sie nicht einmal, was sie so aufgeregt hatte, nur, dass sie es nicht ertragen konnte, noch ein einziges weiteres Wort von dem Gelehrten zu hören. Die Flut von Zorn, von Schmerz, war so gewaltig – und Hennea hatte keine Ahnung, wo sie hergekommen war.

Sie ging rasch umher und hatte dabei kein anderes Ziel, als sich körperlich zu ermüden und Gelegenheit zu erhalten, ein wenig mehr nachzudenken. Ruhig zu werden. Ein Rabe sollte nicht zulassen, dass er sich so aufregte. Schreckliche Dinge geschahen, wenn ein Rabe die Beherrschung verlor.

Sie folgte einem schmalen Weg hinter eine Rosenhecke, fand einen kleinen Brunnen und setzte sich davor auf eine Steinbank. Die Rosen in der Hecke waren weit zur Sonne geöffnet, sonderten aber keine Spur von Duft ab.

Es dauerte lange, aber schließlich drang der Friede der Szenerie ihr bis in die Knochen, und sie fühlte sich wieder mehr wie sie selbst. Sie steckte eine Hand ins Wasser des Brunnens und zog sie dann wieder heraus, damit sie trocknete. Es gab eine Zeitbarriere zwischen ihrer Hand und dem kühlen Wasser, in dem einmal kleine Fische gelebt hatten. Sie konnte das Wasser nicht berühren, weil es nicht in dieser Zeit existierte, jedenfalls nicht wirklich.

Die Erinnerung daran, wie dieser Zauber funktionierte, gehörte ihr. Sie konnte ihn brechen, wenn sie wollte. Sie erinnerte sich nicht, wo sie das gelernt hatte; gestern hatte sie es noch nicht gewusst.

Sie hörte ihn nicht kommen. Sie bemerkte ihn nicht, bis er die Hand um ihr Handgelenk schloss und sie auf die Beine zog.

»Jes?«, flüsterte sie, aber sie wusste es besser. Die Hand, die sie so sorgfältig gepackt hatte, brannte vor Kälte.

»Nein.« Der Hüter sah ihr ins Gesicht, während nackte Angst über sie hinwegwusch, durch sie hindurchfuhr, ohne sie wirklich zu berühren, denn sie konnte ihn niemals fürchten. »Jes ist, wo ihm nichts wehtun kann.«

Sie hatte sich geirrt – sie war nicht immun gegen Angst. Die Worte des Hüters erschreckten sie.

»Das darfst du nicht tun«, sagte sie. »Du kannst ihn nicht wegschließen. Er ist ein Empath – er muss bei dir sein.«

Der Hüter verzog den Mund zu einem Ausdruck, den sie noch nie auf Jes' Gesicht gesehen hatte, obwohl sie ihn kannte. Es war ihr schmerzlich vertraut. Wo hatte sie das schon einmal vor Augen gehabt?

»Ich brauche keine Ratschläge von *dir*, wie ich Jes behandeln soll«, sagte der Hüter, und ihr wurde schließlich klar, dass er wütend auf *sie* war – so wütend, dass er Jes davon hatte ausschließen müssen.

»Was ist denn?«, fragte sie. »Sind Tiers Anfälle schlimmer geworden?«

Er fauchte sie an, das Zischen einer zornigen Bergkatze aus einem Menschenmund, dann drehte er sich auf dem Absatz um, ging davon und zerrte sie hinter sich her.

»Papa stirbt – oder wusstest du das nicht?« Seine Stimme war leise und drohend. »Bedeutet dir das nichts?«

»Du solltest mich besser kennen«, sagte Hennea und versuchte, seinen Zorn mit ihrer Beherrschung zu beantworten.

Als wäre ihre ruhige Stimme mehr, als er ertragen konnte, riss der Hüter sie zu sich herum und schüttelte sie kurz. Diese kleine Gewalttätigkeit schien seine Frustration jedoch nur noch zu vergrößern – er knurrte tief und zornig.

Er senkte den Kopf und küsste sie. Es war ein harter Kuss, aus Zorn geboren. Sie fühlte, wie ihre Unterlippe unter dem Druck aufriss. Als er ihr Blut schmeckte, zögerte er, dann stieß er sie von sich weg, ließ aber ihr Handgelenk nicht los.

Er blieb noch einen Moment reglos stehen, dann ging er weiter. »Papa lässt seine Laute im Gepäck, und meine Mutter weint sich jeden Abend in den Schlaf. Beide verstellen sich den ganzen Tag, damit sie uns nicht wehtun.« Seine Stimme war so leise, dass sie sie ebenso spürte, wie sie sie hörte.

»Das ist jetzt nicht anders als heute früh«, sagte Hennea. »Aber deine Mutter und ich kommen den Antworten, die wir brauchen, näher. Wir wissen, wer der Schatten ist. Hüter …«

Sie brach ab, denn plötzlich erkannte sie die Straßen, über die der Hüter sie führte, sie wusste, wohin sie gingen – und sie hatte keine Ahnung, woher das kam.

Sie blickte auf zu Jes' Gesicht und sah, dass der Hüter ihr jetzt nicht zuhören würde, nicht, solange er seine Wut nicht ausgetobt hatte – und vielleicht nicht einmal dann. Es war nicht gut, dass er Jes nicht an die Oberfläche ließ. Starke Gefühle bildeten eine solche Gefahr für den Adler: Liebe, Hass … und Verrat. Wie er ihr Handgelenk gepackt hielt, gab ihr allerdings Hoffnung: Nicht ein einziges Mal war sein Griff fest genug gewesen, um ihr einen blauen Fleck zu verursachen.

Sie behielt diese Hand im Auge und ließ sich von Jes zum Ende der Straße führen, wo ein Tempel stand, der ganz ähnlich aussah wie der, den sie an ihrem ersten Tag in Colossae gefunden hatten. Jes zerrte sie durch die offenen Türen des Tempels in einen Vorraum mit dicken Teppichen. Dann gingen sie über eine zweite Gruppe von Stufen, vier davon, und durch einen anderen Eingang in den Hauptraum. Er blieb nicht stehen, als die Teppiche weißem Marmorboden wichen, sondern zog Hennea zum anderen Ende des Raums. Er packte ihre Schulter mit der freien Hand und brachte sie vor sich, sodass sie direkt vor der schwarzen Marmorstatue des Raben stand, die sich auf dem Podium des Tempels befand.

Wie ihre Schwestergöttin, die Eule, war der Rabe nur in einen Rock mit einem Gürtel gekleidet, auf dessen Schnalle ihr Zeichen angebracht war, aber es gab an dieser Statue keine Farbe. Eine Hand ruhte an ihrer Seite, und auf der anderen, zum Raum erhobenen, saß ein Rabe mit Rubinaugen. Im Kontrast zu dem fröhlichen Ausdruck der Eule war das Gesicht der Rabengöttin gelassen – rabenhaft.

Ihre Züge waren die von Hennea.

»Auf dem Gürtel steht Alhennea«, sagte der Hüter. Jes hätte den Gürtel nicht lesen können. »Hast du deinen Namen verkürzt, als du zu meiner Familie kamst? Warum bist du zu uns gekommen? Hast du dich gelangweilt? Wolltest du eine Weile mit den Leben von Sterblichen spielen?«

Der Schock ließ sie wie erstarrt dastehen, dann sackte sie unter dem plötzlichen Gewicht der Erinnerungen, die Hinnum ihr vor langer Zeit gestohlen hatte, zu Boden. Sie prallte fest auf, und trüb wurde ihr bewusst, dass sie morgen blaue Flecke haben würde.

Stärker als die Erinnerungen jedoch waren die dazugehörigen Gefühle.

»Ich kenne dich überhaupt nicht«, fauchte er, und so üppig ihr eigenes Bankett der Verzweiflung auch sein mochte, sie hörte ihn dennoch, hörte die Qual unter dem Zorn in seiner Stimme. »Du hättest meinen Vater heilen können. Du hättest den Schatten in Taela töten und Phoran vor dem Memento retten können.« Er fuchtelte mit den Armen, und sie sah eine Spur von Jes in den Augen des Hüters. »Du hättest den Pfad zerstören können, schon bevor er entstand. Du hättest den Clan meiner Mutter retten können.«

»Jes«, sagte sie heiser. »Ich bin nicht sie.«

»Doch, das bist du«, widersprach er störrisch, und nun war es Jes, dem sie gegenüberstand. »Glaubst du, weil ich deine Gefühle nicht lesen *muss*, wenn ich dich berühre, dass ich es überhaupt nicht könnte? Ich habe gespürt, wie du diesen Ort wiedererkannt hast. Du kanntest ihn. Du bist sie.«

Wieder wurde ihr Blick von der Statue angezogen. »Ich – ich glaube, ich war es einmal.«

Wieder blickte sie Jes an und suchte nach Worten, die den mörderischen Schmerz in seinen Augen dämpfen würden. Er hörte zu, hörte sie, während der Hüter ihn nur vor ihr schützen wollte. Seraph hatte recht gehabt: Ihr Sohn war stark. Es gab nicht viele mit der Weisung des Adlers, die einem Hüter die Kontrolle entringen konnten.

»Ich werde vor deinem Vater schwören, der immer noch Barde ist, dass ich bis vor einem Moment nicht wusste, wer ich war.« Sie hätte noch mehr gesagt, aber eine Erinnerung überwältigte sie. Sie schrie auf, ein schaudernder, unartikulierter Schrei, und beugte sich vor, bis sie mit der Stirn auf den Marmorboden schlug. Ein Teil von ihr spürte den Schmerz, aber das klare Bild eines roten Flecks, der sich auf dem bunten Rock der Eule ausbreitete, beanspruchte den größten Teil ihrer Aufmerksamkeit. Sie konnte den kühlen Griff des Messers beinahe spüren.

Dann befand sie sich wieder in der Gegenwart, und Jes schmiegte sich an sie und zog sie auf seinen Schoß.

»Ich habe dich nie verraten, Jes. Ich spiele nicht mit Menschen, die ich … mit Menschen, die ich liebe«, brachte sie heraus. »Ich habe diese Art von Macht nicht mehr, ich habe sie weggegeben.« Die Worte kamen schneller und schneller. »Wir nahmen meine Macht und teilten sie auf, sodass sie im Gleichgewicht mit der der anderen war. Es gab keinen Kriegsgott mehr, und so mussten die anderen Götter ebenfalls sterben. Ich musste für den Bann sorgen, der die Stadt opferte; niemand sonst wusste, wie sie es tun sollten. Aber ich hätte ebenfalls sterben sollen; Hinnum schwor, er würde mich umbringen, aber ich glaube, er hat es einfach nicht über sich gebracht. Stattdessen nahm er mir mein Gedächtnis.«

Jes küsste sie auf die Stirn, und das war zu viel, denn sie wusste, dass ihre unbeherrschten Gefühle ihm wehtaten. Sie wollte Jes nicht wehtun, konnte es nicht ertragen, ihm wehzutun.

Sie riss sich von ihm los und taumelte von ihm weg. Ihre Nase lief, und ihr Gesicht war nass. Sie zog das Hemd hoch, wischte die Tränen ab, putzte sich die Nase und zog sich weiter von Jes zurück, bis sie die Wange gegen eine Wand lehnen konnte.

»Ich sollte tot sein«, sagte sie ruhig und drückte die Haut an den kalten Marmor. Dann schlug sie so fest sie konnte mit der flachen Hand gegen die Wand und genoss den Schmerz, der so viel leichter auszuhalten war als ihre Erinnerungen. »Ich sollte tot sein!« Sie schrie es heraus, spürte, wie es durch ihre Lunge toste und ihr ein wenig Druck nahm. Sie hätte die Wand noch einmal geschlagen, diesmal mit der Faust, aber Jes fasste sie sanft am Handgelenk, öffnete ihre Finger und legte ihre Handfläche an die Wand, bevor er sie wieder losließ.

Sie starrte ihre Hand an.

»Ich bin so *alt!* Ich habe so viele Male versagt, ich …« Sie hielt inne. Sie hatte nicht das Recht, ihn mit ihrem Schmerz zu belasten; er hatte genug eigenen. Sie würde so viel wiedergutmachen, wie sie nur konnte. »Ich bin keine Göttin mehr, nur sehr alt.« Nein, sie musste aufhören, vor sich hin zu schwafeln. Sie holte tief Luft und spürte, wie sich ihr Gesicht entspannte, als sie die Beherrschung wiedererlangte. »Ich bin ein so jämmerliches Geschöpf, dass ich nicht einmal den *Solsenti*-Zauberer Volis töten konnte, denn ich war nicht imstande, mich von seinem Bann zu befreien. Ich dachte, ich könnte deiner Mutter zumindest helfen zu verstehen, was mit Tier geschah. Ich dachte nicht, dass sie ihn retten könnte, aber ich wollte, dass sie zumindest die anderen Clans benachrichtigte.«

Sie machte eine hilflose Geste. »Ich hoffte, dem Pfad und dem Schatten ein wenig Ärger machen zu können, nichts als kleine Schläge, verstehst du, weil ich nicht mehr ausrichten konnte als das. Ich bin nicht daran gewöhnt, um Hilfe zu bitten oder welche anzubieten. Reisende sind keine großzügigen Menschen. Sie tun, was sie tun müssen, wie ihre Geschichte es verlangt, aber sie haben keine Freude daran. Ich hatte nicht erwartet, dass deine Mutter mir helfen würde.«

Sie musste noch einmal tief Luft holen, damit sie sich zusammennehmen konnte. Sie war froh, dass er hinter ihr stand, damit sie ihn nicht ansehen musste. »Ich hätte nicht erwartet, was geschah – aber ich habe ganz bestimmt nicht einfach untätig dagesessen, während deine Familie ihr Leben aufs Spiel setzte, Jes. Ich habe ihnen mit all meiner Kraft geholfen.«

Sie hörte auf zu reden, weil es nichts mehr zu sagen gab und weil sie sich, wenn sie auch nur einen einzigen weiteren Satz sagen müsste, die Kehle wund schreien würde. Sie hoffte, dass ihre Worte genügten, damit Jes das fragile Gleichgewicht, das er so viel länger gewahrt hatte als die meisten seiner Art, behalten konnte. Sie hätte sich von ihm fernhalten sollen, hätte gehen sollen, nachdem sie sich das erste Mal geküsst hatten.

»Ich habe dich noch nie weinen sehen«, sagte Jes liebevoll, dann legte er ihr die Hand an die Wange. Als er ihre Haut berührte, gab er ein leises Zischen von sich, wie jemand, der sich an heißer Asche verbrannt hat.

Sie versuchte, ihre Gefühle zu beherrschen, versuchte sich ihm zu entziehen, damit sie ihm nicht wehtat. Auf keinen Fall wollte sie ihm noch mehr wehtun.

»Schon gut«, sagte er, legte die Hände auf ihre Schultern und drehte sie um.

Sie wehrte sich, denn sie wollte nicht, dass er sie mit fleckigem Gesicht und geschwollenen Augen sah. Sie wollte die Distanz nicht erkennen müssen, die das Wissen darüber, was sie einmal gewesen war, zwischen sie schob. Aber er war stärker als sie und gab nicht nach. Am Ende kam sie zu dem Schluss, das bisschen Würde, das ihr noch geblieben war, zu behalten und nicht mehr gegen ihn anzukämpfen.

Sein Gesicht war ihrem zu nah, als dass sie seine Miene wirklich erkennen konnte, sie sah nur samtdunkle Augen, bevor er den Kopf senkte, um sanft über den Riss in ihrer Lippe zu lecken.

»Ich will dir auch nicht wehtun«, sagte er. »Das will keiner von uns. Es tut mir leid. Ich glaube dir, ich glaube dir. Ich war beinahe sicher, dass du uns nichts vormachen würdest, aber der Hüter musste es ebenfalls glauben. Er wollte mich nicht anhören. Beruhige dich.«

Er küsste sie – ein Kuss, der sich von seinem letzten unterschied wie ein Palast von einem Misthaufen: geschlossener Mund und sanfte Lippen, zart und liebevoll.

»Meine Mutter sagt, Raben können gut Geheimnisse bewahren. Ich glaube, sie hat recht«, murmelte er. »Mein Vater sagt, es sei gefährlich, Geheimnisse vor sich selbst zu haben. Ich glaube, das stimmt ebenfalls.«

Er nahm die Hände von ihren Schultern, als sie aufhörte, sich ihm entziehen zu wollen. Seine rechte Hand streifte sachte ihre Brust und verharrte dann direkt über ihrem Nabel, als spüre er die kleine Kugel von Schmerz, Trauer und Zorn, die sie dort begraben hatte.

»Ich tue dir weh«, sagte sie, aber sie konnte sich nicht dazu bringen, vor seiner Berührung zurückzuweichen. »Ich will dir nicht wehtun. Gib mir ein wenig Zeit, und ich werde …«

»Es wieder begraben?«, grollte er leise an ihrem Ohr. »Ich glaube nicht, dass das klug wäre.« Er küsste ihr Ohr und dann ihren Hals und knabberte sanft an ihrer Haut, als er die Schnur löste, die den Halsausschnitt ihrer Bluse zusammenzog.

Sie hätte geschworen, dass Leidenschaft ihr nichts Neues mehr beibringen konnte, doch unter Jes' unerfahrener, aber intuitiver Berührung stellte sie fest, dass das ein Irrtum gewesen war. Er hatte kaum begonnen, und schon zitterte sie, erfüllt von Angst, er könnte aufhören: aufhören, sie zu berühren, aufhören, mit dieser Samtstimme mit ihr zu sprechen … aufhören, sie zu lieben.

»Bitte«, sagte sie nicht lauter als er. *Bitte lass mich dir nicht wehtun. Bitte berühre mich. Bitte liebe mich.* Sie erlaubte sich nicht, etwas davon laut auszusprechen.

Er begegnete ihrem Blick und lächelte. Beide, Jes und der Hüter. »Mach dir nicht so viele Gedanken«, sagte er, bevor er die Reise fortsetzte, die er gerade erst begonnen hatte.

Scin Mund folgte ihrem Hals bis zum Schlüsselbein, während seine Hände Hitze über die Biegung ihrer Wirbelsäule und dann über ihre Hüften ausbreiteten. Er hielt mit dem Mund über ihrem Nabel inne, lehnte den Kopf gegen das Ziehen von Kummer und Erinnerung, die seine Hand zuvor schon gefunden hatte.

»So viel Qual«, sagte er. »Lass sie mich für dich lösen.« Er drückte die Stirn gegen ihren Körper, direkt unterhalb ihrer Rippen. Seine Wärme lockerte den alten Schmerz tatsächlich, und dann erleichterte die Kühle des Hüters das Ziehen.

»Klammere dich nicht so an deinen Hass und deinen Schmerz«, sagte der Hüter und klang ebenso sanft wie Jes zuvor. »Ich teile meinen Zorn mit Jes, und er wird dadurch weniger. Einige Schmerzen brauchen das Tageslicht, Hennea, damit man sie zählen und dann loslassen kann.«

Sie seufzte und spürte, wie die hässlichen Dinge, die sie so lange insgeheim mit sich herumgetragen und sogar vor sich selbst verborgen hatte, sich in dem Licht wanden, in das er sie gebracht hatte.

»So viele sind tot«, sagte Jes, seine Stimme noch einen Hauch sanfter als die des Hüters. »Zu viele, um sie hierzubehalten.« Seine schwielige Hand streifte liebevoll die Haut über ihrem Herzen. »Du hast sie geliebt, und sie liebten dich. Es würde ihnen wehtun zu wissen, dass sie dir solche Qual bereiten. Lass sie gehen.«

»Du kannst meine Gedanken nicht lesen.« Es erschütterte sie, wie zutreffend seine Worte waren.

»Nein«, erwiderte er. »Aber ich spüre, was du spürst, ich erinnere mich an die, die ich verloren habe, und der Schmerz ist der gleiche. Der Grund ist der gleiche.« Er lächelte an ihrer Wange; sie konnte sein Grübchen spüren. »Eigensucht.«

»Eigensucht?« Das war ein Schlag für sie – wollte er ihr Leid banalisieren? Sie versuchte sich ihm zu entziehen.

Er lachte tief in der Kehle und zog sie noch fester an sich. Die Vibration des leisen Lachens des Hüters berührte etwas tief in ihr, und sie gab erneut nach.

»Eigensucht«, sagte er noch einmal. »Ich weiß nicht, wohin die Toten gehen.« Dann war es Jes, der lachte, was weniger wohlklingend, weniger schön war, aber viel freudiger. »Sie gehen davon und lassen ihre Körper zurück, das habe ich gesehen. Ich habe es *gespürt*. Sie gehen in Freude, Hennea, und Schmerz und Angst bleiben bei denen zurück, die um sie trauern. Bei dir und mir. Und bei diesem Schmerz geht es um uns selbst. Ich werde meine kleine Schwester Mehalla, die in dem Jahr starb, als Rinnie zur Welt kam, nie wiedersehen, und das macht mich traurig. Um meinetwillen. Ich trauere immer noch um sie, obwohl sie schon vor elf Jahren gestorben ist. Die Trauer macht mich nicht zu einem schlechten Menschen, aber sie ist eigensüchtig.« Er glitt an ihr herab, um ihren Bauch zu küssen, dann rieb er die Wange an ihr und blieb mit seinen Nachmittagsstoppeln an ihrem Hemd hängen.

»Lass sie gehen«, sagte er. »Lass nicht zu, dass diese Tode dich weiterhin so quälen.«

Er wartete, als lausche er nach etwas, das sie nicht hören

konnte. Seine Geduld und die Wärme seiner Arme – als wollte er sie vor allem schützen – waren zu viel für sie.

»Ja, das ist es«, sagte er, als sie schluchzte, und stand wieder auf, damit sie ihr Gesicht an seine Brust drücken konnte. »Wir weinen ebenfalls, der Hüter und ich.« Er wiegte sie sanft und sang ein Schlaflied, wie eine Mutter, die ein übermüdetes Kind beruhigen will. Er war kein Barde, aber er hatte eine schöne Stimme.

Als sie sich von ihm löste, wischte er ihr die Wangen mit den Händen ab. »Du musst ihnen verzeihen«, sagte er. »Sie sind lange tot. Und dein Zorn tut nur dir weh. Vergib ihnen, dass sie gestorben sind und dich zurückließen. Vergib Hinnum, wenn er es denn war, der dich zu sehr liebte, um dir den Tod zu erlauben, mit dem du deinen Schmerz lindern wolltest.«

Hennea fühlte sich wund. »Du bist ein Kind«, flüsterte sie. »Wie kannst du solche Dinge wissen?«

Der Schritt, den sie von ihm weg machte, war mehr ein Stolpern als die entschlossene, distanzierende Bewegung, die sie geplant hatte, aber er genügte. Seine Berührung war zu beunruhigend, ihr Bedürfnis danach zu groß.

Er lächelte. »Einige Wahrheiten sind wahr, ganz gleich, wer sie ausspricht. Mein Vater kennt viele davon. ›Verzeihen nützt dir mehr als denen, denen du verzeihst‹, gehört zu seinen liebsten Sprichwörtern.«

Sein Lächeln verschwand, und seine Augen wurden dunkler. »Du hast so viel verloren«, sagte er, und sie wusste nicht, wer da sprach, Jes oder der Hüter. »Hast du denn hinterher gar nichts mehr gefunden? Wurde dir nichts mehr geschenkt?«

Sie starrte ihn an und versuchte, ihre Würde zu behalten, aber er wartete geduldig, ein Leuchten in den Augen.

»Du«, sagte sie.

Er lächelte wieder und kam auf sie zu. Als er sie in eine Umarmung zog, die mehr überschwänglich als sinnlich war, flüsterte er: »Wenn du das nächste Mal würdevoll aussehen willst, solltest du vielleicht vorher deine Bluse wieder zubinden.«

Er lachte, als sie ihn mit einem empörten Schnauben wegstieß. »Komm«, sagte er. »Ich weiß eine Stelle, die sich für das, was ich vorhabe, besser eignen wird als dieser Marmorboden. Ich habe mich ein bisschen umgesehen, bevor uns auffiel, dass das Gesicht der Statue deines war – die schwarze Farbe hat uns zunächst verwirrt.«

»Du hast das Gesicht einfach nicht beachtet«, entgegnete sie, und er warf den Kopf zurück und stieß dieses von Freude erfüllte, jubilierende Lachen aus.

»Eifersüchtig auf eine Statue?«, fragte er und hob sie hoch. »Ein Mann möchte etwas Weicheres und Wärmeres haben als Marmor – ganz gleich, wie schön er sein mag.«

Sie ließ sich von ihm die Stufen zum Podium hinauf und durch die halb verborgene Tür dahinter tragen. Er brachte sie in einen Raum mit einem großen, in den Boden eingelassenen Becken. Das Nachmittagslicht fiel aus verborgenen Oberlichtern aufs Wasser und verlieh ihm ein geflecktes Aussehen.

»Ich erinnere mich, dass das hier immer mein Lieblingsraum war«, sagte sie, als er sie auf eine der dicken Matten auf dem Boden legte.

Der Hüter vergrub sein Gesicht unter ihrem Haar, zwischen ihrem Hals und der Schulter, und atmete tief ein. »Ich liebe deinen Duft«, knurrte er.

»Warte«, sagte sie und entzog sich ihm wieder.

Er ließ sie gehen, auch wenn er die Fäuste ballte und das Gesicht verzog.

»Ich muss es dir sagen«, erklärte sie. »Ich muss es Jes sagen.«

»Jes hört dich«, knurrte der Hüter und drehte sich, bis er auf dem Bauch lag, das Gesicht in den Armen verborgen. »Mehr können wir im Augenblick nicht tun.«

Hennea setzte sich neben ihn und rieb ihm den Rücken, aber dann zog sie die Hand zurück, weil es sie ablenkte, ihn zu berühren und zu spüren, wie er vor Leidenschaft zitterte – und sie wusste, er würde verstehen müssen, was sie war, bevor er sich ihr so verpflichtete.

»Es gab sechs von uns in Colossae. Rabe, Adler, Eule, Kormoran, Lerche und Falke. Wir sorgten durch ein Gleichgewicht unserer Macht für die Sicherheit der Welt.«

Sie zog die Beine an und machte sich klein, während sie ihre neu gefundenen Erinnerungen sortierte und daraus eine Geschichte entwickelte, die Jes verstehen konnte, ohne sich in nutzlosen Einzelheiten zu verlieren.

»Colossae war meine Stadt, und ich liebte sie. Ich liebte die Zauberer, die hier lebten. Sie baten mich um Macht, und ich gewährte sie ihnen.«

Der Hüter drehte sich auf die Seite, damit er sie ansehen konnte. Sein Körper verlor langsam die Anspannung der Leidenschaft.

»Das Einzige, was ich mehr liebte als meine Stadt, war mein Gefährte. Wir waren füreinander geschaffen. Es herrschte Gleichgewicht zwischen uns: Adler für Rabe, Eule für Kormoran und Lerche für Falke. Dann brachten meine Zauberer meinen Adler um, indem sie genau die Macht einsetzten, die ich ihnen geschenkt hatte.«

»Wie haben sie das getan?« Der Atem des Hüters war wieder schneller geworden, aber das hatte nichts mehr mit Begierde zu tun.

»Wie der Pfad eine Weisung von einem Reisenden nahm, stahlen die gierigen Zauberer die Macht des Adlers. Das überlebten sie nicht, aber mein Geliebter starb ebenfalls.«

Er starrte den Brunnen an, seine Miene neutral. Sie konnte nicht deuten, was er wohl dachte.

»Unsere Macht mochte unsterblich sein, Jes, aber der Tod des Adlers hat uns gelehrt, dass wir nicht immun gegen die Gabe des Pirschgängers waren. Wir lebten, alle sechs, um die größeren Götter in Schach zu halten. Unsere Welt ist alt und zerbrechlich; wenn die Macht des Webers und des Pirschgängers jetzt auf sie losgelassen wird, wird sie zerbrechen wie ein alter, ausgetrockneter Keramiktopf. Wir sechs haben das Gleichgewicht bewahrt, das die beiden Götter gebunden hielt.«

»Und einer von euch starb.« Es war Jes, der das sagte, obwohl sie auch die Präsenz des Hüters in der Kälte spüren konnte, die ihr Gänsehaut an den Armen verursachte.

Sie nickte. »Als der Kriegsgott ermordet wurde, rührten sich die Alten Götter. Überall auf der Welt starben Menschen. Die Macht der Alten Götter ist unwillkürlich, ähnlich wie der Schrecken, den der Hüter verbreitet, ob er will oder nicht: Der Weber schöpft, und der Pirschgänger zerstört; sie können nicht anders. Es ist, was sie sind. Sie kamen zu uns, zu denen von uns, die noch lebten, und baten uns, ihnen zu helfen, das Gleichgewicht wiederherzustellen.«

»Sie baten euch, Colossae zu opfern.«

»Was die Alten Götter band, verfiel jeden Tag mehr, weil es kein im Gleichgewicht befindliches Ventil für ihre Macht mehr gab. Wir hatten zwei Probleme, um die wir uns kümmern mussten. Wir mussten neue Bindungen und ein neues Gleichgewicht schaffen. Das Opfer von Colossae war notwendig für die Bindungen – solange die Stadt in der Zeit erstarrt ist, werden die Alten Götter gebunden sein.«

»Aber einer der Götter war tot, also konnte es kein Gleichgewicht geben.«

»Stimmt.« Es klang wie eine Geschichte, dachte Hennea,

nur, dass sie sich jetzt daran erinnerte, als wäre es gestern geschehen. »Die Lerche schlug vor, dass der Weber einen neuen Adler schaffen solle.«

Noch so viele Jahre später brannte der Zorn, den sie darüber empfand, heiß in ihrer Brust – die Lerche hatte so getan, als wäre Henneas Geliebter nichts weiter als eine zerbrochene Schale gewesen, die man mithilfe einer Töpferscheibe und eines Brennofens ersetzen konnte.

»Warum hat er es nicht getan?«

»Er konnte es nicht«, sagte sie. »Die unsterbliche Macht des Adlers war immer noch vorhanden, im Geist eines Kindes, das an dem Tag geboren war, als mein Geliebter starb, und das von der Lerche dazu gebracht wurde zu schlafen. Mein Geliebter ließ seine Macht nicht los, und nicht einmal der Weber oder der Pirschgänger konnten ihn dazu zwingen.

Ich war so wütend auf sie alle.« Er musste wieder daran denken, wie sie ihre Trauer und ihre Schuldgefühle weggeschoben und hinter ihrem Zorn verborgen hatte. »Es war meine Schuld«, flüsterte sie. »Und es war meine Aufgabe, etwas dagegen zu tun, damit wir nicht alle den Preis für meine Dummheit zahlen mussten.«

»Was hast du getan?«

»Die Weisungen wurden bereits geschaffen, bevor die Zauberer Colossae verließen, Jes. Ich schuf sie. Ich nahm die Macht der anderen Götter und entriss sie ihren Körpern, genau, wie man meinem Geliebten seine Macht entrissen hatte. Denn ich war die Göttin der Magie. Ich konnte sie leicht nehmen, reine Macht, an der nichts von der Seele mehr hing. Aber ich konnte es nicht tun, ohne die Götter zu töten.«

Sie schloss die Augen und erinnerte sich, wie es gewesen war, diese Magie zu wirken, zusammen mit einem bleichen, schaudernden Hinnum, der ihr bei allem half, was getan werden musste. »Sie opferten sich selbst, denn fünf Götter konnten die Bindung nicht gewährleisten und die Alten Götter festsetzen, aber ich nahm unsere Macht, zerteilte sie und band sie an Sterbliche, damit ein neues Gleichgewicht entstand.«

»Colossae starb also, um die Macht der Alten Götter zu binden, und die Weisungen wurden geschaffen, um sie weiterhin einzudämmen.«

»Ja«, flüsterte Hennea.

Sie schwieg, bis Jes schließlich sie statt des Beckens ansah. »Aber du hast uns nicht deshalb unterbrochen.«

Sie schüttelte den Kopf, konnte allerdings noch nicht ertragen, es ihm zu sagen, also sprach sie über das kleinere Übel, für das sie verantwortlich war. »Ich hätte ebenfalls sterben sollen, Jes. Hinnum hat mir geholfen, die Macht aufzuteilen und die Raben zu schaffen, und mir blieb nur noch, was ich brauchte, um die Magie anzuleiten, die Colossae opferte. Ich glaube, mein Überleben ist schuld daran, dass der Schatten Macht vom Pirschgänger beziehen kann. Mein Überleben hat in den Fesseln eine Schwachstelle verursacht.«

Jes setzte sich abrupt auf und nahm sie in die Arme, aber sie hatte das Gefühl, dass seine Aufmerksamkeit mehr seinem eigenen inneren Dialog galt. »Nein«, sagte der Hüter einen Augenblick später. »Es war nicht dein Überleben. Du warst der Rabe, und wenn der Rabe tatsächlich überlebt hätte, hätte dies das Gleichgewicht wirklich gestört. Aber es überlebte nicht *der* Rabe, Hennea, sondern *ein* Rabe.«

Sie dachte sorgfältig über seine Worte nach und konnte an seiner Argumentation keinen Fehler finden. »Also gut«, flüsterte sie. »Aber etwas ist schiefgegangen.«

»Hennea?«, flüsterte er, die Lippen an ihrem Ohr. »Warum ist die Adlerweisung anders?«

»Meine Schuld.« Sie war froh, dass er ihr schlimmstes Verbrechen selbst herausgefunden hatte, bevor sie es gestehen musste. »Es ist meine Schuld, und ich bitte dich innigst, mir zu verzeihen.«

Jes saß still hinter ihr, aber er schob sie nicht weg, als sie sich gegen ihn lehnte. »Als meine Schwestern und Brüder starben, fielen ihr Geist und ihr Körper von ihnen ab, und nur ihre Macht blieb. Als die Zauberer den Adler töteten, nahmen sie ihm Macht und Geist gleichermaßen. Ich hätte seine Macht in so kleine Funken teilen können, dass es nicht mehr als ein Glitzern im Auge gewesen wäre, das einem Menschen eine zusätzliche Spur von Mut oder Kraft verlieh. Und sie hätten niemals ein Überbleibsel von ihm gespürt und erst recht nicht seine gesamte Macht. Ich hätte diese Macht in die Obhut eines geborenen Kriegers geben können, damit er seine Begabung auf dem Schlachtfeld auslebte. Aber er war mein Geliebter gewesen.«

»Was hast du also getan?«

Das wusste er doch sicher, dachte sie, aber sie war es ihm schuldig, es laut auszusprechen.

»Ich zerteilte seine Macht, bis sein Zorn über seine Ermordung gering genug war, dass er die Sterblichen, die seine Weisung erhielten, nicht sofort überwältigen würde. Dann gab ich diese Macht den einzigen Menschen, die wissen konnten, was sie in sich hatten. Den einzigen Menschen, die ihn trösten konnten.«

»Empathen wie Jes«, sagte der Hüter.

Sie nickte und wartete auf sein Urteil. Er zog sie auf seinen Schoß und wiegte sie ein wenig, während er nachdachte.

»Wenn«, flüsterte der Hüter, »du mir einen Krieger gegeben hättest, um mich an ihn zu binden, hätte ich Blut vergossen, bis niemand mehr zum Töten übrig geblieben wäre. Ich erinnere mich an ganze Generationen, in denen ich nur wütend war und unfähig, zusammenhängend zu denken. Ohne Jes, der mich liebt, wäre das immer noch alles, was ich bin.«

»Ich weiß, Geliebter«, sagte sie und zog ihn an sich. »Aber so viele haben für meine Entscheidung zahlen müssen. So viele Adler hatten nur kurze Leben. Jes – Jes zahlt einen so hohen Preis für etwas, das wirklich nicht seine Schuld war.«

»Hm«, sagte Jes. »Paps sagt, jeder zahlt einen Preis dafür, dass er lebt.« Er küsste sie hinters Ohr. »Ich mag, wer ich bin, Hennea. Ich kann mir kein Leben ohne den Hüter vorstellen. Ich denke, es wäre schrecklich und einsam, wenn ich ihn nicht hätte. Im Augenblick, in diesem Raum, mit dir in meinen Armen, möchte ich mein Leben mit keinem anderen Menschen tauschen. Bitte mich nicht um Verzeihung – du hast mir nichts angetan. Bitte nicht um unseren Zorn, denn es gibt keinen. Wir lieben dich.«

16

Sehr zu Tiers Erleichterung behielten die Wolken ihr Wasser bei sich, und es gab sogar einen größer werdenden Fleck von blauem Himmel und Sonnenschein, der seine Knochen wärmte.

Er war – abgesehen von seiner Gefangenschaft – seit der Soldatenzeit nicht mehr so lange von zu Hause weg gewesen, aber trotz Augenblicken des Schreckens und der Sorge störte es ihn nicht. Falls seine Frau zu dem Schluss kam, dass sie keine Bauersfrau mehr sein wollte, würde er vielleicht zum Mann einer Reisenden werden und mit ihr durch die Welt ziehen.

Der Hof fehlte ihm allerdings – er vermisste den Geruch nach frisch gepflügter Erde und wachsenden Pflanzen.

Er wandte seine Aufmerksamkeit wieder bewusst der Stadt zu.

Offensichtlich hatten die reichen Leute von Colossae im Universitätsviertel gelebt. Tier, der oben auf einer Gartenmauer saß, konnte unter sich den größten Teil eines Gartens sehen, der zu einem dreistöckigen Herrenhaus gehörte. Es störte ihn, dass es hier keine Vögel und Insekten gab, aber das änderte nichts an der Schönheit der sorgfältig gruppierten Blüten und Bäume.

Das Beste an seiner Position auf der Mauer war jedoch nicht die Fauna von Colossae, sondern die Möglichkeit, all seine Schutzbefohlenen im Auge zu behalten, denn sie neigten dazu, sich zu weit zu verteilen, wenn sie etwas Interessantes entdeckten.

Rinnie trennte sich gerade von Lehr, der halb verborgen von einer Hecke am anderen Ende des Blocks stand, nahe der Grenze des Bereichs, den Tier ihnen zugestanden hatte, bis sie bereit waren weiterzugehen. Das Mädchen ging nun wieder auf Tier zu, Gura an der Seite.

Einen Augenblick später trabte Phoran unvermeidlich hinter Rinnie und Gura drein, wobei er wieder die Miene eines gelangweilten Zynikers zur Schau trug – eine aus früheren Zeiten übrig gebliebene Maske, die er immer aufsetzte, wenn er sich erinnerte, dass er der Kaiser und nicht nur einer von Tiers Jungen war. Phoran hatte viel gearbeitet und lange Tage zu Pferd gesessen, und nun war sein Gesicht schmaler geworden, zeigte breite Wangenknochen und eine feine Nase. Er war kein gut aussehender Mann, aber sein inzwischen braun gebranntes Gesicht hatte eine gewisse Kantigkeit, die einmal interessanter sein würde als nur gutes Aussehen, besonders, wenn er lächelte.

Obwohl er immer noch auffällige Farben trug, wirkte seine Kleidung nach Wochen der Arbeit und des Reitens ein wenig abgetragen. Die kunstvollen höfischen Frisuren hatte er aufgegeben und das Haar einfach zurückgebunden. Insgesamt sah er mehr wie ein Gauner als wie ein Kaiser aus.

Hinter ihm gingen wie immer Kissel und Toarsen. Ielian würde ebenfalls irgendwo in der Nähe sein, aber nicht zu nahe. Er wusste immer, wo sich der Kaiser aufhielt. Tier entdeckte, dass der junge Gardist lässig an einer Gartenmauer auf der gegenüberliegenden Straßenseite lehnte. Rufort hatte die andere Seite des Blocks übernommen und wie Tier eine Position gefunden, die ihm erlaubte, alle im Auge zu behalten. Tier lächelte. Er war stolz auf seine Sperlinge. Sie würden gut auf den Kaiser aufpassen.

Rinnie kam näher, und Tiers Grinsen wurde breiter, als Ielian begann, Toarsen und Kissel lässig zu folgen. *Er* wusste, dass sie Phoran bewachten, aber von außen würde es so aussehen, als wäre Rinnie die wichtigste Person.

Rinnie blieb direkt unterhalb von Tier stehen und schirmte die Augen ab. »Papa«, rief sie. »Lehr sagt, er hat das Rätsel der eingestürzten Häuser gelöst, aber er will mir nichts verraten, bis du kommst.«

»Also gut.« Es war unwahrscheinlich, dass sich außer ihnen noch jemand in Colossae aufhielt, aber die Stille erhöhte seine Wachsamkeit dennoch, und er sah sich noch einmal gut um, bevor er von der Mauer sprang.

Er folgte seiner Tochter, ihrem Kaiser und seinen Wachen die mit Kopfsteinen gepflasterte Gasse entlang bis zur nächsten Querstraße, wo Lehr auf sie wartete. Rufort, bemerkte er aus dem Augenwinkel, schlenderte hinter ihnen her.

»Sieh dir das an, Papa«, sagte Lehr aufgeregt, sobald Tier um die Büsche des kleinen Grundstücks sehen konnte, wo Trümmer anzeigten, dass hier einmal ein Haus gestanden hatte.

Lehr deutete auf den Zaun, der es umgab und der im Vergleich mit seinen Nachbarn eher bescheiden aussah. Er war nur einen Schritt hoch und bestand aus Holz. Der Zaun war kunstvoll mit grünen Ranken und kleinen weißen Blüten bemalt, die sich um die gleichmäßig zugeschnittenen Zaunlatten wanden.

Tier verzog das Gesicht; er hatte diesen Zaun schon einmal gesehen, aber er konnte sich einfach nicht erinnern, wo das gewesen war. Lehr verharrte erwartungsvoll, während Tier eine Hand auf das Holz legte und sich vorbeugte, um sich die gemalten Blumen näher anzusehen. Nein, dachte er, es war kein Zaun gewesen. Wenn sein Gedächtnis noch wie früher wäre, wäre es ihm leichter gefallen, es zu identifizieren.

»Benrolns *Mermora*«, sagte er schließlich. Auf dem Rückweg von Taela hatte er das zugehörige Haus beinahe jeden Tag gesehen, bis Benroln seine Leute nach Colbern geführt hatte. »Das Haus von Rongier dem Bibliothekar hatte dieses Muster auf den Fenstersimsen.«

»Und die Größe des Gebäudes, das hier fehlt, passt zu Rongiers Haus, Papa. Ich denke, die eingestürzten Gebäude waren alle Häuser von Zauberern. Ich wette, wenn wir Mutter holen, können wir auch herausfinden, wohin die anderen *Mermori* gehören.«

»Mermori?«, fragte Phoran. »Was ist das?«

Rinnie und Lehr fingen beide an zu erklären. Rinnie hätte aufgehört und Lehr fortfahren lassen, aber Lehr war schneller und tadelte sie, weil sie so unhöflich war, über seine Erklärung hinwegzureden.

Tier überließ es seinen Kindern, mit dem Problem fertig zu werden, während er ein paar Schritte in die Mitte der Straße machte und versuchte sich vorzustellen, wie es aussehen würde, wenn Rongiers Haus noch an Ort und Stelle stünde statt der Steintrümmer, die alles waren, was von ihm übrig geblieben war.

Er fragte sich, ob Rongiers Haus zuerst da gewesen und dann die anderen darum herum gebaut worden waren, oder ob die anderen Häuser älter waren und die Besitzer der Grundstücke auf beiden Seiten Rongier dieses Stück Land überlassen hatten. Das relativ bescheidene Häuschen des Bibliothekars hatte in dieser Umgebung sicher eher fehl am Platze gewirkt.

Er schloss die Augen halb und visualisierte es. Seine Hände wurden wärmer und begannen zu kribbeln, als das Bild sich formte – nein, nicht nur ein Bild. Plötzlich gab es auch die Geräusche, die ihm zuvor so gefehlt hatten, Wind in den Bäumen und zwitschernde Vögel. Er roch den süßen Duft von Kräutern und Blumen und eine Spur von Kuhmist. Es war keine sonderlich geschäftige Straße; nur die Menschen, die in diesen Häusern wohnten, und ihre Besucher kamen hierher.

Ein Hengst war vor Rongiers Haus angebunden, kleiner als die Pferde, an die Tier gewöhnt war, und leichter gebaut. Jemand hatte Bänder in seine Mähne eingeflochten, und sein Zaumzeug bestand aus geweißtem Leder. Es schnippte den Schweif hin und her und trat einen Schritt zurück, um ein lästiges Insekt loszuwerden.

»Die Zauberer fanden eine Möglichkeit, ihre *Bibliotheken* mitzunehmen, als sie flohen?« Phorans Stimme brach Tiers Konzentration. »Ich habe so gerade eben geschafft, ein paar Sachen zum Wechseln einzupacken, mein Schwert, einen dicken Geldbeutel und vier Wachen, für die ich das Geld ausgeben kann.«

»Sie haben ihre Familien getötet«, sagte Rufort leise. »Bibliotheken – das wirkt irgendwie …« Ihm fiel nicht das richtige Wort ein.

»Kleinlich«, lieferte Ielian.

»Sie konnten es nicht ertragen, alles zu verlieren«, sagte Tier. Die Szene aus der Vergangenheit war verschwunden, sobald Phoran ihn abgelenkt hatte. »Wenn ich gezwungen wäre, meine Familie zu töten und sie zu überleben, was beinahe das schrecklichste Schicksal ist, das ich mir vorstellen kann, würde ich auch ein Andenken haben wollen – etwas, das zeigt, dass sie einmal gelebt haben.«

»War das nicht genau das, was sie opferten?«, fragte Lehr, der sich am Zaun festhielt. »Mutter sagt, Magie hat mit Mustern zu tun, und zusammen mit den Menschen, die hier lebten, opferten die Zauberer auch diese Muster des alltäglichen Lebens, all die Dinge, die Colossae zu ihrem Zuhause machten.«

»Die Bibliothek wurde nicht geopfert«, erwiderte Rinnie. »Sie gehört nicht zu dem Bann. Vielleicht sind die *Mermori* wie die Bibliothek.«

Phoran sagte mit schiefem Grinsen: »Mein Onkel behauptete immer, wenn ein Zauberer die Wahl hätte, Bücher oder sein einziges Kind aus einem brennenden Gebäude zu retten, würde er die …«

Phoran hielt inne, und Tier blickte plötzlich in die Zweige eines Baums.

»Papa?« Rinnie klang verängstigt.

»Es geht mir gut«, sagte Tier und reagierte damit instinktiv auf die Furcht in der Stimme seiner Tochter, bevor er wirklich Gelegenheit hatte, die Situation einzuschätzen.

Er begriff erst, dass sie ihn am Boden festgehalten hatten, als sie seine Arme und Beine wieder losließen. Er lag auf dem Rücken auf der Straße, die Jungen hockten rings um ihn herum, und Rinnie schaute unter Tränen über Lehrs Schulter.

»Noch ein Anfall, wie?«, sagte er. Er setzte sich zu schnell auf, und wenn Phoran die Hand nicht unauffällig hinter seinen Rücken bewegt hätte, wäre er wieder umgefallen. Er hatte Blut im Mund und spürte einen Riss an der Innenseite seiner Wange.

»Es war ein heftiger Anfall, Papa«, sagte Lehr. Seine Stimme zitterte nicht, und in seinen Augen standen keine Tränen, aber Tier konnte sehen, dass er Lehr ebenso sehr erschreckt hatte wie Rinnie.

»Kissel hat Euch aufgefangen, bevor Ihr zu Boden fielt«, sagte Toarsen. »Aber es sah für mich so aus, als hättet Ihr Euch den Kopf ziemlich fest angeschlagen, bevor ich Euch ruhig halten konnte.«

»Danke«, sagte Tier und legte eine Hand auf Phorans Schulter, um sich auf die Knie hochzuziehen. Als er sich nicht mehr schwindlig fühlte, stand er auf.

»Es geht mir gut«, sagte er zu den besorgten Gesichtern, die ihn anstarrten, und da er Barde war, wusste er nur zu gut, dass er log.

»Der Rabe hätte den Bann selbst über Colossae verhängen können«, sagte der Gelehrte in einer Antwort auf Seraphs Frage und ging in dem kleinen Bereich zwischen ihrer Sitzbank und der Treppe auf und ab. »Aber das wäre kein Opfer gewesen, das die Alten Götter hätte binden können. Nur die Zauberer konnten aus ihrer Stadt ein angemessenes Opfer machen. Der Rabe leitete den Bann, und Hinnum diente als Konzentrationspunkt – aber die Macht des Bannes kam von den Zauberern von Colossae.«

»Sie töteten die, die sie liebten«, sagte Seraph und versuchte, sich das vorzustellen. »Sie zerstörten alles, was ihnen wichtig war. Wie konntest du sie dazu überreden?«

»Wir versammelten sie im Tempel des Raben und erklärten, was geschehen war. Sie wussten, dass der Weber und der Pirschgänger frei waren – das konnte zu diesem Zeitpunkt niemand mehr abstreiten, denn die gesamte Natur befand sich in Aufruhr.«

»Sie haben nicht alle zugestimmt«, sagte Seraph, die versuchte, sich einen Raum voller Raben vorzustellen, die sich über etwas einig waren.

Er blieb am Kopf der Treppe stehen. »Nein«, erwiderte er ernst, und sie hörte Tod in diesem Wort und sah ihn in seinen gebeugten Schultern. Er holte tief Luft, obwohl sie nicht glaubte, dass er wirklich atmen musste. »Wir verließen Colossae durch das Universitätstor. Und dann opferten wir die Stadt.«

»Aber nicht die Bibliothek, und nicht einmal die persönlichen Bibliotheken der Zauberer«, sagte sie, als sie langsam die Einzelstücke zusammensetzte, wie es Raben taten – sie nahm die Tatsachen und nutzte sie, um mithilfe ihrer Intuition über das hinauszusehen, was sie sicher wusste. Sie musste daran denken, wie der Gelehrte sich auf Hennea konzentriert hatte, und an seine Stimme, als er von seiner Göttin sprach. Als ob

Tier neben ihr stünde, konnte sie ihn sagen hören, er glaube, Hennea sei *alt*.

»Und nicht den Raben. Obwohl sie plante, ebenfalls zu sterben, nicht wahr?«, flüsterte Seraph ehrfürchtig. *Hennea* war *der Rabe*. »Nachdem sie sich um alles gekümmert hatte, wollte sie sterben wie die anderen Götter.«

»Ich konnte es nicht über mich bringen«, sagte der Gelehrte. »Ich konnte nicht ertragen, dass sie ebenfalls sterben würde. Ich liebte sie.«

»Was hast du also getan?«

»Ich nahm ihr stattdessen die Erinnerungen. Wie du gesehen hast, kann sie sich immer noch nicht erinnern. Ich habe ihr Gesicht verändert – nur für eine Weile, bis alle, die sie als das gekannt hatten, was sie war, tot sein würden. So viele Zauberer starben in dieser Nacht, und alle, die überlebten, trugen irgendwelche Schäden davon. Sie war nicht die Einzige, die das Gedächtnis verloren hatte. Es gab Zauberer, die nie wieder Magie wirkten, und eine Handvoll, die blind wurden. Eine sprach nie wieder ein Wort.«

»Isolda die Schweigsame«, sagte Seraph.

Er drehte sich um und starrte sie an. »Woher weißt du von Isolda? Stammst du aus ihrem Haus?«

Seraph nickte.

Er lächelte, denn er erinnerte sich offenbar an etwas Erfreuliches. »Nein. Es war nicht Isolda, die nie wieder sprach. Isolda hätte unter dem Fittich der Eule studieren können – sie hatte eine Stingstimme wie ein Windglockenspiel aus Kristall. Nach dem Sturz von Colossae trösteten ihre Lieder uns alle. Wir nannten sie die Schweigsame, weil sie niemals etwas sagte, das nicht gesagt werden musste.« Er hielt kurz inne. »Du siehst ihr nicht ähnlich, aber du hast etwas von ihrer Art.«

Seraph schürzte die Lippen. »Ich weiß nicht, wie du das machst, aber du bist Hinnum selbst, nicht wahr?«

»Ja.«

Seraph lehnte sich zurück und versuchte, die Situation zu begreifen. Sie hatte den größten Zauberer von Colossae vor sich, und sie würde so viel aus ihm herausholen, wie sie konnte.

»Menschen bestehen aus Geist, Verstand und Körper«, las Seraph. »Um den Geist zu sehen, muss der Zauberer sich an den Grenzen vorbeidrängen, die seine Sicht blockieren.« Sie knallte das Buch so heftig auf den Tisch, dass es deutlich verriet, wie verärgert sie war. »Quatsch«, sagte sie zu dem Buch – und zu ihrem neuen Lehrer. »Noch schlimmer, es ist *nutzloser* Quatsch. Keine Einzelheiten, nichts außer einer Ansammlung von wohlklingenden poetischen Plattitüden. Ich habe alles getan, was dieser Aufsatz vorschreibt, aber ich kann immer noch nichts anderes sehen als meine Weisung – die *nicht* Geist ist.«

»Es ist kein Quatsch!«, erwiderte die Illusion, die Hinnum trug, freundlich. »Und wenn du deinen Mann am Leben erhalten willst, bis ich in der Lage bin, Magie zu wirken, musst du wissen, wie man Geist sehen kann. Es braucht nur ein wenig Lernen und Selbstdisziplin.«

Sie drehte sich um und sah ihn an, und er lächelte – genau wie Tier. Niemand sonst lachte über ihr aufbrausendes Wesen.

Für Tier würde sie lernen, wie man Geist sah, oder dabei umkommen. Und Hinnum, mahnte sie sich streng, war der einzige Zauberer, der es ihr beibringen konnte – es sei denn, Hennea erinnerte sich plötzlich, wer sie war. Aber Seraph nahm an, wenn das möglich wäre, wäre es bereits geschehen.

Es wäre wahrscheinlich besser, dachte sie, *wenn Hennea sich nie mehr erinnern würde.* Nach dem, was Hinnum ihr erzählt hatte, hatte Hennea jetzt nicht mehr Macht als jeder andere Rabe; ihre Erinnerung an das, was sie gewesen war, würde ihr nur wehtun.

Hennea war nicht die Einzige, die etwas verloren hatte, als Colossae geopfert wurde. Hinnum hatte keine Einzelheiten beschrieben, aber der Schaden, den er durch den Bann genommen hatte, war offenbar schlimm genug gewesen, dass er sich entschieden hatte, lieber allein hierzubleiben, als hinaus in die Welt zu gehen.

Die Illusion, die er aufgebaut hatte, um seinem Intellekt Zuflucht zu bieten – seinem Geist, hatte er gesagt und dabei auf dieses elende Buch getippt, mit dem sie nur so langsam weiterkam –, war nicht zu viel Magie fähig. Deshalb hatte er begonnen, seinen wirklichen Körper zu wecken, sobald er Tier und die Edelsteine mit den Weisungen gesehen hatte. Hinnum würde etwas gegen diese Probleme tun können, hatte er ihr gesagt, aber er wusste nicht, wie lange es dauern würde, bis sein Körper sich erholte. Mit den Edelsteinen brauchten sie sich nicht besonders zu beeilen, aber Tier blieb nicht mehr viel Zeit.

Also saß sie hier an einem Tisch wie ein junger *Solsenti*-Zauberer unter der Tyrannei seines Meisters.

»Es ist wirklich nicht so schwierig«, sagte Hinnum und reichte ihr das Stück Kreide, das sie durchs Zimmer geworfen hatte. »Ein Lehrling von dreizehn würde problemlos damit zurechtkommen. Aber nur, wenn er nicht zu sehr damit beschäftigt wäre, Wutanfälle zu erleiden.«

Seraph brodelte lautlos vor sich hin, als sie erneut geheimnisvolle Symbole auf die glänzende Tischoberfläche schrieb. Sie hatte keinen Lehrer mehr gehabt, seit ihr eigener gestorben war. Und Hinnum hatte offenbar besondere Freude daran, unklar zu sein.

Das hier war noch schlimmer, als die Runen für einen Schutzzauber zu lernen – dabei konnte sie zumindest spüren, wie sich die Macht unter den Zeichen sammelte, sodass die Runen selbst ihr verrieten, ob sie sie richtig malte oder nicht.

Aber das hier war einfach so, als kritzele man Unsinn vor sich hin.

»Dieses Zeichen gehört andersherum.« Hinnum wies auf die entsprechende Zeichnung im Buch. »Siehst du? Und das kleine Stück hier muss einen Hauch länger sein.«

»Wenn du mir verraten würdest, was wir machen wollen«, sagte sie nicht zum ersten Mal, »würde das hier vielleicht nicht notwendig sein.«

»Es steht im Buch«, stellte er lakonisch fest. »Aber du hast mir gesagt, dass du das Buch nicht verstehst – daher die Zeichnungen.« Er beugte sich über sie, als sie weiterzeichnete. »Das ist schon besser. Nur noch drei weitere Zeichnungen, dann bringe ich dir die Worte bei.«

»Konnte Hennea das hier tun?«, fragte sie.

»Ich weiß es nicht«, antwortete er. »Und du kannst selbstverständlich warten, bis jemand anders sich um deine Probleme kümmert, wenn du nicht ein wenig Zeit und Anstrengung investieren willst.«

Wenn er kein illusionäres Gebilde gewesen wäre, hätte sie ihm etwas Unangenehmes angetan.

Sie begann, die nächste zufällig wirkende Ansammlung von Kritzeleien und Winkeln nachzumalen.

Hinnum packte Seraphs Wangen und zwang sie in eine unnatürliche Position. »So. Wenn du die Laute nicht richtig aussprichst, funktioniert es nicht.«

Sie entzog sich ihm und versuchte es noch einmal. *Rhythmus, Tonhöhe, Aussprache – kein Wunder, dass* Solsenti-*Zauberer ein so unangenehmer Haufen waren!*

Sie starrte die bedeutungslosen Krakel an, die sie auf den Tisch gezeichnet hatte, und konzentrierte sich erneut darauf, die Worte richtig herauszubringen. Ihr selbst kam es nicht anders vor als bei den ersten zwanzig Versuchen, aber *diesmal* passierte etwas. Magie rauschte durch die Kreidezeichen und strömte in Seraph hinein, sodass der Strom von Macht den Hocker, auf dem sie saß, ein paar Zoll zurückschob.

Es war anders als bei Runen. Runen gehörten *ihr*, und sie taten, was sie von ihnen wollte.

Die Zeichen und Worte, die diese Art von Bann bewirkten, lenkten sie ab, dann stahlen sie ihre Magie und veränderten deren Form. Das passte Seraph überhaupt nicht – ein Rabe beherrschte seine Magie. Es passte ihr nicht, aber sie sah und verstand nun das Muster, das die Symbole und Geräusche mit ihrer Macht zu bilden versuchten. Es gab hier und da falsche Stellen, und sie verbesserte sie, während sie ihre Magie an sich zog, sodass sie wieder *ihr* gehörte.

»Ich habe es geschafft«, sagte sie und wandte sich Hinnum zu.

Aber statt des halbwüchsigen Reisendenjungen sah sie ein Netz von Magie, ein kompliziertes Muster von Schnüren und Knoten, das dem Gelehrten seine Form gab. Der lila Stoff, den sie immer als den der Rabenweisung betrachtet hatte, war ebenfalls vorhanden, unter dem Netz – das dachte sie zumindest. Sie stand auf und ging auf Hinnum zu. Aus größerer Nähe erkannte sie, dass das Gewebe nicht das Gleiche war wie das der Weisung – nicht ganz.

»Es ist keine Rabenweisung, aber es ist ihr ähnlich«, stellte sie fest.

»Ich wurde von der Göttin berührt.« Er schien zu wissen, wovon sie sprach. »Das Geschenk des Raben ist der Weisung sehr ähnlich. Was hast du getan? Diese Magie fühlt sich nicht an wie der Bann, den du wirken solltest.«

»Ich habe ihn repariert«, sagte sie und beugte sich fasziniert vor, um ihn näher zu betrachten. »Verzeih mir«, sagte sie zerstreut, während die Wirklichkeit dessen, was sie getan hatte, den Abschnitten, die Hinnum sie hatte lesen lassen, nach und nach Bedeutung verlieh.

»Wie hast du das gemacht?« Hinnum klang fasziniert und untersuchte ihre Magie so genau, wie sie ihrerseits ihn betrachtete.

»Nicht jetzt«, wehrte sie ab. »Lass mich sehen.« Es brauchte hohe Konzentration, als müsste sie genau auf alles achten, um ihren Blick wirklich auf etwas einstellen zu können. Es war einfach anstrengend. Sie würde es nicht lange tun können. Es war ähnlich, wie Raben mithilfe ihrer Magie hinschauten, um Weisungen zu sehen, aber es ging tiefer.

»Ich sehe den Bann, der dich an deine Illusion bindet«, sagte sie nach kurzem Nachdenken. Es musste dieses Netz sein, das den Rest von ihm umgab. »Unterhalb der – der Berührung des Raben, würdest du wohl sagen – und unterhalb …« Das lila Gewebe wurde durchsichtig und verblasste vor ihrer Nase, als sie sich entschied, sich andere Dinge anzusehen. »Ich sehe ein bläuliches Licht und einen dunkleren Kern darunter.«

»Beschreibe es mir.« Hinnum klang nicht mehr annähernd so zurückhaltend wie zuvor; tatsächlich wirkte er eher eifrig.

Seraph hob die Hand und schob sie durch das Netz, um das Licht mit einer Fingerspitze zu berühren. »Gib mir deine Hand«, sagte sie. Wenn diese Berührung der Göttin funktionierte wie eine Weisung, sollte Seraph in der Lage sein, ihm zu zeigen, was sie getan hatte, damit er es selbst nachvollziehen konnte. Es wäre einfacher, als zu versuchen, es ihm zu erklären.

Jetzt war es an ihr, ihn zu belehren, und sie hatte ihm noch nicht verziehen, wie er sie an den Wangen gepackt hatte.

Er nahm ihre Hand, und eine Weile fragte sie sich, ob seine nicht ganz einer Weisung entstammende, nicht ganz menschliche und nicht funktionsfähige Magie ihr in den Weg geraten würde.

Sie fand schnell heraus, dass sie recht hatte, was die Magie anging, aber wenn sie aufteilte, was sie tun wollte, funktionierte alles. Sie zeigte Hinnum, welche Art von Magie sie für diese neue, ausgedehntere Sichtweise gebrauchte, und obwohl er sie nicht selbst anwenden konnte, war ihr nach seinem erfreuten »Ah« klar, dass er verstanden hatte. Dann zeigte sie ihm, was sie selbst sah, auf die gleiche Weise, wie sie es jedem hätte zeigen können, sogar einer Person, die ohne Magie zur Welt gekommen war.

Sie führte ihn langsam durch das Netz seiner Magie und vorbei an der Berührung des Raben und brachte ihn so zu dem hellblauen Feuer, das eine dunklere Gestalt umgab.

»Das helle Blau ist der Geist«, sagte er. »Es ist wichtig, dass du ihn sehen kannst. Ich habe keine Ahnung, was das andere ist … die Seele? Mag sein. Oder vielleicht ist es etwas, das geschehen ist, weil ich mein Ich in dieser Form …« Seine Stimme verklang.

Sie schloss die Augen und trennte ihre Magie vorsichtig von Hinnum, dann löste sie den Bann auf, den sie benutzt hatte. Sie blinzelte zweimal, bevor ihre Augen wieder normal sehen konnten – und machte zwei Schritte zurück, damit sie nicht mehr direkt vor dem Gelehrten stand.

Während Hinnum immer noch eine betäubt-erfreute Miene zur Schau trug, fragte Seraph: »Wenn der Pirschgänger nicht böse ist – warum ist es dann der Schatten?« Er hatte bisher vermieden, Fragen über den Schatten zu beantworten; sie hoffte, ein besseres Ergebnis zu erreichen, wenn sie ihn überraschte.

Seine Miene wurde enttäuschend schnell wieder wachsam. Wenn Tier so erfreut dreinschaute, brauchte er immer viel länger, um zu seinem üblichen intelligenten Ich zurückzufinden.

»Woher soll ich das wissen?«, fragte er. »Ich war seit dem Ende von Colossae hier.«

»Nicht ganz, denke ich«, sagte Seraph. »Es gab einen Schatten unter den überlebenden Zauberern, und die Geschichten berichten, dass du es warst, der sie tötete. Warum also sind die Schatten böse?«

Sie hätte diese Befragung vielleicht Tier überlassen sollen, aber Hinnums Miene hatte sie verleitet, es zu versuchen. Sie hatte nichts zu verlieren, wenn sie bei ihm nach Informationen bohrte. Er wusste vom Schatten im Allgemeinen – und von Willon im Besonderen. Gewiss war er nach Colossae gekommen. Willon hatte die gleichen Landkarten benutzt wie sie, und er war ein Zauberer. Selbstverständlich war er zur Bibliothek gegangen.

Hinnum hatte irgendwie damit zu tun gehabt, dass aus Willon der Schatten wurde. Willon, der als angeblicher Freund von Tier in ihr Haus gekommen war und ihre Tochter getötet hatte. Hinnum würde ihr alles verraten, was er wusste, und wenn sie es ein Wort nach dem anderen gewaltsam aus ihm herauszwingen musste.

Man sah ihr diese Entschlossenheit wohl an, denn Hinnum seufzte. »Es gibt einen Makel in dem Schleier, den wir zwischen die Alten Götter und unsere Welt geschoben haben, als wir die Stadt opferten. Ich konnte es spüren – ebenso wie die wenigen anderen großen Zauberer, die überlebten. Einer von ihnen nutzte dieses Loch, um sich der Macht des Pirschgängers zu bedienen.«

»Was hat dieses Loch bewirkt?«

»Wir. Ich.«

Seraph hatte diesen Ausdruck von Schuldgefühlen schon recht oft auf seinen Zügen gesehen, vor allem, wenn man bedachte, dass sie ihn erst seit zwei Tagen kannte.

»Es hat lange gedauert, bis ich herausfand, was geschehen war.« Er setzte sich auf eine Bank und ließ den Kopf hängen. »Ich hatte mit einer illusionären Gestalt experimentiert, die etwas nicht nur für alle Sinne vollendet reproduzierte, sondern auch an einen silbernen Gegenstand gebunden werden konnte, um ohne Schäden an der Illusion immer wieder heraufbeschworen zu werden.«

»Die *Mermori*«, sagte Seraph.

Hinnum nickte. »Ich fand heraus, dass, wenn ich den Gegenstand, den ich reproduzieren wollte, zerstörte, der Bann nur wenig Macht brauchte.«

»Deshalb wurden die Häuser der Zauberer zerstört, als du *Mermori* aus ihnen machtest.« Seraph rieb sich die Stirn, die von dem Zauber, den sie gewirkt hatte, immer noch schmerzte. »Da es wenig Macht brauchte, war es leicht in den Rabenbann einzuarbeiten, und du hast die *Mermori* geschaffen, als die Stadt fiel. Das Opfer von Colossae war unvollkommen, weil die Häuser der Zauberer kein Teil der ewig erhaltenen Stadt mehr waren.«

»Und dann gab es noch die Bibliothek«, sagte Hinnum.

Seraph rieb sich die Stirn fester. »Dumm.«

»Ja.« Hinnum seufzte.

»Du wolltest mir sagen, wieso der Schatten böse ist.«

»Ein Zauberer – nicht jeder Feld-, Wald- und Wiesenzauberer, aber ein mächtiger, gut ausgebildeter Zauberer, kann unter gewissen Umständen durch dieses Loch im Schleier schlüpfen und die Macht des Pirschgängers berühren, die Zerstörung berühren. Da es sich um Zerstörung handelt, tötet sie allerdings bei zu langem Kontakt jedes sterbliche Wesen.«

»Aber der Schatten stirbt nicht«, sagte Seraph.

»Die meisten Zauberer, die die Macht des Pirschgängers berühren, lassen sie sofort wieder los und suchen sie niemals wieder. Aber wenn ein Zauberer dafür sorgt, dass der Tod, der ja der Preis für die Zerstörung ist, einer anderen Person zustößt, kann er die Macht eine Weile benutzen.«

»Er entscheidet sich also zu töten, um die Macht halten zu können«, interpretierte Seraph seine Worte. »Und jeder, der so etwas tun würde …«

»Ist böse.« Hinnum blickte auf zu den Oberlichtern. »Es wird spät«, sagte er. »Du solltest lieber deine Familie suchen.«

»›In der Nacht wandeln die Toten durch die Straßen‹«, zitierte sie ihn leise.

Er nickte. »Die Toten haben in dieser Stadt viele Gründe, zornig zu sein.«

Lehr ging direkt hinter seinem Vater her, und Rinnie klammerte sich an seine Hand. Sie atmete immer noch stoßweise, weil sie sich so sehr anstrengte, ihre Tränen vor Papa zu verbergen. Der Augenblick, in dem Tier diesen Anfall erlitten hatte, war beinahe der schlimmste in Lehrs Leben gewesen.

Tier hatte schon mehrere Anfälle gehabt, aber dieser war besonders heftig gewesen – und zum ersten Mal war es ohne Mutter geschehen, die ihnen Anweisungen gab. Und danach hatte Papa einfach auf dem Pflaster gelegen. Er hatte erst wieder begonnen zu atmen, als Kissel ihm auf die Brust geschlagen hatte.

Phoran ging auf Tiers anderer Seite, und es gelang ihm unter irgendeinem Vorwand, den Arm des älteren Mannes fest zu packen, um ihn ein wenig zu stützen.

»Kehren wir ins Lager zurück?«, fragte Ielian Lehr leise.

Sie hatten nicht darüber gesprochen. Phoran hatte Papa aufgeholfen und dann gesagt: »Gehen wir.« Aber er hatte nicht gesagt, wohin.

Papa war ein wenig betäubt gewesen und hatte schleppend gesprochen, sich aber von niemandem mehr helfen lassen. Es ging ihm besser, je länger sie unterwegs waren; tatsächlich führte er ein lebhaftes Gespräch mit Phoran.

»Wir suchen meine Mutter«, sagte Lehr.

Phoran warf Lehr einen Blick zu und nickte beinahe unmerklich.

»Papa, was ist los?«

Lehr blickte auf und bemerkte, dass Jes und Hennea auf sie zukamen.

Papa lächelte. »Sehe ich so schlecht aus?«

»Ja. Du riechst nach Schweiß, und du bist blass«, antwortete Jes direkt wie immer.

Hennea hatte eine undurchschaubare Miene aufgesetzt, aber Lehr bemerkte, dass ihre Augen geschwollen waren. Wenn man einmal von ihrer geröteten Nase absah, war sie beinahe so blass wie Papa. Sie hatte geweint, was Lehr sich nur schwer vorstellen konnte. An einem anderen Tag hätte er sich darüber gewundert, aber im Augenblick machte er sich zu große Sorgen um seinen Vater.

»Ich hatte einen Anfall«, gab Tier zu. »Und nach der Art zu schließen, wie alle um mich herumglucken, muss es ziemlich schlimm gewesen sein.«

Phoran ging weiter und zog Papa sanft mit sich. Jes hob Rinnie hoch und setzte sie auf seine Schultern, dann gingen er und Hennea neben Papa her.

Lehr wartete und übernahm zusammen mit Rufort die Nachhut der Prozession. Er mochte den stillen Mann recht gerne, und außerdem wollte er nicht zu dicht neben Jes gehen.

Manchmal genoss Lehr die Macht, die in ihm gewachsen war, seit er herausgefunden hatte, dass er Jäger war. Manchmal jedoch wünschte er sich auch, seine Sinne würden ihm nicht so viel mitteilen.

Er hatte wirklich nicht wissen wollen, was Jes und Hennea gerade getan hatten. Es war schlimm genug, zu viel über seine Eltern zu wissen, er brauchte solche Informationen nicht auch noch über seinen Bruder.

Brewydd hätte ihn ausgelacht, dachte er. Er konnte beinahe ihre Stimme hören: »Was dachtest du denn, wo die Kinder herkommen, mein Junge – glaubtest du, sie würden unter Pilzen gefunden?«

Er konnte spüren, wie seine Ohren noch heißer wurden – seine Wangen leuchteten vermutlich schon scharlachrot. Nicht zum ersten Mal wünschte er sich die dunklere Haut seines Vaters.

»Ich hoffe, deine Mutter kann ihm helfen«, sagte Rufort, der sich entweder zu große Sorgen um Tier machte, um Lehrs roten Kopf zu bemerken, oder zu höflich war, um ihn zu bedrängen.

»Ich ebenfalls«, antwortete Lehr.

»Ich fürchtete schon, er würde etwas zerbrechen«, sagte Rufort, dann lächelte er dünn. »Zum Beispiel mich.«

Lehr erwiderte das Lächeln und fühlte sich ein wenig besser. Das Schlimmste war für den Augenblick vorüber. »Nein, als Ersten hätte es Ielian erwischt«, sagte er gerade laut genug, dass Ielian ihn hören konnte.

Der kleinere Mann machte eine unhöfliche Geste, dann wartete er, bis die beiden anderen ihn eingeholt hatten.

»Ich hätte nie gedacht, dass die Aufgabe eines Leibwächters interessanter sein würde, als für den Pfad zu arbeiten«, stellte er fest.

»Besser«, ergänzte Rufort.

»Mmm.« Ielian sah sich um, als sie eine Kreuzung erreichten, und hielt nach Gefahren Ausschau. Auch Lehr war in dieser Stadt immer noch nervös. »Aber ein Sperling zu sein war besser, als für den Verwalter meines Onkels als Schreiber zu arbeiten. Und besser bezahlt.«

Rufort erstarrte und kniff die Lippen zusammen, aber bevor Lehr fragen konnte, was ihn beunruhigte, entspannte er sich wieder. »Das hier ist wirklich eine Geschichte, die ich einmal meinen Enkeln erzählen kann«, sagte er. »Und sie werden so tun, als glaubten sie mir, weil ihre Mutter sie angewiesen hat, nett zu dem alten Dummkopf sein, damit sie sich in Ruhe ums Abendessen kümmern kann.«

Seine Mutter stand oben an der Treppe im Hauptraum der Bibliothek, als wolle sie gerade selbst ins Lager gehen. Der junge Mann, der sich Gelehrter nannte, war bei ihr.

Seraph sah sie alle an und trat ein Stück zurück. Ohne ein Wort winkte sie sie die Treppe hinauf und in die Bibliothek, wo sie sich auf Bänke, Hocker und Tische setzten.

Lehr glaubte nicht, dass Hennea wollte, dass er sie Mutter zuflüstern hörte: »Du weißt es, nicht wahr? Du weißt von mir.«

Lehr hatte einen Sitzplatz gefunden, und so konnte er beobachten, wie seine Mutter Henneas gerötete Augen und Jes' entspannte Haltung zur Kenntnis nahm. Er war nicht sicher, ob sie ihnen ebenfalls ansehen konnte, was sie getan hatten, aber er traute es ihr durchaus zu.

Mutter lächelte kühl, aber Lehr merkte ihr an, dass sie über etwas erfreut war – was ihm nach all den Vorträgen, die Papa beiden Jungen darüber gehalten hatte, wie man Frauen behandelte, ein wenig ungerecht vorkam.

Dann sagte sie etwas sehr Seltsames. »Hennea, du solltest besser als alle anderen wissen, dass zu einem Raben auch Geheimnisse gehören.«

Papa setzte sich auf einen der Tische, die Beine über Kreuz. Phoran saß schon auf dem Boden, und Rinnie hatte sich neben ihm zusammengerollt und den Kopf auf sein Knie gelegt. Gura ließ sich seufzend auf Phorans anderer Seite nieder und nahm das freie Knie.

Für Lehr sah es so aus, als wollte der Gelehrte neben Mutter stehen, aber sie schickte ihn ebenfalls zu einer Bank.

»Ich hatte einen produktiven Tag«, berichtete sie und betrachtete dabei forschend Papas ausgemergeltes Gesicht. »Aber warum erzählt ihr mir nicht erst, was ihr gefunden habt? Jes?«

Jes grinste breit, und Lehr wartete einen Augenblick entsetzt darauf, was sein Bruder sagen würde. Mit einem Barden als Vater hatten sie alle gelernt, nicht zu lügen. Aber Jes konnte manchmal auch *zu* ehrlich sein.

»Wir haben den Tempel des Raben gefunden«, berichtete Jes. »Nicht weit von hier.« Er schaute auf Hennea herab. »Anders als der Tempel der Eule, alles schwarzer und weißer Stein, aber die gleiche Idee.«

Lehr bemerkte Henneas Erleichterung und wusste, dass sie die gleichen Befürchtungen gehabt hatte wie er. Unerwartet trafen sich ihre Blicke. Sie errötete, dann lächelte sie schuldbewusst.

»Tier?«, fragte seine Mutter.

»Lehr hat herausgefunden, worum es bei diesen zerstörten Häusern geht«, sagte Papa.

Mutter schaute Lehr an, also berichtete er von dem Zaun und der Form des Hauses, das einmal in der von ihm entdeckten Lücke gestanden hatte.

»Wir bringen Rongiers *Mermora* morgen hin«, war Seraphs einzige Reaktion, als er fertig war.

»Ich dachte, du stammtest aus dem Haus von Isolda«, stellte der Gelehrte misstrauisch fest. »Wieso hast du Rongiers *Mermora?*«

Mutter warf ihm einen ihrer Blicke zu. »Ich sagte dir doch, dass der Schatten systematisch Reisende getötet hat. Er brachte die Letzten aus Rongiers Clan vor ein paar Wochen um. Die *Mermora* kam zu mir.«

»Rongiers Linie ist tot?«

»Ich habe zweihundertneunundzwanzig *Mermori*«, sagte Mutter. »Diese Clans sind alle tot.«

Der Gelehrte senkte den Blick. »Ich werde morgen Nachmittag für dich Magie wirken können«, versprach er.

»Gut.« Mutter sah Papa an und zog eine Braue hoch. »Du siehst besser aus«, sagte sie zu ihm. »Ich war nicht sicher, ob du auch nur die Treppe überleben würdest.«

Er grinste. »Schon gut, Kaiserin«, sagte er. »Ich hatte einen weiteren Anfall. Wenn Kissel nicht so schnell gewesen wäre und mich aufgefangen hätte, ehe ich aufs Pflaster fiel, hätte ich jetzt wahrscheinlich noch schlimmere Kopfschmerzen. Das ist nichts Neues, Liebste. Erzähl uns, was du erfahren hast; wir haben lange genug gewartet.«

17

»Es war einmal …«, begann Seraph. Sie lächelte Tier an, als sie die Worte gebrauchte, mit denen er die meisten Geschichten begann.

Er sah besser aus – er hätte auch kaum schlechter aussehen können, ohne tot zu sein. Als Seraph hatte mit ansehen müssen, wie Phoran ihn halb die Treppe hinaufgetragen hatte, war ihr klar geworden, dass die wenige Zeit noch schneller verstrich als befürchtet.

Sie fasste die Geschichte von Colossae zusammen und ließ so viel Drama aus, wie sie konnte – sie hatte das Gefühl, dass die meisten heute schon genug Aufregung gehabt hatten. Sie sprach auch nicht darüber, dass Hennea und der Rabe das Gleiche waren, aber sie hatte den Eindruck, als hätte Hennea es ebenfalls herausgefunden. Sie würde sich später erkundigen, um sich zu überzeugen, dass Jes Bescheid wusste, und es auch Tier sagen, weil sie keine Geheimnisse vor ihm hatte. Hennea sollte selbst entscheiden, ob sie es irgendwem sonst mitteilen wollte.

Während sie berichtete, blieb Seraphs Blick immer wieder an Tier hängen. Sie gebrauchte ihre neue magische Sichtweise nicht, denn das hätte zu viel Konzentration erfordert, aber sie betrachtete ihn mithilfe ihrer Rabenmagie und musste sich anstrengen, nicht in Panik darüber zu geraten, wie zerbrechlich Tiers Weisung geworden war.

Er ahnte ebenfalls, dass es schlecht aussah – das merkte sie an den Falten um seine Augen und an der allzu lässigen Pose. Seraph wusste, es würde nicht helfen, die anderen noch mehr in Panik zu versetzen, also rang sie nicht die Hände und wetterte nicht, obwohl sie beides gern getan hätte. Morgen würde Hinnum ihnen helfen, und wenn sie dafür seine geliebte Bibliothek als Geisel nehmen musste. Einen Tag länger konnte Tier noch durchhalten.

Sie beendete ihre Geschichte, dann berichtete sie über Hinnums Ansicht, was den Schatten, den Pirschgänger und das Durcheinander anging, das die Zauberer mit den *Mermori* und der Bibliothek angerichtet hatten.

»Aha«, sagte Phoran ernst in die folgende Stille hinein. »Mein Onkel hatte also recht. Sie töteten ihre Kinder und retteten die Bücher.«

»Wir sollten gerecht sein«, meinte Tier, der Hinnum sorgfältig beobachtet hatte. Ein Barde, dachte Seraph, konnte Illusionen auf seine eigene Art durchschauen. »Ich nehme an, man hat ihnen gesagt, ihre Familien müssten sterben – und die Bücher hat keiner erwähnt.« Dann lächelte er Seraph an. »Aber das ist nicht alles, was du heute erfahren hast, nicht wahr? Dafür wirkst du viel zu selbstzufrieden, Kaiserin.«

Seraph warf einen Blick zu Hinnum. Sie hatte Hennea die Wahl gelassen, ob sie ihre Vergangenheit enthüllen wollte. Irgendwie kam es ihr falsch vor, dem alten Zauberer nicht das gleiche Recht zu gewähren.

»Stell mich deiner Familie vor«, bat Hinnum.

»Darf ich dir meinen Mann Tieragan, den Barden aus Redern, vorstellen?« Sie bemerkte Ielians Stirnrunzeln und erkannte, dass sie Phoran vielleicht als Ersten hätte nennen sollen. Es war zu spät, diesen Fehler noch zu korrigieren, aber sie führte ihn als Nächsten auf.

»Kaiser?«, fragte der Gelehrte.

Seraph nahm an, es sagte etwas über eine Person aus, wenn ihre Anwesenheit sogar einen so alten Zauberer wie Hinnum schockieren konnte, selbst wenn er den größten Teil von zehn Jahrhunderten in einer Bibliothek vergraben gewesen war. »Ich hatte vergessen, dir von ihm zu erzählen«, sagte Seraph und berichtete schnell, wieso der Kaiser bei ihrer Gruppe war. Als sie fertig war, sah sie sich um und überlegte, wer der Nächste im Rang wäre. Dann gab sie diese Überlegungen als hoffnungslos auf und ging nach dem Alter vor.

Nachdem sie alle vorgestellt hatte – auf Rinnies Beharren sogar Gura –, wandte sie sich wieder Hinnum zu und sagte: »Das ist meine Familie. Familie, darf ich euch Hinnum, den Illusionisten von Colossae, vorstellen?«

»Ich dachte, du hättest gesagt, er sei eine Illusion«, wandte Tier stirnrunzelnd ein. Er starrte Hinnum an. »Er ist wirklich nicht echt, Seraph – das zumindest kann ich erkennen.«

»Das hier ist eine Illusion«, sagte Seraph und deutete auf Hinnums Körper. »Aber der Marionettenspieler ist Hinnum selbst.«

»Du willst sagen, er lebt noch«, flüsterte Hennea.

Seraph sah ein Aufwallen von Gefühlen, das sofort wieder hinter der makellosen Ruhe des anderen Raben verschwand. Jes – oder der Hüter – zog Hennea dichter an sich heran und beobachtete Hinnum grübelnd.

»Ja«, sagte Seraph zu ihnen allen. »Hinnum hat zugestimmt, uns zu helfen. Er sagte, er könne mit Tiers Problem und den Steinen mit den Weisungen helfen.« Obwohl Hennea sich jetzt offenbar an alles erinnerte – was immer »alles« für einen Raben sein mochte, der einmal eine Göttin gewesen war –, wären sie von Hinnums Hilfe abhängig.

Sie warf dem alten Zauberer in der Gestalt eines jungen Mannes einen Blick zu. »Aber gegen den Schatten kann er uns am meisten helfen. Du kennst ihn, nicht wahr, Hinnum? Er kam vor zwei Jahrhunderten hierher, ein junger, mächtiger Zauberer, der nach jemandem suchte, der ihn unterrichten konnte.«

Hinnum sah sie mit gleichmütiger Miene an.

»Es gefällt dir, andere zu unterrichten«, sagte sie. »Ich weiß nicht, wie er sich damals nannte, aber wir kennen ihn als Willon. Er ist klug und liebenswert.«

»Er war ein Illusionist«, flüsterte Hinnum. »Zauberer halten Illusion für eine minderwertige Form von Magie – etwas, was die Augen täuschen, aber nicht die Welt verändern kann. Ein großer Magier zu sein, so viel Macht zu haben und dann die Herablassung anderer Zauberer ertragen zu müssen, die selbst mithilfe der Schale der Ewigkeit kaum an andere Orte sehen könnten, ist schwer zu ertragen. Selbst in Colossae schaute man auf uns herab – bis ich ihnen zeigte, was ein Illusionist kann.«

»Du hast ihn unterrichtet«, übernahm Tier das Gespräch. Seraph überließ es ihm gerne. Er würde wissen, wie er auch noch die letzte Einzelheit zutage fördern könnte.

»Ja.«

Tier legte den Kopf schief. »Aber ich wette, du hast ihm nicht beigebracht, wie er zum Schatten werden kann.«

»Nein.«

»Es sind keine anderen Menschen hier«, sagte Tier. »Seraph sagt, der Schatten könne die Macht des Pirschgängers nicht lange kontrollieren, solange er nicht tötet. Wen hat er umgebracht?«

»Meinen anderen Lehrling«, sagte Hinnum. »Anfangs wusste ich das nicht. Ich dachte, sie wären beide gegangen. Ihr seid nicht die Ersten, die Colossae gefunden haben. Manchmal kommen sie, wenn ich mich zu allein fühle. Ich rufe sie her, unterrichte sie und verpflichte sie zu Schweigen.«

»Wirst du uns helfen, ihn der Gerechtigkeit zu überantworten? Damit er aufhört, die Reisendenclans umzubringen? Damit er aufhört, die Weisungen zu stehlen?«

Seraph sah, wie schuldig sich Hinnum fühlte. *Selbstverständlich war es Hinnum, der Willon beigebracht hat, wie die Weisungen funktionieren,* dachte Seraph. *Wer sonst hätte wissen sollen, wie das geht?*

»Er wollte alles über Zauberer wissen«, sagte Hinnum. »Über die Götter, die starben. Über die Weisungen. Aber ich habe ihm nicht beigebracht, wie er sie nehmen kann, und damals verfügte er auch nicht über die Macht dazu. Er fragte mich nach den Reisenden.«

»Du hast ihm nichts vom Adler erzählt«, warf Jes plötzlich ein. »Volis wusste nichts über Adler, und an keinen der Edelsteine, die Mutter und Hennea haben, ist eine Adlerweisung gebunden.«

»Selbstverständlich nicht«, erwiderte Hinnum empört. »Die Adler müssen geschützt und abgeschirmt werden. Die Last, die ihr tragt, ist schwer genug, und ihr habt sie euch nicht ausgesucht.«

»Er war hier, nicht wahr?«, fragte Lehr. »Hat er sich die Stadt angesehen? Wenn die Eule und der Rabe Tempel haben, gibt es doch sicher auch einen für den Adler.«

»Der Tempel des Adlers wurde geschleift«, sagte Hennea. »Nachdem sie den Gott getötet hatten, zerstörten sie seinen Tempel. Warum sollten sie einen toten Gott anbeten?«

»Das hat Hinnum bereits erwähnt.« Die Lüge fiel Seraph leicht. Sie würde nicht zulassen, dass Hennea mehr sagen musste, als sie wollte, nur weil sie aufgeregt war. Hinnum würde wissen, dass sie log, und Tier ebenfalls. Aber keiner von beiden würde das erwähnen.

»Papa«, sagte Jes. »Was will der Schatten eigentlich mit den Weisungen?«

Tier lächelte, und Seraph wusste, dass die beiden etwas bemerkt hatten, das ihr entgangen war. »Gut, Sohn!« Er sah Hinnum an. »Ich bin kein Rabe. Nicht einmal ein Reisender, obwohl ich die Weisung des Barden habe. Aber ich bin ein Geschichtenerzähler.

In der Geschichte des Schattens gab es offenbar drei interessante Personen.« Tier hob einen Finger. »Die erste bist du, Hinnum, der einem Illusionisten beibrachte, wie er seine Macht einsetzen soll. Du hast es getan, weil du einmal warst, was er war, weil du einsam warst und weil er dir schmeichelte.«

Er hob den zweiten Finger. »Dann haben wir Willon, der um der Macht willen zum Schatten wurde – aber ich kenne Willon. Er hat als Kaufmann ein Vermögen gemacht, weil er immer alles sorgfältig plante. Er hatte immer ein Ziel im Sinn. Er hat sich verborgen – im Vergleich zu ihm folgte der namenlose König einer eher direkten Herangehensweise –, aber wir wissen einige Dinge, die Willon getan hat. Zum Beispiel rief er eine Geheimgesellschaft ins Leben, die bewusst die Unruhe im Kaiserreich vergrößerte und Weisungen stahl.«

»Der Rabe rette uns, er versucht, den Schleier zu zerstören!«, sagte Hinnum plötzlich entsetzt. Dann wurde er blass und warf Hennea einen Blick zu. Er räusperte sich. »Die Weisungen wurden aus zwei Gründen geschaffen. Erstens sollten sie das Gleichgewicht liefern, das den Schleier an Ort und Stelle hielt. Der zweite Grund wurde nichtig gemacht durch unsere Dummheit, als ich die Bibliothek rettete und die *Mermori* herstellte.«

»Worin bestand er?«, fragte Hennea. »Ich kann mich nicht erinnern.«

»Der Schleier sorgt dafür, dass die Alten Götter keinen Einfluss auf unsere Welt haben. Aber ihre Macht muss dennoch genutzt werden. Ohne ein Ventil würden sie den Schleier irgendwann zerreißen. Also wurden die sechs Götter geschaffen, um die Macht des Pirschgängers und des Webers zu kanalisieren. Die Weisungen sollten demselben Zweck dienen, aber wegen des Makels im Schleier drang die Macht der Alten Götter dennoch von alleine hindurch.«

»Die des Webers ebenfalls?«, fragte Phoran. *Eine gute Frage,* dachte Seraph. *Wenn Zerstörung entkam, warum dann nicht auch Schöpfung?*

Hinnum kreuzte die Beine und setzte sich im Schneidersitz auf die gepolsterte Bank. »Lasst mich euch sagen, was ich vor mir sehe. Ein Rabe, verheiratet mit einem *Solsenti*-Barden – obwohl die Weisungen eigentlich an die Familien der Zauberer aus Colossae gebunden waren. Sie haben drei Kinder mit Weisungen, jedes mit einer anderen. Eigentlich sollten die Weisungen unter den Reisendenclans verteilt sein. Ihr seid mit dem Kaiser unterwegs – der vom Memento eines Raben heimgesucht wird, das unbedingt den Schatten töten muss.« Er warf Hennea einen kurzen Blick zu, dann wandte er sich wieder ab. »Ihr seid nicht die Ersten, die Colossae fanden, aber ihr seid die Einzigen, die ich nicht hierhergerufen habe.«

»Du glaubst also, das sei das Werk des Webers?«, fragte Hennea eindringlich.

Hinnum nickte. »Ja.« Er sah Tier an. »Du denkst, der Schatten will den Schleier zerstören, indem er so viele Orden an diese Ringe bindet, wie er kann.«

Tier nickte. »Aber ich denke, das hängt auch vom dritten Spieler in dieser Geschichte ab, dem Pirsch…« Sein Gesicht wurde plötzlich ausdruckslos.

Lehr war aufgesprungen, bevor Seraph auch nur verstand, was geschah. Jes zog Tier vom Tisch und auf den Boden. Einen Moment lag er nur da und starrte blicklos ein Oberlicht an.

Hinnum fasste Seraph am Arm, bevor sie zu Tier gelangen konnte, und hielt sie zurück.

»Wir haben keine Zeit«, sagte er. »Seraph, sieh dir seine Weisung an – er ist zu nahe daran, alles zu verlieren. Und wenn das geschieht, wird es ihn umbringen. Du musst den Bann anwenden, den ich dir beigebracht habe. Finde heraus, wie der Schatten die Weisung stiehlt, und halte ihn auf.«

Sie riss sich los und eilte zu Tier. Die Jungen drückten ihn auf den Boden, damit er sich nicht wehtat. Seraph sah, dass Hinnum recht hatte – Tiers Weisung war beinahe verschwunden. Sie hatten keine Zeit zu warten, bis der alte Zauberer helfen konnte. Wenn Seraph keine Möglichkeit fand, den Bann aufzuhalten, konnte er nicht mehr rückgängig gemacht werden, und Tier würde sterben.

Sie schob ihr Entsetzen weit weg, wo es eher eine Quelle der Kraft sein würde als eine Ablenkung. Dann beschwor sie die Magie herauf, wie Hinnum es ihr beigebracht hatte, und versuchte festzustellen, was der Schatten und seine Schergen ihrem Mann angetan hatten.

Sie hatte geglaubt, der Bann des Schattens vernichte einfach nur die Verbindung zwischen Tier und seinem Orden. Nun, da sie sowohl Geist als auch Weisung sehen konnte, begriff sie, dass sie sich geirrt hatte.

Jede Ranke, die vom Bann des Schattens ausging, war in Geist gehüllt: ein heller, glänzender Überzug um einen dunklen böswilligen Kern. Genau, wie sie ihre Magie in ihre Weisung gehüllt hatte, um Tiers Weisung berühren zu können, wickelte der Schatten seinen Bann in Geist. Der Geist hatte den Bann vor Seraphs früheren Versuchen, ihn zu entdecken, gut geschützt. Ranken des Bannes waren in das Gewebe von Tiers Weisung eingedrungen und arbeiteten sich noch tiefer in ihn hinein.

Umhüllt von Geist, konnte der Bann die Weisung ebenso binden, wie Tiers eigener Geist es getan hatte. Der Bann hatte sich tief in Tiers Weisung gegraben, aber wo Tiers eigener

Geist passiv war, blieb der Bann es nicht. Er griff die Verbindung zwischen Tier und seiner Weisung nicht einfach nur an, er entriss ihm die Weisung mit Gewalt. Die Strähnen von Tiers Geist wurden nach und nach zerstört, Faden um Faden, wo der Bann des Schattens ihm seine Weisung unweigerlich entzog und nur Fetzen seines Geistes zurückließ.

Seraphs alter Lehrer hätte den Bann für primitiv gehalten, da er mehr Macht als Einfallsreichtum benutzte. Aber wie primitiv er auch immer war, er funktionierte.

Die Geistesmagie des Schattens wickelte sich um die Fäden, die sie gestohlen hatte, und schuf eine Schnur aus Magie, Geist und Bardenweisung, die sich zwischen Tier und wahrscheinlich dem Edelstein erstreckte, an den die Meister des Pfads seine Weisung gebunden hatten. Noch während Seraph zusah, riss ein kleines, dünnes Band von Tiers Geist, fiel vom Orden weg und wurde dabei dunkler. Es kringelte sich schlaff an Tiers Körper.

»Seraph? Lass mich helfen.«

Das war Hennea. Seraph nickte zweimal und spürte, wie der andere Rabe ihr die Hände auf die Schultern legte und ihr Macht zuführte.

Sie hätte versuchen können, Tiers Weisung wieder zu flicken – das hätte sie jetzt besser gekonnt, weil sie wusste, was gebraucht wurde –, aber wie schon zuvor würde ihm das nur kurzfristig helfen. Am Ende würden sowohl ihre Magie als auch Tiers Geist nachlassen, und wenn er erst über alle Heilmöglichkeit hinaus geschädigt war, würde er sterben.

Stattdessen bewegte sich Seraph also mithilfe von Henneas Kraft an der gedrehten Schnur entlang, die Tier und den Edelstein des Pfads verband – sie gab alles, was sie hatte, Magie, Geist und Seele. Sie verlor jegliches Zeitgefühl, bis ihre Reise ihr endlos vorkam. Nur ihre wilde Entschlossenheit, das Ende der Schnur zu finden, ließ sie durchhalten.

Dann hatte sie plötzlich das Gesuchte vor sich: einen zimtfarbenen Edelstein. Graugrüne Ranken der bardischen Weisung bildeten ein festes Knäuel mitten im Stein, und ein paar Fragmente von Tiers Geist waren immer noch damit verbunden. Sie hatte keine Ahnung, wie sie das Gestohlene zurückholen sollte.

Für ihr magisches Ich wirkte der Edelstein riesig, aber sie wusste, dass er in Wahrheit klein genug war, um in einen Ring oder einen Halsschmuck eingesetzt zu werden.

Ich kann ihn mir nehmen, dachte sie. Sie hielt den Stein nun mit ihrer Magie umschlungen – wenn sie sich nur ein klein wenig stofflicher machte, würde sie ihn einfach stehlen und mit zurücknehmen können.

Was sie vorhatte, war nicht ungefährlich. Sie würde sich vielleicht dort wiederfinden, wo der Edelstein war – und sie würde es nicht allein mit dem Schatten aufnehmen können. Oder vielleicht würde es ihr auch nicht gelingen, fest genug zu werden, um den Stein zu nehmen, aber zu fest, um zu ihrem Körper zurückzukehren.

Noch während sie zögerte, pulsierte die Schnur und drehte sich, und das Knäuel mit Tiers Weisung im Edelstein wurde noch ein klein wenig größer.

Seraph hatte so etwas noch nie zuvor getan, aber ein Rabe brauchte an Möglichkeiten nur zu denken, und dann eilte sich die Magie, die Muster auszufüllen, die sie vorgezeichnet hatte. Einen Augenblick entzog sich der Stein ihr noch, als fürchte er ihre Berührung, aber schließlich konnte sie die Finger um den von Macht gewärmten, scharfkantigen und glattseitigen Granat biegen.

Er gehörte ihr. Einen Moment lang hielt sie ihn einfach nur fest, so verblüfft war sie, dass es funktioniert hatte. Dann benutzte sie ihre Magie und sah mit deren Hilfe sowohl den Bann als auch die Macht, die ihr gestattet hatte, der Spur des

Schattens zu folgen. Sie kehrte zu sich zurück, und das Erste, was sie hörte, war Tiers Aufschrei.

Sie brauchte kostbare Zeit, um zu begreifen, wieso der Stein wärmer wurde, bis er heiß in ihren Händen war – Momente, in denen er noch mehr von Tiers Weisung an sich zog. Dass der Granat ihm jetzt so nahe war, erhöhte die Wirksamkeit der diebischen Magie nur.

»Haltet ihn, damit er sich nicht wehtut.« Die Stimme des Gelehrten hatte sich ein wenig verändert und klang nun tiefer, was seinen Befehlen mehr Gewicht verlieh.

Hennea nahm die Hände von Seraphs Schultern und umfasste stattdessen ihre Hände.

»Lass mich es schützen, Seraph«, sagte Hennea.

Seraph öffnete die Hände und ließ Hennea den Edelstein berühren. Ein schlichter Schutzzauber hätte einfach die Verbindung zwischen Tier und dem Stein getrennt, und sie war zu müde, um sich etwas anderes auszudenken. Sollte Hennea die benötigte subtilere Magie einsetzen.

»Der Stein hat schon zu viel von seinem Geist und seiner Weisung aufgenommen«, stellte Hennea besorgt fest und zeigte damit, dass sie die Situation ebenso gut verstand wie Seraph.

»Du kannst es erkennen?«, fragte Seraph, dann dachte sie: *Selbstverständlich kann sie das.* Seraph versuchte immer noch, die Auswirkungen dessen zu begreifen, wer und was Hennea gewesen war. Vielleicht hatte sie Tier mit ihrem zögernden Vorgehen in Gefahr gebracht. Wenn sie es nur Hennea hätte versuchen lassen – Hennea, die einmal die Göttin der Magie gewesen war. Vielleicht hätte sie den Bann des Schattens wirklich rückgängig machen können.

»Ich bin deiner Magie gefolgt und habe mich erinnert.« Hennea ließ Seraph los und trat zurück. »Bevor ich sah, was du tatest, hätte ich es nicht selbst tun können. Mein Schutz um den Stein sollte eine Weile verhindern, dass er Tier noch mehr wehtut. Aber es ist keine dauerhafte Lösung. Ich weiß nicht, wie ich den Bann des Schattens rückgängig machen könnte.«

»Ich ebenso wenig«, gab Seraph zu und streckte die Hand aus, um Tiers Gesicht zu berühren. »Jedenfalls *noch* nicht.«

Tier schlug die Augen auf, als sie ihn berührte. Er lächelte sie an, dann schaute er zu Phoran, der auf Tiers Beinen saß, und zu Jes und Kissel, die seine Arme hielten.

»Schon gut, ihr könnt mich loslassen«, sagte er. »Ich bin jetzt in Ordnung … das denke ich jedenfalls.«

Sie warfen Seraph einen Blick zu und warteten auf ihr Nicken, bevor sie Tier losließen.

»Letztes Mal dachten wir auch schon, er wäre damit fertig«, sagte Phoran entschuldigend. »Er blieb eine kurze Weile ruhig liegen, dann fingen die Krämpfe wieder an.«

»Diesmal dachte ich wirklich, du würdest zerbrechen.« Lehrs Stimme war angespannt, als er seinem Vater aufhalf.

Tier bewegte vorsichtig die linke Schulter. »Nein, nichts so Dramatisches – ich habe mir wahrscheinlich nur einen oder zwei Muskeln gezerrt.« Er blickte auf zu Seraph und lächelte ironisch. »Du hast heute wirklich etwas gelernt. Gewöhnlich fühle ich mich nach diesen Anfällen schlechter statt besser. Was hast du getan?«

Seraph öffnete die Hand, sodass er den Edelstein sehen konnte. Vorsichtig griff er nach dem ungefassten, rostfarbenen Granat.

»Sie hätten wirklich einen hübscheren Stein finden können«, meinte er, und als er Seraphs Gesicht sah, zog er sie an sich, damit sie ihre Tränen an seiner Schulter verbergen konnte.

»Ich hätte dich beinahe verloren«, flüsterte sie. »Beinahe.«

»Ich bin hier«, erwiderte er. »Ich bin hier bei dir.«

Sie ließ sich von ihm trösten, aber sie konnte sehen, wie die Überreste seiner zerbrechlichen Weisung immer noch von dem Stein in ihren Händen angezogen wurden.

Phoran entzog sich schließlich dem Chaos der allgemeinen Besprechung, die Tiers Beinahe-Tod folgte. Rinnie brauchte den Kaiser nicht mehr, sie klammerte sich an ihren Vater. Und Phoran, der weder Reisender noch Magier war, konnte nichts zu der Diskussion beisteuern, bei der es im Augenblick darum ging, wie man den Schatten zerstören konnte.

Er wusste, sie würden ihn nicht lange allein lassen, obwohl Toarsen und Kissel wirklich fasziniert von dem Gedanken waren, einem Zauberer gegenüberzustehen, der schon alt gewesen war, als das Kaiserreich gerade erst ein Aufblitzen im Auge des schlauen alten Bauern gewesen war, der schließlich zum ersten Phoran wurde.

Phoran ging ein paar Schritte vor die Bibliothek und genoss die Stille der alten Stadt. Ein Sonnenuntergang, im Vergleich mit den Sonnenuntergängen in Taela bleich und gedämpft, erhellte den Himmel im Osten.

Phoran war davon ausgegangen, dass er sich auf dieser Reise eigentlich daran gewöhnt hatte, erstaunliche Dinge zu erleben – ein einsamer Berg, heimgesucht von Geistern, eine legendäre, in der Zeit erstarrte Stadt, ein Zauberer, der älter war als das Kaiserreich –, aber Seraph hatte ihm gerade das Gegenteil bewiesen.

Es war nicht die Magie. Er war zwar sicher, dass sie etwas getan hatte, um Tier zu helfen, aber er selbst hatte es nicht sehen können. Er hatte schon öfter bemerkt, dass Seraphs Magie weniger auffällig war als die der Hofmagier – wahrscheinlich, weil Seraph keinen Förderer beeindrucken musste.

Nein, was Seraph getan hatte, war sogar noch bemerkenswerter als ihre Magie – jedenfalls aus Phorans Perspektive.

»Stell mich deiner Familie vor«, hatte der alte Zauberer gebeten – und offensichtlich erwartet, dass Seraph nur allen anderen ankündigte, wer Hinnum war. Phoran kannte sich mit Hofzauberern und ihrer Denkweise aus. Hinnum hätte nie daran gedacht, dass Seraph seine Aufforderung wörtlich nehmen würde.

»Das hier ist meine Familie«, hatte sie gesagt.

Das hatte sie nicht ernst gemein. Sie konnte es einfach nicht ernst gemeint haben. Tier hätte das sicher getan, aber Phoran kannte inzwischen viele von Rinnies Geschichten und wusste, dass Tiers Verhalten gegenüber den Sperlingen nichts Neues gewesen war. Er adoptierte alle Streuner, die ihm begegneten, ob sie nun große schwarze Hunde oder linkische, liederliche Kaiser waren.

Phoran *wusste*, dass Seraph es nicht ernst gemein hatte, aber die Erinnerung an ihre Worte stellte dennoch eine Kostbarkeit für ihn dar. Seit sein Onkel gestorben war, wusste er, dass er allein war. Oh, da war Avar, aber Avar gab Phoran nicht das Gefühl, in Sicherheit zu sein und … und geliebt zu werden. »Meine Familie«, hatte sie gesagt, als sei Phoran eins ihrer eigenen Kinder.

Er hörte, dass jemand aus der Bibliothek kam, und seufzte leise, obwohl er gewusst hatte, dass Toarsen und Kissel ihn nicht lange allein lassen würden. Ein pelziger schwarzer Kopf legte sich auf seinen Stiefel, dann seufzte Gura ebenfalls.

»Phoran«, sagte Lehr leise hinter ihm.

Der junge Kaiser drehte sich um und sah den dunkelhaarigen jungen Mann an – nicht unbedingt die letzte Person, die zu sehen er erwartet hatte, aber dicht daran.

»Hast du genug von dem Lärm?«, fragte Phoran.

Lehr lächelte, aber er gab es nicht laut zu. »Hinnum glaubt, wenn Mutter eine Lerche findet, könnte ein Kreis aller sechs Weisungen imstande sein, sich an die Alten Götter zu wenden.

Die Weisungen waren schließlich einmal dazu gedacht zu verhindern, dass die Macht der Alten Götter zu groß wurde. Aber sobald die überlebenden Zauberer begriffen, dass es ein Loch im Schleier gab, schien das nicht notwendig zu sein, also entwickelten sie niemals eine funktionierende Zeremonie dafür. Hinnum denkt, die Macht des Webers und der sechs Weisungen könnte den Schatten zerstören.«

Phoran blickte auf zum Sonnenuntergang. »Etwas von den Worten habe ich noch mitbekommen. Sieht aus, als wollten deine Mutter, Hennea und Hinnum versuchen, sowohl Tier als auch diesen gestohlenen Weisungen zu helfen. Sie sagten, sie brauchten die echten Namen der Alten Götter, oder vielleicht auch nur eine Möglichkeit, uns andere loszuwerden, also wollen sie uns zum Tempel der Eule schicken, weil die Namen sich dort irgendwo befinden.«

»Rückwärts geschrieben ins Podium eingraviert«, bestätigte Lehr. »Mutter sagt, wir können mit Holzkohle und jemandes Hemd eine Kopie dessen anfertigen, was da steht.« Dann fügte er untertänig hinzu: »Ich kann es auch allein tun. Es ist nicht notwendig, dass …«

Er brach ab, und Phoran erkannte, dass sich etwas von seinem Ärger wegen der Unterbrechung einiger kostbarer einsamer Minuten bemerkbar gemacht haben musste. Lehr führte Phorans Reaktion wahrscheinlich darauf zurück, dass Seraph ihm Aufgaben übertrug, ohne ihn vorher zu fragen – was ihn vielleicht wirklich ein bisschen aufregen sollte, denn schließlich war er der Kaiser und Seraph die Frau eines Bauern. Aber sie hatte ihn als Familie bezeichnet: Was Phoran anging, konnte sie ihn so viel herumkommandieren, wie sie wollte.

»Hast du je gesehen, wie drei Zauberer zusammengearbeitet haben?«, fragte er Lehr.

Lehr zögerte, dann sagte er vorsichtig: »Nein.«

»Das liegt daran, dass sie es nicht können. Ich will lieber nicht in der Nähe sein, wenn dieser alte Zauberer, deine Mutter und Hennea anfangen, sich zu streiten.« Phoran erinnerte sich daran, dass es Jes war, der nicht angefasst werden wollte, und tätschelte Lehrs Rücken.

Lehr bedachte ihn mit einem trägen Lächeln.

»Im Ernst, Lehr, ich denke, keiner von uns sollte allein in dieser Stadt unterwegs sein. Es ist nicht wie im Wald, wo du und dein Bruder sich mit allem auskennen, was passieren kann. Ich weiß, wir sind noch nichts Gefährlichem begegnet, aber diese Stadt hat etwas wirklich Unheimliches an sich.«

»Also gut«, erwiderte Lehr. »Tatsächlich bin ich herausgekommen, weil ich dachte, Ihr könntet mir eine Frage beantworten. Ich wollte eigentlich Toarsen fragen, aber da ich Euch gerade alleine erwische …«

»Frag.«

»Als wir heute auf dem Weg zur Bibliothek waren, sprachen Rufort und Ielian über ihre Zeit als Sperlinge. Ielian sagte etwas, das Rufort beunruhigte, aber ich weiß nicht genau, was es war oder warum es ihn nervös machte.«

»Sag es mir«, bat Phoran ihn wieder.

»Rufort sagte, er sei gern einer Eurer Leibwächter und dass es viel besser sei als das Leben als Sperling. Dann erwiderte Ielian, es gefalle ihm ebenfalls. Aber selbst Sperling zu sein sei besser gewesen, als für seinen Onkel als Schreiber zu arbeiten. Das schien Rufort zu verstören, aber er verbarg seine Reaktion vor Ielian.«

Phoran wusste, wer Ielians Onkel war, aber das traf auch auf Rufort zu. »Sagte er, wieso er lieber Sperling als Schreiber war?«

»Ja. Er erklärte, es sei besser bezahlt worden.«

»Ich dachte, wir hätten sie alle gefunden«, murmelte Phoran bedrückt.

»Alle was?«

»Die einzigen Sperlinge, die vom Pfad bezahlt wurden, erhielten ihr Geld dafür, dass sie andere umbrachten oder sie zumindest einschüchterten. Die meisten waren ältere Sperlinge: Kissel und Toarsen konnten sie für uns identifizieren. Ielian ist jünger und stammt aus der Ernte dieses Jahres. Wir hatten nicht angenommen, dass sie auch einem Mann aus der jüngsten Gruppe solche Arbeiten aufgetragen hatten.«

Kissel und Toarsen waren beide losgezogen, um andere einzuschüchtern. »Ein paar Knöchel aufschrammen«, hatte Kissel gesagt. Aber töten – besonders die Art von Mord, wie sie der Pfad anordnete – war eine ganz andere Sache.

Er konnte Ielian nicht mehr trauen.

»Schon gut, Lehr«, fuhr er fort. »Danke, dass du es mir gesagt hast. Ich lasse es Toarsen und Kissel wissen.«

»Ich mag ihn«, stellte Lehr fest. »Nicht viele wagen, Mutter die Stirn zu bieten.«

»Ich mag ihn auch«, erwiderte Phoran. »Ich werde mit ihm reden, bevor ich entscheide, was geschehen soll. Danke.«

Es war inzwischen dunkel geworden. Phoran drehte sich um, um in die Bibliothek zurückzukehren, aber das Memento stand ihm im Weg.

»Ah«, sagte er. »Mir war nicht klar, dass es schon so spät ist.«

Lehr betrachtete das Memento, aber er war nicht zusammengezuckt oder hatte aufgeschrien oder dergleichen. Phoran erinnerte sich an die ersten Male, als das Memento zu ihm gekommen war, und wünschte sich, er hätte damals auch nur halb so ruhig bleiben können. Gura winselte, wich aber nicht zurück.

Phoran rollte den linken Ärmel hoch; sein rechter Arm hatte schon den ganzen Tag wehgetan, und das war sein Schwertarm. Er erinnerte sich nicht, dass die Schmerzen vorher so lange angehalten hatten, nachdem das Memento sich genährt hatte, aber vielleicht war es ihm auch einfach entfallen.

Diesmal fühlte es sich sogar noch schlimmer an, als der kalte Mund sich auf die Wunde drückte, die das Memento an seinem Arm verursacht hatte. Die Kälte war durchdringender und intensiver als am Abend zuvor. Phoran hätte sich bestimmt erinnert, wenn es letzte Nacht so schlimm gewesen wäre.

Dann saß er plötzlich am Boden, halb gegen Lehr gelehnt.

»Weil ich dein Blut nahm«, sagte das Memento mit einer Stimme so trocken wie totes Laub, »schulde ich dir eine Antwort. Wähle deine Frage.«

»Phoran?« Das war Lehrs Stimme, so leise, als befänden sie sich auf der Jagd in der Nähe von Wild. »Schaut Euch diese beiden Häuser auf der anderen Seite des Platzes an. Seht Ihr sie?«

Phoran war schwindlig, und sein Körper schien nur träge zu reagieren, aber er schaute zu den Häusern, auf die Lehr zeigte. Vage nahm er auch wahr, dass Gura neben Lehr stand und knurrte.

»Gestern warnte Hinnum uns, nicht in der Nacht in der Stadt zu bleiben«, sagte Lehr. »Ich hatte es vergessen – und ich wette, Mutter und Papa ging es ebenso. Hinnum sagte, die Straßen gehörten den Toten.«

Das Wesen sah beinahe aus wie ein Mensch, dachte Phoran. Es hatte die richtige Größe und Gestalt, aber ein urtümlicher Instinkt sagte dem jungen Kaiser, dass, was immer ihn und Lehr aus zwanzig Schritten Entfernung von der anderen Seite der Kopfsteinstraße aus beobachtete, sehr lange kein Mensch mehr gewesen war.

»Wie überleben wir das?«, fragte Phoran mit einem Blick zu dem toten Mann, der ihn nun beinahe ein halbes Jahr heimgesucht und niemals so sehr erschreckt hatte wie dieses Ding – nein, sagten seine Augen. Lehr hatte recht, es gab mehr als nur eins von ihnen. Dinge also.

»Geht nach drinnen«, flüsterte das Memento. »Sie kommen, und ich habe keine Macht über die Toten. Sie werden im Austausch dafür, dass sie euch am Leben lassen, ein Geschenk verlangen.«

»Was für ein Geschenk?«, fragte Phoran. Aber das Memento hielt diese Antwort offenbar für ausreichend, denn nun schwieg es.

Phoran, der immer noch Lehrs Arm hielt, zog sich ein wenig wacklig auf die Beine. »Ich hoffe, deine Mutter kennt sich mit den Toten aus«, sagte er.

»Ich kenne mich mit Raubtieren aus«, erwiderte Lehr. »Dreht Euch nicht um, bis wir die Tür erreicht haben. Und beeilt Euch nicht.«

Quälend langsam legten sie die paar Schritte zur Bibliothekstür zurück. Lehr öffnete die Tür, und Phoran warf den sich versammelnden Wesen einen letzten Blick zu, die langsam mit den Schatten der Gebäude verschwammen, als das Zwielicht verging und die Dunkelheit die Herrschaft über die Straßen von Colossae übernahm. Dann war er im Haus, und die schwere Holztür schloss sich zwischen ihnen und was immer sie jagte.

Zum ersten Mal fand Phoran die Bibliothek regelrecht gemütlich: Das sanfte Leuchten der magischen Lichter, die unauffällig hinter Schnitzereien in der Decke und den Wänden befestigt waren, gab ihm das Gefühl, sicher vor der Dunkelheit zu sein.

Seraph hörte vor lauter Stimmen nicht, wie die Tür auf- und wieder zuging, aber sie sah, wie Jes sich aufrichtete und zur Treppe hinschaute.

»Lehr, Phoran und Gura«, sagte er. »Sie riechen nach Angst und Blut.«

Seine Stimme war laut genug, dass Hinnum und Hennea ihre leise Auseinandersetzung abbrachen – eine Auseinandersetzung so voller unausgesprochener Schuldgefühle und Zorn, dass Jes gezwungen gewesen war, Hennea allein zu lassen und sich ein Stück von allen entfernt einen Platz zu suchen.

Phoran kam die Treppe hinauf und hielt dabei seinen linken Arm, als sei er verletzt. Lehr und Gura folgten ihm auf dem Fuß. Der Hund hatte sein Rückenfell gesträubt und blickte immer wieder hinter sich.

»Es ist Nacht«, sagte Phoran. »Die Toten wandeln auf den Straßen. Und ich hoffe, das ist nicht so schlimm, wie ich denke, dass es sein könnte.«

»Magie hat keinen Zugriff auf die Toten«, sagte Hennea sofort, aber es lag keine Panik in ihrer Stimme. »Hinnum, können sie hereinkommen?«

»Sie haben mich nie zuvor belästigt«, sagte Hinnum. »Aber euch werden sie folgen. Die Tür kann sie eine Weile aufhalten, aber nicht lange, wenn sie Blut gewittert haben. Magie funktioniert allerdings zumindest in geringem Maß gegen sie, ganz gleich, was die Geschichten sagen. Seraph, du wirst wissen, was ich meine, wenn ich sage, dass sie Geschöpfe des Geistes sind.«

Das tat sie. Es bedeutete, dass es schwierig werden würde, aber wenn es dem Schatten gelang, seine Magie in Geist zu hüllen, dann konnte sie ebenfalls etwas tun. Solange es nicht zu viele von ihnen waren.

»Selbstverständlich«, sagte Hennea erschüttert. »Es tut mir leid. Ich hatte es vergessen. Wie am Berg der Namen. Es ist so schwer, sich an alles zu erinnern. Jes, komm wieder aus dem Treppenhaus.«

»Es gibt Schutzzauber, die sie aus der Bibliothek fernhalten können«, sagte Hinnum. »Aber die habe ich nicht mehr benutzt, seit euer Willon gegangen ist, und ich kann sie in meiner derzeitigen Gestalt nicht aktivieren. Ich selbst brauchte sie nicht; die Toten wollen Fleisch und Blut, und in meiner derzeitigen Form habe ich nichts, was sie reizen könnte.«

»Was passiert, wenn sie uns finden?«, fragte Ielian. Er war aufgestanden und hatte sein Schwert gelockert. Stahl mochte gegen einige magische Geschöpfe helfen, aber gegen die Toten würde er nichts nützen.

»Es ist nicht gut, wenn Tote die Lebenden berühren«, sagte Seraph, und das war auch schon alles, was sie wusste. Ihr alter Lehrer hatte sich mehr Gedanken wegen Nebelmahren, Wasserdämonen und dergleichen gemacht.

»Es gibt nur wenige Gespenster in Colossae«, sagte Hinnum. »Aber sie sind überwiegend harmlos und bleiben in der Nähe ihrer Häuser. Ich weiß nicht, wie man sie nennen soll – Nekromantie hat mich nie interessiert.«

»Ich kann mich auch nicht an viel erinnern«, sagte Hennea.

»Sie haben alle Zauberer umgebracht, die hergekommen sind, um bei mir zu bleiben, nachdem die Stadt gestorben war«, berichtete Hinnum. »Weglaufen funktioniert nicht, und das Gleiche gilt für die meiste Magie. Ich brauchte einige Zeit, um zu lernen, wie ich meine Lehrlinge schützen konnte, und es wird zu lange dauern, euch das beizubringen. Wir haben nur noch Minuten, bis die Türen nachgeben, und nicht Tage.«

»Das Memento sagte, sie würden ein Geschenk dafür verlangen, unser Leben zu schonen«, erinnerte sich Phoran. »Was immer uns das nützen mag.«

»Seraph.« Tiers entschlossen ruhige Stimme schnitt durch die wachsende Nervosität in der Bibliothek. »Ich habe meine Laute beim Gepäck im Lager gelassen. Gibt es eine Möglichkeit, dass Hennea oder du sie für mich holen können?«

Seraph starrte ihn an. Unter diesen Umständen schien das eine seltsame Bitte zu sein. Vielleicht hatte sie ihn falsch verstanden. »Wie bitte?«

Er legte den Arm um ihre Schultern und lächelte auf sie herab, und die Müdigkeit in seinen Augen ließ ein wenig nach. »Es gibt viele Lieder über die Toten, Seraph, und noch mehr Geschichten. Phoran sagt, das Memento habe ihm verraten, dass sie ein Geschenk wollen. Und ich habe bisher nur von einem einzigen Geschenk gehört, das die Toten akzeptieren: Musik.«

»Das habe ich auch gehört«, sagte Toarsen leise. »Meine Kinderfrau erzählte uns eine Geschichte von einem Barden, der versuchte, eine Nacht in einem Spukschloss zu überleben, indem er bis Tagesanbruch für die Gespenster sang.« Er zögerte, dann fügte er hinzu: »Er hörte einen Augenblick zu früh auf, weil er vom Lied einer Nachtigall überrascht wurde.«

»Diese Geschichte kenne ich, aber ihr habt Glück, es gibt keine Vögel in Colossae, die mich ablenken könnten«, sagte Tier. »Also hol mir bitte meine Laute, Liebste.«

»Sie kommen«, sagte eine seltsame, tonlose Stimme.

Inmitten der Bibliothek stand ein Geschöpf der Finsternis. Es war zu groß und dünn für einen Menschen und in nachtfarbene Nebelschwaden gehüllt, die sich bewegten, als zupfte hier und da ein Wind an ihnen, den die anderen nicht spüren konnten. Es wirkte fehl am Platz, als gehöre es eher in eine der Ecken des Raums, wo sich die Schatten sammelten, als hier in der Mitte zu stehen.

Phoran trat vor, stellte sich zwischen das Wesen und die anderen, und Seraph begriff, dass sie Phorans Memento vor sich hatte. Es wirkte fester als in der Nacht zuvor, als wäre es näher daran, ein lebendes Wesen zu sein als ein totes.

In diesem Augenblick erklang ein hohles Dröhnen, das im Raum widerhallte und Jes knurren ließ.

»Seraph«, sagte Tier, »ich denke, es wäre wirklich gut, wenn ich diese Laute so schnell wie möglich haben könnte.«

Seraph öffnete den Mund und klappte ihn wieder zu. Tier wusste, in welchem Zustand seine Weisung sich befand. Er wusste, dass die Anfälle häufiger auftraten, wenn er sang. Das brauchte sie ihm nicht noch einmal zu sagen.

Sie nickte und schloss die Augen.

Bevor sie den Edelstein gestohlen hatte, hatte Seraph so etwas noch nie getan, und sie war nicht sicher, wie sie Tiers Laute ohne eine Schnur aus Magie finden sollte, die ihr den Weg zeigte. Aber es war ein Tag des Lernens gewesen, und daher sagte sie ihrer Magie, was sie wollte.

Tiers Laute war beinahe ebenso sehr ein Teil von ihm wie seine braunen Augen und die Grübchen. Das Musikinstrument zu finden und zu sich zu rufen erwies sich als einfacher, als Seraph gedacht hätte, denn die Laute wollte bei Tier sein. Wahrscheinlich hätte er sie sogar selbst rufen können. Seraph öffnete die Augen und sah, dass das Instrument vor den Füßen ihres Mannes auf dem gebohnerten Boden lag.

Tier beugte sich vor, um es aufzuheben. Er verzog das Gesicht, dann richtete er sich langsamer wieder auf. An der Außentür erklang ein weiteres Krachen.

»Ich werde wirklich zu alt für so viele Abenteuer«, sagte Tier. »Danke für die Laute, meine Liebste.« Er sah sich um. »Wir sollten alle zusammenbleiben.«

Er setzte sich auf den Tisch und machte es sich bequem.

»Setzt euch«, wies er sie an. »Ich will, dass sie mich ansehen und nicht euch.« Er warf dem Memento einen Blick zu. »Und das schließt dich ein.«

Zu Seraphs Überraschung ließ sich das Memento auf den Boden nieder. Wenn Tier in diesem Tonfall sprach, gehorchten offenbar selbst solche Wesen. Seraph setzte sich auf eine Bank neben Tiers Tisch, während er die Laute stimmte.

Phoran hockte sich auf den Boden, und seine Gardisten verteilten sich um ihn herum. Jes und Hennea saßen am Rand der Gruppe, und Lehr übernahm die andere Seite, obwohl er dadurch dem Memento am nächsten kam, bis Hinnum sich zwischen ihnen niederließ.

»Rinnie, warum kommst du nicht neben mich?«, fragte Phoran. »Ich denke, deine Mutter wird vielleicht noch vor Ende der Nacht die Hände voll haben.« So saß das verwundbarste von Seraphs Kindern in der Mitte, und Phoran hielt Gura am Halsband, ohne dass Seraph ihn darum bitten musste.

Tier stimmte immer noch die Laute, als die Tür mit dem Kreischen von herausgerissenen Nägeln und einem Knacken nachgab, was, wie Seraph annahm, von dem brechenden Türrahmen kam. Sie schauten alle zur Treppe, aber dort war nichts zu sehen, und außer den Klängen, die Tiers Finger an den Saiten verursachten, war auch kein Laut mehr zu hören.

Eine Welle der Angst brach über sie herein, schlimmer als alles, was Jes jemals bewirkt hatte.

Tier spielte eine schnelle Tonleiter und fing an, das Instrument noch einmal zu stimmen. »Ich habe sie zu lange liegen lassen«, murmelte er. »Die Saiten wollen nicht gestimmt bleiben.«

»Papa«, sagte Lehr, der zur Treppe starrte. »Spiel.«

Eine fleckig graue Hand erschien über der obersten Stufe und zog einen Körper hinter sich her.

»Lauft!« Ielian kam auf die Beine, aber Rufort und Kissel packten ihn beide an den Armen und zogen ihn wieder auf den Boden.

Das Ding, das aus dem Treppenhaus kroch, sah menschlicher aus als das Memento, dachte Seraph, und genau aus diesem Grund wirkte es noch schrecklicher. Es hatte zwei Augen und etwas, das einmal eine Nase gewesen sein musste. Ein paar Strähnen grauen Haars standen von seinem Kopf ab. Es sah sie an und klappte die Kiefer zu.

»Bleib sitzen«, zischte Toarsen Ielian an, der wieder aufstehen wollte. »Weglaufen wird nicht helfen.«

»Nein«, stimmte das Memento zu, die Stimme wie trockenes Laub im Wind. »Bei Nacht wandelt Tod in den Straßen von Colossae.«

»Danke«, fauchte Phoran das Memento an, als Ielian sich noch einmal vergeblich aufbäumte. »Das war wirklich hilfreich. Warum bist du nicht einfach still? Ielian, setz dich hin! Gura, *Platz!*«

Gura und Ielian sanken gleichermaßen unwillig wieder zu Boden. Rinnie rollte sich zusammen und begrub ihr Gesicht an Guras Seite, und Phoran streckte ungeschickt den Arm aus, um ihr den Rücken mit der Hand zu tätscheln, die den Hund nicht am Halsband hielt.

»Mutter, der Hüter will herauskommen«, sagte Jes. »Aber ich denke, alle haben schon genug Angst.«

»Lass ihn nur«, sagte Seraph, deren Mund so trocken war, dass ihre Stimme brach. »Er kann es kaum noch schlimmer machen.«

Jemand – es hätte Ielian sein können – stieß einen gedämpften Schrei aus, als Jes die Gestalt eines schwarzen Wolfs annahm, nur einen Hauch kleiner als Gura. Der Hüter warf einen Blick zu Ielian und fletschte die Zähne, bevor er zu dem Ding auf der Treppe sah. Sein tiefes Knurren hallte seltsam von der hohen Decke wider.

Rufort zuckte zusammen und rutschte eine Handspanne zurück, bevor er sich bremsen konnte.

»Etwas hat mich berührt«, sagte er leise.

»Tier, ist das verdammte Ding endlich gestimmt?«, fragte Phoran, als das Geschöpf seine schlaffen Beine über die letzte Stufe zog und vorwärtskroch.

Die Präsenz der Toten bedrängte Seraph, beugte ihre Schultern unter dem Gewicht. Es waren mehr als das Geschöpf, das sie sehen konnten, und das andere, das Rufort berührte. Sie konnte sie alle rings um sich herum spüren.

»Tier«, mahnte Phoran, als das Ding die viel zu geringe Entfernung zwischen der Treppe und ihrer kleinen Gruppe weiter schrumpfen ließ.

Jes ging um die verängstigten Menschen herum, bis er zwischen dem Geschöpf und ihnen stand. Als er lauter knurrte, erfüllte der Gestank von verwestem Fleisch die Bibliothek.

Tier grinste ausgelassen, und seine Finger berührten die Lautensaiten.

Das Ding an der Treppe winselte beim ersten Ton und verschwand, und gleichzeitig wurde der Gestank nach Verwesung schwächer. Aber Seraph konnte spüren, wie die Toten warteten.

Tier spielte zunächst ein trauriges Lied über ein Mädchen, das mit einem Seemann verheiratet war, der auf seinem Schiff davonfuhr und nicht mehr zurückkehrte. Es war melodisch und langsam, und Tiers Finger ließen kein bisschen nach. Ebenso wenig wie seine Stimme.

Toarsen holte einmal hörbar Luft, aber als Seraph ihm einen raschen Blick zuwarf, konnte sie nicht erkennen, dass etwas nicht in Ordnung gewesen wäre. Der junge Mann beugte sich vor und senkte den Kopf, aber er sah nicht aus, als wolle er gleich wegrennen.

Tier hatte mit seiner Musik zumindest die unmittelbare Krise aufgehalten. Seraph arbeitete an dem Zauber, der ihr gestattete, Geist zu sehen – und die Bibliothek begann zu leuchten wie ein Feld voller Freudenfeuer im Winter. Die Toten waren alle da, ein Ring aus Gestalten, die aus Geist und etwas anderem bestanden, das sie sehen, aber nicht benennen konnte, ein zwischen Rot und Gold wechselnder Dunst. Es gelang ihr, den Blick lange genug von ihnen abzuwenden, um sich zu überzeugen, dass Tiers Weisung hielt, dann kehrte sie zu ihrer Wache zurück, weil sie hoffte, dass die Toten sich weiterhin fernhalten würden.

Als Tier mit dem ersten Lied fertig war, sah er sein Publikum an – das, welches er sehen konnte. Dann begann er ein Marschlied, das Seraph noch nie zuvor gehört hatte. Es hatte einen eingängigen Kehrreim, und als er ihn zum zweiten Mal anstimmte, forderte der Barde seine Zuhörer auf: »Singt mit, wenn ihr möchtet.«

Lehr und Jes fielen beide ein, und Rinnie fügte eine Sopran-Oberstimme hinzu. Seraph stellte fest, dass sie ebenfalls mitsummte. Aber mitten in der vierten Strophe sagte Tier ihren Namen statt des Wortes, das eigentlich in den Text gehörte, und sie erkannte, dass er sich gewaltig anstrengen musste.

»Seraph«, sagte er noch einmal.

Sie riss den Blick von den Toten los und sah, dass seine Weisung sich beinahe vollkommen von ihm gelöst hatte und nur noch von ein paar einzelnen Strähnen seines Geistes und den letzten Fäden ihrer Magie gehalten wurde. Sie packte die Verbindung, die zwischen Tier und dem Edelstein verlief, und zog fest auf Tier zu.

»Besser«, sagte Tier, bevor er wieder mit dem Kehrreim begann.

Sie hielt die Schnur fest. Vielleicht hätte sie Tier besser helfen können, wenn sie gewusst hätte, wie Geist und Weisung bei einem gesunden Weisungsträger in Beziehung zueinander standen. Bevor Tier sie angesprochen hatte, war sie so damit beschäftigt gewesen, die Toten zu beobachten, dass sie auf die anderen wenig geachtet hatte.

Sie sah auf und wollte sich vergewissern, wie es Lehr ging – aber ihr Blick blieb zunächst an dem Memento hängen. Sie konnte die Gestalt des Wesens weiterhin sehen, aber für ihre magische Sichtweise wirkte es eher dunkellila als schwarz. Unter dem Schutz der Weisung befand sich ein Reisender mit scharfen Zügen, der in einem hellen Geistblau leuchtete. Er sah sie an, schien verblüfft zu sein, dass sie ihn sehen konnte, und flüsterte dann in ihrem Kopf: »Er soll den *Fall des Schattens* erzählen, wie er es mir erzählt hat.«

»Tier«, flüsterte sie, damit sie ihren Mann beim Singen nicht störte. »Das Memento sagt, du sollst den *Fall des Schattens* erzählen, wie du es ihm erzählt hast.«

Tier wirkte ein wenig überrascht, aber er nickte. Als er weitersang, bemerkte sie, dass sein Geist sich stabilisiert hatte und nun wieder ein wenig besser mit den zerfaserten graugrünen Stücken seiner Weisung verbunden war. Seraph fragte sich, ob Tiers Musik, sobald der Bann des Schattens eingedämmt war, ihm half, einer weiteren Auswirkung des Bannes entgegenzutreten.

Tier beendete das Lied, schlug einen Mollakkord an und begann eine aufsteigende Tonleiter, die sich zu einem bewegenden Arpeggio steigerte – verlorene und klagende Musik. Seine geschickten Finger flogen über die Bünde der Laute, und die Töne fügten sich schließlich zu einer weniger verstörenden Melodie, als er mit der Geschichte des Schattens begann.

»Es war einmal …«

Seraph hatte die Geschichte Dutzende von Malen gehört, also achtete sie wenig auf die Worte. Sie behielt die Toten im Auge, aber die schienen mit der von Lautenmusik begleiteten Geschichte zufrieden zu sein, denn sie blieben, wo sie waren. Die oberen Chöre von Tiers Laute webten Stücke von Heldenballaden und festlichen Liedern über einem leise pulsierenden Bass, der sich mehr und mehr dem Rhythmus eines Herzschlags annäherte, zu einer einzigen Melodie.

»Dieser junge Mann war ein guter König, womit ich sagen will, dass er für Ordnung und Wohlstand unter seinen Adligen sorgte und für gewöhnlich auch verhinderte, dass die anderen Bürger verhungerten.« Tiers Stimme verband sich mit seiner Musik.

Als Seraph sicher war, dass Tiers Erzählkunst den Toten zusagte, betrachtete sie Lehr, um herauszufinden, wie eine Weisung normalerweise im Verhältnis zum Geist aussehen sollte.

Zunächst überraschte der Geruch sie nicht, aber wenn sie aufmerksamer gewesen wäre, hätte sie erkennen müssen, dass es keinen Grund gab, wieso die Bibliothek plötzlich nach Pferd riechen sollte.

»Ich rieche Blumen«, flüsterte Lehr.

Sobald er das gesagt hatte, nahm Seraph es ebenfalls wahr. Sie blickte auf, aber keiner der Toten war näher gekommen.

Ah, dachte sie und wandte sich wieder Lehr zu. *Kein Wunder, dass es den Meistern des Pfads so schwergefallen ist, nur die Weisung zu nehmen, kein Wunder, dass es Monate brauchte, Geist von Weisung zu trennen – der Geist ist in das Gewebe der Weisung eingeflochten wie Kett- und Schussfäden.*

Sie hörte das Klirren von aufeinandertreffenden Schwertern, aber als sie aufblickte, konnte sie nichts sehen, das dieses Geräusch verursacht haben könnte – oder den plötzlichen Geruch nach Kampfesschweiß.

»Keiner seiner Gardisten oder Adligen konnte sich beim Schwert- oder Stabkampf lange gegen ihn halten«, sagte Tier.

Seraph sah ihn ungläubig an, und ihr wurde klar, dass nicht nur sie den Gebrauch ihrer Magie im Lauf dieser zwanzigjährigen Ehe reduziert hatte – er hatte es ebenfalls getan.

»Er richtete in jedem Dorf Bibliotheken ein«, sagte Tier, und der Geruch nach Staub und Schimmel setzte sich über den wirklichen Duft der Bibliothek hinweg, in der sie sich befanden und die nur nach Leder, Pergament und Erhaltungszaubern roch. »Und in seiner Hauptstadt sammelte er mehr Bücher, als seit dieser Zeit am gleichen Ort zu finden waren. Vielleicht war das der Grund für das, was ihm zustieß.«

In ihrer Ehrfurcht für das versunken, was Tier tat, brauchte Seraph einen Augenblick, um zu erkennen, dass die Schnur von Schattenmagie, die sie festgehalten hatte und die Tiers Weisung an den Edelstein band, versuchte, sich ihr zu entziehen – aber bevor sie wieder daran reißen konnte, erkannte sie, dass sich die Schnur nun in die Gegenrichtung bewegte. Weisung und Geist kehrten zu Tier zurück. Seraph ließ sie los.

»Zeit verging, und der König wurde alt und grau, und seine Söhne wurden stark und weise. Die Menschen warteten ohne Sorgen darauf, dass der alte König sterben und sein ältester Sohn die Krone übernehmen würde.« Tier ließ die Finger kurz ruhen, sodass sein Schweigen wartete, wie die Menschen darauf gewartet hatten, dass der alte König starb.

Zwei Herzschläge Stille … drei, dann begannen Mollakkorde, ein Widerhall der Melodie, die er am Anfang der Geschichte gespielt hatte. »Eines Abends beschwerte sich der älteste Sohn des Königs über Kopfschmerzen, bevor er zu Bett ging. Am nächsten Tag war er blind und von Pusteln bedeckt, und am Abend war er tot. Die Pest war in den Palast eingedrungen, und bevor sie sich wieder zurückzog, waren auch die Königin und jeder Mann von königlichem Blute tot.« Die vertraute Melodie nahm das Gewicht der Trauer an. Gelegentliche Obertöne klangen wie das Klagen einer Witwe.

Dann stieß Lehr ein so erstauntes Keuchen aus, dass Seraph den Blick von Tier abwandte, der sie mit der Magie seiner Worte und der Musik in Bann geschlagen hatte.

Sie sah Hinnum und das Memento, so verschieden von den anderen, die zu Tiers Füßen saßen. Sie sah die Toten. Sie sah ihre Kinder, Phoran und seine Gardisten. Sie sah Gura. Sie sah sie alle im Licht von Geist, Weisung und dem dunklen Kern glitzern, von dem sie annahm, es müsse wohl die Seele sein.

Und vor ihnen allen, unberührt von Seraphs magischem Sehvermögen, stand Loriel, die Tochter des namenlosen Königs. Seraph hätte nicht sagen können, woher sie wusste, wer diese Person war, nur, dass die Frau, die entdeckt hatte, was aus ihrem Vater geworden war, nun vor ihnen stand. Heraufbeschworen von Tiers Macht, so echt, als wäre sie lebendig. Seraph wurde erschüttert Zeugin, wie Loriel vor den Ungeheuern floh, die nun das Schloss ihres Vaters bewohnten.

Die Musik wurde militärisch – scharfes Klopfen auf die Oberfläche der Laute klang nach Trommeln und marschierenden Soldaten –, als Tier von der Armee berichtete, die Loriel zusammenrief, eine Armee, deren Kern bis zum Ende weiterkämpfen würde. Plötzlich und misstönend begannen wilde Verzerrungen und hörten unvermittelt wieder auf, gefolgt von einer Kakofonie schrillen Quietschens und Gleitens, als Tier über Loriels Tod sprach. Darunter lag immer noch stetig der Rhythmus des Herzschlags vom namenlosen König.

Es fiel ihr schwer, die Aufmerksamkeit weiter auf die Wirklichkeit des Banns zu richten, wenn Tiers wohltönender Bariton ihre Aufmerksamkeit forderte. Dennoch, sie beobachtete, wie die Macht von Tiers Musik den Bann des Schattens langsam zwang, ihn loszulassen. Seraph zog den Edelstein aus ihrem Beutel am Gürtel, in den sie ihn gesteckt hatte, und er fühlte sich in ihrer Hand warm an.

Der Aufschrei eines Mannes zog ihre Aufmerksamkeit wieder auf das Schlachtfeld, in welches sich die Bibliothek verwandelt hatte. Sie wusste nicht, ob der Schrei von einem der jungen Männer, einem der Toten oder Tiers Erzählmagie gekommen war. Sie sah, wie der Rote Ernave gegen den Schattenkönig kämpfte, der noch beängstigender war, als sie sich je hätte vorstellen können. Tiers Finger spielten eine stotternde, gequälte Melodie, die ein wenig hinter den Herzschlag zurückfiel, als wäre sie zu erschöpft, um weiterhin im Gleichklang ertönen zu können. Die stolzen Takte der Heeresmusik wurden durch ihre Verlangsamung plötzlich quälend und schmerzhaft.

Unter seinem roten Bart sah Ernave ein wenig aus wie Tier, und Seraph nahm an, dass sie vielleicht deshalb weinte, als er am Ende der Schlacht starb. Oder vielleicht war es, weil der Granat in ihrer Hand in winzige Splitter zerbrach und Tier wieder von Kopf bis Fuß in das graugrüne Gewebe seiner Weisung gehüllt war.

18

»Also gut«, sagte Tier und spielte Fetzen von Melodien, um die Toten weiterhin fernzuhalten, während er wieder zu Atem kam. »Das ging besser als letztes Mal.«

Er sah Seraph an. »Etwas ist anders als vorher. Was hast du gemacht?«

»Diese Frage sollte ich dir stellen«, sagte Seraph. »Du sagtest, du hättest ein paar Dinge gelernt, als du allein im Kerker saßest, aber was du hier geleistet hast, war wirklich außergewöhnlich. Ich weiß, dass Barden die Begabung haben, ihren Geschichten eine Aura der Wirklichkeit zu verleihen. Bisher war mir allerdings nicht klar, wie weit das gehen kann.«

»Ich habe einen oder zwei Barden gesehen, die mithilfe ihrer Macht Bilder, Anblicke oder Geräusche aufbauen konnten«, sagte Hennea. »Aber niemals einen, der einer seiner Geschichten Wahrheit verlieh.«

Tier grinste. »Von Wahrheit weiß ich nichts. Aber es ist ziemlich beunruhigend, nicht wahr? Nachdem ich mich bei Schattenfall überzeugen konnte, dass ich die Einzelheiten des Schlachtfelds, auf dem der Rote Ernave starb, richtig beschrieben hatte, als ich die Geschichte zum ersten Mal auf diese Weise erzählte, hätte es mir beinahe das Herz stillstehen lassen. Ich nehme an, ich hätte euch warnen sollen«, sagte er. »Aber ich habe dies nicht mehr versucht, seit es zum ersten Mal funktionierte, und war nicht sicher, ob es wieder so gut gehen würde.« Er sah das Memento an. »Was denkst du?«

»Du beherrschst die Geschichte jetzt besser«, sagte es. »Du hast keine überflüssige Macht mehr abgesondert, an der andere sich laben konnten.«

»Und ich bin nicht so in der Geschichte versunken, dass ich gerettet werden musste.« Tiers Finger fanden ein anderes Lied, etwas Leichtes und Luftiges, das die deprimierte Atmosphäre, die der Tod des Roten Ernave zurückgelassen hatte, ein wenig zu beleben schien. »Vielleicht hat es geholfen, Musik hinzuzufügen.«

»Kissel, wo gehst du hin?«, fragte Toarsen.

Und tatsächlich, Kissel war aufgestanden und ging langsam auf die Regalreihen zu. »Sie braucht uns«, sagte er. »Hört ihr sie denn nicht weinen?«

Jes schoss vor, stellte sich Kissel in den Weg und knurrte etwas vor ihnen an.

Dann hörte Seraph es ebenfalls: das erschütterte Weinen einer Frau.

Seraph stieg über Tiers Tisch, weil das der kürzeste Weg war, und winkte die anderen zurück, die alle angefangen hatten aufzustehen, um zu helfen.

»Spiel, Barde«, bat Hennea. »Sing etwas. Etwas Fröhliches.«

Tier begann mit einem bekannten Trinklied.

Da Jes ihm den Weg blockierte, hatte Kissel aufgehört, sich zu bewegen, aber ihm liefen Tränen über die Wangen. »Sie ist so traurig«, sagte er. »Warum können wir ihr nicht helfen?«

Der schwarze Wolf hatte sein dichtes Rückenhaar gesträubt. Seraph bewegte sich langsam an Kissels Seite, denn sie wollte vermeiden, dass er aus reinem Schreck etwas Dummes tat. Er kämpfte offenbar auch selbst gegen den Zauber an, denn sonst wäre er trotz Jes' Nähe nicht stehen geblieben.

Mit ihrer magischen Sichtweise konnte sie erkennen, dass eine der Toten nur ein paar Schritte von Kissel entfernt stand, und sie glaubte, dass Jes sie ebenfalls sah, denn er richtete den

Blick auf dieselbe Stelle. Tiers Musik hielt die Tote entweder zurück, oder etwas an der Art, wie sie sich ernährte, verlangte, dass das Opfer zu ihr kam. Nach dem wenigen, was Seraph über solche Dinge wusste, hätte beides zutreffen können.

Seraph ließ die Hand in Kissels Ellbogenbeuge gleiten. »Es ist wie ein Gemälde«, sagte sie leise. »Es macht Euch traurig, rührt Euch, aber Ihr könnt nichts tun, um es zu ändern. Die Frau, die da weint, ist vor langer Zeit gestorben. Es gibt nichts, was Ihr für sie tun könnt.«

»Sie wird für immer weinen, wenn ihr niemand hilft«, erwiderte er, aber er klang nun wacher und mehr wie er selbst.

»Niemand kann ihr helfen, Kissel«, sagte Seraph und zupfte ein wenig an seinem Ärmel. »Kommt, setzt Euch hin.«

Er drehte sich um und schlurfte zurück zu seinem Platz. Seraph blieb an seiner Seite, und Jes war hinter ihnen, um sie zu bewachen.

»Sie war so schön«, flüsterte Kissel, als er sich hinsetzte. »So traurig.«

»Ich weiß«, sagte Jes.

Toarsen legte einen Arm um Kissel und zog ihn kurz an sich. Er nickte Seraph zu – sei es, um ihr zu danken oder ihr zu versichern, dass er ab jetzt auf Kissel aufpassen würde, oder beides.

Sie gab die magische Sichtweise mit einem erleichterten Seufzen auf; auf diese Art hinzuschauen hatte ihr heftige Kopfschmerzen bereitet. Sie warf einen Blick zu Jes. »Hast du sie gesehen?«

Er nickte, rollte sich neben Hennea zusammen und legte die Schnauze auf ihr Knie. »Sie war wunderschön.«

Seraph beugte sich vor, kraulte ihn hinter den Ohren und nahm sich Zeit, die anderen nacheinander anzusehen. Sie wirkten alle ein wenig erschüttert, aber Tiers Trinklied – ein albernes, ein wenig gewagtes Stück – half. Lehr und Phoran sangen mit, und nach ein paar Strophen schloss sich auch Toarsen an.

Seraph kehrte zurück zu Tiers Tisch. Sie berührte Ielian und dann Phoran an der Schulter, als sie an ihnen vorbeikam, denn sie sahen beide aus, als könnten sie es brauchen. Dann setzte sie sich auf ihre Bank, lehnte die Wange gegen Tiers Knie und ließ die Melodie, die seine Finger der zerschlagenen alten Laute entlockten, in sich einsinken wie das Wissen, dass alle in Sicherheit waren. Tier war in Sicherheit.

Sie hatte jetzt eine ziemlich gute Vorstellung, wie die Weisungen, die an die Edelsteine des Pfads gebunden waren, gereinigt werden konnten, sodass sie und Hennea schließlich imstande sein würden, sie wieder freizusetzen. Sie wussten, wer der Schatten war – und dass er in Redern auf sie wartete. Hinnum und Hennea waren bei all ihren Auseinandersetzungen ziemlich sicher, dass ihnen eine Möglichkeit einfallen würde, den Schatten zu vernichten, damit Phoran frei von seinem Memento wäre. Sie mussten dazu eine Lerche finden, aber Hennea kannte einen jungen Mann, der ihnen helfen könnte, obwohl sie ein paar Monate brauchen würde, um zu ihm zu gelangen.

»Seraph«, sagte Tier, während seine geschickten Finger das Lied beendeten, das er gespielt hatte, und mit seinen Pausenakkorden begannen.

»Ich fühle mich besser. Bitte sag mir, dass es dir gelungen ist, etwas mehr gegen den Bann des Schattens zu tun.«

Sie lächelte ihn an. »Raben sind arrogant«, erwiderte sie. »Wenn es ein Problem gibt, glauben wir gerne, dass wir die Einzigen sind, die es lösen können.« Sie öffnete die Hand, in der die Überreste des Granats lagen. »Aber du hast den Bann selbst gebrochen, als du die Geschichte vom Fall des namenlosen Königs erzählt hast.«

»Ha.« Er zog überrascht die Brauen hoch. »Dennoch, ich bleibe lieber für den Rest der Nacht bei ganz banaler Musik.«

Er wählte als Nächstes eine Ballade; sie war von einem jungen Mann für seine Liebste geschrieben worden, die einen anderen heiraten sollte. Das Lied passte zu seiner Stimme, und es war beruhigend, also ein gutes Mittel gegen die Angst, die all die Toten immer noch erweckten.

Seraph rutschte von der Bank und ging zu Rinnie. Auf dem Weg dorthin warf sie dem Memento einen Blick zu, aber ohne den Zauber, der sie Geist und andere Dinge sehen ließ, wirkte das Wesen ebenso wie in dem Augenblick, als es in die Bibliothek gekommen war.

Rinnie hatte sich neben Gura zusammengerollt und schlief. Der Hund beobachtete immer noch die Toten, die Seraph nun nicht mehr sehen konnte, aber er wirkte nicht mehr aufgeregt, nur noch wachsam. Seine aufmerksame Pose wurde von dem Wolf gespiegelt, der sich neben Hennea niedergelassen hatte. Seraph gähnte und legte sich neben Rinnie auf den Boden, fand etwas Weiches und Warmes, um den Kopf daraufzulegen, und schloss die Augen, während Tiers Musik sie vor allem schützte.

Phoran war wohl nicht allzu lange nach Seraph eingeschlafen. Er erwachte vom Geruch von etwas Wildem und Süßem, und als er die Augen öffnete, sah er Seraphs Haar und erkannte, dass das leise Trommeln, das er hörte, ihr Herzschlag war. Rasch richtete er sich auf und sah sich um, ob jemand es bemerkt hatte.

Nicht, dass es für ihn ein so einzigartiges Erlebnis gewesen wäre, neben der Frau eines anderen aufzuwachen, aber das hier hatte einen viel unschuldigeren Hintergrund. Dennoch, ihr Mann und ihre Kinder befanden sich im selben Raum.

Jes, ein menschlicher Jes, hatte sich neben Hennea ausgestreckt und lächelte ihn nun freundlich an. Er legte den Finger an die Lippen. Er war der Einzige außer Phoran, der wach war.

»Bist du die ganze Nacht wach geblieben?«, fragte der Kaiser in einem beinahe lautlosen Flüstern.

Jes nickte, aber er sah nicht müde aus. Phoran bewegte sich ein wenig, verlagerte das Gewicht und konnte sich schließlich vollkommen von Seraph lösen. Er stand auf und dehnte die meisten verspannten Stellen an seinem Rücken.

Tier lag auf dem Tisch und schlief, die Laute auf dem Bauch. Phoran lächelte, dann wurde ihm klar, dass einige aus seiner Gruppe fehlten. Er erinnerte sich, dass das Memento bald nach Tiers unglaublichem Lied über den Schatten verschwunden war. Ielian und Lehr waren offenbar schon wach, und Hinnum, dachte er, ging ihn nichts an.

Er winkte Jes zu und ging nach draußen. Dem Winkel der Sonne entnahm er, dass es erst Vormittag war. *Wer hätte das gedacht – wir haben die Nacht überlebt.*

»Guten Morgen«, sagte Lehr, der sich neben der aufgebrochenen Tür an die Wand der Bibliothek lehnte. »Ich hörte, wie Ielian aufstand, aber bis ich mich zwingen konnte, mich zu bewegen, war er schon weg.«

Phoran nickte. »Wahrscheinlich ist er ins Lager zurückgekehrt. Es wird ihm peinlich sein, dass er der Einzige war, der davonlaufen wollte.«

»Außer dem Hund«, sagte Lehr.

Phoran grinste. »Dieser alberne Hund wollte nicht weglaufen, er wollte angreifen!«

Die anderen rührten sich nicht lange danach. Als alle wach waren, weckte Jes auch seine Eltern, und sie kehrten gemeinsam ins Lager zurück.

In der Nacht war es Phoran nicht weiter aufgefallen, aber im hellen Tageslicht wirkten beide Raben erschöpft, und Tier sah nicht viel besser aus. Seraph bemerkte seinen besorgten Blick und lächelte ihn an.

»Schon gut. Nur zu viel Magie und nicht genug Schlaf.«

»Wir sind erst zwei Tage hier, und wir haben schon beinahe alles gefunden, weshalb wir hergekommen sind«, sagte er. »Ich habe wirklich nicht geglaubt, dass wir außer dem Schlachtfeld etwas finden würden. Nicht Colossae, nicht Hinnum, nicht die Identität des Schattens.«

Sie lächelte, und ihr Gesicht leuchtete plötzlich – er hatte sie nie so lächeln sehen. Einen Augenblick war sie wunderschön.

»Um ehrlich zu sein, Phoran«, sagte sie, »es gab Zeiten, da habe ich das auch nicht geglaubt.«

»Danke, dass Ihr mit Mutter gesprochen habt, Phoran«, sagte Rinnie, eine Hand auf Guras Rücken, die andere in der Hand des jungen Kaisers.

»Jederzeit«, sagte er.

Sie hatten das Lager ein wenig früher verlassen, als Seraphs Plan vorsah, aber Hennea war nach dem Frühstück zu Phoran gekommen und hatte gefragt, ob er etwas dagegen hätte, früher zu gehen.

»Tier, Seraph und Jes brauchen mehr Schlaf«, sagte sie. »Und den werden sie nicht bekommen, wenn wir anderen wach und in der Nähe sind.«

Also rief er alle zusammen, Rinnie und Gura eingeschlossen, und sie machten sich auf zum Tempel der Eulengöttin. Ielian, der tatsächlich im Lager gewesen war, als sie aus der Bibliothek gekommen waren, hatte die Verlegenheit oder den Zorn, die er wegen seines Verhaltens in der vergangenen Nacht verspürt haben mochte, offenbar abgelegt. Er schlug vor, sie sollten Mittagessen einpacken und sich ein wenig umsehen, da sie offenbar Zeit dafür haben würden.

Lehr hatte sich den Stadtplan bereits genau eingeprägt, und Phoran dachte sich, falls sie alle überlebten – und im Augenblick sah es durchaus danach aus –, würde er Tiers jüngeren

Sohn bitten, einen Plan des Palasts in Taela anzufertigen. Vielleicht würde Lehr ja den Weg zum Südwestturm finden, in dem seit dreißig Jahren niemand mehr gewesen war, weil keiner wusste, wie man dorthin gelangen konnte.

Da sie alle den Vortag damit verbracht hatten, sich das Universitätsviertel anzusehen, gingen sie diesmal direkt zur Rampe, die zum unteren Teil der Stadt führte.

»Das ist interessant«, sagte Rinnie.

Phoran konnte ihr nur zustimmen. Sie waren eine Stunde durchs Kaufmannsviertel geschlendert und dort überwiegend auf Häuser gestoßen, die abgeschlossen und unmöglich zu betreten waren. Aber dann machte die Straße, der sie folgten und die sich am Fuß der Klippe entlangzog, eine plötzliche Biegung, und sie standen mitten auf einem Marktplatz, genau wie Lehr versprochen hatte.

»Ich würde Lehr wirklich gern nach Taela holen und sehen, wie er mit einem Irrgarten zurechtkommt«, sagte Ielian und schlug Lehr auf den Rücken. »Ich bin sicher, mit dir könnte ich ein paar Goldstücke machen.«

Der Marktplatz war mit Ziegeln statt mit Kopfstein gepflastert: bunte Farben, die potenzielle Käufer in bessere Laune versetzen sollten, schloss Phoran aus seiner eigenen Reaktion. Früher einmal, vermutete er, war die gesamte nun leere Fläche mit Buden und Zelten bedeckt gewesen, und man hatte Lebensmittel und andere Dinge kaufen können. Das alles war wohl für die Nacht weggeräumt worden, dachte er, oder vielleicht war der Tag, an dem Colossae starb, auch kein Markttag gewesen.

»Ich habe bei Irrgärten schon ein paarmal gewonnen«, sagte Toarsen gerade. »Obwohl das nicht annähernd so interessant ist wie das Letzte, was ich mitten in einem Irrgarten fand.«

»Und was war das?«, fragte Rinnie unschuldig.

Toarsen fiel das Grinsen aus dem Gesicht. Er räusperte sich. »Ein Springbrunnen. Hm. Mit Vögeln.«

Der – zumindest unter jungen Adligen – bekannteste Irrgarten in Taela gehörte zur Weißen Taube, einem Hurenhaus für die Reichen und Gelangweilten. In dem größten Park innerhalb des Irrgartens wurden oft Orgien veranstaltet, aber man konnte auch Verabredungen an abgeschiedeneren Orten zwischen den Hecken treffen. Phoran hatte das ein- oder zweimal ebenfalls getan.

»Ich habe noch nie einen Irrgarten gesehen«, sagte Rinnie sehnsüchtig.

»Komm nach Taela, Rinnie, und ich zeige dir ein paar.« Wenn auch sicher nicht den der Weißen Taube. »Wenn Lehr nach Taela kommen will, werde ich ihn dafür bezahlen, dass er den Palast für mich erkundet – das ist wirklich ein Irrgarten.«

»Ich habe genug von Irrgärten«, sagte Kissel. »Letztes Mal musste ich die Bäume abhacken, um wieder herauszukommen.«

»Du warst das?«, fragte Phoran beeindruckt. »Ich hörte, die Weiße Taube habe einen Zauberer einstellen müssen, um den Schaden zu beheben.«

Kissel lächelte – es war kein sonderlich nettes Lächeln. »Ich lasse mich nicht gerne einsperren. Sie fanden es komisch, dass ich nicht herausfinden konnte. Also habe ich eine andere Möglichkeit gewählt.«

Phoran sah, wie Rinnie Kissel betrachtete, als wäre er interessanter als noch einen Augenblick zuvor. »Das klingt wie etwas, das meine Brüder tun würden.«

Kissel grinste breit. »Ich danke dir für das Kompliment, Rinnie Tieraganstochter.«

Rinnie schüttelte den Kopf. »Nein, die Jungen werden nach ihren Vätern benannt und die Mädchen nach ihren Müttern.«

»Ah«, sagte Kissel. »Das wusste ich nicht.«

»Mutter findet es albern, weil die Reisenden es nicht so machen«, berichtete Rinnie. »Ich finde es lustig, nach meiner Mutter benannt zu sein. Die Leute haben *Angst* vor meiner Mutter. Sie wissen nicht, dass es Papa ist, vor dem sie sich fürchten sollten.«

»Seht mal«, sagte Ielian und spähte unter dem Vorhang hindurch, der den nächsten Eingang blockierte. »Spielsachen.«

Nachdem die Jungen und Rinnie gegangen waren, wurde es still im Lager. Tier schlief oder döste zumindest und hatte den Kopf in Seraphs Schoß gelegt. Jes war verschwunden; er schlief wahrscheinlich irgendwo direkt außerhalb des Lagers. Hennea saß im Schneidersitz am niedergebrannten Lagerfeuer und meditierte.

Seraph hatte lange nicht mehr meditiert, und es war ihr nie leicht gefallen – nicht nachzudenken, lag ihr einfach nicht. Dennoch dachte sie, es könnte jetzt eine gute Idee sein, da sie zu aufgedreht war, um zu schlafen. Also setzte sie sich gerade hin und entspannte die Schultern.

Sie meditierte nicht wirklich, aber sie schloss die Augen und blockierte den Rest ihrer Sinne, um ihre Gedanken besser ordnen zu können. Sie hatte in so kurzer Zeit so viel erfahren, dass sie erst einmal alles sortieren musste. Tier war in Sicherheit. Hennea war die Göttin der Magie. Hinnum war am Leben. Tier war in Sicherheit. Hinnum würde die Weisungen aus den Ringen befreien können. *Hennea war die Göttin der Magie.* Tier war in Sicherheit.

»Du denkst wirklich angestrengt nach«, murmelte Tier aus der Nähe ihres Schoßes.

»Tier«, sagte sie, ohne die Augen zu öffnen. »Was glaubst du, das der Pirschgänger will?«

»Warum fragst du mich das?«, murmelte er in einem Tonfall, der so träge und warm war wie eine Katze in der Sonne. »Bis gestern Nachmittag wusste ich nicht einmal, was der Pirschgänger wirklich war.«

»Als du gestern mit Hinnum sprachst, sagtest du, die Geschichte hätte drei Protagonisten. Hinnum, Willon und den Pirschgänger. Aber du hattest diesen letzten Anfall, bevor du uns sagen konntest, was du für die Motivation des Pirschgängers hieltest.«

Sie hörte, wie er tief Luft holte und dann in einem müden Seufzen ausatmete. »Hinnum belehrte Willon über die Weisungen, Seraph. Aber er glaubt nicht, dass er Willon genug beigebracht hat, um sie stehlen zu können.«

»Ich habe ihm nicht beigebracht, wie man Geist sieht«, sagte Hinnum. »Und ich würde davon ausgehen, dass man eben das braucht, um eine Weisung stehlen zu können.«

Seraph öffnete die Augen und sah den alten Zauberer vor ihnen stehen. Er hatte sich genähert, ohne dass sie es gehört hatte – und ohne dass Jes es gehört hatte, was bedeutete, dass er irgendeine Art von Magie eingesetzt haben musste. Tier machte sich nicht einmal die Mühe, die Augen zu öffnen.

Hinnum fuhr fort. »Nachdem ich wusste, dass Tiers Musik die Toten besänftigen würde, habe ich die halbe Nacht und den ganzen Morgen damit verbracht, darüber nachzudenken, wie der Schatten das, was ich ihn gelehrt habe, zusammenfügen und dann die Weisungen von Reisenden stehlen konnte.«

Seraph bemerkte, dass Hennea die Augen geöffnet hatte, aber sie blieb, wo sie war.

»Ich verstehe immer noch nicht, wie er es getan hat«, sagte Hinnum. »Ich selbst wusste es nur wegen dem, was diese Dummköpfe dem Adler angetan hatten. Und weil ich dem Raben half, die Weisungen überhaupt erst zu schaffen. Willon ist kein Rabe, der sich nur die Geschichte der Weisungen ansehen muss und weiß, wie es geschah. Er fand erst Zugang zur

Macht eines Raben, *nachdem* er entdeckt hatte, wie er Weisungen stehlen kann. Er hätte Einzelheiten gebraucht, Rituale, Worte und Runen – *irgendetwas*. Und das habe ich ihm nicht gegeben.«

»Hinnum«, sagte Hennea.

Er wandte sich ihr zu und schien in Seraphs Sicht ein wenig zu schrumpfen. Dann fasste er sich wieder, richtete sich auf und sah ihr in die Augen. »Ich konnte dich nicht töten, Rabe. In all den Jahrhunderten, in denen ich dein treuer Diener war, hast du mich nur um eins gebeten, zu dem ich nicht in der Lage war. Ich konnte es einfach nicht.«

Tier öffnete während Hinnums kleiner Ansprache die Augen, blickte zu Seraph auf und zog eine Braue hoch. *Jahrhunderte?*, fragte er wortlos. *Rabe? Ist Hennea* der *Rabe? Ist es das, was Hinnum sagen will?* Zwanzig Jahre Ehe erlaubten ihr, das alles in seinem Gesicht zu sehen.

Sie nickte.

»Welch eine Geschichte!«, flüsterte er. »Ich wusste, dass sie alt ist.«

Seraph lächelte und legte den Finger an die Lippen. »Ich erzähle es dir später«, flüsterte sie zurück.

Er nickte und schloss die Augen wieder. Sie konnte nicht sagen, ob er wieder einschlafen würde.

»Selbst jetzt erinnere ich mich an die meisten Dinge nicht besonders gut«, sagte Hennea zu Hinnum. Sie hatte wieder die Rabenmaske vollkommener Gelassenheit aufgesetzt. »Einige Dinge«, sagte sie bedächtig, »sind so klar, als wären sie gestern geschehen. Ich kann das Gesicht des Adlers sehen und seine Stimme hören, aber ich erinnere mich nicht an den Falken oder den Kormoran. Als Seraph sich Tiers Geist ansah, als sie den Edelstein zurückbrachte, dachte ich: ›Ich erinnere mich daran, wie man das macht.‹ Aber es gibt viel, was ich ebenfalls wissen müsste und was einfach nicht mehr vorhanden ist oder nur von der Zeit umnebelt. Ich bezweifle, dass mir etwas davon jemals wieder einfallen wird.«

Sie stand auf und trat Hinnum gegenüber. »Aber ich erinnere mich an *dich*. Ich erinnere mich, dass du in diesen dunklen Tagen vor dem Ende von Colossae an meiner Seite warst. Ich erinnere mich, Frieden in dem Wissen gefunden zu haben, dass ich mit Colossae sterben würde – weil du versprochen hattest, mich umzubringen. Und du hattest deine Versprechen immer gehalten.«

Hinnum gab ein leises Geräusch von sich und wandte sich ab.

»Viereinhalb Jahrhunderte lang, Hinnum, warst du ein Mann, der sein Wort hielt.« Sie berührte seine Schulter, und er schreckte unter ihrer Hand zurück. »Und an diesem schönen Morgen kann ich es einfach nicht über mich bringen, etwas anderes als dankbar zu sein für das einzige Mal, dass du dein Wort nicht gehalten hast.«

Tier setzte sich hin, gähnte, rieb sich die Augen und sah Hinnum an. Dann rieb er sich noch einmal die Augen und sah noch länger hin.

»Ich verstehe, wieso du dich entschieden hast, hierzubleiben, Zauberer«, sagte er nach einem verlegenen Augenblick.

Seraph sah ebenfalls hin, aber Hinnum erschien ihr nicht anders als zuvor. Was, wie sie erkannte, seltsam war, denn er hatte ihr mitgeteilt, dass seinem Körper etwas zugestoßen sei, was ihn davon abgehalten habe, Colossae mit den anderen Zauberern zu verlassen. Er verwendete offenbar immer noch eine Illusion, selbst wenn es an diesem Morgen die seines eigenen Körpers war.

Hinnum zog die Brauen zusammen und blickte zu Tier herab. »Ich liebe Musik«, erklärte er ernst. »Letzte Nacht hast du die Geschichte von Schattenfall mit solcher Macht erzählt, dass ich um einen Mann weinte, den ich nie gekannt habe.

Dennoch, Barden sind der *Fluch* meines Lebens. Ich bin ein Illusionist, und Barden sehen die Wahrheit.«

Tier schüttelte den Kopf. Was immer er sah, musste etwas Schlimmes sein, denn seine Antwort hatte nicht einmal eine Spur seiner üblichen Heiterkeit. »Es tut mir leid, Hinnum. Ich werde nicht enthüllen, was du weiterhin verbergen willst.«

Wenn Tier das sagte, würde er ihnen nicht verraten, was er gesehen hatte – nein, das würde er nicht. Und wenn Seraph nicht erfahren durfte, was Hinnum zugestoßen war, dann würden sie jetzt eben über andere, wichtigere Angelegenheiten sprechen.

»Wenn du ihm nicht beigebracht hast, wie man die Weisungen stiehlt, wie hat er es dann herausgefunden?«, fragte sie.

»Es war der Pirschgänger«, sagte Tier.

»Der Pirschgänger?«, fragte Hennea.

»Wer sonst? Ich habe viel darüber nachgedacht.«

»Der Pirschgänger ist nicht böse«, wandte Hinnum ein.

»Das habe ich auch nicht behauptet. Du hast uns erzählt, die Macht der Alten Götter sei eine Konstante, beinahe etwas Unwillkürliches. Wenn es Löcher in dem Schleier gibt, der verhindern soll, dass die Alten Götter die Welt zerstören, dann halte ich es durchaus für möglich, dass ein Zauberer sich einen Teil der Macht des Pirschgängers aneignen kann, ohne dass dieser damit einverstanden ist. Aber du erzähltest Seraph auch, der Pirschgänger säße gegen seinen Willen hinter dem Schleier fest.«

Hennea setzte sich neben Tier. »Der Weber hat mir gesagt, die Welt sei zu alt und zu brüchig für all den Druck, den er und sein Bruder ihr bringen würden. Ihre Macht würde sie zerstören.

Der Weber behauptete auch, es sei seinem Bruder egal, ob die Welt stirbt«, fuhr sie fort. »Tod ist ein Teil der Macht des Pirschgängers und ein natürlicher Vorgang. Aber der Weber liebt seine Schöpfung – also fand er einen Weg, sie beide zu binden und ihre Macht einzuschränken, damit seine Welt überleben konnte.«

Sie tätschelte den Boden neben sich, und Hinnum setzte sich hin. Dann sprach sie weiter.

»Der Schleier entstand aus der Macht beider Alten Götter – was sonst könnte sie halten? Wenn der Pirschgänger zugestimmt hätte, hätten er und der Weber den Schleier neu schaffen können, nachdem mein Gefährte gestorben war. Stattdessen musste der Tod von Colossae als eine Art Ersatz für die Macht des Pirschgängers dienen – und er wurde ihm gewaltsam abgerungen. Die andere Hälfte des Schleiers webte der Weber selbst.«

»Der Pirschgänger will frei sein«, schloss Seraph.

»Das hat mir der Weber an dem Abend gesagt, als wir zu dem Schluss kamen, dass Colossae und seine Götter sterben müssten.«

»Warum also …« Seraph brach wieder ab, als sie erkannte, was Tier schon am Vortag gesehen hatte. »Der Pirschgänger konnte den Schatten ohnehin nicht davon abhalten, sich von seiner Macht zu nähren, also konnte er ihn ebenso gut auch nutzen. Willon war ein Illusionist, der sich über die Grenzen seiner Magie ärgerte. Also bot der Pirschgänger an, ihm zu zeigen, wie er die Macht der Reisenden stehlen konnte. Warum hat er ihm nicht von der Weisung des Hüters erzählt?«

»Viele von diesen Edelsteinen mit den Weisungen funktionieren nicht«, sagte Hennea nachdenklich. »Wenn einer der Alten Götter sich entschieden hätte, Willon zu zeigen, wie er die Weisungen stehlen kann, hätte er das doch sicher besser gemacht.«

»Nein«, widersprach Tier. »Denn dem Pirschgänger ist egal, ob die Weisungen etwas nützen oder nicht. Er will nur, dass sie an leblose Gegenstände gebunden sind und nicht an Menschen. Denn die Weisungen dienen einem Zweck.«

»Sie sorgen für das Gleichgewicht«, sagte Hinnum. »Ohne das Gleichgewicht, das den Schleier verankert, wird dieser fallen, und die Alten Götter erscheinen wieder.«

»Ah«, murmelte Hennea nachdenklich. »Wenn Willon jeweils ein Beispiel jeder Weisung an sich trüge, könnte er die Macht beider Alten Götter benutzen und nicht nur die des Pirschgängers. Der Pirschgänger sorgt dafür, dass der Schatten dieses Ziel nicht erreichen wird, weil er niemals alle sechs haben könnte. Viele Weisungssteine funktionieren nicht richtig – soweit wir wissen, funktioniert die Lerche bisher überhaupt nicht –, und der Schatten weiß nichts von der Weisung des Hüters.«

»Sie waren schlau, diese Einwohner von Colossae«, stellte Toarsen fest, als sie den Tempel der Eule verließen.

Sie waren später dran als geplant, weil sie ein paar Stunden im Kaufmannsviertel verbracht hatten, wo die Eingänge zu den Läden eher mit Vorhängen verschlossen waren als mit Türen. Die meisten dieser Vorhänge reichten nicht bis zum Boden, und die jungen Leute hatten darunter hindurchschlüpfen können.

Einige Läden waren genau wie die in Taela, andere wiederum nicht. Phoran war besonders fasziniert von denen gewesen, die Stoffe anboten, wie er sie noch nie gesehen hatte. Es gab Brokate und Samte, aber auch einen glänzenden Stoff mit einem Schimmer wie Seide, nur, dass er die Farbe von Gold zu Grün wechselte, je nachdem, aus welchem Winkel man ihn betrachtete.

Toarsen neckte Phoran, weil er solches Interesse an den exotischeren Stoffen zeigte, aber der junge Kaiser hatte sich immer für Mode interessiert und sah nicht ein, wieso er sich schlichter kleiden sollte, nur weil er jetzt achtbar geworden war. Er bedauerte, dass alle Stoffe wegen des Banns, der auf Colossae lag, starr wie Holz waren und man unmöglich sagen konnte, wie sie sich auf der Haut anfühlten.

»Es war zu gefährlich, die Namen zu kennen«, fuhr Toarsen fort, und Phoran riss sich von seinem Tagtraum los. Manche Männer träumten von schönen Frauen, dachte er voller Selbstironie, er träumte von Stoffen.

»Die wirklichen Namen der Götter auszusprechen ist schlecht …«, setzte Toarsen seinen Vortrag fort. »Aber sie nicht rufen zu können, wenn man sie wirklich brauchte, war ebenso schlecht. Also meißelten sie die Namen rückwärts in das Podium der Eule und bemalten es, sodass die meisten gemeißelten Stellen nicht einmal zu sehen waren. Und dann kommen wir mit einem weißen Hemd …«

»*Meinem* weißen Hemd«, verbesserte Rufort. Es war keine wirkliche Klage, aber etwas Ähnliches. »Ich hoffe, die Holzkohle wäscht sich wieder aus, denn ich habe außer diesem Hemd nur noch ein einziges anderes mitgebracht.«

»Ich kann es waschen.« Rinnie klang resigniert. »Mutter könnte das auch – aber sie wird es mir überlassen. Sie wäscht und näht nicht gerne.«

»Zumindest lässt sie *dich* nicht das Schwein schlachten«, sagte Lehr.

»Wir kommen mit *Ruforts* weißem Hemd«, fuhr Toarsen vergnügt über alle hinweg fort, »und einem Stück verkohltem Feuerholz, und jetzt haben wir die Namen der Götter.« Er hob das Hemd hoch, sodass sie sie besser sehen konnten.

»Ielian«, rief Lehr. »Ihr schlagt den falschen Weg ein.«

Phoran sah von dem Hemd weg und entdeckte Ielian vor ihnen. Er war offenbar weitergegangen, als Toarsen stehen geblieben war, um die Ergebnisse ihrer Arbeit auf Ruforts Hemd zu betrachten. Ielian schien Lehrs Ruf nicht gehört zu haben, denn er ging unbeirrt weiter die Straße entlang, für die er sich entschieden hatte.

»Erinnert mich, nicht auf Ielian zu setzen, wenn er einmal an einem Rennen durch einen Irrgarten teilnimmt«, sagte Kissel enttäuscht. »Ich nehme an, wir sollten ihn lieber zurückholen.« Er blickte nach unten. »Komm, Rinnie Tieraganstochter, retten wir Ielian.«

»Es heißt Seraphstochter«, sagte sie geduldig.

Er nickte. »Aber Tier ist derjenige, wegen dem die Leute wirklich nervös sein sollten – und ich denke, in ein paar Jahren werden viele junge Männer wegen dir nervös sein, junge Dame.«

Rinnie wirkte erfreut.

Sie kamen zu der Straße, die Ielian genommen hatte, und sahen, dass er vor einem Haus neben einer schmalen Gasse stehen geblieben und in den Anblick einer kunstvollen Schnitzerei an der Tür versunken war.

»Ielian«, rief Phoran. »Lehr sagt, das hier ist der falsche Weg.«

»Ihr müsst herkommen«, erwiderte Ielian. »So etwas habe ich noch nie gesehen.«

Sie waren nur noch ein paar Schritte von dem jungen Mann entfernt, der weiterhin fasziniert betrachtete, was immer seine Aufmerksamkeit erregt hatte, als Phoran sah, wie Lehr erstarrte und schnupperte.

»Was ist denn, Lehr?«, fragte Phoran.

»Lauft!«, sagte Lehr eindringlich.

»Bleibt stehen«, erklang eine andere, beinahe vertraute Stimme.

Phoran, der lieber Lehrs Rat gefolgt wäre, konnte nichts anderes tun, als den zweiten Befehl zu befolgen. Sein Körper weigerte sich, sich zu bewegen.

»Wir sollten erst einen einfachen ausprobieren.«

Seraph hatte die Edelsteine mit den Weisungen auf einer Decke aus ihrem Bettzeug ausgebreitet. Sie begann, sie rasch nach Weisungen zu sortieren. Hennea, die auf der anderen Seite der Decke saß, half ihr dabei.

»Es gibt eine Frage, die ich schon öfter stellen wollte.« Seraph schob ein Rubinhalsband zu den Falkensteinen. »Warum gibt es so viel weniger Lerchen als zum Beispiel Raben?«

»Damit ein Weisungsträger Magie verwenden konnte«, antwortete Hennea, »brauchte die Weisung nur ein sehr kleiner Teil der Macht des Raben zu sein. Es geht um die Fähigkeit, Magie zu wirken – nicht um Magie selbst. Also gibt es mehr Raben, jeder mit einem winzigen Teil eines Gottes jeder Weisung – und es sind Raben, die sich am leichtesten an die Edelsteine binden lassen. Heilen ist etwas anderes. Es gab immer nur wenige Lerchen, denn eine geringere Begabung hätte nicht funktioniert.«

»Also haben die Lerchensteine versagt«, sagte Seraph. »Und genau so war es auch gedacht.«

Sie nutzte ihre magische Sicht, damit sie wieder Geist sehen konnte. Der kleine Haufen von Lerchensteinen leuchtete erheblich heller als die anderen.

»Die Weisung der Lerche ist enger an den Geist gebunden«, sagte sie zu Hennea. »Und daher benehmen sich die Ringe, als würden sie heimgesucht.« Sie griff nach dem Tigerauge, das bei ihrer Berührung oft warm wurde. »Ich frage mich, ob das hier die Weisung meiner Tochter ist«, meinte sie.

Tier legte ihr die Hand auf die Schulter, als Hinnum sagte: »Ich glaube nicht, dass man so etwas herausfinden kann.«

»Wir sollten mit den Raben anfangen«, schlug Hennea vor. Sie griff nach einer Brosche mit hellgrünem Chrysolith, die nur einen Hauch von Geist an sich hatte.

Einige Steine befanden sich in kleineren Fassungen, aber andere waren Bestandteile von Armbändern oder größeren anderen Schmuckstücken gewesen, die klotzig und schwer zu verbergen waren. In diesen Fällen hatten Hennea, Brewydd und Seraph die Steine aus ihren Fassungen gelöst.

Seraph sah zu, wie Hennea ein wenig Blau aus der lila Weisung lockte.

»Da ist noch ein wenig«, sagte Hinnum und starrte die Brosche forschend an. »Ja, genau da.«

»Also gut«, sagte Hennea. »Glaubt ihr, es genügt, den Stein zu zerbrechen, oder müssen wir die magische Bindung der Weisung an den Edelstein auflösen?«

»Sie aufzulösen wäre sicherer«, sagte Seraph und legte den Tigeraugenstein beiseite, entfernt von allen anderen. Hinnum hatte recht, es gab wahrscheinlich keine Möglichkeit, sicher zu erfahren, ob Mehallas Weisung und Teile ihres Geistes an diesen Ring gebunden waren.

Sie konnte sich durchaus vorstellen, wie es passiert war. Willon musste gewusst haben, dass ganz in seiner Nähe eine Lerche zur Welt gekommen war. Er war frustriert gewesen, denn selbst wenn es dem Pfad gelang, eine Lerche zu finden, konnten sie die Weisung, die sie von ihr stahlen, nicht benutzen. Also hatte er gehofft, ein Kind würde einfacher sein.

Im Frühjahr war die Kleine krank geworden. Ganz gleich, welche Kräuter Karadoc ihr gegeben hatte, Mehalla war immer schwächer geworden. Am Ende hatte sie Anfälle erlitten.

Seraph hatte diesen Teil beinahe vergessen. Mehalla war schon so schwach gewesen! Sie war nur ein wenig erstarrt und hatte die Augen verdreht. Sie hatte keine so dramatischen Anfälle erlitten wie Tier, aber Mehalla war auch ein Kleinkind gewesen und kein erwachsener Mann.

»Wenn die Magie stark genug ist, eine Weisung zu binden, sollten wir lieber vorsichtig sein«, stimmte Hinnum zu. »Ich …« Er riss den Kopf hoch. »Habt ihr das gespürt?«, fragte er.

Phoran hörte, wie sich Schritte näherten, dann kam er zu dem Schluss, wer immer es sei, müsse sich zuvor hinter der Hausecke versteckt haben. Doch er sah niemanden, weil er sich nicht bewegen konnte.

»Atmet«, sagte die Stimme.

Phoran bemerkte erst nach heftigem Luftschnappen, dass er vorher nicht geatmet hatte. Er war beinahe sicher, dass es Willon sein musste, der da sprach, aber er klang trotzdem merkwürdig. Er hörte, wie Lehr, der neben ihm gestanden hatte, ebenfalls Luft holte.

Gura winselte unglücklich, und Phoran spürte, wie der große Hund sein Bein streifte. Gura war offenbar immun gegen den Bann, der den Kaiser und die anderen festhielt.

Die Schritte blieben direkt vor Phoran stehen. »Du kannst die Augen bewegen«, sagte der Mann. »Und blinzeln. Ich bin genau genommen kein wirklich grausamer Mensch. Ich werde euch vielleicht umbringen müssen, aber durch Folter habe ich nichts zu gewinnen.«

Phoran blinzelte – und bewegte die Augen. Die einzigen Menschen, die er sehen konnte, waren Rufort, der direkt vor ihm gestanden hatte, und der Zauberer. Zuerst glaubte er, sich geirrt zu haben, denn der Zauberer, der sie in seinem Bann hielt, war ihm vollkommen fremd. Das dunkle Haar dieses Mannes und sein schlanker, muskulöser Körper gehörten nicht dem Willon, den er kannte. Dann drehte der Mann sich ein wenig, und Phoran sah sein Gesicht. Es war tatsächlich Willon, aber er war viel jünger, als Phoran ihn bisher gekannt hatte.

Dann fiel ihm ein, dass Willon Illusionist gewesen war, als er nach Colossae kam. Selbstverständlich hatte er sich geschützt, indem er es so aussehen ließ, als altere er.

»Was ist das?«, fragte Willon.

»Ein Abrieb aus dem Tempel der Eule. Die Namen der Alten Götter.« Ielians Stimme erklang irgendwo hinter Phoran.

»Ah. Ich glaube nicht, dass man sie einfach an einem Ort lassen sollte, wo jeder sie lesen kann.«

Der Geruch nach brennender Baumwolle drang Phoran in die Nase.

»Ielian, das hast du gut gemacht«, sagte Willon und tauchte wieder in Phorans Blickfeld auf. »Alle sind zusammen, aber ohne Tier, der meine Illusionen durchschauen würde, oder die Raben, die sie brechen könnten. Und du bist sicher, dass Hinnum Seraph beigebracht hat, wie sie die Steine mit den Weisungen nützlicher machen kann?«

»Ja«, sagte Ielian, der nun hinter Phoran trat. »Ich verstehe nicht, wie es funktioniert, Meister. Aber ich weiß, dass Seraph sich sicher war, sie reinigen zu können – das sagte sie jedenfalls.«

»Gute Arbeit, Junge«, lobte Willon. »Wenn sie das fertigbringt, wird es den Ärger wert sein, den sie mir bereitet hat, als sie den Pfad stürzte. Ich habe ihnen alle Steine bis auf Tiers eigenen gegeben, in der Hoffnung, dass zwei Raben und eine Lerche leisten konnten, wozu ich nicht imstande war.«

»Aber das konnten sie nicht«, sagte Ielian. »Selbstverständlich konnten sie das nicht.«

Willon lächelte. »Natürlich nicht. Nur Hinnum wusste, wie man es machte, aber er hat es mir nie beigebracht, und er hat niemanden, dem ich drohen könnte. Niemanden, für den er sich interessiert.«

»Also hast du ihnen die Landkarten gegeben und sie hierhergeschickt.«

»Nein«, erwiderte Willon. »Ich ließ die Karten einfach, wo sie waren – wo Volis sie versteckt hatte, nachdem er sie von mir gestohlen hatte. Als nichts, was Seraph tat, Tier heilen konnte, wusste ich, dass sie hierherkommen und nach Antworten suchen würden – und sie würden Hinnum finden. Ich bin nur überrascht, dass sie Hinnum so schnell für sich gewonnen haben; er ist so ein geheimnistuerischer Mistkerl. Sie sind noch keine zwei Tage hier, und Hinnum hat mir bereits Tiers Edelstein gestohlen.«

»Das war Seraph, Meister, nicht Hinnum. Dann brach Tier den Bann vollkommen, als er *Der Fall des Schattens* sang.«

Willon runzelte die Stirn. »Tier hat sich selbst befreit? Du musst dich irren. Ein Barde kann Illusionen brechen, aber dieser Bann ist keine Illusion.«

»Ich bin kein Zauberer, Meister«, erwiderte Ielian. »Ich kann nur wiedergeben, was sie mir gesagt haben.«

»Vielleicht hat Hinnum es getan und sie glauben lassen, es sei Tier gewesen«, meinte Willon nachdenklich. »Aber das ist egal.«

Er blickte Phoran in die Augen. »Ihr braucht Euch keine Gedanken zu machen, Phoran. Ich bin Euch sehr dankbar, dass Ihr meinen Sperling an einen Ort gebracht habt, wo er für mich spionieren konnte. Wie sonst hätte ich je die Weisung des Hüters gefunden? Es gibt nichts Schriftliches über sie, und sie wird auch in keiner Geschichte erwähnt. Kein Gefangener des Pfads sprach jemals von ihr. Als Volis anfing, vom Adler zu reden, hielt ich ihn für verwirrt. Man stelle sich meine Überraschung vor, als ich herausfand, dass Jes nicht wegen einer Behinderung so langsam ist, sondern wegen seiner Weisung. Wie unerwartet, einen so ungeeigneten Weisungsträger zu finden. Wenn Hinnum noch mit mir sprechen würde, würde ich ihn dafür tadeln.«

Er wandte sich Lehr zu. »Keiner von euch wird sterben, wenn ihr tut, worum ich bitte. Sag deiner Mutter, sie soll alle Ringe läutern, die sie hat.« Er hielt kurz inne. »Und mir zeigen, wie sie es tut. Dann wird keins ihrer Kinder sterben. Sag ihr das. Sag ihr, du und deine Familie, ihr habt nichts von mir zu befürchten, wenn sie tut, was ich von ihr will.

Wenn nicht ...« Er ging direkt hinter Phoran und flüsterte etwas, das Phoran nicht so recht hören konnte.

»Mein Vater wird Euch töten, nachdem meine Mutter Euch in Öl gekocht hat«, sagte Rinnie, und Phorans Herz zog sich erschrocken zusammen.

Er wusste, dass Tiers kleine Tochter sich wehrte, denn sie stieß gegen ihn.

»Das denke ich nicht«, schnurrte Willon. »Ich denke, sie wird genau das tun, was ich sage, denn sonst wirst du dafür bezahlen.«

Sie war ein Kind, und Phoran konnte überhaupt nichts tun. Ein Schweißtropfen lief ihm ins Auge und ließ es brennen, aber ganz gleich, wie sehr er sich anstrengte, er konnte nur seine Augen bewegen.

»Bring sie mit«, ordnete Willon an. »Wir treffen uns oben in diesem Turm. Ich werde zunächst zum Tempel der Eule gehen und dafür sorgen, dass dort keine unternehmungslustigen Forscher mehr die Namen der Götter finden.« Er ging wieder vor Phoran her, aber ohne Rinnie. Die hatte er offenbar Ielian übergeben. Dann beugte er sich vor, damit er Lehr in die Augen sehen konnte. »Lehr Tieraganssohn, sag deiner Mutter, wir werden oben auf diesem Turm sein und auf ihre Antwort warten. Ihre Tochter und ich.«

»Es gibt in dieser Stadt Gespenster und wer weiß, was sonst noch«, sagte Ielian. »Es wäre besser, einen Platz außerhalb der Mauern zu finden.«

»Ich versichere dir, ich weiß, wie man sie fernhält«, sagte Willon und richtete sich auf. »Ich habe hier einmal fünf Jahre gelebt. Ich habe gelernt, wie man mit den Gespenstern umgeht. Bring das Kind in den Turm.«

Einen Moment stand noch Willon vor Phoran, im nächsten hatte er sich in einen goldenen Habicht verwandelt. Der Habicht duckte sich, und mit anmutigem Flügelschlag erhob er sich in die Luft.

Alle wussten, dass Zauberer nicht wirklich die Gestalt ändern konnten, dachte Phoran. Aber offenbar brauchte sich der Schatten nicht darum zu kümmern, was alle wussten.

»Verräter. *Eidbrecher*«, fauchte Rinnie, und ihr Zorn verbarg beinahe die Angst, die ihre Stimme zittern ließ.

Ielian lachte. »Nein, die anderen sind die Eidbrecher: Toarsen, Kissel und Rufort. Ich habe den Meistern des Pfads die Treue geschworen, und diesen Eid habe ich nie gebrochen.«

»Er ist der *Schatten*«, sagte Rinnie. »Wie könnt Ihr dem Schatten dienen?«

»Das kann ich«, antwortete Ielian aalglatt, »weil er mir Möglichkeiten gibt, Leute umzubringen.«

Gura winselte abermals. Er erkannte eindeutig Rinnies Angst, aber Ielian war ihm als Freund vorgestellt worden.

»Rinnie, Rinnie«, tadelte Ielian. »Glaubst du wirklich, ich würde die Wolken, die sich dort sammeln, nicht bemerken? Du bist ein Kormoran, eine Wetterhexe. Aber mir ist etwas aufgefallen, während ich mit deiner Familie unterwegs war. Willst du wissen, was das ist? Wenn man kein Bauer ist, sind Kormorane so gut wie *nutzlos*.« Er schlug einen höhnisch-mitleidigen Ton an. »Es braucht so lange, um ein Unwetter aufzubauen. Und dich kann man ganz schnell aufhalten, nämlich so.« Es gab ein klatschendes Geräusch von Haut auf Haut – und Phoran konnte sich nicht *bewegen*.

Gura konnte das jedoch.

Phoran hörte das drohende Knurren und die Geräusche eines Kampfes. Dann folgte ein Grunzen – Hund oder Mensch, das hätte er nicht sagen können. Phorans Frustration erreichte neue Höhen. Jemand fiel zu Boden.

»Ihr Götter, das fühlte sich gut an«, sagte Ielian. Er erschien wieder in Phorans Blickfeld, bespritzt mit Hundeblut, ein Jagdmesser in der Hand.

Er drehte den Kopf, erst in die eine, dann in die andere

Richtung, wie ein Kämpfer, der vor einer Schlacht die Nackenmuskeln lockert.

»Ich hatte vergessen, wie gut sich das anfühlt.« Er war vor Aufregung rot angelaufen, und seine Hände zitterten. Er sprach schnell und war nur schlecht zu verstehen. »Ich kann dich nicht umbringen, Lehr. Der Meister hat recht. Seraph würde nie mit ihm zusammenarbeiten, wenn wir ihrem Sohn wehtäten. Und der Kaiser könnte ebenfalls nützlich sein. Also darf ich auch den Kaiser nicht umbringen.«

So schnell, wie eine Schlange zustößt, schnitt Ielian Rufort die Kehle durch. Blut spritzte, und Ielian sprang mit erregtem Lachen zurück. Rufort blieb noch einen Moment stehen und blutete mit jedem Herzschlag mehr aus. Schließlich fiel er nach vorn in seine Blutlache auf dem Kopfsteinpflaster.

Ielian hockte sich neben die Leiche. »Wie hat sich das angefühlt, Rufort? Bist du dir hilflos vorgekommen? Hast du gespürt, dass der Tod näher kam? Oder warst du in Unglauben versunken?« Er blickte auf und sah Phoran in die Augen. »Ich hätte jeden von Euch tausendmal umbringen können, Kaiser. Das macht mich zu einem wirklich mächtigen Mann. Mächtiger, als Ihr jemals sein könntet. Wisst Ihr, was es bedeutet, das Leben eines Menschen in der Hand zu halten?« Er streckte die Hand aus und fuhr mit den Fingern durch Ruforts Haar. »Niemand wird ihn jemals mehr lieben, als ich ihn im Augenblick seines Todes geliebt habe. Wie könnte ich jemanden, der mir solches Vergnügen verschafft, nicht lieben? Habt Ihr gesehen, wie er dastand, aufrecht bis zum Tod wie ein Soldat?« Er schauderte bei der Erinnerung vor Erregung, wie es ein Mann tun mochte, der sich an eine besonders gute Hure erinnerte.

Dann stand er auf, schüttelte diese seltsame Aura von Intensität ab und wirkte wieder ruhig und kompetent. »Ich sollte lieber gehen. Der Meister erwartet mich.« Wieder ging er an Phoran vorbei. »Hier«, sagte er. »Warum hältst du das nicht für mich fest? Ich lasse es drin, damit die Wunde langsamer blutet. Vielleicht wird der Bann des Meisters ja vergehen, bevor du verblutest.«

Kissel oder Toarsen, dachte Phoran. Ielian hatte einem der beiden sein Messer in die Brust gerammt. Phoran strengte sich mehr an als in seinem ganzen Leben, aber er konnte nicht einmal eine Fingerspitze bewegen.

Ielian erschien wieder, und jetzt war sein Hemd noch blutiger. Er hatte sich die schlaffe Rinnie über eine Schulter geworfen und sah so gelassen aus wie Hennea. Als er davonschlenderte, pfiff er leise eins der Lieder vor sich hin, die Tier in der vergangenen Nacht gesungen hatte.

19

»Nein«, sagte Hennea, »Ich spüre gar nichts. Was ist denn?«

»Der Schatten ist hier«, sagte Hinnum. »Ich erkenne die Magie meines Lehrlings.«

Tiers Hände an Seraphs Schultern wurden starr. »Hier? In Colossae?«

Hinnum nickte und warf Hennea einen Blick zu. »Ich kann gegen die Macht des Zerstörers nichts ausrichten, nicht bei einem Mann, der sie schon seit zweihundert Jahren besitzt. Ich kann dir nur Zeit zur Flucht verschaffen, Herrin, aber du musst weit und schnell laufen. Finde deine sechs Weisungen und vernichte dieses Ungeheuer, an dessen Schöpfung ich selbst beteiligt war.«

»Wir können nicht ohne Rinnie und die Jungen gehen«, erklärte Seraph entschieden.

Hinnum warf ihr einen Blick zu und blickte zur Stadt hin, wo sich eine Gruppe tief hängender Wolken bildete. »Er hat sie schon«, sagte er leise. »Ihr könnt nichts dagegen tun. Ein Falke und ein Kormoran haben keine Macht gegen ihn. Ebenso wenig wie zwei Raben, ein Barde und ein Adler. Selbst wenn eine von euch einmal eine Göttin war, selbst wenn ich euch so gut ich kann unterstütze. Ich sage euch, ich habe schon öfter gesehen, wie mächtig ein Schatten werden kann. Wäre der namenlose König nicht verrückt gewesen, hätten der Rote Ernave und Kerine ihn niemals umbringen können. Und dieser Schatten ist nicht der namenlose König. Ich werde mein Bestes tun, um ihn aufzuhalten, aber ihr müsst fliehen.«

Seraph schloss die Hand um den Tigeraugenring. »Wir brauchen eine Lerche«, sagte sie. »Ich habe hier eine. Meine Tochter oder auch jede andere Reisende, der diese Weisung einmal gehörte, hätte ihr Leben gegeben, um den Schatten zu vernichten. Wenn ihr meinen Kindern helfen wollt, sollten wir das jetzt tun.«

Phoran stand in hilflosem, hoffnungslosem Zorn wie eine Statue da. Er hatte Seraph *versprochen*, dass ihrer Tochter nichts geschehen würde! Als Kaiser sollte er seine Versprechen halten – aber Willons Bann hielt ihn davon ab.

Willon war ein Illusionist. Was hatte er gesagt? Tier konnte seine Illusionen durchschauen. Meinte er damit, dass sein Bann Tier nicht hätte halten können? War dieser Bann also ebenfalls eine Illusion?

Phoran war an einem Hof voller Magier aufgewachsen. Die Illusionen, die er gesehen hatte, waren bestenfalls geringere Magie, schlimmstenfalls einfach nur Taschenspielertricks gewesen. Jeder wusste, dass Unglaube eine Illusion brechen konnte – einer der Gründe, wieso man Illusionisten für zweitrangige Magier hielt.

Phoran versuchte sich selbst davon zu überzeugen, dass der Bann nur eine Illusion war, etwas, was er brechen konnte. *Selbstverständlich kann ich mich bewegen – das habe ich mein Leben lang getan. Wie könnte ein Magier mich mit einem einzigen Wort aufhalten?*

Das Problem mit dem Unglauben bestand darin, dass Willon ihn tatsächlich mit einem einzigen Wort hatte aufhalten können – es war schwer, etwas nicht zu glauben, wenn es so eindeutig geschehen war. Was für eine Geschichte, die er einmal seinen Kindern erzählen konnte, deren künftige Existenz er nun allerdings ernsthaft bezweifelte … Wie ein Zauberer bürgerlicher Herkunft den Kaiser mit einem einzigen Wort besiegte, weil der Kaiser so willensschwach war, es zu erlauben.

Phoran wurde wütend, und das gefiel ihm. Er war Kaiser, und kein Zauberer hatte das Recht, ihm seinen Willen aufzuzwingen. Er schob beiseite, dass ihm erst vor Kurzem klar geworden war, wie wenig ein Bauer und ein Kaiser sich unterschieden. Er war kein Barde. Hier ging es nicht um *Wahrheit*, sondern um einen Händler-Illusionisten von bürgerlicher Herkunft, der sich einbildete, das Recht zu haben, einem Kaiser Befehle zu erteilen.

Niemand erteilte ihm Befehle. Hatte er nicht eigenhändig dreizehn Septs hingerichtet, die geglaubt hatten, mehr Macht zu haben als der Kaiser?

Phoran schloss die Augen und klammerte sich an die tiefste Überzeugung, die der Säufer, der er einmal gewesen war, gehabt hatte. Ein Kaiser war jedem Zauberer überlegen. Er war Kaiser Phoran der Siebenundzwanzigste. Niemand, *niemand* erteilte ihm Befehle!

Er trat vor und wusste mit vollkommener Sicherheit, dass sein rechter Fuß sich heben und sein Gewicht sich verlagern würde. Er stolperte und öffnete die Augen. Er hatte es geschafft.

Er rollte Rufort herum, aber der Gardist war schlaff. Seine Augen standen offen und waren mit Blut überzogen. Phoran schloss Ruforts Augen.

»Ruhe wohl, mein Freund«, sagte er und ging zu Ielians anderen Opfern.

Aus Kissels Brust ragte der blutige Griff eines Messers.

Phoran zog rasch seine eigene Waffe. »Keine Sorge«, sagte er, als Kissel die Augen aufriss. »Ich will dich nicht von deinem Elend erlösen. Ich will nur Verbandsmaterial zurechtschneiden, bevor ich dieses Messer herausziehe.«

Er zog sein eigenes Hemd aus und schnitt es in Streifen. Die Mode verlangte in diesem Jahr weite Ärmel, und er dankte seinem Schneider, als er die Ärmel zu einer Kompresse faltete. Ein rascher Blick auf Kissels Rücken zeigte ihm, dass es dort kein Blut gab. Das Messer war nicht ganz hindurchgegangen, also musste sich Phoran nur um eine einzige Wunde kümmern. Er versuchte, nicht an irgendwelche inneren Verletzungen zu denken, während er Streifen seines Hemds zusammenknotete, bis der Verband lang genug war. Dann schnitt er Kissels Hemd auf, um einen besseren Blick auf die Wunde werfen zu können.

Halte die Blutung auf, sagte er sich. Um den Rest würden sich die anderen kümmern müssen.

»Ich ziehe das Messer jetzt heraus«, sagte er zu Kissel. »Mach dich bereit.«

Er stellte sich hinter Kissel, als er das Messer herauszog, sodass der Gardist gegen ihn fallen würde, wenn er aus dem Gleichgewicht geriet. Er zog so schnell er konnte und zuckte bei dem Geräusch von Stahl an Knochen zusammen. Als Ielians Messer draußen war, ließ er es auf den Boden fallen und drückte die Kompresse aus Hemdsärmeln so fest wie möglich gegen die Wunde, dann verband er Kissels Brust mit dem Tuchstreifen.

Als er den Verband so fest geschlossen hatte, wie er konnte, zog er Kissel gegen sich. Kissel war kein Leichtgewicht, aber obwohl er mehr wog als Phoran, konnte der junge Kaiser ihn auf den Boden legen, ohne ihn noch mehr zu verletzen.

Sobald er sich um Kissel gekümmert hatte, ging er zu Gura. Der große schwarze Hund atmete immer noch, aber er hatte die Augen geschlossen, und es gab zu viel Blut auf den Pflastersteinen.

»Ich muss zu Rinnie«, sagte er zu Gura, dann zögerte er und ging mit dem Messer zu Toarsen. »Ich brauche dein Hemd.«

Er brauchte lange, um den Hund zu verbinden, aber zumindest wusste er danach, dass er getan hatte, was er konnte.

»Folgt mir nicht«, sagte er. »Ich verlange euren Gehorsam als Kaiser. Wenn dieser Bann nachlässt, lauft zu Tier und Seraph und sagt ihnen, was passiert ist. Wenn ich kann, werde ich Rinnie holen. Aber selbst, wenn ich das nicht schaffen sollte, bezweifle ich, dass Willon sie umbringen wird – nicht, wenn er will, dass Seraph etwas für ihn tut.«

Er setzte dazu an, Rinnie zu folgen, dann blieb er noch einmal stehen und drehte sich um. Er konnte nicht gehen, ohne ihnen zu sagen, was er herausgefunden hatte.

»Der Bann ist eine Illusion«, berichtete er. »Sobald ihr glaubt, wirklich glaubt, dass ihr euch bewegen könnt, seid ihr in der Lage, den Bann zu brechen.«

Bei den letzten Worten ging er bereits rückwärts. Als er geendet hatte, drehte er sich um und rannte los.

Phoran war nicht Lehr, aber das brauchte er auch nicht zu sein. Er konnte den Turm sehen, von dem Willon gesprochen hatte, er erhob sich oben auf den Klippen über ihnen. Ielian war in Ruforts oder Guras Blut getreten, und obwohl die Blutspur nur für drei oder vier Schritte zu sehen war, gab sie Phoran die Richtung an. Er eilte in die Gasse, denn offenbar war Ielian dort entlanggegangen.

Die Gasse war schmal – nur gerade breit genug für zwei Männer nebeneinander –, und sie endete am Fuß der Klippe, wo eine steile Treppe im Zickzack in den Stein gemeißelt worden war. Phoran schirmte die Augen ab und sah, wie eine kleine Gestalt diese Treppe hinaufkletterte. Sie hatte das obere Ende schon beinahe erreicht.

Phoran zog das Schwert und machte sich an den Aufstieg. Die Treppe hatte kein Geländer und war noch schmaler als die Gasse. Als er die dritte Treppenflucht hinter sich hatte, war er hoch genug, dass jeder Fehltritt tödlich gewesen wäre. Er richtete den Blick auf die Stufen vor sich und versuchte, nicht nach unten zu schauen.

Die letzten drei Monate hatten einen großen Teil des Fetts von seinem Körper geschmolzen, aber selbst in Bestform würde Phoran nie ein guter Läufer sein. Er war eher gebaut wie Kissel, gut für Dinge, die Kraft erforderten und keine sonderliche Ausdauer. Aber da Rinnies Leben auf dem Spiel stand, kletterte er so schnell er konnte. Bald wurde ihm schwindlig, und er musste langsamer werden, weil ihm das Atmen immer schwerer fiel. Mit schmerzenden Beinen und Seitenstechen und immer noch aufs Klettern konzentriert, hätte er das Memento vielleicht nicht einmal bemerkt, wenn es ihn nicht am Arm gepackt und festgehalten hätte.

Die Hand des Wesens berührte Phorans Mund, als er etwas sagen wollte. Die Kälte dieses Kontakts bewirkte, dass Phoran schaudernd den Kopf zurückriss. Aber als er Schritte über sich hörte, wusste er, was das Memento ihm sagen wollte. Jemand kam die Treppe hinunter.

Phoran wartete und versuchte, wieder zu Atem zu kommen. Das Memento verschwand, sobald er stehen blieb.

Ielians Kleidung war blutig, sein Hosenbein am Oberschenkel gerissen, wo Gura ihn gebissen hatte, aber sein Lächeln wirkte echt. »Mein Kaiser«, sagte er, »Ihr hättet Euch nicht die Mühe machen müssen herzukommen. Der Meister hat mich geschickt, um Euch alle zu befreien.« Er hob die Hand, um zu zeigen, dass er ein Amulett darin hielt – mit der anderen hatte er sein Schwert gepackt. »Das hier wird den Bann brechen. Ich gebe es Euch. Dann könnt Ihr die anderen selbst befreien.«

Phoran sagte kein Wort. Ihre Positionen auf der Treppe gaben Ielian einen Vorteil. Phoran wusste vom morgendlichen Training mit der Kaisergarde, dass Ielian auch der bessere Schwertkämpfer war. Aber noch während er sich über all diese Tatsachen klar wurde, schob er seine Bedenken beiseite.

Er hatte nicht vor, das Amulett zu nehmen und einfach zu den anderen zurückzukehren. Selbst wenn Ielian die Wahrheit sagte, waren die anderen erwachsene Männer, und wahrscheinlich würde ihnen nichts zustoßen. Er hatte sein Wort gegeben, Rinnie zu beschützen.

Das Memento erschien ein paar Stufen hinter Ielian.

»Nein«, sagte Phoran und sprang zu. »Er gehört mir.«

Er nahm nicht das Schwert, wie Ielian angenommen hatte. Er duckte sich einfach unter der Klinge seines Gegners hindurch, rammte die Schulter gegen Ielians Knie und stieß den leichteren Mann zur offenen Seite der Treppe. Ielian fiel schreiend von der Klippe.

»Der Schatten ist oben«, sagte das Memento, das sich nun direkt hinter ihm befand. »Aber ich kann ihn nicht töten; er hat zu viel Macht.«

Phoran warf ihm einen Seitenblick zu. »Wozu bist du gut, wenn du das nicht kannst?«

»Als das letzte Mal jemand einen Schatten tötete, tat er das mit einer Armee in seinem Rücken, einem Raben an der Seite und geführt von der Macht eines toten Zauberers«, antwortete das Memento. »Es wird mehr als einen Geist und einen Kaiser brauchen, um den Schatten zu töten. Mehr als uns alle zusammen.«

»Wirklich ermutigend«, sagte Phoran trocken. »Zufällig bin ich der gleichen Meinung.« Er hatte gehofft, Ielian einholen zu können, bevor er Rinnie ablieferte, doch er hatte zu lange gebraucht, um Willons Bann zu brechen. »Aber vielleicht, nur vielleicht, können wir ihn lange genug ablenken, um Rinnie Gelegenheit zur Flucht zu geben.«

Endlich erreichten sie den oberen Rand der Klippe. Der Wachturm befand sich weiter von diesem Rand entfernt, als es von unten ausgesehen hatte. Stufen wanden sich um die Außenseite des Turms, aber sie waren breiter als die in der Klippe. Phoran gefiel noch besser, dass sie zu beiden Seiten ein Geländer hatten. Die Turmspitze war halb geschlossen, die untere, offene Hälfte war dem Klippenrand zugewandt und gab einem Wachtposten einen guten Blick auf die untere Ebene von Colossae und den größten Teil des Tals.

»Er ist da oben«, sagte Phoran.

»Ja«, stimmte das Memento zu. »Er ist dort.«

»Ich nehme an, du kannst Tier keine Botschaft bringen«, stellte Phoran fest und war nicht überrascht, die nächste Äußerung des Mementos zu hören.

»Nein, das lässt meine Bestimmung nicht zu. Ich existiere nur, um jene zu vernichten, die mich getötet haben.«

»Du hast mich vor Attentätern gerettet«, sagte Phoran. Er konnte jetzt wieder ein wenig besser atmen.

»Du bist meine Verbindung zum Leben, und ohne dich würde ich aufhören zu existieren, auch wenn meine Rache unerfüllt bliebe.«

»Tier und die Raben hierherzubringen, könnte mir das Leben retten«, meinte Phoran.

»Nicht direkt«, antwortete das Memento. »Wenn ich so etwas wie Bedauern empfinden könnte, würde ich das jetzt tun. Aber ich werde mitkommen und dich retten, wenn es irgendwie möglich ist, das zu tun.«

»Besser als nichts«, stellte Phoran fest. Er legte die Hand aufs Geländer der Treppe, die sich um den Turm wand. »Gehen wir.«

Der Turm war beinahe sechzig Fuß hoch, und als Phoran die Hälfte der Treppe hinter sich hatte, wurde er langsamer. Er wollte ausgeruht sein, wenn er oben ankam. Das Memento war ihm nicht gefolgt, aber er ging davon aus, dass es sein Wort halten und ihm eine andere Waffe gegen den Schatten liefern würde.

Nahe dem Ende der Treppe wurde der junge Kaiser noch langsamer und packte sein Schwert fester. Nicht, dass er erwartete, ein Schwert würde ihm viel gegen einen Zauberer helfen, der ihn mit einem Wort erstarren lassen konnte, aber es fühlte sich tröstlich in seiner Hand an.

Er blieb stehen, bevor der Wachraum in Sicht kam, duckte sich und lauschte. Von dort, wo er stand, konnte Phoran von der Stadt bis zu dem Fluss sehen, den sie überquert hatten, um das Tal von Colossae zu betreten.

»Trink einen Schluck Tee, Kind, dann wird es dir besser gehen.«

»Nein danke«, erwiderte Rinnie höflich, aber sehr entschlossen.

Willon lachte. Phoran schloss die Augen gegen dieses Lachen, denn es erinnerte ihn daran, wie sehr er den alten Mann gemocht hatte, der zwei- oder dreimal im Jahr nach Taela gekommen war, um Meister Emtarig zu besuchen, und immer eine exotische Süßigkeit für einen einsamen kleinen Kaiser dabeigehabt hatte. Es war Willon gewesen, der Phoran die Beisetzung seines Onkels erträglich gemacht hatte. Er hatte ihn bei der Hand genommen und hatte leise gesagt: »Dein Onkel hatte dich gern, Junge, auch wenn er nicht der Mann war, der so etwas ausgesprochen hätte. Er glaubte daran, dass du einmal ein hervorragender Kaiser sein wirst.«

Und dabei waren es Willons Machenschaften gewesen, die zum Tod von Phorans Onkel geführt hatten – und dem von Phorans Vater, einem Mann, an den der Kaiser nur vage Erinnerungen besaß, wie an den Geruch nach Pferd und frischer Luft und an starke Arme, die ihn auf eine Schulter setzten. Es gab ein Porträt von Phorans Vater in der Galerie des Palasts, aber das Bild zeigte ihm einen Fremden mit Phorans Nase und seinem feinen, mittelbraunen Haar.

»Mein Vater wird Euch umbringen«, sagte Rinnie. Das war

nicht gerade das Klügste, was sie hätte sagen können, dachte der Kaiser.

»Das hast du schon öfter gesagt, und es wird lästig. Tatsächlich ist Tier ein Barde. Ein guter Barde. Ich habe im Lauf der Jahre viele singen gehört, und keiner war so gut wie dein Vater.« Willon senkte die Stimme zu einem grausamen Flüstern. »Aber ein Barde kann es nicht mit mir aufnehmen. Er kann mich nicht zu Tode singen, Rinnie. Er kann mich nicht anrühren. Und solange ich dich habe, kann auch deine Mutter nichts tun, ebenso wenig wie der andere Rabe.«

»Die Leute machen sich immer Gedanken wegen meiner Mutter«, sagte Rinnie und klang erheblich erwachsener, als es ein Kind in ihrem Alter sein sollte. »Und das sollten sie auch. Aber Mutter sagt, sie unterschätzen dabei meinen Vater. Sie sehen den Sänger, den fröhlichen, ausgeglichenen Mann, und sie erkennen nicht, dass all das etwas anderes verbirgt. Als meine Mutter noch jung war, starb ihr gesamter Clan bis auf sie und ihren Bruder. Dann starb auch ihr Bruder. Sie sagte, nach all diesen Erlebnissen lag die einzige Sicherheit, die sie finden konnte, in den Armen meines Vaters. Ihr solltet nie vergessen, dass der Rabe zu meinem Vater floh, um in Sicherheit zu sein.«

Der Wind war stärker geworden, bemerkte Phoran, als er ihm kalt und heftig in den Nacken blies.

»Ich werde daran denken«, sagte Willon, aber er klang geringschätzig. »Ich war damals in Redern, und ich erinnere mich an eine Frau, die kaum mehr als ein Kind war, das einen erwachsenen Mann suchte, der sich um es kümmerte. Ein Barde ist jemand, der sich gut erinnern kann. Seine Aufgabe im Clan besteht darin, die Geheimnisse zu wahren und die Reisenden daran zu erinnern, was sie einmal waren. Tier ist ein Barde.«

»Mein Vater ist ein Barde«, stimmte Rinnie leise zu. »Aber er ist nicht nur das.«

Dann ertönte ein Klatschen von Haut auf Haut, das Phoran veranlasste, sich wieder zu bewegen.

»Hör auf, mit mir zu spielen, Kind«, sagte Willon. »Setz dich hin und schweig.«

Phoran bewegte sich, so schnell er konnte, und er wurde mit dem Anblick von Willons Rücken keine zwei Schritte von ihm entfernt belohnt. Rinnie saß auf dem Boden, und ihr Gesicht verfärbte sich bereits von Ielians Schlägen. Blut tropfte von ihrer Lippe, und der Riss an ihrer Unterlippe sah für Phorans in Kneipenschlägereien geschulte Augen frisch aus.

Aber Willon drehte sich um, bevor der Kaiser angreifen konnte, und er lächelte. »Ich wunderte mich schon, wann Ihr hier eintreffen würdet. Sagt mir, wo ist mein Ielian?«

Wenn eine Lüge ihnen hätte helfen können, hätte Phoran gelogen. »Tot«, sagte er.

Willons Gesicht wurde ausdruckslos. »Schade. Er war mir nützlich.«

»Wie habt Ihr ihn vor Jes und Lehr verbergen können?«, fragte Phoran. »Sie können es spüren, wenn jemand vom Schatten besudelt wurde.« *Lass ihn reden,* dachte er. *Gib Rinnie Zeit, ihr Unwetter weiter aufzubauen.* Nach einem ersten nervösen Blick sah er Rinnie nicht mehr an. Er wollte, dass Willon sich auf ihn konzentrierte.

»Er war nicht besudelt«, sagte Willon. »Ich brauchte nichts zu tun, um ihn zu einem der Meinen zu machen. Er gehörte zu jenen Leuten, die von der Macht des Pirschgängers angezogen werden, von der Macht der Zerstörung. Ich habe noch andere Helfer, aber er war ein vielversprechender Junge und verdiente die Belohnungen, die ich ihm jetzt nicht mehr geben kann.«

Phoran schnaubte und ging auf die offene Hälfte des Turms zu, um über die oberschenkelhohe Mauer hinwegzusehen, die als Einziges zwischen ihm und dem Fuß des Steilhangs stand. »Er war kein angemessener Diener für einen Mann wie mich oder auch nur für einen, wie Ihr es seid. Er befolgte seine Befehle nicht – er hat den Hund und Rufort getötet. Wenn er das nicht getan hätte, wäre ich wahrscheinlich nicht imstande gewesen, Eure Illusion zu brechen.«

»Tod dient dem Pirschgänger immer«, sagte Willon und folgte Phorans Bewegungen. »Ielian war vielleicht ein wenig übereifrig, aber loyal.«

Phoran verzog den Mund. »Es machte ihm Spaß zu töten. Das war alles. Er diente Euch, weil Ihr ihm Gelegenheit zum Töten gabt. Aber wenn er die Möglichkeit gehabt hätte, hätte er Euch ebenfalls umgebracht.«

Es war ihm gelungen, Willon zu veranlassen, dass er sich umdrehte, sodass der Schatten sich nicht mehr zwischen Rinnie und der Treppe befand.

»Aber es ist so viel interessanter, mit Tigern zu arbeiten als mit Schafen, findet Ihr nicht auch, Phoran?«

»Ihr seid ein Bauer«, erwiderte Phoran kühl und ging weiter von der Treppe weg, als hätte er überhaupt keine Angst vor Willon. »Wir haben Euch nicht erlaubt, Uns auf so vertrauliche Weise anzureden. Ihr seid ein Bauer und ein billiger Illusionist – Euer Bann hat nicht einmal *Uns* halten können –, der über keinerlei echte Magie verfügt. Der namenlose König regierte die Welt, Willon. Es brauchte die gesamte Menschheit und den Tod eines großen Magiers und eines großen Kriegers, um ihn zu besiegen. Er war ein König. Ihr hattet doppelt so viel Zeit wie er, und was beherrscht Ihr? Einen verrückten Jungen, der tot am Fuß dieser Klippe liegt. Eine Geheimgesellschaft von Idioten, die nur sich selbst dienten und Opfer eines *Barden* wurden, der ihr *Gefangener* war.« Und als Phoran sah, wie Zorn auf den Zügen des Schattens aufleuchtete, fügte er im gleichen Tonfall hinzu: »Lauf, Rinnie.« Dann fuhr er fort.

»Wo sind denn die schrecklichen Ungeheuer, die dem namenlosen König dienten? Ihr seid ein Versager, ein Kleinkrämer, der kaum über wirkliche Macht verfügt.«

»Und Ihr seid der Kaiser von *gar nichts*, Phoran. Ihr seid nichts als ein Säufer, der sich einbildet, er solle ein Herrscher sein. Ihr habt keine Macht, denn ansonsten wäret Ihr nicht hier.« Er bewegte drohend die Hände.

Phoran hörte Rinnies Schritte nicht, und er konnte sich nicht leisten, Willon aus den Augen zu lassen, um festzustellen, ob sie die kleine Ablenkung, die er geschaffen hatte, bereits ausnutzte.

»Ich glaube, ich bin Eurer müde, Kaiser«, fuhr der Schatten fort. »Sterbt.«

Als er das letzte Wort aussprach, stellte Phoran fest, dass er nicht mehr atmen konnte.

»Nein!«, rief Rinnie. »Hört auf!«

Eine Windbö kam aus dem Nichts und schleuderte den Schatten zu Boden – und Phoran konnte wieder atmen.

Er rannte los, packte Rinnie und schob sie auf die Treppe zu. »Lauf!«, rief er und kehrte zu dem abgelenkten Zauberer zurück.

Wenn er nicht versucht hätte, Rinnie auf die Sicherheit zuzuschieben, hätte er es vielleicht geschafft, aber er hatte gerade erst die Hälfte der Entfernung zum Schatten zurückgelegt, als der Zauberer auch schon wieder aufstand, eine Geste zu ihm hin machte und etwas sagte, das finster und hässlich klang

Etwas traf Phoran mit der Wucht eines zutretenden Schlachtrosses vor die Brust. Er taumelte rückwärts und stieß an die halbhohe Mauer. Wenn der Bann, den der Zauberer nach ihm geschleudert hatte, an Kraft nachgelassen hätte, hätte Phoran sich halten können, aber er schob ihn immer weiter, bis er über die Mauer fiel.

»Wir können nicht zu Fuß gehen«, sagte Tier zu Hinnum und war überrascht, wie ruhig er sich anhörte. Er stieß einen zweitönigen Pfiff aus, mit dem er die Kinder immer zu den Mahlzeiten oder zur Arbeit rief. Jes würde antworten, selbst wenn er schlief.

»Ihr könnt nicht siegen«, sagte Hinnum. »Dieser Ring ist keine wirkliche Lerche, ob er nun die Weisung eurer Tochter enthält oder nicht.«

»Dennoch«, erwiderte Tier und griff nach Schwert und Laute – ein Barde sollte hin und wieder eine Laute dabei haben. »Meine Kinder brauchen mich.«

»Ihr seid die einzige Hoffnung der Welt«, sagte Hinnum. »Ihr könnt nicht die Welt für eure Kinder opfern.« Er hielt inne. »Ich hatte Enkel, die mit Colossae starben.«

Seraph steckte sich den Tigeraugenring an den Finger. »Manchmal ist ein Opfer notwendig«, sagte sie. »Manchmal. Aber nicht von allen wird verlangt, das gleiche Opfer zu bringen. Hinnum, der Tod von Colossae war die einzige Möglichkeit, die Welt zu retten. Ohne den Tod deiner Kinder wären alle gestorben. Der Tod meiner Kinder würde nur helfen, ein wenig Zeit zu schinden.« Sie drehte sich zu der Stelle um, wo sich die Sturmwolken auflösten. »Du und Hennea, ihr glaubt, die einzige Möglichkeit, den Schatten zu besiegen, liege in den Namen der Alten Götter – aber die haben wir nicht.«

Man sah ihr die Anstrengung des Vortags an. Ihre Wangen waren hohl, als hätte sie seit Monaten nicht genug gegessen, sie hatte dunkle Ringe unter den Augen, und ihre Zöpfe waren unordentlich geflochten. Tier fand sie wunderschön.

»Die Versuchung bei Kämpfen«, sagte er zu Hinnum, »besteht darin, die erfolgreichen Taktiken des Feindes zu übernehmen.« Er öffnete das Tor der Koppel, holte Scheck heraus und begann ihn zu satteln. »Willon hat sich uns in der Nacht, als wir den Pfad in Taela zerstörten, nicht stellen können, sondern er floh und wählte damit einen Zeitpunkt und einen Ort, die ihm besser passten. Mir kommt es so vor, als sei es ihm sehr wichtig gewesen, sich all diese Jahre zu verstecken – vielleicht ist er deshalb geflohen. Ich weiß es nicht. Wenn wir seiner Taktik folgen, sollten wir unsere Soldaten im Feld zurücklassen und fliehen, bis wir bereiter für ihn sind.«

»Ja«, bestätigte Hinnum.

Seraph und Hennea ließen die beiden reden, während sie ihre eigenen Pferde sattelten.

Tier schüttelte den Kopf, als er Schecks Gurt fester schnallte. »So können wir nicht siegen, Hinnum. Man kann nicht siegen, wenn man sich auf die Stärken des Feinds einlässt. Willon wird nicht älter, er kann es sich leisten zu warten. Du sagst mir, dass er jetzt hier ist. Wenn wir fliehen, um uns vorzubereiten, damit unser Sieg sicherer wird, werden wir ihn niemals wiederfinden. Er hat seit Jahren versteckt, was er ist, also werden fünfzig Jahre mehr für ihn keinen Unterschied machen.« Er holte tief Luft. »Vielleicht ist es uns nicht bestimmt, ihn zu vernichten. Vielleicht ist diese Gelegenheit gestorben, als Willon Mehalla tötete. Vielleicht wurde sie heute früh zerstört, als wir Lehr, Rinnie und die anderen gehen ließen, um uns die Namen zu bringen. Aber wir werden unsere Leute nicht um eines möglichen Sieges über den Schatten willen zurücklassen. Du hast deine Kinder für die Welt geopfert. Ich mag willig sein, dasselbe zu tun – aber nicht bloß für eine Gelegenheit, die Welt zu retten.«

Jes kam. »Papa?« Er erstarrte, als er Seraph sah, und der Hüter fragte: »Was ist los?«

»Willon ist hier«, sagte Tier. »Es sieht so aus, als hätte er Lehr und die anderen.«

Der Hüter holte tief Luft. »Ich werde sie finden.«

»Nein«, widersprach Hinnum. »Wenn du ihnen allein entgegentrittst, bist du verloren.«

»Geh«, sagte Tier, obwohl er genau wusste, dass er seinen Sohn damit vielleicht in den Tod schickte. »Wir kommen so schnell wir können nach. Wir gehen direkt zum Tempel der Eule.«

Der Hüter nahm Wolfsgestalt an, schüttelte sich einmal, als wolle er ein Gefühl für diese Form entwickeln, und dann rannte er davon.

Hinnum riss hilflos die Hände hoch. »Ihr werdet dem Schatten ein Kind nach dem anderen geben.«

»Nein«, sagte Seraph. Der Zorn, den sie empfand, war so gewaltig, dass ihre Stimme zitterte. »Jes ist beinahe immun gegen Magie. Er wird uns die Zeit verschaffen, die wir brauchen, um zu ihm zu gelangen.«

»Ich bin so weit«, sagte Hennea und schwang sich aufs Pferd.

»Wartet«, sagte Hinnum. Er starrte seine Füße an, dann kniete er vor Hennea nieder. »Ich habe dich einmal im Stich gelassen, Herrin, ich werde es nicht noch einmal tun. Wie der Hüter werde ich den Schatten aufhalten, bis du kommst, oder bei dem Versuch sterben. Ich halte all das für dumm. Ich kann nicht glauben, dass es funktionieren wird. Aber ich werde gehen.«

»Du hast mich nie im Stich gelassen«, sagte Hennea liebevoll. »Nicht ein einziges Mal.«

Hinnum stand wieder auf, und dann veränderte er wie Jes die Gestalt. Eine Elster mit schwarzen Flügeln und Augen trat an die Stelle des Jungenkörpers und flog auf.

»Zauberer können ihre Gestalt nicht wechseln«, sagte Tier. »Nicht einmal Raben.«

»Hinnum kann es«, sagte Hennea. »Hinnum kann viele Dinge tun, die andere Zauberer sich nicht einmal träumen ließen.«

Rinnie sah entsetzt, wie Phoran vom Turm fiel. Sie war so froh gewesen, als er auftauchte, obwohl sie gewusst hatte, dass er sie wirklich nicht vor dem Schatten retten konnte.

Etwas Kaltes packte sie an der Schulter und zog sie auf die Beine. »Flieg, Kormoran«, zischte das Memento ihr ins Ohr. »Flieg!«

Und es warf sie vom Turm, während der Schatten wütend hinter ihr herschrie.

Der Wind, der sie getröstet hatte, seit Ielian sie auf den Boden des Turms geschleudert hatte, zupfte an ihren Händen und Füßen.

Vertrau mir, sagte er, und dann, genau wie Phorans Memento: *Flieg, Kormoran, flieg!*

Und sie flog.

»Hilf Phoran!«, befahl sie dem Wind und flog schneller am Turm und die Klippe hinab, beinahe im Sturz, damit sie Phoran nicht aus den Augen verlor. Sie landete mit zu viel Schwung und stolperte dann bei dem Versuch, das Gleichgewicht zu wahren.

Dann lag sie keine zehn Schritt von Phoran entfernt auf den Knien. Sie versuchte nicht einmal aufzustehen, sondern kroch einfach zu ihm.

Es gibt kein Blut, dachte sie, es hätte doch sicher Blut gegeben, wenn der Wind nicht schnell genug gehorcht hätte. Wenn er tot war, sollte es Blut geben. Aber wenn er nicht tot war, sollte er doch atmen, oder?

»Phoran?«, sagte sie.

Er riss die Augen zu einer beinahe komisch überraschten Miene auf. Er schien immer noch nicht zu atmen, setzte sich aber hin. Seine Augen tränten, und nun holte er vorsichtig Luft – und Rinnie sackte erleichtert in sich zusammen. Sie erkannte die Anzeichen, denn sie war ein- oder zweimal von den Dachbalken der Scheune gefallen.

»Es hat Euch nur die Luft aus der Lunge gedrückt«, sagte sie. »Das wird schon wieder.«

»Der Schatten kommt«, zischte das Memento irgendwo direkt hinter ihr.

Phoran, der immer noch nicht richtig atmen konnte, stand auf. Rinnie packte fest seine Hand, als sie sah, was direkt hinter ihm lag.

Ielian würde so schnell niemandem mehr wehtun.

Sie wandte sich ab und wollte davonlaufen, aber Phoran hielt sie fest. »Warte. Er hat ein Amulett – nein, schau nicht hin.«

Er ließ sie kurz los und kehrte kopfschüttelnd zurück. »Sinnlos«, sagte er, nahm ihre Hand erneut und eilte mit ihr davon.

»Wonach habt Ihr gesucht?«, fragte Rinnie.

»Ein Amulett, das den Bann des Schattens angeblich aufhebt.«

»Wie habt *Ihr* Euch denn befreien können?«

Er lächelte sie an, obwohl seine Augen sehr müde waren. »Niemand erteilt einem Kaiser Befehle«, sagte er. »Es ist unglaublich – einfach undenkbar.«

Rinnie versuchte zu verstehen, was diese Antwort bedeutete, aber sie konnte nicht erkennen, wie sie mit der Frage zusammenhing.

»Sein Bann war eine Illusion«, versuchte Phoran, es besser zu erklären. »Als ich nicht mehr daran glaubte, konnte ich mich wieder bewegen.«

»Er hat ein paar Leuten wehgetan, bevor er mich mitnahm«, sagte Rinnie. »Ich erinnere mich an Blut, und dass Gura bellte.«

Phoran packte ihre Hand fester. »Rufort ist tot. Ich denke, Kissel wird sich wieder erholen. Ich habe auch Gura verbunden, aber er hat viel Blut verloren. – Sieh mal, da kommt Lehr.«

Rinnie blickte nach vorn und sah, dass ihr Bruder auf sie zurannte. Phoran richtete sich ein wenig auf und wurde schneller, bis sie ebenfalls liefen. Lehr holte sie ein und rannte mit ihnen.

»Der Schatten ist hinter uns her«, sagte Phoran zu Rinnies Bruder. »Wir müssen verschwinden.«

Dass er wieder atmen konnte, machte Phoran aufmerksamer für seine Umgebung, also sah er Toarsen und Kissel, bevor sie ihn entdeckten. Toarsen hatte einen professionelleren Verband zustande gebracht als Phoran, und Kissel stand aufrecht.

Kissel sah nicht aus wie jemand, der gleich sterben würde, und das war großartig. Er sah allerdings auch nicht aus wie jemand, der im Laufschritt zum Lager eilen konnte.

»Gura!« Rinnie rannte zu dem zottigen schwarzen Hund, aber der lag Unheil verkündend still da.

Der Schrei eines Habichts hallte in den leeren Straßen wider. Phoran blickte zum Turm, konnte den Vogel aber nirgendwo sehen.

»Oben auf dem Haus auf der anderen Straßenseite«, sagte Lehr finster. »Das ist er, nicht wahr?«

»Ja. Wir werden uns zurückziehen. Toarsen, pass auf Kissel auf«, ordnete Phoran an, ohne den Vogel aus den Augen zu lassen. »Ist Gura noch am Leben?«

»Ja«, sagte Lehr widerstrebend, denn er wusste ebenso wie Phoran, dass es das Richtige wäre, dem Hund die Kehle durchzuschneiden.

»Kannst du ihn tragen?«, fragte Phoran.

Willon spielte mit ihnen. Keiner von ihnen konnte den Schatten besiegen. Nur Rinnie und Lehr verfügten über Magie. Lehr hatte seinen Bogen im Lager gelassen; und ein Jagdmesser, die einzige Waffe, die der Falke am Leib trug, würde gegen Willon nicht helfen.

»Ja, ich kann ihn tragen«, sagte Lehr leise.

Wenn wir schon sterben, dachte Phoran, *dann sterben wir gemeinsam.*

»Der Hund wurde verwundet, als er versuchte, Rinnie zu verteidigen«, sagte er dann laut. »Wir holen ihn raus, wenn wir können.«

»Dieser Vogel ist der Schatten, nicht wahr?«, fragte Toarsen. »Warum beobachtet er uns nur?«

»Vielleicht wartet er darauf, dass wir den Hund töten«, antwortete Phoran.

20

Ächzend hob Lehr den Hund hoch. Phoran nahm an, dass Gura um die 140 Pfund wog. Er würde den Hund nicht den ganzen Weg ins Lager zurücktragen können. Und Kissel war auch nicht in der Verfassung für einen so weiten Marsch.

Phoran warf einen Blick zu dem Habicht, der sie beobachtete. Wahrscheinlich würde das Tragen des Hunds noch ihr kleinstes Problem sein.

»Phoran, wo geht Ihr hin?«, fragte der Habicht. »Lauft, Phoran, lauft! Es wird Euch nichts …« Etwas, das Phoran nicht erkennen konnte, prallte gegen den Habicht und stieß ihn vom Dach.

Eine Elster flog hinter Phoran und landete auf dem Boden, dann verwandelte sie sich in Hinnum.

»Lauft«, sagte er, ohne den Blick von dem großen Vogel zu wenden, der unsicher vor ihm zu Boden flatterte. »Ich kann ihn nicht lange festhalten.«

»Los!« Phorans Stimme brach vor Erleichterung.

»Dort entlang«, rief Lehr und führte sie an, Gura auf den Armen.

Es war ein Albtraum. Sie gingen, statt zu laufen, weil Kissel und der überlastete Lehr nicht schneller werden konnten. Phoran blieb ganz hinten und bewegte sich rückwärts, damit er sehen konnte, was sich von dort näherte.

Der Himmel, der am Morgen so hell und blau gewesen war, wirkte nun dunkel und bedrohlich. Da Rinnie leise vor sich hin murmelte und sich eher unsicher bewegte, ging Phoran davon aus, dass sie etwas mit dem Wetter zu tun hatte. Er erinnerte sich an Lehrs Bericht über die Blitze, die den Troll getroffen hatten, und kam zu dem Schluss, dass Ielian sich geirrt hatte: Kormorane konnten noch mehr erreichen als gutes Wetter für Bauern. Wenn Rinnie noch ein wenig Zeit hatte, würde sie eine furchterregende Gegnerin sein.

Aus dem Bereich, wo sie Hinnum zurückgelassen hatten, damit er sich dem Schatten stellen konnte, erklangen nun Geräusche, und Lichtblitze zuckten auf. Das Ganze wurde von Vibrationen begleitet, die den Boden unter ihren Füßen beben ließen.

Als sie den Fuß der Rampe erreichten, sagte Phoran: »Lehr, gib mir den Hund und nimm mein Schwert. Hab ein Auge auf Kissel. Du wirst ihn vielleicht stützen müssen.«

Er nahm den Hund und begann mit dem langen Aufstieg. Was ihm an ihrem ersten Tag in der toten Stadt als Meisterwerk der Baukunst erschienen war, war nun einfach nur eine Qual.

Kissel tat, was er konnte, aber er hatte viel Blut verloren, und sie kamen schrecklich langsam voran. Lehr schob die Schulter unter den freien Arm, noch bevor Toarsen, Kissel und er ein Dutzend Schritte weit gekommen waren.

»Gib mir das Schwert«, sagte Jes und erschreckte damit alle furchtbar.

Phoran hatte ihn nicht gesehen, und wie er Lehrs Miene entnahm, ging es den anderen ebenso.

»Mach das nicht noch mal«, sagte Lehr gereizt und hielt das Schwert seinem Bruder hin, der plötzlich aus dem Nichts erschienen war.

»Weiter!«, rief Phoran.

»Mutter, Papa und Hennea sind auf dem Weg«, sagte Jes. »Hinnum hat die Magie des Schattens gespürt und ist vorgegangen, um zu helfen, so gut er kann.«

»Wir haben ihn gesehen«, sagte Phoran keuchend, denn bei dem steilen Aufstieg fühlte sich der Hund schwerer und schwerer an. »Er hat Willon angegriffen, damit wir fliehen konnten. Sie haben jede Menge Krach gemacht.«

»Das habe ich gehört«, stimmte Jes zu. Phoran staunte immer wieder darüber, wie sehr dieser Jes sich von dem langsam sprechenden jungen Mann unterschied, der er sonst war.

»Ich habe nichts mehr gehört, seit wir auf der Rampe sind«, sagte Lehr. »Ich hoffe, das bedeutet nichts Schlechtes.«

Bei seinen Worten flatterte eine zerzauste Elster heran und landete auf Rinnies Schulter. »Geht«, krächzte sie schwankend. »Geht!«

Kissel taumelte und brachte Lehr und Toarsen auf die Knie.

»Jes, nimm den Hund«, sagte Phoran und legte das schlaffe Tier in die Arme des anderen Mannes, bevor Jes Gelegenheit hatte zu widersprechen. Dann bückte er sich, stützte die Schulter gegen Kissels Bauch und hoch ihn hoch.

»Toarsen, zieh dein Schwert. Lehr, nimm meins von Jes zurück, bevor der das Schwert oder den Hund fallen lässt. Rinnie, halte den Vogel fest, bevor er noch von dir herunterstürzt.«

Kissel war schwerer als Phoran, aber Toarsen und Lehr wogen noch weniger als der Kaiser. Phorans Waden schmerzten bereits von der Klippe und dem Wachturm, und seine Rippen taten weh von seinem Sturz, aber Jes hatte gesagt, Tier sei auf dem Weg.

»Lasst mich ihn nehmen, Phoran«, bat Toarsen, als die Rampe endlich zu Ende war. »Ihr seid vollkommen erschöpft.«

Phoran schüttelte den Kopf. Toarsen war drahtig und muskulös, aber nicht stark genug, um Kissel lange tragen zu können.

»Blutet er immer noch?« Phoran atmete stoßweise, was es schwierig machte zu reden.

»Ja«, antwortete Toarsen. »Er ist bewusstlos. Ich …«

»Still«, sagte Jes, legte den Hund auf den Boden und schaute die Rampe hinab. »Er kommt.«

Dann nahm er wieder die Gestalt der größten schwarzen Bergkatze an, die Phoran je gesehen hatte.

»Nein«, sagte die Elster. »Nein. Sie werden alle sechs Weisungen brauchen, Hüter. Ich werde ihn aufhalten.«

Mit einem unsicheren Flattern, das mit jedem Flügelschlag stabiler wurde, flog er von Rinnies Schulter auf.

»Toarsen, nimm Gura«, sagte Phoran. »Gehen wir.«

Er war nicht sicher, wie weit sie gekommen waren. Phorans Welt bestand bald nur noch darin, einen Fuß vor den anderen zu setzen. Als er galoppierende Hufe hörte, kniete er sich nieder und legte Kissel sehr vorsichtig auf dem Pflaster ab.

»Bald wird es dir besser gehen«, sagte er zu dem jungen Gardisten. »Tier ist da.«

Scheck rutschte auf dem Kopfsteinpflaster, und Tier war vom Pferd gesprungen und beugte sich über Kissel, bevor der Wallach wirklich stand.

Kissels Puls, zu schnell und zu schwach, zuckte gegen seine Finger, und Tier blickte auf und sah die anderen an.

»Rufort und Ielian?«, fragte er.

Toarsen legte Gura vorsichtig neben Kissel. »Rufort ist tot«, sagte er. »Kissel und ich hielten Ielian beide für einen loyalen Mann. Wir haben versagt. Er hat Rufort umgebracht.«

Phoran, blass und schweißgebadet, hob die Hand. »Ich wusste, dass etwas nicht stimmte. Ielian erwähnte Rufort gegenüber, dass der Pfad ihn bezahlt habe – das erfuhr ich gestern Abend schon, aber ich habe ihn nicht darauf angesprochen. Meine Verantwortung ist ebenso groß.«

»Papa, Ielian war ein Diener des Schattens«, sagte Rinnie.

Als er die Arme ausbreitete, rannte sie zu ihm. Ihr kleines Gesicht war zerschlagen, und sie hatte einen schwarzen, geschwollenen Knoten am Kinn. Ihre Unterlippe war aufgerissen und dick. Tier schaute von ihr zu Phoran.

»Auch das war überwiegend Ielian«, sagte er. »Aber Willon ist für den Riss in der Lippe verantwortlich.«

»Sagt uns mehr«, forderte Seraph. Sie untersuchte Gura vorsichtig, obwohl Tier sah, dass ihre Augen vor Zorn blitzten. »Setzt Euch, Phoran. Wenn Ihr weiter so schwankt, werdet Ihr noch umfallen. Was ist passiert, Lehr?«

»Ielian hat uns an einen bestimmten Ort gelockt – ich nehme an, er und Willon hatten das vorher abgesprochen. Bevor einer von uns ahnte, was los war, ließ Willon uns erstarren.«

Er holte tief Luft. »Papa, Willon verriet uns, wieso er an diesem Abend in Taela vor Jes und mir davonlief. Er wollte, dass wir Erfolg hatten. Er hat seine Leute geopfert, nur damit Mutter all die Steine mit den Weisungen bekommen würde. Er konnte selbst nicht herausfinden, was mit ihnen nicht stimmte, aber er dachte, Mutter, Hennea und Brewydd würde etwas einfallen. Er wusste auch, dass Volis die Landkarten hatte. Als Mutter und Hennea mit den Steinen nicht weiterkamen, wollte er, dass sie hierherreisten. Er griff dich an, um uns dazu zu zwingen. Hinnum wusste, wie man die Edelsteine zum Funktionieren bringen konnte, aber er sprach nicht mit Willon. Willon hat Mutter hierhergeschickt, damit sie mit Hinnum reden konnte.«

»Aber was soll das helfen?«, fragte Hennea. »Wir werden auch nicht mit ihm reden.«

»Mutter hat Menschen, die ihr wichtig sind«, erwiderte Lehr. »Willon hat versprochen, keinem von uns etwas zu tun, wenn Mutter sich um die Edelsteine kümmert, damit sie für ihn funktionieren. Er nahm Rinnie als Geisel und überließ es uns, aus seinem Bann auszubrechen und euch zu sagen, was geschehen war.«

»Er nahm Rinnie?«, fragte Hennea und hockte sich neben Kissel. »Warum ist sie dann hier? Hat Hinnum sie gerettet?«

»Nein«, sagte Rinnie. »Das war Phoran. Er hat sich aus dem Bann des Schattens losgerissen und kam, um mich zu retten.«

»*Phoran* hat dich vor dem Schatten gerettet?« Hennea klang ungläubig.

»Nicht genau«, warf Phoran ein.

Tier packte Rinnies Schulter fester; er war so dicht daran gewesen, sie zu verlieren. »Was ist passiert?«

»Er riss sich aus dem Bann des Schattens los und sagte uns, wie wir es ebenfalls tun können«, berichtete Toarsen mit einem respektvollen Nicken zu seinem Kaiser.

»Es war eine Illusion«, erklärte Phoran mit verlegenem Grinsen. »Ein Teil von mir ist nicht besonders nett, Tier. Der Gedanke, dass ein Bürgerlicher, ein aufgeblasener Illusionist, der sich einbildet, ein Gott zu sein, versuchte, mir, dem Kaiser, Befehle zu erteilen, kam mir einfach falsch vor. Ich konnte nicht glauben, dass es funktionieren würde – und das tat es auch nicht. Die anderen hatten sich ebenfalls losgerissen, als Rinnie und ich zurückkamen. Ich weiß nicht, wie.«

Toarsen lachte, obwohl er Tränen in den Augen hatte. Er saß neben Kissel auf der Straße, und nun berührte er ihn leicht. »Kissel schaffte es als Erster. Er sagte, etwas, wovon man sich befreien könne, würde ihn nicht halten. Danach redete er den Rest von uns frei.«

Phoran nickte nüchtern. »Ich rannte hinter Rinnie her. Es gibt eine Treppe an der Seite der Klippe, direkt unter diesem Wachturm da drüben.« Er zeigte auf den zweiten Turm im Süden. »Ich bin auf Ielian gestoßen, der gerade wieder herunterkam, als ich hinaufkletterte. Ich habe ihn von der Klippe geworfen …«

»Schade«, murmelte Seraph.

»Er ist tot«, berichtete Phoran.

»Danke«, sagte sie. »Aber ich hätte es schmerzhafter machen können.«

Phoran deutete eine Verbeugung an. »Den Nächsten werde ich für Euch aufheben. Ich konnte mich nicht länger mit ihm abgeben, weil ich wusste, dass Willon Rinnie hatte.« Er zuckte die Achseln. »Nicht, dass ich eine große Hilfe war. Wir wechselten ein Dutzend Worte, dann warf er mich vom Turm.«

Tier drehte sich um, um sich den fraglichen Turm noch einmal anzusehen. »Die Klippe hinunter? Ihr seht für einen Mann, der mindestens hundert Schritt tief gefallen ist, noch ziemlich gut aus.«

»Danke«, erwiderte Phoran. »Es geht mir auch gut – na ja, verhältnismäßig.« Der Kaiser legte den Kopf schief und sah Rinnie lächelnd an. »Ich denke, es war Rinnie, die mich rettete; wir waren bisher zu sehr mit Fliehen beschäftigt, um Geschichten auszutauschen und Genaueres zu erfahren. Aber ich bin tatsächlich nicht hässlich auf dem Boden aufgeprallt, sondern lag am Fuß der Klippe und versuchte, zu Atem zu kommen, als Rinnie zu mir stieß.«

»Das Memento hat mich nach Euch vom Wachturm geworfen«, berichtete Rinnie.

»*Was?*« Phorans Augen blitzten, und seine Hand zuckte zum Schwertgriff. »Es hat was getan?«

Tier fühlte sich ebenfalls ziemlich mordlustig.

Rinnie grinste erst Tier und dann den Kaiser an. Sie sah jetzt wieder mehr wie sie selbst aus. »Es packte mich, als ich mich auf der Treppe duckte, warf mich runter und sagte: ›Flieg, Kormoran!‹ Ich glaube, wenn es das nicht gesagt hätte, wäre ich einfach gefallen und auf Euch gelandet. So wusste ich nur nicht, ob ich schnell genug für Euch sein würde. Ihr habt nicht mehr geatmet, und ich war überzeugt, dass Ihr tot wäret.

Dann habt Ihr Euch hingesetzt, und Eure Augen quollen hervor und wurden feucht – ich dachte schon, Ihr hättet Euch in einen dieser umherirrenden Toten verwandelt, wie die von letzter Nacht. Aber nein, Ihr habt wieder angefangen zu atmen und mich ohne ein Wort des Danks gepackt und weitergezerrt.«

Alles in einem Atemzug, dachte Tier. Heiterkeit setzte sich über den Schrecken hinweg, dass seine Tochter von einem Turm geworfen worden war. Dass Rinnie überlebt hatte, half dabei sehr.

Phoran verbeugte sich. »Ich danke Euch, meine Dame. Es war falsch von mir, Euch nicht schon früher zu danken – obwohl ich annehme, dass meine Angst um Euer Leben bei dieser Gelegenheit Vorrang hatte.«

Rinnie wirkte erfreut und selbstzufrieden. »Ich kann kaum erwarten, wieder nach Hause zu kommen und den Leuten zu erzählen, dass ich das Leben des Kaisers gerettet habe.«

Lehr lächelte sie an. »Niemand wird dir glauben, kleine Pest.«

»Wo ist Hinnum?«, fragte Hennea.

»Der Schatten war unterwegs«, sagte Jes, der inzwischen von der Bergkatze zum Wolf geworden war. »Hinnum war bereits verwundet, aber er wollte mich nicht mitkommen lassen.«

»Da wir gerade davon reden«, warf Phoran ein. »Sollten wir weitergehen?«

»Nein«, sagte Hennea. »Was wir versuchen wollen, können wir hier genauso gut tun wie anderswo. Seraph, es wird Zeit festzustellen, ob dieser Lerchenring funktioniert. Phoran, wo sind die Namen aus dem Eulentempel?«

»Willon hat sie verbrannt«, sagte Toarsen. »Und er wollte den Tempel versiegeln, damit niemand sonst sie finden kann.«

»Ich erinnere mich an einen von ihnen«, sagte Phoran.

Hennea sah ihn stirnrunzelnd an. »Ihr wisst, wie man die Sprache von Colossae liest?«

Er lächelte. »Ich bin nicht einfach nur ein Säufer, meine Dame. Ich bin ein *gebildeter* Säufer. Ich konnte die Landkarten und die Beschriftung des Tors nicht lesen, aber das Alphabet ist das gleiche wie das Altoslanische, was ich beherrsche. Wenn Toarsen noch dieses Stück Holzkohle hätte, könnte ich es aufs Pflaster schreiben.«

Toarsen suchte in seinem Beutel und reichte Phoran das Kohlestöckchen. Phoran malte ein paar seltsame Linien auf den Boden, die vielleicht wirklich Buchstaben waren.

»Weißt du, zu wem der Name gehört?«, fragte Tier.

Hennea schüttelte den Kopf. »Ich kann mich nicht erinnern.«

»Nun ja«, erwiderte Tier. »Wahrscheinlich funktionieren sie alle. Und was genau tun wir jetzt?«

»Wir sechs, du, Jes, Seraph, Lehr, Rinnie und ich, halten uns an den Händen. Dann sagst du den Namen des Gottes – ich bringe dir bei, wie er ausgesprochen wird.« Hennea seufzte unglücklich. »Den Rest werden wir improvisieren müssen. Ich weiß nicht, was passieren wird. Die Weisungen sind nicht die Götter von Colossae.«

»Sollten wir warten, bis Willon näher kommt?«, fragte Tier.

Hennea nickte.

»Gibt es denn nichts, was ich dabei tun kann?«, fragte Toarsen. »Kissel wird es nicht schaffen.« Er hob den Kopf seines Freundes auf den Schoß und berührte leicht Kissels Stirn. »Er hat zu viel Blut verloren. Ich muss an dem Tod des Mannes, der ihn umgebracht hat, beteiligt sein.«

Tier hockte sich neben den großen, kräftigen Mann und legte ihm die Hand auf die zu kalte Wange. Er blickte zu Seraph, die nickte.

»Gebt ihn noch nicht auf«, sagte Tier zu Toarsen. »Kissel

hat schon Schlimmeres als das hier überlebt – und wir haben eine Lerche, die ihm helfen kann, nicht wahr, Seraph?«

»Ich habe nicht vor, den Schatten noch mehr von uns töten zu lassen«, erwiderte Seraph.

»Na also«, sagte Phoran. »Seraph sagt es auch – Kissel wird nicht wagen, sich ihr zu widersetzen.«

Ein dünnes Lächeln erschien auf Kissels Lippen.

»Siehst du, mein Junge?«, fragte Tier. »Alle Männer müssen sich den Launen meiner Frau beugen. Du schaffst es schon.« Er blickte zu Toarsen auf. »Ich denke, dieser Kampf geht über Schwerter hinaus, aber ich hätte nichts dagegen, wenn ihr eure Schwerter bereithieltet und sie einsetzt, sobald ihr Gelegenheit findet.«

Toarsen nickte feierlich.

»Seraph«, sagte Tier. »Würdest du jetzt anfangen? Kissel hat sich wirklich angestrengt durchzuhalten, aber er könnte Hilfe brauchen.«

Seraph berührte den Tigeraugenring, schloss die Augen und versuchte zu spüren, was anders war, aber sie fühlte sich genau wie zuvor. Genau, wie sie sich gefühlt hatte, als sie vor ein paar Minuten versucht hatte, Heilerarbeit an Gura zu leisten.

Sie blickte nach unten zu dem jungen Mann, der an jenem Abend in Taela an ihrer Seite gegen den Pfad gekämpft hatte. Als sie sich neben Kissel niederließ, blickte Toarsen so freundlich zu ihr auf wie eine Hündin, die ihre Welpen vor einem Fremden schützen will.

»Ich werde ihm nicht wehtun«, sagte sie, obwohl sie sich nicht wirklich sicher war.

»Zu diesem Zeitpunkt gibt es nicht viel, was mir noch wehtun könnte«, murmelte Kissel plötzlich mit diesem verhaltenen Humor, den er an sich hatte. Er schien immer am zufriedensten zu sein, wenn seine Zuhörer nicht ganz sicher waren, ob er nun versuchte komisch zu sein oder nicht.

»Ich bin froh, das zu hören«, sagte Seraph, obwohl sie nicht einmal wusste, ob er noch bei Bewusstsein war.

Sie versuchte, sich zu erinnern, was Brewydd getan hatte, als sie Tiers Verletzungen heilte – aber sie war abgelenkt gewesen und hatte nicht sonderlich auf die Heilerin geachtet.

»Lehr?«

Er hockte sich neben ihr auf die Fersen. »Wie kann ich dir helfen, Mutter?«

»Hast du Brewydd jemals beim Heilen beobachtet?«

»Sie war eine Lerche, Mutter«, sagte Lehr. »Können Raben ebenfalls heilen?«

Seraph hob die Hand, damit er sehen konnte, welchen Ring sie trug. »Ich bin heute auch eine Lerche. Aber ich brauche deine Hilfe.«

»Die Lerchenringe funktionieren nicht«, wandte Jes ein. »Du und Hennea müsst sie erst reinigen.«

Seraph drehte sich zu ihm um. »Willon hat Mehalla umgebracht, um ihre Weisung zu stehlen, Jes. Vor vielen, vielen Jahren. Etwas in diesem Ring erkennt mich, und ich glaube, das bedeutet, dass die Weisung daran einmal Mehallas Weisung war.« Sie hielt inne. »Wir brauchen mich heute als Lerche, aber selbst wenn der Stein nichts als die Weisung enthielte, könnte ich ihn nicht benutzen, um wirklich zur Lerche zu werden – nicht mehr, als Volis Rabe war, wenn er einen Rabenstein trug. Ich muss herausfinden, ob die Person, Mehalla oder nicht, die diesen Ring heimsucht, mir helfen will, nur für heute eine Lerche zu sein.«

»Du solltest die Hand auf seine Wunde legen«, sagte Lehr. »Wir werden den Verband abnehmen müssen.«

»Lasst mich das machen«, schlug Tier vor. »Ich habe ein wenig Erfahrung mit Notverbänden.«

Er setzte sich neben Seraph und schnitt durch das Tuch, das die Kompresse auf der Wunde hielt. Dann zupfte er vorsichtig an der Kompresse.

»Sie klebt an ihm, aber nicht besonders fest, weil er immer noch blutet. Das wäre schlimm, wenn wir keine Heilerin hätten.« Er lächelte Seraph an. »Im Moment wird es dadurch leichter, die Kompresse abzunehmen – aber du musst gleich die Hände auf die Wunde legen. Lerche oder nicht, der Junge muss ein wenig Blut in sich behalten, wenn er überleben soll. Fertig?«

»Ja.«

Er nahm die Kompresse ab, und wie er gesagt hatte, fing die Wunde wieder an zu bluten. Seraph legte die Hand darauf und verschloss sie mit der Handfläche.

Alle warteten, selbst Seraph, aber nichts geschah.

»Versuche, dir die Heilung vorzustellen«, schlug Hennea vor. »Denk an Kissel, wie er wieder gesund ist.«

Sie versuchte es und spürte, wie sich ihre Magie rührte, aber Magie konnte nicht heilen. Sie hätte sie benutzen können, um die Wunde zu verbinden, und würde das auch tun, wenn sie ihn nicht heilen konnte – aber er war so blass und hatte zu viel Blut verloren. Wenn er statt mit einer Heilung mit Magie auskommen musste, würde er wohl sterben.

»Hennea hat teilweise recht«, sagte Lehr. »Aber hier geht es nicht um Magie. Ich habe dich und Hennea beobachtet und nehme an, dass man viel denken muss, wenn man Rabe ist. Die Jagd hingegen ist für mich beinahe etwas Instinktives. Ich schaue hin, und dann kann ich die Spur sehen. Ich muss nicht viel darüber nachdenken. Jes regt sich auf, und die Temperatur rings um ihn herum fällt. Papa fängt an zu singen, und die Leute hören mit allem auf, was sie gerade tun, um ihm zuzuhören. Lass einfach deinen Körper die Arbeit tun.«

Seraph schloss die Augen und versuchte, sich zu entspannen, aber je mehr sie sich bemühte, nicht zu denken, desto mehr dachte sie.

Tier stand auf, aber sie blickte nicht zu ihm hin, um zu sehen, was er tat. Einen Moment später war er wieder da und fing an, Laute zu spielen. Er wählte eins ihrer Lieblingslieder, ein Abendlied, mit dem er ihre Kinder in den Schlaf gesungen hatte, wenn sie zahnten oder krank waren. Die leisen Töne spülten über sie hinweg und nahmen ihr die Anspannung in Hals und Schultern. Sie ließ sich von seiner Stimme weglocken von Blut und Gefahr, zurück in ihr Heim und zu den Abenden, an denen die Arbeit des Tages getan war und sie und Tier auf der rückwärtigen Veranda saßen. Guras drahtiges Fell kitzelte an Seraphs nackten Füßen, während die untergehende Sonne die Berge rötlich färbte.

Als sie sich entspannte, rührte sich etwas an ihren Fingerspitzen, das zunächst nicht mehr als ein Flüstern war. Sie lockte es mit einem Hauch von Interesse heraus, genau, wie sie einen widerstrebenden Funken anpustete, wenn sie versuchte, auf die *Solsenti*-Art ein Feuer anzuzünden.

»Er hat aufgehört zu atmen.«

Das war Toarsens Stimme, belegt von Trauer.

Aber als sie mehr auf ihn achten wollte, brachte Tiers Lied sie zurück zu diesem kleinen Funken von … Heilen. *Hör zu*, drängte sie liebevoll und leitete ihn zu der Haut unter ihren Fingern, *ich habe etwas für dich zu tun.*

Feuer schoss so unerwartet durch ihre Schultern, dass sie keuchend zusammenzuckte, aber jemandes Hände umschlossen ihre Handgelenke und hielten ihre Hände auf Kissel fest. Sie öffnete die Augen und wusste, welchen Schaden Ielians Messer angerichtet hatte, obwohl das unter ihren Händen und unter Kissels Haut verborgen lag.

Die Macht der Lerche drang durch Seraphs Hände und in

Kissels Körper, reparierte erst den Schaden am Gewebe und bewegte sich dann zu kleineren Dingen. Sein Herz hatte aufgehört zu schlagen, aber als Seraphs Macht es traf, konnte es sich ihr nicht widersetzen und fing wieder an zu arbeiten.

Er hat nicht genug Blut, Mutter. Er wird ohne mehr Blut nicht leben können.

»Wer hat das gesagt?«, fragte Jes.

»Was gesagt?«, flüsterte Lehr. »Still, Jes, du lenkst sie nur ab.«

Mehalla?, fragte Seraph, unsicher, ob diese leise Stimme echt oder nur ein Ergebnis ihrer Fantasie gewesen war. Sie erhielt keine Antwort.

Wer immer es gewesen war, hatte jedoch recht gehabt. Kissel brauchte Blut, das die Lerche ihm nicht geben konnte.

Aber Seraph war keine Lerche, oder zumindest nicht *nur* eine Lerche. Sie ließ die rechte Hand, die mit dem Lerchenring, auf dem geschlossenen Loch in Kissels Brust liegen, dann hob sie die linke, die mit Kissels Blut bedeckt war, an die Lippen und berührte sie mit der Zunge.

Sie rief ihre Magie zu dieser Hand. *Finde es,* befahl sie ihr und zeigte ihr Kissels Blut. Ihre Magie nahm das getrocknete Blut aus dem Verband, von ihren Händen, von Kissels blutiger Kleidung. Noch einmal berührte Seraph ihre Zunge. *Mach es so.* Das trockene, tote Blut wurde sauber und wieder lebendig. *Dorthin.* Der Teil von ihr, der Lerche war, fand die zerstörten Blutgefäße und zeigte der Magie, wohin sie sich bewegen musste.

Seraph holte schaudernd Luft. »Lass los«, sagte sie zu Lehr, der ihre Handgelenke immer noch so fest hielt, dass man die Spuren dieser Berührung noch tagelang sehen würde. »Er braucht mich nicht mehr.«

Lehr ließ sie los, und sie zog die Hände weg. Kissels Brust sah aus, als wäre die Wunde schon Wochen alt. Seraph fand es ein wenig enttäuschend, dass überhaupt noch etwas zu sehen war, aber dann erinnerte sie sich daran, wie Brewydd darauf bestanden hatte, dass Tiers Knie den letzten Rest der Heilung allein vollzogen, also nahm sie an, dass es wahrscheinlich in Ordnung war.

Kissel schlug die Augen auf. »Ich glaube nicht, dass ich heute aufstehen und kämpfen werde«, sagte er zu Seraph. »Aber morgen vielleicht.« Er versuchte sich hinzusetzen, schaffte es aber nicht ganz. Toarsen fing seinen Kopf auf, bevor er auf den Boden schlug. »Andererseits«, fuhr Kissel schwächlich fort, »könnte es auch noch bis nächste oder übernächste Woche dauern.«

»Ihr werdet schon wieder«, sagte Tier, der aufgehört hatte zu singen.

»Danke«, flüsterte Toarsen, und er hatte Tränen in den Augen.

»Ich habe Euch doch gesagt, ich würde niemanden mehr an diesen Mistkerl verlieren.«

»Wo ist das ganze Blut hingegangen?«, fragte Rinnie.

Seraph tätschelte Kissels nackte Schulter. »Es ist wieder dort, wo es hingehört«, sagte sie. »Versuchen wir Gura.«

Gura zu heilen war gleichzeitig leichter und so viel schwieriger – leichter, weil Seraph nun wusste, wie sie den Ring einsetzen musste, und schwieriger, weil sie müde wurde und der Hund noch schwerer verletzt war. Ielian hatte Guras Rippen gebrochen und einen Muskel an seiner Schulter vollkommen durchtrennt.

Sie war tief in die letzten Bindungen versunken, von denen die Lerche wusste, dass sie dem Hund erlauben würden, ebenso gut zu laufen wie vor der Verwundung, als jemand sie ansprach.

»Seraph?«

Sie brauchte einen Augenblick, um sich dem Heilen weit genug zu entziehen, dass sie erkennen konnte, wer es war.

»Seraph, Hinnum ist wieder da.« Tier sprach leise, aber eindringlich. »Kannst du ihm helfen?«

Seraph blickte auf und sah Hennea auf den Knien. Tränen liefen ihr über die Wangen, als sie den schlaffen schwarz-weißen Vogel in den Händen hielt. »Seraph?«, fragte sie.

Seraph kam taumelnd auf die Beine, und Tier legte den Arm um sie, bis sie wieder sicherer stehen konnte. Sie kniete sich neben Hennea und legte die Hände auf die Elster.

Sie spürte, wie die Macht der Lerche über den Vogel hinwegging, aber so, wie Öl Wasser abstößt, konnte die heilende Kraft ihn nicht berühren. Seraph versuchte es noch einmal.

Diesmal erkannte sie den Unterschied zwischen Hinnum und Kissel. Alter und Magie umgaben den Körper des Zauberers und verhinderten, dass sie ihn heilte. Sie sah, dass die Veränderung, welche die Magie ohne den Filter einer Rabenweisung am Körper eines Magiers vornahm, es sehr schwierig machte, einen *Solsenti*-Zauberer zu heilen. Sie verstand nun, dass ein starker *Solsenti*-Magier eine normale Lebensspanne weit übertreffen konnte, weil seine Magie Fleisch, Sehnen und Knochen verstärkte.

»Er ist zu alt, und Magie ist zu tief in ihn eingesunken, um eine Heilung zu erlauben«, sagte Seraph erschüttert. »Ich kann nichts tun.«

Hennea strich das Gefieder der Elster glatt und sprach leise und liebevoll auf Hinnum ein. Blitzende Vogelaugen wurden matt, und Seraph konnte den Augenblick, als sein Herz aufhörte zu schlagen, genau spüren.

Dunkelheit kam näher, und Seraph blickte erschrocken auf, aber es war nur ihr Sohn. Der Hüter hockte sich neben Hennea und nahm die weinende Frau in die Arme.

»Jes könnte nicht hier sein«, sagte er. »Aber ich kann es.«

Die Elsterngestalt fiel von dem Zauberer ab, und in Henneas Schoß lag ein Kind, das nicht älter aussah als vier.

»Ach, mein armer Hinnum«, flüsterte Hennea. »Wie grausam das war! Du hast so viel für deine Magie bezahlt, mein Freund.« Sie blickte auf zu Seraph. »Als er dreihundert Jahre alt war, hörte er auf zu altern und fing an, jünger zu werden. Das war kein Problem, bis er schließlich zu jung wurde. Als ich ihn zum letzten Mal sah, hätte er in Rinnies Alter sein können – er fand das demütigend.« Sie betrachtete das Kind in ihren Armen. »Er hätte es gehasst, dass wir ihn so sehen.«

»Er war ein großer Zauberer, und die Welt erleidet durch seinen Tod einen gewaltigen Verlust«, sagte Seraph.

»Er war der größte Magier, den es je gab.« Henneas Stimme war belegt von Trauer. »Ich war der Rabe, und ich hätte mir nie träumen lassen, welche Macht ein Illusionist haben konnte. Er vermochte auch auf andere Art Magie zu wirken, aber Illusion war seine Grundlage. Er übernahm bei dem Bann, der Colossae opferte, die Führung, weil ich nicht mehr die Macht hatte, es zu tun. Fünfzig Raben würden seiner Macht nicht gleichkommen.«

»Wenn wir das hier hinter uns haben«, sagte Tier, »solltest du mir seine Geschichte erzählen, und ich werde ein Lied über ihn dichten und singen, sodass sein Ruhm niemals vergeht. Er starb, als er meine Kinder schützte, er starb bei dem Versuch, den Schatten zu besiegen. Solch ein Mann hat es verdient, dass man sich an ihn erinnert.«

»Ich erinnere mich an ihn«, murmelte Hennea. »Ich werde ihn nie vergessen.«

»Der Schatten wird bald hier sein«, warf Lehr ein.

»Wenn er Hinnum so viel antun konnte«, sagte Hennea, »haben wir keine Aussichten mehr.«

»Er könnte uns töten, ohne dass wir ihn auch nur sehen«, ergänzte Phoran. »Er hat den Atem in meinem Körper aufgehalten. Wenn Rinnie ihn nicht erschreckt hätte, wäre ich tot.«

»Er hat noch nicht bekommen, was er will«, sagte Tier.

»Die Edelsteine?« Seraph schüttelte den Kopf. »Ohne Hinnum, der die Bibliothek bewacht, muss er nur alle Bücher durchlesen. Er wird schon entdecken, was er braucht.«

»Ihr seid Raben.« Tier stand auf. »Ihr braucht nicht zu studieren, wie es ein Zauberer tun muss, der neue Magie lernt. Der Willon, den ich kenne, nimmt alles sehr genau. Er wird nicht einfach in etwas Neues hineinspringen und es versuchen. Er ist ein Kaufmann, und zwar ein erfolgreicher. Er wird eher daran denken, um etwas zu feilschen, bevor er es selbst versucht. Er ist immer noch im Vorteil, auch wenn es ihm vieles erleichtert hätte, wenn Rinnie noch bei ihm wäre. Aber er kann nach wie vor mit uns handeln.«

Er ging hinüber zu den Pferden und sattelte Scheck ab. Dann nahm er die Satteldecke, schüttelte sie vorsichtig aus und brachte sie zu Hennea.

»Das hier ist bedeckt von Haar und Schweiß eines treuen und demütigen Dieners. Es ist nicht die Seide, die Hinnum verdient hat, aber ich denke, es ist trotzdem nicht ganz unpassend.«

Wer außer Tier konnte eine alte Pferdedecke als angemessenes Leichentuch für Hinnum aus Colossae anbieten? Seraph blinzelte gegen ihre Tränen an. Sie hatte Hinnum nicht lange gekannt, aber sie hatte ihr Leben lang von ihm gewusst. Ein Tropfen traf ihr Gesicht, und als sie aufblickte, sah sie, dass der Himmel dunkel von Regenwolken war, als betrauere auch er den Tod des alten Magiers.

Tier legte die Decke auf die Pflastersteine und nahm Hinnums Leiche aus Henneas Armen. Er legte die kleine Gestalt in die Mitte der bunten Decke und wickelte sie darin ein. Dann trug er das Bündel zur Straßenseite. Es gab dort ein Haus mit einem kleinen Garten, in dem ein Busch stand. Tier versteckte die Leiche dahinter.

»So ist er nicht gleich zu sehen«, sagte er. »Soll sich Willon doch fragen, ob er zurückkommen wird, um uns noch einmal zu helfen. Hennea, ich denke, Lehr hat recht. Willon hat sich ein wenig ausgeruht, aber es wird nicht lange dauern, bis er kommt. Du musst mir beibringen, wie man den Namen des Alten Gottes ausspricht.«

»Wir müssen uns beeilen.« Seraph stand auf. »Hennea, Hinnum hat sein Leben gegeben, damit wir diese Gelegenheit haben.«

Sie wartete, bis der andere Rabe tatsächlich Tier die Aussprache beibrachte, eine Silbe nach der anderen, um nicht zu früh die Aufmerksamkeit des Gottes zu wecken. Dann ging sie zu Phoran. Er saß bei Toarsen und Kissel und lehnte sich gegen eins der Gebäude an dieser engen, gewundenen Straße. Rinnie hockte wie immer neben ihm. Sie wirkten alle, als schliefen sie beinahe.

Lehr saß neben Phoran und unterhielt sich leise mit dem Kaiser. Er hielt inne, sobald er hörte, dass Seraph näher kam.

»Auch Ihr könnt gegen uns verwendet werden«, sagte sie zu Phoran. »Und Ihr könnt Euch gegen einen Schatten nicht verteidigen. Ich will, dass Ihr bleibt, wo Ihr seid. Erregt keine Aufmerksamkeit, wenn das irgendwie möglich ist. Ich weiß nicht, ob wir Euch schützen können – und ich würde es lieber nicht herausfinden müssen.«

Phoran schüttelte den Kopf. »Willon kennt Euch nicht.«

Sie hatte Widerspruch erwartet – nach ihrer Erfahrung gefiel es Männern nicht, wenn man ihnen mitteilte, sie seien hilflos. Phorans Worte schienen in keinem Zusammenhang mit dem zu stehen, was sie gesagt hatte.

»Selbstverständlich tut er das«, antwortete sie. »Wir haben zwanzig Jahre im selben Dorf gelebt.«

Phoran lächelte – dieses liebenswerte Lächeln, mit dem er zweifellos mehr Ärger abgewehrt hatte als zehn andere Kinder. »Ja, aber er kennt Euch nicht wirklich. Er kennt eine leise, kalte Frau, herrisch und stark, die sich für nichts anderes interessiert als für Tier und ihre Familie.«

»Und?«

»Die Frau, die er zu kennen glaubt, würde ihre Familie nie in Gefahr bringen. Nicht für einen Kaiser, und ganz bestimmt nicht für seine Gardisten.« Sein Lächeln wurde strahlender, und seine müden Augen begannen zu leuchten. »Und er hätte recht – nur, dass Ihr uns nicht als Kaiser und Gardisten seht. Ich sah Euer Gesicht, als wir Euch erzählten, dass Rufort tot ist – aber Willon sah es nicht. Er könnte nicht verstehen, dass Ihr uns gern habt, weil er niemanden liebt. Er wird nicht versuchen, uns als Geiseln zu nehmen.«

Dann tat er etwas vollkommen Unerwartetes. Er stand auf, wischte sich die Hosenbeine ab, ging zwei Schritte auf Seraph zu, beugte sich vor, bis sein Kopf auf gleicher Höhe war wie ihr Gesicht, und küsste sie auf beide Wangen. »Er glaubt, Tier wäre weich, und hält Euch für hart – und er irrt sich in beidem.«

Sie konnte spüren, wie Hitze in ihre Wangen stieg.

»Wir wissen das«, sagte Phoran. »Aber er nicht.«

»Nun ja«, sagte sie verlegen und war beinahe dankbar für Jes' leise grollende Warnung.

»Er kommt«, sagte Lehr und stand auf. »Ich spüre es ebenfalls, Jes. Er versucht nicht, sich vor uns zu verstecken.«

»Haltet Euch bedeckt«, sagte Seraph zu Phoran und seinen Männern. Dann streckte sie die Hand zu Rinnie aus. »Wir brauchen dich bei uns«, sagte sie. »Komm, Lehr.«

Auf Henneas Anweisung stellten sie sich im Halbkreis auf, Tier stand in der Mitte. Als Willon in Sicht kam, packte Seraph Rinnies und Lehrs Hände fester. Sie sah, wie Jes Henneas Hand nahm, und schließlich griff Hennea nach Tiers Hand. Sobald sie das taten, spürte Seraph, wie es geschah. Genau, wie Hennea es vorhergesehen hatte, entstand schlagartig eine

Verbindung zwischen ihr und den anderen fünf Weisungsträgern, die vor dem Schatten standen. Also erlaubte der Lerchenring ihr tatsächlich, die fehlende Weisung zu vertreten.

»Ich will Euch nichts tun«, sagte Willon und blieb einige Schritte vor ihnen stehen. Er war jung, sah Seraph, und hatte wieder dunkles Haar, das er im Nacken zusammengebunden trug. An der Stirn hatte er einen blauen Fleck, und er bewegte sich eher steif: Seraph freute sich zu wissen, dass er aus seinem Kampf mit Hinnum nicht ohne Wunden hervorgegangen war.

»Tier«, sagte er. »Ihr seid ein Barde, Ihr wisst, dass ich die Wahrheit sage. Ich wollte Euch nie etwas Schlechtes. Ich brauche nur Eure Frau, damit sie die Steine mit den Weisungen so bearbeitet, dass sie für mich funktionieren werden – oder noch besser, gebt mir die Steine und zeigt mir, wie es geht. Ich lasse Euch in Frieden bis ans Ende der Tage Eurer Kindeskinder – darauf gebe ich mein Wort.«

»Wir sind Reisende«, erwiderte Lehr mit einem Grollen, das klang, als hätte es aus dem Mund seines Bruders kommen sollen. »Wir können den Schatten nicht davonkommen lassen.«

Willon riss die Hände hoch. »Der Schatten, der Schatten! Der Schatten ist vor fünfhundert Jahren gestorben, ein Narr, der lediglich versuchte, am Leben zu bleiben, und so entzog er allen anderen ihr Leben. Er tötete alle, die ihm wichtig waren, um etwas zu bewahren, was sich ohne sie als wertlos erwies. So bin ich nicht. Tier, Ihr kennt mich, ich würde so etwas nicht tun. Ich genieße eine Herausforderung, Tier, und ein Lied am Abend. Ich bin nicht der Schattenkönig.«

»Vielleicht noch nicht«, sagte Hennea. »Aber auch er war nicht immer der namenlose König. Er war einmal ein guter Mann, der für sein Volk arbeitete. Zunächst sah er nur eine Möglichkeit, für den Wohlstand seines Königreichs zu sorgen.«

»Er tötete sie«, sagte Willon. »Er vernichtete sein Königreich. Ich würde niemals jemandem wehtun.«

»Das solltet Ihr Rufort sagen«, fauchte Rinnie.

Seraph drückte fest ihre Hand. Sie wollte nicht, dass der erste Angriff gegen ihre Tochter erfolgte.

»Ielian hat den Gardisten und den Hund getötet. Ich habe ihren Tod nicht befohlen.«

»Colbern«, sagte Jes so leise und tief, dass es für Seraphs Ohren wie entferntes Donnergrollen klang. »Eine ganze Stadt ist gestorben, um Euch zu nähren.«

»Sie waren nichts«, sagte er. »Niemand, den ich kannte. Niemand, den Ihr kanntet.«

Seraph spürte, wie Lehr nach Luft schnappte, und diesmal erhielt *er* einen warnenden Druck der Hand.

»Und was ist mit Mehalla?«, fragte Seraph. »Meiner Tochter, die Ihr getötet habt?«

Die Liebenswürdigkeit fiel von Willons Gesicht ab, als wäre sie mit einem Tuch abgewischt worden. Einen Augenblick war seine Miene vollkommen ausdruckslos. Er setzte dazu an, etwas zu sagen – eine Lüge, denn er unterbrach sich mit einem Blick zu Tier. »Mehalla war ein Fehler«, sagte er.

»Das glaube ich nicht.« Seraph klang weiterhin bewusst leise und freundlich. »Ich denke, Ihr habt meine Tochter umgebracht, Ihr habt beinahe ein Jahr lang bei ihrem Sterben zugesehen, und dann seid Ihr in unser Heim gekommen und habt verkündet, wie leid Euch ihr Tod tue.«

»Und ihr Tod wird Euch leidtun«, sagte Tier. »Ihr Tod und all die Tode, die Ihr bewirkt habt, seit Ihr zum Schatten geworden seid. Wenn man die Macht des Pirschgängers nimmt, Willon, wird man böse.«

»Nein«, erwiderte Willon. »Man wird mächtig. Ihr versteht nicht, wie viel Gutes ich tun kann, Tier. Wenn ich die Edelsteine habe, kann ich alle Weisungen darin benutzen. Ich kann heilen, ich kann aufbauen, ich kann ganze Städte oder gar Kaiserreiche errichten.«

»Ja, das könntet Ihr«, sagte Seraph. »Aber würdet Ihr es wirklich tun? Der Tod folgt Euch wie die Maden der Fäulnis.«

»Tier«, fuhr Willon fort, »warum überlasst Ihr Eurer *Frau* das Reden? Man sollte den Frauen beibringen zu schweigen, wenn Männer über Geschäfte reden.«

»So etwas würde ich niemals sagen. Ich würde nicht einmal wagen, es zu denken«, sagte Tier. »Es würde Seraph wütend machen. Wenn *ich* es sagte. Auf Euch wird sie nicht so reagieren, weil ihr egal ist, was Ihr denkt. Ohne den Pirschgänger seid Ihr nichts.«

Seraph spürte die Macht, die Tier in seine Worte ergoss, und sah, wie Willon einen Schritt zurückwich. Sie fühlte auch, dass sie ihre instinktive hitzige Reaktion auf Willons Worte jetzt besser beherrschen konnte.

»Ihr habt meine Tochter getötet.« Tier klang unversöhnlicher und kälter, als Seraph je gehört hatte. »Ich werde nicht mit Euch feilschen.«

»Ich wollte es nicht«, sagte Willon. »Sie hätte nicht sterben sollen.«

»Nein«, stimmte Hennea zu. »Sie hätte hier bei uns stehen sollen, damit wir vernichten können, was aus Euch geworden ist.«

»Sie steht dennoch hier«, warf Seraph leise ein. »Um Euch *sterben* zu sehen. *Sila-evra-kilin-faurath!*« Sie sprach die Worte aus, die den Troll getötet hatten, und hörte, wie sie auf den Straßen von Colossae widerhallten.

Willon taumelte rückwärts, aber er war kein an seine natürliche Immunität gegen Magie gewöhnter Troll, dass er sich angesichts dieses Worts der Macht nicht mehr gerührt hätte, und Seraph verfügte nicht über so viel Magie, wie sie zu Hause aus dem Schutzzauber bezogen hatte. Sie tat ihm weh, aber er starb nicht.

Willon leckte sich das Blut von der Lippe. »Dummes Reisendenmiststück«, sagte er, und Speichel sprühte aus seinem Mund. »Halt den Mund! Halt einfach den Mund. Wenn du still wärest, könnten wir uns um alles kümmern. Deine Familie würde in Sicherheit sein. Warum hältst du nicht einfach den Mund?«

»Weil Ihr es nicht wert seid, angehört zu werden?«, fragte Phoran lakonisch und viel zu nahe. Seraph konnte den Blick nicht von Willon abwenden, um hinzusehen, aber der Kaiser hatte seinen sicheren Platz bei den Häusern aufgegeben, und wenn er aufgestanden war, würden auch Toarsen und Kissel nicht weit sein. Sie hätte ihm ein Versprechen abnehmen sollen, statt sich von ihm ablenken zu lassen.

»Ihr konntet nicht einmal Rinnie und mich halten, als Ihr uns vor Euch hattet. Was ist das für ein Zauberer, der nicht einmal ein Kind und einen ehemaligen Säufer wie mich halten kann?«, fragte Phoran.

Wenn Seraph ihren Schild nicht bereitgehabt hätte, hätte Phoran vielleicht nicht einmal lange genug gelebt, um seine Worte zu bedauern. Die Magie, die Willon nach ihm schleuderte, war stark, und Seraph spürte, wie ihre schnell umgeleiteten Schilde begannen nachzugeben. Dann fügte Hennea ihre Magie hinzu, und sie konnten Willons Angriff abwenden.

»Jetzt, Tier«, hörte Seraph Hennea sagen.

»Lynwythe«, sagte Tier.

»Lynwythe«, sagte er und hoffte, dass etwas passieren würde.

Es war kein bisschen so, wie er erwartet hatte. Sobald die Worte über seine Lippen gekommen waren, verschwanden Rinnies und Henneas Hände ebenso wie Willon. Auch das vertraute Gewicht seiner Laute war weg. Tier war allein.

Er stand in einem lang gezogenen, großen Raum, dessen Wände, Decke und Fußboden alle taubengrau und seltsam eigenschaftslos waren, als handele es sich eher um ein Zimmer, das sich jemand vage vorgestellt hatte, als um ein echtes.

Sein Instinkt drängte ihn, zu seiner Familie zurückzukehren – aber Hennea und Hinnum hatten beide geglaubt, diesen Namen auszusprechen sei die einzige Möglichkeit, den Schatten zu besiegen. Also riss er sich zusammen, sah sich um und ging geradeaus.

Seine festen Stiefel hinterließen Spuren auf dem eigenschaftslosen Boden; keine richtigen Fußabdrücke, nur eine leichte Spur an der Oberfläche, wo er seine festen Absätze in den Boden drückte. Einen Moment schämte er sich, es war ihm peinlich, dass er, ein Bauer, es überhaupt wagte, diese heiligen Hallen zu betreten, gar nicht zu reden davon, dass er Spuren auf dem Fußboden hinterließ.

Er blieb stehen und holte tief Luft. »Ich gehöre nicht hierher«, sagte er freundlicher, als ihm zumute war. »Das weiß ich ebenso gut wie du. Aber ich bezweifle, dass ein paar Spuren am Boden dich sonderlich stören werden. Ich bin ein Barde, Herr. Ich weiß, wie man Menschen beeinflusst – und ich merke es, wenn man mich beeinflussen will. Ich wäre dir dankbar, wenn du damit aufhören würdest.«

Niemand antwortete, aber das Gefühl, dass er sich verlegen winden und wegen seiner gewaltigen Fehler nur noch auf allen vieren bewegen sollte, verschwand. Er wusste, dass seine Familie sich in großer Gefahr befand, also ging er schnell weiter. Obwohl dem Raum nichts weiter anzusehen war, spürte er, dass er die richtige Richtung eingeschlagen hatte.

»Warum hast du meinen Namen ausgesprochen, Barde?« Die Stimme war tief und voll.

Tier blieb stehen und drehte sich zu dem Gott um, der lautlos neben ihm erschienen war und ihn in dieser satten Bassstimme gefragt hatte. Ein Teil von Tier hätte diese Stimme nur zu gern singen gehört, und sei es nur ein einziges Mal.

Davon einmal abgesehen hatte der Gott nichts Beeindruckendes an sich. Er schien ein wenig kleiner zu sein als der Durchschnitt und von schlanker Statur. Sein Haar und seine Augen waren ebenso dunkel wie die von Tier.

»Warum zögerst du, Barde?«, fragte er mit einem Lächeln, das Tier einen Schauder über den Rücken laufen ließ. Das hier war nicht der Weber. »Hattest du vor, mir mit Lügen zu schmeicheln?«

»Nein«, antwortete Tier wahrheitsgemäß. »Mir ist nur gerade aufgefallen, dass ich nicht sicher bin, worin die wirkliche Wahrheit besteht. Die schlichte Antwort lautet, dass wir nur diesen einen Namen hatten.«

»Also hast du meinen Namen ausgesprochen, weil du den meines Bruders nicht kanntest? Gibt es noch eine andere Antwort?«

Tier verließ sich auf seine Instinkte. »Ich denke, der Schleier, den der Weber geschaffen hat, schränkt seine Fähigkeit ein, in unserer Welt zu arbeiten. Ich denke, er hat bereits alles beeinflusst, was er beeinflussen konnte. Wenn wir beide Namen gehabt hätten, hätten wir uns an den Weber gewandt.« Er holte tief Luft. »Und das wäre ein Fehler gewesen. Der Weber kann nichts mehr tun, um uns zu helfen.«

Der Pirschgänger hob die Hände. »Und du glaubst, ich werde es tun? Jetzt, nachdem mein Diener, mein Sklave, die Fesseln gelockert hat, die mich binden? Er wird nicht mehr viele Weisungen nehmen müssen, bis ich tun kann, was immer mir gefällt.«

»Er ist nicht dein Diener und nicht dein Sklave«, widersprach Tier. »Er ist ein Dieb, der sich in dein Gefängnis geschlichen und deine Macht gestohlen hat.«

»Nur weil du meinen Namen ausgesprochen hast, Barde,

muss ich folgen, wie ein Hund dem Ruf seines Herrn folgt.« Die Worte waren bitter und zornig, aber diese Gefühle spiegelten sich nicht auf den Zügen oder in der Stimme des Gottes.

»Während wir uns hier unterhalten, steht meine Familie allein dem Schatten gegenüber«, sagte Tier und holte tief Luft. *Das kannst du doch besser,* dachte er. »Ich kann mich nur für meine Unhöflichkeit entschuldigen. Dich gegen uns aufzubringen ist das Letzte, was ich erreichen möchte. Wir brauchen deine Hilfe gegen den Schatten.«

»Tatsächlich«, sagte der Gott. »Was wirst du mir für diese Hilfe geben? Wen wirst du opfern? Deine Frau? Oder eins deiner Kinder? Vielleicht den Kaiser?«

»Ich werde keinen von ihnen opfern«, sagte Tier, dessen Blut zu Eis wurde. »Aber ich gebe dir mich selbst.«

»Ach ja?«, fragte der Gott leise. Er hob die Hände und berührte Tiers Kinn.

Schmerz zuckte durch Tiers Wirbelsäule, und er hörte sich schreien. Nichts, nicht einmal Telleridges Keule, die auf seine Knie niederkrachte, hatte so wehgetan. Er fiel zu Boden, und der Gott kniete sich neben ihn und hielt die leichte Berührung aufrecht, die ohne eine körperliche Wunde an ihm riss.

»Du brauchst nur den Kopf zurückzuziehen, Barde«, sagte der Pirschgänger. »Weiche zurück, und der Schmerz wird aufhören.«

Tier schloss die Augen gegen die Stimme. Wenn er zurückwich, würde er damit jede Aussicht auf einen Sieg aufgeben. Das konnte, das *wollte* er nicht tun.

Am Ende ließ der Gott ihn los und stand wieder auf. »Wenn ich etwas gegen Diebe tun könnte, die meine Macht stehlen, hätte ich das schon lange getan. Aber es geht nicht.«

»Ich bin ein Barde«, flüsterte Tier, der sich schwitzend auf dem sauberen, kalten Boden zusammengerollt hatte. »Ich weiß, wann du lügst.«

Zum ersten Mal sah Tier ein ehrliches Gefühl auf den Zügen des Pirschgängers: Zorn. »Du nimmst dir zu viel heraus, Barde. Ich bin der Herr des Todes, und du befindest dich in meiner Gewalt.«

»Die Weisungen an die Edelsteine zu binden, hat nicht geholfen, den Schleier zu lösen, der dich gefangen hält«, sagte Tier eher hoffnungslos. Aber es schien die Wahrheit zu sein, und nachdem er sie ausgesprochen hatte, fand er auch die Gründe dafür: »Ich denke, wenn er sich gelöst hätte, hättest du Willon selbst vernichtet. Hinnum sagt, dass du nicht böse bist. Was der Schatten mit deiner Macht tut, ärgert dich doch sicher.«

Irgendwoher nahm er die Kraft, sich aufzusetzen, obwohl seine Muskeln immer noch zuckten und auf mehr Schmerzen warteten.

»Wenn deine Frau die Edelsteine zerstört, ohne die Weisungen zu befreien, wird das die Barriere lockern«, sagte der Pirschgänger.

»Willon will, dass meine Frau die Edelsteine vom Geist der Weisungsträger reinigt, damit er sie alle benutzen kann«, sagte Tier. »Er weiß von der Weisung des Hüters. Wenn meine Frau es ihm nicht zeigt, wird er es irgendwann selbst lernen. Er hat alle Zeit der Welt, weil der Tod ihn nicht packen kann. Irgendwann wird er die Edelsteine nehmen und sich ihre Macht einverleiben – die Macht, die dir und dem Weber gehört. Dann wird er euch beide zerstören.«

Er hatte Willons Absicht erkannt, sobald ihm klar geworden war, was es bedeutete, dass Willon nicht nur nach sechs vom Geist gereinigten Edelsteinen suchte, sondern alle Edelsteine gereinigt haben wollte.

Der Pirschgänger wandte sich ab und riss den Blick von Tier los, als hätte der Barde tatsächlich Einfluss auf ihn.

»Du hast ihm verraten, wie man die Weisungen an die Edelsteine binden kann«, fuhr Tier fort. Er war nicht sicher, ob er aufstehen konnte, also tat er es nicht. »Wenn du das nicht getan hättest, wären die Reisenden irgendwann mit ihm fertig geworden. Das ist die Aufgabe, die sie wegen ihres unvollständigen Opfers erfüllen müssen. Ihre Gier nach Wissen, nach den Bibliotheken und Hinnums *Mermori* hat die Möglichkeit offen gelassen, dass es einen Schatten geben kann. Seit dem Sturz von Colossae sind die Reisenden ihrer Aufgabe gefolgt. Aber dank Willon gibt es nur noch wenige von ihnen. Wenn du ihm nicht gesagt hättest, wie man die Weisungen bindet, würde er dich jetzt nicht bedrohen.«

»Du hast es selbst bereits ausgesprochen, Barde«, erwiderte der Pirschgänger verbittert. »Der Tod hat keine Macht über ihn. Ich bin ihm keine Gefahr, solange er meine Macht besitzt.«

»Was kann ich also tun?«, fragte Tier. »Wie können wir ihn für dich aufhalten?«

Der Gott seufzte. »Ich kann helfen«, erklärte er schließlich. »Ich werde mit dir singen, und dadurch können wir Willon meine Macht für einige Zeit entziehen. Du hast mir bewiesen, dass du gegen den Schmerz meines Liedes in dir ankommen kannst. Während wir Willon meine Macht abnehmen, muss er getötet werden.«

»Lehr?«, fragte Tier.

»Nur der Kriegsgott kann einen Unsterblichen töten«, sagte der Pirschgänger bedauernd. »Es wird Opfer geben, bevor der Pirschgänger stirbt, Tier.«

»Der Hüter glaubt, wenn er jemanden tötet, wird das Jes zerstören«, sagte Tier.

»Der Hüter hat recht«, stimmte der Pirschgänger zu. »Hennea ist ebenso sehr mein Kind wie das meines Bruders und wie Jes dein Kind ist. Ich würde ihr keinen weiteren Schmerz zufügen, wenn ich etwas dagegen tun könnte.«

»Lynwythe«, hörte sich Tier das Wort beenden und erkannte, dass während seines Gesprächs mit dem Gott keine Zeit verstrichen war.

Alle hielten inne und warteten darauf, dass etwas geschah. Tier ließ erst Rinnies Hand los und dann die von Hennea. Er zog die Laute, die wieder auf seinem Rücken hing, über die Schulter und begann, eine Melodie zu spielen.

Der Pirschgänger hatte ihm gesagt, es sei egal, für welches Lied er sich entschied, aber Tier wählte ein Soldatenlied, eins von diesen Stücken mit acht Zeilen Kehrreim auf zwei Zeilen Strophe, und die Anzahl der Strophen war nur eingeschränkt durch sein Gedächtnis für schlüpfrige Wortspiele. Er würde es singen können, bis die Sonne unterging.

Er senkte den Kopf, um eine Saite zu stimmen, und sagte sehr leise: »Jes, wenn ich mit der zweiten Strophe beginne, wird der Hüter imstande sein, Willon zu töten.«

»Es hat nicht funktioniert«, stellte Willon fest. »Der Pirschgänger hat Euch nicht geantwortet.«

»Glaubtet Ihr denn wirklich, er würde das tun?«, fragte Tier. Selbstverständlich kannte Willon den wirklichen Namen des Gottes. Er würde beider Götter Namen kennen müssen, wenn er ihre Macht stehlen wollte. »Wieso sollte er mir antworten?«

»Ich kann es tun«, bot Lehr an, der Tiers Worte ebenfalls gehört hatte.

Tier schüttelte den Kopf und fing an zu singen.

»Was macht Ihr denn da?«, fragte Willon, aber Tier sah, dass Seraph das Gleiche fragen wollte.

Er konnte auf keine dieser Fragen antworten, weil die Macht des Gottes in seinem Hals wie Feuer brannte. Er verstand, warum der Pirschgänger ihn mit Schmerzen geprüft hatte, denn dieses Lied tat weh. Die Macht des Pirschgängers war für ihn nicht leichter zu ertragen als für den Schatten –

und Tier würde nicht das Leben eines anderen Menschen nehmen, um es sich einfacher zu machen.

»Was macht Ihr da?«, fragte Willon noch einmal, und diesmal war er wütend. Offenbar ging er davon aus, dass Tier sich mit seinem Gesang über ihn lustig machte – ein albernes Lied über einen Soldaten, der in ein fremdes Dorf ging, um eine Frau zu finden, die mit ihm ins Bett gehen würde.

»Er ist ein Barde«, sagte Seraph plötzlich. »Musik ist sein Talent, Willon.«

Aus dem Augenwinkel sah Tier, wie Jes Hennea losließ und dann verschwand.

Willon hatte es ebenfalls bemerkt.

»Zweihundertzwölf Jahre«, sagte Willon, »und ich habe erst jetzt erfahren, dass es eine sechste Weisung gibt. Ich dachte, Volis meinte den Pirschgänger, wenn er vom Adler sprach. Wenn Ielian nicht gewesen wäre, hätte ich nie erfahren, dass mir einer fehlte. Wohin ist er gegangen?«

»Er ist immer noch hier«, sagte Seraph. »Könnt Ihr das Eis seines Atems nicht in Eurem Nacken spüren?«

Gesegnet soll sie sein, dachte Tier und zwang seine schmerzenden Finger, den angemessenen Druck auf den Hals der Laute auszuüben. Seraph wusste nicht, was er tat, aber sie wusste, dass etwas im Gange war. Je länger sie Willon ablenkte, umso besser.

»Ich habe dir doch gesagt, du sollst den Mund halten, *Frau*«, sagte Willon in einem giftigen Ton, der die aalglatte Kaufmannshaltung von ihm abriss und für die Sinne des Barden wahr und klar klang. Der Schatten machte eine Geste zu Seraph.

Nichts passierte. Tier war kein Magier, aber er konnte Magie mindestens so gut wahrnehmen wie alle anderen Rederni, und es kam ihm nicht so vor, als wäre von Willon etwas ausgegangen.

»Miststück!«, fauchte Willon, der offenbar Seraph die Schuld an seinem Versagen gab. Er holte tief Luft und setzte die Kaufmannsmaske wieder auf. »Aber ich bin nicht nur ein Avatar des Pirschgängers. Ich bin ein Zauberer, der die Rabenweisung hat.«

Er riss den Halsausschnitt seiner Tunika auf, und Tier sah, dass er einen Halsschmuck trug, der mit Edelsteinen besetzt war. Hennea gab ein leises Geräusch von sich, also konnte Tier nur annehmen, dass jeder Stein eine Weisung enthielt.

»Ich kann es nicht«, sagte der Hüter in Papas Ohr. »Ich kann Jes nicht dieser Gefahr aussetzen.« Jes spürte die kalte Angst des Hüters, bevor sie unter einer Lawine von beschützerischem Zorn begraben wurde. Ein Hüter verteidigte diejenigen, die er für die Seinen hielt – und Jes gehörte ihm.

»Nur du kannst es tun«, sagte Papa rasch zwischen den Strophen. »Der Pirschgänger sagte, nur der Hüter könne den Schatten umbringen.«

Jes verstand. Irgendwie hatte der Gott, dessen Namen sein Vater ausgesprochen hatte, Papas Musik die Macht gegeben, den Schatten aufzuhalten. Aber das kam Tier teuer zu stehen, und die schimmernden Wellen quälender Schmerzen, die über Jes hinwegrauschten, waren nur ein Bruchteil dessen, was sein Vater empfand.

Der Hüter konnte Tiers Leid nicht so wahrnehmen, wie Jes es konnte, aber er sah den Schweiß, der die Tunika ihres Vaters verfärbte, und die Schmerzensfalten um seinen Mund. Und all dieser Schmerz hatte nur den einen Zweck, dem Hüter eine Möglichkeit zu geben, den Schatten zu töten.

Wir dürfen ihn nicht umsonst leiden lassen, sagte Jes. *Wir müssen den Schatten töten, solange wir es noch können. Es ist egal, ob ich sterbe, solange wir den Schatten mitnehmen.*

»Nein.« Jes konnte die absolute Weigerung des Hüters spüren, und unter ihr die Echos von Erinnerungen an die anderen Weisungsträger, die von den Taten des Hüters in den Wahnsinn getrieben worden waren. Der Hüter konnte es nicht ertragen, auch noch Jes auf diese Weise zu verlieren.

Jes war hilflos, gefangen von der Weigerung des Hüters, ihn in Gefahr zu bringen.

Sieh doch, sagte er mit zunehmender Enttäuschung, *sieh dir Papas Schmerzen an.*

»Wir sind Raben«, erklärte seine Mutter Willon mit von Verachtung triefender Stimme, und sie wies mit dem Kinn auf die Weisungssteine, die der Schatten trug. *»Ihr seid nichts!«*

Sie versuchte, die Aufmerksamkeit des Schattens auf sich zu lenken, damit Jes tun konnte, worum Papa ihn gebeten hatte. Und sie benutzte dazu die Waffe, die der Aufgabe am besten angemessen war – ihre Zunge.

»Ihr seid ein *Solsenti*«, sagte sie in dem Tonfall, von dem Papa immer behauptete, er könne einen Mann schneller erfrieren lassen als jeder Schneesturm. »Nichts als ein Illusionist, der nur nachäffen kann, was größere Magier leisten, nachdem er Magie gestohlen hat, die ihm nicht gehört.«

Jes spürte die Wucht dieser Worte und die Wut, die der Hohn seiner Mutter bei dem Schatten auslöste. Wieder versuchte er, den Hüter zu veranlassen, etwas zu unternehmen, aber der Schatten war schneller.

Der *Solsenti*-Zauberer machte eine Geste, und Seraph fiel rückwärts auf die Straße. Sie prallte einmal auf und blieb dann reglos liegen.

Mit einem lautlosen Fauchen eilte der Hüter an ihre Seite, immer noch vor dem Blick des Schattens verborgen. Die Erleichterung darüber, dass sich der Brustkorb seiner Mutter hob und senkte, erschütterte die Entschlossenheit des Hüters. Er musste auch Mutter schützen.

»Ihr seid nichts als ein dreckiger kleiner Dieb«, sagte Hennea, die zwischen den Schatten und die anderen getreten war.

Willon, immer noch schäumend vor Wut, schrie eine Ansammlung unverständlicher Silben heraus, von denen sowohl Jes als auch der Hüter wussten, dass sie zu einem *Solsenti*-Zauber gehörten. Der Hüter, der wusste, dass Willons Zauberermacht nicht funktionieren würde, beobachtete, wie Hennea die Hand hob.

Nichts stieß ihr zu.

»Ein dreckiger kleiner Dieb«, wiederholte sie und wischte sich die Hände ab.

Regen fiel aus den Wolken, die Rinnie gesammelt hatte. Als die kalten Tropfen das Gesicht seiner Mutter trafen, öffnete sie die Augen. Einen Moment später setzte sie sich vorsichtig auf. Der Hüter wollte sie berühren, aber seine Aufmerksamkeit wurde abgelenkt, als Willon plötzlich taumelte und zu Boden fiel.

Einen Moment glaubte Jes, das sei auf etwas zurückzuführen, was Hennea getan hatte, aber dann sah er ein Messer am Boden. Lehr hatte es mit solcher Kraft geworfen, dass es den Schatten umstieß. Die Klinge hatte Willon jedoch nicht verletzt, sondern nur das Tuch seiner Tunika aufgeschnitten, und darunter konnte man ein Kettenhemd sehen.

Phoran eilte vor, Toarsen einen halben Schritt hinter sich, aber es war zu spät – Willon hatte sich schon von seiner Überraschung erholt.

Hennea schrie auf, ein wortloses Geräusch, und Jes konnte ihren Wunsch spüren, die anderen zu schützen, aber Willons Magie ließ alle drei Männer rückwärts taumeln. Hennea schwankte, und er wusste, dass der scharfe Schmerz, den sie verspürte, ein Rückschlag des unvollkommen abgelenkten Banns des Pirschgängers war.

Mutter versuchte aufzustehen, und der Hüter half ihr auf die Beine.

»Papa will, dass ich den Schatten töte«, sagte er erschüttert, als er sie stützte. »Aber das wird Jes umbringen oder ihn in den Wahnsinn treiben. Ein Empath kann niemanden töten – nicht ein so starker Empath wie Jes.«

Sie schauderte, als wäre ihr kalt, und der Eisnebel ihres Atems zeigte ihr, wie verzweifelt der Hüter sein musste. Sehen konnte sie ihn nicht, da sie nicht durch den Schutzzauber brechen konnte, der ihn umgab. »Du unterschätzt Jes«, sagte sie. »Er ist stärker, als du denkst.«

Ja, bestätigte Jes.

Papa trat zwischen Willon und den Kaiser, ohne mit Singen aufzuhören, und baute sich vor Willon auf. Er hinkte, und Jes wusste, dass Tiers linkes Knie von der alten Verletzung wehtat. Aber das Knie war nichts gegen die Qual, die die Musik des Pirschgängers ihm verursachte. Er drückte die Laute gegen den Körper, um sie so gut wie möglich gegen den Regen zu schützen.

Willon hob die Hände abermals, und Rinnie rannte zwischen sie und schrie: »Nein!«

Das war zu viel für den Hüter. Für Rinnie, für Papa und für seine Familie waren sowohl er als auch Jes bereit zu sterben.

Ein Blitz traf Willon mit ohrenbetäubendem Krachen. Er stolperte und schluchzte, und seine Haut qualmte in der Kälte von Rinnies Unwetter. Wieder traf ihn ein Blitz, aber er fiel immer noch nicht um. Er stürzte auf Rinnie zu.

Der Hüter war vor ihm da. Sein Angriff hatte nichts Raffiniertes an sich, aber das war auch nicht nötig. Willon konnte ihn erst sehen, als der Hüter ihn zum ersten Mal traf. Als die Fäuste des Hüters zuschlugen, erwachte sein Kampfesfieber, und der Zauberer, halb betäubt von Rinnies Blitzen, stellte keine große Herausforderung mehr dar – nicht, solange Papa weiterspielte, damit Willon sich nicht der Macht des Pirschgängers bedienen konnte.

»Warte«, sagte Phorans Memento, packte das Handgelenk des Hüters und hielt seinen Schlag auf.

Sobald der Hüter sich nicht mehr rührte, ließ das Memento ihn los. »Halte ihn für mich fest«, sagte es.

Beim Klang der Stimme des Mementos wich der Schatten einen Schritt zurück. Der Hüter nahm ihn in einen Ringergriff und drückte den um sich schlagenden Magier auf den Boden.

Das Memento hockte sich neben sie und nahm Willons Kopf in beide Hände. Der Zauberer riss die Augen weit auf, und eine gewaltige Flut von Angst ging von ihm aus. Das Memento beugte sich über ihn.

Willon schrie auf, und Jes zog den Hüter um sich und ließ sich von ihm gegen den größten Teil von Willons Empfindungen abschirmen. Der feste, muskulöse Körper unter dem Hüter begann zu schrumpfen, die weiche Haut verwandelte sich in etwas Trockenes, Hartes. Als das Etwas, das der Hüter festhielt, schließlich aufhörte, sich zu wehren, und das Memento sich von ihm löste, hatte der Schatten keine Ähnlichkeit mehr mit Willon, dem Kaufmann aus Redern.

Von dem dichten schwarzen Haar waren nur noch ein paar dünne weiße Strähnen übrig geblieben. Er sah aus, als hätte jemand alle Feuchtigkeit aus seinem Körper gesogen. Seine Haut hatte die Farbe von geöltem Holz und die Struktur alten Hirschleders. Seine Lippen waren ebenso geschrumpft wie der Rest von ihm, was seine Zähne entblößte. Er sah aus wie eine in der Sonne vertrocknete Leiche, aber Jes wusste, dass er immer noch sehr lebendig war.

Der Hüter ließ los, bevor das Entsetzen des Schattens Jes wirklich schaden konnte.

»Ich kann ihn nicht umbringen«, erklärte das Memento. »Diese Aufgabe fällt dir zu, Hüter.«

»Ich werde es tun«, sagte Lehr.

Der Hüter lächelte seinen Bruder an und schaute dann kurz zu Hennea.

»Nein«, sagte er. »Tod ist meine Begabung.« Und dann brach er das Genick des Mannes.

Jes schrie auf, aus dem sicheren Kokon gerissen, mit dem der Hüter versucht hatte, ihn zu umhüllen. Der Schmerz ging über alles hinaus, was er je erlebt hatte, aber das war nicht das Schlimmste.

Etwas stieg von Willon auf, als dieser starb, und packte Jes, wickelte sich um ihn. Als es ihn berührte, fühlte es sich an, als hätte ihm jemand die Haut abgerissen und ihn in den Mann hineingedrückt, der Willon gewesen war. Niemand sollte je einen anderen so kennen, wie Jes Willon in diesem Augenblick kannte. Er konnte sich nicht verbergen, konnte sich nicht vom Schatten unterscheiden.

Kalte Hände berührten sein Gesicht, und er spürte, wie Willon sich zurückzog, als wünschte sein Geist nicht, in Kontakt mit diesen Händen zu geraten.

»Sein Tod gehört mir«, sagte das Memento. »Gib ihn mir.«

»Ja«, stimmte der Hüter zu und machte Jes Platz.

Kalte Lippen berührten die von Jes, und er öffnete den Mund, wobei er gleichzeitig gegen den Griff des Memento ankämpfte – nicht, weil er das wollte, sondern ganz unwillkürlich. Er hätte die Empfindungen nicht beschreiben können, als Willon aus ihm herausgezogen wurde wie ein Schwert aus seiner Scheide.

Erst als Jes leer war, ließ das Memento ihn wieder los. Jes starrte es an, unfähig, den Blick anzuwenden. Das Memento war zu einer solch festen Dunkelheit geworden, dass Jes kaum ertragen konnte, es anzusehen. Regen glitzerte auf ihm wie nasse Tinte.

»Ich bin gerächt«, verkündete es und verschwand.

Papa hörte mitten im Wort auf zu singen. Er kam zu Jes und legte ihm eine Hand auf die Schulter. So wund, wie sein Sohn war, tat selbst dieser Kontakt weh, aber er brauchte den Trost mehr als Freiheit von Schmerz, also lehnte er sich einen Moment an seinen Vater.

Als er sich von ihm löste, war Hennea da, schob die Hand in seine Ellbogenbeuge und lehnte die Wange an seine Schulter. Ihre kühlende Gegenwart umfing ihn und salbte die wunden Stellen, die Willons Tod hinterlassen hatte. Er seufzte erleichtert.

Mutter sah ihn forschend an. »Das wird schon wieder«, sagte sie dann.

Er lächelte sie müde an, oder vielleicht war es auch der Hüter, der lächelte.

»Und so«, sagte Papa mit heiserer Stimme und undurchschaubarer Miene, »und so starb der Schatten, der einmal Willon gewesen war, Kaufmann aus Redern.«

Mutter nahm Papas Hand und hob sie an die Lippen. »Gut gemacht, Liebster.«

21

Sie brachten ihre Toten aus der Stadt heraus. Während Hennea und Seraph eine Mahlzeit zubereiteten, holte Tier eine Klappschaufel aus dem Gepäck und fing an zu graben. Lehr gesellte sich bald darauf mit einer anderen Schaufel zu ihm.

»Wen begraben wir hier?«

»Willon«, antwortete Tier.

»Dann werden wir nicht zu tief buddeln müssen«, sagte Lehr. »Von ihm ist nichts übrig, was Aasfresser anziehen würde.«

»Es gibt alle möglichen Arten von Aasfressern«, murmelte Phoran, der gerade rechtzeitig gekommen war, um Lehrs Bemerkung zu hören. »Aber ich denke, eineinhalb Schritt sollte tief genug sein. Ich übernehme, wenn ihr müde werdet.«

Als ein glücklich und freundlich aussehender Jes zu ihnen stieß, hatten sie schon die Hälfte geschafft und mussten sich beim Graben abwechseln, weil es für zwei Personen nicht genug Platz gab. Jes hockte sich hin, sodass sein Kopf auf gleicher Höhe war wie der seines Vaters.

»Werden wir auch Rufort und Hinnum begraben?«, fragte er.

Tier seufzte bei dem Gedanken daran, noch mehr in dem harten Boden graben zu müssen. »Warten wir zunächst und überlegen, was ihre Bräuche waren. Hennea wird wissen, was wir mit Hinnum machen sollen. Phoran, wisst Ihr, was Ruforts Leute tun?«

»Nein.« Phoran schüttelte den Kopf. »Aber Kissel wird es wissen. Er schläft gerade, aber ich werde ihn fragen, wenn er wach wird.«

»Kissel ist wach«, sagte Jes. »Ich kann hören, wie er sich über seine Schulter beschwert. Sie juckt, und er kann unter dem Verband nicht kratzen. Toarsen …«

»… ist auf dem Weg, um zu helfen«, rief Toarsen. »Raus da, alter Mann. Jetzt bin ich dran. Ich durfte ihn nicht umbringen, aber ich werde zumindest an seinem Begräbnis Anteil haben. Ich will schließlich nicht, dass er wieder aus dem Grab kriecht.«

Tier wusste es besser. Wirklich. Aber als sich die anderen umdrehten, um sich zu überzeugen, dass Willons Leiche sich nicht bewegt hatte, tat er das Gleiche.

Fluchend kletterte er aus dem Grab und reichte Toarsen seine Schaufel. »Grabt«, sagte er. »Und betrachtet es als Strafe für diesen Gedanken.«

Sie begruben Willon tief. Hennea sprach ein paar Worte, als sie das Grab wieder zuschaufelten. Es waren nicht die bei solchen Gelegenheiten üblichen Worte; Hennea beschwor ihn einfach, für immer zu bleiben, wo er war, was sie mit Magie verstärkte, die Tier deutlich spüren konnte.

Niemand wollte schlafen, bevor sie sich um ihre Toten gekümmert hatten, und sie hatten vor Einbruch der Dunkelheit nicht viel Zeit, um Feuerholz zu sammeln. Also wurden Hinnum und Rufort von einem Scheiterhaufen verzehrt, dessen Flammen mehr der Macht der Raben zu verdanken waren als dem kargen Haufen Holz, während Phoran, Toarsen und Kissel berichteten, was sie von Ruforts Leben wussten. Als sie fertig waren, stand Hennea auf und sprach über Hinnum, den letzten Zauberer von Colossae.

Seraph und Hennea verbrachten den größten Teil des

nächsten Tages damit, die Weisungen von den Edelsteinen zu befreien, aber vor dem Abendessen hörten sie auf.

»Es wird lange dauern«, sagte Seraph zu Tier, als sie Jes' und Lehrs Kanincheneintopf aßen. »Wir haben den ganzen Tag gearbeitet, und ich glaube, wir konnten vier freisetzen.« Beim ersten Stein, dem Tigerauge der Lerche, hatte Tier zugesehen.

»Schon gut, Mutter«, sagte Jes, der neben Gura hockte und ihn fütterte. Alle wechselten sich ab, den hinkenden Hund zu verwöhnen, aber Kissel ließ sich nur von Rinnie wie ein Kind behandeln. Tier hatte sich gewaltig über Kissels verdutzte Miene amüsiert, als seine Tochter forderte, er solle sich hinlegen, damit sie ihn gut zudecken könne.

»Es besteht keine Eile«, fuhr Jes fort. »Hennea wird bei uns bleiben.«

Wir können diesen Herbst damit zubringen, ein kleines Häuschen für Jes und Hennea zu bauen, dachte Tier. *Jes hätte sicher gern ein Haus, das tiefer im Wald liegt, wenn das den Waldkönig nicht stört.* Aber dann sah er seine Frau an und sagte kein Wort darüber. Sie war jetzt ganz Reisende, trug Reisendenkleidung statt eines Rocks und flocht ihr Haar zu Zöpfen.

Sie hatte die Art ihres Volkes zwanzig Jahre lang aufgegeben, also ging er davon aus, dass es nun an ihm war, für die nächsten zwanzig oder dreißig Jahre seinen Hof aufzugeben.

»Ihr müsst mich besuchen kommen«, sagte Phoran, der den schlichten Eintopf aß, als wäre es ein Feinschmeckergericht aus der Palastküche. »Gebt mir fünf oder sechs Jahre, um die Septs ein wenig zu zähmen, und dann möchte ich, dass Lehr für mich einen Plan des Palasts erstellt. Ich will nicht, dass sich noch mehr Geheimgesellschaften in Fluren herumtreiben, an die sich niemand erinnern kann.«

»Das werden wir tun«, sagte Seraph. »Aber Ihr müsst auch zu uns kommen.« Sie nickte Toarsen zu. »Der da hat ohnehin eine Verbindung zu Redern. Wenn Avar seine Ländereien besucht, kommt mit ihm.« Das war kein Vorschlag, bemerkte Tier, der beobachtete, wie Phorans Mundwinkel zuckten. Rinnie war nicht die Einzige, die sich daran gewöhnt hatte, den Kaiser herumzukommandieren.

»Ich lasse Euch auch beim Unkrautjäten helfen«, sagte Rinnie.

Phoran lachte. »Das werde ich tun. Toarsen, Kissel und ich werden mit Euch zusammen nach Redern reiten und Euch sicher nach Hause bringen. Danach, denke ich, sollten wir zu Gerant reiten und mit der Kaisergarde im Rücken in meinen Palast zurückkehren.«

»Es wird mehr Ielians geben«, warnte Tier.

»Das weiß ich.« Phorans Lächeln wurde schwächer. »Aber solange es mehr Männer wie Kissel, Toarsen und Rufort gibt, die mir eine unbezahlbare Hilfe waren, werde ich das verkraften.« Er nickte Tier zu. »Ihr könntet vorbeikommen und mir beim Aussortieren helfen«, sagte er. »Ich kann Euch versprechen, dass Ihr gut bezahlt würdet.«

»Nein«, erwiderte Tier. »Ich bin kein Soldat mehr, ich bin Bauer.« Er zögerte und warf Seraph einen Blick zu. »Oder vielleicht werde ich mit meiner Reisendenfrau unterwegs sein.« Er hatte lässig klingen wollen, aber Seraph kannte ihn zu gut.

Sie erstarrte und setzte die Eintopfschale ab. »Hast du dir etwa deshalb Sorgen gemacht?«, fragte sie hitzig. »Lass das bloß bleiben! Ich sage dir, ich habe wirklich genug davon, für die Sünden von Leuten zu zahlen, die schon lange tot sind«, sie warf Hennea einen schnellen Blick zu, »jedenfalls die meisten von ihnen. Ich habe nicht vor, jemals wieder kein Zuhause zu haben. Wenn du umherwandern willst, dann tu das. Ich werde eine Kerze ins Fenster stellen, damit du den Rückweg findest, wenn du von diesem Unsinn genug hast.«

Tier hörte die Wahrheit in ihren Worten, was eine gewaltige Last von seinen Schultern nahm. Er lächelte. »Ich denke, Phoran«, sagte er, »wir sehen Euch in Redern.«

An diesem Abend sang in Henneas Tempel ein Barde von Heldentaten, verlorenen Geliebten und Trauer um die Toten. Manchmal sang er allein, manchmal mit seinen Kindern, die keine Barden waren, aber Kinder aus Redern mit klaren, reinen Stimmen. Als die Sonne aufging, verschwanden die Toten.

Die Lebenden blieben noch eine Weile und erforschten die Stadt, aber bevor der erste Hauch von Herbst in der Luft lag, verließen sie Colossae und schlossen seine Tore. Sie bauten darauf, dass dies alle Geheimnisse der uralten Stadt für ein weiteres Zeitalter bewahren würde.

Tieragan aus Reedern brachte seine Familie nach Hause.

DANKSAGUNG

Die folgenden Personen haben dieses Buch oder Teile davon in Rohfassungen gelesen und mir nützliche und wichtige Ratschläge gegeben:

Michael Briggs, Collin Briggs, Dee Enzweiler, Michael Enzweiler, Jean Matteucci, Dan Matteucci, Ann Peters, Kaye Roberson, Kyle Roberson, Clyde Rowland und John Wilson.

Ich möchte mich auch bei Robin Walker für ihre wunderschöne Zeichnung bedanken, und bei Michael Enzweiler, der die Landkarte von Colossae lieferte, die Rinnie fand.